天使文化
TIANSHI WENHUA
爱格
Aigirl

山河盛宴

叁

上

天下归元 著

CNS PUBLISHING & MEDIA 中南出版传媒
湖南文艺出版社
HUNAN LITERATURE AND ART PUBLISHING HOUSE

图书在版编目（CIP）数据

山河盛宴叁 / 天下归元著. -- 长沙 : 湖南文艺出版社，2022.2

ISBN 978-7-5726-0446-1

Ⅰ. ①山… Ⅱ. ①天… Ⅲ. ①长篇小说－中国－当代 Ⅳ. ①I247.5

中国版本图书馆CIP数据核字(2021)第219915号

山河盛宴叁

Shanhe ShengyanSan

作　　者：天下归元
出 版 人：曾赛丰
责任编辑：李　阔
监　　制：邓　理
策划编辑：翟羽茜
封面设计：杨　平
封面绘制：符　殊
版式设计：张娅君　谭琼玉　杨　露
出版发行：湖南文艺出版社
（长沙市雨花区东二环一段508号　邮编：410014）
网　　址：www.hnwy.net
印　　刷：湖南天闻新华印务有限公司
经　　销：新华书店
开　　本：1690mm×2330mm　1/16
字　　数：1391千字
印　　张：71.5
版　　次：2022年2月第1版
印　　次：2022年2月第1次印刷
书　　号：ISBN 978-7-5726-0446-1
定　　价：128.00元

山河盛宴

浅斟风云梦一盏，
乱烹朝堂如小鲜。
但凭苍生笑任性，
围炉打马伴花前。

目录

上

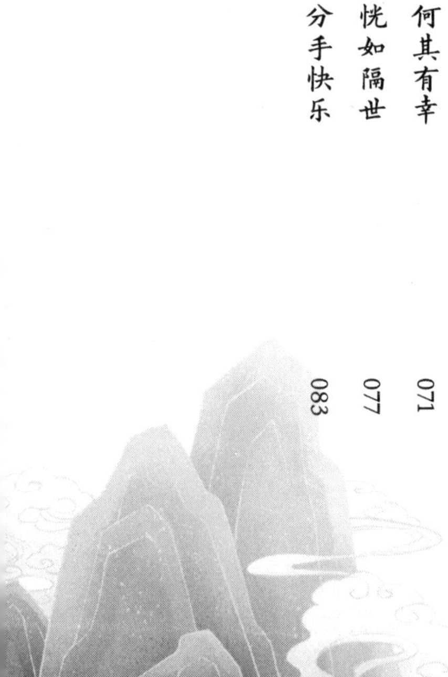

第一章
我的心从来只给她

时间回到九月二十一日的静海城。

燕绥立在总督府门外，看着前方的妓院。

他面前点着一炷香，刚刚燃起，而他要狙杀的对象——南齐静海总督太史阑，已经由她的义弟背着往那个方向去了。

燕绥并不着急，他愿意多给太史阑一点时间，反正最后都是要死的。

人生寂寞如雪，敌手有时候也是知己。

忽然，香头一颤，似乎要坠落。

燕绥抬起头看了看四周，指了一个方向，日语立即带人冲了过去。片刻后，他和他的手下围着一个人缓缓倒退了过来。

那人转过脸来，燕绥眼底掠过一丝诧异。

“唐慕之？”

唐慕之男装打扮，见他一眼认出自己，心中一喜，但再看见燕绥毫无波动的情绪，最终还是慢慢垂下眼眸。

燕绥倒没想到会在这里看见她，在长川，唐慕之被文臻狠狠教训了一顿，之后随着唐羡之离开长川，按说应该回了唐家。

燕绥只看了她一眼，便转开目光，唐慕之眼睛盯着地面，道：“殿下，为何放过静海总督？为何又阻拦我出手？”

“我的事与你何干？你若足够聪明，便趁早走开些。”

“殿下，静海总督不是寻常女子，这里是她的地盘，你只带着寥寥几人来杀她，本来就很冒险，你还要给她机会……殿下便是天纵之才，也难挡小人暗箭。你不该如此自负，殿下。”唐慕之终于抬头，直视他眼眸，“让我帮你！”

燕绥眼神从她面庞上飘过去，像落花被风携着过了水面，纷纷扬扬，不留痕迹与香气。

“唐慕之，你今日很滥好心，很絮叨，这可不像你。你无端示好，是想要和我换取什么？瞧你一身风尘，好像赶了很久的路。你衣袖下有伤痕，中间阔边缘窄，应该出于某种很少见的阔剑，据我所知，你们唐家好像用过这种阔剑。”

唐慕之霍然色变，紧紧拉住了自己袖子。

“这伤痕不止一个，草丛般紧密排列，是一瞬间受的伤。以你的武功，没道理让同一个人伤及这么多地方，那就应该是使同样剑法的不同的人给你留下的伤痕。你们唐家小楼几大防御阵之一的天罗阵，好像用的就是这种阔剑。你这是闯阵冲出小楼了？”

唐慕之退后一步，似乎想转身就逃，但燕绥一眼见天地的可怕推断能力，忽然又让她燃起希望，转为向前一冲，燕绥点出一根手指，生生隔空将她点在原处。

“停，不要哀求，不要诉苦，不要和我说你的难处。你和唐家是否决裂，如何闯阵出唐家，我一点兴趣都没有。”燕绥看一眼将要燃尽的香，“让开，别拦着路，也不许多事，我就给你活着回东堂的机会。”

唐慕之一步也不敢前进，立在原地，退后一步，忽然道：“殿下，家里准备给我找一门亲事。”

燕绥没有表情。

“殿下就不问问，家里属意的我的夫婿人选是谁吗？”

“总不会是我。”

“为什么不能是你？”

“能，但是不可能。你们唐家但凡有一点自知之明，就不该把主意打到我头上。”燕绥说。

唐慕之听而不闻地道：“我父亲已经向陛下上了折子，请求和殿下联姻。”

燕绥意味不明地笑一声。

“但是，唐家还是了解殿下的，我父亲和我说，如果殿下坚决拒绝这门亲事，也要把我尽快嫁出去。大抵是我这两年做的所有事都让家族不满，他们要我修身养性，说我不适合再为唐家效力，这备选的亲事是湖州别驾的儿子，据说年轻有为，才貌双全。”

“恭喜。”

唐慕之惨然一笑：“就知道你会这么说。”

“难不成你还想和我要贺礼？”

“殿下，我今天来本来想为你杀了静海总督，再和你谈。但你不让我杀，那么我只能……求你。”

“求我什么？娶你为妻？唐慕之，真不知道是什么样的自信，给了你说这话的勇气。”

“殿下，我不想嫁别人！”

“与我何干？”

“殿下，传说那位湖州别驾的公子很有些问题……”

“与我何干？”

“殿下，娶我意味着什么你该知道！你现今还陷身于通敌卖国的嫌疑中，陛下虽然爱重，可也抵不过满朝攻讦的压力，更不要说在这样的指控之下，陛下是否心意不变。但是现今唐家主动愿意将我嫁给你，满朝文武和陛下为国家安定计，都乐见其成，自然也会放过之前对你的弹劾。可你如果拒绝，因此激怒唐家引起某些事端，你该知道你会面对什么，是更加剧烈的攻击，是天下的失望责问，和帝王的不满猜疑！”

“与你何干？”

唐慕之绝望地闭上眼睛。

他从来都这样，万事于他似空无。

真要空无也罢了，人人都得不着，也叫公平。

却又为何愿意为一人白眼对天下？

不甘心。

“殿下！我派人打听过了，只要你娶了我，文臻就可为你的侧妃，你就能娶到她了！”

“娶不娶你，都不会影响文臻为我妻。你把自己看得太重要了。”

“不，不是这样的。陛下和娘娘都不会同意文臻为你妻，虽然我不知道是为什么，但是我知道就是这样的！”

“我的婚事要别人同意做甚？”

“殿下！文臻很可能稍后也会被派往湖州主持事务，如果我被迫嫁往湖州，你不怕我因恨报复她吗！”

“你很久以前就因恨报复她了，可现在丧家之犬样子的人是你。”

唐慕之一咬牙：“那我可以上书陛下，求为侧妃，让文臻做正妃！”

燕绥看了唐慕之一眼。

她变了。

这些话，按照以前狠戾冷酷的唐慕之，是死也不会说出来的。

这两年也不知道是不是挫折太多，狠戾之气渐渐被消磨，这般委曲求全的建议居然也能说出口了。

但还是那句话，与他何干？

“唐六，我想你忘记了一件事。”

唐慕之抬头看他，她眼底有泪，那般盈盈光辉，并不敢藏太多希冀。

“你忘了你对文臻下手多次，伤过她也伤过我，你忘记我这人的性子只讲睚眦必报，不提怜香惜玉。你这样孤身跑过来威逼利诱，倒提醒了我，既然不娶你会招来那许多麻烦，那么，杀了你不就成了？”

他最后一句的“杀”字刚刚出口，唐慕之转身就跑。

一边跑一边拼命吹哨，同时街角闪出数名护卫拼命冲向燕绥。

她发挥出有生以来最强的功力，一边跑一边愤声大喊：“殿下你没有心，你没有心！”

燕绥招招手，示意自己的护卫处理，低头看一眼香，早已燃尽了。

倒便宜太史阑多逃得一刻。

算唐慕之跑得快，他现在没有时间去追杀她，他还要去追太史阑。

在和唐慕之背道而驰的风中，他忽然笑了笑，道：“不，我有心，只是我的心从来只给了她。”

在下厨之前，文臻将整个千秋谷都查看了一遍。

首先下令拆掉帮众和熊军之间人为设立的围墙，扩大校场，开垦菜地，增加厕所。

凤翩翩建议要将两边宿舍连起来，打散帮众和熊军混合居住，文臻却又拒绝了。

过犹不及。熊军和共济盟的芥蒂刚去，彼此气氛还有点尴尬，这时候硬塞在一起，反而容易出矛盾。

但是共济盟和熊军的高层却安排住在一起，帮众可以给他们时间慢慢磨合，高层却必须先摒弃一切成见尽快磨合。

千秋谷的防御工程也一直在做，但因为一系列纷争事端而进展缓慢。文臻查看了进程后，将敷衍塞责的人直接撤了，依众人推举重新选人负责。图纸全部拆散分开，交由凤翩翩统一管理，所有的施工流程都拆成流水线作业，每个施工者都只会自己那一道机械动作，不明白全部原理。

这一手流水线作业，有效率且保密，在东堂还是很新鲜的理念，跟在文臻身后视察的高层们一看便明白这其中的妙处，看文臻的眼神更多几分尊敬。

文臻也给手下们介绍了妙银等人的来历，众人听说满花寨子后都微微变色，不明白大当家怎么来了一趟留山，就把留山传说中全是蛊女，令人闻风色变的满花寨子给拿下了，虽然文臻轻描淡写地说只是朋友，但是和满花寨子的人交朋友？这岂不是以后谁要不听话，满花寨子的蛊就会招呼过来？

凤翩翩看着众人越发老实的神情，对文臻的佩服之意又多了一层，满花寨子的存在，明明就是威胁和监督，但大当家这个态度，可比直接拿蛊术来控制大家高明多了。

看过基础设施，文臻又要去看帮众们的宿舍，这回众人死命拦着。

“大当家，这地儿腌臜，你可不能去！”

“腌臜吗？我以前也住过宿舍，也挺腌臜的，我瞧瞧比我住的怎样。”文臻一副笑眯眯好说话模样，抬腿就走。

众人听着，微微放心，既然拦不下，也就只好跟着。

凤翩翩没想到文臻连男人群居屋舍都要去，她都没亲自查看过，毕竟男女有别，但经过今日一劫，她心态变了许多，有心和文臻学习，便也跟着。

帮众居住的地方，选择了通风开阔地，专门圈了一大片区域，一间间屋子排开，一个坛主走上来，向文臻介绍：“大当家，这最前面一个院子是五坛坛主的，再后面一排是百夫们的屋子，一人一间，再后面是队目的屋子，两人一间，再后面是普通帮众，再后面……”

那坛主忽然卡了壳，文臻看着那些帐篷，道：“这又是谁住的？”

无人答话，凤翩翩神情惊愕。

文臻：“地位最低的普通帮众？”

一片安静。

文臻笑了笑，又回头，走到最前面五坛坛主的小院，看了一下，整齐干净，并不腌臜。

然后去百夫的房间看看，差了一点，但也不算脏。

再去队目房间，更脏了一点，但是还能下脚。

最后去普通帮众的房间，文臻一进门，就险些被一地乱扔的袜子、亵衣绊了一脚。

地上满是污迹，墙上生着青苔，吃剩的食物胡乱地堆在桌子上，翻倒的杯子还在滴滴答答流着水，床上分不清被褥颜色，臭袜子成堆，散发着经年汗液积累发酵后的恐怖气味。

堪比现代那一世体育系男生宿舍。

屋内黑暗，隐约有怪声，文臻好一会儿才看清楚，还有人打着赤膊，裹着脏兮兮的被褥酣然高卧，鼾声震天。

躲在暗处的英文还在奋笔疾书。

“文大人入男子群居私室，见私物裸男无数。”

文臻脸色很难看。

屋内，凤翩翩脸色不知是怒的还是羞的，涨得通红。

她觉得今天挨的耳光实在太多了。

其余人都低头，不敢看文臻表情。

文臻其实倒不是多生气，但是这气味……她觉得自己体内的呕吐之力又要控制不住了。

腰后忽然传来一股热流，抚平了那股翻腾的气息，文臻转头，正看见林飞白一根手指悄悄抵在她腰后。

文臻怔了怔。

他是怎么知道自己脸色不好不是因为生气，而是因为不舒服。

随即她状似无意向前走了一步，让开了林飞白的手指。

林飞白没有跟上去，而是垂头注视自己的手指，好像那里忽然长出花来一样。

凤翩翩怔了半晌，便要过去将还在打呼的帮众叫醒，文臻伸手一拦，轻轻“嘘”了一声，示意众人退出。

众人只得随着她悄悄退出。

鼾声还在继续。

文臻一直退到外头空旷处，深吸一口气，脸色才好了点。

然后她道：“此时还在睡，想必是巡逻辛苦，各位昨夜能安睡，都靠帮众巡逻之功，此刻何必叫醒一个累极的人？”

高层们脸色尴尬，跟来的其余帮众却露出感激之色。

文臻又转回坛主小院看了一遍，啧啧赞叹：“看，我们共济盟果然是地位越高，素质越高，坛主的院子果然是最干净的。”

这话一出，那几个坛主面色如猪肝一般难看。

“只是我有件事要请教。”文臻笑眯眯地问，“你们是怎么做到地位越高屋子越干净的？这世上怎么就有那么巧的事呢？是因为，队目以上都有普通帮众帮忙清理屋子吧？”

您既然都知道，能别再用这种好奇的语气询问吗？

比骂人还难受啊。

“我刚才转了一圈，一个普通帮众要操练、要巡逻、要修葺房屋、要建设工程，还要在伙房帮忙，从早到晚忙个不休，然后还要给坛主、百夫、队目打扫房间，嗯？而咱们的坛主、百夫、队目，你们也挺辛苦，你们要监督操练，要安排巡逻，要查看修葺进度，要核对工程细节，要吃伙食，也很忙，以至于房间要人帮忙打扫，帮规到现在都没修改，各项该你们负责的条例管理也没见有什么效果，你们真的好忙啊。

“你们既然这么忙，想必也没什么睡觉的时间，这整齐干净宽敞的屋子也没什么机会去住，那就都拆了吧。”

她一直带着笑意，众人面对这急转直下的形势，猝不及防，都傻在那里。

文臻微笑看着他们。

共济盟受当初萧离风身体和心态的影响，管理不行，问题很多，她可没时间慢慢解决。

众人傻在那里，凤翩翩已经反应过来，厉喝道：“拆了！”

她身后一群人立即上去开始拆坛主的小院。

凤翩翩又道：“把那些帐篷也给我拆了，以后再不许有人住帐篷！”

“哎，不用不用。”文臻伸手一拦，“帐篷不拆，以后万一哪位高层再搞特殊待遇，或者敷衍塞责，或者行事无矩呢，总是要有地方住的嘛。”

众头目：“……”

文臻的声音清晰：“拆掉所有的小院，所有队目以上的头领根据各自所辖打散入帮众中，同吃同住。至于屋舍不够，全部改住高低床上下铺，回头我画图纸给你们，一舍八人。

“住在舍内的最高等级头目为舍长。从明天开始，每日卯时正吹哨集合训练，绕千秋谷跑两圈后，回舍整理内务，再吃早餐。所谓内务，便是你们每人的日常生活事务，例如你们的被褥整理、房屋打扫、私人物品的清洁等。宿舍进行编号，每日按编号排列顺序互相检查，排列最后的，当日罚多跑步一圈，午饭不再供应。连续三日排列最后的，则罚穿女装、涂胭脂、着绣花鞋绕千秋谷跑三圈，并请专人画像挂在谷口处。

“从明天开始，所有头目都必须和普通帮众执行同样的标准，包括饮食、巡逻和训练标准。撤去伙房里的包厢和一切区别于帮众的待遇。稍后我会联合各位制定全套的训练生活标准。所有头目必须各方面成绩超出普通帮众，不可出现德不配位现象。头目所带领队伍连续三次考核靠后者，当场撤去职务。当初共济盟的上天梯便很好，宜体现在日常的各个方面。所以原头目被撤之后，其属下有能力者可他人推荐或者自荐。

“说完了惩罚，便说奖励。连续优胜者，无须经过上天梯，也可以提拔。日常训练优异者，对敌勇猛有功者，发现重大线索和敌人者，提供重要建议者，但凡对谷中一切事务存在良性推动者，都会视情给予擢升或者嘉奖。

“但有一条，不许钩心斗角，不许为名利暗中作祟。男儿当坦荡，男儿当自强，不提倡任何举报行为，不允许任何私下械斗，有任何冤情和不满可直接报给凤三当家处理。”

文臻袖手立在营地当中，几乎毫不思索的命令一条条颁布下去，众人一开始还诧异震惊着，紧跟着便只能点头了，有专门的书记官奋笔疾书，将条令一一记下。

林飞白出身军中，闻言也微微点头，文臻的很多做法和他父亲整兵方法近似，但显得更加清晰和有秩序。有些做法，想必父帅知道了也会大加赞赏。

并且共济盟出身江湖，匪气重的地方往往散漫，文臻以军中律令整顿，再以实际利益驱使，大刀阔斧，气魄非凡。

只是不知道她是如何懂这些的，明明没有涉及过军务。

这小小的脑袋里藏了多少瑰宝?

文臻双唇微微起皮，显然是说得口渴，林飞白从怀中取出水囊递过去，文臻也没多想，她还在思索，随手接过来喝了一口。

英文躲在暗处写：“文大人和林侯共用水囊。”

第二章

交际花

后头还有很多事需要大家坐下来慢慢商量，文臻也不想一时给大家太多压力，压力要给，此时也是最合适的时候，但得张弛有度。眼看众人神情有些复杂，她便道：“既然隔栏拆了，那就去顺便看看熊军兄弟们的屋子吧。”

潘航瞄了一眼垂头丧气的共济盟高层，十分爽快地一摆手：“欢迎之至，大当家请。”

凤翩翩看一眼潘航，低声对文臻道：“还是稍后再看吧。”

“翩翩，我知你捍卫共济盟之心十分炽热，我也知你便是宁愿自己受辱也不希望共济盟受辱，但是请你莫要忘记，从今天开始，共济盟和熊军便是一家，也必须是一家，我不会再给共济盟机会，如果这次还是不成，我不介意散了共济盟。”文臻转头看向凤翩翩，“所以，带共济盟的人去看熊军的屋子，就好比带你去看我的屋子，有什么好介意的？”

她的眸子笑意盎然，盈盈如映了水的星光和映了星光的水，璀璨却又微凉，看得凤翩翩内心一颤，随即明白了自己早已被眼前女子看透。

也明白了，这也是自己最后的机会。

她立即退后一步，对潘航笑道：“是该向熊军兄弟们多学学。”

潘航颔首一笑，竟是丝毫没有谦虚，当先引路。果然，熊军的屋舍并没有分出高低阶层，也十分整洁有序，士兵们精神气也明显要高上一层。看得共济盟的一众头目脸色由红转紫，到最后垂头不敢抬起。

便这样也够了。文臻便命众人各自办事。她亲自下厨，做一顿合伙饭。

文臻厨神之名传遍天下，能吃到她亲手做的菜，众人都很兴奋，都在议论着今日的好口福。

尤其文臻原本就是只给皇帝下厨，入朝之后步步高升，身份贵重，众人哪里能想到她居然会亲自做饭，现在离饭点还早，大家便在伙房外排起了长队。

文臻今日给了大家一顿杀威棒，此刻便是要给甜枣的时候了，所以这次是现场教学，也不打算做什么大菜，选择适合大锅饭的家常菜。

一群人围在文臻身边，神情紧张地听她现场教学。

“这道菜是虎皮青椒，最是开胃下饭。做这菜火不能大，干煸时一定不要放油，翻炒不可断，炒之前先用锅铲按压出水分，表皮出现白色焦斑再放油放水，如此才能出虎纹效果。

“如果调料不足，香芹的梗可以不扔，加入炖菜和汤中，香气更浓。

“撒盐要边炒边撒，要从高处撒落，这样比较均匀。

“烤鸡烤制之前，可以先把鸡绑起来，这样鸡肉受热均匀，鸡胸部人字形肉处更加柔软多汁。

“这香菇干了也不要扔，用清水洗一洗，剪掉根部，泡一会儿，再把水挤干，加盐、蛋清和面粉搅拌，放置一会儿后用烧热水汆一下，再用冷开水冲一冲……是不是鲜嫩多了。

“这虾仁用牛奶、面粉、蛋清上浆之后再炒，猪肝用葱头和盐先腌一阵可以去腥。这牛肉有点老……不，不用扔，拿嫩姜擂成汁撒上去。炖老鸭时间不够是吗？去后方池塘里摸几只田螺来……”

伙房里的人忙得团团乱转，伙房外的人也急得团团乱转。

那一阵阵的爆炒、炖煮、油煎、清蒸的香气馥郁缠绵又泾渭分明。

伙房内众人也在震惊文臻的臂力，这样的大食堂，炒菜用的锅铲也是巨无霸级别的，那沉重宽大的铁锅怕有百斤重，她怎么也能轻松掂起来？

众人看着那锅铲闪烁着精光，在空中划过一道道流利的雪亮的轨迹，看着那黑色大锅在那只小手中像一片纸一般，轻巧顺时针荡过一圈，再往前一送，而锅铲同时一晃，锅内色泽鲜亮的菜肴翻腾而起，再被那锅接住。

伙房门前，长长的队伍就快排到了谷外。

共济盟的头目们也混在队伍里，以前他们是习惯性有自己专门的一间小屋吃饭，此刻为了表示对大当家新政的坚决拥护，都老老实实排队。

熊军的人却还站在一边，用新奇陌生的眼神瞧着。

他们原本是西川五军之一，西川不入朝廷之令，他们又是封闭管理的军队，所以对文臻的厨神之名并不觉得如雷贯耳。只是闻着香气逼人，倒也舍不得离开。

几个大锅推了出来，今日是来不及改建食堂了，文臻准备等有时间，也按现代食堂的模式推行一下。

一个牌子挂了出来。

今日供应：虎皮青椒、酸辣土豆丝、糯米莲藕、菌笋烧老鸭、回锅肉、宫爆猪肝、虾仁肉饼蒸蛋。点心是野茴香葱油饼，汤是双丸汤。

菜式算是丰富，但是文臻说了，深山食材运送困难，今日算是大宴，平日断不可能这样吃，所以每人都只能选一荤一素，点心每人一块，汤每人一碗。

这下可生生把所有人逼出了选择困难症。

看着虎皮青椒皮薄软鲜，碧绿油亮，香气醇厚微辣，想吃。

酸辣土豆丝根根晶莹，清脆适口，糯米莲藕微红软糯，饱满的糯米从莲藕淡粉色的孔洞里莹润地挤出来，吸饱了莲藕的清甜香气。

回锅肉片片薄如明瓦，边缘微微翘起，瘦肉嫩红肥肉晶莹，衬着褐色的豆瓣酱和深绿的葱，视觉上已经夺人眼球，香气更是火山喷发一样，方圆一丈之内都是俯伏之臣。

更不要说那肉饼色泽鲜嫩，镶嵌着的虾仁如白玉盘上的玛瑙珠，晶莹弹牙，肉饼中加了蛋液和少许虾黄，更添浓厚醇香……

排队打菜的人们在锅前左右为难，要了青椒又想要肉饼，打了肉饼又想要换老鸭。

人类的智慧是无极限的，很快大家开始拼桌、拼菜。你一样我一样分开打，然后再凑齐一桌一起吃。

美食本就能拉近人与人的距离，等到文臻走出来时，看见的就是熊军和共济盟、共济盟坛主和小喽啰都挤在一张桌子上，从彼此盘子里夹菜。

文臻满意地弯弯唇角，故意限制打菜份数，要的就是这个效果。

看她出来，众人纷纷站起，站起还不忘记把脸埋在碗中。

文臻笑着摆摆手，拿着一个临时做好的餐盘，上面也是一荤一素一点心一汤，随便挤在人群中间坐下了，还没吃的凤翩翩也急忙跟着坐过来。

众人没想到女性当家如此不拘形迹，都有些不自在，然而看文臻毫无不自在，渐渐也便放开了。

文臻一边吃一边和他们聊。

“这个是餐盘，你们看这样是不是又方便又卫生，我看这里竹子很多，回头把样式画下来，用竹木一人做一套，以后统一拿这个打饭。

“你坐远点，虱子都要掉我碗里了。对了，回头要给你们立规矩，个人卫生一定要讲究，让江湖捞下次给你们送一些我做的牙刷来，这留山有种霜草，嚼了以后口气清新，当地人都在用，回头你们也采些来。以后必须每日洗脚，每七日洗头洗澡，衣服最起码三日一换，个人卫生不达标的，考核自动扣分。

“怎么，觉得娘们就是讲究，糙点才算大老爷们儿？拜托，糙是指心性，不是指头发打结、满嘴牙垢、一身油腻的污糟样儿。建明十年南境驻军忽然爆发大瘟疫，半个月时间十万大军死了一半，你们知道原因是什么吗？就是太不讲究卫生，人自动成了细菌培养皿，军中人口密集，一旦出现流行病，那就会造成极其可怕的后果，所以从今日开始，你们也不许喝生水，所有入口之物必须煮熟。

“食堂的菜我会留下菜谱，也会在这里住一段时间，把伙夫教会了再走，以后你们就有和今天一样每天不重样的伙食可以吃啦。”

最后一句引起了大家的欢呼，有人大声笑道：“大当家，其实您先前那些许诺啊，现在看来都没啥必要了，只要有这食堂，打他们嘴巴他们也不肯走啊！”

众人纷纷笑骂。

哄然应和声里，无数只碗高高举起来。

“敬大当家！”

文臻弯起眼睛，也高高举起碗，站起身，和周边的人一一碰过去。

碗边碰击声音清脆，汉子们满面红光，望向文臻的眼神热切而尊敬。

远处高树上，英文一脸傻笑，奋笔疾书。

“文大人一日收服熊军、共济盟，恩威并施，雷霆雨露，手段不输殿下矣。”

想了想又加。

“只是比殿下虚伪。看似与民同乐，其实嫌人家脏，啥也不吃。”

人群气氛热烈，林飞白坐在外围，看着文臻的碗。

这女人明明一口都吃不下，却偏偏能做出十分融入吃得正欢的姿态，周围那么多人，就没一个看出来的。

林飞白看了一阵子交际花一样的某人，看她端着一个餐盘，从第一排走到最后一排，谈笑风生，左右逢源，明明就一张嘴一个人，却能将那许多人捋得清楚，安排得明白，从头到尾，言笑晏晏，滴水不漏。

也就一顿饭，她便用美食和亲和力，将众人的忠心再加一成。

但是菜完全没动过。

他终于看不下去了，站起身来，进了伙房。

过了一会儿，文臻展示完了自己的亲民，自认为已经给诸位属下做好了榜样，便很自然地将餐盘里还没动过的菜分给周围几个年纪小的帮众，收割完最后一轮的感激之后，才挤出人群，悄悄透了口气。

此时天色已暗，不过离入睡还早，她却觉得既困又倦，最近总是这样，她想大抵是一个人在异地，心思用得多的缘故。

此时也不能去睡，她还有事要做。

离开人群，独自往原本的宿舍区去，那里帐篷还没拆，几个满花寨子的姑娘守着。

虽然这些女子原先是阿节的亲信，但因是戴罪之身，又怀疑自己被下了蛊，为求活命，更加好驾驭，此刻都守在帐篷之前，看见文臻过来，才让开道路。

文臻并没有进去，只是隔着帐篷听着里头动静。

过了一会儿，杨庞同嘶哑的声音传来："你……我怎么没死？"

另一个声音小心地道："四当家，是我，我接了处理尸首的任务，看你还有一口气，把你救了下来，万幸。"

杨庞同喘了一阵气，语气多了几分感激："多谢你冒险救我，我屋子里有好的金疮药，你去取来……我要尽快好起来，我不甘心。"

文臻听了几句，笑眯眯地走开了。

杨庞同必须死，但是不应该死得太快。

用完再死比较合适。

但是他的罪行需要当众揭开，揭开后如果没死，她之后收服共济盟和熊军的计划也就无法推行，所以她当机立断亲自出手，却也留给他一线生机，并在给他的喽啰们下蛊时，留了几条活口，在其中选了一个脑子最灵活最怕死的，交给这个喽啰救下和照顾杨庞同的任务。

如今这个任务完成得不错。

她示意姑娘们继续看守，但不可发出声音。转身回凤翩翩的小院，晚饭没吃，肚子里感觉不大舒服，一直有轻微的反胃感，觉得肚子很空，但又想不出吃什么东西。

奇怪，她向来还是很注意调养身体的，好端端的，胃怎么有毛病了呢。

文臻慢慢地走回去，她住在闻近檀的屋子里，一边推开门一边思索自己接下来的计划。

闻近檀需要解救，但不必急在一时，原因很简单，闻近檀在她来留山之前就去了总寨，真要出事早就出事了。从杨庞同的态度来看，闻近檀应该还在和留山周旋，大祭司可能更希望闻近檀带着共济盟和熊军，成为他的傀儡。

而她并不打算去大祭司的地盘冒险送死，她想在自己的主场，把解决大祭司和解救闻近檀的事一次性解决。

她推开门，忽然停住，随后后退，拳风击出，窗户荡开。

借着外头的月光，她看见桌子上一只碗冒着热气。

文臻怔住，回头看了一眼，确定凤翩翩还在和属下开会，不会是她送饭。

随即她收拳，进门，点灯，看清了桌上是一碗阳春面。

汤色淡褐，闪着细微的油光，面条细长筋道，散发着淡淡的麦香，点缀一些碧绿的葱花。

是一碗卖相很不错的面条。

不过在文臻这样的行家看来，这面有点不够筋道，汤虽然清淡，但是底味调得也不够好。

共济盟哪怕伙夫也是好手，不会存在面揉不筋道的问题，除非那人本身手上力道不均匀。

文臻立在那里，有些惊讶，有些感动，也有些头痛。

小白同学真是太倔了。

身后门响，她回头，是凤翩翩回来了。

文臻捧起碗，招呼她道：“翩翩，多谢你啊，看我没吃晚饭，还让伙房专门给我做一碗面。”

凤翩翩：“啊？什么？我没有……”

她的话音在接收到文臻含笑睇来的眼风时戛然而止。

“你喜欢就好。”

窗扇开着，被安排住在另一间空着的屋子里的林飞白站在窗口。

文臻眼尖，一眼看见他手上被烫伤的伤痕。

转过目光，她将只吃了两口的面条往窗台上一搁，道：“味道不错，可惜我不饿，翩翩代我谢伙房用心了。”

“啊，好。”

窗扇重重关上。

文臻收了笑，也关上窗。

凤翩翩一脸蒙，过去端起那碗面，嗅了嗅，嘟哝：“伙房谁手艺这么差？”

第三章

抢我夫君，一箭四雕

文臻在共济盟住了下来，她忙得很，监督着谷内各项工程开展，和高层连番开会确定谷中的各项规定制度，整顿军务，整顿秩序。千秋谷很大，还要派人出去继续探索开拓地盘，并将共济盟和熊军正式合并，文臻很懒，直接起名千秋盟。

若利在千秋，名存千秋，这便是个好名字。

她也在默默关注杨庞同那边的情况，在她的暗中安排下，杨庞同伤好得很快。

伤好了的杨庞同果然不大老实，听救命恩人说了她大刀阔斧的改革之后，暗中窃喜，认为文臻一定得罪了不少人，这是他的机会，便派救命恩人去联络旧部。

文臻自然任其施为，他那几个心腹最先被联络上，然后再通过这几个心腹联络了一批平日比较桀骜或者特别老实的，文臻控制着人数，要让杨庞同觉得自己已经拥有了一定的实力可以尝试着起事。

她已经通过审问杨庞同的那些属下得知，这位四当家不甘心臣服于女子之下，和大祭司勾结，想要夺取共济盟权柄，他将江湖捞运送物资的消息传递给总寨，打劫来的物资一半送给大祭司，一半入了他自己私库。一方面让谷中物资不足引发众人对凤翩翩等人的不满；另一方面他自己可以以此来博取人心，所以才能在短时间内获得人望，搅得千秋谷波折不断。

联合留山大祭司逼走闻近檀之后，他便对凤翩翩下手，如果不是文臻及时回来，千秋谷也就姓杨了。

十天之后，杨庞同聚集了一百多人，并终于给出了信物，让那个最先救他的喽啰老邢带他的密信去总寨。

与此同时，其余人也按照他的安排，在千秋谷的一个秘密山洞里找到了那些他藏起来的物资。

令文臻惊讶的是，那些物资里不仅有武器，还有一些火药弹。

火药弹从品质和制式来看还分两处来源，其中极少量应该是她的江湖捞，给千秋谷开山造工程用，其余大部分则有磨损，显然来自官库，但是磨去了印记。

杨庞同不可能从官库拿到这些。

杨庞同让自己的这批手下把火药弹埋在高层住的小院、校场、马厩和伙房附近，埋完之后向大祭司报信，说自己已经暗中控制了千秋谷。

在众人的撺掇下，杨庞同还向大祭司建议，将此次立火节开坛祭祀大典放在千秋谷，让整个留山看见被大祭司收服的千秋谷，以此更进一步巩固大祭司的地位。

这些事情都在文臻的注视下进行。

之后她去了一趟满花寨子，在寨子外头，以阿节的身份和一个黑衣蒙面人接了头，告诉对方，自己已经拿下了寨子，并且向大祭司献策，愿意带领所有蛊女为先驱，控制千秋谷。

之后她便是等待，千秋谷和满花寨子的饵已经下了，她相信便是大祭司自己不想来，他的那些手下也会撺掇他来的。

果然，从十月初八开始，留山各寨便接到了大祭司的命令，今年的祭坛应天之命，地点在千秋谷。

千秋谷目前为外人所占，不明真相的其余村寨都十分担心，但是大祭司十分有信心，宣谕于自己的忠诚信徒，称神明光辉，遍及留山，德辉所至之处，定然宵小授首，子民景从。

留山百姓对大祭司的虔诚和信仰令他们很快接受了这个说法，开始喜气洋洋地为节日做准备。

文臻本以为自己也已经做好了准备，但是林飞白开始莫名牙痛。虽然他忍着不说，但是当他屋子里的灯接连亮了两夜之后，文臻还是察觉到了。

面对她的询问，林飞白一言不发，文臻一开始以为他是中毒了，后来发觉不是，她想了一阵，回到院子里看了一圈，然后在一棵树上揪下了一手拿布条一手拿笔的英文。

英文在女主子面前没有什么骨气，立即把布条和笔上交，但对于文臻要求他帮林飞白解决疼痛的命令却连连摇头。表示一来这是殿下给的药，没给解药，他解不了；二来就算他有解药，如果他不得批准擅自给了，那明年今日文大人就要对着这棵树祭奠自己了。

英文很是诚恳地劝文臻："殿下说话向来算话，说是只痛一个月就一定是一个月，也一定只是牙痛，文大人您就将就吧。”

文臻看了一下那些小布条，笑了笑，夺过笔，在上面随手写下“天涯地角有穷时，唯有相思无尽”。

少了一个字，也没标点，然后塞给英文，要求他立即飞鸽传回去。

并告诉英文，如果某人想要她补上这最后一个字，那就拿解药来换。

英文点头如捣蒜，文臻便又问他，燕绥近日在做什么？

英文道：“不过是闲逛罢了。”

文臻：“他可有礼物给我？”

英文道：“好像听说有买到很别致的礼物。”

文臻顿时确定燕绥果然去了静海城。

对于燕绥来说，这世上绝大多数的东西都算不上别致，大概也只有舶来品才能在他面前算别致。

在他所活动的范围，只有靠海通商的城池才能有海商，带来来自洋外的物品进行交易，这两座城池一是大皇子下辖的苍南郡斜月州，二是南齐静海城。

燕绥此刻不会去斜月州。

去了静海城，却没爆发出什么大事，显然刺杀南齐女总督并没有成功。

这让文臻觉得很不可思议也很惊讶，又有些担心。

难道燕绥吃亏了？

但是英文显然不打算告诉她燕绥的情况，一边继续往树上爬，一边叨叨：“文大人还是原谅殿下吧。这爱侣之间可经不起冷淡波折，分离久了，情爱淡了，万一再有乘虚而入的人什么的……”说到最后一句，爬到树上不见了。

文臻听着倒像意有所指，也不知道是指林飞白还是指燕绥那边，但她也懒得理会。

回到屋子里，正看见林飞白一手托着腮，一手将一张纸条放在蜡烛上烧了。

文臻瞟了他微微肿胀的腮帮子一眼，心想，这牙痛想必很厉害。

“你的人联络上了？”

“嗯，师兰杰即将赶来。”

文臻并没有问纸条上写着什么，回头却看见林飞白在悄悄看她，神色似乎有点犹豫。

文臻问道：“有什么想对我说的？”

林飞白一抬眼看见她坦荡真挚的笑颜，倒生出几分惭愧，道：“我接到消息，说唐孝成求联姻皇室，对象是……燕绥。”

文臻顿时明白方才英文那句话的意思，不禁一笑。

林飞白紧紧盯着她神色，却见她笑开，不由诧异：“你……你不生气？”

“我生气做甚？有必要这么老套吗？”文臻忍不住好笑，“唐家求联姻，这姻缘一定就能联得成？燕绥是什么人，他会乖乖听话？”

林飞白默然，虽然他知道这话不错，但这话从文臻嘴里说出来，他心底有说不出的复杂滋味。

这般的信任啊……

“他现在本就陷身攻讦，接受唐家联姻，能帮他化解朝臣很多怨气，有利于他在朝地位稳固。而且，你想过没有，一旦他拒绝了，真的引发唐家叛变，到时候，他就会成为千古罪人！”

文臻靠在桌边，双肘撑桌，盯住了他：“林侯，你什么意思？你是在建议我出面劝他答应吗？”

“啊，我不是，我是……”林飞白迎上她的目光，顿时瞠目结舌，神情慌张。

“你这么想也没关系，如果我不是躲在这留山，而是在朝中，想必每天会有一堆说客来和我分析这其中的利害，劝我为了家国大义，为了天下安定，自动和殿下断情，来成全这太平天下。”文臻翘起一边嘴角，“那还真有点麻烦，天天陪这些家伙打太极，想想都累死人啊。”

林飞白沉默半晌，道：“你不会的。”

“你终于懂我一回。”文臻笑道，“我为什么要同意？不是我说，朝中大臣要是真认为燕绥不同意婚事会导致唐家起事，那我真要鄙视一下古人的智慧了。唐家是何等世家，谋反又是何等大事，其间牵扯到的人力、物力等各方准备何等庞大？没有个十年储备谁敢行这般大事？是，历史上是有一拍脑门就反叛的，但那绝不会是唐家，别的不说，看唐孝成和唐羡之父子的行事风格就能看出来。所以唐家如果真的反了，那就是提前十年就下定了决心，和燕绥娶不娶唐家小姐有什么关系？

“如果真有人拿这个说事，那么不是蠢，就是坏！蠢在看不清，坏在别有用心，想借此事逼迫燕绥，最好引得他们父子决裂，燕绥彻底失宠！

“再脱离朝堂说现实，燕绥并不是我的，我有什么资格把他让给别人？他是我让出去就真出去的人吗？那我又何必做这无聊事儿，弄得里外不是人？”

“但如果陛下下旨，难道他还能抗旨？”林飞白虽然这么说，却很清楚，抗旨这事对燕绥也不难。

“陛下不会下旨。”

“为什么？”

“这就要说到燕绥的为人。燕绥性情孤傲，目无下尘。别说朝臣，皇帝老子也未必当回事，这种性子虽然不讨喜，得罪人，行事多掣肘，但也会让人们自然而然地畏惧他，忌惮他，不得不更多地考虑他的意思，以免自讨没趣不得下台，包括陛下。”

林飞白深吸一口气。

他觉得心惊。

不光是因为文臻的大胆，还因为文臻在这一系列推断中表现出来的清醒犀利，洞察人心。

她最后那段话几乎揭开了整个朝野上下的内心。

难怪父帅自从见了她就十分扼腕，有事没事一天三顿地把他拎出来骂一顿，骂他不争气，不知争取，生生让这么特别的姑娘给燕绥那家伙抢去了。

也难怪性情疏冷又刚硬的大司空单一令破例收了文臻为门下，暗中没少为她使力。

她对每个人的分析都如此精准，包括燕绥，林飞白和燕绥有多年恩怨，自认为足够了解燕绥，但也想不到如此深切。

也许，燕绥一直就是故意这样的。

所以他选择了唯一能真正看清楚他的文臻。

“既然你不在意，我便放心了。”说到底，他关心的只是她的情绪而已。

“谁说我不在意？”

“嗯？”

“虽然不会有指婚，燕绥也不会接受这门亲事，但是不代表我就会看着自己盘子里的肉被人家觊觎。燕绥性子疏懒，不会用太多心力去解决这件事，那就我来吧。”

林飞白盯着她，只觉得心间嫉妒和诧异交织，一片酸苦滋味。

哪怕此刻还在和对方赌气，却依旧没有误会，没有愤怒，没有任何多余的心思，甚至还在筹谋着要帮对方解决。

燕绥何德何能！

“那……需要我帮忙吗？”

文臻听出了这句话里的诚恳，心中升起几分感动，却摇了摇头。

她不接受林飞白的情意，不想给他无谓的希望，但她同样不希望他受任何“狗粮”的刺激。

外头有人敲门，文臻出去了一下，片刻后回来，手里也拿着一封信，笑道：“巧了，我祖母的信今日也随着江湖捞送补给的车子来了。”

她拆了信看完，笑了笑：“果然也是这件事。”

“老夫人什么态度？”

“祖母说会给我建议，但是更希望我自己解决。但是祖母有一点和我很一致：我的东西，我可以自己不要，但决不允许被人抢去，或者被人逼迫让出。”

有其祖母必有其孙女也。

文臻取下文蛋蛋，晃了晃，把蛊王大人晃醒，道：“蛋蛋，去燕绥那里一趟。我知道你只能召唤蛊虫，你就召唤一些长得比较像正常动物的毒物，安排得越多越好，越惊悚越好，越引人注目越好，然后去咬燕绥。”

文蛋蛋狂点头，对这样的任务接受态度非常良好。

林飞白：“……”

文大人的解决办法，听起来又惊悚又有点快意怎么办？

他明白文臻的意思。唐慕之驭兽之能天下皆闻，文臻派出文蛋蛋，声势浩大地以虫兽追杀燕绥，是要让天下认为，唐慕之自己不满这婚事，要杀了燕绥一了百了，如此一来，唐家自然没话说，朝臣和陛下，谁又再能逼迫燕绥娶这样的恶妇？

而唐慕之性情冷酷也是天下皆知，她完全有可能做出这种事。

如此一来，咱们的文大人抹黑了唐慕之，断绝了唐家联姻的念头，堵住了陛下和朝臣的嘴，顺便还恶整了一下燕绥出气。

一箭四雕。

安王府离留山这里不远，文蛋蛋一夜便可以一个来回。到了明天，就可以喜获宜王殿下被未婚妻追杀的新闻了。

文臻探头对外头打个响指，不一会儿英文出现，文臻和他借信鸽，英文急于帮殿下讨好文大人，十分痛快地借了。

英文欢喜地看着鸽子带着文蛋蛋飞向天际，心想这是大人回心转意，考虑到殿下的安危，要把自己的法宝送过去？

殿下知道，该多么欢喜啊。

十分欢喜的英文回树上去蹲着了，兴奋之下展开纸条“唰唰”地写：“大人和林飞白密室交谈，似有悔悟之心，托我送文蛋蛋给殿下。”

屋内，文臻继续看着闻老太太的信，一直嘿嘿地笑。林飞白有点好奇，却不好意思开口问，文臻对他扬扬信纸，笑道：“猜猜祖母给了我什么建议？”

“嗯？”

“祖母说，如果我愿卸去官职，她乐见其成，但决不可是因为要嫁给燕绥做侧妃。祖母说如果燕绥没有任何举动，她会给他好看。如果我愿意，她就在天京公开帮我选婿。她说我一个人来到留山，一定是燕绥又不干人事了，也该得到教训才是。”她满意地将信纸在掌心一合，“我和祖母，真是‘英雌所见略同’啊！”

林飞白：“……”

明日就是立火节了，按照规矩，是要在举行祭祀的地方起祭坛的，但是大祭司想要当着全体留山子民的面收服千秋谷，便事先公开宣谕，祭祀改为晚上举行，这样一来，全山土著就不必提前一晚前来千秋谷附近，惊动千秋谷，大祭司也就有时间趁白天把千秋谷拿下。

这都是杨庞同和总寨那边商量的结果，都被实时报给了文臻这里。

文臻则除了凤翩翩、潘航、妙银，在其余人面前都没提大祭司要拿千秋谷做祭坛的事，以免再出现奸细走漏消息。

晚上文臻还是没去食堂打菜，主要食堂抢菜盛况太烈，看着头皮发麻，她草草吃了几口，便回屋子练功。

她自己随身带了药方，一向走到哪里就会配上一个大缸和一缸药冻，以前只能把药冻打碎，现在已经能把药冻给打没了，从缸里出来后身上不湿。

在缸里打完拳再出来调息，她的身体已经渐渐适应了当初从方人和那里学的暴烈去针法，已经又化掉了肋下和后背的两根针，没有引发不良的反应，从目前的进度来看，金针爆体的可能性已经不大了。

但不知道怎么回事，最近无论是缸中练拳，还是调息化针，都显得有点滞涩，而且这种感觉越来越强烈，腹下一处经常刺痛，显然又有一根针要发作了。

文臻心中有些奇怪，她的金针发作其实也是有顺序的，基本上从上到下，目前只走到肋下和背部，怎么腹部的先发作了？

她心里隐隐有点发急，马上就要立火节了，这万一发作，便等于伤病之身，就太被动了。

文臻心底升起一股燥意，她自己都不知道这燥意从何而来，她素来是沉稳的人，很少受外物影响。

也许是因为今晚听到的消息，她在林飞白面前虽然一脸从容侃侃而谈，但心里终究还是有几分在意的，毕竟燕绥在她之前接到消息，可看祖母信中的意思，燕绥似乎也没坚定拒绝。

第四章

你生气，我认罚

这么一想，那股燥意更压不住，她自虐般地跳进缸中，不管不顾打了一套拳，好容易打完，发现衣裳上沾了不少药冻，顿时更加烦躁，将外衣一脱爬上床开始调息，趁着练完拳体内气息流转，攒足全力向腹部金针冲去。

下腹剧痛，剧烈的呕吐感上涌，同时胃部抽搐，似乎影响到了金针，隐约感觉到金针在气息冲撞下在缓缓调转，这也是从未有过的现象，想到金针调转过程中可能划破血管内脏，她顿时急了，再次调动气息想要在调转之前碎针，然而气息到了下腹之处便受阻，眼看那针就要转起，文臻心中大急。

内息已经无法碎针也无法阻止金针逆转，心一狠，她一手按上了自己的腹部，调动有限的内息，慢慢将金针往体外引。

屋内响起低低的呻吟和喘息，有冷汗不断滴落在床褥上，月光映一室惨白，唯有那一片浓重深黑。

咬牙忍着天崩地裂般的剧痛，文臻始终保持一线清醒，好感受到金针运行的轨迹，并终于隐约感觉到了金针的位置。

她抖着手，胡乱抓到了床边的汗巾往嘴里一塞。

按在腹部的手，运足气力，狠狠向外一抽！

染血金针，穿透血肉，破体而出！

金针出体那一刻，文臻眼前一黑，险些晕去，她死死抓住床沿，吐出了嘴里已经被咬破的汗巾。

解开衣裳，低头看看腹侧，有一个深而细的血洞，她能感觉到在先前的逆转中，体内已经出血，从怀里掏出丹药胡乱吃了一把，都是燕绥的供奉，来自他的师门无尽天，很多时候，文臻是靠这些好药撑过了化针的艰险，并获得了内力和武功。

腹侧的剧痛和剧烈的反胃感逆冲而上，她向后一倒，只觉得帐顶屋梁，都飞快地旋转着压下来。

在最后的朦胧意识里，她听见林飞白的声音，在门外问："文臻，你怎么了？"

……

燕绥忽然睁开了眼睛。

方才他竟然梦见蛋糕儿了。

他向来睡眠很差，很少做梦。

但是方才，他梦见简陋的木屋，蛋糕儿在打坐，床前一抹月光白，而她忽然倒下，腹上一个血洞。

他霍然醒来，一摸额头，竟然有汗。

燕绥坐起身，屋外传来日语的问候，他定定神，叫日语进来，道："把你带的那个黑色小盒子里的药，快马给文大人送去。"

日语吓了一跳，这药是前几天殿下师门快马令人送来的，说是算着日子，殿下的旧病恐怕要慢慢开始发作了，这药便是无尽天这些年费尽心力练出来的，只有一颗，虽然不能解毒，但必要时候，保灵智真元是没问题的。

这对于殿下来说就是救命药，日语当时欢喜无比，里外包了三层随身带着，如今听说要送走，顿时跳脚。

"殿下你疯了！这是你的药，不是文大人的！文大人又没病！"

燕绥不理他，师门的药都很注重固本保元。

"不送就滚回天京去。"

"滚回天京我也不送！"

下一瞬燕绥已经到了日语面前，伸手从他怀里取出了一个黑色小盒子，对外头一抛。

一个矮小的身影闪过接住，单膝跪地一拜，随即转身离去。

日语狠狠地"呸"一声。

那些机械的没脑子的矮子们！

燕绥再一甩，日语在空中滚了好几个跟头，才听见殿下道："滚回天京去吧。"

随即一卷纸砸在了他身上。

"这是这次叫嚣唐家联姻最凶的大臣名单。回京去立即一个个查老底，给他们安排一点勾连外臣的证据，就算没证据，也要引导陛下往那方面想，省得他们整日太闲多管闲事。

“去信林擎，就说我上次要他选人，可选好了？如果选好，趁早把戏安排上，等到这批人被逼出边军回京述职，迟早会被安排到湖州至定阳一线，唐家不动便罢，一动，便是给这批人送军功。

“之前查出唐家在大量制造武器，我让你们派人在唐家三州培养寻矿名匠。现在传令下去，把这几个人摆到唐家眼前，顺便散布湖州边界有铁矿的消息。”

日语大惊失色：“殿下，您在唐氏三州的部署可不能轻动，您当初说过要等唐家准备起事再一起掀的，这太早动一子，功效不大也罢了，影响全局怎么办？”

“少了一子，本王自有更多的子补上，要你操什么闲心？滚吧。”

“殿下！您为什么提前对唐家出手，不怕打草惊蛇吗？”

“因为我再不出手，闻家那个老太婆一定会出幺蛾子了。”

日语眨巴眼睛，不明白话题怎么忽然就到闻老太太头上去了。

燕绥却懒得和他解释。

不过是算准了唐家向父皇求联姻，父皇因为和自己的约定一定不好下旨赐婚，但也一定不舍得放弃，但现在他和文臻都不在京中，父皇能下功夫的，也只有闻老太太了。

但闻老太太那个性子，自然也忍不下这气儿。如果她给文臻出些馊主意，说些什么，蛋糕儿对他的气还没消呢，这雪上加霜的，以后日子怎么过？

父皇又没下旨，他不能靠抗旨来表明态度，只好这么迂回曲折地对唐家出手来向某人表示忠诚和赔罪了。

燕绥心中百转千回，再次想到刚才那个梦，蹙眉思索一阵，直到走之前，文臻的身体都在向着良性方向发展，在留山也没吃亏，实在没什么可能出岔子。

想来也就是一个梦罢了。

他之前一路追杀太史阑，在最后关头遵守赌约，放弃了杀她的机会，也将已经盘活的一局棋整个废了。朝中的攻讦他并未放在心上，此局不成，随手便可再布风云。

现在他待在安王府，是怀疑老大和留山的事情有关，所以留下来牵制住老大的全部注意力，文臻在留山，也就能少一些掣肘。

明天和老大约了去视察天机府，其实是去探底。

今夜啊，看来是睡不着了。

很快，他就听见外头一阵骚动，不住有人惊呼：“天啊，哪来的这么多蛇！”

“还有蝎子！”

“这么大的老鼠从哪里蹿出来的！”

“奇怪，怎么都往不醉阁去了！”

不醉阁是燕绥目前的寝居，燕绥霍然坐起，外头人影一闪，却是已经出门的日语又冲回来了，一回来就大叫：“殿下快起身！快来人帮殿下穿衣服！”

他话音未落，燕绥已经衣冠整齐地到了他面前：“怎么了？”

“驭兽！驭兽！”日语一把抓住燕绥衣袖，大声道，“外头好多蛇虫直奔这里来了，一定是冲着殿下的，一定是唐慕之那个娘们，她哀求殿下不成，因爱生恨要杀殿下了！”

日语正要拔刀，忽然后颈一紧，被他家殿下拎上了屋顶。

日语大喜，觉得他家殿下就是聪慧，蛇虫总不能上墙吧。

从屋顶向下看了一眼，日语倒抽了一口冷气，随即暴跳如雷地道：“都给我出去！给我出去找唐慕之那个恶女人！今儿非要打碎她满嘴牙，把她的哨子都扔到粪坑里去！”

他嗓门大，这么一喊，半个安王府都能听见。

远处主院里，灯火不兴，好像里头所有人都在熟睡。

黑暗的廊下，大皇子安王殿下负手立在那里，听着外头的动静，眼眸幽幽地闪着光。

他身后的幕僚小心地道：“殿下，那些东西若有人指挥，真的都往不醉阁去了，其余地方一只都没。”

另一人轻声道：“听说是唐家六小姐所为……”

安王“唔”了一声，唐慕之之前在静海城出现过，他也是知道的，听说唐家有意和老三联姻，但是老三根本不理会，唐慕之这是亲自出面请求，然后被拒因爱生恨？

身后幕僚犹疑地道：“殿下，咱们就这么看着？宜王殿下毕竟住在咱们府里，如果他在这里受了伤，怕陛下会怪罪殿下，说不定还会……”

安王冷笑一声：“说不定还会怀疑我和唐家勾结，意图杀害皇弟？”

幕僚们低头。

此时日语的大喊声传来，安王听着，摇头笑道：“真是妙啊。老三号称皇族第一人，智慧卓绝，手段百出，但身边人怎么都选了蠢货？”

身后有人凑趣道：“不如此，怎能衬托出宜王殿下智慧卓绝呢？”

另一人舒了一口气，道：“这下好了，他自己的护卫喊出来是唐家小姐因爱生恨出手害人，就和咱们没关系了。”

安王淡淡道：“老三是本王弟弟，虽然受了女人攻击，但咱们也去救了，只是蛇虫太多，无法通过，本王也折损了几个侍卫呢。”

他一摊手，朗声笑道：“本王爱弟心切，自然也要亲自去救，只是本王是武将，盔甲披挂有点麻烦，去，把那套配件最多的神风甲拿来。”

底下人心领神会，各自笑着道：“那得找一找。”

“还得上个油。”

“护心镜等配件由玉珠儿姑娘收着，还得去后院寻她。”

“哎呀，得赶紧的，天亮前得披挂起来。”

“所以，殿下，您还是先去睡吧。”

屋顶上，日语刚松了口气，忽然发现底下的黑潮似乎受到了什么驱使安静下来，竟然很有秩序地排在了一起，渐渐竟然成了一个方阵的模样，乍一看简直像大将在城下排兵布阵，对战城门。

日语看得头皮发麻，喃喃骂一句：“出鬼了！”

某个阴暗角落里，文蛋蛋得意地打了几个滚，哎，这就是博览群书的好处，军法俺也懂！

方阵排好，几条巨蟒游出阵来，看上去像大将出战。

日语看看那巨蟒的长度，也够不上这屋檐，冷哼一声。

燕绥一直闲闲站着，夜风吹起他玉青色锦袍袍角，月色在他光洁的额角微光流转。

他往后退了两步，日语立即十分豪气地站在了殿下身前，冲着底下游走的蛇群嗤笑：“来啊，上来啊！”

燕绥立即嫌弃地退后两步。

日语话音刚落，底下的蛇群忽然便冲了上来。

一眨眼那些蛇便前赴后继贴在了墙上，生生堆成了半人高的蛇梯，然后那几条巨蟒从容游来，其中一条尾巴抵在蛇墙上，忽然一个弹射，飙上屋顶！

日语一抬头，就看见大蟒如巨鞭凭空出现，向他扑来！

他甚至看见那大张的巨口内森然的蛇牙淌着透明的毒涎！

日语陷身在这个魔咒里，因为他站得太边缘了，下意识要挥刀时，脚下一紧，竟然被另一条蟒蛇给缠住。

而头顶巨蟒已经砸下！

声东击西，上下伏击，排兵布阵！

这些蛇会兵法！

就在日语想要大叫“我命休矣”的时候，他忽然觉得自己飞了起来，风声猛烈景物颠倒，他像一只风车般被抡了一圈，脚下的蛇直接被抡飞出几丈外，而双腿撞上某个滑腻软弹的东西，将那东西也弹出了老远。

然后火光亮起，燕绥扔下了一个火折子，正扔在底下的灌木丛中，火立即烧了起来。

底下蛇虫顿时如潮水退去。

日语看到殿下忽然跳下了屋顶，此刻很多蛇还没退去，他这一跳便跳入了蛇群。

那些毒蛇似乎畏惧燕绥，都纷纷退开去。

殿下忽然伸手抓住了一条小毒蛇，勒住了它的七寸，那还在逃跑的蛇顿时动弹不得，乖乖地张嘴吐出毒牙。

然后燕绥手指轻轻在蛇的毒牙上一按。

一点血渗出。

这好像是滇州这边最毒的蛇之一，号称金环五步毒来着。

燕绥逼着那蛇拿毒牙伤了自己，随手扔了那条可怜的蛇，手一伸：“帕子。”

日语递出雪白的帕子，燕绥手指悬于其上，一滴血滴落帕子上，鲜明无比。

随即他摸出一颗药来，吃了一半。

日语反应过来，扑上来要帮他吸出伤口的毒血，被燕绥嫌恶地推开，手中寒光一闪，已经在指尖上开了口子，将毒血挤出。

燕绥却一把将帕子扔给他，道：“用飞鸽或者快马送到留山文臻处。告诉她：你生气，我认罚。”

第五章

燕绥的“孝心”

日语愣了一下——这不是唐慕之含怒出手报复殿下吗，和文大人有什么关系?

燕绥哪里会和他这等愚蠢的人类解释，看了看四周的蛇，又道：“安排你手下的人，收集这里的蛇，收集得越多越好。然后安排车辆笼子，快马送到天京。

“在路上好生伺候这些蛇，一条也不准死。以我送礼的名义进宫，然后扔一部分到景仁宫前，一部分扔后宫。

“告诉父皇，儿臣十分感谢他的用心良苦，只是唐小姐似非佳偶，和儿臣一般不满这婚事，且心性毒辣跋扈，竟然放蛇追杀儿臣。唐家势大，儿臣怕诸位大臣畏于唐家权势，又说儿臣撒谎欺君，因此便将追杀儿臣的蛇虫打包送回天京，以为证据。请陛下及诸位大人及后宫诸位娘娘好好观赏，观赏完了，正好多炖几锅十全大补蛇汤，就当是儿臣的孝心了。”

日语陷入了长久的沉默。

他摸着下巴，禁不住想象了一下陛下、娘娘、群臣、以及唐家的脸色，顿时觉得还挺开心的。

忽见燕绥退了一步，日语急忙扶住，终于看见燕绥眉宇间的淡淡青气。

像是毒性发作，却又似乎没那么重，传说被这种蛇咬了，五步便倒，殿下现在五十步的时间也过了。

“殿下你的药分明对症，为什么不一起吃了解了？”

燕绥懒得理他。

鳏夫如何能懂有媳妇的难处。

全部解了毒，如何能得那心黑手狠的小蛋糕儿爱怜？

他得气息奄奄追过去才成。

他忽然对空中道："文蛋蛋，文臻没有让你伤我吧？可是你竟然驭使毒蛇伤了我，回去你要如何向文臻交代？"

黑暗中有咕噜咕噜的声音。

燕绥缓缓合上眼睛，懒懒道："想要我为你说好话吗？那就将功赎罪，带着你的毒物大军，去'临幸'一下老大吧。也不用弄死了，昏上十天半月，留三五个后遗症就成。"

本来殿下住在安王府，安王和殿下互为掣肘，谁也不能随便动手。偏偏今晚文大人派来了文蛋蛋搞了这场追杀的戏，十分轰动，安王想必会以这是宜王家务事为由袖手旁观，谁知道殿下顺势便把火烧到了他那里。

安王殿下只能以家务事为由解释自己的不出力，那么之后他也无法推翻这个借口。便是吃了亏，也只能咽下，他是主人，客人在主人家遇袭，然后他这个主人遭了殃，还能怪客人没保护好主人？

更妙的是，殿下也受伤了。

这个亏也只能安王自己吃到吐血了。

燕绥看他一眼，知道他在想什么，也懒得纠正。

他才不是为了引火烧安王才故意受伤，老大配吗？

日语还在嘚瑟，忽然发现殿下倒了下来，连忙一把接住，听见主子最后一句吩咐。

"去留山。"

"文姑娘，文姑娘！"文臻在陷入昏迷之前，被林飞白锲而不舍的呼唤惊醒。

她靠在床边想了想，终究觉得自己不能逞强，现在状态这么差，该求助还是得求助。

还没等她挣扎开口，外头疾风声响，英文含怒的声音响起："林飞白，你要脸不要！"

屋外，林飞白霍然回首。

英文已经跳下树，劈手抓向他的肩膀："林侯，你这半夜三更还来敲文大人屋门，你的规矩呢！"

林飞白反手一甩，便将他甩了出去，英文一个翻身半跪而起，伸手就要放飞刀，一柄长剑钉在他膝前，离他的膝盖只差一寸。

剑身微微颤动，英文怒极站起，拔剑就要扔向林飞白后心，文臻的声音忽然传出来：“小白，进来！”

英文瞪大眼：“文大人！文姑娘！”

文臻不理他。

燕绥未免管太宽，男人的占有欲，惯不得。

林飞白手一招，长剑回到手中，他提剑而入。

英文气得咳嗽，目光灼灼瞪着开了一缝的门，便在此刻，他也不觉得文大人会和林侯有什么，只是想着林飞白太不守规矩而已。

谁知那门一开，就见一道人影倒在了林飞白的怀中，那身形十分熟悉，便是文大人！

好半晌后，傻在那里的英文才清醒过来，急忙抽出纸条，写：“林侯夜半入文大人闺房，文大人……”

他的笔尖顿了顿，生生将“投怀送抱”四个字从脑海里抹去，想了想，写了“未拒”两个字。

殿下需要给予刺激。

殿下不能给予太多刺激。

关于文大人的事，当初日语受到的教训深刻，之后中文更是再三告诫其余兄弟，对于殿下的恋情，谨守本分，乐见其成，不多事，不多嘴，不自以为是。

英文性子温厚，任务执行得尤其好，给殿下汇报小作文都自认为言简意赅，不加任何主观猜测。

不乱说归不乱说，英文可不敢现在就走，他悄悄地摸过去，耳朵贴在了门板上。

断断续续的语声飘入耳中。

“你怎么了……文臻！文臻！”

“轻点……轻点……”

“太深了……”

英文又想去摸纸条写小作文了，忽然想起，接连放出了好几只信鸽，他身边已经没有鸽子了。

他们在留山外一个小镇有驻扎点，那里有鸽子，英文犹豫了一下，觉得今日之事非常重要，不可耽搁，想着如果快点来回，大半日也够了，便转身悄悄离去。

室内。

林飞白进入屋中，忽然一个身影向他沉重地倒下来，林飞白下意识要举剑，却在看清身影那一刻蓦然瞪大了眼睛，往前冲一步接住。

他一低头，就着从门缝透入的月光，看见文臻软软地靠在他臂上，双目紧闭，面色惨白。

“文臻！文臻！”

文臻睁开眼，从一霎的昏眩中清醒过来，看见林飞白英气却焦灼的脸。

她察觉此刻两人太过亲近，却根本没有力气推开他，只得对他安抚地笑了笑，道：“扶我去床上吧，顺便帮我拿金疮药来。”

林飞白目光下移，看见她腹下衣襟血迹，神色一惊。

他是之前调息时，隐约听见文臻房中有异常声音才赶来的，但他可以确定没有刺客，文臻好端端的怎么会受伤？

林飞白弯下身将文臻抱起，文臻垂下眼，露出几分真实的笑意。

林飞白把她放在床上，翻出金疮药，文臻拿卷草割去伤口附近衣裳。

林飞白目光犀利，一眼就看出这微不足道的伤口内藏的凶险。

他的目光落在先前未及收拾的金针上，那针沾满血迹，一看就是从体内被生生拔出来的。

林飞白只觉得心腔都猛地缩紧。

她的体内为什么会有针？她是硬生生把针拔出来的？这位置如此凶险，她拔出来的时候是不是伤了内脏？

他伸手在伤口边缘轻轻一按，文臻吃痛：“轻点……轻点！”

林飞白又在附近慢慢按着，低声道：“太深了……”

文臻叹了口气，低骂了一声。

林飞白按了一阵，确定附近的内脏应该没有大的损伤，微微松了口气，但是从文臻的反应来看，这伤口在内部造成的破坏绝不会是这表现于外的血洞，他给文臻上了药，将文臻扶正，自己也上了床，手按在文臻后腰，给她渡息。

文臻打开了他的手。

文臻来东堂久了，也知道现今意义上的渡息并不是像她看过的武侠电视剧一样，想渡就渡，随时再生，相反，武人修炼出内气非常不容易，内气也不是循环无尽的，一旦损失超过了一定限度，会造成不可逆的伤害。而渡息本身对施展者也很危险，毕竟这是将体内的东西拿出去，怎么可能毫无影响？

文臻明白林飞白的意思，虽然她不需要人为传功，但是大量内息的涌入，如果能和她的内息融合，将会更快地修复体内的伤，助她不至于伤了本元。

但这个人情太大，她不想收。

但此刻她怎么能拦住林飞白，林飞白一只手便镇压住了她，随即一股微凉又雄厚的内气奔腾而来，从后腰进入，顺着体内的经脉滚滚奔流，不断修复着她受损的经脉和血管，渐渐地，一开始微凉的气息淡淡转暖，从奔涌冰河转为潺潺温泉。

体内疼痛由剧烈转为平缓。文臻也渐渐恢复了气力，正要睁开眼睛，心中警兆忽生。

她猛地将身子向后一撞，将林飞白撞倒，自己则仰躺在他身上。

“啪”的一声，一道白光亮起，那光芒炫目得宛如闪电。

不，就是闪电!

平地起惊雷，屋梁生闪电，那道电光像从空气中生成，在这大晴天里，劈在床上!

正在两人刚才所坐的位置。

床塌裂成两半，断裂处离文臻脚尖不过寸许。

“噗”的一声，林飞白喷出一口血。

行功之中被打断，遭受反噬是必然的。

文臻捂住腰侧，将林飞白扶起来，发现他气色比自己还难看。

林飞白自从来了留山就颇倒霉，之前的骨折还没养好呢。文臻叹口气，心想，大家还是没得休息。

她拔出林飞白的长剑倒插在屋梁上，然后起身，用布条将伤口扎紧，换了衣裳，还给自己扑了点粉，上了点胭脂，又抓起一把药丸吃了，顺手给还没睁开眼睛的林飞白喂了几颗。

林飞白睁开眼睛，下意识要拒绝，文臻的手掌挡在他唇上，唇瓣触及那般微热柔软，他心一跳，还没反应过来，药已经咽了下去。

文臻忽然按住了他的肩，凑近，仔仔细细看他。

文臻的睫毛差点扫到林飞白的鼻尖，林飞白下意识向后让，却又被文臻按住肩膀动弹不得。

文臻看了看，顺手掏出自己的胭脂，林飞白明白她要做什么，还没来得及反对，就嗅见那胭脂熟悉的香气。

那是她常用的东西，也曾敷于她两颊，点于她红唇……

林飞白的目光不自觉地落在文臻淡粉双颊和一抹粉唇上。

她在给他上胭脂，眼神专注。

他猛地闭上眼睛。

文臻给他遮了难看的气色后，细细一看，赞一声：“美人！”

美人不肯睁眼，却道：“那电光——”

“又动用天机府的库存了。这大概是召唤雷电之术？可以想象，共济盟大当家如果死在雷劈之下，整个留山将会对大祭司更加崇拜爱戴，拿下共济盟会更容易……现在可以确定大祭司和天机府大皇子有关了。”

“那……”

“放心，异能的使用一般都是有限制的，就算再有雷电也不会打到我们身上了。”文臻指向横梁上的剑。

仿佛为她的话做注解，此刻又一道霹雳从屋梁上生成，却被那剑引走，一阵爆闪之后消失不见。

两人又等了一阵，见没有电光劈下，林飞白上了屋梁拿下剑，文臻看那剑居然完好无损，忍不住赞一声好剑。

此时凤翩翩等人听见动静也赶来，文臻有点诧异地望了一下外面，以为英文一定会在外头掠阵的，她才放心和林飞白传功疗伤，可现在好像人不在了？

文臻简直要气笑了，燕绥的护卫添乱打小报告的时候天天在，真正需要的时候反而不见了。

凤翩翩在焦急地询问她有没有事，文臻想了想，道：“三当家，出了点岔子，我们的计划要改一改了。”

片刻后，文臻的房内大乱，但是房门始终紧闭，随即又有谷中的大夫匆匆赶来，小院子里的人越来越多，将院子围得水泄不通。

共济盟的宿营地因为一直在动工，人们已经迁到别处暂住，所以营地内空空荡荡。

杨庞同在亲信的搀扶下，从一个最角落的破旧帐篷里走出来，嘴角勾起一抹冷笑。

他向大祭司汇报了大当家秘密来到共济盟的消息，并指出了大当家所住小院的位置，没想到大祭司果然神通广大，麾下的神通姑姑竟然可以隔空降雷，不动声色便劈了大当家一个措手不及，看那边小院慌张的动静，明显大当家情况不妙，等会儿人们聚齐，将这神通一流传，还怕共济盟不臣服？

自古以来，神秘莫测的杀人手段最能震慑人心。

一个汉子鬼鬼祟祟从小院那个方向回来，杨庞同递过一个眼色，对方点点头。

杨庞同眼底掠过喜色。

他抬手，示意身边人放出烟花信号。

大当家已中招！

第六章

举头三尺有神明

山路上行着长长的队伍。

这条路上也有很多的土著居民，他们看见那队伍最前方画着蛇蝎蚁蜂蜈五色彩虫的黑色旗帜，都老远退到路边，双手抚胸行礼，口称大祭司德辉沐浴留山。

队伍正中的乌木舆上，雕金嵌玉，垂着五彩丝穗，丝穗上吊着一颗一颗乳白色的珠子，看上去有点像是骨质的，风过时琳琅作响。

透过帘子，隐约可以看见里头端坐的人，长发披散，只束一根乳白色丝带，着一身黑底绣五色虫宽袍，束五彩编织腰带，身姿纤细，脊背笔直，但脸上却总罩着一层淡淡的黑气，难辨性别。

在这架最大的车马后还有一架稍小的车舆，白玉作饰，琉璃为顶，更加精致华美，里头坐着两位女子，左侧女子红色长裙，露半截晶莹玉臂，臂上戴着无数金钏玉镯，右边女子却只穿着普通留山女子衣裙，脸上戴着面纱，坐姿十分优雅。

四面土著看见这两位女子，又下拜称祭女。

长长的队伍在经过满花寨子的时候忽然停了下来。满花寨的石碑旁边有十几位女子在含笑等待，最前头一人的面貌端庄温婉，做妇人装扮。

走在队伍最前头的几位男女的面貌都十分平常，看人时眼神漠然冷厉，偶尔有人眼底还有精光一闪。这些人并不看四周百姓，正准备漠然走过，后头却有铃声响起，最前头一个男子便走过去，过了一会儿，一个矮胖妇人被带着过来，对满花寨子门口等候的人笑道：“阿节寨主，你是来迎接大祭司和祭女的吗？”

阿节笑道：“是啊，我们前来保护大祭司。”

“那请寨主随我们来。”矮胖妇人示意她们走在最后。

阿节微笑着带人跟了上去。

文臻抬头看了那彩舆一眼。

杨庞同放出她已经中招的消息之后，果然大祭司放下了戒心，带人来了。

按照原计划，她是要亲自扮成阿节，把大祭司的队伍带上死路，但现在她和林飞白都是伤后衰弱之身，凡事需要保险一些，便换了一个人扮演阿节，这回特意选了一个和阿节有点相似的妇人。文蛋蛋已经回来了，自然会做好伪装工作。

文臻身体虚弱，文蛋蛋回来后自动滚回她的辫子上，她也就没注意到文蛋蛋回来后异常的心虚和安静。

林飞白一直安静地站在她身侧，两人看着假的阿节被那个矮胖妇人邀请上了那辆祭女彩舆。

文臻递了个眼色，假的阿节便招手呼唤文臻走近一些，就近在舆下伺候。

文臻眼角瞄着那两个祭女，按说坐在右边穿着普通女子衣裙的那个，应该就是闻近檀，但是哪有那么多的应该。

两位祭女都对假的阿节点点头，并不与她多攀谈，这倒让文臻放下心，她就怕假的阿节多说几句就要露馅。

她观察了一下，发现两个祭女都有点心不在焉的样子，一人看左边，一人看前面，那个穿着普通的女子一直直勾勾盯着前面，文臻顺着她目光看过去，发现她看的好像是最前面那几个疑似天机府出身的人。

她的目光又落在前面轿子上的大祭司身上，总觉得他看起来哪里很不对劲，却又说不出是哪里。

彩舆上，假的阿节手指轻轻一弹。

一点青色的粉末悠悠飞了出来，在对面两位祭女面前飘荡。

文臻的目光紧紧盯着那点粉末，那是蛊术中的牵引蛊，对身上有蛊术痕迹的人有效，无论是被动还是主动沾染蛊，都一样。

祭女在留山已久，不可避免要和蛊术打交道，而闻近檀来留山时日不长，又一直待在千秋谷，去总寨不过几日，论起沾染蛊的气息，肯定比不上祭女。

那点青色粉末落在普通衣裙女子身上。

文臻看了一眼那臂上戴了无数手镯的女子一眼，却见那女子抬起手臂，一股淡淡的香气袭来。

和留山女子喜欢用的浓烈的花香不同，这女子身上的香气清逸又复杂，文臻竟然从其中闻见了好几种香气，宛然有前后调的感觉。

只有听过她描述现代香水，又对制香有一定天分的闻近檀才能调得出来这样的香。

文臻确定了目标，放下心来，稍稍后退一步。

等这队人进了千秋谷，入了她的包围圈，先把小檀抢出来，留山的问题就解决了。

事情进行得顺利，文臻舒了一口气，疲惫感袭来，腹下隐隐疼痛。

身体状况终究太差，这才几步路就吃不消了。

一只手轻轻在她额头一按，擦去了她额上的细汗。

文臻两眼发黑，黑暗中，林飞白黑白分明的眼眸中都是关切。

文臻此时不能拒绝“贴身侍女”的关切，头微微向后一仰。

林飞白的袖子立即便收了回去，垂下的袖子里的手轻轻扣住了她的手腕。

文臻知道他要干什么，此时怎么能让他再耗费内力？立即抽手，为了表示抗拒的决心，力道大了些，两人的手都弹了起来，撞在彩舆上，惊动铜铃，一阵乱响。

舆上两位祭女都看了过来，文臻心中暗暗叫苦，但那普通衣裙女子随即便漠然转头，而那个臂上无数手镯的女子则盯着两人的手看了好一会儿。

文臻以为她是认出自己来了，随即发觉这女子的眼神竟然似乎隐隐藏着几分羡慕之意。

文臻怔了怔，几乎以为自己看错，当她再看时，那眼神已然不见了。

再一抬头，千秋谷已经不远，四周山道上已经全是人，越接近千秋谷，人越多，千秋谷口有一片大的空地，现在已经几乎全是人。

文臻心中暗暗叫苦，她还是低估了留山大祭司在当地的声望，这些山民已经早早聚齐。

等下闹起来，万一被大祭司裹挟百姓，或者混乱中出现踩踏致人伤亡，她想要和平拿下留山的愿望就彻底破灭了。

而且大祭司的举动和她想的也不一样，对方并没如她揣测的那样，会派天机府天授者暗中搞破坏，然后趁乱拿下千秋谷，对方竟然就这么堂而皇之地一直到了千秋谷前。

看样子对方很有信心，所以要在百姓面前强势打压千秋谷，以进一步巩固民心。

好在她也有第二份预案，所以当大祭司的车驾到了千秋谷门口时，凤翩翩、潘航带着熊军和共济盟的高层也就直接迎了出来。

凤翩翩脸色很不好看，抱拳道：“请问来者何人，至我千秋谷有何贵干？”

这话顿时引起了留山山民的愤怒叫骂，但是大祭司只抬了抬手，所有人便住了口。

留山大祭司的声音很是平缓：“立火节至，本司向上天请卦，天神择千秋谷为起坛圣地，所以本司带领我留山之民前来，以求天神至高福祉。本司不知道，留山千秋谷何时成了他人地盘？”

“天神垂爱世人。留山既然古田能起寨，满花能容蛊女，为何千秋谷不能容我兄弟姐妹？既然我们在这里，在千秋谷起坛为何都不提前告知我们？难道大祭司往年在别处开坛，那些骨蛇寨、乌衣寨、满花寨，都是可以不告而进吗？”

“骨蛇、乌衣、满花都是千百年恭伏于天神脚下的虔诚子民，自然能获得全体留山百姓的尊重，但对于亵渎者、不敬者，天神只会临之以威！”

大祭司话音未落，千秋谷里“刺啦”一声响，一道白光闪过，随即里头一阵惊呼声传来。

“天啊，青天白日降雷，劈死刘坛主啦！”

凤翩翩、潘航色变，外头留山百姓们却都欢呼起来。

“大祭司神通！”

文臻的目光落在队伍前面那几个人身上，她看见一个青衣少年身躯僵直，一个少女十分瘦弱，一个胖子的肚子一直在微微弹动，还有一个男子一身黑袍，面容干瘦，一双手十分细长，此刻指尖正在微微颤抖。

文臻悄悄做了个手势。一阵风过，一只鸟掠过。

文臻对凤翩翩使个眼色，凤翩翩回头喝道：“怎么回事！”

有人从谷中奔出，大声道：“误会！误会！不是劈雷，是伙房炸爆米花不小心撞翻了炉子，炸到了刘坛主的手指！”

“哈哈，叫他嘴馋，活该！”

留山百姓：“……”

大祭司冷冷笑了一声：“天神仁爱，喜天下所有诚实勤恳的子民，但千秋谷诸位却是满嘴谎言，明明被天神赐下的神通大能惩罚，还敢当面不承认？既如此，那便让大家都看清楚吧！”说着一指凤翩翩。

共济盟帮众急忙涌上，将凤翩翩团团围住，大祭司似乎不屑地笑了笑。

文臻嘴唇微微鼓起，一边吹着无声的哨子，一边运足目力盯着大祭司脸上的黑雾，自己的微视之能按说能分解了这黑雾，但是她终究伤病未愈，无法一心二用，看了半天还是看不清楚。

大祭司说完，微微偏了偏头，那黑衣干瘦男子身躯一阵颤抖，盯紧了凤翩翩，手指猛地一痉挛。

又是一声雷响，近在咫尺，惊得众人齐齐一跳，眼前一阵白光闪过，伴随着焦味弥漫，什么都看不清楚，耳中只听见一声惨叫。

但这声惨叫是男子的。

众人惊叫，一边大喊天神神通，一边眼泪连连地揉眼睛，等到好容易看清楚眼前景象，都禁不住瞪大了眼睛。

场中确实有人半身冒烟，满头焦黑，却并不是千秋谷那个女主事人，而是大祭司队伍最前面的那个黑衣干瘦男子！

百姓们不明白，大祭司队伍里的人却最清楚此人就是驭雷者，因此神情骇然，很多人赶紧向两座彩舆靠拢，而凤翩翩此时的笑声也及时传来："怎么？不是说要当面劈我来着？怎么反倒劈了自己人？要按你的说法，激怒天神就会遭到这样的天谴，现在看来，真正激怒天神的人好像是你们啊！"

留山百姓对于天神的敬畏深入骨髓，闻言都惊疑不定地向大祭司看过来。

大祭司是神在人间的话事人，如果天神选择劈他的人，那自然是他的人出了问题。

文臻手背在身后，掌心里簌簌落下一些小米，赏给方才偷偷将空管尖针插在黑衣男子头顶发冠上的八哥。

引雷装置不是那么好自制的，但好在这个能控雷的人，自身能发出雷电，自然也是敏感体，在离他极近地方劈的雷，自然很容易就会被引到他自己身上。

此刻他凄惨倒地，也没人理会他。大祭司似乎震惊了一会儿，但随即便恢复了平静，道："天神选择了先惩罚这个人，自然是因为他暗中行了卑劣之事，也许他暗中勾结了你们也未可知。但你等化外之民，切不可随意出言亵渎我神意旨，否则必将受到天惩——"

他话音未落，忽然传来一声金属撞击声响，随即潘航退后一步，手捂胸口。

而此时凤翩翩一声厉喝，忽然跃起，举剑抡身一旋！

她自人群中暴起，旋起的剑风腾腾如云团，周围丈许地面被剑风所掠，飞沙走石，而剑光闪耀如流星，众人被刺得纷纷捂眼。

大祭司喝道："退——"

话音未落，一声惨叫，空中血花飞溅，飞溅的血花中突兀地出现了一个少女的身影，她似乎想向后逃，潘航一把拎住她后心，将她狠狠掼在地下。

她身形出现时，大祭司阵营中也有人抢出，想要救她，距离比潘航离她还要近一些，但是对方也只跨出一步，看见凤翩翩眼神后，就立即退了回去。

文臻心中叹一声。

隐身。

安王真是下了血本，连这样的天授者都派了出来。

她自从确定大祭司那里有天机府中人后，就要来了天机府全部天授者的资料，虽然不知道是哪些人会被派来，但是排除掉她和林飞白已经杀掉的，剩下的，她都做了准备。

资料上说，隐身者天赋太高，所以武功不会太高，最大的可能是用匕首，因此挡住要害就行。

留山百姓看见那少女突兀出现，已经惊到不会言语，正要喊大祭司神异，又看见神通姑姑被擒，顿时不知道喊什么好了。

潘航脚踩着那少女，问大祭司："这回这个也是和我们勾结，然后天神再次查知了她的异心，所以不管我们，先惩罚了她？"

他的语气满是讽刺，那少女倒在满是血迹的尘埃里，听见这句话，霍然抬头看对面的大祭司，眼神充满哀求。

大祭司这回沉默了很久，终于缓缓道："自然是这样的。"

少女的头颓垂了下去，身下的泥土渐渐湿了。

潘航没有任何怜香惜玉的神色，头一摆："带走。"

他残忍地笑了笑，道："既然是你们的叛徒，又对我出手，这种双重叛徒，我们也没必要客气，拖下去，曝尸示众。"

那少女又霍然抬头，有人上前拖她，她拼命扒着地面，向对面嘶喊："大祭司救我！兄弟们救我！我不是叛徒！我不是！"

大祭司队伍一阵骚动，大祭司一直稳稳地坐着，一言不发，最前面那批天机府中人，有人变色，有人低头，有人一脸漠然，但是也没有人站出来。

倒是后面彩舆上，那普通衣裙女子直了直腰，似乎想说话，但随即被那个矮胖妇人拉下。

文臻一直观察着众人的反应，同时对潘航的行事很满意。

凤翩翩终究心太软，不够决断，潘航却是个冷酷坚毅之人，和凤翩翩正好互补。

有惨叫声从谷内传来，谷口数千人鸦雀无声，人人听得惨然又凛然，很多少女看大祭司队伍的眼神已经变了。

文臻听着，心想装得还挺像。

没多久，有人从谷中拖出一具尸体，吊在谷口的树上，众人都倒吸一口气。

潘航踱过去，然后行了一礼，唏嘘道："姑娘，我们本不想杀你的，哪怕你刺我那一刀，但各为其主，无所怨尤。不过，说实话，杀你的也不是我们，杀你的是上位者的虚伪，同行者的背叛，和你以为的兄弟姐妹们的无情。

"你且去吧。举头三尺有神明，芳魂不远，恩仇自决。"

大祭司队伍里，那些天机府中人打了个寒战。

大祭司还是稳稳坐着，文臻觉得他像个没有感情的机器人。

第七章

搬起石头自砸脚

接连当众折了两个天授者，更要命的是，这种折法还失去了自己人的信任，伤了百姓的心。文臻算着，不会再有第三个天授者出手，试图展现神迹了。

果然，随即千秋谷内轰然连响，仿佛无数天雷炸开，地面震动，人们惊叫倒地，一片混乱。

谷内也有无数惊叫声响起，还夹杂着一阵狂放的狞笑，杨庞同的声音遥遥响起："千秋谷当家杨庞同，已诛共济盟大当家及此间恶徒，恭迎大祭司！"

随即一朵烟花自谷内蹿起，在白日青天中盛放。

众人仰头望着，凤翩翩惊叫："不好！"她和潘航带着人转身往谷里冲去。

谷内轰炸声，刀剑交击声，惨叫声交织成一片，不多时，又是一片烟花炸起。

混乱里，大祭司的声音清晰地传来："千秋谷中人抢占地盘，亵渎天神，攻击祭祀，倒行逆施，天神予以地火惩戒，诸位子民，且随我去收复千秋谷，重开祭坛！"

百姓们迷茫地从地上爬起，下意识随着大祭司的队伍往谷里走。

文臻一边按住腹部，一边吹哨，山林间瑟瑟风响，很快蹿出一头野猪来。

渐渐又有些猴子、兔子、鹿等动物出现，没什么猛兽，当初共济盟入住千秋谷时，就把附近猛兽都清理过。

有人大叫："大祭司您这是不许我们进去吗！"

文臻听出这是妙银的声音，她因为和阿节的过节，安排妙银混入百姓人群，见机行事。

随即妙银又喊："大祭司又展现神迹啦！咱们听大祭司的，先不进去。"

千秋谷山门口的岩石忽然塌了半边，堵住了一半路，也将里头的场景显露给了外头的百姓。

百姓们一见里头混乱，都停住脚步，连动物什么时候悄然离去都没注意。

文臻跟随队伍跨进谷内，吁出一口长气。

腹下传来撕裂般的剧痛，她实在支撑不了太久驭兽之哨，而且她的驭兽技巧也从来不正宗，不过坚持片刻。

她不能让百姓跟进谷内，但又不能让百姓完全看不见谷内情形，因此谷口也埋了炸药，炸开了入口，堆积石块，让人不好进入。

谷内浓烟滚滚，到处都是火焰和黑烟，地上横七竖八倒着一些人，杨庞同带着他的一百来号人，挥舞着带血的刀，大声笑道："祭司大人，天降雷火，已经惩罚了这里头的领头人，剩下的贼子还在负隅顽抗，还请您执行神的意旨，降下神罚！"

大祭司始终高高地坐在舆轿上，那沉厚空灵的声音再次响起，远近皆闻："千秋谷中人虽有异端之罪，但一切都应遵循我神意旨。如此，我舆轿将自行行走，所经之处西南方向，即为有罪当罚之人，若千秋谷中人及时幡然醒悟，跪地缴械投诚，自会给予活命之机。"

他话音未落，身前便多了三炷香，那烟竟然是鲜红色。

烟都是向上飘，很少有向前的，顿时又引起众人欢呼，林飞白却忽然拉了拉文臻袖子。

文臻顺着他的眼光，看向队伍最前头一个少年。

那少年身量高长，只比燕绥矮一点，很瘦，脸色苍白，容貌普通，眼神空茫又恍惚，看一眼就让人不舒服。

文臻怀疑他是不是用了面具，但是那眼神里的飘忽，却肯定是真实的眼神。

想来是天机府中人，只是还没出手，不知异能为何，她虽小心戒备，却也没看出什么别的不对。

她疑惑地看林飞白，林飞白悄声道："我刚才看见他看了那个胖子一眼，然后那个胖子弹了弹手指，那烟气就变成这样了。"

文臻心中一动，隐约觉得哪里不对劲。

忽然她回头看看，发现祭女车驾上，那个臂上戴无数手镯，疑似小檀的女子，似乎在凝视着这个少年。

什么意思？是近檀已经认出她来，在提醒她要注意这个人吗？

众目睽睽之下，那舆轿自己动了起来。

谷外百姓看见这一幕，齐齐跪下，山呼万岁。

文臻心想，神棍真是无时无刻不在努力展示神迹。

她这回盯紧了那少年，林飞白却忽然道：“有两个人不见了。”

这话一说，文臻顿时浑身汗毛一奓。

还有两个人能隐身！

大祭司带来数百人，人群里忽然少了一两个人，外人谁能察觉？文臻心中庆幸，她在翻看过天机府资料后，制定的计划就是不现身，不然这几个能隐身的，不就是留着对付她的？

现在，这两个能隐身的去抬舆轿了。

所以舆轿走得很慢。

文臻盯着那舆轿前行的路线，嘴角慢慢勾起。

这个路线自然是杨庞同向对方提供的路线，杨庞同在千秋谷里埋下了火药弹，他提供给大祭司的，自然是没有火药弹的路线，而大祭司所说的所经之处的西南方，自然是有火药弹的地方。

但是，这是杨庞同的以为。

事实上，所有的事情都在文臻注视之下，她让人报给大祭司的，自然是相反的路线，大祭司走的路才是充满火药弹的路。

她要看看踏上硝烟之路的大祭司，还能有什么天神来护佑他毫发不伤。

大祭司已经当着留山百姓的面表示了被炸死就是受天罚，那么当他自己被炸，他的神坛也就崩塌了。

再加上之前种种行为已经让百姓有了怀疑，文臻相信，留山百姓对大祭司的忠诚一定会打一个大折扣。在这样的基础上，千秋谷适当表现出善意，她再让闻近檀借助文蛋蛋或者她自己的驭兽哨表现出一点神异之能，千秋谷很容易就能取代崩塌的祭坛，成为留山百姓心中的神的代表。

文臻从没想过要破除迷信，替百姓扫清妖氛，神权向来有利于对底层百姓的统治，既然如此，她何不拿下？

文臻看着大祭司的舆轿果然向死亡路线而去，心中一喜。

随即她忽然发觉，这次队伍行进的顺序有了变化。

舆轿在前，祭女的轿子却没有紧跟其后，本该在最前面的天机府中人，也留在原地。

这本是好事，文臻对远处的凤翩翩使了个眼色，凤翩翩点头会意，悄悄往祭女轿子逼近。

大祭司的舆轿飘了过去！

此时她忽然听见轻微的声响，像什么东西喷出的声音，前头大祭司面上的黑雾骤然散开。

文臻没看清黑雾下的面容，但一阵突如其来的心悸抓住了她的全部心神。

不对！

这事儿进行得太顺利了。

大祭司就算和杨庞同早有勾连，似乎也不该这么相信他，都不派人试探一下就自己踏上那条路！

文臻看一眼谷中，除了几个冒充尸首的帮众，还有一些用来麻痹大祭司的帮众，大部分人还留在工程主要所在地的后山。

因为最近伙食好，大家干劲大，千秋谷的各项工程进展很快，因此文臻特意停了山门口的工程，将后山其余的工程机关都挡住，以免被大祭司的人发现并破坏。

这样安排也有避免在接下来的爆炸中，误伤己方的意思。

文臻忽然走了过去。

这时候她独自走出队伍十分显眼，林飞白大惊，想要拉住她没拉住，只得也跟了上去，却又做了个手势，示意其余的满花寨子的人不要动。

文臻一边走一边将藏在发辫里的文蛋蛋给放了出来。

之前她一直将文蛋蛋藏在头发里，是怕这里是留山，了解蛊的人太多，且文蛋蛋很可能也出身这里，这里的人会认出它来。

但此刻，一颗琉璃珠儿在她乌发上闪光，经过的人都不禁看一眼。

她先走过了祭女的轿子，两个人都没有任何反应，文臻走过去的时候一个踉跄，撞了轿子一下，两个人都诧异地看过来，依旧没有任何别的反应。

文臻心一沉，看向前方大祭司舆轿。

那舆轿离最近一颗火药弹只有半丈距离了……

林飞白一直盯着她，脸色猛变，一把扣住她胳膊，文臻反手狠狠一甩，林飞白踉跄一步，文臻也因为用力过度牵动伤口脚下歪了，林飞白不敢再拉扯她，眼睁睁看着她大叫：“大祭司，您的东西掉了！”捂着腹部飞奔追去。

文臻三两步追上，一手挥舞，手中文蛋蛋滚来滚去。

那端坐的大祭司依旧没有回头，没有动，但他广袖中垂下的手指，指甲一直抵在轿底的木板上，此刻木板“咔嚓”一声断了。

文臻一眼看见，如遭雷击，再一回头，看见舆轿的轿杆边缘已经到了预设的火药弹埋藏点！

她拼命大喊：“翩翩，停下！”

同时蹿上舆轿，一把抱住大祭司，就要往下扔。

她知道自己此时的体能已经不能带着她逃跑，只指望能扔出去叫林飞白接住。

但她依旧对自己的体能太过高估，这一拉，她才发现对方身上似乎被什么沉重的东西锁住了，根本拉不动。

文蛋蛋飞跃而出，滚了一圈。

文臻咬牙往对方身上一扑。与此同时，对方也往她身上一扑，而文臻身后有个温暖的怀抱猛然覆下。

“轰！”

巨响声惊天动地。

巨响里，整座车都被震歪，撞在旁边的一座台子上，文臻的头和肩正靠近车壁，被撞得发出闷响，文臻一瞬间脑中一片空白，只感觉到身下的身躯和身上的身躯都在激烈颤抖，连带整个山谷都在震动，鼻端混杂着兰芝青松和血液的复杂气味，无数东西似乎被冲上天空，再落下，四面像下了一阵携着血腥的狂雨。

她忽然觉得后颈一阵刺痛，感觉是哪里的金针逆行了。

此时也顾不得金针，她心慌地摸摸自己身下的人，叫道：“近檀！近檀！”又摸身上的人，叫道，“小白！小白！”

林飞白压在她身上，没有反应，文臻能感觉到有液体黏在了自己的脖颈上。

她闭了闭眼，心中暗恨自己怎么就犯蠢了！

怎么就没能第一时间看出来大祭司其实是闻近檀！

这才是对方敢直接进入她的地盘千秋谷的原因，而不是因为那所谓的已经在全谷埋下了火药弹。

对方在等她发现大祭司是谁，一旦发现就不得不冒死出手相救，从而陷入被动。

如果她发现不了，炸死了闻近檀，她也没法再领导千秋盟。

对方着实狡猾，两个祭女中也许有一个是真祭女，但绝没有大祭司，也没有闻近檀，那个戴了无数手镯的女子可能才是真正的祭女，她身上用了闻近檀的香故意误导她。

至于对方怎么确定她没有如杨庞同汇报一般被雷劈伤，还猜到她会混进大祭司队伍，现在已经没有必要去猜测，她已经错了一着，差一点就搬石头砸了自己的脚。

文臻搭了一下闻近檀的脉，确定她只是被震晕过去，她看见了闻近檀嘴角的血迹，这才明白闻近檀发现她后，迫于无奈之下咬破舌尖吐血，破了黑雾。

文臻苦笑，抬起头来。

眼前交织着无数柄武器，将她和闻近檀、林飞白都笼罩其中。文臻看见不远处，一脸惨白的凤翩翩被那个臂上有无数手镯的女子用刀架着。

她视线有点模糊，文臻苦笑。

凤翩翩得她指令，去救那个“闻近檀”，自然中招。

她发出警告的时候已经迟了。

幸亏对方没有一刀捅死凤翩翩，不然她就成了罪人。

林飞白缓缓睁开眼，文臻此刻终于看清楚他肋下一片鲜血淋漓，但林飞白好像根本没注意到自己又倒霉地受伤了，也没注意头顶的剑，睁开眼第一时间道：“小真，你怎么样了？”

文臻叹息一声，慢慢坐直，一手抵在颈侧，抵抗脑海中一阵阵的震感，笑道：“大祭司，嗯，对，穿青衣的那位小哥，说的就是你，来，我们来谈个判吧。”

一阵静默。大抵人们还没见过世上还有这般从容主动的阶下囚。

随即天机府人群中，那个不起眼的苍白的青衣少年缓缓走了出来。

他一出来，众人都躬身。

文臻眼带笑意，打量着他，觉得这位实在也不大像背后运筹帷幄的大祭司。

但他就是。

她目光向后面某个方向掠了掠，又仔细看了看青衣少年的眼睛。

对方目光茫然一动不动，任她打量，浑身上下没什么活气儿。

文臻道：“大祭司，咱们长话短说。你现在是俘虏了我和三当家，但是这千秋谷中到底有多少我们的人你知不知道？到底有多少火药弹，都埋在哪里，你知不知道？到底有多少机关和手段，要将你们这数百个人留在这里，要毁掉你们在留山百姓心中的地位和多年的苦心经营，你知不知道？”

她又笑吟吟看向后头那群人：“你们知不知道？如果不知道，那你们这些有情郎的，有亲人的，可就保护不了想保护的人了。”

人群中有人微微颤了一下。

大祭司还是漠然站着，单从状态来说，和闻近檀扮演的那个很像。

文臻弹了弹已经落到她掌心的文蛋蛋，悄声道：“去，把他身后那个肚子总在一鼓一鼓的胖子弄倒。”

文蛋蛋悄悄地滚下了车。

此时潘航也带着千秋盟的人，从掩藏处赶了出来，将众人包围，却不敢前进一步。

外头的纷乱隐隐传来，百姓们听见爆炸声，也看见了翻倒的舆轿，却不能确定大祭司到底出没出事，都在外叫喊。

文臻对潘航使了个眼色，转头笑道：“大祭司，谈个判，我不抵抗，随你们处置。

你放了三当家和我身边的人，发誓永不侵扰千秋谷。我们便全你的面子，送你安然出千秋谷，如此，既保证了你们的安全，也维护了你们在留山的统治，如何？”

凤翩翩：“大当家！”

林飞白：“小真！”

第八章

又是故人来

文臻竖起手掌，示意两人不要说话，低头对林飞白道：“信我，我能保住所有人的周全，包括我自己。”

四周一片沉默。

大祭司漠然而立。

那个空灵浑厚的声音并没有响起。

文蛋蛋滚了回来，示意文臻看。

文臻一眼看见那个胖子已经倒下，被先前那矮胖妇人一脸焦急地扶住。

“腹语者。”文臻轻声道。

那个青衣少年明显神志有点问题，所以这个大祭司依旧是傀儡，而代他说话的声音之所以如此奇怪，就是因为话始终都是那个胖子说的。

一旦大祭司讲话，他的肚子便会轻微弹动。

如今把人放倒，大祭司自然就成了哑巴。

“大祭司不说话，那就是默认我的建议了。”

那矮胖妇人立即焦灼地道：“不行！凭什么你几句威胁，我们就要放人！谁还怕你千秋谷一点火药弹？来人，去放那些百姓进来，我倒要看看，你们敢不敢炸死留山百姓！炸死了我看你们要如何立足！”

凤翩翩怒道：“留山百姓如此崇敬爱戴你们，你竟然这样对待他们！要用百姓血肉来试探火药所在，你们还有没有人心！”

矮胖妇人冷笑道：“火药可不是我埋的！”

文臻悠悠道："你又是谁？什么时候轮到你在这里指手画脚了？"

矮胖妇人冷冷道："我是大祭司座下神通姑姑之一，我能代表大祭司发布命令，自然有资格拒绝你！"

"哦，神通姑姑啊，失敬失敬，那么神通姑姑方才的态度就是大祭司的意思？"

"当然……"矮胖妇人刚要回答，忽然感觉有异，回头一看，脸色剧变。

人群之后，潘航一脸冷笑地站着，他身后不知何时已经跟了很多留山百姓，矮胖妇人认出里头很多都是各寨的头人。

现在那些头人都用陌生、震惊和愤怒的眼光盯着她。

矮胖妇人知道自己着道了。

眼前这位大当家真是厉害，这般劣势还能反将她一军，认输谈判是假，趁她放松之下先放倒腹语者，让大祭司失去说话的机会，再刺激她跳出来，说了不能说的话。

这一句，就能毁掉殿下这几年在留山的经营！

"当然没有！"她反应也快，立即反口，退后一步道，"我算什么东西？大祭司座下一普通姑姑，大家都知道我的，我素来性子急没成算，大祭司没少惩罚我，今儿这话是我自己糊涂，和大祭司可没关系。"

文臻笑笑，道："您这舵转这么快，可不像个没成算性子急的人呢。"

矮胖妇人不敢再和她对话，又退后一步。

文臻也不追击，冲着大祭司再笑："大祭司觉得我的提议如何？如果您再不说话，那就是默认了。您既然默认，您这些属下不至于不认吧？咱们的留山大祭司啊，万千百姓心中的神，总不能自己的属下都使唤不动吧？"

那矮胖妇人霍然抬头，终究是没敢再说。

这位神秘的大当家到底是谁？

当初杨庞同虽然和总寨勾结上，派人刺杀文臻，却并没有说出文臻的真实身份，只说她是萧离风离世前立的大当家。因为他不知道对方也是朝廷中人，总觉得文臻的官家身份对这些土著没什么意义，并且也想捏着这个秘密，必要的时候拿来谈判或者出卖。

大祭司依旧沉默。但很明显，他的那些属下都一动不动，没有让开的意思。

文臻向后一躺，舒舒服服地道："大祭司，看来你的这些属下都不怎么把你的安危放在心上呢。"

青衣少年依旧漠然而立。

忽然，持刀架住凤翩翩的手镯女子忽然收刀。

这一手惊得所有大祭司属下都看向她，眼神里满是不赞同。

那女子对上这些眼神，似乎也有些不安，但随即便笑了笑，收刀走向自己的轿子，挥手道："把那两个人放了。"

不等众人犹豫，她又道："祭女的话你们也不听了吗？需要我请留山百姓来帮忙吗？"

这话一出，片刻之后，架在闻近檀和林飞白头顶上的剑无声撤了回去，然后齐齐对着文臻心口。

闻近檀不动，林飞白也不动，文臻笑一声，手指一抬。

林飞白立即道："你不要对我下手，我会下去。"

文臻顿住。

"但你要让我先帮你包扎好。"

文臻这才注意到自己手臂上有一块血迹淋漓的伤口，火辣辣地痛，只是刚才心神紧绷，根本就没注意到。

而且她现在问题更大的好像是眼睛。

她放下手，林飞白从怀中取出干净的白布和金疮药，替她包扎伤口。

千秋谷内外一片寂静，人人沉默着看着那高挑姑娘半跪在文臻面前，手指稳定而细致，淡绿色的膏药先在指尖停留，用体温将其融化，再缓缓地涂在伤口上。

文臻垂头看着林飞白，他有点狼狈，不复一贯的齐整、洁净、肃然如雪，发丝凌乱地散在脸颊，鼻尖还沾一点血迹。

片刻后，林飞白微凉的手指一顿，离开了文臻的手臂。

然后他并不停留，转身下车。

文臻舒了一口气，在装饰华贵的软褥上躺倒下来，摆了摆手，那架势就像大王正准备去巡山。

她也对那手镯女子摆摆手，以示谢意。

手镯女子抿抿嘴，只觉得自己在这个眼神温软的女子面前无所遁形。

她知道之前这位大当家的话是说给自己听的，问题是大当家怎么知道她心许大祭司？

文臻看一眼她的眼神就知道她在想什么，撇嘴笑了笑。

她也是有男朋友的人了，一个女子看心爱男子的眼神，自然是不同的。

她还看出来这位祭女对留山并没有太多野心，心思只在暗恋对象身上，很可能是冲着保护暗恋对象才来做这个祭女的，所以绝不会舍得他有一丝危险，对于他的大业倒没什么执念。

这对她很有利。

文臻躺下来，并没有推开身边还昏迷的闻近檀。

这一点很奇怪，潘航和凤翩翩都看过来，文臻微微摇头。

而对于大祭司这一边的人来说，多留一个人质自然是好事，也没人主动要放闻近檀。

害怕车驾挪动给文臻反抗的机会，大家还是维持着原本的姿势扶起了车驾，几个人站在车上，长剑对着文臻，另一边的矮胖妇人过来，往文臻嘴里塞了颗药。

文臻笑眯眯吃了，道："很甜，多谢。"

矮胖妇人冷笑道："死鸭子嘴硬！"

她似乎对自己的药很有信心，当即便走开，车子掉转，慢慢转向人群。

之前百姓虽然被潘航带进来一部分，但是潘航也让手下尽量隔开他们，此刻他们才看见大祭司的车驾，人群顿时一阵骚动。

矮胖妇人忽然想到了什么，猛然变色，疾奔而来。

文臻却在此时，忽然将手上鲜血往闻近檀脸上一抹，然后将她推下马车！

一边推一边大笑："大祭司，说好有罪者天罚的呢！看，老天第一个雷就劈你！"

凤翩翩飞奔过来接住闻近檀，一手摸上她鼻端，笑道："啊，果然死了！"

矮胖妇人停住，猛跺脚。

"奸诈！"

此时百姓已经炸开了锅。

他们并没有看见后来的大祭司身份转变，在他们的意识里，闻近檀就是大祭司，大祭司亲口说过有罪者会被天罚，然后众人亲耳听见了他的神通姑姑的可怕言论，现在又亲眼看见大祭司被雷劈得满脸鲜血昏迷不醒。

"大祭司死了！"

"大祭司践踏百姓性命，违背神的意旨，被天神降罪了！"

"大祭司根本就不怜爱世人！老天啊，救救我们吧！"

崩溃哭号很快传到了谷外，外头等待的百姓们本就因为爆炸声焦灼不安，如今听见头人们的喊叫，顿时乱了套。

而此时，山间风云渐动，无数树木草丛簌簌乱响，混乱之中，无人察觉。

眼看百姓往里头挤，大片千秋盟战士往外头冲，那矮胖妇人急忙指挥众人："快！护着大祭司和人质先走！"

车驾快速行进，百姓们纷纷避开，也有避让不及的，那些驱车的人毫不犹豫碾过去。

文臻一眼看见一个孩子跌在前方，而他的母亲被人群冲散无法过来，正拼命张手哀呼求救。

她忽然翻身滚下了车！

车上看守她的人原本以为她已经中毒被制，没想到她竟然还如此灵活，大惊之下剑光交剪而下。

一柄剑远远横飞而来，撞上那几柄剑，齐齐坠落。

林飞白的佩剑撞飞那些剑后，犹自一个横削，将冲向文臻的一个男子割喉。

文臻已经一个翻滚滚到那孩子身边，用力一推将孩子推向最近的一个千秋盟属下，那人伸手一抄将孩子接住。

而此时，在那些凌乱的脚下，一条蛇无声无息游向文臻，被文臻嫌弃地推开去，一个翻滚避过一刀。

然后是一只刺猬。

再次推开，再一个翻滚避过一剑。

再然后冲出来一只豪猪。

文臻："……"能来个像样点的吗？

高高的角虬曲美丽，这回来了只梅花鹿。

文臻朦胧的视野里隐约看见了它，顿时大喜翻身爬上，忽然身后一重，好像多了样东西。

她回头，赫然看见竟然是那个恍惚而漠然的大祭司。

这家伙方才她一瞥还在挺远的地方，这是怎么跨越人群忽然出现在她身后的？

她并不紧张，回手摸了一把，她虽然受伤，但是反应却很快，转眼大祭司就软软地倒在了她肩膀上。

文臻对大祭司忽然生出一种熟悉的感觉。

她一手反扣住大祭司，驱动梅花鹿逃跑，身后有人追来，雄壮的梅花鹿扬起蹄子，很快逆行冲过了人群，文臻刚想催动梅花鹿往隐蔽处跑，却忽然发现天黑了。

不，不是天黑了。

是她的眼睛几乎已经没法辨清景物，文臻心中大惊，她原以为是爆炸的剧烈震动导致自己金针逆行，伤了视神经，没想到就在转瞬之间，情况便严重了。

她现在也不敢轻易跳下梅花鹿的背，隐约听得喧嚣声群如海，海中央似乎有林飞白的声音在呼喊："小真！小真！"

那声音撕心裂肺。

她却不敢应，她怕敌人追得比林飞白近，她这一应声，先做了敌人的靶子。

她紧紧伏在梅花鹿背上，那鹿似乎在一路奔行向上，走的路很是崎岖，也因此她感觉到周围的人群越来越稀少，四周明显不是正常山路，不断有树枝碎叶擦到她的脸侧，衣裳也屡次被挂到撕破，感觉那鹿越走越斜，越走越慢，就好像尾巴给什么人拖住一样一步一滑，文臻心中惊讶，回头看去，并没有任何人的痕迹。

眼看她就要抱不住掉下去，忽然一只手臂伸了下来，将她一揽。

她一惊，随即便摸到了那臂上的厚厚长毛，应该是头猿猴。

她被揽起时还不忘拽着被她毒倒的大祭司，那猿猴本想把她负在背上，眼看无法担负两个人，便拽着她一路乱走。文臻奔走于山林间，听得人声渐渐远去，越走四周越静寂深幽，心中暗暗叫苦。

这下固然逃脱了大祭司的人的追寻，自己的人也失散了。

本来自己身边有上万子弟，英文受命带队保护，林飞白也有师兰杰暗中照管，怎么都不会出事儿。但偏偏这些人大多留在后谷，前面的百姓狂涌而入，事出突然，谁又能在上万人群中找到她？

而她驭兽而行，轨迹诡异，肯定都没走正常的路，再加上上万人踩踏过的地面，英文的队伍寻踪本领再强都很难发挥，如今遁入留山深处，也不知道什么时候能走出来。

猿猴带着她走了一阵，文臻停了哨声，那猿猴便放下她远去。文臻感觉眼前的黑暗越来越深，趁着还能勉强看出个轮廓，拖着那个大祭司找到附近一个山洞。

她放下大祭司，伸手在他脸上一摸，然后一撕。

她低头凝视那张脸，实在看不清楚，但是可以分辨出尖尖下巴，高挺鼻子，那脸型好看得有点特殊，那种眼熟的感觉又来了。

她伸手细细将大祭司的脸都摸了一遍。

然后她又去摸大祭司的腰，没摸到东西，但是忽然感觉他的腰带有点特殊，质地软韧，却又有点金属般的触感，一片昏暗的视线里，隐约闪烁金光。

她忽然想到以前听燕绥说过，东堂有种珍贵的材质金丝筋，坚韧到刀枪难入，但是非常稀少，只有部分贵族才会用。文臻没见过，因为燕绥虽然衣饰重锦，但并不喜欢金光灿烂的东西。

文臻一挥手，文蛋蛋滚了一圈，解了大祭司的毒。

大祭司眼睫眨动，即将醒来，文臻忽然道：“司空昱。”

大祭司：“……唔。”

文臻的猜想得到证实，也不禁挑高眉毛。

她实在没想到，大皇子竟然这么大胆，敢弄昏司空世子的神志来做这个大祭司傀儡。

留山百姓尊奉的神的代言人居然是汉人！

“司空昱，你为何会在这里？是大皇子要你做这个傀儡的？大皇子的目的是什么？”

司空昱没回答，这个往日精灵般的男子，此刻看起来浑浑噩噩。

文臻皱皱眉，确定他神志出了问题，但给他把脉，却并没有中毒。

文臻苦笑一下，早知道不把人弄走了，现在得不到想要的讯息，也无法拿他做人质，简直是给自己找拖累。

眼看天色将晚，总得先度过这一夜再说，文臻道：“你出去找点干柴，再劈点竹筒来，要不长不短的。”

她本是尝试，不想司空昱真的起身出去了，文臻皱起眉，心想，司空昱武功不弱，异能更是厉害，可以说是天机府异能最强之人，不然也不会带队去南齐参加天授大比，怎么就沦落成这样？

想到天授大比她心中一动，明显司空昱在天授大比中还没问题，回来就出了问题，他的事情是否和天授大比有关？

司空昱回来后，怔怔在一边坐着，忽然喃喃道：“……阑。”

第九章

我为所爱赴山河

“嗯？你说什么？难？”文臻不知为何心中一动。

司空昱茫然的眼神落在文臻身上，少女的脸庞被火烤得微红，一双眸子似乎落了夜雾，而周身则披一层焰色的暖红。

看起来温暖又冷清。

明明并不相像，不知怎么他脑海中却掠过另一个人的影子。

忽然一阵剧烈的疼痛如尖刀劈开脑壳，他猛然抱住头，发出一声痛苦的低吼。

文臻一转头，就看见一双猩红的带血的眼眸，那眼眸满是绝望苦痛和杀气。

文臻吓了一跳：“哎，你怎么了？”

她语调和缓，声音如春风拂过司空昱脑海，令他烦躁的情绪安定。

文臻一指点在司空昱颈后，司空昱又是一顿，身子绷紧，文臻指间已经多了几根金针，这不是她体内的针，而是她备了给人看病的。

她和太医院的医官们学过一阵医术，这一手针灸，主攻散淤祛风。

神志不清，多半大脑出了问题，不妨一试。

她几乎失去了视力，本不能扎针，但好在文蛋蛋在，百年蛊王懂得很多，认识穴位，文蛋蛋给她指引，她下针。

她下手迅速，几针扎下，一闭眼，一转头，便喷射状吐了出来。

腹下和胃部因这一下运力都在抽搐，她平复了一阵子，继续下针。

过了一会儿她收针，知道没有达到平日能达到的效果，估计不能让司空昱彻底清醒，可能很快还会复发，毕竟他这模样也有可能是心病，而这是她现在无法解决的。

山洞外风声瑟瑟，隐约有淅沥之声，不知何时下了雨。

雨夜山林当令人感觉静谧，她却觉得这风声里嘈嘈切切，令人凛然。

司空昱低低呻吟一声，醒来了。

文臻在这一瞬间做了决定，不问来龙去脉，只给他灌输记忆。

无论是什么缘由，事后都有机会去追查，问再清楚也没多大意义，关键是让司空昱尽量不要再被人所控。

她虽然很不喜欢司空群，但对司空世子印象不错，印象中他和林飞白关系也不错。

她问司空昱："你是谁？"

司空昱茫然抬起头，文臻盯着司空昱眼睛，一字一句地道："你是司空昱，你不是留山大祭司，你是司空家族的继承人，谁也不能拿你做傀儡，谁试图控制你，你就杀他。

"谁想伤害你，你就杀他。

"谁让你去杀你不想杀的人，你就杀谁。"

司空昱呆滞地坐着，似乎没有反应。文臻又重复了一遍，她忽然顿住，一反手扑灭火焰，一把按下了司空昱。

洞外，有脚步轻轻落地的声音。

文臻屏住呼吸，并捂住了司空昱的嘴。

她耳朵贴在地上，隐约有踏碎枝叶的细微声响，还有很轻微的另外一种有节奏的声音。

她一时分辨不出，注意力都在那踏碎枝叶的声音上，听着那声音由远及近，又等了一会儿，那声音渐渐远去，她才稍稍吁一口气。

而身边的司空昱没有任何烦躁的表现。

忽然一阵啸声响起，节奏古怪而低沉！

啸声刚入耳，文臻心中警兆大起，伸手猛地向下一按。

她这反应惊人，听见啸声下意识站起的司空昱生生被她按了下去！

下一瞬她就要把司空昱迷倒，她松手，猛地一个翻滚，不知什么东西钉在她方才待过的地方。

外头，那个发出啸声的人已经听见这里的动静，狂奔而来。

司空昱跃起，一个箭步冲了出去。

文臻没有动。

她现在帮不了谁，她也绝不会逞强。

她不能让自己死在这荒山野林，让燕绥到死都找不着。

她趴在山洞暗影中，这是个死角。她手中攥紧了一把毒药，浑身上下的装备都做好了准备。

外头，司空昱已经撞上了那个发出啸声的男子，但是对方只沉声说了几个字，那动手的风声忽然就没了，文臻没听清对方说了什么。

片刻后，又有人体落地的声音，一个女子道："世子呢？"

听声音，是祭女。

她声音十分焦灼，随即一声惊呼，扑向司空昱："世子！"

风雨中，那发出啸声的男子说话声音也十分浑厚，年纪似乎不算轻，语调也有些古怪，沉声道："既然找到世子了，你们便回去吧。"

祭女忽然道："为什么还要他回去？为什么还要他做这个傀儡？大祭司已经在留山百姓面前死去，想要重整旗鼓已经很难，为什么还要为难他？"

男子道："大祭司有天命神通，死而复生也不是不可能。他回去说明他还有用，这才有保命的可能，不回去才是愚蠢。"

"你们到底还要他做多少可怖丑恶的事！你们凭什么这样挟持他！让他走，让他回天京，我代他留下来，我继续做祭女行不行？"

"你做祭女有什么用？你这个祭女本就是自己死乞白赖要跟着他来的，留山真正的精神领袖从来都是大祭司，没有他的神通，如何驯服驾驭那些愚蠢的百姓？"男子冷笑，"你以为他现在还能回天京继续太平地当他的世子，继承司空家族，成为朝廷下一代的重臣？"

"我可以向你们保证他一辈子不会背叛你们，不会出卖你们，我也可以保证献上我能献上的一切，只要你们放过他！"

"昭明郡主，你一个无父无兄只有皇室空头头衔的郡主，你能献上什么？你闺房里的全部刺绣吗？"

"不要这样……不要这样……"昭明郡主的语气忽然放轻了，透着难以自抑的失落和哀伤，"我不知道他怎么会突然变成这样，我也不知道他这一年是哪里来的心事，我也不知道他为何忽然那般信任你，他像变了一个人，心裂成了几片，没有一片留在东堂……但我知道一定和你有关，你不像是东堂人，你……"

文臻浑身一颤。

她在黑暗的山洞里听着外头风雨，瑟瑟声里，等待着那个女子的声音再次响起，祈祷着那一声不是剑声。

然而风雨和时光都似在这一刻的僵持中凝固，很久之后，她仿佛听见黏腻的液体滴落的声音。

然后她听见一直茫然呆滞的司空昱忽然一声大喝："昭明！"

愤怒和杀气四溢，听得文臻心间又是一震，险些一口血喷出来。

那男子又发出那种古怪啸声，然而瞬间他便大骂一声，随即脚步声响，他破风而去。

文臻猜想，司空昱在听到那种控制他的啸声后产生抵触，又无法拒绝，干脆瞬移了，男子只好去追。

她对司空昱施术，能够影响他近期的状态，所以方才他喊出了昭明的名字，估计暂时大皇子和这身份不明的男子想要他继续当大祭司是不可能了。

这也就完成了文臻的计划，灭尽天机府精锐，拿下大祭司，破了大祭司在留山百姓心中的神秘地位，也就破了大皇子利用天机府的神通来控制留山的计划。

有千秋谷在，有满花寨子在，千秋谷迟早能和留山融合。

现在她最重要的事是保全自己，回到千秋谷。

她趴在地上想着事情，不知不觉睡去，直到她再次被一阵脚步声惊醒。

这回的脚步声很重，还伴随着一阵歌声。

那动听的曲调戛然而止，那人"哎哟"一声，似乎撞到了什么跌倒，随即又发出一声低呼。

他旁边响起一阵犬吠之声，带了狗，看样子是这山中猎户。

文臻知道这人看见什么了。

那狗一叫，头顶上文蛋蛋忽然一颤。

文臻拍了拍文蛋蛋，还以为它不安分，随即那狗又叫了一声，文蛋蛋又一阵颤抖。

文臻诧异——文蛋蛋怕狗？

百年蛊王文蛋蛋居然怕狗？

文臻回想了一下，自己还真没召唤过狗，还真不知道蛊王有这么一个短板。

她觉得好笑，便把文蛋蛋揣进袖子里，以免头上一个总在颤动的珠子引人注目。

过了一会儿，她无意中一摸袖子，发现袖子竟然有点湿，捏了捏，闻了闻，眉头一皱。

文蛋蛋竟然尿了！

但此时也不好骂这家伙。

她在身边摸了摸，摸到了一柄匕首，她将匕首收起，眉头皱起。

昨晚在那个发出啸声的男子之前，还有人发现了她和司空昱，射出匕首，惊动了那人，但是这个人为什么没有继续对她出手？

外头的男子不知撞到了什么，虽然受到了惊吓，还是好半天没起来，文臻听见他颤抖了半天，喃喃道："怎么会有个女子死在这里？好可怕……"

他似乎很紧张，想要离开这里，自言自语地道："怪可怜的，也不知道是不是被熊瞎子祸害了的，还是把她埋了吧。"

然后他又蹭了回去，片刻后开始挖地，一边挖地一边絮絮叨叨地道："哎呀，姑娘，你别这么看着我，怪怕人的。我要抱你进坟坑了，你莫怪啊。这坑里太湿了……算了，我这外衣给你垫好了。唔……我娘好不容易扯的布刚做的。算了，看你可怜……姑娘你干什么拉我啊，我这新衣裳都给你了，你拉我衣裳干吗啊啊啊啊——"

他在那絮絮叨叨，那狗就在旁边上蹿下跳，吠声不绝，一人一狗，生生闹出了千军万马的气势。

文臻险些笑出来，戒心虽然去了一些，但是依旧没动。

直到好一会儿，那个男子才舒了一口气，又絮絮叨叨地道："原来是衣服被刀把钩住了，吓死我了。好了好了，我给你拜三拜，姑娘你入土为安啊，万一你死得冤……也记得冤有头债有主，可千万不要找我……"

文臻听着听着，勾了勾唇角，随即又觉得心酸。

昭明郡主她见过，当初和唐羡之海上成婚时，郡主有去祝贺，是冲着司空昱去的，她喜欢司空昱是东堂朝廷人人都知的事情。

谁又知道，不过一两年之后，她便为了司空昱远赴苍南，为他当了这个祭女，留在他身边保护他，最后为他丢了性命。

她最后一句话一定触及了一个重要的秘密，因此被灭口。堂堂皇族郡主无声无息葬身山野密林。

她死不瞑目，想必是为了到死都不能解救心爱的人。

文臻闭上眼，在心中默念。

郡主，你放心，我一定会帮你留住，你到死都要留住的人。

第十章

要亲亲才能起来

千秋谷犹在混乱中。

大量的百姓涌入千秋谷中，寻着那大祭司的队伍。大多数的民众其实并不知道自己应该做什么，只觉得迷茫混乱，仿佛天塌在眼前，而并没有人去顶，也没有人给予救赎。

大祭司的队伍也是混乱的，百姓的质问，千秋盟中人的攻击和包围，都让他们措手不及，更糟糕的是，有人终于发现大祭司不见了！

然后千秋盟的人也在大叫："大当家呢！大当家！"

总寨那个本地真正的总管事矮胖妇人急令大家去寻大祭司，利用神通带着人向外闯。

林飞白、凤翩翩、潘航和闻近檀也慌了神，急忙令人寻找大当家，一时谁也顾不上谁，都在人群中逆行，拨开一张张惊恐慌乱的脸，拼命地寻找文臻。

在最混乱的当口，谷外行来了一辆马车，马车前后十几名骑马人士左右拥卫。

这行人风尘仆仆，显然是赶远路而来，当先的骑士看一眼乱糟糟的谷口和更加乱糟糟的谷内情形，不禁愣了一下。

日语想着文大人既然已经亲自来了留山，留山便是不能解决也绝不会乱，怎么会搞成现在这样？

日语训练有素，示意自己的人退后至隐蔽处，听见喊大祭司的声音，随即又听见喊大当家惶急的声音，显然是出了事。

日语回头，狠狠瞪了英文一眼。

英文一头汗地在召唤自己留在留山的下属。他原本下山去找鸽子给殿下送信，却得到通知说殿下快到了，他心中欣喜，想着那便当面汇报吧，因此在驻扎点多等了半日，他知道文臻的安排布置，怎么想都觉得万无一失，谁知道耽搁了这半日，竟然就出事了。

等到应召而来的下属说了情况，日语和英文面面相觑，整个事态发展明明都在文臻掌控之中，就算受制，但区区大祭司的毒药也好，蛊也好，根本不可能对她造成伤害，为何她忽然会失踪？

两人对望一眼，都看见对方满头的汗，日语看一眼车内，苦笑一声。

从定王府到留山本来不可能一天赶到，但是殿下的车是特制的，又是千里马，日语怕耽搁了时间殿下真被毒死了，便一路狂奔。

殿下使苦肉计向文大人撒娇，也带有几分赔罪的意思。然而如今要面对文大人失踪的消息，殿下会不会发疯？

更要命的是，他们也不知道怎么弄醒殿下啊。

英文和日语两人互看很久，互相打眼色鼓气，最终还是日语一咬牙，上了车。

燕绥在车内静静躺着，昏迷也是一种休息，他气色居然还不错，只眉宇间有点淡淡的青色，衬得眉骨轮廓分明。

他俯身在燕绥耳边轻轻道："殿下，出事了。文大人计诱大祭司入了千秋谷，本来已经将大祭司拉下了神坛，但不知为何她忽然在混乱中失踪。"

燕绥没有动静。

英文失望地叹口气，日语道："算了，殿下这么多天都没醒过，他本来一定是打定主意要文大人亲亲才肯起来的，现在他哪里听得进别人声音。"

日语无奈地道："那咱们先和千秋盟的人会合搜寻吧。"

他准备下车，想想依旧不甘心，回头大声道："殿下！文大人失踪了，可能出事了，需要你亲亲才能再出现！"

说完他将帘子一甩，正要下车，忽听英文喜道："殿下！"

日语回头，就看见燕绥睁开了眼睛。

日语大喜，正要扑过去，就见燕绥一摆手，随即坐起身，手按在膝上，闭上眼。

他脸色猛然刷白，日语急道："殿下你不可猛力运功——"

话音未落，燕绥喷出一口血。

与此同时，燕绥那只始终未愈的手指也激射出一道鲜血，将车板壁射出一点凹痕。

在日语和英文惊骇的目光中，燕绥睁开眼睛。

日语在那样的目光下头脑一片空白，结结巴巴将千秋谷内发生的事说了。

英文连上前帮他包扎伤口都不敢。

燕绥静静听完，衣袖一展，已经掠出马车。

“你们两个带着所有人守在山口。等会儿只要有试图冲出的人，不管是谁，都给我擒下。”

“是。”

“派一个人去私下通知闻近檀，告诉她我来了，要她接下来听从我的一切吩咐，并说服共济盟和熊军的其余高层都听从吩咐。告诉她，如果做不到，就解散共济盟，处死凤翩翩。”

“是。”

“拿我的剑。”

日语一怔，随即从马车下抽出一个沉重的盒子。

殿下是有武器的，他的武器是一柄看似寻常实则无比沉重的剑，内含无数机关，这剑是殿下师门所赠，用极其稀少的材料打制而成，但是殿下嫌重。

他致力于好好培养手下，遇事先上护卫，再动脑子，再动手，基本上到第二个步骤，事情就解决了。

所以他用剑的机会极少。

日语是见过殿下不出剑则已一出剑惊动风雷的架势的，今日在场的人，有谁配他出剑？

日语用尽全力扔出盒子，长剑飞出，在日光下流光翻转，燕绥衣袖一卷接住，直接掠到高处，看也不看底下拥挤的人群，手指连弹。

山壁和地上无数的藤蔓忽然开始疯长！

那些无处不在的暗绿色藤蔓，瞬间膨胀延长，一路擦着地面闪电般向前延伸，片刻间从山壁这头长到那头，再一个转折绕回来，无数人在这藤蔓的忽然袭击下被绊倒缠住，被困在粗大的藤蔓之间，停住了脚步。

藤蔓不断地生长，竟然在短短时间内纵横交错，结成了一片大网，将大多数人都网在其中。

这一下来得突然，几乎瞬间，谷内纷乱汹涌的人潮便被困在了原地。

有人受到了惊吓，开始狂呼乱叫。燕绥一弹指，一点黑丸落在那人身上，轰然便炸了。

瞬间那人成了一堆碎肉，连带旁边的人都丢了胳膊。

这一回比刚才的藤蔓结阵还凶狠，死一般的寂静里，众人抬头看见前面山壁上，有人锦衣斑斓，大袖飘飘。

他逆光而立，看不清颜容，日光如金勾勒他修长身材，散开的发丝飘于猎猎风中，他的脸微微向下俯视，众人仰着头，只觉得这苍穹和他一起，巍巍地压下来。

令人凛然。

人群中只有闻近檀没有抬头，她已经接到了护卫的通知，正悄悄和凤翩翩、潘航等人传达燕绥的意思。

凤翩翩没有问题，她见识过燕绥的强大。潘航却有点异议，悄声道："这位，听说和大当家有些关系？但这位那个身份……皇家中人，哪有安分的？万一这位有野心，要趁大当家失踪夺取留山，那我们贸然交出权柄，等大当家回来，我们怎么交代？再说大当家那份能耐，不应该出事，可能只是人多暂时被冲散。"

潘航神情忧虑，他不是怀疑这位和大当家的感情，而是觉得皇家子弟不都是城府深沉、野心勃勃之辈？西川易家只是个割据的刺史，家族里不也争得乌眼鸡一样？

千秋盟怎么能这么快交到这人手里？

"大当家一定是出事了，否则她早就出现了，她不会这么无能被冲散，也不可能故意遮蔽行迹。"闻近檀看一眼人群，林飞白先前就冲出去找文臻了，到现在也没消息。

"另外，你不必质疑殿下，殿下如果真想要大权，也绝不会从文臻手上抢。潘航，殿下不是大当家，你如果想保全熊军，就请一定不要挑战他的威严。"

潘航看一眼她脸上神情，再看一眼山崖上的燕绥，退后一步，不说话了。

哪怕远在西川，皇族第一人，空手夺长川的名号，他也是听过的。

山崖上，燕绥忽然手指一弹，一柄长剑缓缓飞出，一直飞到谷中央停住。

剑尖指着底下人群的头顶。

众人骇然瞪大眼睛。

长剑怎么会悬浮在空中？

这又是什么样的神通？

有人忽然惊道："大祭司！"

但再看此人衣着身形，明明又不是大祭司。

燕绥眼皮下垂，淡淡道："留山第十九代大祭司，亵渎天神，违背神旨，欺骗世人，伪造神通，着令收回神赐，罚落神坛，永生为业火狱之苦役。天神有令，天命之下，神坛尚存最后一代，由天神抚顶开慧，暂摄留山诸生灵。如有违者，利剑当头殛之！"

底下一片死寂，百姓听懂了，却不敢置信。总寨那一群人面面相觑，忽然一人大喊道："胡说八道！大祭司还好好的，只是被小人陷害！大祭司代代由上一代大祭司传承，哪有什么天命神授开慧的说法！你就是一个招摇撞骗趁乱前来骗人的……"

忽然悬在半空的长剑一滑，滑到他头顶，然后剑光一闪，如电当头劈下。

那人瞪大眼睛倒地，眼眸里最后倒映着剑光飞离天灵盖弹回空中的一幕，依旧那般森然高挂，只有顺着剑身滴落的鲜红液体，昭告所有人刚才发生了什么。

所有人的呼吸都似乎在这一刻停住。

凤翩翩瞪着地上那尸首，认出那是杨庞同。

燕绥一动不动，淡淡问道："还有谁？"

闻近檀立即跪下："千秋谷上下，愿领大祭司意旨！"

她一带头，凤翩翩、潘航等人也都跪下，百姓向来是最容易接受这些神迹的，立即也就地跪下，人群中只剩下大祭司的队伍，脸色难看，面面相觑。

但是上头高悬利剑，对方比自己还会装神弄鬼，一出手便震慑了留山百姓，用的还是大祭司名义，先别说情势比人强，首先他们就不能自己砸了大祭司的招牌。

一旦百姓认了，他们不认大祭司，那以后他们也别想再以神坛名义控制留山了。

闻近檀望着他们，唇角扬起一抹冷笑。

殿下聪慧，以子之矛攻子之盾，就知道他们不舍得自己多年经营毁于一旦。

人总是贪心的，以为保住大祭司的存在就能挽救他们的任务吗？

实在太天真。

趁着燕绥镇住这些人的时机，她按照吩咐派人默默寻找文臻，里外上万人都看过了，没有文臻。

闻近檀忍下心中焦灼，听见大祭司的那群人最终咬牙跪下，呼喊大祭司。

忽然冷光一闪，自人群中飞射向燕绥！

惊呼声里，燕绥一动不动，他脚下一根藤蔓忽然飞起，抽下了那枚弩箭。

众人惊惶四顾，底下人群密集，谁也没注意到是哪里发出的弩箭。

燕绥手一招，长剑忽然飞起，在半空划过明亮的轨迹。

众人目瞪口呆地看着那剑转过几道轨迹，忽然精准地刺穿了人群里一个人的胸膛。

那人仰天倒下，后背的弩弓被压，射出散乱的弩箭，扎伤了好几个周围人的脚。

燕绥眼底掠过一丝淡淡的讥诮，手一伸，长剑飞回掌中。

长剑的剑柄藏了很多机关，其中一个是能射出柔韧的细线，顶端带有细钩，能够钩住崖壁，所以长剑是挂在空中的，人们仰头时被日光所激，根本不可能看见那线。

而那线本身具有弹性，一头掌握在燕绥袖下，他只要稍稍一动，剑就能随心意滑动。

剑柄后部还有一个他设计的小小的简易推动装置，会在飞行中因为轻微的不断撞击而改变方向，所以才会出现半空飞行不断转折的诡异现象。

天机府用神通迷惑留山百姓，谁不会？就算没有异能，机关也够他平定留山。

燕绥这一出手，别说百姓越发敬仰诚服，便是大祭司总寨的人也知大势已去，只好跪下臣服。

燕绥看一眼闻近檀，便知道事情不顺利，他微微皱起眉头，命令一道道地传了下去。

“所有原大祭司部属有助纣为虐嫌疑，着全部原地扣押。

“立火节照常举行，所有庆祝流程不变。今年庆典会加入搜寻原叛逆大祭司余孽任务，只要找到相关人等踪迹者皆有赏。

“千秋谷中人除留少量驻守外，其余一部分编入当地百姓队伍，以节日欢庆方式游走留山搜寻，负责在搜寻到目标后发出信号通知同伴和千秋谷。

“大祭司那一群人里有几个天机府中人，在其中寻找有无天眼通，承诺可留其一命，让这人站在谷口查看出谷的人。

“百姓一批一批地放出去，一百个百姓安排十个千秋谷中人混入，让天眼通指出其中暗中携带武器以及其余有可疑行迹的人员，不要打草惊蛇，只需做好记号，千秋谷中人严密跟随监视其行动。一旦发现这些人聚集，则回报千秋谷。

“将大祭司这批手下分开关押审问，杀一半留一半，问出这些人和外头的联络方式、人员组织，领头人是谁。

“派一部分千秋谷中人改装出山，堵住所有出山后的道路关口，其中通往天京、滇州、苍南州季家……还有西川和川北方向的必经要道，必须要守死，一只苍蝇都不能放出留山去。”

……

后面几条命令都是低声对着闻近檀等人发布的，凤翩翩等人还有些不明白，闻近檀解释道：“总寨的人手肯定不止这百来人，大祭司一定留了一手，但这些人也一定潜伏在今日看热闹的百姓当中，殿下需要熟悉留山的人手去寻找大当家，这样效率高且隐蔽，但是又不能任这些人混在其中，那就不是救援，而是给大当家带来危险了。”

燕绥发布完命令，看着众人有序退出千秋谷。

他自己并没有动，留山太大，盲目出去寻找反而可能错过文臻，他需要坐镇中枢，筛选信息，控制并吸引野心人士，等待已经派出去的英文尽快找到她的线索。

大部分留山百姓出去前都会过来向燕绥施礼，燕绥眼皮微微垂着，支起腿，手搭在膝盖上。

他没有理会任何人，百姓们对他却比之前无数代大祭司都更加虔诚。

等到人走得差不多了，燕绥才动动手指，道：“将我之前买的烟花放了。”

日语愣了一下，此烟花非彼烟花，这是在静海集市上买的烟花，纯属玩乐的东西。殿下买的时候没说，但日语明白这一定是想和文姑娘一起放的。

但殿下发话，他自然什么都不会说，选择了一个最普通的烟花放出。

一线深红长啸着摇曳而上，在半空中被风卷散开，爆出无数朵七彩花朵。

谷外的百姓齐齐回首，惊艳眼眸倒映这满天斑斓。

夜空烟花下，燕绥沉思。

蛋糕儿，此刻你在何处？

此刻无论你在何处，见这一刻漫天碎金，繁花倒映于天幕，都该明白是我来了。

除了我，没人能在你失踪之后继续庆典，还敢放出这漫天花雨。

此刻你我亦在同一璀璨星空下，长天烟火烂漫如许，画一般的相思意。

蛋糕儿。

我已追至，你且归来。

第十一章

如何才能接近你

无名山头上，文臻静静地坐在山洞里。

外头那男子埋完昭明郡主，一瘸一拐走了两步，忽然道："不行，得先把伤口处理了，不然娘看了又要担心。"

他似乎张望了一下，然后便向着文臻的方向走过来。

文臻慢慢坐起身来，暗影里，卷草在指间幽幽生光。

那人走进来，一屁股坐下，文臻嗅见了一股血腥气。

那人很是熟练地处理好了伤口，正准备走，忽然停住。

那人一转头，才看见了暗影里的文臻，吓了一跳，猛地蹦了起来，大叫："你是谁？"

文臻伸出手，茫然地对空中抓了抓，抬起四十五度角，眨动圆形蠢萌眼，问："哥哥，你是谁？"

对面忽然安静了一会儿。

文臻疑惑地抬眼，雾蒙蒙的眼眸向着对面。

对面男子再开口时，第一个字似乎更哑了些，但随即转为先前傻兮兮的快节奏语调："我啊，我没有姓，叫铁柱，住在这留山十八湾青藤寨，上山来打猎顺便采点雨后蘑菇，妹子啊，你怎么一个人在这里？"

文臻眨眨眼，心中因为先前那一幕引发的疑惑淡去，低头垂泪道："哥哥，我是和姐姐一起来参加立火节的，结果迷了路，又莫名其妙遇上强盗，我受了伤，姐姐也……"说着眼泪便簌簌落下来。

忽然一只手伸过来，按上了她的脸颊，文臻怔住，感觉到粗糙的手指在脸上没什么章法地乱擦一阵，顿时忍住了摆头的冲动，干脆更努力抽噎一声。

这回又感觉到那手指顿了顿，然后拭干了她的泪水，铁柱道："妹子，别哭，你姐姐我已经埋了，你跟我下山吧，这山上湿气太重，我带你回去养伤。要么你告诉我你家在哪里，我送你回家。"

文臻知道青藤寨离千秋谷其实挺远，要翻过三座山头，自己之所以很快到了这里，想必是山间野兽不走寻常路，但现在要想走回头路也不可能，便道："我家在古田寨子……"

"那可远了，路又难走，真要走，得走个好几天呢。"铁柱好像少根筋，并没有问她，既然是来参加立火节，怎么就走到了这里，他伸手一拉，很自然地将文臻拉到了背上，"来，我背着你！"

文臻没想到他这么利落，转眼就趴上了他宽阔的背，一股淡淡的草木香袭来。

这气息于她是陌生的，却令她心生好感。

她捏了捏袖子，本想让文蛋蛋出来给这人下个蛊，结果文蛋蛋在她袖子里瑟瑟发抖，死活不肯出来。

文臻身下男子有点瘸，走路时一颠一颠的。

铁柱一边走一边道："今儿立火节我原本也想去千秋谷的，可惜太远，我娘身体又不好……"

文臻听着立火节，心中一动，心想这一次的立火节大概是庆祝不成了吧，毕竟发生了这么大的事儿，总寨地位岌岌可危，大祭司也失踪了。

这么想的时候，她忽然听见铁柱道："哎呀，看，烟花！"

文臻此时也隐约听见焰火呼啸升空的声音，极其细微，当在极远处，而那一处的天幕，那一片混沌的蓝黑色上，忽然闪烁出无数细小的彩点。

以她现在的视力能够看见那些彩点，说明那烟花极其绚烂。

文臻心猛烈地跳了起来。

燕绥来了？

千秋谷此刻必然还在混乱中，虽然她已经将大部分的事做完，但那么多人聚集，还是很容易出事，后续的安抚以及寻找她必然让小檀等人焦头烂额，怎么可能有心思放烟花庆祝。

只有燕绥才能第一时间安定局势，只有他才会在安定局势后敢于放烟花提醒她。

文臻一时心间如乱麻丛生，缠绕得心尖发紧，想着他刺杀南齐总督不知道有没有受伤，想着他的病不知道怎么样了，是恶化还是稍微好转，想着在这同一片彩光流转的天幕下，他此刻在想什么？

她的手指无意识地抓紧，身下铁柱忽然道：“小妹子，你怎么在发抖？”

文臻一惊，也没注意到他换了称呼，立即松开手指，哽咽地道：“我想我姐了……”

铁柱轻声道：“睡一会儿吧，睡一会儿就好了……”说着加快了步伐，文臻更加感觉到了颠簸，也不知怎的，她竟然睡着了。

朦朦胧胧中有人入梦。

他脚下遍地曼陀罗如丝般流曳，那象征生死和黄泉不可见之花。

他道：“文臻，我要如何才能靠近你？”

无名山头恢复了安静。

过了很久以后，远处才传来细微的脚步声，却看不见人影。

那声音越来越近，最后停留在昭明郡主简陋的坟头前。

片刻后，坟前一朵小花缓缓离了枝，飘到了坟前，悠悠落地。

小花落地的那一刻，忽然起了风！

风中一抹冷电乍现，直奔坟头，剑风罡气凛冽，四周修竹齐齐倒仰，碧青色的竹叶飞舞成无数个“一”，坟头上黄土被卷得四面炸开，伴随着落花碎叶，簌簌落下一阵黄雨。

黄雨中一抹血线如红绸飘过，隐约一声闷哼，地面湿润的黄土上印下一个纤秀的脚印。

出剑人如风而至，他剑若破风绕着坟转了一圈，手中剑再也没有像先前一样，触及实处。

他最终不得不收剑，恼怒地“哼”了一声。

他坐在镜前慢慢梳妆。

淡绿色的膏药慢慢推开，肌肤渐渐变得凹凸不平，生出许多的疙瘩和暗疮。

药膏抹上指尖，手上皮肤的毛孔变粗，指腹渐渐鼓出粗糙的小包。

随即他戴上一双极薄的手套，那变粗了的手再轻轻抚过发丝，乌黑顺滑的长发便慢慢变硬，最后修舒展的眉，垫宽精致的鼻翼。

最后拿起一个小瓶对着身上洒了洒。

瓶子里是一种气味不大好闻的液体。

无名山头一只肥狗欢快地转了半天，似乎在找寻着什么，最终也和那宽剑的主人一般一无所获，只得对着空处汪汪几声，转身向山下奔去。

很久以后，在昭明郡主新坟大概几里外的地方，一处矮崖下，那里丛生的灌木簌簌连动了几下，接着，每隔一段距离，便有一处枝叶轻轻弹动，向着文臻离开的方向不断延伸着。

文臻睁开眼睛，眼前依旧是一片混沌。

她伸出手，对着那一点光亮仔细地看，很久以后，她眨眨眼。

她的手按在腹侧，那里有点温热，似乎被什么触摸过，她想不明白自己怎么就会睡着了。

屋外传来铁柱的声音，另外还有一个女子的声音，这一幕有些熟悉，让她想起当初带着燕绥在山崖下逃亡的日子，想起大牛和桃花，想起那日风雪小院外的两座坟茔。

外间铁柱在絮絮叨叨，那个女子应该是他母亲，听声音是个温柔又有点胆小的妇人，一边听着儿子的嘱咐给文臻做红糖鸡蛋，一边愁苦地说："两个少女怎么会遇到这样的坏人，莫不是遇上了千秋谷的强盗，你将人带回来，会不会把麻烦引来？"

铁柱不耐烦地打断，叫她莫要整日瞎想。

那女子便又道："红糖鸡蛋如此珍贵，何必放这许多，这些红糖鸡蛋还要留着给你娶老婆用呢，我瞧这女子倒是好看，要么你……"

文臻不动声色地听着。

铁柱道："阿妈你说什么呢。"说着掀帘进来。

文臻闻见红糖的甜香逼近，随即手里被塞进热热的大碗，铁柱道："小心小心，别撒了啊。"

文臻接住碗，手指触到他满是茧子的大手。

红糖果然放了很多，鸡蛋则像是动用了全部的储备，一个接一个地滑入勺子里，密集到汤都没有，文臻勉强吃了两个，实在吃不下了，便将碗递过去，感觉到铁柱一直盯着她吃，一定会劝一劝的，但铁柱什么也没说，接过去笑道："我娘还给你熬了瘦肉粥，连带这个，等会儿都带着给你路上吃。"

文臻倒没想到他这么快就要送自己回千秋谷，喜道："哥哥你要送我回家吗？我家有点远呢。"

"远也要送啊，不然你家里人该多急，正是立火节呢。"

铁柱出去送碗了，过了一会儿，有掀帘声响，文臻笑道："铁柱哥，咱们是不是现在就可以出去了。"

进门的人却没回答。

文臻顿了顿，慢慢坐起身来，笑道："那我准备一下。"

门口的人脚步轻轻地过来，空气中渐渐弥漫开一种淡淡的香气，极淡。

文臻恍若不觉，顺手推开了旁边的窗，大声笑道："这风里气味真好闻。"

一阵脚步疾响，从外头快速向屋子而来，与此同时屋内人终于开了口，却是先前屋外铁柱娘的声音："姑娘，我来给你送瘦肉粥。"

"是大娘啊。"文臻笑眯了眼，"谢谢您。"

又一声掀帘声响，铁柱的声音响起："娘，这粥烫，给我端着。"

铁柱娘顺从地应了，铁柱又将那粥端到文臻面前，那瘦肉粥散发着刚才文臻闻见的特殊香气。

"这里头有一种肉，是这山中也少见的，平素爱吃罗塔叶子，肉有一种奇香，你闻闻香不香？"

"香！"

文臻接过粥也吃了几口，才说吃不下了，铁柱很小心地将罐子用布包了，又要来背她，文臻自己下了床，铁柱便将她扶住，引她到了门外，笑道："好不容易借了头驴子，老了一点，但是这整座寨子，也就这头驴子能用啦。"

文臻没想到还有代步工具，留山百姓穷苦，很少有车马，其实在文臻看来，这都是留山多年来被神权统治的后果，而神权统治者的一个特征，就是不喜欢老百姓太过富有，因为富裕的百姓有更多的机会拓展视野接受教育，一方面这些人醉心于神化自己便于权力争夺，另一方面在努力愚民并驯化。不然这满山的药草山珍，这适合种茶种果的土壤，这一年四季温暖合适的气候，都代表着财富啊。

这驴子果然很老，硌得屁股痛。但文臻一声不吭。

铁柱牵着驴子，带着那只狗，慢慢走下山路。

小屋前恢复了平静，铁柱娘站在门前，望着远去的两人，过了一会儿，她转身准备回屋，却看见门槛上已经站了一个人。

铁柱娘并没有惊异的表情，正准备打招呼，那人一直背在身后的手忽然向前一伸。

一道冷光射入她的胸膛。

铁柱娘在那一霎只来得及伸手抓住剑柄，不可置信："你……你……"

因为脸上肌肉太扭曲，她脸上掉下一层面具，露出一张苍白而年轻的脸。

阔剑上许多镂纹，此刻血迅速填满那些镂刻，蜿蜒曲折，如绘诡秘符文。

阔剑的主人手腕纹丝不动，声音里也没有一点情绪。

"公子手下，不留自作主张之人。"

第十二章

何其有幸

千秋谷内的留山土著走得差不多了。

燕绥坐在谷内，正对着大门的地方，他的效率惊人又深知他德行的属下们，已经光速给他安排好了椅子、茶水、点心，头顶上甚至还撑开了他自己随身带着的遮阳挡雨的大伞。

潘航和凤翩翩匆忙赶来，每次看见他的时候，心中都有一种古怪的感觉。

传说中这位和大当家是一对爱侣，按说大当家失踪，情侣不是应该心急如焚，亲身寻找，不顾一切，向天咆哮吗？

但是此刻这优哉游哉的样儿——他和大当家该不是分手了吧？

燕绥坐在那里，明知道大家在想什么，也没打算理会。

手里一大堆纸条，他慢慢从第一张看到最后一张，再从最后一张看到第一张。

脚步声急促，林飞白带着一批人匆匆而来。

林飞白一身的外伤内伤，先前文臻失踪后又到处搜寻，如今一脸的苍白，师兰杰跟在他身后，一脸劝说不得的焦灼。

林飞白的半边脸还肿着，看见燕绥就当没看见，正要走过去，忽然燕绥将手中纸条一收，抬头笑道：“小白，你有伤在身，就不要出去了，在这里陪陪本王吧。”

林飞白就当没听见，脚跟一旋，就要换个方向走，燕绥道：“师兰杰。”

师兰杰不敢不理他，回头向燕绥施礼。

燕绥道：“拦下林侯。他肋下伤未能好好护理，右手骨折后又动力，骨头可能错位了，更重要的是他内伤不轻，再强自支撑着出门……”他忽然笑笑，“虽然我很乐意他就这么了结了，毕竟朝廷上下谁不希望林家绝后啊，但是想想你们这十几条性命也这么没了，我的护卫们以后就没对手了，太寂寞啊。”

师兰杰沉默了一会儿，拦在林飞白面前，林飞白眉头一挑，手缓缓按上剑柄，但是师兰杰比他更快，一伸手便将他的佩剑抽出，不等林飞白反应，便将剑双手奉上，半跪在林飞白面前：“侯爷，您若执意要走，便先杀了我！反正您若有任何不妥，我们也是要在林帅面前自尽的！”

他身后，护卫们齐齐拔剑横捧：“请林侯赐一死！”

林飞白垂着头，盯着那雪亮剑身，眼神冰冷地砸在剑上和师兰杰的脑袋上，再霍然回首，狠狠砸在燕绥的脸上。

燕绥看也不看，慢悠悠地将摆盘摆得更对称一些。

片刻后林飞白一脚踢飞那剑，霍然回身，往燕绥对面座位上一坐：“殿下，何必那般冠冕堂皇，危言耸听？”

燕绥笑笑，眨眨眼，道：“是啊，你真是难得聪明。你骨折没问题，恢复得不错，内伤嘛，反正也死不了。”

“你只是不让我去寻文臻罢了！你自己去不了，也不让别人出力是不是？”

燕绥懒洋洋向后一靠，道：“是啊，我家蛋糕儿用得着你吗？”

“殿下，自己的爱侣不知珍惜爱护，到头来还要怪别人呵护她，有你这样的男人吗？”

燕绥笑笑，并无怒意，林飞白转开头，不想看他眼底那种永远的冷淡的不屑，却听他忽然岔开话题问：“林飞白，你可知道以你的质子身份，如何能忽然离开天京，去你父亲麾下效力的？”

“总不会是殿下帮忙吧？”

“我帮得了谁，也帮不了你，毕竟结交统兵大将，皇子可是死罪呢。倒是我们的周小姐真是个聪明人，教了她父亲和一帮御史，联合参你在天京结交豪强和江湖人士，却又没有太多证据，让陛下怀疑你在京不安分，怕你们父子里应外合，才最终将你打发去了边军。”燕绥鼓鼓掌，“我给她机会接近你，她却深知你想向外飞，因此不惜忍痛给你制造机会，真是个好姑娘啊。林飞白，这样的好姑娘你看不见，你可真是瞎。”

林飞白神情震惊。

他月前忽然接到圣旨，让他去边军历练，当时可谓喜从天降。

男儿一心向金甲，谁愿意在天京的纸醉金迷中消磨时光，只是他知道自己质子的身份，也曾努力过，却失败了，从此也不曾去多想自由。

所以他一直也没想明白陛下怎么肯放手了，原来源头在她那里。

如今才知道，陛下不敢留他在天京，也不敢放他去拱卫天京的京卫和拱卫皇城的三卫。至于各地郡军，群臣也害怕万一各地郡尉被林飞白的身份所诱惑，借此和林擎搭上线，那又是灾难。左思右想，最后还是姚太尉建议，令林飞白去边军，以此为契机，向林擎军中派出监军。

之前朝廷一直想向林擎军中派监军，但林擎太过狡猾，用各种理由推托了，如今将设置监军作为换林飞白的条件，林擎终于不再折腾了。

于朝廷来讲，虽然解除了林飞白的质子身份，但将那父子置于明处，且如愿安排了监军也算一件好事。

林飞白坐在那里心中思潮起伏，久久不能言语。

只听见燕绥忽然道：“周小姐固然对你一见倾心，情深义重，然你当真便如自己以为的那般毫无触动吗？

“你知自己已有触动，却又觉得这是对自己的侮辱和对文臻的背叛，所以你干脆奔来文臻这里，想要以用心来证明自己是心志坚定之人。

“然而你如此，既负了他人的苦心，也负了自己的本心，负了文臻的朋友之义，也负了本王的相助之心。优柔寡断，无情无义，林飞白，世上有你这样的男人吗？”

林飞白默然。

周沅芷为深闺小姐，虽可献策，但这事能促成，绝非几次上书便可，其间人心运筹，必然也有眼前这位的手笔。

“文臻未曾接受过你，所以你无论喜欢谁，于她都不是背叛。你要证明自己，也不能建立在对她的纠缠上。更不能因此给她制造烦恼。林飞白，你多年和我作对，我向来容忍你，让你忘记了我的底线，今日便破例再说一次，我的底线是文臻，别说伤害她，但凡让她有丝毫不舒服，我也不介意杀了你。”

“我没……”

“所以我让你活到现在。”燕绥微笑，“我允许你来留山，只限于允许你在我无法顾及的时候保护她，可不是让你春情泛滥，更不是让你拿着我的蛋糕儿来抵挡你家周小姐对你的攻势，你明白？”

林飞白坐在椅子上，片刻后他吁出一口长气，道：“燕绥，你怕了。”

燕绥摆盘的手指一顿。

“你想必狠狠得罪了文臻，所以你对她也不再有十足把握，否则你怎会和我说这许多话，甚至都不惜摆功威胁。你从来就不是这样的人。”林飞白站起身，“因为害怕，因为没有了把握，因为太多内心顾忌的事，你处于一种矛盾焦灼的心态中，看你这样的人居然也会这般矛盾焦灼，可真是快意，快意到我都不想和你说我原本要告诉你的话了。”

燕绥抬头看他。

林飞白掸掸衣袖，淡淡道："患得患失的人就是这样。其实你想多了，我确实一开始有过想要加倍对文臻好来证明自己没有随意变心的想法，但从文臻第一次拒绝我之后，我便想明白了。"他古怪地一笑，"还没恭喜你，她几乎在我还没明确表达心意之前，就更加明确地拒绝了我。之后我试探过几次，她一次比一次坚定。我不知道你们之间发生了什么，但是很明显，你担心的事情并没有发生。她内心深处，没有畏惧你，没有怀疑你，没有疏远你，哪怕所有的疑点指向你，那些污糟的桃花运笼罩了你，哪怕你给她带来烦恼郁闷和麻烦，但是她始终不怒不惊，第一时间选择相信你，甚至还要费心筹谋，帮你。"

他感叹一声："何其有幸啊。"

这一声叹息极轻，却像是蕴了经年的惆怅和郁意，如今借着这长而悠远的一声叹，化为这山间的岚气，最后飘入千万年的星光中去。

从此高高远远，不在人间。

月光下他身影秀挺，侧脸的轮廓如铁笔勾画，笔笔鲜明，唯有一团星光晕在眉梢，便如柔光打三分，让人窥见一脉柔情。

霜雪底红叶如火，峭崖下莲花摇曳。万物都是好风景。

燕绥慢慢地吃完了那个难吃的点心，忽然笑道："夜深了，我让他们炒了几个菜做点夜宵，来，咱哥俩喝几杯。"

新任"好哥们"林飞白瞪着燕绥，对某人的变脸绝技适应不能。

日语托着一个大托盘，菜热辣新鲜地被端上来，林飞白定睛一看。

青椒腊肉、麻辣羊肉、烤肉烤鱼、鸡丝韭菜，以及一个热腾腾漂满辣椒的火锅……

那满眼红彤彤的一片，林飞白一直在痛的牙帮顿时更重地抽搐起来。

对面，那个无良的人还心情很好地拿着筷子，热情地款待："来，吃啊。"

林飞白："……"

有什么办法可以毫无后患地、迅速地打死这个人？

文臻心中第一万次感叹，铁柱的驴子真是太老了。

因为老，所以走得很慢，晃晃悠悠走了半天，文臻问一声，结果山头还没下。

铁柱倒像是不急，一路牵驴悠然而行，时不时摘个野果，摘朵野花给她，不愧是这山中的土著，他摘来的野果都很好吃，野花香味特别，消除了文臻本有些沉郁的心情。

前行中，铁柱跳到旁边草丛里不知道寻了什么，捧了来给她："来，吃莓果。"

文臻接过，触及他手指，只觉得指尖滚热。

她吃了一个，偏头笑道："铁柱哥也吃。"直接喂了一个莓果到他嘴里。

铁柱似乎愣了一下，才偏过头来，文臻的指尖擦过他唇瓣，触觉温软，她的手指顺势从他脸颊刮过，肌肤却是粗糙的，还生着年轻人特有的暗疮，以及一些细微的胡茬。

文臻的手指一触即收，旁边铁柱毫无所觉。

文臻忽然感觉到前方似乎有星星点点的红色物体在飘浮，她心中一动，却没说话，偏头看了看铁柱。

铁柱停下了脚步，道："小真姑娘，你看！"

随即他反应过来文臻看不见，急忙道歉，又道："火把庆典开始了，没想到火把转山都转到这里了！"

文臻笑着应了一声。

她知道火把转山是什么意思，是立火节后第一日的庆典之一。那一天，满山的土著居民都会举着火把转遍全山，以示驱赶妖魔，迎接祥瑞。

如今转山既然已经开始，那就意味着昨日在千秋谷没有发生大的事件，那么是燕绥在主持这个立火节的庆典继续进行？

但毕竟只是猜测燕绥来了。假设燕绥没来，主持转山的如果是敌方，那么这个转山就是在追杀她，如果是己方，那转山便是在寻找她。

虽然对燕绥有信心，但是文臻不敢冒险。

铁柱在告诉她转山的人们越来越近了。

文臻忽然道："铁柱哥，我记得你有戴面具。"

立火节上，也有很多人会戴上面具游乐，铁柱先前说起他也有面具，出门时候顺手带上了。

"我们戴上面具，也点起火把，一起也转转山吧。"文臻道，"就当为我姐姐祈福了。"

铁柱兴致勃勃地应了，两人戴上面具，点起火把，正要迎着人群走去，文臻听见身后疾风声响。

与此同时，身下驴子腿一软。

她猛地抱住驴子脖子向旁边滚。

下一刻驴子发出惨叫，热辣辣的鲜血溅出来泼了她一脸，随即她听见铁柱一声大叫，一双手臂伸过来将她接住，抱着她撞到了坚硬的崖壁。两人眼前一黑，那双手臂托起她，往旁边一个狭窄的地方一塞，她感觉鼻尖和双臂都快碰见了冰冷的崖壁，连呼吸都觉得困难。

铁柱急促的声音响在她耳侧："这里很安全，你别怕！"

她瞪大眼睛，盯着无边的黑暗，感觉这里是崖壁上的一处岩石缝隙，已经靠近崖边，而身边的铁柱正扶着她的靴子慢慢地向下挪，轻声道："这里我熟，这石头缝底下还有一个凸起，可以站下一个人，我小时候经常和他们在这玩的。"

然后他站住了，身子似乎晃了晃，轻声道："我得抓住你的靴子才能站得稳。"

文臻感觉到他的身子晃动不停，显然这个小时候站过的地方现在不足以支撑得下他成年人的身躯，然而他已经住口，匆匆扯过几条藤蔓来遮住了她露出来的靴尖。

文臻也已经听见了急促的脚步声，还有压抑的男子的声音，"人呢，方才还看见的！"

另一个女声道："应该就在这附近，搜！"

文臻感觉男子就在身侧，听见对方说："不会真掉下去了吧？"

文臻浑身绷紧，脚跟抵着地面。

她这个姿势无法御敌，但是任何人发现她也必须先把她拽出来，她的靴跟里有暗器，只要逃过第一轮，后头腰腿发力，她还是能迅速出来的。

但那意味着铁柱可能就没了生路。

忽然那男子道："咦，什么东西？"随即文臻感觉到有人在拨开脚底的藤蔓！

文臻靴跟用力——

外头猛然响起一道清脆的声音，像是巴掌打开手的声音，她的靴子一震，然后便是方才那人惊怒地道："这里还站个人！"

与此同时铁柱大喊："滚！别碰她！"

一声闷响，文臻感觉到抓住自己靴子的那只手松开，脚跟里的飞刀劈入对方颅脑。

与此同时，她一抬衣袖，一点银光从袖底射出，缠住了落下的铁柱，她自己的身体也因为这下坠之力，飞快滑出，她抓住崖壁，摸到一点凸起，极快地将袖间丝绳往上连绕几圈，转身飞跃，落向自己先前感应到的地面方向。有人猛冲而来，而她一落地便低头，比对方还快地撞入对方怀中，她指间的刀狠狠捅了出去。

刃尖直接从对方肚腹中穿出！

文臻站立不动，四面沉静了下来，只有飞鸟的羽翼偶尔轻巧地擦过树梢，不远处崖下有动静，远处，火把转山的人们发出愉悦清亮的歌声，近处，似乎有抽气的声音。

眼前还是一片黑，她慢慢攥紧了手指。

好一会儿，她才又听见铁柱的声音，气喘吁吁地道："小真，小真，你怎么样了？啊，死人！"

第十三章

恍如隔世

他奔过来，惊道：“你的手怎么了？受伤了？天神啊！这么大的伤口！”

文臻转头，神情镇定地道：“并不是我的伤。”

铁柱停住了脚步，呼吸粗重，好半晌他犹豫地道：“这……这两个人是你杀的？”

“是啊。”文臻笑道。

“刚才救我的那根线，也是你的？”

“是呀。”

“你……你会神通？你是大祭司座下的神通姑姑？”

“你看我像吗？”

一阵沉默。

片刻后，铁柱声音沮丧地道：“其实你不需要我护送回家是吗，而且刚才你杀人——”

文臻：“你怕了？”

铁柱：“不是，只是我，哎……”

“我确实不需要你的护送，要么你便回去吧。”文臻柔声道，“我跟着转山的队伍也是能回古田寨子的。”

铁柱沉默了好久，才道：“那我去帮你叫转山的人，他们转过山坳了，看不见我们的。”

他当真快步跑走了，文臻听着他虚浮却又快速的脚步声向外冲去，一边冲还一边大喊：“转山的兄弟姐妹们——等等我——”

文臻忽然叹了口气，道：“别喊了，我先前就听见他们远去了。”

铁柱居然没听见，追出去好久，又吹哨召唤他那遇事只会叫，看见敌人就夹尾巴逃跑的狗。

文臻道：“我一个人也能走，你早些回去吧。”

说完她便起身，伸手在旁边寻了一截树枝作为盲杖，点着地走过了铁柱身侧。

铁柱一直没说话，两人错身而过时，他忽然一把拉住了文臻的袖子。

“不行。”他的语气忽然坚决了很多，“天快要黑了，这山道很险，又有陷阱，还有断崖，你眼睛坏了，就算是神通姑姑也会出事，我得跟着你。”

“不怕我杀人了？”

“怕，但是你总不会杀我吧。”

“这可说不准，有神通的人多半精神不好，也许半夜我开坛做法，忽然老天指示我你是个妖孽，必须杀了才能得天下太平，我也就像今天杀这个杀手一样，把你给宰了祭祀老天。”文臻扬扬血淋淋的胳膊。

她感觉到铁柱当真打了个寒战，连声音都低了不少，却依旧没放手：“你在故意吓我，你越这么说，越不会这么做，我知道的。”

文臻用血糊糊的手拍拍他的肩：“不，我疯起来，连我自己都害怕。”

“别说了。”铁柱一把拉住她的手向下走，“下头有条溪水，难道你就不想洗洗吗？”

这么一说，文臻便觉得浑身发痒，只好跟着铁柱一路下来，果然听见水流淙淙，她蹲在溪边卷起衣袖洗手臂，身边的铁柱已经大大咧咧在她身边坐了下来，文臻听见草鞋落地的声音，然后是撩水的声音。

文臻的手停了停。

一瞬恍惚。

也曾有一处清潭起清波，也曾有垂挂瀑布溅乱琼，也曾有人临池洗脚，而她抱住了那人的腿，也曾有那人隔水初见，秋水粼粼在眉间。

明明不过两年时光，想起时却已恍如隔世。

她三两下洗完了手臂站起，铁柱也急忙趿拉着鞋子跟上来，和她说天已经黑了，留山不可赶夜路。他刚才还发现一个山间猎户留下的棚屋，正好过夜。今日的驴子已经死了，明日看能不能遇见百姓们的庆贺队伍，寻到坐骑，后头就好办了。

文臻听他絮絮叨叨说完，两人生起火堆。

铁柱跳下水去，过了一会儿走过来，文臻闻见了淡淡的鱼腥味。

铁柱似乎在处理那些鱼，听声音动作很利落，过了一会儿走过来，道：“我烤鱼给你吃，我烤鱼手艺可好了。”

文臻便笑了，也没抢着接手，她坐在火边，“看”铁柱在小心地抹盐。

香气渐渐溢出，片刻后有温热的食物递到她唇边：“快趁热吃。”

文臻接过咬了一口，果然手艺不错，外皮是恰到好处的焦脆，齿尖轻轻一扯微带弹性的鱼皮，能感受到丰厚腴润的口感，随即里头鱼肉的香便喷发出来，细嫩微甜，鲜气十足，最妙的是鱼骨都已经被烤得酥脆，轻轻一咬，便化在口中。

文臻手里被塞了一罐热热的鱼汤，汤并不算浓厚，却清甜鲜美，还隐隐携几分奇异的香气，微带几分酸，越发开胃。铁柱道：“这汤里放了婆罗果，说是果子其实算是一种药草，用来熬汤可以收创口防蚊虫呢。”

“你还真是了解这留山啊。”

“当然，留山遍地宝，遍地宝我都认识！”

“你怎么不喝啊？”

“就一个罐子，我等你喝完我再喝。”

“我不知道……我不小心都喝完了……对不起铁柱哥……”

“没关系的，我还有烤鱼吃，我这条比你还大。”

文臻抱着沉甸甸的罐子，想着那一春潭水下，她也曾烤鱼赠救命恩人。

彼时她临渊生火，精心烤制，选了一条肥美的鱼，彼时心情满满都是对于所获得新生的向往和憧憬，却不知只是揭开了尔虞我诈历程的开端。

文臻微笑啃着鱼，同时在默默运着功，后颈近肩有一处总细微刺痛，她怀疑那里有逆行的一根针，所以安静下来后，就无时无刻不在暗暗冲击那边，因此也就只能维持面上的平静，实在没有别的心力去说话。

她听见铁柱问她：“妹子，你现在能看得见多少？”

她摇了摇头，转过头，怕额角上的汗被铁柱发现。

那一处忽然猛地一痛，她身子一跳，生怕被铁柱发现，却模模糊糊听见铁柱说了一句什么，然后走开了。

随后她忽然发现，自己眼前出现了火堆。

她的冲针果然是有用的，这令她坚信这失明是暂时的，只要挪走针，便能够复明，并不是身体出现了不可逆转的伤害。

这回她不敢再尝试碎针或者直接拔针，这个位置太过危险。

她松口气，一抬头，听见铁柱道：“那我正好洗个澡。”

就在这一瞬间，她感觉旁边的草丛似乎微微一动，一个身影矫健地跃起，水花溅起老高。

文臻一抬手，接住了被溅上岸的两条鱼。

铁柱似乎洗得很快活，文臻默默烤鱼，过了一阵，铁柱上岸，坦然在石头边穿衣，再坐过来时便带来一阵清逸的淡淡香气。

“那潭水上头有五樱树呢，生出的花一花五色，最是香美不过了。”铁柱将一朵湿淋淋的花放入文臻的掌心。

她一边说好香好美，一边顺手把花塞在鱼肚子里烤了。

铁柱一边吃烤鱼，一边含糊地问她：“先前，为什么有人要杀你啊？”

“我怎么知道？”文臻翻个白眼，“说不定是来杀你的呢？”

铁柱哈哈大笑：“真要杀我，哪用那么厉害的人。那刀真快，我连影子都看不清楚。”

“实不相瞒。”文臻正色道，“其实是我得罪了大祭司，所以大祭司派手下来追杀我，你也知道你打不过，所以你赶紧走吧。”

铁柱道：“你放心，我知道自己没用，只是你眼睛不好，总得有个人替你看路。如果真的再来了敌人，我一定很快地跑开，好不好？”

“记住你说的话。”

吃饱了，铁柱很熟练地将火堆移开，找来了一大堆枯枝干叶，给自己铺了个床。他把文臻安置在了不远处的小棚子里，那简陋的地铺上居然还有一床小褥子，铁柱也给文臻留下了。

文臻也疲倦了，并没推辞。

夜色沉静，白日里转山的火把星点渐没，沉入留山深处。

文臻忽然睁开眼睛，悄无声息地出了小棚子。

她慢慢走到铁柱身前。

火堆犹未灭，在她乌黑的眸瞳内燃烧，似要将她眼底的星光燃尽。

文臻的目光直直对着铁柱的咽喉。

铁柱浑然未觉，偏头睡得很熟。

那只毫无用处的狗四仰八叉地睡着，比铁柱睡得还香，浑身银白的长毛在风中微微颤动。

文臻慢慢伸出一只手来，触及铁柱咽喉，一捏。

“嗷。”

铁柱猛然呛咳而醒，睁开眼瞪大眼睛，下意识抓住身边的猎刀，想也不想便挥了出去。

布帛撕裂之声响起，铁柱被一个什么东西当头罩下，他咳嗽两声，糊里糊涂地将那东西抓下来，才发现那是一床被单，然后才看清楚站在面前的是文臻。

“小真，你没声没息像个鬼一样站那里干吗？吓死我！”

“你大惊小怪的干吗，我给你送被子啊！”文臻的语气比他还理直气壮。

铁柱欲哭无泪地看着已经破了一个大洞的被单：“我不用的，你还是拿回去。哎，拿回去也没用，都坏了。”

文臻忽然觉得哪里不对，她仔细看了看地面。

她原记得那里放着吃剩的食物，半条烤鱼，几个野果，现在好像只剩下果核了。

她忽然耸了耸鼻子，然后手指在地上一摸，果然摸到一点黏腻的液体。

文臻随即站起身，脚跟不动声色一蹍，已经将那果核和那液体都蹍进了尘土之中，嘲笑地说：“铁柱哥，你这个保护者当得可真不走心，这睡得比我还死，我半夜肚子饿，把剩下的东西都吃完了，你都没听见。”

说完她回去往地铺上一躺，隐约看见铁柱愣了半晌，将自己的猎刀往身下拢了拢，翻身抱着那破被单，十分心大地又睡了。

片刻，有细微的鼾声响起。

文臻望着斑驳的棚顶，拍了拍身边的草堆，笑了笑，也闭上了眼睛。

千秋谷内，燕绥没有回屋去睡，依旧在那谷中空旷地，吃着点心，看着星月。

也就这么一日夜的工夫，他已经迎接了三批刺客，将留山境内大皇子的精锐库存又耗了一批。

之前利用天眼通查到的那批总寨潜伏的手下果然渐渐脱离百姓队伍聚集在一起，似乎在等待召唤，这证明留山的所有势力另外还有人在主持，但是这批人久久未得到信号，显然对方也有了防备，并不愿意冒险再使用这些人，燕绥干脆下令围杀。

有人影落于他膝前，是英文的手下，最擅长消息收集追踪的那一批人。

这批人原本在谷口搜寻，毫无所获，因为谷口经过了上万人的踩踏，哪里还能辨认出一个人的痕迹，直到燕绥提醒他们，离开谷口，直接在附近根本没有路的山壁上寻找。

“殿下，我们已经发现了一部分痕迹。文大人没有从谷口出去，而是在千秋谷口外十丈处，一处平缓的山崖上往上走的，那里本没有路，我们的人发现了一点细微的布条，是文大人的衣裳，想必是文大人留下来的。

“那山崖上没有人走的痕迹，只有被动物踏断的枝叶，从底部到顶部的痕迹分析，那应该是头上有角的动物，应是梅花鹿之类，驼着文大人离开千秋谷，从痕迹负重来看，那鹿身上应该有两个人……甚至一度还被第三个人拉过尾巴。”

这消息让燕绥意外地挑眉。

“然后痕迹消失，但是旁边崖壁上有攀爬痕迹，还有一点猿猴的毛，怀疑是力大的猿猴把文大人拉了上去，然后抄了一条近路走，我们跟着痕迹走，一度失去踪迹，但是每次又能发现另一个人的痕迹，从衣料和足印上看是属于另一个女子，我们跟着那个女子的痕迹，才找到了好几座山头外的一个叫四神峰的地方，在那个山洞里发现有人待过的痕迹。在那里我们找到了一座新坟，里头埋的尸首我们已经挖出来带回来了，那坟头旁边还留有女子脚印和血迹……”

说到这里，护卫看见燕绥眼光一冷，顿时明白了，急忙道：“殿下放心，我们已经检查过那脚印，那女子应该就是之前跟着文大人一路离开的第三个人，血应该也是她的，从血量来看并不足以致死，从周围的草木和脚印的深度来看，她应该是遭受伏击，但是对方没有尽全功，我们推测出了这个女子的大概情况，请您过目。”

说着奉上一张纸，燕绥低头看着，那护卫又道：“英文大人还在山上……”

燕绥冷淡地道：“怎么？他还准备下山等我请喝茶吗？”

“不不不，英文让我转告殿下，他绝不会下山的，不找到文大人他就再也不回来了。”

“去掉那个前提条件我也是能接受的。”燕绥一抬手，护卫退下去，唤人将那尸首抬上来。

燕绥一低头，也不禁诧然了：“燕纹？”

林飞白快步走来，他从燕绥的护卫来回报时就过来听消息了，这没办法，虽然他的人也派了出去，但论起消息探听、踪迹追寻，谁也比不上燕绥一手调教出来的护卫。

直到此时，他终于忍不住震惊起来。

两人对望一眼，顿时都明白了大祭司是谁。

“安王殿下，好大的胆子……”林飞白喃喃道。

竟敢驱使堂堂郡王世子为傀儡！

昭明郡主不可能无缘无故来这留山做祭女，满朝都知道她钟情于司空家的世子，她只可能追随司空昱来此，那么联想到大祭司的神通，司空昱的身份就呼之欲出了。

但林飞白想不通，虽然司空昱异能确实出众，但天机府也不是完全没有能人，安王何至于不惧得罪司空家族的风险，这样对待司空昱！

燕绥凝望着燕纹的尸首，忽然拨开了她的衣襟，查看她的伤口。

片刻后，他道：“伤口做过伪装，但可以辨认出原先用的不是东堂常用的武器，对方……是异域人。”

这话一出，林飞白眉心便一跳。

第十四章

分手快乐

此时师兰杰也奔了来，低声和他说了几句，燕绥隐约听见了“季家异动”几个字。

林飞白仔细听着，半晌，挑眉一笑，对燕绥指了指：“看来阁下套来的狗并没有把家看好啊。”

燕绥笑道：“疯狗冲出来了，才方便乱棍打死。”

林飞白冷哼一声，心想，疯狗冲出来多了也是很麻烦的。

他也不理会燕绥，转身匆匆离开。

燕绥看了半晌，命护卫去寻冰棺，等此间事了好生送回天京安葬。此女毕竟是皇族之后，不能如此葬身荒野，何况留着她的尸首也有用处。

他又命护卫去请凤翩翩，凤翩翩匆匆赶来，燕绥问：“敢问凤三当家，谷内俘虏，是否都还在？”

“除了已经死亡的，都在。”

“凤三当家再想想。”

“对了，我想起来了，有一个人不在！”

……

“公子，我们既然已经找到人，对方又病弱，为何不干脆带齐所有人，迅速将其掳出留山？”

“你想得太简单了。只要那人来了，留山就会成为他的势力范围，我们想要带人出留山，会比登天还难。”

“我们可以浑水摸鱼，利用安王殿下在留山的人帮忙。”

“那些人现在都在他的注视下，能在外头活动的也一定已经被下了钩子，你我不接触则罢，一旦接触，只有被一起钩出来的份。”

“那我们该怎么办？”

“愁什么？即便外头千山难渡，我们还有真正的通关牌。”

“通关牌？”

“嗯，她就是通关牌。”

“公子，属下愚钝……”

“只要她自愿和我走出留山，不就都解决了？”

“可这怎么可能……”

“你且看着，她会的。”

文臻再睁开眼的时候，眼前是灰蒙蒙的天。

有脚步声接近，文臻听见铁柱的声音：“小真，你醒了吗？我进来了啊。”还没等她回答，就已经大步进了棚子，和衣而睡的文臻还没坐起身，听见铁柱“咦”了一声，道：“地上怎么有血？小真，你受伤了吗？”

文臻忙坐起身，狠狠往右边胳膊上一抓，抓裂了之前的炸伤，有黏腻的液体涌出来，她低头，咬牙忍住险些发出的痛叫，道：“先前翻身时候撞着墙了。”

“怎么这么不小心啊，我来给你换药。”

“哪里还有药，又没带干净布条。”

铁柱变戏法一般从怀中掏出一个小布包，笑道：“我有布，你有药，来吧。”

“那便出去换吧。”

文臻在潭边找块石头坐下，伸出胳膊，她胳膊是林飞白给她包扎的，文臻自己看不见，不知道那包扎手法是军中专用，且包扎得十分平整细致。

铁柱的目光在那包扎处落了一会儿，随即毫不客气将那包得十分漂亮的布条拆了。

文臻拿起自己的那瓶药，晃了晃，道：“没剩什么了。”随手往草丛里一扔。

铁柱已经采了野果，给她烧了点山泉水，还打了只兔子在火上烤，两人吃过简单的早餐，继续赶路。

立火节第二天会有花亭比巧活动。

留山姑娘们比歌舞比蛊术，会选择某处空旷地扎起花亭，获胜的姑娘会被邀请坐上最巧手的匠人扎得最美的花轿绕场一圈，预示着她明年将会嫁得好郎君，且会获得祭女的祝福。

但这个比赛却没有评委，或者说评委不是人类，花亭下正中的桌子上供着一个彩色漆盒，里头是一只蛊蛛，能吐出珍贵的细丝，这种细丝可制毒也可治病，十分难得，产量极少，而这种蛛喜欢悦耳的歌声，也喜欢高超的蛊术，兴奋状态下才会多多吐丝，所以谁能赢，看这蜘蛛一次吐出多少丝来就行。

据说往年记录最好的一次，那只蛛吐出来的丝足足盖住了盒子的一半！

和昨天一样，还隔着老远，文臻便听见了那边的欢笑之声，而且听来女子比较多。

铁柱兴奋地和她道："我们去看看花亭比巧，你也顺便比一比，优胜者还能获得最后一日祭女的祝福呢！"

文臻倒没想到他这么积极，闻言转头看看他，铁柱却已经拉着她向前走，没走两步忽然道："要不要戴上面具？我怕昨天的事……"

文臻正凝神听着四周的动静，她已经快要汇入人群，听出杂沓的脚步声中有些步伐轻快凝练，显然是练家子。

敌友难辨，她道："还是戴上吧。"

她如果视力未失，应该就能看见那些练家子身上都会有一个奇怪的小标志——那是倒过来的江湖捞的火锅标志。

混入留山百姓游山人群的千秋谷中人自然不可能惹人注意，因此戴一个不显眼却又能让文臻一眼认出来的标记很重要。

千秋谷内物资最多的就是江湖捞的，而那些物资上都有这样的标记，燕绥让人剪了下来，缀在身上不明显处。

可惜，他便是心思再缜密，也没想到，文臻竟然真的发生了他所担心的事，因为自身的某种特殊状态导致了内息不稳。

文臻走了几步，转过前面的那个弯就是人群聚集的花亭，忽然一个影子猛地撞了过来。

看那身形是个孩子，步伐也有些踉跄，文臻下意识伸手去接，手指触及那孩子的指尖，忽觉不对！

那黏腻冰冷之物，是血！

她反手就要按住那孩子脉门，那孩子却袖底一震，文臻猛一侧身，冷风擦脸而过，一片混沌里也能感觉到一线白芒闪过视野，那是被割断的发丝落了下来。

文臻躲过这杀手一击，手却并没有松开，趁势向前一探，已经抓住了这人的咽喉。

她身子微微前倾，面上的面具因为刚才的暗器和这动作掉落半边。

身下人似乎微微一震。

文臻感觉到此人脖颈和喉结都十分粗大，明显不像孩子，她心中一动，五指的力度稍稍轻了些，却听见身下人喉间发出声音，随即身子诡异地扭动起来，竟在这濒死的扭动中一把抓住了她的腰带。

铁柱大叫“小心”，向着这杀手撞去。

文臻眉头一紧，五指用力，一声轻响，那人软软地倒了下去。

铁柱险些撞到一边的草丛中，不断抽气：“天啊，你到底是得罪了什么人，连个孩子都会来追杀你！”

文臻低头看那尸首的轮廓：“真是个孩子？”

“看身形也就七八岁吧，真是作孽……对不住，我不是说你，我是说那些让孩子做杀手的人。”

“既然还是孩子，也怪可怜的，咱们把他埋了吧。”

“行，不过你有伤，又看不见，不要动手，我来。”

文臻坐在路边一块石头上，在混沌视野里看着铁柱忙碌地挖坑。

那只无用的肥狗此刻跑出来殷勤地帮忙刨土。

文蛋蛋缩在她发鬟里强自镇定地发抖。

日光斜斜淡淡，将她的眉骨打下一抹深重的阴影，乌黑的眼眸便藏在阴影中生光。

她的手轻轻搁在腰带上。

那里已经多了两样东西，一个小木盒，一张手帕。

铁柱好一会儿才挖好坑，将那孩子埋了。

两人走过这个山坳。

片刻之后，有人刨开那个简易的坟，将那孩子的尸首拎出来，扔下了不远处的万丈深渊。

又过了一阵子，一群猿猴在山崖间腾挪跳跃，将那团已经不成人样的尸首，接力送上悬崖。

但在运送的最后，因为某个猴子发现了某处好吃的果树后，这群猴子一哄而散，最后一个接手的猴子顺手把尸首往崖边的一棵矮松上一扔，便呼啸而去。

文臻再次转过山坳，走向花亭的时候，忽然发现已经听不见先前那些沉稳轻快的练家子脚步声，。

但她觉得人群走来走去的频率十分频繁，尤其外来不断汇入的少女，往往被很多人关注，但是却没有人来和她搭讪。

她隐约听见有人讥笑：“那大娘那把年纪，往花亭走，这是也要去比巧？”

“别啊，比巧都是未婚姑娘家的事儿，一个老枯枝儿上去比什么？比谁的皱纹更能碾死蚊子吗？”

一阵笑声。

文臻没觉得这事儿和自己有什么关联，她向花亭走，是为了试探地向外界发出自己的声音。

然后她被几个女子拦住。

“这位大娘，这是比巧花亭，你来做什么？”问话的人语气还算客气，但那个称呼让文臻一怔。

她还戴着面具，虽然是满花寨子普通妇人装束，但也不至于被看成一个大娘吧？

除非……

她伸手摸了摸自己的头发，触感微涩。

最近伤病之中，发质不如从前很正常，但是颜色……头发也变白了？

“比巧快结束了，大娘这是来接你家女儿的？”

文臻放下手，笑道：“我来比巧，不行吗？”

“这……”

“比巧有规定多少岁以上不许比吗？”

“这倒是没有……但是都是未嫁的姑娘啊，不然怎么坐花轿？”

“再坐一次不成吗？我和离了希望二嫁嫁个好的不成啊？”

文臻笑盈盈拨开目瞪口呆的少女，身后传来一群女子的笑声。

“阿画你就别拦了，老黄花也有想郎君的权利嘛。”

文臻走进亭中，里头一个引吭高歌的少女诧异地转过头来。

嘴里的曲调一变，现编的山歌滚滚而出：“山那边的姑娘花儿一样啊，踩烂了地里的老倭瓜，枯藤子上结遍瘪黄花，栏子里的猪都不闻它……”

鼓掌叫好声里，文臻对文蛋蛋道：“去，告诉那盒子里你的玄孙，要是敢吐出一根丝，就把它和栏子里的猪配一对。”

文蛋蛋滚走。

等那姑娘即兴唱完，自信满满打开盒子，就看见盒子里头创纪录地空荡荡，一根丝都没有。

少女惊叫哭泣跑走，边跑边骂文臻的晦气害她丢了人。文臻笑眯眯坐下来，对众人一点头，道：“大家好，我给大家唱一首《分手快乐》。”

分手快乐，祝你快乐，你可以找到更好的。不想过冬，厌倦沉重，就飞去热带的岛屿游泳，分手快乐，请你快乐，挥别错的才能和对的相逢……”

这是什么歌曲？

和本地歌调子完全不是一回事，甚至和整个东堂的雅音重调都不同，听在耳中说不出的别扭，但细细一品，却又觉得调子其实还是挺好听的。

亭子外有人在打拍子,似乎品味到了其间有趣之处,文臻一转头,打拍子声又没了。

文臻胡乱唱了几句，确定这歌给大家已经留下了深刻的印象，便住了口，反正她也不记得几句歌词，她就没有一首歌能够完全唱完整的。

她在唱歌时，文蛋蛋在盒子里挥舞着小鞭子，拼命督促那只玄孙蜘蛛好好干活。

文蛋蛋说了，这次要好好吐丝，不吐满这盒子，就让玄孙和三千只野猪配一对。

玄孙肚子鼓如风箱，就差头顶没滚滚冒烟，一只虫干了一百只虫的活计。

文臻胡乱唱了几句，招手道：“看看玄孙……不蜘蛛吐得怎样了！”

一个少女直着眼睛咕哝道：“还能怎样，方才那么好听都一根丝没吐，这次要是吐出半根算我……呃！”

说话声被那一盒满满的丝和所有人的惊呼打断。

文臻笑了：“来。”

众人还没反应过来，今天的蜘蛛吐丝太奇怪了，从未一根不吐，也从未吐过这许多。先前那些嘲笑老黄花老倭瓜的少女都抬头对天上看看，只觉得今天漫天的白云都化成了巨大的巴掌，打在了脸上。

有人把花轿抬来，文臻坐上去之前，望了那盒子方向一眼，拢了拢袖子。

她走后，负责花亭比巧结束后收集蛛丝的老人走上前，小心地戴上双层手套，还在手套上抹上油。

蛛丝用途甚多，还十分坚韧，且有黏性，采取的时候必须小心。

老人打开盒子，盒子表面确实是满满一层蛛丝，但是只是极薄的一层，底下整个是空的。

这情况以往也没见过，因为吐丝都是从底下开始织，没有悬空在最上面的。

这样看起来是满满一盒，其实真实分量也和平常差不多。

老人皱起眉，心想这回花轿可算是坐错人了。

但是他随即翻起那片薄薄的蛛丝层，看见那层底下有很多线头一样的蛛丝，看上去好像底下原本是有的，但是已经被人撕去了，只留下了用作障眼法的薄薄的第一层。

并没有人靠近这盒子，是谁撕的？撕下来的那些蛛丝又到哪里去了呢？

文臻坐在花轿上，靠着栏杆，嗅着馥郁的花香，对着铁柱笑道：“你看，接下来一大段路就不用我走路啦。”

铁柱也兴奋地道：“小真真聪明，小真唱的那首歌真好听，是什么歌儿啊，我从未听过。”

“那首歌啊，叫《分手快乐》。”

“什么叫分手？快乐又是何意？”

“说人话就是，义绝、如意。”

“小真是和什么人义绝了吗？”

“人生在世，相伴从来只一途，总是要与各种不同的人义绝的。”

铁柱忽然沉默了。

文臻也没再说话，笑眯眯转回身，顺手采了一支花蜜来吃了。

她看起来十分快乐，仿佛伤痛、失明、失散都不能在她眉梢眼角留下任何焦灼痕迹。

没有人知道她此刻在忍耐着腹中不适，在不断调整着那些忽然变得不安分的金针的位置。

也没人知道她故意坐上花轿，就是要趁着花轿会绕着人群转圈，仔细地聆听着先前那些练家子的脚步声，想要知道那些人到底去了哪里。

但是花轿已经坐上很久了，她依旧没有听见想要听见的声音。

那些蠢货到底去了哪里呢？

第十五章

斗牛

文臻绕了半圈，走过了一段山路，便在心中叹了口气。

这批百姓里头，没有她想要遇见的人，一个都没有。

没有必要再跟着花轿走回头路了，她找了个理由下轿，天色已经渐渐暗沉下去，又该找地方睡觉了。

文蛋蛋已经回到了她的头发里，正缓慢地顺着她的头发往下滑。

铁柱找好了宿处，拿出昨天没吃完的兔肉烤了烤，还就近挖了个小陷阱，不一会儿便神奇地抓住了一只山鸡。

文臻将采来的野果浆汁拌黄泥涂在山鸡上，鸡肚子里头塞上菌菇干果，埋在泥坑里，上头架上火，过了半个时辰扒出来，便是一只改良版的叫花山鸡。外皮因为加了野果浆汁微微皱缩有韧性，散发着淡淡的开胃的酸甜香气，鸡肉十分滑嫩，入口肥厚，有丰富的肉味和林木的清香气。

铁柱一看见那鸡，就立刻撕下一半，他一边吃一边道："吃啊，快吃啊，我就知道你这手艺好，不先撕下一半我怕我控制不住我自己……快点吃，不然我真抢了！"

文臻撕下一只鸡腿，将鸡腿扔了出去。

铁柱吓了一跳："怎么了？"

"我刚才好像摸到了虫子！"文臻懊恼地挥手乱拍，"这山间蚊虫这个季节还这么多！"

"我帮你拿不就行了，扔了多可惜！"铁柱一拍肥狗，"去，便宜你了！"

铁柱张罗着休息。这回没有棚子了，却找到一个山洞，只是十分窄小，里头也不通，铁柱找了些干草点燃，才带着肥狗，说一声“我们守在洞外”，然后十分避嫌地在洞外头睡了。

文臻也躺下，抱头想着心事。

今天不是没想过在留山百姓人群中直接揭露身份，但是她心中还是有一些别的想法，还是再等等吧。

也不知道司空昱这个傀儡祭司有没有回去，那个杀了昭明郡主的男人又是谁，事后会不会想到当时可能还有人在，回头来追杀她这个目击者。

已经过了一日两夜，如果燕绥真的回来的话，现在应该也已经摸到她的踪迹了，那么到现在还没出现……

她忽然嗅见一股熟悉的浓烈的气味。

文臻霍然起身，还没坐起，手指已经扣住了袖底的匕首。

一道风卷过，同时低低的声音响起：“文大人，先别动手！”

更加浓重的血腥味传来，文臻没动，在黑暗中扣紧手指，低声道：“谁？”

那人在她半丈距离外停住，他声音嘶哑地道：“文大人……我是殿下属下英文队里的言三，奉命寻找您的踪迹……”

“你受伤了？”

“是的。大人，我今天原本听见了你唱歌，正要去联络你，却遭受莫名人士追杀，好不容易甩掉人寻到了这里，但是我也来不及回去报信了。我已经留下了记号，殿下的人很快就能找到您，我来是要告诉您一件事……”

“什么事？”

“您之前有没有遇见一个侏儒暗卫……”

“好像没有。”

“文大人，殿下出事了，他在安王府被无数毒物围困，受了毒伤，然后得知您遇险后奔赴留山。本来是想请您帮忙解毒的，结果一抵达就得到了您失踪的消息，殿下不得已强行运功醒来主持大局，引发旧毒伤病，又有人不断刺杀，殿下受了伤。殿下虽然控制住了局势，却昏迷不醒了。”

“什么！”文臻惊得站起，“殿下怎样了？要不要紧？你快带我去寻他！”说着就要往外走。

那人却没动，忽然剧烈地低声咳嗽起来，苦笑道：“文大人，我没办法带你去啦。你先别急，听我把话说完。千秋谷中缺医少药，凤三当家已经派人护送殿下出山寻医了，殿下来留山之前曾派出一个侏儒暗卫，带着他的毒血，另外还有一枚给您治伤的药丸，如今那个侏儒暗卫却失踪了。这个暗卫本是最擅长追踪行迹的一个人，我们怀疑他可能已经寻到了你，我一路追过来……”

“他已经死了。”

“是谁杀的？”

文臻沉默了一会儿，道：“我。”

片刻后，护卫惊得声音都变了：“您……”

文臻却没解释，护卫似乎也没什么力气追根究底了，只喘息道：“那东西您拿到没有……”

文臻苦笑一声，道：“我以为那是刺客，直接把人杀了，哪知道还有什么东西呢。”

护卫连连叹息，声音却渐渐急促，忽然踉跄一步，扑倒在她脚下，抓住了她的袍角，道：“小心，你小心，你身边的人可能……”

他的话戛然而止。

文臻静坐良久，弯腰摸了摸这人已经变冷的手指，然后将他拖到山洞的暗处，用干草盖住。

她摸索着自己的腰带，从里头抽出那条帕子摸了摸，又凑到鼻子边嗅了嗅。

她嗅见了淡淡的毒血气息。这血量不大，只有一滴，不会是擦拭伤口所致，倒像故意滴上去的。

像燕绥的风格。

她又摸出了那个小木盒，里头确实是有一颗药丸，嗅了嗅，和之前燕绥给自己的那些他师门的药似乎也无多大区别，没有问题。

她将药丸拈在手中，按说她现在很需要这个，她需要健康的身体和强大的实力，才能和这世界一切的恶意和谋算周旋。

然而嗅着那清逸微苦的气味，听着这夜风声和缓，不知怎的，她迟迟没把这一颗药纳入口中。

半晌，她还是叹口气，将木盒收起，又嗅了嗅那帕子，撇了撇嘴角，将帕子塞进了袖子里。

然后她翻个身睡了。

无名峰上掺着血的黑土泛着湿润的腥气，遍地枯黄的竹叶洒着斑驳的旧血，山体的缝隙里夹杂着火堆燃尽的灰烬，一个挖开的坟坑里还有着人体躺过的痕迹。

这里是昭明郡主被杀的现场，也是英文及手下护卫最终失去文臻全部踪迹的地方。

燕绥走过来的时候，英文的苦瓜脸已经快要掉到脚背上。

“扩大范围。”燕绥低头看了一下，找到了几个十分疏落的痕迹，那痕迹是脚印。就找这个脚印，一直找，找到最后一个为止。”

过了一会儿，有人奔来叫道：“那脚印总共就出现三次，三次之间的距离长达里许，到了一里多外的一处崖边就没了，我们已经派人下去看了。”

“都下去，就顺着那印子追。”燕绥语气平静，他难得穿一件黑色的薄氅，丝绸的质地柔滑起伏，在黑夜中也反射出粼粼的光，越发衬得面容如雪。

他跳下崖，崖下灌木丛生，护卫们纷纷在砍着灌木丛，果然每隔一段距离，便会发现灌木丛被人为踩踏过的痕迹。

英文给燕绥拿来一双可以套在靴子外头的特制薄铁靴，道：“殿下，这种地方最多蛇虫，这里路又看不清，且套上以防万一。”

燕绥并不理会，他一言不发，似乎在聆听着什么。

好在这一段路并不长，很快前方豁然开朗，众人才发现这崖下还连接着一段山路，踏上山路后不久，因为灌木减少及来往人多，那稀落的脚印便更难找了，众人正在犯难，燕绥却指了个方向。

一行人身形如电在山道上闪过。

对话声隐隐传来。

“殿下殿下，你怎么能确定那个方向的？”

“没发现这条山路上的蛇虫比崖下少很多？”

“呃，来往行人多的地方，蛇虫少也是应该的吧？”

“崖上，那坟头附近的蛇虫也少。只有崖下那一截多，而崖下蛇虫的分布，才符合留山这些毒物的分布情况。”

“殿下的意思是……”

“文蛋蛋一旦排出体液，所有的蛇虫便会闻风辟易。”

“您的意思是……”

“文蛋蛋这一路不断地在滴落体液，想来也不至于因为愤怒一路吐口水，也不至于年纪太大中风遗尿，那就是一路惊吓，控制不住某处了。”

“等等，殿下您是说文蛋蛋害怕……它会害怕？”

“它还猥琐好色懒惰无耻。”燕绥想起文蛋蛋总在文臻头颈胸口拱来拱去，心间似乎也有小火苗隐约冒出来。

“殿下……现在我们在讨论文蛋蛋的畏惧，这畏惧关系到文大人的生命安全……”

“不会威胁到文臻的，因为那只是只狗而已。这里是有不少野兽经过，但是，一来文蛋蛋以前已经证明了它不怕那些野兽；二来那些野兽也是路过，并没有一直存在导致文蛋蛋总是动不动漏两滴尿，唯一一直存在的动物印子就是一只狗的脚印。所以带走文臻的人的身边应该有只狗，我们只要顺着那狗的痕迹往下寻就行。”

“殿下何其智慧乃尔！”

“如果文蛋蛋这次不能好好保护文臻，我也会给它安排一个更加美好的未来。”

“殿下……”

“把它嫁给三两二钱。”

睡梦中的文蛋蛋打个寒战，又滴下了两滴不明液体。

天亮后，文臻和铁柱继续赶路，转过一个山坳，隐隐感觉到地面在震动。

铁柱却笑道：“啊，今天斗牛！”

文臻听说过，斗牛是立火节上的传统保留节目之一，一般选在地势平坦的地方举行，方式有两种，一是主家选出自家最强壮的牛，互相比斗；二是划定一个圆圈，圈内放入几头牛，各自由主家引导，规定一刻钟或者半个时辰，这段时间内留在圈内时间最长的牛获胜。

草场上人声鼎沸，分成一个一个圈子，每个圈子边都围了很多人，在那呐喊打气。

铁柱兴致勃勃地挤进挤出，回来和文臻讲：“大部分都是角抵，最里头那个圈子玩得最狠，竟然用火圈了一处场地出来，里头放进了几十头牛，看哪头能在火圈内停留最久，天啊，牛最怕火的啊，现在看那个圈子的人要疯了！人都往那里去了！”

话音未落，一股人流冲过来，生生将文臻推得往那个方向去了，铁柱急忙道：“哎，小真你也想去看吗？那你等等我啊，慢点啊，你们不要推，慢点！”

文臻顺着人流一路往前，渐渐便感觉到热力，眼前有黑影跳跃，她只侧了侧身，让过了那头狂冲出来的牛，忽然感觉身后被人一推，她一个踉跄就往前冲了出去。

那一处绑着起火的藤蔓的铁栅栏，被人一脚踢上了！

疯牛们的嗥叫，整个地面都在疯狂震动。

文臻一个翻滚，身子一轻，随即悬空，她反手摸到弯曲锋利的牛角，那牛顶着她猛力一甩，文臻的身影在半空划过一道弧线，所有牛都向身影落下的方向狂奔。

文臻在半空中忽然比了个手势，然后她向下落去。

如果此刻从高空中向下看，便可以看见密集的牛群奔向一个方向，无数弯曲高昂的牛角像无数柄刀尖，而文臻就落向那刀锋所向的中心。

人们的惊呼也在此刻巨浪般卷起。

人潮中，一条人影忽然跃起，单手按在那滚热的铁栅栏上，翻身跃过了火圈，跳上了最外圈的一头牛的背，扬手便抛出了一个绳圈。

但那绳圈终究不够长，擦文臻的腰而过，文臻已经在众人惊呼声中落了下去。

牛将她顶在角上，昂头要将她挑起。

文臻忽然闪电般伸手抓住了两只牛角，她很用力，两头不同的牛的牛角生生被她掰了下来。

那两头牛一声惨叫，低头就冲着文臻撞了过来，文臻掠上另一头牛的头顶，那两头缺角的牛撞在一起。

好半晌，众人才爆发出喝彩声。

文臻在喝彩声中有模有样地一抱拳，踩着牛头轻盈地向外奔，铁柱十分欢喜地伸出手要来接应她。

忽然，一道电光自一头牛腹下鬼魅般闪出来，转眼就到了文臻背后。

铁柱横身往前一扑抱住文臻，那道明光落在他背上，文臻恰在此时回头，那血打在她脸上，还有几滴落入她口中，腥气上涌，胃气翻腾，文臻“哇”的一声，吐了一牛背。

第十六章

掀起你的面具来

文臻对铁柱露出歉意，眼看电光直接向着铁柱射来，她吹响了驭兽哨。

牛群瞬间散开。

文臻接着吹，牛群开始跪下。

一道人影从中反应极快地闪出，抬腿就冲向文臻所在的牛背，手中微弯的刀尖狠狠挑向她的心口。

但是出刀的速度怎么能比得上嘴动的速度。

下一瞬群牛再次起身狂奔，那人只得拼命向前窜，正在此时文臻一抬手，手中已经多了一柄匕首，看起来那人就像往她刀尖上扑一样。

但是匕首太短，那人一声冷笑，抬刀去挑。

文臻手指上一个指环忽然蓝光一闪。

那人大惊，急忙后撤，咬牙往那火圈冲去，翻身跃入了人群中。

文臻没有去追，拉起受伤的铁柱，两人趁着烟火气离开了。

走到了没人的地方，铁柱才吐出一口长气，喃喃道："你到底得罪了什么人，怎么到处都有人要杀你啊？"

"我也不知道啊。"文臻耸肩，"也许是我太美貌了，谁看见了都想掳走做压寨夫人？"

铁柱哈哈大笑起来，笑得扯动了伤口。

文臻从怀中取出伤药、布条给他包扎，铁柱大大方方脱了上衣，想了想又道："你是挺好看的，但是我看不至于人人都想你当压寨夫人，我倒觉得你挺配……"

文臻给他包好伤口，伸手一拍他背脊，道："开玩笑你也当真。"

半晌，文臻红了脸，讪讪道："对不住啊，我忘形了。"

铁柱慢慢穿起衣裳，好半晌才摇摇头，看着山底下依旧在斗牛的人群，忽然轻声道："瞧，他们多快活。"

文臻轻声道："那你就去玩玩吧，不用保护我。"

铁柱似乎笑了一声，有点失落地道："我知道你也不需要我保护，只是总想着，能在你身边多留一刻也好，明天就能到古田寨子了。"

"那就好了，"文臻欢快地道，"我这眼睛其实是老毛病，每个月都需要用药，只有古田寨子附近有我需要的药草，等回到家里，我眼睛就好了，到时候我请你吃饭啊。"

"那敢情好。"铁柱也欢喜道，"到时候我帮你采药。"

文臻鼻子忽然嗅了嗅，欢喜地道："哎，这里好像也有那种药草……铁柱，你往路边看，有没有一种比较矮的花，茎是紫色的，叶子是绿色的，开很小的花，花是一种少见的青紫色，四瓣的。"

铁柱依言过去，在草丛中四处寻找，好一会儿喜道："哎，真有，要怎么采？"

"小心些就行，茎上会有很小的毛刺，但一般不会伤了皮肤，也没毒。"

片刻后文臻手心里被塞了一棵药草，她小心收起："我们继续赶路吧，这人群里眼瞧着不大安全，后头咱们不要再往人群里凑了。"

"都听你的。"铁柱说。

"殿下，之前送药和手帕的暗卫被杀了，尸首就挂在悬崖上，被我们的人找到了。"

"东西呢？"

"没有了。"

"尸首呢，我看一眼。"

"殿下，您有没有看出来，他是谁杀的？"

"是文臻。"

"啊……怎么可能。"

"因为这个暗卫遇见文臻的时候应该已经快死了，而文臻出手了结了他，那咽喉上的指印中间有细微破口，文臻留指甲喜欢留得中间突出尖锐……东西应该已经送到文臻手里了。"

"那文大人为什么要这么做？"

"因为她需要迷惑身边的人，这个人能逼得她用尽心机……看样子，某个阴魂不散的混蛋又来了。”

“殿下，您说的每个字我都明白，可是每句话我都听不懂。”

“如你等凡人，何须明白这世间事？听话便罢了。”

“殿下，他们的路线在第二日花亭比巧之后好像就转了个弯，往山外走了。”

“继续跟着。”

“千秋谷的人需要撤回来，加强山外关卡堵截吗？”

“都撤回来吧，但是不用加强堵截。”

“呃，为什么？”

“放心，在咱们彻底追上之前，人家不会舍得走的。”

“对了，殿下，忘记告诉您，文大人参加花亭比巧时，唱了一首歌。”

“哦？唱了什么？我记得她唱歌挺难听。”

“属下倒觉得不错，尤其歌词非常好。”

“哦？”

“属下打听了歌词，唱给您听啊……分手快乐，祝你快乐，你可以找到更好的。不想过冬，厌倦沉重，就飞去热带的岛屿游泳，分手快乐，请你快乐，挥别错的才能和对的相逢……”

“……”

深夜，一间屋子传来阵阵话语声。

“将军，你受伤了！”

“无妨，不过皮肉伤。好险没碰上那女人的匕首，听说她擅长使毒。”

“将军何必亲身上阵？那女人不是已经……”

“这个女人不落在我手里，我不安心。司空昱的事情被她发现，昭明郡主的尸首被运回天京，安王殿下又被毒物咬伤昏迷无法指挥拦截。眼看着司空昱就要成为废棋，咱们白埋了这许久钉子，总得想办法挽回一下。”

“是啊，可惜了这步棋。好不容易把人安插进东京朝堂，获得皇帝的宠爱，在天机府拥有了高位，咱们以此又得了安王殿下支持，届时安王殿下收拢留山，同季家合兵，穿越留山出兵内陆，将军则在我西番境内呼应，再加上西北一线唐家出湖州，朝廷四面受敌，能撑过几时？”

“可眼瞧着，这计划就要被万年坏事的文臻和燕绥又给搅了！”

“将军莫急，此时留山之内，可不止咱们这一拨人，那文臻何尝不是四面皆敌，她即便凭着狡猾一时躲过，终究逃不开那人算计去。”

“也是。那位既然亲自出手，自然容不得她搅合了留山大计之后还能全身而退。咱们就先瞧着罢。”

“那司空昱……”

“先留着。便是在天京废了棋，也是以后的事。当前，他依旧是一份大礼呢。”

“送给谁？”

“南齐太史阑。”

又是一夜过，次日再次行走山间时，文臻和铁柱两人刻意躲开了庆祝的人群。

这一日的庆祝内容是赛马，来来往往的道路上，时不时便掠过一群狂奔的骑士。

行到中午，两人坐在路边石头上吃干粮，忽然地面震动，灰尘落在饼子上，本就没什么胃口的文臻叹口气，将饼子扔给铁柱，起身到旁边一个小河沟去洗脸。

那河沟就在路边，铁柱不放心地要跟过去，忽然一队骑士狂驰而来，疾如飘风，铁柱正要大喊文臻闪开，最前头骑士忽然俯身伸手一抄，便将文臻抄上了马背！

铁柱大惊，喊了他那条肥狗便要追上去，铁柱追了几步，忽然听见前方有人大叫，随后文臻就被甩了出来，向后一个翻身落地，站在路边发呆。

铁柱急忙赶上去，惊道：“没事吧？”

文臻一抬手，左手上一朵花，右手上匕首沾着血。

“也不知道怎的，把我掳上马，说看上我，塞了这朵花给我……”

“那你呢……”

“我同时把我的匕首给塞了过去。”

铁柱：“……”

他笑得捂起了肚子，文臻瞪着圆而大的眼睛，有点困惑地看着他。

铁柱笑了半天，才道：“赛马上有规矩，最优秀的骑士看中了路边的姑娘，是可以把她抱上马向她诉情的。都是你先前遇上追杀太多了，我都一时没想起来……不过啊，那倒霉蛋儿活该！”

文臻收了匕首走开，笑道：“是活该，我还缺人表白吗！”

铁柱的手在空中停了停，很自然地落了下来，跟上了文臻，絮絮道：“这里有个坑，你慢些走。”

留山多雨，地面上水坑很多，铁柱扶着文臻走得很小心，忽然他回身看了看。

文臻也隐约听见了一点水花溅起的声音，她身子一歪，铁柱急忙回头专心扶住了她，文臻抬头娇软地对他笑，脸庞精致，晶亮的眼眸里盛满笑意，铁柱忍不住伸手揉了揉她的发。

两人又走了一段路，文臻感觉道路渐渐开阔，一批批的骑士经过，其中也有一两次是有人想捞她上马的，这回无论是文臻还是铁柱都闪避得及时，等到再听见大量马蹄声时，两人都已经无感了。

前方又是一片开阔的草场，这回两人在坡下，铁柱爬上坡，看了一阵，在坡上对文臻笑道："上头的场面好生壮观，感觉全留山最优秀的骑士都聚集此处了，可惜你不能亲眼看见……"

文臻笑道："是吗？"

铁柱笑着冲下山坡，伸手扶她，道："走，上去看看。咱们离远一点，不靠近他们便是。"

文臻掀掉面具，悠悠道："上去，然后陷入安王殿下、你和季家的包围圈吗？"

这一刻似乎连风也停了。

文臻又悠悠道："唐公子，留山遍地大山，根本不利于马行，哪来这么多骑士？别说留山，便是安王殿下，麾下全是水军，也没多少骑兵。我听说倒是雄踞苍南的季家在留山西北方向的某处山谷里藏着马场，不会就是这里吧？"

铁柱忽然轻轻笑了一声。

他也掀掉了面具，又撕掉了脸上一层面具，再撕掉一层易容，才笑着向文臻道："幸亏你看不见，这三层面具都把我脸上憋出疙瘩来了。"

"唐公子容色倾城，一百颗痘都不影响你的美貌。"文臻语气居然还挺诚恳。

唐羡之对她的嘲讽只是笑笑，忽然叹息道："你的容貌却受了影响，燕绥终究是个疯子，不能好好地照顾你。"

文臻抬手指指上头："是啊，还是把我一路诱向山外，引我和我的救援者进入包围圈的你，更适合照顾我呢。"

"果然瞒不住你啊。"

"我便是瞎了眼，也知道往古田寨子去的方向是没有这样平坦的草场的。相反，那里多是起伏山峦，很多茶园，但这一路，我一次茶香都没闻见过。"

"小真从来都是这么聪明。"唐羡之温柔地赞道，"不过，你又何尝不是以身为饵，故意随着我来此呢？"

"是啊，碰见唐公子一次可不容易，我怎么能放过这样的机会呢？就像唐公子也不会放过我和燕绥一样。"文臻笑道，"你这次戏做得可真足，差点我就信你了。"

"那小真是怎么察觉的呢？我知道小真素来多疑，我刚刚出现的时候，你应该并没有相信我。"

"聪明人总是容易被聪明误的。一开始我和司空昱在山洞里，有人放出飞刀惊动了前来搜寻司空昱的人，随即司空昱和那人离开，昭明郡主死后，然后你就出现了——这世上确实有很巧合的事，但是经过这两年我已经习惯对所有的巧合都先抱持怀疑态度。”

“小真向来都这么聪明谨慎。”

“唐公子为了取信于我可谓煞费苦心，我们第一天出发时的杀手应该是你安排的吧，你还特意演了一出险些掉崖的戏，逼我在最后一刻救你，这苦肉计玩得，我得承认我当时确实动摇了。”

“不，你错了。”唐羡之轻声道，“我当时真的没有做任何准备，我知道做任何准备都瞒不过你，所以你该知道，如果当时你不救，我真的会掉下去。”

文臻默然。

“所以，小真，你是不舍得呢。”唐羡之的语气温柔空灵，他一旦撕掉伪装，便是仙气十足的那个人。

文臻笑呵呵地道：“我那么善良的人，那时候便是你那条狗掉下去，我也会想着救的。”

唐羡之有点怅然地道：“便机关算尽，总抵不过蠢货拖后腿。”

“是啊。”文臻道，“你为了让自己的出现显得更自然，大抵安排了你的女护卫假扮了你娘，却不知道你那个假娘出于对我的忌惮和无知，或者也不知道受你家里谁的授意，竟然想着在粥里下毒毒死我。”

“家业略大，掣肘难免，让小真见笑了。”

“不，我挺感谢她的，如果不是她这一出弄巧成拙，我怎么会一直保持着对你的高度警惕呢。”

“我何尝不是对小真高度警惕呢，这些天时时刻刻想着你，我一夜都没睡好。”

文臻就当听不懂话里双关。

“小真为了取信我也无所不用其极呢。”唐羡之道，“我派人追杀那个侏儒暗卫，他撞入了你的怀中，我想看看你救不救，结果你杀了他。我当时也真的信了你没看出来了。”

文臻沉默了一会儿，淡淡道：“我一摸便知道他活不了了。既然如此，顺势而为，取信于你，有何不可？”

唐羡之轻笑一声，满满感叹。

这才是他一直不舍得放弃眼前女子的原因。

是他一生中唯一违拗家族意思，不依不饶不断追逐，总在寻找机会想要将她纳入怀中的原因。

只有这般甜美在表，刚强在骨的女子，才配与他共享这人间天下。

但如若真不能共享这天下，那便争这天下吧。

第十七章

重逢

“花亭比巧的时候，原有千秋谷的人混在人群里找我，但是你派人引走了他们，当我乘坐花轿转场寻找的时候，那些人已经被你派人引去了别处。但是斗牛阵中那个杀手不是你的人吧？他让我想起那天晚上追司空昱杀昭明的那个人，他的口音很奇怪。”

唐羡之摇摇头，笑了。

“什么都瞒不过你。可笑我最终还是不甘心，还想努力获得你的信任，看来终究是没什么用。”

“不过。”他又笑，“不如此，如何能让你和燕绥心甘情愿跟我走到这儿呢？”

文臻不语。

她知道他指的是那天晚上来给她“报信”的那个所谓燕绥的护卫。

唐羡之多疑，他猜到文臻可能疑心他，干脆置之死地而后生，弄了一个燕绥的假护卫来，真真假假的信息，想要扰乱她的心。

如果文臻对他没起疑心，那么燕绥受伤被送出山的消息会令她心乱，心乱就更容易引她入彀。

如果文臻对他有疑心，那么这个护卫最后临死时候指出铁柱有问题，就会获得她的信任，这个护卫提供的所有信息也会被取信，她一样会心乱。

反正既然她都怀疑他了，这所谓的指控对唐羡之看似不利，其实也毫无用处。

侏儒暗卫是他故意擒下又放走，确认了这人带着燕绥要给文臻的信物，然后把这个奄奄一息的人送到了文臻的面前，借此观察文臻的态度和反应。

然后再利用从这个侏儒暗卫身上得来的信息，再弄个燕绥的假护卫来继续忽悠文臻一回。

他察觉无论如何文臻都不可能信任"铁柱"这个人，因此也就放弃在这方面努力，干脆就认了这嫌疑，把目标转向诱惑文臻自愿跟他走。

文臻一旦确认了对他的怀疑，以她的性子，自然会选择继续蛊惑他，跟随他，看他要做什么，最后拿下他。

而他要的也就是这个，毕竟留山已经成了文臻和燕绥的主场，他带着少量的人潜入，身边又有敏锐灵巧无缝不钻的文臻，很难抵挡得住燕绥的全力搜捕。

不然斗牛的时候，燕绥的人就应该能救走文臻了。

只不过是文臻自愿和他走。

大家都心怀鬼胎，互相裹挟着踏上出山的路，谁都认为自己是饵，谁都认为自己钓的鱼儿已经上钩，接下来，就要看到底谁的饵料够充足，罗网够严密，能够捞起对方了。

这是心术和智慧的比拼，到此刻结局依旧未明。

"我还有最后一点不明，唐公子本不该出现在这里。川北和苍南相隔甚远，便是约定要呼应起兵，似乎也用不着您这样千里迢迢亲身来一趟。"

"我和苍南滇州并无瓜葛。只是舍妹叛逆，反出唐家，我不得不追来清理门户罢了。"

好了，文臻心想，势力的天平上说不定得加一个名叫唐慕之砝码。

唐慕之若在，她俩同时哨声驭兽，她的哨声可能会被压制，让她失去一个技能。

但是又有什么关系呢?

身前忽起雷鸣声响，那是万千马蹄震动地面，急若星火。

身后也有呼啸如潮，那是属于她的势力，在悄悄跟随了一路，并通过赛马骑士掳人互通消息之后，终于亮出了刀尖。

她和唐羡之在中间。

头顶山坡高处，冒出一层层无数高壮的马身和黑压压的人头，刀枪齐出鞘指天，寒光如雪浪，遮蔽天色。

骑兵在高处，只要冲锋就能撞散文臻，连带撞散她身后正悄悄冒出来准备营救她并拿下唐羡之的人。

下一瞬，文臻的手指已经搭上了身侧唐羡之的咽喉。

"唐公子，借你性命一用。"

山坡上发出惊呼，唐羡之色变，那一瞬间他手指迅速弹动，却最终没能抬起来。

"你对我下了什么?"

"唐公子，你不是很了解我吗?我擅长用毒啊。"

“不可能，你昏迷过，那时候我已经让人换过你所有的衣物，查看过你所有的暗中装备，你的毒物看似还在，其实都被调换过，甚至……”

“甚至侏儒送来的药也被你暗中调换过，那药能压制我的大部分毒药是不是？”文臻笑道，“可是你忘记了，一个使毒的行家，最擅长的应该是在不同的环境中随时采毒用毒啊。”

“那也不可能，我身上都有防护。”

文臻笑：“还记得我在花亭比巧的时候，那蜘蛛结出的一盒丝吗？我只给他们留下了第一层，底下的蛛丝我取走了，你猜我把蛛丝放在了哪儿？”

唐羡之不说话，身躯微微颤抖，似乎在努力排毒。

“你改了我头发的颜色是吗？真是弄巧成拙啊，这样我把蛛丝混入头发里的时候，自然就看不出来啦。”文臻巧笑嫣然，“你虽然从不碰我的肌肤，但你刚才揉过我的头发啊！”

唐羡之默然，半晌道：“那也是……”

“那也是戴了手套的是吗？可惜啊，可惜你之前按照我的吩咐帮我找药草了，我给你指的那一丛草里都带暗刺锯齿，虽然割不破肌肤，但是拉破你那薄如蝉翼的手套，想来还是没问题的。”

“原来你要找的不是药草！”

“我让你找那朵花是个幌子。我真正想要的是那个草丛里一株淡黄色的草茎，我也不需要你拔下它，你手套破了一点点，然后你寻找那朵花，手拨来拨去，免不了接触到那根草，那草的药性能留存两天，两天内，只要你揉过我的头发，碰到蛛丝，难免会沾上一点，蛛丝遇上这草的药性，便生成另外一种毒。对了，忘记告诉你，这种蛛丝本身的毒力并不大，它强在，和很多毒草混合，生成的毒很难解哟。”

文臻心想道，都是文蛋蛋整天缩在她袖子里颤抖，死活不肯出手，不然何至于要费这许多的心思。

她眯眼看了看前方，那只唐羡之一直带着的肥狗，正在一边埋头吃肉，隐约可见和一般的狗不大一样的轮廓。也不知道是什么样了不得的狗，把文蛋蛋吓成这样。

“唐公子。”文臻抽出匕首，顶着唐羡之的后背，身子缩到他背后，道，“让上头的人退下吧。”

唐羡之苦笑道：“小真，刚想夸你聪明，感觉白夸了。你看我像是能在苍南拥有这么多兵马的人吗？”

“自然不能。”文臻笑吟吟道，“但是也可以考验一下诸位同盟的兄弟情啊。上头的，不外乎是季家、安王殿下府、天机府，和你自己的护卫，我就不信了，大家既然是同盟，能眼睁睁看你死在异乡吗？感情的事咱不说，唐家三州之地准备多年，失去继承人的怒火，以上这些人确定自己承担得起吗？”

唐羡之又沉默了一阵，才道：“那你也得先随我上去，送我先出了山口，不然我这边退兵，你那边一拥而上，我依旧死无葬身之地。”

“这个理所应当。”文臻十分痛快地答应。

“这个不行。”身后忽有人道。

文臻背脊一僵。

这声音太熟悉，熟悉到她听了就心尖发痒，这痒意闪电般迅速扩散到全身，让她想扭头，想回身，想扑到那人怀中。

她的头下意识地转了转，飞出一个似嗔似笑的眼风，却又忽然止住，顿了顿。

护卫们目瞪口呆地看着文臻微微偏过的侧脸。

看着她忽然飞过来的一个眼神，随即唇角牵起一抹笑意，那笑意弯弯定在嘴角。

燕绥一直藏身在这些护卫当中，冷静观察着唐羡之，分析着两人对话，但此刻文臻只是这么一偏头，他便什么都忘记了。

一时间脑海里只有她。

唐羡之有点恍然地道：“哦，原来殿下已经来了。也是，小真在此，殿下自然是一刻都不肯放松的。”

燕绥却似对这句挑拨离间的话很是受用一般，居然还笑了笑，道：“多谢夸奖。”

唐羡之不说话了，大抵是不想和他说。

文臻也不说话，她不理燕绥，挟持着唐羡之往前走。

文臻能看得出山坡上士兵们有三方势力，这念头在她心中掠过，文臻和自己印象中的地图核对了一下，认出这里是留山的某一个出口，从这里出去，可直上出苍南的官道。

文臻押着唐羡之，喝道：“备马！”

没有人动，那群衣着寻常的武士人群忽然分开，从中出来一个人，这人面容枯瘦，一双眼睛极亮，鬼火似的幽幽慑人，文臻自然看不清这人的脸，但她身后燕绥忽然道：“季怀庆？”

文臻没想到会听见这个名字。这位季家的前任继承人，当初被燕绥坑了，成为季家的弃子，被季怀远取代，但现在看来也未必真的一蹶不振了。

“是我。”季怀庆阴冷地道，“殿下，文大人，久违了。”

文臻恍然道：“我就说苍南是季家的范围，安王殿下想在苍南生事，不可能不通过季家，但看季怀远倒也不至于叛变，听他说最近处处受到掣肘……原来是你。”

“我才是季家内定多年的继承人，岂能因为小人作祟便彻底落入尘埃？驱离中枢又如何？我在留山养兵，替安王殿下搜罗人才入天机府，又岂是我那墙头草一样的哥哥可比的？”季怀庆声音很低，只有近处的几个人能听见，他看着文臻，笑道，“文大人，听说你和殿下情比金坚。如今瞧来也不怎么样嘛，区区几个女人爬了殿下的床，你便嫉妒夜奔，结果又怎样呢？殿下也没立即来找你嘛，瞧瞧你这一身的伤，真是我见犹怜，殿下要是立即追来，你何至于沦落成这样？”

“谁说不坚了？”文臻一脸愕然地道，“如果不坚，为什么我没有在发现有女人爬他床后就毒死他？如果不坚，为什么你安排天机府的人明着刺杀我，暗着刺杀林飞白，以此挑拨我和他的感情，我却始终坚信不是他？”

燕绥忽然道：“季怀庆，建议你先照照镜子，看清楚沦落这两个字到底该属于谁。你说文臻沦落，她沦落着杀掉了你天机府一半的精英，她沦落着摧毁了你留山大祭司和祭女，毁掉了你和安王殿下在留山经营许久的神坛，也毁掉了留山百姓对所谓大祭司神通的执念和迷信，她还沦落着毒倒了唐羡之，如果她是沦落，那你是什么？丧家之犬吗？”

季怀庆忽然大笑起来，道：“何必和你们斗嘴皮子？丧家之犬？丧家之犬一个冲锋，你们这里的人就能被马蹄踏碎一半，你要不要试试？”

“季怀庆，你这是不打算理会唐家继承人的性命了？”

“我为什么要理会？我一个丧家之犬，季家继承人身份也丢了，季家被唐家报复与我何干？我只求能杀了你们这对狗男女，便是同归于尽也心甘……动手！”

最后两个字来得突然，燕绥的护卫紧张地盯住了上头的骑兵，然而那些骑兵却并没有动，动的是唐羡之！

他忽然抬手托住了文臻的手肘，下一瞬便将文臻甩了出去！

这一下变化突然，所有人都愣住了，只有燕绥如一片浓云瞬间卷了出去，探手去抓文臻脚踝——

而此时季怀庆身后也闪出一道白衣修长人影，这人比燕绥距离文臻要近，也出手抓住了文臻的腕脉。

然后他下意识按了按，随即面露震惊之色。

也是这一瞬震惊，让他动作一顿，忽然半空中文臻和燕绥齐齐喝道：“慢着！”

这一声莫名其妙，依旧无人能懂，那人抓住文臻的手臂忽然一松，随后向后一退，发出一声冷笑，五指如分花，向外一拂。

一声闷响，空中一声女子尖呼，一朵血花凭空出现。

但同时那人脖子间忽然便多了一道细细的铁丝，那铁丝悬在空中，在男子脖颈间悠悠晃动。

随即那铁丝和血花不断退后，连带着男子的身体也不得不跟着迅速退后，拉成一道白线。

这一幕着实诡异，在场人人变色，直到那血花移动好几尺之后，忽然显现一个少女的身影。

那少女手持软剑，虚虚勒在男子脖子上，她脸色苍白，前心位置一片殷红。

“隐身！”有人惊呼。

此时众人才明白，刚才文臻被甩出去，然后这男子来接，是这少女使用隐身追了上去，将文臻抢了回来。然后她出手勒住对方喉咙，却被对方攻击，一袖子打得吐血，那血吐在她自己身上，而她当时隐身未解，以至于身上那朵血花就像凭空出现在空中一般。

文臻此时已经被拉入燕绥怀中，叹一口气，喃喃道：“可惜了。”

然后她抬头，并没有看那个把她甩出去的“唐羡之”，反倒向后来冲出来抓她的白衣男子笑道：“唐公子，看来咱们又得重新打招呼了。”

第十八章

斗

被透明软剑勒住喉咙的男子，长身玉立，空灵若仙，从容颔首：“无妨，之前已经伴你几日夜，何必这般生分。”

“唐公子，咱们一不小心又来了一局。”

“是啊，小真是怎么知道你身边的唐羡之已经换了？”

“先前上坡查看情况的是你，但是转头冲下山坡的已经是你的替身。不得不说，唐公子这位替身培养得极好，语气身形神态真是一模一样，正好我眼神不够好，他又背对燕绥，一时真的很难辨别呢。”

“那你又是怎么发现的呢？”

“因为他表现得太弱了。南燕北唐，能和我家殿下并列的人岂会这般容易被我所制，又岂会被制后如此弱势？”

燕绥自从搂住了文臻后便一言不发，此刻听见“我家殿下”四字，心花怒放，在她耳边低低笑道：“蛋糕儿，好蛋糕儿，我错了。我特意来留山向你赔罪来了，快点原谅我吧。”

文臻不理他。

“要么我当着这里外上万人喊一声响的，给你听个出气？”燕绥貌似很诚恳地建议。

文臻一边道：“喊呗！”一边回手塞了他一颗五味糖，让酸甜苦辣咸好好先堵住他的嘴。

“隐身少女，真是小真的一步绝妙好棋。”对面，唐羡之指了指身后那个吐血的脸色苍白的少女，“可惜武功太低了。”

文臻默然。

这也是先前她和燕绥不是对唐羡之喊，而是对着这少女喊的原因。

隐身这么逆天的技能，她和燕绥都希望能够留在最关键的时候用。

这个隐身少女就是在千秋谷之前被潘航擒下离间天机府和大祭司的那个，少女亲眼看见自己被放弃，心灰意冷，她有隐身技能，当时千秋谷又乱着，她便趁乱逃了出来，逃出来之后大抵正好遇见了文臻，就一路跟着文臻，先是拽鹿尾巴上了山，后来又跟到了昭明郡主死亡地，被唐羡之的人发现受了伤，后来又跟上了文臻，文臻第一夜在棚子里睡的时候，通过偷吃的食物和地上的血，感知到了她的存在，猜到了她是谁，甚至不惜自己受伤给她做了掩护，也给她留了食物和伤药。

这少女原本也没打算救文臻，只是对这位年纪相仿的大当家好奇，又无处可去，就一路跟上了，想瞧瞧会发生什么事，之后接连承了文臻的情，也就一路跟了下去。

而燕绥及其护卫最初找到的也是她的痕迹，唐羡之的手下把他和文臻留下的痕迹打扫得很干净，但这少女会隐身，留下的痕迹不容易被发现，却被燕绥发现，一路顺着摸了过去。

文臻和燕绥都知道这少女隐身在侧，跟了这么久明显没有恶意，不妨便当做一步重要的棋，指望着她能给唐羡之致命一击，结果这少女没那份智慧和定力，看文臻被反扑，情急之下就出了手。然后被唐羡之一袖子，就逼出了真身。

确实是废了一着好棋。

当然，唐羡之这一出偷天换日也是好棋，一样也废了。

“唐公子，想活吗？毒还想解吗？”文臻笑吟吟问。

从唐羡之换人的时间点来看，中毒的那个还是本尊。

“不太想。”唐羡之答得又干脆又温柔。

文臻真是怕和他斗，因为心累。

唐羡之忽然开始咳嗽，好半天才停，再说话时声音又哑几分：“如果你愿随我去解毒，我倒是乐意的。”

燕绥忽然道：“便是解毒，也得按顺序来。请教一下，阁下上次的毒解了吗？”

文臻愕然地转头，不明白他的意思，却听唐羡之淡淡道：“在文臻的东西上下毒，你就不怕误伤她？”

燕绥唇角一勾：“文臻对箫可不感兴趣，倒是某些人，看见这些东西就爪子痒，是不是？”

文臻听着，忽然想起当初燕绥送给自己，又被自己赌气丢下的那把满是机关的小伞。

那伞柄里藏一把小玉箫，她当初还在想，这东西虽然风雅，但是好像并不适合自己的风格，也不是燕绥的风格。

难不成那是燕绥故意的，他在她的武器中藏了乐器，并在乐器上淬毒，是算准了她不会用，而是专门准备给唐羡之的？

他算准了唐羡之和她难免对阵，一旦看见这个玉箫会忍不住拿在手里？甚至忍不住会吹？

这算计也太草蛇灰线了吧？

她清晰记得当初在五峰山，她对阵唐羡之，然后那玉箫果然被唐羡之拿去吹了。

所以唐羡之已经中毒了？

难怪当时燕绥看唐羡之的眼神那么奇怪。

不过唐羡之看起来体质也很特殊，虽然中毒，但是依旧性命无忧。毕竟他出身不凡，唐家底蕴深厚，他这样的人从小伐筋洗髓，非常人可比，不是那么容易被毒死的。

南燕北唐，这一场斗争，终究只能至死方休。

那少女忽然紧了紧手中铁丝，低声道：“让你的人让出道路来！”

唐羡之笑了笑，道：“姑娘有点手抖，小心，拿稳了。”

少女的手又抖了抖。

燕绥忽然道：“我们不需要你多事，走开。”

那少女脸色白了，却倔强地不理。

唐羡之却已经十分配合地道：“都散开吧。”

前头几十人果然散开，但是季怀庆手下和更远一些的甲胄人们并没有动，唐羡之微微一笑，看向文臻，笑道：“你瞧，我也没办法啊。”

文臻笑道：“要么就打一场？”

季怀庆冷笑道：“这里的人属于不同的势力，你挟持谁都没用。反正你我都要留山，不如摆开阵仗，真刀真枪打一场，何必总玩这些女人心计！”

忽然，十几个黑衣人从另一边的山坳蹿了出来，紧跟着听到了密集的脚步声，隐约还有凤翩翩的大喝：“站住！说，我们大当家在哪！”

文臻眉头一挑。

千秋盟的人来了。

那些黑影看似慌乱，其实很有序地向四面八方散开不见，很明显就是故意把人引来的。

文臻忽然对身后燕绥道：“叫千秋谷的人回去！”

燕绥把头搁在她肩上，懒懒地道：“来不及了。”

文臻顺手揪了揪他头发，恼火地道：“唐羡之故意引来的？为什么？”

“大抵又要使坏了吧。”

两人神情自然地小声说话，唐羡之立在对面，平静地看着她对着燕绥，便脱下了那总戴着的甜蜜面具，有她在别人面前从未有过的自然与放纵。

他垂下眼，脖子前那一根铁丝，抖得厉害，他轻轻一推便能推开。

他没有动，唇角扬起一抹浅浅笑意。

大批人马转过山坳，当先的果然是凤翩翩和闻近檀，看见文臻，喜道：“大当家！”都扑了过来。

与此同时，地面忽然一阵猛震，草木簌簌连响，无数马蹄声狂卷而来，人数似乎不是很多，却十分齐整，显然是训练有素的军队。

下一刻，黑压压的马头出现在唐羡之和季怀庆身后，最前面的马头上挑着黑底杏黄旗，旗帜上麒麟图腾迎风翻滚若要跃出旗面。

文臻看不见，却听见旁边英文惊呼：“朝廷的兵！”

她心中一惊，顿时明白了唐羡之要做什么！

他故意拖延不开战，故意将千秋盟的人引来，再将临近州军引来，是要让朝廷的军队撞上自己这个身为共济盟大当家的朝廷官员！

千秋盟原本深藏深山，就算有人去告密，朝廷派人来查看，留山地形复杂，朝廷的人根本摸不到地儿，就算摸到地儿，人员散入大山，也根本找不到痕迹。

可现在，他以自身作饵将她和燕绥都引到山口，再把千秋盟的人和朝廷军队全数引来，她无法将所有的朝廷军队灭口，更无法让这一大帮的千秋盟原地消失！

果然，朝廷军队一来，季怀庆便阴阴笑了起来，手一挥，所有人都让开了道路，当先的骑士冲了进来，正撞上大批涌过来的千秋盟中人，顿住勒住马，惊疑不定地道：“季将军，你说这留山有山匪，请求与我共同剿匪，可你没说这山匪竟有这许多，留山何时竟有如此势力盘踞了！”

季怀庆笑道：“盛副将，原本自然是没有的，这不，西川巨匪流窜到了咱们苍南，还有风云人物亲自指挥引领，我们这穷乡僻壤的老兵哪里奈何得了，只好烦劳建州兄弟们亲自出手了！”

“西川巨匪？风云人物？”

“盛副将，你方才也听见这些人喊这位姑娘大当家了吧？给你介绍一下，那位是原西川共济盟三当家凤翩翩，被她喊作大当家的这位则是咱们厨子出身，却步步青云，被传为朝堂异数的文臻文大人。至于文大人身后……”他故作神秘地笑了一下，“身份太高贵了啊，我不敢说。”

盛副将似乎大惊，半晌道：“这……这怎么可能？”

“苍南和滇州都在安王殿下麾下，留山安分多年，哪里忽然来了这么一大批训练有素的江湖人士？联想到咱们东堂最大的江湖势力共济盟，再想想前不久共济盟五峰山被围剿的消息，再想想共济盟被剿灭时文大人在山上的消息，和前阵子太子和文大人为了五峰山剿匪事宜的朝争……盛副将，无风不起浪啊，是不是？”

那盛副将笔直地坐在马上，文臻忽然盯住了他盔甲下的眼睛，捏了捏燕绥的手掌。

燕绥立即反手握住她手掌，轻轻摩挲她的指尖，然后修长的手指一探，便灵活地滑入了她的手腕。

文臻狠狠捏了捏他掌心，这个无时无刻不占便宜的家伙！

那盛副将忽然道：“我要亲眼看看！”

季怀庆笑得快意，示意身后人移动轮椅，让开道路。

盛副将带着几名骑士快马驰来，眨眼便要越过季怀庆。

唐羡之忽然喝道：“季将军小心！”

但已经迟了。

盛副将忽然一扭腰，身后长枪挑在了季怀庆轮椅边缘，随即一声厉喝，一挑一翻，季怀庆偌大的轮椅连同他整个人，都被这一枪挑飞出去，在半空生生滚了一圈，重重地砸向燕绥这边！

与此同时，燕绥衣袖一卷，长剑出！

他的剑白至透明，明明看起来轻薄，射出时却劈风裂日若有风雷之声，临近几株枯树细脆的树枝连断，落了一地褐色粉末，而碧色碎屑瞬间将其披挂，仿若刹那回春。

一剑向季怀庆后心！

和“盛副将”配合妙到毫巅！

枪尖和剑光飞虹，连在一起，如虹桥乍现天际！

一时所有人都下意识仰望那白虹。

那挟持唐羡之的少女也下意识抬头。

唐羡之忽然手指一弹，那根横在他喉间的铁丝就飞了出去，缠住季怀庆脚踝。

那少女大惊，还想拔刀，文臻的喊声同时响起：“你快逃！”

依旧是迟了。

一双微凉的手已经闪电般扼住了她的咽喉。

就知道这姑娘不可能制得住唐羡之，唐羡之不反抗，纯粹是因为他想拿这个姑娘在关键时刻做人质罢了。

所以先前燕绥便叫她走开，其实是看出了这一点，奈何不是所有人都有殿下的智慧。

唐羡之伸手一拽，季怀庆身子诡异地在两大高手的枪剑夹缝中一转，转了一个奇特的角度，居然生生从那点缝隙中脱了出来，被唐羡之拽回跌在地下，随即他惨叫一声，一条左臂和被唐羡之用铁丝捆住的那只脚都掉了下来。

左臂是被那两人武器所伤，脚是被生生勒断的。

季怀庆昏死过去，他也算硬气，晕死过去之前喘息着道："撤，撤——"

他麾下的季家士兵奔过来，将他抱起，送入自己阵营。

盛副将抬手扔掉头盔，露出林飞白冷峻鲜明的脸，手一挥，他带来的人原本就留在最后，此时锁住了山口，挡住了这批人的去路。

唐羡之笑道："佩服。没想到这边派去联络建州州军的兵，半路上竟然是被林侯截住了。"

林飞白冷淡地道："就知道有人会拿她这个身份做文章，我的人一直追踪着出苍南的各方消息，已经守候多时了。"

文臻笑起来，手一挥，她道："千秋盟听令，在场的人，一个不留。"

此时双方都已经在谷口平地上，双方人数，千秋盟为多，对方优势在于是骑兵，却又失去了高处俯冲的战场优势，且后路被堵，己方首领重伤，士气已失。

唐羡之手指轻轻一勒那少女咽喉，道："文臻，你一点也不在乎这位的性命吗？"

他话音未落，燕绥手中寒芒一闪，直奔那少女眉心。

他笑道："她在乎，可我不在乎啊。"

唐羡之却像是早有准备，扼住那少女飘身后退，他的护卫涌上将他团团护在正中。

燕绥淡淡道："唐羡之，你觉得你今天还能出得去？"

"仅凭这个女子自然是不够的。"唐羡之从怀中摸出一个小木盒，晃了晃，"再加上这个呢？"

燕绥道："药？你是年纪大了忘性大？你不记得我出身师门何处？"

"知道，无尽天每年给你送的丹药够你当豆子吃。但是这颗应该还是不一样的吧？不然何必派暗卫送来呢？"

"你大可以立刻毁了试试。"燕绥笑了笑，"事实上便是你现在还给我和文臻，我们也不会再用，毕竟你碰过的东西，惜命的人都懂。"

"毁掉吧。"文臻诚恳地接上，"我承认这是好药。不过从现在开始已经废了，咱们谁也不敢用，就别拿出来现世了。"

唐羡之沉默了一会儿，笑了笑，道："那我便毁了吧。"

第十九章

掀牌游戏

他手掌一握，木盒化为齑粉簌簌落下，文臻和燕绥都面无表情看着。

唐羡之张开手掌，最后的一点碎末化在风中，他忽然笑道："小真，你知道这是什么药吗？"

文臻不答。

如果不是不想示弱，她想捂住耳朵。

"这是无尽天在海外等了三次火山爆发，牺牲掉两条人命，终于收集齐了练药之火并一鼎炉地心火山灰，再加上用了十年才找齐的十一种药物，其中有四种药物都是世间最后一株。为了维持这鼎炉之火三个月不灭，殿下的那位掌门师兄耗掉了半生功力，才最终练出来这一颗……换句话说，这一颗一旦毁了，永无可能再炼，燕绥也永无可能痊愈。"

文臻望定他半晌，忽然笑了，道："唐公子，你听没听过一句话？"

"什么？"

"这世上所有的东西，除了情感，其余都可以找到替代物。"文臻笑得满不在乎，"你可以不信这句话，但是我信。而且你这种话我听得多了，标准江湖骗子必备法宝，一般用来推销他家用香炉灰搓出来的十全大力大补丸，你唐公子说出口实在有些……"她搓搓手指，眨眨眼，轻声地，有点不好意思地道，"掉价。"

"既然小真不信，那便罢了。"片刻之后，他莞尔，"那么，山高水长，就此别过。"

最后四个字还在尾音，他面前的护卫阔剑剑光已经飞起，片刻间便连接成一片光墙。

唐家的这个剑阵位于人群的中心，四周原本是季家和大皇子麾下，这齿轮阵一旦开始，剑势便连绵不绝，不管生死一路碾过去，季家的人和大皇子的人惊喝怒骂，连忙让开道路。

林飞白下令："结枪阵！"

数十骑逆行冲上，长枪连搭，林飞白飞身而起，凌空一枪，挑上那齿轮边缘。

长枪应对这种剑阵效果最好，那一枪破风而来，眼看要挑上其中一人咽喉，然而忽然乐声响起。

这乐声听得人气都透不过来，那齿轮剑阵忽然便变换了阵形，阔剑搭起，挡住了林飞白那凌厉一挑，随着曲调一变，剑气成桥，往里狠狠一抽，险些将林飞白吸入阵中。

所幸林飞白作战经验丰富，倒翻而出，顺势一蹬，却见乐声一转，单剑变双剑，毫无滞碍。

唐羡之从容立在阵中，一支若双翼凌空的凤箫轻轻抵住了他的唇。

那个少女人质已经被制住扔在他脚下。

文臻听得那乐声奇特，便知道不妙，随即听燕绥在身后道："这阵无解。"

"为何？"

"唐羡之是阵眼，以乐声操控指挥全阵。这阵只护他一人，只要他在，这阵便破不了，但是他在阵内，不破这阵便伤不了他。"

"死循环。"

"对。更绝的是，这阵随乐声而动，没有固定的变化，你便听了几遍这首曲子摸到了门道，可他换了一个曲子，便是全新的阵法。唐羡之会乐器数百种，会吹的曲子更是车载斗量，轻松便可以活活累死你。"

"乐曲可以多吹几首，但是外头的这些剑客并不能无休无止地打下去。"

"唐家小楼剑阵用阔剑，交织更严密，防守更紧，而且我怀疑这阔剑内应该还有秘法，能让唐家护卫不知疲倦，将敌人耗死。"

两人说话间，那齿轮阵已经在周遭转出了一大片空地，向山口退去。

文臻阻止了千秋盟中人的追杀，生命宝贵，她可没兴趣拿人命来填一个无底洞。

身后燕绥懒洋洋靠在她肩上，也毫无动手的意图，文臻肩膀一耸，道："你是不是还有后手？"

燕绥道："嘘——蛋糕儿，我饿了。"

文臻冷笑："行啊，回去下五色汤团给你吃。"

"好。上次你下的那碗三天我就吃完了，这回多做一点。"

文臻第一反应是这货开玩笑吧？他衣服都不穿第二次的，什么时候一碗汤团吃三天？

但燕绥是个不屑于撒谎的人，文臻偏头看他，那个家伙还死赖在她肩膀上，也在偏头看她，两人距离极近，彼此的呼吸都拂在对方脸颊，燕绥忽然往前一凑，飞快地亲在她的唇上。

文臻还没反应过来，她抚着有点发麻的唇尖，怒道："这也要做贼一样？"

"没办法。"燕绥声音里带了几分笑意，"不快一点，怕等下刺激了疯子，会出变故。"

文臻一怔，便在此时，听见一声大叫。

"哥，救救我！"

唐慕之怎么忽然来了？

齿轮阵里，唐羡之并没有停下吹奏，却微微皱眉，回头看向山口。

唐慕之一身灰尘和血迹，正从马上跳下，她身后还跟着一群骑士，手中长剑寒光闪耀。

铿然响声不绝，那些唐家阔剑并没有打开阵法迎接自家六小姐，反而加快了阵势，将唐慕之逼了出去。

唐慕之这一退便迎上后头人的刀剑，剑光刀影里她拼命腾挪，一边躲追杀一边怒道："哥！"

唐羡之根本不理她。

"哥，算我错了！我回小楼认错，行不行！"

唐羡之摸出一支凤箫继续吹奏。

"我发誓，只要你这回救了我，我跟你回去，之后家里安排什么，我听什么！"唐慕之转身避开一道当头劈下的刀光，霍然回首，目光凶狠地看向燕绥，"燕绥，你有没有心？我便是向你求爱又怎么了？你犯得着派人这样没日没夜地追杀我？"又向着唐羡之大喊，"哥，我被追杀也是家里害的！是你们要我和他联姻的！激怒了他，后果却要我来背！你凭什么不救我？你凭什么！"

文臻目瞪口呆地问燕绥："谁在追杀唐慕之？"

"中文，德语。"

文臻："她对你做什么了？"

"做了我很想你对我做，然而你却不做的事。"

"你很想我做但是我不肯做的事只有三十八术最后十术，她对你做了？燕绥，你脏了，我不要你了，你快点去死吧！"

燕绥："……"

齿轮阵还在不疾不徐地向后退着，仿佛那就是个机器人组成的阵，将唐慕之所有的愤怒都挡在阵外。

第三次喊话失败且被砍伤了臂膀之后，唐慕之忽然将手中刀一抛，恨声道："都逼我，害我，不理我，不要我，是吧！"

她猛地向齿轮阵扑了过去："那就让我死在亲兄长手里吧！

曲折幽微的乐声却忽然有了一个小小的转折。

阵形出现了一个小小的缝隙，将唐慕之扑过来的身形裹了进去。

唐慕之扑进阵中，忽然手臂一抬，腋下流光飞闪，竟然变戏法般变出一张小网，兜头罩住了唐羡之！

那网罩下，唐羡之手指已经拂出，碎光闪动，那网已经化为无数细丝纷落。

唐羡之原本神情并无太大变化，看见这细丝才猛然变色，厉喝："屏住呼吸！"

但是已经慢了一步，几个剑手无声倒下，同时唐羡之猛甩自己的凤箫。

凤箫上沾了一层细丝，连带他腰上一排乐器无一能避免。

趁这空当，唐慕之一把抓起那个少女人质，扔出了齿轮阵，被中文一把接住。

阵内，唐羡之衣袖飞舞，抓向唐慕之。

唐慕之扔出人质后从那几个剑手倒地处向外冲，那也是目前阵法最薄弱处。

同时她嘴唇微动，显然在驭兽。山林摇动，腥气渐浓，隐约可见无数飞速而来的影子，显然这满山的兽已至。

机不可失，文臻和林飞白各自下令所有人上前，中文等人接住人质便依次向后传递到安全处，也冲了过来。

场上立时便陷入了混战。

文臻也想冲上去，但是却被燕绥扯住了，燕绥也有片刻似乎要起身，然后又被文臻扯住了。

两人大眼对大眼互看了一下，各自转开，放弃。

谁也不允许谁亲身上阵，那就做一对怕死鬼吧。

血花飞溅，唐慕之拼着后背挨一剑，已经冲出了剑阵，她刚刚出阵，几条大蛇已经顺着那道缝隙滑入阵中，去缠唐羡之的脚。

而众人头顶一声咆哮，一头猛虎已经凌空越过人群，撞入剑阵之中。

众人眼前一黑，再抬头就看见飞鸟的羽翼遮蔽天地，汇聚成一条不断扭动的龙卷风，一头扎进了剑阵！

鹿群的角如剑般挑向剑阵，野马群飞扬的鬃毛闪烁着日光，洪流一般奔腾而来。

这一霎天上地下，万物生灵，狂舞世间。

文臻便是听着声音都觉得震撼，也不禁摇头。

果然唐慕之掌握的才是最厉害的驭兽，原来这才叫驭兽。

“是你的布置？”她问燕绥。

“嗯。我答应了她，只要她助我这一回，唐家无论要她嫁给谁，我都帮她解决掉。”

文臻几乎可以想象唐慕之会对燕绥说什么。

“如果不能嫁给你，那么我谁也不嫁。”

可惜，遇上这铁石心肠。

“我总觉得唐家对唐六的态度很奇怪，把她养成这样也很奇怪。”

燕绥沉默半晌，道：“她是个可怜人。”

从燕绥口中听见这样的话并不容易，文臻不禁也默然。

谁生下来不是稚弱无辜婴儿一个，最后无论长成什么扭曲的模样，或许有自己的原因，可是家族、环境，还有许许多多的因素，谁也不能说无辜。

她低下头，有点不想看唐羡之英雄末路。

不想看这一刻万千生灵皆为他敌。

忽然她想起了一件事，眉头皱了起来，问燕绥：“满花寨子的人你是不是另有安排？”

“什么满花寨子？”

文臻一怔，道：“满花寨子我已经拿下了，我先前曾经下令满花寨子的人下蛊，但是好像没什么动静，我以为你另有安排也就没……”

她话音未落，燕绥已经飘身而起，扑向唐羡之，文臻只听见他道：“一群蠢货，没人和我提满花寨子！”

文臻怔了怔，顿时知道不好。

果然，燕绥扑出的那一刻，山口忽然响起了一声咆哮。

那声音极其雄壮，闷雷一般起于山野，荡于天际，那声音在山壁之间回旋震荡。

山间草木忽然无风齐动，人们抬起头，看见一头浑身雪白的长毛兽，在风中摆荡，泛着隐隐的淡蓝色。

鸟群忽然散开成了半空中的无数黑点，小兽们炸了锅，惊慌失措地冲出剑阵。

游动灵活的巨蛇忽然游得更快，拼命寻找缝隙，要从人群中再次游出去。

那头猛虎霍然回首，被那后来的白色兽一爪抓住了脑袋。

然后所有人就眼睁睁看着那头巨大的猛虎被一只身形比它小很多的野兽生生抓起，狠狠地砸在了人群的中心。

那只山间霸王被砸得晕头晕脑，围着剑阵的人群立刻被冲散了，那些莫名其妙疯了的野兽们都已经掉转枪口，开始攻击缠斗最紧的林飞白等人，唐慕之大声怒骂着，将一条忽然反口咬她的大蛇踢掉。

然后文臻听见了一声呼哨，这声调很熟悉。

唐羡之召唤那只没用的肥狗的哨声！

唐羡之的身形从容自人群头顶飘过，此时燕绥已经到了场中，他一掌拍在林飞白后心，林飞白大喝一声，手中长剑掷出，电光一闪，眼看就要没入唐羡之背脊。

下一瞬唐羡之已经落在那长毛兽身上，一霎便出了山口。

文臻抬眼，在朦胧的视野里看见那人缓缓抬手，手中隐约是形式奇特的凤箫，那箫两排长短管，如双翼凌云。

文臻后来看不见唐羡之了，只有眼前这一片混乱的场面。

文臻轻轻地叹息一声。

这一番争斗，各自都藏了一沓底牌，然而到最后，谁也没想到唐羡之还藏着那样一张牌。

那条又馋又懒到处乱跑的肥狗竟然是个关键存在。

问题出在信息不对等。

之前她有在暗中吹哨，也早早向混在千秋谷人群中的妙银等人打了暗号，让她们想办法放蛊。但是无论是驭兽，还是蛊虫，通通都没动静。

之前还以为是被唐慕之压制住了，也以为满花寨子是被另行通知才没有放蛊。

谁知道燕绥根本不知道满花寨子。

再联想到文蛋蛋反常的安静，文臻终于明白，唐羡之身边那条狗能镇万兽万蛊。

这就对了，文蛋蛋多少猛兽都见过了，何至于畏惧一条普通的狗？

看那条怪狗奔跑的速度，在这留山之内，没有谁能追得上了。

燕绥林飞白和她是一样的判断，因为林飞白极快地唤回了护卫，开始休整队伍，并将在外负责拦截的人撤回大半，堵住了整个山口。

虽然唐羡之再次成功脱逃，但唐家剑阵的剩余剑手，季家在山谷里秘密练的马和骑兵，安王殿下布置在留山的人手，既然已经撞上了，自然不能留下来。

林飞白擅长战阵厮杀这种事，不动声色便接了过去，文臻将千秋盟的人也交给林飞白，再加上随后赶来的熊军本就是铁血军人，正好趁这个机会练练兵。

松懈下来，她觉得浑身疲倦，想到先前一件事，她心中掠过一丝疑惑，垂下袖子给自己把了把脉。

第二十章

互宠

此刻，她想起先前唐羡之握住自己手腕之后那一顿的模样，她倒起了好奇心。

她眉头一挑，想了一会儿，觉得自己把脉可能不那么准，毕竟她当初学医也不够专精，身后燕绥忽然伸手过来，道：“你在做什么呢？把脉？”说着手指就要搭上她的腕脉。

文臻原本并不想理他，此刻却不得不反手一把抓住了他的腕脉，笑道：“送上门来，不摸白不摸。”

她指尖在燕绥手腕上一按，这回脸色真的变了，撇嘴道：“瘦了，没吃好？”

“摸脉还能摸出瘦了，你这医术倒是越来越高明了。”

“谁说不是呢！”文臻笑吟吟凑过去，“想我了？”

以为他不会回答的，结果燕绥也笑了，手指轻轻抚过她眼眸：“想。”

“知道错了？”

燕绥又笑：“知道，但我不改。”

“嗯？”

“中文说，生不生孩子，要怎么做，都是你的自由，我不该阻拦。我想过，这话对，也不对。如果关系到你的性命我还是要阻拦的。我又没皇位可以继承，孩子的命怎么能重过你的命？”

“谁说你家没皇位可以继承了？但话说回来，真有皇位要继承我还不想生了呢。瞧瞧这是人过的日子吗？”

“不是人过的日子你也得过。你便是跑到天涯海角，闹得天翻地覆，也得和我一起跑，和我一起闹，别指望我会因为拉你入浑水就愧疚，然后放你自由。”

“我日子糟心可不是全因为你，进宫进朝堂是我自己要进的，想要飨万民以美食也是我自己想做的，遇见什么都是我自己的抉择，你就别往自己脸上贴金了。”

燕绥笑而不语，温柔地抚了抚文臻的发，两人拨转马头往回走，把战场留给林飞白、凤翩翩、潘航等人。

燕绥的护卫和妙银带着几个人自觉地跟上，远远地，一身狼狈的唐慕之提着一把染血的刀跟了上来。中文正要拦，唐慕之冷冷举起了刀，中文看见背对这边的文臻忽然摆了摆手，立即收刀退开。

唐慕之怔了怔，看着那两人相携相扶的背影，咬了咬唇，似乎有点犹豫，最终还是跟了上去。

文臻一回去，便让文蛋蛋好好洗了个澡配了药，又让人赶紧去熬药。

她在为燕绥忙碌的同时，燕绥也在看她的眼睛，手指捏成形状在她面前轻晃，问她：“这是几根手指？”

文臻翻个白眼，没好气地回答：“这是在比心！”

“比心？”燕绥显然没想到自己胡乱捏的手指居然有意料外的答案。

文臻双手各自捏了个“比心”，对着空白处一晃：“这是我们那独特的手势，叫作比心。”

“代表什么？”

“代表啊，你这人很讨厌，快滚吧。”

燕绥唇角一勾，捏着手指在她面前一阵乱晃：“是吗？”

“你这么讨厌我。”文臻笑，站起身就走，“那拜拜了。”

燕绥一按就按住了她肩膀，文臻反手就掐住了他的手背，燕绥轻轻一笑，在她肩颈那处一探，随即又叹了口气，道：“要碎针了。”

文臻早有预料，耸耸肩示意没事。

这一次因为意外，眼看是无法顺利化针，只能碎针，要做一阵子伤残人士了。

燕绥想了一会儿，忽然又展颜一笑：“虽然这么说你会生气，但我还是觉得，你瞎上这么几天，看不见某人的嘴脸也挺好的。”

文臻忍不住笑，又摇头，这家伙这醋性大得够开一家醋厂。

“唐羡之就算出现在我身边，也只能偷偷摸摸易容，还要时刻小心无时不在的暗算，这有什么好醋的？换你愿意？”

“你若暗算我，那也是因为在乎我，我有什么不乐意的？”

文臻想到了他吃了三天的五色汤团，头痛地叹口气：“总比你床上忽然多几个裸女还不和我解释的好。”

“阿猫阿狗如果都需要解释，那也太侮辱你。”燕绥道，“而且你该知道，天机府已经不由季怀远插手，他并未真正得到老大信任，相反老大和季怀庆依旧有勾连。那几个女子本来是我和季怀远要的，用来保护你，结果她们其实是季怀庆的人，故意做那模样，后来又来追杀你和林飞白，是要挑拨你我关系……不过我的蛋糕儿这么聪明，又怎么会被骗呢。”

“不，爱情中的女子是很小气的。因为越在乎越会患得患失。若有一日我对这些无动于衷，你就真的完了。”文臻轻轻点他额头，“你太强大，所以也就太自信，你将世上大多数事算于彀中，所以觉得别人也不需要解释。但你别忘记了，不是每个人都如你一般洞明世事，也不是每个人都真的能在你的成算中，比如这次，唐羡之的狗，我们不是也没算到？”

“是啊是啊，都是我太自以为是。快照照镜子，看看你和中文一模一样的老妈子脸。”燕绥笑着来扳她的肩，“刚劝你别玩小聪明，你又来！碎针的事情我会处理，用不着你再花费真力，你还要不要命了！还是你以为你死了我会给你陪葬或者一辈子守节？”

“都不要。”燕绥手指从她肩上撤下，拉着她坐在廊下。

这里是千秋谷里最深处的小院，燕绥派人重新做了装饰，铺了一地的檀木木板，移栽了留山特有的四季树，引了泉，筑了假山和清池。

长廊下的藤编小几上摆着棋子，是文臻以前玩过的跳棋，棋子底部都有微雕，雕着东堂山水名景，勾画转折之间尽是风流，更不要说这巧思无限。文臻随手拿起一颗摸了摸，感觉摸到了笔画。

这东西要是拿到天京，是能令所有达官贵族疯狂的，在燕绥这里也不过是他留在留山一个小院内，为了给她赔罪而准备的一个小礼物罢了。

棋子在掌心握得温润，她微笑听那棋子碰撞发出的悦耳之声，接上刚才的话题：“什么都不要？”

“你知道我什么都不要。”燕绥捡起落在廊上的叶片，又寻了张麻纸来，铺在长廊上，“什么陪葬，什么守节，我想你也不会想这些。你还有很多事要做，你想要天下人尽享美食，你想要东堂百姓的饭菜更加丰富，你想要这世间再无饿殍，你想要天下太平，那么你也就能安生，你要做的事那么多，你会忙忙碌碌一生，不会为任何人轻掷自己性命，但你也不会再想那情爱之事，天下之大，岁月之短，有过便已足够。”

文臻没想到他会说出这么一番话，然而这话每一个字都契进了她心里，叫她反驳不得，心间却似起了惆怅的浪潮，一波波涌过心防，冲刷得她脸色微白。

该说他太懂还是太不懂。

便让她时时叹古今有壁难渡，却又时时叹跨越千年终得知己。

燕绥变戏法一般从桌下一个小抽屉里取出一个小盒子，里头有剪刀浆糊等杂物，又取出一个玉版，一边忙碌一边顺手接住飘落廊下的叶子，放在玉版上，用玉杵轻轻捣碎。

文臻隐约看见他在忙碌，很是好奇，毕竟这位一向十指不沾阳春水，也向来不做手工，嫌麻烦嫌脏，唐羡之曾经为她做过一个蛋壳肖像，还被他嘲讽地喊了很久鸭蛋哥。

但她也没询问，只含笑坐着，偶尔动一动，就被燕绥阻止，她也就不动了。

两人相对而坐，四季树的落叶不时飘落两人肩头襟袖，文臻不动，燕绥不理会，忽然伸手在她发间摘了一片叶子，嗅了嗅，道："有你的香气。"接着便不再接空中的落叶，只从文臻身上摘取。

文臻抬手，从他身上摘了一些，放在他面前，道："是为我做手工吗？那我也希望有你的气息。"

燕绥望定她，唇角一弯，从善如流。

乌青檐角挑出一轮朗日，檐下彩叶如雨纷纷落下，深红长廊光可鉴人，廊下对坐的宽衣大袖的人儿相视而笑，襟袖间金红叶如翩翩蝶。

唐慕之远远坐在院子的门槛上，双肘撑膝，看着那一幕画。

她唇间微微翕动，一个哨子隐约翻滚，头顶上翠鸟盘旋，脚下狐狸蜷睡，几只雪白兔子在她身边。

她面无表情看着那一对人，看那两人互相照顾，互相宠爱。

她眼神有些空，仿佛什么都看在眼里，却又仿佛什么都没有想。

廊上人的对话，也已经转到了她身上。

"你把这个女人带进来做甚？"

"我倒想不带这个电灯泡呢，但是她那个心性，如果任由她流落在外，被唐家人找回去也罢了，若是落在别有心思的人手中，再被挑拨利用什么的，难保又是一场麻烦。"

"带回来就不是麻烦了？她像条癞皮狗一样天天跟着，万一触景生情控制不住妒火惹出什么事来，你且记得可怪不得我。"

文臻沉默了一会儿，道："我但望她触景能生人间情，懂世间道，不要再过得蒙昧疯狂，如此也算给自己给大家积了德。当然，你放心，既然我敢让她来，就让她再无法生事。"

"你这人看似无情，其实操心太多。"燕绥含笑做他的手工，"其实杀了不就一了百了？”

远处，唐慕之远远抬眼看过来，看那人唇角笑意点缀艳阳若流光，似在说着世间最有情之事。

“最后一次机会，还不安生就杀了。”文臻也有点笑自己这回居然心软，不知怎的，总觉得唐慕之有点可怜。不过也是觉得她留着还有用处，说不定也是唐家的一个突破口。

燕绥的手指按在树叶上簌簌有声，他将树叶取下，经过特制的药水泡了，再一点点粘到麻布上，他动作很快，已经出现了一条金色的轮廓，线条很是流畅。

文臻给他打着下手，将一片叶子分成好几部分，再按颜色分成一堆堆的。

忽然听见那边动静，回身看见唐慕之很是干脆地起身出去了。

与此同时，钟鸣之声响起，天色也暗了，食堂开饭了。

虽然大部分人都还在外头作战未回，食堂还是按点开饭，唐慕之跟来时，没赶上中午饭点，只吃了点下午茶点心，吃完这顿点心后，她听见开饭钟声，下意识就过去了。

这一顿是晚饭，她是跟着燕绥文臻回来的，中文等人不介绍，食堂的人还以为她也是燕绥或者文臻的护卫，也没多问。

千秋谷中目前主要就是燕绥护卫，满花寨子几个人留守。来吃饭的人都十分热情地捧着特制碗在排队，里头还有些附近寨民，是前几天千秋谷大祭司来作乱时，被踩踏受伤的留山土著。

现在那些人也全然忘记了之前对千秋谷中人的排斥，都乐呵呵地抱着碗站在队伍里，有几个在教千秋盟的人说当地话，有几个在把自己的姐姐妹妹女儿侄女说亲给护卫，满花寨子几个姑娘在对中文德语几个暗送秋波，中文德语目不斜视，抱着碗全然当自己听不懂看不明白，一脸的最难消受蛊女恩的模样。

唐慕之原以为自己跟来了千秋谷，会有人全程跟着她，结果并没有，她过来的时候中文等人看了看，也不作声，她茫然站在那里，也不知道怎么打饭，也不知道每个人手中那个怪怪的盘子是用来做什么的。

一个姑娘探头对她看了看，道：“你是新来的？来，这里拿碗。”说着带她去旁边桌子上，从一个盛满热水的大盆里取出还烫着的竹木餐盘给她，又叫她排在身后，探头看前头写字的黑板，问她，“你想吃什么？咱们拼桌吧。今天有酥炸杂鱼、粉蒸栗子肉、卤猪蹄；炒菜有干爆羊肉、梅子笋丝、糖醋面筋、火腿白菜；汤有酸辣三丝羹，点心是牛油萝卜丝饼。你选哪样？”

唐慕之：“……”文臻这么小气，这点菜都不给大家吃全了吗？

她本想拒绝，但是鬼使神差的，到嘴的拒绝变成了点头，那姑娘兴致勃勃要她点菜，她便胡乱指了两样，心中冷笑，文臻可真不辜负她的出身，瞧这悭吝的，每人只能一荤一素？这千秋谷中能留住谁呢？

她不惜叛出小楼，千里奔来留山，抱着一线希望，再次被燕绥打击得体无完肤，到了此时，她心中也已经一片茫然，和燕绥做了最后一次交易，做完这交易她也就很难回到唐家了，从此她便真的孑然一身，是个无处可归的幽魂。

终究还是不甘的，不明白燕绥这样的人何以便对文臻这样普通的女子死心塌地，这样的不甘让她跟了过来，并不知道自己要做什么，只想这一次清楚地看看到底凭什么。

或者如此，才能彻底浇灭心底的野火。

第二十一章

有了

排队打饭，掌勺的女帮众一勺一个菜，餐盘上每个格子都填得满满当当，看着挺不错，闻着也香。

那些愚昧的百姓给文臻一个厨神称号，多半是没见过世面，他们吃过几道好菜？

唐慕之没吃过文臻做的菜，觉得也不妨尝尝。

那姑娘还不罢休，又拉着几个当地女子凑了一桌，众人端着餐盘坐下后都对唐慕之招手，唐慕之犹豫了一下在最角落坐下了。

刚坐下来，一双筷子就迫不及待地伸进了她的餐盘里夹走了一大筷糖醋面筋。

唐慕之受到了惊吓。

怎么会有如此无礼的行为！

她正要拔刀，不想那夹走她菜的姑娘随手就舀了一大勺火腿白菜堆在了她碗里，还爽朗地道："哎，别太护食啊，夹多一点瞧你那脸色，不哭不哭，多给你点火腿。"

唐慕之："……"

不是，吃饭还有换菜的说法？

有，不仅有，还是全方位、多元化的，桌上几个姑娘凑齐了今日所有菜式，用桌上备好的筷子勺子，你一勺我一筷，顷刻之间，每人碗里菜都齐了。

唐慕之麻木地看着众人自动配备齐自己碗里的菜，忍不住看那放在桌子中间的筷子，自然有人给她解释："这叫公筷。大当家说了，一个盘子里搅菜，混进不同人的唾液什么的，太恶心了。所以用公筷分餐。"

唐慕之盯着自己的菜，想着从此以后，自己大概很难再面对家族年节聚会那数十人都在一个盘子里搅菜的宴席了。

转而想到，以后也许自己也没什么机会再参加那样的聚会了。

她垂下眼睫，瞬间觉得没了胃口，身边的姑娘却热情过头，不住地催她："吃啊，吃啊，是不是不舍得吃啊，再不吃我帮你吃了。"

唐慕之生怕她的筷子再飞过来，随便夹起一块糖醋面筋，一入口，便怔了怔。

她原本是个清淡口，对糖醋味并没有兴趣，总觉得过于甜腻，然而此刻的糖醋味道恰到好处。她忍不住又吃一口火腿白菜，火腿滋味香醇浓厚，入口有微微的熏香。

粉蒸肉酥香软嫩，栗子甜糯入口成粉，酥鱼入口即化，鲜香层层，卤猪蹄在油红晶亮的汤汁中颤颤，蹄筋炖成了半透明的膏状，特殊调配的卤料渗入肌理十分入味，干爆羊肉干香鲜辣，酸汤开胃爽口，牛油萝卜丝饼居然做成了千层饼，外皮金黄焦脆，馅儿香软丰美。

唐慕之低头，姿态优雅，筷子不停，忘记了自己不怎么吃荤，也忘记了唐家素来一菜不可超过三筷，碗中食不可全尽的规矩。

等到盘子全空，她才猛然停下，骇然盯着自己的餐盘，有点反应不过来。

这是自己吃的?

身边姑娘们喝着免费汤，聊着今天的菜式和谷外谷内的事。

唐慕之咬牙，坚决抗拒了再喝一碗汤的想法，看看四周桌子，忽然道："大当家他们在哪里吃饭？"

"这里啊。"

"那他们也要排队？"

"当然，和我们吃的是一样的。千秋谷内，所有供应，不分地位，只论功勋。"

"这菜还说得过去，勉强也当得起厨神二字。"

"哈哈哈什么厨神！这是我们食堂师傅做的啊！"

唐慕之："……"

"怎么，你还以为大当家能管这许多人吃饭啊？大当家亲自下厨就一次，听说差点抢得打起来。但食堂师傅也很不错了，所有菜谱都是大当家亲自手把手教过的。"

"她的菜谱就这样全部教给别人了？"

文臻居然真这样把宝贵的菜谱随手乱撒，连这些山野粗汉也教!

"是啊。大当家说独乐乐不如众乐乐，全民对于吃食的口味和品位都提高了，厨子才更有用武之地。大当家以后还要创办厨子学校，教大家学怎么做菜，怎样搭配饮食，怎样健康饮食什么的，说是民以食为天，吃之一道，关乎健康，民生健则关乎国运，可不是小道。"

唐慕之默然听着，她以前从未关心过文臻的事儿，她一直认为伙房烟火之事是鄙俗之事。

可如今听着这一套道理，没想到饮食一道也能被那个女人和家国民生扯到一起去。

她仔细回味了一下刚才吃到的味道，她自己出身钟鸣鼎食之家，什么珍稀食材没尝过？如今却在文臻这里尝到了食物的真味。

文臻的菜式一来新鲜，二来烹饪方式、调料配制各方面都和东堂习惯的方式有很大不同，食材倒很少海陆珍稀，但普通食材出真功，也许这就是她的美食的真正魅力所在。

看众人站起，便将餐盘一扔也要站起，结果被那女子抓了餐盘往手里一塞："别吃了就走啊，餐盘得自己洗。"

唐慕之低头看那油腻腻的餐盘——自己洗？

"不然呢？食堂就那几个人哪里忙得过来？"那姑娘笑道，"自己的餐盘自己洗，自己的屋舍自己打扫，自己的衣裳也得保持干净，经常要检查，大当家说，这叫内务卫生。"

"我若不洗呢？"唐慕之一动不动，盯着餐盘。

她不是这里的人，凭什么要听文臻的规矩。

"不洗是要受惩罚的，下一顿不供应。"那姑娘拍拍她的手，"哎，一看你就是个娇生惯养出身的，没干过活是吗？这一次我帮你洗好了，回头打菜多给我吃一勺就成！"

她高高兴兴端着两份餐盘走了，一旁的厨房依着墙壁修了一长条的水池，用管子从旁边的池子里接来了水，大家都蹲在地上洗碗，唐慕之听着那些女子和她絮絮叨叨。

"咱们大当家可不仅仅是吃讲究，你看这千秋谷的安排设置，这食堂和操练的各种规矩，可新鲜着呢。"

"是啊。大当家才来几天，咱们这谷里就变了样，连生病的人都比往日少了许多。"

"你们看那几个受伤的山民一开始还哭着喊着不肯留的，现在伤都好了还每天挤进来排队。"

"我有个不大好的预感啊，以后来抢饭的人会不会越来越多啊。"

"大当家还说……"

左一个大当家，右一个大当家，唐慕之听得气闷，转身向外走，忽然停住脚步。

前方的人群水流般分开，文臻来了。

排队的人看见她都自动让出位置，唐慕之冷眼瞧着，等着看她假惺惺谢绝去排队。

结果文臻不过含笑摆摆手，道一声多谢大家照顾瞎子，还指了指自己眼睛，便由大家照顾着送到最前面去了。

她拎着两个小食盒说是要打包，笑吟吟和打饭伙夫解释了打包的意思，伙夫明白了，操起满满一大勺，那架势恨不得要给文臻来个泰山盖顶。唐慕之又冷眼瞧着，等着文臻假惺惺说一荤一素的规矩，结果文臻没说，笑眯眯让伙夫把菜打得满满当当，和身边人道："我家那位有点小伤，给他开个小灶，我拿几道新菜来抵。"

众人都笑道整个食堂的菜都是大当家教会的，还在乎什么多几道少几道，更多人则笑着起哄羡慕，羡慕"大当家那位"可真是好福气。

唐慕之看着，心中一动，隐约明白了什么。

规矩是要讲的，一味讲规矩却又显得僵硬矫情，失却人味。所以她会小小地任性，小小地撒娇，小小地破坏规矩，但一切都在合理范围内，显出亲近和依赖来，便会令人感觉越发亲切和舒适。

文臻这个人，拿捏人心已至登峰造极。

燕绥的心便是被这样的她拿捏住的吗？

文臻一边笑，一边关照着伙夫，哪些菜不要，哪些可多些，菜怎样盛才合理，汤可以多些，饭却是不需多些……絮絮叨叨，细致周到。

唐慕之抿着唇，她没想到文臻对于感情如此坦然。

她将自己的感情摊晒在日光下，提到他的时候眼眸闪闪发光。

文臻打到一半，忽然一转头看见她，怔了一怔，想了想，让人递了一个餐盘给她，将刚才打的菜倒进自己餐盘，又将另一个干净食盒放在一边，嘱咐伙夫，等自己要走了，再按照刚才自己的要求，重新打一份饭菜给自己带走。

然后她端着餐盘过来，往唐慕之面前一坐，道："来吃些？"

唐慕之抱臂不动："我吃过了。"

"如何？"

唐慕之沉默了一下，才道："不错。"

文臻并不意外地点点头，一边吃菜一边道："你身上有伤吧？那就养好伤再走，也正好多吃几顿，我这里都是新鲜菜式，东堂没有的。"

唐慕之终究忍不住，道："你不想杀我？"

文臻头也不抬："如果你还想，我就想，保证比你先。"

"你为什么留下我？你不怕我抢走燕绥吗？"

文臻险些喷出口中的菜，急忙掏帕子擦嘴："我的天啊，你哪来这么大脸说这话？唐慕之，提醒你一下，我对你没好感，我留下你也是别有用心。你可千万别把我当成圣母，能让你什么话都说。”

唐慕之半懂不懂，但隐约还是明白了意思，皱眉道：“我还没见过有人当面说自己别有用心的。”

“如今你见着了。”文臻筷子不停，“唐慕之，你不傻，我便是此刻对你温情脉脉，你也只会更加戒备警惕。所以我何必费那个力气？我同意你跟来，一来，让你看清楚我和燕绥之间的关系，你没有半点希望；二来，让你看清楚我是个什么样的人，以后少做无用功；三来，我觉得危险极端分子还是放在眼皮底下最放心，仅此而已，切莫自作多情。”

“你为何不杀我？”

“如果你现在站在我面前正举刀或者吹哨，那我会毫不犹豫地杀你。但是我上次已经暴揍了你一顿，这次你是燕绥的合作者，你目前也没有杀机，叫我现在就把刀捅出去，我有点缺乏动力。”文臻搁下筷子，“当然，诚恳建议，尽量不要亲自给我提供这种动力。”

她吃完了盘中餐，将盘子塞给一个殷勤跑来的姑娘让她去洗，起身道：“后山不是你能去的地方，我的院子也不欢迎人围观，请遵守规则。其余地方都可以走走逛逛，你就是高高在上太久了，希望千秋谷能给你一点人气儿。”

说完她去拿了食盒要走，唐慕之在她身后问：“你为什么拿了两个食盒？”

“因为我答应要陪他吃。”

“你为什么要等到走才给食盒装菜？”

“因为那样菜不容易冷。”

“你也有伤，他为什么让你来打饭？你们为什么不用护卫？”

“食堂吃饭是我和属下最合适的交流时间。我能亲自给他做的事，何必假手他人？当然，他对我也是一样的。只是他不喜欢人群拥挤，我自然也不会勉强他。”

“他不喜欢，你就宠着他。你不觉得殿下已经够骄纵跋扈，需要有人约束规劝吗？”

文臻笑了，转身看着她：“谁？规劝约束？你们这些人把他当成什么了？又把自己当成什么了？还是你们都以为，一切以爱为名的干涉都是正义的？燕绥是谁？他是皇族子弟，是一手钳制三大世家的宜王殿下，无数过往证实他才智心计超越我们所有人，你们凭什么认为自己有资格约束他？又凭什么以为自己的规劝是对的？”

她一根手指指唐慕之，摇摇头：“爱他，就是尊重他。一切打着为他好的旗帜的自作主张，都是对他个人意志和人身自由的行凶。”

她拎着两个食盒走了，唐慕之远远地看着她的背影，想起先前在小院门口看见这两人互相疗伤，像一对雨后温情给对方梳理羽毛的鸟儿。

忽然想起很多年前，德妃看出她对燕绥的心意，也曾调笑着要她去追逐，她也确实追逐了，她和他各种偶遇，自作主张换掉他的衣物用品，驱赶他身边的仆从，偷看他的来往信件，帮他解决她认为对他不利的人，以各种近乎强势的方式要挤入他所在的天地。

当然都失败了，且没少被惩罚。她百思不得其解。

这个问题到今天才得了答案。

到今日才明白，文臻是如何得到他的心的。

他本是九天鹰，展翅便是一场浮沉，任何妄图加于他身的束缚和牵扯都是拖坠他的逆风。

唯有她，只在合适距离之外微笑，看他自如纵横，双翅犁过云海。

她张开双臂便是将他放飞，合拢双手他便落于掌中。

唐慕之想着当年，明明自己是最早的那个人，然而从一开始就做错了。

如果她一开始也能像文臻那样，会不会……她忽然甩甩头，大步走了开去。

每个人都只能做自己，每段时光流过便不可回首。这世上没有那么多如果，走过的每一步都会留下痕迹。

并无怨尤。

文臻打了饭回去，她的眼睛已经能看清轮廓，回到小院之前，她给自己细细地把了脉。

然后，她悠悠叹口长气。

果然，她怀孕了。

虽然时日尚短，她有点不确定，但是从反应来看，最近的一系列身体的情况果然是和怀孕有关的。

而且也不能确定，如果月份渐渐大了，身体的问题会不会越来越严重。

燕绥不希望她怀孕是有道理的，事实证明了意外怀孕确实很危险。

文臻苦笑了一下，心想方人和不厚道啊，明明自己能怀孕了，死老头子非要误导自己，不然她好好避孕，也就没此刻的为难了。

她心有点乱，不敢耽搁太久，回到小院，门一开，燕绥便转头过来，道："和唐慕之遇上了？她让你不愉快？脚步怎么有点沉重？"

文臻心惊他的敏锐："当然沉重，这日子没法过了，打个饭还要给男人的追求者上心理课。"

燕绥还在廊下做手工，漫不经心地道："我就说杀了算了。"

文臻叹口气，不想和他多说，上廊看了一眼，感觉那是幅画，且已完成了一小半，但她现在看不清楚，也没心情看，把食盒给燕绥打开，便叫他过来吃饭。

燕绥却不停手，道："你喂我。"

文臻呵呵道："叫个半瞎子喂你，当演言情剧呢？"

燕绥一笑，这才放下手上活，中文端着水盆出现，燕绥拉了文臻洗手，顺手自己也洗了，中文原本打算另端一盆水来，看见这个动作，立即十分有眼力见儿地停了手。

德语送上擦手巾，也很有眼力见儿地将准备的第二块抽了下去。

燕绥给文臻擦了手，自己用反面擦了，坐过去，又亲自夹了一块粉蒸肉给文臻："行，小瞎子，那就本王来喂你。来，吃块肉补补，这才几天你就瘦了。我就说林飞白是个灾星，跟他一起就没好日子过。"

"林飞白现在还在外头奋战，亏你好意思说。"文臻顺手也夹了个猪蹄给他，"来，以蹄补蹄。"

她似笑非笑看着燕绥，这家伙不吃猪脚的，顶多吃一点蹄筋，看他接不接。

燕绥接过去，过了一会儿，喂了她一口。

文臻忍不住一笑，以往他虽然也谈不上嫌弃她，但多年养成的"无论用什么都是只用自己的，吃东西也没和人共筷分食"的习惯，今日却全都破例了。

"哎，别喂了，每道菜都要喂两口，你要撑死我啊。"

"不然呢？不对称，你要憋死我吗？"

中文将食盒收走后她便瘫在桌子边叫唤。

燕绥按住她的肩，将她带入怀中，伸手去揉她的肚子，文臻抬手拦住，道："不行不行，肚子一定已经撑成球，你再揉那就真的炸了。"

"胡言乱语。"燕绥的手还往她肚子上摸，文臻却不敢再阻止——殿下敏锐得吓人，一旦拒绝超过两次，一定会引起他的怀疑。

第二十二章

嫁妆

她笑嘻嘻地抓住燕绥的手往肚子上按，道："那就揉呗，说不定揉出个小小绥出来呢。"

燕绥手一顿，片刻后道："你又拿这事来挤对我。"

"不然呢？虽然你来了，但是咱们俩的账还没算完。"文臻翻身坐在他腿上，双手勒着他脖子，"前头屋子里有女人你却不说这事，我先不和你计较，反正以后再瞒着我，我便当那是真的，绝不自己给你找解释。但是小小绥的事儿呢？虽然我现在不能怀孕，但是也许终有一日咱们会有孩子，你的态度还是不改吗？"

"我说不改，你是不是就打算谋杀亲夫？"

"想套路我？我可没承认你是亲夫。别顾左右而言他，快回答我。"

燕绥轻轻抚过她的发："只要是你的我都喜欢。只要你一切妥当，我都乐意。"

文臻抬起头，只隐约看得见他线条流畅优越的下颌。

文臻只觉得此刻心情复杂。

燕绥的手指忽然一动，文臻却在此时起身接过了中文送来的药汤，很自然地避过了他的把脉。

随即外头一阵喧哗，凤翩翩等人回来了，山口一战的战果不错，安王殿下的人之前因为燕绥审问总寨的俘虏去掉了一批，这次剩下的人全歼。季家最精锐的一队护卫拼死护着季怀庆逃出了山，但是燕绥之前已经命中文通知季怀远带兵伏击，想必也很难顺利逃回季家，季家留山内的马场自然也是顺势拿下了，至于唐家的剑手也死伤惨重，但这对唐家的影响不会很大，因为林飞白发觉，唐家剑阵的核心依旧是乐音，剑手本身是机械的。

文臻心里有数，唐羡之此次前来不可能仅仅为了追回妹妹，也不可能是为了把她忽悠出留山，这些都是附带任务，根本的还是因为要用季家的马来给唐家扩充装备，要和安王多线配合，在东堂大地上燃起战火，然后各取所需。

她看见林飞白没回来，不禁问起，闻近檀却告诉她，林飞白直接带着护卫走了，说是发现了西番的大将，要一路追过去，将这个胆敢在东堂撒野杀人的狂妄之徒斩于剑下。

文臻猜到应该就是那晚杀昭明郡主，以及斗牛赛上对自己下手的人。

天色已晚，她让众人去休息，又催燕绥去洗澡，等到院子里没人，她问文蛋蛋："蛋蛋，有没有什么蛊能够改变我的脉象，而不对我的身体造成伤害？你要是能搞出来，我就不告诉任何人你怕狗。"

文蛋蛋愉快地接受了这个建议，跑去找妙银了，过了一阵回来，衔了一片树叶状的东西覆盖在文臻的手腕上，眼看着那东西贴到了手腕上，便一阵扭动，宛如活物，看得文臻一阵恶心，随即那薄薄的一片便渐渐和肌肤融为一体。

文臻试探着按上手腕，果然立即感觉到了脉搏的变化，细看却觉得那脉搏是那块"皮肤"自己创造的。等于以另一种能脉动的皮肤，掩住并修改了她自己的脉搏。

蛊术果然诡异神奇，文臻很遗憾文蛋蛋不能说话写字，有些东西无法流传了。

她有了这玩意，便安心地洗澡睡觉，房间是和燕绥分开的，但是对睡到半夜有人钻被窝这种事倒也并不意外。

她翻身背对着某人，燕绥把她扳正，她便又翻过去，几次三番之后，燕绥叹口气，在她身后抱住了她。

文臻感受了一下，冷笑："呵，男人！"

"男人怎么了？男人蠢蠢欲动这才是正常的，否则你就有得哭了。"燕绥的声音微带鼻音，听来又懒又撩人心弦。

文臻迷迷糊糊间感觉到燕绥将手指按在她腕脉上，她在彻底睡着之前，心中自嘲地笑了一声。

两人便在千秋谷内暂时住了几天，依照中文的意思，既然已经狠狠得罪了安王和季家，又在他们的地盘上，应该趁那边还没反应过来，赶紧走人才是。

燕绥和文臻却并不理会。既然已经驱赶了安王和季家在留山的力量，打乱了他们的布置，不趁机接收成果才叫功亏一篑。两人计划着，庆典继续，过几日将大祭司的存在彻底抹杀，正式开启留山九部和千秋盟的融合进程，等到留山真正成了一块铁板，那时季家和安王的存在才不会成为威胁。

这一点燕绥当初刚刚进留山的时候便想到了，所以他在蛊惑百姓扮演大祭司的时候才留下了最后一任的说法，以此为引子，才能结束祭司统治留山的时代。

这几日两人各自养伤解毒，文臻在燕绥的护法下，将肩颈那一处影响视力的金针碎去，果然金针一碎，眼睛立时好了大半，再将残余碎片炼化，想必也就复明了。

在这短短几日内，她也发觉燕绥性格有了变化。

并不是变得更暴戾，事实上他从来对生命都很漠然，因为她，他似乎将这份暴戾和漠然暂时压抑了下去，但是他所散发的隔阂感越发的重，文臻有时候看着他，像在看着另一个时空的另一个人。

这种感觉让她心惊，只是他每次感受到她的注视时，目光中闪起的温柔与牵念，又让她稍稍感到安慰。

因为这证明了，这世间还是有他在乎的东西的。

文臻的手轻轻搁在自己腹侧，在猜测怀孕的最初，她产生了不要这个孩子的念头。

她来自现代，她知道健康状况不良的母体可能会对孩子带来恶劣的影响，那是一辈子的事。

她对于传承后代并没有太多执念，但是一旦要了，就必须对他的一生负责。

更何况怀孕早期颠沛流离，也有吃药，她是真的不能确定这些丹药是否对孩子有影响。

但是在此刻她犹豫了。

燕绥在这世上的牵挂惦记本就少得可怜。虽然她的存在能够牵绊住他，留住对这尘世起码的期待，但是如果能多加一点在意的砝码也是好的。

但是这也要在确定孩子是健康的前提下，否则都是生命，没有谁该为谁牺牲。

她也不确定到底是什么时候怀孕的，只能等月份再大一点，再检查一下孩子的情况了。

在此之前，她想要燕绥对这世间更在意一点。

身后有脚步声，她回头看见燕绥拿着一卷麻布走了过来。

看样子，他这几天的手工课结束了。

文臻笑起来，看着燕绥慢慢展开麻布卷，本已经有了心理准备，却依旧微微吸了一口气。

果然是画像，纹理略微粗糙的麻布上，她的脸细致清晰，仔细看都是树叶拼成，用四季树的树叶带金边的部分拼出了她的轮廓，背面颜色泛白的部分拼出她的脸和肌肤，最后每片四季树靠近底部的一点点黑色部分拼出她的头发。

非常有创意且美丽。

燕绥这样的聪明人，做什么都能做到绝顶，但这生生是件细致活，一片树叶不过女子巴掌大小，再根据颜色来区分，带金边的部分往往只有半寸或一寸长度，而燕绥没有画底稿，竟然就这么一点点拼了出来。

这非得对她无比熟悉，熟悉到每寸每分，才能这样凭空作图，用无数树叶拼出了她的相貌。

文臻小心翼翼，不敢触摸，生怕触摸会弄掉了枯脆的树叶，燕绥却道："没事，都用特制药水浸泡过，便是你打上一拳，也不会掉。"

"敢情你半夜为了泄恨已经打拳试验过了？"文臻斜睨他。

燕绥笑道："何止，我还亲亲摸摸，还抱着滚了三个滚儿，把全套都做足了呢。"

燕绥将那画挂在廊下，正好和她等身，她站在画边，像多了一个孪生姐妹。

院子外唐慕之正好走过，偏头一看，险些一个趔趄。

过了一会儿，又有人匆匆走过，眼瞧着路过的人便多了起来，左一眼右一眼地盯那画。

文臻觉得被看亏了，赶紧将画收起，笑道："我很喜欢，咱们在路上带着这画不安全，这就着人送回天京吧。"

"放在哪里？闻家老宅？宜王府？还是你自己的宅子？忘记告诉你上次闻老太太骂殿之后，陛下虽然事后没说什么，却给你赐了一座宅子。"

"哦？在哪？"

"就在端康坊平阳街后头。"

"端康坊平阳街……那不是你王府的后门处？"

"是啊，好巧。"

要不是他的花招，她就跟他姓！

"还没说你打算放哪？放在你的宅子前门？"

"那不就是你的后门，你怎么不干脆放你卧室里。"

"也不是不可以，那这算什么，算提前送嫁妆？"

"是你送的东西，自然是你的嫁妆。"

"也不是不成，或者算我的聘礼？"

"这聘礼也太薄了些。"

"再加上一个我够不够？"

文臻笑了笑，伸手搂住他脖子："自然是够的，有你一个就够了。"

燕绥反手搂住了她，文臻懒懒地坐在他大腿上，嘴里胡乱地哼着歌，燕绥忽然笑道："我送了这么一份重礼给你，你有什么回赠给我啊？"

"唱首歌给你听？"文臻随口答。

"《分手快乐》？"

文臻知道这家伙自然是听说过这首歌，当初就是唱给他听的："不，我们自己编个曲儿合奏吧？人生在世，总要留下些属于自己的东西。说不定咱俩编的曲能够传唱大江南北，经典永流传呢。”

“《石猴传奇》不就是你写的？那许多菜谱也是你留下的，蛋糕儿，青史野史你都将注定留名，还不满足？”

“但是属于我们俩的纪念好像还没有。你不想留下点什么东西，好教百世千代之后，世人犹有记忆，提起时会说一声，那是燕绥和文臻一起创作的吗？”

燕绥看定她，文臻也盯着他，想看他最后会不会说一句无所谓，爱情不是要留给后人看的。然而最终他笑了，道：“好。”

“正好立火节最后一日的庆典是平湖连歌。要么你就以这最后一任大祭司的身份给他们展示一下惊天地泣鬼神的大祭司最后的赞歌吧。只是我好像不会乐器，你好像也不会？”

“谁说我不会的？”燕绥的回答出乎她意料。

除了口吹的乐器没有学之外，其余弹拨击打类乐器就没有他不会的。

文臻喃喃道：“明明乐器大家的人设是唐羡之的，你好端端抢做甚……”

燕绥不说话，眼神里明明写着“就是因为他是乐器大家，我才不好好学，就是因为他最擅长口吹类乐器，我才碰也不碰”。

既如此便好办了，文臻便让人找乐器来，不想这留山山间，大多数都是笛箫簧之类轻巧口吹乐器，琴筝类很少，找了半天，中文才抬了一个巨物来，打开一看，却是一个凤首箜篌。

中文一边擦汗一边道：“是这边一个寨子的寨主家里世代流传的珍藏，据说还是几代以前的王赐的，人家听说大当家要用，巴巴地送了来。”

这架箜篌形如木梳，凤首为饰，凤首以红桐雕制，刻工精美，连羽毛都丝缕分明，凤目则是一颗宝光流转的黑曜石，望之幽深若有魔力，确实一看便知是珍贵之物。

文臻欢喜这样的馈赠，预示着留山山民和千秋盟关系的转暖，这样的礼物自然要收。

燕绥并无异议，显然对这箜篌也算认可，当即便收下了，试着拨了拨。

弦音清越，入耳便觉浑身舒泰，文臻回首，便看见廊下箜篌凤首向天，丝弦分明如雪色帘幕，半隐半现燕绥映丽矜贵眉目。

一时间小院内外，天地都似在屏息。

文臻悄悄走下长廊，不想打扰燕绥试弦，不想惊动这一刻的静雅之美。

她走出小院，想着自己该用个什么乐器，至于谱曲，燕绥定然是会的。

一出门就看见唐慕之，明明先前已经看见她走过来一次。文臻立刻反手掩住了门，唐慕之看见她这小气的动作，眼白向青天。

文臻往食堂走，看见果然排队的人越来越多，从食堂门口就快排到了谷外，中间不少留山山民，门口还有很多山民探头探脑。她问了一下凤翩翩，才知道自从有人吃过了千秋谷的食堂，便念念不忘，然后最初养伤的那几个人便试探地问能不能来帮忙做工，不要钱，换一顿饭吃就行。

正好千秋谷内工程多，一些不重要的基本工程如果有人帮忙，谷内的兄弟就可以抽身去训练，所以凤翩翩请示过文臻之后，便表示了接纳，只是文臻今日看这吃饭的人数好像超出了预料。

排队的人们已经看不出之前的剑拔弩张，都捧着餐盘喜乐融融，山民中一部分可能是新加入的，颇为忐忑，另一部分已经混熟的，则十分自然地介绍着各种美食。

文臻驻足看了一会儿，便对跟过来的凤翩翩道："江湖捞再送物资过来的时候，让带几个懂种茶，种果树，以及收山货的商人进来。之后这些人要是想再以工换钱，就要他们每家每户出一人来学这些炒茶种果之法。咱们的工程结束之后，这些人还想吃饭，就拿家里的茶果山货来换。"

又对闻近檀道："咱们不是还想开餐厅吗，江湖捞全国铺开的店已经不少，接下来就开家常菜的酒馆吧，快捷方便的那种。苍南滇州气候合适，蔬果甜美，物产丰富，食材也别致，就在这两州先开，菜谱就先拿千秋谷食堂里的这些。回头以你的名义联系本地的江湖捞的东家们开个会，制定一些基本章程。火锅相对还是贵了些，这回走平价快餐路线，丰俭由人。"

按文臻的想法，饮食的推广，还是要先平价再高端，先铺开排面，再谈提升。

闻近檀都应了。

文臻又道："等到咱们的店开起来，在这些蹭吃蹭喝的山民中先招工，愿意走出大山的人就给他们机会走出去，正好咱们自己开店的初期人手也解决了。这两州饱和了，下一步便是长川，如果人手不够，去信天京，让君莫晓给你们安排。"

现在君莫晓在天京，易人离在长川，闻近檀在苍南，都是文臻定下的这两年旗下产业的集中地，正好占据三角，可往全国范围内辐射。

唐慕之跟在几人身后，听着文臻三言两语，就完成了山区人民的致富、分化、融合以及未来走出大山的计划，甚至还顺手把自己的产业人手问题都安排明白了。

虽然不服气，但是仔细想想，她也不得不承认，文臻是个做实务的人，安排起事务来行云流水。真的很难让人理解，她不过也才十八九岁，何以目光如此远大。

这么一想，又隐约服气了一点。

文臻走了一圈，还是没想出自己该用什么乐器，正准备回去，忽听身后有人问："你是不是在想，该用什么乐器和燕绥的箜篌合奏？"

第二十三章

此生幸与君相逢

文臻回身，瞟着唐慕之，懒得说她又偷听，反正这个人我行我素，不懂自觉。

唐慕之拿出一个埙来，道：“你既然偷学了哨技，这么久了，对于呼吸吐纳间气流的掌握和唇齿间的力度应该有了一定的基础，不如就学这个。”

她说到偷学，冷冷看了文臻一眼，文臻笑眯眯的就好像只听见后面的夸奖，道：“好啊好啊。”

唐慕之又看她一眼，倒也不多说，当真开始教她如何吹埙。

她和文臻站在一起，文臻的那些属下都十分警惕，悄悄聚拢来，别人也罢了，妙银是懂一点吹埙的，听着她教文臻如何从滑音开始，接着打音、空打音、历音等等，倒也是认认真真在教，只是总觉得哪里不大对，却又听不明白，皱着眉头在那思索。

文臻也觉得有点不对，虽然她没学过埙，但是口吹乐器，都应该讲究一个气流通畅，但是唐慕之教她吹埙，方法和技法倒正常，但是呼吸吐纳方法却和她平时不同，居然很容易会逆冲，且每个音之前要有一个舌尖转音，十分别扭，她勉强吹了一阵子，忽然觉得心头烦恶，吐了一口血。

众人一惊，凤翩翩立即冲上来就要拔刀，唐慕之却面色不变，盯着那血古怪地笑了下，道：“你天资也不过如此，难怪偷学的哨技狗屁不通。”

文臻一手止住众人的怒骂，抬头笑道：“那你就教我正确的啊。不然看人总吹着你狗屁不通的哨技，也挺难受是不是？”

唐慕之冷笑一声，道：“埙都学不会，还想学哨技？唐家祖传多年也就我一人练成，就你这资质，也配？”

她不屑地看了文臻一眼，扬长而去，气得妙银大骂：“一个俘虏这狂劲儿！晚上食堂不给她进去！”

文臻呵呵一笑，道：“对，不给她进去！”掂着埙回到小院，刚进院，就听见一阵乐声，她禁不住驻足聆听。

听着听着便入迷了，听着听着便笑了。

文臻从未见过有曲调能将恋爱的甜蜜与天地的广大如此和谐地结合，情爱本是珍藏于心的小道，天地家国之思却穷极四野，然而只有燕绥能手到拈来，穿云引风，毫无别扭突兀之感。

这是一首让人听了既能会心微笑，又心胸舒朗，可见细微情爱也见沧海之大的曲子。

大概也只有燕绥这样的身份这样的眼界这样特别的人，才能谱这样的曲，于高天之上也可见蚍蜉，于沧海之大也可见沙砾。

文臻听着听着，只觉得心潮涌动，想微笑也想高歌，然而最后她只是抬起埙，尝试着吹和，只是刚学的埙，怎么能配合如此复杂华丽的调，她勉强吹了几口，只觉得气息烦恶，正要放弃，忽然燕绥指下曲调一转，降了一个调，她下意识气息一沉，忽然便转过了音，顺过了气，一道清亮的埙音喷薄而出。

文臻顺着这种感觉又吹了下去，果然，在下一次别扭的换气之时，燕绥换了一个升调，文臻的气被迫往上一提，又顺了。

文臻慢慢找到了节奏，开始一紧一慢一缓一促地吐纳，果然渐渐平顺了许多，跟上了燕绥的节奏，只是她现在吹得还是很难听，不过燕绥的能力实在让人叹为观止，他硬是能根据文臻那断气一样的调子，不断调整自己的曲调应和修饰，不仅没有破坏感，听来还多了几分奇异的节奏感。

文臻吹着吹着，忽然来了灵感，将埙一扔，掏出哨子开始吹。

燕绥眼神赞赏，觉得他家小蛋糕悟性不错。

这回文臻的哨声是有声音的，哨声久经训练，比埙声流畅多了，居然也颇清亮，再经过燕绥妙手应和，调子拔高，最后一段既高旷又雍和的曲调，箜篌和哨声居然也能如此和谐，相互依偎着冲上云霄，余韵不绝。

一曲毕，远处有鼓掌之声。

一曲毕，小院之外一边疾走一边吃兰花豆的唐慕之忽然停下手，这一瞬她脸上的神情颇有几分复杂，欣喜里有淡淡失落……最终她抬手，指间一弹，飞出兰花豆轻薄的壳，在平静的水面打了个漂亮的旋儿。

一曲毕，文臻若有所悟，吐出哨子，道：“我明白了。”

她抬眼，头顶，四季树上，不知何时落了无数飞鸟，排得整整齐齐。

燕绥散漫拨弦，神情也有微微意外。

唐慕之竟然会趁着教埙的机会，将驭兽哨的关键，气息吐纳之法教给了文臻。

文臻的驭兽哨本就是偷师加上易人离自己揣摩学来的四不像，毕竟哨子在嘴里吹，其间的吐纳运转之道是看不见的，所以她的驭兽很多时候也只有一分钟效用，且时常翻车。

如今最关键的东西却就这么得到了。

文臻一时心间有些复杂，想不明白唐慕之的心态。

“既然曲子已成，那回头词就我来填吧。不过这事儿我要好好想想，毕竟是要流芳百世的不是？”

“记得多写几句你如何心悦我，那流芳的世代想必能更长些。”

“那是自然。哥哥的腿不是腿，塞纳河畔的春水；哥哥的唇不是唇，保加利亚的玫瑰，怎样？”

“你在暗示我腿软唇干起皮吗？”

文臻笑了半天，又笑：“真不知道你居然还会谱曲，你可真是我的宝藏男孩。就是不知道比起《伽南曲》《韶风》《上雍调》和《子夜香寂歌》如何？”

这四首曲子都是东堂名曲，除了第一首是教派宗曲之外，其余三首有殿堂雅乐，有民间清调，也有士林和风，但共同点是都出自唐羡之之手，传唱天下，是奠定他曲艺乐器大家地位的基石之一。

燕绥一笑，轻拨箜篌，长指拂落花，神色间尽是淡漠的不屑。

“那我们这首歌叫什么名字呢？”

“这首曲子是送给你的，自然一切都要依你心意。”

“那，就叫幸逢吧。”

“幸逢……”

“是啊，幸逢。廿载春秋终大梦，此生幸与君相逢。”

之后的几天，留山境内遭遇了好几次伏击。当留山钉子已经拔尽，并且渐渐和千秋谷融合之后，巨大而连绵的留山便成了天然的屏障，不死心的安王和季家派来的无论是杀手还是小型军队都无一例外铩羽，在接连折损好几批好手后，终于明白燕绥这是在请君入瓮，安王和季家不得不收手。燕绥还颇有几分遗憾，表示安王的秘密好手才去了一大半实在可惜。

十月二十一，立火节，万民齐聚千秋谷外镜湖边，平湖连歌祈丰年。

歌会之上，新任大祭司连同千秋盟大当家于平湖边合奏联弹，居然用箜篌和埙及口哨，奏了一曲令万众神往，绕梁不绝的新曲《幸逢》。

一曲完毕，万籁俱寂，鸟雀皆不闻声，随即万众欢呼，用来表达喜悦和胜利的花朵被抛上天空如雨纷落，覆盖了半个湖面，镜湖成花湖，香气数日不散。

而在那曲吹奏期间，众人更是亲眼看见湖边花草瞬间生长，摇曳不绝，更有无数花枝生长至人身侧手边，绽开花朵，将花递至人手心，像是要人掷花一般。

众人正在惊异之时，忽然看见湖对岸两人吹奏曲调的地方，不知何时出现了一道长长的云梯，云梯逶迤直向天际，与浮云相连，浮云之上隐约可见玉阙金宫，飞檐斗拱的九霄云殿。

而阶梯之上，一人锦袍飞舞，背对众人，正拾阶而上，似要走入那九天宫阙中去。

而此时正当黄昏，霞光漫天，绮丽绚烂。

这一幕仙气凛然，众人都瞪大眼睛，几乎不敢相信自己的眼睛。

仿佛间清风拂动，那人也渐渐走上那云端。

眼前葳蕤花叶忽然齐齐摆动，飞鸟齐齐展翅掠上高空，展开的羽翼遮蔽日光，满山的兽惊动林间的风。

万物万兽都似在这一刻感应天地，伴奏相和。

那风华绝艳的男子不知何时已经不见，只留下那位千秋谷的大当家坐在石上，面前一只青色的鸟，鸟嘴里叼着一朵留山最常见的迷迭花，花盘却大如脸盆。

几乎瞬间，所有人便跪了下来，向“大祭司”消失的地方顶礼膜拜，再向文臻施礼。

文臻微笑颔首，不发一言。

这一出，是她和燕绥合作的结果。

各种异能手段齐上，在众人心中无声地铺开了“大祭司蒙主召唤登青云梯修成正果，从此以后留山结束祭司统治。千秋谷大当家是大祭司离开前默认的代言人，以后你们要和千秋谷搞好关系”的暗示。

一场大戏开场绚丽，结束华美，从特效到心理做足全套，足可保证留山百姓深信不疑且未来几十年津津乐道不能抹却。

提前进行了完美谢幕，为了避免露馅，燕绥离开后直接出留山。文臻则还要暂留一两天，对留山百姓进行安抚和接收。

随即她便发现，百姓因为那最后一幕，自动把她视为下一任祭女，毕竟大祭司统治多年，是百姓心中寄托，完全抹去还需要时间过渡。文臻向来是个流水般的人，绝不会硬拗民意，也便顺水推舟默认了，虽然没有开神坛，也不承认祭女名义，却也用那朵燕绥催生出来的大花，像往年那样，点在几个在各种比赛中脱颖而出的姑娘小伙额头，予以祝福，看留山百姓的神情那般满足欢喜，也不比当初大祭司在的时候差。

第二天，千秋谷里便多了很多帮忙的本地百姓，而妙银带着几个羞答答的姑娘求到了文臻面前，原来是她寨子里的几位姑娘看上了千秋谷的几位小伙子。

文臻当然乐见其成，这本就是她和妙银商量过的，这段时间故意让满花寨子的姑娘留在谷中的目的之一，如今果然有人看对眼，文臻当即下令千秋谷好好准备，正儿八经地安排了聘礼，回头热热闹闹办个集体婚礼。

文臻在千秋谷期间，还发现留山的一种果子特别适合酿酒，又酿了一批酒，安排了专门的酒窖，把方子留给了闻近檀，打算做出来如果味道好的话，先在自己的店里推广。千秋谷不能总让江湖捞供养，也不能拿着共济盟存下的金银珠宝坐吃山空，那些是要留着给大家养兵发福利的，必须自给自足。所以她的主意早就打到了留山山民身上，也要求改善关系后，千秋谷要利用并扩大好周围的土地，种菜种稻米种茶树果树，千秋谷不可养闲人。

唐慕之在千秋谷住了一阵子，在喝完千秋谷第一批集体婚礼的喜酒后，于一个气温骤降的夜里悄无声息地离开了千秋谷，谁也不知道她去了哪里，谁也不知道她以后还会不会出现，只有潘航在那个喜庆的晚上曾默默陪她喝酒，看着她酩酊大醉，听她喝醉后喃喃道："他为她谱曲成歌，谁又会为我欢唱？原来我听过这世上最多最好的曲子却都是别人的……"

文臻并没有听见这句话，因为那时她也已经踏上路途，和在山外等她的燕绥会合，悄悄前往大燕寻医。

他们选择了一条最隐秘最令人想不到的道路，从云雷高原插入，进入尧国，再从尧国进入大燕冀北。

本应是稳妥的道路，但因为这段时间所有人都在留山境内，出了留山一路赶路，因此前方情报有所滞缓，燕绥和文臻都没想到，此刻的尧国风云将起，而大燕冀北则已经陷入血色浓云。

也是在十月二十一这天，冀北成王长子纳兰还，被反叛的次子纳兰迁派人刺杀于天阳城外。由此拉开了成王诸子被纷纷暗算身亡的序幕。

而在此之前，冀北成王已经死于纳兰迁之手。

荣赫多年，作为冀北真正独立统治者的成王家族，数日之内，几乎被屠戮殆尽，只剩下成王唯一嫡子，带领一支残军，因滞留大燕都城燕京而幸免于难，但很明显，这群已经失去根基的鸟儿，从此注定要面对雨骤风狂，而掌握着纳兰迁这柄嗜血利剑的手掀开帘幕，露出大燕朝廷和皇族微带冷笑的脸。

第二十四章

做个人吧

“尧国看样子也要不宁静了。”尧国离华昌郡不远一个小镇的最好的客栈灯下，燕绥将刚刚收集到的情报给烧了。

“那我们要改道吗？”文臻把玩着手中一个小木盒，转来转去地看，“听说华昌郡封掉了前往大燕的通道，要想过去，需要有华昌郡王府的通关令，咱们要不要去找步湛开个后门？”

“咱们若真能进华昌郡，也就不用找步湛了。你不用担心，中文会想办法。绕道是不成的，咱们得抓紧时间，不然我猜你很快就要有活儿干了。”

文臻明白他的意思，自己在外已经太久，要么很快就要被宣召回天京，要么就可能直接外放，大概率是要很快去湖州的。

她将手中小木盒一放，有点烦躁的样子。

这个木盒里装着燕绥送的药，是那个侏儒拼死送来的，按照之前唐羡之的说法，这个是假的，真的已经被唐羡之调换了，当面毁掉了。但是两人可不会轻易相信唐羡之，燕绥已经看过了，说这个木盒里的应该还是真药。

但就算是真药，经过了唐羡之的手，她现在不敢吃。

“你说他是不是换过药了呢？但是他也可能猜到我会这么猜，所以故意不换好让我看着药也不敢吃，但是他也可能猜到我会这么想还是把药换过了啊，脑子打结成麻花了怎么办……”

燕绥走过来看了一眼药，又看了一眼盒子，伸指一弹，盒盖粉碎，里头并没有什么变化，直到文臻用手帕将盒盖拿起对着灯光细细看，才发现木质盒盖的中间部分似乎颜色略微有些深。

凑上去仔细闻，才闻到极细微的一点异味。

“问题不是出在药上面，而是盒盖？但是侏儒被追杀，最后还是将药盒送到了我手中，药盒会在什么时候做过手脚？如果在侏儒完全没有察觉的情形下做了手脚，那么说明唐羡之的人追着侏儒已有一段时间，那么……”

“那说明唐羡之自从当初海上遇见我的师门，看见我师门采火山灰炼药，就可能留了心，一直盯着无尽天那边，所以才非常了解这药。这次来留山可能还有一个原因，是要亲自在这药上做手脚。”

文臻想着唐羡之心思深沉，确实很有可能这么做，便点了点头。

药没有问题，问题却出在盖子上，将药盒偷梁换柱，用毒水煮过盖子，再放回侏儒怀里，让他临终前把药送给文臻。

文臻会因为对唐羡之的怀疑，不敢轻易用药，但是唐羡之要的就是她的犹豫和怀疑——不敢吃，药长期装在煮过毒水的木盒里，盖子里的毒性会慢慢散发出来，药最终就会变成毒药。

从那盒盖的味道来看，那很可能是伤害神经的某种毒，这毒如果是燕绥中了，伤害会非常大，或死或疯，如果是她吃，也可以以此来控制她，唐羡之怎么都不输。

这份心思巧妙毒辣，文臻摇摇头。

燕绥也摇了摇头。

所谓聪明反被聪明误，就是这样的。

唐羡之和文臻一样，知道这药的珍贵，却不知道珍贵到关乎他的性命。

因为自从海上遇上无尽天炼药，他便知道唐羡之会盯上这事，所以之后故意让师门频繁送药，每次都极尽阵仗地护送，仿佛那药无比珍贵，唐羡之一开始自然上当，没少派人劫掠，劫去了却发现，不过是比平常丹药好一些的药罢了。

这样的事情次数多了，折损人手做无用功，唐羡之难免会受到非议，不得不收手，只严密监视。

按说做到这地步，以后送药也就安全了，但偏偏师门为了解决他日渐严重的问题，闭关了几个月来炼这最重要的药，导致两三个月没有丹药送来，因此隔了几个月之后送来苍南的这颗药，便引起了唐羡之的重视，亲自出手。

但终究因为之前燕绥的故布疑阵，他的重视没有达到应有的高度。

否则，毁掉药就够了。

燕绥唇角一弯，想着等唐羡之临死之前，一定要把这事告诉他，说不定可以让他死得更快一些。

“盒盖已经毁了，毒性不会渗透到药中，你把药吃了吧，要不要我喂你？”燕绥伸手去拿那药。

文臻手一收，瞟他一眼，慢悠悠道：“我在想，如果这药真的是我吃的，唐羡之不会花这么多心思去追踪，这药本来该是你的吧？”

“你吃的哪颗药不是我的？咱们俩到现在还要分彼此？”

“不仅是你的，甚至可能是最重要的一颗，是师门穷尽心力为你炼的对不对？否则你何必专门让侏儒给我送来？”

“我那不是得罪了你得赶紧给你赔罪吗？”

文臻望定他，双手撑在桌边，低头笑着看着微微仰头的燕绥，燕绥一看她那笑，就知道不好，还没来得及说几句话找补，文臻已经笑眯眯温柔地道：“这时候了你还敢和我撒谎，做个人吧！”

她抬脚，把所有坐人躺人的东西都踢坏了，都不再对称齐整，便说一声“去做夜宵”后扬长而去。

出了门，她直接下楼，找到店家，道：“店家，楼上所有上房我都包了，除了我方才住的那一间，全部安排你们的小二住进去。”

店家瞠目结舌地看她，文臻甩出一枚金币：“问一句，我就不要了。”

店家的衣袖飞快地拂过桌面，转眼金币不在，世界也清净了。

随即店家安排自家店小二去住那些空着的上房，人人欢天喜地。

一肚子恼火的文臻釜底抽薪，让殿下今晚再没地方可以安睡，才稍稍出了气，去厨房准备给自己做夜宵。

忽听脚步声响，有几个人走进门来，一眼看去都是女子，只有一个看起来有点憨傻的男护卫。几人拥卫着一个女子，那女子身姿玲珑，个子算是高挑，戴着黑色的幂篱。

她身边几人气色都不大好，颓然衰败，风尘仆仆，其中一个紫衣少女和幂篱女子低声说了几句，那幂篱女子一直频频点头，显得很是顺从模样。

屋外有小二在帮忙套着他们的马车，那车也是漆痕斑驳，满是灰尘，拉车的马却十分高大，且不用人带就自行离开，文臻忍不住多看了一眼。

那紫衣少女上前对店家道：“一间上房，一间普房。”

文臻看了几人一眼，心想这幂篱女子是主子，明显是要一人一间的，其余的女子挤一间已经很窘迫了，怎么这个男护卫连房间也不配有吗？

“这位夫人，抱歉，小店上房已经客满了。”

“我们家公……小姐怎么能住那普通客房，店家，帮忙匀一间出来吧。”

那紫衣少女几番恳求，店家只是摇头，那幂篱女子看他们始终说不出个结果，似乎也终于忍不住火气，忽然上前一步。

紫衣少女立即转身牵住了她的衣袖，轻声说了几句。

幂篱女子静默半晌，才低声道：“普通客房也可以的……也就一夜工夫。”

她抬起衣袖时，腕间森然碧绿光芒一闪。

文臻忽然快步走了过去，一边走一边笑道：“哎呀，打扰一下。我刚才要了间上房，准备招待客人，但客人明天才来，要么就匀给你们吧！”

说着对店家使了个眼色，店家连忙点头，又示意小二去清理出一间房来。

紫衣少女喜道：“这就多谢姐姐了！”

文臻此时才看见这少女面容，算得上秀丽，难得的是气质非常优雅，某种程度上比那幂篱女子风采还要胜上三分。

一个丫鬟能有这般气质，想必就是与生俱来，文臻想起君珂也是这种类型，生来气质优雅，顿时对这紫衣少女生出几分好感。

店家在文臻示意下，将文臻旁边的上房空了出来，那紫衣少女扶着幂篱女子进门，文臻打开隔壁的门看看，中文几个正在搬椅子凳子呢。

她听见隔壁商量着吃什么，那幂篱女子听着小二报菜名，半天不置可否。文臻下了楼去了厨房，看厨房里居然有新鲜驴肉，还有一种东堂少见的蔬菜蒲菜，便做了一盘驴牛双肉火烧，一锅奶汤蒲菜，一路端了上来。

文臻做的驴牛双肉火烧，外层两面金黄酥脆掉渣，里层柔韧筋道面香十足，再将经过特殊调料同时烹制过的驴肉，和炒制过的牛肉、香菜一并夹入，牛肉粒润而不燥，驴肉醇厚异香，油润适口，香菜便是色与香的最佳点缀，碧绿可喜，香气浓烈，夹入热腾腾的火烧，肉汁慢慢浸透火烧内部，一口咬下，先是酥脆的油饼渣簌簌满口，然后是浸透丰美肉汁的柔韧面饼，再是牛肉的柔嫩多汁，驴肉的鲜美，最后是香菜的清爽又浓烈的淡淡异香……

而奶汤蒲菜清鲜脆嫩，汤汁滑爽，正好中和了肉火烧略略油腻的缺点。

驴肉本就有别致异香，又是文臻出手，等到火烧出锅，整个客栈的人都被惊动，忽然多了无数人流着口水叫菜，小二楼上楼下跑成了风火轮。

文臻端着菜经过隔壁，果然里头讨论的声音一停，随即那紫衣少女出来，召唤小二，道：“请把这位姐姐的菜式照样给我们来一份。”

小二苦笑道：“姑娘，这是人家自己做的，咱们店里买不着。”

楼下有人大喊道：“喂，这位姑娘分点过来，爷给银子！”接着便有七嘴八舌的声音都要买。

文臻探头对底下道：“承惠一个火烧十两银子，谢谢！”

底下一静，有人大骂："你强盗抢钱呢！"

文臻也不理会，而那紫衣少女原本嘴唇动动也想买，听见她报价脸上露出为难之色，垂眼道："那……那算了。"说着很不好意思地对文臻一笑，便要关门。

文臻手一拦，笑道："瞧你家小姐还没吃晚饭吧？来，分你一点。"说着便十分自来熟地推门进入。

那紫衣少女没想到她这么不见外，只好跟进去，幂篱女子已经取下了幂篱，一张脸堪称美丽，只是眉宇分得有点开，总显出几分凌厉的盛气来。

见文臻进来，她眉头一挑，便要呵斥她出去，不知怎的，看了文臻身后一眼，忽然又住了口。

文臻正在用备好的碗分食物，紫衣少女在她身后不断表示感谢，文臻只挥挥手，道一声："大家都是女人，有缘相会，不过些许食物，何足挂齿。"

说完她也不多留，走的时候能隐约感觉到那两人都松了口气。

文臻回到隔壁，果然，某个豪奢的家伙无法忍受断腿家具，也没有别的房间可以住，干脆让人买来全部家具。整个屋子没处下脚，还有一个巨大的拔步床，得拆开了向楼上运。导致整个长廊、楼梯，也都被家具堵住了。

文臻心想，这家伙的折腾能力越来越厉害了。

她只留下了一人份的点心和汤，没有燕绥的份。

无他，心中还有气。

气他对自己生命的轻贱态度。

气他到此刻还不能为了她去珍惜生命。

这些都不值得他为生存多费一些心，多委屈屈从一下，多和命运抗争几日吗？

那药明显是他的救命药，为什么想也不想便推给了她？

她便是有隐疾，也不至于就要了性命，何须他如此牺牲？

文臻心里发愁，因为很明显，燕绥的思考方式已经开始走偏，正常人的思维已经无法揣度他。

她抱着手臂在那想心事，再一转头，点心和奶汤已经不见，嘴里被塞进一点剩余的饼皮，某个偷吃的家伙还在试图诱哄："张嘴，啊——"

文臻狠狠咬了下去，燕绥的手指却飞快地收了回去，顺手还在她脸颊上擦了一把，想了想，又在另一边脸上对称地擦了一把，擦完了看看，觉得两边留下的油迹深浅程度不一，便又端着她的脸，招呼正在想办法把拔步床往里挪的中文："拿油彩来。"

文臻打掉他的手，三两下把油迹擦干净，这要给他不断地修正调整下去，脸上迟早被画成全套的钟馗。

走廊上送家具来的店家愁眉苦脸地道："客人，这床拆了都不好搬，您瞧这客栈屋子小，没道理要这么大的床啊！"

"对于尔等这种普通人，自然是不需要这么大的床的。"燕绥淡淡答。

文臻一把推开燕绥，她忽然看见隔壁屋内白光一闪，而后听到一声惊叫。

文臻立马抓住身边一样东西便砸了出去。

那东西砸破窗户，等到文臻冲进屋内，就看见满地狼藉，和两只惊惶抱在一起的"鹌鹑"。

刺客已经不见。

文臻叹口气。

她看了燕绥一眼，燕绥漠不关心地将最后一点火烧吃了。

文臻又向室内那对"鹌鹑"看了一眼，心想"鹌鹑"遇见自己两人，也是活该倒霉。

文臻从看见幂篱女子腕上戴的星芒祖母绿的第一眼，便将她当成了攻略目标。原因无它，两人要去华昌郡，华昌郡王据说野心勃勃，有意谋反，就是因为在封地里挖出了一个祖母绿矿，还是极少见的星芒祖母绿。

这东西极其珍稀，也不可能大量拿到市面上，这女子腕上已经戴上了祖母绿，说明要么和华昌郡王有关，要么身份尊贵。

但从她的从属、衣着、出手来看，她现在处于一种窘迫的境遇，护卫已经伤亡很厉害。

这种身份，这种境遇很可能处于被追杀或者逃难状态。

这种身份的人也一定非常谨慎多疑，所以文臻和对方攀关系。

然后燕绥堵住了所有上楼的路，给追杀对方的刺客制造机会。

但也因为堵住了所有的路，对方要刺杀只能从屋顶进来。

换家具后，两人便自然地在走廊上等待，那么就能第一时间看见从屋顶下来的刺客，出手赶走刺客，来当这个现成的恩人。

展示武力，自然也会被急缺护卫的对方看在眼里，起意招揽。

果然片刻之后，那两个女子便真心诚意地感谢文臻，并邀请她共进夜宵。

共进夜宵是假，怕刺客卷土重来想拉住她保护是真。

文臻就当不明白，继续扮演热情爽朗的江湖女子，和对方通了名。

文臻自称姓隋名丹高，这样燕绥喊她蛋糕儿的时候便不会露馅，燕绥可不是随便肯改称呼的人。

对方那幂篱女子自称姓姚，名皓莹，紫衣女子是她的侍女，随她姓，单名一个妍字。

一顿夜宵吃完，文臻已经诉说完想要去华昌郡探亲却发现道路被封，姚皓莹和姚妍对视一眼，果然表明自己两人也是要去华昌郡，并且有通关文书，可以一起同行。

文臻大喜，当即约定了明日一起出发的时辰，便告辞回房。

回房果然看见一切都已经恢复原状，一个巨大得突兀的拔步床横空出世，而美男子正于床上海棠春睡。

文臻走过去捏住了他一边的耳朵，半晌，美男子叹口气，懒懒道：“还有一边耳朵呢？”

文臻拎住另一边，燕绥又道：“靠近些，捏的角度不对称。”

文臻又靠近些，燕绥顺势手一按，将她的脸按向自己。

结果文臻煞风景地将手臂挺得直直的，硬撑着把自己定在离他脸零点零几公分的地方，吹飞了他额上微乱的发，笑道：“隔空吻一个。顺便通知一下，什么时候你认识到自己的错误，什么时候咱们才能有真正实际的碰触。”

燕绥也轻轻一吹，吹起了她的刘海，懒懒道：“你要是同意全身给我吹一遍，我也没意见。”

第二十五章

一家三口娃最丑

文臻不由自主想象了一下，咳嗽一声，正色道：“说正事，逮住了没有？”

燕绥斜斜看她一眼，都是撩人的笑意。

文臻眼看他的眼神越来越深，急忙又煞风景问了一句：“你没弄死刺客吧？”

燕绥瞟她一眼，这才坐直身体，道：“拿下了，也问出来了。那两个名字是对的，姓是假的，实则姓步。”

“尧国皇族？”

“对，尧王颇受宠爱的女儿，在朝中还有铁血公主的称号。据说很有当年镇国公主风采，镇国公主就是现今大燕冀北成王的王妃，早年曾在尧国摄政。”

文臻回想了一下，实在没看出那位步皓莹哪里铁血风范了。

他们真的理解铁血两个字的定义吗？

“那怎么还会被追杀？”

“尧国朝廷现在乱得很，诸子争位，连这位受宠的公主，都生出无尽雄心。她不知道是从哪里打听出了华昌郡有些不安分，便准备亲身前往华昌郡，游说华昌郡王与她联合，效仿当年镇国公主金殿喋血，拿下皇位。这事儿被她那些哥哥弟弟知道了，自然也不会容她活着。她带了百余护卫出京，到现在全军覆没，你看到的那个还是她拿钱临时招的。”

文臻笑了一下，摇摇头，心想真是权欲迷人眼，这位脑子也是坏掉了。

别说一个女子争夺帝位本就欠缺法理、大义、规则、人心支持，就算尧国有过镇国公主摄政先例，给了这位公主一点虚幻的希望，但是和华昌郡王合作？华昌郡王如果想反，自己是要做皇帝的，凭什么要拥立她？她又能给华昌郡王什么？如果不能给皇位，那华昌郡王又凭什么为她做嫁衣呢？

更何况眼光短浅，只看见镇国公主的成功与风光，却忘了这位公主后来被剥夺权柄，被逼嫁，不得不解散军队，抱琴出关远嫁和亲大燕，终生不得归尧国呢！

尧国和东堂不接壤，尧国的内政很难影响到东堂，燕绥和文臻也就不想费太多心思，借着这群人过个路，做点想做的事后，就分道扬镳。

燕绥伸手又要抱上来，文臻把他推回榻上，转身另找了间上房去睡觉了。没办法，哪怕做了假脉象，也不敢再和燕绥同房，只能经常找点矛盾撒个气，好拉开距离。

她路过步皓莹的房间，注意到步妍并没有去那间普通客房和别人挤，也睡在房内，但这没什么奇怪的，贵族要侍女陪夜很正常。

但是文臻想起，那间房内是没有供丫鬟睡觉的小榻，也没有隔间的。

那么步妍睡在哪里？

文臻对步妍印象很好，心中有些怜悯，因此脚步就停了停，隐约听见里头的声音。

她皱起眉头。

怎么隐约听见男人的声音？

步皓莹在和人私会？

对方身份特殊，文臻不敢大意，跃到屋顶上，就着先前破了只勉强盖好的屋瓦缝隙往下看，却看见步皓莹正从澡桶里跨出来，而步妍捧着浴衣迎上去扶住了她。

屋内并没有男人，这一幕涉及隐私，文臻自然不好多看，便下了屋顶。

只是总觉得哪里不对劲，想来想去却又想不出，文臻并不为难自己，转身回房睡觉。

次日众人便一起上路，各自套了车，步皓莹套车的四匹马颇讲究地披着华丽的鞍鞯，满身缀饰，和整辆车的落魄格格不入，燕绥也多看了几眼。

一路上，燕绥的护卫又十分花哨地出手，驱赶了几次刺客，充分展现了自己存在的价值。

没多久便到了华昌郡治下一个小城平安，城门前守卫森严，出城进城的人都很少，守城的士兵态度恶劣，不断将人阻拦在城门之外。文臻瞧着，有些担心地道："看样子戒备很森严啊。"

身边车帘掀开，步皓莹探头看一眼，又轻蔑地看她一眼，下巴对车内一抬，道："你去把我的信物拿给他们看。"

步妍上前和那守门士兵对答几句，那士兵神情有些惊讶，转身回报，不多时，城门上匆匆下了一个城门官，亲自迎上前，将众人迎进了城门内步皓莹一直有点紧张地看着前方，此时终于放下心来，得意地瞟了文臻一眼，放下帘子。

文臻看了步妍一眼，那侍女倒没什么喜色，没有立即上车，反而凑过来轻声对文臻道："虽说进了城，但是城内一时恐怕也难找宿处，几位随我们一起去驿馆居住可好？"

文臻笑看她一眼，应了，回到车上对燕绥道："步皓莹是个草包，步妍倒是聪明，知道进城可不代表安全了。"

燕绥半闭着眼睛："你就爱操心别人，也不多操心操心我。"

文臻跪坐在他身前，伸手给他按摩额头，笑道："我倒是想操心呢，就怕操心太过又要引来宫斗了。步皓莹这几天给你送汤送水的，怎么样，吃着还顺口吗？"

燕绥道："这你得问中文。"

车辕前中文隔着帘子道："主子，这你得问德语。"

赶车的德语道："不，这得问英文。"

车旁骑马的英文道："日语！日语！"

车后面日语粗声粗气地道："我屋子里的马桶不会说话。"

文臻："……"

中文的声音再次传来："主子，姑娘，你们可犯不着为了这点子事吃醋。那位公主的脑子大概也就文蛋蛋那么大，不晓得主子身份，也就是看主子一张脸，撩拨撩拨，心里想着的大概是路上无聊收个面首，能成便成，不能成便算。也不想想是谁帮了她们，也不想想之前自己多狼狈。这种货色，别说送汤，送王位我主子都不带多看一眼的。"

"那可不。"文臻正色道，"你家主子早就是我第一号面首，轮得到别人？"

中文呛了一下，不敢接话了。燕绥却笑起来，伸手来摸她，道："那么公主殿下，请问你的二号面首是谁？"

"二号啊，文甜甜。"

"三号呢？"

"三号，香菜精。"

这个典故显然燕绥不懂，但并不妨碍他知道指的是自己，斜斜看她："警告一下，每起一个绰号，就要共寝一次。"

"行啊，没问题！"文臻答得非常爽快，将燕绥故意压低语气营造的暧昧气氛冲得烟消云散。

车身一震，外头有人说到了，文臻掀开车帘，看见果然是驿馆，又赞一声，道："这小城驿馆倒还挺新。

她衣裙有点宽大，看着拖拖拉拉的，下车的时候中文下意识要扶，一眼看见他家主子，顿时那手便拐了个弯，在自己身上一拍，道："我去车后给您拿凳子。"

文臻笑道："拿什么凳子，不会跳了？"

她轻松地跳了下去，转身对着后出来的燕绥伸手，对他眨了眨眼睛，怪腔怪调道："公主殿下请——"

燕绥也不生气，当真伸手给她让她扶了下来，前头步皓莹正下车，听见这一句立即回头，再一看两人这个姿势，立即皱眉，想要说什么，步妍拉住了她，但她依旧甩掉了步妍的手，扬声道："姑娘家自重一些，这些称呼也是随口叫得的？还是叫人家爷们？"

文臻还没回答，燕绥长眉一挑，已经道："姑娘家自重些，他人闺阁之事，非礼勿视，非礼勿言。"

步皓莹："……"

文臻忍不住想笑，其实这段时间她对燕绥一直忽冷忽热，虽也习惯性照顾，但心中总难免有点怨气，很多时候其实是在挤对他，但燕绥此刻毫不犹豫的毒舌袒护，还是让她心情好了许多。

她一笑便天光灿烂，燕绥的眼睛里立时再没了旁人。步皓莹脸色一阵青一阵白，终于还是不敢发作，一拂袖当先进了驿馆。

文臻慢条斯理整理了袖子，和燕绥进去，燕绥瞟一眼她的衣裙，还让她扶着，手按在她手腕上，漫不经心地问："怎么最近忽然喜欢穿宽松裙子？"

"我一直不喜欢紧身劲装啊，你不知道？"文臻愕然道，"而且入乡随俗，你没发现尧国女子衣裙都是这个样式？"

"我需要发现吗？这世上不就你一个女人？"

"虽然这情话很土，但是还是和刚才一样取悦我了。"

两人边胡扯边进门，跨过门槛时文臻拎起裙摆，心想建议从尧国走，目的不就是为了尧国女子的宽大裙子？

她必须早早穿上宽松衣裳，这样后头需要遮掩肚子时，才不会被燕绥察觉到异常。

整日和燕绥、唐羡之这种人周旋，文臻觉得现在自己已经从头顶到脚底都长满了心眼。

两人连同护卫被安排在一个偏僻的小院，很明显驿站这边以为他们都是护卫，步皓莹看样子也没解释，文臻和燕绥自然不会在意。护卫们打扫的时候，文臻便习惯性去厨房，准备自己弄两个菜，结果发现厨房里的菜都拿去供应那位公主了，剩下的都是歪瓜裂枣，文臻干脆自己出去采买。燕绥听说了，便命人给他换衣服，又命人去拿买菜车。

片刻后，她看见燕绥换了一身更干净的银袍，而日语拿过一个木质的板子一样的东西，三两下便打开组装成了一个很像现代买菜的小推车，分格分层，能装各种东西。

“你们出门连这个都带着？”

日语憨笑：“不费事，临时做一个罢了。”

文臻只好拖着小推车和殿下出了门，为了避免引人注目，她将那车子先用布挡住，想了想，又放了当初燕绥送给她的珍珠獠牙兔子在里头。

她推着车，车里一个珍珠兔子，燕绥的手伸过来揽住了她的腰，文臻也懒得推拒，出了门自然有人看过来，毕竟身边有个长得祸国殃民的脸，文臻也早已习惯了。

文臻低头，嗯，她推着小推车，燕绥揽着她……

她忽然笑起来。

她一笑，燕绥低头看了看，正巧经过了一个卖玩具的摊子，他顺手从摊子上拿了一个木头雕的娃娃，往小车里一扔，道：“行了，凑齐了。”

文臻瞟他：“凑齐了什么？”

“一家三口……”燕绥上下打量。

文臻：“嗯？”

燕绥：“娃最丑。”

文臻：“呵！”

最近十分殷勤忙着将功赎罪的英文急忙凑过来打圆场，道：“怎么会呢，主子和姑娘的小主子一定是最美的，我最丑，我最丑！”

文臻：“……”

燕绥：“你还是回天京去吧。”

文臻推着车子走了几步，将那只珍珠兔子塞到木头娃娃怀里，忽然道：“怎么，不排斥娃娃了？”

燕绥：“你生的我怎么会不喜欢？怎么，如此触景生情，你有了？”

文臻笑道：“我有没有，你不知道？就看你时时不忘记把我脉的德行，我还以为你很期盼我有呢。”

“这不是看你胃口不如以前，还时不时有点犯恶心，孕妇可不就是这样？”

“想不到你连这个都懂啊。”

“原先是不懂的，但你有这般症状，自然和这般症状有关的所有疾病我都要过一过心。”

“我倒是想有呢，可你忘记我那些针了？忘记老方说啥了？”

“你知道自己身体便好。”燕绥抚了抚她的发，“孩子的事，我不想和你争吵，我也不会再说不要他，但是你要明白，孩子毕竟还是虚无缥缈的，我没有办法现在就对他产生爱意，爱到超过你。”

文臻默然。

这一刻，她想她理解了燕绥。

“那你也要明白，我对你的爱也超过一切。既然我们互相只在意对方的爱，那就要学会为对方珍重爱惜自己。”文臻道，“送药的事，如果再有下一次，那我真要换一个人去爱了。”

燕绥愣了一下。

文臻这个冷心冷肠的家伙，很少愿意和他甜言蜜语。

如今这般言语于他也是难得，像夏日潮水涨过了堤岸，携着满湖莲花的香气和暖阳烘烤过的热气，氤氲地透进骨髓里。

他忍不住想说什么，想做什么，却又不愿意停下此刻与她相伴的脚步，于是顺手又在经过的摊子上取了一朵看起来最美的花钗插在她鬓边。

第二十六章

私会

英文动作很快地在摊主还没反应过来之前就扔过去一锭银子。

文臻含笑抬手摸了摸花钗，花钗虽普通，但却是她喜欢的玉质，喜欢的颜色。

燕绥端详了一下文臻，伸手给她把钗又斜了斜，让那珠子垂在眼尾，淡粉珠光和微圆眼眸交相辉映，她眼眸里像藏了一整片星光海。

一边给她整理钗子一边问她："那你爱谁？"

"另一个男人，他会和我一起洗澡，一起吃饭，一起同床，还没你那必须横平竖直的臭毛病……"

燕绥放下手，转身走了，一边走一边轻声道："就说不能要小崽子……"

文臻无奈地摊开手，男人太聪明就是不可爱。

两人去买菜，文臻原以为燕绥要一雪前耻，也像当初唐羡之一样，舌战卖菜老汉，还价对半砍，雄霸菜市场……然而她发现自己想多了，燕绥的雄心并没有泛滥到这个地步，他也不需要还价，他站在摊子前，垫着手帕的手指随意指指，心有灵犀的中文便上前，将那些看起来都差不多的猪肉按照他指示的死亡日期和形状进行准确有序的分类。如果形状不能形成完美配对，中文会干脆拔刀——基本上这个时候摊主眼皮一翻便要晕倒了，然而中文只是想帮忙修整形状而已。

那肉按新鲜度一排列，摊主也就明白了，自然奉上最好的猪肉，连带让价五成。

依次可以类推所有的鸡鸭鱼肉菜蔬水产……燕绥往那一站，天生特别的气场，完全可以达到清场的效果，再加上那看似漫不经心实则十分犀利的眼神，能够将一个摊子上的摊主所有的小心思一眼圈定，所以文臻之后的买菜十分顺利，顺利到买菜的人很少，围观的人却有点多，文臻随便买了几样赶紧走了。

出了集市，人却没有变少，反倒有些拥挤。文臻推着车，怕拥挤的人碰着自己的肚子，将“婴儿车”理直气壮往燕绥面前一推，道：“展现你男友力的时候到了！”

中文英文等急忙伸手来接——怎么能叫他家殿下推个小推车在街上走，东堂不要面子了？

文臻也不阻拦，笑吟吟看着，燕绥伸手一拦：“你们是她男友？”

忠心护卫们的手缩得比伸出来更快，并光速消失在燕绥视野之内。

燕绥一手揽着她，一手推着小推车，也不知道他是怎么躲避人群的，明明也就那么随意走着，人流就自然避开了。他身高臂长，修长的手指随意地搭在小车扶手上，完全不需要用力，车子便轻轻松松向前走。

密集的人流里，文臻在他怀中四面打量了一下，道：“这小城似乎也太热闹了些，我好像有种不太好的预感——”

“应该是有你在，这个小城该有不太好的预感才是。”

前方驿馆在望，这一段路比较偏僻，四面无人。燕绥忽然道：“上次听你说过男友力，今儿给你看什么叫真正的男友力。”伸手在小推车上一按，小推车忽然向前滑行，自己往驿馆而去。

文臻：“是挺男友力，这一幕让我产生了掐死男友的巨大动力。”

“你应该这样想，”燕绥不紧不慢地道，“我明明可以让车子自己走，却依旧愿意顶着众人惊诧的目光亲自帮你推，这种愿意为了自己女人亲力亲为的心，才是真正的男友力。当然，你如果愿意，我还可以展示男友力的更多方面，比如……”

文臻道：“比如，去亲力亲为地帮我把鸡杀了，把肉切成丝，把冬笋剥壳，把鱼切成片……”

她忽然停住，燕绥也手一招，中文冒出来去按停那个小推车，但是已经迟了，一道身影蹿出来险些撞上那小车，一声惊叫，然后中文冲过去抓住小推车，对那人笑道：“姑娘没撞着吧？都怪这下坡路，我一个不小心松了手，这车便自己跑了。”

那人抬起头来，正是侍女步妍，她有点茫然地看了看平坦的地面，又看看那小车，好在车上文臻还是罩了布，挡住了构造，布下面露出些菜蔬来，虽然别致，倒也不至于太招眼。

步妍性情温柔端庄，只是红了脸，摇摇头示意自己没事，又对文臻燕绥行了礼，便退了回去。

文臻也没在意，回到厨房弄了几个菜，弄完菜端着回房的路上，却看见一道花墙圈着什么场地，步皓莹和步妍正从里面出来，步皓莹头发湿着，面色红润，边走边笑道：

“没想到这小城驿站，居然还能有温泉，真舒服……对了，你刚才都忙着照顾我了，也没顾上洗，要么你等会儿也来泡泡。”

步妍一抬眼看见文臻，笑道：“隋姑娘，这里有个好池子，吃完饭一起来泡泡吧。”

文臻看见温泉也有些心痒，出门在外，洗个痛快澡很难得，便笑着应了。回去陪燕绥吃了饭后，便拿了衣裳说要去洗澡。

燕绥立即毛遂自荐愿为公主殿下擦背，听说还有一个步妍在，顿觉扫兴，刚对中文使了一个眼色，文臻便道：“怎么，想叫中文把那丫鬟撵出去？至于吗？殿下你做个人吧。”

燕绥也只好罢了。文臻拿了衣服去泡温泉，心知池子只有一个，一旦步妍泡过，燕绥再想泡也不会去泡，自己也可以安心洗个澡。

德语和日语不作声地跟了过去，他们会守住温泉的两头。燕绥从不让文臻单独出现在任何场合。

到了温泉池边，果然步妍已经在了，好在池子不小，步妍又素来懂规矩，远远地在另一头。两人打个招呼，便各据一头，各泡各的。

这池子是半露天的，上头还有顶棚，垂着厚实的帘子算是遮蔽雨雪聚拢热气所用，此时已经十一月初，尧国气候偏寒，夜间尤其寒冷，但这温泉热力却很足。

文臻穿着中衣下了水，进水就舒服地叹了口气，舒展开双臂靠在壁上。

对面步妍在轻轻撩水，热气弥漫里，文臻只看见对方露在水面上的肩膀。

文臻半闭着眼睛在放空，听得水声微微，步妍似乎转身在拿皂角，文臻无意中睁开眼，正看见对方转身，拿了皂角又转回来。

透过雾气看这一刻的动作，文臻忽然微微一怔，觉得哪里好像有点不对。

但这感觉一瞬即逝，她撩着水，漫不经心地道：“妍儿啊，我有件事……”

她忽然住了口，觉得头有点重，侧头揉揉额角。

文臻还是那个侧头半躺的姿势，眼睛闭着，呼吸平稳，似乎已经睡着了。

轻微的水声响起，朦胧雾气里，步妍起身走了过来。

燕绥所在的小院门忽然被敲响。

中文去开门，就看见步皓莹神色有点犹疑地站在门口，轻声道：“对不住，打扰了。我有点不安，方才我出门散步，无意中看见温泉方向好像有道黑影翻墙过去了，我……我挺害怕，我的侍女打算去那泡澡的……但我手无缚鸡之力，也不敢一个人过去，你们能不能……”

中文微微变色，刚一回头，燕绥已经走了出来，步皓莹看见他眼睛便一亮。

不等她再说什么，燕绥已经掠向温泉方向。

文臻坐在温泉边，微微向后仰躺着，气息匀净。

水波流动声起，黑色的薄薄的绢衣在水面上散开。

黑衣里头的薄薄里衣湿透了贴在身上，露出属于男子的肌理分明的肌肤。

他停在文臻身边，微微侧着身子，让身体轮廓能被外来的人一眼看见，然后低下脸，靠近文臻的唇。

便在此时，有风声接近。

那人迅速伸手去摸文臻的颈项，风声无比快捷，转眼就到了背后，随即一道风声卷过，温泉水流拔地而起，在那人和文臻之间矗立成墙，那墙随即轰然向那人倒下，劈头盖脸，凶猛无伦，那人被打得向后一仰，一个倒翻出了温泉池子，消失在雾气掩映的树丛后。

衣袂带起风声，德语日语追了过去。

池子里，文臻有点迷糊地睁开眼，抹一把脸上的水，愕然道："怎么了？"

燕绥站在池子边，目光沉沉地看着她，步皓莹站在他身边，瞪大眼捂着嘴，指着那男人消失的地方："他他他……你你你……"

文臻皱眉看了看四周："发生了什么事，步妍呢？"

"公子，这里发现了一个人！"日语的呼叫声传来，两人拨开温泉后头的重重灌木，一个女子浑身湿透趴在地上，她身上只着雪白中衣，因此两个护卫都侧着身，目不斜视，也不好靠近。

步皓莹惊呼一声，奔了过去："妍儿！"将人扶起来一看，正是步妍。

步皓莹脱下披风，罩在步妍身上，步妍睁开眼，捂住后颈，道："好痛……"

众人目光掠过来，她后颈果然青了一块。

"怎么回事？这是怎么回事？"

"我刚刚想来洗温泉，才走到门口，忽然后颈一痛，然后我人就在这儿了……"

步皓莹心疼地裹紧瑟瑟发抖的步妍，转头看文臻，忽然冷笑："隋姑娘，方才那是你什么人哪？要和你在这温泉私会，和我侍女说一声打发走她便是了，何必下这样的狠手！"

"什么私会？"文臻揉揉眼睛，诧异地道，"我不就是在这好好泡澡吗？步妍也在，还是她约我的呢。哎，你好端端的怎么跑上去了？"

步妍抬起头来，和她同样一脸茫然诧异，嗫嚅了几声，道："我没……"

步皓莹眉头一竖，道："妍儿，你什么时候约她一起泡澡了？你怎么没和我说？你不是一向不喜欢和人一起洗澡的吗？你说呀，说实话啊，可别心软，别随便给人拉来当挡箭牌，小心影响自己的清誉！你还不知道发生了什么恶心事儿呢！”

“你说什么，什么清誉，什么恶心事儿？”文臻瞪大眼，“我来洗的时候，步妍已经在了，然后我莫名其妙睡着了，能有什么事儿？”

“有什么事儿？你的情郎偷偷进来打昏了妍儿，和你私会！”

燕绥看向守卫的德语等人，德语一脸难色，半晌低声道：“我和日语远远地一人守一边，没看见有人，除非从那边围墙……”说着指了指温泉靠着的外墙。

“没话说了吧？这可是你们自己人看守的，我可没法子买通他们！”步皓莹眉头一挑，随即又转为幽幽一叹，“我本不想这样说你，毕竟你也帮了我们一路。但是你伤害妍儿太过无情，妍儿很喜欢你的，你瞧方才她还想着帮你掩饰，你过意得去？我也不忍心眼看你这样骗燕公子……”说着眼风对燕绥一掠。

燕绥就好像没看见，只盯着文臻，问：“怎么办？”

步皓莹隐约觉得这话问得奇怪，随即见文臻耸耸肩：“有点难办。”

步皓莹瞪大眼瞧着，怒气上冲，声音都忍不住尖利了几分：“什么怎么办？还问她怎么办？燕公子你没瞧见吗？这女人不守妇道，借泡温泉之机还要和人勾搭，这可是你亲眼看见的！”

第二十七章

戏弄

“是啊，我亲眼看见的。”燕绥转头吩咐中文，“那个奸夫是谁？给你一晚上时间一定给我找出来，他哪片肌肤碰到蛋糕儿的洗澡水，就剥去哪片肌肤；哪根手指碰到蛋糕儿，就砍去哪根手指。”

裹在披风里的步妍忽然打个寒战。

燕绥脱下自己的披风，文臻起身，披风悠悠罩在她的肩头，燕绥伸手将她从水中接出。

步妍垂下头，步皓莹睁大眼睛，对这一幕不能接受。

“她背叛了你，你就不给她任何惩罚吗？她也碰触过那男人肌肤，也泡过他泡过的水，你怎么就不砍她手指剥她皮呢！你连问都没问她一句！”

“我问过了。”燕绥侧头，又问文臻，“再问一遍，怎么办？”

文臻笑笑，裹着披风走了几步，忽然便绕到了步妍和步皓莹面前。

步皓莹色变，往步妍身后躲了躲。

文臻低头，笑吟吟看着她道：“怎么，失望了？想不通了？想不通精心设计的这样一出戏，偏偏遇上了不按牌理出牌的人？”

步皓莹咬牙，半晌低声冷笑道：“你便是能蛊惑得这男人犯蠢信你，但当真他心里就没有一丝怀疑？但只要种下一点怀疑的种子……”

“你便有机会乘虚而入？”文臻接口，“做梦呢你。”

她蹲下身捏住了步皓莹的下巴，步皓莹想躲，却根本躲不过，步妍抬手来拨，文臻忽然一抬脚狠狠踹上了她的下身！

步妍被这一脚踹得撞在墙上，整座花墙粉灰簌簌落，她双手抱着下身，在一地灰土中翻滚，发出无声的嘶喊。

步皓莹脸色惨白，想要扑过去，却被文臻捏住了动弹不得，文臻双指如铁钳，步皓莹疼得整张脸都扭曲了。

文臻笑吟吟问候步妍："不好意思，踹痛了你。"

步妍霍然抬头，全是汗水的脸上神情惊怖。

"心思很深，可惜用错了人。"文臻手指点点步妍，"你是不是看见那个小推车后猜出了他的身份，然后便想出了这个缺德招数？你邀我泡澡，亲身上阵，切换到男人身份，在水池中下迷药将我迷倒，再由你那位主子掐算好时间把燕绥引来，让他看见我和别的男人温泉私会，好教他生气和我决裂，然后再让你的主子乘虚而入，只要获得他一丝欢心，你们主仆俩就有了强大的后盾，不仅能保这一路安全，说不定还能捞到不少好处，是不是？"

步妍忽然连滚带爬地过来，一把抱住了文臻的腿。

然后文臻一脚踢开了她，弯腰拂了拂衣角，道："恶心！"

之前就因为听见步皓莹房间里低沉的男声时起过怀疑，今晚证实了她的猜测，这位优雅的侍女竟然是个双性人。尧国皇室盛产奇葩吗？

步妍不敢动了，趴在她三步远的地方也不敢起身，呜咽着道："姑娘，姑娘，是我失心疯，是我忘恩负义，是我撺掇了我们小姐……我们也是没办法，这一路护卫凋零，眼下还有很重要的事需要人帮助，回去的路风险更大……求您处置我便行，不要怪小姐，她都是听我的……"

"哟，真是感天动地主仆情。"文臻松开手指，拍拍步皓莹的脸，道，"你们其实想得有点多。这恶人其实自有天收，我又何必脏了手呢。"

她拿手绢擦了手，笑道："友情提醒，你很快就会为得罪了我们后悔的。"转身把手往燕绥臂弯里一插，便拐着燕绥走了。护卫们也没多看一眼，紧跟而去。

步皓莹万万没想到她竟然没有继续追究，死里逃生大喘一口气，赶紧转身扶起步妍："怎么样？你怎么样了？"又忍不住低声埋怨，"你胆子也太大了！我就说不行……"

"你什么时候说过不行？"步妍忽然打断了她的话，"还是我在那女人面前说上几句，你就真以为自己无辜了？"

步皓莹眼底泛起恼怒之色，但接触到步妍目光，忽然打了个寒战，不敢说话了。

步妍挣扎着站起来，犹自弯着腰，声音低沉冷漠："通知所有下人，立即就走。"

"现在就走？这深更半夜的，再说这是在尧国，我们已经通报了身份，这里的县令等会就来拜会我了，我让他调衙役兵丁来保护我，就算这几个人是别国王公，也不能拿我怎样吧！"

“那点兵丁衙役对常人有用，对这些人没用！别废话了，赶紧走！”

步皓莹不敢说话，赶紧扶着她就走，匆匆赶回房间收拾细软，等到收拾好东西喊齐了人套好了车正要出门，就看见了一片火光，前院有人长声喝道：“搜查奸细，所有人待在原地，不得出房间一步，有违令者，格杀勿论！”

随着话音，已经冲进来一大批人，一看衣甲制式，就知道是华昌郡这边的士兵直接冲着自己来了，步皓莹愣了一下，随即转怒为喜，上前道：“诸位是来保护本宫的吗？无需如此惊扰他人……”

步妍眸色深沉，站在原地没动。

那领头士兵长刀一指，打断了步皓莹：“拿下！”

步皓莹一怔，眼看士兵涌上，诧异道：“什么意思？你们什么意思？你们是不是弄错了什么？我是公主！我是皇三女步皓莹！”

“她不是！”忽然有人在屋顶上喊，“各位兵爷，我们要举报！这个女人冒充尧国三公主一路骗财骗色，还想骗走我夫君，请你们速速将其拿下，以儆效尤！”

步皓莹抬头一看屋顶上的文臻，只觉得眼前金星乱冒。

领头那军官拱了拱手，煞有介事地道：“多谢举告，按我华昌郡律例，举告穷凶极恶罪犯者有赏，请领。”说着将一个小布袋往上一扔，文臻抬手接了，大声道谢。

“我不是，我是，我是真公主！我有皇家信物！”

“皇家信物，哪呢？”

“一面令牌给了城门官，还有一个皇家龙纹佩在我身上……”步皓莹伸手去摸，蓦然变色，抬头看屋顶。屋顶上，文臻把玩着一个龙纹佩，大声自言自语道：“街市上买的，十文钱一个，做工还挺精细的。”

她顺手把那玉佩往底下一扔，立时便有人接住，随即那军官大喝道：“大胆狂徒，竟敢冒充皇族，来人啊，拿下！”

步妍忽然拉了拉步皓莹，步皓莹向后退了几步，看向屋顶上的文臻，怒声道：“是你诬告我们，引来官兵的是吗？你无耻！”

文臻嗤地一笑，摇摇头，对身边吃瓜子看风景的燕绥道：“这智商啊，真是懒得和她们浪费口水。”

燕绥道：“就是，你的口水只应该浪费在我这儿。”

“我的口水更适合用来喷你。”文臻懒得理他了，手肘撑着膝盖对底下道，“公主啊，殿下啊，传说中的铁血公主真的说的是你吗？你说我们一个过路客，犯得着掺和你尧国的内政吗？不过话说回来，你尧国皇族如果都像你这样，还真没掺和的劲儿。瞧瞧你，一身狼狈地跑来华昌郡想要谈判联合，怎么就不想想，华昌郡王愿意和你联合吗？一个皇族人质不是更好吗？

你叫我怎么说你好呢，人家千里送寒衣，你这是千里送人头啊。”

底下，步妍轻轻叹了口气。

步皓莹神色震惊，摇头道：“你休要挑拨离间！华昌叔叔向来最喜欢我，他封地开出祖母绿矿，他第一个送了祖母绿手镯给我！”

文臻轻笑一声，心想，如果不是看见这个祖母绿手镯，谁理你。

步妍忽然仰头轻声道：“隋姑娘，方才是我们狼心狗肺，不知好歹，我们向你赔罪。但求你帮我们这一把，事后我们一定会给你满意的交代和赔偿！”

“晚了。”文臻看也不看她一眼，“如果没有发生方才的事，也许我还真可能帮你们一把，毕竟我对你第一印象还挺好的。可惜，现在的你们让我恶心，我不落井下石，就算我厚道了。”

半晌，步妍轻声道：“你早就知道华昌郡这边会对我们下手是不是？”

“天真的公主啊，你不明白野心的构成。那是三分热血三分冷酷，剩下的全是疯狂。一个快要疯的人，一个想要孤注一掷的人，所有的行动和目的都向着最极端的方向走。所以当你们远道而来，想要坐下来私谈时，那个用眼神已经吞噬尧国皇宫的王，想的只会是用送上门的皇族来敲开胜尧城的城门。”文臻看着步妍，“连这都不明白的小可爱们，是谁给你们的勇气来夺嫡？”

华昌郡王会对步皓莹下手，文臻一进城就确定了。小城驿馆何以那般新？明显刚刚修葺，那说明有华昌郡大人物在此，步皓莹也是大人物，对方却并没出面会见，显然就不怀好意了。

逛街时发现人流量异常，也说明那个大人物带了很多人正在布控整个小城。文臻和燕绥逛完街确定那不是针对自己的，那就只有步皓莹了。

步妍眼神思索，若有所悟，随即她轻声道：“我知道你是谁了……”

文臻笑道：“你约我泡澡的时候，我是真的准备提醒你的。”

步妍默默吐了口血，悔意从心底升起。步皓莹看中了那男人的脸，她看中的是对方的能力。她和步皓莹来华昌郡本就是冒险，是皇族倾轧之下不得已的举措，一个险冒了，就需要冒更多的险来达到目的，然而她运气如此不好。

步皓莹切齿道：“管她是谁，我都要杀了她——”

步妍摇摇头，忽然退后一步。

她一退步，包围圈便猛地收缩，步妍手指伸入唇中。

文臻看见人吹哨就敏感，立即站起。

与此同时，她听见马嘶声。

说是马嘶，实在不太像，那声音明明很远，清亮高亢，声传千里，直如龙吟，且声音方起于远处，转瞬便至近前，一路音浪滚滚，听得人耳膜和心头都欲炸裂。

文臻从未听过这样的马嘶，转眼看连燕绥都转过头，中文等人更是一蹦而起，眼睛发亮盯着声音来处。

随即轰隆一声，驿馆靠着温泉的一侧围墙猛然倒塌，灰土烟尘里闪现一双长蹄，蹄子一扬，已经到了步妍和步皓莹身后，因为来得太横冲直撞，几乎是踩着步皓莹那几个仆人的身体撞过来的。所经之处，不分敌友，瞬间就是一地血肉断骨。

步妍也丝毫不管那几人，一把抓起步皓莹的头发，大喝："上马！"

随即她翻身上了另一匹，一扬马鞭，那马腾空而起，越过围墙。

星月之下，那奔来的马正是之前步皓莹用来套车的，马身上的装饰都已经掉落，显出骏马矫健修长的身形，肌肉在律动之中展现出难以言喻的线条之美，纯黑皮毛里泛着淡淡的一圈一圈的银光，看上去像一头正在云中捕猎的豹子。

文臻在这瞬间吹响了口中的驭兽哨。

然而这小城里能奔来的只有飞鸟野狗，那些狗却还不够这马一脚踢的。

燕绥却在问中文："这就是羯胡的腾云豹？"

中文一脸惊叹："看那一身的豹纹，应该是了。难怪之前弄那许多装饰在马身上，原来是怕咱们发现这马的神妙。之前就听说过羯胡腾云豹天下第一，今日一见果然名不虚传。"又招呼手下，"去，立即跟上，看能不能将马夺过来！"

转头却对燕绥道："主子，这马太快，又有耐力，据说遇到狮虎都敢斗一场，咱们应该是追不上的。"

文臻立即停止吹哨。

得了，就算喊出一两只老虎豹子，这马也不在乎。

她倒是没听过腾云豹，问了中文才知道，这是尧国和大燕之间的羯胡草原上独有的名马，据说神骏且有灵性，十分难得。大燕和尧国贵族都以得腾云豹为坐骑为身份象征。

没想到步妍和步皓莹居然还留了这一手，将腾云豹拿来拉车，关键时刻飞马救人。

只是这步皓莹和步妍的关系……好像有点奇怪啊。

文臻随即便把这事儿丢到一边，这是尧国的内政，她犯不着手伸那么长。眼看底下的士兵都要奔去追捕那俩，忽然笑道："我说，老朋友当初不告而别也就罢了，如今难得见面，也不出来打个招呼？"

底下的人群有点骚动，片刻后，一个轻甲少年走出来，苦笑着，斯斯文文施礼："殿下，文大人，暌违久矣，近来可好？"

第二十八章

温泉水滑

文臻笑眯眯下了地，回礼：“世子好，世子万安，世子性子真是越来越内敛了。”

华昌郡王世子步湛只得笑着摸鼻子，又给随后而来的燕绥行礼。燕绥对他并没有什么好脸色——小蛋糕第一次做蛋糕就是做给了这货，这是仇，大仇。

步湛也无法，看一眼步皓莹那两人远去的方向，算着自己去追也追不上，面前两人堵着，看似不在意，但想也别想溜，只好请两位大佬进屋叙旧。

平安城外的官道上，步妍和步皓莹在策马狂奔，腾云豹号称天下第一名马，但是驱策着这样的马并不好受，跃动太剧烈，撞得人心肝肺都似要跳出来，而冬夜的风像墙一样冰冷地撞来，步皓莹只觉得浑身僵硬头痛欲裂。

她在风中大喊：“停下吧！停下吧！他们一定追不上了！我受不了了！”

步妍不答，抬手又狠狠抽了一下步皓莹的马的屁股，腾云豹一声长嘶，跑得更快了。

“步妍你这个疯子！”

“步皓莹你这个蠢货！蠢货！都是你的蠢主意！”

“现在来怪我！明明是你行事不缜密，给那女人发现端倪了！”

“哈，到现在还在犯蠢，你就没想明白吗？从头到尾，那女人就是在利用我们！这两人要进入华昌郡，要见步湛。所以才出手引我们注意，拿我们当饵，引得步湛来平安城，他们从头到尾就拿我们当猴耍！”

“啊……天杀的！”

“身处弱势便会为人鱼肉为人饵，可我们是谁？我们是皇族！皓莹，之前是我们错了，在没有实力之前就贸然出手，等来的只会是今夜这样的狼狈。皓莹，停下来，从现在开始停下来，等待机会，总有一天，我要这尧国的皇位和大权都落在我手中！”

“那我呢！”

“这天下只应你我共享之！”

文臻笑眯眯地吃着零食，一脸的舒心畅意。

从尧国走本来就有想查探一下华昌郡的情况的想法，当初步湛以求学之名来东堂，和东堂进行了一系列的谈判，却在最关键的时期被唐羡之阻拦，步湛不告而别。

本来东堂这边听说了华昌郡封地内挖出祖母绿矿和铁矿的消息后，是想派燕绥就此和步湛谈条件的，结果那时候因为她答应了唐羡之的求婚，燕绥追到海上，等到燕绥把她弄回来，唐羡之已经派人和步湛达成协议，步湛悄然回国。

那一次，唐羡之等于就阻拦了燕绥两次。

这件事一度让燕绥很被动，也让文臻不得不请战长川。步湛到底和唐羡之达成了什么协议，也是文臻和燕绥一直想要弄清楚的问题。但是经过这件事，步湛肯定会躲着两人，想要以正常渠道见他是不可能的。

幸好步皓莹撞了上来。

华昌郡王一心想反，遇上竟敢孤身来谈判的步皓莹自然要拿下，文臻燕绥好心护送，进了华昌郡，又见了故人。

“来，尝尝新品。”文臻分了一袋香酥豌豆给步湛，“吃饱了好交代。”

步湛苦着脸僵在了那里，又偷眼看燕绥。

燕绥坐在一边，闲闲翻着一本杂记，瞟也不瞟。

“不用看他，他存在的目的就是为了杀人。”文臻一句话说得步湛脸色立即白了。

“我知道世子并不想见我们。毕竟你和唐羡之的协议不能落入我们耳中。我们也不搞刑讯逼供那一套，我就给世子分析一下。”文臻从袋子里拿出一颗豌豆，“今晚你们这里是有很多人，但是总归只是追捕两个女人，所以并不如何精锐，应该就是你的护卫加上你临时调的附近军队，你觉得这些人能招架得住我们吗？”她笑笑，“实不相瞒，唐羡之自从发觉我们往尧国来，没少派刺客试图阻拦，也没少派人试图给我们挖坑，但是有用吗？说起来怪对不起那位公主的，其实很多刺客根本不是刺杀她的呀。”

步湛拼命揉鼻子，心想遇见你俩，谁还不是被虐的份？

“世子你前来捉拿人质，最后却成了我们反手送给尧国朝廷的人质，你觉得这个建议怎样？”文臻又拿出一颗豌豆。

“我们还可以拿你去和尧国朝廷换我想要的东西。”文臻再拿出一颗豌豆。

“我还可以放你走，然后放出你和我们已经合作的传言，让和你合作的、多疑的唐羡之派人来暗杀你。友情提醒一句，唐羡之家的小楼，刺客杀手老厉害了。”文臻再拿出一颗豌豆。

“我们还可以派人去华昌郡主城，去刺杀你爹，用我们的人，留下关于你的线索，让你那个虽然宠爱你但是已经想当皇帝想昏头的老爹以为被你背叛了——毕竟今晚你和我们已经私下进了屋子密谋过不是？”文臻再拿出一颗豌豆。

豌豆一颗一颗地摆出来，步湛额头的汗也如豌豆般一颗颗冒出来。

这冬天的夜晚，他燥热得坐立不安。

虽然面前两人中的一人仿佛在开玩笑，另一人从头到尾在看书，但他知道，如果今晚他不把协议说出来，这些玩笑就一定会成真。

燕绥忽然伸出手，拿起那装豌豆的袋子，将豌豆全部倒在桌子上。

步湛惊得浑身僵直——怎么，文大人的缺德主意已经这么多了，殿下还要更惊悚吗？

却听见燕绥淡淡地道：“我们可以夺去你的一切，同样可以赠送你更多。方才那些腾云豹看见了吗？”

步湛怔怔地点头，眼底不由自主露出歆羡之色。

男人对于好马总是天生向往的。

“我可以派人助你，大批量地培育腾云豹，直到组成一支腾云豹骑兵队。”

步湛的呼吸立即急促了。

腾云豹通灵护主，战力超强，全是由腾云豹组成的骑兵队，在战场上的杀伤力难以想象。

他直勾勾地盯着那一桌的豌豆，就像看见神仙撒豆成兵，都是腾云豹骑兵。

片刻后他腮帮一紧，咬牙道：“好，我告诉你们！”

燕绥并无喜悦之色，长指一拢，将桌上豌豆一颗不剩地拢回了袋子里，再顺手给扔了。

从头到尾一颗豌豆都没吃到的步湛：“……”

半个时辰后，步湛脸色复杂地走了出来。

文臻拿着衣服，继续去泡她的温泉。

先前塌了的墙已经迅速修好了，大概是步湛的吩咐，文臻去泡的时候，驿丞居然等在入口处，手里抱着一个小缸，问她：“姑娘可要这小鱼伺候？”

驿丞解释了，文臻才知道原来这种鱼很是独特，能在温泉这种特殊水域生存，且喜食人体皮屑和污浊，并能排出一种特殊的对人体有益的液体，使人肌肤润泽。

这种事文臻在现代就听说过，也就是鱼疗，最早在土耳其就有这样的温泉，里头成千上万的小鱼亲吻肌肤，没想到居然能在另一个时空遇见，顿时便来了兴趣。

她将那小鱼放进温泉，那些手指长细细的小鱼轻啄肌肤，微微地痒，肌肤上似乎起了细细的电流，激得她微微地颤，忽然想起以前听说的一个笑话，不禁笑了一声。

有人在问："笑什么？"

文臻抬头，就看见星月之光下一身薄绡素衣的燕绥。

燕绥穿衣向来讲究质感，色泽锦绣斑斓，文臻从未见过他穿这种轻质白袍，从她的角度，只觉得那池边人身姿修长，散飞的衣角洒满月光，一枝梅斜斜于他身后苍褐遒劲，因他雪月般的风姿而不敢开花。

文臻吸一口气，忍不住喃喃道："……冷风来何处香？忽相逢缟袂绡裳。"

然而那香雪一般的男人忽然摸出一把松子来，细细地数了几颗，剥出仁儿来放进了她的嘴里。

文臻一边嚼着松子，一边看着燕绥仗着这几颗松子的殷勤，毫不客气地也下了池子。

燕绥靠着池子边坐着，张开双臂，衣领扯得很开，露出一线平直锁骨，半边如玉肌骨，月色下光泽幽幽。

文臻抹一把鼻子，往旁边坐了坐，燕绥的手臂长，扯住了她的衣领，顺手往下一摸，忽然道："怎么仿佛大了些？"

文臻吹起了哨子，道："去，把某个祸害给我啃了算了！"

小鱼聚集起来，黑压压地聚成了一根箭一般的形状，自水底向某处冲去。燕绥抬手一拍，打散鱼群，水波带着小鱼铺天盖地地向文臻而来，文臻"哎哟"一声，笑着想逃，脚却被燕绥一把捞住，轻轻一带，便坐到了燕绥的腿上。两人湿漉漉地靠着，彼此眼底都是对方透明衣衫下晶莹的肌肤，也不知道谁的气息忽然加重，微热的唇瓣忽然落在耳后，夹杂着喉间微沉微腻的低笑。

那唇自耳垂一掠而过，落在了她滚热的腮上，随即一声轻笑，落在她鼻尖。

文臻反手掐住了他的腰，触手的肌肤光洁而柔韧，肌肉紧致，她微微向后仰着头，腰背一弯美妙的弧度。

温泉池热气升腾，细小的鱼儿在年轻的肌体之间穿梭，水面上晕开层层波纹，星光在水流的褶皱间闪烁。

文臻忽然低哼一声，取回已经搁在池边的哨子，急急一吹。那些小鱼再次聚拢，竟然齐齐跃水而出，如一道银色水箭射在了池边的草丛里。

燕绥微微松开她，声音哑了些："怎么？"

文臻难得地红了脸，心想不赶紧把这些鱼给撵出池子，回头可能就要人丢大了。

此时万万不敢让燕绥知道她怀孕的事。

她游开了一点，随手拨着水，道："说点正事吧……你要怎么帮步湛弄腾云豹？"

"先前我看过那马，步皓莹那两匹应该还是培育出来的，并非天生天养。虽可培育，却数量依旧少，说明在培育过程中定然有严苛的条件限制。但无论怎样限制，都必然和马的品种有关，这里可以用天机府的人。如果是关系到马的种类，以及一些无法发现的规律和特征，那么可以用天眼通来查看。"

"但是这样速度一定很慢，发现规律需要时间，发现规律后再培育……一两年内很难有成果。华昌郡王起事迫在眉睫，他等得及吗？"

"我只答应帮他弄一支腾云豹骑兵队，我有答应什么时候建成吗？"

文臻："……"

可怜的步湛竟然就这么被骗了。

回头细想，燕绥的这个法子可能真的是唯一的法子。普天之下，也只有燕绥带着东堂人能做到了。

她不知道的是，华昌郡王最终没能用上燕绥的法子，没能等到他的可以横扫天下的腾云豹骑兵队建成，却有另一个人在不久的将来，用这个法子真的组建了一支这样的骑兵队并以此驰骋沙场，拓一地霸图，建一国功业。

那个人，是她的死党君珂。

冥冥中自有天意，将所有的理想照亮。

但那是另一个故事了。

腾云豹的事情三言两语解决，眼看燕绥又要凑过来，文臻急忙道："没想到唐羡之竟然是拿出了整整一条造船线，和尧国分享了祖母绿矿和铁矿。"

燕绥瞟她一眼，也顺着她的话道："他可能本来想拿长川的马和尧国交换，但是没能成功。在华昌郡挖出的祖母绿矿不可能都在尧国买卖，要想多换些银两，就得运往最喜欢祖母绿矿的洋外诸国。"

"但是华昌郡说到底只是一处藩王封地，受先天条件限制，于造船业乃至跑惯海上的船老大和水手这些，想必都准备不足。而唐家名下制造业发达，有一整套完备的造船技艺，也没少横渡大洋舶外通商，如今让渡一部分出去也算是共赢吧。"

"还有铁矿，某种程度上铁矿更重要。毕竟想要造反就要制造武器，也不知道唐家在这尧国的铁矿中得到了多少好处。"

燕绥笑了笑："不会有太多好处。"

"我感觉你好像又在使坏。对了，我有个问题，唐家准备多年却始终没有起事，是真的因为他们足够谨慎吗？"

"自然不是。"燕绥唇角笑意讥诮，"只是我一直在拖延着他们罢了。你要知道，准备越久，越可能丧失血性和勇气，而朝廷准备的时间也就越长。”

“如何拖延？比如？”

“比如早早地安排名匠进入三州之地，唐家听说这些人才定然会延揽，奉若上宾，然后这些人提出的要求，拿出的设计，会让他们心向往之，会不由想象着自己的军队一旦装备上这些武器和设计，一定能横扫天下，那么唐家的准备工作就会增加难度。”

“有句话这么说——一旦见过了好的，那么别的就成了将就。哪怕那更好的，需要付出更大的代价，花费更多的时间，也很难再放下。”文臻感慨地道。

“对，就像我见了你，就再也不会喜欢上别人。”燕绥用一种平淡语气趁机表白，然后继续说他的阴谋诡计，“而且这些大家的理念会影响唐家本来的工匠，会让整个唐家的制造业不得不提升要求，在这种情形下，唐家无论是采的矿，还是冶的铁、设计制造工艺，又或者人才的储备，都显得跟不上要求。唐家压力会更大，会寻求更多的机会和帮助，会不得不收缩自己在东堂三州之外的产业，集中全力回归三州，也会将手伸到周边各处，在合纵连横、寻找资源的过程中不断浪费人力物力。”

文臻悚然一惊。

此刻她才明白燕绥对唐家下的竟然是这样一盘棋。

难怪唐家迟迟无法举事，难怪唐家的产业开始缩回三州，难怪唐羡之疲于奔命，不断在各处寻求资源和合作。

燕绥使的是阳谋。唐家实力最强，野心最大，所以他给唐家画大甜饼，让唐家看到未来的美好和荣光，但他这个甜饼的馅里带毒，那个毒叫消耗和妄想。

唐家在他潜移默化的安排下被提高了眼界和要求，炼最难的铁，制造最难的武器，消耗着资源和财力，长久凑不齐大量军队所需。

哪怕唐羡之看出来这样的谋算，也无法叫停和拒绝，因为标准一旦制定，所有的流程都为此服务，一旦要推翻和改动，那么所有的东西也就报废了。

他只能去尽力寻找资源。

“就在前不久，我让布置多年的一个找矿高手散布出去定阳某地可能有铁矿的消息。相信急需铁矿的唐家一定会停下目前所有的事，全力去挖铁矿的。”燕绥懒懒道，“打洞这个工种，很适合唐五的气质。”

“这只是你诸般布置中的一种，是不是？”

“自然，但是唐家的实力你很难想象。这些年我便做了很多布置，也被拆散了很多。我曾想着能不打仗总是好的，但可能这一仗终究是避不开的。”

“殿下。”

“嗯。”

“你已经在无人得知的时候为朝廷做了这许多事，说是殚精竭虑也不为过。所以如果将来打起来，你老人家就走远一点吧，总不能把事儿都干了，这让别人怎么活？是不是？”

燕绥低笑一声，抚了抚她的发：“当然，打仗这么肮脏杂乱的事儿只适合林家父子的气质，我不凑那热闹。”

“那你适合什么气质啊？”

“我适合你啊。”

“哟，今晚嘴好甜。”

第二十九章

冀北风云

和步湛谈判完，文臻和燕绥当晚就离开了华昌郡王封地境内，步湛并未相送，也未阻拦，内心里大抵也是希望这对瘟神早滚早好。文臻于晨曦中回望平安城的城门时，心中却涌起淡淡的惆怅。

步湛当初也勉强算是个朋友呢。

可是权谋场上人人为筹子，到哪去寻那几分真情。

再次起行，一路向北。

那一日在尧国和大燕界关之前，他们于遥远山坡之上驻足，终得见尧国昔年的传奇女子，见她于城关之前被拒，起高台，奏名琴，架柴薪，举火自焚。

那一日文臻久久不能言，抓紧了身边燕绥的胳膊，她生于太平现世，落地东堂虽多磨折却也享尽荣华，未曾见乱世如此。

像看见一场大梦于眼前崩塌，满世界蓬散火山乱灰，灰烬里遍埋白骨。

这一刻她明白了燕绥用尽心计消耗世家，不愿打仗的初衷。战争如此残酷，一旦那巨轮滚滚而动，人命便成了这世上最轻贱的东西。

是年冬，尧国原镇国公主，大燕冀北成王妃，因尧国生乱，回国时在界关被阻，公主登高台于万民之前自焚，她留在尧国境内经营多年的天语遗民趁机煽动，尧国爆发内乱，彻底打乱了华昌郡王的部署，也破灭了华昌郡王的皇帝梦。镇国公主最终将她唯一的爱子纳兰述送上了尧国的皇座，而伴随那霞间青鸟一般的明艳少年一路沐血而行，斩破人间魑魅魍魉风刀霜剑，抵达那云端高位的是文臻一直挂记在心的死党君珂。

那是另一段传奇了。

而此刻的文臻和燕绥亲眼见证那一段传奇的开端后继续向北，进入了大燕冀北境内，去寻那冀北名医世家柳家。

冀北此时也已经生乱，冀北成王一家子几乎都死了个干净，反叛的老二纳兰迁掌握了王府大权，接了王位，正忙着铲除异己斩草除根，所以一行人一路过来，并未遭遇太多盘查。

这一日进了天阳城，城南便是那名医世家柳家所在，也就是方人和提过的，有可能解决燕绥遗毒问题的地方。

柳家很是气派，整整一条长街都是柳家的宅院范围，白墙黑瓦，十分醒目。最醒目的门口的牌坊，据说是本地父老为了感谢柳家，出资共同建立，百姓的口碑就是最好的丰碑，文臻看见那牌坊的时候心中不禁一松，感觉看见了希望。

燕绥却皱了眉。

“怎么？”

燕绥看了看牌坊，道：“牌坊这东西一旦树起来，可就真和碑一样了。”

碑会越来越沉，压住人的本性和欲望和许多属于人类真实情绪的东西，直到让人压抑成了一个或者一群怪物。

两人正要去敲门，却听见里头一阵喧闹，随即门忽然打开，一大群人脚步杂沓地拥着一个老者出来，旁边还有无数人跟着，一个个神色惶急，显然是出了什么事。

旁边一些百姓在看热闹，神情唏嘘。

“怎么了，今儿老太爷亲自出马了？”

“是啊，柳家人走马灯一样，王府去了十几次了，都被撵出来了，一次比一次惨，最后去的柳家大少还被打了几板子，据说王爷已经说了，柳家沽名钓誉，名不副实，连个普通毒伤都治不好，还敢坐拥如此名声，该将牌坊拆了才好！”

“我倒是听说，王府真正想要的是柳杏林出手，这是在逼着柳家找回柳杏林呢。”

“到哪找回？怎么找回？当初家门前逐出柳杏林，咱们可是亲眼看着的。柳家子我从小看着长大，看似性子软和，其实骨头硬着呢，人家现在那个名声，犯得着还回来趟这个浑水吗？”

“要我说，老爷子当初就是被人撺掇犯了倔，就不该把最出色的子弟逐出去，瞧瞧现在，后悔了吧？”

文臻听了几句，大概明白了也就走了开去。眼看人群簇拥的那个老者已经走近了，急忙上前去，还没走两步，一个青年粗暴道：“走开走开，没见有急事呢！”

文臻轻巧地退了两步，避免被他碰撞。毕竟如果她被碰了，这青年就要倒霉了，总不能还没求医，先折了人家子弟。

那青年也不知道自己逃过一劫，一边扶着老者匆匆上车，一边狠狠道："自今日起，柳家暂停接诊，都明白了？"

燕绥忽然道："明白了。柳家治不了王爷的毒伤，大抵快要被灭门了，诸位都赶紧散了吧，免得惹祸上身。"

这话一说，柳家人怒目而视，那正要上车的老者背一僵硬，缓缓回身看了燕绥文臻一眼，沉默片刻道："诸位请莫听我这孙儿胡说。柳家多年来承蒙乡亲父老厚爱，就医之门永远对乡亲父老敞开。"

众人顿时松一口气，纷纷赞扬老者高义柳家清正，又祝愿老者此去顺利。文臻呵呵一笑，心想大门对乡亲敞开，对外地人就不一定了是吗？

眼看那老者上车往成王府去了，她总不能跟过去，便拉着燕绥在附近吃了些当地小吃，大半个时辰后，那马车又辘辘地回来了，跟随回来的还有大批黑甲士兵。

那老者在牌坊前被扶了下来，脸色灰败，显然出师不利。而他们刚下车，那些黑甲士兵便涌了上去，二话不说，开始拆牌坊。一边拆一边还高声道："传成王殿下军令：柳氏实无医术，沽名钓誉，有负大燕第一医家之名，本王境内，不容如此欺世盗名之徒，着令立即拆除柳家牌坊，以儆效尤！"

高声传令里，柳家人大惊失色，扑上来阻拦哭号，被一个个拽开，四周百姓面露异色，议论纷纷，也有人摇头叹息，无声走开。

那老者始终背对着拆牌坊的士兵，身躯微微颤抖，有子弟扑上来对他哭诉，他猛地将那男子踢开，怒道："拆便拆！牌坊是治病挣来的，治不好便会被拆，有何怨尤，都起来！"

没人听他的，他那些先前簇拥在身边的子弟，有的忙着阻拦拆牌坊，有的向士兵求情，有的缩在一边，都把自家的老祖宗忘在一边。好一会儿，才有两个女子上前，一边一个扶住了他，一个是个中年妇人，一个便是文臻。

柳老爷子看了一眼文臻，似乎已经没有力气说什么了，垂头让她扶了进去。

燕绥自然也带着护卫跟着，此刻也没什么人记得来拦他了。

到了堂屋坐定，柳老爷子吐出一口乌血。

那妇人神色大变，急忙唤人来伺候，喊了半天却无人，只好自己亲自去安排。

文臻走上前，掏出一颗丸药塞进了他嘴里。燕绥伸手在老头后背一拍，助他吃药缓气。柳老爷子看了两人一眼，苦笑道："两位有如此好药，想必身份非富即贵，又何必来寻老夫？"

"医者尚不自医。便是有再多好药，也只能治治老爷子的气冲血淤之症。"文臻笑眯眯一指燕绥，"老爷子，给把个脉？"

柳老爷子也没拒绝，按上燕绥腕脉。

柳老爷子把了一阵脉，又换手，来回几次，半晌摇头道：“阁下这病，恕老夫治不了。”

燕绥无所谓地一笑。

文臻心一沉，随即吸口气，道：“治不了？还是治不好？”

“治不了。”

燕绥起身，点头示意叨扰，拉着文臻便要走，文臻坐着不动，盯着柳老爷子，道：“是治不了，不是治不好。说明老先生对这病心中有章程，只是有碍难之处。这碍难之处，老先生不妨提出来，我们共同解决。老先生放心，不管成功与否，我都承老先生的情，老先生有什么要求尽管提便是。”

柳老爷子看了文臻一眼，随即道：“姑娘当真聪慧。不是老夫心如铁石，而是这病要治实在是难，还有可能给我柳家带来灾祸。姑娘也看见了，柳家如今落到这样的境地，自身难保，何敢再招祸事？”

文臻盯着他的眼睛，笑道：“实不相瞒。我们两个确实是很多人的祸事，但也有可能是很多人的福音。天堂地狱，皆在人一念之间。柳老爷子你想过没有，柳家已经这样了，或许我们的到来并不是祸事，而是你们解决祸事的一个转机呢？”

“那么请问姑娘，能怎样不仅不惹祸，还帮我柳家转机呢？”

“我想先问问老爷子今天去诊病的那个人到底是个什么情况？”

“那人和这位有点像，也是沉疴在身，诸毒入髓，只是他的经年之毒更加复杂，且他直接练了毒功，化毒于身，不可割舍，要治他的毒，就要去他的功，他决计不肯，那毒也就决计解不了，这是一个死结。”柳老爷子皱眉摇头，“我不知道他是怎么想的，他应该很明白治疗毒伤的后果，这本是他自己放纵得来的结果，完全没有治的必要，如今他却逼着我柳家必须治……这像是特意和我柳家过不去一样。”

文臻心中一动，也觉得这事有点蹊跷，这柳家看行事也不大聪明，把最优秀的子弟都逐出家门的蠢事也干得出来，不会是王府中有人要为这位柳杏林出气吧？

随即她笑开：“既然是毒，我倒有几分办法。下次他再找你，你便推荐我去试试吧。”

说着她随手一弹指，屋子角落的红梅应声衰败，落了一地的残红。

“擅毒者多半擅解毒，老先生应该知道。”

“你应该解不了他的毒，他那毒性复杂不在你这朋友之下。”

“老先生放心，便是不能彻解，也会让他放过柳家。”

柳老爷子沉吟，此时柳家子弟都纷纷回来，将大门关上，不去听外头拆牌坊的声音，人人脸色难看，面面相觑。

半晌，柳老爷子道："来个人，去我书房把那个红匣子拿来。"

众人听见这句都脸色大变，先前那个搡文臻的青年脱口而出："爷爷，那可都是千金方，每方都是咱们家不传之秘！"

"去拿来。"

"爷爷，若是世家故旧也罢了，这来历不明的人，怎么能随随便便就拿出千金方！"

"闭嘴！"柳老爷子一喝，震得满堂无声，"不传之秘，也得要家族能传下去！"

这话说得众人色变，那青年惶然道："爷爷您这是什么话？便是王府贵人的伤病难治，多想些办法也就是了，要么……"他试探地道，"去把杏林喊回来？"

柳老爷子霍然色变，人群中有人阴阳怪气地道："老六，当初要逐柳杏林喊得最凶的是你，如今最先提议喊他回来的也是你。但是我倒是问你，谁去喊？怎么喊？当初那女人劈门的时候，可是说过要我柳家亲奉重礼，千里来拜，伏于柳杏林门前，求他回归。怎么，你是打算自己去，还是让老爷子去啊？"

那青年脸色铁青，中年妇人神情黯然，柳老爷子左右看看，自己撑起拐杖出门去了，文臻燕绥跟着他到了书房，等他取出一个红匣子，小心地拿出一张薄而发黄的纸张。

柳老爷子对着那纸张看了半天，又思考了半日，另行增增减减，写了一张药方，递给燕绥道："阁下沉疴久矣，毒入肺腑并逆行入脑，实难拔除。这张方子尚可一试，可是这张方子要想配齐诸药，实在也是难于登天……"

文臻看一眼燕绥神情，也知道这方子一定很逆天，毕竟燕绥出身无尽天，这世上绝大多数药草他都知道。

"蓝汲草在何处？"

"蓝汲草、晶心花、四眼魔瓣，都是大荒黑水泽独有之物。"

"焚心果呢？"

"这可能要到和大荒接壤的普甘去寻了，那东西只能生在极热多水之地。"

"桑石又在何处？这东西我听说过，但早已几十年不现世间了。"

"这就是我担心会有祸事的原因。桑石据说早已在人间绝迹，早先曾在尧国皇室还有最后一颗，后来被尧国公主作为陪嫁带到了冀北，现在应该在冀北王府。"柳老太爷道，"两位如果去找药就得去王府，如果王府知道是我柳家提供的药方，柳家被拆的就不只是牌坊了……"

"为了咱们的交易，我们本来就要找上冀北王府。所以老先生不必太悲观，也有可能是重建你们的牌坊呢？"

柳老爷子苦笑一声："但承吉言。"

燕绥忽然道："我这夫人也是伤病在身，还请老爷子也给瞧瞧。"

文臻并不意外，大大方方伸出手去，柳老爷子把脉半晌，有点犹豫的模样，抬眼看了文臻一眼，最终摇头道："姑娘果然也有奇疾在身，不过目前情形还好。"

接着也说了几句她的病情，和方人和的说法差不多，并没有更好的解决办法，只让文臻时时刻刻都不能丢下功法。

诊病已了，文臻和柳老爷子约好，下次王府再派人来柳家接人去看病时，便以远房子弟的名义让她和燕绥过去。

文臻告辞的时候，柳老爷子颤颤巍巍起身亲自相送，文臻走了几步，忽然回身，笑道："老爷子啊，说件事您不要生气。我听说您老性情刚正，宁折不弯，本来还想要多和您老周旋一阵，不想今日见您，着实通情达理，可见传言误人啊。"

柳老爷子脚步停住，僵在了门槛上，文臻也不等他回答，摆摆手，挽着燕绥轻快地走了。

良久之后，空荡荡的书房内，才响起老人一声饱含痛苦与悔意的叹息："那是因为我曾因这过分的严厉和刚正，犯了此生最大的一个错误啊……"

次日，一辆马车穿过被拆了一半的牌坊，在众人惋惜的目光中再次向王府而去。

冀北天气寒冷，一大早就飘了雪。马车前文臻踮着脚给燕绥系好披风的带子，系得十分周正完美，燕绥则轻轻替她拢好斗篷，斗篷簇簇的绒毛拥着她雪白的小脸，他指尖轻轻拈去黑发上的雪花。

马车直入王府，一直驶进内院，在一座精雅的楼阁前停下。

一个内侍等在月洞门前，引两人入内。文臻一路走着，看这个院子占地广阔，陈设精巧雅致，诸般配饰色彩，透露出活泼明丽的风格，格局和布置却又大开大合，明显不是女子闺阁。路过一个小型的练武场时，场上各种武器更是包罗万象，还有很多她没见过的，像是个人设计的武器。

这让她忍不住起了好奇心，总觉得这院子给人的感觉和想象中形象不符。

冀北成王被暗杀，诸子也被清算，成王妃她更是亲眼看见自焚的，这院子会是哪位已经死去的主子的吗？

"这位公公，可否请教一个问题？"

"你便说呗。"王府的内侍语气并不怎么客气。

"这里是成王殿下的主院吗？"

那内侍愣了愣，回身仔细看了文臻一眼，大概对她有好感，咳嗽一声道："算是目前的主院吧，不过，这原本是睿郡王的院子。"

第三十章

狐狸vs狐狸

文臻怔了怔，她自然听说过这位睿郡王。前成王唯一嫡子，早早破格封了郡王，是成王诸子中地位最高的一位，也是“大燕四杰”之一，号称“霞间青鸟”。

青鸟本是神鸟，只于高天之上翱翔。只听这个称呼，便知道这位少年英杰，定然灵动光艳，风采迥然。

燕绥忽然道：“纳兰迁原本只是庶子。想必当初在王府里，对这位嫡出弟弟没少羡慕妒忌恨，如今当了成王，便先占了弟弟的院子，想必心中一定很愉悦。”

文臻心中不禁有些唏嘘，听说成王第二子纳兰迁叛变弑父时，这位睿郡王滞留燕京，逃过一劫，但是可以想象得到，之后他面临的必然是无尽追杀，而他自己但凡有一些血气也必然要选择复仇。

想到那日在界关之前看见的冲天大火，她心中莫名怆然。

那内侍却被燕绥的语气吓了一跳，急忙低声道：“噤声！你们不要命了！”

两人一笑，没有再说话，随着内侍转过重重长廊，文臻一边走一边诧异，这成王府人也太少了，整个王府显得死气沉沉。

转过一个弯，她停住脚步。

眼前忽然开阔，现出一片占地广阔的湖面，湖上并无寻常豪贵人家的亭台楼阁，只有一道长堤，长堤尽头竟然是一座小型石山，虽然是假山石做成，但是山形峻拔，自长堤之上平地而起，俯瞰浩渺烟波，一眼望去，让人心神一震。

文臻也被震撼得不轻，眼前之景哪里还像在王府之内，差点以为到了海边。

“这是东临碣石，以观沧海的意境……”她喃喃道，“这也太有想法了……”

此刻湖上山顶有琴声遥遥传来，文臻一听琴声就下意识地紧绷身体，再看一眼身边燕绥，顿时明白不可能是唐羡之。

琴音一响，内侍便停了脚步，在长堤之前站定，示意两人自己过去。

雪势密集，长堤之上已经浅浅覆了一层雪，没有脚印，很明显，山上抚琴人很早就去了湖边。

燕绥伸手扶住了文臻，两人踏雪缓缓沿长堤而行。淡黄色的斗篷和深青色镶银边的斗篷在雪中逶迤，四面湖水空旷，飞雪迷蒙。

走得越近，琴声越清晰，文臻的步子越缓。

优美的曲调中微带三分诡谲缥缈，缥缈中却又暗含三分缠绵柔腻，让人想起夜色中的宫廷，龙涎香袅袅缠于帐幔之间，镶金嵌玉的藻井上，五爪金龙俯下森冷的眼眸，看着华丽的袍角缓缓迤逦过玉阶金阙。

文臻脚步越发缓慢，燕绥转头看文臻，他伸手在文臻背后一拍，文臻骤然而醒。

而燕绥脸色微冷，忽然道："吹哨。"

文臻脸色也不好看——就在方才，因为心神浮动，她着道了。那琴音竟然有些契合她此刻的隐秘，以至于她刚才差点被魇住。

对方是谁？是那个弑父的新任成王？密报中说新成王性子暴戾，和这位临湖抚琴人隐隐透出的阴柔杀气并不契合。

文臻摸出哨子，含在口中，无声吹响。

令她诧异的是，居然没有什么活物被召唤出来。

这成王府死气沉沉，很多地方甚至能感受到血气，每块石头上似乎都盘旋着不灭的冤魂。

好在王府里没有活物，水里还是有的。

平静的湖面被搅动，水波粼粼，不断有鱼虾龟蛇之属跃出水面，或者往岸上爬，忽然一道水柱直冲上天，随即琴声戛然而止。

那抚琴人抬手，将琴推入湖中。大概砸到了那暴起的水兽，瞬间飙起一道血虹。

前一幕弃琴令人惆怅忧伤，下一幕飙血令人目瞪口呆。

燕绥忽然道："不是成王。"

不是成王却能在这里这样行事，文臻更加警惕了。

此刻那人终于含笑转身。

然后文臻就倒吸了一口冷气。

长空下，飞雪间，浩渺烟波之中，嶙峋碣石之上。

那人一袭华衣锦绣，大氅虽然是纯黑色，却缀着深红火狐尾，晶莹灿亮的毛尖火一般燃烧，大氅下长长的袍摆亦缀满金绣，璀璨华丽，厚重如艳美浓云，一路逶迤于深雪之上。

三人这一对视，眼看那华服男子微微一怔，眼底荡起笑意，文臻便知道这人不会是成王，而且自己两人也不必装什么柳家远方亲戚了。

山石上，那男子请两人上前来。

站在了那山石上，从高处俯瞰烟波千里，文臻感觉到了那种旷远苍凉的况味，不禁想着，这座湖和湖上石到底是那位界关自焚的成王妃的手笔，还是传说中的霞间青鸟展翅之地？

她喃喃道：“风流总被雨打风吹去……”

华服人转眼看了她一眼，赞道：“好句。”

他一侧身，文臻便看见了他身边还有一幅画，画上是一座轿子，轿子里坐着一个男子，男子膝上伏着一个女子，而男子手执眉笔替女子画眉。

而在前方，一个女子背着身，跃在半空，马尾高高扬起，正向轿子冲去。

这画内容有点诡异，那扑向轿子的女子的奋勇拼命之态，那画眉男子的风流姿态，都鲜明到令人见之难忘。

文臻看一眼华服男子，那脸正是轿中人的脸。

这幅画让她有种奇怪的感受，她盯着那扑向轿子的女子的背影，盯了很久才转开眼睛。

华服男子忽然笑道：“这位姑娘，这画可好？”

文臻立即点头：“极好，是否能卖我？”

华服男子一怔，随即失笑，摇头：“这画不卖。”

“有特殊纪念意义？”

华服男子含笑睇她一眼：“算是吧。”

他看文臻始终看那画上少女背影，又笑问：“依姑娘看来，这幅画，我真正想画的是谁？”

“自然是那扑向轿子的少女。”

“哦？为何？”

文臻也含笑瞟他一眼：“以阁下的受虐体质和高贵身份，乖巧听话的女子所见多矣，哪值得专门丹青作绘？倒是若有人打你骂你杀你整你，你还会多看一眼。”

华服男子怔住，半晌向燕绥道：“她说话，都是这么每个字都听得懂，合在一起就很难懂吗？”

燕绥道：“有缘人自会懂。”

言下之意，你少废话，你无缘。

华服男子又笑，一边笑一边摇头，轻声道："和她倒像是一处来的……"

他声音低，文臻并没有听见，问："什么？"

华服男子并没回答，只凝视着那画，眼底有种很奇异的色彩，忽然道："我觉得这画还不够好。"

文臻也看着那画，道："我帮你重新调整一下这幅画，包你满意，你回头答应我一个要求，行不行？"

"不行。"男子笑道，"这画是我的，我给你画是因为我对你的信任和尊重，你该感激我才是，怎么还能拿来向我提要求？"

文臻目瞪口呆地转头向燕绥道："这世上终于还有一个歪理比你更多的人了。"

燕绥一哂："雪里白狐岂可欺？"

对面，沈梦沉笑道："殿下谬赞。"

文臻唏嘘一声。

果然啊。

这么个绝艳人物岂是一个王府不受宠的庶子可比的。雪里白狐，大燕四杰之一，年纪轻轻便已经位极人臣的大燕右相沈梦沉。

方才她只是忽悠一下，试探一下这位对这画中人的感情，看有没有可以利用的地方，不想这位著名狐狸不上当。

也是，既称雪里白狐，那隐藏和伪装的本事自然不少。

她笑笑，眨眨眼："那我送你一幅画，你要不要？"

沈梦沉看定她，道："姑娘主动送我这是我的荣幸，如何不要？"

"那好。"文臻从随身包中掏出笔和纸，开始画。

沈梦沉笑看她一眼，对燕绥道："殿下这红颜知己，真是配得上殿下。"

燕绥道："错了。"

"嗯？"

"她是我妻。"

"哦……失敬失敬。王妃殿下，你好啊。"

文臻晃了晃铅笔以示回应。

"王妃真是大方。"沈梦沉感叹地同燕绥道，"明明还无媒无聘，居然也就这么认了。"

文臻面不改色，专心画画，她便是万千介意，也绝不会在国外的敌对头脑面前露出一分。

燕绥随意地道："那是因为迟早都会有。不像有人，恐怕一辈子都没机会下聘。"

沈梦沉伸手，指指自己心口，笑道："殿下，这话就伤心了啊。"

燕绥道："沈相纵横捭阖，谋夺冀北，轻松铲除成王家族，纳兰迁也不过是沈相傀儡，正是春风得意，怕什么伤心。"

沈梦沉感叹地摇头："殿下真乃智人也，今日成王府一见我便知道整件事幕后之人是谁了。"

"承蒙夸奖，我还看出沈相毒入膏肓，难享天年呢。"

"啊，彼此，彼此。"

一阵静默。

作画的文臻无奈地摇摇头。

聪明人碰在一起，总会下意识斗嘴。

她和燕绥认出沈梦沉的那一刻，便明白了冀北叛乱事件的真正幕后黑手是谁——是大燕朝廷，是这位大燕风流右相沈梦沉，大燕四杰之一，雪里白狐。

大燕和东堂在某些方面有点像，大燕分封天下七藩，藩王势力强大，尤以冀北为重。纳兰迁一个不受宠的庶子能够逆袭，没有人暗中支持是不可能的。

所以沈梦沉此刻出现在成王府就说明了一切。

那么有毒伤要治疗的自然也就是他。文臻甚至怀疑，这位是不是也查到燕绥和她入境了，因此是趁机要引他们过来。

那边沈梦沉已经变戏法般拿出两小坛酒，笑道："冀北名酿一抔雪，请殿下品尝。"又笑着冲文臻眨了眨眼，"此酒性烈，不适宜女子饮用，我便不请姑娘了。"

文臻看那酒一眼，摇摇头笑眯眯道："沈相客气啦。"

沈梦沉示意燕绥随便选，燕绥也便随便拿了一坛，两人并肩而立，临湖沐雪对饮，一般的长身鹤立，一般的衣锦斑斓，一般的风姿若仙。文臻看一眼，急忙再抽一张画纸。

但那两人之间氛围并不怎么样，都只是默默喝酒，喝了一半，燕绥将酒坛往湖里一抛，道一声："难喝。"

酒坛落下瞬间，湖面上鱼死了一堆。

沈梦沉笑笑，也随手把酒坛一抛，鱼又死了一堆。

两坛酒都是有毒的。

燕绥静静看着那水面死鱼，道："疑心鬼，现在我们已经证明了我们能解毒，你便爽快些，把那桑石拿出来吧。"

沈梦沉揣起袖子，懒懒道："不拿。"

文臻笑了出来。

燕绥并不意外："你根本不想解毒，你只是在折腾柳家。"

文臻也揣着手，接口道："我就奇怪了。柳家一个医学世家，哪里得罪了沈相你？"

沈梦沉悠悠道："自然是因为他们欺负过我的人啊。"

文臻笑着回头去作画了，燕绥也没表情。

开什么玩笑，沈梦沉这种人，是会帮哪个女人出气的人吗？他这一辈子做事，没有天大的利益，他会动一动手指？

燕绥抬抬衣袖，话也懒得说，示意"想要什么自己说呗"。

"听说殿下机关之术独步天下，而文大人用毒亦是妙手。我想请两位出手帮我解决一个人。"

"谁？"

"纳兰君让。"

"大燕皇太孙？"文臻瞪大了眼睛。

燕绥忽然道："原来阁下志在天下……可笑大燕朝廷竟是为他人做嫁衣。"

沈梦沉笑而不语。

文臻也明白了。

大燕皇太孙本该是沈梦沉顶头上司，沈梦沉却要杀他。很明显沈梦沉心思不在朝廷，有反叛之心，如今他已经将冀北拿在手里，那么下一步是不是就要以冀北为根据地，割裂疆土，自立为帝？

好大的野心。

整个大燕皇朝都被他玩于股掌之上！

文臻继续画画，她知道燕绥会答应的。燕绥一向乐意搞事，能令敌国分崩离析，何乐不为？

果然燕绥道："我不可能专程去燕京刺杀纳兰君让。"

"不必去燕京。纳兰君让已经到了鲁南，主持对冀北睿郡王麾下尧羽卫追杀之事，纳兰述必然会反击。我想请殿下在适当时机出手，杀了也可，俘虏也可，如果方便的话，顺便解决纳兰述那自然更好。"

"沈相的想法才是最好的。一块桑石就想换大燕皇太孙和郡王的命。"

沈梦沉就像完全没感觉到这是讽刺一般，莞尔一笑："见文姑娘作画，赏心悦目，自然想法也就美好许多。"

他独辟蹊径夸文臻，燕绥的脸色果然好看了许多。文臻抬头笑纳夸奖，心想这位沈相，容颜绝艳，行事令人如沐春风，连话都说得动听，可越是这样的人，将心剖开来越是一片黑。

“你这要求我可做不到。”燕绥脸色虽好，语气却依旧冷淡，“纳兰君让何许人也？大燕未来的皇帝，你沈梦沉身为燕人，经营多年，如此势力，尚且奈何他不得，我一个孤身在燕的异国王公又何德何能担此重任？”

沈梦沉拍拍手，便有人奔长堤而来，奉上一个小巧的盒子，沈梦沉将盒子递给燕绥：“一半桑石当做定金，事成之后奉上另一半。殿下放心，完整的桑石才能发挥作用，且很少用在药方中，我留着那一半也没用，不会欠债不还的。”随后又笑道，“自然不会让殿下孤军奋战。本来我该亲自出手，只是此时冀北未定，我须坐镇此地。殿下放心，我在大燕军中安插有人手，届时自然会全力配合殿下。”

燕绥接了。文臻恰在此时，吹一口画面，笑道：“好了！”

沈梦沉似乎犹豫了一下，才转过目光，他目光转过去的时候已经浮现笑容，眼神却淡淡的。

已经打定主意一定要对这画无比捧场，但也一定不能拿这画。

因为近期他搜集了文臻的一些消息，在东堂，可也是传说中狐狸一般的人物呢。

女子能在朝堂得狐狸之称，能是什么简单角色？

然而目光一转，便定住了。

他看着那画，就像看见黑暗中的那个女子伏在他膝上，他忽然感应到有极具穿透力的目光穿越帘幕看向自己，一抬眼就看见少女大喝着飞扑过来。

沈梦沉震惊地看着画面，因为动作被文臻改了！

手上的眉笔已经不见，抬起的空着的手并不是在画眉，而是接住了那扑来的少女伸出的手！

像要将她拉入怀中。

那一双相触的指尖无比清晰地浮现在眼前，之前只是无数次在梦中发生，此刻却像在现实里终于实现，他下意识伸出手，眼底飘过一丝自己都未曾察觉的迷茫。

第三十一章
画皮

他下意识伸出手，然后触及冰冷的纸面。

沈梦沉一惊，霍然缩手。

一霎失态，随即他便笑了，惊叹道：“此乃何等技法？竟如此逼真！”

文臻甜蜜蜜地道：“未经允许，擅自小修了一下画的内容。沈相还满意吗？”

沈梦沉道：“文姑娘身为女子，心思细腻，又和殿下情投意合，大抵看这世间所有男女都是有情人。其实这画上少女和我是敌非友，这画上一幕大抵永远不会出现了。”

文臻凝视着他的眼睛，沈梦沉眉骨深邃，因此眼眸里一半波光明灭，一半却又迷雾沉沉，叫人看不清一分思绪，她却只觉得地有些烦躁，咬了嘴唇轻笑道：“我瞧沈相先前见这画面的第一眼，倒像挺心向往之。沈相，人生在世区区几十年，怎样活都是自己的选择。但总是会有些珍爱的、在意的、愿意为之付出一切的东西，留住这人生里仅存的趣味。能遇见想要遇见的人，这是天赐的幸运，但望你我皆懂得珍惜。”

沈梦沉望定她，缓缓绽开一个温柔的笑容，语声也分外柔和：“既然姑娘说得这般动情，我便也问姑娘一个问题。若你在意的、珍爱的，是你的死敌，你若容让他，他便可能置你于死地，你会牺牲自己的生命去成全他吗？”

文臻也笑了，道：“沈相，这问题问我干吗，你得问你自己的心啊。”

沈梦沉当真按了按自己的心，侧耳聆听，然后莞尔道：“我的心告诉我不可能哦。”

他在风雪中微微偏头，一缕长发掠过颊侧，文臻心中一瞬间闪过“魅惑”“动人”等词语。

随即她弯起眼睛：“只爱惜自己？那自然是很好的。”

她将画随手搁在桌上，道：“既然是为沈相画的，是否取用沈相随意。”

沈梦沉笑道：“另外一幅，不知我可有眼福观赏？”

“哦，还是半成品。”文臻将手中另一个纸卷一展，上头只勾勒了几笔线条，正是燕绥和沈梦沉并肩临湖饮酒的场景。

沈梦沉端详了几眼，沉吟道：“此画可名为《丙申年冬月初九东堂宜王燕绥偕大燕右相沈梦沉登山临湖共饮图》。”

“哈哈哈这名字也太长了。”

“画更长。”燕绥走过来，将画一撕两半，有沈梦沉的那一半扔了过去，“沈相还可以施展才华，为您这一半做赋：未几，山石塌，湖水涸，沈相崩。”

听见最后一个“崩”字，沈梦沉眉头一挑，瞥了燕绥一眼。

燕绥一脸“我没有说错话你想做的不就是皇帝吗我瞧你八成也能做到”的表情。

文臻一看那两人表情就知道他们又进入更高的智慧层面了，也懒得猜这种人的心思。眼看沈梦沉并没有接那半边画，他悠悠飘向湖面，却在快要接触湖水的最后一刻，忽然大袖一拂，将那画卷起后贴在了山石上。

燕绥忽然道：“最近得了一个消息，附送给沈相，算作临别赠礼。尧国华昌郡起事在即沈相是知道的，想来也知道华昌郡王一个藩王，何以忽然有了如此实力。但是沈相想没想过，那祖母绿矿是如何在短时间内远销外洋，为华昌郡王换来无数器物金银，从而能够迅速扩充军备的吗？”

沈梦沉目光凝视着桌上文臻那幅画，漫不经心“哦”了一声，仿佛毫不在意。

燕绥却不说了，揽着文臻的肩，淡淡道一声告辞，转身便走。

文臻走了几步，忽然回身问沈梦沉：“想问一下沈相，为什么不肯治身上的旧毒？”

沈梦沉还在低头看那画，闻言也不抬头，文臻只看见他线条优美的唇角一勾：“我们这种人，过日子不要想着太舒服，太舒服容易死，留点伤啊毒的，能让自己更清醒一点，是不是？”

文臻点头，甜笑：“是的呢。不过我倒觉得，沈相像是不舍得解这毒呢。”

沈梦沉依旧低头，语气轻飘飘的：“文姑娘真有意思。”

文臻笑而不语，转身离开。半晌，沈梦沉缓缓抬头，看着两人相携而去的背影，眼神微微一闪。

有人自长堤上来，一袭红衣，是他的亲信，红门教徒。

“主子，这两人要不要……”

沈梦沉忽然坐了下去，指尖垂下对着湖面，片刻后指尖绽出一滴黑血，湖里的鱼又死了一大群。

那护卫一惊，看向沈梦沉。沈梦沉眉头一挑，笑道：“真是厉害。”

“您被下毒了？”

“是啊。”

“怎么可能！我们明明做过布置，您站的位置也是上风，他们也始终没有能靠近您……”

“谁知道呢。那毒也许在那姑娘第一幅画里，毕竟我舍不得不看；也许在燕绥撕开的第二幅画的纸张里，毕竟他要撕我不能拦；也有可能是在那姑娘吹一口画面扬起的灰里；甚至有可能以上三种都是下毒手法，随风潜入，无声无息……真正的下毒高手是防不住的。”

“那我们去追杀他们要解药！”

“回来，犯什么蠢呢，那两人给我下毒也不过是要钳制我，怕我再出手段坑他们。另外也是怕刺杀不成功我不给桑石罢了。现在我们有更要紧的事要做，速速派人去尧国华昌郡王泉港海域处，找一处地形方便的海岛盘踞下来，打扮成海盗，但凡看见华昌郡出海的船只一律给我拦下来，有什么抢什么，船上的走船人、商人全部杀了，水手都俘虏到自己阵营。”

“是。”

“对了，还有一件事。我看那个文姑娘和那位殿下之间好像有点不对劲，明明情深义重一对情侣，为什么她始终不靠近燕绥？还喜欢揣着手，揣着手……是不想被人把脉吗……”沈梦沉思索了一会儿，低声嘱咐了那人几句。

人影消失，山石上依旧只剩下沈梦沉一个人，他看着面前的画卷，衣袂同画卷一般猎猎飞舞，画上人因此分外鲜活，仿佛真要跃出纸面，把手伸到他面前一般。

他最终慢慢伸出手握住了那可能带毒的画卷，捏紧，纸卷在指掌间微微变形，画中男子眉目也似皱起，唇角依旧带笑，和他此刻神情一般。

喃喃低语，片刻后，散在风中。

“遇见你，想要你，也是老天给我布的毒啊……”

“你最后那句什么意思？你要把沈梦沉引到华昌郡去？你暗示他去破坏唐羡之和华昌郡的合作？”

“不出意料的话，沈梦沉是要建国的，建国首要就得有军有财。沈梦沉现在一定会想尽办法搜刮，所以哪怕明知道会被我利用，他也会出手。华昌郡的祖母绿矿想必他记已久，只是宝石矿如果没有形成完整的运输买卖路线，他抢了也不过是一堆石头。可如今唐羡之帮着华昌郡王海运买卖宝石，那也就到了摘果实的时候了。”

文臻点点头。政治人物的博弈便是如此，没有谁一定占上风，也没有谁一定吃亏，阴谋阳谋，各自利用而已。

沈梦沉和燕绥是一样的人，一边互相帮助各取所需一边找准机会算计对方是他们的必然选择。

她对沈梦沉的感觉很奇异，仿佛从他身上能感知到一点熟悉的气息，更多的却又是反感和警惕。

两人回到了柳家，和柳老爷子说了以后王府不会再为难柳府。柳老爷子十分感激，从他书房里拿出一个小盒子，道：“里头有几种少见的药草，虽然对公子的病没什么用处，却也十分珍稀难得，说不定什么时候便能用上，还望两位笑纳。”

文臻也便笑纳了，临走时候对老爷子道：“老先生，我有一个建议，听不听在您。您年寿已高，应该明白时光如流水，很多事搁着搁着，就会搁成永久的后悔和遗憾。莫不如趁一切还来得及挽回时便挽回，莫要让脸面压住了亲情和道理。”

她说完，也不看僵住的柳老爷子，笑着摆摆手，身影没入了飞雪之中。

当晚两人投宿在天阳城一家客栈，这家客栈比较普通，因为天阳城近日刚刚变乱，很多人逃出城外，很多客栈没营业，只有这家城北的小客栈还开着。文臻和燕绥包了其中一个小院子，经过厅堂时，正听见店主在和人口沫横飞地谈去年被一道天上引来的闪电射中眼睛的奇遇，文臻也没在意，和燕绥自进了自己的院子，一边走一边发愁。

她得准备跑路了。

不然的话，和燕绥同房容易露馅，不同房一样容易露馅，每晚找不同的借口不同房或者在他睡着后睡觉，燕绥不起疑才怪。

再说，肚子慢慢也就大了，怎么办？

这几天她找的借口是例假，为了力求逼真效果，她还真在垃圾筐子里塞了点那什么。

但在燕绥眼皮底下跑路也是个技术活，文臻一边思索着一边推开房门，灯火和一张美人面同时面向她，她一时分不清到底是什么在发光。但这艳光并不能叫她倾倒，毕竟面前的是一张画皮。

屋子里，沈梦沉竖指于唇，轻轻“嘘”一声，柔声道：“文姑娘，可别惊叫，不然咱们俩孤男寡女的，怕说不清。”

不等文臻回答，他又笑道：“也别出手，下一次毒就够了，再下毒的话，以毒攻毒，说不定我第一次的毒也就解了。”

文臻笑着进门，反手把门一关，还上了闩，指了指沈梦沉，道："既然沈相不想半夜和我私会被燕绥发现，那就请不要站在窗前，您的影子看起来可比我招眼多了。"

"啊，没注意，抱歉抱歉。"沈梦沉立即道歉，移到另一边。

"沈相半夜来找我，可有什么急事吗？"

"你猜？"

"想必和毒没关系，毕竟沈相中毒就像吃蚕豆，不带怕的。那么，就是和画有关了。"

"文姑娘果然灵慧。是这样的，今日您走后，我越瞧这画越喜欢，这画技可谓独步天下，怎能就此错过？"沈梦沉斯斯文文对她行礼，"我想求姑娘帮我再画一幅，可否？"

文臻伸出两根手指，对着沈梦沉搓了搓："行啊，但是报酬呢？"

沈梦沉温柔地道："桑石剩下那一半……"

文臻盯着他，忽然眼前黄影一闪，随即一股难以形容的臭气弥漫开来。

文臻猛地捂鼻退后，瞪大的眼睛里满是愕然。

她怎么也想不到，如沈梦沉这般风姿竟然也会发射臭弹。

他这样的人不是应该就算使毒也优美高雅，香气熏人吗？

但是随即她就感觉到头皮一紧又一松，"啪嗒"一声，团成琉璃珠儿的文蛋蛋忽然从她发辫上掉落。

文蛋蛋从未从她头上掉下来过，文臻怕被沈梦沉看见，急忙伸脚一挑，接住文蛋蛋，靴尖一点，文蛋蛋便落入了她的靴袋。

与此同时，深红狐狸尾巴在她面前闪过绚丽光影，她只觉得手腕上微微一凉，那层蛊皮已经被撕开，然后有更凉的手指轻轻一搭，她立即起了一身的鸡皮疙瘩。

这条狐狸！

风停了，沈梦沉站在对面，微微笑。

屋外有风声，刚才那一霎已经惊动了值夜的护卫，日语的声音传来："姑娘，怎么了？"

文臻靠着门，看着对面的沈梦沉。沈梦沉正靠着墙，笑吟吟对她作揖，并不是在求饶，他的口型分明是："恭喜。"

文臻吸一口气，一边点头表示接受这感谢，一边回答外头："没事，我练一下拳脚。"

这于她也是常事，日语不疑有它，便走开了。

文臻倒有点庆幸值夜的是日语，不是中文，如果是中文，可能会趁机开窗。

人走了，她才道：“沈相费这般心机，就为探人隐私？”

沈梦沉笑而不语，文臻又看一眼地上，差点一口气没提上来——地上那个一身黄毛的，小黑眼睛乱转的，不是一只黄鼠狼是啥？

文蛋蛋是被这玩意儿的臭屁给熏晕的？

她并不知道沈梦沉以红门教起家，红门教供奉黄大仙儿，但看那黄鼠狼想要献媚沈梦沉，沈梦沉眉头一蹙一脚将那货踢开，忍不住又气又想笑。

沈梦沉踢开黄鼠狼，就好像没发生方才那事，再次将画卷展开，道：“文姑娘不想知道我想画的是什么吗？”

文臻不接话。

沈梦沉继续说：“我不想总对着这背影，我想她转过脸来，伴我一起。”

文臻在桌子上翻找自己的绘画工具，铺开纸张：“那就请沈相详细描述吧。”

笔尖落在纸上，力道颇重。

把柄已经被抓在了沈梦沉的手里，她无法谈条件了。

也不知道沈梦沉怎么看出她怀孕的，还看出她做了掩饰，方才声东击西把脉，确定了她有孕，然后又故意弄出点动静吸引了护卫来探问，再从她对着护卫遮掩的态度确定了她怀孕是要瞒着燕绥的。

沈梦沉那句无声的恭喜，潜台词便是“我知道你怀孕了，不想我告诉燕绥，就给我画吧”。

这人就为了不付出任何好处，不惜连环耍心眼，也难怪能从大燕和冀北的夹缝中空手套白狼。

但他一定要她画这女子的正脸是什么意思？

他今晚跑来非要她画画又是什么意思？

沈梦沉含笑坐在她对面，手伸进袖子里慢慢掏，道：“我倒有张她的小像……我看姑娘这事想要瞒住殿下很难，姑娘是否需要我的帮助？便当抵这画的酬劳了……”说着忽然抽出一张纸，飞快地在文臻面前一抖。

文臻目光一定。

这画像！

君珂！

第三十二章

都是小妖精

一瞬间心中大浪滔天，她控制住了自己的表情，只一瞥便低下头，道："沈相如此念念不忘的女子果然是绝色。"

"绝色吗？我看不见得。"沈梦沉自拿出小像，便紧紧盯着她的表情，看她表情如常，倒有些惊讶，随即见她低头专心作画，眼底掠过一丝笑意，"也不过就是寻常姿色罢了，难得的是性情敦厚刚烈，见识言谈，也与这大燕寻常女子迥异，倒……"他语调忽然放轻，"像姑娘一般。"

"是吗？"文臻看一眼小像，又低头作画，"沈相如此盛赞，我倒来了兴致。不知此女现在何处，文臻是否有缘结识呢？"

沈梦沉唏嘘一声道："实不相瞒。此女于我也是惊鸿一瞥，便念兹在兹，难以忘怀。初见此女时还是在燕京，她因一些误会行刺我，被我擒获，后又被她逃走，如今我也好久未曾见到她了，也不知道她姓甚名谁，在何方。"

文臻含笑："竟是一见钟情，一往情深，好生令人感动。"

沈梦沉笑道："不知怎的，我总觉得文姑娘若能与此女相见，定能成为知己。"

"是吗？"文臻专心画画，"可惜连沈相都不知道她在哪里，我一个异国人更不敢奢望这样的缘分了。"

他不仅因为一些蛛丝马迹就猜出她可能怀孕，还因为她的言谈举止，就敢猜她和君珂有关系，绕来绕去，叫她作画，也只是想看她的反应。

一旦被他看出自己和君珂有关系，等于又送一个把柄给他。

她此刻心烦意乱，无心作画，只简单勾勒了个草图，便从桌子上推给沈梦沉，沈梦沉显然也不是为画而来，只瞟了一眼，便双肘支桌，趴在桌子上，悄声对她道：“怎么样？是不是想溜，我帮你？”

“您这是说什么呢！”文臻的双肘也撑在桌子上，悄声道，“沈相啊，我也不怕告诉你一个秘密，其实啊，你刚叫我画的那个女孩子……”

沈梦沉目不转睛地凝视着她。

文臻忽然猛地把桌子一掀：“我不认识哟！”

她掀桌的同时，文蛋蛋已经跳了出来扑向沈梦沉那张妖孽的脸。沈梦沉眼睛一亮，一手挡住飞起砸下的桌子，一手便来击文蛋蛋，随即他听见裂帛之声，抬头一看，眼神一直。

文臻竟然把自己的衣裳撕破了！

她不仅撕破了自己肩头的衣裳，还一把抓起了那只黄鼠狼，手指在黄鼠狼后颈一掐，那只黄鼠狼浑身抽搐，发出了一声诡异又妖媚的尖叫之声，文臻把黄鼠狼往沈梦沉身上一砸。

沈梦沉两手都来不及遮挡，眼看文臻又是手一撒，也不知道她是不是放毒了，注意力都在她身上，因此也就顾不上这只没有杀伤力的黄鼠狼，头一偏正想躲过，不想那只黄鼠狼尖尖的爪子一把抓住了沈梦沉的衣领，沈梦沉的衣领也被撕裂了。

文臻踢开门，冲了出去。

外头护卫早已被黄鼠狼的叫声引来，一看见文臻这般模样冲出来，顿时大惊失色。文臻也不说话，也不装模作样哭喊，一副失心疯的模样一把抓住了迎面而来的日语。

日语吓了一跳，反应过来猛地甩手，奈何文臻的手跟铁钳似的，抓住不放，她大声道：“你快跟我来！”

日语也不知道有什么要紧事儿，习惯性听从文臻，懵懵懂懂地便被文臻拽出去了，人影一闪，燕绥已经出屋，一看见文臻那模样，再一转头，正看见沈梦沉出屋来，一边不急不慢地整理衣裳，一边摇头叹笑：“真是……”

燕绥直接向着文臻消失的方向走了过去，然而沈梦沉一拂衣袖，挡在了他面前。

燕绥眼底闪过一丝疑惑。此时便是连他也没明白，沈梦沉这时候不赶紧跑，还敢来拦他？

但他随即脸色便冷了下来，沈梦沉既然来拦他，那就只有一个原因——帮文臻拖延时间！

文臻又要跑！

这个结论在看见沈梦沉动作的下一瞬间闪过他脑海，他的衣袖随即拂起，同时拂起的还有不远处的一株枯树的全部枝条，那褐色的坚硬枝条伴着四散的碎雪和凌厉的掌风，劈头盖脸向沈梦沉而来。

沈梦沉却并不和他相斗，只如柳絮浮沉，顺风而舞，但总挡在燕绥前进的路上。

两人这般游走几遭，在燕绥终于动了真怒，袖摆狂风那一霎，沈梦沉身形一收，疾退数尺，遥遥对着燕绥一笑，道："之后的事便拜托殿下了。"

月色如最温柔的笔触涂抹他辉光轮廓，他在月光下笑颜宛宛，华美的大袖一扬，便乘月光归去。

燕绥没有追他，也没有试图去追文臻，给耽搁了这一刻，足够文臻跑远。

他在院子中默默伫立，过了一阵子，一脸茫然的日语回来了。

日语回来后，四处寻找了一阵，还问中文："怎么，文姑娘没有先回来吗？"

中文恨铁不成钢地瞪着他："没有！说清楚，文姑娘拉你出去干什么了？说了什么？在哪里和你分手的？"

"在那个方向，一处已经关门的小杂货铺前，她说发现了沈梦沉一个很重要的秘密，让我记住那个小杂货铺做个记号，我正在做记号，就听见衣袂带风声，然后文姑娘大喊什么人，就追了出去，一边追一边叫我赶紧回来报信……"

中文急忙迎向燕绥："殿下，您别怪罪日语，就他那个死脑筋，哪里是文姑娘的对手，我们这就去那杂货铺寻找线索。"

"不用了。"

"一定会……啊？"

"她是故意要溜的，不会给你们留下任何线索。"

"那为什么……"中文也有点蒙。

眼看燕绥真的回身去睡觉了，中文幽怨地抬头望天。

"主子，您为什么要帮那位姑娘溜走？平白得罪了那位殿下，万一他不肯出力怎么办？"

"因为，她认识君珂。"

"那……"

"纳兰君让正前往鲁南坐镇追剿尧羽卫，君珂与纳兰述想要出大燕就一定会被他知晓，以纳兰述和君珂的性格，很可能会对纳兰君让出手。而我猜，这位东堂殿下会趁机出手。那么如果这位文姑娘是君珂旧识，很可能会坏了事。所以就算她不想走，我也会想办法逼她走的。"

"您又是如何看出她和君珂相识的呢？"

长久沉默，无人敢于再问。

半晌后，有人轻声一笑："大概是因为，都是小妖精吧。"

文臻在夜色中奔行。

脚下是成王府的重重屋瓦。

大概沈梦沉也没想到，文臻溜走之后，第一时间便赶往了成王府。

只有趁沈梦沉不在的时候才有可能拿到那剩下的半块桑石。

沈梦沉总在试图利用她，她又何尝不是在利用沈梦沉？

他不管出于什么原因，愿意帮她绊住燕绥，那她自然要好好利用这点时间。

白天去过成王府，已经了解了大概的布局，她潜入了他所在的主院书房一番查找，但一无所获。

她很快找到了一个机关，机关分两个方向，她的时间只够她走一个，她犹豫了一下，打开了左边的那个。

打开之后走过一条长长的通道，再过了一道门，眼前又是一个房间。

房间里的床上，有人在睡觉。

文臻站定，细细看了一下房间的陈设，确定这里睡的必然是身份高贵之人。

成王府已经不剩什么主子了，沈梦沉还没回来，那这个人难道是新封的成王？

时间紧迫，文臻并不犹豫，一个箭步上了床，匕首已经抵在了床上人的喉间。

那人猛然惊醒，刚想大叫，就感觉到了喉间的冰凉，手指刚要摸索，文臻抬手，手指上卷草弹开，把那人的手固定在了床上，顺手抓过一角被子塞在那人嘴里，堵住了他的惨叫。

一番动作行云流水，那人很快就放弃了挣扎，文臻心头掠过一丝疑虑——传说中纳兰迁性情暴戾阴狠，如今瞧着这么识时务？

现在也不是探究的时候，她开门见山："桑石在哪儿？"

然后她就看见了对方眼里的茫然，心道不好，再一看床边架子上的王袍，更加不可思议，新封成王连自家宝贝在哪儿都不知道吗？还是说得位不正，所以无法得到详细的传承？

她想了想，换了个说法："沈梦沉藏重要东西的地方在哪儿？"

那人犹豫着，文臻手中的匕首在他颊侧缓缓游移，不知道为何，这个动作引起了他的恐惧，连忙示意要说话，文臻把匕首移开一点，那人低声道："他很多东西，都藏在他那个黑轿子里。"

文臻手中匕首忽然贴着他颊侧一挑，挑出一点细细的边缘！

那人浑身一颤，眼神惊惧，急忙道："没骗你，一般放在他座位下，他谁都不信……"

文臻屈指一弹，将他弄昏，挑出一张薄薄的面具。

她笑一下，摇摇头。

难怪堂堂成王甘为傀儡。

原来早已狸猫换了太子。

沈梦沉真是厉害得令人心中发凉。

她撕下面具，将假成王扛在肩上，收刀起身，没有再穿过密道回去，而是直接从梁上翻到屋顶，回到王府的大门处。

文臻一直走到王府经常出入车轿的侧门处，跳上围墙，将假成王藏好，静静地等。

青黑色的院墙上白雪如盖，远处的长街一色莹白，天地间只剩了黑白二色，如文臻冷静等待的眼眸。

长街尽头，忽然有幽幽的黄色灯光飘摇而来。

黑夜中前行着黑色的轿子，轿子里坐着身穿黑色大氅的男子。

黑色的大氅衬得男子脸色苍白，他用衣袖掩口，轻轻咳嗽一声。

长街空旷寥落，黑轿如自地狱深处而来，擎着招魂灯，呼唤这世上游荡着的所有鬼魂。

文臻一动不动，看着那轿子直接往侧门来，手上的卷草慢慢挪到了正确的位置，哨子已经含在嘴里，文蛋蛋滚下门檐。

蓄势待发。

眼看那轿子已经到了门口，忽然里头咳嗽声一停。

抬轿的人脚步停住。

文臻心头一跳。

沈梦沉坐在轿子里并没有说话，轿子静静停在雪地上。

这种安静让她的压力巨大，文臻掌心微微渗出了汗。

她不觉得自己会被发现，但沈梦沉这种人往往会有惊人的直觉，他或许从别处发现了问题，或许他只是被刺杀多了，习惯性故布疑阵。

但不管怎样，她自己不能先乱了阵脚，不然想要逃脱容易，再想拿一次桑石绝无可能。

她不信任沈梦沉，感觉要他交出桑石可能还是会出幺蛾子，既然毒对他没什么用，那就亲自出手把桑石抢回来，占据主动权，也就当燕绥被甩下的补偿。

她依旧一动不动。

时间在静默里被拉长，令人难熬。

好在沈梦沉并没有停留太久，随即轿夫一声吆喝，抬起轿子转了个向，往正门走去。

文臻感到又意外又疑惑。

沈梦沉怎么忽然转正门了，那是发现了问题？发现了问题为什么不出手？

然而时间紧急，现在不出手，沈梦沉进府，门一关，她就成那个被打的狗了。

她忽然站起身，一声大喝，将假成王扛起，扔向轿子！

她扔的时候，将假成王的脸朝下，正对着沈梦沉的轿子。

轿子的顶部弹开，沈梦沉抬头，就看见假成王撕去面具的脸，沈梦沉本是八风不动的人，一瞬间眼底也有震惊之色。

然后他不得不起身去接。

他一起身，文臻就蹿了过去，袖底飞出一柄飞箭射中轿壁，然后轰的一声炸了。

飞箭一出，沈梦沉已经接住假成王，立即飘身而起。

半边轿壁被炸开，这时候，时间拿捏精准的文臻也已经到了，伸手一抄，穿过被炸破的板壁和炸翻的座位，抄出了一个箱子。

她抓住箱子，刚刚一喜，随即便是心中大骂——拿不动！

箱子竟然是焊死在底板上的！

这缺德玩意！

而此时沈梦沉反手一掌，已经拍到她后心！

文臻立即放手，轿子内辗转腾挪不便，她却是练得一身泥鳅功，滑过了沈梦沉的手掌，却依旧被那掌风扫到手臂，一阵剧痛后，眼看手臂便肿了起来。

她头也不回，这边在躲掌，那边手中卷草已经化为一个周身锯齿的圆锯，她手臂一挥，大开大合，便顺着那箱子周边猛锯！

箱子焊死，四面却还是木板。

沈梦沉刚刚将假成王扔给轿夫，一低头看见文臻的动作，眼底掠过赞赏。

这丫头的决断和应变能力惊人至极！

只是虽然能够取下箱子，但是箱子是沉铁打造，沉重至极，她带着箱子就等于拴着镣铐，能跑多远？

一阵风猛然从门里撞了出来，转眼就把他那几个红门教徒扮的轿夫撞倒。

沈梦沉一抬头就看见王府马厩里的一匹腾云豹，像一团黑霹雳猛然降临，而文臻一转身，黑发甩在唇边，唇角一抹笑意甜蜜又狡黠，猛地将那箱子甩了出来。

那箱子落在腾云豹的背上，不愧是第一名驹，那一声无比沉重，那马一声长嘶，竟然撑住了。

沈梦沉依旧笑吟吟的，这箱子多重他是明白的，便是腾云豹，也顶多勉强能背着跑起来，但要是再加上文臻一个大活人，依旧跑不动。

然而蹄声响起，腾云豹狂奔而去，铁蹄底白雪飞溅，狂飙不回头。

而文臻还在原地。

他这一愣，手就一慢，再次给了文臻滑出他的掌风的机会，然后他忽然又听见一阵犬吠。

再然后雪飞腾腾，长街凌乱，幽黄灯光下冲来一股黑流。

再仔细看，那不是黑流，那是黑压压的一群野狗！

野狗大多瘦骨伶仃，毛发蓬乱，单独看哪只都是丧家之犬，但架不住狗多。

这么一大群潮水一般猛冲出来，还是很能唬人的，以至于连沈梦沉都愣了愣。

文臻一个翻身，上了狗。

沈梦沉一怔便醒，指尖一弹，劲风呼啸，文臻正在翻身，感觉这回躲不过，拼命往前一蹿，嘴里哨音下意识吹出唐慕之教的一个转折。

身后“砰”的一声，似乎什么东西相撞，伴随凄厉的犬吠，有一点尖锐的东西刺入背后，猛然一痛。

她回头看见两只狗跃在空中，撞在一起，冰刺穿过了两条狗交错一起的颈项，最后一点刺尖刺入了她后背一丁点。

这场景和那一日两头鹿替唐羡之架住了林飞白的飞剑的场景相差无几。这一日，两条狗交叠依旧没能挡住沈梦沉全力一刺。

但好歹让文臻逃得一命。

文臻站在最强壮的一条狗背上，她身躯轻盈，倒也不显得累赘。

而四面群狗成海，将她围在中间，呼啸狂吠而去。

四面百姓却无人敢于开窗探看，便是从窗户和门缝里偷窥了，大抵也会觉得这是一场离奇的梦吧。

梦境里，狗群中央的那个少女长发飘散，笑意盈盈，转过身来，做了个拿凤箫的姿势，笑道：“谨以此，致敬唐羡之。”

第三十三章

有骚气

文臻摸着肿起来的手臂跳下狗背，召唤来一匹马，顺着先前腾云豹离开的方向奔去。

文臻只盼望沈梦沉也有洁癖，不愿接触那群堵住路的脏兮兮的狗，那么无论他是驱散狗还是另走别路，都能让文臻争取到时间。

沈梦沉果然没追来，文臻舒了口气，抹了一把额头汗，唤来文蛋蛋草草给自己祛毒包扎，又唤来一匹马，继续去追腾云豹。

沈梦沉没追来并不是因为洁癖或者其他，纯粹是被燕绥拦住了。

燕绥把日语叫来，细细问他那杂货铺子的位置方向，稍稍一想，便二话不说起身飞了出去。

中文和日语急忙带人跟着，一路疾驰却发现后来走的路拐了个弯，已经不是往杂货铺去了，再一抬头就看见成王府高阔的外墙。

虽然燕绥再次神奇地猜中了文臻会去成王府，但是依旧慢了一步，到的时候沈梦沉正驱散群狗要去追文臻，燕绥一剑招呼过去，沈梦沉不得不回身对敌。

沈梦沉却也并不想和燕绥打，眼看没机会追上了，便笑道："殿下，文姑娘对你可真是有心，费了老大劲儿，从我这儿把桑石给抢走了。我猜着啊……"

他话还没说完，燕绥转身便走，忽然一回头，一根本在院墙下垂挂的长长的冰棱，呼啸着向假成王射去！

沈梦沉出乎意料，燕绥明明刚来，看都没看假成王一眼，怎么就突然玩了这一招！

燕绥这一下又近又狠又突然，眼看就要血溅三尺，沈梦沉人在半空，大袖飞舞，挡在了假成王面前。

冰棱呼啸，竟然依旧刺入了那坚硬厚实的大红门，穿透木门后，尾端才簌簌碎裂，落了一地碎冰。

沈梦沉只得扑向门后查看假成王的情况，这人是他费尽心思培养的，起先跟在纳兰迁身边学他的语气、神情、动作，才成就了这么个惟妙惟肖的傀儡，用以暂时控制并号令冀北，此时还有大用，自然不能让这人就这样葬身于燕绥手下。

他扑向门后，看见假成王没死，但却给一截枯藤缠住，眼看要窒息，等沈梦沉把他解救下来，燕绥自然也走远了。

几个做轿夫的红门教徒围上来，脸上还是茫然和惊惧的表情。

沈梦沉却问："我们留在客栈的黄鼠狼还在吗？"

有人回答说在。

沈梦沉便笑了笑。

有人忍不住问："主子，为何那位忽然便走了，又为何会忽然对成王出手？"

"他知道文姑娘拿了桑石，自然是要送给他的，不赶紧回去堵人，更待何时？至于对成王出手……因为他看见院墙下的冰棱少了一根。"

对战之中，那位殿下还是发现墙下冰棱少了一根，立即反应过来他用冰棱对文臻出了手，便以牙还牙。

那位还知道对他使用冰棱无用，便用来对付假成王，明摆着就那么一眼之间，就已经猜到假成王的身份，且知道假成王如果死了他会有更大的麻烦。

沈梦沉摇摇头，有些唏嘘地想，听说东堂这位三殿下无意于皇位，如此真是周边诸国的幸事。不然给这位殿下登了帝位，再有那样狡猾的姑娘辅佐，诸国只怕再无安宁之日。

好在大燕和东堂之间还隔一个云雷，不然未来数十年，这大陆便是混战之局。

据说大荒左右国师也是惊才绝艳之辈，尤其右国师宫胤绝慧，所幸大荒自闭于大陆之北，无数沼泽隔绝了四周窥测的目光，也隔绝了大荒挥剑向四方的可能。

而自己，所谋所夺，必定要从这脚下一方土地始，向大燕疆土无限延伸，数十年不灭的野心与怨仇是始终幽幽燃着的火苗，自点亮那一刻起，便注定要燃尽这皇天后土，万物摧折，直至众生皆成白骨。

他注视着前方绵延的院墙，那一排冰棱如剑，尖锐地面向大地，其中少了两根，便如巨兽的獠牙断折出一个黑乎乎的洞。

洞在慢慢扩大，现出孤城城门，城门内上演皮影戏，有人挟恨而来，单刀赴会，有人隐于长草，含泪凝视。

一忽儿，长草间的少女缓缓站起，目光染血带恨，向着他，一刀自戕，死生决绝。

他眼底勃勃的火苗渐渐淡去，化为浅浅的伤。

这世上有多少相知相许，全心呵护，就有多少的陌路成仇，爱而不得。

文臻找到腾云豹后，拿到了箱子，原以为那么重的箱子藏在那么隐秘的地方，里头定然有沈梦沉的许多要紧东西，谁知道箱子套箱子，用布包着手打开三层之后，她放弃了。一把扛着剩下的箱子奔回了客栈。

好在那箱子只有最外面一层是玄铁的，一旦去掉，里头就是木盒，轻得很。

如猜测那样，燕绥不在。文臻呵呵一笑，心想殿下反应真快，果然沈梦沉是被他拦住的，只是殿下如果知道她会回客栈送药，会不会气死。

一样是打时间差，她把箱子往燕绥屋子里一扔，墙头都没下，转身就走。

她走出数丈之后，隐约有所感应，回头一看，远远地，有人影如流星飞掷，燕绥回来了。

这时间衔接得刚刚好，她十分满意地一笑，隐入黑暗中。

但她不知道的是，她离开后，那院子角落里，一只原本死得直挺挺，被扔到角落的黄鼠狼忽然蹦了起来，一溜烟蹿到那箱子前，连拖带咬，将里头一个小盒子咬出来，叼着跑走了。

那只训练有素的黄鼠狼还精怪到把那咬破的箱子拖到不起眼处才跑走。

黄鼠狼影子刚消失，燕绥已经进院，一进来便皱起了眉。

院落里空旷冷寂，雪层之上并无新痕。

文臻并没有进院子。

这一眼便让燕绥失了兴致，他默不作声往屋子里走，走了一半，忽然停了下来，道："有骚气。"

然后他一转头，便看进了阴影深处。

中文在那里找出一个破箱子，仔细嗅了又嗅，才闻见是有一点骚气，但是方才殿下隔了半个院子，居然也闻了出来。

燕绥看一眼那破洞，道："先前那只黄鼠狼呢？"

中文已经明白了，一脸羞愧地道："先前见那只畜生直挺挺的，还以为死了，随手扔了，谁知道……"

燕绥看了一眼那箱子，最终摇摇头进了屋。

中文等人面面相觑，半晌，英文问："怎么办？殿下好像挺生气，我们还要不要找文姑娘？现在去追说不定还能找得到痕迹……"

中文不以为然地摇摇头，却最终道："找吧，不用管殿下怎么想，无论怎么想，他都是挂记文姑娘的。"

文臻扔完箱子后，眼看天色已亮，城门开启，便骑着腾云豹直接出了城。本来她是想着腾云豹速度快，骑上一段路甩脱可能追上来的追兵，然后在城门前下马将马扔了。

谁知道腾云豹这种马野性十足，跑着跑着便兴起，晨间的街道上也没什么人，腾云豹闪电般奔出了城门，守城的士兵只看见一道黑影掠过，连马蹄后的灰都没看清。

文臻骑术一般，靠哨技勉强压着这匹神骏。那腾云豹大概憋久了，跑了半天才尽兴停下。文臻转目四顾，早已不认识这是什么地方，眼瞧着前方也是个小小市镇，过去一问，竟然已经到了冀北边境，离最近的大燕鲁南只有六七十里路程。

附近最大的城池，叫仁化城。

她并没有进城，就在城外的小村里借宿，顺便养养伤。

隔壁也有个小村，听说住了一些江湖人士。

她曾见一个少年默默在井边打水，端去给一个清秀少女。

曾见那清秀少女神态疏朗，眸光锋利冷酷，如狼王行走旷野，时刻侦察着世间敌意。

见那清秀少女将端给她洗漱的水送进一间屋子，那间屋子里燃起的灯火很快熄灭，少女却没出来。

见过那最初端水的少年默默站在屋子不远处，久久凝视那灯火。

见过那屋子里会暴起怒喝，然后那少女皮球般被踢了出来，狼狈地跌在地上，四面全是人，却寂然无声，远观的少年一动不动，却扭过脸去。

那少女自己爬起来一抹嘴边血痕，再进门，再被扔，再进门……

文臻看到这里，觉得三角恋甚是好看。

但是这个故事里存在错位，少年不该是毫无嫉妒的，清秀少女不该是死缠烂打的，屋子里一直没露面的那个，明显精神不对劲，也不该是这样的。

文臻看了一夜，天将亮的时候少年离开了，清秀少女第十次从地上爬起来，却没再进那屋子，反而蹒跚地向着文臻隐藏的角落走来。

文臻没动。

那少女在一丈之外站定，双手抱胸，开口声音微哑，透着一股冷酷："看够了没？"

"还没。"

"还想看什么？"

“看你什么时候爆发。”

“呵呵。”

“我来不负责任地猜猜，里头那个有病是吧？你需要以一种暧昧的方式给他治病？但其实你是不愿意的，他也不愿意的，但是你有责任，他也有，所以你们现在就在反复地撕扯，无奈地纠缠。”

“哈，你说话真好玩，冲这一点我就不想杀你了。那我也来不负责任地问你，你觉得这事儿怎么解决是好呀？”

文臻头顶上琉璃珠儿动了动，那是文蛋蛋悄悄溜回来了，告诉她屋里人不是毒也不是蛊，它没有办法。

文臻立即打消了套近乎的打算。

她原本怀疑这一群人的身份，想要不费什么力气地卖个好，如今发现自己可能无能为力。

“任何违背当事人心意的所谓挽救，任何打着我为你好的旗帜进行的自作主张行为，其性质本身就是一种伤害和背叛。”文臻拍拍手，完全不走心地重复自己的馊鸡汤，“我觉得人生在世，最重要的两种好品质就是决断和尊重。”

“决断和尊重。”少女低头喃喃自语。

这一霎她脑海里浮现出过往种种，那个眼眸里金光微闪的少女和身后屋子里那个青鸟般的少年，那些相知相许，一路风雨，那些不知应该如何摆脱的责任，和横亘在三人间的无常命运……

一个决断便是一生。

等她再抬起头来时，早已没有了文臻的身影。

而对于文臻来说，她也不会想到，自己随口的一句话间接地影响了几个重要人物的命运，其中包括她遍寻不得的研究所的闺蜜。

那一夜又飘起了雪。

成王府里，被骚扰了一夜的沈梦沉没有再去理会燕绥和文臻，他还有更重要的事要做。

他在高楼上，看那华丽府邸里皑皑白雪清凉一色，雪上跪爬哀哭的侍女泪中带血，那雪中少女脸色苍白至极，衣袖间落下的婚书却红艳如火。

文臻在那小村只住了一夜，便继续往鲁南方向走。腾云豹很有自己的主意，总是不大听她的话，文臻心想，让它这样随便乱走，燕绥那边可能更难追，毕竟英文的手下再擅长追踪，却没有这般的好马。

腾云豹忽然加快了步伐，一阵狂奔，像是被什么吸引了一般。跑了一阵，文臻看见前方的一处茶亭，茶亭边拴着两匹马，她瞳孔一缩，终于明白为什么腾云豹会奔来这里。

那不就是步家姐妹用以逃走的那两匹腾云豹吗？自己这匹腾云豹大概是一路顺着同类的气味追过来的。

文臻并不想见她们，只是很奇怪，那两人怎么奔到这里来了？

腾云豹已经冲了过去，速度太快，蹄声太响，那两人一起回过头来，看见那腾云豹，不禁一怔。

随即两人对视一眼，都站起身来。腾云豹无比珍贵，还能护主，非寻常人能用，步皓莹和步妍都十分紧张。

再一看见文臻的脸，那紧张就变成了恐惧。

文臻马鞭一指那两匹腾云豹，笑道："看样子是一家子啊，这骨肉分离也怪可怜的，要不两位把这两匹也让给我？"

步皓莹怔怔地看着她，这世上还有人正大光明地当街抢劫，奈何她还真没胆量说一句"那怎么不把你的让给我"。

她退后一步，正好又把步妍给让了出来。

步妍吸一口气，上前道："姑娘既然喜欢这马，那我等自然要双手奉上。"

说着便亲自上去解缰绳，将马牵到文臻面前。文臻似笑非笑看着她，她本意并不是要打劫这马，只是既然撞上了，就得先把对方的气势压下去，免得对方看她孤身，又生出什么不该有的心思。

看步妍这般能屈能伸，她点点头，并不接，勒马退后一步，马鞭对地上一指，道："放地上吧。"

步妍脸上闪过一丝羞怒之色，最终却咬牙忍了，放下缰绳后拉着步皓莹便走，走了几步后忽然回头，道："其实这几日我们也隐约猜出姑娘的身份了，才和姑娘示好，倒未必是怕姑娘什么。"

文臻笑嘻嘻地道："是啊，你们自然是不怕的。你们只是喜欢我，所以才和我示好呢。"

步妍冷着脸又道："我等今日落魄，自然由得姑娘嚣张。姑娘是未来一国王妃，说不定将来还能做皇后呢，自然不是我等可比。"

"客气客气，两位将来说不定还是女皇呢，该说失敬的是我才对。"

"不过呢，就我看，姑娘这皇后八成是做不上的。"步妍忽然压低声音道，"姑娘知道这里头的原因吗？"

文臻心中一动，她虽然对皇后之位没兴趣，但也一直对东堂皇帝的态度存疑。这两位好歹是尧国皇族，又生性爱钻营，各国皇族常有一些不为人知的消息来源，莫非这位是知道些什么？

文臻依旧笑道："知道啊。陛下康健，太子在位，其余人等怎么会生出那等大逆不道的心思？步姑娘啊，这话你敢说，我可不敢听。"

步妍望着她，忽然笑了，她面容秀雅，气质柔和，此刻她的笑容却有浅浅恶意，嫣然道："那是因为从一开始有些人的血脉就是脏的呀。"

第三十四章

霸气

文臻一怔，喃喃道：“脏？”

步妍已经拉着步皓莹快步走开，一边走一边笑道：“不然呢，你看哪国皇族会早早把皇子送出宫廷？姑娘嫌弃我们脏，可笑，我们做过什么？生成这般身子是天意弄人，不是我的错。同样浸淫宫廷，同样不干不净，谁又比谁高贵了？”

步皓莹冷笑接口道：“不知道文姑娘这回还会不会继续觉得自己高贵。”

步妍道：“那是自然。”

步皓莹道：“那还装什么纯净无垢呢？谁不知道那位性情暴戾草菅人命？赖在他身边能图什么呢？”

两人身影渐渐远去，文臻并没在意，犹自眉头深锁，喃喃道：“脏？”

因此她也就没有注意到，身后隐约有人影掠过。那人衣袂带风，本要飘近她身边，不料忽然听见后面这几句对话，身形一顿。

北风吹起枝上干雪，几抹碎白掠过他忽而茫然的眉目之间。

那眼眸倒映宫廷夜卷，灯火浮光摇曳，在桐木长廊上映下幢幢倒影，如鬼魅般浮游。

跟在燕绥身后的中文脸色慢慢变了。

东堂境内被明令压下的流言如今贸然闯入了文姑娘的耳中，切中了殿下最深的忌讳，那么今日之后两人之间会不会因此产生隔阂？

燕绥忽然一言不发，转身便走。

好不容易一路追过来，这是怎么了？不想追了？

中文一颗石子打在腾云豹的屁股上，腾云豹一声长嘶回头，带着文臻一个转身。

文臻还在消化刚才的话，一转头就看见一脸苦色的语言护卫和燕绥的背影。

看见中文的神情，她便明白方才的话燕绥已经听见，并且可能已经生了误会或者犯了忌讳。

文臻愣了三秒，手中马鞭举了起来，下一瞬狠狠抽下。

文臻扬鞭，策马，狂奔，一霎便追上了燕绥，然后，低头伸手一抄，将燕绥抄上了马。

文臻把燕绥抄上马后，在呼呼的风声里，大声在他耳边道："我又要生气了！我就不明白了，我在你眼里就是个三心二意耳根子软的傻子吗？都有了我了，还有什么破事儿值得你在意！你记住，你竖起耳朵给我听着，我文臻来自天外，与众不同！从头到尾我喜欢的只是你这个人，是全部的你，包括所有优点和缺点的你，从来没有完美过也不需要完美的真实的你，这世上只有我有胆量有底气接纳全部的你，不需要任何犹豫！"

一口气语无伦次地喊完，霸气地摸了一把妖精绥的脸，再把他狠狠一推，推下了马。

然后马鞭猛甩，再次狂奔而去。

好一会儿，燕绥才反应过来。

"她还逃出瘾来了，真是莫名其妙！"燕绥道，"追！这回不管用什么方法，一定把她拴在我身边！"

"是！"

文臻策马狂奔，脑海里的想法也在狂奔。

有些疑惑从未深想，此刻却想得浑身发凉。

她并不会就这样相信步妍的话。皇家血脉不纯是大事，如果燕绥真有这个嫌疑，他焉能活到今日？

而东堂境内毫无这等流言却在国外王公嘴里隐秘流传，真实性委实不靠谱。

但皇帝的态度，德妃的态度，两人对燕绥的态度，皇帝对德妃的态度，确实也是一直盘桓在她心头的迷雾。这个问题不搞清楚，未来牵连的就可能是无数性命。

最关键的，燕绥自己知不知道？

而且她怎么还觉得，燕绥的态度并不仅仅像是对这个血脉流言的在意？

她心不在焉，以至于逃奔时也失去了警惕，没过多久，便真的被燕绥动用各种手段逮了回去。

那时候他们已经行到鲁南边境龙牙谷附近，燕绥已经接到了沈梦沉的飞鸽传书，桑石被沈梦沉弄了回去，约定自然要照常履行，沈梦沉信里称纳兰君让已经被原冀北成王嫡子纳兰述俘虏，燕军跟随其后试图相救，他已经在燕军中安插了人，请殿下伺机出手。

文臻被逮回来之后，燕绥一直没有见她，两人别扭着，事务都由中文传达。文臻听说燕绥准备出手，也就打算等他事成再想法子溜走，以免他战场分心。

当日龙牙谷前，燕绥出手，机关箭术俱下，明卫暗卫齐出，不仅拿下了纳兰君让，还买一送一，掳来了纳兰述的爱侣君珂。

可惜君珂被掳时，文臻正在高处看龙牙谷里万军之中疯狂的少年，那山势如牙，那少年便是牙上的尖，闪烁着耀目的寒芒，碾磨所经之处，血肉飞溅。

看他一箭如满月，箭出杀主将。

看见他指挥鹰般隼利的鸟儿起落蹁跹，如一张巨网，笼罩住了入谷的燕军。

那少年拄剑而立，在那尸山的最上头仰首向天，似在默默呼唤那刻在心上的名字。

那是文臻第一次直面战场，大燕龙牙谷，一万余燕军对两千余尧羽卫，全军覆没。

这一次她明白了战争的残酷，并学会了在战场上应该怎样做一个将领。

她不知道的是，就在她为纳兰述与大燕的战争而热血激荡之时，她心心念念寻找的君珂就在她身后距离两辆车的地方。

缘分未到，咫尺天涯。

燕绥兵分三路，继续前行，而因为掳走了君珂，纳兰述穷追不舍，燕绥不胜其烦，决定干脆连纳兰述一起拿下算了。

一直行至鲁南边境赤罗县，在赤罗山一处神奇的孔洞湖里。趁燕绥忙于布置陷阱，文臻以洗澡为借口跳入了那个传说中泉下有洞的湖水中，并且也如推算一样发现了另外一个洞，确定这湖连着山那面另一座湖，侧面有洞相通，从第二个洞出了水，便撞着了也发现了这个秘密，准备从这边湖水潜入，去那边湖中救纳兰述。

文臻假称黄圣衣和纳兰述一番谈判，以带他去解救人质为条件，要求他帮助她获得自由，纳兰述同意了这个建议。不知怎的，文臻觉得纳兰述这么容易相信她有点不合常理，然而不合常理的事情还是发生了。

但是当她和纳兰述再次潜入湖底回去，却发现关押人质的马车被沉湖了，文臻一看就觉得大事不好，也不知道是不是太不合作，触碰了燕绥的底线，这下不仅桑石没了，纳兰述也一定会发疯。

三十六计走为上计。

出了洞，她发现附近还有大批尧羽卫的痕迹，只能一路狂奔。纳兰述能一路追上燕绥，说明尧羽卫当中一定也有追踪高手，文臻一路跑一路吹哨，召唤山林野兽，为她抹去身后痕迹。一日后她出了山，然后选择从羯胡绕道，再经过云雷高原，回到了东堂。

那时候已经是一个半月之后，她的小腹还没有凸起，但是脸上已经多了一点淡淡的斑点。

在东堂边境，她遇到了自己的护卫队，侍女采桑也来了。这些人原本都在天京，得了燕绥飞鸽传书，提前在边境等待，同时在队伍里的还有一个传旨太监。

皇帝的圣旨里对她这段时间的失踪一字不提，言辞充满了慰勉，最后果然如传言那般，升她为湖州刺史，即日赴任。

文臻在留山的行事已经给皇帝递了密折，并附上了相关证据。严格来说，她是和燕绥联手避免了留山土著事变，消弭了一场可能影响整个东堂的内乱。皇帝已经派将领以辅助大皇子名义前去接管水军，又宣召大皇子上京，老大显眼已经快要失势。

这是大功，却无法颁布明旨在朝廷嘉奖，但十分顺利地升为刺史，显然与此有关。

但是明旨之外还有一道密旨，太监偷偷交给了她，并说皇帝交代，看完即毁。

当晚文臻在灯下看完，于烛火上燃尽了密旨。

就任刺史圣旨一下，和燕绥不可避免长期分离。毕竟不管目的是怎样的，她现在已经算是封疆大吏，而燕绥是皇子，皇子不能和封疆大吏相交过密，这是铁律。

如果她没猜错的话，燕绥应该已经接到命他回京的圣旨，所以他也没有专心地进行这场追逐。

文臻不禁长长松口气。

虽然这个刺史是带着任务就任的，但至少也要在湖州待上一两年，够她生下孩子了。

队伍里还有两个天机府中的人，一个是当初那个隐身少女，一个是之前俘虏的一个天眼通。天机府虽然卷入了安王谋反事件，但毕竟身不由己，且诸般人才培养不易，因此燕绥上书朝廷，先剥夺了安王对天机府的掌控之权，暂交季怀远代管，并从中将这两个女子抽了出来，给文臻做贴身护卫。

从边境到湖州又走了大半个月，在离湖州还有百里的地方，文臻分散开护卫队伍，耿光带着大部分人先骑快马去了湖州主城。陈小田和一小部分护卫则换上普通赶路客装束，在文臻不远处暗暗跟随，她自己则雇了一辆普通大车，带了采桑和那个天眼通少女慢慢行路。

朝廷下发的明旨规定了她的上任日期，但是那还在半个月后，而她赶路是要打个时间差。

皇帝给她的密旨上说明了调她去湖州的缘由。

事情还要从前不久李相回翻往年征税档案说起。李相无意中发现二三十年前的湖州一地所上缴的田赋是现今的两倍有余。湖州位处中原，向来是东堂产粮大州，稻谷丰熟，如今却显得产出平平。但这样的减少并不是锐减，按照东堂律例，当一地连续两年发生灾害减产时，除减免当年赋税外，第三年还会相应下调田赋，而湖州往前二三十年，是风调雨顺之地，不然也不会成为产粮大州，但从二十余年前起，湖州每隔两三年，便会接连有两到三年的大灾，因此下调税赋，而且后来再没有调回来，就这样一调再调，到了近几年，湖州的田赋已经和其余诸州相差无几。

这样下调的结果是，大家也渐渐忘记了湖州的粮仓之称，而朝中湖州籍的官员向来也少，其余人对这州的具体情形不了解，偶有人提出湖州的赋税似乎应该上调，湖州当年必定报灾。

因为下调是间歇着来的，时间跨度又长，所以一切都显得不那么明显，但是当李相将旧档拿出来对照的时候，不免就产生了怀疑。

但因为痕迹不明显，所以即使怀疑也不能拿到明面上说，李相便以湖州刺史年老为由令他致仕。随即朝中无数人盯住了湖州刺史这个大饼，但所有人都失望了，因为李相力荐了文臻。

李相的理由很简单，他只是有了怀疑，如果湖州的田赋真的有问题，那么长达二十余年间里，那相当于一个州的田赋都去了哪里？是简单地被当地官员中饱私囊？当地官员真的有这么大胆子？还是流入了一些不该流入的口袋？

再展开地图，看看湖州四周的地形，虽然看上去都不靠世家的地盘，但是离唐家的定阳却只隔了两城一水的距离！

选中文臻，一来是李相担心，如果田赋真的长期被人胆大包天地截留，那么湖州官场就是个马蜂窝，无论送什么人去都非常危险，送文臻去，女子身份相应地能降低人的警惕性，方便文臻行事；二来文臻本人看似不显山露水，实则行事稳妥手段多；三来以文臻和燕绥的关系，后盾比较坚实。

还有一个原因是李相和做决策的高官们都无法宣之于口的，现下派谁去都有可能被世家控制收买，但是文臻不可能，只因她已经把三大世家给得罪完了。

正巧因为西川共济盟事件，闻老太太骂殿，太子被软禁，百官噤声，最后的阻力也没了，文臻便成了东堂历史上第一位朝廷任命的女刺史，也是年纪最轻的刺史。

第三十五章

刺史大人的新礼物

文臻对于这个任务并不意外，如果不是出了岔子，湖州这样的地方，也轮不到她来主政。

文臻从外围走，在经过龙亭郡的时候遇见了自己折回来的护卫，护卫带来了第二位传旨太监，带来了新的圣旨。

圣旨中说，还给她配了一位长史，已经从天京赶来，看来是怕她不懂实务，派人来帮她干实务，她专心破毒瘤就行。

另外还有一位御史，按照往年惯例下来观风，也到了附近。

文臻还收到了单一令的信，她的半个老师在信中隐晦地告诉她，她这个刺史以及围绕刺史产生的长史和观风使人选，在朝中也争了小半年，现在尘埃落定，人选因为太过有利于她，所以之后可能为了平衡，还会有一些制约手段，让她有所准备，小心行事。

文臻看完便把信烧了。为了等待这位御史，她打算选择叶县的一个叫小叶村的村子投宿。

此时天色已晚，月色尚且温柔，小村外的道路边春意初萌，空气里氤氲着馥郁和湿润的气息。

采桑一边赶车一边看了看路边的菜地，对文臻笑道："小姐，湖州这块地方气候好，土地肥，您瞧这路边的地里连野菜都发得早，长得足。"

文臻笑道："回头到了地方，咱们就有新鲜的荠菜馄饨、马齿苋包子、马兰头拌香干、灰灰菜天妇罗、小蒜千层饼、香椿煎鸡蛋吃了。"

采桑忍不住咽了口水。

天眼通少女没吃过文臻做的菜，并没什么反应，这是个木讷少言的女子，名字叫寒鸦。

她忽然道："前头有队伍来了。"

文臻也听见声音了，人数还不少，她命采桑把车子赶到一边，提前避让。

那队人到近前了，中间一顶青布小轿，四面都是一些衣着普通的平民，个个面色难看，默不作声底地走着。

小轿颤动剧烈，像是里头的人在挣扎。

采桑下意识看向文臻含笑的眼神，从轿子上滑了过去。

采桑不敢多话。

寒鸦也不说话，那队人走过的时候看了这边车马一眼，也就走了过去。

等人走过去了，寒鸦才道："轿子中一男一女都很年轻。"

"哦？"

"打扮得倒比外头这些人精致，只是绑着呢。"

"哦，我们走吧。"

"是。"

马车辘辘开动，和轿子逆行，忽然轿子一阵猛烈晃动，随即冲出来两道人影。

人群惊呼，立即便有人上前去拉，那两人跌跌撞撞，躲避着人群，往旁边的田地里冲，那边是一个下坡，很快便响起一声女子的惊叫，似乎滚下去了，再然后是男子的大叫，似乎也滚了下去。

立即便有人惊叫："不好了！送给刺史大人的人跑了！"

那边出事的时候，她的马车原本没停，文臻是个没什么好奇心的人，好奇心害死猫的道理她比谁都懂，然而此刻终究不得不停，不管是巧合还是做戏，都到面前了，实在没有不看一眼的道理。

这夜晚坡下黑沉沉的，这些人也没带火把，人们各自下去寻，没寻着，只好爬上来怏怏离开，说要回村子带人带火把再来搜。

路上渐渐恢复安静，文臻静坐着吹了声口哨。

一道人影无声无息地忽然出现在她的车厢里，是个小圆脸会隐身的少女，叫冷莺。

冷莺低低和她道："女子跌到底下一个池塘里去了，男子的腿好像跌断了，在努力地救她，但眼看就要淹死了。"

"两人说什么了？"

"女子让男子不用救她，反正回去也一样会被送走，男子说反正他也受了莫大羞辱，若不能救人那就一起死也无妨。"

文臻沉吟了一下，挥挥手。

冷莺会意，隐身不见。寒鸦则和采桑下了路边的坡，不多时将两个人背了上来。

文臻好奇地打量着，想看看，到底谁是“刺史大人的人”。

前任刺史已经离任一个月，这艳福不浅的刺史大人八成是指自己。

女子还是少女，衣裳虽新，却是村姑打扮，脸算得上好看，缩在采桑背上瑟瑟发抖。

文臻“啧”了一声。

男子却已经痛晕了，浑身湿淋淋地趴在车里，寒鸦将他翻过身，文臻一怔。

采桑发出一声惊呼，捂住了嘴。

冷莺惊得现了身。

连寒鸦都皱了眉。

文臻盯住了那张脸，这张脸极像燕绥！

这人比燕绥要小上几岁，五官整体要柔和一些，眉间有一颗红痣，鲜红欲滴。

马车内弥漫着古怪的气氛，侍女们都看着文臻。

那少年便是在这古怪的气氛下慢慢睁开了眼睛，一眼看见正对他笑的文臻，便也现出一个浅浅的笑容来。

说来奇怪，他一笑，所有侍女便都松一口气。

因为这一笑，就完全不像燕绥了。

殿下不会笑得这么纯净，也不会微带木讷。

文臻也对他扯开笑容，然后一抬腿，她将这少年踢出了车门！

一声闷响后，一声惨呼，马车里众女目瞪口呆。

文臻依旧在笑，不管是什么原因，她都不想看见一个燕绥的仿制品。

这是对燕绥的侮辱，也是对她的侮辱。

她踏入这湖州的土地，就已经做好了迎接一切暴风骤雨、阴谋诡计的准备，但这不代表什么恶心的伎俩她都会陪着玩。

“走吧。”

没有人敢说话，马车继续前行，甚至没有人敢回头看那在地上辗转惨呼的少年一眼。

马车上被救的少女已经被吓得缩到了角落，文臻和颜悦色地问了几句，便知道了事情的来龙去脉。

这少女是前头她要投宿的村子的人，因为这一季的春赋就要开始，村子里交不上粮，就选出了她，想把她送给管赋税征收的叶县县丞，来换得减免和缓征。

至于那个少年算半个村里的人，三年前就来了村里，说是游学至此，开了家私塾，平常教童子们读读启蒙之学。

也不知怎的，前几日负责收税赋的乡佐来了村子一趟，看见了这位教书先生，之后村里联系乡佐表达了想送人的愿望的时候，乡佐便指名把这个教书先生也给送过去，大家正震惊县丞大人男女通吃的时候，乡佐却道这美少年是送给即将赴任的女刺史大人的。

今晚便是将人一并先送到县丞府邸，然后再把教书先生送去湖州。

文臻一边听一边嗑着瓜子，就当听说书一样。

春赋是个什么玩意儿？

秋收后收税是千百年来的规矩，便是一年两收也是夏季和秋季，这刚经过一个万物不生的冬天，春天还没播种的时节收什么税？

湖州的官府收税如此勤勉，为何交上去的赋税却如此平平？

还有，她人还没到，就如此贴心地给她找寻面首，营造荒淫形象，是怕湖州百姓太喜欢她吗？

眼看到了村口，文臻让那被救的少女先下车，自己悄悄回家。至于之后她是躲藏着还是举家逃走，她现在不想多管。

而她自己则如普通路人一般，进村投宿。

湖州的民风似乎并不如何热情淳朴，采桑去敲门的时候，大多人都木然拒绝了借宿的要求，有个年轻邋遢汉子开门后倒是和采桑多聊了几句，但采桑红着脸落荒而逃，那汉子还倚着墙流里流气地道：“妹子来呀，哥哥保证好生招呼你们——”

采桑回头狠狠地“呸”了一声。

连续敲了几家之后，文臻拦住了采桑，低声嘱咐了冷莺几句，冷莺领命而去，过了一会儿回来，给文臻指出了村西头一家稍微有点偏的院子，文臻便带人去敲门。

敲了好一会儿，里头才气势汹汹响起一声：“谁啊！”

文臻不说话，只敲门，里头踢踢踏踏的声音响起，伴随着那妇人满是乡村俚语的咕哝。门打开，妇人看见文臻，随即猛地将门一关，但她没关成。

文臻的靴子早就伸了进来，手掌托到她面前：“大娘，借个地方睡一晚，这串钱就归你。”

那妇人手指灵活地一抓，已经将钱抓进了自己袖子里，一转身十分痛快地向里走，还不忘粗声粗气地吩咐：“把门关上！大丫，去给墙头插个旗。”

一个补丁比衣服大的黑脸丫头跑来，拿了把纸做的破旗子往矮矮的墙头上一插。

采桑很有警觉性地盯过去，大有要把旗子拔了的意思，却被文臻按住了手。

她的目光在院子的板车上掠过，那车上堆了好几袋粮食。

她们的脚步声惊动了人，一个小小的黑影从板车后蹿出来，飞快地往屋子里跑，一边跑一边往嘴里塞着什么，那妇人上前几步，逮着那小人影：“小兔崽子，又偷吃粮食！明儿乡佐要来上秤的，少了一两看我不揍死你！”

那孩子也不过三四岁，被打却一声不吭，只往嘴里塞烂东西。

妇人骂了几句，恶狠狠将他往屋子里一搡。文臻跟着进了门，一屋子大大小小的孩子正在吃饭，文臻看见破桌上只有咸菜和黑豆粥。粥稀得能照见人影。一群小崽子还在抢，当头最大的那个一巴掌就把抢得最凶的那个的脑袋按在了桌子上。

文臻看一眼那几袋鼓鼓的粮食，再看一眼屋子里可以排成长长梯形的一排萝卜头。

最大的十五六岁，最小的不过两三岁。而那妇人看着年纪不小，粗糙的肌肤上生着连绵斑驳的斑点，两鬓的发星星点点已经微白，但文臻猜她应该也就是三十多岁。

她也不多看文臻等人，似乎繁重的生活压力和劳作已经让她失去了对这世间一切探究的兴趣，安排完自家鸡飞狗跳的战场，才对柴房一指，道：“没东西给你们吃，也没房间，柴房里凑合一晚，明儿赶早走！”

黑皮肤矮墩墩的大丫站起来一脚踢翻凳子，扛着个扫帚去柴房了。

“多谢大娘，不劳大娘费心。”文臻笑眯眯地在一个三条腿的破板凳上坐下来，采桑十分有眼力见地取下包袱，拿出零食和干粮。

将那些纸袋在手中晃了晃，文臻笑道：“一刻钟内，我要知道这村子里的一切。”

当纸袋被慢慢打开的时候，从大娘到所有小崽子都发出了咽口水的声音。

文臻的美食便是王侯公卿也不能抗拒，何况这些贫苦村民?

半刻钟后，文臻身边团团坐满了一地的小崽子。

一刻钟后，大娘嘴角簌簌落着千层饼的碎屑，挥舞着大扫帚，将所有试图抢零食干粮的儿女们都赶进了里间，回头将扫帚往地上一放，叉腰大骂文臻：“夭寿了！这么好吃的东西也敢拿出来，要是给这群小兔崽子吃滑了嘴，以后再不肯吃黍米和黑豆怎么办！”

又骂：“你这小娘子眼珠子乱转，一瞧便不是好东西，柴房也不配睡！滚滚滚，赶紧给我滚！”

文臻：“……”

厨神美食于自家辖下，首次铩羽。

最终文臻留下了肉食，找出了几个喂马的豆饼，并建议大娘可以将肉食再次煮过以降低美味，大娘才收了怒气，一边命儿女们继续干活，一边坐下缝补衣裳，和文臻聊了几句。

文臻便说到孩子们生吃粮食的事，责怪何必这么苛待孩子，明明院子里粮食成堆。

“成堆？堆成山那也是别人的！”

“是要交租？”

“反正吃不进自己肚子里！”

“如今刚初春，这交的是什么田赋？”

“一年三赋，春夏秋。丁女二十亩，每亩八升。今年还涨了一升，都在这呢。”

文臻默默算了算，倒吸了口凉气。

湖州三郡十一县，如果都按这个数额一年三收的话，那么交上去的赋税最起码该加一倍！

是不是只有叶县盘剥如此之重，然后恰巧给自己遇上了？

如果不是巧合，今年的春赋比往年更重，那么等她来了收夏季赋税的时候，老百姓还能交得出来吗？承担了这么多年的重税，百姓的极限会不会就在下一个秋天？

“一年三赋，闻所未闻，不过如果别的赋税，以及口赋徭役丁钱能够减免那也是好的……”

“呸！春秋大梦还没醒是吧？”

妇人嘴里各种数字滚滚流过，文臻越听心越凉，这税繁重程度和花样之多，湖州不是世家辖地，盘剥至此为了什么？

这些钱和粮流到了哪里？

是怎么流出去的？以及到底有多少人参与？

朝廷每三年会派遣观风使巡察天下，为什么从来没有人将湖州的情形回报？

事情其实很简单，但是想要捅开，后果可能很严重。

湖州的刺史二十年间换过五任，其中有三任做得很长，有两任做得极短，且都是上任不久后暴毙。

她低头沉思，没注意到妇人忽然抬头诡秘地看了她一眼，等她再抬头，妇人又恢复了一脸的烦躁。

“除了田租，可还交丝、棉麻？”文臻看那妇人艰难地用针缝着粗麻布，便问了一句。

“自然要交。但我们这种桑蚕产得少，是要拿钱去买。天杀的那个价格！直接交钱还不成！”

文臻听着不对，再要问妇人却不理她了，摆手道：“莫要吵我做活，浪费我灯油！”

文臻只好去柴房睡了。堂屋里那一点指头大的灯火没亮多久就吹熄了，但妇人也没睡，挪到院子里就着月光继续做活。

妇人做活时，墙头总有细细碎碎的动静，一块墙砖砸进来，妇人停了针线活，手一挥，她那黑皮肤的大丫头搁了扫帚，把墙砖又砸了回去，妇人骂道：“插了旗都不晓得消停！”

黑暗的柴房里，采桑将自己的衣裳铺在柴草上，生怕文臻睡得不舒服，忍不住悄声问：“小姐，我听见您吩咐冷莺去寻寡妇带儿女的家庭，为什么啊？”

“一来女人当家，适合咱们；二来，这世道，这贫穷乡村，一个寡妇能带着众多孩儿活得好好的，必然有常人不能及之处，那么总比寻常村夫值得拉关系。”

“那旗子又是什么意思，不会是出卖咱们的暗号吧？”

“你见过当着人面打暗号的吗？这就要说到为什么寡妇能带着众多孩儿还能活得好好的了。”

“为什么？”

文臻没有回答，心中叹息一声，摸摸她的头：“睡吧。”

采桑听话地俯伏在她脚边，没有再说话。

月光浅淡地转过窗棂。

院子里响起妇人吐痰声。

一个寡妇在这世道养活一大群子女能靠什么呢？

自然只能靠自己的身子。

插个旗子，便如那戒指的最初含义一般，不过是告诫那些村野相好，今夜有事，切莫来扰。

那院子里的几袋粮食，袋子颜色都不一，想必也是相好们帮她凑齐的吧。

妇人回屋睡觉了，文臻正要睡，忽然听见了轻微的开门声，她坐起身，对外一看，是妇人的大女儿轻手轻脚地出门了。

过了一会儿，她背着一个人回来了，神色惶急。

月光下那人偏着头，额上满是冷汗，文臻乍一见那张脸便禁不住心中一跳——实在是像燕绥。

她一看这张脸就别扭。

大丫将那少年背到屋檐下，拿了板子给他夹住断了的腿，看那神情两人很是熟悉。

两人一边裹伤一边低低说话，大丫指了指柴房，大概是告诉了那少年来了什么样的客人，那少年问了几句，愣了一下，随即大丫也问了几句，渐渐明白了什么，忽然一转身，从窗台下拿了一把柴刀往柴房来。

第三十六章

忘恩负义

文臻眉毛一挑。

这丫头是知道自己把这少年扔下马车害他伤重，要来砍自己了？

那少年急忙伸手去抓大丫，却没抓着，急得猛然起身，却没站稳，一个踉跄栽倒在地。

大丫回身去扶起他，两人语气急促地又吵了几句，大丫忽然又冲回屋子里，过了一会儿拎出一个包袱，一把架住了少年，便拖着他往外走。

经过柴房时，文臻听见大丫道："现在就走！留在这里，等着明儿再被人绑了送去给那个女色鬼老娘们刺史吗？"

女色鬼老娘们刺史大人文臻隔着窗户摸摸自己十九岁青春粉嫩的脸，笑了一下，倒头就睡，直到被村子里的喧嚣吵醒。

文臻匆匆洗漱了一下，吃了自己的干粮，出门一看，好一个鸡飞狗跳的场面。

村子里的空地上已经站了一大排灰衣汉子，看穿着不像官府中人，但是衣服统一，大多膀大腰圆，神情狰狞。领头的一个壮汉穿一件黑色衣服，指挥着灰衣人们踢开各家门户闯了进去。

一个老者陪着黑衣壮汉，点头哈腰，神情谦恭。

采桑过去打听了几句，回来悄声对文臻道："小姐，那老头是本村推选出的乡佐，那黑衣人是包税人的承包人，那些穿灰色衣服的都是承包人手下的人，今儿来收春租。"

下乡收税需要不少人手，官府人手不足，有些州县衙门会聘请当地闲散人士代为征税，称为承包人，这些人说好听了是社会闲散人士，不好听就是地痞混混，用这些人收税，也有几分强制索取的意思在里面，因此时常免不了会出些事儿，文臻之前听说过有这事，没想一到湖州就遇见了。

她不动声色，点点头，随即便听见了哭号声。一家大门被猛地踢开，一个老妇人被拽了出来掼在地上，一个灰衣人拎着半袋粮食，怒气腾腾地往地上一扔："你家便是一个丁女也该有一百八十升的定量，这半袋子你打发叫花子哪！"

"官爷，没有啦真的没有啦！去年歉收，过冬都只是瓜菜代，存粮只剩了这么些，新粮还没上，实在没了啊！"

米袋子没扎紧，洒了一地和老妇人一身，老妇人顾不得爬起身，在土里一颗颗地捡，指甲缝里积满了乌黑的泥。

金黄的黍米从她灰白的发间泻落，她急忙脱下褂子接着，里衣破破烂烂，丝瓜瓤子一样遮不住羞，她却根本不觉得。

也没人能感受到这份羞耻，门被不断地踢开，哭号声不断响起，除了寡妇家完成任务之外，大部分人家在这还没播种的初春，存粮都不够却要交春租，因此满村号哭，狼奔豕突。

文臻一直静静地站在一边，像一个合格的路人一样看着，她身边的采桑咬着嘴唇，好几次想要冲出去，看看文臻，又停住了脚步。

采桑知道自己主子是个怎样的人，也被殿下再三告诫过，绝不敢自作主张给她添乱。

只是眼看无数人摔倒，眼看老者跌落，妇人哭号，孩子惊恐，汉子磕头，满村子的哀求和哭泣之声，这出身穷苦的少女也浑身颤抖起来，眼巴巴地盯着文臻。

寒鸦脸色冷漠，低着头一言不发，忽然转头盯着墙角，冷莺已经忍不住现身。

文臻还是没动。

她不是这些未经世事的少女，她是湖州的刺史，她自踏入湖州，面对的便有可能是一个巨大的阴谋，每一步都必须思量再三。

忽然一声尖呼。

一个灰衣人将一家子的米瓮给扛了出来，那可能是那家人最后的一点粮食，一个女子张开双臂跟在米瓮周边跌跌绊绊挡着，哭喊："官爷，留下这一点小米吧！我家夫君病在床上半年了，不能断了粮啊！"

她身后还有人追出来，大喊："嫂子你别追，你小心你的肚子！"

这声音有些熟悉，以至于文臻在四面的喧闹声里禁不住看了过去，听出是昨晚她救了的那个少女的声音，再一看那追米瓮的妇人，眼神不禁一凝。

那是个孕妇！

灰衣汉子被那少妇不断挡路，烦躁地抱着米瓮便是一个横扫："滚！"

文臻："冷莺！"

下一瞬，冷莺出现在那灰衣人身前，将他踹到了墙上，扶住了将要倒下的孕妇。

米瓮好准不准地砸到那灰衣人脸上，砸了他一个鼻血长流，他大叫："杀人啦！"

这一声顿时惊动了所有的灰衣人，大家都往那个院子冲去，那个由乡佐陪着闲谈的承包人霍然住了口，也快步走过去，阴森森地道："哟，小叶村今儿胆儿肥了呀，交不上租就敢打人了！"

"没有的事，您别误会！"乡佐大惊，"怎么回事？"

院子里已经展开了全武行，冷莺是天机府出身，异能是隐身和瞬移，武功并不算擅长，但是对付这些流氓地痞还是绰绰有余，等承包人赶过去，院子里已经七零八落倒了一地。

其余村民也赶了过来，大惊失色，当即便有人道："和我们没有关系！"

"我们老实交租，没有对官爷不敬的意思！"

"老蒙一家子抗租是他们的事儿，官爷千万别算我们头上！"

采桑听得气不过，怒道："都是一村子的乡亲，这么急着撇清还有没有情分？再说这些承包人的不过都是地痞混混，算个什么官爷！"

"你懂什么！能做承包人的，哪个是简单出身！不是和官府有关系，就是和军队有关系，轮不到你一个丫头片子瞧不上！"

采桑恨恨地"呸"一声，脸都憋红了，却没再说话。

文臻看她一眼，心想这丫头心直，性子还是稳妥的。

那个承包人正要发火，忽然看清了冷莺的容貌，又看见了后头那个姑娘，眼睛一亮，道："老田，这家子的两个姑娘，我怎么瞧着是你们村之前选出来，要送到郡里去的啊？"

乡佐愣了一下，连连点头道："是啊，蒙珍珠，昨天夜里你跑了，害得大家找了你半夜，原来你跑回来了，还惹出事来，你这是要害了全村吗？"

文臻皱眉看着那个叫蒙珍珠的少女，被救回来不赶紧跑，是因为家里有生病的哥哥和怀孕的嫂嫂，不得不回吗？

承包人阴恻恻笑起来，一挥手："暴力抗租，一起带走！"

"慢着。"

众人回头，就看见人群后走出的少女。

承包人的眼睛更亮了，胳膊肘捅了捅乡佐："老田，你村里什么时候多了这么多美人儿？”

“官爷，这好像是过路的……”

“过路的啊……”包佐眯着眼睛打量文臻，眼神渐渐转冷。

文臻笑吟吟上前，手掌一翻，一锭大银闪瞎人眼。

这一招先声夺人，包佐下意识地盯着银子，道：“什么……什么意思？”

“这位官爷。”文臻诚恳地道，“这锭银子是要向您讨个情，请您消消气，先听我说几句话。”

银子到了掌中，承包人满意地掂了掂，对文臻的识相无比赞赏，扬起下巴：“说吧。”

文臻不急着说，手掌又是一翻，又一锭大银闪闪发光：“赔诸位兄弟的医药费，侍女鲁莽，下手不知轻重，还请官爷海涵。”

承包人笑着接过，手指点点文臻，声音几分惊异几分赞赏：“混迹多年的官油子都没你这份识相！”

文臻笑：“多谢官爷夸奖。当年我父亲从此地经过遇上强梁，失财受伤，得村人所救，临别赠银，才能安然回到湖州，靠那一笔赠银东山再起。如今我父亲去了，临终嘱咐我回来报恩。小叶村全村都是我的恩人，我自然不能让恩人忧愁困苦，这点子春租我包了。”

全村哗然，一脸惊疑面面相觑，各自用口型问：“你救的？”

文臻笑问乡佐和几个老人：“几位老人家一定都还记得吧？我父亲姓隋，个不高，人很白净，一脸书生相的那个。”

几个老汉怔了半晌，连忙点头：“记得，记得！你爹那时还年轻，一眨眼你都这么大了，当年他在我家住了半个月呢！”

文臻转向承包人：“只是春租这么多粮需要时间筹措，所以请官爷再宽限我三日，三日后您再带人来收粮便是。”说着又是一锭大银送上。

承包人便是见惯贿赂，也没见过这么痛快的贿赂，收钱收得手软，甚至连色心都收了——如此大手笔，可别是谁家豪富，可别惹出麻烦。

“行，交租期限本就未到，等你三日也无妨，但三日后一定要交齐！如果不交齐，全村都以抗租论处，是要送去做苦役的！”

“您放心，一颗也不会少！”

“走！”

转眼，人浩浩荡荡走了个干净。

文臻在被全村人围住之前，灵活地走出了包围圈，指挥着几个手下将孕妇扶起，规整院子，才和满村的人寒暄了几句。

几个老汉满脸疑惑地看着她，好半晌才试探地问：“姑娘，你父亲是……”

“我没父亲。”

“呃……”

“乡亲们请放心，且耐心等候三日，这事情我一定会帮你们解决。”

“可是姑娘，方才你在撒谎，那既然没有你父亲要你报恩的事情，你为何要帮助我们村……”

“因为我路见不平呀。”

“姑娘……”

文臻已经快步进屋，留下一院子面面相觑的人们。半晌，人们只得满怀疑问地退了出去，文臻听见乡老吩咐大家各自清扫粮仓、谷仓、米缸，准备装粮食。

她去看了那个卧病在床的蒙家兄长，那人是长期营养不良引发的疾病，好生调养便行。文臻便命冷莺去附近镇上开些补药买些粮食菜蔬来，又嘱咐冷莺买些孕妇宜用的物品和食品来。

那妇人大抵已有六七个月的身孕，虽然受了惊吓，好歹没有大碍，坐在夫君身边，清瘦的脸上透出得见希望的红晕来，卧病在床的男子缓缓抚摸着她的手，望着她的目光十分温柔。

文臻站在门槛处，双手揣在袖子里，一动不动地看着。

寒鸦忽然有点诧异地看了文臻一眼。

她不知道文臻怀孕的事情，她直觉自己的这位新主人此刻心情似乎不大好。

这是很稀奇的事情，不是说新主人不会心情不好，而是她是真正的笑面虎，深沉难测，她的心情好不好，她到底在想什么，谁也别想从那张永远甜蜜的面具下窥测而得。

但此刻，她却能感觉到淡淡的惆怅。

采桑低着头，慢慢抠着手指。

文臻信任她，她知道主子怀孕了，所以此刻，那淡淡的惆怅里也有她一份。

同样是孕妇，别人虽然艰难困苦，但依旧有丈夫照拂，有爱人依恋，有夫君一同殷殷期盼那腹中小生命的诞生。

可她家小姐呢，孕后一日不得闲，奔走于山川疆域虎狼群敌之间，爱人别说照顾她，陪她一起期待爱护那个小生命，她甚至都不敢告诉他。

难道强大的人便注定要承担更多吗？

她也不过十九岁，第一次怀孕的少女啊。

寒鸦又看了采桑一眼，心里一动，目光落在文臻肚子上。

她的天眼通并不敢随便对着主子施展，她这一眼看过来，文臻立即察觉，寒鸦却不掩饰，认真看了一眼，随即道："恭喜主子。"

文臻点点头，走出屋外，她心知这事瞒不过这个天眼通，当初燕绥要她选择天机府异能女的时候，选择天眼通就是这个原因。

她需要天眼通帮她查看腹内胎儿发育情况，如果有问题可以及时止损。

寒鸦既然自己选择挑明此事，便是效忠的表现，她便且接纳着："一切都好吗？"

"我以前也曾为贵人看过胎，瞧着主子的胎并无二致，挺好。"

文臻叹息一声，不知是喜是悲。

她转头，屋内那蒙家大哥正将脑袋搁在妻子的肚子上听胎动。

日光斜斜如幕，一色暖白里，两人唇角笑意都闪着光。

文臻也微笑着转头，跨出院门。

当晚文臻依旧歇在寡妇家。

寡妇对她的态度并没有因为她今天帮全村解了围便更好，反而更差了。

因为寡妇家已经准备足了存粮，且为了省事今天第一个交了。结果文臻跳出来揽下了其余人的任务，寡妇觉得自己吃了亏，想到为这几袋粮食熬过的那许多夜晚，气便不打一处来，一晚上都摔摔打打。

寡妇生气的原因还有一个就是大丫跑了，一天一夜都没回来，寡妇抱着扫帚在院子外骂了一晚上，这样太吵，所以第二日乡佐请文臻住到自己家的瓦房去的时候，她也就应了。

在去乡佐家的路上，乡佐旁敲侧击地问她，粮食何时运来，大概有多少？文臻笑而不答。

当晚住在黑瓦白墙全新被褥的干净房间，一间房就有寡妇院子那么大。

吃饭的时候，陆陆续续有乡亲们来串门，大家再次询问送来的会是什么样的粮食，是否需要本村小伙子去接应？文臻再次岔开话题，并询问村中小伙是否愿意出村去做工。乡佐却道乡土难离，大家伙儿都不想出去。

当晚文臻厚被暖枕酣然高卧，并取下了文蛋蛋。因为寒鸦说文蛋蛋大抵是吸收了太多毒素，体内黑气越发浓烈，文臻身怀有孕，整日贴身带着它，怕是于身体无益。

文蛋蛋现今便不再待在文臻身上，常常四处游荡，不过不会离开文臻太远。

文臻在睡觉，另一处乡老屋子里大家在开会。

"已经第二天晚上了，咋还没有动静？"

"哪能那么快呢？不是说了三天。"

"这万一三天到了还不送来呢？这不是要害死我们吗？"

"别急别急，人家没必要骗我们啊，三锭大银都送出去了，骗我们又有什么好处呢？"

“哎，我有个疑问啊，你说她没必要骗我们，那为啥她要编个报恩的谎呢？我可是问过了，咱们村从来没救过那么一个人！”

“可是她这样骗我们有什么好处呢？”

“这可说不准，外头的人狡猾着呢，再说她身边的人都在，也没见她安排谁出去收粮食啊……”

“对对对，这万一她是和承包人串通好了，想坑害咱们抗租，然后就可以把咱们家产都没收，拉全部壮丁去做苦役……”

屋内一阵寂静。

片刻后，有人掩饰地咳嗽一声，道：“这才第二天，瞎猜什么，都去睡！第三天到了不就知道了！”

又一阵寂静，片刻后，板凳移动和脚步之声响起，人群散了。

第三天一大早人们便来询问文臻，文臻一样笑着打太极，让大家少安毋躁，事情一定能解决。

有些年轻汉子急躁，一遍遍地跑出村去看，好像是期盼能在那条土路上看见一大串运粮车驶来一般。

收留她的乡佐脸色却有些不好看了，目光扫过她身边一个不少的随从，看她的眼神仿佛她就是个骗子。

文臻也懒得解释。她在等御史蒋鑫过来，前几日她已经派自己的护卫去接他，算着也该到了。蒋鑫这人向来清正，必要亲眼看见证据才会回报朝廷。之所以要等三天，就是为了让蒋鑫到的时候正逢上承包人收税，人证物证俱全。

蒋鑫到了，她的护卫们也就到了，可以稳妥地把那批承包人一网打尽。

到了晚间，乡佐又问，文臻这几日有点懒懒的，给问烦了，脸色便有些不好看，乡佐倒吓了一跳，连忙赔不是，又杀鸡宰羊地做了一桌好菜赔礼，还要给文臻上酒，文臻自然拒绝了。

她怀孕后胃口不好，嘴里经常泛苦泛酸，也不大爱闻油烟味，除了在燕绥身边时，也懒得下厨房，遇上合胃口的便吃两块，不合的便随便凑合吃吃，此刻吃这一桌席面只觉得味道奇怪，很快搁了筷子，让采桑等人多吃些，自己便回去歇着了。

这一觉睡得不大舒服，仿佛自己被关在了一个闷罐子里，身边人影鬼鬼祟祟来来去去，有窃窃声不绝，听得人心头烦躁。

她霍然睁开眼睛，然后发现天光大亮。

再然后发现自己真被绑住了！

第三十七章

猪队友

紧接着发现采桑、寒鸦，连带没有隐身跟在她身边的冷莺也都被绑住了！

真是大意了，没想到这村子一群的白眼狼！

屋子里挤满了人，乡佐带着一批汉子脸色铁青地看着她，道："第三天了，承包人马上就要来了，但现在连辆马车影子都没瞧见，姑娘，你行事不仁，就别怪我们无义了。"

"诸位，至于这样急躁吗？承包人这不还没来吗？"文臻吸一口气，"我犯得着骗你们吗？我拿出真金白银耍你们好玩吗？"

"承包人来了又怎样，你从头到尾派出人去找粮了吗？你一定是和承包人勾结了的大户，就是骗我们抗租，好把我们骗去服苦役！"

"想象力可真丰富……"

人群后，有人忽然道："要我说她一个丫头片子真要有这坏心思，也没这么容易给你们绑倒了。"

"哑婶儿你不闭嘴没人拿你当哑巴！"

文臻听出是那个寡妇的声音。

又有个怯怯的声音道："这位姐姐是好人，她救了我们一家……"

是蒙珍珠。

乡佐一挥手："把蒙家那一家子也看住了，说不准这一家也被收买了要卖了全村。"

蒙姑娘哭喊着被推搡走了，文臻吐出一口长气。

外头忽然有车马声响，有个清朗的声音问："有人在吗？"

文臻一怔。

现在来的应该是蒋鑫，但是这声音却又不像，可听着又有几分熟悉。

她应答，对乡佐等人道：“粮食来了！”

众人愣了愣，一窝蜂拥出去，文臻喊：“文蛋蛋！”

文蛋蛋不知道浪去哪了。

身上的所有装备都不在。

这事儿就蹊跷了，普通村民如何能够知道她身上的各种隐秘武器配置？

如果有人能够迷倒她，拿走她的所有装备，那么为什么不顺便杀了她？

文臻想起一个名字，一瞬间汗毛倒竖。

外头，村民们拥出去，一眼看见破车，瘦马，青袍，书生。

书生俊秀清雅，如玉山朗朗。车帘子在风中飘荡，人们伸长脖子朝里张望，别说满袋的粮食，一颗米都瞅不见。

这就是等了三天的“粮食”？

这就是那个女骗子嘴里解决问题的关键？

村民们出离愤怒了。

出离愤怒的村民在经过第一次顺利的暴力出手后，很自然地选择了第二次暴力出手，一个汉子猛地跳起来，拳头狠狠砸上书生的脑袋。

书生一声不吭，倒在地上。

隔着一条窗缝隐约看见的文臻：“……”

但是这书生没有被打晕，一边捂着脑袋摇摇晃晃要起身，一边怒声道：“何等恶徒……竟敢殴打朝廷命官！”

文臻暗道不好。

“什么官不官，猪圈里去吃屎吧你！”一把耙叉子重重敲下来，正往怀里摸索什么的书生身子晃了晃，终于倒地。

一块藏蓝底镶金边令牌落地，被乡佐捡起，翻来覆去地看，却不识字。

片刻后，同样被捆得直挺挺的书生被抬了进来，扔到地上。

文臻一瞧。

呵，那个书呆子张钺。

他好好的怎么会来这里？

文臻忽然想到一个可能，不禁愣了一下。

看见他脖子后头好大一个包，不禁有些发愁。事情怎么就到了这么诡异的一步，张钺为什么会孤身来此？自己的护卫队又去了哪里？

屋子外头村民们商量着等承包人的来了之后，将这两个骗子交给承包人，让他们自己掏钱给自己赎身，那书生看着穷，那女子却像个有钱的，或许银子掏足了，大家也就免租了。

文臻的神情已经微微紧张起来。文蛋蛋不见了，自己的装备不见了，无法自救，耿光等人莫名没来，护卫们也全部被放倒，现在张钺也落入村民之手，等会承包人的人来了，万一那伙人和湖州不法官员或者军方勾结，发现了自己和张钺身份的不对劲，就势把他们两人灭杀在这小村内，那就真的栽得冤枉了。

正想到这里，就听见外头一阵喧闹，承包人带着那一群手下来收税了。

文臻听见那乡佐带着村民迎上去，说了些什么，那承包人声音有怒气。身边张钺悠悠转醒，文臻大喜，急忙道："张大人，你怎么样了？"

张钺愣了一阵，先是一喜，随即倒抽一口冷气道："文大人，你怎么也落到这般田地了？"

"张大人还是赶紧先告诉我，你怎么会出现在这里？你是不是我的长史？蒋大人呢？我派去接他的护卫都去哪儿了？"

"是，我便是湖州新任的长史。陛下指派我和蒋大人一起出京来湖州。蒋大人本来要来小叶村，但是临时得知湖州那伙子官员，摆出了好大的架势说要迎接新刺史上任，扰民无度，蒋大人怕他们搅出事来，令你还没上任就被坏了官声，便赶紧先去湖州了。湖州是那群人的地盘，人带少了没用，所以护卫都跟去了那边，蒋大人让我先来这边看看，助您便宜行事。"

"这欢迎还真是热情啊……"文臻叹口气。

本想把蒋鑫弄来见证这一年三赋的事情，没想到按下葫芦浮起瓢，湖州那边还在作妖，张钺这书呆子来能有什么用？平白多个拖累。

张钺忽然伸手摸衣襟，道："我的令牌呢？"

"什么令牌？"

"观风使令牌，蒋大人怕你这边事情棘手，便让我拿了做凭证的，他说反正湖州别驾他们都认识他……我刚才拿了想对村民宣示身份，然后就挨了一击……"

文臻霍然转头看向窗外，此刻才发觉外头已经安静了一会儿："糟了！"

"怎么了？"张钺被打得晕晕的，还有点反应不过来。

"令牌乡民认不出来，但是那些承包人的游走官场一定认识，一旦给他们认出身份，这些人做贼心虚，万一煽动百姓……"

文臻话音未落，张钺脸色也变了。

若是常规就任便罢了，刺史也好，观风使也好，这些人发现了身份，自然要恭恭敬敬上前解绑赔礼，但问题是湖州情况未明。文臻和张钺是来捅马蜂窝的，面对的是四面浓重的敌意。此刻外面忽然安静，令牌被发现的后果未必就是那么美好……

屋外。

承包人定定地看着乡民手中的令牌。

忽然低声道："你们犯了大事了！"

乡佐惊得浑身一颤："怎么？怎么？"

"里头的是大官，是朝廷派来巡察的大官！"

"啊！这怎么打了大官！黑子快去把大官给接出来……"

"慢着。"

"承包人……"

"你想清楚，东堂律法，殴打朝廷命官，斩首，亲族流徙三千里。这位官儿还是朝廷二品，真正的高官，他挨你们一板子，明天你们整个小叶村也就鸡犬不宁了！"

"我们给他赔罪还不行吗……我们也没打出个好歹来……"

"什么赔罪不赔罪的，这是律法，是朝廷法度，是体制尊严，官老爷们的体面是你们几个泥腿子的赔罪能抵得过的？就算他不追究，郡守刺史也是一定要追究的，今儿你们把他们请出来了，明儿就等着自己披枷带锁被赶出湖州吧！"

"那该怎么办？承包人，您给指点指点……"

"你们自己犯下的孽，我可支不出什么好招儿。"

一阵焦灼的商量争执中，承包人斜着眼睛，给人群里一个混混使个眼色。

那混混便忽然狠狠道："什么大官！我们不知道，也没见着！"

慌乱争执声一停，众人静了一静，都缓缓转头看他。

混混扭过头，用众人听得见的音量自言自语道："一个孤身路过的书生不见了，谁又知道！只要大家记得自己的性命，闭紧嘴！"

又一阵沉默。

人们面面相觑。

随即众人默默散开，承包人手一挥，带着人走了，走开好远，唇绽开一抹冷笑。

这边乡佐身边留下了几个壮汉，将其余人都驱走，又命几个人看好了蒙家那一家子，才吩咐了自己身边人几句。

不远处墙脚有一张黑黑的小脸探出来，随即又被身后的人揪了回去。

屋内，张钺跌坐在地长叹："未曾想未入湖州，竟然葬身此地！"垂下头想了想，又轻声道，"文大人你别怕，我一定想办法救你出去。"

文臻双唇噘起，吹起无声口哨。

墙缝里忽然钻出几只老鼠，向两人冲来。

张钺大惊失色，下意识挣扎要逃，却被绑得死紧，只得拼命向墙角挪去，文臻咳嗽一声，大义凛然地道：“张大人莫怕，它们冲我来就行——”

“文大人真乃我辈楷模——”张钺感动得热泪盈眶。

文臻：“客气客气。说起来您当初金殿作证，也算是为我正名，往日得您照拂，自该回报，自该回报。”

张钺忍着恶心看那几只灰老鼠，爬上文臻的手腕去啃那些绳索，不禁头皮发麻，再听文臻这说法，忽然觉得惭愧，自己堂堂男子汉难道还要一个小姑娘挡在自己面前吗?

再看着眼前的少女，一脸正气凛然，顿生羞惭之意，一时连对老鼠的恐惧厌恶之心都忘却，咬牙挪过去，闭着眼睛一顿狂踩。

文臻看着地上一片狼藉的鼠尸想哭。

不怕狼对手就怕猪队友。

她恨恨抬起脚，将那只还在肆虐的官靴狠狠一踹，张钺被她踹到了另一边的墙脚，迷茫地望着她，低头看见靴子底黏着的鼠尸，顿时咬住了唇，急忙在墙上蹭掉。

但此时文臻的脸色已经变了。

她闻见了油味。轰隆一声，窗户压上了铁板，屋子里顿时漆黑不见五指。

文臻忍不住骂了一句脏话。

张钺微带骇然的声音响起：“怎么了？”

“他们放火了！”

文臻不再犹豫，道：“把她们几个弄醒！”

“这个怎么弄……”

“不管你用什么办法！”文臻简单粗暴地答，她所有的东西都被搜个干净，文蛋蛋被调走，连哨子都没了，她浑身酥软无法出手，对方确实够了解她。

但是还差一点。

张钺在那边不知道捣鼓了什么，片刻后惊叫声里，那几个接连醒了。

文臻一听见她们声音，便道：“寒鸦，看看这屋子哪里还有比较薄弱的地方！”

黑暗里金光一闪，片刻后寒鸦道：“主子，西北角一处柱子里有白蚁，已经腐朽大半，若在以往，我撞上几次就能倒塌，但是现在……”

有滚滚浓烟从缝隙中钻进来，她咳嗽着说不下去。

“冷莺，你现在能瞬移吗？”

“咳咳……主子现在我不能……我一点力气都没……”

温度越来越高，浓烟滚滚而入，屋子里没有水，现在唯一能做的也只有合力撞破那个柱子。

文臻一言不发，闷哼一声，与此同时，金光一闪，破体而出。

她手臂一振，麻绳被金针划断，她冲了过去，金针过处，几人的绳索都断了。

“不要碰你们断了的绳子，用尽你们的全部力气撞那柱子！”

文臻抽出门闩，抛过去，寒鸦抓住横在胸前，三女一个抱一个后背，冲过滚滚浓烟黑雾，向那一角的柱子冲去。

头顶戛然一响，文臻大叫：“小心！”猛地扑上前抓住最后面的采桑。

她拽得她们三人不由自主踉跄后退。半截横梁携着熊熊烈火和黑烟落下，正支在那柱子和屋角之间，挡住了前冲的路。

燃烧的横梁离寒鸦的靴尖只有三寸距离。

四人滚倒在一地狼藉和热火火焰里，文臻一阵猛咳，刚刚抽针的肩头剧痛，险些没能爬起来。

张钺好像在惊叫，踉跄着要冲过来，文臻从躺着的角度，隐约看见斜上方似乎有什么缝隙，但是随即她便听见冷莺欢喜的叫喊声。

头顶天光一亮，好像是瓦片被掀开了，一样东西晃晃悠悠地垂下来。

是绳索。

有人在上头喊：“张先生！张先生！”

一道身影灵活地滑下来，火光里出现的一张脸比烟还黑一点，赫然竟是寡妇家的大丫。

她下来就去抓张钺：“走！快走！”

张钺扑过来扶文臻，道：“她先！”

大丫怒道：“不救这个！”

她还抬头对上头望望，道：“苏训，你说！”

屋顶探下一张脸，赫然是那个像燕绥的少年，烟熏火燎的背景里雪白脸上的一颗红痣越发鲜明，看一眼底下，竟然也冷冷道：“不救。”又道，“把张先生送上来，快点，屋顶要塌了。”

大丫来拽张钺，张钺把她手一甩，往文臻身边一坐，道：“不救她，我便不走！”

他脸上黑一块白一块，不知道什么时候烧成了半秃。

“不走你便等着烧死吧！”

“天地无终极，人命若朝霜。死生何足惧也！”

苏训：“快点！”

大丫气极：“你们几个也不走吗？”

寒鸦等人脱下外衣捂住鼻子。

文臻笑："我不走，她们没人敢走的。"

苏训忽然叹气，探头对大丫柔声道："算啦，救吧，别赌气了，也没什么大不了的仇。"

大丫翻白眼："什么叫没什么，你腿都差点断了！"又瞪文臻，"你这是自私！你为什么不叫张先生自己先走？"

"我叫了他就会走吗？行了，不救就不救吧，你也别走了，我心情不好，陪我一起下去吧。"

文臻手一抬，就去割绳子。

大丫尖叫："我救！"

采桑在这样紧张的时刻依旧忍不住嗤笑——和我家小姐斗，再去修炼几百年吧。

大丫伸手就去推文臻，文臻却一手把张钺拴上了绳子，一拍他的屁股，道："起！"

他根本来不及做出反应，就被苏训快速拉了上去。

采桑等人也被拉了上去，文臻坚持留在最后，这一处因为倒着两个断了的半截横梁，燃尽后反而阻隔了火焰，倒也算暂时安全的地方，最主要是浓烟呛人，文臻的发梢都已经卷翘了起来，稍稍一动便化了灰。

她微微仰头，有点迷茫地站着，时不时哑声咳着，看着寒鸦的身形消失在屋顶。

身后忽然起了风。

文臻的手就好像等待已久，在这股风还没触及她后背时，手指间那根早就抽出来，哪怕一直很碍事也留着的金针，便无声无息地向后射了出去。

第三十八章

断舍离

她也不管针到底落入了何处，用尽全身力气往绳子上一扑，在上头等着的几个人七手八脚迅速把她拉了上去。

上到屋顶的最后一刻，文臻回首，隐约在那一片黑烟红火里，看见一点白影掠过，又似乎没有。

到底有没有，她也不在意。

如果真有人在暗处作祟，中招了，就等着疾病缠身；没有中招，也不过是再斗三百回合。

虽然还是白天，却是家家闭户，一个人都没有。既然要干坏事，乡佐自然勒令所有人都留在家里，不许出门。

屋顶已经开始倾斜，几个人赶紧向下走，大丫走在文臻侧前方，忽然她发出一声惊呼，文臻眼睁睁看见她脚下出现了一个洞，她一脚踩空，眼看就要掉入火场，文臻眼前一花，随即大丫一跳，苏训拉着她下了屋顶。

文臻揉揉眼睛，看着那个洞，感觉方才有什么奇怪的事情发生了。

众人刚下屋顶，轰然一声，屋子烧塌了。

走出一段路后，文臻再次呼唤时，文蛋蛋出现了。

文臻冷笑一声，回头看了看那塌了的屋子。

看样子，就在先前，能钳制住文蛋蛋的东西终于离开了。

一行人先往村外走，这村人可恶，趁大家都还没恢复，还是先离开的好。

文臻忽然停住了脚步，她隐约听见了一点哭叫的声音。

那声音传来的方向，让她想了想还是转了方向，转过一个弯，眼前是蒙家那个院子，几个村人正捆了蒙珍珠往车里塞，蒙珍珠正拼命挣扎。

一个汉子恶声道："自己都保不住，还想去救人？县丞府里享福不要，非要管那些不该管的闲事！"

又有人道："还不是你自己找的，本来都忘了要送你去县里那码事儿了，你非要偷偷跑去救那几个人，乡佐吩咐了这回直接送你去郡里……哎呀你咬我……臭娘们！"抬手一个耳光，甩得那少女的脸撞在车壁上。

院子里蒙珍珠那大肚子的嫂子和那病歪歪的哥哥，两人一弱一病，慢吞吞地挣扎出来，哭着去拉那些人的手，却被粗暴地推倒。

文臻忍无可忍，挥了挥手。

文蛋蛋滚到了那出手的汉子头上。

那人无声无息地倒了下去，倒把蒙家三口吓了一跳。

几个汉子接二连三地倒下。文蛋蛋犹不解气，往旁边院子滚去，准备在每家水缸里泡泡澡，文臻道："先去乡佐那里。"

就算是蛊王，自身体积在那儿，在一段时间内，能毒倒的人数是有限的，自然是最先中招的毒性越深。

文蛋蛋也不可能毒死一村子的人，让他们先病上一段时间，惩戒一下是有必要的。

文臻看着蒙珍珠一家，叹了口气，道："看样子这村子你们不能待了，你们一家可愿随我去湖州？"

一年三赋的事情还需要人证，得带去给蒋鑫做个证。

蒙珍珠余悸犹存，连连点头，她的哥嫂也无异议。

文臻皱眉看看这村子，心想这村子里的人怎么这般恶劣呢？是湖州民风就如此吗？

还有今日这背后作祟的人，为什么给她一种出手出一半的感觉？

想不明白就先搁下，当即就命那对病弱哥嫂上了车，自己也上了车，大丫把苏训也推了上来，其余人步行出村。

文臻和苏训面对面坐着，二人面面相觑，她看见那张像燕绥的脸就心烦气躁。

倒是张钺，在车下还不忘记斯斯文文向苏训和大丫施礼："多谢小兄弟和姑娘伸出援手，只是不知两位如何识得在下？"

苏训对他也从容施礼，道："晚生苏训见过先生。先生乃大儒，名动天下。三年前京中州学论文，晚生曾有幸一见先生风采。"

"苏兄说的可是簪花楼论文那次？"张钺惊道，"那一次各地才子齐聚天京，与州学诸生坐而论道，蔚为盛事，未曾想到苏兄竟也参加了。"

两人当即车上车下攀谈起来，文臻闭目听着，才知道这个苏训是定州人氏，家族在当地也算望族，他少年早慧，诗名极盛，早早便由当地官府推举，却坚决不肯入仕，反而信奉读万卷书行万里路那一套，常年游学天下，行事脱略潇洒。三年前参加过京中一次论学，见过张钺。这次他在这小叶村教书，被一群无知村民绑了去送给自己这个女刺史，再无辜伤腿，得大丫相救，准备在村外找个地方养好伤再离开，结果看见了张钺，便起意来救。

张钺自然要再次谢过，苏训便问他为何来此，文臻一听不好，心想这书呆子莫要什么都说，好在张钺还算有点分寸，笑道："我也是游学。"

苏训静静看着他，道："张大人就莫要说笑了，您是朝廷命官，无故不得离京。晚生倒是听说湖州原刺史和长史都已调任，莫非，您是前来湖州上任的？"

文臻心头一跳，心想，这位好生犀利。

张钺也怔了怔，下意识看了文臻一眼，文臻抬头看天。

张钺只好尴尬地笑笑，不承认也不否认，只道："湖州刺史之位，在下如何配得？"

"张先生不配，难道那女人就配了？"

张钺怫然不悦："苏兄这是什么话？她不配谁配？"

苏训诧异地看张钺一眼："张先生英华，不想眼光如此之差。"

张钺硬邦邦地答："苏兄才名远播，不想却也如那些酸儒般见识短浅！文大人虽是女子，却才华识见非凡，且有大功于国。在下不才，虽不过一介愚鲁书生，却也万万听不得诋毁文大人之词。苏兄若是再说，在下便要下车了！"

"哎，你下车做什么，这又不是他的车！"文大人如是说。

张钺："……"

苏训："……"

半晌苏训展颜一笑："湖州百姓水深火热，我亦希望新任刺史是能吏，拨云见日，还百姓安宁天地。若是这位新任刺史真的如张先生所说，我愿收回今日之言，并当面赔罪。"

他语气诚恳，张钺喜笑颜开："你定不会失望的。"

"不不不。"文大人道，"张大人你最后一定会失望的。"

采桑冷笑一声道："说得好像刺史大人很稀罕人给她赔罪一样，她认识你是哪个牌名上的人吗？"

苏训微微红了脸，盯了采桑一眼，采桑鼻子向天，心想，这位也就脸像一点殿下，气韵风采实在差太远。

转而又想所谓山珍海味吃久了也会觉得清粥小菜有味，小姐和殿下这些日子总有些别扭，对殿下的性子不大满意，如今见着这位，也不知道会不会就弥补了小姐心中的那点遗憾。

采桑这么一想便忍不住生出些忧虑来，想了想，忽然“哎哟”一声。

文臻：“怎么了采桑？”

“主子我不小心扭了脚了！”

“那你上来坐吧。”

“多谢主子！”

采桑爬上车，不客气地往文臻和苏训中间一坐，挡住两人的视线。苏训不自在地向后让，文臻忍住笑。

死丫头人小鬼大。

车子一路行出村，天色将晚的时候他们找了一处路边客栈歇脚。吃完晚饭后，文臻命众人各自去歇息，自己和张钺在客栈的小院子里喝茶聊天。

毕竟是马上要共事的人了，总要先搞好关系。

文臻发觉，张钺单独和她在一起的时候总有些不自在，这可不行，这会导致以后共事不便，关键时刻会坏大事的。

当下她忍着强力拔针带来的不适感，亲自下厨做了几个小菜，三丝菌菇茶碗蒸、金腿香芹黄鱼羹、春笋腊肠明虾、应景的油渣荠菜炒饭。用自己的厨艺，加两杯小酒，成功卸去了张钺那点难以言说的拘谨，张钺渐渐放开了些，才恍若忽然想起般，和她道：“蒋大人有几句话让我带给您，我险些给忘记了。”

“哦？请讲。”

“蒋大人想先问文大人，是想在湖州得过且过，混几年资历进中枢；还是真心想揪出湖州的隐患毒瘤，治一方清平，得一地民心？”

“既来之，则治之。就怕我想混日子，有些人也不允许呢。”

“那么蒋大人建议文大人，且为这湖州山河，割舍个人情爱。无他，大人已一地封疆，地方军政俱在手中，身份极贵却也极险。大人主政湖州期间，和殿下的任何往来，都将成为大人的罪状和把柄。所以无论是为大人计，还是为殿下计，你二人都不宜再有任何交往。诚然，有心人确实有可能想趁这个机会，割裂大人和殿下的关系，让大人孤身应战，但蒋大人相信以大人之能，亦可以趁此机会，将权力握于手中，那么将来无论殿下在不在大人身边，大人此生也可纵横捭阖，无所畏惧。”

文臻慢慢喝着茶，笑眯眯地不说话，张钺看着她的神情，还以为她不舍得，一时有点震惊也有点难受，不禁失望地道：“文大人这是不乐意？”

文臻还没回答，忽然外头一阵吵吵嚷嚷，随即店主带进一群人来，张钺一转头，愣了一下随即站起，道："张伯，你来了啊。咦，这些是？"又冲文臻道，"这是我带到湖州赴任的家中老仆，我让他在这小叶村附近等我来着。"

店主身后站着一个老苍头，老苍头身后则是一群年轻汉子，个个面貌普通，却都高大精悍，都默不作声站在老苍头身后。

老苍头冲张钺施礼，颤颤巍巍地道："少爷，这是家里派人送来的护卫，说是少爷来湖州上任，身边不能没有人。"

张钺疑惑道："家里？爹娘那里哪能找到这许多护卫？好端端的要这许多护卫做甚？咱家又哪里请得起……"

老苍头道："都是乡里子弟，自愿跟来的，想跟在少爷身边谋个好出身嘛。"

张钺急着摆手："我能给什么好出身？出身且靠自身挣！"

老苍头嘿嘿道："便不要出身，跟着少爷也学些文章，家里人脸上也有光嘛。"

张钺还在摆手，文臻忽然笑吟吟走上前来，挽住了张钺的胳膊，道："张先生，既然是你家乡父老的好意，那便领受了吧。仕宦在外，多有不便，多几个人帮衬也好呀。"

张钺："……"

他感觉自己忽然就不会动了，全身的血液都忽然冲向了头顶，再从头顶一个急转弯，冲到了胳膊肘被挽住的那一处，那一处肘弯突然就僵硬了，麻木了，千万只蚂蚁在上头爬，细细碎碎地痒，却又能感觉到接触的那女子身上的香。

他僵硬着没有知觉和言语，因此也就没有察觉，隐在暗处的那一群年轻护卫也僵硬了。

那一群人也将惊骇的目光直直地、惊骇地落在文臻抱住张钺胳膊的那只手上。

文臻一看张钺那傻样就知道他要完，不动声色狠狠一掐他胳膊，低声道："长史方才劝说我的话，这么快就忘记了？现在就请长史配合我了！"

张钺被掐得浑身一颤，剧痛之下猛然惊醒，再一看那些人精光闪烁的眼睛，他虽然书读多了有些迂气，但绝不笨，急忙挺直身子，心中却掠过一丝淡淡的失望。

他低声道："那这些人我收还是不收……"

文臻冷笑道："你且待我亲热些，他们自己会耐不住的。"

张钺大声笑道："既然大人发话，那自然唯大人命是从。"说着就势搀扶着文臻坐下。

文臻又道："只是，都是些乡下泥腿子，想必也担负不了什么重任，要么就先派去湖州你的长史府里，先期去帮你整理府邸吧。等你回府了，再派出去收租什么的，我瞧当地承包人收租，弊端甚多，倒还不如用你这些亲近的乡亲。”

人群里一阵骚动。

文臻吩咐完就待起身。

燕绥安排来的人，她看一眼就认得了。

张钺站在一边不动，文臻递一个眼色过去，他愣了一下才反应过来，急忙又伸手来扶。

又是一阵骚动。

文臻走了几步，背对众人，也不知道是对众人还是自言自语，忽然叹息一声道：“我到得今天也不容易。大家都不容易，我既不想害了谁，也不想被谁害了。不该有首尾的，就该早点断个干净是不是？大家都自觉一点，不要祸害了别人辛苦挣来的一切，行不行？”

人群中有人露出激愤之色，似乎想说什么，却被人拉住。

头顶上的树枝无风簌簌而动。

文臻说完这句，也觉得疲惫。

话说到了这里也就够了，燕绥有他的骄傲。

他亦能明白，唯有两人各自强大，将来合力才有排山倒海之力。

她慢慢地向里走，先前拔针的地方却忽然剧痛，她腿一软向前一栽，正好廊下有人转出，看见有人栽倒下意识一接，她栽在那人怀中，一时挣扎不起。

那人“咦”了一声。

文臻一听那声音，便暗道糟糕。

苏训。

她抬起头，看见苏训的脸被廊间的黑暗衬得玉山初雪一般的白。

有人从树上栽下来了。

文臻缓缓回头，就看见从地上瞠目结舌地爬起来的八婆之王英文。

文臻：“……”

第三十九章

冤家路窄

当晚英文愤愤地带领诸手下扬长而去。

大抵是哭着回家向殿下告状去了。

文大人是负心汉，升官发财翻脸不认糟糠殿下，转身就纳新欢。

一个张钺也就罢了，英文还不放在心上，都知道是个倾慕文大人的书呆子，倾慕文大人的人多了去，唐五还在排队呢。

但另外一个是谁？那狐媚子是谁？怎么敢长得和殿下一个眉眼？还敢多一颗痣！

本来英文也不信文大人会这么快移情别恋，但文大人那投怀送抱的动作行云流水，被发现后面对他的目光理直气壮，还指挥店家把他这个爬树的小偷赶紧驱逐了。

英文满腔悲愤，于满腔悲愤中深切认识到，这次和留山中不同了，留山中文大人允许他的暗中保护，这次却是坚决拒绝，文大人开始割裂和殿下的关系，她一旦下定决心，他们硬贴着是没用的。

英文只得将人员撤出，不涉及生死之事不敢再进行任何干涉。

文臻也不管此事后续，要的就是这种后果，虽然最后的插曲可能将事情恶化了一点。

她在那个小客栈住了两天，稍微休养了身体，并等到了自己事先联系的人。

湖州的江湖捞的联络人，带着她之前传书要求准备的东西赶到了客栈。

她早在西川的时候就得到了可能会来湖州的消息，那时候便安排人将江湖捞开到了湖州，目前在湖州整个境内已经开了三家江湖捞，她就任湖州刺史的消息传来，君莫晓已经从天京赶往湖州，准备在湖州开快餐连锁店。

而她在开店的同时，也在和燕绥旗下的原工字队联合，制作一些精美细小的武器机关和毒药暗器，这个联络人带来的就是这些，正好补充她损失掉的那些。

装备完毕她才有信心继续上路，毕竟她目前还没正式接任湖州，连护卫队都给了蒋鑫，可谓是最危险的一段路了。

所以，张钺和蒋鑫在这个时间段出京且没有军队护送并抵达，是不是也是某些人有意安排？

文臻一直觉得朝中有一股不显山露水的力量，只在合适的时机蹿出来咬人一口，如风如电，无可捕捉。

就是不知这只毒蝎到底要的是什么，到底什么时候肯跳上前台，亮明刀枪来一场？

她也很明白为什么对方隐蔽，毕竟所有跳到台前的敌对者都被燕绥和她或明或暗地掐死了，所以这最后一股暗流绝不会轻举妄动，只会寻一切可能慢慢使坏。

而她就必须绷紧一根弦，等着那最后时刻的到来。

第二日她换了普通马车，和张钺继续往湖州行，大丫和苏训不肯和他们同行。文臻也就随便他们。

这不是微服私访的时候，必须以最快速度赶往湖州，文臻要江湖捞备好马车、向导，并且另外备了一个车队，都是空车和好马。

这样的速度赶路赶到了第二天，蒙家那一家子就互相搀扶着到了她面前，蒙珍珠的嫂子捂着肚子气喘吁吁地哀求能不能慢一点，她是孕妇实在吃不消，一家子含泪看着站在车辕上的文臻。

采桑当即冷笑了一声。

谁还不是个孕妇呢！

文臻并不在意，道支撑不了便住下来，让客栈老板照顾着，银钱她会先结了，回头安定下来再派人来接也行。

蒙珍珠却坚持不肯，蒙家一家子生怕就此被抛下，又咬牙要跟着。文臻也没说什么，但终究还是令车队稍稍放缓了速度。

采桑悄悄和寒鸦说这一家子的拖累。但小叶村的事情需要人证，一村子的刁民，带了别人怕反水，也只能带这施恩的一家子了。

其间车队遇见山匪两次，皆无声无息死在蛊毒之下。第二次的山匪甚至穿了皮甲，戴了面具，周身都做了防护，却依旧没能挡住文臻无孔不入的手段。

两次铩羽之后，山匪这种类人便消失了，也无人敢追杀文臻，但之后的路途却并没有立即顺利起来，路面经常会被挖断，不得不绕路。地面上会有陷阱，撒了铁钉，拦了铁丝，令马不能奔行。

这时候文臻的准备便发挥了作用，后头的车马不断赶上来替换，总算没有耽搁太多的时间。

而这期间文臻也不断调整路线，有时候入城，有时候进山，有时候甚至倒退几步，让人很难准确摸到她的行踪。

文臻一路前行，经过叶县、梅县、天水县、安县、海楼县、鄞县六县，哪几个县受到的阻碍多，哪几个县比较清静，她都记下了，这一日到了离湖州最近的岱县境外，大概还有百里路程，便可到湖州。

这一段道路倒还平静，马车正在疾驰，忽然前头转过一队人马，在路当中一横！

文臻的马车本就快，那马车从岔道斜刺里冲出，眼看就要撞上，多亏赶车的寒鸦臂力了得，狠命勒马，且文臻发觉不对，从车中冲出，一脚跨上车辕，手臂一伸，抓紧缰绳，猛力一扯，刹那间她臂上肌肉亦如铁刚硬，在衣裳下显出清晰的轮廓。

骏马凄厉长嘶，鬃毛在日光下闪着亮晶晶的碎光，胸前肌肉块块凸起，蹄尖快要踢到对方马头。

两人合力勒停马车，文臻手腕一拉，马车已经退到一边，并止住了寒鸦下意识的喝骂，同时做好了出手准备。

对方不是惊马，明显不怀好意。

果然，对面帘子一掀，一个女人尖声骂道："哪来的小贱货，眼睛瞎了吗？看都不看也敢往我车上撞！"

那女子将帘子一掀，坐上车辕，却是个穿着暴露妆容艳丽的女子，一看便知出身风尘，斜着眼睛看寒鸦。

寒鸦大怒，正要下车，文臻手一拦，盯住了赶上来的第二辆车。

那车子帘子掀开，露出一张含笑的脸："文大人，见着本王为何不见礼啊？"

燕绝。

文臻心中恍然大悟。

难怪老师专门来信提醒。

皇帝可真玩得一手制衡。

就说呢，湖州刺史是她，长史是张钺，观风使是和她祖母有旧情的蒋鑫，这怎么能让人放心呢？

那自然要派一个绝对不会和她沆瀣一气，地位也足够压她一头的监察来制衡了。

想来想去，现在符合条件的也只有定王燕绝了。

燕绝此刻出现在这里，自然也是来堵她的。

诸般念头一闪而过，文臻眼底那一霎惊讶已经换成了春风般的笑意，如见故人般迎上，急忙施礼：“哎呀，竟然是定王殿下，没想到能在湖州见到殿下，殿下别来无恙？”

燕绝定定地看着她，嘴角一咧：“本来是无恙的，不过，你方才撞本王的车马，本王差点有恙啊！幸亏我那小妾临时和本王换车，本王才逃过一劫，你看，你要不要去和本王小妾赔个礼啊？”

文臻还没回答，张钺蓦然一掀帘，也不用人扶，直接蹦下车，拱手昂然抗声道：“定王殿下，您这话说得好没道理！方才明明是殿下的车马忽然冲出，多亏我们的马车及时勒停才没酿成事端！再说文大人是何等身份，您要她向您的一个妾赔礼，您将朝廷颜面置于何地？”

燕绝扬眉，阴恻恻看了张钺半晌，道：“张钺，你可出息了。朝堂上公然承认心悦文大人也罢了，还不惜追到湖州当一个女人的长史，如今更敢为了她当面顶撞本王，也不知道那些先贤会不会气得从地下诈尸啊？”

张钺张着的嘴僵住了——论文辩经他没问题，可他什么时候遇见过这么泼皮无耻的辩驳。

忽然有鼓掌声响起，文臻扬声对空处道：“定王殿下这一番话很是精彩，未曾想到定王殿下口舌竟然如此厉害，皇子如此犀利的言辞如何能不记载成文字？大家伙儿都记好了，三问书屋回头给添一笔啊。”

文臻回头对燕绝笑道：“我为殿下千古扬名，殿下不必谢我。”

燕绝不敢再说了。

文臻名下三问书屋遍天下，一大群士子为她摇旗呐喊，她要真给他编个什么语录，传到天京，他身为皇子，代天巡狩，却对当朝大臣言辞轻佻，必将贻羞天下。

他不说话，却看了那个风尘女子一眼，那女子急忙凑过来，笑道：“殿下宽宏大量，我却是个小气人。怎么，撞了平头百姓就可以置之不理吗？”

燕绝盯着对面的人们，看着人人眼底的怒意，眼底掠过一抹笑意。

文臻并不生气，瞟了那女子一眼，点点头道：“给你赔礼？也不是不行。”

那女子刚刚笑开，文臻已经摸出刺史印信，在她面前一晃，冷冷道：“不过你想清楚。本官是湖州新任刺史，掌一地军政民生。听你口音，应为湖州人氏，正是我治下之民，看你装扮举止也不似良家子，应为青楼娼妓。低贱妓女，竟敢攀附天潢贵胄，辱没皇家尊严，败坏皇室声誉，本官忝为湖州父母官，上仰天恩，下承民意，怎能允许这等事发生？自然要第一个拿了你！”

凤仙大惊失色，转头看燕绝，燕绝冷笑一声，道：“文大人，好大官威。不过你既然先拿官威压本王这小妾，那就不要怪本王也拿亲王之威来压你！你想清楚得罪本王的代价！记住，本王代天巡狩，对你就任湖州刺史期间一切事宜皆有监督之职！你若有罪，本王有当场处置之权！”

他冷冷一招手：“赶紧赔礼。既然遇上，便带着你的人上来伺候本王，慢慢赶路吧！”

文臻不动，含笑看着他。

“文大人，你聋了吗？”

文臻抱起双臂。

燕绝眯起双眼，眼底冷意和杀气一闪而过。

文臻忽然道：“殿下这一番话说得真是口吐珠玑，舌灿莲花，我感觉马上就要漫天起云霞，群鸟齐蹁跹，都为殿下贺喜呢！”

燕绝：“……”

不是，你是气疯了吗？

他忽然觉得头顶好像一暗，接着便听见随从们的惊呼。

天际一大片鸟儿忽然飞来，黑压压一大片当真如浓云狂卷，遮蔽了半边天空，眨眼就到了自己头顶，齐齐俯冲而下，就好像在下一场飞鸟狂雨。

眨眼间飞羽共鸟粪齐落，鸟喙与啁啾同来，满眼都是黑压压的乱羽飞毛，那些鸟还都十分凶恶，只往人面门上扑撞。燕绝和他的护卫都陷入了鸟的海洋，周围都是扑翅和惊叫之声。

燕绝大叫：“护卫！护卫！速速扑杀这些畜生！”

在那些劈头盖脸的乱羽缝隙里，他隐约看见那些鸟竟然丝毫不理会文臻等人，而文臻片羽不沾地站在一边，大声惊笑：“天啊，果然是为殿下庆贺礼赞而来！你们快看，只围着殿下飞呢！昔日只闻远古先贤边邑考降生之时，西王母派遣七色彩鸟五千围绕边邑考盘旋欢唱七日七夜，但那也只是传说，未曾想今日有幸亲眼得见！定王殿下乃奇才感天动地引发奇异天象！快快快，诸位快随我去寻名画手，名作家，一定要将今日传奇一幕绘之记之传唱之，要让定王殿下流芳百世！”

文臻飞快地蹿上车，驾车跑掉了。

留下满身鸟毛鸟粪的定王燕绝看着一溜烟远去的马车，想到“七日七夜”，眼前一黑，几欲吐血。

张钺不住地担心回头看，问文臻：“殿下不会追来吗？鸟儿真的会围着他转七天七夜吗？”

“想什么呢？一刻钟就散了。”

张钺有点失望，随即又有点紧张起来，握拳，微微绷紧了身子。

文臻叹一口气，道："张大人。"

"在！"

"定王殿下代天巡狩，以后是要像瘟神一样在湖州的，所以你一定要习惯今天这种情形。"

张钺吸一口气，脸色有点不好看。

定王燕绝本就性情暴戾，自从脚有点瘸了之后，还又添了几分古怪。他明显没有夺嫡野心，也明显十分仇恨燕绥和文臻，他存在的最大意义就是让使他不愉快的人过得比他更不愉快。这样一个身份高贵压人一头，又没有太多顾忌，行事还邪气的皇子镇在湖州，再加上很可能整个抱团且不对劲的湖州官场……张钺简直怀疑皇帝让文臻仕宦湖州，是想宜王殿下丧妻另娶来着。

随即他肃然道："大人放心。张钺既为您部属辅佐您，定当尽心竭力，死而后已。"

"不用这么严肃。"文臻一笑，"你且记住，对谁都不用这么紧张。哪怕他是个皇子，也一定有弱点。对于敌人，我们要重视他们，却不必太过顾忌他们。"

张钺望定她，也不知道在想什么，脸慢慢红了。

文臻一愣，顿觉不好，心想这么严肃的话题，这书呆子是插上了什么联想的翅膀，飞到了风花雪月那一挂？赶紧咳嗽一声，挪到另一边去看风景。

张钺随即也发现自己失态，其实他只是因为那一句"我们"而心潮略有些澎湃而已。见文臻避嫌，顿觉尴尬，心想之后还要共事数载，自己还是下级，唯一该做的事就是尽辅佐之责，如何能如此不知分寸？随即惊觉自己此刻与她同车也是不妥的，赶紧起身准备下车，车子却忽然停了，寒鸦的声音传来："前头有关卡。"

文臻探头出去，看见岱县的官道上竟然有官府的关卡，队伍排了好长。

县衙的兵丁守在官道上，逐一排查来往百姓客商，只允许本城百姓入内，不允许任何外来人士进入。

采桑前去打听了，回来道："说是新任刺史即将就任，为保证民生治安，防止宵小混入，对刺史大人不利，即日起对湖州方圆百里之内进行梳理排查，非本地户籍者一律不得入内。"

张钺怒道："岂有此理，这岂不是坏了大人名声！再说过往客商怎么办？扰民乱民怎么办？我且去和他们说道！还有，咱们也是外地人，是不是刺史长史也不能进湖州？真是荒唐！"

文臻伸手一拦："你打算怎么去说？摆出长史身份？"

"是啊，不然呢？"

“然后呢？想过结果吗？”

“呃……”

“两种结果。一是对方虎躯一震，倒头下拜，延为上宾，县令郡守蜂拥而来，别驾郡尉闻风而动，然后一天三小宴，两天一大宴，各县各郡，黄土垫道，清水洒街，前呼后拥，做足声势，势必要把这一场就任，做得劳民伤财，声势轰动，直到咱们还没上任，就被御史弹劾为止。

“二是坚决不肯承认你这印信令牌是真的，趁着你身边无人，手中无权，一介书生，三两女子，称你假冒，打你入牢，诸般手段齐下，全境官员勾结，杀人如草，湮灭罪证。势必要你我还没进湖州，就把你我弄死在一个小县的破牢里。”

文臻阴森森对着张钺龇牙一笑，硬生生把张钺笑出了一身的鸡皮疙瘩。

第四十章

欺负殿下

“那我们怎么办？”张钺思考了一会儿，“要么我们变装进入吧，去和当地百姓买户籍，或者找当地户头买几张户帖。”

文臻看他一眼，心想书呆子倒也不是完全不会变通，每州都有私下倒卖空白户帖的，持有这些户帖的多半和官府有点关系，多出点钱就可以买到。但是一时之间难以寻到且不说，既然有这个漏洞，难保对方不会利用这个漏洞。

“倒也不必买，何必花那钱呢。”

“那我们……”

“等呗。”

“啊？等什么？”

“等啊……嗯，算算洗头洗澡换衣服的时间，半天差不多了吧。”文臻喃喃自语，张钺听得莫名其妙。

张钺发觉自己跟在文大人身边越久，就越是倾慕，然而也越是不敢有非分之想。

这是个满身闪烁着火花和星光的姑娘，他只是这凡间背着行囊的书生。

文臻说等，那就等，等了小半日，她开始排队，排到差不多的时候，路尽头驶来一列车队。

看到那车队的那刻，文臻笑了笑。

看看前头队伍前进缓慢，她拍了拍前头的肩膀，递过去几枚大钱：“兄弟，打个商量，我有急事急着进城，能换个位置吗？”

对方接了钱，换了位，文臻如法炮制，很快换到了最前头。

守门的士兵手一摊："户帖！"

文臻："哦，没有。"

"什么？"

"我是来办事的。官爷，你这是要封城吗？哪有不许外地人入城的道理！"

"你是来闹事的吧？没听见吗？新任刺史大人要到任了，要对湖州全境进行清理，暂时约束各州县人员流动，从哪里来的，滚回哪里去！"

"你这话我不明白。新官上任就不许咱们老百姓行商走路了？新官上任湖州百姓也要吃饭啊！"

文臻这话一出，一些因为没有户帖被拦在一边的行商路人都愤愤不平地鼓噪起来。

"是啊是啊，这样拦住我们，我们的生意就做不成了，官爷！"

"少废话！这是新任刺史大人的命令，你们敢违抗宪命吗！"

有人咕哝道："这位新刺史真是凶狠啊……"

只有文臻的声音依旧清晰："啊，真的是刺史大人的命令？哪位刺史大人啊？"

"文刺史文大人！"

"你怎么知道是文刺史文大人的命令呢？这不合理啊，这万一有人假传命令呢……"

"你满嘴胡咧咧什么！是文大人亲自到县衙传令，给我们训话的，我们还亲眼见着大人了！"

"啊……亲眼见着的啊，那你们也亲眼见着了文大人的印信和公文了哦？"

"废话！你滚不滚！"

"哦，好好，我滚，我滚。"文臻脸一捂，站到一边，却没走开。

那士兵正要推她走开一点，忽然马蹄急响，几骑飞飙而至，烟尘滚滚，气势惊人，四面百姓纷纷惊叫走避，队伍瞬间被冲散。

骑士已经亮出皇牌，大喝："王驾至，速速跪迎——"

众人惶然抬头，就看见一长队马车辘辘至近前，远看那马车镶金嵌玉，华贵至极，近了却看见那金玉之上斑斑点点，还有些绒毛……

一阵急促的脚步声响起，是在远处的棚子里休息的管事的城门官奔了来，看见那皇牌，惊得就地跪了下去，颤颤巍巍大喊恭迎王驾。

他这一喊，所有人也都跪了，张钺等人本来站在文臻身后，都看文臻的动作，见文臻跪了，也便跪下。

燕绝没露头，咆哮声从帘子里传出来："就一个城门官来迎本王吗？岱县县令呢！死了吗！"

城门官抹一把汗："是是是，下官已经派人快马去唤了……"

燕绝不下车，也不让人起来，就让人跪着等，文臻本就待在关卡后比较隐蔽的地方，顺势往地上一坐，张钺立即过去给她挡住。

好在这里离县城本就不远，很快马蹄声急响，一群人快马加鞭地驰来，官帽斜斜地歪在头上，还有人靴子都没来得及穿好，连滚带爬地下来给燕绝请安。

看到岱县县衙的上下官员都到了，文臻也笑了，懒洋洋地站起身来。

此时正好燕绝也出了马车，头一伸，人群中突兀站起来的文臻自然吸引了他全部的注意力，他眼神一凝，下意识大吼："文臻！"

文臻清脆地应："殿下，我等你好久啦！不好意思这关卡拦了您的路啦！"

燕绝顿觉抓到把柄："文臻，你这个刺史就这么当的！"

燕绝心道：好像觉得哪里不对劲。

张钺已经笑了起来，眼底光芒闪亮。

文大人真是厉害啊。

她先在百姓面前摆出所谓的"刺史命令"，再算好时间等燕绝过来，借燕绝之口宣示身份，一来洗清百姓对她的误会；二来揪住燕绝一起，避免被岱县污蔑了自己，毕竟岱县县令已经认了燕绝，而燕绝认了文臻，这才是文臻一直等到岱县县令等人都到了才现身的原因，就是要一环扣一环，公开身份；三是揪住了燕绝，就算岱县之后采取捧杀政策，那也只能算在燕绝头上，毕竟他才是最尊贵的主客。

燕绝还没反应过来，文臻已经欢欢喜喜过来，往燕绝车上钻，道："殿下，那些飞鸟绕着您飞了多久啊？我给你找了好几个画手和传记作家，都不大满意……"

她话语忽然一顿，看见了燕绝马车座下被捆着的一个少年。

那人抬起一张雪白的脸，脸上依稀还有脚印，一点泥痕印在眉心鲜红的痣上。

苏训。

文臻盯着那张与燕绥相似的脸，想着那张脸被燕绝踩在脚下凌辱，只觉得浑身鸡皮疙瘩都起来了。

她继续接上方才的话题："要么您给详细描述一下？"

燕绝："下去！"

他已经反应过来了。

他被利用了！

文臻立即下去了，她站在燕绝车旁，面对神色惊疑不定的百姓和目光闪烁的岱县官员，摸出自己的刺史印信对着百姓缓缓展示一圈，道："各位乡亲父老，在下文臻，新任湖州刺史。"

平常百姓见到县令已经足够炫耀几十年，刺史大人封疆一地，主管军政，那是云端人物，更何况这是东堂历史上第一位女刺史！

这位据说还是传说中的厨神！

如今看本人还这么年轻，看模样都没双十年华。

百姓在震惊之后便是深深的疑问，刺史大人是女性，还是这么年轻的女性，这能镇住湖州这一批豺狼虎豹，给百姓们好日子吗？

文臻也不多说，百姓的偏见很正常，而看法需要时间来扭转。她转向那些脸色难看的岱县官员，手中印信转了转：“方才诸位父老都听见了，关卡士兵说亲眼看见我发布了设卡命令，并看见了文书。那么我想请问岱县诸位大人，那所谓的命令是我本人用这印信发布的吗？”

岱县县令面门有点凹陷，以至于他额头上的汗想要流到下巴上有点艰难，他胡乱地用手捋了一把，期期艾艾地道：“这……这……大人……”

“我就不明白了，守门士兵说亲眼看见我发布文书，结果我过关的时候，他怎么却不认得我呢？”

人群里有人瓮声瓮气地道：“还能是怎么回事啊，不就是假传命令呗！刺史大人，他们欺负你新官上任呐！”

文臻含笑道：“多谢乡亲们为我鸣不平。不过戏文还是少看些，假传命令是这样用的吗？”

文臻接着道：“事实上我六天前入湖州境，方才刚刚到岱县，之前未曾与湖州境内任何官员进行联络，也未曾发布过任何命令，没想到岱县官员对我的到来竟然如此欢迎，人还没到，命令已经帮我安排下了。”她冲百姓们点点头，“所以还麻烦各位父老不要偏听偏信。新官上任真不是那么简单的事，湖州情形本就复杂，交接诸事也繁琐，本官又不是千手观音，真要全部上手，没个一段时日也是不能的。所以近日但凡听着刺史的命令都不要理，都是瞎扯，大耳刮子打他便是！”

众人哄笑，都大声道：“对，大耳刮子打他！”

气氛一时其乐融融，百姓喜笑颜开，官员两股战战。

车内，燕绝脸色铁青。

他知道朝中几位老臣都颇看好文臻，明明这女子在朝时间不多，偏偏说她能够镇服宜王殿下，足以说明心智非凡。这什么狗屁理由？

如今瞧着，这口才这狡猾这笼络人的本事还真是少有人及。

堂堂刺史和这些下等贱民打成一片！

文臻又转向那些官员，含笑看着他们，就好像真的只是好奇怎么会发生这种情况，等待一个回答，偏偏不继续发问，岱县那些官员，想好了各种情况，却怎么也没想到会遇到这种情形，一个个脑中空白，满头大汗，只觉得面前这年轻的女刺史的目光像一把温柔的刀。

忽然燕绝把帘子一掀，怒道："一点小事这么没完没了的，还有没有封疆大吏的气度了？不就是这些小官儿一身媚骨，想要讨你欢心，也怕治下出事触霉头，先封锁境内，清理杂碎，想要干干净净迎接你上任吗？"

文臻回头看了燕绝一眼，倒没想到这家伙还有这种智慧，果然皇子就没一个简单的。

"是这样吗？那还真没想到呢，诸位父母官如此苦心孤诣……只是以后还请诸位上天也好，入地也罢，不要再挂我的名。"

岱县官员喜出望外，当即撤去关卡，又恭迎殿下和刺史大人入城。

文臻此时自然不会推辞，正要回自己车上，燕绝忽然对她一招手，道："文大人，你来随身保护我。"

"殿下，男女授受不亲。"

"这都要顾忌，那你怎么做刺史？那本王不如回禀父皇，让你回宫做女官算了，都是女人。"

"那就如殿下所愿。"

文臻知道这是跑不掉的，燕绝怎么舍得放过让她难受的机会呢。

车厢里燕绝大马金刀坐着，靴子底慢慢踱着苏训的脸，见文臻进来，恶意地笑，道："你看，我发现了一个奇葩呢。"

文臻低头看了看，苏训闭上了眼睛。

他的腮帮因为牙关紧咬，而线条紧绷，车厢里日光斜斜，一眼望去像一柄薄薄的玉刀。

"怎么样，惊喜吧？"燕绝慢慢地摩动着脚底，苏训的脑袋因他这动作轻轻地撞在地上，发出声响，他听着这声响，享受地抬起头，"看着这样一张脸在我脚底慢慢变形，眉目痛苦，是不是感觉很不好受？"

文臻静静地注视着他："看着这样一张脸在你的脚下变形，因你的蹂躏而露出各种痛苦的神情是不是很爽？你爽得眼睛都闭上了。你怎么就不怕，我在恶心愤怒之下毒死你呢？"

燕绝立刻睁开了眼睛："你敢！"

文臻格格一笑。

燕绝紧张起来，浑身紧绷地盯着她。

文臻双手手指交握，有趣地瞧着他，轻轻道："燕绝，你真可怜。"

燕绝眼底闪过怒色："你说什么！"

"我说，你真可怜。"文臻满不在乎地一笑，"你羡慕你哥，嫉妒你哥，痛恨你哥，又无法追及你哥。无论是才貌、宠爱、地位、名望……所有的你都无法比得上燕绥，并且深切地知道连追逐的资格都没有，和他一并提起的是另一个家族的人，甚至没有你们兄弟……你挑衅他，试图伤损他或和他有关的一丁半点，来找回自己的自信和存在感，但是可惜的是，你哥如此地强大，也没兴趣成全你的幼稚，你每次的挑衅都只能换来无法承受的惩罚，惩罚到你害怕，不敢再挑衅为止，这时候如果你保持安静，那你还算是个正常的男人，但你看看你做了什么？你只敢在一个长相和燕绥相似的人身上发泄你的怒气？你知不知道当你的脚踏上他的脸那一刻起，你就完完全全辜负了燕这个尊贵的姓氏，成了一个彻底的懦夫，别说不配皇室，连坐在我面前充男人都不配！"

"你……"

"我什么我？我在外头给你一个皇子的面子，在这马车内我还要任你折辱不成？燕绝，既然还要共事许久，我且提醒你一句，我确实顾忌你皇子的身份，但我更顾忌我自己的命，所以请殿下行事且留三分余地，不要逼得我拼命。因为真要拼起命来……"文臻的声音悠悠地飘起来，与此同时一声轻响，燕绝只觉得手上一凉，他猛地一缩手，袍子边已经整整齐齐落了十片指甲！

"你可不是我对手哦。"

燕绝没听见最后一句话，他盯着那白白的十片指甲。那是他精心留了很久的指甲，现在紧紧贴着他的手指边缘掉落，再往里一分掉的就是他的手指头！

燕绝的脸白了，忽然惊觉和这女子单独处在狭小空间相对是何等的冒险。

随即一柄匕首抛到了他脚下，惊得他把脚一抬，正要去拔自己的刀，喊来护卫，却见文臻蹲下来，冷漠地看着苏训，道："说到底是这张脸惹的祸。如果你自己还算明白，就自己处理掉吧。"

第四十一章

面首

苏训紧紧抓住了匕首，抬手就对自己的脸划去。

“做什么！”燕绝大怒，抬脚踢中苏训的手腕，匕首落地。

文臻扔出匕首后就已经转身下车。

片刻后燕绝也下了车，怒气冲冲去了另一辆车，下令起行，自有等候已久的岱县官员们拥卫着两人的车队往城中去。

进城之后，县令早已准备好自己的府邸，让给殿下和刺史大人居住，又包了当地最好的酒楼给两位贵人接风洗尘。

文臻全程紧紧跟随燕绝，连院子都要求和殿下紧邻，令燕绝气闷不已，大喝：“本王厌恶脂粉香气，让她住远一些！”

到了酒楼，坐在首席的燕绝又对着席面冷笑：“有咱们东堂的厨神在，这些三流厨子何敢献技！”

“是哦。”文臻坐在他下首，笑眯眯挽起袖子，“要么，我为殿下亲自下厨？”

燕绝看一眼她那双雪白的小手，仔细看那手并不细嫩，关节处长满了茧子，和经年练习厨艺留下的细碎疤痕，这样的手让他猛然一惊，顿时清醒了许多，立即笑道：“本王只是说说而已，刺史大人何等身份，怎么能执此贱役！”

文臻一脸感动的表情：“多谢殿下体谅。回想当初，从三水镇认识殿下，得殿下携往天京至今，文臻一直得殿下照拂。殿下一直这般宽厚仁德，真是令人感佩啊。”

她说得情真意切，众官听得一脸迷糊——怎么，传说中定王殿下和文大人不和不是真的?

连燕绝都有瞬间恍惚，仿佛之前和文臻的恩怨都不存在。自己和她本就是相识甚早，还有最初的照拂之恩呢！

然而一抬眼，看见烛光下对面女子笑吟吟的眼波和那雪白手指中擎着的淡碧色的酒液辉光相映，酒液都快递到他唇边，散发出一阵腻人的甜香，他忽然又出了一身冷汗。

这善于伪装而又善于蛊惑人心的母狐狸！

酒已经敬到面前，他倒想耍起自己的暴戾脾气，给文臻难堪，可不知怎的，先前车里的一幕闪电般一掠而过，他低头看看自己光秃秃的指甲，冷哼一声接过了酒，悄悄倒进了自己的衣领里。

而这一接酒便等于默认了“和文大人并没有关系不好”这一说法。岱县官员互相悄悄打了个眼色。

之后流水般上菜，文臻吃得坦然，这回她谨慎了，她在吃饭，文蛋蛋就在酒楼门口的灯笼上挂着。

燕绝没吃几口就醉了，被抬了回去。文臻敬他的那杯酒本就是下了酒蛊，喝了能解酒，不喝闻了气味反而会催化酒的烈性，燕绝倒在衣领里，喝一口闻一下，不醉才怪。

燕绝一醉，他的护卫如临大敌，把燕绝护得如进了铁桶一样，送他回院子休息去了，所有护卫里三层外三层地围着他的寝室，还个个戴了面罩，生怕文大人一个不高兴，放鸟放毒害死他们殿下。

文臻路过瞟一眼，回了自己院子。这些蠢货也不想想燕绝到了湖州地盘，安危就由她负责，她怎么可能对他下手？保护他还来不及呢。

也不知道那些暗中作祟的宵小到底把手伸进湖州多少了？和湖州官员有无勾结？和燕绝有无默契？还是各自为政？

又或者，这本身就是一个互相牵制随时可以拆分的局？

因为如果真的早已勾结成铁板一块，她都走不到这里。

文臻一路思索着走到院子里，在院门前停了一下，看了一会儿，吩咐人去找些伤药和食水来，只让采桑跟着自己，才进了院子。

灯光亮起，采桑低低惊呼一声。

廊下坐着血迹斑斑的苏训。

文臻倒不意外，苏训如果此刻不能出现在这里，便白费了她的一番搭救。

轿子里她扔出的匕首，里头有机关，匕首里头还有个很细的匕首，她猜到燕绝会阻止苏训自戕，那么匕首被燕绝踢飞后，里头那个自然会掉在苏训的附近，至于苏训能不能拿到那匕首解开自己的绳索，她不会管那么多。

之后她给燕绝下酒蛊，让燕绝大醉，调走所有护卫，给了苏训逃出马车的机会。

苏训逃出马车后自然要来找她。

采桑帮苏训包扎好伤口，问了他如何被燕绝抓住的，得知他和大丫原本想去湖州寻友，无意中被燕绝撞见，他发现燕绝看他的眼神不对劲，便骗得大丫先走，自己被燕绝抓住，第二日便遇上了文臻。

采桑唏嘘几声，将送来的干粮和水给他，道："走吧。把你那脸遮一遮，没人告诉你你这脸会招祸吗？你要划脸也别当着人面啊……你这人怎么这样……"

纸门被拉开，一个面具抛到了苏训脚下。

"身体发肤受之父母，轻易毁损是为不孝。戴着吧。"文臻说。

苏训看了纸门一眼，纸门后灯火幽幽，勾勒出少女衣裳宽大的轮廓，而脸容线条却依旧瘦削精美，下巴尖尖，分外透出些疏懒韵致来。

半晌后，他慢慢捡起面具，采桑飞快地打好一个包袱，推他："走吧走吧。"

她每次见这人这张脸就浑身不得劲，总觉得他多待一刻，某些人的危机便要多一分一样。

苏训却没动。

文臻也没理他，慢慢地称着药材。

柳老爷子给她的那个盒子里有几样药方，有治外伤的、有治难产的、有治先天胎弱的，其中还有一个方子是去毒养胎的。

这正是她需要的方子。她运气不好，在不该怀孕的时候怀孕，一路折腾，无法避免的险象环生，还无法避免总和蛊和毒为伴，再强大的体质也难免担心。

而这个方子竟然是能帮她隔离这些外在侵害，护养胎儿的。

所以文臻每日都在吃着，并且亲自处理，务必尽善尽美。

屋外，苏训终于道："我想留下来。"

"为什么？"

"救命之恩，岂可不报？"

"你拿什么报？"文臻的语气听起来并无讽刺，却更令人感觉难堪，"据我所知你不会武？可能你会写文章？不过我不觉得你会写得比张钺好，所以我要你做什么？"

文臻说完话便准备睡觉了，她知道苏训待不下去的，那少年看似温和，自有傲骨。

屋外，采桑和他的对话传来。

"走吧，这是小姐给你的银两。你戴上面具，该干什么干什么去吧。"

"请代我谢文大人，银两就不必了……"

"对了，小姐让我问你，之前在小叶村，失火的屋顶上，大丫曾经差点失足，但是不知怎的，她好像被你救了，你是怎么救的？"

“怎么了？”

“你是怎么看出来的？”

“不是我，是小姐看出来的。如果你想回报小姐，那就回答这个问题吧。”

“这本是我的秘密，不能对任何人说的。既然是小姐问起，那我应当回答。那是我的天赋之能，说起来鸡肋……我能回溯他人的一点时间，很短的一点，也就刹那之间，一天也就一次……”

文臻忽然拉开了纸门：“我改变主意了，你留下吧。”

当天晚上，刺史大人又溜了。

原本当地官员见刺史大人随身护卫很少，要给大人安排护卫守夜，大人却拒绝了。不仅拒绝了，还表示如果有人多此一举的话，可能会受到一定的惩罚。并在自己住宿的院子外画了一条黄线，其间当地官员曾试探地派一个厨房仆妇送夜宵，结果人离黄线还有三尺就倒了，抬回去睡了三天才醒。

经过这一遭，再没有人敢靠近黄线三尺以内。

而定王殿下因为文臻要求住在隔壁，从而把她赶得远远的，所以完全无法得知她半夜的动静——半夜，文臻从从容容地开了县衙的后门，套了车，把利用完了的殿下甩下，再次奔向了她的湖州城。

这一手又是一着出乎意料，等到岱县这边熬到第二天中午，终于不得不小心翼翼去询问，才发现早已人去屋空。

和岱县那边老远设关卡不同，湖州这边城门大开，人潮来来去去十分忙碌，大部分人从侧门进出，以至于侧门十分拥挤，正门处每隔数丈则有一座巨大的彩楼，一共三座，还铺了红毯，老远望去像是等谁去结婚一样。

还有不少工匠在，正在建第四座彩楼，看样子刺史大人一日不来，这花楼就会没完没了地建下去。

这让侧门经过的百姓们人人侧目。

人的心理就是这样，对于过于浮夸张扬的行为总会留下不好的第一印象，哪怕知道未必是人家的本意。

何况侧门小，人流长，细水一般地过人，人流堵久了，难免怨声载道。

红毯边，湖州治中黄青松打个呵欠，道：“听说岱县接着了刺史大人，还吃了个瘪，不过定王殿下也到了，想来刺史大人今日断然是到不了湖州的……王别驾也是太小心了，非要本官现在便来守着。”

他旁边的属官小心地笑道：“是啊，何至于如此？刺史大人在岱县被拦，不也没敢发作吗？咱们这里花团锦簇地迎着，那就更没什么好说的了。”

“她能发作什么？诸般账本细目还没交接，属官还没见，关键是军队还没到手，她拿个刺史印信能指挥谁？”

从城门往里进去，越过宽阔的青石街道，走过湖州城挽柳桥，穿过常年鲜花馥郁的四明花市，翻过雕刻着湖州十八景本身也是一景的南水广场的汉白玉栏杆，就能看见湖州州学前那一片空地上，此刻黑压压坐了一大群青衣白袍的士子。

朝廷今年就要开科举，州学是之前就陆续建好的，察举制推荐上来的优秀学子，在州学就学是必经过程。

州学学子和三问书屋里的那些穷书生不同，察举制推举上来的多半家境优渥，不理庶务，不问世事，只埋头读书。

此刻这些优秀学子在早春的寒风中瑟瑟发抖，每个人都瞪着自己面前的笔墨纸砚，眼神若有杀气，那些白纸想必已经被戳了无数个洞。

湖州别驾王龘坐在上方石台上，翻看着交上来的一沓诗稿，皱眉看了半晌，往桌上一拍，道：“平日里好吃好喝供着，写不出一篇像样的文章！”

底下有人愤然大声道：“文以载道，歌以咏志，如何能为权贵媚音！”

“放肆！”王龘勃然大怒，“文刺史当朝名臣，厨神之称名动天下。她如今在湖州为官，是我湖州之幸！她喜好诗词，令你等为她做赋，编订成册，以此也让刺史大人见识一番我湖州才子的才情，不正是千古佳话？”

旁边一个幕僚笑道：“文刺史后宫女官出身，一朝女史，平步青云，如此际遇，实为传奇，大有可书，大有可书啊。”

又一个幕僚道：“便是你等搜索枯肠，实无佳句，也可以写写那宜王殿下对文大人之……”

一个幕僚道：“莫议皇家！”

底下众书生都露出鄙视神色。

一人道：“宫女！”

一人道：“厨子！”

一人道：“攀附皇子！”

一人道：“以色侍人！”

众人齐声道：“如此女子居二品大员，主政一地，本就是颠倒纲常，祸乱朝纲之事，如今居然还要我等清白学子，为其歌功颂德，奴颜媚骨。这将我州学置于何地？将我湖州学子置于何地？将我道德文章置于何地？”

士子们齐齐弯下身，将那白纸往头上一顶。

“恕我等誓死不从！”

“恕我等誓死不从！”

平台上，王别驾怒气冲冲，猛拍桌子，眼底却笑意一闪。

城门口，黄青松还在和属官唠叨。

“刺史大人今天不能到最好。不然撞见州学的事情，总不大好……蒋大人那里拖不了太久，万一要闹起来……”

“别驾大人不是已经说了吗？实在拖不住蒋大人那就不拖，蒋大人真要发作……”黄青松的两条老鼠胡子一动，摆出一个滑稽又狰狞的表情，“学生年轻血勇，蒋大人老迈，这万一冲突起来，无论是学生出了点什么事，还是蒋大人出了点什么事，说到底那都是刺史大人的事……有何不好？”

两人对望一眼，都窃窃地笑起来。

从州学广场往西南角延伸，过春、景明二坊便是湖州刺史的府邸。前任刺史已经前往天京述职，新任刺史尚未上任，但这并不妨碍刺史府大兴土木，整座刺史府都在翻修，工程浩大，工匠百姓人群如蚁，无数的车马运送着砖木石块，川流不息。

初春的天气明明还很寒冷，那些只穿了单衣的工匠却人人汗流浃背，有人直接脱了上衣，裸露出精瘦的背脊，不停手地运木、搬砖、砌墙、挖池……饶是如此，还有衙门的民壮手持长鞭，看谁停下来擦汗，或者稍稍喘一口气，便一鞭子抽过去：“又偷懒！快一点！”

“啪！”

“班头！这个晕过去了！”

“冷水把他浇醒！倒会变着法子偷懒！”

“班头您行行好！大春才十六岁，已经发烧三天了！不能再干了啊！”

“是啊，刘班您行行好，孩子还小啊！”

“你们都让我行行好，我找谁行行好啊？哎，都是乡里乡亲，我想为难大家吗？啊？这不是刺史大人要到了吗？她要新府邸，府邸却还没建好？她人来了，我们拿什么献给她？拿这个建了一半的房子吗？”

“这么大的府邸，工程催得这么紧，哪里来得及啊……”

“这话别和我说，这是刺史的命令。上头的老爷们一层层交代下来，下头的人们只有死命扛着。大家伙儿也别为难我，为难我就是为难你们自己，有这力气多砌一块砖，都能少吃点鞭子！行了少啰嗦了，干活干活！”

“刘班，让我走吧！我老婆要生了啊！她要生了啊！”

“女人生娃娃关你大男人什么事？去干活！”

“刘班，给我半天假吧，我都七天没回家了，我老娘七天前就病了啊！我总得回家看一眼她病得怎样了！”

“七天前没事，现在自然也没事，但若是房子建不成，你我迟早都有事，干活！”

第四十二章

好戏连台

湖州全境内的江湖捞有三家，湖州城内的江湖捞只有一家，坐落在湖州城内落晶河边，装修得颇为精致高雅，珊瑚似的红灯笼，毫无火锅店的烟火气。

这几日江湖捞的生意很好，店里从早到晚坐满了人，从掌柜的到店小二全都忙碌得脚下生风。

而且忙得也不仅仅是生意，吃饭的过程中，闹事的、纠纷的、打架的、事端不绝，轻则搅乱店堂，重则闹上公堂，闹上公堂也绝没有事，谁都知道这是刺史大人的产业，闹事的都会被当众驱逐，但掌柜店员难免要跑衙门，和客人解释，里里外外，各种杂事，人手紧缺，连刚刚赶到湖州的君莫晓都不得不亲自上阵开始抹桌子。

三间书屋历来都开在江湖捞隔壁，三间书屋的书生们也在店里帮忙，君莫晓在和一个书生咬耳朵："小纪，你说这湖州怎么回事，一直是这样的吗？不大对劲儿啊。"

那个姓纪的书生苦笑道："君姑娘，往日自然不是这样的。但自从刺史大人要任职湖州，就这样了。"

"可这生意瞧着是热闹了，热闹里却又藏着凶险一样。"

"君姑娘是明眼人。他们就是明着不敢作对，所以暗地里下着绊子。江湖捞这里还好，就是找些茬子，把人绊着，让人生意做不安生。我们三间书屋近日来的人越来越少，很多书生陆续得了推举，要进州学了。而我们原本合作刊印的印社现在也反悔了，不再给我们刊印文册。据说买我们诗词文章的百姓也会被偷偷恐吓，所以现在也没有人敢买我们的诗词文章了。各处的酒楼茶楼也得了警告，不允许传唱我们的曲子。"

"这好像是在削弱我们刺史大人私下的力量，他们想要干什么……哎，好，加汤！

不是，您这好像一刻钟已经加了三次汤了吧？没必要这样加吧？您把火关小一点不成吗？哎您怎么这样呢？”

“客官您别生气您别生气，这就加这就加，您想怎么加就怎么加，您想什么火就什么火，客人最大。不不不，刺史大人是刺史大人，江湖捞是江湖捞，江湖捞绝不敢因为刺史大人就怠慢客人。您言重了，这样，小店给您再赠送一盘上好眉腰肉以示歉意，您慢用您慢用……”

此时，文臻已经到了湖州城门侧门处排队。

昨晚在岱县吃饭的时候，她已经命冷莺隐身进了岱县县令的书房，拿到了几份普通百姓临时进湖州的路引，眼看队伍将要排到她了。

正门处的彩楼正在簪花。

城门远处有座土丘，土丘上有人在观花。一人衣裳如雪，一人宽袍大袖，腕间一串石珠颗颗圆润，细看来却处处光泽幽微。

他轻轻捻着那石珠，也像捻着这世间道德大义。

听着那白衣人空洞的咳嗽声，他摇头叹息：“何苦来。”

白衣人只笑不语。

“明明有机会一击毙之，却偏要妇人之仁。”

白衣人摇头：“不能。她那只蛊虫护主，如果我真对她下杀手，那只蛊虫会拼命，后果我难以预料，我不能冒这个险。”

“但你也并不很想杀她。”

“为什么一定要杀她呢？是怕了她还是怎的？她的存在多有趣啊。你见过女别驾吗？你见过女刺史吗？你想象过女性能立在朝堂中央和这世间男儿争霸吗？如果她能，为什么不瞧瞧她能走到哪一步呢？如果她不能，看她最后不得不心服口服地认输，那也很愉悦啊。”白衣人笑起来，“当然，如果她能令我输，我一样是很愉悦的。”

宽袍人摇摇头，转身走下山坡：“你予她一世宽容，她送你一身病痛。”

他转身时一弹指，石子弹射，远处彩楼之上，一个正在挂一朵硕大绢布牡丹的匠人应声跌落。

那位置正跌向文臻方向。

惊呼声起，山坡上两人头也不回，走下山去。

城门前，文臻一抬头，就看见匠人不断放大的惊恐的脸和手舞足蹈的四肢，心中不由叹了口气。

她身子一扭，已经侧身滑出人群，双拳一抬，顶住了俯冲而下的躯体，向前几步，顺势一甩，衣袂翻花般团团一转，那偌大的躯体也在她头顶轻巧地被颠了个圈儿，将剩下的全部冲力都抵消，正落在正门前的红毯上。

随即四周惊天喝彩声响起。

黄青松一眼看见了文臻，猛地从怀里抽出一个纸卷来读了读。

文臻将人送上红毯便转身回到队伍。她脸上戴了简易的面具，倒也不觉得会被人一眼认出来。

不想身后忽然响起急促的脚步声，有人唤道：“文大人！刺史大人！”

四面百姓齐齐向后退了一步，如见洪水猛兽般。

文臻一僵，回头，就见一个瘦削的官员站在身后，一脸谄媚的笑，眼神却是不避不让。

她指了指自己鼻子，笑：“我？刺史？”

黄青松恭恭敬敬作揖：“刺史大人既已驾临，何必微服私访？湖州官员百姓，俱翘首盼望玉驾已久。下官湖州治中黄青松，已经在城门口等待刺史大人数日，大人还是快请入城吧！”

他下垂的宽大袖口，垂落一份文书，文书上字迹清晰，赫然画着文臻的相貌，并标记了身形、身长、发色、擅长武功……

文臻眼睛好，看得清楚，顿时知道，不承认也没用了。

人家连她最细微的身高都研究过了，再加上她刚才出了手，她的武功，尤其是拳法还满特别的。

再说既然能弄出一个高坠逼她露面，自然能弄出第二个。

更何况这位黄治中说话也不怀好意，言下之意就是她故意要微服私访，是要查湖州官民的错漏之处？瞧旁边百姓那个警惕戒备的眼神。

文臻向来性情如流水，擅长顺势而行，立即解下面具，转身笑起来：“本不想扰民，也是见着这彩楼，被惊着了。我不过是陛下驾前一牛马，前来湖州，愿为百姓黎民躬耕。这刚刚踏上湖州土地，寸功未立，又是何德何能敢当这红毯铺地，彩楼相迎？”

黄青松愣在当地。

四面鸦雀无声。

人群中一些书生模样的人，嘴里喃喃着“陛下驾前一牛马，愿为黎民百姓躬耕”，眼睛越来越亮。

就连文臻自己也没想到，自己化用鲁迅先生“俯首甘为孺子牛”这一名句投放在了这一封建时代，依旧瞬间，令人心中一震。

无他，还是这时代等级观念浓厚，父母官名为父母，实则生杀予夺，凌驾于百姓的生死与尊严之上，任何时候都不忘端着士大夫的高贵，肯自云端俯下脸给一个亲切的眼神便算是令百姓惊喜的恩赐，何曾又有人听过这般谦恭恳切的就职表态？

此刻这句话一出口，百姓们神色便缓和许多，众人有些惊异地看着文臻，那个刚刚获救的男子遥遥对着文臻磕头。

黄青松的脸色却不那么好看了，一边对身后属官使了个眼色，一边干笑着伸手对文臻一引："那么，刺史大人请。"

文臻看了他一眼。

自己是刺史，既然到了，全城官员都该来迎接才是，但是这位治中却根本不提通知全城官员的事，就这么急迫地要她进城，看来，城内还有好戏等着自己吧。

"百姓们都有营生要做，挤在侧门未免耽误，既如此，便和本官一起走正门吧。"她伸手一挥，"开正门。"

城门轧轧开启，百姓们欢喜地涌上红毯，黄青松也未阻止，在她身侧道："大人，刺史府邸还在修葺中，可能暂时还住不得人。别驾大人为您准备了驿馆，或者您想去看看您的江湖捞？"

"那就去看看江湖捞吧。"

州学前，士子们愤怒的呼声越发高昂。

驿馆里，蒋鑫终于摆脱连日来湖州官员对自己的纠缠，快步向州学广场而去。

江湖捞内。

纪书生一边让人去上眉腰肉，一边叹了口气："君姑娘，你发现了没有？来吃饭的人也有很多普通百姓，但和以前不大一样了。大多心怀不善，遇上事情，也不像以前一样都站在我们这边，反而常常帮忙起哄，遇事挑衅，动不动拿刺史大人说事。尤其是最近事端多，每每去官府又总是我们赢，久了大家就觉得仗势欺人什么的，刺史大人还没到任，风评不知怎的便一落千丈，这以后要怎么治理湖州……"他无奈地抓抓头发，"我们这段时间一直忙着店里，隐约听说了一些事情，但也没有工夫去理会。三间书屋的一些书生忽然得了地方察举，也就不来了，我总觉得有些不安……"

君莫晓烦躁地把抹布往桌子上一扔："这几天忙得连口水都没得喝，也不知道外头都发生了什么，咱们的人也没有空派出去……"还没抱怨完，就听见雅间里发出一声尖叫，"妈呀有虫子！"

纪书生："本旬的第三起火锅虫子事件……"

君莫晓转头就冲雅间走去，一边走一边大声笑道："这位客人你说什么呀……"盖过了那女子的尖叫声，推开雅间的门，目光落在雅间内几名男女身上，一眼看见那个大腹便便手中还拎着个虫子的女子，心中冷笑一声。

一个孕妇看见虫子都尖叫了怎么还敢拎着？

“哪来的虫子啊？哪来的虫子？”

身后看热闹的人群拥了来。

君莫晓一把夺过女子手中那黄黄白白的一团：“我瞧瞧！”

那女子猝不及防，虫子被君莫晓夺去，下意识就要来抢，君莫晓手一抬，冷声道：“怎么了，是你带来的什么宝贝，还舍不得，要夺回去呢？”

那女子一怔，顿时停住，君莫晓拎着那一团看了看，嗤地一笑，大声道：“大惊小怪，不过是一团油渣！”往嘴里一扔，咽了。

那女子一脸惊骇，盯着君莫晓，君莫晓面对着她，还不急不忙地嚼了几下，又转身对着围观群众嚼了几下，才从容地咽了，道：“肥了点，不过，挺香。”

她这般从容，众人看着自然是信了，倒是那个女子直愣愣地盯着她，忽然干呕了一声。

那女子干呕的时候，她身边本没有反应过来的男子，此刻终于反应过来，伸手狠狠一捏她，女子眼白一翻，向后一倒，男子接住她，惊慌失措地大喊道：“不好了，吃火锅吃坏人了！”

君莫晓回头一看，脸都气白了，这还没完了！

但那男子已经抱着那孕妇哭喊起来，“喜妹啊，我就和你说这家的火锅现在不能吃了，仗着后台大，用的料都不干净了，明明是只虫子，非和你说是油渣，吃坏了肚子也没处告，去了官府保准给你打出来……天啊，你肚子里还怀着我们老孙家七代单传的种啊，这可如何是好啊……”

这男人身材瘦削，声音却像练过一般尖利且中气十足，里外远近都听得清楚，偏偏他也不闹，也不要赔，就高声哭着，抱着老婆往外拖：“我们走，我们赶紧走，我们不吃了……”

众人都斜眼看着君莫晓，神色不满，君莫晓脑子里乱哄哄的，只知道不能任这两人这样走掉，江湖捞开不下去还是小事，文臻的名声势必又要惨遭损坏，免不了还要因此被弹劾。

她上前一拦，厉声道：“不行，说清楚再走！”

“说清楚什么！我娘子吃了你家的火锅吃坏了，我们不要你赔，不和你闹，自己去瞧大夫，你还要我们怎的，你是要害我们一尸两命吗！”

男子凄厉地嘶喊着，指着女子的肚子，有人尖叫：“血！”

君莫晓低头一看，女子裙子上慢慢洇开一片艳红，顿时脑中轰然一声。

拦也不是，不拦也不是，该怎么办？

男子大叫帮忙，已经有人七手八脚拥上，撞开君莫晓，去帮那男子抬起女子就要往店外送。

君莫晓脑子里嗡嗡响，目光下意识地跟着人流向外看去，忽然看见了一张笑吟吟的面孔。

她猛然一震，如遭雷击，几乎不敢相信自己的眼睛，几乎要喜极而泣。

文臻！

第四十三章

人工呼吸

文臻只对君莫晓点了点头，示意自己已经知道情况，让她少安毋躁，偏头听见寒鸦道："是怀孕了，但是没有小产。"

"血袋在哪里？"

"没看见，可能趁乱扔了。"

文臻转头对身后看了看，戴了面具的苏训十分警觉地上前一步，文臻道："去后厨找鱼鳔，猪尿泡，小肠都可以，灌点新鲜的血来，你随便找哪个学徒帮你。"

苏训应声悄然而去。

然后她身边，张钺忽然对黄治中道："啊，治中大人，我对湖州学政有几个问题，想要向您请教。"并不容分说，将黄治中拉到了一边。

人群那头君莫晓想要挤过去，却被人群隔开，无法挤到文臻身边，但是她忽然听见有人在她耳边轻轻说了几句话。

文臻走了过来，人群中有人喊："刺史大人来了！"

人群顿时一静，众人惊诧的目光转过来。

那男子的哭声便更委屈刺耳："我们没事……大人……让我们走……"

远处赶来的人听着，仿佛新一轮蹂躏又开始了似的。

"你们确实没事。"文臻微笑道，"但是很快就有事了。"

那妇人顿了顿，捧着肚子，开始哀号："哎呀我肚子，我的肚子……"

文臻正好站在了她对面，堵住了两人的去路。

不等两人开始新一轮的表演，她闪电般地道："谁派你们来的？"

“没有——”

“拿了多少银子？”

“不是——”

“告诉你孕妇闹事比较方便？”

“不方便，不不不……”

“还是一对假夫妻？”

“不是，我们明明是真夫妻！”

“是不是这位教唆的？”文臻一指宛如被劈中般霍然回头的黄治中。

“啊！怎么会，我根本不认识这位大人！”

“这位已经交代了，最近江湖捞的闹事事件都是他和你们共同谋划的，而且是以你们为主谋。”文臻一指黄治中身后的属官。

“不是这样的！我们明明只是吃到了脏东西！”

“血袋掉下来了。”文臻手上摇晃着一个只剩一点血液的小袋子。

“不可能，我明明扔掉了！”

“……”

死一般的安静。

片刻后，文臻微微一笑。

这甜蜜近乎可爱的笑容看在很多人眼里宛如恶魔的笑。

黄治中立在初春冷风中，瞬间后背一凉。

文臻一个问题接一个问题，几乎每个问题都出人意料，谁也想不到传闻里温和的刺史大人在自家惹祸的店前，竟然不先安抚受害者，而是毫不避嫌直接当众盘问。做好撒泼扮弱准备的那对夫妇没想到受害者帽子还没戴好就被劈手打飞，当头就盖下无数帽子来。

这帽子还顺手一人一个，盖给他和他的属官！

然而这所有的帽子和出其不意都是陷阱，都只是为了最后那一句真正的出其不意。

刺史毫无忌讳，他们自然就忌讳了，如何不心慌？如何不露破绽？

半晌后，百姓里有人低喝道：“好！”

女刺史见所未见，虽然新奇，但大多数人心中难免不以为意，今日初见，竟然是个少女，所以就在方才，很多人心中不是不失望的。

虽失望，但倒也觉得并不意外，顶多摇头叹息，当真如传说那般，因为宠爱儿子，而儿子又宠爱那个女子，便将那国家重器，一方军政，百万黎民，都交给一个女子折腾了！

这治大国，当真能如烹小鲜吗？

但方才不过寥寥几句，便依稀可见新刺史真颜色。

文臻一笑之后，忽然又变色。

与此同时，众人也变色。

因为君莫晓忽然大叫一声，口吐黑血，向后倒去。

她身边的人急忙接住，大叫掌柜，人群顿时大乱，又有人匆匆挤出，自称是这城中大夫，拿银针一试君莫晓口边鲜血，再举起银针时，银针已经变成黑色。众人哗然。

有毒！

大夫道："是急毒，大抵就是刚吃过什么不妥的东西。"

文臻急问："莫晓方才吃过什么了？"

纪书生道："并没有，我们太忙了，从一个时辰前到现在，君掌柜和我都在店堂前伺候，这点大家都可以作证……哦对了，方才这位夫人诬陷我们火锅里有虫子，君掌柜说那是油渣，便把油渣吃了下去，然后就闹起来了，前后只吃过这个。"

众人都点头，吃火锅耗时长，这段时间君莫晓都在众人眼皮子底下忙得团团转，吃"油渣"也确实是众人唯一眼见的。

文臻笑眯眯地转向那对男女："那就说明油渣有毒。但油渣如果真的是你们从火锅中捞起来的，那你们现在也该中毒了才是，你们一行四人却都安然无事。本官是不是可以认为，你们不仅假充小产，栽赃陷害，还意图携带有毒物事进入江湖捞，伺机下毒暗害江湖捞食客，置江湖捞于更大罪名？"

这话一出，众人变色，有人已经忍不住大骂恶毒。人便是这样，但凡涉及自身利益，便立即更关心许多。那男子却还算脑子清醒，大声道："这话不通，是我夫人叫出来锅里有虫的，若真是她携毒想要害这店中人，何必叫破！"

纪书生忽然道："我第三次给你加汤的时候，好像看见你夫人拈出一个东西来，其实我是没看清楚，但是你夫人可能怕我看见了，便不敢再投毒，于是干脆栽赃锅里有虫，只是没想到我们掌柜为了店的声誉将那东西吞了，你们见势不妙，干脆又来一出吃了脏东西小产的把戏，先下手为强！"

文臻赞许地看了一眼纪书生。这书生很是机灵，倒省了她总是在台前周全。

"来人，把这几个携毒杀人的恶徒给我拿下！"

"冤枉！冤枉啊！那不是毒物！那怎么可能是毒物！那……那明明是我从自己后院子里亲手挖出来的蝼蛄，我手指甲缝里还有泥巴呢！"妇人慌乱而绝望地举起自己指甲缝还含了泥土的手。

众人长长地"哦"了一声。

文臻也“哦”了一声，不等妇人露出希冀之色，飞快地道：“那就是你挖出蝼蛄又抹了毒，且伪装小产，一计不成又来一计，一定要置江湖捞于死地，其心可诛，罪加一等！”

妇人眼睛一翻，晕过去了。

眨眼间江湖捞的事端平息，文臻才施施然对黄青松一笑，道：“治中大人，方才为了审理这刁民和你开了个玩笑，你不介意吧？”

黄青松干瘪的脸皮挤出一个生硬的笑，连忙道：“不介意，不介意。”

“既然不介意，那就把这两个携毒杀人栽赃陷害的刁民，交付湖州衙门处置吧。”

“这……”

“诸位乡亲父老啊。”文臻一转身，对着人群，一摊手，愁苦地皱起脸，“我初来乍到，尚未交接，湖州上至刺史府，下至百姓家都两眼一抹黑。令行未下已施，使命而必不达。连下达一个命令还要被手下推三阻四。”

黄青松脸上的汗瞬间流下来了。

她是在警告他们吗？

你们越要维持这虚假表象，我越要撕破了。

我会把这矛盾摊开在日光之下，让所有人都看着，一旦我出了任何事，所有人都知道是你们干的。

这不是示弱，也不是让步，这是一种对待泼皮无赖的狠毒。

因为她是个女人，是个天生长相娇嫩的少女，这长相原本于她的身份和事业很不利，但她却似乎深知这一点，干脆不试图掩饰，不去装作强大或强硬，就势而为，去引导百姓对她产生天然好感和呵护。

“看来黄大人有难处，而我还没交接，护卫也派去护持别人了，人手不足。有哪位乡亲能帮个忙，把人给送到湖州衙门啊？就说是我让送的。”

“我去！我去！”

“湖州衙门就离这儿不远，闹这么大还装死不来！”

“不来就把人拖过去，咱们一起去！”

立即便有一群人把那几个人拖走了，文臻则团团向四下拱手，笑道：“江湖捞在湖州，一向多承诸位父老乡亲照拂了。”

很多人有点惭愧地低下头，最近大家听了很多流言，也散布了很多流言，谈不上什么照拂。

“明日江湖捞请客，附近十里街坊来吃的都不收钱，算是感谢大家。”

众人欢呼声里，文臻带大家走进厅堂，指着厅堂和厨房相隔的墙道：“之所以明日才请客，是因为今日要拆墙。从今日开始，全国所有的江湖捞里的这道墙都会拆去，换上从洋外运回来的水晶玻璃，以后所有的大厨操作都会在食客的目光下进行。如此，安诸位之心，也安我等店家之心。”

透明厨房，可测操作，众人闻所未闻，一时都惊住，随即都兴奋地窃窃私语。

文臻看一眼人群后，君莫晓已经悄悄隐入人群中，抹去嘴边那一道伪装出来的毒血，依旧还是一条女好汉。

文臻出了江湖捞，留下了自己的行李，令店中人带蒙珍珠一家去安置。人群依旧未散，有人忽然大喊：“刺史大人府邸正在建呢，不去看看吗？”

文臻笑容一敛，道：“自然是要去的。”

人群便簇拥着她往外走，文臻一边走一边和身边人聊天，张钺有点紧张，拦住她低声道：“这万一里头混进了刺客……”

“你也去聊天，和那些看起来消息灵通，话又多的人聊。问问州学广场上有多少学子，都是哪些人，哪些是本地人，哪些带头的，带头的有无本地人，父母做什么的，能不能帮忙找到他们父母。”文臻截断他的话，“寒鸦，你护好张大人，不要让他被人伤害。”

“我不是……”张钺还要说话，却已经被寒鸦护着往另一个方向去了。只得无可奈何地执行文臻的任务。

文臻走了几步，笑道：“请诸位不要围我太紧，不然有刺客混进来不好交代。”

人们退离文臻周围三尺之地，文臻周围形成了一个安全的空间。

黄青松眼角往前方某处酒楼上看了一眼，心中思量着某种举措的可能。

却见文臻忽然一招手，她那个丫鬟从包袱里取出一把小伞，文臻接过撑开了，那伞看着很小，撑开后伞面却流水一般铺展开来，将她恰好挡住。

伞看着普通，日光下布面光泽粼粼，文臻笑着摸摸脸，和百姓们讲：“怕晒黑。”

四面响起一阵善意的哄笑。

热火朝天的刺史府工地，忽然起了一阵阵骚动。

“大春又晕过去了！”

“掐醒他！”

“不好了，不对劲，这回不对劲！不好了！好像没气了！”

“三郎！三郎！你怎么还在这儿，你家娘子难产了！”

“李老瓜，快回家，你老娘病得不行了，要见你最后一面！”

“谁都不准走！刺史大人的府邸还没建成呢！”

“班头您行行好，大不了这以工代役折抵的工作我们不要了行吗？让我回去看一眼吧，就一眼！”

“什么以工代役啊？谁答应你们以工代役了？给刺史大人建府邸那是咱们湖州老百姓的福气，所有湖州百姓都应踊跃参与，说什么以工代役！”

“什么！当初不是说的以工代役吗？那咱们丢下家里的事，丢下田地，丢下一家子老小，丢下营生，是来白白干活的？你们当官的怎么能这么欺负人！”

也不知道是谁把手中的桶猛地掼在了地上，“哐当”一声泥水四溅，“老子不干了！”

“哐当哐当！”更多的撞击声。

“反了你们！”一个班头怒吼着，举起了皮鞭，他对面，那个老娘生病无法回去看的汉子，吼声比他更大，将手中的桶劈头盖脸向地他砸下来。

这一下砸实了，一场流血械斗不可避免。

“住手！”

女子声音并不很高，不知怎地却让众人听得清晰。但那汉子手中的桶却收不住，依旧砸了下来。

忽然半空中人影一闪，一只手将那桶接住，放在一边，又一闪不见。

因为闪得太快，没有人看清楚发生了什么，只看见桶忽然就到了旁边，那汉子对着空空的两手发呆，而逃了一劫的班头大怒，皮鞭一甩，却没甩动。

他回头就看见自己的皮鞭被踩在一个黄衣少女脚下，他使足了力气去拔，少女忽然一抬脚，他力气使空，仰天栽倒，脑袋着地。

而文臻已经风一般地卷到了人群中，那里躺着一个面色灰败的少年，有人哭道：“他死了，没气了！”

文臻一摸他的皮肤，全身湿冷，按压指甲背部，放松后不见恢复且呈现紫色，呼吸停止了，脉搏却还在，是休克。

来不及多想，她半跪着，将少年放平，一只手放在他前额捏住他鼻子，另一只手握住他下巴，使他头尽量向后仰，然后深吸一口气，张嘴，覆盖上那少年的嘴。

人工呼吸在这个时代惊世骇俗的程度毋庸置疑，何况这是在众目睽睽之下，更何况谁都知道刺史大人还是未嫁之身。

一时间四面静寂如死，只听见文臻不断渡气的古怪长音。

人群外有年老书生听闻此事，愤然拂袖：“伤风败俗，不堪入目！”

有年轻女子羞红双颊，转身而去。

有人躲在人群里阴阳怪气地道：“哟，听说这位女官出身，还勾引皇族，以前还以为道听途说。现在看这般行径，光天化日就猥亵少年，倒也不足为奇。”

也有人大声反驳："我瞧着这倒像在救人！人命关天，有何不可！"

大多数人却还顾不得吵架，都屏息凝神，看文臻到底在做什么，总归没人相信刺史大人会如此轻浮。

片刻后，那少年喉间发出声响，他旁边的人探了探鼻息，大喜道："有呼吸了，活了！"

众人哗然。

未曾想这古怪的渡气法子还真把人给救过来了！

只是刺史大人这番牺牲可就大了！

黄花闺女，众目睽睽，不畏物议，这般救人可非常人能为。

文臻起身，指挥几个人给那少年喂点热水，裹上厚衣，抬到医馆去，好生治疗。

忽然人群里有人惊呼："靖郎，如何是你！你如何就成这样了！"

人群散开，文臻看见那个少年担架前，满脸震惊看着自己的正是先前那个骂自己伤风败俗的老书生。

真是戏剧化的发展，文臻唇角一翘。

片刻后，那老书生满脸惶愧地过来给她赔罪，一揖及地，半晌说不出话来，文臻却只摆摆手，道："我知道在你们过往一生所受的教育里有很多东西都排在性命之前，有很多东西都散发着臭气，萦绕在你们脑海里阴魂不散。但是在我面前，我将始终告诉你们一个道理：命为重，名节为轻，一切皆为轻。"

那年老书生呆呆地望着她，文臻往高处走了走，人群外有人遥遥给她打了手势，她放下心来。

有人喊："刺史大人！您能那样救人，那就也体恤体恤三郎和李老瓜吧！他们一个媳妇难产，一个老娘重病，迟了都可能见不到最后一面——"

忽然有人喝："做什么！做什么！你怎么又拿起桶了？放下放下！"

那个拎桶的汉子声音凄厉："我管她是什么刺史！我管她救谁不救谁，我只知道我娘子难产，只知道我家七代单传！今儿我娘子要是出了事，她就是公主娘娘我也要她赔命——"

第四十四章

你挖坑，我填坑

这话一说，人群又是一阵骚动，人群外却忽然有人喊道："三郎三郎，你老婆生了！大胖小子，母子均安！"

三郎好久反应不过来，也不知道谁踹了他一脚，笑道："还不快去瞧瞧！"他被踹了一个跟斗，连滚带爬地去了。

接着又有人叫："李老瓜，你老娘已经送到万春医馆去了，你赶紧去瞧瞧！"

人群里一个汉子跳起来，大步冲出去了。

接着又有一些家有急事的工匠们，都得到了家里安好的消息，文臻也表明了，既然一开始说明了以工代役，那就可以代，绝不食言。紧张的气氛顿时放松，那些监工的班头眼看不好，都悄悄混在人群中溜走了。

黄青松的脸色难看得像死人一般，一直缩在一边不作声。

文臻冷眼看着，心中微微松一口气，知道自己的人到了。

她身边的护卫，明面上的耿光和陈小田那一批派给了蒋鑫。她暗中调了留山一批精锐，由潘航率领，自留山出发，也是直接到了湖州。

只是潘航那边还要负责查探湖州附近驻军的任务，也刚到湖州没多久，来了以后直奔刺史府，发现工地矛盾很大，而冷莺有隐身和瞬移的本领，一直承担信息传递的任务，将情形告诉了文臻，文臻便让潘航带人先去帮助解决工人们的后顾之忧。

她看看面前还没竣工的刺史府，这座高大府邸很可能已经违制了。

湖州遍地是坑。

此刻面对百姓的欢呼，她笑着按了按手，待众人声音停歇，才指着那府邸道："湖州自别驾以下，诸位同僚的热情令本官十分感动，但这份厚礼是万万不敢收的。”

黄青松道：“刺史大人此言差矣。府邸之事，若非您亲自示意，我等如何敢越俎代庖？”

出乎他的意料，文臻并没有和他争论到底有没有授意改建府邸，反而指着刺史府对张钺道：“张长史，你瞧这刺史府占地广阔，若用作他途，不知道可划分为几片？”

张钺会意，笑道：“但看百姓需要。若天下寒士尚不得庇护之所，则可划出一部分为善堂；另外听说本地虽然尚算富庶，却文风不昌，或许也该修一修文庙？再不然也不该让刺史大人如此吃亏，再开一座江湖捞也是使得的。”

众人哄笑，文臻道：“我看可以，不过授之以鱼不如授之以渔。倒不如在这办一所技术学校，凡纺织、造纸、造船、冶铁、矿冶、木工、皮革、制陶、漆器、玉石器、厨艺等等诸般手工业，聘请名师，招收学徒，统一教导，但教天下技艺流通，百业才能兴盛。”

张钺眼睛一亮，想了想觉得这想法非同寻常，虽然推行会有很多难度，但也未必不可一试便道：“只是大人把府邸都献了出去，以后难道要居无定所吗？”

“人不过日图三餐夜图一宿，要那么大地方做甚？”文臻开玩笑，“我无处可去，湖州百姓难道还不收留我吗？”

百姓们立即笑起来，大多都叫：“自然立即扫榻相迎！”

黄青松默默退后一步，又一步。

这女子见招拆招，十分擅长笼络人心，这才来了半日，眼瞧着湖州百姓看她的目光灼灼，眼神慈爱得十分瘆人。

现在只能期望州学那边的事态闹得严重一些，之后定王殿下赶来了才好借题发挥。

文臻看了一眼前方，潘航应声遥遥地喊：“不好了，州学那边出事了！”

众人又匆匆地往州学那边赶。

州学广场上，士子们愤怒的呼声越来越高。

别驾大人已经说了，交不上今日的文章，年末州学考核就是末等。但是这文章一写，这辈子的文人风骨也便成了末等，这如何使得？

正僵持间，忽然一个少年上前，拿了卷子，道：“总不能让诸位同窗为难，我写便是。”说着援笔写就，交了上去。

士子们瞧着，一时倒也松了口气，虽没瞧见他写了什么，但远瞧那人姿态挺拔，朗月青松，气质出众，想来文章亦不弱。一时心情复杂，几分不齿、几分庆幸、几分感激，都跪直身体，瞧着上头，眼看那少年将文章交上，别驾看了几眼，微微一怔，但随即便将卷子往之前的废卷里一扔，怒道：“庸词俗句，敷衍了事，不成！”

士子们哗然。

一个青衣少年猛然站起，将狼毫笔狠狠一折两断：“牝鸡司晨，侮辱斯文，不写了！”

他身后，无数人断笔掷地！

正在此时蒋鑫奔进了广场。

他自从进入湖州，因为目标明显，早早被湖州别驾等拦住，名为接待，实则软禁，步步都有人跟着，带着他看似体察民情，实则游山玩水，绕了好几日，蒋鑫发觉不对劲，坚持不肯再出来，今日趁着看守松懈，一个人溜了出来，却又是中了湖州官员的计，把他引到了州学广场这里。

蒋鑫一进广场，就听见了潮水般的“朝廷用人无道，以低贱女子为官，颠倒纲常，侮辱文运，湖州危矣”的口号。

蒋鑫大惊失色，张开双臂，奔上高台，大喝：“你们在喊什么！”

“州学士子，求朝廷罢免文刺史！”

“文刺史尚未履职湖州，何错之有！”

“牝鸡司晨，便是大错！”

“朝廷之政，焉能容尔等无知学子肆意评论！”

“位卑者亦有忧国之思，读遍圣贤书只求报效帝王家，如何便不能针砭时弊？”

不知道谁在人群中大喊：“这位是朝廷派遣的观风使蒋鑫蒋大人，蒋大人和文大人颇有渊源，文大人之祖母曾是蒋大人的未婚妻！”

这话一出，也不知道是哪个愣头青大骂一声：“好呀，难怪句句袒护，却原来是一丘之貉！”冲上去就要揍蒋鑫。

他还没冲上去，就有几个官差冲了上来，狠狠一推，他的脑袋撞在石台上，头破血流。

士子们立刻疯了，一窝蜂冲上台来，推开士兵，扶起同伴，两边推搡着自然就厮打起来。蒋鑫被裹挟在人群当中，还在试图阻止全武行的展开，叫喊着却无人理会，眼看着被冲到台上，又被裹到台上，而别驾大人早已在自己贴身护卫的保护下悄悄溜下了台，到安全的角落静观其变了。

人群乱糟糟地打了一阵，夹杂着各种辱骂文臻攀附皇室，以色侍人，祸害湖州的言语，别驾大人眼看着蒋鑫被卷到了石台之上，悄悄对身边人使了个眼色。

那人便对人群中也打了个眼色。

站在较高处的别驾大人看见蒋鑫被推到了石台的边缘，一个激动的士子推了他一把，蒋鑫向后一倒，后头不知又有谁一踢，将一颗尖锐的石头正踢向他后脑。

别驾大人清晰地看见那石头刺进了蒋鑫的后脑，血花四溅——

他满意地闭上了眼睛。

好了。

前头的事情他已经知道了，刺史大人很厉害，江湖捞和府邸的事都没能让她入套又如何？

蒋鑫死了，因州学学子对新任刺史不满罢课闹事而死。

他已经飞鸽传书定王殿下，王驾很快就会赶来，这样的大事，便可以立即就地让刺史停职待勘，刚到任就出了这么大的事，这个刺史还能不能坐稳？

之前安排的所有事，本就是让百姓对新任刺史心生不满，好让之后发生的事拥有更多民意基础，以及尽量瓦解刺史大人的实力罢了，没能尽全功也没关系，真正要命的事只在州学这里。

虽然刺史提前到了，但是湖州准备已久，绝不会措手不及。

王别驾随即便听见了惊呼，广场上的嘈杂被那股惊呼的风拂过，一层层地平息下去，人群渐渐散开，王别驾眼底闪过一丝笑意，霍然起身，快步穿过人群，看见石台下的空地上，一个少年半跪于地，抱着蒋鑫，蒋鑫须发乱糟糟地遮住了脸，衣领上和地上满是血迹。

他对面一个青衣少年一脸苍白惊恐。

王别驾大惊道："蒋大人怎么了！"

话音刚落，对面的少年抬眼看了他一眼，王别驾怔了怔，隐约觉得哪里不对劲，但那个青衣少年大声叫了起来："我没有！我不是故意的！"

忽然有人喧嚷："刺史大人到了！"

王别驾一喜，转头就看见人群簇拥着一个黄衣少女快步而来。午后日光下那少女竟然还打着伞，日光透过伞面在她面上洒下明灭光影。

王别驾有点不安。

如这般，怎么可能成为第一女刺史？

文臻仿佛没感觉到满广场士子轻鄙的眼光，第一眼看向了少年怀中的人，皱眉道："何人丧生？"

听见她这句，王别驾隐约又觉得哪里不对，他身后属官已经惶急地道："刺史大人，州学学子罢课闹事，蒋大人前来劝阻，却被学子推搡致死！"

四面百姓哗然，文臻眉头一皱："因何罢课闹事？"

"自然是因为不满你文大人任这湖州刺史啊！"

随即传报声传来："王驾到，诸官民跪接——"

文臻转身，就看见燕绝的王轿已经到了近前，燕绝正掀开帘子冷冷看着她，只是轿子华贵，仪仗却并不如何齐整，身上穿的王袍也歪歪扭扭，头发乱着，簪子斜着，满身尘土，肩膀上还挂着大概是奔驰中被挂到的树叶。

大概是狂奔追来，可能被颠得不大好受，说话还大喘气呢。

也怪不容易的。

燕绝下一句话便道："文臻，你既已到任，任内出此大事，难辞其咎。更何况此事根源在于湖州士子不满你女子主政，可见你就任湖州，难得民心，此事须从长计议。本王代天巡狩，有权将你停职，待父皇及朝廷商议之后再议对你的处置。"

张钺怒道："定王殿下，此事尚未查明来龙去脉，士子们究竟因何闹事，蒋大人究竟因何死亡还未理清楚，就急着将文大人停职。殿下这般武断，不怕将来陛下怪罪吗？"

燕绝斜睨他一眼："武断什么？尸首在这里，死人总是真的吧？士子们的不满总是真的吧？你有意见？还是你觉得民意支持文臻？那本王就当你面问问民意如何？来，这位士子告诉我，你对你们湖州前无古人后无来者的女刺史是个什么看法啊？"

那士子昂然道："一介厨子，出身低微，不学无术，善于钻营，以色侍人，佞臣幸进，窃据高位，祸乱朝纲……"

他话还没说完，上来一个妇人，一个响亮的耳光甩在他脸上，大骂道："老娘辛辛苦苦织布绣花，供你读书，谁晓得供了你整日在外头胡说八道！别说刺史大人女中豪杰，就算刺史大人无甚功德，又是哪家圣贤书教你无凭无据在外头这样乱嚼人家舌根的？"

燕绝忍了忍，又指了一人道："那你来说说……"

那士子还没说话，上来一个老者颤颤巍巍递过来一个篮子，道："儿啊，这是你这个月的束脩。爹走遍城外几家亲戚终于凑来了，家里的事你莫操心，好好读书，啊？"

那士子到嘴的话咽下去了。

燕绝还待再指，一个胖胖的士绅连拉带扯地将站在最前头的儿子扯了下去。

燕绝左右看看，几个站在最前头的，先后都被家里人或强力或规劝地给拉了下去，年轻人的锐气也就那一阵，散了便散了。

气氛渐渐安静下来，燕绝气得冷笑一声，也不理张钺了，指了文臻道："说那许多干甚。蒋鑫死了，你就有罪。说，是等我派人拿你，还是你自己交了印信？聪明点，还能有个好境遇。"

文臻笑道："蒋大人死了？"

燕绝："嗯？"

文臻又是一笑，对人群中那少年抬抬下巴。

那少年放下怀中人，垂头站起身，他怀中那人一个鲤鱼打挺起身，拨开乱发，冲众人一笑，却是一张陌生的中年人脸孔。

几个士子发出惊呼，他们是亲眼看见蒋鑫倒地的，大多数没亲眼看见的士子还茫然着。

王别驾恍然大悟，他知道哪里不对了！

文臻的目光已经逼视过来："王大人，请教一下，既然'死'的根本不是蒋大人，如何您就一口咬定是蒋大人呢？"

王别驾紧张得出了汗。

"您看，先前我过来时，看见那人群中有人倒在地上，首先便问，死者何人。毕竟在场这么多人，是不是？但是王大人当时是什么反应呢？那么乱的场合，谁死都有可能，您一口咬定是蒋大人，那自然是因为，蒋大人是您安排好的死者。"

人群一阵骚动，走出来一个布袍老者，核桃大的发髻，核桃般的皱纹，一只眼睛瞎了，另一只眼睛聚光，冷冷地盯着王别驾，正是蒋鑫。

王别驾眼光茫然地扫来扫去，脑子里一片混沌，他不知道这是怎么回事，蒋鑫的死亡是他亲眼所见，然而现在人却活生生地站在他面前。

文臻看了一眼苏训，他正垂目站在一边，先前他就混进了士子当中，写过诗赋，保护过蒋鑫，她有心测试他所说的异能，那倒退一刻的能力如果用在生死之际，岂不是能救回一条命？

但这是人命关天之事，所以她也在蒋鑫身边安排了别的人，万一苏训的异能并不存在或者不那么给力，自会有别的人救蒋鑫。

好在苏训果然退回到了之前的那一刻，那么备用的保护人选就用来假扮死尸。

文臻想苏训的异能实在是太厉害了，那岂不是想救谁就能救谁？这么厉害为什么没有被天机府搜罗？而且过于厉害的技能是要付出代价的，他的代价是什么？

有人拎上了一个筐子，里头是那些原本交上来的墨卷，文臻拿出最上头一张，看了看，笑道："听说今日是别驾大人抽查州学学业，要州学学生写诗颂本官，但对交上来的都不满，才引发了这一场罢课？怎么，这样的诗赋，别驾大人也不满？"说着将那墨卷递给张钺。

张钺接过来，第一眼先道："好字。"细细看了，又道，"好文采。"

末了又有点不满地道："虽还不够恳切，但文字功夫无可指摘。"

文臻倒没想到他会这么说，便看了他一眼，一个士子十分失望地咕哝道："奴颜媚词骨，文人之耻！"

他声音原本说得很低，不想文臻忽然看向他，道："未敢请问这位先生功名如何？可被举荐？常科还是特科？孝廉还是秀才？"

那士子吓了一跳，说不出话来。文臻淡淡道："这位张钺先生，定州人氏，自幼过目不忘，博闻强识，人品高洁，端方卓异，年方十二岁，由当地州府破格推举，自所在州二十万人中选一，为永裕三年年纪最幼之孝廉，也是历年年纪最幼之孝廉。

"我朝察举，四科取士。一曰德行高妙，志节清白；二曰学通行修，经中博士；三曰明达法令，足以决疑；四曰刚毅多略，遭事不惑。你一个白丁，说张长史不配为文人，是在质疑陛下和所有朝廷官员拔擢人才的眼光吗？

"格物、致知、诚意、正心、修身、齐家，方可治国平天下。私德不谨，口没遮拦，谈何公义！退下去！以后再给我听见此等言语，革去学籍，田间地头天天说给自己听！"

那学生踉跄退下，张钺脸色起了一阵潮红，盯着文臻的眼神灼灼，文臻根本不在意，趁着这些士子暂时安分了，将那墨卷传下去，道："都看看。"

众人这回都乖乖看了，看完都露出惊异愤怒之色，有人怒道："如此佳卷佳句，为何先前别驾大人还是坚持不过？"

"因为别驾大人就是存心挑事啊，这墨卷就是证据。"文臻格格一笑，盯着脸色死灰的王别驾，道，"自己脱了这乌纱帽，还是我一巴掌帮你打下来？"

燕绝忽然道："文大人，本王还在呢，你就这么嚣张了？"

第四十五章

嫁我乐不乐意

文臻笑眯眯转向他："定王殿下，您代天巡狩，但对我湖州内政，并无直接统管之权。如今湖州别驾涉嫌谋害蒋大人，本官有权就地拿下，您这要再插手，本官就可以弹劾您擅权了哦？"

燕绝盯着她，忽然挥了挥手，一大队黑甲护卫冲入广场，顿时将四周围观的百姓冲散，却留下了那些士子，将那些士子赶到了一边。

文臻这边的人看着局面不好，也都慢慢聚拢到文臻身边，文臻使了个眼色，示意潘航等人不要靠近，就在场外掠阵，因此她身边也就张钺蒋鑫苏训寒鸦采桑寥寥几人，面对着燕绝那一大帮的护卫，看起来颇为势微。

"弹劾，你弹劾啊，现在就弹劾。"燕绝指指文臻，"这里就有笔墨纸砚，你现在就写奏章，我派人帮你送，飞马上京，唔……送到朝中，再经过尚书省初勘，尚书令转呈陛下批复，前后总该有个半个月吧，就怕到时候尸体已经烂了。"

"我若是烂在这里，将来定王殿下也只怕要烂在什么莫名其妙的地方。"文臻就像听见了个笑话，"别闹了定王殿下，想谈判就好好谈，小孩子才威胁人呢。"

燕绝笑了一声，很遗憾地道："我是真想不顾一切地宰了你啊。"

一直没说话的蒋鑫冷声道："定王殿下，陛下让你代天巡狩，不是让你来公报私仇。若你执意如此，下官自也少不得一份弹劾奏章。"

"省得，省得。本王对文大人向来仰慕，一心要陪着文大人任期结束，自是舍不得提前走的。"燕绝笑嘻嘻地举起双手，"咱们商量一下。这位王大人交给本王审问，然后本王保证刺史府上下顺利交接，如何？"

“只要湖州尚有主官在任，殿下便无审问湖州刺史以下高级官员之权。不过殿下也无须太过担心，我会请蒋大人押送王别驾上京，连同其罪行一并具折上奏。届时是陛下亲审还是交由大理寺主审，自由陛下圣裁。殿下以为如何？”

燕绝挑了挑眉，道：“也成！”

张钺在文臻身后，有些失望地轻声道：“大人，王别驾此事绝非一人参与，还有之前的刺史府邸之事，江湖捞之事，明显多人参与，本该乘胜追击。另外，定王殿下也不怀好意……”

文臻笑着摇摇头，轻声道：“莫急。”

蒋鑫叹息一声，拍拍他的肩膀道：“藏锋，官场之事，由来只可曲中求。想要一蹴而就，多半半途折翼，你既辅佐文大人，便切切记得，步步小心。”

藏锋是张钺的字，他怔了怔，半晌也有些怅然地叹了一声，低声道：“我只是有些不服，也有些不明白，陛下既允了我来辅佐文大人，那就是希望湖州能得清明吏治，可为何又要让定王殿下来？”

后头的搅屎棍三个字他这端方君子说不出，蒋鑫自然明白，看一眼燕绝，心想，帝王心术从来只看着那云端高位，文臻和燕绥关系如此，一个封疆大吏，一个当朝皇子，如果不派燕绝横在当中，哪位帝王能安睡？

所以哪怕明知燕绝会坏事，会作梗，湖州官场也不会允许文臻一次性端掉，文臻就是看清楚了这一点，所以今日才让一步，就在王别驾这里结束，和燕绝暂时相安无事，以后便是各凭本事，相互牵制下去了。

燕绝这里虽然输了一局，但是蒋鑫的观风使是短期的，押走别驾之后，文臻就少了一个助力，他便当这也算自己扳回了一点，心情略好一些，一抬头正看见对面伞下文臻偏头听张钺说话，银灰的伞将日光筛得温柔，衬得她肌肤晶莹润洁，连额角都似在发光，而一双眸子含着笑意，微微弯起，让人想起北国第一枝桃花，瓣叶粉嫩。

燕绝的心神也在这瞬间微微一撞，忽然便冒出了一个诡异的念头，这个念头一冒出来心间便有些骚动，忍不住又看了文臻一眼，只觉得这女子和自己之前看着时似乎不大一样了，却也说不出哪里不一样，也不知是因为身份的变化，境遇的打磨，还是原本深藏着的一些特质终于缓缓发散，使得她越发尊贵安详，气韵优容，让人瞧着第一眼还不出奇，只是觉着好看而已，却又禁不住想再看一眼，再看一眼。

燕绝看到第三眼的时候，文臻已经察觉了，不动声色半转了身，她身后，州学的门开了，原本被关在州学里的学正带领着一众教授都急匆匆地跑出来，一出来就给文臻请罪。

学生闹事，师长难辞其咎。这些半老头子们在文臻脚下跪成一排，学生们都警惕地围拢来，等着刺史大人的训诫，大有随时再闹一场的意思，文臻却亲手将最老的教授搀起来，看看四周的学生，长叹：“还是作业留得太少了啊！”

好像有种不好的预感？

燕绝已经走了，百姓们又溜了来，随即就听见他们的新任女刺史大人，在那些满怀敌意作天作地的读书人的包围中对那些教授们道：“本官方才听了广场上诸位士子的慷慨陈词，个个文采斐然，满腹经纶，可见诸位老先生教化有方。只是有一点，如此才华仅用在这广场上半日一日地吟诵口号着实浪费。拿来写文章不好？明经科，明法科，明兵科，哪怕明阴阳科呢，多写写，多练练，总是有好处的是不是？”

老教授们频频点头。刺史大人虽然是女子，但颇有见地。

“我方才看了下大家的课表和作业，还是不够紧凑嘛，瞧瞧，辰时正才起，申时末就下学。每日不过一篇诗词，一篇论文。这个标准要求普通学子也就罢了，要求咱们湖州精英，可就有点够不着了。”文臻拿着张钺快速搜集来的州学的课表翻，“业精于勤荒于嬉。标准不妨高点，再高一点。”

“这样吧，每日卯时正起，起身后先习君子六艺，所谓志于道，据于德，依于仁，游于艺嘛，卯时三刻早餐，一刻钟吃早餐应该够了，辰时正准时入堂读书，下学时间不变，不可误了教授们回家吃饭陪娇妻。每日作业三篇诗词，三篇论文，每人另外于本科之外再学一科，相应也要有本科的作业。年中与年末同等考核……”

文臻抬头看看四周众人死灰的脸色，满意地笑笑，不等众人的抗议，又道：“从今年开始，本官会为本州学子向朝廷争取更多的察举名额，会从成绩优异的州学学子中择取。”

只此一句，便将所有的愤怒和反对都打回了那些人的肚子里。

还有什么好说的？一地父母官亲自安排学生课业，那叫关心文治爱民如子，到哪儿都没得挑理，更何况也不是白给这么重的课业，不是说了吗，那是为了培养人才，读得好给官做，最后便宜的还不是学生们？

在场有很多学生父母都是被喊来劝说儿子的，本来悬着一颗心，担心被处罚，此刻感激涕零，就差跪下喊青天大老爷。

蒋鑫瞧着四周众人的神色，心中暗暗赞许，文臻和她祖母性子截然不同，刚柔并济，不计虚名，本朝察举选官，虽然也有贫苦学子能入州学的，但大部分还是官员士绅阶层子弟，今日州学敌意如此，文臻却化解得举重若轻，还顺带收拢了士绅阶层的心，实在不简单。

文臻拍拍之前闹得最凶的一个士子：“士不可以不弘毅，诸位任重而道远啊。”

父母们含着激动的眼泪，看着宛如斗败的鹌鹑一般回到州学里的孩子们——刺史大人以怨报德，高风亮节！

采桑阴恻恻地提醒他们：“赶紧回去洗洗睡吧，今晚还有三篇诗词三篇论文，明天一大早起来习六艺之前，肯定还要先洗漱整理干净，算算没几个时辰好睡啦！”

夕阳的余晖渐渐散了热，百姓们也渐渐散去，一边走还一边兴奋地谈论着。

一日里，江湖捞数语断讹诈，刺史府亲吻救少年，广场上诈死拿别驾，州学前布课业散学子，哪一件都足够被酒楼茶肆拿来做个十天半月谈资了。

都说这位少女官员是传奇，如今看来确实也没哪位刺史如她这般，上任第一天便搅和出这许多事来，却教这湖州百姓第一天就留下了极好的印象。

其余一些人却难免有些不愉快，当晚，湖州本地官员终于都姗姗来迟。刺史府虽然在扩建，前头的刺史官衙却还没人敢动，文臻在前堂接见这些官员，除已经扣押在牢里的别驾王鰤，以及军方的人没到外，司马葛禹城、治中黄青松、湖州府白林、德郡郡守许保良、君亭郡郡守宁肯，玉城郡郡守李不愁以及原刺史府的都官、功曹、簿曹、兵曹、典学……拥挤一堂。

白日里一道影子不见，晚上人到得倒齐整，尤其三郡郡守，本不该这么早就在的。文臻心里有数，看破不说破，高坐首席，谈笑风生，却并不多问政务，且不等众人自我介绍，便一口喊对了名字。

众人坐下来的时候，脸色便有些不大对劲。

等到文臻命令上茶，茶水一入口，众官脸色又一变。

每个人都喝到了自己最喜欢的那一种茶，原本以为是巧合，不想文臻在上头笑道：“玉山金毫正逢季节，李大人颇有口福。白大人那一口就要稍逊一些风采了，毕竟雾湖云针不是本地所产，去岁因为当地洪水又减产，这一包香气略欠，白大人喝惯这一口，想必瞒不过您的舌头。”

两人连忙起身感谢。玉城郡郡守李不愁名不愁，却天生苦相，皱着个倒八字眉，点着细洁莹白的茶盏：“玉山金毫虽然正当季，产地兰水县第一批货还没送到湖州，更不要说最偏的玉城郡，下官今日能尝到这一口，还是托赖了刺史大人的福分。”

白林只欠身笑笑，简单地道：“大人有心了。”

众人面色各异，各自喝茶。

一个名字，一片茶叶，便是连环下马威，刺史大人够深沉。

这是告诉他们，我人还没到，已经把你们摸了个门儿清。

今天发生的事在场的人都已经听说了，刺史大人看着娇怯怯的一个女子，行事却真如传说中一般，外柔内刚，连消带打，湖州这一层层的绊子，她抬抬脚就跨过去了，定王殿下张开手臂拦着，也最终只能灰溜溜走开。

文臻喝的是蜜水，茶叶和资料是某一日打开房门放在门口的，想必是燕绥送来的，殿下的消息网向来不是她能比，她也就笑纳了。

想到那些分外细致齐全的资料和此刻很难拿到的茶叶，她心间涌上一层暖意，蜜水入喉分外甜。

室内一片安静，官员们不管心里什么算盘，暂时都只能安分下来。众人寒暄几句，文臻拿出一个折子来，笑道："本官刚到湖州，对这位王别驾实在是不甚了解，也不知道这人平日官声如何，今日所遇江湖捞及刺史府扩建，州学闹事诸事，其人到底是主使还是只是有些误会，又或许其中另有蹊跷……"

众人忙道王鰰此人本就专政好权，别驾本就有"半刺史"之称。自从前任刺史离开湖州，新任刺史尚未到任期间，别驾大人代为主政湖州，这些事宜自然都是他主使，众官都被蒙在鼓中，自此免不了又揭发了王大人一二不法事，所谓破鼓众人捶，大家越说越痛快，有什么隐患都往王鰰头上推。文臻那边，苏训一直默然在记，他竟有一手速记的好功夫，一句不漏，完了拿过来给文臻和张钺看，两人都点头，文臻道："好了，请各位大人录名吧。"

众人齐齐抬头看上座，上座的刺史大人笑得甜蜜："诸位拨乱反正，勇于检举原湖州别驾王鰰倒行逆施，谋害观风使蒋鑫及湖州刺史一案，本官已经具折呈报朝中，诸位大人如此深明大义，自然要昭明于朝堂之上，简明帝心才是。这折子后面就请诸位大人与我一同签名吧。"

苏训捧上折子，又有小厮笔墨伺候，众官员面面相觑，没想到刺史大人行事如此毒辣——方才他们把罪责都推给王鰰，来日王鰰受审，听见这个折子的内容，知道众同僚落井下石，岂不怒极反咬？本来王鰰指望人救他，还会一人顶着，如今大家全部具名，他岂不会破罐子破摔？

再者，大家为官多年，谁在朝中都难免有个派系，如今和刺史大人联名上折，这本身就是个态度，到时候又要惹人猜疑，难以解释。

联名上了这个弹劾王鰰的折子，就被粗暴地绑在了刺史的船上，以后要想整刺史，一旦被逮住，翻身的机会更小，毕竟首鼠两端更为人不齿。

众人心中想到，这个女刺史不按常理出牌，好生难搞。

笔墨久久无人动，黄青松犹豫很久，期期艾艾地道："大人，这签名……"

文臻慢慢喝茶，从茶盏上飞起眼眸看他："怎么，不想签？是举告内容不实，所以不敢签？"

"不，不是……"

"是舍不得王鰰，所以不想签？"

“不，不是……”

“是这事儿里你自己也有一份，所以不能签？”

“不！不是！”

“是你不想和我这个刺史的名字出现在一张纸上，所以不愿签？”

“不不不，不是！”

文臻茶碗一放，身子向后一仰，笑吟吟看着他：“既然都不是，那么黄治中打算拿什么理由拒绝呢？拿城门口你亲自监督修建花楼迎接本官的交情吗？”

黄青松抬头迎上她的目光，张了张嘴，却最终没能说出话来。他在文臻的眼睛里看见的只有笑意，却能感觉到后背的冷汗渗出来，在这初春微寒的深夜里，每颗都彻骨冰冷地流在脊梁上。

他拿起笔签上了自己的名字。

对面，有人对他看了一眼。

有了开头就有了接续，有人还算爽快，有人磨磨蹭蹭，但最终都签好了，时间也已经走到了深夜，这湖州第一次大员齐集的会议，竟然一直延续到了深夜黎明交替之时。

最后一位签名的是李从正，这位端端正正地写下自己的名字之后，似乎还想欣赏一下自己的字，拿在手中，就着旁边方桌上的烛火看着，苏训站在他身前，恭恭敬敬地等着。

李从正忽然手一歪，折子掉到了烛火上。

众人或意外或不意外地惊呼。

张钺站起身，文臻放下茶碗。

李从正惊慌地跳起来，急忙给文臻鞠躬：“大人恕罪，下官并非故意……”

文臻忽然笑了：“怎么，李大人并非故意什么？”

李从正一怔，隐约觉得不对，回头却看见苏训正慢条斯理地将那折子收回托盘上。

折子完整无缺，别说烧毁，连个烟痕都没有。

这不可能！

李从正怔在那里，瞬间出了一身冷汗。

他明明亲眼看见那折子落在烛火上，肯定是要烧着的。进上的折子是不能有一点涂改污迹的，而重写的折子也断然不可能再次聚集所有湖州大员重新签名。

他骇然抬头看上头的文臻，文臻却一脸疲倦地端了茶。

更鼓声响，又是一日。

湖州大员们心中惊涛骇浪，匆匆走出刺史官衙时，看一眼前头深邃的夜色，只觉得自己这日后的前程也要如这夜色一般，晦暗难明。

“您今儿怎么有空来我这贵地？”

“我来陪你喝杯酒，顺便给你解个劝儿。”

“哦？我有什么需要解劝的？”

“年轻人行事莫要太孤高了，你来湖州，诸位大员联合请你饮宴，你怎么一改平日习性，都推辞不去了？”

“这不是代天巡狩，要老实做人吗？我是皇子，总得和在外官员保持距离。可不要文臻没被逼走，我倒被逮着了小辫儿先被弄走了，那就真成了笑话了。”

“老五性子向来便是这般独来独往。其实你又何必非要和文大人作对，没得又惹了你哥哥生气。”

“我怕他！”

“你且听我的，莫惹那些闲气。你父皇其实很看重文大人才干，是指望她脱开情爱之事，能将湖州盘个明白。给你派这个差事，可不是要你去捣乱，也不过就让你看着罢了。你若聪明便善尽监督之责，余者不要多管。文大人承你的情，往日仇怨也就一笔勾销了，那么你在湖州行事诸般方便，岂不是好。”

“对了，这么说的话，父皇不想文臻嫁老三是吧？那么文臻嫁我呢？父皇乐不乐意啊？”

“啊？老五你说的是什么胡话！”

“这算什么胡话。您瞧啊，老三和文臻这是分开了。这女人嘛，心性不定，我也是皇子，温柔一些，哄着一些，也未必不能成啊，我啊，趁着这近水楼台，偷偷把她哄到手，一来省得她总和我作对，二来气死老三！”

“老五，你是酒喝多了吧。快莫说了。仔细燕绥知道，剥了你的皮。”

“呵呵，不说就不说，喝酒，喝酒。”

第四十六章

醋王出马

湖州城中最大的酒楼叫扶芳楼，酒楼也卖茶，从早上就开始营业，无论是一大早要吃头滚水的老茶客，还是要吃头滚汤面的老饕客，都会早早地占据一楼厅堂里最好的位置，叫两屉包点，来一碗面条，听瞎子老田说一说城中发生的新鲜事，这接下来的一天才过得有劲儿。

不过今天稍微有点不同，厅堂中对着轩窗的最好的一排桌子都被包了下来，老客们被赶到另外的桌子上挤着，有些愤愤不平地看着那一排最好的座位上，每张桌子都只坐了一两个人，十分浪费。

但也没办法，能包下那一排座位的都是有钱人，得罪不起。此时堂中惊堂木一拍，老田开讲，众人的注意力顿时被吸引了过去。

“话说那岱县关卡一横，敲锣打鼓，刺史大人有令！所有外乡人不得进入！刺史大人一瞧，我这还没上任呢，这谁假传命令，坏我官声？给百姓添乱？正待大怒上前喝令拿下，却见那兵阵严整，关卡林立，刺史大人再瞧瞧自己身侧，不过从人二三，还多是女子。刺史大人心下思量，岱县如此行事，可谓胆大包天，其中莫非有不可告人之处？自己贸然暴露身份，对方人多势众，万一行人所不忍言之事，又该如何是好？正踌躇间，忽听马蹄声响，刺史大人心念一动，计上心来……”老田惊堂木拍，“欲知后事如何，且听下回老田与众位客官慢慢分解。”

众人正听到痒处，都忍不住大叹一声，却也知道吊胃口是说书人的规矩。

跑堂的穿梭来去送上热气腾腾的包点，也将一大盘子送到那临窗的雅座前：“客官，您的点心和面。”

那位客官并没有动，跑堂的只看见他一头长发，随即托盘一动，他身侧一个男子将一锭大银搁上，下巴对着说书的一抬："说得好，赏。"

跑堂急忙一躬，又喜滋滋地奔去堂后拿给老田，老田也从未得过这么多的赏银，激动得声音都有些发颤，想着这位客官想必喜欢听刺史大人的传奇，这也不奇怪，近日里大家伙儿都喜欢听这些，只是这说书的规矩，今日说的书，打完了尾儿，是万不能今日再接上了，但又不能毫无表示，想了想，便道："谢前头那位贵客赏，既然贵客喜欢，那么小老儿便再说刺史大人几件轶事，不过刺史大人高在云端，总摄湖州，是小老儿心中最为景仰的人物。小老儿靠着说刺史大人的传奇故事混口饭吃，那是大人恩泽，容得小老儿姑且妄言之，也请大家姑且妄听之。"

众人都笑，明白他的意思，纷纷嚷道不过听听罢了，刺史大人什么样的人物，犯得着跟咱们计较。

"大家伙儿也知道咱们这位新任刺史大人是位妙龄女子，说起来可真是王朝变数啊，上数建国百年，纵观周边诸国，也未曾见女子为官者，更不要说主政一方，只是既然是女子，又正当芳华，总免不了这人间情爱之事……"

世人皆八卦，众人顿时来了兴趣，七嘴八舌都问刺史大人到底芳龄几何，定亲有无，老田便道："说起来刺史大人当初曾有过赐婚，是和号称川北王的唐家五公子，却不知为何又解除了婚约，至于大人的年纪，据小老儿猜测，应当还未到双十年华。"

众人一阵惊叹，却也有人不以为然地道女子就当相夫教子，这个年纪在普通人家孩子都该满地走了，有人便道："不是听说这位大人和某位皇子相交甚密，不是说她能当上刺史，也是靠攀附上这位皇子吗？"

众人："嘘——"

坐在临窗背对众人的贵客的筷子上齐齐整整挑着三根一样长的面条，正要试探着入口尝尝，听了这一句，筷子一松，三根面条又齐齐整整铺回去了。

他旁边的男子低头忧愁地叹口气。

"说起来刺史大人如此年华，也不可能没有追求者。诸位知不知道，如今大人身边的那位长史大人原东宫洗马，当朝大儒，才貌双全，和刺史大人最是匹配不过。更有天京传说，说文大人当初因为在西川潜伏被诬告通匪，长史大人当时还是东宫洗马，当殿为文大人作证洗冤，并当着陛下的面承认倾慕文大人。"

众人哗然惊叹。

"听说这次文大人就任刺史后，张大人自请来湖州为长史，算起来还是降了半级。男儿仕途何等重要，张大人为了文大人却自甘降职，带着老仆瘦马，千里奔赴湖州，甘为女子辅佐政务，实在是令人感动啊。"

老田也不知道是被自己感动还是被张大人感动，不住摇头长吁短叹。

临窗桌子边的客人盯着面前的汤包，汤包的褶口收得很好，点缀着翠绿的葱花，可一笼居然是三个汤包，而且点葱花的位置也不一样。

他眼风扫过，他身边的男子叹着气，将葱花都捡走，在另一个笼里捡来一个汤包，捡去葱花后放进去，也不用尺子了，随便一放便是齐齐整整。

“既然张大人这般赤诚，如今正好近水楼台先得月，说不定过不久咱们就能听见好消息了呢！”

“哎，说这话的，就小瞧了咱们张大人了。张大人可是实实在在的正人君子。文大人没接收前头的刺史府，就在江湖捞安排的宅子里先住着，据说张大人也没接收前头长史的府邸，也拒绝了江湖捞给他安排的宅院，自己在府衙隔壁赁了个三进小院，就带了个老仆上任，事事亲力亲为。刺史大人刚刚就任，千头万绪，每日早出晚归，可无论多早，张大人都来得比刺史大人更早，晚上护送刺史大人回去之后还要再回府衙办公，来了不过短短数日，诸般文书人事档案卷宗都已经接到手中，梳理得井井有条。并且三日之内就查出了岱县县令伙同县丞及上下僚属在任中饱私囊，渎职贪腐，收受贿赂等罪责，当即亲自带人去将之查办下了狱……可谓无论于公于私，都尽心尽力。不过张大人光风霁月，一心只想辅佐刺史大人建功立业，便有君子好逑之思，也未见得会付诸于行动，倒是近日小老儿听了一些有意思的事儿，不妨说来博客官们一乐。”

临窗的桌子边，那客人本来听着，嗤笑一声，不耐烦要走，身子动了动，又坐下了。

“话说，最近似乎也不知道是哪里来的不开眼的公子哥儿在追求刺史大人。小老儿有个远房亲戚在刺史府里做书佐，刺史大人一到任，就查封了往日所有的档案库和账簿，逐一清查整理，大家都睡在衙门里连日不得休，因此也就看见有人一大早给刺史大人送去了整席玲珑居最上等的早点席面，一桌八十八点的那种……”

有人插嘴问：“老田你不是说张大人每日早起等候文大人上衙门吗？会不会是张大人点的？”

“张大人一件袍子洗得发白，仆人都只得一个，出了名的两袖清风，哪里点得起二十两银子的龙凤宫廷早点全席！

“之后又有锦绣缎庄最时新的布料直接拉来了十车！车队浩浩荡荡的差点让人以为谁家大小姐出嫁了！布庄的人捧着布堆满了前堂的地面，那叫一个锦绣辉煌耀目生光！从双面精绣的礼服大衣裳到南方最珍贵的飞烟罗，里头小衣应有尽有！”

“豪阔！还有吗？”

“还有胭脂水粉、新奇玩意、孤本古籍、绣卷玉雕，还有洋外花镜，会自己叫的钟，会自己走路的小人儿，会聚火的镜子，各种奇装异服，总之花样繁多，不要钱一般堆在刺史大人眼前。小老儿就寻思着了，刺史大人自然是见过大世面，但毕竟还是个正当妙龄的女子呀，这般荣华且不提，但只这份大手笔的心意，少不了要有几分目眩神迷吧？”

“是呀是呀，换我也要目眩神迷的呀。”

“还有大批的工匠来，要给刺史大人造那绣阁高台，秋千花树，要为刺史大人挖出那清渠镜湖，种遍繁花。好让刺史大人忙于公务之余，也能像寻常闺阁女儿一般有个赏景之处，可不要才离了满是案牍的公堂，转身又进了江湖捞的厨房。”

“这个好，这个贴心。金钱财物刺史大人未必看在眼里，得用了心思才行。”

“老田头，我发现你使花头了啊，你说了这许多神秘公子追求刺史大人的轶事，可你没说刺史大人是什么反应啊，刺史大人都收了吗？答应了吗？”

“这个啊……”老田拖长了声调。

跑堂的穿过人群走上来，手中托盘上又是一锭大银。

老田拿过赏银，惊堂木一拍：“正要说到这个！第一次送早点，刺史大人站在门口，拿着她自己做的荠菜虾仁包，对着那一桌色香味俱全的席面，笑道，送你们一个谚语，商醉蝉门前卖字画，文刺史堂上送餐点——不自量力。”

众人哈哈大笑。

“那锦缎呢？奇巧礼物呢？亭台花树呢？都收了吗？”

“锦缎呢，小老儿听说，刺史大人说她收这人情，不收这礼。让绣庄把锦缎都带回去，折算成等价的棉布，捐给善堂做衣裳。”

众人发出赞赏的叹声，都道刺史大人既体恤民情又心思灵活。

“奇巧礼物倒是不知道刺史大人怎么处理的。但那批派来挖湖做秋千的匠人是唯一留下来的，不过好像被留下来做什么技术学院工程啦。”

众人又问刺史大人这算接受追求了还是没接受，老田一摇头：“小老儿又不是刺史大人肚子里的蛔虫，如何知晓？话说今日不就是咱们湖州‘挑春节’？春雷鸣，地气动，万物生，芳菲盛，湖州百姓都在这一天出城挑野菜，美其名曰挑春，这一日也放纸鸢去病气，以及秋千、蹴鞠、牵钩等诸般游乐，士子仕女今日也是最没拘束的一日，连州学今日都放假，不拘男女老少同乐，按照历年规矩，刺史大人是要首挑七种野菜为炊的，届时大家可以看看她身边有无人陪伴啊。”

众人得了提醒，再看看外头果然人头攒动，纷纷结账往外走，都往城外去，也有人一边走一边道：“说到州学，我倒听说上次闹了那一回，被刺史大人用课业整治了一次，并不怎么服气，最近酝酿着再闹一回的，可不要趁着今日出门再撒野了吧？”说着声音渐渐远去。

很快厅堂里就剩下临窗那一排桌子还有人，跑堂的得了吩咐并不敢靠近。

“主子……咱们该启程回京了。”

说好了只是来坐坐的。

临窗坐着的人将筷子一搁，自备的银筷尖撞上瓷筷，发出清脆的声响。

文臻此时正站在刺史府门口，看着对面大轿里掀开帘子对着她微笑的燕绝。

平心而论，燕氏皇族的血统不错，燕绝的长相某个角度竟然还有点像燕绥。很多人会因为长相的相似而移情，文臻恰恰相反，她讨厌这种相似，这源于她的精神洁癖。所以她揉了揉眼睛，吁了口长气，实在是不明白，到底是天上降下了哪道雷劈坏了定王殿下的哪根神经，怎么忽然就让他转了性？

“同辇而游，可好？”对面，燕绝热情邀请。

“殿下，于礼不合。”文臻含笑拒绝。

燕绝表现出和往日暴躁截然不同的风度，并不生气，放下帘子，当先而行，却又并不快走，慢悠悠地压在她的前头，他的亲王仪仗一旦摆开就占了一条街，谁也越不过去，文臻无法，看看天色也耽搁不得，她还得去城外与民同乐，只好也上了等候自己多时的大轿，身后一大串的湖州官员浩浩荡荡上了轿子，往城外行去。

文臻在轿子里翻看着张钺熬夜整理的案卷文书。蒋鑫已经押送王别驾上京，也带走了蒙珍珠一家，关于一年三赋的事情，到湖州之后果然并无任何体现。湖州不收春赋，其余市县关于赋税的档案账簿也绝无此事，甚至承包人之说都被属下矢口否认，春赋仿佛就是文臻偶然投宿的小村临时收取的赋税一般，但世上哪有这么巧的事？文臻将耿光陈小田等人又派了出去，私下悄悄寻访小叶村那些承包人，务必将人找到，一并送给蒋鑫。

耿光陈小田等人原本护送蒋鑫先来了湖州，却被王别驾派人软禁在驿馆，一直到文臻来了以后才得了自由，文臻却也并不留这些人在自己身边，毕竟他们出身金吾卫，是皇帝的人，而她自己的秘密太多，有很多事并不方便交给他们去做。

比如之后关于湖州军权的事，她来了有一旬了，湖州军方官员无一人前来会见，都以军务繁忙为由，驻营不出，显然这些军方将领心中有自己的计算。她之后可能还需要去收军权。

湖州本地的士绅对她的态度也很冷漠，至今无人拜会，倒是听说去张钺府上很勤，文臻觉得有必要组建自己的信息搜集小组了。

这些事都需要可靠的人去办。

文臻在轿子中闭目沉思，她对现在的情形早有预料，如果之前湖州的赋税存在问题，也不可能留下证据等她现在来抓，总归还是要慢慢来，军务还是要想办法打开缺口。轿子忽然一顿，她知道已经到了，隐约听见外头人声喧嚣，想必今日一定很是热闹，忽然看见有影子迎上轿帘，她看了那影子一眼，然后侧身打开了身侧的窗户。

随即众人就目瞪口呆地看着他们的刺史大人，居然推开了轿子有窗户的那一面走了出来。

燕绝微笑着站在文臻轿子前面，等着牵文臻，想做一个王爷携刺史大人一同出现在百姓面前的亮相，在湖州百姓面前做一个无声的宣告。

不想文臻这个缺德女人竟然从侧面出来，还回头做了个万分惊讶的表情，仿佛不知道自己在她轿子面前已经站了一会儿似的，一脸受宠若惊状，微微弯腰快步过来，伸手前引道："想不到殿下已经到了，殿下请，您请——"

燕绝瞪着她，冷笑一声道："刺史大人真是心思灵巧，请——"

两人一前一后，带领湖州官员浩浩荡荡走过山坡，这一片是湖州城外赤岚山，以山上遍植红枫，到了秋季一片火红如赤岚闻名，山下一大片平地临湖，景致清雅，地形开阔，向来是踏春的好地方。此刻那平地上已经搭了好些秋千架，还划定了蹴鞠的地方，以及准备好了绳索，还有一处架了好些大锅，那是要开锅煮七草汤的地方。

历年湖州挑春节，刺史或者别驾都会亲自挑春，但是士大夫十指不沾阳春水，也就象征性由佐使拎个篮子，拿把剪子，按照安排好的老农指引，剪下七种野菜，就算与民同乐，其后的烹制七草汤，也就是别驾或者长史去拿个勺子搅和两下，自有专门的厨娘烹煮，反正那玩意儿清汤寡水的也没人喝。

按照惯例，湖州府白林要将文臻往台上引请她高坐训话，这时候却见文臻手一招，她的丫鬟笑吟吟拎着篮子，篮子里头还有一些小型工具，不禁怔了。

"大人这是要往何处去？"

"挖荠菜啊。"

湖州官员们张着嘴，看见文臻带着采桑走进了人群，蹲进了一群采野菜的老娘们中间。

妇人们急忙要起身问好，文臻头也不抬，道："这一片的荠菜好，肥嫩，快点挖，不然都归我了！"

妇人们都笑起来。

有人大步过来，往她面前一蹲，手中镶金嵌玉的佩剑往地里一插，惊得一群大娘蹿出三丈，转眼跑个精光。

文臻叹了口气，道："殿下，您这是得了哪门子失心疯？"

燕绝蹲在她身侧，用剑尖挑起一根破碎的婆婆丁，抬起下巴问她：“燕绥会陪你挖野菜吗？”

“不会。”文臻换个方向挖，“他会吃我挖的野菜。”

“但你能吃到我挖的野菜。”燕绝也跟着她换个方向。

一群湖州官员眼看刺史和殿下都蹲下挖野菜了，也只好跟着蹲下，由于没带工具，便拿袖子掩着脸，撅着屁股东张西望做忙碌状。

“殿下挖的野菜每一朵都是破碎的，滋味不全，厨子不取。”

“你在暗示什么？”

“殿下觉得我在暗示什么，那就是什么。”

“文臻，你素来是个聪明人，为何这次这般不识抬举？”

“殿下错了，如果这次我识了抬举，我才不是个聪明人。”文臻拎着满满一篮子野菜站起身，貌似一不小心踩到了燕绝那因为太长而横在地上的剑柄，剑柄猛地翘起，拿着长剑挖野菜的燕绝眼看剑尖忽然刺向自己的脸，惊得一跳三尺高，然后才听见文臻道，“要追随你，追一次刺一次。”

燕绝：“……”

蹲了一地的湖州官员本来要赶紧起身追随，隐约听见这一句，赶紧又蹲回了原地。

还是继续做一朵蘑菇吧，不然被愤怒的定王殿下给当野菜挖了怎么办？

文臻挖完了野菜就去了做七草汤的那边，张钺捋起了袖子，兴致勃勃地要来帮忙，无意中碰翻了瓦罐的盖子，里头滚出来一颗心。张钺吓得“啊”一声大叫，伸手推文臻：“你快出去！”

文臻：“啊？”

“有刺客！”

文臻好笑：“猪心！”

“啊？”

来帮忙的江湖捞厨子追上来，将那猪心捞起，连同瓦罐里的东西都倒出来，原来是一大罐的猪下水，在案板上细细切了，笑道：“按您的吩咐和您的配方，后厨里熬了一天一夜，连原汤都冻上，一起带过来了。”

“都下到锅里吧。”

张钺瞪大眼睛，看着那些猪肠、猪肝、猪心、猪肺切成小块，连同淡褐色的汤汁凝结成的碎晶块，一起倒入巨大的汤锅之中，他捂着鼻子，连锅铲都不敢下去搅了：“这……这能吃？”

“这个啊，算是卤煮和炒肝的混合吧，人间美味。长史亲自制作的七草卤煮汤想必会成为湖州一则佳话。”文臻笑嘻嘻。

张钺脸色很难看。

东堂士大夫是不吃猪下水的，甚至以之为恶，这点文臻知道，不过是逗他而已，好在这汤也等于是现成的，等会儿将野菜倒进去便行了。

文身正准备接过来自己做，忽然燕绝大步走过来，道：“文臻，说好请你吃我挖的野菜的……”正要将自己挖的那根狗尾巴草往锅里放，忽然看见一截肠头，顿时脸色大变，“文臻你煮的什么恶心东西？你就拿这东西给百姓吃？”

他一向嗓门大，众人听见后都聚了过来，东堂百姓也多有不吃下水的，主要市面上处理下水的手段多半粗糙，做出来腥膻味道难除，久而久之大家也就忌讳了。

但文臻一直不以为然，有心要扭转一下东堂百姓的观念，丰富一下百姓的食谱，毕竟下水也是很有营养的，猪肝还是很重要的补血必备品。如今她做了刺史，正好趁这个机会普及一下。

众人看见这锅里的东西脸色都变了，有些胃口差性子矫情的，当即吐了。

采桑大怒，道：“你们闻闻这味儿，哪里恶心啊？”

众人一怔，这才发觉空气中的味道并无下水的腥膻之气，相反气味香浓，此时文臻已经下了野菜，那香浓里便携了野菜的天然清逸香气，十分诱人。

张钺忽然一言不发推开面前的人，拿了那巨大的锅铲走到锅前搅了搅，一股更加浓烈的香气散开，众人忍不住深呼吸，又对视一眼，有点尴尬。

张钺紧紧地盯着锅里翻腾的下水，文臻站在他身边，看着火候，加了点胡椒粉，一股微辣的气息飘散，更加引人食欲，袅袅热气里，张钺眼见肺泡里的管子渐渐转为透明，脸色有点发白。

文臻忽然轻声道：“撑不住就别硬撑了，没关系的。”

张钺咽一口唾沫，脸色苍白，眸色却被热气熏得乌黑，越发显得神情坚定：“没事。”

蟹眼泡泡渐渐铺陈开来，文臻道：“好了。”正要自己先来一碗。她孕后其实胃口一直不大好，并不太想吃，但此刻也只能自己先来了。

张钺却坚定地接过她手中的碗，给自己盛了一碗，还十分狠心地装满了下水，敬酒一般对着四面转一圈，又特意对着燕绝敬了敬，道：“挑春节，刺史挑春；七草汤，长史熬制；恶心与否，尝了方知。”

他低头看着碗里的七草卤煮汤，野菜有七种，都是选香气清新能去苦味的，颜色碧绿青翠可喜，而下水切成小片，淡淡粉色，漂浮在浓厚的淡褐色卤汤之中，看着并不恶心，他并不敢多犹豫地喝了一口汤，并没抱多大希望，然而一入口，便觉得一口鲜在舌尖瞬间爆开，刹那间眼前一亮！

只那眼前一亮，都盯着他的人们，便看出了端倪。

随即张钺小心地尝了一口，又是微微一顿，一顿之后便加快了速度，很快将一碗卤煮吃喝完毕，动作文雅却迅速，看不出一点为难。

燕绝看看他，再看看文臻，忽然呵呵一笑，一巴掌拍在张钺背后，道："味道怎么样？"

他一拍，用了真力，张钺"哇"的一声吐了一地。

众人："……"

文臻眼底怒色一闪而过，笑道："殿下，表达友好一般都是拍肩膀，您拍后心，是想让我的长史英年早逝吗？"

燕绝笑意一僵，文臻又道："殿下就不必问这汤的滋味了，反正您也不适合吃。这汤里猪尾和猪肾比较多，您虚不受补，用不着。"

燕绝："……"

人群里忽然有人道："麻烦请给我一碗。"

文臻诧异，举目看去却都是茫然的脸，只得令采桑盛了一碗送入人群，过了一会儿采桑回来低声道："一双孩子的手接过去了，身后有人掩着，我看不出还有谁。"

第四十七章

求爱方式

人群中那人似乎不仅自己吃，还分给了周围的人，然后几人边吃边赞，在人群中吃东西，香气更具有诱惑性，便有人忍不住讨要，那几个人也不忌讳，便给周围人吃，于是便不可收拾，渐渐便有人上前来要，等到采桑自己想吃的时候，早有人上前来将她挤开了。

之后便开始抢食了，猪肝居然是嫩的，大肠居然是香的，猪肺居然是脆的，下水居然是别有风味的，连炸豆腐都五味俱全的，刮油的野菜在肥厚的卤煮汤水里珠联璧合，显得滋味醇厚又清逸，一切都恰到好处。再之后便是七草汤一洗旧日名声，猪下水打了翻身仗，江湖捞随之推出下水锅底那是以后的事了。

文臻趁势给百姓们又科普了一番猪下水的用途，以及如何将之处理干净的做法，还教了几个看起来特别忠厚又特别贫穷的汉子如何卤制下水。市面上下水卖得极便宜，百姓们学会这些做法，自家饭桌上也能多个荤，孩子们多点营养，有些手巧的会了卤制，也可以依此做个营生。

自此以后，湖州便多了一些专门卤制下水的摊子，后来又增加了鸡鸭野味等物，渐渐成了气候，养活了一大批底层老百姓，也成了湖州的招牌。

虽然吃七草卤煮汤的时候热闹，但也有很多人并没有近前。有个呕吐的少年被仆人扶着远远地坐在一边，此刻那热火朝天的抢吃场面，不啻于对他的讽刺，他垂着头，脸色因此更苍白了。

他的仆人愤然道：“这么恶心的东西，这些人也吃这么欢，下等人便是下等人！”

采桑正端着一碗汤送过来，文臻还记挂着这少年，觉得这人身体可能不大好，让她端碗热汤送去，听见这句她站定，将汤往草地上一泼，冷笑道："下等人才这么不知好歹，还不如喂狗！"转身就走。

那仆人气得脸色发白，跳起来要骂，被那少年拉住，弱弱地道："别，人家也是好心，是我们不该说人家……"他垂头看那汤，"闻着是怪香的……"

仆人气道："少爷您就是心好！"

那少年不说话，仆人看着他，叹口气，心想自家少爷堂堂都尉之子，却天生体弱，习不得武，享不得寿，虽然老爷爱逾性命，但其终究无法继承武勋世家的家业，也难怪老爷终日心事重重了。

七草卤煮汤很快分完，文臻也命人收了锅。这回煮汤的锅、材料和人手都是她让江湖捞负责的，保证食物来源干净，没人有机会动手脚，汤里配了些药材，以防初春郊外风冷，有人伤风感冒。

她做这个刺史，无法一次性将湖州官场肃清，不得不步步小心。

前方传来一阵欢笑声，是仕女们在荡秋千，有个少女正站在那花团锦簇的秋千上，越荡越高，那少女性情甚是娇憨，看见文臻也不拘束，荡着越过文臻时还对着她邀请："刺史大人也来打秋千啊！"

文臻笑了笑站定，做了个随意玩的手势。她是不会参与这样的活动的，上去做靶子吗？

那少女胆子甚大，秋千越打越高，还不住叫推她的丫鬟推更高一点，忽然在高处似乎看到了什么，眼睛一亮，欢声叫道："侍墨，再高一点，再高一点！"

文臻皱皱眉，心想这是看见什么了要再高？再高就很可能掉下去了，她对那边人群看了一眼，依旧是黑压压的人群，看不出个所以然。

那少女的丫鬟下一次果然用尽力气推得更高，那少女眼里发光，在秋千上踮脚伸头去看，脚下一松，忽然一声惊叫，整个人就从秋千上掉了下去。

文臻在她荡起来的时候就往她那边走去了，预备着她掉下来好安排人去接，却看那少女掉下来的时候虽然惊慌，却犹自不忘大叫一声："接住我！"心中一动，便停了手。

果然便见那少女手舞足蹈地向着人群的某个人扑过去，那人的身影被人群和那少女的身影挡住，看不清脸，只能感觉到个子很高。

眼看那人马上就能接到那少女，看来那少女在秋千上看到的目标就是这个男子，跌下秋千居然也是想跌入他的怀抱，这求爱的方式可真稀奇。文臻一边好笑一边匆匆绕往一边，想要看看这位浪漫轻喜剧男主角到底是谁。

然后她就看见那男子身子一闪，绕开了。

绕开了……

饶是文臻灵活多变，也不禁愣一秒，随即她脸色一变。

那家伙不接人，她这边已经来不及再接，那丫头飞那么高，马上就能摔成烂泥！

人群里一阵骚动，一切发生在须臾之间。文臻只听见一声尖叫，好像有一团小小的影子一闪，将那少女接住，顺手抛到一人手中，那人顺手再一抛抛给下一人，像接力抛东西一样，把那少女在人群之中连抛了好几次，最后人群哗然四散。

等她再赶过去的时候，就看见那个少女正躺在一个驼背老头怀中，看起来最晕乎乎的那个。

文臻差点笑出来，没笑出来是因为她看见湖州府白林急匆匆奔过去了，原来是白林的宝贝女儿，幸亏没笑，不然就变成一声笑引起的湖州官场血案了。

她看看人群，又是黑压压一群，听着人们的议论纷纷，想了想，去了秋千那里，道："如何会忽然掉下来？这秋千可有问题？"

一旁的几个姑娘面面相觑，心想哪有什么问题？不就是白家那个看多了话本子的小姐，看见了一个美男子，非要玩这一出秋千落怀的把戏，指望来个美人投怀英雄救美缔良缘，却没想最后落到个驼背老头怀里！

她们嘴上却不好说，都讪讪笑道："刺史大人多虑了，秋千结实得很，是白小姐打得太高，自己没站稳。"

也有人随口道："不然您自己试试看？其实很有意思呢。"

谁知文臻立即接口道："行，那我便试试看。"

几个姑娘看文臻真上了秋千，她的护卫立即涌过来，文臻道："采桑，用力推，推高点，我也体验一下直上云端的滋味。"

荡上云天。

第一眼，见树木拔高而起，风似乎有了轨迹越云而上，大地田野像被卷起的画卷忽然都铺展于眼前，下一瞬画卷被风卷去，换了青天。

那消散也只是一瞬间，随即呼呼的风声将意识和身体聚拢，碧绿的大地和深黄的田野以及远处隐约还有一道白色的浮云迤逦……

不是浮云，那是一道人影，白衫如雪，衣带当风，似乎下一瞬就会随风而去，又似乎已经在那里向着她飞起的方向凝望了千万年。

文臻原本展开的笑容，在那瞬间凝固。

秋千落下。

她向着人群中央落下。

人群中一条人影轻柔旋转，一只手臂探出轻轻接住了她。

额头上微微一片湿润，似乎是谁的柔软的唇瓣擦过，太快，蜻蜓点水，风过柔花，一滴露珠从碧草尖轻轻坠落。

下一瞬文臻轻轻落地，双脚站稳，身侧有细微气流掠过，衣角翻飞而起带着熟悉而高妙的香气，须臾散去。

随即人群惊呼，关切着蜂拥而上，她转头，人群中一张张陌生的脸。

她怔了一会儿，抚了抚额头，摇头笑了笑。

下了秋千后，文臻就有些懒懒的，秋千的事也只是说自己失手，接连两次失手，尤其刺史大人也失手，倒让原本被人议论嘲笑的白家小姐顿时解除了尴尬，人们的注意力都转到了刺史大人掉落秋千的事件上，也就没人再抓住白小姐清誉可能有损这件事做文章了，某种程度上可以说是挽救了白小姐的终身，这使湖州府白林大为感激，过了一会儿悄悄走到文臻身前，默不作声长揖及地。

文臻一笑抬手，心照不宣。

她本意也不全是为了那傻女子解围，只是如果真是某个人的话，那气性可太大了些。

她静静坐在那里，想了一会儿方才的景象，只觉得心里乱糟糟的。

此时日头渐高，放纸鸢的人越来越多，忽然有人大叫："看天上！"

众人这才看见天上众多纸鸢中，有一个分外大，颜色是纯黑色，十分显眼，那纸鸢原是在另一处山坳中放着的，渐渐飘摇过来，却是一只巨大的老母鸡，正昂首向天做打鸣状。

那纸鸢做得逼真，在风中一抖一抖，便如那鸡真在打鸣一般，在场的人倒有一多半是读过书的，自然明白这纸鸢的意思，顿时全场鸦雀无声。

文臻负手看着那纸鸢，牝鸡司晨，是这意思吧？按说这典故用得不大对，这是女子乱政的意思，但就是因为用得不对，才透露出其中险恶的意思来，因为众所周知，她和皇子有脱不开的关系，而燕绥是有足够强大的实力问鼎皇位的。

老皇帝还在位，却给她用这样的形容词，可不仅仅是讥刺。

张钺显然也想到了这一点，铁青着脸对负责守卫的潘航道："可有人膂力过人？将那纸鸢射下来！"

潘航摇了摇头："方才我们看见了，试过了，离得太远，无法射落。"

"把放纸鸢的士子找出来，我亲自训诫！"

文臻一拦："放纸鸢是挑春节的规矩，触犯哪条律令了？"

"那也不能任其为之！"

文臻转头看向州学士子人群，那里一大群人围着，正警惕地看着她这里，很明显在防备着她，只要她派人去，这些人就会不断交接着风筝线，还会做出被迫害的样子，将事情闹大，届时也不知道会被编派出什么来。

忽然一阵急响，那响声迅速吸引了众人的注意力，随即山背后升起了一个纸鸢，那纸鸢升起的速度极快，很快就蹿上了天空。凤凰展翅直上云霄，而凤凰尾翼两侧，还有无数飞鸟振翅追随，竟是个百鸟朝凤的纸鸢，占据了半边天空，将那边天空原本的纸鸢要么交缠掉落，要么裹挟其中，而那凤凰口中似放了哨子，长长的斑斓尾羽跨越天际时，引群鸟同舞。

众人哗然惊叹，都想不通这么大一个纸鸢是怎么做出来的，又是怎么放上去的，文臻却迅速回头在人群中寻找，可是此时人山人海，为了她的安全，她身边的人也护得里外三层，却往哪里去找？众人的惊叹忽然变成了惊叫——那只百鸟朝凤纸鸢气势汹汹直奔那黑母鸡而去，撞开了那原本也很结实的纸鸢！

众人眼看那“牝鸡司晨”一撕两半凄惨掉落，都倒吸一口冷气。

这说起来简单，但是那是纸鸢，又是在空中，还如此巨大，便是一流的纸鸢师傅也不能保证说能操控得如此精准。

那黑母鸡分成两半掉落，其中一半正砸在那群放黑母鸡的士子头顶，这群家伙慌乱逃跑时又被乱七八糟的线缠住跌倒，纸鸢砸下，等到他们好容易从一堆黑布黑绢中挣扎出来，抬头一看，百鸟朝凤纸鸢正飞到头顶。

有人忍不住大叫：“百鸟朝凤，此乃何意！刺史是要自比凤凰吗？刺史是想正位中宫吗？”

张钺皱眉看了一眼，忽地一笑，道：“课业还是太少了！此鸟无冠，尾羽非火焰形状，明明是翟嘛。”

有人不服：“翟如何能令百鸟朝拜！”

话音未落，上头纸鸢一震，忽然落下两条纸卷，左边：“休问是凤还是翟。”

右边：“我让你拜你便拜。”

文臻忽然道：“怎么？百鸟朝凤纸鸢玩不得，那么牝鸡司晨纸鸢呢？敢情诸位觉得这不是游戏？那很好啊，看来诸位是嫌太平日子过够了，想给我这位新任刺史添几把火儿？”

刚刚还愤愤不平的士子们浑身一震。

敢用牝鸡司晨的纸鸢暗示嘲讽，就是掐准了这只是个游乐，刺史大人不能当真，但是如果他们掐着百鸟朝凤找刺史大人麻烦，把游乐变成正经事端，那刺史大人也就有理由追究牝鸡司晨的不敬之罪，到时候他们吃不了兜着走。

文臻也不理他们，去看蹴鞠。

蹴鞠的场地靠近一处小湖，湖那边有一片小树林，那一处风景尤其好些，正被湖州一群巨富豪绅占据着，文臻身边跟着张钺，看见那群衣裳光鲜的人，文臻抬了抬下巴，道：“我前日抽看往日卷宗，历年湖州逢上大灾小乱，无论是朝廷出面还是主动施为，湖州这些富户赈灾出手都颇小气，称得上为富不仁，按说这样的大户在当地应该不受官府待见，为何这些人依旧顺风顺水？”

张钺向来不对不清楚的事情妄加猜测，却道：“昨夜湖州首富李连成府中给我送了些礼物。”

“哦？送了什么？”

张钺咳嗽一声，不知怎的又红了脸，正色道：“无论送什么我都不需要。君子谋道不谋食，君子忧道不忧贫！”

美婢怎可要？美婢要了怎么对得起文大人？

文臻奇怪地看他一眼，心想我就随口一问，你怎么就喊上口号了？

她看看那群站得远远的富豪，从今日她出现，湖州这些巨富的态度就显得十分冷漠。

文臻笑了笑，敬而远之吗？

她又看看蹴鞠场地，蹴鞠这游乐项目，在东堂多是富户子弟玩乐，想必今日场上也是那些公子哥儿。

此刻一群人正玩得欢快，看见刺史大人过来，后来一群人浩浩荡荡，就有人大喝一声：“恭迎大人！”

伴随喝声，有人半空跃起，长腿一踢，那个鞠便越过了场地，猛地射向文臻！

采桑正在文臻身侧，眼看那球飞来的方向正是文臻的肚子，惊得叫不出声，脸色惨白。

第四十八章

神秘的蹴鞠高手

惊呼声里，文臻忽然一抬腿，那球忽然就到了她脚尖，她脚尖带着球呼地向后一踢，双臂一展，整个人向前躬身，那球便顺着一个流畅的轨迹滚到了她背上，顺着背再引到手中，文臻一抬手，球便潇洒地又撞了回去，比先前更快更猛！

于众人眼里，只看见刺史大人姿态优美且迅捷，眨眼间那球便飞了回去，惊叫瞬间便成了叫好。

那球射回去的时候，那先前踢出球的人却已经不在原地，混入人群中，推了一个少年一把，那少年一个踉跄，一抬头正看见球杀气腾腾地飞回，眼看接不住，愣在那里，忽然一粒石子斜飞来，击在他膝弯，使他跪下，露出身后推他的人，那人被球击个正着，仰天就倒。

文臻早已将这一切看在眼里，示意自己的护卫将那个被击倒的人带下去，自己目光在人群中扫过，想找出那个揪出真凶的人，然而依旧人山人海，无处可寻。

她忽然对身边的张钺道："这蹴鞠瞧着倒是有趣，张兄不想下场去玩玩吗？"

张钺敏感地注意到她称自己"张兄"而不是客气的"张大人"，脸顿时微微一红，十分遗憾地道："我……我不会。"

文臻一笑，又问身边的燕绝："听说殿下以前颇为精通此道？"

燕绝自看见蹴鞠脸色就阴沉沉的，此刻更是难看，冷冷道："一群粗汉，你争我抢，你让本王也去？"

文臻失望地叹口气，道："想不到两位都不感兴趣，我倒是很喜欢的，荷尔蒙爆棚的运动啊，焉不知男子在运动时刻最为迷人？"

张钺的脸更加红了，似乎很想现在就下去学。燕绝的脸色更难看，盯着自己的脚——他原本确实精通蹴鞠，也确实喜欢，但是自从一只脚被燕绥废了之后，这些需要动脚的技艺他便不碰了。

文臻身后的苏训一直如隐形人一般站着，此刻忽然哑声道：“大人如果喜欢，小的可以去试试。”

“你会啊？那好啊，让我也瞧瞧你的风采。”文臻回眸一笑，笑得十分亲切明丽，那笑容看得张钺越发脸红，燕绝眼睛眯起，苏训低头。

苏训之前的脚受了伤，但文臻给他用了好药，倒也好得快，文臻原以为他是文弱书生，没想到他脱了大衣裳，露出的身材倒精悍修长，下到蹴鞠场中，更可见技艺精湛，先是按照惯例一段个人技巧展示，苏训什么都会，除了足尖能玩出无数花样外，头、肩、胸、腹、膝、臀、背……几乎身体的每个部位都可以用来滚球，他可以使球高飞足足一刻钟不落，也可以像先前文臻那样，球起伏滚于全身，那在蹴鞠术语中叫“滚弄”。但文臻能做到那样，靠的是自己学的特殊武功，周身气机吸引球转如意，苏训则完全是靠玩蹴鞠练习出的技巧，他表演的时候大家喝彩不断，有人在场外不断报出他的蹴鞠技巧“飞弄”“流星赶月”“齐飞”……

文臻也似乎来了兴致，展现出比先前更活跃的一面，命人拿红纸来做了好几面小旗，自己拿了一面，又叫身边几个女子各自拿了做啦啦队，采桑向来小姐说什么做什么，寒鸦随手把旗给了一个小姑娘，由此倒引发了后来湖州蹴鞠必有啦啦队的风俗，当然这也是后话了。

个人表演之后便是组队对抗。苏训这般的技艺自然是开门红，刺史大人十分喜悦，命人赏苏训，早已准备好的彩头由人当众送到场中，引得百姓们啧啧称羡。

之后对方便换了个人上场，远远看去，脸上斜斜蒙了张锦帕。

郊外风沙大，蒙帕子的人也有，并不以为奇，文臻却眯了眯眼，招手唤过采桑，嘱咐了几句。

场中的人开打。

下半场风格一变。

那新上场的人风格十分懒散，别说展示技艺颠球传球，大多数时候都站着不动，只有在苏训出脚的时候，他才会抬脚。

但他只要一抬脚，那满场的人就都只能为他惊呼。

蹴鞠在他那里，仿佛也不过是弹指分花，袖手拂云。

苏训的感觉却不一样，那满场飞的不是球，是刀，是枪，是劈头盖脸的电光，只冲他一个人来。

对方抬了几回腿，他就感觉要窒息。

更让人窒息的是，只要他退了，对方便把球给别人了。

场上的人渐渐也看出端倪，都在问："什么意思？"

"那是来捣乱的吗？"

"刺史大人的人？"

"刺史大人能不要什么事都插一脚吗！"

玩蹴鞠的高手倒不是州学士子，大多是官员士绅子弟，因自家长辈，对刺史大人有着天然的警惕和不屑，有人就喝道："想必好处不小呢，难怪传说里那位是攀附了皇子才平步青云，瞧这才几天，就有这么多人……"

球击中他的面门，击出一声惨号，拍扁了半边脸颊，嘴中朝天喷出几粒带血的碎牙。

文臻站起身来。

场上，那个惨叫的人在地上翻滚，出手的人腿一抬，从他身上跨过，随手接过身边人递过来的丝帕，擦了手，手一松，帕子落在那人脸上。

那人忍痛抬头，就见身材修长的人头也不回地走过，淡淡道："什么攀附？我这还没追上呢。"

众人："……"

台上，一群士绅已经大叫起来，有人奔来，抱住那脸肿了半边的人连声大叫传大夫，又叫人去找那个出手伤人的人，当着文臻的面一连串地吩咐，很是决断，张钺轻声对文臻道："湖州首富李连成。"

那位李首富眼看儿子伤得不轻，听得蹴鞠的人七嘴八舌说了几句，忍不住含怒看向文臻道："刺史大人，我儿年幼无知，不知道容让刺史大人的人是他有错。但这终归只是游戏，刺史大人又何必因为一时不快，就令人对小儿施此重手呢？"

文臻眼神正在人群中乱转，忽然听见这一句，才收回目光，愕然指着自己鼻子道："我？"

李连成冷着脸道："蹴鞠场上的人都说，是小儿他们言语间不小心提及了刺史大人，才遭此横祸的！"

"哦？提及了我什么啊？"

"左不过是一些孩童言语，刺史大人这也要计较吗？"

文臻招招手，采桑从人群中过来，递给李连成一个纸卷。

"那就请李先生看看这孩童言语吧。"

李连成展开纸条看了几眼，浑身一颤。

他身边几个蹴鞠的少年也凑过去看了一眼，面面相觑，神情惊骇。

场子离看台足有好几丈，四周人声喧嚣，大家都是算定了除了场上人没人能听见那些话，而且说的时候大家也是低声谈笑，便是刺史大人的人也应该不能确定才是。

众人也都想好了，说了自然也是不认的，只是此刻看那纸上言语竟然一字不差，心中也发寒。

就仿佛有个人一直在身边听着一样！

李连成能成为首富，自然也不是简单人物，看众人神情已经明白此事不假，正想着不认便是，忽听文臻压低身子，凑近他轻声笑道："李先生，你儿子才多大的孩子，能懂这些闲言碎语？这想必是家学渊源吧，你猜，他这是听谁说的？嗯？是听你书房里那些门客闲谈碎嘴来的，还是听你方才游湖边小树林时搂着小桃红调笑时说的？"

刺史大人怎么知道他书房门客们会碎嘴？

怎么知道他先前和小桃红在树林里提到了她？

想到先前他和那妓女趁着小树林无人，在那树背后上下其手时说的那些混账话儿都被这刺史大人的人听在了耳中，他浑身上下都似被燃着了一般，烧得赤红滚烫，心里却泛着冰一样的凉。

这位女刺史的手段如鬼魅啊……

知道这些闲话倒也罢了，关键是知道这些闲话的手段，一想到自己身边可能有刺史大人的探子，甚至自己的一言一行都可能在刺史大人的注视之下，李连成就觉得浑身发凉。

他们这些湖州富商和前任刺史、别驾联系很深，本身家业豪富根基深厚，也并不太惧怕新任刺史，本来还受了某些官员的挑唆，想着新任女刺史如果不知好歹，便是大家伙儿联合起来，掀翻了也不是不能的。

但此刻他们还没动，只是私下里态度不如何恭敬，这位刺史就能把手伸过来狠狠扇他一耳光！

文臻微微弯着腰，附在他耳边，悄声道："记住，湖州现在是我的，老实做生意，该出力时出力，否则揉圆搓扁，我说了算。"

说完她笑眯眯地拍了拍李连成的肩，拍得他浑身一颤，便走了开去。

李连成愣了半晌，忽然一个巴掌狠狠打在儿子脸上。

那倒霉孩子一声惨叫，惊诧和疼痛之下连话都说不出来，倒是周围的蹴鞠少年们惊得连忙大叫："伯父您这是做什么！伯父您疯了！"

李连成怒道："不敬刺史，胡言乱语，还不该打！"又起身远远对文臻长揖及地，"多谢刺史大人海涵！"

文臻头也没回，背对这边摆了摆手，在众人诧异又畏惧的目光中走开了。

张钺紧随其后，悄悄问她："方才您说什么了？"

文臻也悄悄道："有些人贱骨头，伸出手邀请，他不会跟你走，你还不如伸出腿，把他绊一跤，他就站起来追着你跑啦。"

张钺眼中透着疑惑，老实君子跟不上女魔王的思路。

文臻笑看了一眼地上的影子，两人的影子被日光拉得长长的，头靠头说悄悄话看起来很亲密。

某些人现在很有耐性，这样都不出来。

她却有些急切，拍拍手道："去玩牵钩吧。"

牵钩便是现代的拔河，倒是活跃气氛，老少咸宜的娱乐，挑春节上的大型牵钩会是一项高潮节目，参与的人很多，照例是州学年轻士子打头，早已准备搀了牛筋的长绳，绳子长而重，还在中央拴了大红的绣球，专门用箱子搬了过来。

绳子和绣球加一起很重，好几个人抬，还有一个年轻学子抱着绳子尾端，累得气喘吁吁，他身边的仆人心疼地扶住了他。文臻不禁多看了一眼，认出了是那个先前看见卤煮就呕吐的少年原来也是个州士子。

两边牵钩的人足有百人，围观的人更是站得人山人海，文臻作为刺史要站在当中裁判，她划好线，吹了长长的一声哨，号子声、交谈声、打气声，顿时响彻草地。

两边的少年捋起袖子。

文臻忽然感觉那绣球有哪里不对劲，道："苏训。"

苏训会意，站到了她背后。

下一刻，随着左边队伍一阵猛然发力，绳子猛地被拽向左边，绣球剧颤，一声闷响。

文臻听见声音的时候已经知道不对，但是事情的发生比她想象的更快更猛烈，刹那间绣球爆开，飞出无数极其细小的飞针、弹丸、铁蒺藜……连带腾腾的黑烟，笼罩了绣球两侧一丈方圆所有人，文臻正在中心。

文臻还没来得及做出任何动作，身子猛地被人一带，随即向后落入一个怀抱，熟悉的淡淡气息如烟似雾瞬间笼罩全身，她却在此时腰背一弹，一边向外冲，一边伸手向后猛抓，口中再次道："苏训！"

刹那间她身后的人也禁不住微微睁大双眼。

黑烟忽然游移腾挪贴地而回，铁蒺藜弹丸飞针顺着飞出的轨迹倒飞，刹那间空间微微扭曲，所有爆开的物体闪回绣球之内，爆开的绣球微微一敛，恢复原状。

下一瞬，少年们牵钩加油的号子声响彻四野。

再下一瞬，文臻从身后潘航腰间抽出长剑，劈断了绣球两边的绳子！

两边正拔河的少年蓦然力气落空。

文臻冷着脸，一手还在身后，抓着身后的人，一边心中怨念，一边冷声道："所有人退后三丈！"又命令道，"围住此地出口，从现在起不允许任何人进出！"

湖州府待命的衙役们开始封锁周围出口，又将人群向后逼，四周气氛一变，人们察觉到有事发生，渐渐安静下来。

等人都退到安全距离后，潘航打出两枚石子，绣球爆了。

飞针弹丸铁蒺藜射了一地。

四面哗然声如潮。

第四十九章

殿下驾到

文臻的脸色也不大好看，问寒鸦："你为何没看见？"

寒鸦垂下平板的眉眼，道："那些东西藏得极为隐蔽，比如飞针都顺着绣球的刺绣痕迹插进去的，不细看很难察觉，而因为在牵钩，那绣球一直在晃动，很难看清楚……"

文臻点点头。她因为君珂，知道透视眼也不能时时刻刻都对所有物事进行透视，必须在有所目标的情形下凝足目力才可以，否则岂不是要累坏眼睛。寒鸦不知道绣球有问题，自然不可能专门查看。

潘航将绣球连同那些东西都小心翼翼收拢来，摊开在她面前，也是给大家一起查看，以飞针最多，日光下色泽青蓝，都带毒。文臻拿起一枚嗅了嗅，毒并不厉害，却很少见且古怪，再拿起一枚，却换了一种毒，依旧是少见的毒。

她皱起眉，心中冷笑。

好深的算计。

这根本不是有目标地要谁的命，无论是她的，还是那些牵钩的士子少年的。

牵钩最前面的这一批不是精英学子，就是富户子弟，这些毒针很轻很多，目的就是为了让尽可能多的人受伤。

这针上有各种古怪的毒，是要将更大的怀疑落在她身上，谁都知道她来了湖州，对她嘲笑讥讽最多的就是士子和富户，也都知道她擅长使毒，此刻众人便会禁不住地想，这是不是刺史大人的苦肉计，故意安排了这一出，或者挟制，或者施恩，好解决士子和士绅对她的敌意。

她站在当中，此刻却会被人看成欲盖弥彰，是为了出事后洗清自己的嫌疑。

以她的身份无人敢当面质疑，因此她也就会失去自辩的机会，那么这根刺就会永远种在士子和士绅们的心中。

到那时，她不解毒固然是得罪这些人，解了毒，也无人感恩，还会更加坚信这事就是她干的。

这是一箭双雕，文臻叹了口气，觉得心累。

身后有一只手忽然轻轻捏了捏她的手腕。

那修长手指并不很热，动作也很轻，但却似携了电和光，瞬间注入她的经脉肌肤，她微微颤了颤，心上激荡出一溜细碎的火光，整个人都似乎热了热。

她叹了口气，轻声道："终于不和我捉迷藏了？"

这家伙看见她显出疲态才肯出来是不是？

心中有气，一反手也捏了捏那手指，触手肌肤微凉如玉，她嫉妒地又捏了捏，才不舍地放手，继续她的战斗。

此时众人惊呼询问，七嘴八舌，湖州官员们齐齐上前慰问，一个个脸色难看。

绣球出了问题，刺史大人遇刺，其余官员方才却都没下场，此刻一个都跑不脱嫌疑，都怕刺史大人趁这机会发作。

忽然有几个人吵吵嚷嚷过来，中间推着一个少年，一个仆人打扮的人跌跌撞撞跟在一边，急声道："你们怎么捆人啊！快放开我家少爷！"

文臻看那几个人都是州学学生打扮，中间被捆过来的少年脸色苍白，满脸惊愕，是那个先前因为猪下水吐了的少年，那几个学生大声道："刺史大人，此人可疑！牵钩的绳子是毛之仪送过来的！"

那仆人怒道："是我们送过来的又怎样？是你们说缺少长绳，我家少爷好心帮忙。再说我们在自己送来的东西里面做手脚，是生怕不被人知道吗？你们这些蠢货还不赶紧把人放开，我家少爷可是都……"

那个叫毛之仪的少年忽然道："长喜！"

仆人长喜不敢再骂，却又不住大叫冤枉，拦在众人身前不让走，那几个州学学生却个个高大健壮，一把便将仆人推开，那仆人一个站立不稳，向后便倒，看的出来那少年和仆人感情甚好，急忙要去拉他，被那些学生拉扯住站立不稳，那几个学生也不拉他起来，干脆一脚踩在他肩膀上。

文臻皱了眉，道："在本官面前就要动用私刑吗？"

那学生才放下脚，恭恭敬敬地道："回禀刺史大人，我等方才都在最前头牵钩，险些被刺身亡，实在是气不过。"

文臻上前几步，低头看了看毛之仪的手掌，淡淡道：“气不过就去找真正的凶手，拿无辜的人撒气算什么男人？”

学生们惊讶地齐齐看着她，毛之仪惊喜抬头。

“书要好好读，实务也不可不通。你们看看这绳子连带这绣球，再加上这绣球里的飞针铁蒺藜等物，这一堆东西加起来该有多少分量？这样分量的绣球和绳子从箱子中拿出来去牵钩的过程中，如果不小心处理是很容易爆开的，那就达不到牵钩时爆炸伤人的目的。而你们准备牵钩之前很容易七手八脚，乱拿一气，坏了人家的计划。所以真正的凶手必须得亲自出手去搬那个绣球，将绣球调整在绳子最合适的位置才行。先前谁负责搬那个绣球我没注意到，却看见毛之仪因为力气小，只帮着搬了绳子的尾端，离绣球最远。”

“那也有可能是他为了摆脱嫌疑故意搬绳子尾端，另外安排自己的人去搬绣球！”有人不服气地反驳。

“当然有这种可能。但是你们有没有问过毛之仪，既然绳子是他送来的，那么绳子送来的时候有没有绣球？”

毛之仪怔了怔，显然他自己都没注意到这一点，嗫嚅地道：“这个是家父嘱咐人替我准备的，我也没打开看过……长喜？”

长喜愕然道：“我也没看，这事是长福安排的，少爷您说不要带这么多人伺候，长福现在还在外头等。”

文臻看了看绳子，这种搀了牛筋的八股绳索，边缘烫了火印，一般是军中训练使用，而军中不提倡花哨之风，绝不会多此一举加这么一个绣球。

“把那个长福找来。”

然而很快文臻就得到了回报，长福死了，一刀毙命，死在长喜和他约定等待的地方，旁边的一个小河沟里。

长喜一边哭天喊地，一边连声道：“这是要谋害我们少爷，这是谋害！这绣球箱子里一开始肯定没有！这种花里胡哨的东西，别说箱子里没有，便是我们整个府中，也不会找出一个来！”

文臻凝视着绣球，道：“绣球做得很精致，里头插着的暗器为了避免被天眼通之类的能人发现，藏得十分隐蔽，这就注定了一路护送都要小心。所以长福有问题，绳子是他负责安排的，他送绳子的过程中有人送来了绣球，他一路小心呵护箱子送到这湖边，离开后被灭口。因为毛之仪没要长福跟着伺候，所以后来绣球从箱子里拿出来的时候就还需要凶手亲自出手来护持绣球。”

众人都沉默了，稍微想想便明白了，如果这绣球真是毛之仪的安排，是他要将自己故意置入嫌疑再洗清？但也不必这么大费周章，更不需要杀了长福灭口。

那么凶手是谁？

众人都看着文臻，女刺史年轻，还长着一张娇嫩不靠谱的脸，让人总怀疑她不过是一朵需要人呵护的娇花，然而一旦风雨袭来，这朵娇花便枝叶膨胀，强劲舒展，花叶下芒刺闪烁，是一朵暗藏杀机的吃人花。

被众人期盼的目光注视着的文臻，神情却很闲适，拍拍手道："行了，把人放了，凶手也不必找了，注定要死的人，费那么大力气做什么？"

众人一惊，白林立即问："大人，您的意思？"

"这许多飞针上都有不同的毒，飞针为了能够向四面八方迸射，是紧紧贴在绣球每道皱褶边缘的，搬弄绣球时会不可避免被那些针上的毒侵袭，偏偏为了让解毒变得困难，毒性也变得极多极复杂，所以就连制作这个毒针绣球机关的人都不一定知道，这许多毒混杂在一起的毒性，只要稍有接触或有吸入，一个时辰内必死，除非用蓝……"文臻似乎惊觉失言，咽下了后头的话后笑了笑。

文臻用布包了手，一边极其小心地去收那些毒针暗器并将之分类，一边吩咐道："既然这样，人群聚在一起反而不利于鉴别凶手，所有人散开，该做什么做什么，但是不可出山口，回城的所有道路已经被封了。"

众人也便散开，一些州学学生对望一眼，都对文臻施礼，谢过刺史大人及时发现绣球机关的救命之恩。

文臻看一眼他们略带惭愧又暗藏不甘的神情，并不在意地摆了摆手。

人群散开，文臻将东西收好，不放心地伸手向后一抓，又抓住了身后人的腰带，一声轻笑传来，在耳侧缱绻。

文臻吐出一口气，明知道他的出现不妥，但是抓到人了，还是第一时间觉得心安。

这家伙不是应该回京了，或者云游各国去找药了吗？为什么还是要绕到她这里来？

但此时并不是回身叙情或者算账的时候，今日的事还没完。

她的手指抓着他腰间的玉带钩，拽着他的腰带，他的手指轻轻抚弄着她的指节。

文臻并不心虚地也捏了捏他的手指，然后食指拇指一搓，比了个心，才收回了手。

她身后，某人也笑一声，学了她这个手势，对着她的背影晃了晃。

两人打情骂俏完，不远处潘航走来，对文臻打了个手势，文臻点了点头，过了一会儿，府衙的杂役敲响了铜锣，示意众人集合。

众人茫然地聚集了来，有人便问："大人可是发现凶手死了？"

文臻点点头："是啊，我发现了凶手，不过还没死。"

纷纷议论声里，文臻道："烦请各位伸出手来。"

人们更加惊愕，但刺史大人发话，不敢不遵，都排成排，一个个伸出手，潘航带人一个个过去检查。

很快，在一个角落里忽然爆发出一阵骚乱，潘航大喝：“哪里跑！”随即挣扎声、拳脚声响起，四周受惊的人纷纷跑开，更多的人却涌过去。

文臻大喝：“所有人原地不许动！”湖州府的衙役急忙上前弹压，不一会儿，潘航押着一个书生模样的人走过来，那人州学学生打扮，身材高大，面容青白，潘航紧紧抓着他的手，现出他指甲缝里的一点蓝色的光。

文臻笑了笑，问在场的州学学正：“这可是你们州学的学生？”

学正看了半晌，愕然道：“未曾见过此人。”

有人惊叫起来：“咦，我刚才见过他，他有帮忙搬箱子，我还以为他是哪位同窗。”

州学学子们纷纷都道以为是哪位同窗，但互相询问，并无人识得此人。

那人冷笑道：“我便穿一身州学学生衣裳，那也只是我自己喜欢，又碍着谁来？如何就能诬赖我是凶手？”

文臻笑道：“这位兄台，请问你指甲缝里是不是蓝芒草啊？”

那人看了看，道：“是又如何？我在湖边洗手时无意中碰着蓝芒草，难道不成吗？”

“蓝芒草能解毒，多半生在近水之地，但植株极矮，极难寻觅，洗手触碰到的可能性为无，除非专门挖土去寻，那你好端端地去寻那蓝芒草做甚呢？是因为听我说了一个蓝字，猜想这附近能有的蓝色药草只有蓝芒草，所以找来想解你的混合针毒吗？”

四周哗然，众人疾退几大步，惊疑不定地看着中间的人。

那人脸色微变，随即又转为镇定，道：“在下听不懂刺史大人在说什么。”

文臻望定他，看得他脸色一变再变，才道：“你听不懂没关系，大家听得懂就行。其实啊，那些针混合在一起根本不会中毒，我说出那个蓝字，只是诱你去找蓝色药草而已，湖州这地界能产出的蓝色草药只有蓝芒草和蓝芪根，但这两种蓝色药草都有很强的染色之能……要不然你当我那个蓝字真是说漏嘴的？”

她话音一落，那脸色大变的人已经猛地一抿嘴，但是他依旧迟了一步，一直抓着他手的潘航猛地将他的手往他自己嘴里一塞，想咬舌的人狠狠咬到了自己的手掌，一声大叫，鲜血直流，那家伙眼睛一翻，向后便倒。

众人都惊叫，以为人死了，文臻淡淡道：“没事，蓝芒草入口有强烈的麻痹作用，他这是被麻晕了，潘航你不用卸他下巴了，吃了蓝芒草，三天之内他都别想咬舌自尽。”

众人正松口气，转而想到既然还有这一出，那么刺史大人那个“蓝”字，是不是当时就不仅想到了有蓝字的药草极易染色，还有麻痹性？回想当时刺史大人那逼真的“不小心多说了”的神情，没有一个人怀疑那句话有任何问题，刺史大人那顺嘴坑人的本领……

所有人打了个寒战。

文臻又道：“他的衣领，袖口。”

潘航拔剑，截掉了那人的衣领、袖子、腰带，以及所有可能藏毒的地方。有文大人在，凶手想要自尽也没那么容易。

文臻看着那人指甲缝里的蓝色，讥讽地笑了笑，便是死士依旧是惜命的，这是人性。

她令人将这人带下去，这人并不会是主谋，还要细细问。

毛之仪由仆人搀扶着上前来，感激地向她道谢，毕竟她不仅帮他洗脱了冤屈，而且绣球爆开的时候他站的位置也不远，以他的体弱，如果受伤中毒可能就没了小命。

文臻看了看他的腰带，展开一个十分亲切的笑容，好言抚慰了他几句，刺史大人向来有令人如沐春风的本事，毛之仪很快就放松了许多，犹豫了一会儿，壮着胆子邀请刺史大人有空去他家山庄走走，他家山庄在郊外，景致尚可。

文臻一口答应，看他神情恹恹，又命人护送他早些回府休息，看那少年和他的仆人千恩万谢后离开，眼底掠过一丝笑意。

这少年本该是那暗中的敌人给她挖的第三个坑，但现在她要借着这个坑跳过一个原本不知道如何越过的天堑。

燕绝和湖州的官员们站在一起，看文臻轻描淡写地又处理掉了一宗本该闹大的暗杀事件，一时表情都有些复杂。

燕绝看看周身的官员们，每个人都微微低着头，不管心中是什么想法，脸上的表情都端出了恭谨，这令他目光闪了闪，想着这女人这才来了几日？一来就端掉了别驾，弄走了岱县县令，今儿就一个挑春节的事儿没完没了，可这位就能借着这没完没了的事儿，又杀鸡给了猴看。

献了这几日殷勤毫无效果，他本就有些烦躁，眼瞧着众人敬畏的神情，更加烦躁，忽然道：“文大人你是怎么知道这绣球里有问题的？”

这话一出众人一愣。目光都投向那个爆开的绣球，确实，大红绸子扎的绣球很普通，文大人是怎么确定绣球有问题的？那般决断地出手倒像早就知道绣球会出事一样。

随即就见燕绝斜眼笑道：“难道文大人有未卜先知之能？”

“下官只是略通毒物，嗅见了绣球里头气味不对而已。”文臻笑眯眯地看着他，

“不过未卜先知的本事下官其实也略通，比如下官现在就知道殿下马上就要挨揍了。”

“什么……”

燕绝话音未落，一根棍子伸了过来狠狠敲上他的孤拐。

敲的还正好是他坏了的那只脚，燕绝叫了一声，抱着脚便跳了起来，跳了半天才止住痛，正要破口大骂，蓦然回头看见一张熟悉的脸，顿时怔住了。

一人拎着一根玉棍，不急不忙从人群中走出来，走出来之前，他还轻轻将尊贵的刺史大人的手从他腰间的玉带钩上取下来。

这个动作很隐蔽，之前文臻一直背着一只手，众人心思都在案情上，也没注意那背后，只有燕绝的角度看得清楚，再看那一张脸，倒抽一口气，随即怒道：“燕绥！”

第五十章

恶龙

这一声一出，众人哗然，先是后退，随即惊醒过来，跪了一地。大多数人不敢抬头，少数胆子大的人从胳膊缝里飞出眼神，偷偷瞄那位传说中“桀骜散漫，才智过人，妖妃之子，深受帝宠，且与东堂史上第一位女刺史有不得不说的暧昧故事”的传奇皇子。

燕绥却只看着燕绝，听见他那一声，手中玉棍看似轻飘飘地又敲了出去：“嗯？老五？”

燕绝眼睁睁看见那一棍敲下来，想要躲哪里躲得掉，一声闷响，另一边孤拐上又挨了一下，又是一声大叫，他跪在地上，一只手撑住地面，勃然大怒，然而一抬头对上燕绥毫无感情的眼眸，猛然噎住，只能又怒又恨地道：“三哥！”

燕绥这才收了玉棍，上下打量他一下，道：“皇子代天巡狩，讲究体气庄严，你如何这般模样，速速起来说话。”

他两棍子把弟弟揍得跪地上起不来，还在怪人家不成体统，满地官员百姓听得目瞪口呆，从来皇家子弟高在云端，众人想象中的相处定然也是揖让端严，个个都是神仙人物，吃饭说话都口吐芬芳如兰似麝才对，没想到竟然是这上手就揍，和自家村子里的大哥教训弟弟也没个两样。

燕绝嘴角抽搐，想骂不敢骂，手指按在自己的刀柄上，却知道自己的刀肯定没燕绥的棍子来得快，何况燕绥拿个棍子揍他和他拿把刀出来的意义不可相提并论，再看看自己的护卫，早已被燕绥的护卫隔在了千里之外，只得咬牙挣扎而起，连退三步，才冷笑道：“三哥不是回京了吗？如何忽然出现在湖州？该不是……”他眼角不怀好意地瞟向文臻，正想牵扯些流言蜚语，燕绥却已经截断了他的话，摸着玉棍，轻描淡写地道："怎么，我来看看你，不成吗？"

燕绝冷声道："自然成。只是我亦是皇子亲王，如今代天巡狩，见我如见父皇亲临，你却敢当众侮辱殴打我，你这是要反了吗？"

湖州官员百姓神色骇然，悄悄地向后退——传说这对皇子兄弟关系不和，但真的不和到这个地步？这一见面便当众这般撕咬，他们这些几品小官，升斗小民，如何敢听？

四面望了望，却又无处可逃，再看看刺史大人，正笑眯眯观战呢。

众人顿时觉得安心，那就待着吧，天塌下来有刺史大人顶着呢。

燕绥的玉棍轻轻敲打着掌心，他微微笑道："代天巡狩，如父皇亲临？你还知道啊？那老五，你确定真要我当着湖州官民的面和你好好数数你如何代天巡狩，给父皇挣那天子尊严的吗？"

燕绝抬头盯着燕绥，燕绥脸上还是那淡淡的笑意。

文臻说得对，只要燕绥来了，他就连尝试一斗的胆量都不会有。

燕绥的声音也放低了，在他耳侧道："老五，最后警告你一次，在湖州安分些，不要起什么无聊心思，不然下次敲的就不是你的孤拐了。"

燕绝咬牙低声冷笑道："怎么，怕了？自己的女人守不住，怕飞了？你倒是痴心，巴巴地追来警告我，也不想想，这女人一升官就忙不迭地和你划清界限，对你又有几分真心？"

燕绥玉棍一抬，燕绝身体下意识一缩，燕绥那玉棍却只是点点他的脸颊："虽然你妄图挑拨离间的嘴脸很是可笑，但是你口臭依旧会惹我生气，你再多说一句，我这棍子就塞你嘴里搅碎你一嘴牙，父皇问起来，我就说代他惩罚你路上狎妓，想来他会深表赞同。"

燕绝不敢说话了，低头死死咬牙，文臻忍笑带着湖州官员上前拜见，又有精乖的官员端了椅子过来请宜王殿下和定王殿下坐，燕绝用眼神示意那官员把自己的椅子放得离燕绥远一点。

燕绥也便坐下来，对着下头一地的官员百姓，状甚温和地道："本王路过湖州，听闻挑春节盛况，特来游玩一番而已，不想扰了各位雅兴了。"

众人急忙赔笑道殿下言重，此乃湖州之幸云云。

燕绥又道："今日已见闻挑春节诸般有趣游戏，便再见见湖州诸般英杰。"

这也是题中应有之意，当下便按规矩，德高望重的乡老、有头有脸的士绅、才学出众的士子，分批来拜见殿下。

乡老磕头时燕绥没有说什么，士绅以李连成为首磕头时，燕绥抬了抬手，道："李兄三岁失怙，五岁失恃，叔父如狼，婶母似虎，然李兄天生英才，十五岁叔婶如愿暴毙，家产重回李兄手中，之后以转卖洋外琉璃器起家，成就这湖州豪门第一，心志毅力，令人感佩。”

他这段话语气满是赞誉，用词却极毒辣。众人不敢抬头，李连成额头热汗滚滚而下，这个口齿便给的湖州巨富此刻只能磕头，一句话也不敢说，燕绥说完也不多看他一眼，对第二位士绅道：“方先生令夫人可好？”

只一句，那位面团团一脸喜相的富家翁脸上便像开了颜料铺，而他身后的人的腿已经开始发抖，燕绥看他一眼，道：“令夫人家财万贯女中英杰，本王闻名久矣。阁下却有些不是东西，你都这把年纪了，还在外头不断添香火，本王很替你张家担心，再这么生下去，你张家的家产还够分吗？”

那张姓士绅抖着手脸色如鬼，眼角瞟着人群外他那脸忽然发青的夫人，但也只能像李连成一样拼命磕头，只盼着这位可怕殿下嘴里不要再冒出什么要命的话来。

后头所有人抖如筛糠，第四个人趴在燕绥脚下，半抬起头，眼神里全是哀求，燕绥忽然转头对文臻一笑，道：“刺史大人。”

文臻微笑：“殿下。”

“湖州士绅，大人觉得如何？”

文臻看一眼底下跪的士绅们，那群之前恭谨里总藏着三分疏离傲慢的巨商们，此刻都巴巴地瞅着她，眼神里满是哀求。

燕绥的手搁在椅子扶手上，拿着玉棍有一下没一下地敲着，日光下手指比那玉更白而通透。

每敲一下，那群人便颤一下。

她心中微热，既感动又有点想笑，于那即将绽放的笑意里又升起淡淡的心酸和歉意，最终还是勾起唇角：“湖州士绅热心赤诚，向来和官府关系良好。都已经和下官打了包票，日后诸般事务，出钱出力，责无旁贷，绝不推托呢。”

燕绥眼风淡淡飘过去，还没开口问，众人已经急急道：“这是自然！”

“我等愿为大人马前卒，但有任何需要，大人尽管使唤！”

燕绥点头，道：“士绅商户乃一地经济支撑，湖州士绅如此明事理，实乃朝廷之幸，湖州之幸，回头文大人记得上报朝廷予以嘉奖。”

“是。”

“都下去吧。”

一群人如蒙大赦，文臻眼尖地看见有人下去的时候袍子湿了。

轮到士子们拜见时，那群气焰一直都很盛的士子们明显蔫了很多。

文臻认出领先的一个少年，正是之前广场闹事时带头人之一，也是今日蹴鞠的参加者，显然是个反对她的活跃分子。

那士子磕头时，燕绥道：“令尊……”

那士子似吓了一跳，急忙给燕绥磕头，大声道：“殿下，草民沈全期拜见！”

燕绥停住，又悠悠道：“令堂……”

沈全期更加紧张，脸色涨红：“殿下！”

燕绥一笑：“怎么？不让本王说话？”

“草民不敢！”

“不敢什么？不敢听？”

“殿下……”

“世人谁无亏心处，世间谁人不畏讥？”燕绥缓缓道，“阁下如此道德完美，求全责备，刺史大人在你嘴里都一钱不值，本王还以为阁下自身正大光明，心怀坦荡，无所畏惧呢。”

“草民……”

“听闻你们文人向来讲究风骨，愿为诤臣。便是帝王之非也敢言，不仅敢言，还要大言特言，如若帝王不纳那便更好，死谏一场便可成千古美名。想来先贤这种美德定然也为你等所仰慕，不然也不会有前几日的罢学之举。诸位学子当日州学广场之上慷慨陈词，据说也曾提及本王，如今本王既已来了，这般当面怒斥王驾博千古美名的机会，自然是要给你们的，想来你们也不舍得错过。”燕绥舒舒服服往椅子上一靠，玉棍一指，“来吧，当日以及今日蹴鞠时，说了什么，做了什么，就在这里再来一次。”

众学子：“……”

不是，您堂堂皇子居然还翻旧账咋的？

再说一遍自然是不敢的，那些混账话真要当着当事人面说，自己首先就要羞死，再说刺史大人刚来那日和今日，众人早已看出是只笑面虎，眼前这位更是恶龙，一个当朝皇子，一个湖州刺史，谁当真想和小命过不去？

“如若不敢说，那便说明你们自己也知道那是些混账无稽话……以市井俚语流言编派皇子与二品大员该当何罪？”

士子们都一惊，沈全期脸色苍白，伏地大声道：“殿下！都是草民无知，煽动同学，诋毁刺史大人，草民一人愿领全部罪责！”

燕绥漠然道：“听起来很义气，你这是在市恩于众吗？难怪一呼百应，能领学生风潮。”

沈全期一惊，此刻才知这位殿下厉害，连连磕头，这回连话都不敢说了。

燕绥道：“刺史大人，今秋朝廷要开科取试。州学学子为一地文治精英，教化之责不可懈怠，本王瞧着，才学不知道怎样，性情都太放纵了些，且都在学档中记一笔，能不能参加科举且观后效吧。”

两人目光一碰，文臻心领神会，假惺惺劝道：“今年秋闱是第一次开科，实在事关重大，这记档之事，还请殿下三思。”

燕绥唇角绽开一抹笑意：“刺史大人终究是女子，难免心慈手软。这起子浑人编派你，你倒替他们说话。”他转头对沈全期等人道，“既然刺史大人求情，便不记档了，只是谨言慎行四字，当不必本王再教尔等。”

沈全期白着脸，带着士子们给文臻磕头：“谢刺史大人宽仁！”

湖州官员和士绅们都垂着头，除了懵懂的百姓，谁看不出这一对虎狼一搭一唱，但又能如何呢？这两位都不用以权势压人，明明是要挟人，却句句都占着道理，士绅和士子们俯首帖耳，不敢说一句不是。

但仅仅嘴上不敢说一句不是也不行，殿下要的是连心里也不许有一点不服气。

燕绥用玉棍指着不敢抬头的沈全期：“本王听说，你们在州学广场上写的那文章，称刺史大人宫女厨子出身，无才无德，不堪高位？”

“学生们无知懵懂，胡言乱语，妄议朝廷大员，请殿下和刺史大人恕罪！”

“文大人。”燕绥取出一卷画递给文臻，“前日偶逢商醉蝉，他道久未见你，颇为思念，特赠书画一卷托我带来。”

文臻含笑躬身接过，众书生听见商醉蝉的名字，都下意识抬头看来。

商醉蝉是东堂最负盛名的才子，风流人物，篆刻书画俱可称绝，这两年虽受盛名所累，渐渐淡出，但在文坛地位依旧可称大家，在场书生谁没听过他的名字，谁不渴盼得见他的墨宝？谁不知道他一字千金，难得出手，多少人捧着重金上门也不可得？如今却听殿下说商醉蝉以书画赠文大人，一时都有些不信，却也隐约有人想起之前的一些传说，禁不住窃窃私语。

也有人面露不以为意之色，商醉蝉虽然号称大家，不为权贵折腰，但宜王殿下何等身份，若是为了替文大人张目，硬要商醉蝉写上几个字画一幅画，想来商大家也不敢不从。

文臻此时却已经把画展开，她自己看清画面的一瞬间，忍不住笑出声。

这画上是浪涛汹涌的大海，青灰色的海面上露出青灰色的鲨鱼的脑袋，脑袋迎面而来，微微张开血红森白的大口，脑袋上面坐着一个少女，脚蹬着鲨鱼两边黑木木的眼珠子，两手抠着鲨鱼的腮，长发被激荡的海风吹散，头顶青灰色的天沉沉地压下来。

总感觉下一瞬那少女便要骑着鲨鱼轰然冲出海面撞上自己。

而文臻惊讶的便是这一点，这画赫然便是当初乌海之上自己骑鲨的一幕，但是角度变了。当初金殿商醉蝉以画作证，画的是侧面，后头还拖着唐羡之燕绥，这回只有正面的她，而更绝的是，他不知道什么时候学了自己的3D画法，虽然还不够精通，但是隐然已经有了立体感，所以这正面的角度给人的感觉便更直观更飒，大海便在眼前，汹涌澎湃，而她乘风破浪骑鲨鱼，下一秒便要冲至所有人眼前。

文臻盯着那画，心间微微澎湃，忍不住想起那日大海风雨之上骑着鲨鱼的感受并不好受，此刻想起却只觉得畅快。

那画上还有字，并不是寻常落款。

"文姑娘，此画如何？我对着你的画琢磨多日，终于偷师成功，得你三分精髓，十分欢喜。谨以此画，算作恭贺高升并半师之礼，当日你在金殿之上当面窃画之举，也不和你计较了，如何？另，听闻你新店将成，送上田黄石印章一枚，可如江湖捞一般，许我为永久免费食客乎？"

画下面还拴着一枚田黄石印章，色泽明黄油润，材质非凡，篆刻自不用说，商醉蝉的金石篆刻，比他的书画还值钱些。

商醉蝉语气亲昵自然，绝非强逼所能得，显然和文臻很熟，用词随意中还隐含几分尊敬，更令众人惊讶的是，他还隐隐点出文臻会画且技艺高超，他这惟妙惟肖的画风竟然是师从文臻。

商醉蝉公开承认的半师，代表的意义足可以傲视天下。

文臻一笑，将画和印章命采桑收了，吩咐道："传令下去，新店开业后，给商大家专门打造钻石会员牌，永久免费。"

采桑笑吟吟应了。目光在那群学生头上一转，那群人没一个人敢接她的目光，都低下头去。

燕绥却不肯就这么放过他们，闲闲地道："州学学生如今课业如何？"

学正忙上前道："如今学生们很是刻苦，读书夙夜匪懈，每日还有三篇论文三篇诗赋。"幸亏刺史大人增加了课业，好歹能搪塞一下这位难缠的殿下。

"既然课业刻苦，想来也定然学富五车，本王便考考你们，污卮，出自何处，何解？"

众人："……"

一直站在一边的张钺眼睛一亮，咳嗽一声，轻轻拉了拉文臻的袖子，文臻一转头，就看见他一脸"我来帮你作弊吧"的表情。

但此刻众目睽睽之下怎么作弊，文臻忍不住好笑，八颗牙齿的笑容还没展开，一回头就看见燕绥微微偏了头，似乎不在意地看了张钺一眼。

然后他轻轻一抬手，好像是整理了一下肩头上的衣服一般，一根小小的竹牌就到了肩后，被文臻接在手中。

张钺看着这两人公然作弊，悄悄退后了一步。

燕绥转头看学生们，长眉渐渐扬起，一脸诧异："这都不知道？"

第五十一章

殿下的撑腰方式

学生们羞得无地自容。

“确实生僻了些。”刺史大人温和的声音响起，“并没有载入文选之中，流传也不算广。”

张钺却道：“却也不算隐僻，虽不入经论总书，但学者应有所涉猎才是。”

燕绥淡淡道：“修亦有珍爱琉璃杯，无意中为幼子取去玩耍，不慎失落污秽之中，本来冰清玉洁、剔透珍贵之物，为那尘俗污垢所染，难复光华，引为憾事。”

底下士子们此刻都已经听懂了这个题目的意思，都紧紧俯伏在尘埃中，连呼吸都不敢大了，生怕激起了尘土，自己就要成了那只倒霉的琉璃杯，或者在殿下眼里，自己等人就是那污了琉璃杯的污秽尘土。

刺史大人在殿下心中则是那只晶莹剔透的宝贝琉璃杯，如今却被他们的污言秽语给染了垢，殿下心中的恼恨，此刻便如这看似从容实则阴冷的气氛沉沉地压在他们头上。

随即听见殿下轻笑道：“修心立德，珍摄自身。莫要做了污卮，莫要做那污卮的垢，更莫要污了别人的卮——望与诸君共勉。”

众人齐齐磕头：“谨遵殿下教诲！”

燕绥对文臻道：“听闻州学学子广场事迹，本王还以为朝廷又能多一批才学与风骨兼具的诤臣。不然哪能有这般能量？却没想才学不知污卮，风骨里头撑着竹竿。再如此做派，怕要耽误你湖州秋闱取士。”

“请殿下指教。”

“做人不可不谦虚，亦不可太谦虚。刺史大人给他们出几道题吧，什么时候做出来，什么时候才可踏足州学广场，若一辈子做不出来，这辈子就绕着广场走。”

文臻笑，心想你就是和广场过不去了是吧？你今天就是存心要把这些士子的脸扇肿是吧？

先用商醉蝉打掉他们的自矜，再用冷僻典故扇走他们的自负，最后还不放过，非逼他们一辈子自卑不可。

“那就一诗一对联吧，要求不高，对联能对出来。诗，比我强就行。”

众人脸上一喜。文臻瞧着，嘴角一翘，等着瞧。

燕绥为她苦心搬了这么高的梯子，一心为她撑脸面，不表现一回实在也对不住他。

此刻忽然下起了细雨，天色也将暗，文臻一指烟雨朦胧里的湖边杨柳，道：“对联很简单：烟锁池塘柳。”

众人听着，面色一喜，第一反应，确实简单！

再一深想，脸色大变。

烟锁池塘柳，金木水火土，五行俱全！要想对上，也得对五行，却往哪里寻去？

文臻微笑。

千古绝对，你们慢慢对。

燕绥回头一瞥，正看见文臻唇角那看似甜蜜温和其实狡黠如狐狸的笑意。

他眼底也掠过笑意，再看一眼她身边一直关注她一举一动的张钺，和一直戴着面具微微低着头的苏训，眼皮微微一垂。

刺史大人真风流。

“至于诗嘛——”文臻也不等那些失色的士子对出对联，短时间内不可能对得出的，采桑递过她的专用小伞，她撑开罩在燕绥头上，目光越过濛濛雨幕，看向草地边缘一朵被雨打湿的小花，那花浅浅的黄色因承了雨水而显得色泽明丽，边缘厚厚坠着一滴雨露，光芒流转宛如水晶花。

“好雨知时节，当春乃发生。随风潜入夜，润物细无声。野径云俱黑，江船火独明。晓看红湿处，花重湖州城。”

四面鸦雀无声。

文臻心中默念，杜甫，春夜喜雨。借诗一用，诗圣千古。

一只手轻轻接过伞柄，伞挪到了她的头上。文臻转眼，便看见燕绥已经起身，闲闲散散坐在椅子扶手上，两条长腿伸出去，一只手拿着伞柄，也没看她，只给她一个轮廓精致鲜明的侧面。

男子微微斜身，靠着椅子，打着伞，姿态闲适，女子立在他身后，只到他肩膀过一点，两人并没有对视，都微微侧着脸，目光透过雨幕。

良久，才有人长长吁气，道：“真美。”

也不知是说诗美，还是人美。

说话的是沈全期。

燕绥还在为文臻打伞，转过脸来，看着他，道：“不学无术，贱役出身，以色侍人，不堪高位，嗯？”

沈全期俯首于地一言不发。

燕绥将伞给文臻，坐下来，微微俯身，玉棍敲敲对方脑袋，笑道：“知道本王最不满意你们哪一点吗？”

沈全期愕然抬起一张满是羞愧之色的脸。

“造谣都不造准确些。”燕绥摇头，“什么以色侍人，什么攀附皇子？本王倒希望她攀附我来着，但这不是还没追上吗！”

沈全期听着这一句，才恍然惊觉蹴鞠场上那位玩球高手是谁。

“以色侍人？”燕绥将脸凑近沈全期，笑道，“本王和她，到底谁才算那个‘色’啊？”

众人：“……”

殿下，您这撑腰方式我们真是没眼看。

燕绥施施然站起来，笑道：“窈窕淑女，君子好逑。文大人这般才智，你们今日也见着了。本王本就思之寤之，辗转反侧，求而不得，给你们这群人一阵乱嚼舌根，越发希望渺茫，却叫本王如何不恼恨？”

转身随手将玉棍扔给采桑，道：“棍子给你。以后谁再说那些混账话，给本王揍他，坏本王的事，打折了腿也不亏他。”

采桑接了玉棍在手，脆生生应：“谨遵王令！”

文臻没想到燕绥竟然会当众这么说，甚至不惜自贬，不惜暗示自己不配她，以此驳斥“攀附”流言。

感动之余决定今晚一定要给他多做几个菜！

文臻一脸雍容微笑，刺史大人相貌庄严。谁看见她的脸，都会肃然起敬，觉得大人一定在忧国忧民，思考湖州民生大事。

只有燕绥瞟过一眼，精准地捕捉到某人眉梢眼角荡漾的春意，还有张钺，看看燕绥，再看看文臻，默默地垂下了头。

“时辰不早了，都散了吧。”燕绥起身，文臻很自然地微微踮起脚，将伞遮在他头顶，燕绥也很自然地接过伞，伞并不大，一旁的湖州官员中有人想要再送一把伞来，立刻就有好几条手臂伸出来阻拦，有燕绥的人，也有文臻的人。

那两人却都不理会，撑着一把伞并肩走入雨幕中，那两人一高一矮的背影却因此分外鲜明和谐。众人怔怔地看着人影远去，像看见这一场春雨同样无声地润入了大地里。

文臻和燕绥并没有当众双双把家还，在回城的道口旁，刺史大人率领湖州百官将马上要赶路回京的宜王殿下送上官道，便回了城。

回城之后文臻去了江湖捞自己的别业，早在她来之前，江湖捞就买下了周围的民居，予以改建，圈定了一片安全不被打扰的府邸，从江湖捞的后门转入，进入自己的三进小院，采桑正在月洞门那里等她，见了她抿嘴一笑，文臻也笑了笑，抬头看见自己屋子亮起的灯火。

推开门，燕绥正坐在桌前，手中拈着几朵玉兰花，端详着面前一只敞口白瓷花瓶，似在考虑往哪儿插更美，玉兰花丰厚如玉的花盘沉沉搁在同样如玉的掌心，衣袖闲闲垂落，露一截精致腕骨，灯光映在他修长指尖，宛若透明。

随即他长眉一扬，状似不经意地一插，整束花却霎时便生动起来，玉兰尊贵而杜鹃娇美，蔷薇粉嫩九里香颤颤巍巍，樱花错落点缀，花瓣上都莹莹闪烁着雨珠，更多几分润泽鲜活。燕绥将花瓶随手一转，微微抬眸，花枝间看过来的半张美人容颜，看得文臻呼吸一窒。

随即她笑道：“以色侍人？”

燕绥抬起眼，淡淡道：“大人满意否？”

文臻走过去，双手搂住他脖子，在他耳边吹气：“人比花娇，满意至极。”

“还逃吗？”

“这是我的地盘，我往哪里逃？”

燕绥将她逮了按坐在自己腿上，道：“那你倒是告诉我为什么要逃？当真就那么厌烦了在我身边？”

“我对你的讨厌是有那么一点点……”文臻伸出手指，比了个手势，笑嘻嘻地看着燕绥微沉的眼色，“比如有点霸道，有点自以为是，有了我之后对这世间还是不够在意……但是我也喜欢你更多更多，”张开双臂将他抱住，“比如其实为了我已经改变了很多；比如你在我身侧才有的人间烟火气；比如你待我的所有说出口和不说出口的心意。以前我以为你都不会说，尤其不愿公开表达，可是今天我看见了，只要我需要，只要你觉得我需要，怎样你都会为我做，这一点也许别人会觉得很容易，可我知道对你来说这有多么不容易，所以我要谢谢你，并且也要最直接地告诉你，和你在一起，我从未害怕后悔过。而我所选择的一切，最终目的还是为了长久地和你在一起。”

“包括这个湖州刺史？包括拒绝我的人？”燕绥的眼睛黑白分明，却看不出喜怒。

“包括我所做的所有选择。”文臻摸索着他的腰线，觉得他好像瘦了点，“多吃点啊，我的殿下。”

“这不是厨子们做的都没你做的好吃。”燕绥摸着她的腰，很是不满，“你倒好像胖了。”

文臻柳眉倒竖：“哪里胖了？”脱了外头宽大的罩衣，露出里头的束腰襦裙，骄傲地挺了挺腰，“瞧瞧，十八寸细腰美少女依旧在！”

燕绥目光在她腰上掠过，文臻盯着他，心中暗自庆幸自己没有显怀，看样子燕绥是怀疑的，此刻他困惑了。

文臻特意很久之前就一直在他面前穿宽大衣裳，就等着这一刻脱了衣裳显出束腰，此刻奸计得逞，心情大好，将燕绥推倒，捏着他耳垂低笑道：“小妖精，还怀疑我怀孕呢？想得美，我是要入阁拜相的事业型女强人，怎么可能那么早弄个拖油瓶给自己碍事？”

燕绥揽住她的腰，叹息一声道：“如此也好，不然我也不能安心走。”

“回京？”文臻算算燕绥这路走得有点慢。

“先回京，之前顺路去了趟大荒，之后可能去普甘吧。”

“你去过大荒了？”文臻有点诧异，没想到他速度这么快。

“何止大荒，沈梦沉那里的桑石我又想法子拿来了。”燕绥却似乎不想多谈大荒。

文臻却兴致勃勃地趴在他身上，一边捻着他头发一边问：“大荒怎么样？是不是特别荒凉？你没和主政的人再发生冲突吧？那地方有什么八卦，大荒黑水泽那几种药你都拿到了吗？你的头发怎么有点……”她手指捻了捻，又捻了捻，觉得燕绥的头发好像和以前有点不大一样了，发质好像更硬了一点，颜色却浅了点。

燕绥却忽然将她的手握在手中，才道：“药拿到了，大荒蛮荒之地，没什么好说的，目前主政的是一个看似高洁的疯子，还有一个看似风骚的女疯子，那两人之间倒是挺有你说的那什么……八卦的，不过依我看一个自以为是，一个自作聪明，想要凑一起，没个十年八年，也难。”

文臻笑道：“不知道你我在别人看来又是如何？”转而想起，不如何，这几日湖州百姓嚼舌根听得还少了？她却不想和燕绥谈这个话题，伸手又去摸他的发，燕绥又一摆头避过，道：“我这两年可能不常在东堂，所以今日来这一趟，湖州里里外外不安分的人太多，我也无法替你都扫荡干净，再说也不能都扫荡，该拉拢的，该处置的，你自己定章程吧。”

文臻替他拢了拢微乱的发，轻轻道：“其实你无意荣华，我却也未必贪恋富贵……”

两人都没再说话，有些话不必再多说。

燕绥觉得她想做这个刺史，想要青史留名，想要改善东堂百姓的饭桌，想要以美食治天下，所以哪怕因此要面对分离，也依旧默认并以最稳妥的方式出面支持了。

皇子不能和大臣交结，为了给她张目又不给她带来麻烦，他今日以教训燕绝为名目出面，又以湖州士子辱及他声誉为名追究，事事都光明磊落，让人无话可说。

要以他的性子并不会理会这么多，却为了她，忍了，让了，想了。

哪怕不知真相，并不理解她为什么要逃，甚至可能理解为她想挣脱他，成就自己的事业，也依旧认了。

这才是最让文臻感动的，然而于她来说，她亦有无数心意无法对他说明。

比如她虽有雄心壮志，却也并不是非实现不可的。

比如他若有意躬耕田园，她也乐意为他回归乡野，亲手执炊，做一对最普通的夫妻。

荣华富贵，千秋声名，真的没那么重要。

但是她不敢。

燕绥性情如此恣意，从朝野到世家，满朝皆敌，皇帝心思难测，母妃敌友难明，他一旦不能拥有权力，不能自保，面对的会是什么？

他早已成了开弓的箭，不能退，退便是死。

别说他不能失去权力，就连她都不能稍稍软弱，否则便会成为拖累，害死自己害死他。

更不要说失去权力也就有可能失去治愈的机会，以后病发渐重又要怎么挽救。

她才能越显，在朝中地位越重，在民间声望越高，多少也算得一个筹码，令陛下博弈之时，为燕绥多掂量一分吧。

“对了。”她忽然想到一个问题，忍不住问燕绥，“你怎么知道我会那些对联诗词，想到要我出题目考士子？”

她想到一个可能，又追问：“是见过和我一样，行为思想奇特，且能背诵无数佳句好词的人吗？”

第五十二章

掀起了你的假发来

这是让她有些奇怪的一个点。作为一个穿越人，她害怕会因此出现一些不可挽回的错误，影响真正的未来和历史走向，她自认为一个普通人，承担不起改天换地的责任。便如前人诗词这些，也不愿意剽窃为己用，影响文脉气运，平日里很少在燕绥面前搬弄这些，燕绥又是如何确定她能难得住那些士子？

燕绥笑而不语，心道你倒是聪明。确实，那个疯子女王在大荒搞出的那些诗词，让一只鸟嘲尽天下文人，她既然和你来自一处，她那样左脸写着“不学无术”，右脸写着“胸大无脑”的女人都知道，你如何不知道？

只是你俩都有各自的骄傲，平常不愿拿来用罢了。

燕绥嘴上却道：“你平日里便是连梦话都甚是有文采，我便知道你一定张嘴便能叫那些半瓶水晃荡的书生虎躯一震倒头就拜。”

文臻心想，这人一定有事瞒着她。

桌上忽然飘下来一张纸，文臻看见不禁一怔：“这是什么？”

“我让君莫晓送来的你的一日三餐菜单。”燕绥道，“你每日五顿，最早的一顿卯时初，最迟的一顿子时左右。睡得太迟，起得太早，长此以往，必伤身体。我知你为湖州事务操心，但你才来几日，何必如此着急，以后不许这样了。”

文臻没想到这个事务繁忙的人，竟然能想到查看她的起居，暗暗庆幸自己的养胎方子都是自己亲自弄，方子也背熟后毁了，忙笑道：“那不过是偶尔。”

“湖州的赋税有问题。往年的账目如果查不出端倪，那就必然已经销毁了旧账，另做了天衣无缝的给你。但是有些积年老吏为了留上一手，多半都会再私下截留一份账目。你可以从此处入手，莫要太过焦虑，赋税事情太大，经手之人无数，决计不可能毫无痕迹，而且毕竟是过去的事情了，也不可能追回，关键还是要看今年的赋税能收上多少。”

“前任刺史离开后，刺史府的簿曹和师爷全部都离开了，人也找不到，不知道是不是被灭口了。其余各级衙门的师爷，私下也有派人联系过，但是各有统属，这样的大事自然也是半点口风不露的，没有账簿，便是有百姓作证也是无用。不过此事还是得尽快解决，便如你所说，之后的赋税才是关键，只是今年秋赋拿出来的定额，只怕还是原先的标准，而一旦低了，百姓得了好处，也万万不肯说出真相，那就真的没有办法揭开之前的问题了。”

之前多收的赋税如果没能拿到证据，今年秋赋，有文臻在，湖州官员肯定拿出的是低额的那一档，百姓税额减少，乐见其成，自然不会再承认之前赋税重，那么文臻想要适当增加湖州的赋税也就不可能了。

东堂可能将要有战事，陛下想要的是湖州发挥产粮大州的作用，做不到这一点就是文臻失职。

“其实也不一定非要找师爷以及查官府的钱粮簿子，毕竟赋税从缴纳开始，直到运送……”

文臻脑海中灵光一现，顿时明白了燕绥的意思。

漕运！

赋税钱粮是要从水路送往天京的，湖州漕运发达，漕帮的主码头就在湖州，历年运送钱粮可不仅仅是官船，通过漕运运粮所动用的船只、人手，以及走向，应该都有记录可寻。

一直以来，她的心思都在一年三赋之上，一直在寻找一年三赋的相关证据，现在想来，这个一年三赋倒是疑点甚多，倒像是有人故意引她往那方向去查一样。

燕绥忽然将她一拉，道：“你我如今难得相聚，说那些废话做甚。这些芝麻绿豆事儿，你和你那什么张钺苏训一起讨论便是，何必问我。”

文臻吃吃笑，忽然道：“我忽然想起一句话。”

“嗯？”

“开门七件事，柴米油盐酱……”

“嗯？”

“醋茶！”

燕绥坐起身，手肘支在膝上看她装模作样，鄙薄地笑道：“你若无心，便离那两人远一些。你在那州学广场之上，当众把张钺那个书呆子夸成了什么样子？他当晚回家半夜都没睡着，在院子里瞎转，一边转一边说人人讥嘲侮辱于她，她不为自己辩解一句。那学生不过骂我一句，她便为我挺身而出，士为知己者死，唯有将此身报效耳——你听听！”

文臻：“啊？”

燕绥：“拈花惹草！”

文臻：“我那是立威啊！人家骂我，我是刺史，我总不能对骂回去，但是人家骂张钺，我却可以趁机骂回去啊，一来出一口心中恶气；二来也拉拢一下张钺的心……不是拉拢他的心，是拉拢他的忠心！殿下！”她扑到燕绥膝头，扬起甜蜜可爱的四十度天使角度，“我那是市恩，是千金买骨，是逞心机，如何能和我对你的赤诚热爱相比？你这是在侮辱你自己啊！”

燕绥斜着眼睛看她，一手抄住她腋下，将她兜在自己怀中，额头抵着她额头，阴恻恻地问：“那么苏训呢？那么一张脸天天在你面前晃，你什么意思啊？”

文臻盯着自己面前这双眼睛，近距离杀伤力更大，那比常人更大更黑更明澈的瞳仁倒映着自己，令她脑子有些迷糊，总觉得有哪些事不大对——好像是她和燕绥闹别扭来着？好像之前一直是她占上风来着？好像她没欠燕绥什么来着？好像明明是她对燕绥有意见来着？怎么现在就成了他对她兴师问罪了？

她一边想，一边觉得燕绥的嘴唇好像有点干，道：“我总觉得那个人很奇怪，你说哪来和你这么像的人？对于很奇怪的事，我喜欢先放在眼皮底下看着……你的唇怎么这么干……”说着笑嘻嘻凑过去，在他唇上舔了一下。

燕绥猛地一用力，文臻便软软地贴上了他胸膛，随即嘴唇也被他轻轻咬住，耳边深深浅浅的喘息也似过电般。数月不见的思念化为春水，燕绥修长的手指灵活地去解文臻的腰带，文臻却似乎想到了什么，在他身上扭来扭去地避让，一边扭一边笑道：“叫你吃醋。这两人还在我身边，这以后还有得吃。你可不要动不动吃醋跑来坏事……既然这样……”忽然她挣脱起身，吹了一声口哨，片刻后，屋外有脚步声，文臻勉强用冷静一点的声音道，“叫苏训把我东厢房柜子上一个黑色的大盒子给送过来。”

屋外，采桑有点意外地应了，又过了片刻，苏训来了。

文臻低笑着将燕绥一推，顺手又摸了一把，燕绥长腿一夹，文臻已经笑着起身，简单整理了一下衣裳。燕绥坐起身，将袍子整理好遮住，那边文臻拉开门，苏训没敢抬头，廊下灯光的光影里，他脸色似乎有些发白，微微躬身双手送上盒子。

文臻接过，也没关门，淡淡道：“下去吧。”

她转身对燕绥笑道：“给你准备了一件你没见过的衣服，可惜就是不大应季了，不许说手艺不好。”

燕绥笑道：“去年你做的大裤衩我还穿着呢，没想到旧衣裳居然也挺舒服的。”

两句对话，门缓缓拉上，苏训微微抬头，看了纸门内的人一眼。

之前湖边殿下锦衣大袖，众人围绕，他习惯性在人群之外，并没有机会凑到面前看清殿下的脸，此刻当面，看着那暖黄灯光下迎着那女子微笑的男子，他不禁有些恍惚。

想要抬手摸摸自己的脸，最终还是停住了手。

像吗？真的像吗？

也许是像的，但此刻却根本不敢这么想。

有一种容光风神，令人自惭形秽的感觉。

屋内，文臻和燕绥都没再讨论苏训这个人。文臻从盒子里捧出一件白毛衣，毛衣的毛线是她从大燕回来的时候，经过羯胡草原时，特意收集的上好的羊毛，请当地的手巧牧民捻成了毛线，其间也试验了很多次才成功，又做了几根棒针，之后路上一直慢慢地织着，到昨日才完工，本想找机会让人送去天京，可巧燕绥自己拐过来了。

文臻将白毛衣往燕绥头上往下一套，又将他发冠解开，头发散开，撑着腮笑吟吟地看他。

燕绥低头看着这件怪怪的衣裳，笑道：“倒也舒服，回头给你自己也织一件，咱们穿一样的。”

“情侣装吗？殿下就是有想法。”文臻笑，却并不想，天知道打件毛衣花了她多少工夫，也就燕绥能让她忙里偷闲了。

燕绥忽然抓起她的手，道：“新添了茧子。”低头轻轻吹了吹。

他温热的呼吸掠过她指尖，湿湿热热，让文臻心弦一颤。

她手上茧子不少，燕绥却能一眼看出茧子新旧，增添多少，他这是多将她的事放在心上？

盒子里还有很多纸包，文臻一一数给燕绥看：“很长时间不能在你身边，做菜是不大可能了。最近又研发了一些小零食，还有一些调料和一些酱料，牛肉干、肉松酥饼、话梅条、金瓜条、金桔条、蛋酥、小黄鱼条、泡椒鸭掌……肉类的记得先吃，这个时代防腐做不好。这里是下饭菜，香菇酱、辣酱、虾酱、黄油、干贝酱、野菌酱以及一些菜谱，好歹给你调着胃口。你不大喜欢吃火锅，回头我到处开家常菜馆，让你到哪儿都能吃到好不好？”

装这些的袋子肉类是一色的，蔬果类是一色的，瓶子是统一定做的，连瓶子上的封条都是一种风格的，充分照顾了某位强迫症患者的感受。燕绥微笑看着，眼神却渐渐落在她最近显得略略丰腴和柔软的腰肢上：“蛋糕儿，还有一样最想吃的，你忘记准备了。”

“嗯，什么？”

灯火吹灭了，灼热柔软的身躯覆上来：“你啊！”

不知道谁被推倒，文臻笑嘻嘻拿了那毛笔在唇边沾了沾，笔尖在他胸上打转，亲昵地道：“我要为你写一首诗。”

燕绥躺着，半阖着眼睛，懒懒地道：“不能比先前那首花重湖州城差。”

“是写‘酒力渐浓春思荡，鸳鸯绣被翻红浪’？”文臻拎着笔装模作样思考，摇头，“要不还是画一个我吧，画一个我在你心头坐，日日同你香衿卧……”

燕绥倒吸一口气，轻声道：“大人，都乃佳句，请赐墨宝，有点冷……”

文臻笑道：“冷吗？那我给你热热……”抛了笔伸手他心口揉来揉去，为那弹性光滑满足地长吁一口气。

燕绥却就势将她一拉，笑道：“画一个你在我心头，不如揉一个你在我骨血中……”

后半夜的时候，风雨渐歇，室内也渐渐安静，隐约有低语声传来。

燕绥鼻端的哼笑声低而懒：“你今日倒得趣儿，也不知道哪开了窍，赏。”

“谢殿下赏，殿下也不错，龙精……”捏一下，“虎猛……”再捏一下。

燕绥似乎又哼了一声，然后一个翻身，文臻却早已灵活地从他身下滚出去，忽然伸手一掀。

一头秀发悠悠落地。

燕绥如同被点穴般顿住。

第五十三章

大棒和甜枣

文臻也顿住了，盯着地上那一团黑色的长发，这辈子她脸上就没出现过那么真实的震惊表情。

再缓缓将目光移到燕绥身上，果然是一头短发，从发量来看，当初一定曾剃了光头。

光头……

大概当头下假发雨也不能有这般震撼的效果。

半晌她喃喃道："殿下你还好吗？殿下你还在吗？殿下你还是你吗？"

燕绥咳嗽一声，摸摸头顶，庆幸经过了几个月已经不是光头，也就是短了点，但还是好看的。

文臻转头看他："你的头发呢？"

这天下谁能祸害了燕绥的头发？

不是他那什么病发作了掉光了头发吧？可以前他疑似发作的时候也没掉头发啊。

"剃掉了。"

"谁剃的？"

殿下不回答了，他一只手来摸她，一只手去抓那假发，妄图两手抓把事端都消弭。

文臻灵光一闪："不会是你说的男疯子和女疯子吧？"

燕绥哼笑一声，已经抢过假发，端端正正戴好。文臻看见那动作，忍不住抱着肚皮打了好一阵滚，一边笑一边道："谁这么缺德，正中我意，我要去信感谢，我要和他拜把子，我要和她结为姐妹……真可惜我没跟去大荒！"

“你焉知他们不惨？”燕绥冷笑，“我的头发那么好剃的？”

文臻笑得抱着他的大腿发抖，喘息地道：“没事多晒晒月亮长得快……”

燕绥面无表情地道：“不，多吃醋才长头发，你在湖州没事就能喂我多吃几口，明年你可以见我秀发三千丈了。”

文臻又笑：“化悲愤为长发嘛……那我在湖州头发早该长成禁婆了哈哈哈……”

文臻笑了一阵，燕绥再不肯说大荒的剃头经历，却又伸手来揽她的腰，文臻灵活躲过，再起身时已经披上了大氅，摆手笑道：“不来了，笑累了。殿下枕戈待旦，我却力倦神疲，暂且鸣金收兵，且待来日再战。”

“来日，来日却又要到何时？疆土未定，四海未宁，卧榻之侧，虎狼酣睡。”燕绥坐起身，扬眉笑，“莫如今日便大战三百回合，杀个酣畅淋漓，只是这样怕是要叫那梁上君子等急了。”

说到“梁上君子”时，头顶上刚刚起了风声，燕绥手指一弹，头顶屋瓦碎裂，一道黑影落下，手中刀剑明光一闪。

那人刚刚跃上屋顶还没站稳就被发现，仓皇之下倒也算反应快，趁势手中长剑当头劈下：“奸王！拿命来！”

随即外头猛然响起一声大喝：“有刺客！”

声音很近，很熟悉，文臻眼底露出笑意，吹了一声口哨。

那声音响起的时候已经到了头顶，随即一簇火光一亮，一个火把就要扔下来，但火光一亮便一灭，然后一人被踢了下来，那人刚跌下来，文臻便扑了上去。

文臻扑上去的时候，燕绥也已经起身，他身后中文已经整理好包袱，燕绥飘身而起，和文臻擦身而过，文臻恰在此时回头，两人脸颊相触，嘴唇相接，于这对敌的电光石火之间，匆匆接了一个告别的吻。

然后两人同时说了一句：“保重。”

这一切只发生在刹那之间，然后文臻迎上那个后跌下来的人，一拳将他接住，先是扇了他一个耳光，然后抓住他手腕带着他转了一个圈向前一推。此时燕绥回头一笑，穿窗而出，后方，中文拎起那个先跌下来的刺客，他的剑还在手中，中文拎着他转了半个圈，正迎上了文臻推过来的那个人。

人影一闪，中文背着大包袱，跟随在燕绥之后，无声穿窗而出。

然后屋内的烛火亮了，将屋内的景象照亮。

拿着剑的黑衣刺客正刺向定王燕绝。

燕绝一脸的惊骇，脸上还有一个巴掌印。

大抵是还没明白想来捉奸怎么就变成了现在这样。

文臻站在一边，似笑非笑。

脑子是个好东西，前提是得够大。

想要抓她和燕绥的奸情好弹劾她和燕绥私下交连？在下半夜睡得最沉的时候弄个刺客，再假装抓刺客冲进她的院子撞破她和燕绥？

确实，她和燕绥在一起的时候不会让护卫靠近，院子确实是最缺少守卫的时候，但是燕绝不够聪明，对于燕绥来说，护卫真那么重要吗？

刺客来的时候，燕绥擒下刺客，燕绝跟来的时候，她让隐身的冷莺赶来，一脚踢灭火把，踹下燕绝，然后让刺客和燕绝面对面。

现在，剧情该她主导了。

人声鼎沸，火把晃动，足够多的人冲进了院子，喊声闹成一团，门被大力拉开。

此时刺客冲力控制不住，一剑正向燕绝刺去。

文臻忽然扑了过去，大叫："保护王驾！"赤手空拳击在剑身上，铿然一声长剑被击飞，钉在横梁上悠悠颤动一片明光。

与此同时文臻大力将燕绝往身后一拉，燕绝被她拉得一个踉跄，猛地撞在墙壁上，眼前金花四射。

此时文臻的护卫已经冲了进来，将刺客擒下。燕绝想要甩脱文臻，却发现这娘们的手像铁钳一样，紧紧卡着他的胳膊，痛得他想惨叫，他撑着面子忍住不叫，一抬头却看见文臻一脸紧张之色，连声问他："殿下没事吧？殿下可好？"顿时一口气哽在胸口，险些吐出一口老血来。

这还没完，文臻又好像才看见他脸上的巴掌印，仔细瞅了瞅，歉然道："殿下啊，你说你半夜冲进我屋子做甚，我把你当登徒子了，给了你一耳光，对不住啊。"

燕绝这下真想吐血了。

文臻一回头，满院的火光里竟然看见湖州好些官员，眼底掠过一丝冷意。

这些人接触到她的目光，也心中发虚，黄青松嗫嚅道："刺史大人，我等是应定王殿下召唤，在驿馆伺候着的……"

他解释了几句，挑春节完毕之后，按规矩，湖州几位官员送定王殿下回驿馆，可巧的是定王殿下住的驿馆离江湖捞的这个小院并不算远，定王殿下回了驿馆之后，不知怎的便说身体不适。殿下不适，湖州官员们自然不能走，于是又传大夫，又亲自伺候着，一直折腾到下半夜，然后忽然就闹刺客了，刺客一击不中便走，原本生病的殿下忽然也不虚弱了，竟然亲自起身追了出去，湖州官员们只好也点齐了护卫衙役跟着追来，就追到了刺史大人的住所。

湖州官员们看如今这情形，哪里不知道有猫腻？

现在的情形变成了刺史大人勇救定王殿下，殿下还欠了刺史大人一条命，毕竟刺客那一声大喊，喊的可是“奸王”。

燕绝此刻也觉得仿佛吃了一肚子的苍蝇，喊“奸王”是他的授意，就是要一口叫破燕绥在文臻这里，算准了这两人恋奸情热，燕绥绝对舍不得不过夜就走，两人缠绵半夜，下半夜也应该睡熟了，谁知道这两人睡觉也睁着眼睛！

文臻看着他，你试过从娘胎便被暗害，生来有母便如无母，三岁便被迫出宫，因才智出众自幼便行走于风口浪尖，少年起便承担了与这世间最黑暗的庞然大物周旋的人生吗？他永远睁一只眼睡觉有什么稀奇？他还永远一只脚踏在地狱和血火之间呢，那滋味你尝过吗？你想都想象不到吧！

心间一股戾气涌起，她笑得越发欢快，手指重重一捏燕绝的胳膊，将他往屋外一扔，朗声道：“定王殿下，今晚我救了您，这救命之恩下官也不图您报答了。只求您两件事，一来您是皇族，我是大臣，咱们君臣有别，这半夜三更您亲身往我屋子里闯的事儿我当不起，别的不怕，就怕月黑风高的误会您是刺客，下了杀手，您冤枉下官更冤枉；二来还没想到，等想到再说，想来定王殿下恩怨分明，这恩将仇报的事情总是做不出来的，下官在此多谢了。夜深了，诸位还是早些安歇吧。男女有别，本官便不留诸位了。”

门关上，里头传出文臻对手下的吩咐：“把这刺客拉下去好好审，务必审出是谁主使来刺杀本官的！”

湖州官员面面相觑——明明刚才要占恩情的时候一口咬定是刺杀定王殿下，现在要栽赃又改口说是刺杀自己，咱们这位刺史大人真是……啧啧。

这还没完。

远处屋脊上忽然出现一个人影，有人认出是宜王殿下身边的护卫大头领。

中文扛着一个大包袱，遥遥站在屋顶上，对着燕绝施礼，道：“请定王殿下安。卑职奉宜王殿下命，折转回来向刺史大人索要一些零嘴儿，不想遇见这被刺一幕。殿下放心，卑职一定会向我家主子转告，我家主子也一定会转奏陛下，还定王殿下一个公道的。”

说完从袋子里摸出一袋薯片晃了晃，躬躬身，走了。

湖州官员：您和您主子这示威示得可真缺德。

不用想象宜王怎么转告陛下，这事儿任谁一听都知道定王有问题，这刺客如果要刺定王，就该发生在驿馆，如果要刺刺史，定王就不该出现。现在这种情形足够陛下浮想联翩，保不准夺嫡都能联想出来。

燕绝一口血吐出来了。

天光渐渐亮起的时候，山野间响起吃薯片的声音。

中文德语等人围成一圈，看着殿下吃薯片，想着那一口的脆、香、薄，悄悄地咽着口水。

但也只能看着，不能吃，文姑娘给殿下的零食，谁也别想享用。

中文一边咽口水，一边轻轻按了按自己腰间，他腰间有小包装的薯片，是文姑娘另外给他留的，用文姑娘的话来说，她知道殿下的脾性，便给他们几个护卫另外准备了，包装都不一样，让他们吃的时候躲起来。

燕绥吃了几片，大抵是个双数，然后停手，德语接过袋子，小心地将撕开的口子用专用的夹子夹好，中文递过雪白的帕子，燕绥一边擦手，一边道："日语，中文怎么还没回来，又去偷吃了？"

中文手一顿。

片刻后，燕绥手一顿，又看了中文一眼，就像方才没有说过那句话一样，道："中文，拿着帕子发呆干吗？扔了啊。"

中文道："殿下，你嘴角沾上薯片屑了，我给您擦了。"

不等燕绥回答，他伸手给燕绥擦嘴，帕子顺势在燕绥鼻下一抹，然后将那团帕子握在掌心。

燕绥回头看了他一眼。

中文低头，日语、德语、英文转头，片刻后，日语冒冒失失地道："殿下，要么咱们不回京了，直接去普甘吧。"

德语却道："殿下，上次那颗药是不是在文大人那里？"

"不，在我这里。"中文取出一个小盒子，"殿下，文姑娘悄悄给我了，您就把药吃了吧。"

燕绥用手把药推开："唐羡之碰过的东西，你们也敢让我吃？"

"您不是说应该没问题吗？"

"留着吧，还不到时候。"

看着燕绥走开去，中文怏怏地叹口气，知道殿下的决心谁也不能更改。

一行人走入山野小道，燕绥所经之处，不断有野兽尸首倒伏，鲜血流了一地。

中文在路过一个水塘时，将攥了一路的帕子扔进了水塘。

雪白丝帕上一缕血迹在水中悠悠散开。

燕绥走后，燕绝安分了一阵子。

因为给气病了。

定王殿下之前就被燕绥和文臻轮番恶整过，伤了体质，靠着皇室好药和年轻人的好体质，倒也扛住了，可入了湖州之后，连番折腾受气，终于又病了。

如此，文臻也算省心了许多。

虽然有燕绝生病这个好消息，但是挑春节上带回去的那个和绣球有关的凶手，最终还是没有审理出来，那人在牢中还是自尽了，说是自尽，但到底是否如此也难说。虽然文臻把潘航派去亲自看守，但依旧没能阻止这一情况发生，文臻也没多责怪潘航，毕竟湖州被渗透得太厉害，又不能一股脑儿把人都换掉，文臻倒是趁此机会将湖州大牢清理了一遍，把有嫌疑的人统统清退，让张钺根据近些日子的观察重新提拔了一批人，顺势把潘航带来的人安插进去，最起码要把湖州刺史衙门先牢牢掌握在自己手里。

这些日子除了照常事务，往日账簿清理之外，她又将张钺和潘航派去联络查漕帮的事，同时也在查治中黄青松，这位在她就任刺史时形迹可疑，不过这位很是谨慎，一口咬定当初一切都受王别驾指使，自己不知内情，平日行事也很小心，暂时还抓不着把柄。

湖州官员暂时还挺老实，文臻便把心思放在湖州军权上。调来湖州兵防图和名册看了，湖州在册兵员三千人，由兵曹龚鹏程主管。城外十里迎蓝山下大营驻扎州军三万，兵力不少，按说地方兵力无须这般强盛，可能还是为了防备相隔不算远的唐家三州。

这日休沐，她还在衙内和张钺两人加班，两人再次翻开历年湖州赋税中关于丝麻的定额，算了算数目。

上次在小叶村，寡妇和文臻说起交丝麻要靠买，引起了文臻的注意。在着手钱粮调查时，也查了查丝麻的事。

潘航报上近日调查关于百姓每年交丝麻时候的购买渠道。先是查到湖州几位富商身上，富商从云州等地运来丝麻赚取差价，看上去好像没有什么问题，但是再查富商的原籍，身边人的行踪，关系网，线索渐渐便汇拢到一个地方。

定阳。

看见这个地名的时候，文臻和张钺对视一眼，各自眼皮一跳。

文臻忽然问张钺："近日给你送礼的人还那么多吗？"

张钺坦然点头道："更多了，但现在张伯得了我的嘱咐，那些人连我的门都不让进了。"

文臻点点头，道："下次再有人送礼，你就收了。如果对方试图通过你来接近我，你就给他机会。"

张钺有点茫然，想了想，道："大人是要引蛇出洞吗？"

文臻一笑，心想张钺是个有悟性的人，这才在她身边几天，已经能触类旁通了。

“你发现没有，我自来到湖州，麻烦不断，但几乎没有性命之忧。你知道这说明什吗？”

“愿闻大人教诲。”

“不要这么客气……说明对方只是想给我教训，把我打服气了，等我惶惶不安了，下一步便是打完棒儿给甜枣儿了。这个甜枣儿你且接着，不接怎么能确定谁在背后打棒儿呢？”

张钺又开始闪烁星星眼了：“大人英明！”

文臻觉得实在接不住张大人热诚又直接的崇拜眼神。

不过还真是说到曹操曹操到，中午张钺回去了一趟，没多久就带来了非常丰厚的礼单，还有一封请柬，说是一个林姓富商请他代交的，诚意邀请刺史大人三日后至城内藏珠湖游船赏乐。

那个富商是潘航正在调查的进行丝麻买卖的富商之一。

文臻当即应了。忽然寒鸦来报说又有人上门送礼，并递上礼单。

文臻一看落款便笑了，把礼单递还给寒鸦道：“你且代我回复那位公子，既要感谢，当日说过愿请我一赏他家别院美景的，如何又送这些俗物来？”

不多时寒鸦引了一个少年上堂来，正是那日挑春节被人欺辱的少年毛之仪，见了她便露出欢喜之色，说是要感谢刺史大人那日洗脱冤情之恩，其父已备薄酒庶馐，特邀请刺史大人前往他家城外别庄一游。

第五十四章

雨横风狂

文臻也应了，还兴致勃勃拉了张钺苏训一起，一行人骑马去了郊外，远远看见一座庄院，坐落在迎蓝山下，位置和景致都相当不错，面积更是可观，文臻眯了眯眼，道："这庄院倒离州军大营不远。"

毛之仪微微一笑，怅然道："学生经常去军营玩，只可惜我先天体弱，不能习武，不然倒宁愿弃笔从戎。"

文臻看他一眼，道："你这可能是胎里弱，未必没有机会调养好。"

毛之仪显然不大相信她的话，只是礼貌地笑笑，他身边的小厮长喜倒悄悄多看了文臻一眼。

到了庄院前，几个男子站在门前迎接，当先一人五短身材，方脸重髯，一双细长的眼睛看似不起眼，偶一转侧间却令人有刀锋刮面之感，看见文臻到了，大步笑着迎上。文臻的目光落在他比常人更粗的小腿上，很明显是一个下盘功夫了得的高手，她目光一触即收，对方已经作揖，口称刺史大人。

文臻急忙下马虚扶，口称毛老爷。毛老爷自报姓名毛刚，亲自引路，带领文臻和张钺入内，那庄院内其实倒也并非文臻想象的那般亭台楼阁精致玲珑，相反，风格颇为粗犷，屋舍很大很多，园子花草却不多。毛老爷在园子里设了席请刺史大人和长史大人喝酒，也并无湖州富户的习惯，请来歌姬戏班助兴，反而弄来了一帮杂技班子，钻火圈耍得热闹。

一群粗豪汉子看得津津有味，不住喝彩叫好，其间那火圈火势很大，有几次都快燎到了客人们的袍角。

张钺吓了一跳，看一眼神色不动的文臻也便安静了，毛老爷和他的陪客们看文臻始终不动如山，对望一眼，也便渐渐收了大呼小叫，认真看起杂耍来。

其间文臻出去解手，她是女客，主家也没有女主人，自然不能陪着，她身边跟着寒鸦和庄院里一个丫鬟，那丫鬟引着道路，指了地方便在外头等，文臻解了手出来，却不见了那丫鬟，正要寻找，却看见那丫鬟从走廊尽头转过来，她身后一袭白色衣角一闪，依稀是一个身材高挑的男子。

待她走过来，不等文臻问，那丫鬟便主动解释道："方才那是我家老爷的客人，唤奴婢帮忙取件东西来着。"

文臻笑着点点头，转身回了席，她身边无人时，寒鸦忽然轻声道："那人肩内有针。"

文臻目光一闪。

文臻回到席间，看看天色，竟然阴沉欲雨，便笑着告辞，毛家父子也不敢挽留，齐齐送出老远，但刚分手告别，大雨倾盆，随即前头探路的护卫赶了回来，大声禀报说是前方山路塌方，暂时过不去了。

文臻叹了口气，回身道："看样子只能叨扰毛老爷了。"

毛家父子喜笑颜开，急忙又将人请回去，安排客房，备上晚宴。今日的雨可不像是挑春节那日的绵绵细雨，而是雷鸣闪电，大雨瓢泼，几人各自回房的时候，走在身侧几乎都听不见身边人说话的声音。

毛老爷连连向文臻致歉，道是丧妻多年，家中没有女主人，招待粗疏。因此男客们都宿在前院，后院挪出来单独给刺史大人居住，任何人不经允许不许入内，文臻谢过，和张钺在分隔前后院的长廊前分手时，忽然轻声道："切莫再入口任何人送给你的食水。"

恰在此时一道闪电，张钺："啊？"

文臻无奈，转头做了个噤声的手势。也不知道张钺看懂了没有。

毛老爷眼看着那盏灯笼在风雨中摇晃着进了后院，才转身亲自送张钺进他的院子。

进了院子之后难免还要寒暄两句，张钺挂心文臻独自居住在后院怕有什么不方便，未免多问了几句，毛老爷都答了，忽然笑道："张大人对刺史大人如此挂心，可是心中有意？恕老夫冒昧，这男未婚，女未嫁，大人若不嫌弃，老夫或者也可做个冰人？"

张钺吃了一惊，好半晌才反应过来，道："这话从何说起！"

毛老爷笑道："今日老夫瞧着大人对刺史大人可谓一腔赤诚。刺史大人对大人也是呵护有加，十分爱重，正是郎才女貌，天作之合。”

“毛老爷慎言！”张钺打断了他的话，眉头已经皱了起来，“钺对大人确实爱戴倾慕，但绝不涉于私！大人冰清玉洁，在钺心中也是天人一般人物，断然不敢亵渎，也请毛老爷勿要亵渎！”

他这番话说得疾言厉色，语速极快，眉间涌起愤怒的潮红，毛老爷愣了一下，随即笑道：“张大人果然正人君子，令人感佩，是老夫妄言了！”

张钺冷下脸不说话，毛老爷也觉得无趣，悻悻告辞离开，他走后没多久，又有敲门声响起，张钺打开门，不禁愣了一下。

门外站着一个妖娆妇人，手中端着一瓷盏，正眉眼含春地看着他，娇声道：“雨夜寒气重，奴家来给大人送热汤。”说着便要进门来。

张钺关上门，险些没撞扁她的鼻子。

那女子却是先前玩杂耍的江湖艺人，身手灵活，张钺关门的时候她已经迈进半条腿，张钺关门她急忙后退，身子一晃，瓷盏倾倒，热汤泼了张钺一身。

那妇人娇呼一声，急忙伸袖要替张钺擦拭，张钺横肘一推，门一关，背一抵，那妇人竟还轻轻撞了几下门，又在门外低呼几声，眼看张钺不听不答油盐不进，只得悻悻走了。

张钺这才舒口气，靠着门板缓缓坐下来，擦了擦湿透的衣领，刚想换衣服，忽然顿住手，望向外头雨幕，脸色大变。

这个毛老爷不是好人，弄个女人来蛊惑自己，会不会也会对刺史大人使什么手段？刺史大人就带了几个人，单独住在后院！

这么想的时候，他忽然觉得下腹一痛，宛如刀绞，张钺脑中轰然一声——不是美人计，是毒计，方才那汤有毒！

刺史大人危险！

得立即通知她赶紧离开。

他踉跄起身，一头栽入茫茫雨幕中。

他的身影刚刚穿门而出，长廊尽头，毛老爷缓缓转出，看着那雨地里挣扎而出的背影露出笑意。

忽然身后有脚步声，毛老爷回身看去，见爱子带人匆匆而来，眼底立时漾出关切之色：“之仪，这风大雨大的，怎么跑出来的，小心又着了风寒！”

“爹，我想起难得遇上张大人在这里，有几个学业上的问题，正好来请教一下他。另外，今晚瞧着刺史大人没吃什么东西，正好叫厨房再送些夜宵过去。”毛之仪这种天气还裹着大氅，绒毛里露出一张微微苍白却喜气洋洋的脸，看向父亲的眼神闪耀着孺慕和敬仰的光。

“张大人已经睡了，你瞧灯已经熄了。至于文大人那里爹会安排人送夜宵。刺史大人是女子，你要学会避嫌。”毛老爷替儿子拢紧大氅的系带，“赶紧回去，着凉了看我不揍长喜。”

“和长喜有什么关系呀，爹你就是会欺负人。”毛之仪悻悻地转身走了，走了几步又回身道，“爹你也早点安歇，不要忙军务太晚了。”

毛老爷笑着点点头，少年才安心地离开。毛老爷看了一眼他的背影，又看了一眼身边属下，道：“看好少爷那边，今晚不要让他再跑出来了。”

“是。”

张钺浑身很快透湿，在雨幕中几乎不辨方向，好在这个院子本就格局简单，从前院到后院就一个月洞门，也无人看守，门一推就开，他已经被腹中疼痛和头顶狂雨浇得脑子有些迷糊，也无暇去思考如何一路过来一个人都没看见，在雨水和泥泞中跌跌撞撞前行，天地间不辨人与物，只余了暴雨狂音，却每隔不远的廊下都有淡黄的灯光飘摇着，透过密密的雨幕，不断地给他指引着方向。

张钺迈步上了后院的长廊，光洁的红木地板上顿时湿了一大片。

他往那一处亮着灯光的屋子而去，浑身冰凉而腹内燥热，自己也没有察觉，那一股绞痛不知何时变成了一股奇异的热流，在四肢百骸间狂肆乱蹿，激得他喉间干渴，双目赤红，而脑海里不知何时不停窜动着扭曲的人体，曼妙的、妖艳的……

不知何时，他胸口的衣裳已经被自己烦躁地抓烂，露出半个胸膛。

他撞开了亮灯的房门冲了进去。

毛之仪被小厮长喜送回了自己的院子，连打了几个喷嚏，长喜急忙絮叨着少爷半夜还要出门小心受凉，然后出门去端参汤。

毛之仪正要解下大氅，身后有人缓缓道：“先别脱，等会儿还要出去。”

毛之仪大惊回身，“刺史大人，您怎么在这里！”

文臻正在端详着毛之仪日常喝水用的一套茶具，闻言含笑放下那紫砂茶杯，竖指“嘘”了一声。她穿了一身样式有点怪异的衣服，看起来是劲装，外头是水靠一样的材质，里头却是薄薄的裘皮，既轻便又防水又保暖，是燕绥给她的。

“我如果还在后院那里，可能多少会有事儿。”她含笑道，“毛公子，机会难得，我想带你出去逛逛。”

毛之仪愕然看着外头的天气：“现在？”

“不是现在这样的天气，也没这样的机会，毕竟你父亲那么珍爱你。”

毛之仪警惕地看着文臻，文臻弯起眼睛：“放心吧，我不是要绑架你，在湖州都尉的别院里绑架他的唯一爱子，我这是想要激起湖州兵变吗？”

毛之仪瞪大眼睛：“您知道了？”

文臻有趣地瞧着他，这孩子真可爱。

如果不是看出了他的身份，如果不是知道他是掌管湖州三万州军的湖州都尉毛万仞的独子，她会那么轻易接受一个不熟之人的邀请去人家家里玩吗？

她好歹也是湖州第一人呢。

可笑毛万仞还躲躲藏藏，和她自我介绍称毛刚，以为她不知道毛刚是他没发达时候的名字呢？

“之仪，你想必很爱戴你父亲，必不愿意见他镣铐加身，官途尽毁吧？”

“刺史大人什么意思？就因为我父亲隐瞒身份，您就要弹劾构陷我父亲吗？我父爱兵如子，解衣推食，向来得州军上下敬重，您又想弹劾他什么！”

“哦，得州军敬重就想把州军据为己有吗？你父对着我这个刺史，绝口不提军权移交，又是什么意思呢？是因为心虚，知道移交之后，自己没有好下场吗？”

“刺史大人，您想多了！州军的事我也不大懂，但是想来不会有不肯移交的事！之前前任吴刺史在的时候也说过文武分家，军务一事他不插手，我父亲不过代管而已。文大人来了之后我也问过父亲，父亲说过您是女子，如今又刚刚到任，千头万绪，尚未安定，等到您这边腾出手来，自会和您商量一个章程，您还是莫要误会了。”

文臻注视着少年因为激动而微微涨红的脸颊，眯眼一笑：“既然你对你父亲如此信任，那么我们今晚打一个赌如何？”

“什么？”

“你今晚随我去一个地方看一样东西。看完后，我们再说这个赌约。”

“如果我不去呢？”

“那我就真要准备弹劾你父了。至于弹劾理由不需要你操心，总会有的。”

毛之仪瞪大眼睛看着笑眯眯拢着袖子的文臻，不知道是因为冷还是惊，不住地打寒战。

但之前他在州学广场上待过，在挑春节的草地上站过，他知道这位总甜蜜笑着的女刺史大人是怎样的一个人。

半晌，他将大氅的系带系紧，并打发走了来送姜汤的长喜，说自己要睡了，吹熄了灯火。

又过了一会儿，他院子里严密看守的护卫东倒西歪了一院子，几道黑影无声无息出了庄院。

门被撞开。

外头的风和雨立时狂扑而入，将烛火扑熄。

与此同时，外头那些灯火也齐齐熄灭，顿时伸手不见五指。

桌旁的女子惊惶地转过身来，还没来得及惊呼，就被冲进来的人扑倒，一声沉闷的肉体撞击声响，随即又有裂帛之声，在这狂雨鞭打天地之声中却并不清晰。

毛万仞又如幽灵一般浮现在长廊尾端的黑暗中，听着那一点暧昧又凶猛的动静，眼底浮现一丝嘲讽的笑意。

张大人果然很忠诚。

试探他的心意，对文大人忠心耿耿而又光明磊落，无处着手。

派女人去也没成功。

但这都是早有预料的事，本就没指望成功，所以那热汤里下了药，那药一开始让人有肠穿肚烂之痛，像是毒药。

刺史大人精通毒药，张大人自然要去求她解毒。

然而这药其实是虎狼之药。

等到张大人一番狂奔，药力发散，肠穿肚烂就会变成烈火焚身，那时候张大人闯入刺史大人房中……听说刺史大人武功也不错，出手也狠毒。

刺史大人那种性子住在不熟悉的人家中，内心防备定然很重，那么当她遇见半夜闯门的色中饿鬼，就算不会一掌毙之，下手也绝不会轻。

如果刺史大人中了招……那自然更妙。

张钺那个人醒过来以后一定会以死谢罪的。

无论怎样，那都是一场好戏啊。

总之，只要她焦头烂额，没心思来理会州军的事便行。

身后忽然无声无息浮现一道影子，毛万仞转身，微微躬身。

身后那人轻轻道：“你给张钺下了什么药？”

“一点助兴药而已。”

“对她？”

“公子不赞同？”

身后那人皱眉，叹息：“你太小瞧她了。”

毛万仞不以为然地道：“我提前三天在她的房中用了从大荒寻来的沉眠香，熏透了所有的被褥衣物，只要迈入房中，待上一时半刻，那一定会中招，那不是迷药，也不是毒药，刺史大人真能避过？”

他指了指屋中：“他们一直盯着，刺史大人进去很久了，一直没有出来过。”

他身后那道白影在风中轻飚，目光落在廊角，那里是一颗琉璃珠子，正有些仓皇地滚来滚去。

他目光一凝。

第五十五章

一晌贪欢

几匹马在风雨中狂驰而去。

毛之仪和寒鸦共乘一骑，披着厚厚的斗笠蓑衣，暴雨天气，无论是对于毛万仞还是文臻来说，都乐见其成，毕竟都能遮掩太多的声音和痕迹。

毛之仪的院子看守毕竟不会太严密，潜出他的院子，翻出后墙，外头有文臻早已准备好的马匹接应。

文臻、苏训、毛之仪、寒鸦一路狂奔，毛之仪在风雨中大喊："你们是要去大营吗？"

他认出这是去大营的方向，迎蓝山庄本就离大营很近。

文臻不答，眼前地势渐高，上了一座小山坡。

几人驻马在山坡上，下方便是州军军营，从上方看下去，黑压压一大片营地，隐约可见巡逻兵丁手中摇晃的灯火。

此时雨势略小，文臻对毛之仪道："你会数数吗？数数底下的营帐有多少。"

毛之仪诧异地道："这怎么数得清……三万人呢。按说还有辎重、斥候、方士、炊家、养马等等……"他一边咕哝着一边还是老老实实数了起来，好在军队营帐都有规矩，向来横平竖直，方正严整，"横列十三，纵列十五……"他的声音渐渐慢了下来。

"怎么，数不清吗？"文臻的声音在哗哗的雨声里听来既甜又清。

毛之仪有点茫然地看着她。他先天体弱，因此很少来军营，偶尔来一次，见到队列森严，兵强马壮，人来人往，第一感觉就是人多，但是很少见到全军操练，因此对于三万军马到底该有多少人，完全没有概念。

然而此刻从山坡向下望，直观地数军营才数出来，营房数目不对。

“东堂为了奉行刻苦锤炼之意，无论是行军还是驻军，都实行营帐驻扎，一帐十人，这是定例。数数有多少营帐就知道有多少士兵，就你刚才数出来的营帐数，营地顶多只有近两万士兵，而且每个营帐里到底有没有住满十个人都很难说。”

“这不可能！照这么说，只要刺史您一来视察就会立即露馅不是吗！我父亲会做这么蠢的事吗！”

“看见那边那个高高的塔楼没有，那是存放辎重的库房，如果我没猜错的话，那里应该也存放着很多顶备用帐篷，但是这些帐篷不是拿来给士兵替换用的，而是备着如我这等官员来视察的时候用的，到时候把帐篷支起来，把人员打散，不就凑满三万人数的帐篷了？至于人数，一万多的人数拉出来也是黑压压的一大片，谁又能细数？真要细数，也有很多借口可以说，训练去了，执行任务去了，等等……冷莺。”

隐身少女无声无息在文臻身后出现，吓了毛之仪一大跳。

“不见黄河心不死，带毛少爷去逛逛那些帐篷。”

冷莺一把拽住毛之仪，身影一闪，便带他下了山。

她的瞬移能够短时间带人来去，就是比较耗精力，片刻之后她回来，脸色发白，毛之仪脸色却比她更白，两眼放空，一副世界观崩塌的模样。

他怎么也没想到，那些帐篷里几乎没有几个是睡满的！

他不死心，求着那位姐姐带他多看了几个帐篷，险些惊醒了一个小兵，但是那一脚都踩在了那小兵的胳膊上，那人居然翻个身继续睡。

定额不满是板上钉钉了，士兵的警备应变更让人心中发冷，这还是他之前看到的那些精神饱满令人钦佩的军人吗？

“不不不……”他嘴里现在只余了这一句。

文臻把他拎上了马：“跟我来。”

几匹马驰下了山，越过大营，往前驰了几里，毛之仪认出是大营附近的一个小镇，原本很是破落，因为依托着大营而渐渐繁荣起来，俨然有了小城的模样，营中很多军官也住在这里。

他心中燃起希望：“说不定很多人住在这里……”

虽然住在这里也是违反律令的，但总比人员不足要好。

文臻笑一下，带他走进小镇中。这个时辰了，镇中竟然还灯火通明，夜市开着，客栈灯笼亮着，青楼红灯光芒滟滟，在被雨水打湿的青石板上流淌出胭脂色的光影。

看着一行像是外地客的人们走进小镇，几乎所有店家都打起精神来。

“公子好久没来了，春云想您想得睡不着觉呢——”青楼门口老鸨甩着小手绢笑得亲切，她身边走过一个绸袍男子，老鸨急忙躬身低声喊东家，那男子手里盘着一对油光铮亮的核桃，瞟她一眼，昂然进去了。

毛之仪怔怔地瞪着那男子的背影，掩在蓑衣和大氅下的小脸只剩下一点苍白的下颌："夏叔叔……"

文臻拉开老鸨痴缠的手："什么春云，端着个才女架子，硬得跟木头一样，哪有前头花娇儿身娇体软！"

跟在她身后的苏训一个踉跄。

老鸨立即松手大骂："花娇儿那个下作胚子，净抢我家春云的恩客！"

文臻早已迈入前头客栈："住店，最好的上房，天字号！"

白面无须的掌柜"啪"的一声将毛巾甩上肩，亲自迎上来："客官您请！"

毛之仪在后头已经走不动路了。

"季叔叔……"

文臻办好了住店手续，说一声出去吃饭，又有人给她指路镇上最好的酒楼临江仙，一行人临江仙临窗的桌边坐下，正靠着这条小镇的夜市一条街。底下人流如织，酒楼上人声鼎沸，简直比湖州城还要热闹几分。

菜很快上齐，文臻大赞："菜上得好快，跑堂的也极爽利，菜分量也足，就是这手艺，粗了点，食堂伙夫水准。"

毛之仪一直看着那些跑堂，看着底下的夜市，此刻忽然将脑袋深深埋在掌心，双手紧紧地抓住了头发。

文臻凝视着他，慢慢放下了筷子。

他们在最里面的一个雅间，旁边雅间也无人，但其余几人还是立即站起来，警惕地四面守卫。

毛之仪的哭声响在雅间里，文臻没有动，也没有安慰，一直等到他缓缓抬起头来，胡乱用袖子擦干净了眼泪。

少年心中的偶像形象瞬间崩塌，三观摧毁于顷刻，那种近乎心碎的感受文臻理解，因此虽然时间紧迫，但也依旧愿意等待他自己平复。

也不必用宽泛的语言来虚伪地安慰。

事实就是事实。

"认出了多少人？"

毛之仪抽噎了一声，目光散漫："几乎爹爹身边所有的将官都是老板，还有很多士兵，他们是跑堂的，或者夜市的摊主……刺史大人，为什么会这样？本朝律令，士兵不可执百业，为什么他们会……"

“不是他们做了士兵去执百业，而是他们本就是执百业然后去充当士兵。”文臻淡淡道，“你父亲的军营里其实可能连一万人都没有。所以招纳了一批百姓，平时各执其业，需要的时候就去军营里当几天兵。至于那些将官就真的是在做生意，不过是想发财罢了，而你父亲吃空饷。”

毛之仪的大脑一片空白，太多的震撼如惊雷不断劈下，临到头来反而没了感觉，他只麻木地问：“为什么？”

“为什么？人的贪欲本就是无解的问题。为了金钱，为了欲望，或者也是为了把柄，甚至有可能是……为了你。”

毛之仪轻轻一颤，抬起困惑的眸子。

文臻却没有说下去。

“之前我和你说要和你定一个赌约，现在这个赌约来了。”文臻手指轻敲着桌面，“我赌你会带我去你父亲书房，拿到你父亲手里真正的士兵名册。”

毛之仪惊得心头一跳。

“这个约不是和你赌，是和我自己赌。我赌你不知内情，心存良善；我赌你外表虚弱内心刚强，敬慕英雄不齿虚伪；我赌你想要挽救父亲悬崖勒马，愿意为此付出一切；我赌你会帮我拿到你父亲吃空饷的证据，以此和你父亲谈判，交出军权，而我承诺保他不死，保他安度晚年。”文臻轻轻道，“毛之仪，你会让我失望吗？”

她深深盯着毛之仪的眼睛。

苏训抬起头，黑暗中一双眸子微微闪光。

寒鸦冷漠的面容也似乎闪烁着异样的神采。

张钺冲进了室内。

黑暗的室内有人惊惶地转过身，雪白的小脸一闪，她似乎捂着鼻子，还说了句什么，但张钺已经听不见了。

他扑了过去，屋内响起一阵沉闷的震动之声，夹杂着“唔唔”之声，像是有人被捂住了口鼻，然后肉体撞击闷声挣扎。

长廊上两个人微微绷紧了身子。

但是并没有如两人猜测那般，发出张钺的惨叫呼喊，也没有女子的惊叫求救，夹杂在雨声中的，是沉重而令人心跳的不断碰撞之声，一声声撞在人心上。

毛万仞有些不安了。

出乎意料的后续总是令人心神不定。

毛万仞不禁微微动了动身子。

毛万仞这一手想要害到文臻是不可能的，倒是能令张钺倒霉，只是如今这事态发展，倒有些出乎意料。

男子动了一下，毛万仞便揪住了他衣袖："公子，你要做什么？你不会想现在进去吧？你此刻进去，我就前功尽弃！再说刺史大人是什么人物？你真以为她会被张钺伤及一分？莫要不小心，反中了她的算计！"

男子顿住。

毛万仞没有说错。

文臻那人便是用尽全部智慧去提防都不为过。

只是，她毕竟怀孕了……

他忽然闭上眼睛。

时间在令人难熬的等待里显得分外漫长。

张钺的身子撞破门扇，穿过长廊，飞到了庭院中，落在雨水横流的地上，他在地上弹了弹，便不动了。

毛万仞眼底露出喜色，他身后那人影却霍然抬头看向那打开的门扇。

门依旧开着，没有人去关，风雨狂涌而入，瞬间将长廊打湿。

隐约有女子一声长长的呜咽。

毛万仞身后的人忽然动了，白影一闪，已经越过长廊。

毛万仞大惊，他看出这位贵客心神所系，便一直故意拦在他面前，封住了他的去路，没想到这位真的要出手的时候，谁也拦不住。

白衣人一脚迈进屋内，眼前一片混沌的黑暗，只隐约一点雪白的光芒闪耀，随即他心底一惊——那是女子裸露的肌肤反射的光。

女子弯着身子，紧紧抱着腹部，那一处显出些不同于寻常的饱满轮廓，像揣了一个球。

他只掠过那一眼，心便狠狠一颤，像被细细的牙齿啃啮，疼痛细密而连绵不绝，他一抬手，身上披风已经解下，覆上了那女子的躯体，下一瞬间他将她抱起，轻声道："没事，我在呢……"

他抱着她的手臂，臂上肌肉不知是因为紧张还是情绪激越，有些微微颤抖，女子软软将头颅搁在他臂弯，似乎已经不省人事。

他忽然一顿，嗅见淡淡薄荷香气，眼角看见那肚子的形状，然后猛地将女子抛了出去！

女子落在榻上，一个翻滚爬起来，肚子里居然掉下个枕头。

她也不管，掀开后窗，灵活地爬出去了，落地时"哎哟"一声。

他却无暇理会，鼻端冲进了一股浓郁的甜香，眼角一掠，已经看见屋内桌子，床榻，那些木质器具都已经被砍出斑斑痕迹，以至于那股原本渗透在木质中的安眠香气，在空气中挥发得更加剧烈。

剧烈到他明明闭住了气，进来这一瞬间因为那一闪神，脑中还是一昏，困倦之意袭来。

不知何时，身后的门已经无声无息地关上了。

后窗还半掩着，门也只是关着而已，头顶天窗也半开着，到处都是可以离开的出口。

屋内还有分分钟令人昏睡的安眠香。

他却没有动。

立在屋中，名动天下的唐家五公子垂头看了看自己方才因为心急冲进来时被风雨卷湿的袍角，无声地笑了一下。

其实早就该知道的。

她岂会那般容易堕入陷阱？岂会那般容易落入他的怀抱？

午后在长廊无意中相遇时，以她的眼力早就看见了。

不动声色，等人撒网的同时自己也在撒网是她一贯的招数。

可为什么还是会担忧？

哪怕下一瞬你死我活，哪怕明知可能有诈，在她低落委屈时，还是想要伸手揽她入怀。

便知天晓衿将寒，依旧一晌贪欢。

他垂着眉眼，四周无数器具依旧散发着浓烈的安眠香气。

像她一样，看似甜蜜温柔无害，实则杀人无形。

哪怕怀孕也能作为骗人的武器。

门窗敞开，实则一定都有她的埋伏在等着他。

屋外，毛万仞正在急促地吩咐人将张钺抬起，请大夫前来治疗，故意闹了个轰轰烈烈。

他微微一笑，想要通知毛万仞，张钺一定没事，这书呆子一定不知道今晚他家刺史大人的计划，但他运气很好，也一定在他家刺史大人的保护下，总之一切都是戏，无论有意无意，他们都是棋子。

张钺是运气好的棋子，好歹文臻还会保护他，不会让他受到什么实质性伤害。

而他运气也不错，文臻十分在意他，想要杀他呢。

屋外接连几声雷鸣，响声剧烈，耳畔听得脚步杂沓，毛万仞吩咐人将张钺抬走，唐羡之叹了口气，心想，天意。

毛万仞的脚步上阶来，按照事态发展，既然张钺被发现“轻薄刺史，被刺史打伤”这样的剧情，毛万仞救走张钺之后，下一步就应该问候刺史了。

但是唐羡之不能让他上这台阶，他怕毛万仞靠近这屋子，也会踏进文臻的陷阱。

他手指一弹，一点小小的烟花穿过门缝，在院中被雨浇灭。

毛万仞一怔，虽然不明白唐羡之的意思，心却跳了起来，已经踏上台阶的脚慢慢缩了回去，片刻后，他抹一把脸上的雨水，默不作声转身走了。

伏在屋顶上的潘航心中暗叫可惜。

今晚刺史大人有两个计划，虽然没有详细和他说明，却曾经说过，如果在她屋内堵住了唐羡之，然后毛万仞又独身接近她屋子的话，那么就不动声色拿下毛万仞。

但前提一定要是毛万仞独身到来，因为毛万仞这个庄院里埋伏了很多人，一旦在没有拿下人质的前提下被惊动，靠自己这一批人未必能全身而退，更不要说拿到刺史大人想拿的东西。

毛万仞任何时候身后都跟着一大群人，只有试图接近唐羡之的时候他才会独自前来。因为唐羡之身份隐秘，他担心唐羡之。

刚才是一个好机会，他的人抬走了张钺，却最终在离进入包围圈还有一步的时候，被唐羡之惊走。

潘航握紧了手中的剑，虽然可惜，却不敢大意。

他的真正任务还是底下的唐羡之。

刺史大人说了，不指望能杀了他或者伤了他，但要想尽一切办法留住他，将他留越久越好。

所以屋子里原本是采桑，一直捂着大人给她的薄荷巾清醒头脑。在张钺一进屋之后便和他说明了情况，本来她要按照大人吩咐给张钺解药，但张钺明白情况后，为了表现真实，干脆忍着难受，真的即兴来了一段欲火焚身的实景展示，采桑从头至尾头闷在被子里表演口技就行，两人拖着时间，拖到张钺实在受不了了，才由采桑给他用了药，然后潘航帮忙，一掌将他送到了雨地里。

之后采桑在打开的门里扮成受伤的孕妇，竟然真将唐羡之引了进来，进来之后瞬间就被识破，采桑也不逞强，小姐说过她不可能瞒过唐羡之，一旦被发现就赶紧走，所以她也不试图牵制唐羡之。至于当着唐羡之的面甩掉枕头是她给自己加的戏，她觉得效果很好，因为那一瞬间就着窗外微光，她仿佛看见唐羡之苍白的脸。

采桑姑娘一向致力于打击殿下所有的情敌。

留在屋内的唐羡之好像也不急，开了门窗却不出去，屋内的沉眠香气立即散了许多。

他只开门窗却不出门，潘航等人就不敢贸然出手，只得眼睁睁看着他在文臻床上坐了下来。

文臻床上有个案几，案几上放着一个小巧的心形公输锁，公输锁下面还压着一张纸条，上面写着："唐公子，内有秘密，可愿一解？"

第五十六章

你对燕绥有意思

唐羡之凝视着那熟悉的字迹，心想当了刺史，字还是不怎么样。

他微微一笑，从怀中取出一双手套，慢条斯理戴上，拿起了公输锁。

文臻这人阴谋阳谋都玩得熟练，拿着公输锁诱惑他，拖住他，想要做什么？

那大家就慢慢玩吧。

……

一声轻响，一点烛火摇曳，映亮毛之仪忽然惨白的脸。

他惊道："刺史大人，你点灯做什么？"

文臻罩上灯罩，平静地道："不点灯，我怕你在黑暗中因为过于紧张，反而跌倒碰到机关或者弄出动静。"

毛之仪微微红了脸，垂下眼，这种天气他额头也有汗，嗫嚅道："我只知道父亲所有重要文书都在这书房，也只无意中看见过一次他开启机关，但是我记不清了……"

几人已经回到庄院，潜入了毛万仞另一间秘密书房，这间书房很是宽敞，俨然像个小小宫殿，屋子中间竟然还有很粗的柱子。

书架更是上接屋顶下承地面，书籍无数。

但是翻找了半天也没有找到名册，然后万事不管的毛之仪才依稀想起来父亲这书房是有机关的。

他对着桌案苦思冥想，喃喃道："我记得就在这书桌前，父亲开了门，但是当时他在做什么，我怎么就想不起来了呢……"

文臻道："寒鸦。"

寒鸦：“博古架后面有空间。”

“倒推源头。”

寒鸦看了一会儿，蹲下身拔刀，劈开博古架后的墙壁，伸手便抓。

一根钢条被抓了出来，文臻忽然眉头一挑，将毛之仪一推，自己一闪，同时大喝：“苏训！”

与此同时，那博古架一震，无数薄刃如雪片飞射而出！

蹲在面前的寒鸦首当其冲。

好在苏训已经冲了过来，一指点在寒鸦背后，喝道：“收！”

刀光倒流，雪片翻转，敛入墙壁之中。

苏训退后，寒鸦站起身，道：“我知道了。”

文臻点头，看寒鸦这回神色不惊地找到了开关并躲过了开门必定会有的第一轮攻击。

毛之仪从未想过世上还有这样开启机关的方式，惊讶得瞪大了眼睛。

博古架一分为二，露出其后黑洞洞的门户，苏训看向文臻。

文臻微笑着没动，寒鸦有点诧异地看向苏训，苏训脸一红，随即明白这个时候是不应该让大人先进去的，护卫需要先探路。

寒鸦要上前，苏训大概是有点羞愧，竟然将她拨开，当先进入。

文臻一皱眉，要阻止已经来不及，她和毛之仪还站在书桌这里，桌上堆满了东西，要绕过去很麻烦。

寒鸦跟着进去，文臻眼底有种很奇怪的情绪，并没有动，反而示意毛之仪靠近一点。

片刻后，密道里头响起掌声，毛之仪探头道：“那是没问题了吧？咱们可以进去了吗？”

文臻却还是没有动，拉住他，道：“苏训？寒鸦？”

没有人回答，密道里一片安静，连掌声都听不见了。

文臻的屋子里，唐羡之慢条斯理地玩着那个公输锁，像是根本不急。

埋伏在上头的潘航正在奇怪，忽听唐羡之一边拨弄公输锁，一边笑道：“知道我为什么不急吗？”

潘航哪里敢答话。

唐羡之自顾自道：“因为我知道你马上就要走，因为你家刺史绊住我没用。”

“咔嚓”一声，他解开了那无比复杂的公输锁，开锁的过程居然并无任何机关陷阱，看看里面，不出所料，里头并没有放东西。

外头风雨声里，有一道哨声，屋顶上的潘航色变，稍一犹豫之后，带人匆匆而去。

唐羡之毫不意外地笑了笑，将那公输锁顺手要揣进怀里，却发现身下锦褥下露出一截纸面。

他抽出来，看见上面写着：“公输锁是燕绥送给我的，你确定你要拿燕绥亲手做的东西？你对他有意思？”

唐羡之：“……”

他看着那公输锁，手指微微用力。

忽然看见那纸张下面好像还有一张纸，抽出来再看：“想毁了公输锁？我既然敢把燕绥送我的东西留给你玩，自然做了预防损毁的措施。你猜猜我的预防措施是什么？要不要拆开公输锁瞧瞧？”

唐羡之瞟一眼公输锁，将公输锁放下，手指拈了拈那张纸的厚度，揭开，果然还有一张纸，纸上还有一行蚂蚁般的小字，凑上去才能看见。

唐羡之犹豫了一下，还是把眼睛凑了上去，上面写着：“这张内容和公输锁无关，纯粹测试你有没有微视功能。果然你是没有的。另，你没有武装到眼睛吧？”

唐羡之立即放下了纸，指尖弹出一些粉末，粉末落到纸上，片刻之后，整张纸都呈现淡淡的青灰色，而字却是粉红色的。

唐羡之拿出一把精致的小银剪，剪掉了自己的眼睫毛。

毛之仪缓缓回头看文臻，脸色惨白。

文臻这时候依旧笑了笑，弯起的眼眸被密密的睫毛遮住：“别拍了，我不会进去的，出来吧。”

又是片刻安静，随即脚步声缓缓响起，寒鸦和苏训的身子倒退着，一步步走出了地道，两人脖子上都多了一把雪亮的刀，刀握在两个黑衣蒙面男子手中。

文臻挑了挑眉。

失算了，少算了方老鼠。

以为只有唐羡之在，绊住他就行，却原来还有一拨人在这庄院里等着她。

想必唐羡之此刻在玩公输锁，根本不用费心想法子出她的房间。

毛之仪的腿在轻微发抖——他明白了密道里原本就有埋伏，刺史大人的人进去就被俘虏了。之后那些人还想把刺史大人也诱进去，但刺史大人没有上当。

可就算这样，现在情势依旧对刺史大人不利。

因为后窗忽然被打开，那个会隐身瞬移的少女也被一个黑衣人用刀架着，站在了窗外。

刺史大人身边的人都被制住了。

那是不是也说明……

他忽然转身看向院子，果然看见自己的父亲正沉着脸，带着人大跨步走进来。

他转身时，毛万仞正好抬头看过来，父子俩目光一接触，毛万仞大喊："之仪，快逃！"

毛之仪心中百感交集，瞬间明白了自己此刻的处境：刺史大人是他带来的，刺史大人的人都被控制了，现在他离刺史大人最近，他会被迁怒，会成为人质……但这一瞬间，他自己也不知道自己是怎么想的——他拔脚看似往前冲，却脚下忽然一趔趄，倒在了文臻的身上，低声道："大人，抓住我！"

文臻一怔——她正有此意，却没想到人质竟然会主动配合。

她当然不会客气，一只手勒住毛之仪咽喉，手中已经多了一柄匕首。另一只手按在书桌上，喝道："毛万仞，站住。"

毛万仞爱子如命，当真站在院子里，不敢再前进一步，铁青着脸色，道："刺史大人，好心计。"又喝，"之仪，不要挣扎，小心伤了自己！"

毛之仪垂下眼，不去接触父亲的目光，袖底手指微微攥紧。

文臻看毛万仞一眼，道："凭你还不配猜到我在这里，谁告诉你的？"

毛万仞冷笑一声不答。

"唐羡之是吗？你和他早有勾结，所以你不肯交出军权。也是，湖州地方军都在唐家手里了，如何肯将这块肥肉让出来？只是我却有些想不明白，你好端端一个州军都尉为什么要趟这浑水，和唐家搅和在一起？"

毛万仞垂下眼，淡淡道："刺史大人，你便是觉得我不配与你争斗，但也不能把我当成随便套话便能成的蠢物。"

文臻哈哈一笑："好说好说。"

她笑得似乎有些尴尬，毛之仪却睁大了眼睛。

因为他看见文臻按在书桌上的另一只手，在和毛万仞对话时，始终在慢慢摸索，她又去摸笔筒，在笔筒里摸来摸去，摸到了一支细细的狼毫，抽出来，拿在手中，按着那笔慢慢地顺着桌边一路压过去——

然后"咔嚓"一声，那笔忽然陷在了桌边一道看来完全就是雕刻纹路的凹槽里。

与此同时，文臻忽然又大声道："让我猜一下，毛都尉想必是既有把柄在唐家手里，又对唐家有所求——"

外头毛万仞怒道："文大人，我说过不要把我当蠢物！"

毛之仪皱紧眉头一闭眼——这话太讽刺，不忍听。

看着这位女刺史现在做的事，谁在她面前不是蠢物？

他都没心思看自己父亲被耍，全神贯注看见文臻一边拖延时间引开毛万仞注意力一边开了桌面机关，桌面缓缓下沉，露出一个方格，里头几卷文册。

文臻拿了，毛之仪正想她要怎么不动声色塞进怀中或者袖中，手一抬看着女刺史微微动了动腰，腰上一个看似装饰的扣子忽然弹开，露出一个挺宽大的袋子，她手指一扫，那几本册子就落入袋子里，她腰往书桌上一顶，那扣子又扣上了。她腰间那一片看起来，还是一片有点异族风格的皱褶刺绣。

毛之仪目瞪口呆。

院子里毛万仞已经有点烦躁，厉声道："刺史大人，休要罗唣，将我儿放回，我也将你的人还给你，退出我的书房，咱们就当今夜的事都没发生过。"

文臻看也没看苏训寒鸦几人一眼，笑道："不过几个护卫想要随时有，怎值得换都尉大人的爱子？"

毛之仪有点诧异地看着文臻，苏训微微抿了抿唇，垂下眼。寒鸦依旧面无表情。

文臻手上还在动作。

随手拿几本书册放回那个暗格，关上机关，指甲轻轻在细狼毫的笔身划过，毛之仪清晰地看见笔身上多了几道不明显的凹痕。文臻将笔扔回笔筒，看似随意，但连放回笔的位置都和原先一模一样。

毛之仪再次目瞪口呆。

刺史大人在这种无比紧张的谈判时刻，还有心思分心害人。

她将机关复位，将开启机关的毛笔做了手脚，这种嵌入式机关，差之毫厘就无法开启，甚至可能引起暗藏的杀手机关。

书案上堆着很多东西，只要不是太大的动作都很难被发现。

毛之仪在这瞬间十分庆幸自己选择了做文大人的人质，并决定倒戈到底。

父亲和刺史大人的敌对已经无可挽回，他现在只能自己想办法，从不可能中为父亲挣扎出一分希望来。

院子里，毛万仞听了文臻的回答，冷笑一声，对寒鸦几人道："听听，这就是你们为之卖命的刺史大人。"随即他冷然道，"既然不配交换，那就都杀了吧。"

话音未落，窗外挟持住冷莺的人忽然发现自己怀中的人消失了，他一怔间，腰间一紧，随即又发现自己已经到另一处陌生的地方，冷莺又出现在自己的怀中，这回没等他反应过来，冷莺趁着这一隐身一瞬移引起了他的怔忪，已经一拳捣在他肚子上，夺了他的刀，脱了身。

而此时挟持住寒鸦和苏训的两人正要手起刀落。

文臻忽然弹指，指间射出两颗细小的丸子，那两人面对文臻十分紧张，戴了面罩蒙住了口鼻，却听文臻笑道："蒙住口鼻有什么用？我这个专门弄瞎人眼，你有本事戴个护目镜啊！"

那两人听见这句，急忙闭眼，拖着寒鸦和苏训疾退。

弹丸落地爆开，一股黄烟射出，地面瞬间变得很滑，那两人闭目后退，全部注意力都在怀中人质和对面的文臻身上，哪里想到文臻这回出手竟然针对脚下？薄底快靴双双打滑，一个踉跄，那两人反应也快，打滑的同时刀就砍了下去！

寒鸦武功好，对方身子一歪，她就反手一推，身子转了出去。

苏训却是没有武功的人，虽然反应不慢，趁对方踉跄时刀一松就往前扑出，但却没对方那刀快，眼看那刀就要刺入后背，他虽然全力前扑，但依旧能感觉到刃尖上的寒气。

他闭上眼睛，却在此时听见对面的惊呼声，桌椅被撞开的声音，感觉到气流急速掠过身侧的微凉，夹杂着淡淡的熟悉的甜香，他于茫然惊乱中抬头，就看见毛之仪不知何时已经被推开到了一边，揉着被桌子撞到的腿，文臻却已经不见了……不，她就在他身后！

苏训回头，瞬间瞪大了眼睛。

正看见一只雪白的拳头迎上了那柄刀！

苏训惊骇得几乎要惊呼，却又喊不出来，下一瞬却见那白生生的拳头一抬一引又一推，将那刀如流水一般推了出去。

与此同时苏训眼前一抹血丝如丝绢掠过，地面落了几滴艳红。

文臻以拳头引刀，终究还是被刀风所伤，手背割开了一道血口。

那染血的手却停也没停，顺势往下一探，一把抓住了苏训背上的衣裳。

此时四面脚步声响，毛万仞狂奔上阶，去拉毛之仪，并喝令所有人将院子包围。

苏训脑中一片混乱，万万没想到刺史竟然放弃了毛之仪这个人质来救他，勉力喝道："大人快走！"

文臻却不理他，抬头对上方道："保护所有人撤走，我能自保！"

随即她揪住苏训就地翻身一滚，手一撒又是一股烟，这烟成功地阻住了毛万仞等人的脚步，她则和苏训向屋子中疾退，苏训正在诧异她丢失人质后，为何既不退向窗子也不退向门口，后背却已经撞上了书房那巨大的柱子，苏训忽然向后一倒，栽进了柱子里。

然后他就和文臻一起落了下去。

苏训实在没有想到这书房竟然还有第三处机关，那柱子上有暗门，想必寒鸦早已看了出来，却只悄悄告诉了文臻。

此刻也来不及多想，他一翻身抱住了文臻，自己的背朝下。

文臻没有挣扎，她要保护自己和孩子，不会在此时逞强。

文臻的手按在苏训肩上，就势一弹，又往上蹿了一截，攀在了墙面上。

她顺着墙一路上行，伸手一摸，便大致猜着了这入口机关的设置，一拳将触发的钢条打弯，这个机关口别人就进不来了。

然后她听见苏训撞到了墙发出了一声闷响，听声音，底下有个空间，应该不远处就有出口，因为空气并不腐朽窒闷。

文臻皱了皱眉，如果没猜错的话，这里并不是书房的第三个机关暗室，没有谁会在书房里搞这么多花样，所以这个空间应该和博古架后面那个是通的，很可能是另一个通道。

这个入口没有人能跟下来，但是那个入口可以，她又不能浪费时间去找那个入口的机关设置，所以必须赶紧走。

但是苏训呢？

“苏训！”

没有回答，大概摔晕了。

地上伸手不见五指，文臻只好伸手摸，一路凭着记忆方位，循着浅浅呼吸摸过去，果然在西侧墙边摸到了年轻男子的躯体。

他似乎侧着身，文臻一路摸索着，似乎摸到了他的腰腹部，只觉得触手的腰线瘦削，衣下肌肤的触感却柔韧有力。

文臻伸脚踢了踢他，低声又道：“苏训！”

这一脚稍微用了点力气，触感却是十分弹性饱满，文臻心想，不会踢的是屁股吧？

但这一踢很有用，衣服摩擦声响，苏训似乎坐了起来，一坐起来就闷声咳嗽，把文臻想要问的话都堵回去了。

文臻听得他咳嗽声音沉闷，显然受了内伤，叹了口气，凭着感觉摸到了他的臂膀，一矮身钻到了他胳膊下，将他扶住，道：“赶紧走吧！”

苏训似乎吓了一跳，急忙推她，口中含糊急促地道：“不……”

文臻一按他的肩膀，道：“哪来那许多规矩，逃命要紧。”拖着他快步急走，感觉到面前有两个岔道，其中一条必然是和博古架后面的密道相通的，她估算了一下方位，选择了右边的密道。

密道很是狭窄，两人的躯体在那狭长的密道中不断碰撞。苏训有点沉重的呼吸声响在耳侧，渐渐又在这长长的通道中回荡，吵得文臻脑子嗡嗡的，一时也无法交谈。

她的心忽然跳起来，手缓缓摸向腰间。

第五十七章

雨过花落胭脂红

但是苏训的身子忽然靠过来正巧挡住了她的手。

苏训一开始好像还勉力支撑，渐渐便有些虚弱，大半个身子都压在文臻身上，文臻毕竟是练家子，倒不觉得吃力，只是身高差有点大，撑着着实不大方便，她的手按在苏训的腰上，触着他腰间的暗袋，随即苏训微微一让。

行走中，苏训的手忽然碰着了她的手背，湿湿黏黏的，文臻才想起来先前救苏训的时候自己手背被刀风所伤，还没来得及包扎，苏训好像也被这一触惊着，手指一弹，片刻后又摸了过来，文臻撑着他，她被摸得有些痒，忍不住一笑，怕人追来不敢说话，便伸过另一只手来，将苏训那只手拍开。

苏训被拍得手一缩，停了停，文臻下意识也停了停，有些愕然，此刻通道内黑暗，而苏训的呼吸微微有些急，气氛在这瞬间隐约有几分暧昧，一时两人侧脸相对，近到只差毫厘鼻尖便要相抵，而四面静得落针可闻。

文臻刚刚察觉有异，身子向后一让，苏训忽然伸手抓住了她的手，从衣袖上撕掉一块布裹上了文臻手背的伤口，那有力温暖的手指最后轻轻地在掌心一按，也像某种珍重又复杂的心情表达。

文臻顿了顿，收回手时低声笑道："多谢了，不过一点小伤而已。"随即她关心地道，"你也受伤了吧？是内伤？我听你声音嘶哑，可是伤了肺？我这里有药，你先吃一颗。"

她絮絮叨叨，一副关切姿态，听得苏训目光闪动。文臻一抬头，隐约觉得那目光中似乎带着笑意，也不知道是不是在笑她故作老成。

她从袖子里摸出一颗药，便要塞进苏训嘴里，苏训却一偏头让过，伸手来接，文臻笑道："怎么？不敢吃？怕我毒死你？"

苏训听了，低头用嘴从她手中含走了那颗药，文臻立即手一松，还好对方似乎也没打算含住自己手指。

文臻的手背到身后在衣裳上擦了擦，方才那柔软微湿的触感仿佛还在，四周的空气都似乎变得更为湿润沉重。

前方有隐隐的风吹来，快要到出口了。

文臻正要松一口气，忽然苏训将她按在了墙上。

与此同时，文臻听见了脚步声，就在一墙之隔。

果然那边还有一个通道，对方追了下来，但不知为何却没有追到这一边来。

文臻被按在墙上，苏训的身体压在她身上，两人靠得极近，文臻清晰地嗅见男子身上的气息，对方的目光也如深潭。

她忍不住迷糊地想，醋王要生气了，醋王还没对我壁咚过呢！

这么一想的时候，她下意识架起胳膊隔开了两人之间的距离。

胳膊抬起的时候触及了什么，轧轧一声响，在寂静中听来分外清晰。

文臻还没反应过来，苏训蓦然又是将她一拉，文臻被猛地拉入他的怀中，苏训带着她转过一个圈，贴上了另一面的墙壁，同时文臻感觉到对方在收腹，背后的肌肉蓦然如铁。她也下意识收腹，随即反应过来自己不能收。

身后人的手掌似乎想要盖到她的腹部，文臻立即双臂一撑，那双修长的手掌也及时停住，撤开。

就在此时，她看见一截明光无声无息地从对面墙壁中刺出来。

那是一柄很长的剑，如果她方才还在那面墙旁边，现在已经被捅了个透穿。

但这还没完，随即又一柄长剑穿出对面墙壁，这回是冲着两人的方向，文臻瞬间明白了身后人收腹的用意，因为第二柄剑就要戳到她的肚子，停下时，离她的腹部只差一寸。

文臻低头盯着那一线明光，在那剑尖收回之前，无声无息地对着那剑尖吐了一口唾沫。

这可不是吐口水。

她齿间迸出一点小小的晶碎，落在剑尖上就化了。

君子报仇，立等可取。

身后的人似乎忍不住在笑。

对面那个杀手隔着墙一路刺了过去。

身后的人还在紧紧收腹，文臻从他身上挣脱，自己贴着墙一路挪了过去。

既然两个人在一起很可能碰到剑尖，分开不就是了？

是聪明一世糊涂一时，还是……

现在没什么好担心了，对方不过来，厚度已经得到证实，刺不到她了。

她在挣脱的时候，手指在对方胳膊上一停。

她一指点住对方麻筋，另外四指想把对方给顺势抡向墙壁，或者剑尖。

然而那手指在那手臂上微微一蜷，最终却松开了。

黑暗中不知道谁的目光微微一闪。

文臻转身，伸手在墙上摸索，很快摸到了门的开关，这开关果然够响亮，她听着机簧转动之声，接着往地上一趴，破空声响，文臻穿越狭长的通道不见了。

这一轮过去，又等了等，文臻才起身，出口是一个上行洞。

身后，苏训跟了过来，哑声道："大人，我先上去。"

文臻回身，看了看他，道："能说话了？"

苏训"嗯"了一声。

文臻没有再说什么，让开身体，苏训手脚并用地爬了上去，过了一会儿发出安全的讯号。

文臻也便爬了上去，却原来是一口已经废弃的深井，井口苔痕遍布，井台满地雨水飘荡着落叶，四周竹林茂密，透过竹林隐约可以看见风格粗犷的建筑。

看那建筑风格应该还在迎蓝山庄之内。

快到井口的时候，苏训伸手来接她，文臻笑一笑，自己撑住井口爬了上去，苏训垂下眼退后，一言不发。

文臻上去之后，并没有走，坐在井台上，对着井底看了看。

苏训立在她背后，诧异地道："大人，您在看什么？"

文臻转头看他，道："你方才怎么知道会有剑穿出墙壁的？"

她一只手在那井壁边缘一扳，轰隆一声，井沿另半边忽然齐齐塌陷，一块大石落下，将整个废井堵死。

轰隆声响里，苏训十分诧异地道："什么剑穿出墙壁？"

文臻凝视着他。

苏训的眼睛黑白分明，并无半分掩饰和退缩，他微微皱眉，道："我好像在地下密室里晕了一会儿，醒来之后隐约听见脚步声，就顺着脚步声追了过去，我追到的时候，大人您正在摸索机关，然后门便开了。"

"你没碰见任何人？"

“没有，不过我赶到大人身后时，好像是隐约看见一道影子闪过，但随即门就开了，我回头看密道，没有看见人。”

他忽然反应过来，惊道：“大人，方才密道里还有别人？还有别人为什么大人你没察觉？难道对方冒充了我？”

文臻点点头，转头看着底下，那块大石正卡在井的中央，透过边缘的缝隙可以看见底下黑洞洞的。

她沉默了一会儿，对底下道：“唐先生，你说，你这是何必呢？”

底下毫无动静。

“我不知道你打算在湖州布置些什么，但想来我任职湖州必然阻碍了你的路。当然，你在湖州作祟也会阻我的路。不是我搬走你这块绊脚石，就是你铲除我这个拦路者。你我既然已经无可调和，又何必眷念往昔的那一点虚无的情分？”

风声从石头的缝隙倒灌入深黑的废井，听来像是人无奈的叹息。

“湖州的钱、粮，以前都是你的吧？甚至本地不产丝麻，却年年收丝麻，那些需要高价去购买的丝麻，据我所知，定阳倒是盛产。湖州粮赋重，百姓无力再去照管桑蚕，湖州却不取消丝绢定额，甚至定得高高的，逼百姓不得不拿出全部积蓄，去买定阳的高价丝麻以交税，这中间定阳又赚了多少？唐羡之，唐家富有三州，却依旧寄生于区区湖州之上不断吸血，湖州人民又有何辜？起早贪黑，日日耕作，除了喂养湖州，喂养朝廷之外，还要喂养你唐家三州。”

苏训立在她身后听着听着，眼神微微一颤。

文臻语气平静，眸光却很冷。她想的是更重要的事。

之前查到丝麻买卖牵扯到定阳，她才发现湖州赋税竟然还有这一层猫腻。

明明本地不产，却不取消，要的就是发展全境养桑蚕，大兴织造业的定阳。

定阳的丝、麻、棉布、绸布，到了湖州就是几倍的利润。

明明湖州也不是不能养桑蚕。

由丝麻倒推，钱粮之前这么多年如果真的多收，多出来的自然是归了唐家三州。

唐家竟然这么多年都在吸湖州的血！

现在军方明显也有唐家的势力，如果湖州的军政实际全部掌控在唐家手中，那么一旦唐家出兵，原以为的第一道屏障湖州就会成为第一道口子，到那时，整个中原的大门都会在唐家面前敞开！

多亏了李相心血来潮派她前来，等于朝廷忽然踢过来一块石头，拦在了唐家大业的通衢大道之前，唐家如何能不用尽方法将她踢开？

但是，唐家也可以不用对付她。如果唐家渗透太深，她没能及时力挽狂澜，唐家依旧能够从湖州长驱直入，那么第一个死的还是她！

湖州难的并不是查出赋税低的真相，过往那么多年赋税是怎么收的，人多口杂，谁来最终都能查出来。

难的是是否有命活到查出来，又是否有命活下去。

文臻心中有火，径自对着井底道："唐先生，你该知道，我要拿到唐家自湖州吸血的证据并不难，要以此取信于朝廷也不难。说到底，你唐家也并不怕被朝廷知道真相，因为你们清楚，无论是朝廷还是我，过去的赋税也不可能让你们唐家再吐出来，不过是心照不宣，各自加紧罢了。但是从今以后，唐家还想从湖州吸血那是绝无可能。请先生转告唐家诸位，之前的事我不追究，之后的湖州也请唐家及时收手。请立即离开湖州，否则，我一定会让你们所有人明白什么叫清洗。"

她说完就站起身来，准备离开，走了两步，又轻声道："说起来，方才你在底下确实又救了我一命，但是我也放弃了将你甩到剑尖上……再次两清，我就不说谢了，下次希望不要再见。"

放弃把唐羡之甩在剑尖上，是因为她没有把握成功，但这并不影响她现在拿来抵消人情。

也许有点卑鄙，可唐羡之的情一分也不能欠。

最后她撕下一截衣襟，用随身的胭脂匆匆写了几个字扔下了井。

废井之下。

他立在地室的黑暗中，背靠着冰冷的墙壁，长长地吁了口气。

她善于见微而知著，湖州的事瞒不过她，方才地道的事也瞒不过她。

原本并不想相见，却在看见她那几张字条之后，忽然就被相思冲垮了理智的堤岸。忍不住等在这密室之下，趁苏训坠落打昏他冒充他，原以为好歹能共行这一段地底密道，却原来她如此吝啬，连这被黑暗浸染过的一段美梦也要戳破。

想着她临去时候说的话，他浅淡地笑了一下。

她说不愿再见呢……

她不是说狠话的人，说到便是能做到，他从未低估她，所以听闻朝廷有意派她去湖州任刺史，曾经打算破坏这个任命。奈何家族那些老家伙却未将她放在眼里，都觉得如果朝廷一定要换刺史，一个女人终究好对付一些。

这也是唐家没有全力阻止她做这个刺史的原因。

他原本觉得这次不同往常换刺史，朝廷已经起了疑心，过往二十年，唐家吸湖州的血已经足够多了，既然被发现，就此收手也罢。

那些老家伙却还不肯放弃，总觉得还能像以前那样努力一把，先给新刺史一些下马威，再拉新刺史上自己的船。但从文臻上任，一系列事件都解决得不费吹灰之力，完全没有家族想象的焦头烂额，并且她所展露的能力和威慑力，令湖州官场暗中畏惧，原本和唐家合作愉快的许多官员，已经开始渐渐割裂和唐家的关系。

家族原本想要拉拢文臻的重礼都已经准备好了，依旧只有他反对去送，但如果他们知道文臻在做什么，就算他不反对，也没有人敢去送了——文刺史上任没几天，官场并没有大力整顿就令一群人成了瘟鸡，然后在所有人还没反应过来的时候，她已经盯上了军权。

家族那些老东西直到此刻才意识到，这位女刺史绝非往日那些庸官可比，想要继续玩那一套怕不能成，又想要将她折了。

所以他们在酝酿一场巨大的风暴，要在文臻拿到军权之前就将她斩于马下。

但如果今天文臻能拿到军权……

唐羡之微微挺直身体，一叹。

唐家基业太过庞大，很多事他和父亲都不能一锤定音，很多机会便在这样的内耗和杂乱的声音中失去。

或者，唐家发展成如今这样也有燕绥的一份功劳。

今天她会拿到军权，而唐家暗中布置的风暴就在顷刻，他几乎可以预见到那场风暴最后会怎样反噬回自身。 需要提醒那些老家伙吗……

不了。

狂狮们已经老去，还要盘踞山林咆哮，令人生厌，也该得到一点教训了。

他缓缓走到井底，看见地下那一截淡黄色的布条，就着上方的一点天光，胭脂色的字迹依稀可见：“把卷草还给我。”

他凝视那布条良久，将那布条凑到鼻端轻轻地嗅了嗅。

蜜一般清甜，仿佛那一抹红唇摇曳眼前。

他的唇轻轻于那一抹胭脂红上一触，仿若一个隔绝了时间和温度的吻。

天使文化
TIANSHI WENHUA
爱格
Aigirl

山河盛宴 叁

中天下归元 著

CNS PUBLISHING & MEDIA 中南出版传媒
湖南文艺出版社
HUNAN LITERATURE AND ART PUBLISHING HOUSE

目录

中

第五十八章

你们配他吃醋吗

文臻并没有离开迎蓝山庄。相反，她直接去了毛万仞的书房。

这是毛万仞在前院的书房，先前毛之仪给她指过方向，毛万仞大概还在寻找她，整个院子都清静无人。她示意苏训躲藏起来，自己则进入书房内间，一边摸出榻上暗屉里的点心填肚子，一边顺手翻看毛万仞的书。

她看了两眼，翻过去看看书皮，再一抖，书皮落下，露出里头的书名“含春宝鉴”。

苏训就藏在她后头的书架后，正好看见这书名后脸立即红了，让他更脸红的是，刺史大人脸不仅不红，还津津有味地从头开始看起。

外间响起了脚步声，还有交谈声。

“密道搜过了，没人。”

“她的人很灵活，直接跑了。追上去的人都倒了，听说这位刺史手段一向多……”

“唐公子也不知哪里去了，您先前不是和他在一起的吗？”

一个声音道：“我之前就和他分开了，主持这边密道的事……”

文臻皱起眉，声音听来隐约还有点熟悉。

两人的脚步声到了门前，正要进来，忽然其中一人低声道：“我还是先去瞧瞧羡之去了哪里。”

然后毛万仞道：“那偏劳您了。”

文臻心中暗道可惜。

今日山庄里那第三人也就是唐羡之的新盟友，终究是没机会一窥其真面目了。

不是易铭，西川刺史轻易不会离开自己的地盘。

毛万仞进屋来，心事似乎十分沉重，在外间地上踱了好几圈，才绕过屏风进内间来。

文臻笑盈盈放下书，那边，毛万仞一抬头看见文臻，整个人都僵住了。

文臻反客为主，笑眯眯对他一抬手："毛大人，请坐。"

毛万仞站在原地，盯着文臻，似乎随时都准备拔脚就走，文臻见他一只手缓缓下垂搭在腰侧，手上青筋毕露。

文臻的语气更柔和了："毛大人，我等候多时，可不是为了要和你打架的。怎么，你自己的书房都不敢坐下来和我谈谈吗？"

毛万仞顿了一下，衣袍一掀，大步上前，在文臻对面坐下。

"刺史大人虽是女子，却气魄非凡。不知大人闯我书房，有何见教？"

文臻却点点手中书，答非所问："很动人。"

毛万仞原本有些紧张，没注意到文臻在看什么，此刻才看清楚那是什么书，脸顿时涨成了猪肝色。

片刻后，他怫然道："刺史大人身为女子，这种书竟然也……"

文臻随手将书一搁，好像没听见毛万仞的责备，道："我说得很动人，是指毛大人为了儿子，丧妻多年而不娶，明明正当壮年，却宁可看这小黄书纾解，也不在后院塞任何女人，这份父爱情深很动人。"

毛万仞蓦然浑身僵硬。

他盯着那本春宫，目光缓缓上移，最后定在文臻脸上。

万万没有想到，有人竟然凭着一本书，便能猜到并体会到他内心深处的久旷之思和为了儿子的一番苦心。

这一番苦心从来无人能懂，亲族属下不知多少人给他送女人，劝他续弦，他无数次拒绝，也被无数人误会、猜疑。

丧妻时儿子还小，又体弱多病，他不是没想过娶个女人来照应，也曾有老家人送来的亲族表妹以探亲为名入府，原以为那是大家闺秀，德容兼备，却无意中撞见那女子于无人时处罚儿子，而生性荏弱的儿子受了委屈却不敢对他说。

那夜灯下将眼泪汪汪却一言不发的儿子搂入怀中，他便心中发誓，从此父子相依为命，再不要任何居心叵测的女人介入其中。

正当壮年，又身在军伍，不可狎妓，闲来无事，他也只好偷偷看几本春宫罢了，藏得很深，却还是被这位鬼魅一般的刺史大人翻出来了，还看出了这许多。

半晌，他哑声道："刺史大人果然是女人，揣摩事务的方向就是如此地奇异。我便是喜欢看几本春宫而已，怎么，刺史大人是要与我一同观摩吗？”

这话便说得讽刺而轻佻了，文臻却也不生气，她笑了笑，道：“怎么，被看穿了，生气了？”

毛万仞哑口无言，发现这位女刺史当真是软硬不吃，只得冷笑不语。

文臻又道：“士兵花名册，我已让人秘密送回刺史府衙。”

毛万仞眼底火花一闪，似是惊异，但随即便按捺不住，眼神不住往窗外飘，显然是心中惊疑，迫不及待想要去验证花名册还在不在那间书房内。文臻先前走后，他看过书桌，见桌上看似杂乱实则摆放暗含玄机的物事都没被动过，那支开机关的笔也在原处，拍了拍桌子，感觉到里头东西还在，就没随便开启，但现在听刺史这么说，心中便不安，又怕这不过是在诈他，不敢露出端倪，冷笑道：“好啊，那就送啊。”

文臻知他不信，笑道：“大人的书桌很是别致。”

毛万仞心中一沉，知道不好，便听文臻又道：“目前是送到我的衙门，但接下来是不是送往天京，便要看大人了。”

“不过故布疑阵罢了。”

“那花名册黑色封面，黄色封底，薄薄一册，看起来可不像是三万人的名册呢。”

毛万仞哑了声，文臻继续翻那本春宫，一时室内只能听见轻轻翻动书页之声。

她姿态娴雅，毛万仞却如被火烤。

两套花名册，一套是自己使用的，一套是报兵部存档的。花名册不仅是花名册，里头有士兵全部的资料，有每月钱粮军饷的发放领取记录，有自己的画押。一旦被送往天京，和兵部存档一对，吃空饷喝兵血便板上钉钉。更不要说，那暗格里还有自己的田契、地契等资产和一些不能对外人道的往来记录，现在想必也落入了女刺史之手。

半晌，他道：“刺史是要逼我图穷匕见吗？”

文臻将书一合，笑道：“你见过单枪匹马闯入敌人大本营逼人图穷匕见的吗？”

“刺史既然没有立即派人送证据去天京，自然是无意和我撕破脸皮，刺史是希望军权和平交接？”

文臻笑眯眯看他。

毛万仞闭了闭眼，似乎在沉思。

文臻的提议并不过分，甚至可以说是忍让柔和的。既往不咎，甚至可以帮助他隐瞒，只要求将军权还给她。

文臻向来行事不凶狠，凡事留三分余地。

只要毛万仞不疯，对权欲不是太执着，都应该同意。

可文臻看着对面男子不断变化的脸色，并不敢太乐观。

半晌，毛万仞睁开眼睛，文臻一看他已经转为冷然的眼神，便知道不好，果然听他道："我还是觉得将刺史斩杀于此地更为稳妥。"

在他将要叱喝出声之际，文臻忽然道："明明你已经动心，却终究还是否决了我的提议，是因为毛之仪吗？"

毛万仞："住口！多说无益！"

"是因为毛之仪的身体很差，而和你合作的人许诺会治好他吗？"

"住口！来——"

"你就没想过毛之仪身体为什么会那么差，而与你合作的人那般身份威势，帮助了你许久却为什么还没调理好他的身体呢？"

"你说什么？"

"毛之仪是先天体弱，性格也软，但是多年来你延医问药，应该也知道他并没有什么实际的大病，就是胎里弱是不是？胎里弱，以你的身家，再加上合作者的身家能力，十个毛之仪也该调养好了，但毛之仪是不是好一阵，坏一阵，是不是每次感觉他强壮了，很快他又生病了？是不是他虽然没有什么病症，但是每次外头有什么流行性病症，他便很容易也染上，由此你们便得出他的胎里弱是永久跟随的，需要长久地用最珍贵的药材来吊着？所以你为此吃空饷，放纵属下出外经营，疯狂敛财，就为了填这个无底洞？"

一阵沉默，半晌，毛万仞低低地道："你什么意思？"

文臻细细看了他一阵，道："其实这世上每一分每一秒都会产生很多细菌和病毒，说病毒你大概不会懂，就是致病的东西。这世上每一处地方都有无数这样的东西，你的手大概有很久没洗了，一双手上大概有近百万的细菌，小指甲那么大地方就有百万细菌，你指甲缝里那一点污垢大概藏着上亿个细菌。"

毛万仞：她在说什么？

"这些细菌中最多的是金黄色葡萄球菌，还有大肠杆菌，只是人体自有免疫功能，大多都能抵抗住细菌的侵袭。"

毛万仞：她说的每个字我都听不懂。

"你该知道东堂有天机府，天机府的天授者有各种能力，其中有一种能力能够看见世上最微小，常人无法看见的物事。很巧，我就有这种能力。比如我能看见你外间书房门边那一卷画上有一笔丹红里凝结着一小片飞虫的翅膀。"

毛万仞起身，去到外间，在那幅画角落的一点丹红点缀的花瓣瓣尖里找了半天，找到那比芝麻还小的一片透明翅膀，如果文臻不说是翅膀，他一定以为那是一点灰尘。

"你说这一点是要告诉我什么？"

“请随我来。”

文臻看了看四周，顺手在墙上扯了一件毛万仞的披风披在肩上，掩人耳目。毛万仞看着，欲言又止，心中感慨。

传言中这位刺史大人和宜王殿下颇有暧昧，靠色相上位，现在看来完全是胡扯。

那些靠色相上位的女子，且不说才能心智无法和这位比，内心哪里能有这位强大坦然？

若靠宜王殿下才有今天，哪里敢和男子不避嫌，毫无顾忌？

但她的毫无顾忌却不会令人生出轻薄之心，反而心中更加凛然，不敢造次。

两人一前一后出了院子，毛万仞终于忍不住问：“刺史大人这样穿着他人的衣裳，也不怕殿下吃味？”

文臻回眸一笑：“你们配吗？”

毛万仞本是心气高傲强硬人物，却在这娇小少女面前处处吃瘪，吃到后来也便坦然了。

文臻又问毛万仞自己的人在哪里，毛万仞道并没有逮着，后来都被人救走了，文臻确定潘航护着寒鸦等人逃走，也便安下心来。

她倒不担心唐羡之和另外一个人此时出来搅局，这时候这两位出场，除了杀了她，便没有别的路可走，无论采取什么方式都会令毛万仞产生怀疑。

但想要杀她，那两位自己可能就不能达成一致。

她动作很快，带着毛万仞去了毛之仪的院子，毛之仪还在睡觉，被窝里露出的一张脸十分苍白。

毛万仞久久凝视他的目光让文臻心生感慨。

这世上的人，哪有什么绝对的好坏呢？

她在屋子里看了一圈，拿起毛之仪的紫砂茶壶和茶杯，毛万仞立即道：“没有毒。”

“不是毒。”文臻道，“初春天气，乍暖还寒，人易伤风，最近外头伤风的人很多。”

“知道，所以我轻易不许之仪出门，免得和那些伤风的人多待一会儿，他便也会伤风。”

“不许出门有什么用？”文臻端起茶壶笑道，“知道吗？昨天我看了一下毛之仪的茶壶内壁和把手，里头的细菌和病毒多得令人害怕。远超了一般人用的茶壶所含的细菌数量。我因为眼睛比较特殊，也曾研究过一段时间病毒，认得几种病毒的模样。昨天我就发现了大量的溶血性链球菌、呼吸道合胞病毒、腺病毒……你不需要知道那是什么东西，你只需要知道，那东西是导致伤风的元凶。”

她放下茶壶：“这些东西其实无处不在，身体强健的人自然能抵抗，但令郎肯定是不行的。紫砂泥料一向吸汁，如果有人以伤风病人用过的布巾煮水入茶，以各种病人用过的东西浸泡清洗擦拭茶壶……”

毛万仞脸上色变。

“前朝深宫有过类似的事情，把出过天花的孩子的衣裳剪下布送进宫，穿在皇子身上，很快就能弄死一个未来的竞争对手。”文臻耸耸肩，“令郎得过天花吗？如果得过，是不是被你的好伙伴给救了，从此你便死心塌地，甘心为其所用？”

毛万仞的手微微颤抖起来。

“令郎年纪还轻，按说不该喜欢紫砂这种材质的茶壶，我猜这壶是你送给他的吧？所以他爱若珍宝，多年来一直用着，都快用出包浆了，而你为什么会送紫砂茶壶给他？是不是这壶也是别人送给你的？那人是不是和你说，紫砂性密，能令茶水保温，不畏冷热不易损坏，又易吸汁，用久了茶味长存，便入白水也有茶香，且紫砂茶垢有清毒之能，泡茶又能色香俱全，最合适令郎不过？”

毛万仞已经不仅是双手颤抖，连牙齿都开始轻微发抖，那是极度的恐惧和愤怒在交织，冲击着理智的堤岸。真相如此恐怖，令人彻骨心寒，他霍然回首，眼眸赤红地看着安睡的儿子，不敢相信这许多年这孩子的衰弱竟然是自己一手造成！

“他们需要你，所以吊着你。你唯一在乎的是令郎，所以他们吊着令郎的性命。当你面治他病，背着你让他病，不让他好好活，也不会让他死。那么你就会为了令郎，一直依赖感激听从着他们……你如果有异心了，很简单，让令郎病一场就行，只要他一病，你就什么也顾不得了。”

她将那壶递给毛万仞，叹息道：“你天天验毒有什么用呢，只要这壶在就行。”

毛万仞紧紧抓着那壶，像抓着一把燃着火的赤红的刀，忽然五指一松，茶壶落地粉碎。

巨大的破碎声惊醒了毛之仪，他坐起身，看见碎了的茶壶和淋漓的茶汁，惊呼一声，跳下床来，叫道：“我的茶壶！”

毛万仞一把将他拉开，生怕他踩到碎片，毛之仪却捧住父亲的手，道：“您手指割破了没？”

毛万仞垂头看着低头紧张寻找自己伤口的儿子，堂堂汉子忽然泪流满面。

文臻转过头去，将毛之仪拉开，唤道：“来人。”

有两个丫鬟应声而入，文臻盯着两人，其中一个丫鬟看见碎了的茶壶，脸色一变，另一人却立即道：“老爷，少爷，请快快退下，小心被碎片扎了脚。”又着急去寻工具收拾。

文臻让她走了，另一人转身也跟着要出去，文臻道：“你留下。”

那丫鬟站住，文臻转向毛万仞，只这片刻，毛万仞脸上已经一片漠然的平静，连泪痕都不见，道：“来人。”

有士兵应声而入。

“拖下去，把皮给我一寸寸剥了，回头晾在山庄门口。”毛万仞平静地道，“我要她活三天，再死。”

丫鬟惨呼着被拖了出去，毛之仪惊愕地瞪大眼睛，想要求情，文臻笑眯眯一捏他的脸，道：“别，你一求情，她可能就要活六天了。”

这句话十分管用，毛之仪立刻闭嘴。

片刻后，毛万仞踉跄一步，坐倒在椅中，低头不语。

文臻心中也有些唏嘘，这世间最为深重的挫折，便是你以为你一直为之牺牲的，并为这牺牲隐忍骄傲着的一切，其实都是建立在谎言和欺骗之上，你以为你拼尽全力保护着的，到头来却因为你所谓的保护而一直受着伤害。

何其残忍。

“其实知道这些也是幸事，因为这证明了令郎没病入膏肓。毛大人，现在我再给你一次机会，我会留存你的花名册，并治好令郎的胎里弱，我唯一的要求就是湖州驻军，从此必须全数归顺于我。”

第五十九章

收服

毛万仞霍然抬头："您能治好之仪？"

"能。"

条件至此，已经全部摆在了桌面上，从第一眼看见毛之仪，确认他的身份和他的身体情况开始，文臻真正等着的，就是这一刻。

毛万仞其人问题虽多，但确实掌控湖州州军多年，是个实权铁腕人物，掌控湖州最大军事力量，部下忠心耿耿，他的兵，夺不走也求不来，只能一步步软硬兼施。

文臻的回答斩钉截铁，将毛万仞最后的犹疑也打消，他猛地立起，对着文臻半跪于地："湖州都尉毛万仞，见过刺史大人！"

文臻要来纸笔，写了一个药方给他，道："可以先请名医瞧瞧这方子，不过不要用你府里的大夫了。"

毛万仞小心地接过方子，沉着脸应是，又解下腰间虎符和自己的州军统管令牌双手送上，文臻毫不客气地接了，又道："还得都尉将我介绍给各位将官才是。"

"那是自然。"毛万仞道，"不过在此之前，末将还有个不情之请。"

"请讲。"

……

唐羡之从毛万仞那间隐秘书房的柱子里走出来，走到书桌旁，看了一眼笔筒，将那支能打开机关的细笔抽出来，手指在笔身上抚过。

正在此时有人走进了书房，问他："你先前去了哪里？如何没能截住文臻？"

唐羡之道："你为何不在毛万仞那里？"

进来的那人道：“我陪着毛万仞去了前院书房，却隐约觉得有些不对，怕有诈，便找个借口抽身了。”

唐羡之悠悠地叹口气，道：“你还不如亲自陪着，保不准还能阻止一些事情的发生。”

那人闲闲笑道：“你在那密道底下守着，亲自出手都没能做到，我又何德何能？”

唐羡之摇摇头，没有再说话。

多方合作，心思各异，反而最易被人钻空子。

他沉默了一会儿，在书桌上轻轻放下一枚古铜色戒指，道：“我打算收手了。”

那人道：“你家那些老古董怕是不肯的。”

唐羡之笑了笑：“那就与我无关了。唐家本就不该把精力再放在湖州，便是一块肥肉，吃了这许多年，也该腻了。”

“便是肥肉，如何舍得放弃？”

“当断不断反受其乱。”唐羡之垂下眼，想着家族里那些贪心的老狐狸，就是因为太过贪心，这也想要，那也舍不得，所以本该早早进行的事生生拖到了今天。前不久又说定阳横水有铁矿，动用许多人力物力去寻，焉知那不是他人抛出的带毒的诱饵？然而这些话自然不能说给对面的人听，他微微笑了笑。

“奉劝你一句，尽早抽身。”唐羡之放下笔，点点桌面，转身就走。

那人正要说话，忽然外头传来一阵喧哗，两人朝窗外一看，便见一道娇小的人影冲过院子，手中还抓着一把血淋淋的刀，后头毛万仞暴跳如雷地带人追着，大叫：“所有人听着，格杀勿论！务必为我之仪报仇！”

屋中两人惊诧地对视一眼，那男子戴上面具，走出门去，扬声问：“毛都尉，怎么了？”

毛万仞脸色如铁，眼眸赤红，一言不发，有人大声道：“她挟持我们少爷，伤了他！”

毛万仞对着男子拱了拱手，道：“先生帮我拦下此女，万仞愿以万金为谢！”

男子笑一声，道：“自家兄弟，客气什么。”随后飘身掠向文臻。

他宽大的衣袖一摆，劲风平地而起，像竖了一堵透明的墙，生生将文臻挡住，文臻步子一缓，想要绕过去时，毛万仞带着属下已经赶了上来，团团将文臻围住，毛万仞双臂一展，大喝“拿命来！”，刀光如雪，当头劈下。

宽袍人立在侧方掠阵，敛袖看着，唐羡之立在三丈远的长廊下遥遥观望，忽然道：“退——”

他话音未落，毛万仞的刀光半空一个转折，如风雪呼啸倒灌，转向宽袍人面门！

与此同时，他那几个原本包抄文臻的属下已经转到了宽袍人背后，刀剑齐出！

包围圈内的文臻呵呵一笑，手中的匕首从一个刁钻的角度电射而出，自下而上，挑向宽袍人的眉心。

廊下的唐羡之也不轻松，刚踏上屋顶，对面屋顶上快步冲来一队弩手，乌黑的弩箭已上弦，飙射而来。

只一霎间，两人变生肘腋，身陷重围。

毛万仞的冷笑嘶哑带血："骗人的滋味果然好得很！"

文臻却叹了口气。

匕首一挑，一枚面具飞向天空，裂为两半，戴面具的人却顺势一个转身，黑发扬起，遮住了她的视线。

下一瞬，唐羡之已经出现在院子中，人未到，一掌已经击在宽袍人的膝弯，击得他一个踉跄前冲，正好躲过背后那两刀，毛万仞向着他心口的刀也因为他身子一矮，掠过肩膀，激起血花。毛万仞却是准备充足，这一刀尚未落下，另一只手里的熟铜棍已经狠狠砸出，砸在那宽袍人肋下，砸得他吐了一口血。

然而宽袍人越过毛万仞的拦截，身影在刀光剑影中流转，顺着那些刀的影剑的光转出了包围圈。

文臻眼眸一眯。

这身法简直太熟悉了！

忽然一声大喝，一人翻下围墙，人还没到，剑光已经递到了宽袍人眼前，整个人冲过来的姿态不遮不掩，像一张拉到了极致的弓，也不管因此浑身都是空门。

这种拼命三郎式的打法，文臻身边只有一个君莫晓，文臻皱了皱眉，知道潘航护送寒鸦等人回去之后，眼见自己和苏训并没有回来，便去禀告君莫晓，君莫晓这是赶过来救人了。

她一边大叫莫晓我没事，一边冲了过去，怕君莫晓太过冒失会被宽袍人所伤，却终究慢了一步，只看见那宽袍人身形一闪，不知怎的已经踏上了君莫晓的剑尖，靴子向前一踢，眼看那剑尖便要指向君莫晓的咽喉，文臻惊得拼命前蹿，大叫："弃剑！"

君莫晓一个口令一个动作，立即弃剑后倒，文臻一拳打在自己身前一个男子身上。那人原本并不在宽袍人行动轨迹上，但被文臻一打，向前滑走三步，正撞到宽袍人身上，撞得他也一滑，本来要杀向君莫晓的一指也不得不抵在地面。

他转过一圈，回头看了文臻一眼。文臻以为能看见他面目，不想又是一张面具脸。

此时唐羡之已经跳上高墙，高墙之上忽然又站起了一排弩手，但随即轰然一声，那截高墙猝然崩塌，弩手们滚成一堆，滚滚烟尘里，隐约现出黑马重甲的骑士，那些马都高大神骏非凡，高高扬起的前蹄一抬便越过高墙的废墟，踏着那些呻吟的伤筋动骨的弩手，风一般地闯入院中。当先的骑士疾驰中俯身伸手，拉住了唐羡之的手腕，一个借力，唐羡之修长的身形在空中荡过，稳稳落在最外面一匹马上，而此时宽袍人也已经掠上了一匹马，冲在最前面那一批骑士一声长哨，齐齐一个流畅的转身，马蹄在地面深深旋出圆形的泥坑，已经从前队变成后队，将两人护在当中，再一起冲往围墙之外。

毛万仞大喝："弩手——"

先前对面屋顶上的那一批弩手已经赶了过来，万箭齐发，奈何变成后队的那一批骑士本身身着重甲，弩箭便是把他们扎成刺猬也伤不着分毫，而他们组成人墙，更伤不着中间那两人。眼看那马蹄高高跃起，蹄底泥土青草于清晨的日光中簌簌洒落，下一瞬落地时重重一踏，烟尘四起，转眼已越过高墙奔远了。

而毛万仞这边因为还在院子里也无法策马去追，等到毛万仞不死心奔上废墟，看见的是数十黑骑狂奔而去的背影，恨得他狠狠一甩手，长刀入废墟，刀身久颤不休。

君莫晓从地上爬起，看文臻没事，才长吁一口气，又懊恼自己临敌总是喜欢大砍大杀，明明也可以用出和文臻近似的招数，那样说不定就能留下那个宽袍人了。文臻听得这话，心中忽然一动，隐约觉得方才那寥寥对敌场面里，有什么事发生了错位，却一时想不清楚。

前方，毛万仞转身向她走来，她立在废墟之下，看初升的日光自烟尘的末端一跃而起，瞬间金光万丈，唇角笑意也如这日光一般。

次日，距离州军大营三里地的繁华小镇柳村镇忽然遭到了湖州府的盘查。湖州府白林亲自带队，称有江洋大盗潜入镇中，对镇上的客栈酒楼茶楼青楼都进行了盘查，扣押了这些酒楼客栈的许多仆役，掌柜们纷纷报信，酒楼客栈的老板们都赶去处理。

与此同时，刺史大人忽然驾临州军大营视察，要求都尉毛万仞立即点齐全部军营人数，进行实地操练。这一点名报数，立即就露了馅，别说军士人数不及一半，就连营中将官也都十不存一——人都奔去柳村镇去处理紧急事务了。

当日刺史大人大发雷霆，柳村镇那边事情还没处理完就得知刺史大人临时视察的州军将官，再次狂奔而回。然而事已至此，已经无法挽回，两边都露了馅。州军将官原本干这胆大包天的事儿，就特意你拉我我拉你，大家一起下水，考虑的就是万一事发，大家捋袖子一起干，把刺史大人一围，想来刺史大人不过一介女子，手中无兵，被一群兵爷一困，哪里还敢啰唣？

以前也不是没有过类似情况，都是这样解决的，毕竟军权才是硬道理。但是这一次州军的人被分割在了大营和柳村镇，这些能号令士兵的将官在奔往柳村镇前，柳村镇的属下已经被缴械扣留，带人再去处理时，为了表示诚意，带的人再次被缴械扣留，等到得知刺史大人临时视察再往回赶的时候，身边已经没有人了。

而留在大营的属下都在毛万仞的控制下，毛万仞却老老实实跪在刺史大人脚前。至此，这些桀骜的将官手下无人，把柄在人手，老大又已经从良，自然也就在文臻脚下跪了。

文臻本来就是怕这些人做久了生意，被金钱冲昏了头脑，利欲熏心之下擅动他们的蛋糕儿，毛万仞也控制不住他们，此刻见这些人老实服软，心中才长吁一口气。

这是她昨日和毛万仞商量好的，要最快速度拿下兵权，得到毛万仞的支持是第一步，搞定所有将官是第二步。

她对着所有将官发表了演讲，先是疾言厉色，痛数在编将官经商的大罪。那些将官跪在地下，听着一系列的杀头、流放、家属入奴籍等处罚，听得眼前发黑面无人色，随即见毛万仞膝行上前，先恳切认罪，再痛陈难处，最后大包大揽，愿意一人承担所有罪责，只求刺史大人网开一面，说得恳切，义气凛然，听得众将官心潮澎湃，感动莫名。

而刺史大人身为女性，于无私铁面之下竟也渐渐露出柔肠唏嘘神情，众人立刻纷纷哀恳，各种表忠心上投名状，一番痛哭流涕之后，刺史大人才为难地道："按说该报定王殿下，并同时立即上报朝廷，请朝廷派有司定罪责后发落，但看着几乎整个州军大营将官都有牵连，真要报上去，我这个刺史也是颜面无光，再说也不忍见着这许多人头落地……"

毛万仞急道不可，人都杀光了，谁来统领州军，谁又来保护大人和湖州百姓？便提议大家交上产业，各自挨一顿军棍，之后自当将功赎罪，为大人效死。

众人心中一喜，又有些舍不得那经营良久的产业，想着军饷又低，日后家人又该如何生活？却听刺史大人笑道："从军者不可经营实业，乃是东堂铁律。产业自然是不能再属于诸位名下的……"

众人正心中一沉，又安慰自己能活命已算幸运，然而有几个聪明的人已经听出刺史大人话中之意，不敢置信地抬起头来，随即便听文臻道："但说要交给我，倒也不必。我要那许多钱财做甚？何况诸位都是一大家子老小要养，真要没了产业，那些嚼谷又从哪里来？要我说，诸位也是脑子不甚灵光，产业非得自己亲自打理做甚？咱们东堂可没不允许将官亲属置业经营的规矩。"

众人一怔，随即大喜，简直是喜出望外，当下频频磕头，这回头磕得真心实意，本以为必死，万万没想到刺史大人竟然不仅没有上报朝廷，连产业都帮他们留下了。

文臻坐在上座，听着那实诚的磕头声，唇角露出淡淡一抹笑意。

以她的意思，这些军中蛀虫都该送进大牢。之所以如此怀柔，只因为湖州未靖，目前她还需要一支稳定的军队作为后方。已经被金钱熏昏头脑的这些人，如果不能为他们留住利益，即使保住性命，也只是一时心中庆幸，风头过去，还是会心生不甘不满，迟早还会生出祸端。

所以，且稳住他们，等她用军队收拾好了湖州，再用自己的人填充了这支军队，将湖州军政全部牢牢抓在手中，那时候也足够她看清楚这些人哪些还能用，哪些不能留，到时候要杀要留，不过她股掌之间。

她瞥了一眼底下的毛万仞，这位倒和这些利欲熏心的人不同，尚可一用。

张钺和苏训这一日也陪她来了，张钺前一日淋了雨，伤风了，文臻要他在家休息，他却不肯，顶着个红红的鼻头，眼泪汪汪地跟在文臻背后，像个饱受刺史大人摧残的男宠，让那些兵油子瞧着，对刺史大人的魅力和凶残程度更增几分崇敬之情，倒也算歪打正着。

张钺自己却不觉得。那晚的事他因为中毒，其实一直有些模糊，也不知认知哪里发生了错位，居然觉得自己好像干了亵渎刺史大人的事，被送回府衙醒来后一度天崩地裂，差点儿上吊自杀，还是最近住在他那里的苏训警觉发现，才避免了一场惊动朝野的事件。

一直好脾气的文大人知道后揉着太阳穴，破天荒地大骂了长史大人一次——她也就是忙于军队的事疏忽了，真要给张钺自杀成功，那她可就真洗不清了，要怎么向朝廷交代？到时候又会传出什么样的流言？

张钺本身就是药力作用有些糊涂，给这一骂倒清醒了。采桑知道了，也奔过来，指着张大人鼻子道他这样是想逼她死，当晚刺史大人根本就不在房内，顶替刺史大人在房内的是她，如今他这一投缳，岂不等于昭告世人和她不清不白？岂不是暗示众人是她趁机轻薄了他？世道如此艰难，张大人为何非要置她于死地？

可怜的张大人给小丫鬟骂得无地自容，死的念头半分也不敢有了，倒觉得自杀的想法罪孽深重，应该再用加班一整年来赎罪。

文臻对此结果表示十分满意。其实她对张钺颇有歉意，为了顺利脱身带走毛之仪拿到名册，她利用了张钺。但张大人这种人天生赤子之心，永远不会在他人身上找怨怼，只会找自己的不足，他绝不会觉得她利用他有何不该，只会觉得自己被利用时表现不佳。文臻深知他的性子，知道为此和他道歉反而会令他更不安，也就只能自己记在心里，一旦有机会再好好补偿他。

张钺自觉对不住刺史大人，因此带病继续加班，原本还以为自己可用上三寸不烂之舌为刺史大人摇旗呐喊，好好教训教训这些兵油子，不要给刺史大人添烦心，然而刺史大人三言两语，大棒和蜜糖齐下，转眼间就把一群彪悍汉子治理得服服帖帖。

张钺回想起这两天收服州军的全部过程，从接受毛之仪邀请起，雨夜脱身，说服毛之仪，拿到名册，再以名册威胁毛万仞，又揭穿毛之仪病弱的真相，收服毛万仞，反攻唐羡之和神秘人，最后再借助毛万仞拿下整个军营……一切都在大人计划中，所有人都按着大人的想法走到今天，这一连串操作令人眼花缭乱，心中对刺史大人的脑袋也是服服帖帖，忍不住和苏训唏嘘道："文大人一人可顶千军万马，真令我等男儿愧煞。"

说完他也就继续去膜拜他的女神了，不指望苏训回答，毕竟苏训对大人虽然也是言听计从，但总有点隔膜感，张钺知道苏训和大人有不愉快的开端，留在大人身边不过是为了报恩罢了。

静默了一会儿后，却听见苏训轻声道："纵一人可顶千军万马，她依旧内心柔软，他人伤时她会伤，他人痛时她会痛，只是未必让你我看出来罢了。"

张钺有点愕然地转头看苏训，却见他凝视着文臻线条柔美的侧脸，眼神中有点亮亮的东西，这点闪烁的亮没来由地让他有些心惊，忍不住道："苏先生？"

第六十章

女人如虎

喊到第二声，苏训才似恍然惊醒般，勉强对张钺一笑，道：“一时有感而发罢了。那日毛都尉书房内，我和寒鸦被挟持，大人当时嘴上说得无情，最终却为了救我受伤，后来又听大人和唐家公子谈判，悲悯湖州百姓艰难，我……很是震动。”

张钺一边想为什么用震动这个词，一边笑道：“世人道她面善心恶。其实我倒觉得她以恶魔态行菩萨事，万千世界因她得香花遍洒，是为福音。”

苏训一笑未答。

文臻不知道这两人叽叽咕咕在说什么，她将这些将官敲打服气了，将这些人的产业命苏训登记在册，诸人签字画押，留下证据，留下毛万仞，讨论了一番关于兵员不足的问题。

先问起那个宽袍人到底是谁，毛万仞却道他也不知道，和他有多年关系的一直是唐家。之前联络人也不是唐羡之，区区一个湖州，用不着五公子亲自出马，唐家在此地有专门的人联络他，便是邀请文臻游湖的那位林姓富商。这许多年来，毛万仞为唐家做的事，便是不必做到招收满员士兵，允许麾下将官在唐家扶持下置业经营，废弛军务，且在每年春秋两赋税收完毕的时候，派员护送漕帮私下将钱粮送往定阳。

文臻一听便知道唐家原先的打算，看来唐家如果真要举事，那必然是从湖州打开缺口了！

毛万仞先是送上一枚古雅戒指，说是在自己书房发现的，并不是自己的东西，询问是不是刺史大人遗漏在书房的物事。文臻一看那是卷草，便知唐羡之还是把东西还了，心中一喜，接了过来。

当日在小叶村，唐羡之出手，她被困，身上东西都被搜走，别的都能复制，唯独卷草是林家的重要信物。虽然唐五拿着未必有用，但东西在唐五那里她总是不安，在密道里，她曾在猜出唐五身份后，悄悄摸过他身上，没摸到，却确定他一定随身带着，因此走的时候试探着和他索要，没想到他真的还了。

她捏着那戒指，心潮微微起伏，心想卷草这东西唐五这么轻易地还给了她，是否另有深意？毕竟唐五和燕绥一样，做任何事都要多几个弯，退还卷草是否代表他对于湖州的放弃？

那边毛万仞道近几日唐五公子才在林富商的介绍下到了迎蓝山庄，顺便带来了那个神秘的宽袍人，从唐五对他的态度来看，有礼却又疏离，像是存在着一定戒备心的合作伙伴。

说完这事，毛万仞又请教她如何尽快招收士兵，缺员如此严重，万一有战事，就会惹出大祸，毛万仞已经和唐家决裂，退路全无，此时难免焦灼。

但在兵部三万名册已报的情况下招收士兵，一旦被发现，是要被定为谋反大罪的，毛万仞只觉得骑虎难下，文臻却不过一笑，让他准备好相关文书，过些日子等着接收兵员就成了。

她已经派人前往留山，留山千秋盟的人将会分批来湖州，充填州军大营，原熊军将官将会慢慢取代州军大营将官，直到三万州军最后全部握在她手中。

这才是她来到湖州做这个刺史的目的。

身在皇朝，不可无兵。

如果这皇朝待她恩厚，她的兵就是这王朝的兵，百姓的兵会为了这天下安宁而流血向前。

如果兔死狗烹，鸟尽弓藏……

文臻缓缓地笑了笑。

张钺带着潘航去城东漕帮总坛求见，再次碰了个软钉子，未能进门，回来禀告文臻后，文臻笑了笑也便罢了。

次日，文臻应林姓富商之邀，去藏珠湖泛舟游乐。

这是湖州士绅阶层首次宴请刺史大人，除了李连成告病之外，其余有名有姓的湖州富商都来了。另外也邀请了湖州长史、治中，以及刺史府的一众属官从事。

藏珠湖位于湖州城西侧，形状半圆中间微微凸起，宛如老蚌藏珠，是一座湖心小岛。岛上并无人家居住，早几年便被财大气粗的林姓富商买了下来，专门建造了多处亭台楼阁，一半供家人消暑避夏，一半则如现代的高级会所一般，招待达官贵人和有生意往来的巨商大贾，里头酒菜、歌舞伶人无所不包，俱是品质最好最为讲究的。

要上湖心岛，自然只能坐船，林家专门配备了十几艘莲舟，舟上垂水晶帘，饰五色花，连摇船的桨都精雕莲花，摇船的船娘更是美女，香风隐隐，柳腰纤纤。

唯独载着刺史大人的船上清一色的年轻男子，身形个个修长矫健，卷着裤脚，露出玉白劲健的小腿，斗笠下雪肤红唇，乌发如墨。

文臻一看便心中想笑，自从上次燕绥来过一趟，怎么，现在给她找船夫都照着殿下的影子找了？

采桑一上船，眼神一扫，敏感地皱了眉，立即伸手指挥："你去船头，你去船尾，不要靠刺史大人太近，你想被当成刺客搜身吗？"

那几个少年船夫吓了一跳，急忙远去船头船尾。文臻忽听身边水响，却是张钺的船就在旁边，张钺一个人远远坐在船头，正皱眉伸手指挥："这位姑娘，烦劳你去船那头，那位姑娘，请你去船尾。我不需要点心，酒水也不需要，扇子也不需要，这位姑娘你没穿鞋，还是待在原地的好，以免打滑摔倒，在下又不方便搀扶……多谢多谢。"

张大人自从在毛都尉别庄里经历了一场杂耍女子送汤事件之后，越发畏女人如虎。文臻知道今天他也是湖州巨富们的攻略对象，可看他这武装到牙齿的模样，看来湖州富商们今天要失望了。

为了表示尊敬，所有的船都比她的慢上一步，等她上岸后，大家才上岸。这湖心岛不大，在岛上还象征性地铺了满地白沙，模仿那海滩，白沙看起来极其细腻，在日光下熠熠发光，文臻捧了一把看，才发现那是极细的玉珠掺着打磨圆润的细小水晶——如此豪奢，叹为观止。

白沙之上陈列了紫藤软榻，软榻边缘还垂着水晶铃，风过泠泠作响，别有情致。

文臻高坐正中，所有客人围坐一圈，正对着湖面。忽然"铮"的一声，对面湖中缓缓升起一圈白玉台，台面都雕琢成浮云形状，远远望去便如湖面生云，渺然而有仙气，而湖上四面莲舟动，无数莲舟逶迤向云台而来。每艘舟上都有数名美人，有的穿着丝绡，衣袂飘举，手持琵琶，做飞天之状；有的穿着彩衣，五色彩绢凌空飞舞，炫目华美；有的穿着奇装异服，裸露雪白的手臂小腿和大半个胸脯腰肢，却都缀着无数金珠琉璃，起舞之时琳琅作响，腰肢柔软如蛇，扭动时乳波臀浪，引得一地眼珠子灼灼乱滚。

这些舞女在船上歌舞，便上了云台继续，那云台竟然还是可以移动的，绕着整个小岛缓缓逶迤而行，当真便如浮云迤逦，好一曲云上九天仙魔同舞，共此人间艳福。

众人目眩神迷，文臻听见好些人呼吸不能自控地变得粗重。

又有侍女源源不断送上瓜果饮食，都是时鲜珍异，拿钱也买不到的那种。文臻瞟一眼周围的人，看见张钺半阖着眼如老僧入定，仿佛对外物毫无感知，却在她稍稍一动之后，便转头道："大人可是渴了？喝些茶吧，这茶不错，我喝过了，但果子还是不要吃了。"

"为何？"

张钺道："这果子性凉，并不合适你们女子。"

文臻未曾想到这书呆子竟然还有这么体贴的心思，转而想到他关照她喝茶，还特意提到他已经喝过，这家伙明明是吃过亏的，这是怕有毒，先提前帮她试毒？

文臻心中好笑，但也难免有些感动，点点头，茶水沾了沾唇，又看了一眼苏训，苏训站在她身后，倒是在认真看表演，眼神却没落在那些腰肢和大腿上，却在看那些女子的动作神情。

绣娘出身的采桑对那些天魔舞一般的表演不屑一顾，一直盯着地面，十分艳羡地悄悄和文臻道："小姐，要是拿这些玉珠和水晶珠子去穿了孔，添进绣品里，不知道多好看呢。"

文臻笑道："那你就抓一把，想来主家也不会和你计较。"

采桑头一摆："那可不行，我是刺史大人的丫鬟，我可不能丢了大人的人！"

文臻懒懒一笑："这你就错了。"

"咦？"

"作为拥有你这么好的丫鬟的刺史大人，努力的唯一目标就应该是让丫鬟可以随心所欲地仰仗自己，想拿珠子就拿珠子，想骂人就骂人……别人别说笑话你，连心里想想都不许有。"

"小姐霸气，小姐万岁！"

对面，请客的林富商微微倾着身子，一张瘦长脸上笑容微微："鄙处简陋，慢待大人了，不过瞧大人谈笑甚欢，心情尚好？"

文臻放下手中茶盏，笑道："林先生这里如果算是简陋，那天下便没有豪奢之处了。"

林富商刚刚展开笑容，却听文臻又悠悠道："只是这鼎铛玉石，峻宇雕墙，绮罗竞列，金翠满庭，细看来却白骨为底，血泪充盈，风过有号哭之声，我却是不敢享的。"

一霎静默。

林富商身子微微一僵，随即干笑道："大人玩笑了，玩笑了。"

文臻笑道："对，玩笑。"

细看来，她眼底却没有笑意。

林富商不敢说话了。

采桑却忽然道："林先生，要我说，你请我家小姐看这表演其心很是不良。小姐是女子，你弄这些以色媚人的女子来做这天魔诱惑之态，你内心对女人，对我家小姐，可有半分尊敬？”

又是一霎静默。

半晌，林富商咽了一口唾液，吸口气，笑道：“是草民失礼了。草民只想着这湖上云台颇有几分趣致，想给大人瞧个新鲜而已……既如此，大人可喜欢看戏？草民这里供养着湖州最有名的戏班艺园春，颇有几出好戏值得一看。”

“那自然是要见识的。”

舞女们匆匆撤下，换了戏班上台。林富商告罪更衣，又有一两位富商也悄然起身，去了后头庭院。

文臻眼角一瞥，不动声色。

林富商转过长廊，在一个隐僻的角落站定，身后那两名富商也跟了上来，三人面面相觑，半晌，其中一人有点哆嗦地道：“咱们真要……真要……”

林富商烦躁地道：“怎么，你想临时收手吗？也不看看这什么时候了！”

那富商道：“可是，可是，你瞧刺史大人……”

“你瞧刺史大人那个德行！”林富商怒道，“我那般巴结讨好，你看她什么态度？她和她身边人口口声声都什么话？你信不信如果咱们不动手，回头她就能抄了咱们的家！”

另一人沉声道：“刺史大人可能已经知晓什么了，想必咱们那丝麻转卖生意露了馅。”

“原本今日宴便是宴，上头确实是打算要我好好请这个客。说是等到给刺史大人教训够了，也该给点甜头。但是上头也不知道哪里吃了瘪，昨日又传了令，改了主意。”林富商阴沉地道，“说这位软硬不吃，不用再虚与委蛇了，怕夜长梦多。今天双管齐下，湖心岛和城中一起动手，无论如何她都逃不掉！”

“城中……”

“城中两千守卫实际掌握在兵曹龚鹏程手中，趁刺史大人不在，会派人散布刺史大人要升今年的赋税定额的谣言，引发百姓闹事，再以此为借口出动兵丁和民壮镇压，乱子一起，谁帮刺史大人就杀了谁，听话的就拉拢过来，事情闹得越大越好，就算刺史大人从我们这里逃脱，回到城里也要面对城乱，到时候要么她死于民乱，要么民乱之后的朝廷追责，终究都是一个死。可惜那个老奸巨猾的李连成不肯来岛上，也不肯给我一个准话，照应我们在城中的事情……不过想来也不至于给我们添乱，那人精明得很呢……”

“李连成态度不明，张家呢？城中巨富的护院人数也不少呢，万一被刺史大人拉拢的话……”

“张家上次给宜王殿下挑拨得乱了。最近那个老女人夺回了权柄，把张老三软禁在家里，那老女人不许张老三和咱们联络，一口回绝了所有上门的访客，和谁都不兜搭，张家且不管他。”

“那咱们城中谁仓部主事，稳妥吗？”

“唐家大佬们自有安排，治中大人的人，玉城郡守带着郡兵昨天也悄悄到了，再加上龚兵曹的人，另外漕帮也承诺暗中帮忙……湖州还有谁能抵抗？”

“湖州府白林今日没来……”

“白林是个谨慎人，一向四面不靠，再说他湖州府那点衙役抵什么事？你莫要忘了，刺史大人本领再大，她手头没有兵！”

“说到兵，咱们不是和州军关系良好？为什么不干脆调州军，岂不是更稳妥？”

“州军无朝廷诏令不可进城，毛都尉不会同意的，顶多照应着，不理会罢了。”

三人商量一阵，最终连那位胆子最小的方家仓部主事人也安心了许多，当下三人舒坦地解了手，又分开回了座，林富商回去时和正在喝茶看戏的治中黄青松眼光一碰。

台上还在热热闹闹唱戏，这是一出武戏，武生在台上跟斗翻得令人眼花缭乱，底下一连串的叫好声，云台一直在缓缓移动，此时正好快要移到文臻正对面。

那武生跟斗已经翻了上百个，文臻也来了兴致，微微倾着身子，随着众人一起数。

忽然那武生一个翻身，手一扬，一道寒光如电直射文臻！

与此同时，他肩上的彩旗也同时飙射而出，向着文臻身侧的张钺、苏训、寒鸦、潘航等人而去！

而此时正在穿梭人群上茶的婢女手腕一转，衣袖里掉落一只链锤，砸向文臻头顶。

不知道谁的脚猛蹬了一下文臻坐的紫藤软椅，椅子忽然散了，化为一团藤网，将文臻困在其中。

湖州城今日风和日丽，气氛却有些怪异。

窃窃私语声先是从茶楼里响起，然后从茶楼里卷出，再卷到街道上，人群中。

“我听我在刺史府的朋友说，刺史大人最近一直在查阅往年的赋税记录，说是往年赋税太低，说我们湖州是鱼米之乡，产粮大州，不该就交这点钱粮，已经报请朝廷重新核准，要提一提今年的税额呢！”

“什么！咱们这么重的赋税还嫌低？”

“这有什么奇怪的，赋税是官员的政绩，是官员们晋升的青云梯，只有嫌少的，没有嫌多的。赋税收得越多越好，官员晋升越快越猛，咱们这位女刺史雄心勃勃，是要拿整个湖州百姓的命做她步步高升的踏脚石呢！”

“这……这不大可能吧，我瞧着刺史大人自来湖州以来的行事明明很是体恤百姓……”

“体恤百姓？这位你知道不？叶县小叶村的，我远房老舅，上个月刺史大人就任前，曾经在小叶村投宿，当时就到处询问税额的事，还答应了帮忙交税又反悔，小叶村的村民不知道她的身份，见她无赖，揍了她一顿，回头整个村都生了病，我这老舅来湖州投奔我，我才知道还有这事！”

“天啊，这可怎么办？这要真的朝廷核准，再升税额，咱们今年日子就没法过了啊，去年我们就吃了大半年的瓜菜，吃得人人面黄肌瘦，去劳役时腿软还要被骂！”

“要么去刺史府问一问吧，请个愿，求见一下刺史大人，和她陈情诉冤，说说咱们的难处，刺史大人毕竟是女人，心软，说不定就收回了呢？”

“这个不大好吧，万一被认为是聚众闹事，惹出事来怎么办？”

“咱们都是普通百姓，手无寸铁，求见刺史诉说冤情是再平常不过的事情。刺史大人但凡有一点人性，也不会误会咱们的。怎么会拿兵丁来对付咱们呢？”

“走走走，都去和刺史大人说说！”

第六十一章

乱生

人流渐渐会聚，不知情的人询问两句，忍不住也加入了队伍，人群越聚越多，等到了刺史府门前已经有了数百人，将刺史衙门前挤了个水泄不通。

大家吵嚷着要见刺史大人，不多时，便有兵丁急步而出，在衙门前站了一排，不许百姓靠近，吵嚷中难免有推搡，推搡中不知谁撞着了门口的击闻鼓，惊得所有人一愣。

击鼓必有冤，在衙官员必得升堂，不多时，兵曹龚鹏程便冷着脸全副武装带着大队兵丁出现，冷喝："谁击鼓？"

众人面面相觑，知道击鼓意义不同，不敢应声，龚鹏程怒道："击闻鼓也是你们击着玩的？都给我散了！"手一挥，士兵们便上前推搡。

人群中便有人大喊："我们确实有冤，如何不许我们说话！想要提我们的赋税，是要逼死我们吗！"

他面前一个士兵恶狠狠道："衙门的事哪有你们说话的份，你是要造反吗！"枪杆一横，重重将人往后推去，那群人脚步踉跄，不知谁"哎哟"一声，跌倒在地，那群士兵却停也没停，继续向前推，人们的脚步七零八落，有人发出惨呼，随即有人大叫："不得了了，不得了了，踩死人了！踩死人了！"

龚鹏程眼底笑意一闪，等了一下，才傲慢地道："停。"

但这句话已经说迟了，人群中有一个人血肉模糊地被搀扶出来，这人的惨状立即激怒了在场的百姓，那些人纷纷乱骂起来，再次冲了上去，这一次冲得凶猛且无章法，瞬间便将那批没有准备的士兵冲倒，击闻鼓也被推倒，被无数双脚踩烂，无数人跳过大鼓，潮水般涌了进去。

龚鹏程大惊，连连吹哨，也跟着冲了进去。那些冲进去的百姓一直冲到二进院子，忽然停住脚步，看见一大队黑压压的士兵，正面色严肃严阵以待。

百姓们何曾见过这阵仗，当时便腿软想撤，龚鹏程却在身后大喊：“这些人闯衙造反，格杀勿论！”

士兵们挺枪冲来，百姓们脑海里一片空白，大多反身就跑，一边跑一边大喊：“刺史府士兵杀人啦——”

这批人跑到街上，慌不择路地奔逃。

龚鹏程一脸焦急，他站在台阶上，看着人潮如被飓风吹动一层层蔓延向全城，眼底也有笑意渐渐漫开。

湖州府离刺史府不远，隔着三条街，这边的动静起来没多久，湖州府就听见了喧哗。

今日原本休沐，原本白林也要去藏珠湖散散心，却因为有些伤风留在了府中，听见喧闹待要出门，却在二门口被自己的师爷给拦住了：“大人，您还病着，外头的事便不要管了罢。”

白林微微皱起眉，他那心腹师爷凑近他耳边低声说了几句，白林微微变色：“当真？”

“当真，幸亏大人您今日没去藏珠湖，那里怕是风险更大。如今刺史府那边已经闹起来，左右都是刺史未能抚民之过，而且刺史今日自身难保。您要出这个头，怕将来刺史倒了，您首先就要被清算了！”

师爷说着便打算自己去前头安排事务，并不担心大人不采纳他的建议，毕竟白大人向来老成持重，谨慎少言，四面不靠，湖州换了几任刺史，他依旧稳稳在这个湖州府，靠的从来都是不偏不倚不理会，既不掺和，也不多事。

他转过身，白林站在原地沉思，并没有立即回后院养病，忽然唤住他道：“少陵。”

师爷回首。

“你说，”白林缓缓道，“你方才一口咬定刺史大人这回完了，所以本府不能多事。可如果刺史大人不会完呢？本府作为湖州首府，和刺史府三街之隔，掌湖州一地民生，对乱象不闻不问，届时本府又要如何交代？”

“大人，刺史大人凭什么不会完？您真的听清楚小的方才所说了吗？湖州府内三千丁，漕帮的人，连同治中，玉城郡守，以及刺史府内各曹……刺史大人才几个护卫！”

白林依旧在沉思，忽听一阵笑声，回首正看见女儿在放纸鸢，没心没肺的丫头，挑春节回来之后以为她要伤心的，结果她说原来她那日看见的人是殿下，殿下看不上她再天经地义不过，她能远远多看殿下一眼也算是福气。白林眼神微微柔软了些，想着儿女是父母的债，总要为他们好生筹谋，一步踏错，自己这条老命也就罢了，丫头要怎么办?

想到女儿又想到挑春节上的事情，他心中一动，低头急速思考了一阵，忽然转回书房，换了官服大步走出来，一边扣扣子一边道："点齐所有衙役，立即随本府前往刺史府！"

"大人！"

白林摆了摆手，道："有些时候是不能中庸的。"

"大人！"

白林头也不回，早走远了。

人潮蔓延到江湖捞附近时，正当午时，是江湖捞生意最好的时候。

江湖捞的玻璃厨房已经装了起来，因为新奇，引得很多人来瞧，生意更上一层楼。隔着透明墙，人们也可以亲眼看见江湖捞里的食材处理，看见那些冻着的牛羊肉是如何神奇地削成红白分明肌理漂亮的牛羊肉卷，一斤羊肉要切出八十片才算合格。

江湖捞的羊肉只选东堂蒙州草原的上好绵羊，早早和牧民购买之后便进行圈养，以文臻亲自定下的食材喂养，至合适重量后再宰杀，只取"上脑""黄瓜条""三岔儿"等几个精华部位，一只全羊最后选用的精肉大概也只有十几斤，可谓精中选精。

至于作料更是琳琅满目，也有人别有心思，趁着这厨房透明想来偷师，将那作料的种类都学了去，奈何调出的味道却天差地远，无他，文臻的酱油是她自己的配方酿造的，鲜美无可比拟，用吃过的人话说，拌白米饭都是美味，更不要说其余的辣椒油、大豆酱、芝麻酱之类的，都是文臻走到哪吃到哪选出的最好的原料，自己的独门配方，东堂效仿的火锅店多矣，但也不过是捡江湖捞的剩饭吃。

至于清洗那些蔬菜的讲究和处理程序的复杂，以及厨房和人员的卫生状况，在这个年代，人人一身白衣，委实比许多普通富裕人家还讲究些。至此，江湖捞各种乱七八糟的闹事销声匿迹，生意更上一层楼，借着这股东风，文臻已经命人在城南选址建楼，准备新开快餐连锁店。

因此君莫晓也忙碌得很，都没时间跟着文臻去藏珠湖浪，心中难免几分怨念。

隐约听得远处吵嚷时，她也没在意。

忽然有人大步冲进店中，伸手就来拉她，君莫晓大怒，正要将这孟浪之人的手拍掉，那人已经急声在她耳侧道："君掌柜，小的是对街李老爷家派来的，李老爷让小的知会您一声，江湖捞赶紧关门避一避，不然恐怕马上就要有祸事！"

君莫晓一惊，看这人不认识，李老爷她却是知道的，江湖捞店子地段都好，对街住着湖州两大巨富，两家的宅子就占了整整一条街的区域，一边是李连成家，一边是张家，李老爷就是李连成，喜欢吃火锅，江湖捞有他专门的包间。

君莫晓虽然不认识这人，但看一眼这人焦灼的眼神，想起文臻说过看人看眼，眸正神清可信，目光闪烁不可交，心下便就信了。只是此时大家多半是刚开吃，就这么驱散，以后江湖捞还怎么做生意？

她素来有决断，想了想，一拍手，大声和众位食客道：“诸位，抱歉了，小店这里听说混进了江洋大盗，需要闭店搜查，为防对方狗急跳墙误伤，还请诸位速速离去，为表歉意，今日诸位的火锅都由小店请客，多谢多谢。”

李家家丁也是跟随老爷浸淫商界多年，心想老爷说得对，刺史大人身边果然无弱者。这位女掌柜听说了这么紧急的事，并没有想着自己的人先逃命，顷刻之间就想出了最为妥当合理的理由，先疏散食客，既全了脸面，又安抚了人心，也不影响以后的生意，真是对得起刺史大人的信任。

果然一听这话，再无人啰嗦，人们纷纷起身离去，顷刻人便走光。君莫晓立即拦住还想收拾桌面的店员，喝令：“所有人立即找地方躲一躲，不要留在店里！如果要出去，就脱掉江湖捞的制服！”

众人都赶紧脱掉制服，各自散开，那李家家丁不住催促，君莫晓却在此时开始收拾东西，道：“这些火锅都是特制的，一旦给人冲进店来打坏，一时供应不上就得关店，你晓得又得影响多少人的营生？还有这透明琉璃好不容易才烧制出来的，一块多少钱你知道吗，给砸碎了我会吐血的！”

李家家丁：“你也不怕跑不掉自己被打吐血！”

“不怕！谁让我吐一滴血，我家臻儿会让他吐三升！”君莫晓收拾了火锅，将大门加了三层锁，此时外头的喧闹声已经很近，李家家丁怕自己被波及，狠狠一跺脚，说一声快点，自己赶紧跑走了。

君莫晓这边刚刚锁好最后一个窗户，就听见外头一声大叫：“江湖捞没少赚咱们的血汗钱，刺史大人还不够吗！把她这聚宝盆给我先砸了，也让她尝尝铜钿没了的滋味！”

“轰隆”一声，是大门被砸到的声音。

外头有人惊叫，却是一个江湖捞的女店员冲出店外，在对街被人流堵住，里头有人认出她是江湖捞的店员，就有一群人将她拦住，任那少女左冲右突，总不许她过，其中又有一些浑水摸鱼的混混，见那少女被围追堵截，披头散发，梨花带雨，越发兴奋，故意半敞了胸膛，用胸去撞那少女：“哎呀，来哥哥这儿呀，来亲一下哥哥就让你过去！”

君莫晓正要走，远远地隔窗看见，气得毛发倒竖，正看从哪里冲出去更近，忽然看见对街李家的大门忽然打开了，一队李家护院冲出来，人人手持棍棒，当先一人一棒子便将那混混拨开，顺势将那少女拽进了李家队伍之后，冲着那群人大喝道：“私人宅院，何人敢扰！”

那群人看见气势汹汹的大汉站成一排，想起首富李家，家里养着许多好手，顿时胆怯了三分，里头龚鹏程安排好的起哄的人也不愿意平白得罪这样的巨富之家，当下也不作声，人群便往后退，又有人道：“还是去砸了江湖捞！”当下就有人抄起地上石头去砸江湖捞的窗户，谁知道石子刚刚飞出去，李家护院抡起棒子一挥，石子在半空碎成粉末，落了众人一头。

不等众人发作，那人高马大的李家护院眼眸一瞪：“石头也不许乱砸！万一砸破我家的琉璃瓦怎么办！”

众人看看隔了半条街的江湖捞，再看看围墙里面还隔着足足几十丈的李家的深宅大院，心想这得是车弩射出来的石头才能砸到你家的琉璃瓦吧？

众人憋气一阵，只好又退，随即就有人嚷道：“那是江湖捞的总掌柜，拦住她！拦住她，叫她带我们去问刺史大人！”

李家护院们一抬头，就看见江湖捞后门蹿出一个少女往这里奔过来了。

而此时江湖捞的店员因为近的原因，大多都奔往这里，因为其余街道都有人流，这些人不敢乱走，便请求李家荫庇，李家护院也便默默打开侧门让人进去，此时看见君莫晓也往这边来，李家正要让开道路，忽然有人道：“看！”

护院们抬头，就看见追在君莫晓身后的人明显不是那些热血上头的普通百姓，那些人黑巾蒙面，身形矫健，手持刀剑，紧紧追着君莫晓。

李家护院有不少都是军伍出身，熟悉军队，有人眼眸一缩，脱口而出：“像是军中之人！”

这话一出，众人心中便是一紧，面面相觑。

得了老爷的吩咐，要尽量不动声色帮江湖捞一把，给刺史大人卖个好，但是如今发现了军方的痕迹，这事态就不一样了，还能不能掺和进去，就得再禀报老爷了。

李家护院匆匆回去禀告，那边君莫晓已经冲了过来，李家护院们还在犹豫，忽然一抬眼，看见君莫晓身后，江湖捞屋脊上冒出一道人影，那人宽袍大袖，衣着古雅，立在风中，手中拿着一柄紫黑色的巨弓。

李家护院一看那巨弓，眼瞳就一缩——那人看起来斯文，还有几分文弱，但是能用这种弓的人，膂力一定惊人。

那是传说中极硬又极轻的紫檀弓。

众人看见一道人影，人影身后紧紧跟着一线紫电。

众人眼前只见一团紫光旋转闪耀，下一瞬身边烈风伴随灰土扬起，再睁眼才发现自己和同伴不知何时已经踉跄退后好几步，而一根紫黑色的箭就钉在自己等人原来站立的地方，众人死死盯着那一处地方，只听见几声细微的裂响，从箭尖深入的地方开始慢慢绽开一条缝隙，缝隙越来越大，越来越大，直至将那坚硬的青石板裂开一条巴掌宽的，横贯整条巷子的沟渠，像一张被割裂的大嘴，讽刺地笑着。

众人憋着一口气。

随即听见门背后，自家老爷厉声道：“都回来！”

李家护院急速后退，闪身入门。

君莫晓从地上爬起，灰头土脸，她方才拼死一扑，才堪堪躲过那可怕的一箭，扑向李家大门。

在即将扑入前一秒，门关上了。

君莫晓踉跄后退，险些撞歪了鼻子。

她一时只觉得荒唐，险些大骂一声：“你不救人到底是要闹哪儿样！”

随后，她只觉得整个后背汗毛竖起，一股极大的恐惧和极其奇怪的情绪盈满胸腔，下意识一回头，正看见那宽袍人从容地架上第二支箭，对准了她。

第六十二章

女魔王

和江湖捞相隔不远的三间书屋这时候锁着门，很快就有一批人撞开了门冲了进去，点燃了火把，要往那些接天连地的书架上扔。

那都是几年间江湖捞不断捐赠，书生们到处借书抄书，积攒起来的宝贵财富，是湖州所有贫穷学子的精神食粮，也是穷书生们改变一生命运的阶梯。

现在这些人要毁了它。

一些书生缩在墙角看着，有人要冲上去，便有人拉住他，殷殷劝道："那都是恶徒，小心连你一起烧了！"

"可那是刺史大人出钱，大家辛辛苦苦攒下的书！"

"没事，典学上次不是说了吗，咱们只要好生向学，不随意出头，少去三间书屋，回头他会推荐我们上州学的。"

"那也不能就这样让他们把书烧了啊！"

"没事，州学的书也很多的，咱们不愁没书看，听我的，不要多事，回头典学推荐上州学才是要紧。"

"李镜，你忘记当初为供你读书一家子挨饿，是谁接济你全家，又让你来三间书屋读书，还免费供你一日三餐的了！"

"你怎么说话呢！我又没说不感激刺史大人，只是恶徒势大，何必为此枉送性命呢！"

燕绝近日生病，一直在城东一家富商献出来的宅子里休养。那座宅子叫明园，号称湖州三大园之一，景致秀美精巧还在其次，关键里头美女如云，以至于定王殿下虚耗太多，病迟迟养不好。

今日一早，定王殿下正对着自己发明的黄头牌，考虑着今天掀月翘还是星沉的牌子，忽然听见外头喧哗，坐起身看时，就见一园子的莺飞柳乱，鬓横钗斜，娇呼恓惶，燕绝禁不住大声喝问："怎么了？"

话音未落，就看见一大群人奔了进来，沉重的长靴踏花碎草，女眷们惊呼走避，还有人娇呼着往燕绝这里扑来，喊着保护殿下，燕绝心中一暖，当先的汉子却毫无顾忌，一伸手捏住了一个女子的脖颈，抬手就把她扔进了荷花池里。

一声尖叫后，女人们以前所未有的速度逃开，只留下病弱的燕绝面对一大群气势汹汹的暴徒。

燕绝大惊："文臻，你要造反了吗！文臻！文臻！"

当然没人理他，汉子们一步步逼近，燕绝的护卫们赶来，护着燕绝一步步后退，燕绝在人墙后大喊："你们疯了！知道我是谁吗！"

当先大汉冷笑道："知道，定王殿下嘛，对刺史大人一往情深是不是？想来刺史大人无论出于私情还是公义，都不能置殿下于不顾啊。"说着一挥手，道，"绑起来，先切根小手指，送去给刺史大人瞧瞧。"

燕绝听着不对，愕然道："你们不是文臻的人？你们是哪方的？不对啊，你们怎么能来绑我威胁文臻？拿我能威胁文臻吗？不是，我是说，拿我能威胁文臻，不不，不是要你们拿我威胁文臻，而是这事就说不通……怎么会有人拿我去威胁文臻！"

领头的大汉冷着脸，杀气腾腾道："刺史大人倒行逆施，要加湖州赋税，我等忍无可忍，只得和她好好讲个道理。请出定王殿下也是迫不得已，不如此，刺史大人如何肯服软？也请殿下明白我等的苦楚，好好配合，我等定不会为难殿下的。"

燕绝喊："这叫什么事儿！你们大可不必如此大费周章，不就是要整刺史吗？我也觉得文臻倒行逆施，不堪为官。我比你们更迫切地觉得文臻需要被教训，这是真心话，不需要你们掳我，我自愿给你们帮忙，切手指头大可不必，我直接带你们去处置她好了！你们放心，王令一出，她不敢不接！"

汉子悍然拒绝："殿下不必如此虚与委蛇，殿下对刺史大人倾慕已久，湖州百姓谁不知晓？殿下的话，我等可不敢信！"

燕绝忽然暴怒地道："放屁，什么一往情深！不要我的时候嫌我丑，需要的时候我就一往情深了，文臻你要不要脸！"

领头大汉眼底掠过一丝笑意，但戏还是要演，下巴一摆，身后的人逼上前来，手中长刀寒光熠熠，将燕绝和护卫团团包围。

燕绝眼看那悬殊的人数，终于忍不住大叫："来人，拿我令牌，去州军调兵！调兵救王驾！”

他伸手将亲王令牌抛出，护卫人群后有人大声叫：“得令！”高高跃起，将令牌接起，一溜烟去了。

燕绝正在暗赞这人身手灵活反应机敏，能在敌人还没反应过来的时候就闯出包围圈，忽然觉得不对，转头看了看自己的护卫群。

他是亲王，护卫分内卫外卫，外卫负责院子守卫被隔在外头进不来，内卫是最信任的二十人，现在数了数，二十人都在身侧，那刚才那个接了王令去调州军的人是谁？

再一回头看那些大汉竟然把刀都收了，又流水般退了出去，当先那个大汉临走的时候还彬彬有礼地冲他躬了躬身。

燕绝只觉得满脸疑惑，头皮发麻。

他是不是一不小心又被那个女魔王给忽悠了？

文臻一霎间，陷入三重杀手。

整个看台上的人们乱成一片，所以也就没人注意到，湖上的云台在这瞬间忽然塌了。

云台上翻跟斗的武生和那些对着文臻的人继续发出杀招的戏班的人，都因为脚下忽然翻倒而出手失了准头。

因此寒鸦出手，轻轻松松拨开了射向张钺苏训潘航的彩旗。

潘航便能腾出手，一剑击在了那婢女链锤的链子上，那婢女来不及惨叫，被锤爆了头。

潘航出剑的同时，一脚踢在文臻藤椅的腿上，藤椅顺着滑溜的晶石地面滑了出去，正好躲过了那柄飞刀。

采桑一脚踢起，一大片玉珠晶石飞起，晶光闪耀，正将一个扑过来的人迷了满眼。而冷莺也出现在正悄悄溜走的林富商背后，勒住了他的咽喉。

这一切只发生在刹那之间。

刹那之间文臻的人就控制住了局势，而此时文臻正拍拍衣裳上的玉珠晶石，站起身来。采桑赶过去扶着她，还不忘记顺手抓一把玉珠塞进兜里。

刚才不能拿，现在可以拿，因为这里马上就是小姐的了。

这一霎局势翻转太快，震惊了所有的人。潘航和寒鸦人影连闪，将另外两个先前和林富商一起出去的人也堵住了，人群渐渐安静下来。

林富商虽然被制，眼底狠辣之色不减，撮唇一声呼哨，那些戏班的人和两边莲舟的舞女纷纷在水中亮出武器，向岸上游来。

同时背后的庭院内也涌出几十人，持刀仗剑，向沙滩冲来。

岸上一部分人惊呼，一部分人早已站开到了旁边冷笑。

但是惊呼声还没停止，水中那些人忽然便停住了，随即大片大片的血花从湖水里翻腾而起，瞬间便将那一片水域染红。

有一个游得最近的舞女再浮上来时，头颅已经不见了。

这一幕实在太过可怖，以至于光天化日之下，这些养尊处优的官员富商如坠冰窟，几乎以为自己落入了噩梦中。

直到这一片的湖水从浅红转为深红，水底涌出许多穿着淡青色水靠的汉子，无声向岸边游来。

穿着水靠的汉子们上岸，便抽出分水刺，迎上了那些埋伏的杀手。厮杀声里，一个汉子上岸来，吐掉叼着的麦管，水淋淋地先向文臻行礼：“参见大人。”

文臻笑道：“匡校尉果然好水性。诸位儿郎辛苦了，回去记上一功……毛大人呢？”

那匡校尉道：“遵大人吩咐，在城内等着呢。”

文臻点点头，旁边听着的人，一半面如死灰，一半震惊无比。

这是州军！刺史大人竟然已经将州军握在手中！

已经有十年以上，湖州刺史未能直接统管州军军队，这在朝廷也是默许的，毕竟刺史军政大权全掌的话，权力太大，所以如果刺史自己不能接管地方上的骄兵悍将，朝廷也乐见其成。

所以所有人都没想过，文臻竟然能这么快将州军拿到手！

她才来了几天？又是怎么撬动那个性情又厉又韧，能忍也能刚的毛万仞的？

一个男子大叫道：“不可能！不可能！州军无令不能擅调入城，擅调也是死罪！”

这是大家想不明白的问题，也是林富商等人敢悍然发难的原因，就算文臻拿到州军，按说也无权召州军入城的，朝廷一旦问责，谋逆罪名毋庸置疑。

文臻听着，眼眸一闪：“这就不劳诸位费心了。”

而原本还挺着一股气势的林富商，在看见湖中的尸体和上岸的州军之后，整个人顿时像抽去了骨头一般软了下来。至于那个方家的仓部主事人一直直着眼睛喃喃道：“你为什么不早告诉我她拿下了州军，你为什么不告诉我？”

林富商忽然大叫道：“大人！大人！我投诚！我举告！您快带人去城内！城内龚鹏程带着三千守城兵丁要作乱，您现在带人去还来得及！”

文臻回眸笑看他，神情竟然是怜悯的：“老林，你是哪来那么大的自信，会认为我调州军只调眼前这一点人？”她笑得甜蜜，“更多的州军自然在城内等着他们啊！”

旁听的众人，吸进一口带着血腥气的风。

果然州军已经全部到了文大人手里！

果然这里只是一处战场，城里才是文大人真正等待已久的修罗场！

可以想象，一旦龚鹏程开始闹事，湖州城内所有的动向，所有人的立场，都会被文大人看在眼里，到那时，州军借平乱之名出动，一夕之内，文大人就可以平了湖州！

众人一边唏嘘自己幸亏没卷入这事里去，一边暗暗心惊。

文大人早就拿到了州军，却一直不动声色，可笑这些人还以为自己手握城内三千兵，便可翻云覆雨，却不知那女子早就布下天罗地网。

之前看那女子进城之后备受刁难，虽然见招拆招，却一直没有大动作，还以为她女子心性，怀柔手段，虽然松一口气，难免也有几分轻视。谁知道人家根本就是不屑于那些细枝末节，一开始就盯住了军权，何其可怕！

在众人凛然畏惧的目光里，文臻问寒鸦冷莺："都看清楚了吗？"

"看清楚了。"冷莺指着在场众人，将众人在方才一霎的所有举动都说个明白。

她本是隐身在侧，众人在事发那一霎的真实反应都落在她眼里。

这是湖心岛，无人能至，对岸是树林，因为是私家产业不许人靠近，也无人能看见湖心岛发生了什么，这本是林家的安排，就为了方便暗杀文臻，但是现在文臻反控了局势。

事情太大，如果刺史大人不愿意事情传出去，要将所有人灭口，这里也是最方便的！

先前众人还有些杂念，渐渐便鸦雀无声，文臻看时候差不多了，对苏训示意，苏训便在旁边拟名单，片刻之后名单报上来，文臻对着名单道："本官报了名字的……"

众人一抖。

文臻急于回城收拾，直截了当地道："请留下让我安心的物事，发誓对今日此事永远三缄其口，然后带着你和你的家眷乘坐莲舟自行离开……王元秋、尤凤举……"

她一个个名字报过去，那些报到名字的人如蒙大赦，都是生意场上人，反应快，当即那个王元秋，本地最大的经营竹、木、瓷器生意的巨富，交上了一枚可以临时调动名下所有店铺一半钱财和人手的令牌。

尤凤举家族走南闯北，以南州货物易北州奇珍，赚取差价，每年需要大量路引，所以交上了今年花费大量钱财从官府买来的，几乎是家族大半经商线路的所在州县路引作为诚意抵押。

文臻其实不在乎他们交的是什么，而是要通过这样的举动看他们的态度，一个送上一半家财调动权，一个送上一半未来，她便满意地点了头，这两人开了头，后头便明白了，各自拿出足够分量的抵押来。

文臻又点了刺史府的一批属官，和湖州府衙门的一些官员出来，这些人面面相觑，他们可拿不出那些财产店铺。

文臻却道："今日观诸君心地，是为忠君爱国之士。只要忠心王事，自当受州军保护，受本官保护，诸位大人请上船，日后还望勠力同心，共治湖州。"又道，"州军护送各位大人回城。”

众位官员心中明白文臻话中之意，州军护送回城，那么今日之后，他们就等于被归于刺史大人阵营，日后自然只能好好跟随大人办事。但于他们来说，本就不敢生什么心思——这位女刺史这般手段，谁还敢和她作对？

血湖上莲舟静静离开，到最后就剩下治中黄青松，黄青松手下几个幕僚，刺史府功曹、簿曹、典学，湖州府府丞，林、方、杨三家商人及其家丁。

黄青松颤声道：“大人……大人留下下官是何意？”

杀完人的州军下了水，一部分人跟随潘航进去了后头的庭院，过了一会儿出来，将所有剩下的莲舟驶过来，其余州军上船，最好的一艘留给了文臻和张钺，文臻从容上船，从头至尾没看这些人一眼。

黄青松等人看见州军竟然也全部上了船，都松了一口气，虽然想不通为什么刺史不杀他们，但终归能逃命都是好的，此刻见莲舟全部用完，又有些慌了，黄青松追了几步，大喊：“刺史大人，您这是什么意思？”

文臻站在船头，面对湖心岛，张开双臂，吟咏诗赋一般悠悠道：“丁酉年四月，湖州巨商林崖栋宴刺史于藏珠湖心，宴毕，林某及诸宾客流连美色，留宿中岛。未几，地心动、中岛崩、琼楼毁、玉宇倾、云台灭、莲舟失。林某及诸宾客，伤身、受困、物尽、粮绝，丧。”

湖上掠来血气未散的风，风中少女衣带当风，眼眸深黑，缓缓吟诵音色甜美，一字字却如切金断玉，最后一个丧字干干脆脆而又冷冷静静，挟着这满湖大风荡过水面，猛然撞入众人耳中。

黄青松眼前一黑，他张大嘴看着渐渐乘舟远去的文臻，似乎不敢相信这蜜糖般的少女竟然真的能做出这样的事来。

随即他猛然转身，狂奔向岛上那些庭院，却忽然发现另一边的水面上漂着各种食物，米面油等物，显然先前州军离开入庭院，就是将岛上备着的所有食材都扔进了水中。

黄青松绝望地停住了脚步，想起那句“地心动，中岛崩”面色大变，转身就跑。

但是已经来不及了。

轰然一声，整座岛猛然一颤，随即又是几声轰鸣，分别响在岛的四侧，几声炸响之后，地面迅速裂开无数裂缝，那些雕栏玉砌、层台累榭、丹楹刻桷、朱甍碧瓦……于滚滚烟尘中无声绽裂、倾毁、塌陷……金玉成灰，珠翠化齑，玉阙琼楼都做了土。

正好跑到一座全黑晶石雕刻的松鹤延年照壁前的黄青松被那巨大照壁当头砸下。

头顶飞鹤，名含青松，不得延年。

第六十三章

拳头大说了算

文臻立在湖上，那州军专用的地火弹果然威力更甚，看着林崖栋等人狂呼乱叫，四处走避，眼前闪过小叶村寡妇满是老茧和伤口的手，插着旗的院墙，一枚枚数着铜板买来的丝麻。

这些人敢靠吸百姓的血，或高价转卖丝麻，或囤积居奇粮米，谋来这万贯家财，富贵荣华，就要做好承担一切后果的准备。

湖心岛地动，主家及亲近宾客被倒塌的建筑砸死。

老天降怒，不可抗力，真是可惜。

轰鸣和惨叫声回荡在原本仙境一般的湖心岛上，藏珠湖上却是死一般的寂静。

州军第一次执行刺史的任务就遇上这样的场面，饶是这些见过血拼过刀的军伍汉子也不禁心中颤栗。

文臻最后看了一眼湖心岛，转身，所有人在她转身的那一刻都无声谦恭低头。

君莫晓一转头看见那箭尖，便知道第二箭她避不过去了。

但她绝不甘心莫名其妙死在这里，一咬牙继续往前飞奔，听见身后利箭撕裂空气呼啸而来，脑中一片空白。

就在她要奔过一户大门的门前时，身侧忽然“吱呀”一声，大门打开，一双手伸出来将她拽进了门中！

大门关紧，上栓，君莫晓惊魂未定一回头，就看见宽敞的院子里全是人，中间太师椅上坐着一个干瘦女子，翘着小脚，拿着一个在东堂还很少见的长长的烟杆。

一声巨响，整座门一阵晃动，却并没有破裂。

太师椅上的女子冷笑道：“紫檀弓箭很稀奇吗？我这大门是整的紫檀，看谁更硬！”

君莫晓“啧啧”一声，这种时候都忍不住想寸木寸金的紫檀拿来做大门这是何等豪气，不过换成这家也不奇怪。这是李家对面的张家的夫人，这位夫人出身豪富，后又助夫家跻身湖州巨富，是个说一不二的厉害角色。原本嫁人后功成身退，相夫教子，但是听说挑春节后家里闹了一场，现在太师椅上坐着她，旁边站着她缩头缩脑的夫君，看来轮到张家老爷功成身退了。

君莫晓隐约听说挑春节上宜王殿下敲打过张家老爷，此刻张夫人拉她进门，或许是还人情？不过这也算是冒了偌大的风险，毕竟紫檀木门挡得住一支箭却挡不住满城军。

果然下一刻便响起攀墙的声音，有人跃上墙头，但是还没站稳，张夫人烟杆一指，便有一大群护院涌上，准备好的长棍子齐齐将人捣了下去。

门外有人砸门，有人扔进燃烧的火把，张夫人敲敲烟杆，又有人抬过来准备好的粪桶，爬上梯子，对着墙外就泼下去。

张夫人抽着大烟道：“泼远一点！”

君莫晓想，对门就是李家，泼远一点不是正好泼李家大门上？

张夫人并不看外头的盛况，不急不慢拿出准备好的布条绑住鼻子，顺手还给了君莫晓一条，挥挥烟杆，示意君莫晓往里走，一边走一边道：“老李那个目光短浅的蠢货，帮人居然不帮到底！”

身后忽然连响，君莫晓回头，就看见有好几个人跃上墙头，在被捣下去之前，将各自背上的大罐子砸了下来，罐子在地面的破裂声清脆，一股油味弥散开来。

君莫晓未及变色，无数火箭射入院中，明明一个方向来的，却速度极快，显然是那位紫檀弓神射手出手。火箭连发，张家的人连搬倒院中大缸放水救火都来不及，火已经瞬间矗立成墙，燃着了半个院子。

大火一起，原本齐整的张家护院顿时散乱，张家的主人们更是四散奔逃，张家那个黑脸老爷一边抱头往里狂奔一边大叫：“你这婆娘！我说不能救，你偏要救！咱们张家今日便要毁在你这恶婆娘手里了！”

张夫人的黄铜烟杆猛地敲了回去：“毁了便毁了，总比分给那些贱种好！”

张家老爷抱头从两个女人身边冲过，张夫人拉着君莫晓要走，君莫晓一拉她，道：“夫人恩义，莫晓感激。如今日不死，必倾力以报。只是莫晓不能再留在张家，害了无辜性命，莫晓这就出去了。”

说完转身要走，却被张夫人一把抓住辫子，往后一拧，道：“你是要我也像老李一样，做个救人救一半的蠢货吗？”说着也不由分说，押着她便走。

君莫晓想笑，心中却一热，忽然心有所感，猛然回头，果然隔着那熊熊火光，看见院墙之上大袖飘，看见那人影的一瞬间，她猛地扑倒张夫人，耳听得破空声呼啸而过，不知箭钉在什么地方。整座厅堂都似乎摇了一摇，心中松了一口气，刚刚爬起，要拉张夫人起来，忽然身边一响，不及回头，已经看见巨大的黑影倒了下来。

她脑中电光一闪，恍惚记起旁边是座巨大沉重的玉石底座红木屏风，上头镶满了分量不轻的螺钿、象牙、金银、琉璃、玉石翡翠云母……那支箭根本就没打算射人，只是想推倒这屏风砸死她们！

君莫晓刚刚站起的身形猛地又跪了下去，在张夫人上方拱起背脊！

巨大的黑影如死亡阴影般呼啸罩下。

君莫晓脑中轰然狂鸣，只觉得此刻心中涌动着一股奇特的情绪，让她想笑又想哭，却知道已经来不及。

似乎什么东西飞来，在火焰和浓烟背景中旋出黑色的光影，随即又砰然一响，什么东西在贴地快速移动，发出一连串尖锐的声响，君莫晓想象中的剧痛没有来。

她睁开眼睛，就看见屏风被斜斜撑在自己的上方，撑住屏风的是一根熟铜棍，还有一个倒下的柜子，这两样东西让屏风被形成了安全的死角，护住了两个女子。

两个黑衣红甲缀金边的男子奔了过来，将她和张夫人扶出，君莫晓并不认识，对方却道：“州军大营校尉周吉、魏洪波，奉刺史命前来救护，我等来迟，姑娘恕罪。”

君莫晓睁大眼睛，越过两人肩头，看见张家大门已经打开，那可怕的宽袍人的身影已经不见。无数黑衣士兵如黑色洪流涌入张家大院，熟练地扔下背上的沙土袋压灭火焰，而更多的士兵将街道上的人流驱散。

奔走声、号啕声、惨叫声，伴随滚滚浓烟再次冲上天际，这一回却换了对象。

君莫晓眼眶猛然一热。

三间书屋前，火把迅速点燃了书架，终于还是有人控制不住自己，挣脱身边人的拉扯，猛扑过去用脚拼命地踩火，又大喊：“水呢！水！”

又有一些士子拎着水桶飞奔过来。

也有以李镜为首的几个人撇嘴看看救火的众人，悄悄转身便走。

刚转身，便迎面一大桶水泼来，浇了他个浑身透湿。

李镜刚想骂，就感觉一座山迎面而来，轰然而去，撞得他原地打一个转，险些扑入火场里。

身后有同伴惊慌地道：“州军！”

李镜不敢置信地回头，就看见黑衣红甲的士兵列队而过，三两下将那火灭了，又拎小鸡一般将那几个救火的书生拎到一边，当先一人转头对李镜龇牙一笑，十分幸灾乐祸地道："恭喜这位士子，从今天开始，你的三间书屋就读资格没有了，州学入学资格也取消了。另外，刺史大人说了，开科取士，永不录用。"

李镜眼前一黑。

刺史府门前，一片乱象。

人流于刺史府前的街道聚集，无数人冲上去和府兵开打，而府兵手中的长枪恶狠狠地敲在百姓的头上。刺史府前的防线被冲毁，然后大批百姓再次乱哄哄地拥了进去。

这次拥进去的人手中已经多了各种棍棒石头，见着人就砸就打，刺史府内的属官以文官为主，纷纷惊叫走避。

白林带着湖州府衙役赶到时，看见的就是这样的乱象。

他只觉得脑中嗡的一声，当即厉声下令："皂班上前，水火棍横栏，截断人流！快班从墙头入府包抄！壮班随本府入内！"

黑衣的皂班上前，水火棍前后连接，如铁索横江，将还要往内涌的人流截住。这回的拦截和龚鹏程带的城兵风格不同，再无暗地里戳捅，只将人死死拦住。

白林急匆匆带人赶进刺史府内，先将刚冲进第一进院子里的人驱逐，又将在第一进院子里狼奔豕突的刺史府属官收拢到自己队伍中，很快院子里便安静了许多。

白林听着外头的声浪，心中焦灼，他人手太少，无法压下眼看要蔓延全城的浪潮，也无法拿下那些别有用心的城兵，只能先护下刺史府属官，卖文臻一个人情，也避免事情闹得太大。

忽然他看见廊下有人喝茶，不禁眼眸一缩，这什么时候了，居然还有人有心情喝茶？再一看那人，竟然是龚鹏程。

龚鹏程看见他，怡然不惧，还举了举茶杯，道："岚山春茶，不比刺史府上次招待大人的雾湖云针差，白大人不来一口？"

"龚大人，现在是喝茶的时候吗？你喝的是茶吗？"

"哦？不是茶，那是什么？"

"是这满城无辜百姓拥挤呼号，为人驱使，为人践踏，所流的血！"

"不过蝼蚁而已。"

"龚大人，你做下这等丧尽天良，人神共愤之事，便不怕青天昭昭，也不怕朝廷法度吗！"

"法度？法度掌握在谁手里？"龚鹏程一声冷笑，"我今日便告诉你，法度在刀中，在枪中，在湖州城内这三千城兵中，在我手中！只要该死的人都死了，湖州的法度就是我，千里之外的朝廷法度劈不到我！白大人，你今日前来，我很失望。原以为你是个聪明人，却原来也是个颟顸之辈！我是个慈善人，给你一个机会，带着你的人回去吧，我会当你今日没来过。”

白林深吸一口气。

片刻之后，他走过庭院，推开了第二进的门。

龚鹏程唇角下撇出森冷的弧度。

自己找死，怨不得别人。

然后他看见白林在门槛上站住了，而他身后的壮班衙役则在双腿打抖，有人在缓缓后退，龚鹏程唇角冷笑更深——里头想必尸横一地，此时才害怕后悔，是不是太迟了一点？

然后他听见了脚步声。

他有点好奇地起身，想要召唤一下自己的属下，人杀差不多就退出去，到街道上去，湖州要乱，又不能太乱，毕竟后头还要尽快恢复营生的。

他一过去，白林回首看他一眼，眼神很奇怪，然后就退了下去，他一退，壮班的衙役退得更快，龚鹏程上前一步，嗤笑道：“现在还想抽身吗？”

然后他定住，确实看见尸横一地。并不是刺史府属官，也不是百姓，而是穿着土黄色衣甲的城兵。

一队黑衣红甲的士兵正迎面向他走来，在他们的身后还有一些士兵，冷漠地将自己的刀或者枪从地面尸身上收回，也不入鞘，一路滴着鲜血加入队伍。

走在最前面的一个人，五短身材，国字脸上眼眸细长。这人龚鹏程却是认识的，因为认识而越发觉得天崩地塌，脑袋里嗡嗡作响，这回换他张着嘴却说不出话来了。

毛万仞走到他面前，并没有说话，忽然一侧身，微微躬身。

第二进院子深处，有人缓缓走来，绕开那些血泊，她一边避让，一边笑盈盈道：“龚兵曹，你说得对。枪杆子里头出政权，谁兵多，谁拳头大，当然谁说了算。”

她在离龚鹏程一丈外站定，偏头笑问他：“你猜，我是不是个慈善人？会不会给你一个机会，也让你就此转头呢？”

龚鹏程茫然地望着她的笑容，只觉得浑身发寒，猛然膝盖一软，便跪在了血泊里，却不是要求饶——他已经没有力气求饶了。

今日的仓部主事人，始作俑者，不会有这个机会的。

文臻也没等他的回答，她还有很多事要做，她只是从龚鹏程身边走过去，一边走一边吩咐道：“龚鹏程的手下，参与杀戮的一律杀了，没有沾血的允许投诚，全部移出军籍，执行一年苦役后再释放。”

“是。”

“从现在开始，全城戒严，不许进也不许出。全城搜捕参与今日暴乱的恶徒。有举告者，赏；隐匿不报者，连坐。”

“是。”

“除各级官府外，文庙州学寺庙以及丰宝仓等地有无派人护卫看守？”

“有。”

“漕帮有参与这次事件吗？”

“有。”

“不用理会街面上谁是漕帮的人，直接去漕帮总坛，趁他们的人还没回去，端掉他们的总坛，将他们的所有账册文书统统拉回刺史府。”

“是。”

发令声和传令声不断远去。

余下的士兵围上来。

龚鹏程听着那肃杀冷漠又毫无遗漏的命令，身子一软，瘫倒在血泊中，心中只滚过一个念头：完了。

第六十四章

刺史威武

湖州刺史文臻上任不足两月，湖州城内百姓因流言所扰，引发暴动，城兵镇压时发生冲突，暴乱蔓延全城。人们一度冲入刺史府，打砸三间书屋，杀伤官吏，侵扰富户民居，其时刺史本于藏珠湖湖心岛饮宴，又莫名遇上湖心岛地动山崩。但奇怪的是，地动砸死了宴客的主家和包括治中大人在内的一众官员，刺史大人却毫发无伤，并迅速现身于城中，以护持王驾为名，由定王燕绝出王令调动州军，一日之内，定刺史府，散聚众人群，护巨商富户，救三间书屋，并以“保护良民”为由，迅速驱兵占据漕帮总坛，将漕帮上下都置于“看守”之中。

是日，血流盈渠，万物噤声，焰火处处，脚步声如鼓。

整座湖州城都笼罩在无尽的惊恐之中，在街道上捋袖呼号的人们，如水分流，迅速流回了自己的安全屋，于门缝内听着军靴和刀剑碰撞的碎响，在寂静的夜和黢黑的街巷中，彻夜不休。

有词家云：由日至夜，兵火不绝。

这一事件，被称为“湖州四月”。

一个月后，经过张钺亲自妙笔诠释过的事件奏章递上朝廷，朝野震动。群臣皆为字里行间透露出来的信息和女刺史的铁腕决心所震惊，不乏有人上书弹劾文臻行事酷烈，有伤天和，或有渎职不法之事。因为此次事件，城兵“为国作战，英勇牺牲”人数竟达千余人。兵曹龚鹏程更是“身先士卒，奋战而亡”。玉城郡守被“误杀”，而治中大人、功曹、簿曹、典学等官员，还有几个富商则倒霉地死于其后的湖心岛地动之中。

并无战事，和平时期，伤亡如此惨重，令人震骇。更令人震骇的是城兵牺牲惨烈，却并无暴民官吏仓部主事人为此承担罪责。因为事件的起因是流言乱城，百姓被谣言愚弄裹挟，散布流言者为漕帮人士，已被当场诛杀，之后城兵中一小撮人心怀不轨，趁机作乱抢劫，与另一部分城兵产生内讧，交战而亡。而漕帮也有帮众行为不轨，卷入纷争，引发大规模流血械斗，误杀玉城郡守，并试图挟持定王殿下，亦被一同剿灭。而百姓前期虽有混乱，但因为州军及时赶到，护持有力，除一位宿醉误落阴沟淹死的，大多只是受伤，并无死亡。

总之，作乱是有的，但问题不在刺史。百姓虽生乱，但是受蒙蔽且没有受到致命伤害，城兵是死了很多的，但是是自相残杀的，罪责只应归于兵曹管理不力，而兵曹也死了。

凶手当然也要有一个，那就是漕帮。

也有人提出州军入城的不妥之处，历来地方州军，除外敌入境，城兵暴动、百姓叛乱缘由外，一律不可入城池，湖州之乱不属于以上任何一种。但问题是州军是定王殿下以护持王驾为名调的，而熟读案卷的张钺同样为定王此举找到了有力的律令依据——只要不涉谋逆，皇室直系子弟无论在何时何地，受地方任何军队的绝对保护。

至于州军其实是在亲王令牌之前便已入城的这个时间差……有证据吗？

事情是这么上报的，至于信不信，文臻的态度是：随你。

事后朝廷大佬自然有悄悄派人查探，得到的结果却令他们发愣许久，发愣的原因不仅仅是文臻在此一事中的连环缜密手段，更令人心中发寒的是她事后处理得够胆够狠，滴水不漏。该杀的人都杀了，想解决的都解决了，一手操弄偌大事端，再将事端推给死人的那几方，连擅调州军这种事都利用了定王一把，周全如圆，天衣无缝。

但不可否认的是，经此一事，女刺史在最短的时间内一举收服了湖州。四月十六这一日流遍湖州大街小巷的血，最终成为刺史大人即将于湖州升起的“文”字大旗上的鲜艳的红，在日后刺史大人执政的时期内，飘扬在湖州官员和百姓的脑袋上。

四月十七日的太阳照常升起，整座湖州城却异常安静。

文臻照常上班，当她走过刺史官衙的时候，所有的属官都无声避到一边。

有很多官员连夜赶来，在官衙门口求见，文臻一概不见，只召见了湖州府白林。而事后在张钺递上朝廷的奏章中，白林也是唯一被浓墨重彩夸奖的本地官员。

当汇报完昨日情形的白林走出刺史府，迎上挤在门口的湖州同僚们那一双双羡慕又嫉妒的眼眸时，心中也难免庆幸和后怕。

庆幸昨日自己做了正确的选择，后怕自己也曾有一霎无人知晓的动摇。

湖州商户也聚集在一起，想要拜会刺史，他们选择了晚上，但是依旧没有能得到刺史大人的垂青。同样，也只有做杂货生意起家的张家夫人得到了接见，张夫人昂首挺胸出来后，将从不离手的烟杆一折两段，表示刺史大人说了，福寿膏害人，刺史大人会亲自替她调养戒断，这是刺史大人的爱重，她老婆子万万不可辜负。

张夫人同样沐浴着同行艳羡的目光洒然而去，她的夫君垂头丧气跟在她后头捧着她砸断的烟杆。

湖州首富李连成满肚的苦水，在刺史门前等了半夜，最终苏训出来收了他的礼，却代刺史大人送上了一份厚礼，说是感谢李先生仗义相助。

李连成不敢不收这礼，收了却满腹心酸。先出手助人的是他，接纳保护了江湖捞的人是他，最终却被那个跟他斗了一辈子的冤家张夫人占了上风去。

那些等候了整日整夜的官员富商，在初夏微热的风中散去的时候，想到脚下的刺史府地牢里，此刻满满的待定刑的犯人，想到就在不久前，眼前微黑的土壤曾经渗透了鲜血，心便不由得一跳。

紧接着，文臻便提拔了一批官员，除了治中和郡守这样的位置需要朝廷指派外，其余兵曹、功曹、簿曹、典学等负责湖州兵事、官员考核人事选拔、钱粮薄书和教育劝学之类职司的低级官员，以及在那日事件中表现有异被清洗掉的官员空出的职位，都在近期张钺暗中观察考核通过，以及那日事件中表现没问题的吏员中提拔补充。连当初在江湖捞帮忙，被文臻看中的纪书生也安排了一个典学的职务，负责州学学生的管理考核。

而新上任的簿曹等人则日夜加班，开始查漕帮的行册账簿。

之前文臻屡次派人联系漕帮，漕帮傲慢，以各种理由推搪拖延，却没想到刺史雷厉风行。漕帮原本仗着势大，无人能撼动，却没想到文臻能驱使全部州军，当即就被抄了底。

州军闯入漕帮总坛密室的时候，漕帮帮主正试图将一堆账册付之一炬，火本来已经烧起来了，被特意赶去的苏训给灭了。

本来州军那里也有护送多余粮草去定阳的证据，但是文臻要把州军开脱出来，只能从漕帮入手。漕帮的账册虽然拿到手，但是涉及粮草运送的内容却多是暗语，很难作为证据。

张钺为此急得头秃，自觉辜负了大人的信任，湖州赋税有猫腻，唐家一事如此清晰明了，却无法拿出令人信服的直接证据来。因此辗转反侧，日夜难眠，发际线生生往上移了一寸，却坚持不肯找文臻诉苦，苏训劝他，他便一皱眉，道："大人已经很是辛苦，你瞧她袍子越穿越宽大，说明近日一定是瘦了，何况那日之事后湖州整顿，千头万绪，如何还能再给她添事儿？"

苏训往刺史办公署看了一眼，心想袍子确实越穿越大，但是人哪里瘦了？自从殿下来过，改了菜单，大人胃口也渐渐好了，每日五六顿滋养着，眼瞧着两颊都微微鼓起来了，也只有张大人这个眼瞎的，才会看大人“楚楚可怜，弱不胜衣”吧？也不低头照照镜子，明明“楚楚可怜，弱不胜衣”的那个人该是他自己吧？

正想着，就看见文臻晃晃悠悠过来了，苏训下意识往阴影里一站，张钺欢喜地抬起头来，看见他的动作，倒怔了一怔，心想这人最近见着大人，总有点避着，不知道是什么意思，但注意力随即便被文臻吸引过去，发现她上头穿一件宽松短衫，下头是一件更宽松的裙子，短衫下摆绣着五色彩绣花边，整个人穿得飘飘荡荡，却又不显臃肿，别有种雍容韵致，只是这式样在东堂从未见过。

忽然一个人抱着高高的文书从他面前直直走过，生生遮挡了他看文臻的视线，张钺回过神来，才发现采桑不知道什么时候从她小姐身后走了出来，挡在了两人之间。

他莫名其妙咳嗽一声，和采桑点了点头，因为之前和采桑演过一场尴尬的戏的原因，脸还红了。

采桑翻个白眼给他行个礼走过。

心无杂念的张大人被文书吸引，翻开看看是漕帮的日常开支账簿，不禁愕然。

文臻一边吃着零食一边坐了下来，她已经显怀了，就在燕绥走后不久，好在她穿宽松衣服成了惯例，遮掩得也并不费力，又按照高丽国裙子式样做了几套新衣，因为她觉得那种式样最能遮掩肚子。

但真的要到八九个月以后还是很难遮住的，所以她要趁现在肚子还不够大的时候，将所有事情结束，之后就要安心养胎了。

她拖过一张纸，那里已经按照现代记账收支明细的方法列好了表格，又点点账簿，道：“我已经下令找出漕帮帮众日常吃用支出账簿，并用现代收支记账法重新整理，列出漕帮在平时供养帮众所费粮食衣物支出以及船只使用耗损记录，对比每年收税运送赋税时期漕帮的相关开支，以及同期其余赋税相近的州运送赋税所需要的船只人力和开支……”

张钺一开始还蒙着，随即眼睛便慢慢亮起来。

“漕帮在运送赋税期间会大量使用船只人员，对比他们平时人员都在时候的开支和用船记录，根据减少的数量，会很容易推算出运送赋税所需的船只和人员数。然后同期附近赋税额差不多的州，水运需要的船只和人员数也有数据，一对比，就会发现漕帮运载量和人员数远远超过附近各州……

“另外，收上来的粮食统一存放湖州粮仓，之后会由车马行统一运往漕帮码头，当日雇了多少车马，每辆大车能存放多少粮食，这也是一个具体数量的佐证。查找证据就是这样，不必紧盯着一个方向，一件事要想办成，必然要经过许多程序环节，那么就必然会有痕迹可循，何况赋税粮食这么大的事，漏洞可以说是遍地都是。再者，漕帮各位头领的田庄商铺财产，黄青松、龚鹏程、林崖栋等人名下财产，日常交易往来，也清理出一份清单并写一份弹劾奏折，连同咱们的奏章和账簿清理结果一并上呈朝廷……记住，我们关键是要核定准确的往年税赋，好为朝廷今年的税额做参考。”文臻一锤定音。

张钺拊掌，只觉得心神畅快，由衷赞叹：“大人思路清晰，见识卓著，钺生平仅见！”

采桑道：“是啊是啊，我家殿下的！”

文臻笑：“不说话没人拿你当哑巴！”

她侃侃说完，又恢复那种懒懒神气，掩嘴打个呵欠，公然表示昨晚失眠要翘班补眠，带着采桑摇摇晃晃地走了。张钺一脸的心疼，积极表示：“大人辛苦了，大人为公事夙夜匪懈，何必拘泥于这区区半日。且放心休息，一切都有钺呢。”同时感叹地和苏训道，“大人真是辛苦啊……”

苏训看看他快要下垂到脸颊的眼袋，再想想刚才那个容光焕发的“夙夜匪懈日夜操劳所以要补眠”的刺史大人……

随后他听见张钺用微带批评的语气道：“苏训，你最近是怎么了？莫非有什么心事？我瞧着你近日待大人总有些远着。如果真有什么难处，不便和大人说的，和我说也是一样。咱们也算同生共死过的交情，总不该留了心障。”

苏训抬起眼，对上的却是张钺微带关切的目光，他心中一动，知道书呆子其实并不呆，相反心思敏感细腻，在大人身边待久了，越发灵敏了，而这话虽有三分警告戒备，但倒有七分关切真心，他心底涌起淡淡暖意，也因此心情更为复杂，半晌笑了笑，道：“大人多虑了。我只是因为上次迎蓝山庄的事，觉得自己没有武功，也缺乏经验，在大人身边有时候还是一个拖累，想着还是最好能多修炼修炼，待到能独当一面了，再为刺史大人效力吧。”

张钺便放下心来，眉眼舒展地道：“能为大人效力本就是此生有幸，你有莫大本领，已是难得，不必求全责备。”他翻着文臻手拟的那表格，感叹地道，“大人真是全才！这个表格，收支分明，简明扼要，看似简易，实则不凡。最起码这刺史府若干老吏可没谁能拿出来过，可刺史大人这般轻描淡写便拿出来了。回头这表格可不能就这么夹在奏章里递上去，少不得要再写一份表章，和诸位老大臣好好说说这表格的好处，若是能被推广全国，也是大人的一份功劳呢。”说着又将表格和账簿推过去，道，“你既无事，要不要随我一起整理这账簿？”

苏训看着那账簿，手微微一动，最终却笑道：“我都忘记了，潘校尉让我去校场随他学枪去。”

潘航已经入了州军大营编制，领了一个校尉职。

张钺也不在意，道："强身健体也是好事，快去快去。"

苏训便起身，转过弯时，回头看了一眼，见张钺已经埋首于高高的账簿堆之后，莫名叹了一口气，忽听身后有人问："好端端叹什么气？"

苏训转身，就见方才已经走了的文臻正笑盈盈站在他背后，他心一跳，脸上却还算平静，只微微笑道："想着张大人也实在是辛苦。正好刺史大人还没走，顺便提醒一下大人，张大人这里的账簿很是重要，您看是不是多派些护卫日夜看守？"

文臻看了他一眼，笑道："你很谨慎，我知道了。"

苏训便躬身离去。采桑看着他的背影，撇撇嘴道："小姐你少和他说话！"

文臻悠悠地向前走。

采桑追上去："小姐我不和您嬉皮笑脸，真的，我和您说正经的，这个人一看就心思深沉，给殿下提鞋都不配——"

第六十五章

渣男

文臻转回自己的后院，君莫晓在那里等她，同行的还有张家夫人，张夫人是按照她的嘱咐来戒断福寿膏的。

文臻一见她便笑道：“零食可吃完了？吃完了尽管朝我要，这戒断福寿膏，嘴里总有瘾，就靠零食撑着了。”

张夫人站起身迎接，还悄悄带着的烟嘴儿，文臻就当没看见，知道这是瘾君子的毛病，就算不抽了，心理上一时还断不开。

张夫人笑道：“大人的零嘴，老婆子便是没吃完也想着再要几种，也不知道哪来那许多新鲜玩意儿，样样都是好的，市面上多少钱都买不着。大人要是愿意，老婆子愿意出资开个铺面，保管那生意……”话说到一半便抽了自己一下，懊恼道，“我这毛病！刺史大人何等身份，赐几样零食给老婆子那已经是百忙之中的恩典，难道还要亲自操持去做那零食去卖不成！”

文臻已经笑起来，道：“若无你这般对生意的灵敏，何来张家偌大的产业。你的建议并非不好，不过确实我也没那个时间去做零食店铺，等闲了再安排吧。”

张夫人的建议她想过，并且已经实施。留山的妙银来信，说是留山的很多姑娘小伙和千秋盟的人接触多了，也有人做了苍南州和滇州的江湖捞的帮工，渐渐有了出去见识的想法，问能不能来湖州给大人帮忙。

文臻自然乐见其成，让土著走出大山，拓宽视野，促进人口流动，财富增加和民族交流，本就是她的打算。妙银来了以后正好可以开起零食铺子和连锁店，也是她的帮手。

张夫人摸出一个梅子吃了，又啧啧称赞道：“大人诸般零食都做得好，就是最近的梅子越做越酸了，我一瞧见就生了满嘴的唾液。”

文臻心中一怔，君莫晓在一边笑道：“哎呀小臻，你不是一向不喜欢吃酸的吗？怎么最近口味变了？”

她说这话无心，张夫人却一顿，手中梅子放下，眼光在文臻特别宽大的衣服上一瞥，再往她脸上看了看，又看了看，那神情，眼看着便不自在起来了。

文臻脸上笑容不变，心里知道她看出来了。

张夫人这种生意场上打滚几十年，自身也生育许多次的精明女子，有些事瞒不过的。

最近衣服真是太宽大了。

虽然她笑意不变，张夫人却隐约觉得有些寒意，脸色也微微一变。

君莫晓还不觉得，犹自叨叨道：“小臻，我带了我自己最近调制的生腌辣蟹……”

张夫人忽然生硬地打断她：“大人不能吃！”

君莫晓一怔，文臻又笑了。

张夫人已经察觉了她方才的杀意，依旧暗示她知道怀孕的事，这是表态了。

有这份心就够了。

这次她的笑容温柔了许多，道：“夫人说的是。夫人是过来人，若还有什么需要禁忌的，或许也可以提醒我一二。”

张夫人暗暗松了口气，心知大人这么直接地认了，那就是把她当了自己人。随即坦然道：“大人极其谨慎，老婆子没什么可叮嘱的。老婆子只和大人说，您有需要，张家万死不辞。”顿了顿她又道，“说起来似乎是老婆子救过君姑娘，卖了大人一个好。实则大人和殿下早就救了我张家，若不是殿下，张家的家产迟早给那个老不修折腾光，便不折腾，我那几个儿女性子都弱，又如何能是那群如狼似虎的私生子的对手？殿下的恩德，张家必定要报的。”

文臻点点头，弯起唇角，心想，张夫人提起燕绥，这是猜到孩子是谁的了。

张夫人则感叹地看着她，心想谁说这位心如铁石？提起殿下，整个人都温柔了。这个孩子是谁的也就不言而喻了。

两人打了半天哑谜，君莫晓听得一脸蒙，脑袋来回摆动：“你们在说什么？”

到此时，再瞒着君莫晓就太不厚道了，文臻温柔地对她拍拍肚子，道：“莫晓，恭喜你，你要做姨姨了。”

君莫晓瞪着她肚子，好半晌终于反应过来，冲上前来，伸手要摸，蓦地又收回去，回去之后想了半天，在地上翻了个跟头。

文臻“噗”的一声笑了，采桑险些笑破了肚子。

翻完跟斗的君莫晓直起身，神清气爽，终于恢复正常，走过来将文臻衣裳一掀，看看她肚子，倒吸一口凉气，回头伸手把带来的篮子一拎，和张夫人点个头，道：“行了，我知道了，走了。夫人自便。”转身就走。

文臻目瞪口呆。

“你跑什么啊！”

“急啊，好多事啊！你肚子已经不小了，孩子的小衣裳、尿布、玩具、被褥及诸般用具，还有你需要用的东西，稳婆，大夫，都需要准备起来啊！”

“要你愁这个，我们这边早就在秘密准备着了！”

“那还差不多，但我也要赶回去做衣服啊，孩子衣服得选些好棉布细细地做……等一下，你是没工夫准备的，谁给你准备？采桑？寒鸦？冷莺？好啊，所有人都知道了，我最后一个知道，文臻，文小臻，我还是你的莫晓吗？你心里是不是有别的女人了！”

“莫晓，近檀也还不知道呢。”

“是了，只闻新人笑，不见旧人哭！”

“采桑，为何我忽然觉得我像个渣男？”

“不知老卯缘何亲自自川北赶来？对了，最近都没有看见五公子呢。在下想着，莫非唐公子心灰意冷，欲回川北了？那在下也有几分乡愁之思了呢。”

“阁下真是明知故问。老朽此来，自然是为了湖州。湖州局势如此，阁下此刻居然想置身事外？”

“老卯这话说得便有失公允了。湖州事件，在下可是破例亲身参与，身先士卒，就差没赔上这条不算贱的命，可你们唐家呢？五公子当时去了哪里？林崖栋准备如此周全为何也会惨败？州军竟然早已落入文臻手中，想来就是那夜作客毛万仞迎蓝山庄所得，当时五公子和文臻有私下接触，他当真全不知晓？若他知晓，为何却没通知老卯和我等及时收手？”

“阁下是在质疑我唐家无能呢，还是在质疑羡之通敌？阁下当时不也在迎蓝山庄？为何也没发现文臻竟然已经说动了毛万仞呢？”

“我可未与那女子正面相对，本想着唐公子才智无双，由他出手，想来更多几分把握，却没想，英雄难过美人关啊……”

“阁下这话是什么意思？五公子是我唐家继承人，与我唐家休戚相关，断然不会拿唐家百年基业开玩笑，此事不过是那女子狡猾诡诈，且有些运气罢了。”

“老卯，你若将一切归结于运气，那委实也太牵强了些，那咱们这盟约不结也罢。”

“阁下如此轻言毁约，却也非君子所为！”

“便不毁约，唐家在湖州势力也已被扫荡干净，刺史大人雷厉风行，下手既快又狠，你唐家又还能翻出什么天来？”

“呵呵，阁下这么说，可就太小看唐家在湖州的二十年经营了。是，唐家目前在湖州的官场商场势力确实都被那女人拔了，但是要说唐家束手无策还早得很！三关，最少还有三关拦在那女人身前，她想要真正得到湖州，且先过了这三关再说吧！”

“若是你唐家仓部主事人对那女子别有用意，别说三关，便是三十关，那女子也依旧过得去。”

“何至于此。阁下如果真不放心，那便由老夫接手湖州之事，亲自布置那三关，便教那不知自量的女刺史魂断湖州！”

“老卯这么一说，在下对那三关可就真好奇了，不知在下可有缘一听？”

再一个月，湖州治中黄青松，兵曹龚鹏程等人被查出中饱私囊，收受贿赂，勾连匪众，图谋不轨，谎报赋税等罪名，剥夺了所有的赏赐封诰。

文臻收到朝廷下文时，不出意料地笑了笑——还真以为会让他们享受死后哀荣呢？她可没这么好心。

文臻查出来的账册和最后的核算数据都交给了朝廷，并没有给出确切数字，只让朝廷自己推算，最终推算出三倍往年赋税金额，也就是说，湖州每年的赋税其实只有三成半是交给朝廷的，其余都流到了唐家的口袋。

当初湖州四月事件是因为赋税谣言引起，文臻自然不肯背锅。她直接公布了往年赋税总数，宣布今年要调整，但绝不会调高，以安民众之心。

此时已经入夏，今年夏天的雨水却很少，文臻有点担心大旱，在给朝廷的奏章中，再三请求不要猛调赋税，三倍绝不可行。并在连续一个月没下雨之后，先是召集湖州巨富商谈，得到了万一旱灾他们倾力支持赈灾的承诺。而每年年中的丰宝仓查仓时间也要到了，文臻亲自接了朝中来的查仓官员，一同前去丰宝仓。

湖州丰宝仓是东堂最大的几个粮仓之一，承担着储备粮食，平抑粮价，以及转供军需的作用。部分粮食由官府在丰年购买，部分则以赋税方式在民间征收，待到荒年可请旨开仓出借粮种给百姓，秋熟后再还。另外丰年购粮灾年卖粮，也有平抑粮价以免谷贱伤农或者囤积居奇的作用。

不过因为东堂内部形势吃紧，湖州丰宝仓最主要的作用是战备储粮，也是文臻此次受命，务必要守好的地方。

湖州丰宝仓从去年开始就不曾向百姓出借粮食，倒是还购入了不少布匹、棉花、生铁。

文臻上任初始，已经视察过丰宝仓，只是当时事务繁忙，进仓之后看见连天接地的大堆谷仓，都堆得满满，抽出一部分看了，倒也都是新粮，便离开了。此次重来，是要查看账册、清点粮食、查看数目、谷物是否有霉烂、仓廒是否完好，再根据具体数目估算，万一有灾的时候能够动用多少粮食。

湖州丰宝仓在湖州城南，相对于富人官员聚集的城东，和手工商业聚集的城西，城南则是平民居住区，来往人流也算密集，只是在靠近丰宝仓三里处，就已经圈地由专门的丰宝监看守。远远看去，丰宝仓就像一座大型堡垒，立于大河南岸，最外围是一道高三丈的土墙，土墙上留有枪眼，大门为浑铁所制，颇有些铜墙铁壁的味道。

至于内仓，则以青砖为顶，设置导水墙顶，排水槽，以黏土砖砌，小仓多室分隔储粮。总体设计防水防火，十分先进。

湖州丰宝仓有仓房三十六间，储粮四十万石。文臻觉得这个数字不算少，但是似乎也不算多。她掀开车帘，遥遥望着矗立在地平线上的丰宝仓，忽然对张钺道："漕帮的行脚记录显示，今年他们还没有大规模的运送行为。那么你说，如果在我来湖州之前，湖州部分地区实行了一年三赋，那么抢在我来之前收的那一批春赋现在应该在哪里？"

张钺愣了一下，对于一年三赋这件事，他和文臻都有很多疑问，其中就关系到那些粮食哪里去了，随即他道："不可能在丰宝仓，丰宝仓是定数，去年就已经满仓，再加不了这许多粮食了。再说……"他顿了顿，"我原以为丰宝仓会有问题呢……"

文臻明白他的意思，毕竟谁都知道，得粮者得天下，唐家这么疯狂搜刮粮食，竟然会放弃丰宝仓，实在是不合常理。

"丰宝仓没有问题吗？"她看见朝廷派来的仓部郎官走了过来，便不说话了。

一行车马在即将到达丰宝仓的时候，张钺忽然道："咦，此地何时多了这一处建筑？上次来丰宝仓时还未曾见。"

他指的是离丰宝仓不远的一座小楼建筑，小楼很是别致，红瓦白墙。

只是小楼很新，看着还没使用，后头有个巨大的院子，院子再后头就是藏珠湖的支流汇入的藏珠江，这片水域蜿蜒达五州之地。

只不过小楼和后院之间的角门紧闭着，并无人出入，且院子大得有点离奇，张钺禁不住多看了两眼。

采桑笑道："这是咱家大人的新产业啊。"

张钺愕然道："此地无富户，也无商业，大人在此地经营酒楼饭庄，如何能有生意？"

文臻指指外头人流道："但此地有码头，有无数打活的苦力，有丰宝仓，有钱却没处吃好饭的仓兵，还有很多帮忙运粮运货的临时散工，可这里却没有一个像样的饭铺。"

"可是他们也吃不起江湖捞啊，而且他们活计紧，休息时间少，哪能坐下来慢慢吃火锅呢？到了夏天，本就热得很，这些人也不会选择吃火锅的。”

“谁说我只会做火锅的？”文臻笑睇他一眼，干脆带他下了车，“还没正式开业，不过人员和食材已经就位，正在试菜，你今天也算有口福了。”又邀请那一行朝廷度支部来的官员，“来，尝尝我家新菜。”

朝廷官员哪敢得罪这位女刺史，都含笑点头。说着一行人便进了店，张钺一进去便赞叹，这家店通风明亮，店堂宽阔，桌椅安排疏朗，不似东堂酒楼为了节省空间多放几套桌椅，经常桌腿靠着桌腿，十分逼仄拥挤，装饰也是暖色调，引人食欲大增。

店堂一隔两半，也是用昂贵的透明琉璃隔出了空间，外头是一排一排的小方桌四人座，里头是一排柜台，柜台里一排暖炉，炉上铁盘盛着各色菜肴。流水线一般摆下去，张钺数了数，从冷盘开始，到热炒、炖菜、汤水、主食，林林总总有三十余种。

柜台的最前面放着一摞竹木盘子，柜台上方放着一堆碟子，碟子却很小，只有寻常碟子一半大。跑堂的身着白衣白帽，站在柜台后方，操着大勺，文臻领先拿起那竹木盘子，一路走一路点道：“鱼子酱烤鸭、鲍汁鸭掌、开洋冬瓜、蜜汁酸梅骨、胡椒猪肚鸡柳煲，再来一碗米仁白粥。”

众人都伸长脖子跟在她身后，看她报一个菜名，掌勺的便用那小碟子装上，搁在她的竹木大托盘里，看着菜式虽然多，每碟分量却也只有一勺，等文臻从这头走到那头，也就汤菜饭齐全，最后在柜台尾部拿了筷子和勺子，端到柜台对面的小方桌上坐下，全程不过几个眨眼的瞬间便吃上饭了。

张钺立即明白了这设置的好处，也点了和文臻一模一样的菜端上，兴致勃勃地端着，正要坐在文臻身边，和她畅聊一下这种新颖的就餐方式的好处，就见采桑走过来，在文臻身边那三个座位上，各放了一杯茶，一块手绢，还有一本文书，一本正经地道：“小姐，茶吃完喝，手绢用来擦嘴，文书您可以吃饭时随便翻翻。”

文臻一看就知道这鬼丫头想的是什么。

张大人转身就在旁边四人座上坐下来，探过头来和文臻道：“大人，您这新店甚好！这临近百姓多半忙碌，如此就餐却是省时省力，且铁盘下有暖炉，菜也不易冷，真是体恤百姓之良善之法。只是这菜似乎太好了些，却不知这一顿要所费几何？”

文臻笑道：“今日有客来，才特意关照厨房，做了几个我新研制出来的菜，食材精妙，价钱自然是不低的。来，诸位大人别忘记尝尝那个鱼子酱烤鸭。鸭是宁州名鸭东白鸭，肉质细嫩鲜美，又专门精喂过，品质更上一层。鱼子酱这东西，东堂你们是首尝，但在洋外，人家可是吃了几百年了，被视为无上妙品。这东西最开始你们可能不习惯，腥咸腥咸的，记住用舌尖微微一抿……”说着微微伸出舌尖示范了一下。

苏训正端了自己的菜，在张钺身边坐下，一转眼看见她这个动作，不禁一怔。

第六十六章

相思不似相逢好

张钺也在发怔，对面的女子最近越发腴润粉嫩，晶莹微黑的鱼子酱在那灵巧的舌尖上黑珍珠般一闪。张钺没来由地便脸红了，他掩饰尴尬地转头想和苏训打招呼，却见苏训坐得笔直，垂头盯着自己的餐盘，整个人僵硬得木头似的。

张钺见他这样，越发尴尬，只得低头吃饭，偷眼从饭碗上往文臻方向一瞧，却见刺史大人自己早就吃得欢快。

那边朝廷来的几个官员吃得不住称赞：“这鱼子酱果然入口腥咸，回味却微甘奇鲜，我自幼海边长大，却也未曾吃过如此妙品，只是这一口抿下，却有乡愁之思啊。”

“我倒觉得这烤鸭真是奇绝，皮极脆极酥香，肉却柔嫩肥甘，再衬上这鱼子酱鲜甜滋味，真是奇妙的口味和搭配。”

“我点的这道牛油舞菇扇贝，先不说那舞菇何等珍贵，只这鲜美无伦，便要令老夫词穷啊。”

“就是这米饭有些寻常。”

张钺又在关心一餐所费几何了。

文臻道：“大荤二十文，半荤十文，蔬菜一律五文一盘，白饭一文。俭省些，十五六文可以吃一餐；奢侈些，也不会超过四十文。”又推过一张菜单给张钺看，生煎馒头、煎饼果子、葱油饼、粉丝汤是早餐；椒盐酥肉、酒香牛肉、醋椒黄鱼、草头圈子、白汤蹄花是大荤；腊肠蜜豆、茭白肉丝、木樨蛋、鱼香茄子、红椒鱼球、鸡丝豆腐是半荤，至于素菜种类便更多了。

张钺看了舒了一口气，却又皱眉道：“大人这店算得上价廉物美，只是如此一来，怕是盈余有限。”

文臻笑道：“这店要开遍东堂的，在他处自然要贵一些，至于湖州，便当造福百姓嘛。”

张钺感佩和崇拜地看着文臻：“未知大人此店何名？”

话音方落，文臻眉眼也弯了，笑颜也开了，整个人忽然便似熠熠生光，每一分光彩都是由心透出的温柔。

他听得她柔声道：“本来没想好，忽然想到了，就叫好相逢快餐店。”

张钺表情有点一言难尽，这直白的店名，他实在夸不出口。

文臻悠悠道：“忍把千金酬一笑，毕竟相思，不似相逢好。”

张钺眼前一亮，忍不住喃喃道：“毕竟相思，不似相逢好……”只觉得这一句暗含嗔怨却又情丝缭绕，余味悠长。

文臻起身走到店门前，负手凝视外头行客，笑道：“好相逢模式简单，菜式统一，经营时间长，照顾行路人，我会在最短时间内将其开遍东堂，如果可能的话，开出国门更好。也好让某个嘴刁的人无论走到哪里，无论在什么时间，都能与我的菜好好相逢，便当也是与我相逢了。”

她语气平淡，张钺听着，却觉得心头一撞。

万万没想到这俗气的快餐店名里竟然藏着柔情百转，瞬间俗气也化为了雅致，但更没想到的是，这看似普通的店以及这店名里，竟然还藏着刺史大人对殿下的万千相思和爱恋。

张钺自认为跟随大人已有时日，算是了解大人，她有底线，也算善良，但终究面热心冷，看似亲切，距离却远，骨子里对谁都淡淡的，看她人前待殿下，似乎也和常人并无太多不同，叫人总会产生些“她也并非非他不可”的错觉。

有时候张钺静夜难眠，总也不免想起那夜毛万仞的提议，虽然当时他决然驳斥，也确实以为荒唐亵渎，但静夜自思，却又不禁浮想联翩，想着大人待他是真的好，对殿下似乎也并不如何牵念，若有一日情分淡去，自己这么想的时候又觉得羞愧，忍不住钻进被子里企图闷死自己以赎罪。

但今日他终于明白，以后这念头真是万万不必想了。

她是如此地将他挂记牵念，知道他挑食，知道他饮食不定，又不能在他身侧为他调理胃口，便开办那最简易最方便的连锁食肆，好让心爱的那个人无论行至何处，无论黎明深夜，都能随时吃上一口可心的热食。

他曾疑惑过，她初定湖州，掌一州民生，千头万绪，繁忙无比，为何不肯放弃这利润明显有限的快餐店，原来一方面是为了方便百姓造福天下，更重要的却是为了他。

旁边，采桑的眼神洋洋得意地飞过来，眼神里满满写着“我家殿下和大人情深义重，尔等焉敢妄想！”

张钺苦笑，低头看着自己菜盘，对苏训道：“每日在她眼光下总觉得自己是个登徒子……”

苏训拿起筷子，吃了一口，才轻轻道：“何止采桑？焉知大人不是说给你……听的？”

张钺捂住心口，只觉得被这一刀插得很深，忽然又觉得苏训方才这句话听起来有点奇怪，那个“你……”字后面似乎含糊了一个字，然而苏训已经低头猛吃，他也就不好再问了。

两个男人各有心思地吃完了这顿饭，看着文臻又指导了一番菜式调整和开业准备，其间苏训曾想去解手，下意识往后院走，但在走廊处便被拦住，被引到前庭的茅房去了。张钺站在小楼之上，遥望前方丰宝仓，再看看后头那个被锁住的，和小楼并不相称的巨大后院，总觉得哪里有点不协调。

一行人吃完饭，心满意足地继续往丰宝仓走，丰宝仓监提前已经命仓兵打开大铁门，派了副监来告罪，说是里头一间仓房忽然发现塌了一个洞，正在紧急查看有无粮食缺漏，先由副监带领诸位大人视察检验，仓监处理了突发事故后便亲自前来请罪。

文臻便应了，一行人进了丰宝仓，大铁门在身后缓缓关上，而迎面便是一个巨大的广场，广场四侧便是储存粮食等物的仓房，副监带着众人打开仓房，看那连天接地的谷仓，那些写着大大“粮”字的谷仓，都堆着冒尖的各类粮食，仓部的郎官仓部主事们爬着梯子上去，查看粮食有没有霉变，又有几位积年的老账房拿着账册对应着谷仓算账目有无问题，至于仓房本身，房顶有排水渠，广场也有排水渠，仓房内光线昏暗，但可以看见都有土墙隔开谷仓，这是最为妥善的设置，排水优秀，防火也不惜工本，即使有一处仓房着火，土墙也可以隔开其余仓房，可以将损失降到最低。

一番查验下来，仓部郎官们很是满意，当先一位郎官频频点头，倒是其中一人忽然眉头皱了皱，悄悄拉了拉领头郎官的袖子，领头郎官却回头皱眉道：“你又要出什么幺蛾子？”

那位仓部主事犹豫地道：“觉得声音有点不对，或许应该用枪试试……”

郎官看一眼文臻的背影，神色凝重：“你想清楚，如果出来的还是粮食，咱们就要得罪湖州刺史了。”

那仓部主事郎官咬牙道：“卑职还是觉得有点不对。”

郎官看着这位出身农家，精熟稻谷的属下，最终还是赔笑和文臻道：“刺史大人，按规矩，还要查查仓内……”

文臻点头，这也是常见的事，便有仓兵将自己的枪递给那仓部主事。寒鸦看着那枪，忽然眼底闪过一丝怀疑。

那仓部主事郎官接过枪，用力一扎，稻米便流了出来，金黄灿烂，品质很是不错。

所有人齐齐舒了口气，郎官展眉笑道：“湖州丰宝仓果然规矩！”然后警告地瞥了那仓部主事一眼。

那仓部主事将枪还了回去，还枪的时候，疑惑地盯了枪一眼。

众人抬头看日已西斜，正要往里头去，忽然有人道：“咦，仓监怎么这么久还没出来？”

文臻也皱了皱眉头，同时发觉里头这一进院子仓兵人数似乎有些少，忽然听见仓房里发出一声大叫，声音惨烈，她心中一颤，快步向前赶去，众人都急急跟着。

因为潘航最近在州军大营扎根，文臻现在身边只带了寒鸦和冷莺，张钺和苏训却都认为男人才能保护大人，因此在进入那仓房之前，两人都抢先一步，险些在门口挤撞起来，挤在一起的两人对望一眼，瞬间都在对方的眼睛里看见了自己的尴尬，苏训首先默默退后一步，张钺红着脸也退后一步，然后寒鸦面无表情地走过来，从两人中间穿过去，第一个进了仓房。

文臻没有跟上去，脸色缓缓沉了下来。

怀孕的人是敏感的，她嗅见了熟悉的、不祥的铁锈般的腥气，非常浓厚。

然后她就听见寒鸦急促的一声低呼。

寒鸦向来冷静，能发出这样的惊叫，可见里头情形可怕，文臻心头一紧，先将想进门的张钺扯到一边，大步跨入，然后便在门槛上停住了。

仓房内，正对着她的是仓监吊在横梁上，已经僵硬的尸体。在那摆荡的尸体脚下，则是横七竖八的负责看守后一进仓库的仓兵，鲜血流了一地，都已经死亡。而仓监尸体身后的墙上，则是一排血淋淋的大字：“刺史大人，宪命难违，国法难抗，唯将贱命付苍天耳！”

这一排字写得剑拔弩张，鲜血自笔画淋漓而下，艳红灼灼，烧得人眼皮都似生痛。

底下还有一排小字，写字的人好像已经气力不继，字迹东倒西歪，却更是张牙舞爪，凌厉彻骨，森森恨意，似要穿壁而出：“我在黄泉等你！”

文臻霍然转身，对上那几人苍白的脸孔，那几人都在后退，望着她的眼神惊惧，其中一人颤声道：“大人，今日仓储之事已经查毕并无不妥。此间凶案与我等无关，我等应该立即回京才是。”

文臻望着他们，忽然一笑，道：“怎么，你们这是觉得我在丰宝仓做了手脚，这仓监受我胁迫，眼看要暴露，无奈之下投缳自杀。你们怕我杀人灭口？”

“不不不……下官等并无此意……”

“并无此意，那第二进仓库还没查，如何就门都不进了？”文臻笑意如故，眼眸却冰冷，“遇上如此离奇的事件，自杀的又是仓监，几位都不打算查问清楚，就要仓皇回京？那么回京后陛下问起，几位打算如何回禀？直接将这墙上字以及你们自己的猜测说给陛下听吗？”

几位仓部郎官知道这位女刺史厉害，但是平日见她笑容甜美，总难免掉以轻心，此刻终见犀利颜色，领头的人只得站住，咬牙道：“大人说的是，确实应该查问个明白。”

那个先前要求用枪试谷仓内容的仓部主事是唯一一个没有躲很远的，一直盯着地下那些仓兵尸体，忽然大声道：“我想起来了！”

他这忽然一声，惊得众人都回头，带队的郎官刚要骂他，这人已经上前一步，拿起血泊中一个仓兵的枪，道：“我说怎么觉得哪里不对，这枪比寻常士兵使用的枪短了一截！”

他这话一出，寒鸦目光一闪，显然她也想明白了先前的疑惑。天机府出身的人和军营的人经常有合作。

枪短一截……

那仓部主事回头目光在人群中搜寻，看见文臻身后一个护卫背着长枪，便伸手去拿，那护卫自然不允许，伸手要打，那仓部主事性子却是个莽的，大叫：“刺史，你这是心虚吗！”

文臻道：“给他！”

护卫停手，仓部主事一把拔出枪，用尽全力，往里一捅。

稻谷很快流出来，一开始是金黄灿烂的新稻，再后来颜色发黑，最后流出来的是一点白色的东西，却不是米，是沙子。

鸦雀无声。

那仓部主事凝视着地上那一堆，悲愤莫名：“刺史大人，这便是证据！你还想抵赖吗！谷仓里分了三层，最里层是沙子，中间是霉谷，最外面一层才是一点稻谷！你们仓兵用的枪都短，就是为了防止戳仓查谷……你们的仓监看见我用枪查谷，怕最终泄露，担不起这罪责，便杀了仓兵自尽，用命向你抗诉！你你你……你真是罪恶滔天，令人发指！”

文臻冷然道：“你用枪没有试出问题，我的仓监为何要自杀？”

“那是因为我已经起了疑心，仓监怕我发现枪太短，又或者仓监良心未泯，要以死向你抗争！人家命都没了，好端端的谁和性命过不去！”那仓部主事退后一步，悲愤地道，“刺史大人，这是你的地盘，要怎么做怎么说，不都是由着你，怎么，你接下来是不是要将我们也灭口了？”

文臻吸一口气，这就是这一出计的狠毒之处了，用数条人命来构陷，从情理道义上就先立于了不败之地。

粮仓有鬼，仓监又以死控诉，命大过天，死无对证，她确实再也无法说清了。

那仓部主事性子上来，又接连捅了好几个谷仓，果然每个谷仓都是这样。

众人目光都盯在文臻身上，文臻正要说话，忽然脸色一变，随即猛地转身冲出去。

她一冲，那仓部主事大叫："你别逃！"也跟着冲过来，刚跨出门槛，就发出一声惨叫，"天啊！"

起火了！

就在这不长的时间内，丰宝仓的第一进院子已经燃起，火头多得难以尽数，几乎每间仓房的房梁上都蹿出火苗，根本救无可救。

文臻看见那火势的第一眼，就连苏训都没喊了，挽回不了的。

显然在众人进入第二进院子的时候，火头被人同时点起，并迅速蔓延——但是问题来了，丰宝仓专门设置了防火墙，每一间仓房都隔成无数小间，每一小间之间都有专门的土墙防火，这是方才众人还称赞过的防火设施，按说这么短的时间，就算无数人同时放火，也不可能这么快就把火烧成这样！

那个仓部主事眼看这燎原大火，眼神绝望："刺史，还说不是你主使的！"

"蠢货！"文臻叱喝，"粮库有假，我会丢官；粮库烧毁，我却会丢命！我脑子像你一样被门挤了吗！"

眼看因为最近天气干旱，仓房里又多霉粮，那火头蔓延得迅速，第一进院子和广场已经不能去，她又喝道："第二进院子暂时火头还没起，诸位在我身侧聚拢，我命人护着各位从后墙闯出去！"

她的人自然乖乖靠近，但那几个仓部郎官此刻哪里肯靠近她，都拼命地向后躲，像是生怕下一秒就被她扔进火里一般，文臻正要发话叫人把他们打晕带走，那个仓部主事忽然往第一进火海里冲了过去："不能跟着你，我们自己冲，再说我要搞清楚，为什么能忽然烧这么快！"

文臻大喝："拦下！"

寒鸦和护卫们都扑过去，冷莺也现出身形去抓他。但是火光焰影里忽然出现几道黑影，当先一人大袖飘飘，在火海光影里，将一样东西往那仓部主事头上一披，伸手将他一拎，竟然带着他向火海闯了过去。

他身后几个人也照样做，带走了那位仓部主事郎官和其余两位仓部郎官，但是还想带走另外几位时，寒鸦等人已经到了，拦了下来。

那几人也不恋战，径直冲向火海。

文臻立在人群中，看着人影远去，火光跃动于她眉梢眼角，她眼眸中浮现出少见的冷意。

第六十七章

硕鼠与黄雀

大火里，那个被拎住往火海里冲的仓部主事原以为自己必死无疑，却没想到四周虽然灼热非常，那火却没能烧到他身上。

再低头看蒙住自己头脸的布，黑中透银，火焰不断舔到布料，却不能留下痕迹。

他心知这是遇上宝贝了，对对方拿出这样千金不换的宝贝来救自己大为感激，就着被拎着的姿势勉力抬头想要感谢对方，对方却忽然穿过一道火焰，剧烈的炙热劈头盖脸而来，他连呼吸都困难，更别提说话了。

等到他醒过神来，发现已经穿过火海上了高墙，而身后还有人也被拎着闯过火势越来越烈的丰宝仓，他依稀认出对方是这次带队的仓部郎官，再往后还有几个同僚，但明显没了他先前用以防火的宝物，被拖拽着硬往火海里闯，发出惨叫。

他在墙头看得着急，连忙求身边的黑衣人："壮士！壮士！求求您赶紧去救我那几位同僚吧！"急忙脱下自己的防火衣，想要扔下去给同僚。

防火衣刚落下便被一只手抄住，他茫然盯着那只修长雪白的手，手的主人声音温和低沉，平静地道："我的宝物，谁允许你乱扔的？"

仓部主事觉得这语气有点熟悉，忍不住疑惑地盯着看，忽然又被底下的动静吸引了目光，看见有人从第二进院子里追了出来，好像是刺史大人的人，呼叫那几位仓部主事赶紧回去，那几位仓部主事有人犹豫了，想要回去，却被带他们出来的黑衣人有意无意按住。

仓部主事惊道："这位大人，你的手下为何不放人？这时候不放人会要人命的啊！还请您下令……"

他还没说话，身边的男子打断了他："怎么忽然就称呼我大人了？"

仓部主事一怔，其实他紧迫之下没多思考，这个称呼顺口而出，但此刻对方这样问起，他忽然不知道怎么回答，只是一抬眼，看见对方无情的眼眸，忽然便令他生了一身冷汗。

他猛然惊觉，如果自己答错了，也许这座高墙之下就是自己的葬身之地。

他也算急智，愕然道："大人是对长者的敬称。您有护卫，想必地位不低，且是我的救命恩人，自然要尊敬您。"

男子凝视着他，片刻后似乎笑了一下，偏过头，仓部主事松一口气，低头一看，却正看见那几位同僚最终还是拒绝了刺史大人属下的呼唤，跟着黑衣人向内闯，然而那几个黑衣人却在火势变猛的那一刻，飞身而起，将他几个同僚留在了火海里！

仓部主事惊呼出声。

刺史大人那些属下似乎也急了，有人在往头上泼水，想要冲进去救人，但很快就被大火逼退，已经来不及了。

火光里人影扭曲挣扎，惨呼声射入耳膜，撕心裂肺，仓部主事霍然回首，想要质问身边人，却听那人笑道："行了，滚下去吧。"

然后他就被推了下去！

幸亏高墙之下是一片厚软的草地，最近大旱，草和灌木长得茂盛，托住了他，他一路往下滚，渐渐抵消了冲力，滚到坡下时踉跄起身，心中有焦灼和疑惑，也不辨方向，就向着官道猛冲，起身时似乎看见另一个方向也有人滚了下来，他猜测应该是那位上司郎官，然而郎官却没像他一样往湖州城内的方向跑，而是往出城的方向踉跄而去。

仓部主事犹豫了一下，他也知道这时候回湖州城也是冒险，但是今夜发生了这么大的事，如何能不告知天下？最起码定王殿下还在城中啊。

想到定王殿下时，他忽然便看见前方的亲王仪仗。

仓部主事大喜，急忙扑了过去，高举着自己度支仓部主事的令牌。

"定王殿下，下官陈城，有惊天大案要向您举告！"

轿帘一掀，定王燕绝笑吟吟探出头来，用充满期待和鼓励的语气道："好的，来吧，本王正等着呢！"

丰宝仓内，刚才冲去第一进院子里救人的护卫都退了回来，向文臻禀报了方才发生的情形。

此时第二进院子里火头也已经起来，护卫射出长枪，撞开一间着火的仓房，就看见里头火势连绵，所谓的间隔根本没有任何作用。

文臻眯起眼睛，凝视了一会儿，片刻道："那间隔根本就不是土墙，是纸中间塞了草做的墙，做得极为巧妙，再加上仓房光线昏暗，瞒住了所有人的眼睛。"

文臻上次来视察，寒鸦没来，文臻的眼睛虽然能见微末，但却不能透视，自然也不能看出这墙的猫腻。

众人恍然大悟，这才明白何以这火蹿得如此之快，原来防火墙竟然是助燃墙。只是仓房的墙这么多，全部改成假墙是不小的工程，这是之前就有的，还是最近才做的手脚？

那几个被拦下的仓部主事厉声道：“刺史大人，你竟然连仓房隔墙都作假！”

文臻手一摊：“然后呢？就为了烧死我自己？”

几人语塞，随即又有人恨恨道：“焉知不是你盘剥迫害仓监过重，他为抗争报复所为！不过文大人，今日这火，丰宝仓付之一炬，你项上人头必定不保，我等倒也不必和你多费口舌了！”

“是的呢。”文臻道，“虽然我必死无疑，但有诸位陪葬，倒也值得。”

寒鸦难得有点焦灼地走过来，道：“大人，找过了，四面都无出口，我们护您从高墙出去！”

文臻没动，负手立在场中，火光烤得她脸色嫣红，她望着那些谷仓在大火中不断倾倒、消失、化为灰烬，喃喃地道：“我还是很愤怒啊……”

弄一堆假粮食，弄一件假案件，然后当着她的面杀人，当着她的面烧尽丰宝仓，这真是绝户计啊。

寒鸦看着火焰渐渐逼近，急道：“大人！”

文臻吸一口气，转头，在庭院中走了几步，庭院设置得四面低中间高，以方便排水，她走到最高处的一处井台石磨前，左转三圈，右转三圈，最后伸拳一抵，轧轧几声响动，石磨移动，地面出现一个黝黑的开口。

文臻站在地道入口，对那几个仓部主事手一伸，笑道：“既然要陪葬，自然要选处好墓穴，怎么样，敢不敢随我下去瞧瞧？”

张钺和苏训已经快步上前，苏训牢记着“危险地带护卫先查探”的教训，张钺牢记着“男人要护着女人”。

倒是寒鸦最先反应过来这是什么地方，先去推文臻：“大人快下去！”

那俩男人再次齐齐反应过来，慌忙让开。

文臻也不客气，虽然应该让客人先脱险，但想来客人是不敢先下去的。

她当先进入，这地道有阶梯，细心的寒鸦发现，从磨损程度来看，不像是新建的。

一行人下去的时候，有响亮的回声传来，可见下头空旷。

当众人再次脚踏实地的时候都嗅见了属于粮食的香气。

灯火一亮，众人都看见了眼前的场景，一时震撼无言。

眼前居然是一个巨大的广场，格局和地面上竟然几乎一模一样，四周也是一间一间的仓房，也是一座一座的谷仓，乍一看险些让人以为上面的粮库搬下来了，然而下面的空间比上面还要巨大，让人惊叹庞大的丰宝仓地下竟然还藏着如此玄机。

这明显已经不是地道密室，而是真正的丰宝仓！

真正的丰宝仓竟然是个地下粮仓！

地下粮仓对粮食的封存要求一向更高，仓部几个老堂官一时也忘记了一切，上前一步，先去封存粮食的谷仓那边去摸，走近去看才发现那些谷仓和上头还是不一样的，基本上是一个个的窖坑，有人蹲下身摸了摸窖壁，用小刀割开一点看看，惊叹道：“果然是席子夹糠法！”

张钺便好学地请教这是何法，那老堂官有些激动，和他科普道这是地下粮窖隔湿保温的妙法之一。挖好窖坑储粮，窖坑先用火烘干，然后用草木灰铺平窖底，再铺木板，木板上铺席子，席子上垫一层谷糠，再铺一层席子。窖壁也这样处理，才能保证整个粮窖如同一个巨大的保温去湿的罐子，好保存住粮食。

老仓部主事连连惊叹，说设计这粮窖的人一定是此中高手，文臻不知怎的便想到了唐羡之。感觉这么务实的举措，像是仙气飘飘的唐五的手笔，又觉得这个联想真是诡异，忍不住叹了口气。

张钺却把崇拜惊叹的眼神转向文臻了：“大人，您又是如何猜到这地下别有洞天的？”

“还是和小叶村的见闻有关，正如先前我问你，如果真的有部分县镇赶在我来之前又收了一批春赋，而丰宝仓已经满仓，那么那些粮储存在哪里？再者，如果之前多少年，湖州赋税一直三倍征收，那许多粮食在运上天京之前，又是放在哪里？丰宝仓四十万石的储存量，每年大半时间满仓是不够放的。所以上次我来之前就注意过地面，在第二进院子里发现了玄机。”

张钺想了一阵第一次来视察的情形，只记得大人赞不绝口，第二进院子就转了一圈，然后她那时候就想到了这些，就看出了这许多，然后一直不动声色？

他一点都没觉得自己也被瞒住是不被信任，反而欢欣鼓舞地想，大人真是目光如炬，城府了得！

那几个仓部主事研究完了储粮方法，忽然回身，厉声问文臻：“刺史大人，如此巨大的粮仓，为何此刻，粒米也无！”

文臻笑了笑，伸手示意众人随自己来，众人一头雾水地跟着她，向左拐，一直行到最左侧的一处窖坑处，然后在那里，发现了一处隐秘的门，门后有通道，通道口处还散落着一些粮食，文臻点亮火折子，众人看见了地下的车辙印。

再回头，看见旁边被打开的窖门，张钺道："粮食被运走了？这方向……"他估算了一下，在地下很难估算。

苏训忽然道："丰宝仓西侧，如果地道往上走，出来没多远可能就是码头，可以直接渡江。"

仓部主事霍然色变："运往哪里？"

文臻沉默一下，道："定阳。"

仓部主事既惊且怒："刺史大人，你罪莫大焉！"

文臻朝他唇角一弯，道："来，这边看看。"转身向东而行，众人再次一头雾水随行，这回和刚才的方向背道而驰，拐过一个弯，在尽头也有一个小门，那门却没有先前西边那个门来得讲究精致，挖得草率仓促，明显只要车能钻出去就行，门边也有一些粮食洒落，火折子照着，地下也是明显的车辙印，向前方黑暗一路延伸过去。

旁边的窖坑门也开着，这边的窖明显要少很多，看得出来这边的粮食被从这个地道运走了。

有风从小门内穿出，呼啸如笛，风声里文臻声音空旷又悠然："诸位猜猜这条地道通向哪里呢？"

丰宝仓靠着藏珠江，江上此刻有大舟，舟顶生明月，明月映丝弦。

星垂平野，大江阔流，高舟扬琴，万众无声。

那正对着高舟古琴的是那矗立于高地的丰宝仓，此刻烟火映红了半边天际。

周边百姓已经被惊动，拎桶提篮欲去救，却因为丰宝仓大铁门紧闭，不得入门。

古琴前的人似乎不被那纷扰所惊，一曲毕，手指按在弦上，才淡淡看了天际一眼。

江风拂起他衣袂，如月如雪。

"那位亲自出手了吗？"

"是的，他和老卯联系上了，还带去了几件珍异的防火衣要救下几位郎官，不过顶多只能救两位。"

"便是他有更多防火衣也不会带的。仓部郎官不死几个，如何能加重文臻的罪……粮都运走了吗？"

"正有事要向公子禀告。"

"嗯？"

"七日前老卯说他在丰宝仓需要人帮忙布置，人手不足，需要抽调我们的人，他拿出了贤者令，属下无法违抗，所以……"

"所以你便接了令，去给他帮忙丰宝仓的布置了？"

“是，请公子恕罪。不过属下已经交代小队这几日加急运粮了，想来那处如此隐秘，一直无人发现，应该无妨。属下以为，丰宝仓被烧毁后，此地必将被废弃，届时再运粮，反而更隐秘稳妥些，不知公子意下如何？”

一阵沉默，唯余江风，寂寞地唱着无人能懂的上古之歌。

片刻后，有拨弦之声，仙翁一声，指尖在月下光芒泠泠，仿佛一声清冷空灵又微带讥嘲的回答。

“我竟不知道什么时候，你能自己做主了。”

“公子……”

“我也不知道你的心竟然已经是贤者的了。”

“公子！”

指尖于琴弦上一划，一溜月光如水漾过，琴音也如这汤汤水声，瑟瑟动人。

那说话的人却无声无息倒了下去，倒落的瞬间，口鼻耳鲜血溅出，月色下便如那七窍诡异地钻出几条火红小蛇一般。

江水冰冷，接纳这如仙月色，也接纳这腥臭尸体。

高舟依旧无声。

哪怕这个人是跟随了公子十年，虽然依旧没有名字，但多少也算亲信的一个人物。

有人无声地走上前，站上了刚才那人站立的位置，连姿态都一模一样。

对话还在继续，仿佛方才不过是风过乱了一霎琴音。

“甲三得了老卯什么好处？”

“横水碧溪湖侧三进宅院一间。”

“我记得他已经有了一间五进宅院。”

“所以公子，人心不足，死有余辜。”

“我们准备准备，也该走了。”

“公子，粮还没运完呢……”

“来不及了。”

“公子……方才甲三有句话没有说错，丰宝仓一旦被烧毁，此地被废弃，届时我们运粮才会更加方便，到时候能一起运走的……”

“我说来不及了，从今天后，我们便不可能从丰宝仓运走任何一粒谷了。”

“公子，属下愚钝……”

“看见那座红白小楼了没？文臻即将开业的新酒楼，看见那酒楼后面巨大的宅院和宅院后头的河流没有？你猜那宅院里面藏着什么？”

第六十八章

跪下唱“征服”

“公子……不会是粮食吧！”

“嗯。”

“公子！这不可能！”

“就在我们不断运粮的同时，也有一只硕鼠从另一个方向开了口子，也在默默偷粮……嗯，想着那一幕很有意思呢，两个人在地下，从两个方向各自争分夺秒地抢着运走粮食……小臻永远这么聪明啊……”

“公子，既然您早已猜到，为什么又允许她偷粮？为什么又不阻止甲三的运粮队伍被老卯抽调走，影响我们抢时间！”

“因为我需要老卯吃瘪啊。”

“公子……”

“贤者于小楼坐而论道这许久，早就该颐养天年了不是吗？可惜这群老长辈个个老骥伏枥，志在千里，却又生性谨慎，总在背后搓火。好容易等到他们怀疑我，跳出来要抢功仓部主事，那便让他们抢好了，如今因为老卯，粮食不能全部运回川北，我们少了可以拿去换腾云豹的重要筹码，想来经此一事，贤者们便可以真的安养晚年了。”

带着笑意的语声散在风中，所有人再次深深垂头。

唐家小楼的那一批贤者一直以来仗着辈分和多年经营的雄厚实力，对公子颇多掣肘，却又个个深谙隐藏之道，往往不肯直接出面，总在暗中作祟，滑溜得让人无迹可寻。原本公子掌唐家几乎全部大权，只要这些人稍稍露出马脚，以公子之能便能将他们兜个干净，但那些老狐狸每次缩头都很快，便宜他们逍遥到如今。

没想到公子这次竟然是借着和湖州刺史的所谓“私情”，显露出放水收手之意，先故意摆了盟友一道，再借着盟友的不满，引发老卯的怀疑。“唐羡之为女人背叛家族”的诱惑力实在太大，竟然引得老卯也按捺不住，怕公子真的为了文臻放弃了丰宝仓计划，抢走了对湖州事务的主控权，并食髓知味，被诱惑着，把手伸向了公子的近身随从，运粮队伍。

如果事态真如公子所说，湖州刺史也已经察觉了粮食的秘密，并一直在抢时间抢粮食，那么老卯调走运粮队伍，导致粮食最终没来得及运完，影响了接下来家族在羯胡的粮食换名马的大计，那这个罪过就足够公子将以老卯为首的一批老家伙斩于马下，从此彻底扫清内部障碍，独掌唐家了。

这其中的好处便是拿三年湖州的赋税来换也是值得的，何况只是一点粮食。

再想到粮食和羯胡换马的计划也是公子提出的，众人心中微微发冷，忍不住想是不是这一步棋从很早便开始走，连同湖州刺史的举动都早已算在公子的彀中？

只是还有疑问未解。

“公子，湖州刺史如果真的能抢走部分粮食，便可以逃脱大罪，那岂不是便宜了她？万一老卯等人以此攻讦您，您只怕也有麻烦。”

“从她任命时，我便命人运走丰宝仓的粮食，丰宝仓在她来之前已经运走十之六七，她来视察过丰宝仓后有所察觉，我怕甲三等人被逮住，便命甲三放慢了运粮速度，留下那十之二三给她，但也不是白给的。”

“属下愚钝……”

反正对着公子经常说这样的话。甲四低着头，想着公子该不会还是怜香惜玉吧？

“丰宝仓既然已经被她抢回一部分，她本身便已经洗脱罪责，永裕帝为了留住她这个人才，应该不至于问罪于她，毕竟后头湖州的安定和赋税还需要她出力。但丰宝仓如果存粮太少，文臻便有理由上书请求减免湖州今年的赋税。丰宝仓存粮太多，湖州的赋税也没问题。只有留下十之二三，又因为我们唐家拿走十之六七粮食的事实，会让陛下对于粮食更加渴求，急于充实国库的永裕帝和诸位大臣才会有紧迫感，不会同意文臻减免赋税，反而会要求她将丰宝仓的存粮亏空尽量填补至一半以上。今年必然大旱，粮食减产板上钉钉，就算朝廷核算重定税额，比往年减免，但是丰宝仓不能不尽快填，否则一旦有战事临近，军队便会因缺补给而一击即溃，所以赋税最后还是会很重。”

众人听得心中倒吸冷气。

公子的算计已经精密到走一步见百步的地步，湖州女刺史的才智心计已经足够令人惊叹，公子的谋略却依旧能将这绝俗女子一步步拖入泥潭。

甲四轻声道：“市井传言，刺史已经在上书请求减免湖州赋税，今年的赋税定额应该比往年低一半，百姓为此欢腾已久。”

唐羡之含笑睇了他一眼。

甲四便明白，便是刺史府有人透出这风声，但百姓如果都知道了，那必然是公子已经安排人散布这消息，提前给刺史挖坑了。

“另外，”唐羡之长指在弦上掠过，月光和琴音都在他指下流淌，他的声音毫无感情，“等回到川北，联合易铭，在湖州边境几州安排些动静，给咱们的刺史大人添添火。”

甲四领命，心知一旦唐家和易家同时有异动，朝廷必然紧张，填满丰宝仓的欲望会更加强烈，也就更不可能降低今年的湖州赋税，女刺史大人真的要被放在火上烤了。

公子出手，从来就不会只有一招。

只是甲四心中叹气，很想给刚才的自己一耳光——什么怜香惜玉，这玩意儿公子有吗？

公子心中，大抵在意的只是那女子性命，至于输赢——那是一定要赢的。

想归想，回头看看几乎已经映红江面的大火，他还是忍不住问：“公子，丰宝仓那边火势太大，老卯出手，必定不留生路，您要不要……”

“不要。”

甲四闭嘴，刚才没扇出来的一耳光终究还是狠狠地打在心中。

“丰宝仓并非没有生路，她不是早就找到了吗？否则也不配与我在这湖州博弈了。”唐羡之指下一转，竟起活泼欢快之音，他的声音于琴音中亦分外和谐静美，“我还等着，她怀刀藏剑，与我共争这天下呢。”

甲四不敢接话，静静听着这琴音，明快清越，却又绵邈柔和，如潭水汩汩，如雾气溶溶，如繁花满春瀑，如水底鱼儿轻嚼落花的影，再被一张甜蜜笑靥惊散。

如这夜江上，高舟远帆，古琴雪指，孤灯冷月，映着那半江凄冷，半江红。

“你们猜这条通道通向哪里呢？”

众人没有说话，只有苏训目光一闪，却没说话，张钺看着文臻，忍不住笑道：“总不会是好相逢吧。”

文臻对他微笑，张钺笑。

文臻继续微笑，张钺笑容渐渐敛去。

片刻后，他脑海中掠过好相逢那个巨大的院子。

张钺：“……”

他张口结舌地道：“那……那个院子……”

文臻微笑手一伸，带着众人走进地道，不算长的一段路走完，从一个洞口爬出去，众人眼前就是一个宽大的院子，院墙极高，院子里的屋子此刻都敞开着，里头都是巨大的谷仓，数不清数目，在黑暗中满满当当地矗立，令人惊叹，而院子后大江滔滔，迭浪不休。

张钺：一瞬间忽然想对刺史大人跪下是怎么回事?

太狠了!

太出人意料了!

和敌人闷在地下分头抢粮！太绝了!

文臻的声音响起："发现丰宝仓有问题的第二天，好相逢便加紧动工，动工的第一天不是打地基，是圈出了这个巨大的院子，一边建谷仓，一边挖地道，这边建着，那边偷着，争分夺秒抢时间，从丰宝仓里将粮食抢出了这么多。"

她回首对几位仓部主事莞尔道："几位大人先前在好相逢用餐，还说那米不怎么样，配不上精美菜式，自然是因为其他食材是精挑细选的，米却是本地普通糙米，就从这谷仓中取的，几位大人如果不信，不妨再吃一餐比较一下。"

张钺此时才知道为什么先前忽然大人会提出去吃饭，原来等在这里。几位仓部主事都从震撼中回神，颇有些羞愧地低头，却有一人忍不住道："刺史大人，是我等误会了，您苦心不易，只是您既然知道有人盗粮，身为湖州刺史，为何不阻止……"

文臻望向另一个方向，道："我知道在另一个方向有人同时也在运着粮食，但是我当时没有兵，人手不足，无法阻止。而且一旦打草惊蛇，很可能我连这十分之三的粮食都救不下来，对方怕留下证据，会干脆把粮食毁个干净，我得为湖州百姓今年的口粮考虑。"

她笑了笑，想着还有一个原因自然不能告诉你们，老娘就是想看看这些硕鼠想做什么，还喜欢看他们奈何不得老娘的模样，怎么着?

当然这个原因此刻已经足够，因为刺史大人此刻忧国忧民的神态令人唏嘘，仓部主事们惭愧地低头。苏训偏转脸，出神地看着大江上隐约一叶孤舟，眼底微芒闪烁，张钺眼底的光芒比星光还亮，那光只照在他的刺史大人脸上。

半晌张钺感叹地道："湖州得大人，百姓之幸。"顿了顿他又道，"追随大人，亦我等之幸。"

文臻笑道："是啊，淋雨落水，火烧刀围，上天入地，张大人跟我才几个月，已经把过往几十年没吃过的苦都吃遍了，还觉得是幸运吗？"

张钺凝视着她，神态认真："三生有幸。"

文臻的目光立即从他火一般炙热的眼神上收了回来——她算是发现了，每当她搞定一件事，张大人的热忱崇拜便加多一分，人类的脸皮已经抵挡不住他熊熊燃烧的膜拜之情，即使如她这种厚如城墙的脸皮也不行。

她转头对几个仓部主事一揖，道：“今夜之事，从仓监自杀到郎官和另外几位仓部主事被掳，都是一连串针对本官的阴谋，其目的便是为了令本官获罪，令湖州百姓身陷水火之中……如今郎官和那几位仓部主事想必对本官有些误会，还请几位大人之后代为澄清。”

几人都肃然应下。

文臻又道：“眼下本官可能有些麻烦，接下来可能不方便照应各位，湖州想必也不会太安定，所以就请各位今夜便动身吧。”说着手一挥，便有属下赶了过来，带着已经备好吃食银两的行囊打开好相逢后院的大门，院子后头便是大江，已经有船等候在渡口，文臻亲自将几人送上船，又命人好生护送，当即这船就扬帆，从水路回天京。

雷厉风行把人送走，文臻回身，笑道：“好了，也该等着接下来的好戏了。”

大江之上，高舟正欲远行，甲四用一个洋外瞭望镜对岸上望着，忽然道：“好像定王殿下到了。”

唐羡之本已携琴准备回舱，听见这话立即回身，道：“老卯他们通知的？”

甲四道：“据我们潜伏在那边的人回报，老卯并未与定王有联系，倒是那位和定王有过一两次来往，但今日他一直在丰宝仓，似乎也没有机会去通知定王。”

“那是谁……”唐羡之忽然道，“不好。”

甲四很少听公子说这两个字，吓了一跳，呆呆地看他。

“你立即带人下船，不管用什么办法拦住燕绝，不让他去为难文臻。”

甲四茫然地想，难道就在这一瞬，“怜香惜玉”这种宝贵品质又回到了我们公子完美的脑子里去了？

“可是公子，定王殿下和刺史不对付，他去拿下刺史不是更好吗……”甲四目光触及唐羡之的微笑后，终究没敢把话说完，抛出钩索，带人下了船，直奔定王车驾而去。

但是事与愿违——他赶去的过程中接连遭到两拨人的阻拦，第一拨人身份不明，却把他引到第二拨人那里，第二拨人却是老卯的人，想必那些人认为定王殿下来对唐家有利，因此把甲四等人误认为是文臻的人，双方火拼起来，甲四心知公子此时还没对老卯发难，如果火拼的事传回唐家，可能就会坏了公子的计划，因此一咬牙，干脆灭掉了那整个老卯的属下小队。

等他把人都灭口，再赶过去时，已经看见燕绝迎上了文臻。

他只得回去禀报，唐羡之听他说明始末，脸上露出“果然如此”神情，本来还想说什么，然而看看天色，想想还要赶回川北布置一举将老卯拉下马的事，便是窥知文臻接下来的对策，也来不及再出招了。

最终他叹道："天意。"

文臻带着几人往外走，转到丰宝仓外，此刻外头人声喧嚣，附近百姓都来救火，文臻带着好相逢的人一到，就命铲除丰宝仓周围的杂草，清出空地，丰宝仓的火已经无法救，但不能蔓延开来，影响周围的民居。至于好相逢，不仅早就去掉了所有的草丛灌木，和丰宝仓相邻的墙面还挖好了沟，绝不会受一分影响。

这边刚刚清理出隔火带，那边仪仗迤逦，有人高喊："定王殿下到！"

文臻刚转身，就看见燕绝迫不及待地下了轿，他旁边站着那位神色悲愤的仓部主事。

那仓部主事一见她就高喊："殿下，刺史大人中饱私囊，库粮作假，逼死仓监，致库粮全毁，罪无可恕，请立即缉拿进京问罪！"

燕绝眼里闪光，道："文臻，你还有何话说？"

张钺正要说话，文臻手一抬，张钺立即闭嘴。

文臻笑道："殿下来得好快。"

燕绝直觉这话不怀好意，不接话，只冷着脸盯着文臻。

文臻回头看看丰宝仓，叹了一口气，道："无话可说。"

燕绝狞笑："确实，你该知道，不管出于什么原因，只要丰宝仓毁，你便责无旁贷！来人，拿下她！"

"且慢！"

燕绝斜眼瞟着张钺："张大人，你莫非以为你能置身事外？"

张钺挺直腰杆一拱手："自然不是。定王殿下，下官只是提醒殿下两件事。其一，便是文大人有罪，也要等您上禀朝廷由中枢议决陛下亲定再明文下旨方能定罪，在此之前，任何人无权判其有罪；其二，下官请求与大人同罪同责。"

燕绝笑道："哟，这么急着表忠心，谁说不让你们同罪同责啦？本王告诉你们，一个都跑不掉！不过……"他指指文臻，"虽然我无权处置尊贵的刺史大人，但是刺史大人有罪待判是板上钉钉吧？刺史大人有罪待审期间，应由湖州官职最高者代行刺史职责没错吧？"

文臻皱眉道："殿下，您不是地方官员。"

燕绝："我是亲王！文臻你再妄图阻拦小心我掌你嘴。"

文臻还没说话，苏训忽然道："回禀殿下。东堂律朝律三十七条一则，三品以上官员未曾定罪之前，任何人不得处以私刑。”

燕绝霍然转首看他，仿佛刚发现他这个人，苏训早已垂下眼，根本不接他的眼光，燕绝阴森森地道：“文大人身边一个个倒都很熟悉官场嘛。咦，这位身形怎么瞧着有些熟悉……”

张钺正要上前一步挡住他，心中也在诧异一贯不显山露水的苏训今日怎么忽然出头了，不过他的理解是苏训定然和他一样看不得大人受委屈。

苏训却上前一步，离燕绝很近，他比燕绝高，他就用这种姿势看着燕绝，在燕绝恼羞成怒之前，轻声道：“殿下，您曾经折辱过我这张脸，您说，如果宜王殿下知道，他会对你做什么？”

燕绝一怔，随即大怒：“是你！”

苏训平静地道：“文大人不会告诉宜王殿下那么恶心的事，但是我可不介意。”

燕绝盯着他，像一条毒蛇盯住了另一条蛇，半晌，道：“你要什么？”

苏训笑一笑，笑意却不在眼底：“哪敢和殿下要什么，只是建议殿下莫要太过为难刺史大人，不然您会后悔的。”

燕绝看一眼文臻，忽然生气地道：“滚吧！”

苏训退后，燕绝又烦躁地道：“左一个男人，右一个男人，燕绥头上都快绿成草原了，还为这女人死心塌地！有病！都有病！”

他完全忘记自己前阵子也曾追过文臻，浑然不觉也把自己归入了有病的行列，冷笑一声，阴恻恻地道：“那就请刺史大人禁足于刺史府，撤出刺史府护卫，由本王亲卫看管刺史府，湖州一应事务，需上呈本王看过并首肯后方可施行。刺史大人，请——”

文臻含笑，伸手一让，仿佛那不是被夺权被软禁，而是和燕绝相约踏青，斯斯文文：“您也请。”

燕绝瞪眼，明明占了上风，不知怎的却觉得更加郁闷了，想要发作却又没有理由，半晌，扭头就走。

文臻随后上了轿，她的护卫顺从地让开，交出武器。

文臻在轿中回头看了一眼。

丰宝仓火焰已经渐渐熄灭，一片焦黑断壁残垣在荒烟蔓草间默然。

更远一些的大江之上有高舟扬帆，渐渐没入晨间江水雪色雾气之中。

第六十九章

交心

“听说没，丰宝仓出事了，整个烧毁了！”

“天哪，那里头的粮食是不是都没了？”

“那是当然。”

“那今年的赋税……”

“丰宝仓被毁，刺史大人被软禁待审，定王殿下接管湖州，听说接管湖州第一件事便是将刺史大人准备递往天京关于减免今年赋税的折子给扣下了，重新写了一份折子说了丰宝仓的事，并表示要为国分忧，势必要把丰宝仓以最快速度填满！”

“最快速度填满？那还不是落在我们头上！”

“还有徭役呢！粮仓重建不也是咱们的活！”

“说起来，都怪刺史大人监管不力，怎么能让丰宝仓出事！”

“你这话说得好。丰宝仓怎么就出事了？那么大的仓，专门做过防水防火处理，仓房几十间，听说在一刻钟内就全部烧了起来，你说怎么可能？我倒是听说火头还没起，定王殿下就出了驿馆，火刚烧没多久，定王殿下就到了一个时辰才能到的丰宝仓……你想，你细想！”

“这话没错，我家一个远房亲戚就住在城南，离丰宝仓就一里许的距离，那晚他也参与救火，但是他拎着水桶到的时候，定王殿下就到了，当时大家都见着了……驿馆可是在城东呢！”

“听说定王殿下一直和刺史大人不对付……”

“不是说定王殿下一直追求刺史大人吗？”

“追求未果，屡屡被拒，然后挑春节上，还……”

“还怎么？”

“你把耳朵附过来，听我悄悄和你说……对，就是这样，你说定王殿下气不气？”

“你们啊，还有闲心说这些闲话，没见最近湖州城都乱了套吗！那位殿下不仅送了当日丰宝仓失火事件的证人上京状告刺史大人，还截走了刺史府全部大权，要求湖州献祥瑞于朝廷，把湖州富商们逼得焦头烂额。说湖州官员们怠职，要求将文大人这段时间处理过的案卷卷宗全部重新清查，官员们最近好多日没觉睡了。州学士子那里他倒是体恤了，说人家课业太重，让多休假，取消了刺史大人布置的课业，每日只上半天学，据说现在各秦楼楚馆多了很多有钱有闲的学生，倒把人家父母急得发愁。另外还找州军的茬子，说州军武备废弛，让每日绕山操练，听说累死了人。”

“江湖捞倒是机灵，这边刺史大人刚被软禁，那边江湖捞就停业了，刚出的菌菇九鲜锅底，那些老饕叫苦不迭……不过听说丰宝仓旁边新开了一家叫好相逢的店，十分别致，菜式美味且立等可取，物美价廉，已经有很多人赶去了。”

“别管什么吃喝了，先想想我们自己吧，听说定王殿下异想天开，要加固湖州城防，每家每户抽丁去修城墙，正当农忙时节，这时候修城墙，天又热，人受罪不说，田里的农活怎么办？误了收成，今年的税又交不上。”

话题到了这里，一片唉声叹气之声。

众人仰起头，看着天际那个灿烂到似乎要就此永恒的日头，恍惚地想起，这似乎是第二个滴雨未下的月份了。

秧苗枯死了很多，歉收近在眼前，不好的消息却一个接一个，众人回头看看街道，总觉得前段时间刚刚恢复繁华的街道都寥落了许多，随即想起那即将临头的沉重的赋税，有人不禁长声叹息。

“如果要把丰宝仓填满，那今年的赋税只会比往年更高几成啊……”

“我听衙门里的人说，定王殿下身边的幕僚定了往年赋税加五成的税额上报朝廷了！”

“加五成！”

“天啊！”

“老天，希望刺史大人无辜，重新回衙，可别再让这位殿下折腾了啊！”

“就算刺史大人能够摆脱罪责重回刺史之位，她能立即完全否掉定王殿下的决议吗？”

“我现在也不敢奢望减免了，但能和往年一样也成啊！”

关于定王殿下即将给湖州加税的消息也传到了与湖州相隔两城一水的定阳那里。

甲四听见这个消息的时候，才明白当初船上公子听见定王抵达丰宝仓的时候，为什么说了那句“不好”。

敢情他那时就预见了定王殿下赶去是要夺权的，而夺权之后的殿下为了在最短时间内展示能力和威权，会将文臻的一切既定政策推翻，其中必然也包括赋税。

一来灭文臻气焰，二来讨好他父皇，何乐不为。至于湖州百姓死活，定王殿下可不会管。

甲四奔去向唐羡之禀报这消息，同时十分扼腕地道：“可惜了公子的布置，不然本该是女刺史大人陷入泥潭的，现在好了，便是朝廷定了重赋，那也是那位殿下的过错。刺史大人临了再出来周旋一下，最后就算赋税和往年一样，百姓也只有对她感激涕零的！可恨我们当时赶着回来收拾川北这边，无法阻止，竟便宜了她，更可恨的是，到底是谁通知定王赶去丰宝仓，又是谁拦住我们的！”

他十分懊恼，想着公子一箭数雕连环好计，竟然就这么给一个蠢货冲出来给搅和了，而那个驱使蠢货冲出来的人自然是罪魁祸首。

唐羡之正在浇花，一袭白衣立在风中，似乎落空的算计的懊恼，于他也不过是这花瓣尖瞬间消逝的晨露，一闪便不见了。

“你猜是谁？”

甲四正想说我又不是公子如何猜得出？看见公子唇角那竟然含着几分满意和欣赏的笑意，灵光一闪，不可思议地脱口而出：“文大人？”

唐羡之放下水壶，又不嫌脏地亲自施肥，笑道：“你倒比甲三聪明。”

甲四倒抽一口凉气。

还以为是老卯或者那位的手笔，谁能想到竟然是那位女刺史自己挖坑。难道她竟然也猜到了公子的后续计谋，所以才把定王拖出来顶上？

这可真是……

震惊半晌，他终究不甘地道：“或许当初我们该派人去劝说定王殿下收敛一些，莫要管赋税……”

唐羡之摇摇头，没有说话。他如何想不到这一点，但燕绝其人性格偏执暴躁多疑，不是个雅纳谏言的人，真要去说了，倒可能是反效果。

他凝视着脚下一株凤尾兰，纯白的花朵微微含羞地垂着，不知怎的他便想起那个女子，想着那夜迎蓝山庄密道下按她在壁前时清甜的呼吸，想起他曾经被她挡开的即将落在她腹部的手。

算算日子，或许也要接近那个日期了。

湖州还未安定，老卯对湖州的布置却可能还有后手，定王也盘桓于她身侧，她能够安然生产吗？

“我有种很快就要生产的感觉。”刺史府里，文臻也在浇花，放下喷壶时，她云淡风轻地和身边的采桑说了这么一句。

采桑一个趔趄，险些栽进了花圃里，她有点惊骇地转头去看文臻的肚子——虽然不能确定小姐到底怀孕几个月，但可以确定的是一定还没足月，且肚子也并不算大。

对文臻极度的信任让她连质疑的话都没说，下意识拔腿就走，心里盘算着稳婆大夫以及各种用品虽然都准备好了，但是稳婆还没有入刺史府，还是早些想办法安排要好，只是目前刺史府被严密看守着，如何要把这些人不动声色地引入府中也是个问题。

“回来。”

采桑回头，看见她家小姐笑得有点无奈：“不要这么听风就是雨，我只是感觉，说不定是错觉呢。”

“就算是错觉也得先预备着。”

文臻摇摇头：“不是时候，被燕绝察觉的话麻烦就大了。”

采桑还要说话，一回头看见张钺来了，只好住了口，知道两位大人有公务商量，便先行退下，只是终究心中烦乱，自觉肩上担了如山之重，却又无人可以分担，在园子里一阵乱晃，想找寒鸦冷莺都没找着，却忽然看见苏训站在园子的一个角落，仿佛在和对面的人说话，对面的人却被一座假山掩住了身形，看不见模样。

采桑悄悄地走过去。

但她今日穿了木屐，地面却是石子路，走路清脆有声，因此走不了几步怕被发现就停住了，躲在一株树后，隐约听见那边苏训道：“此事便作罢了。”

对面似乎有点不满，苏训语气冷了下来：“那是我没有机会。”

过了一会儿他道：“已经只剩两次了。”

最后他道：“好吧，我试试看。”

过了片刻，苏训转身，采桑心中一跳，急忙要躲，却见苏训往自己这方向走来，心事重重模样，采桑看着身后也无遮挡，干脆从树后走出，做出刚刚过来模样，惊诧地道：“咦，苏先生你怎么在这里？”

她凝视着苏训的脸，往日里因为心理障碍，她不怎么愿意看那张和殿下的脸相似的脸，此刻日光下仔细瞧，忽然发现苏训的脸色好像比以前苍白，乍一看透明似的，连唇色都淡了几分。

她忍不住问：“苏先生可是身体不适？”

苏训却看着她道："瞧你这有心事模样，可是大人有什么不妥？"

采桑心中一跳，没想到苏训如此敏锐，再抬眼看他，只见他眉眼间都是关切，她心中忽然一阵迷茫，忍不住一笑道："大人好着呢。"

苏训便点点头，道："我也没什么，你且伺候大人去吧。"说着便要走，刚走出两步，听见采桑喊他一声，他回首，便见那小侍女对他再次展露笑颜，问他："苏先生，如果，我是说如果，如果有一日大人遇险，你也能和张大人一般，因为敬慕爱戴大人，愿意不顾一切去救大人，帮大人吗？"

苏训站在原地，久久凝视着采桑。

凤尾兰花丝旋转着拂过两人脸颊，木槿花簇簇拥拥。很久之后，采桑才听见苏训轻声道："是的。"

江湖捞后院的小厨房里，君莫晓忙忙碌碌地在熬汤，时不时掀开锅盖嗅嗅气味，嘀咕道："等到生了，这汤就不能放盐了，那味儿可就打折扣了，可想个什么办法呢？"

她自言自语，没注意到一根细细的管子，埋在厨房烟囱附近被熏黑的墙壁间，墙是黑的，管子也是黑的，因此便是趴在墙上也看不出来。

她更不知道的是，那根管子埋在墙壁里，一直延伸到后墙的院墙，而在院墙的另一端有人贴在墙上，用一个碗一般的东西倒扣在管子出口，仔细地听着。

片刻，那人收了碗，将墙头的藤蔓拉了下来，遮住墙头管子的出口，走开了。

刺史府里，对话仍在继续。

"外头百姓已经传开了？"

"是的，三问书屋的人引着大家去思考定王殿下过早赶到的事情，现在大家已经认定，丰宝仓失火以及后头的提税都是定王殿下追逐大人不得，旧怨再生，故意为之。要的是大人的命，陪葬的却是湖州百姓。从挑春节后，湖州就少雨，眼看今年歉收难免，百姓最近很是焦躁，听说有士绅乡老在组织全城祈雨。"

"江湖捞和好相逢可好？"

"好相逢离得远，生意极好，君姑娘说已经准备开第二家分店。江湖捞暂时歇业，君姑娘闲不住，最近往州军跑得勤，常带去新菜给潘航他们尝，不过我瞧着，君姑娘跑得也太勤了些，每每在校场观看练兵一看就是半天，有次还听她感叹，说女子不能征战沙场可谓人生一大憾，若有机会很想从军呢。"

"这个愿望她还是别达成得好，要是她都从军了，要么是湖州乱了，要么是东堂乱了，哪样都没有好处……潘航那边怎样？"

“有点艰难。定王殿下像疯了一样，专门针对州军，一旬内视察了三次，不仅对州军从头挑到脚，还以武备废弛为名，给州军加了三倍的训练量，多亏大人的人已经赶到，都是一些勇武的男儿，训练方法也比原来州军的要更有用，毛都尉及时将潘校尉等人带来的训练方式和各种规章制度推广全军，又将州军重新打散整编，毛都尉还赞潘校尉及后补的这一批兄弟都是天生的兵。”

文臻看了侃侃而谈的张钺一眼。

她不信张钺看不出这里头的猫腻，潘航一个人军事素质出众也就罢了，潘航带来的所谓的大批的“老乡”也个个素质出众，熟悉行伍，再联系到潘航出现在她身边的时机，这事就透着不寻常了。

毛万仞肯定能看出来，但毛万仞和她之间有交易，心照不宣。但张钺呢？张钺不是笨人，他曾经在五峰山待过，在朝堂大殿上为“文臻勾结共济盟”罪名帮她抗辩过，如今眼看这大批量的人才出现在她身侧，他要是想不到是怎么回事，她可以跟着他姓了。

而张钺和毛万仞不同，毛万仞是武夫，心志刚毅，有种胆气，忠诚是搁在自我之后的。张钺却是自幼受四书五经礼教儒学熏陶，为人臣子对皇朝的忠诚深入骨髓，别说私心私行，连一霎私念于他可能都是极大的背叛和罪恶。她现在所作所为，在他那里足以划入“大逆不道”范畴。

饶是如此，文臻这事也没打算瞒他，一来瞒不过，二来，她就是要看看他怎么想的。

“定王殿下视察的同时还下达了剿匪的任务，要求一旬之内将湖州周边的所有大小山匪水匪都扫荡干净，且定下了具体的人头数目。这就实在有些荒唐了，有些匪徒村寨其实很小，不过寥寥十几人，定王殿下却偏说那是势力大的巨寨，还定下至少要交一百个人头的任务，完不成就要挨三百军棍，三百军棍会死人的……自古只见赋税定额，未见人头定额，这余下的八十个缺额哪里来？难道要去打杀百姓来凑数吗？要是以前的州军还真有可能这么做，但这么做一定又会被定王殿下抓到把柄，这事便难住了毛都尉和潘航，都托我问一问大人该怎么办。”

“你怎么看？”

张钺被问住，睁大眼睛，讪讪地笑了笑：“我若是能想到法子，也不至于来打扰大人了。”

“我是说，”文臻凝视着他，慢吞吞地道，“对于潘航和他那群老乡的忽然出现填补州军，你怎么看？”

张钺忽然呛住，咳嗽得满脸通红，文臻顺手从袖子里掏出一颗润肺丸子给他，他接了却不吃，用布包好塞进了袖子里，文臻就当没看见。

张钺终于咳完了，顺了顺气，没有立即回答，只看着眼前一簇簇开得繁艳的木槿花，半晌道："大人，你的兵是皇朝的兵吗？"

文臻眼底有着笑意："是。"

他果然是知道的，但居然一直没有提出任何疑问或者异议。

是时光和经历改变了他吗？

"如果有朝一日这个皇朝负了你，你的兵会倒戈相向吗？"

第七十章

要生了

长久的沉默。

张钺微微闭上眼，这一瞬他眼帘急剧抖动，似内心极度挣扎。

半晌，他听见他心中那神一般的女子，轻声道："我能给你的承诺是，便有朝一日这皇朝负了我，我的兵也永不会挺戈向黎民。"

张钺深深地吸一口气，不知道是庆幸还是失望。只觉得眼眶微微发热，他转头掩饰。

"再说一句吧。我想要你明白，我的兵存在的目的依旧是为了保卫这片国土上的无辜良民；我的兵永远不会因为任何人的私欲主动出枪；我的兵只是为了在皇朝负我或者负他的时候，能够让我有力量自保罢了。"文臻淡淡道，"天威难测，群狼环伺，我本无心，不得不为。"

张钺又深深地叹了口气。

文臻看定他，柔声道："抱歉，张钺，我一定令你很为难吧？看你眼睛底下长久没消散的黑眼圈，你一定夜夜辗转难眠吧？可是如果我不问起，你就打算这么煎熬到底了。"

张钺转头凝视她，他很少这样直接看向文臻的眼睛，这是他心中的女神，他不愿以自己的目光亵渎她，但此刻他望进她柔软明澈的眼眸，心底也一片柔软，半晌，他笑道："大人，你莫要再这样看着我，莫要再这般说话，不然这考验会比你的军队更煎熬我。"

文臻笑了，垂下眼去，竟然有微微的羞意，却又笑得坦然。

张钺柔和地注视着她，轻声道："大人，知道您为什么令人不自觉追随倾慕吗？就是因为这般的体恤和悲悯，这种隐藏在冷淡外表下的细腻和理解。您完全可以装作不知道，让我自己煎熬，反正您心里明白，我不会背叛您，最终我也只能默默接受。但您没有……这是真正让人感动之处，所有有幸获得这份理解和宽慰的人，都逃不过这般真正的温柔陷阱，殿下如是，我如是，苏训如是，就连毛万仞也如是。"

"不，我没有你说得这般好，切莫因为偏好而不自觉美化神化任何人。"文臻笑着摇摇头，"先生为人清正，所以我才敢交心。平日我可没这么光风霁月，而先生也莫要谢我，该我谢先生才是。谢先生不记与我相遇至今所有的欺骗利用和拒绝，只记所有美好之处，能遇见先生亦我之幸。"

张钺没有再说话，只微笑垂下眼睛，心想这个时刻，你还不忘记加上"拒绝"两字，你待殿下的心又是如何的坚定。

真是羡慕啊。

温柔诚恳的氛围很快就在文臻下一句话中消散："至于剿匪名额不能凑满的事情，不必太过忧心。左右过几日，燕绝就该消停了。这几日若催得急，便先去邻州凑个数，定州郊外不是有巨匪盘踞吗，就拿那处巨匪练练手吧。"

"那是定州的匪徒，这我们过了界，万一定州刺史找大人麻烦……"

"安排一个盗匪在湖州做案惊扰州军，然后蹿去了定州匪窝那里，州军自然要跨界追击，在追击江洋大盗的同时不小心顺便剿了那个匪窝，也算是日行一善，他们自己的麻烦多少年解决不了，我们帮他解决了，到时候看在邻居情分上，劳务费就不要了。"

张钺："……"

定州刺史可能最后还得给您备一份礼。

三世不修，文臻为邻。

得了解决方案，又得了燕绝很快就要安分的消息，张钺十分欢喜。文臻又问水龙制造得怎样了，因为来到湖州屡屡遇见火灾，又见天气干旱，而东堂的灭火设备几乎没有，便按照自己的记忆设计了水龙，也就是粗大的毛竹管，原理便像水枪一样，上下套筒，压缩出水，套上牛皮水袋，可吸水可喷水。张钺便道已经制作了上百套，之后会分发到各处官衙和重要街道，每处里坊也会配备。两人又商讨了一阵公事。张钺匆匆地准备告辞，去和毛万仞等人传达刺史的指示，他虽然和文臻一同软禁在刺史府里，但刺史府上下早已被文臻治得浑然一体里通外达。文臻吸引燕绝的注意力每日保持安分，张钺便在众人的各种帮助下继续遥控着湖州局势，冷眼看燕绝每日蹦跶。

张钺正匆匆要走，低头看花的文臻忽然道："张大人，我有件事可能迫在眉睫，想想还是给你知道的好，万一有什么突发事件，你也好有个心理准备。"

正要转过一处墙角的张钺愕然回首："啊？"

文臻对着他，猛地把外头的宽大罩衫一掀："那个，我可能快要生产了。"

"砰。"

张大人一头撞在了墙上，晕了。

湖州城东的江湖捞里，君莫晓一听溜出府的采桑讲了文臻的预感，顿时站了起来，拉了采桑直奔张家，张夫人给文臻找了附近几州最好的稳婆，刚刚接到了府中，准备训练几日再送往刺史府，如今这事要提前了。

张夫人最近戒烟颇有成效，脸上稍微丰润了一点，精神却不大好，一边恋恋不舍地摸着折断的烟杆，一边听君莫晓愁眉不展商量怎么把人不动声色送进府，又道找了三个稳婆，也没来得及筛选人，就送进府中，怕反而惹出事来。

张夫人想了想，敲了敲烟杆，好像还能敲出烟灰一般，又摸出一颗刺史大人特供的话梅糖，美滋滋嚼了，才道："简单。先不送进府，就在刺史府的大人院子隔壁弄间房子，一切准备齐备，就按大人上次给我戒烟时和我聊的杀菌什么的，反正怎么洁净怎么来。几个稳婆都放在那里调教着，也观察着，看谁合适最后谁上，不合适的趁早打发。那房子和刺史府之间想办法开个门，或者弄个短地道，做隐秘一些，一旦大人发作，须臾之间就能把人送过来，看守的人也察觉不了。"

采桑想了一下地形，提出异议："那不成，刺史府大人院子那个方向周围都是民居，随便弄哪家院子，很容易被居心叵测的人发现并包围，到时候大人在民居生产，护卫也不方便……"

张夫人将断烟杆豪气万丈地一挥："无妨！刺史府旁边那一条巷子的房子都是我张家的，我明儿就收回房子，双倍补偿，叫那条巷子的住户都悄悄晚上依次给搬干净了，到时候你们的护卫提前入住左邻右舍，那不成铁桶一样？"

君莫晓、采桑："……"

这事就这么定了，张夫人立即就亲自安排租客迁居的事情，君莫晓去安排产房物品准备和消毒的事宜，采桑带着张夫人准备的上好补品回府，走到一半想到上次买过的一种酸糕小姐很有兴趣，便再去买了一点。

小轿转过一条街巷，采桑忽然听见外头有闷声击打和呼救之声，听声音是个女子，她下意识掀开轿帘看了一眼，果然看见旁边一条暗巷里，有个女乞丐正在被几人殴打，那几人将女乞丐踢得在满地脏水里滚。

采桑瞧着，本想要下去，触及怀中糕点，猛然想起自家小姐。

她跟着文臻一段时日，眼见那风浪不绝，明刀暗箭，也早知人心险恶，想着小姐非常时期，自己万不可多事惹来麻烦，当下屁股又稳稳坐了回去，还催轿夫走快一点。

然而即将掠过巷子的那一霎，轿帘被风掀开，她一眼看见有个男子蹲下来，手已经快要伸入那晕去的女子怀中。

采桑猛地蹦下来了。

她冲过去，同时叫那几个乔装成轿夫的护卫上前，拳打脚踢将那几个乞丐揍了一顿。

采桑救完人，从怀中掏出钱和点心，放在那半晕的女子身边，就打算走了，再多的事她不做了。

然而此时那女子忽然迷迷糊糊地道："采桑？"

采桑惊得手一抖，这才仔细去看那女子的脸，轻轻拨开乱发，仔细辨认半晌，她的手越发激烈地颤抖起来："是你？"

浇完花后的文臻看着干了一半的荷塘，微微皱起了眉。

今年的旱灾看样子是免不了了。

六月的日头已经十分毒辣，她就在花圃里站了一会儿，就已经汗出如浆，忽然头顶多了一丛荫凉，再转头看见苏训举着伞站在自己身后，一手接过水壶，十分不赞同地道："大人，浇花这种事花匠来便好，您莫要被日头晒着了。"

文臻笑了笑，从善如流地跟着他走到廊下，心想很可能快要生产了，不多动动哪里行。

苏训一把她送到廊下，就站到了另一边，刚才伞下那一霎的接近仿佛没发生过，文臻看他一眼，道："今年注定大旱了，有时候我想，你要是能扭转这没完没了的日头该多好。"

苏训微微一笑，道："这世上哪有那么神异的能力呢。"

"你的能力不就很是神异吗？"

"老天不会那么仁慈的。"苏训答。

外头一阵杂沓的脚步声，却是定王的护卫来了，当先一人道："刺史大人，外头百姓正在举行祈雨仪式，按例湖州军政大员要前往礼拜，定王殿下已经动身去了，传令请刺史大人也到场。"

文臻慢吞吞起身，苏训立即要去点护卫，定王的护卫却拦住了他，道："我等自会保护刺史大人安全。"

文臻示意苏训不要发作，道："我换身衣服就来。"

她说换衣服，定王护卫亦步亦趋地跟着，苏训几次有点按捺不住，都被文臻眼神止住，脸沉如水。张钺闻讯赶来，二话不说便拦住了定王护卫，大声道："祈雨仪式不是要持续三天三夜吗？大人是女子，身体荏弱，我等代大人先去，大人晚间自然会到！"

"身体荏弱？"那护卫嗤笑，"听说文大人一拳能击飞钢刀，荏弱的是钢刀吧？"

文臻看了他一眼，笑道："你又是在哪听说本官一拳击飞钢刀的？"

那护卫一愣，心知失言，不肯再说话，只硬邦邦道："文大人不是一向爱民如子吗？怎么，连和百姓一起祈雨都不肯了？张大人，请让开，这是王令！"

文臻道："张大人，无妨，和他们一起在外面等我。"

张钺来了之后，这才第一次对上她，却也不敢看她，目光在她肚子上一扫，然后拦在了长廊口，生怕那些护卫连大人换衣服也要跟进去。

还好那些人终究不敢太过分，在园子门口等着，文臻过了一会儿换了衣服出来，苏训目光在她腰间那一片刺绣褶皱上一掠。

上次刺史大人穿这件衣服还是在迎蓝山庄，他被挟持站在对面，亲眼看见大人将暗格里的花名册扫进了这个看似是刺绣的口袋里。

今天又穿这件，这袋子里又要装进什么东西了吗？

定王护卫牵过马来，文臻还没说话，张钺立即道："大人不骑马，换轿子。"

护卫道："定王殿下已经赶去，刺史大人不赶紧骑马去伺候，还要慢悠悠坐轿子，让殿下等你吗？"

文臻含笑道："本官自任职湖州，未骑过马，骑术不怎么精绝，湖州军民皆知。万一当众掉下了马，或者因为骑术不精误了事，还请帮忙在殿下面前多担待。"

那护卫冷笑道："自会担待。"

文臻便慢吞吞往马上爬，爬了好几次爬不上去，那护卫不耐烦地往前一站，打算抬手粗暴地把这女人送上去，手一抬，文臻就来接，两手相交，护卫眼前隐约有彩光一闪，下一瞬便觉心间烦恶，嘴一张，竟源源不绝吐出无数小虫来！

四面惊呼无数，护卫们齐齐后退。

惊呼声里只有文臻悠悠笑道："世人只闻口吐莲花，今日倒见识了口吐蛆虫。"

那护卫已经倒在地下，想要呕吐，但怎么吐都是虫子，那虫子无毒，却像是源源不断一般，从他嘴里向外涌，看得众人面容抽搐，片刻之后定王护卫们也吐了一地。

张钺苏训早已得了文臻提醒，避到一边不看，文臻从那群人身边走过，走向早已准备好的凉轿，淡淡道："想必是黑心烂肚肠，早就腐烂生蛆了，今日帮你都清除了，大概吐上三天三夜也便完了，不必谢我。"

那个在虫子堆里惨叫打滚的家伙且不说，其余人听着，这暑热的天气里后背沁出汗来，之前都知道这位女刺史手段多心眼足，但都以为是官场手段，谁知道竟然诡异成这样，一时谁还敢说话，纷纷离开文臻身侧几丈远。

文臻不过笑一笑，之前一直忍耐没出手是因为没到时机，还真以为她是个棉花性儿？

张钺走过来，变戏法般挥出一把扇子，挡住文臻眼睛，一边眼神溜向她的肚子，一边悄声道："别看，小心吐出来。"

文臻好笑，心想你这是忘记这虫子是谁弄出来的？斜身躲在他扇子后，悄声道："张大人，控制你的眼神，这么总往我肚子上看，是生怕别人猜不到吗？"

张钺折扇一收，敲了一下自己脑袋。

文臻迎上他懊恼的眼神，心里好笑，上了凉轿，笑容渐渐敛去。

湖州求雨，惯来都在城东玄天庙和龙祠，两庙相邻，一个供奉传说中能调遣龙王的玄天大帝，一个供奉龙王。中间一处广场便会搭起祭坛求雨。

湖州求雨风俗很多，文臻在路上就听张钺说，会挖旱魃，会抬出玄天大帝像来游街，会在玄天庙和龙祠"下雨帖"，意指对雨下请帖。文臻一路过去的时候，看见玄天庙附近的街道上空拉了很多横线，线上面吊着许多三角形彩色旗帜，那叫"雨吊子"，取其谐音，指天上的雨掉下来。

文臻到的时候，远远就听见锣鼓开道，倒不算喧嚣，因为求雨只许两鼓一锣，且以鼓为主，声响拟雷鸣之声。两列人从玄天庙出来，抬着玄天大帝的神像，放上已经布置好的祭台，神像前放一个盛水的瓷瓶，随即众人于祭台下磕头，有专门的求雨人戴斗笠，披蓑衣，敞头赤脚，载歌载舞，歌词倒很简单。

"苍天得仁，济我霖雨，朝出一云，暮泽天下……"。

只是毒辣日头下，那些听来机械单调重复的句子中暗含着的焦灼迫切，听来令人焦躁而恍惚。

张钺喃喃道："风乎舞雩，咏而歌……"

"雩，吁嗟求雨之祭也。"文臻看看万里无云的天空，心中叹息，知道两天之内是别想有雨了，结果迎面而来的求雨人递上了蓑衣，一眼看见前方凉棚下，燕绝正翘着二郎腿，身后是左右打扇的侍女，身边是冰镇着的瓜果，面前是跪着的满身油汗的求雨百姓。

看见文臻来了，燕绝一指，道："文大人是湖州父母官，这雩祭理当你主祭，文大人这便请上高台吧。"

张钺一看那毫无遮挡的祭台便急了，上前一步道："殿下，下官已经写好祭文，便由下官代刺史大人向上天求祷吧！"

燕绝眼睛一斜："你是湖州刺史吗？"手一伸，"既然已经写好祭文，那正好啊，拿来让文大人先读，我瞧瞧，写得不短，文大人有力气读完吗？”

他不怀好意地笑着，此时那主持求雨的巫师模样的男子却上前一步道：“殿下，主祭不可为阴人……”

燕绝脸色一变，文臻已经笑道：“那下官便不多事了。其实要说尊贵，在场谁还能比殿下尊贵呢？殿下亲自求祷，才显得其心虔诚。若是能一举求得天降甘霖，传到陛下耳中，想必定然会得嘉许呢。”

燕绝先是脸色不好看，听到最后一句却有些动摇，但又不想便宜了文臻，正在踌躇，忽然几个乡老过来和那主持求雨的巫师说了几句，燕绝隐约听见说“七女挖沟”，便召了人来问，听了几句眼前一亮。

张钺一看他那神情便感觉要糟，警惕地盯着他，果然看见燕绝笑眯眯地招手示意文臻过去，指了那几人道：“本王刚听说，这求雨仪程中还有一项是七女挖沟，要选七位身家清白，品德高洁，身份高贵，贞洁无瑕的女子挖开一道沟渠，是为引水之兆……”

第七十一章

君子报仇，一刻嫌晚

说着话就有人送上锄头等用具来，张钺心里乱糟糟的，也没听仔细，看送往文臻处，又抢上一步去拿锄头，道："我来我来！"被苏训一把拉住。

燕绝大声嘲笑："你来？你又来？你是女人吗？"

张钺反应过来，脸色涨红，捏紧锄头不松手，苏训拿走锄头，轻声在他耳边道："大人今日如何乱了方寸？放心，刺史大人自有分寸。"

张钺看他一眼，心中苦笑，想若是平日自然不会如此慌乱，还不是因为……但想着先前文臻的告诫，可不能漏了风声，只得叹口气，松了锄头。

那边文臻没给燕绝继续嘲讽张钺的机会，已经接话道："求雨主祭下官不方便，这七女挖沟，我总该尽一分力。"

燕绝笑道："本王还以为刺史大人会继续推搪呢。毕竟那三个条件，也不知道刺史大人是否都符合，这要万一哪条不符，引发苍天震怒，别说求不了雨，赤地千里那就不好了。"

张钺心里又是一跳，心知燕绝这话险恶，却见文臻神色坦然，环顾四周："王婆卖瓜总是不好的，那便请问诸位乡亲父老，可觉得本官合适？"

四周百姓齐声欣然："自是再合适不过！大人亲身求雨，为民不计辛劳，亲执贱役，更见爱民拳拳之心，我等感激涕零！"

张钺再次心中感叹刺史大人的灵活狡黠，选择权交给百姓，将来万一"贞洁无瑕"上出了纰漏，总归那是百姓自己选的，怪不得谁，眼看燕绝又气歪了脸，顿觉心情畅快，但看着那锄头递到了待产孕妇手中，心里恨不得夺过那锄头，先狠狠一锄头把那奸王给刨了。

当下又议了七女的名额。因为文臻亲自参加，所以其余人自然要从身份不一般或者和她亲近的人中选。采桑已经赶了过来，自然要陪着她家小姐，寒鸦也算一个，冷莺向来隐身不出面。白林的女儿自告奋勇，君莫晓带着张夫人家的大小姐也来了，君莫晓想参加，被文臻眼神拦住，张大小姐则参加了，再加上在场一位有名气的大儒的女儿，和一位郡守的女儿，很快凑足了七人。

听说刺史大人亲自带头扒阴沟，湖州百姓轰动，都跟了去看。七女挖沟，要求扒足七户人家阴沟。众人浩浩荡荡跟着文臻就近拣了附近的七户人家，本来也不用真的去扒阴沟，也就是挥舞锄头做个样子。燕绝偏说不扒开阴沟，哪里引来的水？

历来仪式这种东西就讲究一个虔诚，有人这么说了，再想搪塞便叫不敬，众人也便觉得，果然还是扒开阴沟显得更加虔诚，求雨的成功率也就更大一些。文臻也没说什么，当即戴上斗笠，挽起袖子，带着几个小姐去挖那阴沟。

平日里这活计也不算什么，但天气炎热，阴沟里又臭气熏天，就颇有些难熬了。白林的女儿和大儒女儿那种大家小姐，上下跑两遍已经香汗淋漓，闻着那臭气更是肠胃翻涌，看一眼不动声色的文臻，只能用手绢扎在鼻子上，好容易把沉重的锄头挥起来，险些又锄着了文臻的脚，被采桑瞪了一眼，干脆和寒鸦两个将几位小姐挤开去，加快挥锄，也好让文臻早点解脱。

文臻却平静地站在土堆上方，握锄姿势标准，动作有力稳妥，锄头看似不快，却很快就带头刨出了一半，众位乡老瞧着刺史大人神情动作，都心中暗暗点头。

张钺却盯着文臻背上很快洇出的大片汗迹，眼圈都有些红了。

苏训则默不作声走开，去唤人准备淡盐水。

刚扒完一条沟，那位大儒的小姐就不行了，因为中途不能换人，之后就拖着个锄头眼睛红红地做样子；两条沟后，郡守的女儿吐了出来，给文臻准备的淡盐水拿来给她漱了口，之后也就是一朵做样子的娇花，连锄头都是寒鸦帮她拖着的；三条沟后，还想死撑着的白林的女儿哭着被采桑寒鸦架着往沟外走，却连眼泪都哭不出来。文臻看她脸色不好，亲自给她喂了一颗药，白林站在几丈外，碍于身份和立场不能过去，袖子里一双拳头攥得死紧，又转头意味深长地看了燕绝一眼。

不仅是他，大儒以及颇有地位的富商，暗中看燕绝的眼神都很是不善。

君莫晓在一边旁观原本有些心急，此刻忽然明了文臻的用意——燕绝在湖州这些日子的折腾多半是得罪了百姓，官员士绅士子阶层他倒多半笼络着，但今日就扒个阴沟，就得罪完了。

七条阴沟扒完，最后几条几乎都是文臻和寒鸦挖的。百姓们一路跟着，眼看刺史大人当真将这极苦极累的活一肩担了下来，眼神都亲切了许多，这边刚刚事毕，那边百姓一拥而上，送瓜果的、扇风的、遮阳的，一张张笑脸十分诚恳热切。

这真切的热情看在燕绝眼里自然是十二万分的不爽，想着为难一下这女人，结果倒便宜了她收买人心。人群中文臻含笑，转头对着燕绝："本官不过做了分内的事，诸位乡亲不必谢我。定王殿下以皇子之尊，天潢贵胄，还要上祭台祷告求雨呢，这才是体恤我湖州百姓疾苦的贤王啊。"

众人转头，目光盯住了燕绝，燕绝表情一僵，这才想起了先前他用来套住文臻的话——尊贵的人亲自挖沟才有效果，那么尊贵的人亲自求雨自然也更能取悦上苍。

已经被架了上去，又看着文臻受爱戴，定王殿下此刻自然不会尿，冷哼一声便起了身，夺过张钺手中《龙祠告诸神祷雨书》后走上台去，燃香诵读。

那一卷纸超出意料的长，还用词晦涩，他是皇子，即使早早开蒙，读这篇文也觉艰难，怕自己露怯，只能调动全部精神，堂堂皇子连一篇求雨书都读不通顺，父皇能把他发配到三千里外去。

文臻此刻坐在树荫下，吃着西瓜，扇着风，听着祷文，带着笑。

《龙祠告诸神祷雨书》全文一万六千余字。

张钺大概想到了可能会要燕绝去求雨，便提前备了长长的祭文，准备拖延到太阳下山，好让她再上台时不至于那么炎热。

她先前眼睛一瞄就看出了大概字数。

君子报仇，一刻钟都嫌晚。

燕绝读完下台，最后连香都没点。文臻看他脸色苍白，快要中暑的模样，赶紧命人给他补水扇风——可不能现在就倒，还需要他继续作妖呢！

燕绝下台，本想如此辛苦，好歹也能捞个百姓们爱戴的眼神平衡一下心态，结果环顾一圈，愕然问："人呢？都去哪了？"

"哦，殿下，是这样。晚饭时间到了，大家都去吃饭了，吃完回来才有力气再继续啊。"

文臻话音未落，远处就有一个妇人大抵在喊她贪玩的小子："强子！强子！赶紧回家来吃饭！作死啦，听什么耽误到现在！"然后一个尖利的童音气喘吁吁地回"就来，就来，不听啦，结结巴巴的，还没俺们隔壁卖草鞋的刘老夫子读得好咧！"

燕绝："……"定王殿下一屁股跌进了椅子里，抚着胸口。

这回真中暑了……

所有人吃完晚饭又赶了回来，日头也下去了许多，没那么热了，文臻才悠悠走上前，将定王忘记再点的香点燃，捧在手中，诚心祷告。

她的祷词不长，远远不如张钺的那篇文采华茂，但情辞深切，角度十分丰富离奇，先是常规的谈久旱无雨百姓之苦“三月不雨，千里之民赖以为生者荡析不存，无以为食，老弱者辗转呼号而亡，少壮者奔徙以为盗贼……”又谈神与子民的依附相存关系，“国以民为本，神以民为依，湖州之民皆神之赤子也，慈母岂忍赤子之迫于困窘乎？”再按照常规，自贬自责，揽罪自身，以求救民，“惟身多罪，斯民何辜！刑政之愆，某身是当；勿虐我民，亦孔之伤！”然后话锋一转，骂完自己开始骂老天，“夫修缺政以保民者，刺史之责也；降甘霖以济万民者，神之责也；风雨不时，麦菽不生，岂唯吾曹之罪哉？诸神亦不得辞其咎也！”最后激将与恭维齐下，威胁同利诱共生，“位尊责重，唯王是知，大足大通，非王孰有，历代祈祷，灵应赫然，若无令无年，则以贻龙羞！若久旱无雨，百姓奔走淫昏之鬼，偶与雨会，则民将归灵于鬼魅，淫祠日盛而龙庙荒芜……且岁或不丰，则何以供王赋而为神之香火乎？若终其赐之，则当丰酒甘肥，增崇庙祀，以承事神。”

这篇祷告是文臻的思路，张钺润色，诸般典故都不用，简单地说就是你不下雨，我很困苦，这自然是我做官没做好，我愿意一身以承受罪愆，请不要虐我的百姓，但是照管好民政是我的责任，照管好天时是你的责任，你有这般的神通，往年诸般神仙都把我湖州照应得很好，到了你这里湖州就成了这样，你羞不羞？总是不下雨，百姓去求那歪门邪道，万一哪天瞎猫碰上死耗子，下了几滴毛毛雨，百姓就会认为是那些山精鬼怪的作用，都去供奉那些邪神，以后谁还理你？而且我们没粮没钱，我们赋税都交不了，还有钱给你供奉香火？当然，你赶紧下雨，那么我们不仅送上美酒肥肉，还给你扩大庙宇，增加供奉，银子大大地有……

百姓们跪在底下，听着这一篇从哭诉到哀告到理直气壮到破口大骂、威逼利诱、软硬兼施、夹带私货的巨著，叹为观止。

定王殿下念的是什么，他们没听懂，不耐烦听，刺史大人念的，他们却是再明白不过，都觉得好、爽、痛快、够胆，还有道理！

燕绝一看众人那看向文臻熠熠的小眼神，顿时又觉得自己变成了一块巨大的石头，被文臻这个女妖再次踩着爬了上去，想着自己在大太阳下中了暑，这女人在荫凉里几百个字就骗去了全部的功劳，一时气得两眼发直，大声道：“说要烧旱魃的呢！”

这一声顿时惊了众人，烧旱魃是湖州求雨仪式中最重要的仪式之一。旱魃是黄帝之女，貌丑秃头，所在之处，赤地千里，但旱魃自己后代的地不旱，必须把有旱魃的坟墓里的尸体扒出来烧掉，天才会下雨。

龙祠后面就有小山，山上不少坟墓和树木，按照规矩，去山上寻一处相对不旱的所在，便是旱魃所在地。但那座山是风水宝地，有不少大户人家的墓园，也葬着很多湖州百姓的祖先，谁家也不能允许自家的祖坟被扒了，所以巫师也会先做个手脚，找个无主的孤坟，弄个积年的尸体也便罢了。

此时燕绝一喊，众人急忙上前，自有准备好的人带着工具上山，燕绝见山上清凉，还有泉水，便也让抬了凉轿来，一并上山。他自然不会放过文臻，要文臻也一并跟着，本来还想让文臻徒步跟，眼瞧着文臻笑得瘆人，她身后百姓眼神不善，想想只好算了，坐上凉轿，当先就走。

文臻一听“烧”字，首先就皱了眉，想了想，低声嘱咐了留在底下的白林几句。让他就在山脚下备上之前造好的水龙，附近就有水井，取水不难，以备不时之需。

因为心里堵了气，定王殿下一路看什么都不顺眼，他对找旱魃还有几分兴趣，随便看着一个大墓，便一指：“这个墓看着有些歪，可能有问题！”

人群里一个当地官员立即黑了脸——那是他爹的坟。

燕绝又胡乱另指一家：“这家墓园好生大，是要做陵寝吗？里头草伺弄得好，一定藏了旱魃！”

李连成跟在人群里，一边给亲王长随塞银子，一边恨不得把定王殿下一脚踹到山沟里——那是他家墓园。

亲随劝说了几句，燕绝不说话了，但是跟着巫师转了几圈，便不耐烦起来，待到看见巫师停在一座无主孤坟面前，拖出来一具破破烂烂白骨时，顿时大失所望。

巫师要将白骨裹了，带下山在祭坛上烧了。燕绝不耐烦地道：“这么脏的东西，带下山做什么，就在这里烧了！”

文臻立即道：“殿下，天干物燥，此地全是干草，万不可有任何火星，一旦燃起山火……”

“这个本王会不懂？本王就在这里，看着它烧，直到火全灭了再走，刺史大人你看成不？”

“殿下……”

“闭嘴。”

文臻看一眼燕绝眼底的戾气，笑一笑：“那请殿下主持。”

“烧了！”

火点起来，天气果然够干，那所谓旱魃一会儿工夫便被烧成灰燕绝倒也不是完全不知轻重，眼看那火灭了，又道：“留个人看着所有火星都灭了再走，其余人下山。”

文臻还想也留个人看着，却被燕绝阴恻恻打断：“刺史大人这是不相信本王的人，觉得本王一定会放火烧山吗？”

文臻笑了笑，随着燕绝下山。

百姓们冷眼看着燕绝，对文臻报以同情的目光。

之前听说定王殿下和刺史大人不对付，借着丰宝仓的事情一直软禁刺史大人，接管湖州，倒行逆施，也有一部分人疑惑过。但今日亲眼所见，定王殿下真是神憎鬼厌，又身份尊贵，可真难为刺史大人了。

燕绝注意到众人目光，顿时更加烦躁，眼看那火烧差不多了便要走，他自己向来不怀好意，看文臻也是个坏人，怕文臻留下做手脚，便要文臻也必须立即下山，文臻也就跟在浩浩荡荡的队伍后面，最后下山，下山的时候回头看了一眼，燕绝果然留了人在看着最后的火星，那人还踩了踩火堆，等了一会儿，眼看最后一个火星灭掉，今日又无风，定然是安全的，便转身跟上了下山的队伍。

文臻下山的时候还回头看了一眼，烧旱魃的地方是一个相对独立的山头，像个小蘑菇一样竖在那里，无树无石，一览无余，只有一条上山的路，现在所有人都在这条路上，背对着山头离开了。

她不知道的是，当燕绝留下的那个人背转身，跟上大部队的队尾时，那本已经灭掉的一点火星忽然缓缓一闪，红光一亮，在已经焦黑沉寂的火堆上再次慢慢燃烧起来。

下山的气氛有点沉闷，该做的程序已经做完了，擅长看云的老农们都能看出，最起码这两天都没雨。

这令大家心情沮丧，忍不住小声提起了即将来临的收粮收租。

今日正好定王殿下和刺史大人都在，一些有头脸的乡老便试探着提起赋税减免的事，燕绝正烦躁，一声冷笑，想也不想地道：“托你们刺史大人的福，丰宝仓走了水，储粮耗了个干净，这是军备粮，再容不得慢慢填补，少不得湖州百姓要多出点力，尽早将粮仓给补起来，不光要补粮，还要征徭役，把粮仓赶紧建起来。本王自来到这湖州，发现你这地儿也是肥沃多产，鱼米丰熟，往日的税赋定额真是太少了！朝廷本想定去年的四倍税额，本王心善，体恤你们不易，已经上书求减半成，想来批文也快下来了。”

他说得洋洋得意，众人如听晴天霹雳。

第七十二章

鸳鸯浴

文臻从后头赶上来，听见了后半段话，心中一笑，心想这误会可是要人命的。

湖州百姓不知道往年赋税的猫腻，他们以为的四倍定然是往年实交赋税的四倍，别说今年是个荒年，便不是荒年，这也是要卖儿卖女要人命的。

但对于朝廷来说，每年实际收到的湖州的赋税只有百姓骄傲交来数目的三分之一，就算翻成四倍，也不过是比原先的加了二成许，再减去一半，也就是只比往年略高，虽然还是高，但其实没那么恐怖。

她自然不会帮燕绝解释，丰宝仓事件示弱的目的就是猜到最后税额不会低，要为朝廷募集军粮开好头，但需要有人背锅，看来看去，自然是定王殿下脑袋最大最合适。

四周的气氛都快窒息了，好半晌，一个老者才呻吟般地道：“殿下，求您可怜一下咱们湖州百姓吧。”

“还说本王不怜惜！”燕绝勃然大怒，“本王不是已经求减了半成了吗！丰宝仓的军粮筹集迫在眉睫，朝廷体谅你们，你们却不想着为国分忧，当真是一群刁民！”

那老者眼泪滚滚而下，四面无人言语，但眼底悲愤的怒火已经快要化为实质，将燕绝燃着了。

燕绝左右四顾，原以为能收获感激，不想一个个都如丧考妣，更加憋屈恼怒，偏偏此刻文臻还一脸为难地道：“殿下，今年大旱，这税委实不能这么收。”

她话还没说完，燕绥已经猛地跳下了凉轿：“文臻，又来收买人心，还以为你能当几天湖州刺史——”

他一发怒，周围百姓一下涌上来，燕绝更加敏感，猛地转头：“你们这些刁民想做什么！想造反吗！”

文臻却忽然转头，她嗅见了奇怪的气味。

怀孕的人嗅觉比较敏感，她嗅见了一点焦味，立即回头。

然后她就看见了一片红色的山头，忽然发现起风了！

再然后她就看见顺着那风一道红色的线猛地推过来了。

文臻猛地大喊：“山火！所有人散开！”

此时大部分人还蒙着，接着后头的几个人也赶上来了，大叫：“后面山头起火了！”

而就在这两句话的工夫，众人已经看见那一条红线变成了一段红墙，顺着这唯一的路转眼便到了眼前！

惊叫声四起，大多数人都知道山火的可怕，几乎瞬间，人群便乱了，山路狭窄，乱冲乱撞的人群立刻就把刚跳下凉轿的燕绝撞得一个趔趄，他刚要骂，又被一个冲过的人撞得团团一转，跌倒在一边的一块石头上，他痛得大叫一声，眼看身边好像是湖州府一个官员，急忙唤：“喂，你快点拉我一把。”结果那人好像没听见，掉转身急急跑走了，又有一个老者身上背着水囊，正要往自己头上淋，燕绝看见大喜，伸手大叫，“给我！本王会赏你高官厚禄！”结果对方看他一眼，把水全部倒在了自己头上。

燕绝：“……”

但此时已经来不及让他思考自己为啥这么遭人恨了，他瘸腿，行动不便，不断被人撞开，在地上狼狈翻滚，所有人都好像忽然不认识了他，甚至撞在他身上的时候力气都惊人的大，燕绝被撞得不停转，天旋地转的同时感觉到逼人的热浪不断追近，心中模糊闪过一个念头：“莫非今日要死在此地！”想到这里终究不甘，扬声凄厉大喊，“文臻，你若不救我，亲王死在湖州，你一样难逃罪责！”

无人回应，他正绝望，忽然眼前一空，是他的护卫扑过来将人搡开，转眼却又被纷乱的人群冲散，燕绝挣扎着踩着一个跌倒的人的背爬起来，一回头看见火墙矗立在半天之上，眨眼就似能砸在自己头上，顿时变色。

文臻此时才顾不上他，吸一口气，跃上旁边一块较高的石头上，再次大声道：“所有人散开，你们跑不过火，会被火追上围住，逆着风走！横着走！”

苏训拨开人群往她这里冲，大喊：“不能往山顶跑，山顶火势会更快！不要迎着火头打！不要在风头上打！看哪里草木少，哪里有水源，就往哪里逃！记住，别去山谷！”

文臻道：“谁身上有火折子，可以先将自己身边的草木都烧了，清出隔绝带！”

“跑不动的，尽量选下风侧巨石后躲藏！身上容易烧着的衣服都脱了！”

“有懂看风的帮个忙，山间各处风向不一样！”

她的声音在这种时候不算响亮，却依旧字字清晰，且语调平稳，毫无慌张，众人听了，慌乱的心态渐渐平稳下来，很自然地按照她说的话去做，先是散开，然后寻找石头或者草少的地方，寻找水源处。

有人眼看着浑身起火在惨叫，众人又恐惧起来……文臻示意文蛋蛋过去想办法，也不知道文蛋蛋想了什么办法，大抵是使人肢体僵硬那一类的蛊毒，那些人不再惨叫，倒地滚了几圈，正好将火灭了，居然还能爬起来继续奔逃，这便无形中降低了恐慌气氛，而大难中逃生控制恐慌情绪是件很重要的事。众人再次顺利散开，文臻再次下令护卫们散开，帮助最后面的，腿脚不便的老人和已经受伤的人。

人影一闪，冷莺出现在文臻身后，抓住了她的手，道：“大人，那边有个水潭，我带您去！”

文臻却叹了口气。

刚才，人群踩踏的那一刻真的是弄死燕绝的好机会呢。

山火是他引起的，他在湖州倒行逆施，就算因为山火死在湖州，自己罪责也不会很大。只要他在那样恐慌的人群里多待一刻，文臻就有把握弄死他。

但是不能。

山火这种东西，以秒来吞噬生命，她做不到为了私怨罔顾无辜性命。

算了，他不死也有不死的好处，山火难免有人伤亡。他在，这个锅就得他背；他死，永裕帝心伤儿子之死，自然不忍加罪于他，这个锅难免就要自己背了。

文臻隐约觉得和大皇子不同，永裕帝还是颇喜欢燕绝的。

“苏训你下去！寒鸦你带着采桑！冷莺你带张钺先……”文臻做着安排。

这么喊着的时候，她眼神瞥到苏训，正站在人群之后，面对着满山大火，单手按在心口，做了一个看起来有点奇怪的手势。

那一霎他的侧脸在火色纷乱光影中线条冷峻。

文臻没来由地心中一颤，只觉得似有触动，却又难言。

张钺灰头土脸地从一块大石头后面探出脸来，大叫：“冷莺带大人快走！”

他没跟着文臻，就是怕自己跟着文臻，没有武功碍手碍脚，文臻还要派人保护他，还要为他分神，眼看文臻安全一时无虞，冷莺也出现了，就先冲到了一块石头后面躲着，此刻打完招呼，自己一猫腰，撅着屁股，横着飞快地往山下冲。

文臻看着往日四体不勤的张大人此刻像只螃蟹一样横着爬走了，一边想什么时候这么敏捷了，一边头痛地大叫：“那个方向不行，风向变了！”

冷莺已经带着她瞬移到了张钺身侧，一把又去抓张钺，道：“我勉强能带两个……”话音未落，忽然斜刺里冲过来一个人，一把撞倒张钺，抓住了冷莺的手。

此时冷莺已经开始瞬移，再想甩掉这人换张钺已经来不及。文臻恍惚中看见是谁，下一瞬她到了一处水潭边，说是水潭，其实就是一个不大的小水洼。文臻刚被放下来，趁那人还没站稳就是一脚，那人被踢进水洼，挣扎扑腾了阵，才露出一张又惊又怒的脸：“文臻，你这是做什么！”

文臻盯着燕绝那张满是青紫的脸，心中暗暗可惜这家伙居然水性不错，脸上皮笑肉不笑地道：“殿下，我能做什么？我自然是赶紧让您湿了身，好应付山火啊！”

燕绝泡在水里，此刻总是安心的，他盯着文臻看了一阵，忽然一笑，道：“生气了？很生气是不？我抢了你奸夫的活路，难怪你生气哟。”说完拍拍水，“下来啊，下来和本王一起泡泡鸳鸯浴，不对，你不能下来，你这一下来，等会儿有逃生的百姓看见，就成了你和本王一起衣衫不整泡鸳鸯浴，名节全毁，那可就真的嫁不成老三了。”

他想了想，又笑道：“嫁不成老三就嫁本王啊，本王也不比老三差什么。听说父皇曾有意让你做老三侧妃，这怎么行，多委屈你啊，你要是嫁给本王，那必须是正妃，怎么样？考虑一下？”

文臻抱着膝坐在水边，笑吟吟凝视着他，道：“殿下，我要是你，此刻就不敢还泡在这里胡说八道，毕竟面前的人是个使毒高手，又是经年的老仇家，我会害怕泡着泡着，身上的皮一块一块掉下来怎么办？”

燕绝脸色一变，刚想硬撑着说你敢威胁我，随即便觉得浑身竟然痒了起来。

他下意识去挠，觉得好像抓下了什么东西，低头一看，头皮一炸。

水里，悠悠飘开的一小块白色的是什么？

再一看自己胳膊上，已经出现了一小块破口。

“什么东西！”他大叫，猛地从水里蹿了出来上了岸。奇怪的是，上了岸之后，那种痒便消失了。

看他上岸，文臻笑一声，往水里撒了点粉末，自己悠悠下了水，还招呼冷莺：“来，撒了明矾了，水净化过不脏了，可以来泡了。”

燕绝听着这当面践踏的话，脸扭曲了一瞬，终究是不敢下水和文臻一个池子，反正身上也湿了，暂时不怕山火，便蹲在水洼边，盯着文臻道：“泡啊，等会儿百姓冲下来，看见美人出浴，本王观赏，也一样是一桩美谈。”

文臻不理他，自顾自在水里泡了泡，看冷莺身上已经湿了，示意她再去救张钺等人，冷莺得令离开，并不在意燕绝在这里，反正大人面前除了殿下都是渣，不够她一根手指虐。

文臻在池水里观察了一下周围地形，确定这里已经快要到山脚，离下山的路不远，因为被一处石壁和藤蔓遮掩，是比较隐蔽的水源，而且因为旱了太久，山上好多水源都已经枯竭，此处不知是不是通着江河，居然还有半池水，只要把周围的藤蔓杂草清除干净，石壁会是天然屏障，山火难灭，下山的路草木极多十分危险，此地倒是合适的避难场所。

她又看向燕绝，此刻山坳无人，要么……

她这么一看，原本还洋洋得意看美人出浴的燕绝，忽然浑身一冷，毕竟是出身皇家，一抬眼见四野寂寂，逃生的人和山火都还在远处，而此刻，只有自己和那个女魔王面对面。

他终于感觉到了不对。

这个女魔王起了杀念。

如果他死在这里……

她会有麻烦，但不会比他活下来给她的麻烦更大。

想明白这一点，他拔腿就逃！

还没跑出两步，膝弯一软，栽倒在地，他心中一凉，一时后悔得恨不得给自己一个耳光——先前为什么鬼使神差和张钺抢位置！

文臻从水中缓缓站起，判断一下杀了燕绝可能带来的各种后续，不仅仅是自己需要面对的，还有关系到燕绥的，后者才是她略微一犹豫的真正原因。

毕竟牵涉到皇子，还有她和燕绥的关系，永裕帝到底会怎么想？

与此同时，燕绝与她听见有人说话，绝处逢生，疯一样地大叫起来："快来啊！快来啊！这里有水源！"

燕绝知道自己不招待见，怕人听出自己声音反而不来了，故意喊破这里有生机，这是为自己挣命呢。

但确实，不管来的是谁，她都无法杀燕绝了。

果然随即脚步声杂沓，树影晃动，有人冲了过来，在这最后一霎，燕绝肝胆俱裂，拔刀胡乱向后便劈，大叫："你别过来！"

随即身子腾空而起，下一瞬水花溅起，隐约看见一群人冲了过来。

等到水花平息，他看见对面一大群人，面容狼狈，而自己泡在水里，文臻站在水洼边，一边拉着自己被刀割裂的袖子，一边叹息着道："定王殿下，您便不许下官进水洼泡着，也用不着拔刀相向啊！"

燕绝想要辩解，想到自己最后一句话，再看众人眼光，他干脆闭了嘴。

文臻又招呼众人："大家都来轮番弄湿衣裳，其余人去把藤蔓枯草都清除了，清理出隔绝带，这一处就是安全的，底下的人应该已经组织救火了，等火势小了再出去不迟。"

众人自然都应了，当下一群人去清理藤蔓，一群人来水洼边，燕绝一看人过来，下意识便紧张起来，喝道："不许离本王太近！护卫呢？过来保护本王！"

水洼不过半丈方圆，再不许离他太近，别人还怎么取水。定王的护卫奔过来，拦在水洼前，众人站住，眼底闪着愤怒的火焰。

文臻走上前来，她手巧，转瞬间便用藤条编了一个桶，递给定王的护卫，道："既然不许百姓靠近，便请这位大哥帮忙打水给各位浇湿吧。"

众人又感激地看文臻，燕绝越发心堵，冷哼一声转过头，护卫这才打水给众人打湿衣裳，此时外头呼喊脚步声响，大量的人上山来，却是山下百姓们看见山火，都自发前来救火救人，因为水龙事先准备好了，水也灌好了，一路拖着浇上去，竟生生将被火封住的路清出一条道来，救了好些无路可逃的人。

山火却不是一时半刻就能熄灭的，文臻怕造成太多伤亡，便让救回张钺等人的冷莺再出去下令，让众人在火势较小处烧砍出隔离带，以牺牲半座山为代价，将火势隔绝在山上，以保证山下人们的安全。

所幸这处山不大，相对独立，不至于绵延无数，烧毁民居。但也一直忙碌到半夜，火势才渐渐消弭，半个天空弥漫着焦灰，空气火辣呛鼻，文臻看着长蛇一样忙碌的人群，想着自来湖州，接连遇见火患，件件都是大事，看来神龛里光供奉个财神是不够的，还得供奉一下祝融。

她清点来此避难的人数，自己身边人都在，也算不幸中的万幸。

前方脚步杂沓，却是救火的大部队来了，还搀扶着头发都被烧光的湖州首富李连成，李连成一脸悲愤，看见文臻就跪下了，哽咽道："大人，求您给咱们做主，山上的坟都烧塌了，我李家祖坟都被烧光了……"

他这话一出，众人哗然一声，才想起这山上多是自家祖辈埋骨之所，先前忙于逃命顾不得，此刻反应过来，只觉得全身的血都轰轰地往上冲，有人当即号啕一声便晕了，还有人大叫着往山上跑，被人慌忙拖住，更多人跪在焦黑的土地上磕头，大哭子孙不孝，一时满地号啕，凄切之声，直冲云霄。

民众悲愤凄厉的哭号，于这午夜焦山之间回荡，冲撞得月色也暗昧如血，文臻这样的人都听得浑身起栗，更不要说始作俑者燕绝，他当即知道不好，从水洼里爬出来，急令护卫："快带我走！快！"

护卫还没来得及背起他，不知谁在人群里喊一声："定王殿下，赔我祖宗安宁来！"随即人潮一下涌过来，瞬间水花溅起，夹杂着燕绝的痛叫怒骂之声，却是人头攒动，黑压压的一片看不清了。

文臻自从大家跪地磕头开始就已经远离水洼，到了人群外围，此刻人们积压的愤怒终于被点燃，涌向水洼，她自然“来不及”解救，只在人群之外大叫：“诸位父老，少安毋躁！殿下！殿下！”

还有人义愤填膺地对她道：“大人，您莫要再为这位殿下奋不顾身了，他就是个没有心的！”

做人做到燕绝这样的，真是谁都看不上。

第七十三章

当头一棒

文臻隔岸观火，下令自己的护卫去“解救”殿下。

到了如今这境地，她今日的目的已经达到了。

今日湖州百姓愤而挥拳向皇子，虽然是大不韪，但是起因却是燕绝造的孽。这个时代孝道为首，毁人祖坟等同于杀人绝户，是不死不休的仇，这样的原因便是闹上朝廷，永裕帝也没话说，燕绝会受到整个御史台潮水般的弹劾。

更关键的是，这属于民变，监军皇子一旦激起民变，就必须回京待审，她终于把这个讨厌鬼一脚踢走，而犯下这么严重错误的燕绝，想必永裕帝也不好意思再派来湖州碍她的眼。

她今日从答应来求雨开始，在百姓面前诸般作态，步步退让，就是为了极力展示燕绝的骄狂，并将赋税的矛盾挑破，激起百姓心中的怒火，本来如果没有烧旱魃引起的山火，她也会有下一步的刺激动作，总要将百姓挑到愤怒的顶峰，忘却了皇权的高贵和尊严，只需要一顿乱拳，世界从此清静。

她忽然目光一抬，感觉这山影之间似乎另外有些黑影在游走。

寒鸦等人也警觉了，开始往她身边移动。身影一闪，冷莺出现，轻声道：“那边山崖下有人埋伏，现在正在往上攀援，很快就要到了。”说着指指不远的黑暗处。

那边是一处矮山断崖，底下是一处水源，平常却是下不去的。

文臻目光一闪。

看来，今夜的幕后主使按捺不住了。

因为那一处用来隐蔽身形并不方便，用来出手也不方便，并不在上下山道路上，只有事先预见到可能会有火灾，才会在那里藏身，因为那里可以确保自身不会被殃及。

换句话说，那批人本来不打算出手，只打算冷眼旁观，等待某种惨烈结局。

可是结局出乎意料，终于忍不住了吗？

断崖下，一队黑衣人正悄然顺着崖壁上行。

这崖壁比较光滑，爬起来有点艰难，因此最前面两人交谈得也有些气喘吁吁。

“没想到这么快就解决了。”

“好像竟然没死什么人！”

“主子揣测错了，这女人竟然没有趁着火起人群聚集弄死定王殿下，反而及时疏散人群了。主子不是说她一定会趁这难得的机会对定王下手吗……”

“是啊，往日里瞧着是个心硬如铁的人，一旦有机会不恤性命是必然的，没想到她竟然真的把百姓的性命看得比个人得失重。”

“还有本来一定会烧伤烧死几个人，引发惊恐混乱，自然会伤亡更多，没想到那些烧伤的人也不知怎的，居然就那么无事人般爬起来了，我听见咱们的人回报，胳膊上鸡皮疙瘩到现在都没下去，这位刺史手段可真诡。”

“最诡的难道不是能喷水的东西吗！怎么忽然出现的？是事先准备好的吗？那难道她猜到会起火？这不可能啊……”

“不管可不可能，既然都这样了，主子交代下来的总要完成，说不定自己要上了，不管是烧死还是别的死法，有人死就行了……噤声，快要到了！”

人影安静了下来，一行人如同黑色的长蛇一般没入半山阴暗半山红的夜色中。

山道上响起了脚步声，定王的护卫大部队赶来了。

燕绝的亲王护卫有两千人，自然不能都带来湖州，但在湖州事变之后，他痛定思痛，信急送天京，唤来了一千人，快马赶来湖州保护他，这些人今日原本没有全部跟来求雨现场，但是这边火头一起，自然也要迅速赶来。

只是来的时候，屡屡遭到阻拦，在一处街道上绊了马，又在一处街道上被一个妇人缠住说踢坏了她的摊子，等到他们摆脱纠缠赶到，正好这边燕绝被重新打回了水洼里，定王殿下的护卫们大惊失色，凶神恶煞揪住百姓正要揍，不妨忽然一条火绳在旁边一条崖壁上垂下来，火绳一亮，顿时照亮了那崖壁上一大串的黑衣人，像一大串蚂蚱一样挂着，那些人猝不及防，有人惊叫落下，有人赶紧避开，有人已经爬上崖，搭弓对着底下射箭，还有人直接扔下火弹子来！

虽是夜间，但是文臻眼力非凡，一看那个撒手的动作就知道不好，大叫：“苏训！”

苏训却大叫：“太远！”

文臻又叫：“所有人趴下！”

她现在威信极高，和定王护卫纠缠的百姓听见她这一喊，往地上趴，定王护卫们却完全不会理会她，见百姓们往身下钻，扑下去挥拳，无形中身体都挡在了百姓的上方。

文臻本就站在外围，此时也已经退开，看见这一幕，无声叹一口气。

然后便是一声巨响。

巨响震得整个地面都摇晃，除了文臻外，所有人猝不及防，天地间眨眼只剩了永恒的寂静般，转眼间又是更猛烈的轰鸣声接连炸起，满山的焦灰扑簌簌往下掉。

好半晌，有人蒙头蒙脑挣扎出来，才发现地上横七竖八一堆人，缺胳膊少腿的不在少数，满地都是被炸出来的坑，不住有人掀翻自己身上的尸体，一脸惊恐茫然地钻出来。

文臻始终冷静，指挥着护卫追杀那些暴露的杀手。燕绝先前爆炸时，是被百姓压在水洼里打，等到护卫来了之后，护卫护住了他，爆炸开始的时候，他还在水中，上头都是人，不可能被炸死。

他本来还得意于护卫到来，正在指挥反击，忽然就天崩地裂，也不知道哪里冲出来的渔翁，竟然想要连他一起收割了，定王殿下今晚把一辈子受的罪都受完了，此时暴跳如雷，站在水洼里，奋力推开压在自己身上的一具尸体，狠狠吐一口带血的唾沫，大叫：“文臻，还活着的护卫交给你！给本王打，狠狠打这些兔崽子！”

定王殿下气得连自己真正的敌人是谁都忘记了……

文臻：“得令！”

事实上，她已经指挥着定王的那些被炸蒙的侍卫联合自己的人对山崖上的那些“蚂蚱”开展了反击。对方先前那一轮猛烈攻势，不过是仓皇自保，事实上，埋伏一旦被发现就是死路一条，等着被收割。毕竟人还在山崖上，上下不得，文臻这里放一阵箭，一部分人被逼跳崖而死，一部分人不得不爬下山崖被俘虏，战斗在短短一刻钟内结束，而文臻把定王的护卫顶在最前方，美其名曰给他们机会替殿下和兄弟报仇，所以最后清点损伤，固然杀手全军覆没，定王上千护卫完好的也只剩了几百。

燕绝从水洼里爬出来，一张脸白煞煞。

俘虏的几个杀手被押了过来，文臻不想当着燕绝的面审问，令人检查了他们身上没有可以自杀的用具，卸掉了下巴，押送入牢，准备事后询问。之前几次杀手都各种原因死亡了，这次她下令安排人贴身看守，寸步不离。

这边安排完，查看伤亡，百姓也有被炸伤炸死的，但相对于定王护卫的损伤度，却要好很多，这要归功于文臻及时下令，但回过神来的百姓们看着燕绝的眼神更加愤恨了。

燕绝却也愤恨难抑——亲王护卫建制三千人，但他屡屡犯错受罚，被降为两千，为了保证自己的安全，这两千人他精挑细选，好生笼络搜罗得来，如今在湖州连死带伤将近四分之一，损失不可谓不惨重，回头一想，不禁暴怒，大喝道：“都是这些暴民！竟然敢殴打皇子，践踏皇家！来人——”

“殿下！”文臻上前一步，张开双臂拦住人群，对着燕绝，“殿下，你真要激起民变吗！”

她一上前，张钺苏训等人立即便上前，又要拦在她身前，重重叠叠，又有百姓将她往后拉，瞬间就把她从第一个转到了最里面，看得燕绝越发怒火中烧。

“文臻，少给本王扣帽子！要是民变，也是你激起的，是你煽动唆使民众，意图暗害皇子！”

“殿下，您说这话不亏心吗？我真要暗害您，方才和您单独相对，您以为您能活到现在！”

“少说废话，你若真无心暗害本王，就给本王滚开。本王堂堂亲王，难道连惩治几个刁民的权力都没有了吗！本王天潢贵胄，被这些贱民殴打，你身为刺史不说为本王张目，竟然护着这些贱民，你的王法和忠君之心又在哪里？”

“殿下身上并无重大伤痕，殿下一定要说受伤，那请殿下指出伤处，并指出是谁伤了您哪一处吧！否则您是要将这百姓全部拿下吗？若误伤无辜，王法却又在哪里？”

“一拥而上，乱拳挥打，你是算准了本王认不出谁下手是吧？认不出就是所有人都有嫌疑！都有错！都有罪！都拿下！”

“殿下！”

“你又要拿民变威胁本王吗？那行，方才就是民变，既然是民变暴乱，意图杀伤皇子，那就是谋逆，本王这就调州军护持王驾——来人，去城外宣毛万仞！另外，去定州宣定州州军！定州州军离这里也不算远，总不该也算你的吧！”

“殿下！”

“文臻你闭嘴！你是个什么东西！本王今日便告诉你，本王今日一定要惩治这群刁民，不仅要惩治他们，还要加湖州的税！鱼米之乡，粮食丰产，每年就交这点税，对得起朝廷和陛下吗！不仅要加税，还要拿下你。你不仅失职令丰宝仓失火军粮全毁，还因为政失和引苍天降怒，三月不雨，又求雨不力，引发山火，并护持王驾有失，致亲王护卫军和百姓伤亡——诸般种种，本王这便夺了你的刺史印信，滚到一边等着披枷带锁上京吧！”

文臻吸一口气，不说话了。

百姓们也不说话了，炎热的天气，火焰的余烬，都抵不上这一刻内心愤怒的狂火席卷而来，似要毁天灭地般的烈。

如果眼神可以杀人，此刻燕绝想必已经被碎尸万段。

燕绝哪里感觉不到，他向来是个暴虐性子，被激到一定程度也歇斯底里，心里明白今日之后，自己在湖州也待不了多久，回去已成必然，回去还要遭受申饬，所以他发了狠——你折腾我如此，我死也不让你好过！

文臻叹一口气，眼看山火已灭，折腾一夜，天色已经快亮，此处一片平地已经被清理出来，便让湖州府安排受伤百姓就医，死亡百姓找出苦主，给予抚恤银收葬，其余百姓回去休息。但是百姓们却没有挪动步子，有位老者道：“大人，我们陪着您。”

文臻苦笑道：“若两边州军来了，见百姓聚而未散，只怕更加坐实了民变之说。”

那老者悲愤地道：“老夫已是知天命之年，手无寸铁，若是老夫这样的人也会被打成暴民，那老夫也只好抡一抡这拐杖了！”

文臻笑道：“老人家，不至于如此。”当下命人清理树桩，给年纪大和体弱的百姓休息，又命送水。眼看燕绝带着他的人，划了一条三八线，退到水洼那一边，一副州军到来之前互不干扰的模样。

她觉得很好笑，也命人送去板凳食水，就放在三八线之前，绝不越界。

过一会儿，燕绝那边的人拿去了，然后用银针试了又试。

百姓默默看着，对比刺史大人和朝廷皇子的表现，心中不断摇头。

刺史大人虽是女子，那胸怀气度，格局方略，行事风采，定王殿下拍马也追不上。

但也不能说东堂皇家无人，同样是皇子，上次惊鸿一瞥的宜王殿下，那出手行事，同样令人敬佩，倒和文大人真是天生佳偶。

众人的思维忍不住发散了一下，若是东堂以后能有这样一对帝后，未尝不能有盛世之福。只是，如此一对龙凤之姿，为何从未听过任何关于宜王殿下可能继位的消息？

再说，别说宜王殿下未必能坐上皇位，便是宜王殿下和这位的婚事，只怕永裕帝也未必首肯，单看文大人被派来湖州做刺史就能明白了。

神仙眷侣，英睿帝后，天不成全。

众人对望一眼，都摇摇头。

皇家之事，不可说啊。

时间在等待中一分一秒过去，天色大亮时，白林带来一个不大好的消息，俘虏的那几个黑衣人在牢中忽然死亡。

不是自杀，也不是牢中有人搞鬼。白林吸取教训，派亲信亲自看守，一个时辰后，那几个人齐齐倒地，七窍流血而亡。

文臻一听便知道了，这是死士，却不是自己自愿的死士。事先被人下了毒，算好了时辰，在时辰内不管有没有完成任务都必死无疑。这个时间自然是够完成杀戮的，但却不够她赶回去审问，对方怕的就是落到她手里。

是个狠人。

但是，文臻也无所谓，她并非完全没有方向。再说，她一向认为，足够强大便不惧任何魑魅魍魉，我便不揪出你，你来一次我打一次，你来两次我打两双，我有足够的能力逐渐剪除你的羽翼，你尽管派人来送死，你便有千军万马，终有一日会被我杀尽，到时候你终究要自己走到我面前来的。

她也不过笑一笑，示意无妨。白林原本惴惴不安，此刻松了一口气。心中感叹，上司强大就是有这般好处，她更在乎的是你的忠诚和尽心，而不会计较你在小处的错失，因为她有足够的能力去解决和弥补。

只有无能的上司才会揪住属下一点错处大发雷霆，比如……他看了一眼对面的燕绝，定王殿下现在看起来，比被威胁的刺史大人烦躁多了。

如大家预料的一样，毛万仞带人先来了。

虽然有了王令，但是毛万仞那里自然另外有人通风报信，所以并没有把州军都浩浩荡荡带进湖州城，只带了三千人来，还留在了山脚下，自己带了包括潘航在内的两百人上山来。

文臻一看他身后人群，目光在其中一人身上一掠，眼底露出一丝笑意。

燕绝看见毛万仞来了，并未起身，阴恻恻道："毛都尉，虽然你是刺史大人麾下的州军，但州军应该还是朝廷的军队吧？"

毛万仞立即躬身："殿下言重，州军自然是朝廷所属，永受皇族驱策。"

文臻挑眉。燕绝骨子里还是燕家人，燕家人的阴险他是不缺的。

"那好，你瞧瞧。"燕绝捋起袖子，不知何时他手臂上出现了几块青紫，"本王今日被刺史大人唆使的暴民所伤，此乃谋逆大罪。本王要将刺史大人锁拿进京，将暴民拿进大狱，你且去办，并留下州军三千人驻扎湖州城中保护本王，以免本王遭受某些人残留势力的报复。"说着斜眼看文臻。

文臻向他展开甜蜜微笑。

燕绝一看这笑容就觉得堵心，立即偏头。

"殿下，留下州军保护您自然无妨。但是刺史大人唆使暴民……下官前来此处并未看见暴民，也未看见刺史大人有何行为不妥，甚至双方相安无事。殿下有何证据？"

"本王的伤痕就是证据！"

文臻："殿下，下官还真不知道您的伤痕会说话，会告诉所有人，这是刺史唆使人干的呢。"

"文臻你少耍嘴皮子，本王就知道毛万仞会袒护你。本王好端端岂会伤了？本王好端端岂会诬赖这些贱民？这些贱民如果不是有你撑腰，岂敢对本王下手？怎么，这么明显的道理，你们也要装傻吗？"

毛万仞依旧弯腰："殿下……"

“闭嘴！”燕绝咆哮，“毛万仞你再拖延，本王便将你视为文臻同伙！莫要以为湖州尽在文臻之手。本王之前已经飞鸽传书，也有令亲卫秘密出城，将此间事尽数禀报朝廷，你们今日违抗了王令，翌日便等着大军围城，收编州军，剿了整个湖州！”

场间一片静默。

定王就是个火药弹，除了永裕帝谁也无权处置他，也无法违抗他，他少了一根汗毛都是湖州的责任。

只因为他是皇族，代天巡狩，是皇帝的象征，代表着皇家至高无上的尊严。违抗皇权，不管多么充分的理由，在永裕帝心中都难免划下裂痕。

在天威面前，一切的冤屈苦痛都不值一提。

和百姓的愤怒比起来，文臻依旧平静，她知道会是这个结果。

她敢激起民变，自然做好了承担民变后果的准备。

她对毛万仞使了个眼色，毛万仞会意，立即道：“末将遵令！”随即带人上前。

燕绝松一口气，微露得意神色。

文臻忽然道：“本官何罪之有？”

燕绝：“唆使百姓暴动殴打皇子！”

文臻：“好像没证据。父老乡亲们，我唆使你们了？”

百姓：“没有！”

百姓：“刺史大人，我们愿意为您告御状申冤！没有就是没有！”

燕绝：“为政有失天和，致老天降罪，三月不雨！”

文臻：“好像还是没证据，哪里不和了？”

百姓：“我们要上京告御状，定王殿下行事暴戾有失天和，致老天降罪，三月不雨！且强令在草木茂盛处烧旱魃，导致山火，毁坏湖州百姓祖坟，烧伤百姓！”

燕绝：“逼迫丰宝仓监离奇自杀，失职导致丰宝仓失火，储备军粮损失贻尽，这个你总没话说了吧！”

百姓小声嘀咕：“说不定贼喊捉贼……”但这话不敢说，毕竟这个没证据。

“哦，这个啊。”文臻不急不忙从腰间袋子里抽出一封朝廷文书，“今天刚到的，还没给定王殿下批阅，正好，您现在一并瞧瞧吧。”

文臻面对着他把那文书展开，燕绝上前几步看了几眼，随后不敢置信地揉了揉眼睛。半晌，脱口惊呼：“不可能！不可能！你一定骗了朝廷！”

第七十四章

燕绥的艳遇

此时靠得近的百姓也有看见那文书的部分内容，一时哗然。

什么？丰宝仓有地下粮仓？

原刺史和人勾结将粮食转入地下粮仓后转移，文大人发现后以开饭庄为掩护，夜以继日抢出了一部分粮食！

丰宝仓没有烧毁，且发现了更为完整和先进的地下粮仓，日后粮食可以地下储存，湖州百姓不用再承担重新建造粮仓的徭役了！

更重要的是，如果丰宝仓保留了一部分粮食，是不是今年的重税也可以稍稍减少一点？

“殿下，丰宝仓尚有余粮，粮仓也未受损，原有地上粮仓因为曾被人做了手脚，本就不能再用。陛下说了，因为粮仓的手脚以及被转移走的粮食，都是在下官履职湖州之前发生的，而下官抵达湖州之后，于百忙之中立即发现了丰宝仓的问题并及时抢回了部分军粮，不但无过，还有功勋，着令殿下主持对下官的嘉奖事宜……”

文臻还没说完，燕绝的鼻子已经气歪了。

“让本王嘉奖你，做梦！”他咆哮一声，“什么地下粮仓，什么抢出粮食？都什么胡说八道！本王怎么不知道！那么多粮食，光天化日怎么抢！抢了又能放哪里！满嘴胡言！本王可是亲自送证人上京的！那个叫徐城的明明亲眼看见丰宝监自杀控诉你的……”

他话音未落，毛万仞带来的人忽然让开，几个人走出来，其中一人先对他一躬，道：“殿下，下官不叫徐城，叫陈城，下官确实曾对您指控刺史大人逼杀仓监，引得丰宝仓火起，也确实得您王令上京控告刺史大人，甚至还在路上遇见了仓部郎官一起同行，如今下官紧赶慢赶，又刚从天京赶回来了。”

燕绝喜道：“那文臻方才那文书一定是伪造的，你可是带来了父皇对文臻的发落圣旨，快快宣读……”

他话还没说完，就见陈城一个转身对着文臻一躬，满怀歉意地道：“刺史大人，之前下官未知详细缘由，贸然指控，实在鲁莽无知。如今下官已知错了，还请大人见谅。”

燕绝脸上的表情实在难以形容。

“好说。”文臻笑道，“想来你几位同僚都已经安然抵京了。”她上下看这位官员一眼，心想之前得到毛万仞暗示，知道朝中派人来了，嘉奖令已下，还派人来，想必还有别的话要说，便笑眯眯问，“你又重回湖州，是否还有事务在身？”

陈城便道：“大人明见。陛下正是还有圣旨要给定王殿下，本是要令传旨公公来的。下官自觉对不住大人，想要当面致歉，且湖州地下粮仓未曾亲眼得见，也想观摩一番，便自动请缨了。”他从袖中抽出一份文书看了一眼，这封是关于丰宝仓失火、丰宝监自尽和仓部主事被烧死事件的处理，朝廷的意思是奖罚当分明。此事湖州刺史已经递上有人故意纵火的证据，以及丰宝监和人勾连的证据，但终究有失察之责，嘉奖归嘉奖，此事却是罚了半年俸禄，但是陈城此刻却不愿意在定王面前提起此事，便将这文书收回袖子，抽出另外一封，道：“好叫大人得知，您之前上呈给朝廷的奏折，关于湖州今年赋税总额核定数……”

文臻接过看了一眼，笑道：“本官的折子朝廷准了。”扬声报了一个数。

众人听着，一时有些呆滞，片刻之后，欢声雷动。

当即就有不少百姓，不顾地面肮脏满地焦灰，跪倒给文臻磕头，一人跪百人跪，瞬间黑压压跪了一片，那头落地有声，实心实意。

不能不磕，原本已经被定王殿下那四倍赋税打入绝望的地狱，如今听到大人说已经提前报请朝廷核准减免，最后的定额竟然比往年还少了半成！

这简直是天大的惊喜，如果不是知道文臻行事可靠，百姓们几乎不敢相信。无数人一边磕头一边念着万家生佛，热泪和焦灰混在一起，再抬起头来时满脸黑色的沟渠，却依旧是笑着的。

文臻赶紧将最前面的老者们一一扶起，她心中有淡淡的歉意和愧意，湖州的赋税本可以更低的，却因为燕绝和她的宿仇作对，以及她自身的恩怨太过复杂，终究没能达到她的理想数字，某种程度上湖州百姓是受她的牵累，她也没少利用百姓来挤对燕绝让自己脱身，细细想来，百姓真是最易满足和最宽容的人群啊。

当然，还是要感谢定王殿下无限度地降低了人们的期待值，提高了心理承受阈值，才使得最后并不低的赋税额，依旧获得了民众的无限感激。

文臻心中暗暗下定决心，日后还是要为湖州百姓减负。

陈城对着脸色难看的燕绝，微带歉意地道：“殿下先前说不愿亲自嘉奖刺史大人，如此正好，陛下有圣旨，着令殿下即刻迁居定州，日后监管定湖平三州，若无重大事宜，不可扰当地民政。”

燕绝的脸色一阵青一阵白，这话听起来好听，但其实他就是被赶出湖州了，忍不住一把夺过陈城双手奉上的圣旨，打开来看后，脸色变得铁青，圣旨比陈城说得不客气多了，先狠狠斥责了他一通，再让他赶紧离开湖州，不许再对湖州内政指手画脚，老实在定州待着，只需监管湖州军事动向便行，若再有不妥事，便夺了他的衔，趁早回天京待着。

燕绝手指渐渐颤抖起来，他知道自己一败涂地了。

更糟糕的是，这圣旨发出时，今日之事还没发生，父皇已经对自己这般不满，等到今日之事传到父皇耳中，无论是烧了湖州百姓祖坟，还是差点激起民变，都会让父皇下定决心召他回京。他最后会连定州都待不成，狼狈地回到天京，成为有史以来最快回京的巡守，成为皇室和官场的笑话。

然而他无能为力。

文臻一直在等着他，她从来就没有认输过，丰宝仓的大火，任他发落让出权柄的退让，不过是设好的陷阱，好让他坠落并方便她借着他的背一跃而起。

燕绝攥紧圣旨边缘的手指指节微微发白，而明黄锦缎已经在他掌心蹂躏成一团，忽然一双手轻轻从他手中将圣旨接了过去，温柔地将圣旨皱褶抚平，他听见文臻道：“殿下仔细一些，损坏圣旨可是大罪呢。”一转头又笑道，“既然如此，就请殿下尽快出城吧，正巧您也唤来了定州州军，想必此刻也在半道，便让他们接了您去定州，湖州便不再派人员护送了。”

她一边笑一边将圣旨整整齐齐叠好，塞在燕绝怀里，还拍了拍他胸口，笑道：“殿下保重哟。”

只是轻轻一拍，燕绝却踉跄一步，随即伸手扶住了山石，低头狠狠看着文臻。

他眼神阴鸷地盯着人时，幽深又暴戾，而他的另一只手也已经按在了腰间的刀柄上。

文臻身后的毛万仞和潘航等人都敏感地注意到了他的眼神和动作，上前一步，气氛瞬间又紧张起来。

文臻一动不动，仰头笑看燕绝，还对他眨了眨眼。蜜糖般的笑颜里流动隐晦而又冷酷的杀机。

不知道过了多久，燕绝伸手将圣旨往怀里一塞，大步从文臻身边走过，面色阴沉，一言不发。

他的身影刚转过山道，百姓们便涌上前来，欢呼声和感谢声如潮水般将文臻淹没。

文臻却在此时微微松口气，悄悄按了按肚子。

她有点不舒服。

她回身看向燕绝消失的背影，眉头微微皱起。

她想起一件事，陈城都已经回了天京再奔来了湖州，最早带着湖州别驾回去的蒋鑫为什么到现在没有回音？按说蒋鑫早该到了，那么朝廷对蒋鑫上报的别驾罪行和一年三赋事件也该有反应，为何新任别驾至今未到？

还有，燕绝今日最后的表现让她有些不安。怒火和暴戾发泄出来才有平息的可能，越阴鸷，越隐忍，再次爆发的时候便越疯狂。

希望这一次燕绝的疯病不要发作得太厉害。

万里之外，普甘。

晨曦从半圆形的琉璃珊瑚窗口透入，在屋内投下七彩的光斑，鲛纱被海风卷动，似一片云飞出了窗。

燕绥忽然从床上坐起，长发流水般从肩头泻下。

中文立即无声无息从地板上坐起："主子，又做噩梦了？"

燕绥没有说话，因为实在很难说那是噩梦，梦见她的梦，怎么能说是噩梦呢？

但是那些梦的内容，着实却叫人……不安。

对，不安。

过往二十三年，他还真从未体味过不安这个滋味，如今却尝着了。

也不知为什么，最近夜夜梦着她，梦里常妖火簇簇，妖火之中列白骨，而她不断于其上走过。

这些梦惊醒之后，便是一夜一夜的辗转难眠。

半晌他道："传令将所有剩下的暗卫都派去湖州。"

中文答应一声，心里却不以为意。殿下离开东堂的时候，已经安排了两支暗卫小队日常轮班守卫文臻，不用管她任何事，只在危急时候出手就行。并且还算着时间，让在三个月后再增加两支。如今又要将所有暗卫全部派去，这样一来国内信息收集传递就要停滞，万一有什么不利动向自己这边就得不到，可以将消息此刻传回国内，然后剩下的暗卫再去湖州也得两三个月了，如果真是有什么不好的兆头，黄花菜也凉了。

文大人又不是孤家寡人，她是湖州之王，又拿下了州军，现在保护她的人比保护殿下的人还多。

但他还是应了，不管怎么说，都是殿下的心意，文大人懂得便行。

燕绥起身，赤足脚心触及地面沁骨的凉，如此心中的燥热才稍减。他在这海边，常常一躺就是半日，听海沐风，用半生难得的闲暇想她。

他起身下楼，山坡莹绿，将大地分割成两片，一片是湛蓝如宝石的海，一片是七彩如琉璃的花田。

和以往的许多天一样，他躺在日光下花田里，听涛声吟唱，拨弄着花下长出的小小的果实。

中文等人都不会来打扰他，他们在附近取水，去集市买米，亲自生火做饭，从不假当地人之手。

只是殿下胃口总是不好，大多时候，也就是配着文大人给的酱勉强吃几口罢了。

中文遥遥看了花田里的殿下一眼，心中悠悠叹一口气。

他能感觉到殿下心底沉甸甸的牵挂，但是他不能回去。

药方里有一味名字古怪，叫窝台，后来到了普甘，才明白这是普甘语言的音译，指的是“天赐”的意思。

普甘人就是实诚，说天赐，那就是天赐，这药据说只能在盛夏之时，天上庙开启之时，凭仙机得取。

仙机是什么，怎么得取；天上庙在哪里，不知道；是否是每一年盛夏，不确定。

就是这么模糊，所以叫仙机。

凑不齐药，殿下就不敢返回文大人身边。他时而发作，发作时喜怒无常还是好的，常常不认人或者乱认人，常常忘事，记忆错乱，难以自控暴戾和杀戮，有时还会短暂失去神志。

他怎么能允许这样的自己出现在文大人身边，若是忽然忘却了她，或者把她当成了敌人……

中文等人现在整日都穿着软甲，护着喉头和前后心。

那颗无尽天炼制的药被中文拿回之后，曾在燕绥发作的时候，想按文臻嘱咐偷偷给他用了，但是居然被燕绥察觉了，他当时就清醒了，拿回了药，并在第一次做了关于文臻的噩梦后，便下令一个护卫带着药赶回湖州，把药给文臻送去了。

他还命令那护卫，如果到了湖州看见文臻身体状况不行，不用和她禀报，直接把药给她用了。

中文来不及阻止，也只得认了。

那现在就只剩下普甘这最后一条路了。

中文轻轻地叹口气。

殿下虽然不说什么，但也看得出，这漫无目的的等待让他有些焦躁，中文看他总在看着东堂的方向，就是想快些赶回去的，却被这神神鬼鬼的破药耽搁至今。

但望那劳什子的庙快点开启，快点显现仙机吧。

他拎起篮子，准备看看今日的集市上有些什么新鲜东西可吃，普甘人喜欢以物易物，卖的东西也各种奇怪，吃的东西更是瘆人，比如未成形的鸭蛋、煮熟的绵软的土蛙、拌炒金龟子等……

中文打了个寒战，心想幸亏殿下不知道那些东西，否则就成了“家有厨神”之饿死第一人了。

但现在他应该也快饿死了吧，在练成辟谷之术前。

所以哪怕知道没什么东西可买，中文还是每天强迫症一般，挎个篮子出去转一圈。

燕绥看见中文挎着篮子出去了也没理会，等他回来，少不得叫他多洗几回澡才能靠近，每次去集市回来，身上总有一股怪味。

他感觉到从后脑到脊髓这一处正在慢慢冷却，而心脏至喉头这一线，却又是火热的，恨不得时刻沸腾着。

他闭上眼，在烈火和寒冰的熬煎中面色平静。

远处半山之上，高高的塔楼内，女子静静俯瞰这一片海和这一片花，以及花海中的人。

这一片海和这一片花原本都是她的，连同这花和海旁边的琉璃为镜鲸骨为基的小屋也是她专门用来偶尔在这罂粟花田旁歇宿的。

这是女王的私有领地，从无人可以闯入，无意闯入的人都做了花田下的肥料。

只有视线里晒太阳的这个人于某个白日悠游便过了三道严密的防线，如入无人之境般进入了那其实布满毒物的小屋，就此住了下来。

她的护卫统领请示是否需要以大军驱逐，她凝视着那花田里的人笑了。

多么美丽的人儿啊。

以前觉得这最美的景致只配自己一人享有，如今才明白，最美的景致只有配上最美的人才叫完美。

好不容易拥有了，怎么能错过呢？

第七十五章

临产

燕绝并没有立即离开湖州。

因为他是亲王，随身行李多达十几辆马车，收拾行李也需要时间，这是理所当然的理由，文臻也不好做得太难看，由他收拾去吧。

还有一个重要的原因就是她现在也有点顾不上了，她的肚子隐隐作痛，一阵阵地绷紧，必须赶紧回府躺着，看看是不是动了胎气，还是真的要临产了。

在回去的路上，她听陈城说，湖州原刺史和别驾都在天京专门用来行刑的西庙被砍头。

这也是迟早的事。

一路上她一直闭目小憩，采桑几次掀开帘子似乎想要和她说什么，见她睡着便没开口。文臻知道采桑的举动，但她现在实在状态不好，也懒怠再动。

自从来到湖州，风波不断，殚精竭虑，到今日总算尘埃落定，她必须得稍稍放松一点，才能保证自己还有精力应付接下来的生产。

回到刺史府，她立即令张钺去接待朝廷官员，暂时处理湖州刺史府一应事务，刺史府后院则立即封闭，除亲信外，其余人不可出入，由潘航带人接手原守卫将刺史府守着，固若金汤。

此时采桑才和她说起跟张夫人君莫晓的安排，文臻大喜，她太过繁忙无暇顾及，多亏张夫人这样老成的人支应，而张夫人的速度非常快，竟然连夜将刺史府周围的民房全部收回，选中了一间位置最合适的屋子布置成产房，潘航已经派人将左右屋舍全部驻扎，稳婆也已经被送了进来。

只是想要慢慢考察稳婆已经不大可能了，采桑有点为难，文臻却不过一笑，让君莫晓去医馆找了个大腹便便的孕妇，给了银子，请人家扮成即将临盆状，从自己的刺史府一路抬到那产房。果然惊动了那几个稳婆，最快速度跑出来，不急不忙准备接生的留下；一时反应不过来，有点失措的请走；眼睛东瞟西瞟的，还试图向墙根走的立即拿下，关在地牢里，不到自己顺利生产完毕，不会放走。

只不过半个时辰就筛选完了稳婆，张夫人叹为观止，问文臻："那个有点失措的稳婆既然不是心怀不轨，后来也很快反应过来，何不留用，也好多个帮手？"

文臻却笑道："有时候，不是人多就能办好事的。"

张夫人愣了一瞬，随即反应过来。确实如此，若是只有一人担了全部责任，便不得不打起全部精神，但若有了两人或者更多人，难免会互相依赖，互相推诿塞责。她想了又想，不由衷心赞叹："大人真是灵慧百通，见大人便如见世间万象。"

"这话过了。"文臻慢条斯理地吃点心，放下碗，起身准备去花园走动走动再睡一会儿，又道，"不必焦灼，也未必很快就生，我现在感觉又好了些，应该最起码还有两三天。"

张夫人等人原本焦灼，但看她如此镇定，渐渐也安静下来，采桑便上前扶住了她，张夫人正要跟着，文臻道："还请夫人安排厨房多烧些热水，煮些布巾，准备消毒。"

张夫人和君莫晓便匆匆去了，文臻由采桑扶着出了门，苏训跟了上来，相距数丈这样跟着，文臻也没理会。

文臻走了几步才道："说吧。"

正低着头的采桑吓了一跳。

她抬起头看文臻的脸，正对上小姐深邃的眸子，眸光平静却又光芒灼人，看透人心一般，她此刻心跳得急，眼前却掠过昨日街角陋巷里，采云那张浮肿满是伤痕的脸。

耳边是她凄切的哭诉："我没有背叛小姐，我只是假装答应带他们去找小姐，这也是小姐的嘱咐，我以为这是小姐的计策，后来我被殿下暗卫救了，他们却误会我背叛小姐要处置了我，我就又逃脱了，后来才隐约听说小姐的丫鬟上殿诉冤，我猜是你，又听说了当时的很多流言，我怕小姐误会我出卖了她，不敢回到她身边，就流浪乞讨为生，我一个女子无所依靠，听说小姐到了湖州就也跟着来了，这一路上我被骗过，被打过，差点被卖到窑子里，但是我不敢找小姐……我不敢……"

也不知道是因为有旧伤受苦太久，还是提起旧事太激动，采云说着说着就晕了。采桑没办法把她留在那乞丐聚集地再任人欺负，只好带了回去。本想给她在府外另外安排个屋子休养阵子就送走，谁知道求雨的事情发生，采桑怕小姐受到伤害，因为采云身份的特殊，身边又没有小姐的亲信，不敢随便交托，只好将昏迷的采云留在自己屋子里，命人看着，自己赶去了龙祠，如今刚刚得了空，还没想好要怎么说，却已经被小姐看出来了。

采桑迎着小姐的目光，她心底一阵发紧。想着她当时说要禀报小姐，如果真的有冤枉，小姐会原谅她接回她的。

采云却攥着她的手，拼命摇头，一声声地道："采桑，我们自小一起长大，你知道我是什么人，我怎么会背叛小姐。可是你知不知道小姐是什么人？你觉得她真的会原谅我吗？会再相信我，接纳我吗？"

她哭着问采桑："你看看我这模样，你看看我这一身的伤和疮……你想想小姐什么身份，什么能力，殿下身边的护卫又是什么样的人？如果我真的背叛了小姐，他们怎么会让我活着？但我没有背叛小姐，我只是因为没有你表现得那么忠诚可靠，所以我就被放弃了，我被放弃了你懂吗？她既然知道我无辜，真要找我是不可能找不到我，她就是不要我了，就是因为这一点点的错就不要我了……采桑，你跟在小姐身边也久了，你扪心自问，小姐真的是个善良的人吗？是个容易信任人的人吗？是个心软的人吗？"

采桑无言以对。

她喜欢小姐，尊敬小姐，愿意为了小姐付出一切，可她也明白，小姐真的不是普遍意义上的好人善良人，可是要她说小姐不是好人，她觉得也不是，这里头的道理太深奥，她一个丫鬟说不出来。

"你别去和小姐说，我并不指望回到小姐身边，我就是想找到你提醒你，告诉你我的遭遇，如果你能照拂我一二就是我的运气，如果你不能，我也没什么怨言，终究是我自己的命。采桑，不要为我贸然去试探小姐，更不要提我的事，万一她因此恼羞成怒，迁怒于你，或者怕你因此寒心，从此疏远了你或者打发了你，那就是我害了你了，我们姐妹一场，我这辈子已经完了，不能再害了你……"

句句恳切，句句为她着想，句句堪称金玉良言，如果采云提出想回到文臻身边，采桑会立即警惕地离开她，但是她没有，不仅没有，她还十分惊恐，不愿意回到文臻身边，昏倒了还喃喃说着不要，那种发自内心的恐惧，叫采桑都不敢想她这一路上到底经历了什么，在被殿下暗卫救了又逃走的过程中发生过什么。

而此刻她被文臻看得心中发紧，采云的哭求和再三嘱托不断回响在耳侧，她怕采云真的被文臻忌讳，会被惩治或者撵走，而她再不治疗怕是活不了多久了……要不要瞒着小姐，先把她治个半好就赶紧送走……

但她的目光随即便落在文臻的肚子上，落在文臻微微发黑的眼圈上。

小姐一日夜没睡了，即将临产的人。

采桑知道她其实很疲倦，很想睡。

她之所以不睡，还有条不紊地吃点心、看稳婆、逛花园，其实是因为她没有依靠，她必须得撑着自己，像个定海神针先定住了这府里以及周围所有人的心，才能安心休息。

何其艰难。

而采桑扪心自问，自己能做什么？

不过是在这艰难时刻，不叫这艰难的可能性再增加一分一毫罢了。

下定决心其实是很快的事，她立即道："小姐，先前我在街上，忽然遇见了采云……"

她便将街上遇见采云的事说了，又将采云和她说的话也说了，说完坦坦荡荡地看着文臻，道："小姐，我马上把她挪出去，弄间民房给她养伤，再打发了她好吗？"

文臻眼底闪过欣慰的光，点头道："好丫头，就按你说的办，只是她说的有些话……"

此时两人正转过一丛茂密的木槿花，那花后面还有一丛矮灌木，忽然灌木后冲出一道人影来，一头撞向了文臻的肚子。

距离极近，冲得极快，出现得极突然，文臻本来是能闪过去的，但她待要扭腰时，忽然腹中一阵抽痛，她一惊，顿时就不敢太大动作，而此时采桑已经一边扑上前一边狂叫起来："苏训！"

她惊慌之下，连尊称都顾不上了。

人影一闪，苏训用比平日更快无数倍的速度出现，一手拍向那个人影，采桑此时也向那人撞了出去，那人扑出来的时候，双手直直前伸，已经抓到了文臻的衣裳下摆，却被一股力量猛地拽回原地，连带她指间的淡淡烟雾也瞬间收回，隐约还是有一点轻烟散了出来，而且她手伸得太长，文臻衣裳被撕裂了半边。

此时采桑已经扑了过去，抓着那人头发便拖，那人挣扎着反身要抓采桑，苏训扑上去，一脚踹在她后心，采桑和那人滚在了一起。

文臻连退三步，眼看饱读诗书的苏训居然也扑上去和那人缠打在一起，有些惊异也有些好笑，此时四周护卫已经赶来，将三人拉开，将那人困住，采桑披头散发从地上爬起来，愤怒得两眼冒火，尖声道："好你个采云，好你个采云——"气得原地浑身发抖了半天，又忽然想起文臻，扑过来看文臻，"小姐你怎么样了！"

那边采云被抓住按紧，忽然尖声大笑起来："好个忠心的，还是说出来了！但又怎样，她会倒霉的，我已经得手了哈哈哈……"

"采云。"文臻皱眉道，"我并无对不住你，你为何要如此？"

"你并无对不住我？我根本算不上背叛你，只不过带大军转了转，也是你自己跟我说可以这么做的，结果呢？你就放弃了我，不管我！殿下的护卫就那样待我！不过也不奇怪啊，你们这些贵人什么时候把下人当人看了！”采云转向采桑笑道，“采桑啊，我先前虽然有话是骗你的，但有句话是真的。小心经过今日后，咱们的好小姐便不会再信你了哦。”

“采云，殿下的护卫怎样待你了？”文臻觉得燕绥应该不会亲自管这些事，而他的暗卫侏儒和语言护卫不同，心性很是麻木，只听主子吩咐，并不像是会主动折磨人的人。

“他们要把我送进大山，一定是要把我卖给那些蛮子！”采云咬牙切齿。

文臻怔了怔，片刻后扶额。

这误会大了。

想来那时候她已经往留山去了，燕绥的暗卫找到采云，不放心采云去作证，便让采桑扮成采云上金殿，又因为自己身边没有侍女，想把采云送去伺候自己，他们应该是私下商量，一句半句，语焉不详，采云心思不正，偷听听了一半，也不知道在哪听了些乱七八糟的传说，还以为自己要被卖进深山给山民做共妻。

这可真是……

“什么大山……”采桑这时候也反应过来了，大声道，“那是留山吧！那时候小姐在留山，人家是要把你送回小姐身边伺候小姐啊！”

采云怔了怔：“你说什么？”

她脸色猛然变化，采桑还要再说，她忽然打断采桑：“别说了，现在你们说什么我都不会信的！”

文臻摇摇手，示意采桑不要再解释——很明显这时候再说什么都已经迟了，采云已经回不了头，她宁肯相信这事不是真的，这样她的做法还显得不那么可笑。

其实很多事仔细想想就能明白，正如采云所说，殿下的暗卫何等厉害，若是真想处置她，抬手就灭口了，何必费事送进大山。

性格决定命运而已。

她又对按住采云的护卫做了个手势。

采云还没明白过来，采桑猛地睁大了眼睛，想说什么，却终究没开口。

采云被拖走了，被拖走的时候她似乎才察觉了什么，凄厉的喊声惊得满园花枝簌簌摇摆，落花纷飞：“采桑，你看这就是我的下场，我等着你的下场——”

采桑跪在文臻面前。

不是求情，是请罪。

文臻一抬头，却看见苏训紧紧盯着她的肚子，眼神惊骇。

文臻这才反应过来，刚才衣裳被撕裂了，露馅了。

苏训快步过来，往她面前一站，挡住了其他可能发现她肚子的目光。文臻吸一口气，道："采桑，先别急着请罪，扶我进去。"

采桑急忙爬起扶着她进去，文臻走了几步，回头看苏训，他还是怔怔站在原地，脸色越发苍白了。

文臻对他笑了笑，示意对方出手的感谢。

半晌，苏训才僵硬地点点头。

回到屋内，文臻才对采桑道："去把准备好的裤子拿来我换了。"

这话让听到消息刚刚狂奔而来的张夫人一蒙，失声道："您这是……破水了？"

君莫晓也冲了进来，听见这话一个踉跄，扑过来低头一看，文臻的裙子已经湿了。

文臻道："来碗红糖鸡蛋！"又安抚君莫晓，"别慌，出了点岔子，比预期的提前了，但咱们都准备好了，不怕的。"

方才苏训因为避忌她和采桑说话，站得有点远，扑过来慢了一点，使得采云指甲藏的催产药沾到了她。

她本就快要临产，直接就破水了。

对方确实厉害，一环一环的，这么厉害的药也有，而采云都不需要审问，她一定什么都不清楚，真心以为是被自己抛弃了要报复。

事已至此，只能走一步看一步了。

张夫人冲过来，一时脸色都变了，她就没见过临产镇定成这样的人，想叫人抬担架来，却被文臻止住，道："破水之后离生产还有时辰，不要急躁。"

还没开始宫缩，她不知道到底什么时候生产，如果去产房太早，万一中途出什么问题，做好的准备就会全废了，当下就决定还是先睡一会儿好了。

她这时候还能睡得着，张夫人也是佩服得五体投地，但也知道产妇能养好精神比什么都重要，看她吃完红糖鸡蛋真的睡了，几个女人都聚集在一起守着，外头苏训没有离开。这种时候，亲信必须知道情况，文臻让人告诉了潘航，并让潘航转告张钺，张钺正在前头处理公事，一听这消息，险些跳起来，一抬眼看见底下汇报事务的县令诧异疑问的表情，忽然想起大人平日的稳重沉着，也便吸一口气，按捺住自己，稳稳当当把事情都交代完了，看着所有官员都退出去，前者的脚后跟才迈出门槛，他就猛地起身往二门跑，过门槛时太急生生绊了个跟头。

一边爬起来一边第一次腹诽大人——这还让不让人活！昨儿的怀孕惊吓还没消化完，今儿就说要生了！

等他赶到，再次开始布置防卫，并因为刚才的采云事件和潘航重新筛查护卫的时候，文臻已经醒了。

她是被痛醒的。

宫缩开始了。

她默默算着时间，起身准备让人送自己去产房，忽然听见外头脚步声杂沓，随即张夫人和君莫晓都脸色惶急地冲了进来，而更远处，似乎是张钺和苏训愤怒的声音，文臻心底一沉。

张钺和苏训都是封建礼教四书五经熏陶出来的翩翩之士，讲究君子绝交不出恶言，张钺还直一些，苏训性子沉，从来轻声细语，她第一次听见他这般愤怒地说话。

看来，老天不作美啊。

随即她听见君莫晓怒声道：“小臻，定王派人来，说朝廷有圣旨，让你即刻去明园接旨！”

第七十六章

求祷

中文在集市上转了一圈，愤然挎着篮子往回走。走到一半，却遇上了燕绥，中文诧异地看燕绥，他很少出花田的。

燕绥只道："有老鼠，看着烦。"

中文不懂，还以为那花田里有老鼠。

两人忽然听见一阵幽远的钟声。

燕绥下意识一转头——以他的耳目，竟然一时辨别不出这钟声来自何处，距此多远。

而集市上的人在听见钟声的瞬间立刻疯了。

老鼠在疯跑，蛇在乱窜，买卖东西的人扔下货物，吵架的人丢下刀，跳舞的人一个圈还没转完，就地跪在了泥水里。

有人在哭喊，有人在嚷叫，更多人在磕头，力度惊人，瞬间血流满面。

燕绥也能听懂几句当地话了，看出这不是悲愤，是兴奋，大家隐约都在喊："天上庙，天上庙……"

那个虚无缥缈的传说中只随缘开启的，无人知道应在何处，且每次地点都不一样的天上庙开启了。

中文一脸震惊，燕绥也有些意外，原以为要等很久，没想到这么快。

满街的人都跪下来了，倒显得他和中文都站着十分打眼。

中文立刻把燕绥拉到了某个看起来很干净的小吃店里，顺手把他按在座位里："主子您吃吃看！"回身就把店门给关了，自己则回到了人群里，跪在那群痛哭流涕磕头的人群中，开始比手画脚地打听去了。

鸡同鸭讲地打听了半晌，总算搞明白了程序，中文傻在了那里。

燕绝在明园里转来转去。

不是焦灼，是乐的。

老天助他啊！

他还在磨磨蹭蹭满心愤恨地收拾行李，忽然就有朝廷官员前来拜会，却是朝廷下派的新任湖州别驾，带着后一步的一份圣旨。

这位新别驾因为刚到，还不知道昨日湖州发生的事，也不知道前一份圣旨的内容，此人在官场心热，按照惯例，先来拜会本地最大的领导定王殿下。

这份圣旨他原本不该看的，但他拆了，然后心花怒放。

蒋鑫那里竟然出事了！

蒋鑫是最早出发的，他带着蒙珍珠一家上京去回报王别驾和一年三赋的事儿，谁知道半路上也不知怎的受了风寒，病倒在客栈里，缠绵了许久才好，等到赶到天京的时候，文臻这边已经出了一堆事情了。

蒋鑫报上了湖州别驾的事情，那时候关于湖州丰宝仓的事情也已经传了上去，前任刺史在朝廷派人去缉拿之前已经自尽，而文臻报上去的关于前任刺史别驾诸官员贪贿勾结诸般证据也都齐全，所以很快议定了湖州别驾斩立决，但在此事完毕，蒋鑫报上一年三赋并让蒙家作证时出了岔子。

蒙珍珠一家反口了。

蒙家说一年三赋绝无此事，那不过是小叶村有部分村民往年和丰宝仓借了粮食，拖欠了许久未还，所以才被催索，若不信朝廷可以再派大人去湖州其余诸县查问，可有一年三赋之事。而蒙家三人完全是因为女幼、妇孕、男弱，一家子好拿捏，被刺史大人选中为证人，才不得不踏上这千里告状的茫茫路途的，如今见天威，自然不敢再虚言，拼将一死，也要将真相说清楚。

蒙珍珠那个怀孕的嫂子在路上已经生产了，产妇虚弱，在殿上哭得一把鼻涕一把泪，当即将众人哭得信了三分——这一家子着实不应该作为告状的苦主上京的。

蒋鑫看着这一家人，目瞪口呆，但他身为御史中丞，“持中公允”是必须遵循的本道，是万万不能代文臻驳斥的，一旦他站了文臻的立场，他也就失去了可信度，他只能指着那一家子发抖，怒声道：“当初你们在老夫面前可不是这么说的！”

蒙珍珠的大哥磕了一个头，不敢看他，低头道：“我等畏于刺史和观风使权势，只想着委屈求全……”

蒋鑫当即气得险些中风，被抬下去了。

但是问题来了，文臻为何要在一年三赋的问题上撒谎？湖州已经证实了赋税极重，三倍缴纳喂肥了唐家，她在这一年三赋问题上再捏造欺君有何意义？蒙家一家子一脸蒙，表示只是被迫做假证，对刺史大人背后深意完全不知，众人想着也应该是如此，如果知道倒显得不合常理了。

朝堂就此事展开了激烈的辩论，一部分人认为这蒙家一家子刁滑，作证时目光闪烁，显然别有隐情，湖州赋税之事已经被文臻后来查清，一年三赋之事作假毫无意义，文臻犯不着这般给自己下绊子；一部分人认为这要看当时情形，当时文臻刚刚进入湖州，还没把握查清湖州赋税情形，进入小叶村被小叶村村民得罪，又见了官府收粮，是否就误认为存在一年三赋，又怕来不及查清湖州赋税真相，为了应付朝廷，干脆决定将此事坐实，恩威并施逼蒙家一家作证，存在敷衍塞责问题；还有一部分人则更加闪烁地提出了一个可能，会不会湖州赋税其实根本没有问题？

所谓一年三赋也好，三倍赋税也好，其实都是不存在的，是文臻一手遮天想要制造出湖州往年高赋税的假象。一来迎合朝廷的期望，为自己增加政治资本；二来提升赋税，增加政绩；三来，要说唐家吸血湖州粮草以养己兵，这主意真不错，话说文刺史和宜王燕绥、神将林擎的关系都不错呢！

最后一句话，石破天惊。

看似莫名其妙，实则提出了一个非常阴险也非常可怕的可能——文臻糊弄朝廷，提高赋税，然后就像说唐家吸血湖州养兵一样，自己吸血湖州，为宜王燕绥和神将林擎私下培养势力！

虽然这个想法相比之下最为荒唐，但对于时刻如巨龙守宝石般守着自己权力的永裕帝来说，却是最容易往这个方向思考并相信，几乎这位官员提出的那一霎，朝堂上的气氛便冷了。

当即永裕帝便命将蒙珍珠一家又拎了回来，问起湖州赋税的情况，那一家自然一口咬定，湖州赋税自来不高，虽然是鱼米之乡，但是年年不是水灾就是旱灾，这点赋税依旧艰难得很。

这话一出，等于为第三种论调敲了注脚，朝堂气氛更冷。

前头对文臻嘉奖令刚发出去，这事儿要是真的就太大了，不仅是朝廷脸在地上摩擦的问题，还关系到整个东堂的安危！

神将林擎还在边境，可谁也不知道宜王燕绥最近在哪！

阴谋论者纷纷为阴谋论提供论调。但也有如李相、单一令、鼎国公、周谦等人，纷纷驳斥此种猜测十分荒谬，且不说文臻刚到湖州能否如此胡编乱造一手遮天，她递上的证据周全又岂能有假？她身为刺史用什么方法暗中搜刮不行，为何要冒险欺骗朝廷提高赋税再从中抽利润这么复杂？一年三赋的事情她自己也在奏折上说只是路过见闻，未见全貌，可见谨慎周全，这般谨慎的人又怎么会多此一举，轻易送不可靠的人上京作证自己砸自己的脚？而她如果真的如此一手遮天，湖州后来又何至于发生那许多事故？明显有人一直在和她作对，或许此事亦是其中一计，请陛下三思，不可贸然寒能臣之心！

朝堂吵成一锅粥，最后博弈的结果是永裕帝派了新别驾带来了给燕绝的圣旨，让他暗中查证此事，不可惊扰地方。同时给文臻发了一份明旨，说明定王殿下领朝廷要务，可在定湖平三州自由调取任何人员卷宗，让文臻务必配合。

永裕帝一向行事温和有余地，但他忘记了自己儿子是个什么性子，忘记了现在燕绝和文臻的关系。

燕绝看着那份圣旨，那些还算温和的词句，此刻在他眼里便是血淋淋的“获罪！夺职！下狱！锁拿进京！”。

不趁这个机会翻身，还当真要狼狈回京待罪不成！

燕绝一拳头砸在掌心！

园子外头传报，刺史大人到了。

燕绝咧嘴一笑，笑意森然：“请——”

去天上庙会有通天梯。

通天梯一日过四季，这个也没关系，大概那山里气候异常且山特别高。

过通天梯，要信者磕长头，一步一磕，直至梯顶，少磕一个都不行。

中文：“什么？”

再问什么是长头，就是普甘礼仪里最尊崇的大礼，跪下，双手手背朝上贴在地面，额头碰上手背，点三下，再起身，算一个长头。

而传说通天梯九千九百九十九级，这样耗费体力，还要经历四季轮回之苦，最后能坚持下来的，百不存一。

而天上庙本身并不是中文理解的药草所生之处，它更像是普甘的一个神异而又灵验的传说，传说里具有大智慧、大虔诚、大心愿的人，于四季轮回走过，在天上庙得到仙机，才能获得心中最渴望得到的指引。

你做到它的要求，它就能成全你一个愿望，想要的东西会到手，想要的人会来，哪怕那个愿望荒谬而虚无缥缈，终究会以一定的方式实现，代代年年，无所不应，无所不能。

中文听土著说，最神奇的就是许多年前曾有一个乞丐，拼死上了神山，奄奄一息间开启了天上庙，恨苍天不公，求为普甘王。

当时众人都觉得荒唐，普甘当时传承王位的是甘奇那王族，种族大姓，势力雄厚，已经传承了十五代，政权稳定，无可动摇。

结果从那年以后，普甘年年灾害，岿然如山的甘奇那王族先后经历背叛、地动、族中男子怪病接连死亡等重重灾难，三十年后，新王登基，大姓更换，便是那位当年泣血叩长头的乞丐至今坐在王位上的还是他的七代孙。

至此，神异的天上庙成为普甘人人心间真正不可亵渎的王座。

中文结结巴巴地问："那必须磕头？"

"必须磕头，少一个头都不成！"

"那能不能代磕……我们多几个人代磕成不成？"

"不成，代磕还算什么自己的虔诚和心愿！这是亵渎！"回话的人生起气来，挥舞的手臂险些甩到他的脸上。

中文怏怏撤退，心中只滚滚而过两个字："完了。"

殿下一生双膝未弯！

他是得永裕帝宠爱的皇子，殿前不跪；他是隔代收徒的仙门子弟，进门就没有师父，也不必跪；君、亲、师，都免跪，除此之外，谁还能让他屈膝？

便是这普甘之王，见了殿下也要行礼。

殿下又怎么可能为这异邦小国高天之上虚无之神而屈膝？

中文只觉得绝望，一路思索着回去，心中却渐渐有了想法。

为自己绝无可能。说为了求药，殿下一定转身就走。

或许，为了那个人……

最终在燕绥看过来的时候，中文和他道："殿下，这天上庙原来只是个颇有神异的传说，虽说普甘此地，咱们也知道，确实颇多难以解释的异处，但是这药草我瞧十有八九是没有的。"便将那传说和磕长头的要求说了，末了看着燕绥的神色，道："既然只是许愿得成，想必也不过是一些神棍故弄玄虚，咱们也没什么愿望要许，还是赶紧找药去要紧。"说着和德语笑道，"我倒是想许个愿望，求这普甘之神保佑我那老娘下辈子投个好胎，一生平安康泰，可这异国的神真的能照拂到东堂的民？可不敢想。"

燕绥没有说话。

此时钟声再次传来。

文臻立在明园门口，脸色非常不好看。

她身后的张钺、苏训、潘航、寒鸦等人更是满脸怒意。

方才在刺史府，话一传来就差点起冲突，文臻已经待产，如何还能挪动？张钺当即便道："既然宣旨，就该天使前来刺史府，怎么会给刺史的圣旨跑到定王那里去宣？"

对方却很有理，道圣旨是和定王的在一起的，自然要以身份尊贵的人所在为主，不然的还叫定王大热天的跑你刺史府来听旨？

张钺又道："刺史急病，请由自己代领。对方道圣旨什么时候可以代领来着？这是藐视天威！刺史大人别说病了，就是马上要死了，抬也要抬去听完再死！"

双方争执不下，险些动了手，最后还是文臻拦了。

这事是定王那边占着道理，自己没有不接旨的理由。与其在这里磨蹭时间，万一逼急了定王闯过来正逢上自己生产，一样糟糕，还不如早点应召赶过去接了旨就走，回来再生还来得及。

她当机立断，立刻上了凉轿，重新换了衣裳，袖子里藏了脂粉，掩盖了阵痛发作苍白的脸色。张钺急忙也上了轿跟着，眼看她脸上笑容不变，自己却觉得心口发闷，眼前发黑。

君莫晓要跟去，却被张夫人一个眼色留了下来，眼看轿子走远，君莫晓在厅堂里乱转："这可怎么办！这可怎么办！"

采桑也没去，文臻不让她去，她知道自己没有武功，跟去明园万一有事还是拖累，此刻咬着牙脸色苍白地道："咱们那么多的布置白费了！"

张夫人却一敲断烟杆，道："明园吗？好办！"

两个女人震惊地转头看她。

"明园旁边也是我们张家的产业，你们看见过明园旁边那个园子吗？那是咱们的别业，叫九曲林。里头有一道九曲河，和明园的翠湖是相连的水域，两家园子看似隔得远，但是有一道院墙只要拆了，那一条河就是通的！"

张夫人烟杆一挥："如果大人一个时辰内回不来，就把产房这里能带的带去九曲林。顺便喊一批可靠护卫，去拆墙通水渠！"

在进明园之前，文臻已经得了信，请她如果不能及时撤出，务必想办法前往明园翠湖。她低头想了想明园和附近的地形建筑，心里隐隐有点明白。阵痛已经开始了，但现在还不算紧迫，十分钟左右痛一次，每次一分钟左右，尚可支撑。

香案就设在明园前庭照壁后的院子里，离翠湖还远。

燕绝立在香案后，香案前还有一个面生的官员，文臻已经得了通知，这位应该是新任的别驾。

燕绝看她来了，一笑，这一笑让文臻心中一跳。

这可不像个马上要被逼走的人该有的表情。

她和燕绝分别在香案两边跪了，其余的人跪在后头，上头的别驾宣读圣旨，却只读了燕绝的那一部分，所有人听得一头雾水——好端端怎么定王就忽然领了要务？这要务是什么？明明是犯错的人怎么又能总摄三州，又能随意调三州人员案卷？陛下这是怎么了？刚刚被申饬的人忽然又给这么大的权，这是又要让他在湖州作妖吗？

燕绝一脸得意地接了旨，却对别驾道：“给文大人的圣旨暂且不忙，本王既然领了圣旨，少不得要将这事务立即领起来，以免文大人接了圣旨之后便不方便了。”

文臻一听这话风不对，还没说话，又听燕绝道：“文大人，既如此，便将湖州近三年来的有关丰宝仓的案卷，以及粮草赋税收取存档簿册都调来给本王查阅吧。”

文臻道：“殿下，下官今日是来接旨的。圣旨在上却不予宣读，是为大不敬。”

燕绝冷笑：“不是说了吗，接了之后，怕有些事不方便，放心。不过慢一步，有什么本王担着，必不叫你为此事担了干系便是。”

张钺看一眼文臻额头的汗，怒声道：“殿下，接旨是接旨，分派事务是分派事务，从未听说接旨便耽误分派事务的。再说这丰宝仓案卷当日已经毁于大火，这您是亲眼看见的，粮草赋税存档簿册更是足足能有一间库房之多，因为涉及案件已经封存，要取出需要经过诸般手续，没有半日是不成的。且历年赋税收取存档册存在猫腻，这是已经上报朝廷的事，您现在要调取这些无用卷宗又是什么意思？”

“本王办事需要向你交代？”燕绝斜眼看他，“圣旨没听见？全权，懂吗？全权就是本王吩咐，你就听着，还不去调！”

张钺咬牙，他不想调，入档簿册调取烦琐，要跑几个衙门，最起码要半日工夫，最关键的是，调来以后堆成山，这位肯定会慢慢看，大人如何等得起！

他瞟一眼文臻，依旧的神色如常，只额头上一片汗水微微反光，可他能想象到她正经历怎样的痛苦。他幼年也见过嫂子生产，那女子的哭喊声给他幼小的心灵留下了深重的阴影，最后那女子没熬过去，一尸两命。

他打了个寒噤，忽然站起，默不作声地走了出去。

第七十七章

诞生

他决定这就去调，然后效仿丰宝仓，将那些簿册一把火烧了！

只有这样做，才能最快速度解决这件事。

至于后果——还有比大人一尸两命更严重的后果吗！

燕绝看他起身，以为他去调簿册，眼底掠过笑意。

他不知道文臻怀孕的事，也不知道现在是怎样一个抢时间的关头，他只是想和文臻多磋磨，张钺确实猜中了他的心思，他就是要将文臻留在明园，借着账簿生事，然后拿下她。

文臻忽然道："张大人！"

张钺立即回头。

文臻有点艰难地起身，张钺急忙去扶，不让她动，文臻顺势扣住他的手，道："此事何须你亲自去，潘校尉派人去便行了。"又低声道，"不许犯傻！"

张钺心里一堵，知道又被她猜着了。眼圈瞬间就红了，忙低头掩饰。

文臻对潘航使了个眼色，潘航点头示意明白，派人去调账册。

燕绝带人在凉亭坐下来，吃瓜果，扇凉风，洋洋得意。

文臻带着人就在假山石边坐了，她尽量避免移动，靠着假山，寒鸦给她撑起伞，浅灰色的阴影覆在她微微苍白的脸颊上，眉梢也沾着细细的汗滴。

阵痛开始频繁了。

看着身边的人关切的眼神，她低低道："想要很快离开明园是不可能了。我会想办法往翠湖边去，可能顾不上你们了，你们各自小心吧。寒鸦，保护好张钺和苏训。"

苏训和张钺都不说话，寒鸦道："大人，你这个时候还要我管他们，是对他们的侮辱。"

文臻苦笑一声："那就各自好自为之。"

潘航的属下来得比想象中快很多，他很快就带着州军的同僚赶着几大车的簿册进了明园，簿册卸下来，像一座假山。

燕绝站在假山堆前，一时也傻了眼，无从下手。

随便捡起一本，天书一样，看不懂，此时才想起，查账这事是要专业人士来的。

正要去找师爷来看看，忽然看看这堆书皱起了眉头。

来得太快了吧。

他再不通庶务也知道调取账册手续重重，这么多，搬还要搬半天。

文臻这是赶什么时间？

疑问一起，他也不翻内容了，忽然踢翻面前的山堆，从底下抽出一本来一看。

呵，湖州府吏员考勤册。

再抽一本。

湖州府积年未清刑案案卷。

再抽一本。

州学统一编制启蒙描红册。

燕绝："……"

见过糊弄的，没见过这么糊弄的。

这是赶去了离明园最近的湖州府，拎了个袋子，将湖州府办公署各个吏员桌上的案卷文册都统统扫进去装车送来了是吧？

燕绝抬手就把那本蒙童描红册砸向了文臻。

"刺史大人！"咆哮声惊天动地，"连本王都敢当面糊弄，难怪敢欺上瞒下，欺骗朝廷君父，以那弥天大谎谋那无上功勋呢！"

文臻坐着没动，一抬手接住了描红册，随手拿着扇风："定王殿下，可算把你心里话给逼出来了。"

张钺看她看似轻松地扇风，手却在细微地抖，他只觉得自己心也在抖。

文臻捏紧了描红册的边缘，指甲青白，哦，这该死的阵痛，真的快生了。

老天若还有一分良心，今日便给她生得痛快一些。

"哦，这么想知道你那份圣旨的内容，为此不惜挑衅本王？"燕绝冷笑，"那就读给你听啊！"他一把夺过别驾手中的圣旨，"湖州叶县小叶村蒙氏一户，状告湖州刺史文臻，威逼利诱其为湖州一年三赋及重税事宜做伪证，以骗取朝廷信任，加税湖州，从中牟利，以为不臣之事——着令定王燕绝，立即将其缉拿下狱，严加查问，并接管湖州一应军政事宜！”

张钺霍然抬头，只觉得脑中轰然一声。

怎么会这样！

蒙珍珠一家反水了！

蒙珍珠一家怎么会反水！大人待他们何其恩重！他们本不该是证人，只是大人顺手从小叶村救出来的啊。

而且那罪名……张钺一听心便沉了下去，这是比什么贪赃枉法还要可怕还要阴险的构陷，却正好敲在所有帝王的软肋上，这是封疆大吏最大的忌讳，一旦被人指控，向来是宁可信其有不可信其无！

他脑中一片混乱，忽然心中怆然，几乎便要流下泪来——眼看大人一路竭蹶艰难，筚路蓝缕，过五关斩六将，平定湖州有望，却于这最艰难时刻遇上这霜雪忽降。

恍惚中，他看见身侧的苏训脸也雪一般的白。

恍惚中，他竟然听见大人还从容地道：“殿下，您宣读圣旨，为何最后没有钦此二字？”

张钺心中模模糊糊地想，大人这是气疯了吗？

这都什么时候了？还在抠字眼？

一旦被下狱，这孩子怎么生！

但燕绝就好像被踩到了痛脚，喝道：“你管我怎么读！”

而文臻已经站起身来，声音比他还响：“圣旨一字不可易！殿下这态度，下官有理由怀疑，您随意篡改了圣旨，下官要求亲自捧读圣旨！”

燕绝捧着圣旨，狞笑：“你来，你来拿啊！”

文臻当真便上前了。

等不得了。

阵痛越来越频繁了，现在已经是四五分钟一次了，每次疼痛的时间也越来越长，她能忍，但是总不能将孩子生在燕绝面前。

燕绝到现在还不知道她怀孕的事，她有点奇怪，一开始没想明白为什么那几个背后作祟的不告诉燕绝她怀孕的事。后来她就想通了，燕绝和她已经是不死不休了，知不知道她怀孕意义不大，一旦知道她怀孕，燕绝就能猜出那是燕绥的孩子，以燕绝对燕绥的畏惧，说不定还会就此收手，这不是唐家愿意看见的。

但她也不敢告诉燕绝自己怀孕了，拿孩子来冒这个险，毕竟燕绝是个疯子。

她上前来，燕绝拿着圣旨，香案上红烛在烧着，文臻伸手去接的时候，燕绝忽然手一松，圣旨落在火上，烧着了。

燕绝霍然色变："文臻，你竟心怀怨望，毁烧圣旨！数罪并罚，岂能饶你！来人，拿下！"

他的护卫早就在一边虎视眈眈，闻言一拥而上。

文臻的手也很快，圣旨刚落在火上，她顺手一推，红烛落在了燕绝衣服上。

瞬间火也烧起。

燕绝没想到文臻竟然如此大胆，猛地蹦了起来，一边拍打一边惊叫："救火！救火！先救本王！"

他的护卫自然要先救他，人影一闪，冷莺出现在文臻身边，抬手抱住了她，文臻靠在她身上，瞬间满脸满身的汗水，汗水把伪装的脂粉冲掉了，露出苍白的脸色，她低声道："去翠湖！"

冷莺急道："州军已经在明园门口等着接应您——"

在她想来，便是定王一千多护卫将明园守得水泄不通，但是州军硬闯还是能将大人接出去的，大人为什么要冒险往明园深处去？

文臻眼底闪过一丝厉色，摇摇头，冷莺不敢违抗她的话，人影一闪，下一瞬已经到了翠湖。

文臻一看见翠湖，心又一沉。

太大了。

一眼简直望不到边。

隐约能看见湖对岸有一面红旗在树梢飘扬，那是张夫人做的记号。

但是这么远，过不去的，哪怕冷莺选择的这个方位已经是翠湖最窄的地方，这湖本就是个圆形。

冷莺张望着湖边，发现没有船，焦急地道："我没法子瞬移那么远，要么大人，我带你继续逃……"

文臻摇摇头，站在湖边，深呼吸。

没有路了，拼死一搏罢了。

此时钟声再次传来。

"钟声三响，一响告世人；二响传天下；三响请信徒。"中文望着他衣袖飞扬的背影，轻轻道，"三响之后，便要在香烟燃起之处开始磕长头了。"

这次钟声响处近了许多，地上很多人纷纷爬起，向着那声音来处走去。

燕绥没动。

天色渐渐地暗下来，本地人点着鱼油蜡烛，慢慢向钟声来处会聚，那种蜡烛风吹不熄，光芒幽绿，黑暗中如无数萤火虫，越过蔓草椰树，芭蕉花丛，逐渐向那人烟稀少处聚集。

那是集市背后的一片芭蕉林，芭蕉林后是一处少有人去的水域，传说那里有猪婆龙，曾经有人因为饥饿去折那里的芭蕉，最后却被发现漂在河中的断成两截的尸体。

从此那里便成了鬼域，没有人涉足，然而此刻，钟声指引之下，那些穿入林中的人们没有丝毫犹豫。

中文看着人群渐渐远去，焦灼地看一眼燕绥，燕绥依旧没有动。

翠湖边，追兵渐近，文臻还是没有动。

冷莺不知道她卖的什么药，着急逃到这里，却又不采取任何措施，像在等待什么。

听得身后追杀声渐渐接近，她频频回头，又看见文臻眼底全是血丝，额上汗水晶莹，连嘴唇都在微微颤抖，却依旧呼吸平稳，甚至还能在她看过来时笑一笑。

冷莺要哭了。

大人真是太艰难了。

她甚至不敢想象她现在在经受何等样的煎熬，而这样的煎熬还要持续更长的时间。

人声越近，她忍不住催促："大人！"

利箭划过长空飞射而来。

"冷莺，你不善水性，离开这里！"

冷莺惊到几乎失声。

什么意思？大人是准备下水吗？可她要生了啊！

冷莺觉得自己要疯了，或者是大人疯了。

她一失神，一枚利箭旋转呼啸着射向她后脑。

文臻一抬手将她推开，利箭擦过她手臂带出一丝血花。

"走！"

冷莺身影一闪不见，只隐约留下一声哽咽。

下一瞬，文臻好似被利箭射得一个踉跄，落入水中。

她在水中几番浮沉，此时虽然因为她中箭落水，岸上惊呼声起，但是已经出弦的箭已经收不回了，第二批箭如飞蝗射向水中。

此时文臻刚好一个起伏，冒出大半个身子，其中一支箭眼看着便射入她的胸口，血液爆出，然后她便沉了下去。

瞬间喧嚣归于寂静，所有人都傻在岸上。

片刻后，苏训跃入了水中，随即寒鸦也跳下去了。

血水溅起半丈高。

然后张钺撕心裂肺一声大喊，也要扑入水中，被潘航死命拉住。潘航大叫：“你疯了！你不会水！”

燕绝脸也白了，文臻死了？他把文臻杀了？

他眼前一黑，他恨文臻，想搞死她，想她下狱，折腾她，虐她，看她凄惨求饶，沦落无着，没命自然也是很好的，以后就不用被这个女人折腾了，但前提是不能直接死在自己手上，更不能以这样的方式。

在没有圣旨和罪名的情形下，当众射杀封疆大吏，他要如何和父皇交代？

还有三哥……一想到燕绥，他浑身的血都冷了，这酷热的天气，四肢却像瞬间灌满了冰雪，冻到浑身僵硬。

他觉得自己要疯了。

张钺已经疯了。他赤着眼，扔掉了帽子，乱了发髻，满脸的泥、泪和血混成了花脸，挣脱潘航爬起来，没有再往湖里跳，却猛地转身往外走。

燕绝看他神情，心中升起不好的预感，急忙喝道：“你干什么去！”

张钺头也不回：“调州军捉拿恶徒！”

“什么恶徒？”

“射杀湖州刺史之恶徒！”

“张钺，你好大胆！”

张钺回头，眼眸如血，死死盯住了燕绝：“这句话该我问殿下！你好大胆！矫诏当众射杀封疆大吏，你是要做什么！你便是龙子凤孙，这罪也由不得你逃！潘校尉，请殿下移驾刺史府！”

他恨极燕绝，连敬称都不用了。

“你敢！”燕绝咆哮。

潘航的回答是带领州军齐齐上前一步，并抬手放出紧急旗花。

拜燕绝所赐，调了州军来城，还未撤走，其中一部分已经赶到明园之外。

烟花爆射，仿佛在每个人心头炸开。

定王的护卫也涌了上来，双方对峙，一触即发。

张钺还在往外走，潘航也护着他往外走，燕绝脑中一片混乱，一时竟也忘记打捞文臻，潜意识里他也不敢捞出文臻尸体引发更激烈的矛盾，只想先稳住张钺，便也跟着张钺向外走，他的护卫自然亦步亦趋地保卫着他，一干人等不断向外移动着，燕绝一头热汗，一边追一边咆哮。

“张钺，你站住！湖州刺史就算死了，此地也是本王为首！再不济也有湖州别驾！什么时候轮到你发号施令！”

“殿下有罪！湖州别驾涉嫌和殿下勾结迫害刺史，亦以有罪待审！湖州城内，现下由下官主持政务！”

屁股还未坐热天降“巨锅”的别驾：“……”

“张钺你再向前一步本王就对你不客气了！”

“请殿下也立即射杀下官！”

“你！”

殿下没有来。

中文只得自己跟了过去，心想实在不行，便自己磕头上山，反正许一个愿望，自己的愿望是殿下康健，得到灵药，不也行吗？

过了芭蕉林便是一条深绿色的河，河那头隐约有暗黑色山的轮廓，中文瞠目结舌看着，他记得那里原本好像是没有山的。

普甘此地确实有很多神异之说，难以解释，中文素来知道这世间有些神通力量，可不信但不可不敬，当下也和那些人一般对着那山的方向恭敬俯首。

河水中忽然亮起了一盏一盏幽绿的灯，浮浮沉沉，每隔半丈便是两盏，时不时还闪烁一下，仔细一看，却不是灯，而是眼眸！

河水中不知何时出现了无数头尾相接的猪婆龙，那些幽绿的灯就是它们的眼睛！

中文头皮发麻，却见那些平日里畏惧猪婆龙如虎的本地土著，都毫无惧色地赤脚走上了猪婆龙。

另外还有一些人，神色犹豫不定的，他们就好像没看见猪婆龙一般，中文眼睁睁看着那些人直挺挺走进了河水中。

敢情这天上庙还自带筛选功能，没有大决心大宏愿的信徒都看不到接引路。

中文只得也跟了上去，走在猪婆龙的脊背上，脚下凸凹不平如铁如木，却又能隐约感觉到一点肉的软绵，那感觉让人汗毛倒竖，更不要想那些打着赤脚的人，那些猪婆龙只要一偏头，就能将人吞进嘴里……中文努力让自己不要多想，跟着那些人往前走，却听见前方忽然水浪翻涌，一睁眼就看见一只猪婆龙忽然微微一倾身，它背上一个人便无声无息倾入了水中。

四周没人惊呼，也没人惨叫，幽绿烛光和幽绿眼睛如一对倒影，在天上和水中互映，各自飘飘摇摇，四面窒闷得连风都没有，芭蕉林幢幢环绕，像一堵深绿的墙，头顶苍青的天狠狠地扣着。

中文听见身后一个人咕哝了一句，隐约在说什么，心不够诚……

他背后起了一身汗。

一只猪婆龙足有半丈长，大家鱼贯走过，同时走过的足有十几人，为何掉下去的只有一个人？猪婆龙又是如何精准地辨别谁心不诚而又仅仅令那个心不诚的人掉下去的？

他有点紧张，害怕殿下也跟来看热闹了，然后再因为心不诚……虽然这个可能性很小，他还是试图回头，然而这人挨着人，身后的人比他还高，又一片光线幽暗诡异，实在看不出谁是谁。

他只好麻木地往前走，心想自己算心诚吗？好在猪婆龙没有为难他，当脚终于触及实地时，他终于从那种令人头皮发麻的感觉中逃离出来，重重舒了一口气。

前方还是芭蕉林，密密层层，脚下却不像是土壤，总踩着一些酥脆的东西。中文那种不得劲的感觉又来了，直到他快要走出芭蕉林的时候，面对一片巨大的广场，才看见一个角落里有一具跪着的骨架，才明白自己刚才踩到的是什么。

而身边那些平常胆小如鼠的本地人，此刻对这些却神态坦然，甚至有的还露出羡慕敬佩的神态，指着那骨架，不住说着“大宏愿者”。

中文听了一会儿，才明白那骨架是上一次上神山，却没能坚持到底的朝拜者。这些人心愿坚定虔诚，在普甘的规矩里，只要上过神山就能得到当地人的尊敬，享有一些特权，这些人却不愿下山享受这些特权，反而以半途而废，未能全心敬神为耻，有的就在这山下盘桓，然后死于各种各样的原因，这样的人被称为宏愿者，子孙后代都会受到荫庇。

第二次钟声在众人行走过程中，一直不断地响着，此刻是终于停下了。

众人开始散开，在这广场前的一口池子里喝水，在广场边的芭蕉林里摘芭蕉吃。因为开始磕长头后，就不能喝水吃东西了。

中文也胡乱塞了一顿饭，却发现这里的水清甜，这里的芭蕉味美，远比在普甘各处尝到的芭蕉都好，心中也不免觉得有些神异。

夜最深的时候起了雾气，普甘这地方炎热湿润，很少有雾，众人都停下了手中的事，开始排列成长队。

中文排在靠后的地方，雾气越来越浓，他都看不清身前身后的人，只觉得大家都在努力往前去，这也不奇怪，毕竟越往前，越能少磕几个头，有时候说不定就相差那几个头，就能坚持到底，一生命运就改变了。

这样不断被人插到前面，他觉得自己好像已经是最后了，也无所谓了，他一身功夫，难道还拼不过这些土著？

当他感觉自己已经在最后的时候，第三声钟声响起。

如同风吹过波浪一般，从队伍的最前头开始，人们无声地跪下，将额头抵在了那些掺杂了骨灰、腐叶、烂泥，千万年各种生物尸体淤积一起因而又软又烂又散发着恐怖恶心气味的地面上。

中文也跪了下去。

在即将跪下的那一刻，他忽然感觉到身后多了一个人，他不由回首，那人却忽然将他一把拉开。中文一个踉跄，弯下的膝盖一跪，此时才发现自己面前不知何时多了一条线，这条线内就是跪长头上山的人，一旦跪下就代表心愿献上，除非筋疲力尽，不能自主回头，否则会反噬心愿。

而自己跪在了线外。

他看向取代了他最后一个位置的那个人，看着那个人浅金色的丝袍拂过幽绿色的地面，看见他平生第一次双膝一弯，向着黑暗深处，雾气尽头，那异国虚无缥缈，却能寄托承载他此刻最大宏愿的神祇，跪下。

宽大的衣袍缓缓铺开，这一跪仿若天地有声。山脉深处闷雷轰鸣，苍穹极尽之处，蓝紫光芒一闪，亮一颗无垠的星辉。

这一刻中文泪流满面。

文臻还在水中。

落水的时辰是经过计算的，沉入水中那一刻，腹中便一阵剧痛，她咬牙忍住，拼命运气向下，在运气的间歇还不忘记冒出头接了一箭。

她早就穿了方便生产的内裤，外头套了宽大的裙子。

再次下沉的时候，借着那水的浮力，她猛地使力，只觉得下腹一坠，然后一股热流便涌了出去，眼前一片灼灼深红。

她生了。

第七十八章

婴儿

文臻在淡红的湖水中喘息。

她冒头接那一箭，就是为了掩饰生产流出的血迹，顺便诈死。

这是她选择翠湖生产的原因。

一来是赶回去来不及了；二来是和燕绝硬抗闯出明园，州军人多眼杂安全和隐秘性难料，也失去了借此事搞燕绝的机会，反而会被燕绝抓住把柄；三是她要营造自己“被定王刺杀”的假象，将这他再也无法承担的罪名狠狠扣在他头上。绝不再给燕绝任何机会作妖。

水中生产其实是很好的生产方式，对产妇伤害小。现在是夏天，水温也合适，她有武功且会医术，懂得如何水中顺利生产，而且孩子其实天生会游泳，这是她之前就思考过的方案，觉得在这种情况下，这是唯一可行的办法。

唯一没有预料到的是翠湖比想象中更大。

一旦大了，入水时间太长，自己和孩子撑不住，变数也就会增加。

而张钺等人需要在岸上控制住局势，趁机引开燕绝，张夫人等人在岸那头，湖水里这一段路，没人能帮自己。

她睁着眼，湖水暖洋洋的，孩子的肌肤也暖洋洋的，就是感觉不太重，也不知道是不是水的浮力的原因，她努力地向里游，计算着离岸边的距离。现在是黄昏，因为光线的原因，湖面上波光粼粼，很容易扰乱人的视线，孩子不能一直憋气，她抱着孩子，背转身，轻轻地从水中冒出了头。

一眼看见岸上的人群已经向外转移，人们都背对着湖水，她轻轻松了一口气。

伸手往下一捞，捞着小小的身体，用准备好的剪刀剪了脐带，打了结，脱下自己宽松上衣将孩子裹了，亲了亲孩子娇嫩的额头。

此时才能举起孩子看一眼，竟然不是她想象中的皱巴巴红彤彤的丑陋婴儿，流水从小小的身体上泻下，更衬得皮肤雪白，头发乌黑，十分漂亮的孩子，一双小小的脚丫凌空飞快有力地蹬着。

文臻掀开袍子看了一眼，好巧，就在这一刻赏了她一泡童子尿。

文臻猝不及防被浇了一脸，翘起一边眉毛，盯着这小子半晌，孩子也无辜地盯着她，然后嘴一撇。

不好。

文臻急忙抱着他颠了颠，孩子竟然不哭了，像是个好脾气的。文臻心情大好，心想，长得好看脾气又好，像自己，以后定然吃得开，童子尿便童子尿，发财嘛，也便不计较了。

孩子被她举着，低头看看她，双足踏在水上，竟然就开始迈步，想要拔腿就逃似的。

文臻“扑哧”一笑，这是怎么的？生下来发觉不对想跑？这小子滑头嘛。

她将孩子放在肚子上，她会仰泳，便用这个姿势继续游，以避免孩子泡水。

但游不了多久，她便没力气了。

耗损太大，浑身都在隐隐作痛，巨大的困倦感席卷而来，她感觉一闭上眼就能睡过去。

她一遍遍提醒自己不能睡，孩子还在心口，她能感觉到他小小的身体在微微滑动，小手指时不时在她肚腹上抓挠一把，痒痒的。

坚持一下，两边应该都有人下水来找她，只是翠湖太大，天色渐晚光线不好，一时找不着而已。

但也要提防着，是否还有唐家人再次出手。

文臻开始喘息，心跳如擂鼓，她将往下滑的孩子往上提了提，仰泳无法确定对岸还有多远，甚至很可能游错了方向，她心中有些焦躁，眼前却开始一阵阵发黑。

文蛋蛋滚了出来，在她身上一遍遍地滚着，它察觉到文臻状况不好，却对这样的情况无能为力。

文臻心中第一次隐约涌起绝望的情绪，时机不利，连番波折，她觉得自己快要撑不住了。

燕绥伏身，双掌心贴地，额头碰触掌背，一次，两次，三次。

他的动作和这长长一列的人们一般标准，蜿蜒的人蛇长阵，直接青天。

一步一跪，以膝盖丈量这万仞高崖。

我以我心献轩辕，献这一怀无尽的虔诚，不为这高天神祇，不为这残缺之躯，不为这人生梦想，只为那万里之外，血火之中一路挣扎前行的女子。

鼻端触及泥土，是一股难以言说的气味，让人联想到腐尸在黑暗的地底伴随青苔和鲜血慢慢融化的气味。

他却在此刻想起那女子，并不爱胭脂水粉，周身却永远涌动着蛋糕儿一般的香甜气息，如同她的人一般，柔软、馥郁、清甜，没有攻击性，却无处不在，便似那家常烟火的温暖香气，远远闻见，便觉安适。

他出身皇家，未曾尝过那所谓母慈子孝，父爱如山。也未曾行过乡村巷陌，走过田间地头。更未曾尝过嬉戏归家，灯下饭菜等候的平常百姓家醇厚气息。那些远离家乡的游子有所牵念，有所回忆的时刻，他总是漠然的，并不明白那些挂记和想念的厚重。因为他自己是个没有凭依的人，像一只鹰早早高飞，双翅承载高天风寒霜冷，不见那人间烟火黄昏。

直到有一日遇见她。

直到那一日见那小鱼锅巴，花楼里针锋相对，踩着她的头跨过湖水，一转头看她笑颜如花，眼神却在怒骂。

多么鲜活的她。

他唇角微微弯起，额头轻轻碰上手背，就像碰上她的额头。

遇见她后，才终于明白什么叫温暖和牵挂，明白便是走了千万里，心中依旧燃一盏灯火，那灯火亮处便是一个家，有饭桌一方，热菜几盘，香气袅袅，对面坐着含笑的她。

我的蛋糕儿，愿你一切安好，愿你遇难呈祥，绝处逢生，逢凶化吉。

神山脚下，雾气横流，他抬起额头的一瞬间，指缝间开出一朵黄色的花。

她喜欢的颜色。

天际夕阳渐收，湖水的温度在缓缓下降，得尽快游出翠湖了，初生的孩子很容易流失体温。不知何时，文臻忽然觉得神志清醒，像一缕清明忽然唤醒迷障，她抬头隐约看见远处岸边一簇鲜亮的黄花。

那色彩让她神清气爽，反手拔出匕首刺在自己胳膊上，剧痛让人清醒，平添了几分力气，她咬牙加快了动作，一缕鲜红散入湛蓝的湖水中。

靠着这份清醒又挣扎游了一段，孩子开始啼哭，声音细弱，许是饿了，她却没法现在喂他，她用胳膊将孩子揽住，一只手划水，同时全神聆听着四周的动静，婴儿的哭声可能会引起救援者的注意，也可能会引来敌人，这就要看她的运气了。

隐约有水流拨动的声音，她的意识却有些模糊了，抬眸一看，却见苍青色的天幕上一轮朦胧的月，月色里驶来一叶扁舟，扁舟上一人乌发雪肤，双目湛湛生辉，她视线忽然也朦胧了，忍不住喃喃道："燕绥，你终于来了……"

不知何时脸上微湿，许是这微温的湖水染了双颊。

桨声欸乃，那小舟近前，一只手伸了过来，文臻仰头，神志稍稍清醒了点："苏训。"

苏训目光复杂地看着她和她怀中的孩子，闭了闭眼睛，拉着她上了船。

文臻一上船便从身上挂着的防水小皮袋里摸出准备好的药吃了，补充体力调理身体。苏训脱下外袍递过来，他虽然下过水，但天热，衣服已经干了，文臻便换下湿衣服，给孩子重新包裹好。然后才撕下衣服给自己包扎伤口，她忙碌的时候，苏训便轻声和她说先前的情况："我先跳下水，后来寒鸦姑娘也下来了，但是定王护卫又射了一轮箭，我听见寒鸦姑娘叫了一声，可能是中箭了，我也不敢露头，就一直游，也不知道张大人他们在岸上怎样了，后来发现一艘采莲的小舟，就划着来找大人，怕惊动人也不敢喊，正急着，谁知就听见了孩子的哭声……"

他住了嘴，脸上神情百感交集。只觉得自跟随这位女刺史，所见所得，多有震动，但今日依旧是最为震撼最难以忘怀的一日，从看见她那孕肚，到定王的忽然发难，到她决然投身翠湖，然后湖上再看见她时，她竟然已经水中产子……

想到她连分娩的血都事先算到，故意在定王护卫箭下受伤，竟然真的在众目睽睽之下秘密产子，他就觉得这天下还有什么事是她不敢做不能做的？

文臻软软地瘫在船上，将孩子抱在怀中，她累极了，耳中轰鸣，心跳如擂鼓，看人双影，整个身体似乎一半在实处，一半已经飘空，这感觉实在不大好，她脸上神情却还是平静的，似乎还有心情和苏训聊天："不想问问这个孩子是谁的？"

苏训垂头看了孩子一眼，眼神怜惜："确定是大人的就行。"

她辛劳太过了，孩子有点瘦。

文臻为这回答笑了起来，嫣然道："是啊，反正他那个没良心的老子也不待见他。"

苏训又回头看她一眼，这样的话正常女子说着必然满是幽怨，然而她自然是没有的，而他也不觉得奇怪。

文臻又轻轻道："湖上很安静呢。"

"嗯。"

“苏训，你说，今晚这么一个好机会，一直在背后作祟的唐家和那位他们的盟友，为什么没有趁机出手呢？”

“许是事情发生得太突然，他们没有机会？”

“也许吧。”

孩子又哭起来，文臻抱着他轻轻地哄，月光镀满她的侧颊，线条温柔而饱满。

苏训转过身去，方便她喂奶，然而文臻不会在此刻喂奶，孩子刚生下来几个时辰不吃问题也不大。

婴儿并不像爱闹的性子，母亲一哄便好，湖面寂静，只余桨声欸乃。

苏训忽然轻声道：“依稀记得小时候，我母亲也曾抱着我泛舟湖上过。”

“是翠湖吗？”

“应该不是吧，我是定州人氏。”

“定州就该是挽春湖了。”

“挽春湖是平州的，大人记错了。”

“一孕傻三年啊，你父亲有陪你游湖吗？”

苏训似乎顿了顿，才道：“也不记得了，父亲总是很忙。”

“我记得你家虽然是定州望族，你父亲却并没有出仕，因何而忙？”

“是的。虽说是望族，但我家已经家道中落，又是旁支，无钱打点县令和族长，自然也就没有那察举名额，父亲忙于营生罢了……”

“说来你父亲没有入仕，你也未曾参加察举考试。不过我瞧你对本朝官制律令倒还算熟悉。”

“跟随大人后，有心仕途，便留心了些。”

“是吗？”文臻眼波流动，“你有这个心自然是好的，我往日瞧着你，还以为你对仕途无意呢。”

苏训缓缓笑了笑，轻声道：“孩子睡着了。”

文臻笑容便柔和了许多：“嗯，比他爹乖多了。”

“大人……”

“嗯。”

“殿下不知道吗？”

“应该知道吧。”

“这么大的事他不知道……您又是怎么打算的？”

“没什么打算啊，生下来就好好养，我养。”

“可是您不打算让殿下知道吗？你打算独自抚养孩子吗？属下不是瞧不起您的意

思，只是这世道，父亲不在，终究要艰难一些……”

“我是需要燕绥帮忙喂奶呢，还是需要他帮忙处理政务？你倒是说说艰难在何处啊？”

苏训愣了一下。

文臻笑了起来，柔和地道：“我明白你的担忧，不过无妨的。我既然敢要他，就敢对他的一生负责。如果我不能负责……”她忽然转头看苏训，“比如，今日在这湖上真的出了一些连我都不能预料的意外，那么孩子就只能托付给你了。”

苏训偏头，不接她的目光，道：“不会有意外。”

“是吗？”

“是的。”

文臻眉眼弯弯：“那最好。”

她闭上眼，苏训以为她是闭目养神，然而随即听见她呼吸轻轻，竟然是睡着了，孩子趴在她的心口，被她紧紧搂着，母子都睡得香甜。苏训不可思议地看着她，他从未见过文臻如此毫无防备，可以想象她必定衰弱疲惫到了极点。湖面的风掠过来，吹起她鬓发，发色乌黑显得两颊愈白，他左右看看，又看看自己，实在没有多余的衣物给她盖上，只得轻轻移动身体为她挡住风。

远处有隐隐的鸟啼，三长两短，声音悠长，他垂下眼，转过头。

前方不远，就是和九曲林相隔的那一堵围墙了。

苏训的眉毛却皱了起来，他听见了一些异常的动静，本该有人来接应的，也没有人来。

正要摇醒文臻，忽然那鸟啼声音尖利，就在头顶响起，他心中一跳，却依旧没动，然后他便听见幽幽一声冷笑。

冷笑响起时他心知不好，向文臻猛扑过去，但已经迟了。

船翻那一瞬间，文臻直直落了下去。

她霍然睁眼，猛地把孩子往苏训方向扔来，苏训下意识接住，眼看一道黑影一头撞在文臻胸口，竟然就那么直接把她顶到了水底！

苏训目眦欲裂，然而手里还抱着孩子，他不能不管孩子！

转头四顾，他看见漂浮的船底，咬牙将孩子往船底上一搁，猛地潜了下去。

潜下去的时候一大团黑影撞过来，他避过，这才发现这是具尸体，对方已经死去，想必在把文臻撞入水底的同时也已经死于文臻手中，但文臻并没有浮起来，苏训一眼看见她双目紧闭，在水中浮沉，就知道她想必已经用尽了最后的力气，晕过去了。

他扑过去，带着文臻向上游，却见她面色青紫，已近窒息，无奈之下只得凑过唇去。

文臻神志迷糊，只觉得胸间窒闷，喘不了动不得，难受至极，她知道这就是窒息的滋味，却完全无法挣得一丝呼吸的空间，正迷糊地想，一路挣扎至今，难道真要葬身此地？小兔崽子一口奶还没喝过，燕绥也不知道能不能见一见儿子……忽然觉得一抹冰凉柔软压在了自己唇上，随即喉间一畅，气流涌动，心肺便开，那压力便忽然消失，水光间得见一抹模糊的月光和一张魂牵梦萦的脸。

她有些恍惚，喉间发出微微的呢喃，随即再次醒觉，不是燕绥。

她立即动了动脸，对方却比她更快察觉，飞快转开脸，揽住了她的腰，气泡一阵上涌，两人飞快上升。

两人升出水面，文臻神志瞬间清醒，霍然睁眼——苏训下来救她了，孩子呢！

而苏训看向船底，如被雷劈——一道黑影掠来，抄起了那孩子，随即便要飞起。

两人刚刚出水，从水里出来后无法纵起，苏训脸色青白。

那人忽然从半空栽下，一颗琉璃珠子滴溜溜一闪。

留在孩子身上的文蛋蛋出手了！

苏训刚刚松一口气，就看见那临死的人伸出尖尖十指，抓向孩子咽喉！

那人指甲铁硬，光泽乌黑，而孩子也在他身边落下，脆弱的咽喉就在他手边。

文臻眼睁睁看见那手指已经扼上了孩子咽喉。

苏训借力上了船底，猛地一跪，一指点在了那落下的人背后："收！"

微光一闪，那人的手猛地弹开，回到了出手之前的状态，而这时文臻也到了，一拳打在他背后，彻底碎了他五脏六腑。

水花丈高，文臻接住了落下的孩子。

这般上下起落，孩子竟然没哭，嘴角一边斜着，像个似笑非笑的表情。

文臻险些笑出来，却又笑不出来，扭转身看苏训，苏训将她推上船底，自己滑了下去，轻声道："我推着你过去……"

四面又恢复了寂静，尸体也沉入水中，仿佛方才惊心动魄的一幕不过是一场梦。

九曲林那道墙就在一射之地，安安静静的，也仿佛没有任何变故，但是没有人来接应，就是最大的变故。

本不该出现这种情况的，那边岸上潘航张钺带领州军拖住燕绝护卫和其余势力，寒鸦苏训下水护持，这边君莫晓张夫人布置人手接应，两边都已经封住，不会有人员潜入，她只需要渡过翠湖中间一截就行。

然而就是这短短一截，成了天堑。

方才出手的两人都穿着水靠，当她预备在翠湖生产后，翠湖再不能有人进入，那就是之前就早早潜伏在翠湖中的，那就得是水性极好的人，所以人数不会多。

但是接下来的路和九曲林那边，又会有什么等待着她呢。

水声悠悠，翻倒的小舟也能慢慢前行。

文臻忽然道："你的异能今日明明已经用了一次了，如何还能用第二次？"

苏训沉默了一会儿，道："我也不知道怎么就能用第二次了，也许是情急之下，不得不为吧。"

"好一个不得不为。"文臻转头看他，"你真正不得不为的事不是这件吧？"

苏训抬起头看她，湿透的额发黏在雪白的额头，这一刻的他看起来特别像燕绥，他说："大人，您想说什么？"

第七十九章

永远记得我好吗

“先前我问你，今晚这么一个好机会，一直在背后作祟的唐家和那位他们的盟友为什么没有趁机出手。”

苏训静静看她。

“那是因为他们已经出手了。他们一直准备的出手的人，就是你。”

苏训笑了笑，释然的、放松的，仿若所有心事终于放下的笑容。

“但是最后你没出手。所以他们再三催促之下，急了，才不得不在快到九曲林之前动用了原本不一定准备动用的这两个杀手。”

“嗯。”

“苏训，你是谁？”

“在下是湖州前任别驾之子。”

文臻长长吐了一口气。

原来在这里。

唐慕之的未婚夫，闻名不得见面的那位“颇有故事”的别驾之子。

难怪唐家会为她找这样一位未婚夫，一方面需要和湖州维持良好的关系，另一方面这张脸也聊表安慰。

她忽然想起那日龙祠后山的大火，看见他那个奇怪的手势。想必那日他已经得知父亲的死讯，便以那漫天大火为父亲作祭。

定王的人是看着火星已经灭了才离开的，之后没有人上去过，但是如果她没记错的话，当时苏训不在她身边。

他应该在队伍的最后，令火星回到了燃烧的那一刻。

从一开始，他就是唐家埋在她身侧的最深的一枚棋子，并不奢求时刻阻她之路，甚至可以为她出力卖命，只求在最关键时刻将她一击必杀。

唐家，果然不愧是心思深沉的第一世家。

至于怎么让苏训剥离了别驾之子的身份，怎么获得全新的身份来获取她的信任，对于唐家来说并不是难事，那个真正的定州望族之子苏训应该已经死了吧。

所以在先前的套话里，他心神浮动之时，终于露出了破绽。

“既然和唐家已经达成了协议，想必唐家手里也有挟制你的东西，那么为什么不出手？”

苏训沉默。

女刺史如此通透，说与不说，都已猜透。

和唐家自然是有交易的，为父亲报仇是一条，母亲还在他们的“照管”下。

也不是没出过手，迎蓝山庄换过人，龙祠后山放过火。其余时候，便依照嘱咐，尽管安分潜伏，只等最后时刻。

但是最终还是放弃了，放弃是最终的决定，动摇却开始得很早。

早得自己都不知道是从什么时候开始的。

或许是从小叶村她对蒙珍珠一家的照拂开始；或许从湖州城进城巧解为难开始；或许从迎蓝山庄劝说毛之仪的攻心计开始；或许从山庄书房她为救他留下的伤疤开始；或许从那日枯井边她提起唐家吸血湖州为害百姓的怒责开始；或许从她恩威并施收服州军的手段开始；或许从她藏珠湖上翻覆平台一日定湖州的杀戮开始；或许从丰宝仓下运粮密道出来看见好相逢巨大的装满粮食后院的震撼开始；或许从她对着烈日焦土求祷恳切的祷词开始；或许是从大火里她指挥安排的镇静开始。只是那些日日夜夜跟在这位东堂史上首位女刺史身边，看着她艰难竭蹶，步步惊心，披荆斩棘，始终心怀这民生百姓，乡老桑麻。

父亲这些年来的作为，他并不苟同，也委婉规劝过，只是很多事他也并不很清楚，原以为父亲尚有冤屈，直到跟在刺史身边，才知道父亲到底都做过了什么，才知道自己那些年的锦衣玉食，每一丝每一食都染满了百姓的血泪。

张钺要他帮忙整理账簿，这本是唐家要他出手夺取或者毁去的，他自己放弃了。

采桑问他会像张大人一样保护大人吗？他说，是的。

说之前尚有犹豫，说出口便是诺言。

人生前二十年的路行岔，最后这短短一途能伴在她身侧，随着她渐渐行回正道，可谓无憾。没什么好怨尤的，也没什么好解释的。

他只是笑一笑，道："不想出手便不出手了。"

文臻凝视着他，只觉得他脸色似乎越来越白。

听得他道："我母亲还在唐家手中，大人以后若有机缘便请救她。"

文臻忽然伸手抄起了他面前的水，满手掌的殷红。

她霍然变了神色，伸手就去拎他的胳膊："你上来！"

苏训让开了："大人，我活不长啦……这里应该没杀手了，但是九曲林快要到了，你小心，那边一定还有人。"

"苏训，为什么会这样？是不是你动用了第二次异能的缘故！"

"嗯，还有一个原因。我这能力一生只能用七次，用完了也就没命了。大人您想想啊，若是这能力能无穷无尽地用，这老天对我也太偏心了。"

文臻心中一片冰凉。

是啊，她心中疑惑过很多次。苏训这异能也太逆天了，若是能无穷无尽地用，那岂不是要谁活就活，那还有什么天道可言。

苏训的异能是要以透支生命为代价的。会无声无息缩短他的寿命，他所挽回的每一条性命，都要他自己的寿数来赔，难怪最近看他气色越来越不好。

老天爷一向是公平的，公平得近乎残酷。

"苏训，你上来，你上来……"她用力拉着苏训，不管怎样，这种时候不能让他再泡在水里。

"上来，我给你看看……以为演泰坦尼克号吗！"她哽咽着骂。

苏训听不懂她说什么，只露一抹淡淡的笑意，一只手摸索着在脸上摸了一阵，轻声道："其实我还有样天授之能，我能模仿别人的脸，我想让你看看我的脸，记得我的样子好吗？"

他放下手，文臻看见一张清秀的少年的脸，远不如燕绥美貌，微微有点圆润，皮肤细腻，眼眸细长，整个人清清润润的，衬着那颗不会改变的红痣，有种天生的慈善相，和他平日里有点沉冷的性子不太搭，或许他本来的性子也并不是沉冷的，只是家中的巨变和整日的伪装改变了他，或许他本该就是一个像毛之仪一样天真快乐的官家少年，珠玉般玲珑，在娇养呵护中长大，一生安适，不受风雨。

文臻摸了摸他的脸，想起他因为这张脸受到的委屈，咬了咬牙，道："你比燕绥看着顺眼多了，以后再不要像他了。"

苏训似乎笑了笑，蹭了蹭她的手背，然后用尽了全身的力气，猛力将船底往前一推，船底像箭一样射了出去。

文臻飞快地伸手出去，终究没能抓住他。

眼睁睁看着他沉了下去，那一片湖面迅速恢复了平静。

怀里的孩子忽然嘤嘤哭了起来。

文臻机械地抬手去哄他："乖乖不哭，不哭不哭……"手刚抬起，眼泪便无声流了满脸。

九曲林就在前方。

爬满藤蔓的青色墙壁自水面之上安静延伸。

文臻将孩子用带子捆在胸前，外头罩上自己的罩衫，又吃了几颗药。

过量吃药对身体不利，但此刻也顾不得了。

她的心一直跳得很急，浑身都在刺痛，头更是炸开一般嗡嗡直响，靠着燕绥给的几颗药，勉强把痛楚按了下去。

前方围墙下有个洞，就在船将要过洞的那一刻，文臻起身，一脚将船踢了过洞，自己则腾身而起，抓住了围墙，顺着围墙一路爬了上去。

她刚爬上墙头，就听见底下刀砍炸响之声，还有人被捂住嘴后努力挣扎的声音，借着藤蔓的掩盖从上往下一看，果然底下黑压压的都是船，船上都是人，她坐的那只船的船底刚出洞口已经只剩下了半截，剩下半截支离破碎。

如果刚才她坐在那只船底上进洞，现在大概也是河上漂浮的尸体了。

几艘船呈扇形团团围着围墙，其中两艘船头上，张夫人和君莫晓正被人挟持着，水面上漂着不少尸体，想必是刺史府和张家的护卫。

想必苏训那枚棋子失败后，唐家和他们的盟友就赶紧在九曲林这边下了杀手，倒也算反应迅捷。

换句话说，这里想必也就是唐家和其帮手在湖州最后的人手。

文臻算了算时辰和方位，潘航带着一部分州军在明园绊住燕绝，另外还有一部分州军由毛万仞率领往九曲林这方向来，因为需要绕路，中间还要穿过一座山，不比直渡翠湖来得快，所以大概前后需要两个时辰，从自己落水到现在也有一个多时辰了，只要再坚持半个时辰不到，毛万仞的人就能把对方包围。

怀里的孩子动了动，她无声叹口气，在孩子脸上摸了摸，孩子便睡了。

用了点不会有伤害的药，这时候孩子不能发出声音。

人很多，对方对她很了解，每次与她对阵，都是面罩眼罩齐全，生怕中了她的毒。文蛋蛋只有一只，没法子在这种情况下给大批的人下毒。

她从自己防水的皮袋子里摸出几个小玩意，给了文蛋蛋一个，文蛋蛋会意，抱着滚走了，片刻，离很远的围墙上，蹿起了一串亮光。

那是一个小暗器，在砖石上摩擦会发光，文蛋蛋放了出来，自然吸引了对方的主意，于是便有一艘船摇过去看。

文蛋蛋滚回来，文臻又发给它一个没怎么湿的烟花，片刻，在围墙遥远的另一头，烟花蹿起，引得又一艘船去追击。

再过片刻，又一艘船被引走。

接连被引走三艘船，对方仓部主事的人显然也不是等闲之辈，察觉到可能是调虎离山，沉声道："不管哪里再出状况，不去理它！"

又对空处喊话道："既然声东击西，可见文大人你便在这近处，那便速速出来吧，我从一数到十，若是还不出来，你这知交好友，我便先杀了，一……"

他话音未落，一声闷响，离他五丈远处一处围墙底部，忽然被炸开一个洞，随即水面被划开一条条的波纹，像是有人从水底迅速潜泳过去一般。

那人一惊，也顾不得报数了，着急下令："拦住她！"

便有人急急划过去两艘船包抄，此时正对文臻这边只剩下三艘船了。

那正中船头的仓部主事人也颇为紧张，心系那个洞的情况，忍不住侧头去看。

忽然眼角瞥见寒光一闪，大惊之下下意识闪避，但却忘记了自己是在船上，这一闪便落了水。

那寒光却转了个弯，射向君莫晓所在的那只船，挟持君莫晓的人慌忙勒住她往后退，那寒光却又猛地收回，在空中一个大转弯，荡到了对面挟持张夫人的人脸上。

那人眼看另外两艘船接连受袭，自己离得远，正觉得安心，忽然眼前琉璃光芒一闪，血盆小口一张，虽说戴了面罩，毕竟离得太近，脑中一晕，向后一倒。

而挟持君莫晓的人刚松了口气，冷不防寒光又到了，这回却是冲着他的腿来的，他挟持君莫晓，全部精神都在君莫晓脖子上，船上又不方便跳跃奔走，腿已经被缠住，然后腿上剧痛，感觉险些要被那细丝勒断了腿，随即一道黑影便凌空撞了过来。

他腿上一痛，手上便一软，君莫晓趁机一个肘拳捣在他肋下，将他狠狠捣进了水里。

文臻已经跃上了船。

那边张夫人也是够狠，挟持她的人一倒，她立即就跃入水中，老太太水性竟然挺好，游远了。

文臻和君莫晓两人则合作，夺了对方的刀，撞入人群中，将船上那几人"唰唰"砍翻，踢入水中。

两人此时都拼了命，下手又快又狠，眨眼间了结七八条人命。随即君莫晓操起桨。

水中冒出许多穿着水靠的人来。这些人装束更是齐整，浑身上下密不透风，连眼睛都有琉璃水晶片子罩着。

文臻吸一口气。

那个最先被踹下去的领头人怪笑道："刺史大人，这一招可是和你学的。"

这是说当初她令州军在藏珠湖里藏匿杀戮和唐家勾结的官员，富商那件事了。

如今唐家故意也来这一手，要以其人之道还治其人之身。

九曲林这里和翠湖不同，水域到了这里开始变浅，成了河流，那些人藏在水里也不费多少力气。

文臻感觉到脚下一阵颤动，船又要翻了。

她不禁苦笑，自己再次落水不要紧，孩子怎么办？孩子不能再泡水了。

今日周周折折，数次死里逃生，难道最后还是死掉的命？

一步一跪，一跪一起身。

一路花开。

那些繁花从袍角处，从指间、从头顶、从雾气的缝隙里、从青苔斑驳的阶梯边缘，不断开放又凋谢，那些赤橙黄绿青蓝紫，娇蕊芳心斗风华，一路云霞。

然而那些盛放的花朵间会出现无数的毒蜂，瞬间开放又凋谢的花朵会弥漫出惑人的气体，引得人脱离队伍，山风会携着沙往人脸上扑，地面上爬过无数的虫蚁，咬得人膝盖一处处的破损红肿，下次下跪时更增疼痛，有的却是有毒的，一口下去，腿便能废了。

春，四季之初，也代表着万物复苏，病菌滋生，风沙增大，虫蚁作祟。

燕绥一边要磕长头，一边要爬山，还要应付这些突如其来的变化，便不时有人滚落山崖，或倒伏于路，或中毒号啕，或直接被风沙坏了眼睛。

燕绥的长发散在风中，衣袖被带刺的藤条割裂，他便干脆剪成短袖，露一双线条优美的小臂。他自身带毒，虫蚁不敢近他，花朵不能蛊惑他，吃肉的花吃不着他的肉，反被他掐了最美的一朵去，将那刺舌花蕊抽了，留下色彩绚烂的花瓣，准备回去做干花，送给蛋糕儿。

一大群毒蜂忽然从山壁后扑过来，他不急不忙掏出一块糖，想了想，掰了一小半放在地上，便将那些毒蜂引走了，剩下半块，他仔细地包好，放回去。

属于她的甜，每一分都珍贵。

燕绥跪下，手掌贴地，额头触及手背，一次，二次，三次……起身。

第一千零一次。

跪得端正，保证在台阶正中央，额头触得也端正，保证在手背正中。

想起当初初见，那时候毛病尤其厉害，别说用品行动要对称，便是看这世上所有人和事都恨不能对称。

正好听着刘家底下的官司，有种淡淡的恶心，心绪不好，便把她也对称了。

之后再想，倒吊门头，和一具一模一样的尸体对称，这滋味想必她难忘得很。

然而这几年，除了偶尔玩笑般抱怨，从未见她真的计较过。依旧那般地宠着他，担待着他。

都说父皇担待他，兄弟让着他，他跋扈桀骜，行事纵情，然而这过往二十余年，唯有他心知，世人予他的所有宠爱和担待，都不是毫无索取地给予的。

代价总是要给的，不提前支取，也迟早要还。

唯有她，从未想过从他这里得到什么。

东堂的女子想着皇后王妃这般的尊贵之位，想着攀附着他上那青云之梯，唯有她靠着她自己走上那青云梯，想的是要在那青云梯上站稳，好在他堕落云端之时，有能力拉他一把。

他一生目无下尘，未将任何人放在眼里，也从未妄自菲薄。

他这纵情任性，恶劣开端，何德何能，最终换回心香一瓣。

便总想着为她多做一些，却总觉得不够，她太自立自强，他爱她这自立自强，却亦若有所失。

今日便在这云端之下向高天，一路过四季，愿你长美满，时如意，免风雨，多幸运，一生万紫千红，日日如春。

文臻忽然发现了一件事。

被她调虎离山的那三艘船怎么一直没有回来？

如果那三艘船回来，今日她也一样逃不了。

然后她抬眼，在月色湖光中，隐约看见围墙上方一些小小的影子掠过。

周边船上和水里，唐家的人都面对着她，十分紧张，没人注意到背后。

文臻目光一掠而过。

船动得越发厉害，而四面水中的人们手中武器冷光惨惨，很显然，只要她落水，这些东西都会招呼到她身上。

君莫晓紧张地拉着她衣襟，道："等下落水后我护着你，你赶紧游……"忽然想起她的肚子，疑惑地看一眼她的肚子，悄声道，"还好没生……好像也不是很痛……得赶紧安定下来啊……"

文臻扯扯嘴角。

等下，你会不会吓晕？

第八十章

神人哉

罩衫宽大，领口也不小，孩子也不会闷着，她低头温柔地看了一眼孩子小小的柔软的头顶，嗯，就一个发旋儿，应该性子不会太倔。

脚下的船板更加剧烈地动荡起来，马上就要翻了。

围墙墙头却忽然掠上一排小小的黑影，随即机簧崩崩连响，那声音极其疾劲，几乎响起的一瞬间，湖水里的人便成排翻倒！

又有一艘小船过来，操船的人看着是个孩子，仔细一看是身形矮小的侏儒，对着文臻做了个快上的手势，船上已经救下了张夫人，君莫晓拉着文臻上了船，诧异地看着那个侏儒，文臻却知道这是燕绥的暗卫，一时心中百感交集。

当初燕绥离开湖州时，曾再三说要留下护卫。但文臻怕燕绥的护卫被燕绝和别有用心的人发现，也觉得燕绥既然要远去各国寻找药物，还是多带点人在身边比较好，因此坚决不要，燕绥也没多说，但现在看样子，他还是把暗卫留下来了，只是不轻易出现罢了。

今日事发突然，翠湖和九曲林两边后来又都封锁，侏儒暗卫想必也是绕道而来，终于赶到。他们并不知道这是自己生产的关键时刻，只是履行例行的保护任务罢了。

却来得及时。

侏儒的这艘船也不知道加了什么动力，飙得飞快，水里幸存的杀手跳上船奋起直追，却也追不上，而那些船很快也沉了。暗卫也派人下了水，将所有船都凿沉了。

杀手在水里扑腾，不可避免成为围墙上暗卫的弩弓靶子。九曲林这一片河流又被血染，连带着连接着九曲林这一片的翠湖都变成了血湖。

那个领头的倒算机灵，一开始就游到了外围，之后带着人仓皇上岸，准备抢占渡口，并向带人在那里等候的主子报告并联合堵截。

因为不管文臻那船有多快，终究是要上岸的。

只要上岸，就会遭受迎头痛击。

文臻远远地看见岸上草木间幢幢的黑影，她转头问暗卫：“船上可有防御性武器？”

暗卫便道有。文臻便令船驶过去，作靠岸状。

果然船刚靠近岸边，便有一处灌木丛簌簌而动，一片冷箭攒射而来。

然后便统统射在君莫晓忽然祭出来的超级宽大的折叠盾牌上。

而那船靠岸完全是个假动作，在将近岸边虚晃一圈，又转了回去，然后一颗琉璃珠子一个弹射，蹿入了那片灌木丛。

再然后便是“扑通扑通”之声不断，这些隐藏在灌木丛中的人，总不至于也遮挡得严严密密，文蛋蛋多少能放倒几个。

岸上人看着那飙远的船气得袍子都无风自动。

这位是吃泥鳅长大的吗？

一圈遛完又来了，这回大家不上当，灌木丛一点动静都没有，但是没用，船快到了岸边的时候，文臻、君莫晓和船上暗卫手一抬，手上忽然都多了一把劲弩，也不管三七二十一，对着岸上有遮蔽的地方就是一阵连射。

所经之处，树叶纷飞，枝条乱弹，血花迸射，惨叫连天，又是一批埋伏在岸边隐蔽处的杀手倒了霉。

等他们大怒纷纷反击的时候，船第二次闪了开去。

第三圈又来了，这回没人敢再藏在岸边了，杀手们纷纷退出藏身之地，等他们都退出岸边，这回船靠了岸。

等那批杀手反应过来，君莫晓和文臻已经上了岸，杀手们欲包抄过来，藏在船底的暗卫们纷纷滚了出来。

这群暗卫因为个子小，所以练的都是地堂轻巧功夫，一团风一样卷过来，杀手还没看清楚，眨眼就被砍了好几双腿，且这些暗卫都配备有和他们武功配套的武器，各种套腿锁腿的绞链绳索，一绊一大堆人，滚在一起，君莫晓冲上去手起刀落，满地滚人头，连小脚张夫人都用断烟杆子，专挑杀手眼睛戳。

也就几个暗卫竟然护着两三人一直冲到了九曲林的三进院。

文臻算着时辰，州军也差不多快到了，前提是不曾被人阻拦。

九曲林前院，几个男子在照壁前静静伫立，听着后头的动静，有人微微摇头，喟道："真是厉害……"

大家互望一眼，都不作声，心想确实厉害。

对方这种情形下，己方合力倾巢而出的全力布置，可谓步步刀兵步步凶危，再加上定王的助攻，依旧被她一步步闯到现在，实在是……叹为观止。

也令众人更加心中生寒——如果今日不能将那女刺史斩于刀下，以后只怕迟早唐家要毁于她手中。

更重要的是，这是老卯一系在唐家最后能否翻身的关键一仗。虽说老卯一系如今被五公子打得很惨，留在唐家的势力已经被拔了个干净，只剩下湖州这一点最后的人手，眼看着东躲西藏末日降临，不得不冒险提前发动，只求能杀掉女刺史，便是将功赎罪，还有最后一点翻盘可能。

有人道："现在关键在州军……"

文臻真正的亲信其实都在州军，此刻州军被定王调入城中，必然也是她的主要力量，如果能阻住州军，今日就能把她困死在九曲林。

一个宽袍人立在一边，一直没有说话，此刻忽然道："毛万仞那边，来不了。"

他话少，但他一开口，众人便舒了一口气。

大家都清楚他的身份，他既然这么说，自然是有把握的。目前湖州境内，只要女刺史分身乏术，就没人能阻止他的行动了。

宽袍人忽然又道："也不知道文臻的孩子生下来了没有，怎么这般迟迟不发动，还能继续作战？"

众人也觉得不可思议，事实上从众人得知女刺史怀孕将产开始就已经不可思议了，世上怎么会有这样的女人？

这位女刺史大杀四方，威风八面，什么事都没少掺和，什么人都没少收拾，就没一个人看出来她怀孕了。

现在好了，据说要生了，可要生了的人怎么还能这么一路过关斩将到现在呢？

非常人哉，不愧宜王殿下的人。

众人互相看看，拢起了袖子，不是不能亲身去参与后面的战斗，只是……亏心哪。

一帮大老爷们去谋杀一个孕妇也就罢了，还要亲自出手，这个……都有头有脸的人，传出去后半辈子还要脸面不？

仓部主事人也便都不动。

反正，只要州军来不了，文臻便逃不脱，不就结了吗？

时间倒退回一个时辰前。

毛万仞率领三千州军匆匆行走在九曲林外玉龙山下。这是一条近路，从这边山间一条道穿过去，可以直入九曲林山庄的后门。

但是毛万仞在刚要进入那条山道的时候，忽然看见对面旌旗招展，隐约有大部队出现。

毛万仞不禁一惊。湖州境内如何会有别的大型军队？

前方旗帜转过一个弯飘入眼帘，旗帜上赫然是一个“定”字。

毛万仞恍然大悟，这显然是定州军，之前定王燕绝有召定州军前来护持王驾，而如果定州军抄近路从大营出发的话，这边正好过了玉龙山可以入湖州东城城门。

这是正好撞上了？

毛万仞忙派斥候前去交涉，说明自己有急事，请对方暂让，回头再谢兄弟帮忙。

这是湖州地界，他麾下是湖州守军，定州军应召路过本就应该给他让路，然而斥候过去了，那边却没有让开，反而战马一字排开，毛万仞皱起了眉，觉得兆头不对，过了一会儿，斥候被对方一个军士反剪着双手扔了出来，狼狈地跑回来哭丧地和毛万仞道：“都尉！定州都尉说接到王令，咱们作乱围逼定王殿下，这是谋反大罪，他们就是来阻止咱们的，让咱们速速退回！”

毛万仞脸色一冷。

这势头不对。

又派书记官去交涉，对方拿了王令过来，果然是有定王钤记的王令，说是被文刺史煽动百姓围困，更擅调州军谋害，遂令定州军速速秘密赶来九曲林护持王驾云云。对面，定州都尉还派了人来，苦口婆心劝说毛万仞迷途知返，不可自寻死路。

毛万仞仔细瞧那王令，亲王印记都有秘密关合，不是谁都能伪造的，甚至见过的人都很少，除非是定王身边的人且极其熟悉皇家印章和文书制式才行，更加难能。他拿出自己的定王调军指令核对，那印章还真是一模一样，仔细看才能看出一点极其细微的差别来。

定州都尉算是谨慎，没一言不合就开打，但也摆开阵仗堵住了路，一心要把毛万仞给堵回去。毛万仞看看天色，想着之前潘航的嘱咐，心中焦灼，耐着性子和对方解释，定王的王令并非如此，此事蹊跷，又拿出自己的王令给对方看，和对方说明自己只是奉王令来湖州护持王驾，当初在龙祠听定王的意思也只是要定州军前来接王驾，何曾有百姓围困暴乱之说？

定州都尉半信半疑，却也不肯让路，当下便说那便先派人去询问定王，再等殿下示下，这本也是合理解决方式，但是毛万仞知道，这就是对方的计策。一来顺利拖延了时间，令他们无法解救刺史；二来真要去问定王，定王哪能不顺杆子上？刺史就更危险了。

毛万仞心中焦灼，正想着要么干脆先虚与委蛇，再趁其不备，将定州军的包围冲开，闯过去再说。至于后头的麻烦，只要救下刺史大人，自然有刺史大人顶着。

毛万仞素来也是个狠人，牙一咬正要下令，忽见对面阵营一阵骚动，有人匆匆拍马而来，和定州都尉急急说了什么，然后隐约见对方变色，再然后鸣金声起，后队变前队，对方竟然收兵了。

毛万仞觉得这才是意外之喜，也顾不上询问，急忙带人从对方让出的路中冲过，经过时隐约听了一耳朵，好像说是一股盘踞定州境内的巨匪忽然冲击定州城门，定州刺史告急求援。

这是大事，各地地方守军首先便有守土之责。虽然护持王驾很重要，但问题是赶来定州并未看见百姓暴乱，又有湖州都尉拿出的不同内容的王令作证，定州军毕竟是他州之军，如此也便有了交代，总要以自家安危为先。

毛万仞一边暗暗庆幸，一边想世上之事怎么会有这般巧合？但此时也顾不得思索里头的猫腻，一鼓作气过了玉龙山，眼看便是九曲林的后门，再拐一个弯则是九曲林的西门，从那里走要经过一条半山索道。

九曲林的后门便如约定一般半开着。

毛万仞正要命州军涌入，忽然前方人影一闪，身影窈窕，他却认得，那是跟着大人来过军营几次的采桑。

他知道这姑娘在大人身边的地位，心中一跳，立即按下州军并命众人潜伏。采桑隐在一株树后对他做了个手势，又指了指西边索道的方向。

毛万仞有一霎的犹豫。

走索道，万一涌出埋伏便会瞬间葬身山谷……

但这犹豫只是一瞬间，随即他便示意众人绕道，从山林中下来，潜往索道方向，就看见采桑在索道边守着，见了他便道："我藏在庄院里，一直守着后门，就怕最后关头有人出幺蛾子，果然瞧见后门有人埋伏，这边索道本也安排人砍的，被我给毒倒了，现在你们快点过去。"

毛万仞也来不及和她说话，匆匆一点头便走了，采桑让他们留下一些随身之物，挂在索道铁链上，等人走完，自己走了过去后，拿出小姐给的腐蚀性毒药，将索道的锁链腐蚀了后再离开。

她离开后不久，那些埋伏在后门久久等不到人的杀手便赶了过来，见索道上挂着一些士兵的衣服布条，便知道州军来了，且换了门走，自然也便冲上索道，然而冲到半道，索道断了。

采桑姑娘躲在一边看着，拍拍手，去找她家小姐了。

深藏功与名。

文臻这边已经快要冲到前院。

但她也累极了。

从发动开始便无休无止地筹谋、算计、冲突、生产、逃亡、厮杀……刚刚生产的产妇带着刚刚生下的婴儿，经历这世上种种最凶险的那一刻。

只有苏训在水下推着她那一段，是这一场血水历程里唯一的静谧和温柔，然而最后的结局却依旧是给她一记重击，从身体到精神都在经历无声的崩毁。

苏训死了，寒鸦很可能受到苏训或者杀手的袭击，如果是苏训下手还好，如果是后者，只怕寒鸦也凶多吉少。

一直保护着她的暗卫，也已经出现了死伤，其中一个暗卫在拼杀中还和她说了一句："可惜现在时机不对，原本说一个月后要再拨两支小队来保护大人的，现在只是平常配备，两支小队保护大人，白天一支，晚上一支，每日轮换……"

文臻心中一动，心想为什么要一个月后增加人手？

暗卫又道，今日也算是万幸，本来只有一支小队在，却在轮换的时候发现情况不对，所以两支小队的人都来了，才能护着大人冲杀到现在……

此时离前院已经不远，身后零零散散一路尸体，想要追上来的都没能追上来，被暗卫或杀或拖住了，张夫人不会武功怕拖累她，本身也不是重要目标，躺在地上装尸体了，一边装一边还慨叹这园子刚买不久没来得及开地道做暗室是失策。

然而这最后一段路才是最难的，因为文臻一抬头，便看见对面忽然出现了几个人。

人不多，都不是一样的装束，虽然都戴着面罩，却都看得出穿得讲究，其中一人大袖宽衫，写意风流。

君莫晓一看那人就暴躁了，这身形她认得，湖州事变那日险些两次要了她命的那位。

文臻的心却冷了下去。

对方显然是这次的仓部主事人们，既然显露身形，显然也是孤注一掷，一定要将她留在此地，而她一半的人被隔在翠湖那头和定王纠缠，一半的人被隔在九曲林这头还未赶到。

早该到了，还未到，显然路上出岔子了。

一路纠缠至此，彼此都是最后的力量了。

目前看还是对方占优势一点。

她稍稍往后退了一点，手伸进宽大的罩衫下摆，将孩子解了下来。

然后假做头晕，一个踉跄，暗卫和君莫晓急忙去扶她，她趁机将孩子塞进了暗卫的怀中："这是殿下的孩子，保护好他！"

不给君莫晓，是因为君莫晓也会是对方的目标，暗卫身躯矮小，相对有机会逃出生天。

暗卫捧着孩子，整个人都傻了。

这是殿下的孩子！

君莫晓目瞪口呆——孩子已经生了？什么时候生的？怎么生的？天啊，这一路上她是带着孩子在冲杀吗？心中一酸，险些流下泪来，很快反应过来将那暗卫遮挡住了，低声道："快走！"

其余几个暗卫也反应过来拥了上来，此时上头声响不断，竟然是重型武器的声音。

为了拦截她，连军用武器都用上了吗！

文臻吸一口气，把文蛋蛋弹到孩子身上，抬腿向前冲去，君莫晓紧随其后。

暗卫则已经迅速地将孩子捆在自己身上，在同伴的掩护下团身向侧面滚去。

轧轧声响——

文臻脑海中一霎只闪过燕绥的脸。

你想过今日会发生这许多事吗？

你知道今日孩子会提前到来吗？

你见他会是欢喜还是恼怒？

你失去我会是恼怒还是痛苦？

你看那大千世界永久苍白无色，便如普甘庙宇的烟火永远笼罩着椰树，万千苍生于泥泞之中喃喃，每个人都有内心不能诉说的愿望，唯有你过往二十三年无挂碍无尘埃，今日之后你可有牵记可有梦想，膝下可也染过为爱和希冀求祷的尘灰？

但望你得真正自在。

第八十一章

我愿

轧轧之响连绵，下一瞬便是足可摧城的崩毁。

忽然一道风声猛烈，呼啸而来，文臻和那些拦截的人齐齐抬头，便见天际幽蓝的光影一团猛然穿云砸下，像是另一轮冷月亮轰在了前院的墙头。

戛然崩裂。

重型铁器撞击之声听得人耳中轰鸣浑身发麻，夜色中文臻只见那片墙头迸开无数黑铁碎片，与此同时一只重锤落地砸出深坑，前院墙头拦截的人纷纷走避，有人躲闪不及受伤，而更远一点的地方是那个宽袍大袖的身影，如一只弹丸一般已经弹射入天幕深处。

这人当真反应快捷，别还在发蒙，他已经当机立断放弃，最先逃走。

与此同时喊杀之声如潮水般卷来，听声音便足有数千之众。

州军到了。

文臻只觉得脑海和全身绷着的弦都在一瞬间断了。

头顶青天和忍耐许久的虚弱疼痛都在这一霎猛扑了过来。

她倒了下去。

世界好像分成了两半，一半是烈火，一半是寒冰。而她就不停地在两者之间浮沉，或者烈火中呼号，或者在寒冰中窒息。这种煎熬的苦痛让她恨不能就此解脱，堕入永恒的平静的沉睡中去，只是偶尔的冰火之间，那属于尘世的喧嚣和隐约的哭喊总让她心念一动，觉得仿若还有牵挂，难以抛下。

不知道过了多久，她在燥热和寒冷中隐约有了一些意识，能听见身边仿佛有很多人，来来去去，脚步急促，也有人说话，声音却如在水波中动荡，忽远忽近，只感觉得到语气的焦灼，她的意识也时有时无，并不能将这些信息都完整捕捉，只模模糊糊地想，孩子呢？为什么听不见孩子的哭声？我这是怎么了？是已经过去很久了吗？我这是不好了吗？如果我真是不好了……那燕绥会伤心吗？他现在在做什么呢？

一步一跪，一跪一起身。

温度在不知不觉中升高。从初春走向仲春，然后初夏至盛夏，蝉声在某一刻疯狂鸣起，刺耳的声音如钢锯一般要割裂人的脑子，有人抱着头滚了下去。云层忽然压得很低，空气中似乎饱含了水分，沉沉地马上要滴下雨来，炎热和低气压仿佛捆住了人们的咽喉，有人抓着喉咙倒下。黑紫色的云中隐约穿出淡金色的闪电，忽然一个暴雷，狂雨像鞭子一般抽了下来。

这雨伴随着龙卷风和雷电，瞬间卷起一个人，那人惨呼着瞬间不知所终，而闪电劈在了燕绥前面一个台阶，一具焦尸立刻便无声滚落在他脚下。

而暴雨像从天泼下，落下的瞬间所有人都从头到脚湿透，浑身沾满泥水，雨水顺脸流，眼睛都睁不开，台阶变得又湿又滑，不住有人滚落，此时已经到三千余级，日头已经过了一日有余，体力不支的，被春季灾难折腾掉的，满满人头已经不足一半，这一路滚下来又带倒了不少。

夏天天气多变，雨横风狂，炎热雷暴，水患多灾。

燕绥衣饰一向华美齐整，便是在炎热的普甘也是从头到脚的丝袍，此刻湿淋淋贴紧身上，倒显出宽肩细腰大长腿，而乌发湿透，衬得脸色雪白，微微仰起脸时，多一分令人惊心的凛冽。

这雨和那年乌海炸毁婚船后的雨倒也差不离了。

记得那时他在桅杆上往下扑来，她站在船上惶然抬头，那一霎她的眼睛睁得巨大，满满都倒映着他的影子。

她当时一定以为自己是想自杀，一脸受到惊吓的表情。

然而，他那时只是想看看她会不会为他担心，还想看她眼里满满只有自己的影子。

确实看着了，但是现在想来有点后悔。

吓着她了呢，在那种危急时刻，他总是为她着想得不够全面。

而一道黑影无声无息从暴雨中滑过，贴在身上的湿透的袍子微微一动，又一道黑影趁着闪电暴雨从泥水里冲了过来。

是一条阴险的猪婆龙，盯住了这个别致而又高傲的猎物。

下一瞬它的大嘴张开，利齿森森，向着燕绥的双腿。

然而在那利齿咬合之前，一只苍白而又修长的手伸了过来，闪电般一抓一摔，猪婆龙偌大的身躯在台阶上摔得雨水四溅，随即那只铁钳般的手一把抠进了它的头顶，剧痛让那猪婆龙拼命摇头摆尾，却无法挣脱那只可怕的手。

又是一道黑影一闪，从燕绥的另一边打算偷袭，要在这暴雨闪电的掩护下，解救自己的同伴，然而它遭受了同样的命运，燕绥另一只手鬼魅般伸了过去，也一把揪住了它。

然后他就一手揪一个，因为对称而满意地左右看看，手指用力，猪婆龙的左边脑袋撞在地面上，便如陪着他磕了一个头。

“唐五，不错，很虔诚。”

猪婆龙右边的脑袋也被重重按在地上，好一个响头。

“燕三，可以，够孝心。”

人还是来来去去，便如天光暗了又亮，她依旧在水深火热中熬煎，偶尔能听见君莫晓的哭泣、张夫人的怒骂、采桑的呜咽，后来还有孩子的哭声，似乎有人在阻挠将孩子抱来，然后采桑哭着说：“小少爷，来喊娘，把你娘喊回来！”

君莫晓声音哽咽：“让孩子陪陪她吧，让孩子陪陪她吧！”

她心中恍惚地想，看样子真是不好了，可怜孩子，至今没喝她一口奶呢……真不甘啊，还没找到死党，还没和燕绥白头到老，还没……

前方忽然出现一线越来越亮的光，而孩子的哭声渐渐远去，周身的疼痛也随着步子的迈进在逐渐消失，她欢喜而轻盈地逐光而去，却隐约听见身后总有巨响。她回首，却看不清身后，只见浓雾漫卷，隐约玉阶千层，风霜凛冽，风霜之后隐约现人影修长，唤一声蛋糕儿且住……

一步一跪，一跪一起身。

不知何时炎热的空气在退去，风渐渐转冷，而翠叶慢慢变黄，瑟瑟从枝头离落。

树上的果实在忠实地记录着光阴，转瞬从青至红至黄，沉甸甸地坠在枝头，这时候大家已经在四五千阶了，两日两夜过去，饥饿、缺水和这一路的折磨，令稀稀落落的队伍里的人们都忍不住盯住了那果子。

仿佛听懂了众人心中的渴望，忽然有成熟的果实落下来，爆出汁水，散发着馥郁的香甜气息。

磕长头的路上不能吃喝，所有人都没动，却有人在跪倒的那一霎忍不住闭上眼，舌尖悄悄地舔上那丰美四溅的汁水。

然后一声撕心裂肺的惨叫，其上和其下的人们，都骇然看着他骨碌碌滚下去，脸已经如那果子一般破碎。

这世间无数丰美诱惑，扛住才配获得。

剩下的人继续前行，只是额头已经青紫，双膝已经肿大，一步步都重若千钧，山风有时会忽然燥热起来，比之夏天不遑多让，秋阳热辣辣地灼着人们的皮肤，空气燥得声音大了都似乎能摩擦出火，咽喉里像被砂纸磨过般疼痛，颂圣之声低了许多。下一瞬细细的冰雹粒子，转眼铺了一台阶，跪下去的时候痛彻心。那是秋季或有的寒潮，一热一冷之间，便有无数人头重脚轻，一忽儿秋风再起，一地银霜，地面起了一层薄冰，一走一滑，有人便失足滑落山崖。

秋季，四季之丰，万物成熟，秋阳气燥，寒潮霜冻，天气多变。

燕绥身上湿透的袍子已经干了，又凝了一层细细的霜，淡银色闪着银光一般，整个人看起来更加虚幻迷离，而一双眸子却透着清醒。

那些果实坠落在他面前的更多，香气更为诱惑，他的咽喉也在灼痛，像在冒火，然而他未跪下时，嫌弃地将那些快要落到面前的果子拨开。

不要脏了我前进的路。

这世间万物诱惑于他早已不是诱惑，他有这人间最纯美甘泉，弱水三千，只取她那一瓢饮。

那些果子好圆，有点像在长川，那晚小院厨房里，两人头碰头吃的那些汤圆。

黄叶飘落，色泽灿金，又有点像留山四季树的落叶，他曾为她采叶片无数，做那肖像一帧。

肖像画送回王府，德妃有次前来不知怎么看见，喜欢那别致树叶喜欢得不行，托人快马去留山，要找那四季树叶。

他知道后，命人传令留山，砍去了所有的四季树，只留下了一批种子，将来只秘密移栽在千秋谷内。

只给她独一无二，容不得效仿描摹。

亲娘也不行。

当初对着汤圆许下的愿不知何时能实现，一生里迎潮斗浪，挣扎不休，想要的巨浪高头回首便有小舟相候，想要的荆棘丛中穿过不得伤天年久享，都如此刻神山雾气之后飘摇的那点灯火，不知何时能够触及。

那么能为她做到一丝一毫都全力去做，不容谋取与分割。

蛋糕儿，你为我布过餐前刀叉，挽过衣袍下摆，执过日夜炊食，更谋过这皇族生死，朝堂风云。

而我看似满身荣华，却其实一怀孑然，能给你的不过是这万阶之上，一步一行，愿你此后余生所见，皆是秋之丰美；愿你此后余生所得，皆是硕果累累；愿你远离黑暗深渊，记得红尘百年，于告别之前再回首，能见我此生牵念。

燕绥跪下，手掌贴地，额头触及手背，一次，二次，三次……起身。

第六千一百一十二次。

文臻停住脚步，一脸茫然，努力睁大眼睛，却总看不清那人在做什么，只隐约一起一落，一个动作重复不休，明明是在向前，却总不见他抵达自己面前，她回头看看，那一线明光仍在，隐约还有微风卷花香送入鼻端，一缕缕都是诱惑，她很想奔过去，可不知怎么却无法挪动脚步。

浓雾卷起，寒气渗入，浓雾那头忽然变了景象，俨然从秋到了冬，雪花大如席，寒风怒吼，冰洞处处，那人在风雪之中依旧重复那个动作，步履维艰，身影越发模糊，他所经过的石阶隐约留下一片淡红的痕迹，她不知为何心头一恸，忽然泪流满面。

忽然一阵杂沓的脚步声传入耳中，这是这段时日里现实的声音第一次将她惊醒，随即自己被扶起，有什么东西塞入口中，立即化为微微苦涩清凉的液体流入肺腑，那液体所经之处，疼痛燥热寒冷都散去许多，隐约听见君莫晓狂喜的声音："脉象好了许多！多亏殿下令你千里送药！"

她迷迷糊糊地想，燕绥派人送药？是将那颗宝贝药又送回来了？这可糟了，这药对燕绥何其重要，中文竟然没有第一时间给他偷偷用了？那燕绥现在怎样？他没了药，如果普甘再找不到，那他该怎么办？希望他可一定不要放弃普甘寻药的任何机会……

偶一抬头，蜿蜒如长蛇的队伍，也只剩下寥寥四五人。

有一看便是常年苦修的赤足僧人，有虬髯碧睛的异域大汉，有周身如木如铁不辨男女的怪人，有身躯如蛇眼眸幽深的蒙面女子，剩下的便是他了。

每个人看起来都很狼狈，周身衣衫零落，烟熏火燎，露在外面的肌肤上遍布伤痕。

每个人神色都很凝重，因为谁都知道，冬是四季里最为严酷的季节。

秋日的风转眼便掺了细细的雪粒，然后变成雪花、雪片，最后变成磨盘大的雪块，劈头盖脸地砸在人脸上。

风像是从地狱里咆哮而出，四面八方冲撞而来，又将人往四面八方拉扯，而原本湿滑的台阶转眼便结了厚厚的冰层，跪上去就能滑下来，手掌贴上去，彻骨的寒意直入血液，不过倒也不用担心肌肤被冻住，因为浑身肌肤早就没了半分热气，比那冰雪还冷。

接近山顶的雾气越发浓郁，几乎伸手不见五指，而地面忽然也不再是那永远的一级级台阶，燕绥忽然听见极其细微的冰裂之声，久经风浪的直觉让他下意识飘身而起。下一瞬，他身后的那个虬髯汉子双膝落下，然后一声长号，声音空洞回响不绝——竟然像是落入了一个深邃之处。

燕绥再回身时，便看见身后的台阶不知何时已经不见，地面上是一个冰窟窿，而雾气迅速又聚拢来，遮没了那个窟窿，仿佛从不曾吞噬一个人过。

风雪越来越暴烈，卷得天地一片混沌，整座山都似乎在咆哮，在怒吼，在笑这苍生贪心，蝼蚁般的人类也敢妄想在这人间富贵荣华幸运长生，风雪里时不时闪过巨大的影子。那个身姿曼妙的蒙面女子不知被风雪中什么东西撞着，竟然高高飞出足足数丈，撞在山崖之上，片刻之后，于峻崖白雪之上，她拖曳着几道淋漓的血色缓缓坠落。

那和她相撞的巨物也落了下来，却是一只冻僵的猛兽尸体。

而再往上，几乎每一步都要和这飓风对抗，和暴雪对抗，和寒冰对抗，和无处不在随时出现的冰洞以及各种冻僵的尸体对抗。

每一步都要耗尽比之前每一季都多上几倍的力气。

在这已经历经劫难的数日数夜之后。

苍天仿若还在宇宙那头，这山巅上只剩了盘旋不休的雪，雪中似人似兽一声咆哮，巨大的白影一闪，那个浑身如木如铁的怪人便被一只巨掌捞走，带至山崖边缘，然后扔落。

冬，四季之末。寒风冷雪，冰封万里，百兽受害，雪人肆虐。

燕绥身上的丝袍经过暴雨的洗礼，他的步子也慢了下来，膝盖像是机器一般机械地移动，从肌肤到血液都似被塞进了冰雪，每一个动作都艰难。

膝头上裤子早已磨破，一片鲜血淋漓，身后每级台阶上都留下了这样的血痕，长长一条，蜿蜒而下。

然而跪下，手掌贴地，额头触及手背，三叩首，再起身，依旧一丝不苟。

因为这是要为她献上的虔诚。

当初，在那山崖之下，自己昏迷，她拖着自己走了几日几夜，还要躲避唐家和易家联合的追踪，顶风冒雪，在那冰冷刺骨中，苦苦熬煎吧。

她单薄的双肩是否也曾被那拖拽担架的绳索磨破。

她长久跋涉在雪中的双足是否也曾被冻得青白生遍冻疮?

她彼时还一怀忧惧，恐惧着自己不能醒来，恐惧着不可知的未来，然而最终自己醒来，在喜堂搀起她手的那一刻，她也不过侧首一笑。

那些苦难艰辛，煎熬焦灼，都散去在弯起的眼角。

风雪中巨大白影一闪。膝下忽然出现冰窟窿。

一大团巨物被暴风雪卷着横撞而来，也不知道是哪只倒霉山大王的尸体。

前方，唯一幸存的同伴，那个赤足僧人闭上眼，喃喃念起佛号。

能走到如今的都是强人，但那几位连一次攻击都抗不下，而这位遇上所有的杀手。

风雪中，燕绥睁开眼，倒下，正好横身在那冰窟窿上。

伸手一把抓住了那只倒霉山大王的尸体，然后他将那山大王尸体一竖，宛如石碑般挡在面前。

那雪人的影子正好刮到，蒲扇般的手掌捞了个空，却被那突然竖起的虎尸绊了一个跟斗，身子前倾，山一般的阴影向燕绥倒下，正在此时一只手伸了出来，顶住了它的肚腹，拳头一旋，身子游鱼般一滑，下一瞬，那巨大的雪人栽入了那个冰窟窿里。

一切都只在须臾之间。

只是那雪人实在凶悍，栽进去之前，终究还是把那个巴掌扇了出去，正扇在他心口。

燕绥一口血喷在雪人心口，倒像是给它画了颗灼灼的心脏。

终究是体力耗尽，躯体僵硬，反应慢了许多。

不过，最后一招是偷学她的绝技呢。

片刻之后，雪人真成了凝固在雪地上的雪人。

僧人的一声佛号还没完。

燕绥回首看向那巨大的身影，似人非人，周身都是雪白的长毛，本该是眼睛的地方却只剩下一条眯着的线，这东西本不该出现在普甘这里，或许这里已经不是普甘。

这四季都不该属于普甘，只是这人间极致气象，被大神通者瞬间搬运。

他仰着头，看那浑然的雪白，忽然想起那年长川的雪也很大，在那座临时休整的园子里，她和他合作堆过一个真正的雪人。

是一个采梅花的雪人燕绥。

他微微一笑，慢慢爬上去，将那雪巨人的胳膊抬起，兰花指翘起，向着东堂的方向。

于这高天之上，四季轮回之所，九千九百九十九级阶梯的最后几级阶梯之末，传说神祇将开启的门扉之前。

为你再堆一个雪人。

我想要采的，不是那一年冬那一园里最高枝上的那朵最美的梅花。

而是来自天外，降自云端，落在我眼前，从此沉沉堕入我心海最深处的那朵——永恒的红珊瑚。

跪下，手掌贴地，额头触及手背，一次，二次，三次……起身。

第九千九百九十九次。

我的蛋糕儿，愿你一生里所有将要遭受的风霜雨雪，都在此刻，由我代受。

洞天石扉，訇然中开。

风雪乍收，云雾散去，冰消雪融，化为清泉石上流。

化了雪的崖壁露出铁黑色的石面，转而又生了淡绿的青苔，青苔渐渐湿润饱满转为莹绿，随即又缓缓变为浅浅的褐黄色，再一块块剥落，剥落青苔的崖壁却不再是铁黑色的，而是一种似玉非玉似石非石的莹白色，微微闪着紫光。

一霎过四季。

风雪以一种奇异而缓慢的姿态被天际的流云卷走，却并没有立即消失，在那片云下化为雨雾，最后成为一片氤氲的紫气，布满天地间。

水晶一般的石阶不断潺潺流下清泉，那些泉水所过之处，万物复苏，虫蚁退避，遍地的草发芽抽节枯黄衰败再发芽最后转为莹白色，遍地的花开花结果坠落果实干瘪最后都闪着盈盈紫光，僵硬的猛兽舒展身体，懒腰咆哮一声走入山林，雪人却化为清风不见。

清泉掠过袍角，丝袍光洁如新，周身的伤痕却还在。

台阶却不见了，眼前是一条花草小径，如一条白底紫花的长毯，通向尽头一扇半开的门。

门前只剩下两个人，赤足僧人和燕绥。

两人都没有看对方，左右走上那条花路，脚下的感受路居然还是坚硬的，那些花和草此刻仿佛都已经不是人间物，隔了尘世和山海，在另一个空间里摇摆。

门开着，走过四季轮回，磕过万级石阶，便有愿望等候。

门内依旧是一片雾气，并没有想象中的仙境或者庙宇，只在雾气尽头，隐约看见螺旋状顶头镶嵌着巨大宝石的高大的圆塔，和雕刻着古怪图腾的双人合抱不下的雪白圆柱。

宝石硕大，七彩光华，照耀着椰树阔大的碧叶。

有隐约的异国梵音吟唱传来，不知远近。

这一刻仿佛又回了普甘。

雾气被宝石照耀得五色迷离，其间悬空飘浮两盏心灯，已经点亮。

燕绥忽然听见自己心里一个声音问："异乡人，你想要什么？"

他便也在心里问："你难道不知道？"

不知道，便是白磕了，那得把这庙给拆了，宝石给蛋糕儿带回去做赔偿。

心底那声音好像沉默了一会儿，随即便道："你要的和你想要的，不是一样的。"

燕绥眼前忽然出现一个小小平台，平台上一个玉池，玉池里一泊黑曜石般的闪光的黑水，里头一棵雪白的根茎。

他知道那就是窝台，也就是那个药方里最诡异，几乎无人听说过的，号称“天赐”的那味药。

心里的声音忽然变得低缓，充满诱惑的语调：“看，这才是你真正需要的东西不是吗？这才是值得你一步一跪，历经苦难上山来求的宝物不是吗？我知道你要的便是这个，我已经给你准备好了，拿去吧，拿去吧……”

不等他回答，那玉池便飘了起来，自动往他手里塞。

燕绥没动。

眼看那东西就要塞到他手中，远处的梵唱之声越发悠然。

燕绥忽然一缩手，玉池落地，摔得粉碎，那雪白的根茎滚在了泥里，落在了赤足僧人的脚边。

心底的那个声音一变：“你不要？你为什么不要？”

燕绥：“你有病？我什么时候说过我要这个？”

那声音有点气急败坏：“你明明要的就是这个！”

燕绥：“我要什么我自己说了算！你胡搅蛮缠的哪里像个神？窥人隐私，巧言令色，诱人失足，引人堕落，还有那磕长头路上四季之苦，死伤无数，你真是慈悯为怀的神？你其实是普甘传说中的需要人命和恶念献祭的恶魔吧？快一点，我没时间和你啰嗦，要给快给，不然我这就拆了你的庙，拿走你的宝石，找出你是魔的证据，回头告诉被你愚弄的普甘百姓，散了你这世世代代的供奉！”

你就是看上了那块举世无双的宝石了是吧！

那声音十分慈祥地道：“众生皆我儿。跪下吧，许你一个心愿。”

燕绥：“我爹在东堂呢。不磕了，磕够了。”

“许愿怎可不落膝。”

“九千九百九十九，这数字好，齐整，不能再加。”

赤足僧人比燕绥慢一步，静静地等待燕绥先完成心愿，眼看他一动不动，脸上神情却变来变去，像自己在和自己对话，却是一会儿脸色平静微带讥诮，一会儿脸色变幻多端，又像一个人在和许多人对话，无端地觉得诡异，不由得退了好几步。

又是好一阵安静，那个声音最终长叹一声，低低道了声：“终究是有缘人，但望今日结下善缘，未来普甘能得你一分照拂……”

燕绥：“嗯。”

“许你一愿。”

燕绥抬头凝视着那盏属于自己的心灯，普甘神庙的烟火照耀着永恒长青的椰树，在这神山脚下，万千苍生俯首于泥泞之中喃喃，求着苍天之上的虚无缥缈呼应着自身的愿望，却不知真正的神祇就是自己，只在自己心里。

而他的心只给了那个女子，在遇见她之前他见这大千世界苍白无色，遇见她之后人生才成了画卷，从此他所有的牵记和梦想都镂刻着她的名字，他的膝下只染着为她求祷的尘灰。

但愿她得真正自在。

他伸手，那只心灯悠悠向他飘来，在他掌心一闪一闪，像含笑的眼睛。

“我愿她永顺遂，长安宁。

“我愿她渡一切灾难险厄，人生转角遇春花满楼。

“我愿她这一生以及来生，未必要与我为伴，但永与幸运为伴。

“我愿以上所有愿望，降临于她及此刻所属于她的一切之身。

“我愿……她无痛无灾，孩子顺利降生。”

第八十二章

此生长与君相逢

她霍然睁开双眼！

她看见了！

大风卷来，雾气散开。

她看见幽绿河流之上猪婆龙头尾相接，看见长蛇般人群末端他从容跪下，看见九千九百九十九级石阶逶迤上天，看见他跪下，手掌贴地，额头触及手背，一次、两次、三次……再起身，九千九百九十九次。

看见他磕长头一路前行，经四季风霜雨雪变幻磨折，六日六夜，磕长头一丝不苟，一身血，一身冰，一身焦灰与泥泞，一身伤痕累累。

看见那个一生不跪天地君亲师的男子，长跪上神山，却不求救命药，不求长生果，只求她一生顺遂，母子平安。

陪护了文臻数日未眠的君莫晓迷迷糊糊睁开眼，就看见文臻睁开的双眼，一时不敢相信自己的眼睛，随即便猛地要跳起来，却在看见文臻下一个动作的时候，愕然愣在了床边。

文臻静静地躺着，大睁着双眼，两道泪水缓缓流过她瘦得脱形的脸颊。

心灯在掌间悠悠熄灭。

远处圆塔宝石在转动，彩光愈加迷离，搅动得雾气如画卷，隐约一卷卷，都是人生轨迹。

梵唱高响，如潮水般自天际滚滚而来，再悠然远扬而去。

燕绥不再犹豫，转身离去，从头到尾没看地上的宝药一眼。

赤足僧人看着他离去的背影，再看看地上的窝台，想着自己揪心的族人存亡的大事，闭上了眼睛，等着属于自己的声音响起。

仿佛依旧是自己问自己，却并不属于心声，然而在做选择的时候，想好了千万遍的愿望，却没有脱口而出。

他又睁开眼，看了燕绥的背影一眼。

看见他袍角隐约的压印龙纹。

行走天下的赤足僧人知道那代表着什么。

或许，自己还有一个选择……

那个声音在催促，他闭上眼睛，脸上浮现坚毅之色。

片刻之后，窝台从地面浮起，玉池重新恢复完整。

六日之后，一直没有合眼的中文等人终于等到了自家殿下。

在此之前，他们和那些一直跪在山下的朝拜者，已经收殓了无数具从石阶上滚落的尸体。

中文越等越绝望，十分后悔自己当时没有跟着上去，钟声响过，上阶的路便再也无法寻找。

第七日，中文在烈日灼晒之下抹一把脸，想着如果真出了事，自己也便永远在普甘，不回去了。

然后便听见惊呼之声，一抬头，看见两个人影飘了下来。

殿下衣裳十分整洁，假发也是，没有一点狼狈。只是手里撑着的一根树藤，暴露了他这辈子从未有过的虚弱，他转过山道，顺手往后拎了一下，将身后那个因为拐弯险些踉跄的赤足僧人给拎住了，放在下一阶，随即又嫌弃地在山壁上擦手。

中文欢喜得一拳头砸在地上，身边德语却在喃喃道："我怀疑殿下先前是一路蹦下来的……"

日语红着眼眶："就这几天殿下怎么瘦成这样了！"

英文："换你六天六夜不吃不喝磕一万个头再不停打架试试！"

日语便又哭："你这一说我这心里又过不去了，我们主子什么时候做过这样的事啊，最想不通的就是他竟然会做这样的事啊……"

这一哭，其余三个眼圈都红了。

中文红着眼圈，在燕绥下来的那一瞬间，冲过去扶住了他。

扶住他的那一刻，他的心都颤了。

浑身没一块好肉了啊。

燕绥在轻轻咳嗽，然后向他伸手，中文急忙掏出帕子递上，低头不敢看，心中更难受了。

燕绥却拿帕子先擦干净先前拎过赤足僧人的手，扔掉帕子，又和中文要了一块新帕子，才去擦嘴。

中文看着他，抱着万分之一的希望，轻声地道：“主子，药……”

燕绥诧异地看他一眼。

只这一眼，中文心便沉了底，苦笑一声。

当初他知道要殿下一步一跪上山求愿不可能，想着这世上能让他这样做的也就文大人了，所以才暗示为文大人许愿，好歹把殿下骗上山再说，说不定上山有了机缘，能拿到药，或者殿下也能为他自己争取一回。

然而付出这般代价，殿下的病很可能因此加重了，但最后还是将这拼命得来的唯一机会给了文大人。

中文心中免不了有些怨念——殿下，何苦来？人家文大人好好的，用得着你牺牲这么多许这个虚无缥缈的愿望吗？你自己才是迫在眉睫需要救治的那个啊。

中文叹息着，正要扶着燕绥，那个赤足僧人忽然站到了他面前，递过来一个黑色的盒子。中文莫名其妙，并不敢随意接，那僧人宣了一声佛号，轻声道：“这件礼物便当是月支族人送给殿下的礼物吧。”

中文眉头一跳，没想到主子的身份竟然在这万里之外被一个异国僧人给看了出来，刚要给德语他们使眼色，那僧人却道：“求殿下怜悯……”说着便退了开去。

中文莫名其妙地看着他的背影，手中的盒子镂刻着一个圆塔，上头有七彩宝石，隐约便是传说中的天上庙的图像，这明显是这僧人磕长头历经艰险得来的，怎么就这么轻易地给了自己？

再打开盒子，里头一截雪白的根茎状物体，他顿时怔住了。

这不是药方中说的窝台吗！

燕绥瞄了一眼，倒也一怔。

英文忽然道：“月支？甘奇那族？普甘三族之一？数代之前的普甘王不就是出自这一族的？这一族不是听说已经被新王代代追杀，灭绝了吗？”

显然是没有灭绝的。

但显然也生存艰难，不得不落发为僧，避走天下，也不知是为求复国还是为求族群延续，拼了命磕长头上了天上庙，最终却没许那个至关重要的愿望，反而换了这一支窝台。

这是拿全族最后的希望作赌，来求燕绥的人情了。

倒也是个人物。

中文大喜，立即将药收了，至于人情，以后再说。

他想将燕绥背回去，燕绥自然是不要的，还是日语，忽然聪明了一回，拿出一双鞋来，那鞋怪模怪样，却是当初文臻为殿下做的球鞋，殿下爱惜，不怎么穿，却到哪都带着。日语在那鞋子底下竟然绑了几个木头轮子，道："我算着殿下几日几夜下来，这腿定然是僵木着的，又不爱我们背，便弄个轮子，好歹滑着走试试呢？"

燕绥若有所思地道："仿佛听蛋糕儿说过什么溜冰鞋来着……"到底是肯穿上了，又换了衣裳，长长的袍子垂下来，遮住了怪模样的鞋子。燕绥僵直着膝盖由中文扶着一路溜过去，他是从所谓天上庙下来的人，四面的普甘百姓不以为意，反倒觉得这是得了神力，都跪下顶礼膜拜。

燕绥便这么踩着溜冰鞋从人群中招摇过市，一直回了花田中的小屋。中文回头看看，就发现一直跟着自己等人的膜拜的人群，在离花田里许的地方，便都不再靠近了。

这让他若有所思，但也没有说什么，安排其余人赶紧烧制药汤，准备药物，给殿下泡澡清理，自己则挎着篮子，想着殿下这回可是大亏了身体，必须好好补养，不能再酱拌饭了，还是得去集市再找，今儿无论如何也要给殿下找来适口的饭来！

中文在那座不大的小城来回转了两圈，每个街角都不放过，经过一条满是雨棚和杂物的破街时，却看见有人往那街角蜂拥而去，不多时，又蜂拥而出，一边出来一边摇头，嘴里大声地用当地土话说着什么。

中文大概明白对方是在骂人，说什么"太干净""难吃"之类的。

中文便有些骇异——能让遍地"黑暗"料理的普甘人都觉得难吃的东西，该是怎样的逆天食物？

至于太干净——普甘除了那片花田、海和那个小屋，还有干净的地方吗？中文在几块石头上跳来跳去，以躲避地面上刚刚从低矮屋门里泼出来的污水，好奇地往那个街角跳过去。

看见那个小小门面的第一眼，他便呆了。

因为那是汉字。

黑底红字的匾额，写着"好相逢"。

中文揉了揉眼睛，又揉了揉眼睛。

那是街角的半间房子，但是弄得极其讲究，讲究到单看那半间房子，中文险些以为自己回到了东堂，红色琉璃瓦，刷得雪白的墙，黑色的漆得发亮的柜台，柜台里琉璃灯罩和白铁托盘都一尘不染。柜台入口处的一摞竹木托盘齐整洁净，店堂里四人桌四张，桌面雪白座位也雪白。

中文的目光落在柜台里的铁盘上，菜的种类和风格却是如此熟悉，中文一瞬间热泪盈眶——是文大人的菜啊！

是文大人的菜！

是文大人的饭店风格！

是文大人的讲究和洁净！

文大人的店竟然开到了普甘！

店门前好多人看热闹，好多人拥进去扒着柜台看菜，瞬间那昂贵的琉璃柜台便铺满了泥手印，有人好奇地坐在座位上左扭右扭，座位和桌上便留下了带灰的屁股印和油腻腻的胳膊肘印儿。几个小二肩膀上搭着雪白的毛巾站着，面带笑容，不急不躁，人走了便擦。

看的人多，没人吃，吃不起。本地人也不适应这个做派。

可能还不适应这个口味，中文知道，本地人口味很重，喜欢放一种黄黄绿绿的调料，入嘴说不清是酸还是辣，吃得五味都分不清了。

他在门口怔了半天，才小心地走了进去。对面那个一看就是东堂人的人，眼睛顿时一亮，随即笑道："大总管！"

中文一怔："您认识我？"

"大人画过您的像，说主子应该不会亲自出来，八成是您张罗吃食呢。"那掌柜笑道，"我们早就出来了，指望着什么时候能碰着你们。在普甘这是开到了第八家才遇见您！"

中文又是一怔，一时心潮澎湃，险些说不出话来，好一会儿才道："这生意，本地不大好做吧？"

"嘿，赔钱呢！开一家赔一家！这可真是稀奇，咱们在东堂什么时候赔过！可大人说了，普甘人八成吃不惯咱们的珍馐，没关系，也不是给他们吃的，只要殿下最终能吃上就行了，就当积累经验嘛！"

中文彻底说不出话来了，他只觉得心里的酸胀快要满溢出了胸膛。

掌柜已经在张罗着给他弄外卖："把咱们准备好的食盒拿出来。大人说了，普甘的卫生条件应该不怎么样，殿下一定窝在哪里不爱出来，就每日给殿下带回去吃便好了，那食盒是特制的，双层的，普甘又热，不会冷。若是殿下要走，大总管你提前和咱们说一声，咱们小店便跟着走，其余七家也便可以关店了，也给咱们大人省一点本钱……来来来，这个豆粉乳酪清凉润口下火，给殿下备着……"

中文忽然一扭身冲了出去，掌柜一转头不见了人影："哎，大总管，饭怎么不拿！你这忽然的怎么跑啦！"

燕绥正在花田中泡药澡。

高处那人却依旧在看着，她已经知道了，从天上庙下来的两个人当中有一个是他。

她好奇他的愿望是什么。

但燕绥的药澡泡到一半，被他的大总管硬生生地拉出去了，险些没给他穿衣服的时间。

他好端端地泡着，就看见中文疯了一样冲进来，二话不说冲进花田，也不管脚下多少花残叶折，撩开密密的帘幕，一口气地冲过来，把衣裳往他身上一披，拽起他便走。

一旁干活的日语、德语、英文险些叫自己手中的东西砸了脚。

中文这是吃了熊心豹子胆了？不要命了？

殿下有多危险他不知道？沉溺在花田里正在思念文大人的殿下更加危险他不知道？

日语德语英文已经做好救援作死的中文的准备了。

燕绥抬起眼，看了一眼中文，他的大总管其实是个稳重的人，少有这般冲动时刻。

除非……

他目光一闪，然后他顺从地起身，跟着中文走了。

燕绥向外走，远处高塔上看风景的人自然也被惊动，瞧着他真的一路出了花田，眼底掠过一丝疑惑。

“远远跟着。”

没有人应声，一抹香气散开，一队老鼠无声逶迤而去。

中文再次将燕绥拉到拥挤嘈杂肮脏的集市上，口袋里灌满了石子，做好了给殿下一路垫脚的准备，可燕绥就这么走了过去，而他走过的地方，人们有意无意总在纷纷避开，让出最干净的所在，他碧色的丝袍下端并没有拂过地面，鞋底连泥水都没有。

全部集市的人都在看他，但都只敢躲在街角看他，像看着那山坡之上属于女王的最繁丽的那一片的花田，灼灼耀目，而又人间天上。

最后他在好相逢对面站定，久久看着那匾额。

掌柜站在雪白的店堂里，微笑向他躬身，虽然没有见过殿下，但那人只要出现在那里，所有人都会知道是他。

那样的一个人，才值得大人为他将店堂开遍天涯，只为他一口可心的热食。

东堂的好相逢还在筹备，普甘的好相逢工作人员已经踏上漫漫长路。

于拥挤杂乱喧嚣肮脏的异国街市，她也能为他开辟一处只属于他的洁净天地。

燕绥看了很久，像要把那片匾额一直看进眼底去。

良久之后，他才进了店堂，掌柜和小二立即客气地请出了所有看热闹的人，半下了店门，所有的人都离开，只有燕绥一人独坐，面对着一桌精致的，散发着热气的菜。

筷子搁在一边，不是店堂公用的，是专属于他一人的，一双银筷，左边刻“恨别离”，右边刻“好相逢”。

碟子也是特制的，浅碧色的边，淡黄色的底，上头一排字迹潇洒的诗句。

“忍把千金酬一笑，毕竟相思，不似相逢好。”

盘、碟、碗都是这个系列，碗里已经盛上了乌鸡辽参手撕豆腐汤，汤汁清莹，香气内蕴，恍惚里似倒映一双笑眼，弯弯唇角，和他说一声：“好相逢，好不好听？”

他也弯弯唇角，在心里回答：你起的都好听。

静默的厅堂内，伴那一盏微黄的灯，他将那一桌等候了自己很久的饭菜，慢慢地吃完，连汤也喝了干净。

中文站在店外，看着燕绥的背影， 看着殿下沉默地吃完了碗中的饭。

他终于落下泪来。

文臻能够半靠着被褥坐起，已经是小半个月之后了。

这一日有雨，雨声淅沥，反衬得府中越发气氛安宁。采桑给文臻端来了药，君莫晓则卷起了帘子，文臻靠在床头，将孩子揽在怀中，静静看着窗外的雨。

风拂动竹丝帘，卷进透明的雨丝，窗外竹叶将斑驳的影镂刻在淡绿的窗棂上。

君莫晓给文臻掖了掖被子，轻声问她：“这些日子感觉怎样？”

文臻没有立即回答。

君莫晓不放心地看她，却见她望着极南的方向。

良久，君莫晓才听见她用一种极轻极柔和的语调，道：“像做了一场最美好的梦。”

第八十三章

流年

时间回到一个月前的普甘，那日店门之前，中文正在落泪又欢喜，想着这店开得及时，好歹能让殿下早些恢复。

一刻钟后，高塔上，女王看着一张黄色纸片上各种古怪的字迹，轻轻叹了口气，语气满是羡慕：“原来，他有爱人啊。”

片刻后，她又道：“也是啊，他的眼神中都是思念呢。”

又过了片刻，她道：“可是，我还是想留下他，怎么办呢。”

这一回终于有人回答，一个嘶哑的老妇声音道：“我王既然降下旨意，那普天之下都该遵从。”

女王笑了笑：“他会留下来的。”

“你看，他那么喜欢那片花田。他每日喝的水，吃的米，饮的汤，闻的香气，甚至睡的床铺，都是那片花田赐予的。他已经离不开那片花田了，那自然，他也就永远离不开我了。”

是年夏，湖州刺史文臻于遭遇定王燕绝下令追杀，幸得忠心部属拼死相救，险死还生，然后失踪近一月。

事件发生当日，湖州州军和定王护卫发生激烈冲突，湖州长史张钺硬顶王驾带领两千州军和定王护卫对峙一日夜，强硬押逼定王燕绝出湖州。燕绝出湖州后，又遇城外州军三步一岗五步一哨，不得不一路狼狈撤走，逃奔定州。

此事传回天京，朝野震动，闻老太太再次殿前长跪，三问书屋学子于宫门广场前静坐，全天京江湖捞、好相逢全部歇业，文臻出资在建的新型技校停工，整个天京，茶楼酒肆，官府贫家，书房闺阁，无人不知湖州巨浪又起，无人不知为皇家兢兢业业的女刺史在湖州为皇族所迫，身罹大难。

有声援派必然有反对派，在京闲散的安王和司空郡王等人上蹿下跳，暗指文臻“失踪”有蹊跷，又指书生风潮是文臻暗中煽动，是为不臣之心。然而这诛心言论还没出得宫门，便有书生闻讯怒极，撞死在正阳门前以表心迹，静坐事件顿时变成流血事件，悲愤情绪升级，同时也激怒了一批本就对当初指控文臻耍阴谋的官员十分愤懑的臣子。鼎国公厉响举着自己镶铁的靴子追了司空群半个广场，最后硬生生当着全广场书生的面敲了司空群一个头破血流。

与此同时，文臻关于燕绝之前求雨惹山火毁百姓祖坟导致民变的弹劾奏章，张钺的自请罪责奏章，连同湖州百姓泣血求告万民书被一齐递上了皇帝的案头，仁泰殿风雨不止，景仁宫一日三惊，遥远湖州的一呼一吸都牵动着整个天京的步调，是为皇朝建立百年来从未有过之奇迹。

燕绝此刻也惶惶不可终日，连发三道自责解释认罪的折子回京，并下令一半护卫日夜寻找文臻，险些把整个翠湖都抽干。之所以还留下一半人，是因为他哪怕逃到了定州，也日夜不得安枕。定州和湖州相邻，百姓早已听闻他在湖州所作所为，所谓物伤其类，对这个湖州来的搅屎棍也是深恶痛绝。燕绝初来时还想勉强摆一下皇子威风，结果皇子仪仗还没摆开，就遭到了不明天外飞物——一包大粪袭击，泼了个满头满脸，待要寻找罪魁祸首，满街人山人海哪里去寻，而燕绝此时才发现满街人山人海，目光如冰眼神似剑，盛夏天气，看得他浑身起栗，当即匆匆钻回轿子，一溜烟奔向定州刺史府，龟缩着再也不敢出来。

饶是如此，还经常有天外飞砖砸入刺史府，刺史不得不下令加强防备，燕绝也不得不令自己一千护卫整日寸步不离地守着自己，散个步都围得密不透风。

这一个炎炎夏日，他迫害了别人，最终报应了自己。

而他也迅速超越了燕绥在朝野的恶名，荣膺东堂“最恶皇子”称号。反倒是燕绥，人们如今想起他来了，倒觉得这位从来不随便欺负人，也不为难百姓，虽然难搞，但针对的多半是大佬级别的人物，只要不招惹他，他才懒得理你，平日里也行事低调，仔细想来，真是个好人。

燕绥如果知道，大抵要谦虚说一句：都是同行衬托得好。

那时候文臻昏迷未醒，被转移到秘密处所治疗休养，生死未卜，一度被认为可能一辈子都醒不过来。张钺等人受到莫大刺激，床前抱着孩子发誓，便是拼了仕途性命，也一定要燕绝付出代价。

燕绝之前还勉强过了几天安生日子，但随着时间推移，文臻始终不出现，张钺主持湖州政务，将新任湖州别驾扣押，连发联名奏折向朝廷哭诉实则施压；毛万仞带领湖州州军以怀疑定王掳走刺史，得寻找刺史为由停在定州城外，隐隐以围城之势，给整个定州城造成了巨大的压力；定州刺史日夜难眠，定州百姓无法出城经商打猎买卖，生活受阻的结果必然是怒气冲天，民潮一触即发。

当流言已经从内室传入街巷，在天京每一条陋巷每一家小店里流传，并且渐渐传为朝廷迫害封疆大吏。燕绝有不臣之思时，关于对定王燕绝的处置诏令，终于以前所未有的速度出了景仁宫，据说帝闻之，大怒，令定王立即免冠披枷回京，夺王爵，杖三十，降为云阳公。

燕绝成了东堂史上第一位因朝臣获罪失王爵被逐出京都的皇子。

哪怕其间容妃深宫长跪，哪怕燕绝回京后于宫门长跪谢罪，终究没能挽回亲王的尊荣。燕绝出京之时，只在宫门之前磕头跪别，无人相送。

与此同时，湖州叶县小叶村人氏叶寡妇长女叶大丫上京叩阍，状告川北唐家和前湖州刺史勾结，收取重税，并在新任刺史任职之前，在小叶村等附近村镇收取春赋，且提前收买小叶村民，伙同全村伪造春赋之事，以此误导新任刺史追查一年三赋，从而掩盖其在赋税和丰宝仓等事上做的手脚，同时状告蒙珍珠一家恩将仇报，反咬恩主，欺君罔上，罪在不赦。

这件事自然是文臻的手笔，燕绝拿出圣旨的那一刻，她便明白了果然一年三赋是假的，是做给她看的，目的是转移她注意力，好方便他们在丰宝仓等处的行事。小叶村的村民半被蒙蔽半被收买，而蒙珍珠一家就是真的狼心狗肺了。她当时被秘密救走养病，一开始还瞒着消息，不让燕绝知道，且让他为杀死刺史惊慌着，醒来后便下令去寻找大丫，将苏训的死讯告诉了她。

果然性情刚烈的大丫选择了为苏训报仇，能咬唐家一口是一口，否则她一个小丫头，如何能有勇气上京叩阍。

有了大丫和她寡妇母亲的证词，之后蒙珍珠也再次反口，痛哭流涕说是被人收买胁迫，朝廷再派员下小叶村和湖州各处调查，一年三赋是文臻别有用心的说法不攻自破。当年秋，蒙珍珠之兄被斩弃市。蒙珍珠与其嫂被充为官奴，孩子则由寡妇带回小叶村抚养。

苏训的尸体最终费了很大力气捞了上来，最后葬在龙祠后山。文臻也让人把前任别驾王鰳的尸体运回湖州，与儿子安葬在一处，让他们父子在地下团圆，至于苏训母亲的事，则托人暗中慢慢寻访。

在自己府中，她给苏训立了牌位，牌位上是苏训真正的名字叫王雩。

雩，祈雨也，虹也。

风乎舞雩，咏而归。

他是文臻人生命途上祈来的及时雨，最终散作翠湖之上一抹虹。

但大丫把牌位抱走了，说要终生为他守寡，文臻也没拦她，世上事各有缘法，自己能做的便是一生照拂她罢了。

一个月后，文臻抱着满月的孩子，在府中做了一个秘密的满月宴。万幸，或者可以说是神迹，孩子没有受到母体和出生那晚折腾的影响，也没有受到父亲的疾病遗传，身体非常健康，比一般婴儿更加强壮，只是文臻终究是产后大病，没有奶水，不过看孩子似乎也不介意这个，她也无所谓。而且那晚又碎了两根针，这也是造成她险些丧命的原因之一，她给自己把过脉，因为这一遭，她以后要想怀孕也是难了。

虽然只生了一个，她已经怕了，燕绥要是想多子多孙，他自己生去。

不过就文臻看来，他才不在乎呢。

孩子这种会和他抢老婆宠爱的麻烦玩意儿，一定是越少越好。

孩子满月那晚，文臻正式让孩子认张钺做了干爹，抓着孩子的小拳头对他作揖，张钺抱着孩子，笑得见牙不见眼。

宴毕，文臻也抓着孩子的小拳头对着南方作了揖，笑道："你那个便宜爹恐怕还不晓得你已经来作妖了呢！"

与此同时，燕绥从床上坐起，迎着初升的日光，忽然对中文道："算着日子，蛋糕儿也该生了。"

中文："什么！"

是年秋，普甘那片七彩绚烂的花海到了收取果实的时刻。某日，那片花田的主人宴请燕绥，在那座高塔里，当那些饱满的果实被小刀割开，流出雪白的浆汁，再晒干成褐色的固体，蒙着面纱的主人优雅地请燕绥"享受这神最美的赐予"的时候，燕绥才感叹地说了一句："你知道吗，如果我夫人看见这东西，一定会想大耳刮子扇你。"

女王："……"

当天晚上，一把大火烧尽了那罂粟花田。

从此那连接天边灿若云霞蔚为状观的七彩花海成为绝响。

女王面对着人去楼空的海边小屋，一片焦炭的花田，怔然良久不能言语。

怎么会有人舍得离开这里？

怎么会有人能够离开这里？

罂粟花的美，销魂蚀骨，无声无息之间便缠住了身心乃至灵魂，让人挣脱不得。

她只见过无数人一见此花误终生，却从未见过有人沉溺这么久还能脱身。

她却不知道，早在数年前，有个女子便将这鬼魅般的花朵画给了他看。

她更不知道，心志大坚毅者，不畏这人间妖魔手段。

普甘也烧起了火，东堂的火焰却在慢慢内燃。虽然当时朝廷没有对唐家的行为表示任何说法，但是之后两三年内，朝廷内和唐家一系有瓜葛的官员都慢慢被清退，或者贬谪，或者远迁，或者直接就被罢官锁拿。

唐家面目昭然，陛下也终于不再努力维持那般君臣和睦表象，终于出手开始慢慢撕破那层虚伪的面皮。

但因此，对各地军备的监管，粮草、盐税的征收也在加紧。

因为湖州赋税征收运送及时，以及之前一系列事件文臻处理得妥善，朝廷再次予文臻以嘉奖，这次直接赏了子爵爵位，文臻成为东堂史上封爵女子第一人。

女刺史在重要主官维持不变的情形下，对湖州所属官员进行了大规模的岗位调换，尤其是司卫、司库、司商、司粮之类涉及军事的职司，全部进行了交叉任职，避免了地方保护主义和官商勾结等等行为的滋生，也将一些占据某些职司日久，经营势力雄厚的官员的部署彻底打乱。这一手前所未有，十分狠辣，湖州官场接连地震，却因为慑于刺史大人威势，无人敢于作祟——毕竟这是一位史无前例将皇子都扳倒了的刺史。而且据说陛下打算再派皇子来，适龄皇子齐齐称病。

不过文臻向来不会只挥大棒。她增加官员薪俸，保证官员俸禄足够养活一家老小，却严查官员贪贿行为，受贿超过十两银子者必杖责免官，五十两银子则入狱，上下一体，无有例外。

各级官府则厉行节约，实行完整周全的办公制度、考勤制度、奖惩制度、管理制度……湖州官场风气为之一清。

是年冬，刺史巡察全境，一路收养了几位孤儿，都以养子名义养在府中，此举备受百姓赞誉，民间纷纷仿效。刺史有感于太平年月，虽励精图治，依旧路有饿殍，下令湖州全境增设善堂，湖州诸富商踊跃响应，纷纷出资捐建，湖州成为东堂境内善堂最多的州，为此再受朝廷表彰。

年末，也是由湖州富商赞助合资的东堂境内第一家综合性技术学校建成，学校开设了包括厨艺、冶铁、烧瓷、漆器、酿酒、纺织、木作、铜作、浆染、造纸等各科……招了湖州全境以及周边各州出众匠人为师，学生可自由报名，学费食宿费全免，自第二年开始上交作业由学校统一售卖充作学费和食宿之资，若技艺出众，则可留校成为技师，或者和学校签订合同，由学校资助合资开店，由此开启湖州手工业高速发展。

原普甘王族月支族隐世僧人得天上庙神示，在神山脚下坐化。这位月支族僧人曾磕长头顺利登神山，为千万普甘百姓所见，据他所说，他于天上庙前所求的愿望便是求问普甘百姓的苦难何时结束。

神告诉他于斯年斯日坐化于神山脚下，是时会给他一个答案，并给予普甘民众一个获得拯救的机会。

登过神山的人，天生就是百姓信服的神的代言人，无数人当日聚集在山下，时辰一到，果然僧人无声无息坐化。烈火燃尽，当人们收拾他的骨灰时，发现骨灰是一朵罂粟花的形状，还是黑色的。

而在罂粟花的上方是一颗荧光流转的舍利子，舍利子上有字：五代以降，女王不祥。

当朝普甘之王是女性。

她的宫中，那座高塔之下，种着整个普甘唯一的黑罂粟。

有人开始愤怒，也有人提出异议，罂粟是普甘国花，曾经救过很多人的命。

女王所属的桑那族也是普甘大族之一，信奉大日轮神，有自己的宗派长轮宗，宗派中的大神通者，修炼上也颇有独到之处，势力颇为雄厚，但主要力量都集中在中上阶层和贵族，宗派中的大能者也常行走天下。

普甘国内，贵族和百姓的生活水准天差地别。

且这几年，不知为何，长轮宗的大神通者很久没出现过了。

便有人建议偷偷潜入王宫，看看女王是怎么对待她的罂粟花的。

于是很奇怪的，平日里戒备森严的王宫也就给这些平民轻松地进去了。

进去之后，便听见了女王在宴请宾客。

平日里高贵冷艳的女王此刻对着客人却温柔婉转，两人谈笑风生，女王和客人谈起自己对天朝大国的仰慕，并向客人展示那些来自东堂的精妙器物，显然非寻常东堂百姓能有。而女王的宫殿极尽奢华，想来普甘百姓年年上交的重税，便是供养了女王的奢侈生活。只是比对起普甘街市的贫穷和肮脏，未免令人感慨。

席间两人谈起罂粟花，客人盛赞罂粟花之美，对失去罂粟花因表示惋惜，并邀请女王尝一尝他用罂粟制作的精制烟膏。

原本还十分热情并对客人的观点频频表示赞同的女王，却有些失礼地拒绝了，在客人的再三邀请劝解下，渐渐便有些失措，最终客人似乎和她开了玩笑，在终于和她首次碰杯后，说自己悄悄放了烟膏，并问她味道好不好。

然后女王失态地摔了杯子，从容优雅的面具瞬间撕破，显露出令人震惊的狰狞。

到了此时，在外听到了全部对话的人们，从女王无比忌讳的态度里也明白了真相。

而客人开玩笑问她：“既然罂粟如此美丽如此重要，为何陛下畏之如虎呢？”

陛下畏之如虎的东西为什么要拿来驾驭你的子民呢？不仅要拿来驾驭你的子民，使他们骨瘦如柴，迷离昏乱，还妄想拿来和各国的野心家做交易，试图在别国掀起风浪。就不怕那强大国家的国君冲冠一怒，调千军万马踏平你的国度，让你无辜的百姓做马下冤魂吗？

既然你说它使人忘却痛苦如做神仙。

那便请你先去做吧。

第八十四章

刺史府的小妖怪

次年夏，湖州刺史文臻巡视河工，发现横贯三水的定杨渠内塞腐草烂木。文刺史勃然大怒，当即拿下当年负责河工的德郡郡守许保良，连带湖州相关官员三十二人，向朝廷请旨彻查自上而下相关官员，圣旨还没抵达，三十三颗人头已经落地。当时湖州所有官员被刺史勒令现场观看，当场吓倒好几个文弱书生出身的官员，从此后他们眼睛一闭，便是那头颅乱滚，刺史大人在头颅丛中微笑的场景，自此战战兢兢，不敢有失。

同时文臻及时拼着一县土地受损，撤走闵干县百姓万人，开闸泄流，保住了藏珠江支流下游万顷良田。事后善堂腾出，收救灾民，官府开仓放粮，富商也踊跃赈灾，湖州百姓顺利熬过水灾，当年虽然减产，但已经初具规模的手工业使税缴的商纳增多，朝廷也便减免了粮赋，湖州未曾受到较大的损伤。

也是这一年的夏，孩子抓周，孩子大名还没取，小名便叫随便儿，委实这孩子随便得很，看上去脾气甚好，给吃就吃，不给吃也不闹，给睡就睡，不给睡他能陪着你打呵欠，玩得正欢的玩具拿走了也不哭，还能顺手再抓个玩具塞给你，心大得可以跑马，像是要把他爹这辈子得罪人欠的债都给补上。文臻经常盯着他的团团脸犯愁，心想如此面团脾气，岂不是人尽可捏。

然而并不是。没多久大家就发觉，虽然这孩子混在一群孤儿中养在府中，很多来往办事的官员也不知究竟，但不知怎的，很多官员会逗逗那些别的孩子，就是不会去逗他。

有人问其究竟，那些人摸摸头，愕然道：“不是啊，就是不敢摸，孩子的皮肤太嫩滑了，怕自己手重。”

“眼珠子太大了，黑黑亮亮的，一眨不眨盯着人，不知怎的便不敢摸了。”

“逗他他不笑，也就不想逗了。”

“对，他不笑。别看他不哭，可他也不怎么笑。”

“但也并不严肃。这孩子看人，总觉得眼神特清明。”

等到随便儿再大一点，这反馈又变了。

“我昨儿拿个拨浪鼓逗他，他倒是笑了，一只眼睛斜过来，倒像是骂我。后来我看见他拿着拨浪鼓逗三岁的瓜娃子来着。”

“李大人促狭，伸手指骗他说是糖，要他去吮，奶娘还没来得及阻止，他倒是凑上去了，嘴里跑出一只琉璃珠子，琉璃珠子不知怎的变成一只虫子，喷出一股水来，李大人当场就倒了，现在还在家里躺着呢。”

“自从他嘴里有了牙，我越发地不敢逗这位了。他一笑露出牙，我就没来由地怕。”

“你怕啥？”

“不知道，就是怕。”

“对了，上次司簿家的小儿子来，以为他不会走路，推着他的小车一路快走，想要看他吓哭，结果他一直稳稳坐着，等到大人都快要发现了，才忽然站起来，跳下去，然后坐在草丛里大哭……啧啧，司簿家儿子的屁股据说现在还肿着呢。”

“还有啊，他之前一直不说话，都以为这孩子语迟。正巧带他的一个奶娘有些偷懒，天热在屋里偷睡午觉不管他，总听见有人说话，睁开眼却又不见人，闭上眼声音却又来了，如是几番，疑神疑鬼，生生将那奶娘吓病了。直到文大人知道了，让人去和这孩子说，最喜欢吃的奶糕以后要想吃得自己说，不说没有。结果他立即清清楚楚来了句‘要要要’，大家伙儿才知道，原来说话的就是他！”

“啧啧，这是小妖怪吧？”

由此，小妖怪成了定语。人说起随便儿未必知道是谁，说起“刺史府的小妖怪”，倒是人人皆知。

小妖怪抓周，人来得齐全，小妖怪穿个大红的肚兜儿，肚兜儿上头有手巧的采桑姨姨绣的紫葡萄，他扫了一眼桌上琳琅满目的抓周用品，金银珠宝、文房四宝、道释经卷、秤尺刀剪、升斗量具、彩缎花朵、针线玩具……

随便儿看过一圈，不急不忙用肚兜卷起东西来，先卷走了桌上的所有他喜欢的食物，再卷走了所有的玩具，最后卷走了金银珠宝。那些秤尺刀剪，升斗量具，但凡工具一概不看，爬到他娘那里，把肚兜里的东西往他娘那里一送，笑得见牙不见眼。

众人都笑，一部分人以为这小妖怪贪心什么都要，一部分人以为小妖怪这是要讨好他娘。

文臻抱起随便儿，大眼对着大眼，她严重怀疑这小妖怪这是已经感觉出了谁是老大，认为有了老大就是有了一切，在上交保护费吧？

她托着儿子肥嘟嘟的屁股，有点犯愁地想，燕绥那个万事嫌弃的性子，遇上这个“外憨内奸”的儿子，估计会嫌弃到地心吧？

那人现在在普甘捣鼓着什么呢？当初那批暗卫没剩下几个，她便让人回京养伤，伤好了去普甘报信，不知怎的却没有回音。倒是孩子满月的时候，果然隐约又增加了一批人手，虽然从不露面，但她也有察觉。她一直在猜测燕绥是不是知道她怀孕的事，但是因为孩子是以普通身份隐藏在孩子群中混养，暗卫非大事不露面，也不和她联系，她也不好没事把暗卫召唤出来特地和人家说一声“这就是你家殿下的种”，想着知道的人还是越少越好，也便当不知道那批人存在。

在燕绥去了普甘之后，两人之间便没有通信。毕竟远隔千里，训练飞鸽已经不方便，来去送信更不方便。路途遥远，敌人众多，路上被人钻了空子惹出麻烦更对彼此不利，因此也早就约定好，除非生死大事，不必书信往来。

没有消息就是好消息。

这一年夏，燕绥离开普甘，之所以在普甘多留了那许久，并不是为了月支族那摊子破事，而是药虽然齐了，却还差一味药引，又寻找了许久，还是最终推翻了女王后，在王宫里找到了。

燕绥在普甘王宫内多待了几日，谁也不知道他为什么要在那个连女王都不喜欢的地方停留。他离开时，普甘几乎所有的罂粟植株都被毁了，当然，这东西不可能完全灭绝，它本身也有一定的药用价值。但是，总算杜绝了大面积公开合法栽种的可能，更杜绝了从普甘向外流出的可能。

月支族并没有顺利地掌握政权，因为燕绥扶持了一批以穷苦平民为主的下层联盟力量。与此同时，天上庙这回开启庙门之后，逐步吸纳更多的信徒，开始渐渐走下神坛，宣传教义。三股势力实力相当，此消彼长，相互缠斗，而燕绥向来擅长平衡牵制之道，游走其间，挥洒自如，导致三方彼此拉锯了多年，自然也就没有余力去做些别的事，多年之后不得不坐下来谈判共治，那都是以后发生的事了。

次年秋，文臻再度从严吏治，成立督查部门，从百姓中选取识字自愿者，编入自卫、审判、征收、监督诸队。不属于朝廷编制，却领取湖州府补贴，对于城池防卫、管理、卫生、案件审判、赋税征收、赈灾发粮、商业行为、官员贪污等都鼓励百姓予以监督，但凡发现事端并查实者有奖。但不允许公器私用，挟私报复，一经发现，立即革除并且子孙三代不得入仕。

同时鼓励通商，有政策优惠，吸引商户来往，络绎不绝，渐渐便显得商贾繁盛产，物资丰裕，农业上则劝农垦荒，开种桑麻，培育优良品种，随即又改革州学学制，州学末一年改为实习期，所有学子都要前往湖州境内各县乡，亲身接触实务，之后湖州学子参加科举入仕后，以精通庶务世事练达闻名朝野。

而湖州官员底层换岗已成定例，并也规定了下乡制度，官员们几经清洗锤炼，逐渐适应文臻的管理制度和业务要求，行事渐趋高效廉洁。各级官府以前所未有的速度运转起来，陈年积案旧案被处理，冤案被翻开，欠账被索回，停滞不前的事务在有条不紊地推动，整个湖州像一个被缓慢推动的巨轮，在逐渐平整的跑道上辘辘前行，并不断加速。

这一年秋，燕绥前往无尽天，凑齐所需药物，准备开炉炼药，却在途中接连遭遇唐易两家联手阻挠。行程几番耽搁，最终唐易两家的人手被燕绥引入海上风暴，全数葬身。

次年，定杨堤再次加固，并挖掘人工湖储备清水。城内街道整修，危房统一迁居。当年大雪，周边州县多有房屋被雪压塌受灾者，唯湖州无一户受损。

年底，湖州境内增建学堂十一间，并建成了临近数州中最大的随云书院，不惜重资聘请海内名师，更以美食为招牌诱来无数爱吃的文人墨客，文臻为首任名誉院正。随云书院为湖州输送了一年比一年多的优秀人才，以至于早期科举中举人数平平的湖州，在十年之后，俨然在朝中形成势力庞大的“湖州帮”，湖州腔比比皆是，且皆自称为文大人麾下不肖生。

这一年冬，第一次炼药失败，千辛万苦采来的地心火被刺客潜入熄灭，不得不等待下一次地心火爆发的时机，而燕绥在上一次引唐家刺客入海上风暴时便被引动毒发，一次发作时几乎杀了无尽天岛上一半的活物，为了保证他不被反噬，直接用药令他直接沉睡，等待时机。

在沉睡之前，燕绥给唐家又加了一把火，将唐家那一批被流放的老家伙救了几个出来，又和易人离打了个招呼，让已经掌控了长川易的易人离，将长川易那边不死心的那一堆家伙带着一些人马撵出长川，和唐家那批老家伙会合，都是丧家之犬，都曾手掌大权，都想恢复昔日荣光，自然一拍即合，两边残余势力融合在一起，再加上易人离和文臻、燕绥的帮忙，虽然不能撬动唐五的宝座，却也没少给他添乱。朝廷在湖州事件之后，终于放弃了唐家会归顺的妄想，在临近唐家的定州置重兵，监视并钳制唐家一举一动，但唐五显然很沉得住气，并没有轻举妄动的意思，也不知道他到底在等什么。

因农工商业俱兴盛，财库丰裕，文臻加固湖州城墙，州军演练，大败临近定、平诸边军。同时趁演练之机，一举扫清盘踞定州之侧多年的巨匪。

当初文臻被困九曲林，湖州军前去救援，却遇定州军得王令阻拦，然后那群巨匪在定州作乱，才将定州军逼得撤了回去，等于间接帮了文臻一把。事后毛万仞和文臻说起此事时，大叹巧合，好巧那时定州巨匪就冲到定州城门之下了。

文臻却不觉得世上会有这样的巧合，便如定州军那日正好拦在湖州军面前一样。燕绝的王令明明是来查办她，如何就变成了绕道九曲林堵路？谁篡改了王令？联想到那日去求雨之前，听见燕绝身边的护卫说起她一拳打飞钢刀的事，一拳打飞钢刀，是在迎蓝山庄，为救苏训所为，当时燕绝根本不在迎蓝山庄，只有唐羡之和他那个神秘盟友在。她猜测唐羡之后来收了手，但唐家没有完全收手，唐羡之的神秘盟友则和唐家的其余仓部主事人勾结起来，继续在湖州作祟。而燕绝身边这位知道迎蓝山庄事故的护卫显然是这位神秘人的人，他篡改了王令，调来了定州军。

既然定州军是安排来的，那么巨匪很有可能也是安排的，她事后调查，发现在那一次事件之后，唐家再次经过了一场内部洗礼，一批老家伙被彻底流放，显然湖州事败便是老头子们失势的原因，那么是谁从中得到了好处，就是谁指挥巨匪坏了对方好事了。

她心情有点复杂。

唐羡之这个人确实是个非常善于权衡利弊得失的人。

哪怕是生死仇敌，只要对他的大业有利，他也不介意救一次。

暗中指挥巨匪，围魏救赵，逼退定州军，使湖州军及时赶到九曲林，老卯全军覆没，老牌实力再无法和他抗衡，从此唐家尽在他手，湖州他不要了。

文臻不愿去想，在这件事里，唐五到底是为了救她，还是为了他自己夺权，毕竟从利弊上来说，解决她从此一劳永逸才是真正长远有利唐家的，她不信唐五看不到这一点。

算她心硬吧，情还是少欠一点比较好。

只是多少还是欠了。

文臻想明白这件事之后，立即上书朝廷请求三州演练，并趁机将那巨匪老窝捣毁。

开什么玩笑，这么一支势力强大，以匪徒为名其实完全就是叛乱势力盘踞在湖州之侧，这万一你唐家起事，这支军队转眼就能闯入定州和湖州，我还能睡得着?

只是她好像终究是慢了一步，她去剿匪时，那老窝内只有匪徒千余名，虽然也不算少，但是和之前打探的比起来似乎少了许多。

唐五终究是狡猾敏锐的。

她也并不十分担心。

湖州三万兵员缺额已满，丰宝仓粮食储备已满，军械库更换了最新一批军械，湖州军的武备已经完备。

若有风雨，不惧侵袭。

也是这一年春，在无尽天终于练成了一炉药，共七颗，药性猛烈，以燕绥中毒已深的身体无法一次性承受，且最初几颗药需要有人护法，以内力导引入体炼化，最起码需要三月才能炼化一颗，且越往后可能需要的时间越长，因此从燕绥的师兄开始，大家轮番排班，着手解毒。

这一年，南境数城天花疫病横行，周边数州死伤无数。消息传至湖州，几乎在平定二州出现最初病例开始，文臻便第一时间下令紧闭城门，设置路障，不允许周边数州百姓进行任何来往，断绝与周边各地交通，全数各级官署官员吏役取消休沐，轮番上街宣讲卫生条例，要求家家熏艾草，外出遮掩口鼻，避免和人接触，回家清水洗手，所有渡口码头回归的船只一律不许下船，在船上停留半月之后方可下船。城内设立专门的医药处，为患病病人发放医药并统一免费收治，也紧急发布了针对当前情形的一系列扶持措施，以帮助贫苦和小手工业者及相关经营者渡过难关挽回损失。

而湖州自从休整街道改造危房之后，街道洁净许多，再不允许随地吐痰乱扔杂物等行为，湖州百姓也在刺史大人的引领下，习惯喝热水吃熟食多洗漱，卫生习惯向来比别处要更好一些，另外，文臻储备的人工湖此时也派上了用场，牲畜统一在和外界流通的水源饮水，百姓则使用人工湖水，以防染病的牲畜污染了人类水源。

湖州城的种种举措，雷厉风行，毫不容情。但是关闭城门，设置路障，拒绝周边百姓逃难探亲之举，一度为人诟病。毕竟湖州百姓谁家都有个亲戚，大多散布在周边城池，本地发生瘟疫，自然要向周边逃难，湖州情况最好，都奔往湖州，却遭遇重军把门，城门之下，每日都有百姓痛哭号啕，咒骂不已，便是湖州百姓自己都难免心酸不忍，每日刺史府门前哭求不休，久而久之，怨恨咒骂的也不少。但无论百姓如何哀恳，刺史府大门紧闭，文臻绝不松口，哪怕有人告上了朝廷，御史台弹劾她心性酷厉，见死不救，无同僚之情，无好生之德，她宁愿上书请罪，却依旧不开城门。

之后，在相邻的定平二州灾情最严重，两州刺史自知罪责深重快要上吊之时，湖州忽然开了城门，派出了集全州之力筛选出的最优秀的医护，带着集全州之力收集的对症的药物，前往两州灾情最重的地方支援救援，领头的是湖州刺史本人。

当文臻带领着长长的车队出现在湖州城门之外，所有的哭号、咒骂、弹劾，瞬间销声匿迹。

人们注视着女刺史亲自奔往死亡之地，都默默垂头。

也是在这次天花疫情中，文臻首推种痘之法。其实这种法子之前便有人提出过，只是无人敢试，还是女刺史带头，将病人结的痂研磨成的粉末吸入少量。她发了几天烧，人们也忐忑不安地过了好几日，坚持跟随着她的张钺更是日夜不眠守护，直到某一日清晨刺史烧退，整个定州城的欢呼声响彻云天。

两个月之后，疫情得到了控制，但最终平定二州伤亡不轻。但夹在两州之间的湖州，却奇迹般的无一死亡。文臻回城之日，百姓夹道欢迎，争相献礼，看着瘦了一大圈的刺史，湖州父老跪地落泪，无数士子奋笔疾书，一日写尽锦绣华章，求为刺史书千古风流。消息传至朝廷，是年末湖州考绩依旧前列，文臻爵位再迁一级，并升张钺为别驾。

文臻从定州回到湖州时，发现那一群府里养的孩子中，年纪最小的随便儿已经称王。然而他谦虚地自称只是军师，让一个最大最强壮的七岁的孩子做老大，老大每日帮他抢抢饭、叠被子、打水、洗袜子、写作业、抄书……

文臻在湖州近三年，因为水利治理有力，收成好，实际赋税比往年低，百姓生活反而富足了许多。而官员不敢贪污，吏役兢兢业业，百业兴旺发达，城池洁净有序，军备周全安然，政令通达顺畅，法制严明完善，说是人寿年丰，安居乐业并不为过。

因此渐渐便有说法传来，说是朝中几位老臣已有告老之意，之后便想召文大人回中枢，地方历练已经足够证明了她的能力，接下来便当是入阁了。这也是题中应有之意，百姓们听了，既为大人欢喜，又心中不舍，毕竟文臻这样的刺史难遇，再来一位刺史谁知道又是什么德行？过了几年好日子，谁还愿意回到前几年的水深火热里？只是大人来或者去，终究掌握在朝廷的圣旨里，由不得百姓说什么。

是年秋冬之交，燕绥刚服下第二颗药，还没来得及炼化完，预计本该炼化后才能醒来却提前睁开了眼睛，并不顾阻拦，当晚便离开了无尽天。

但是燕绥没能直接回到湖州。

这一年秋天特别短，而冬天又似乎来得特别早，长草尖上的白霜犹自未化，初雪欲降。

文臻坐在堂前，看着面前一溜的小豆丁，今日难得休沐，本想睡个懒觉，结果一大早听说打群架了。

刺史府为了保护随便儿，收养了七八个孤儿，再为了方便孩子们上学，又专门设立了学堂，同样是大隐隐于市的道理，也是为了让孩子从小接触普通环境，适应普通百姓家孩子的生活。学堂对外开放，周边百姓士绅家的孩子也可以送来，只是一直相安无事，今儿怎么忽然打了起来？

第八十五章

母子

再往底下一看，这大冬天的，几乎人人都顶一个光头，唯一一个留着头发的是自家那个小妖怪。至于为什么人人都是光头，一定是小妖怪坑的。

果然，一问，那位“老大”便摸着光头，吭吭哧哧地道：“娘，随便儿说了，咱们的头发稀黄屎黄的，是因为毛根子没经过冻，就像那地里的秧苗儿，经过了冬日的冻，第二年才长得好，剃个光头，让毛根子冻冻，冻大了，后头长出来的头发就能和他一样又黑又粗啦。”

这一群孤儿都叫她娘，一来掩人耳目；二来显示刺史亲和力；三来也方便自家儿子叫娘，以免影响亲子关系，刺史大人行事向来什么亏都不吃。

随便儿青出于蓝而胜于蓝。

文臻看一眼随便儿，随便儿对她憨笑，要不是文臻太了解他，八成会觉得这小子是真这么认为的。

“随便儿，大家都剃了，你怎么不剃？”

“娘，我头发好啊。我要再剃了，长出来又比大家粗黑，这不义气。好兄弟，头发就该一样的。”

“好兄弟，就该一样的。”文臻对着采桑说，“去，给随便儿剃了。回头长出来如果比别人黑粗，不怕，我亲自帮他打薄了就成。”

随便儿：“娘，我的亲娘！”

文臻：“哎！”

亲娘无比强大，采桑忍笑上前逮住，随便儿瞬间便也是光溜溜一个青鸭蛋。他摸摸脑袋，也不哭，便和采桑讨帽子："怪冷的，采桑姨姨给我绣个帽子，要上次那种绣榴莲的。"

这家伙爱吃水果。

采桑立马答应，文臻白她一眼，只得又道："要给就一人一个，大冬天的光头也不怕冻坏。"

采桑又应，心想，当小姐的儿子也怪不容易，不能享少爷身份，还处处被当娘的挤对，也就少爷心宽，厚道。

心宽厚道的少爷笑眯眯地看着她，心想采桑姨姨真好看。

文臻这才问起怎么打架了，这回人人都不说话了，一张张小脸都耷拉下来，丧得很。

文臻便心里有了数。

果然还是老大怏怏道："他们骂我们没爹没娘没人教……"

文臻："这话过分了啊！"

随便儿："所以我揍了，揍得他们叫我……叫老大爹了！"

文臻："叫你爷是不是？"

随便儿："哈哈哈，当然不是！"

文臻托腮看着堂下的儿子，小小的娃娃站在人群中，虽然脸上笑嘻嘻的，但终究掩不住眼神的些微失落。

这孩子自小颖慧，她为了保护他，也怕他年纪太小说漏嘴，所以没敢和他说明身世，他是一直以为自己真是个孤儿的。

然而心硬的文大人并没有什么歉意，也并不打算告诉他。

他爹是皇子，身缠奇毒，那毒很可能还来自皇室；他娘是刺史，封疆大吏，身处朝堂漩涡。爹娘注定一生不得安枕，要么干掉所有威胁自己的人，要么被威胁自己的人干掉，作为爹娘唯一的孩子，也注定是某些人的眼中钉，他凭什么就该处于羽翼之下不经风雨享受永久保护？

她倒是愿意保护，问题是人总有疏漏虚弱之时，万一有一点顾不及呢？

年轻人多受点磨炼总是好的，无论是精神还是身体。

所以这个孩子自幼便泡药澡，一岁她便替他针灸疏通经脉，一岁半还不会跑就开始扎马步，两岁延请名师开始筑基。一年四季，风霜雨雪，每日天不亮就起床，书读得怎么样她不管，但是品格必须过硬，身体必须强健，武功基础必须扎实。

很多时候孩子打拳打睡着，烈日下晒到脱皮，寒风中小脸冻得发青，脱下衣服泡澡身上青一块紫一块，采桑看了落泪，一次次劝说孩子还小何必操之过急，文臻笑嘻嘻一言不发，随便儿笑嘻嘻安慰他的采桑姨姨："没事没事，给绣个荔枝荷包就好了。"回头却和她哭，"娘我屁股痛，娘我头痛，娘我肚子痛……"从她这骗几片水果干，也便不痛了，照样高高兴兴去练。

文臻不是不心疼，但是现在舍不得，日后风浪来了可不会不舍得他。

她坐在堂上，看清孩子神情，笑了，招呼采桑："备几样礼物。"

采桑备好礼物，她便亲自带着孩子们浩浩荡荡出了门。

能送来刺史府学堂的孩子自然都住在临近，今日挨了揍回去，免不了要和父母告状，但问题是脸上无伤，脱下衣服身上也没有。既然无伤，大人也就不当回事，孩子们又说不清楚，毕竟当时一片混战。谁知道门声一响，有人拜访，开门一看，惊到腿软。

刺史大人亲自上门。

赶紧将人请进来，才发现刺史大人身后跟着一串小萝卜头，刺史大人毫无架子，递上礼物，十分客气地说是来赔礼道歉的。自家府里的这些孩子行事鲁莽，伤了您家的小公子，本官代他们赔罪。

人家哪里当得起，惊得连连后退，正要说不过是孩子玩闹，谁知刺史大人忽然叹息说道养在刺史府的孩子们虽说是孤儿，但是自己已经收养，那便是自己的孩子，那自然是有娘的。自己辛苦养育，就是为了让孩子感受到有家有亲人的温暖，何必再去揭孩子的伤疤呢？如此一番苦心岂不是白费了？又道自从刺史府收养了这些孩子，本城富户士绅百姓官员，没少捐助，其心悯善，从道义来说，亦对这些孩子，如父如母，比之那些有爹娘养育的孩子也未必就差了。

这话便如一个个耳光扇在人家脸上，就差指着鼻子骂人家有娘养没娘教了，偏偏态度谦卑、恳切，说得也无可指摘，大部分父母脸如猪肝色，心里已经做好了等下把自家孩子狠狠竹鞭伺候的准备。务必要打到声振屋瓦，让刺史大人消气。也有那些刺头的，不知理的，便去剥孩子衣服，想要抗诉便是说错了话，那也不能打人，但是找来找去，真是一块指甲盖大的伤口都没有。

文臻微笑，她都不用问，便知道只要随便儿出手，绝不会给你们留下证据的。

文大人带着娃娃们道完歉便走了，还没出门槛，身后便响起杀猪般的揍娃声。

一众孩子听得津津有味。

在他们听得最兴奋的时候，文臻悠然道："以暴制暴，莽夫所为，今晚回去大字加写一百个。"

身后哀号一片。

文臻不理，该给他们出的气要出，该给的罚也要罚。难道打人还有理了？

身后，随便儿在和老大咬耳朵："帮我写了，回头荔枝干分你两个……不，三个！

我好不容易存下来的，这个天气，荔枝干！”

“成！”

老大一手狗爬字，随便儿也一手和他一模一样的狗爬字，怎么学也学不好。但是文臻曾亲眼看见他自己私下算账写的字，相对于他的年龄来说，算得上漂亮。

由此得出结论，这小兔崽子从一开始就故意学老大的字，力保自己的字和老大的字一模一样，以方便老大随时帮他抄书作弊。

文臻就当没听见，这是属于他的狡慧，适宜于乱世生存，她该庆幸才是，何必扼杀。

至于老大愿打愿挨，她亲手做的荔枝干，市面上可买不着。

晚上果然随便儿早早地练完功便跑来了她房里，翻着小本子说今天轮到他“侍寝”。

因为收养了七八个孤儿，都有母子名义，又想和儿子保持良好的亲子关系，所以文臻也曾尝试过带着这些孩子起居，也好偶尔抱着儿子睡一睡。但是不知道是因为她做官日久日渐威重，还是终究不是亲生的亲近有限，那些孩子对她尊敬有余亲热不足，和她待在一起总别扭，她自己也不是那种爱心泛滥的人，也觉得不自在，七八个孩子中，她只想和随便儿睡，也只有随便儿想和她睡。

等到随便儿渐渐大了点，晓得争宠了，便自己做了一个本子，将“和母亲住一起”作为政治任务，给孩子们排名单，孩子们每每你推我让，他便“挺身而出”，以此为交换条件，“舍身”代为“侍寝”。“绿头牌”夜夜都是随便儿，又能陪娘睡，又能占便宜，人间一大乐事也。

文臻乐见其成，也就睁一只眼闭一只眼，椒房专宠，唯我儿也。

母子两个点着火盆，大被同眠，一边吃着干果点心，一边谈心。

随便儿和他娘汇报今日“侍寝”所得：“妞妞帮我洗三天袜子。”

妞妞是个挺漂亮的小姑娘，就是身体弱，被逃难的父母给扔了，如今也养强壮了，性子却依旧弱，小姑娘整天跟在随便儿身后，谁声音大一点，她就能把随便儿的衣裳哭湿。

文臻：“妞妞和甜甜你喜欢谁？”

随便儿：“一个哭包，一个讨嫌鬼，谁都不喜欢。”

文臻：“是啊，叫甜甜的都是讨嫌鬼。”

随便儿：“娘，你还认识叫甜甜的啊，是漂亮姐姐吗？”

文臻：“是美貌爹爹。”

随便儿：“呼。”

文臻：“随便儿你这不感兴趣就装睡的病很重啊，需要针灸吗？”

随便儿：“娘，我醒了！娘，这不是我没爹，所以不想问嘛。不然你给我变个爹出来啊……何必伤害宝宝呢。”

奶声奶气，唧唧哝哝，话却刁钻。

文臻双手枕头，想着这一军将得好啊，要么还是给小子透点口风吧，免得将来知道真相，恼羞成怒，大肆报复怎么办？

别说，这小子这点大就心眼比莲蓬多，长大以后真要斗起来……她有点替自己担心。

“变个爹有什么难的。”她懒洋洋地道，“就算变个娘也是小事一桩啊！”

随便儿：“我就知道！”

文臻：“什么？”

随便儿：“我就知道我是那落难的皇子，受灾的大官微服巡查被人敲了闷棍失忆流落他乡，或者得罪了强梁被人掳去了山冈上，遇见了姑娘她人美又善良……”

文臻：“什么什么？”

随便儿：“反正就是这样的爹娘生下来的孩子啊。”

文臻：“谁给你讲的这样的故事？都能倒背如流了？”

随便儿：“啊？没有啊，是我梦见的，我想爹娘，然后做梦梦见啦！”

随便儿又趴上来道：“娘，干爹已经偷偷说过很多次了，你就是我的亲娘，要我像孝敬亲娘一样孝敬您，因为您生我很难很难……”

文臻叹气。

张钺好心办坏事。

就像狼来了一样，说多了，说得太情真意切了，反而像假的了。

这些话对一个普通孩子来说够用了，但对满身长满心眼的随便儿来说反而会起反效果，他会觉得这是大人为了让他安心，故意说的套话。

算了，反正已经说过了，不信是他自己的事，怪不得自己。

随便儿不愧是个八面玲珑的性子，明明很困，还挺个小肚子，迷迷糊糊给她捧场：“娘哎，你是我亲娘，那我爹呢，我爹什么样子呢？”

“你爹啊，美貌、潇洒、聪明、能干……”

“呼——”

“随便儿，你爹要知道你是这个反应，恐怕真不会要你了。勿谓言之不预也。”

“娘哎，其实姨姨奶奶们也说过我爹哦。”

文臻来了兴趣，她就知道采桑、张夫人、冷莺、寒鸦她们绝对忍不住会在暗中给随便儿介绍他爹的。

“她们怎么说的？”

“张奶奶说我爹是天下最聪明最厉害的男子，采桑姨姨说还要加上最美貌三个字，冷莺姨姨摇头不肯说，说她不能议论主子，寒鸦姨姨不理我，莫晓姨姨来信说，以上都是狗屁。”

文臻“扑哧”一声笑了。

寒鸦当初在湖中被苏训打昏，并无太大损伤，君莫晓等她这里安定后，终究还是不能抑制内心深处从军的热望，竟然偷偷易钗而弁，跑去从军了，为了不给文臻带来麻烦，她不肯加入湖州军，改名换姓去了定州军。文臻知道之后也无可奈何，想着定州军驻扎得也不算远，人数也少，那个地理位置一般也逢不上什么大型战事，自己总能照拂得到，也便随她去了。

她偶尔来信和随便儿说些小话，随便儿读书并没有展现什么天赋，但是他就能看懂所有他想看懂的东西。

随便儿爬上文臻的肚子：“娘，那姨姨们到底谁说的才是对的啊？”

文臻：“你说呢？”

随便儿：“我又没见过他。”

他撇撇嘴，双手抱头躺下来，文臻侧身看他表情，顿时猜到这小子心里在想什么，笑一声，点点他鼻子：“你心里在说和你莫晓姨姨一样的话吧？”

随便儿嘿嘿一笑：“反正又不是我亲爹。”

文臻：燕绥你完了。

她转身抱住了随便儿，随便儿立即熟练地爬到她肚皮上躺着，就好像当年他刚刚出生在翠湖，文臻把他放在自己肚皮上仰泳逃生时一样。

只是现在文臻瘦了，生了他之后一直没有调养回来，随便儿却微胖，屁股甚圆，肚子虽大，盛不下一个屁股。

随便儿叉着腿，撑着，维持着这个高难度的姿势，他喜欢这个姿势，或许是出生时候残留的记忆太深刻，他总觉得这个姿势最有安全感。

背后紧贴着娘的心脏，那声音稳定而亲切，似乎从很久之前一直听到了现在。

虽然嘻嘻哈哈，但干爹说娘是他亲娘，他还是有点相信的。

也不仅仅是因为干爹说，而是因为哪怕他和所有伙伴在一起，只要是私下场合没外人，每次娘第一个看的一定是他。

点心零食看似每人一份，一模一样，但是每次他都能“凑巧”分到最饱满最好看的那一份。

泡澡打拳也只有他，这是他和娘之间的小秘密。

娘对每个孩子都很温柔，却常常惩罚他最重。

很多不一样，干爹说了，娘有难处，随便儿要懂。

干爹也说了，随便儿不要管是不是亲娘，就当不知道。

是哦，娘像亲娘就行啦，其余的随便啦。

文臻的声音悠悠传来："随便儿，你爹其实也很不容易。他娘对他不怎么好……"

随便儿："那一定是他太淘气，不讨他娘喜欢！"

说得好像你不淘气一样。

"随便儿，虽然你爹一定很喜欢你，但是建议你还是不要这么刺激他脆弱的小心脏了。你爹的爹看似对他很宠爱，可我觉得也就是那么回事……"

"怎么回事？"

"嗯……好比玉城郡守家的庶子，你也见过，郡守夫人每次都带着那个孩子，十分娇惯，你很不喜欢那个孩子是不是？"

"是啊，一点规矩都没有，什么都抢，什么都要，还拽姐姐的裙子！"

"你爷爷差不多也就这样啦，不过你爹呢，还算好的，没给惯成败家子，就是被孝道亲情给绑架着，不得不顶在前面了，不过他也无所谓，反正他聪明，什么都玩得转。万一你以后运气不好，遇见你爷爷，你就去学郡守家的庶子，那孩子什么样儿你就什么样儿，明白了吗？"

"拽丫鬟姐姐的裙子吗？"

"随便儿，为何我觉得你语气如此雀跃？"

"娘，你想多了。娘，这我要遇见我奶奶呢？她都不喜欢我爹了，应该更不喜欢我吧？"

"那可不一定，你奶奶也是一朵人间奇葩啊……若运气好，见到你奶奶，那就展现你最真实的一面吧，越真实越好。她那人最讨厌虚伪了。说回你爹，你爹总体也是个可怜人，你别怪你爹从不露面，他倒霉，从小就给人害了，身上有病，这是去治病了，等治好了就回来了……"文臻在枕头底下一阵摸索，摸出个东西来，"给。"

随便儿接了，却是一块似玉非玉的半圆状物，通体洁白，微微闪着光，中间镂空雕花，透过雕花，可以看见里头是一颗硕大的珍珠，珍珠看似白色，在不同光线角度下却呈现七色光彩，微微晃一晃，珍珠便在镂空小室内琳琅作响，十分动听。

而那镂空雕刻，一面是福字雕花，一面是寿字雕花。显然是极好的寓意。设精巧别致华贵且不说，刀工也是顶尖。放在市面上可称绝品。文臻眼神柔和，这东西是随便儿满月之后忽然出现在她书房的，显然是第二批前来保护的暗卫送来的，是燕绥给孩子的礼物。

燕绥才不会喜欢雕福寿这种俗气巴拉的字，但他还是雕了，正如他也不会下跪一般，只有为了她和孩子，这个人才会一次次破例吧。

谁说斯人无情？无情之人最深情。

“这是鱼骨玦。用的是普甘那边深海里一种奇特珍贵大鱼的头骨磨制，传说那鱼的骨头可以解毒治病益寿延年，且材质坚硬如玉万年不腐。里头的珍珠是普甘深海明珠，捕捞到这么一颗也是多年难遇。很好看是吧？玦是半圆，这是信物，想必你爹那里有另外半块，以后你们父子相遇……”

“别想我掏出这半块！”

第八十六章

赴京

“请问小爷，你这是为啥？”

随便儿哼唧一声，不说话了，从她肚子上一个翻身，屁股对着她，转眼呼声震天。

这是不想回答了。

文臻瞪着他的肥屁股想了半天，这兔崽子不会是心怀怨恨，觉得就这样拿出玉玦相认显得太过随便，觉得凭什么这爹想认就认不想认就不认，凭什么他就不能考察他爹？这是想把认爹的主动权抓在自己手里？

不能吧。

文臻差点把随便儿的屁股瞪出花来，也没想明白这个表面上一向笑嘻嘻好说话的孩子这回搭错了哪根筋，最终叹口气想着：燕绥你自求多福。翻个身睡了。

那边，随便儿把鱼骨玦往枕头下塞，想了想，又从枕头下掏出来，塞进了怀中。

文臻睡了一会儿，闭着眼睛伸手一摸，果然摸到一只肥肥的小脚丫，她非常熟练地把那小肥脚丫往被窝里一塞，继续睡觉。

母子二人睡到半夜，文臻忽然睁开了眼睛，她听见了杂沓沉重的脚步声。

她的刺史府经过这几年已经固若金汤，湖州经过这几年也同样井井有条，绝不会夜间有人奔驰喧哗，闯入她府邸。

她的心怦怦地跳起来。

出大事了！

文臻猛然坐起，一伸手便拉动了床上垂下的一根看似不起眼的带子。

然后把随便儿往床里一推，打开床里的架子，露出一条缝隙，正好可以容一个人侧身进入。

随便儿睁开眼睛，他已经醒了，伸手抱住了文臻的手臂，文臻俯身在他耳边道：“从这里下去，一路上的灯会点亮，每亮一盏灯，你就在灯下拿一样东西，每亮一盏灯，你就向右拐，一直走到没有灯的地方，会有人在那里等着你，跟着他走便行。”

随便儿乌黑的眸子一眨不眨地看着她：“娘，出大事了是吗？你会来找我吗？”

“湖州是我的，只要我在湖州就出不了大事。如果我不在湖州，你就离开湖州。”文臻抱了抱他，“放心，娘不会出事，你只需要保护好你自己。如果没事了，我就接你回来。现在，去吧。”

她伸手要推，随便儿却已经放开了她，自己往那缝隙里一滚，随即那缝隙就关上了。

文臻怔了怔，笑了一声，心想孩子这样，自己倒放心多了。

然后她穿衣起床，特地穿上官服。

刚刚穿好，房门就被人急促敲响，她打开门，就看见满庭的风夹杂着一片白闯入眼帘。

第一眼她以为是下雪了，正想着今年的雪来得真早，再一看那不是雪，是满庭缟素。

院子里站满了人，黑甲之上都罩着白麻衣，头上的红缨已经换成白缨，当先是一个礼部的官员也是一身的白麻衣，想必连日赶路，白衣已经成了灰衣，手里举着一柄白麻旗，上头一个斗大的“丧”字。

文臻脑中轰轰作响，伸手扶住了廊下的栏杆。

随即听见那官员声音嘶哑苍凉地道：“丁亥年冬月初九，帝疾大渐，后因皇三子联合边军总将林擎谋刺冲撞，帝崩……太子柩前即位，改元安成。因有司举报湖州刺史文臻与皇三子来往甚密，遂令刺史文臻停职待审，湖州军调防建州，定州军连同旗手卫即刻接管湖州诸般防务。”

听见“皇三子”的那一刻，文臻只觉得脑中的血一霎间都冲上了头顶，脑袋好像空了一霎，一时间都不知道自己置身哪里。

又一阵急促的脚步声惊醒了她，转头看见张钺惶急地冲了进来，两人目光一对，文臻立即清醒过来，对他做了一个眼色。

张钺一看那衣着那旗幡，脸色也白了，接收到文臻的眼光，慢慢点了点头。

他跟在文臻身边这几年，历练许久，如今也老练了许多，听那礼部官员宣了旨，虽然脸色惨白，却咬牙忍住没有立即说话，又看了文臻一眼，用口型道：“您忍忍。”

忍忍，这些人在逼您，但湖州是您的，民心是您的，您只要忍住，谁也奈何不得您。

文臻对他缓缓摇头，手指往下一按，指了指刺史府，又指了指自己，无声地说了一句话。

张钺看懂了她的意思，眼角一跳，露出痛苦之色。

文臻静静地盯着他。

张钺咬牙，半晌，垂下眼。

他两人默默打着暗语，都没注意到屋内那床里的机关缝隙再次缓缓开启，一双乌黑的眼睛一直注视着院子里的动静。

他看见了满院缟素，一脸冷漠和敌意的白甲士兵，飘扬的丧字旗。

他看见那穿白麻衣的人说起“皇三子”的时候，自己那个山倒下来都不会眨眼的便宜娘晃了晃。

他看见干爹听见宣旨时看向娘的古怪和担心表情也便懂了。

乌黑的眼睛缓缓眨了眨。

我的便宜爹，你可真是倒霉啊。

礼部官员将圣旨一收，看向文臻：“刺史大人接旨吧。”

他姿态看似随意，浑身却紧绷，而院子里的所有旗手卫的手都放在刀柄上。

刺史府的护卫们远远站在一边，手也搭在一边。

气氛肃杀，文臻却久久沉默。

她知道此刻定州军想必已经开拔，旗手卫已经去接管城门，湖州军那里应该也有人去宣旨换防了。

皇帝暴毙，太子即位，这么大的消息，他们竟然能瞒这么紧，她这里想必是第一个通知的吧？

派个礼部官员带上几百个旗手卫，下个旨要求换防，就确定能动得了她这个湖州刺史？

一定还有别的凭仗。

不知何时真的下起了雪，细细的雪片落在对峙双方的脸颊上。

长久的沉默令人难熬，礼部官员背心汗流不止，他来就是存了死志，总归这一死，可换家族荣华，但在死前这一段的等待，在名闻朝堂深不可测的女刺史面前，这般的压力依旧难熬。

直到文臻终于缓缓开口，他的心腔猛然一松，却听她问：“皇三子如何了？”

礼部官员心一颤，万万没想到她不喊冤，不发怒，第一句就是问燕绥，他急忙道：“谋逆罪人，已经下狱，待朝廷议定罪罚后再决。”

文臻一挑眉："哦？那神将呢？"

礼部官员不敢对视，垂下眼："亦已关押。"

"凭朝廷那帮人能关住他们两人？"文臻语气不带轻蔑，只含好奇。

"大人想必想看看信物。两个罪人身上的信物下官没有。不过宜王府已经查抄，在宜王府中查出一物，或许大人看了能认识。"那人令人送上一个盒子。

文臻接过，打开一看，心间一颤，立即合上盒子。

里头是一件女式内衣，燕绥亲手制作的，必然放在宜王府最秘密的地方，绝不可能允许任何人碰触，如今却被人拿着，送到了她手中。

文臻一瞬间心乱如麻，面上却丝毫不露，反而微微睁大眼睛，好奇地道："这荷包倒精美，倒像是王府绣娘所为。"

礼部官员道："大人认得便好。"

文臻顺手就将盒子收了起来，交给一边垂头等着的采桑。

"既然有叛乱，想必有人平叛有功，请问是哪位英雄啊？"

"永王殿下及时救驾，并扶立陛下继位，且谢绝了陛下世袭罔替之加封。"

"皇帝的丧仪如何处理？"

"已诏令天下各州刺史及边军州军将领入京。哦，文刺史还得暂缓启程，等嫌疑洗清，便可去皇帝大行梓宫之前磕头了。"

"天下各州？"文臻敏锐地听出了问题，"所有？"

"是。"

"包括唐、季、易？"

"是。"

"三姓可都奉诏？"

"都已动身。"

文臻长长地吐一口气。

不对，这里头不对。

礼部官员再次催促："刺史大人？"同时他瞟了一眼张钺。

文臻冷笑一声，斜眼睨那官员："跑到我的地盘要关我？你是吃了熊心豹子胆？"

她这话一出口，那官员反倒松了一口气——这才是正常反应嘛。

不怕文刺史反抗，或者说，就希望她反抗，只要她反抗，便有了理由夺职。

本来陛下是要直接拿下文臻的，于公于私，他都不会留下文臻。但是文臻太强，把湖州治理得太好，太得民心，导致陛下师出无名，一不小心是会激起民变的。

所以只能逼她有嫌疑，我们来查你总可以吧？我们查你，难免给你点屈辱，你受不了，反抗了，我们就有理由了。

只是这官员心里也没底，文臻何许人也？向来也不是个冲动性子，她若真的忍了下来，朝廷倒会陷入被动。

陛下为此很是费思量，还是永王殿下笑道，无须如此忧虑，只要文刺史知道这件事就一定会如陛下所愿的。

虽说永王殿下近期很是展示了智慧和才能，但这官员心中还是没底，毕竟站在人家的地盘上，此刻听见文臻这口气，眼底露出笑意，脸上神情却是愤怒的，退后一步，怒声道：“怎么，文大人，你想抗旨不成！”

他还没退入旗手卫人群，张钺忽然一个箭步就冲了上来，怒声道：“刺史大人，骤然驾崩，陛下初登基，正是艰难竭蹶之时，你身为封疆大吏，怎可如此不顾大局！”

那官员一怔，随即大喜。

都说张钺为人刚正，一心为国，如今看来，诚不欺我！

张钺原是东宫洗马，后来却投了文刺史阵营，这次原本陛下嘱咐最好一并拿下的，但是考虑到文臻和张钺在湖州都很受爱戴，拿下文臻后再拿下张钺，只怕要引起湖州动荡，后继者也很难顺利接管湖州。湖州如今是一条肥鱼，物阜民丰，各项赋税以及产能资源都在各州前列，陛下可不舍得丢掉这块肥肉。

如今见这人果然还是竹子一般直筒筒一根筋，顿时喜道：“都道张大人公忠为国，从无私念，今日一见，果然令人心折！”

文臻却怒道：“张钺！枉我信任你栽培你，这种时候你要背叛我吗！”

张钺睁大眼睛，愕然道：“大人！您这是糊涂了吗？忽然驾崩，陛下刚刚继位。你身为封疆大吏，有所避嫌本就是题中应有之义。便是陛下有些误会，待些时日分辨明白也便成了。可你若是公然抗旨，这岂不是坐实你这不臣之心？大人，钺是为了你好啊！”

文臻冷笑道：“这是眼见风向变了，急着投诚新阵营吧？”不等一脸委屈的张钺说话，转头对那官员道，“要我停职待审也可以，先让我见皇三子一面。”

官员：“文大人，您这是强人所难了。皇三子如今羁押天京待斩，如何能千里迢迢押来见你。”

文臻吸一口气：“不能来见我是吗？那就我去见他吧！来人，备马！”

她一声令下，四面轰然响应，立即就有人去备马。文臻快步下阶梯。

那官员喝道：“谁也不许离开！”

文臻勃然大怒：“你敢在我的地盘羁縻我的人！”

那官员大声道：“陛下有旨，若文臻敢率领一人离开刺史府一寸之地，则所有随从视同谋逆！天京接报，立剐燕绥！”

文臻站住。

她立在院中，背对众人，这三年她瘦了许多，却隐隐长高了些，往日娇嫩莹润的少女，此刻在风雪中的背影却清瘦峭拔，是覆了雪依旧不弯的竹。

满庭鸦雀无声。

他嘶声道：“文大人，便是你不在乎自己的性命，你不在乎这身边人的家小九族吗？他们跟随你一场，就是为了这样的下场吗？还有湖州百姓，你踏出这刺史府就算反了，你的百姓如果来护你便是反贼，被定州军围剿，能活几人？就算这所有人你都不在乎，宜王殿下的性命你也不在乎吗？”

文臻一动不动，礼部官员对身后旗手卫使眼色，示意他们去阻拦那些去备马的人，然而旗手卫上前，那些人却不后退，显然并不为他的话所动，只要文臻需要，他们还是会跟着走，礼部官员没料到文臻对于手下的掌控力如此强大，联想到如果她真的下了狠心，真要拿整个湖州陪葬……这回吓得连汗都不敢流了，只能颤声道：“你竟要毁了湖州，你这恶毒的女人……”

文臻忽然回身，他顿时断了话声。

对面那双眸子里也似旋转着今夜的碎雪，毫无温度，永恒冷静：“如果，我不反，但我一定要出刺史府呢？”

“你是……”

“我交出刺史印信，自请卸职。封疆大吏卸职按例要回京述职，当然，这算抗旨，你将我打入囚车，押送回去便是。”

所有人震惊失声。

张钺：“大人！”

文臻：“你还喊我做甚？你不是已经做了选择吗？滚吧！”

张钺闭眼，眼眶热辣，不敢流泪。

先前那瞬间，她已经看清形势，做了决定。

为了燕绥，她必须回京，但新皇绝不会允许她回京，也一定会拿燕绥来威胁她，她只能放下一切，孤身赴京。

而以张钺和她的关系，如果一招不慎就可能同样被打入监牢。只有演一场割裂的戏，让他获得朝廷的信任，好歹趁这局势不稳，对方人手不足之时，保他能接手湖州。

他接手湖州，才能保证她的势力被最大保全，湖州依旧是她的后盾，哪怕后续依旧会被人取代。

礼部官员在犹豫。

文臻这个提议出乎他预料，他没想到，文臻竟然真的能为燕绥做到这一步。

留在湖州被软禁，好歹有希望留一条性命，但孤身赴京就意味着去送死。

只为了去证实宜王殿下的生死安危，她便决然抛下了一切。

想起出京前永王殿下说的话，他心中惊叹，永王那样常年不问世事的贵人，是怎么对宜王殿下和文大人这般了解的？

但文臻愿意放弃权位俯首就擒，自然正中他下怀，但又怕有诈，犹豫不敢答应。

却见文臻挥挥手，没多久，有辘辘声响传来，礼部官员和旗手卫都大惊，心想根本没看见有人出去传令，怎么就有车马行来？正要示意众人防备，却见那车声停在庭院之前，大门打开，映入眼帘的却是一辆囚车。

文臻大步走出去，一抬腿，跨上了囚车，抬手便将囚车门给关上了。

所有人目瞪口呆。

囚车里已经铺了棉被，文臻舒舒服服坐在棉被里，看着礼部官员："这位大人，我连囚车都自备了，怎么，你还打算要我自己赶车押送吗？"

礼部官员这才反应过来，她竟然是来真的，而且说走就走，不欲惊动地方，根本无心煽动湖州民意，心中大喜，忍不住赞了一声："大人真是深明大义。"又和文臻保证，"大人放心。朝廷还未下旨剥夺您的官职，您顾全大局，这一路上，下官等自也不会为难您。"

文臻笑一声，往被子上一躺："自然，我也不会为难你。"

她这么说话，也无人敢辩驳。采桑默不作声地拎着个小包袱，挤了上来，文臻看看她，也没阻拦。

礼部官员怕夜长梦多，手一挥："走吧！"

满院的护卫沉默着，看着囚车辘辘向外驶去，有人想动，却被同伴拉住。

文臻靠在被褥上，抬眼望向厢房，里头一片黑沉安静。她觉得安心，随便儿关键时候还是听话的。

刚才其实很怕他忽然冲出来。

但心中也有一丝隐约失落。

这一去，前途未卜，连是否还能再见都未可知。

儿子，对不起，娘终究要抛下你，去寻你爹去了。

不要怪老娘自私。这几年掩藏着你的身份，为你留下了许多后路，就是算着了可能会有这一日，你跟着我们两个危险分子，只怕永无宁日，不如早日将你割裂开来，给你一份安宁自如的生活，将来爹娘如果能安然渡过，我们总有团聚之日。若是不能……你便在这烂漫山野里自在长大吧。

她闭上眼，将这住了将近三年的府邸锁在眼帘里。

将张钺那张泪流满面的脸锁在黑暗里。

将满庭悲愤苦忍的神情留在湖州这一年的初雪里。

囚车辘辘驶出刺史府的大门。

寒风呼啸，四面寂静。

押送的旗手卫却忽然停了脚步。

文臻睁开眼，听见采桑低低地轻呼。

第八十七章

送行

然后她就看见长街两侧站满了人。

不知何时，湖州百姓已经得了消息，竟然在这初雪的夜悄然起身，聚集在刺史府长街两侧，来与她告别。

这座她为之流血流泪，殚精竭虑，最后却不得不决然告别的城。

礼部官员见一眼看不到头，和旗手卫面面相觑，神色骇然。

许是得了嘱咐，百姓们的送别并无喧哗，只默然含泪凝望，但越是这般，押送人员就越心惊窒息。

礼部官员心中暗暗庆幸，他原本担心文臻武功不弱手段多，要给她下禁制的，但是碍着在刺史府内都是她的人，怕激起兵变，想等到出城再说，这是幸亏没有镣铐加身啊，不然此刻百姓可就不一定会这么安静了。

文臻眼看人越来越多，在囚车里坐直身体，对着百姓们拱拱手，道："各位父老乡亲，多谢相送。请各位不必担忧，不过一些小事，上京说开了便好。湖州三年，得诸父老守望相助，文臻在此一并谢过。风大雪寒，大家还是早些回去吧。"

还是沉默，片刻后，一位老者带着一个青年走出，抱着一大块油布，给文臻将囚车给盖上。

文臻点头致意。

那老者拉了那青年给她磕头，道："靖郎，好好磕几个头。没有大人，你命早就没了。"

文臻仔细看了几眼，才依稀认出是当初她一到湖州，在刺史府工地上做人工呼吸救的那个少年。

当年骂她伤风败俗的老书生，等儿子磕完头，自己也上前磕头，起身时诚恳地和她道：“大人，当年您说命为重，名节为轻，一切皆为轻，但望您一直记得。”

文臻凝视他，微笑点头：“我记得。”

她和老书生对话的时候，一个粗壮的汉子默不作声走上前，掏出锤子钉子，将油布齐齐整整钉在囚车上，这样就形成了一个遮风挡雨风也吹不走的车帘。

见文臻看他，他咧嘴一笑：“大人，我是您当年在湖州城门口花楼上救下的匠人。没别的本事谢大人，也就只能祝大人此行，不受风雨。”

文臻初进湖州，黄青松令匠人扎花楼迎接，这匠人被人暗算跌下花楼，文臻出手相救暴露身份。

文臻不想这点小事对方还记得，摸了摸那油布帘子，笑道：“你手艺很好，就凭这手艺，想必一生安适。”

“谢大人吉言。”匠人憨憨笑着退下。

一个五十余岁的老者搀着更老的一个妇人急急而来，妇人老迈，又是小脚，走得很慢，文臻看见，便道：“去扶一扶。”

便有人飞奔去将那老妇人背了来，那老者气喘吁吁扶着，道：“大人，小民是李老瓜，当年在刺史府工地上做工时老娘差点病死，您来了以后，请大夫给老娘治病，之后刺史府开办的医馆每季义诊，这些年我这老娘不仅活着，还活得更健旺了，今日听说您要走了，一定要来送送您……”

那老妇人便流着泪，从怀里掏出一个被体温焐得滚热的护身符，口齿不清地道：“好闺女，好闺女，这是大娘在观音庙求的，很灵的妙善大师开的光，这么多年大娘一直随身带着的，如今给了你，你好好的，好好的……”

文臻闭了闭眼睛，握住老人青筋毕露的手，接过了那个边缘已经发黑发卷的护身符，珍重地挂在自己心口的位置。

身边传来隐隐的哽咽声。

文臻吩咐刺史府的人：“给老太太加件衣服，赶紧背回去。”看着母子的背影消失在风雪中，一转头，一个孩子在囚车下，踮着脚，双手捧上了一枚银锁，奶声奶气地道：“大人，大人，我娘说我是因为你才能生下来的，这是我的长命锁，送给你啊，你也要长命百岁哦。”

文臻看着那孩子，比随便儿略大一些，心中一阵温软，摸了摸他冻红的小脸，接过他手中的银锁，转头看采桑，采桑会意，她身上向来是带着些金银小玩意的，当下便掏出一个小金项圈，文臻从囚车里伸手，给那孩子套上项圈，道：“健康长大，一生无忧。”

孩子的父母站在孩子身后，红着眼圈给她磕头，文臻摆摆手，道："回去吧，别冻着了孩子。"

这是当初刺史府工地上救下的三郎的孩子，也长这么大了。

给他的祝福，也是给随便儿的。

世间事都有因果，湖州百姓今日所做的一切，证明她来过。

人群在默默地上前，又默默地退去，有人送上连夜做的怀里焐着拿出来还热着的烙饼，有人抱出全新的准备结婚用的羊皮褥子，一个寡妇，带着七个孩子，拎着一大篮子的卤水熟食，含泪和她说，当初挑春节上和她学了做卤煮，靠这一手技艺摆了个小摊子，硬是一个人养活了七个孩子，今日听说刺史要走，连夜卤尽了家里所有的食材，一定要文臻全部带着，有人则拿来了家里全部的鸡蛋。

不多会儿，囚车上就堆得满满的，再也放不下了，后面要送的，文臻都一一亲自婉言谢绝。而囚车这半天只走了三丈远，几乎一步一停。

官员们已经得了张钺暗中嘱咐，为了保证湖州的稳定并不上前，本地士绅们却在张夫人的带领下等在街口，旁边一辆外表平常的马车，还有几个精悍的车夫。

看见文臻的囚车到了，她也不多话，只弯弯腰道："湖州商会全体恭送文大人。大人一路远行，风霜劳苦，谨以此车相送，愿解旅途苦寒。"

湖州已经有了商会，张夫人是会长，李连成是副会长，文臻并没有计较李连成当初的背叛，她向来公事公办。

礼部官员刚想说话，四周百姓齐齐上前一步，他急忙闭嘴，看那马车似乎也没什么稀奇，心想一切都等出城再说。

文臻看着那马车，点点头。眼光下垂，看见张夫人两只鞋子都穿错了，想必出来得急，马车却连车夫都配好了，有点想笑，眼眶发热，半晌只笑道："若我安定下来，总要还夫人和诸位人情的。"

当初如果没有张夫人，她和随便儿只怕未必能熬过那一关，这恩情太重，却没能好好还，但只要活着，总有回报的一日。

张夫人却道："老婆子只望着前一句便好了。"

两人笑着告别。

文臻怅然地想，莫晓还在定州，想必是来不及过来了，下次再见不知何时。

最后上来的却是沈全期，带着一大帮州学和随云书院的学子。他本是州学学子中的代表人物，当初挑春节上被燕绥敲打，被一个对联一首诗逼得至今都绕着州学广场走。之后勤学苦读，并且发誓一日对不出对联，且一日写不出比《春夜喜雨》更好的诗，便一日不参加科举。之后因为文章名声，在湖州越发声望卓著。

文臻对此颇有歉意，没想到因此误了一个有风骨的人的未来，想到本朝察举制度并未完全取消，本打算今年年底向朝廷推举他的，如今自然是不成了。

沈全期带着一群士子对她躬身，双手奉上一卷书册，道：“我等皆为大人门下弟子，不能侍奉大人远行，是为不孝。便以文章作业奉上，还请大人代为批阅，继续教导。”

礼部官员动容。

百姓送行的盛况已经闻所未闻，令他无比不安，此刻这送上文卷所代表的意义却更令人震惊。

这些湖州优秀学子都是要参加察举的，随云书院名师毕集，湖州这几年文运颇佳，每年科考上榜者众，这些人未来都是国之栋梁，这样的一批人在这种时候公然表态，无论文臻沦落何处，永久认文臻为师！

他们就不怕影响自己未来的仕途吗？

这样的消息传回天京，已经入仕的那批湖州官员又会怎么想？那些老臣又有话说了。

礼部官员低下头，如果说一开始他是紧张畏惧不安的，此刻便也是深深折服，不敢造次。

民望民意，做不得假，一介女子能做到如此，东堂官场，至今未闻矣。

前方，城门在望。

一排老者等在门口。

当先一人白发白须在风雪中飘舞，朗声道：“今日我等送行刺史大人，本应行脱靴之礼，只是大人是女子，此举未免不敬。便请大人留下身边一件物事，予湖州百姓一点念想吧！”

官场规矩，官员调职时，本地会由德高望重的乡老脱下官员的靴子，高高举起，以示不舍和敬意。文臻是女子，自然不能行这礼节，可湖州百姓也不愿因此省了这礼。

文臻有点意外，想了想，道：“不必了，江湖捞和好相逢，以及三问书屋，都是我留下的东西。如果各位挂记我，便偶尔去瞧瞧。从今日起，但凡湖州本城人氏，在江湖捞好相逢吃饭一律八折。再不济，还有这湖州三年内新建的所有医堂、书院、蒙学、善堂、文庙、粮仓……都可以睹物思人嘛。”

她可不愿意留下贴身物事给造庙供奉，而且这句话的意思，一来是提醒当朝自己的功绩，给后来者增加压力；二来是将江湖捞和好相逢托付给了湖州百姓，任湖州以后换了谁当刺史，也别想断她的财路。

礼部官员垂着眼苦笑，心想，以后这湖州只怕真没谁敢来。

那群老者恭敬领受，当先一人端上托盘，托盘上有一杯送行酒。

文臻取了，对四方一照，一饮而尽。

老者跪受，退开，囚车这才辘辘出了城门。

城门早已大开中门，囚车向来不走正门，无人传令，城门领便为文臻开了特例。守门军全数起身，顶盔挂甲，城上城下，默然肃立，如接受检阅一般，送刺史大人的囚车出城。

囚车驶出城门的那一刻，文臻听见身后一声沉雄的“给大人送行——”

城门上的旗帜卷着雪花飘扬，旗帜下张钺带领湖州城全体官员久久长揖。

城门最前，随云书院和州学所有学正和教授正匆匆赶来，从不为五斗米弯腰的清高且耿介的老夫子们帽子戴歪，靴子穿斜，一躬到地。

盔甲撞击之声清脆，城上城下，千军下跪，铁黑色的盔甲覆着霜雪，一片斑驳的白。

而在城门内，长街之上，黑压压的百姓相携着跪下，将额头紧紧贴在冰冷的地面。

如潮水一直延伸这湖州城最深处。

一阵沉默之后，文臻在囚车中跪直了身体，再缓缓弯腰，额头贴上双手。

以大礼相还。

相隔一座城门，遥遥相对叩首的人们。

天地雪落无声，风吼肃杀，湖州在别离中静默。

一骑从城外狂驰而来，踏雪纷飞，披着大氅的清弱少年远远驻马，看着这一幕热泪盈眶。

他是毛之仪。

城门上，旗帜冰冷地抽打着领头人的脸颊，他却麻木得不知道疼痛，手指紧紧地抠住青砖，直到指甲翻起。

他是张钺。

城下，有人蹲在城门边，将一枝自己精心培育今年新开的早梅插在了刺史大人一眼就能看见的地方，想用这样的方式告诉她，多谢她当初的解围，很快，自己就要嫁得如意郎君了。

她是白林的女儿白芳菲。

在更远的地方，有人从小路走出，披着厚厚的棉袄，手中抱着黑色的牌位。她抚摸着冰冷的牌位，小心地将牌位上的碎雪擦去。

她是大丫。

文臻直起身，一眼看见那旗下的人，那驻马的人，那抱着牌位的人，还有那一枝早梅。

很好，该来的人都来了。

她的目光最后牵念地看一眼刺史府的方向，便要转身。

身后一直沉默的湖州，忽然呜咽大作。

早就哭成泪人的采桑忽然低呼一声。

文臻抬头，就看见城门口疾速驶出一辆滑轮车。

这车俨然熟悉，是她命人做给随便儿他们玩的，为了方便孩子们一起玩，做得挺大，车子可滑行、可转弯、可扭动。

她心中一跳。

随便儿没有听她的嘱咐出城吗？

他虽然混在孤儿群中养育，但是如果此刻在旗手卫前露面，很有可能还是会被发现端倪，毕竟他容貌十分出众。

但她此刻也不敢露出太担忧的神色，所有人都盯着她。

雨雪天气，滑轮车来得更快，而且为了让人避让，老远就滴滴答答吹喇叭，吹得人们纷纷起身，肃穆的气氛一扫而空。

滑轮车一眨眼就出了城，直奔文臻的囚车前停下。

文臻以及满城父老都瞪大了眼睛。

车上那是什么玩意儿？

七个高高矮矮的家伙，最高的也不过到人腰。都戴着动物玩偶的大脑袋，穿着玩偶衣。一个扮成老虎，一个扮成兔子，一个扮成猫咪，一个扮成蛇，一个扮成猴子，一个扮成乌龟，还有一个最矮的，黑黑白白的……大熊猫。

百姓们伤感的表情变成了笑……这不是刺史府那七个活宝吗？

那个最矮的黑白熊猫，不就是刺史府的小妖怪吗？

不用问，一定是他的馊主意。

文臻险些翻白眼。

随便儿两岁的时候，听她说起现代那世的一些事，舞台剧、玩偶装，非缠着她也给做一个，还指名要大熊猫，说只有国宝配得上他。文臻向来表面上一碗水端平，就给孩子们一人做了一个。后来听说他们还真的排了一出戏，但是据说导演随便儿一直对戏剧效果和演员演技不满意，总说还要打磨，还要打磨，这一打磨便打磨到不知哪儿去了。

然后今天她看见了。

孩子们都没说话，直接开始表演，这一表演，她便知道导演为什么总不满意了。

兔子动不动就蹲下来哭，老虎喜欢揪猴子的尾巴，猴子的跟斗总翻到乌龟身上，乌龟背着个大累赘搞不清罪魁祸首，撞到了猫咪的身上，猫咪拖着蛇的尾巴“哒哒哒”地扫。

直到大熊猫一人给了一脚才安静了。

然后开始了他们的表演。

兔子搬出一个玩具木桥，拿着个锤子在敲敲打打，猫咪拿着个小耙子将道路弄平整，大熊猫在给她们打下手。

猴子过来踩坏了木桥，却被拦阻，猴子退后，跑到老虎那里嘀嘀咕咕。

老虎抽出一把木刀杀死了兔子和猫咪，蛇点燃了火折子，两人相对挺着肚子哈哈大笑，然后老虎穿上黄马褂儿，蛇围上黄金腰带。

大熊猫逃得一命，跳下扭扭车奔向囚车。

很简单的剧情，却看得城内上下，万众无声。

杀人放火金腰带，修桥补路无尸骸。

礼部官员和旗手卫们脸色都青了。

是这个意思吗？

这一群最大才七岁左右，最小不过三岁的孩子，真的会演这么一出用心险恶，当众挑唆民愤，埋下作乱火种的戏吗？

但想想也不可能，大家潜行快马，最快速度赶来，湖州猝不及防，这些孩子这么小，这种戏必须要排练很多天才成，不可能临时来这么一出。

但饶是如此，他还是又出了一身冷汗。

只觉得今夜在这湖州被这一波一波震撼得心神失守。

难怪陛下一定要除掉这位女刺史。

难怪那位……

他心神浮动，没发现大熊猫奔向文臻。

随便儿冲向囚车，小短腿一蹬就爬了上去，文臻怕他要跟自己走，谁知他像个短尾猴一样攀在囚车上，低声问自己："娘，等会儿你到底坐哪辆车？"

文臻道："自然是张奶奶给的那辆。"

随便儿满意地点点头，看来娘不会吃亏，也不用自己费心帮娘换车了："那你要好好的。"

文臻伸手，却发现抚不到他的脸，熊猫头很沉，只有乌黑的眼眶里露出同样乌黑的眼珠子一闪一闪的，像自带七彩光晕。

忽然想起当年水中生产，将他举起的那一刻，婴儿饱满的脸颊迎着夕阳，眼眸晶透如琉璃。

一眨眼也这么大了。

能够在这种情形下还赶来送她；能想到此刻不能露面，用玩偶装来掩饰；在这种时候还能用一出舞台剧来煽动民心。

如此聪颖，她可以放心走了。

随便儿伸出肥肥的熊爪放进了文臻的掌心，舞台剧的剧情本是兔子逃脱，毕竟妞妞爱哭，不让她活她会大哭一场，但是他临时篡改了剧情，不然怎么能过来送娘。

一定要来的。

不然娘心里一定会像妞妞一样，泪流成河的。

“娘，你放心，我也会好好的。”

文臻含笑点头。

礼部官员小心地靠近来，文臻知道这是要催促了，她也不愿意随便儿在这些人面前出现过久，便要放手。

随便儿却忽然忸怩道：“娘，你要是见了我那个便宜爹，代随便儿和他说，只要他对娘好，随便儿便原谅他。”

文臻笑着握了握他的手，道：“好。”

囚车辘辘开动。

城上城下，满城军民，再次于雪中拜倒。

那肥肥的熊猫掌却不肯离开她的手掌。

文臻一狠心，挣脱那熊猫掌，大声道：“终究是半路母子缘分，莫再挂记，去吧！”

随便儿不吭声，文臻背对着他，眼泪终于哗地流了满脸。

第八十八章

传位

时间退回到随便儿进入密道之后。

进去就是一个坡，直到他落在一片软垫子上，才明白这个机关就是为了自己设计的。

因为只能容孩子一般大小的身材进入。

他起身的那一刻，壁上的灯自动亮了，照亮一条小小的通道，没有通往密室，灯下只有一个小小的凹陷，他看了看自己的手指，伸进去，正好放得下自己的中指。

然后弹出一个抽屉，里头是各种小瓶子。

瓶子上刻着密密麻麻的字，随便儿能认个大概，比如有一瓶药，吃了会让人发烧，但是如果当成普通发烧来治，那一定会翘辫子。

解药就是连着跑步三个时辰，不累死你不算完。

还有一瓶药，里头的东西像水，解药也是水，但是得是无根水，也就是没有落地的雨水，还得喝上半缸，不撑破你肚皮不算完。

抽屉里有备好的袋子，他将瓶子都收进袋子里拿着。一些比较方便的则揣在自己身上的各个角落里。

文蛋蛋已经塞到囚车角落里了。

下一个抽屉，是各种奇怪的东西，干树枝、蛇蜕下来的干皮、一块石头、一朵不凋谢的花、一只火红的蜈蚣之类，用各种容器装着。一张纸上画了一个黑色的三角形，里头一行字加一个骇人的惊叹号：妙银姑姑教了你才许用！

随便儿知道这便是蛊了，因为他年纪太小，老娘一直不许他玩这个。

赶紧又收了，再下一个抽屉是几本薄薄的册子，讲毒的、讲武的、讲医的、讲药的，也收了。

再下一个抽屉是各种机关小物，装在簪子里的、装在鞋子里的、装在手臂上的，装在衣角、衣领、头发、指甲的都有。

再下一个抽屉，田庄地契，银票金叶碎银子，既有拿出来就可以置产的，也有方便小额使用的。

这世上所有能保护人、伤害人、驭使人、解决人的好东西，也是能让人几乎可以横行天下的东西，都在这里了。

随便儿心想，咱娘不愧是东堂第一女刺史。

每个抽屉都只能他的手指伸进去才能打开，也就是说，便是文臻来也是开不了的，这是只为他准备的。

随便儿这才想起从两岁起娘就每年拿一个模子叫他印指纹。

最后一个抽屉什么都没有，只有一封信。

很薄，他那老娘就不是能写长篇大论的人。

打开来看，很好，居然是拼音，也是只教给他一个人的古怪文字。

随便儿，看到这封信时，咱们想必已经分别了。虽然我不知道分别的原因是什么，但是我一直有着这样的预感，东堂一定会出事，早则三年，迟则五年，而东堂出事，十有八九会和我扯上关系。女人的第六感一般都很灵验，所以，从你一岁开始，这里就做好了准备。如果你看到这封信的时候，我出了不大好的事，而你还小，我建议你不要冲动，但我不会建议你不要报仇，因为我感觉那是废话。要不要报仇，能不能报仇，在于你自己。你有能力你便报，你没能力你便休。我对你就一个要求，不要做一个不自量力的蠢货，丢尽你英明神武的爹娘的脸。这些年，你被当成一个孤儿养大，娘好像是有点对不住你。但要想藏住一粒沙，唯有把它放进沙滩。而从今日开始，我放你进更壮阔的大海，在没有拥有更强大的实力之前，我愿你随波逐流，只做那海中一粒无人知晓的沙砾。而让你从小体会孤儿般的感受，却又不缺亲情的供养，是我预知分离的可能，希望在真正的分离到来时，你能尽快适应，不受伤害，迅速强大。所以我并不会要求你去寻找你爹，毕竟风浪来时，他十有八九也在浪尖。你且好生待着，自在长大便是，忘记我们也好，以后报仇也好，或者运气好你爹娘大杀四方改天换地，你也可捞个现成。

随便儿，我从来都知很难和你安然相伴到老，和你在一起的每一日都像是上天恩赐，这一日到来得似乎很慢又似乎太快，但依旧要感谢你给过我这数百日的快乐。感谢你的到来，我的孩子。记住，娘永远爱你。

密道里气流通畅，信纸在风中微微抖动，瑟瑟似笑声。

随便儿有点吃力地读完了信后，又读了一遍，小心折好，放进怀中，反正这世上也没人认得这字。

他盯着跃动的烛火，再垂头看看一身的宝贝，半晌，咧着嘴笑了。

真好。

老娘没有抛弃他。

没有为了臭爹抛弃他。

老娘是一只狡猾的狐狸，警惕地等着风吹草动，早早就开始挖洞，为他准备着一条又一条的后路，不管发生什么事，都会把他往洞里一塞。

老娘只是讨厌她自己的生活，并且不愿意他也过那样的日子罢了。

他笑了半晌，抬手擦了擦眼睛。

所有的灯火都熄灭了，随便儿孤身在黑暗中站了很久。

他不怕黑，他只是有点怕孤独。

但是娘说过，每个人都会害怕，可如果你没权力害怕时，便不要让人看出来。

好半晌之后，随便儿才有点艰难地拖着一身的瓶瓶罐罐往出口走去，门一开，门口传来一声口哨，音调古怪，随便儿嘿嘿一笑："妙银姨姨，闻到香气就知道是你，不用再吹这调儿啦。"

妙银探过笑眯眯的脸，拧了一下随便儿的小脸蛋。这孩子嘴甜，玩蛊的人身上总有点奇怪的味儿，不能说难闻，但绝不好闻，别人只有躲的份儿，但只有这孩子每次都说是香味。

多么讨人喜欢的孩子。

妙银是真心觉得小妖怪是世上最可爱的，至于刺史府那些下属同僚对于小妖怪的负面评价，她嗤之以鼻，那是他们没看见小妖怪的好！

又有脚步声传来，轻而平静，随便儿脸色也慎重起来，对着黑暗行了个礼："檀姨姨。"

闻近檀从黑暗中走出，她来湖州并不久。之前一直在留山主持苍南和滇州两州的江湖捞、好相逢以及千秋盟的诸般事务，千秋盟秘密分批转移是一个漫长的过程。这个过程一直交给她监督，直到一年多以前，所有经过审核筛选千秋盟可靠的人员都顺利进入了湖州州军，苍南和滇州的江湖捞、好相逢的分店也开到饱和，往周边扩张，且寻找到合适的管理人，闻近檀得知君莫晓从军后便来到了湖州，做了文臻的副手，打理湖州及周边一应生意事宜。

她性格看似怯懦实则大胆，经过当年萧离风的离去和这些年主持南边事务的锻炼，怯懦已去，她更显得沉稳周全，作为最早跟随文臻的人之一，在文臻一众亲信中地位也最高。

随便儿在一众叔姨姨之中，也最怕她，规规矩矩给她见礼，闻近檀只摸了摸他的头，道："走吧。"

文臻在走之前已经将身边人做了安排。潘航已经实际掌握州军，寒鸦留下辅佐张钺，冷莺向来不露面，是她的秘密护卫。妙银擅长蛊术，也是一直作为文臻的秘密帮手养在府外的，妙银和相当于大管家身份的闻近檀护持随便儿一路远走，一个善蛊，一个有钱有人，当可保随便儿一生无忧。

地道连接的是随云书院，在任何时候，读书人所在的地方都是最受尊敬的地方，不会被随便侵扰。随便儿从密道口出来，正是随云书院山长的书房，而山长以及院内的典学教授们得知刺史即将卸职上京，都匆匆离开了。

备好的马车赶来，闻近檀便让随便儿上车，随便儿却摇摇头："不，我还有一件事没做，这件事不做完，我不走。"

两个姨姨拗不过他，于是便有了先前的一幕。

此刻，随便儿从灌木丛中出来，囚车已经过去了，他也便没了先前的狼狈搞笑挣扎之态，轻轻松松拨开灌木丛出来，但问题是，他不是从灌木丛上方出来的。

他是从灌木丛对着的山坡下方出来的。

他出来后便转了个身，拐了个弯，找到那个山坡下方的一个洞钻了进去。

而在城门前表演完毕的兔子、老虎、猴子等，趁着所有人再次跪倒相送的时刻，一矮身，溜入人群中不见。

等到人们从离别的悲伤中出来，等到遵照文臻嘱咐不得露面的妙银和闻近檀发现随便儿久久未归，人们才后知后觉发现，刺史府那七个孤儿一起不见了。

时间再回到半个月之前。

秋末的天京，过早地有了衰败之气，黄叶打着旋儿落在青砖地面微湿的缝隙里。

景仁宫里穿梭着无数的官靴，厚重的深青色长毛地毯淹没了焦灼的脚步声，也附着了药味、檀香味和长期缠绵病榻之人的气息。

殿内传来低低的说话声："已经喂不进去了……"

"这可如何是好……"

忽然门边有人低低传报："太子殿下，宜王殿下到了。"

榻前华服男子转过身来，将手中药碗放下，正是被软禁多日的太子。

而他身边是插戴隆重，仿佛时刻准备着上朝的皇后。

自从前几日陛下夜间看折子时忽然倒下，太子便从被软禁的东宫放里出来了，连同同样被软禁在凤藻宫多日并已经瘫痪的皇后也就这么忽然好了，谁也不知道她怎么好的，但是能在皇宫屹立多年不倒的人，有那么一些他人不能知道的本事，并不足怪。

德妃向来不理事，太后也是一向只在她的香宫里。宫里好像只有皇帝理会这些，一旦皇帝倒下，自然是以皇后太子为尊。

珠帘晃动，满殿的人急忙低头跪拜。

太子还捏着碗边的手微微一紧。

老三已经几年没出现在皇宫，居然对这些奴才还有如此威势！

燕绥却不看任何人，目光只落在榻上的人身上。

他回到东堂，本要折转向湖州，却在半路上接到急报，说陛下病重，去迟了怕是见不着最后一面，他微微犹豫，终于还是转了向。

此刻殿上，榻前，见那一向慈和的父亲形容枯槁，气若游丝，闭着眼睛，若是不仔细看，都看不出胸口起伏，明显已经油尽灯枯。燕绥上前两步，又停住，听得太子轻声道："父皇先前还好，还能勉强理事，这几日断续昏迷……不过老三，你还知道回来？"

燕绥对他质问的语气置若罔闻，只盯着永裕帝的脸色。

太子抿了抿唇，看了皇后一眼，皇后拍了拍他的手，转头慈和地道："老三既然回来了，一路风霜，也是辛苦。只是听说你是从海边回来，想必是去了你的师门，你那师门多奇药，你可有什么灵药，赶紧拿出来救救你父皇。"

李相和单一令两位重臣也在，闻言都希冀地抬头。

燕绥依旧不看她，淡淡道："药需对症。随便拿出来，用了好也罢了，用了若不好，你两人正好可以说我弑父，这法子挺好。"

太子和皇后霍然色变。

宜王行事向来狠辣不留余地，但往日也多懒得计较，几年不见，如今却像连那层表面功夫都不愿意做了。

殿内气氛僵硬起来，燕绥又淡淡地道："陛下身子虽然一向不大好，但是我走的时候明明并无大碍。怎么就两年便衰弱至此？又是因何忽然倒下的？太医院的脉案呢？之前的饮食呢？用具衣着等等所有都查过没有？"

太子勃然变色："你什么意思？你是在暗示陛下是被人暗害的？"

"太子殿下误会了……"燕绥一笑，"我不是暗示，我是明说。"

太子气得险些一个倒仰，燕绥又一笑，有趣地瞧着他："我便是明说又如何？陛下忽患重疾，为人子者有所查问，岂不是应尽之责？太子为何如此愤怒？"他对着太子微笑，轻轻道，"又不是说你是凶手。"

最后几个字说得温柔又亲切，太子却听得浑身一麻。

李相和单一令对望一眼，都在心中摇头。

眼前这位东宫之主，城府气度，心机谋算，给宣王提鞋都不配。

真不知道陛下是怎么想的。

气氛正僵凝，远处隐隐又传来传报声：“神将林擎到——”

燕绥目光一缩：“林擎回京了？”

李相垂目道：“是，回殿下，陛下病前，正好下旨，召神将林擎回京述职。陛下说，近年边境尚算安定，林帅多年未归，也该回来休养几日，见见天京风物。并特旨允许林帅携带近卫，以示恩宠。”

燕绥目光又缩了缩。

单一令忽然道：“殿下与林帅也多年未见了，正好今日景仁宫遇上，也便……”

燕绥忽然打断了他的话，道：“方才本王提到了陛下这病得蹊跷，要查问之前脉案和当时陛下饮食用具等诸事，此事紧急，耽搁不得，本王这便去办了。”说完也不待众人回答，转身便走。

他这一出来得突然，众人愕然，太子转头去看皇后，皇后神色犹豫，正要开口，忽然榻上人咳嗽一声。

众人都惊住，已经好几日未曾发声，都急忙去看。

燕绥脚步一停，但依旧没有回头，随即又抬步。

然而此时，被众人围住的忽然嘶哑发声：“老三……”

燕绥脚步又一顿。

“绥儿……”

这一声更低，不仔细听几乎听不见，带着油尽灯枯之人独有的虚弱。

燕绥手指一颤，这称呼时隔二十余年。

依稀还是三岁之前，父皇这么喊过他。

那时候他不得母妃喜欢，林飞白也进了宫，得母妃全心宠爱，他这个正牌皇子倒像个添头。皇宫中人最势利，眼见着便怠慢了他，还有一次，太监送来给他盥洗的水是冷的，正巧被父皇撞见，那个小太监当即被打死，而父皇当着众人的面把他抱在膝上，喂他吃了一盘花生，喊他“绥儿”。

燕家皇族祖训，抱孙不抱子，做父皇的向来不给儿子太多宠爱，父皇性情慈和，是个例外，但一般也遵循这些规矩，唯独他是例外中的例外。

他一直记得，那盘花生又大又脆又香。

第三声呼唤一直没出口，取而代之的是一连串撕心裂肺的咳嗽声。

燕绥背对着床榻，从景仁宫虚掩的殿门看出去，前方琉璃重檐上挑着的一轮残阳，虽然硕大红艳，但转眼便要落了。

因此努力而不甘地，烧了满天的灼灼红霞。

红霞下，未着盔甲，一身散淡的林擎匆匆而来。

两人目光相撞，林擎挑起一边眉毛，有点意外，燕绥没有表情。

然后他转身。

既然已经遇上了，那就这样吧。

床榻前，永裕帝果然已经睁开了眼睛，并且不理会皇后的殷殷劝阻，努力地要起身，一双瘦骨嶙峋的手颤颤伸向燕绥的方向。

李相和单一令对视一眼，心想陛下这是什么意思？是太久没见到最宠爱的儿子的心切，还是有别的用意？

如果是别的用意，那今天很可能就会出大事。

本朝诸臣，大多还是拥戴正统。太子并无大过，继位天经地义。

李相按住了心口，单一令脸色发白。

临终改立，是要血流成河的！

太子的脸色已经白了，宽袖下双手微微颤抖，皇后一直盯着永裕帝的脸，良久，咬牙按住了太子的手，转头对着燕绥微笑道："老三，陛下叫你呢。"

燕绥慢慢地走过来。

太子的颤抖更厉害了，手慢慢地伸向袖子里，皇后捏紧了他的手，李相和单一令对视一眼，李相示意所有人都下去，自己不动声色上前一步，单一令则慢慢退出，准备招呼带兵守在殿外的姚太尉随时注意着殿内的一切动静。

而此时永裕帝忽然道："宣……宣林擎。"

林擎本来正在殿门外磕头，永裕帝这一宣，所有人又是一怔，一时气氛更加紧张。

这个时候再宣统兵大将入殿，很有可能是为新帝设下安邦武辅，意义非同小可。

脚步声橐橐，林擎进殿来。

太子已经不抖了，整个人僵硬地坐在那里，皇后似乎用尽了全身的力气才压住了他准备的所有动作。

但她也慢慢地放开了手，眼底闪过一丝绝望之色。

燕绥加上林擎，真要想做什么，这殿内没有人能抗衡得了。

陛下想要干什么！

难道真的……

不管这殿中人怎么想，燕绥已经到了榻前，林擎也已经站到了榻下。

太子和皇后一人坐在榻的一边，永裕帝在他们中间艰难地伸手够着燕绥，燕绥这才对两人看看，一偏头。

他向来就有这种不发一言而气死人的本事，只一个示意滚出去的动作，就让太子浑身猛然一颤，拼命压抑的愤怒与惊惧瞬间便要爆发——

永裕帝忽然道："你们先下去，都下去——"

皇后："陛下！"

声音哀恳凄切，宛若杜鹃啼血。

永裕帝："下去——"

太子："不！我不！凭什么！凭什么——"

他忽然扑上去，就要去抓他父皇的领口："父皇！你不是……你要改立太子是不是？你不能这么对我！你不能！"

燕绥手指一动，却最终停住。

林擎目光一闪，也没动。

却忽然有人扑在永裕帝身上，转头就是一耳光，扇在太子脸上，声响清脆。

"你疯了！"皇后声音难得这么尖利，"陛下久未见老三，让他过来诉诉父子衷情而已，你发什么失心疯！"

太子被扇得头一偏，和皇后目光一对，被她眼神中的警告之意所惊，捂着脸不动了。

半晌，他转身，随着母后，向永裕帝行礼，退出帘幕。

李相垂头跟在后面，心想若是太子能继位，这位只怕又是一位垂帘太后。

所有人都退了出去，只留下了林擎和燕绥。

最后一个出去的人将殿门关上了，而殿外有军靴马刺撞击的清脆之声。

燕绥缓缓在榻边坐了下来，看着父亲枯槁的颜容半晌，他道："父皇，你如何就这样了？"

永裕帝凝视着他，眼神复杂，轻轻地道："这几年你去了哪里？"

"去解毒。"燕绥道，"您知道不？我这胎里毒，到今日终于解了，您欢喜不？"

永裕帝眼神中露出一丝疑惑："老三，你什么时候中了毒？"

燕绥笑起来："父皇啊，想不到您都这样了，这脑子还是如此清醒呢。也是，不清醒如何能掌控这御宇八方，既用着我的人，又压着我的人呢。"

永裕帝微微睁大眼睛："老三……你是说文臻吗？你在怨父皇吗？"

燕绥垂下眼。

他将暗卫全数派去保护文臻和孩子，之后便断了和国内的联系，在无尽天昏迷解毒期间自然也是音讯不通的，但是回国之后也听说了这些年来文臻在湖州的一些事，尤其是她和燕绝之间的争斗，虽然流传出来的未免是失实的版本，但他是何许人也，仔细一听便知究竟，于那模糊传说的边缘，触摸了那一年惊心动魄的斗争轮廓。

算算，那正是她怀孕待产的时间。

半晌，他笑了笑，道：“父皇，冤有头债有主啊。”

永裕帝便伸出瘦骨嶙峋的手，握紧了他的手，喘息地道：“绥儿，朕知道让你的女人受委屈了。但后来几年，朕也没再派巡守皇子前去不是吗？你放心，从今以后她便得自在了，也算是你给她的补偿了……”

林擎听得眉毛一挑，去看燕绥，这话什么意思？文臻封疆大吏，让她自在，那除非燕绥去做皇帝。而且除非皇帝，别人也不能给她补偿这份自在。

燕绥显然也听懂了，微微一怔，随即便听永裕帝道：“绥儿，朕把这江山交给你，好不好……”

第八十九章

三鞠躬

一阵沉默。

显然殿内两人对此都是意外的，林擎皱起了眉，燕绥久久未答，他凝视着父亲青黄的脸色，和眼眸中期盼的神情，也缓缓皱起了眉，半晌道：“不好。”

“为什么？”

“陛下，是我要问你为什么。”燕绥打断他的话，“皇储未废，因何改立？既要改立，为何又不废皇储？陛下，你这不是要交托江山，而是要将我置于刀枪斧钺之上。”

永裕帝喘息一声，清瘦的脸上现出一抹苦笑：“因为，朕便是被那狼心狗肺的逆子所害，朕来不及废他了，只能交给你了……”

“陛下是被太子殿下暗算至此？”林擎忽然接话。

永裕帝吃力地点点头，又摇摇头，抬手给燕绥看自己变色的手指：“你看朕这指甲，有人给朕下了慢性毒药，亏你来得及时，再稍等半日一日，朕今日这话也没机会和你说了。至于是老大还是老二，朕也来不及查明了，太子其实未必不可托付，奈何皇后是易家人，老大和季家牵连又太深，老五是个不成的，老九还一团孩子气……”

他枯瘦的手去摸索龙榻侧的隔板，隔板弹开，他从里头抽出一卷明黄锦缎递向燕绥。

燕绥凝视着那裹成一团的明黄，并没有立即伸手。

旁边的林擎静静看着，收了一贯散漫之容，却也没什么震惊动心的神色。

他忽然想起很多年前有个传说，有个皇子给皇帝献宝图，展开宝图，里头一柄匕首，射入皇帝心口。

永裕帝忽然剧烈地咳嗽起来，像是力有未逮，手一松，整个人往后便倒。

手中的圣旨滚落，薄薄的一卷平整摊开，没有匕首，墨迹尚新，上头燕绥的名字赫然在目。

燕绥一眼掠过，没有去抢那落下的圣旨，却去扶永裕帝。

他一把扶住永裕帝的胳膊，永裕帝倒下时下意识高举的手正碰着他的心口。

手上那发红发青的指甲忽然变长！

如十柄尖尖的匕首，插向燕绥的心脏！

挖心！

燕绥眼神一冷，向后退，后背撞上榻板。

林擎肩头一耸，便要出手，却在此时，他站着的脚踏猛然开启，一个洞口展现在他面前。

林擎目光下意识一掠，然后如被雷劈，僵硬在了那里，随即又下意识冲向前一步，弯下腰去。

永裕帝的十指已经触及燕绥衣衫，衣衫全裂。

永裕帝竟然有武功！

然而他无法再插下去。

因为他的指甲忽然被“咬”住了。

燕绥心口处衣衫破裂的部分，隐约亮光一闪，竟然是装了一个精钢的小机关。

永裕帝霍然抬头，他也没想到燕绥竟然有防备，更没想到这个儿子竟然能防备到这种程度！

这一霎，父子眼神交汇。

一个满是震惊，隐约还有几分忌惮几分不安。

一个难以言喻的复杂，心潮翻涌，天翻地覆，恍若大梦一切成灰。

到最后化为一泊凝化了千万年冰川的死水。

不过一霎。

永裕帝猛然抽手，那被咬住的指甲竟然轻松断裂毫无伤损，显然不是真指甲。

而燕绥眼底的复杂与苦痛不过一闪而过，下一刻他手指弹出——

便在此刻，林擎身前脚踏机关开启。

燕绥也下意识一瞥。

然后也是一僵。

便是这一瞬间，他眼角余光忽然看见对面永裕帝眼底掠过一丝笑意。

这一霎他心中警钟大作，随即想起先前避让指甲那一撞。

此时他一只手拂向永裕帝，另一只手伸向脚踏方向。

拂向永裕帝的手猛然一拍便要纵身而起。

但是已经迟了。

一柄匕首从他身后龙榻榻柱内射出，射向他后心。

燕绥只来得及身子一转，匕首射入肋下。

林擎霍然抬头，大惊之下正要出手，燕绥已经喝道："不要救！不是她！"

林擎垂目看了一眼，苦笑一声，道："我知道，不过我已经救不了了。"

脚踏下，露出的缝隙里，侧身躺着一个女子，脖子上架着一柄刀。

永裕帝眼中，露出一丝笑意。

从林擎的角度，一眼可以看见她颈项侧靠近头发处有一颗红色小痣。

那是德妃才有的痣。

但从燕绥的角度，却应该只能看见对方圆润的后脑勺和同样圆润小巧的耳垂，很像文臻。

就在方才那一霎，这侧面像德妃，背面头型又像文臻的女子，吸引了两个男人的注意力。林擎多年未见德妃，多年后再见便是她被劫持于榻下，心神震动之下，中了毒烟。

而燕绥本有机会出手擒下他或者避开他遮眼法之后的真正杀招，却因为以为那是文臻，失了神，也中了算计。

看，这就是牵绊于儿女情长的男人们的致命缺陷。

哪怕他们身为战神，无往不胜。

燕绥知道永裕帝在想什么，但是懒得告诉他，就在方才那一霎，因为自己错身躲避，角度已经变了，其实他看见的也是那颗痣。

电光石火，其实是很难注意到头型和耳垂形状这样的细节的，而文臻又没有什么明显胎记。

算是老天帮恶人吧，还是给他得逞了。

当然还有没能用完药的原因。

老天如此不成全，真是因为他这一生纵情恣意，无所顾忌吗？

榻上，永裕帝盘腿坐起，脸色依旧枯槁，衰弱之态却已经没了，抱歉且温柔地道："还是给你们俩看出来了，还不是侧侧那个性子朕没把握。不然，也好歹是个心理安慰啊。"

林擎嘶哑地笑了笑，道："安慰什么？"

永裕帝柔和地道："让你们一家死前团聚啊。"

一直垂着眼的燕绥手指一颤，缓缓抬头，盯着永裕帝。

他背后的一团鲜红不断扩大，直至染透衣襟，再汇聚成涓流，淅淅沥沥滴落金砖。

他却仿若那柄匕首不存在，自始至终，目光空无。直到此刻，那空无的目光忽然化成了一根针，刺向了永裕帝。

永裕帝迎着他的目光，微笑道："老三，你当真从未听过那个流言吗？你可知道，流言如果散布得漫天都是，那往往就是流言。可如果它云遮雾罩，神神秘秘，不许人言，那十有八九便是真的。"

他顿了顿，眼底终于掠过一丝恼怒之色："因为，朕总不能让天下人都知道，朕戴了绿帽子，给人家养孩子养了几十年，是不是？"

燕绥不说话，看向林擎。

林擎瞪大眼睛，像听见了世上最震惊的一个笑话，半晌，仰头大笑起来。

大笑声并不狂放，倒有几分低沉压抑，沉着这几十年隐忍的伤，压着这几十年为情敌卖命的恨，抑着对自己这几十年将所爱拱手让人还甘心情愿被嘲笑。

更多的却是对眼前人自作聪明的嘲弄，对忽然了悟心爱之人深宫生涯的无穷无尽的心疼。

原以为她独享荣华宠爱，恣意快活，如此，他永守边疆，为这皇家以命相搏也是值得。

却原来子系中山狼，却原来深宫便葬场。

到如今不过大梦一场，笑到癫狂。

林擎笑着笑着，吐了一口血，喘息道："我呸，老子就没睡过秦侧侧！"

燕绥转过头，闭上眼睛。

永裕帝却嗤笑，根本不屑于理会。

林擎也不再说。这种人看似心性温和，实则坚狠刚强，从来只会相信自己。不然又何以以病弱之身，自诸皇子中脱颖而出夺得帝位？

他认定了燕绥非亲子，那么他和燕绥此刻再怎么辩解，在永裕帝心里，也不过是虚言矫饰，想要令他后悔，放过他们罢了。

越反驳，越会坚定永裕帝的杀心。

林擎握着双手，眯着眼，满脸不舍和向往，悠悠喃喃地地道："真后悔当初没答应啊……"

他声音很低，就没打算给永裕帝听见，这是自己内心最后的夙愿，为何说给那只狗听。

他的大笑声传出殿外，本就急得不断乱转的太子蓦然停住脚步，一把抓住皇后的手："母后！您听听！林擎在笑！他为什么在笑？是不是心愿得逞，燕绥继位？"

皇后面色铁青，握紧了他的手，她也在仔细听着里头的笑声，半晌，冷声道："缜儿，少安毋躁！本宫听着这笑声不大对！"

她忽然目光一凝，看向不远处狂奔而来的人。

殿内，永裕帝没听清林擎的自言自语，只当他心虚，便笑道："不过，阿擎，你也别觉得冤屈，别觉得白白为朕卖了命。朕从来就没碰过侧侧，她又怎么能怀孕？她是为了救你才假称怀了朕的孩子，朕看中你的才能，也是为了你才认了这个孩子。这么多年，朕对燕绥的宠爱更在诸皇子之上，对德妃更是恩宠非常，为此不惜承受群臣攻讦，你都该是知道的。朕从未碰过侧侧，她从始至终都是你的。你为朕征战边关，朕为你照拂妻子，你说，朕是不是对你有情有义？"

林擎盯着他，眼神似有火在烧，半晌，却哈哈一笑，竟然双手拱了拱，道："这么一听还真挺有道理，那臣还应该谢陛下了。"

永裕帝展颜一笑，但未等他这笑容完全展开，林擎便又对他一揖，笑道："一鞠躬，谢陛下为了皇位，绿帽子一戴二十余年。"

永裕帝的笑容僵住。

林擎又是一揖："二鞠躬，谢陛下大度包容，让那'拖油瓶'三岁出宫，十三岁艺成回宫，十三岁到二十三岁间，和他那'便宜老子'一般，为陛下当枪当矛，流血流汗，殚精竭虑，对抗敌人，到头来得匕首一柄，毒烟一把，被鸟尽弓藏，兔死狗烹。"

永裕帝端坐着，面色上如渐渐覆了霜。

殿内有人影不断闪现，林擎和燕绥都当没看见。

林擎再一揖，这回一躬到地："三鞠躬，谢陛下情深义重。明明喜欢侧侧，当初也多次和臣交心，月下发誓，愿以一心待侧侧，白首不相离。彼时陛下言辞恳切，甚至不惜歃血为盟，此情此景，历历在目。臣也便深信不疑，且一心感佩，为此星夜驰骋边关，从此二十年军旅不归，只为相信陛下的誓言，相信侧侧的运气……谢陛下这么多年深宠侧侧，盛宠不衰，宠到她妖妃之名传天下，宠到她不得不为了自保疏亲离子，宠到她因此被我误会，宠到她成为六宫的靶子，宠到她众叛亲离……陛下之爱，如山如海，山是不周山，终年飘雪，飞鸟难渡；海是死海，黑水翻覆，落羽也沉。陛下之誓，以骨以血，骨是反骨，总将真心做恶念；血是狗血，泼不尽这一天腥！"

永裕帝的脸色已经变成惨白，他终究是天潢贵胄，便是日薄西山，也金尊玉贵，一辈子何曾被人这般狗血淋头地骂过，只是天生的修养愣是让他硬生生地听了下去，也是这见鬼的城府让他听完了，只觉得心头难受至极，捂着心口，一时竟也一口气喘不上来。

燕绥坐在那里，后背的流血依旧未缓，似要将一生的血都流尽了般，他也不去管，他的心跳越来越缓，指尖越来越冰冷，殿门上方的雕花窗棂隐约透出一线晦暗的天色，好像要下雪了。他恍惚想起很多年前，也是一个将要下雪的天气，他裹了一个小皮袭，独自在御花园玩，那时候林飞白已经来了，十分地惹人讨厌，他不愿意待在德胜宫，便自己去御花园玩球，御花园空旷风大，没多久冻得手指麻木，连球都捡不起来，他捡了好几次捡不成，正想着用什么办法方便捡球，忽然一只手稳稳捡起了球，还拂去了上面的雪，才递到他怀里。

他抬起头就看见父皇慈和的眼神。

父皇蹲下身，责怪地看着他身后，道："怎么一个人跑出来玩了？还穿这么少，连手笼都不带一个。"

说着脱下自己的狐皮围脖围在他的脖子上，又拉过他冻得通红的小手，在自己掌间搓了搓，又放在唇边呵了呵气。直到那小手指尖温暖，才抱起他往回走。脚步声轻而稳，踏响落雪的紫红长廊。

他记得那围脖长毛滑润柔软，温暖直入心底，记得那唇间热气湿润，仿佛盘桓在指尖多年不散。

这样的细节其实很多，也正是这些一帧一帧叠加的细节，支撑他走过寂寥的童年，艰辛学艺的少年，风浪不绝长熬心血毒发频频的青年，支撑他明明不愿俯首这尘世间，明明存在便是艰难，却还扛下了那许多本不该扛的一切，支撑他奔走于江河湖海，奔走于怀刃藏剑的朝堂和世家之间，直到今天。

直到今天十指伸出不再是牵手而是挖心，直到今天一柄匕首入身如飞雪。

他伸出手，指尖也和那年一样，不知何时一片青白色，冰冷僵硬。

他将指尖伸入唇间，触及一片滚热，手指落下时，指尖一片殷红。

他垂头，看那血一滴滴落于膝上，心中模模糊糊地想，原来到了此刻，血还是热的啊……

真是可笑。

前方人影一闪，是一个内卫，也就是隐藏在永裕帝寝宫的保护人员，那人从燕绥身后闪出，手中长剑直向他后心，燕绥随手一拂，那人无声倒纵出老远，撞在一只铜鹤上。

其实这间屋子并不是永裕帝寻常见人和休息之所，因此里头的布局连燕绥也不大熟悉，但是他知道一定有人藏在龙榻之侧，因为龙榻背板如果一开始就藏了匕首，是瞒不过他的，所以那里一开始什么武器都没有，是有人藏在龙榻侧后方的墙里，在他坐下后，并且为了躲避永裕帝杀招且后背撞到龙榻时，才借着那阵震动，以联动机关的方式，将匕首送了过去。

只是燕绥解决了这个人后，口里的血终于喷了一地，一手扶住了龙榻。此时永裕帝也趁机伸手入他怀中，掏出了一个锦囊。

锦囊还未完全打开，一股特异而浓烈的香气便弥散而出，永裕帝深吸一口，满意地道："好，不愧是无尽天穷尽心力炼出来的灵药。"

他眼底闪烁着喜悦的光。他自己的身体是确实不好了，苟延残喘着，就是为了等这药，如今总算是等到了。

林擎已经自己找了张椅子坐了下去，看着这一幕，嗤笑了一声，和燕绥道："别生气，为狼心狗肺的东西气着了，不值得。且记得，还有人在等你呢。"

燕绥一直飘浮着的目光忽然一动，终于看了他一眼，忽然也笑了笑，道："你也是。"

林擎唏嘘道："你娘也不知道怎样了。"

燕绥道："她能自保。"

永裕帝既然都不敢真的挟持她来威胁两人，就说明对德妃很忌惮。

德妃在宫中屹立不倒这么多年，固然有永裕帝故意做戏的缘故，但她在成为靶子的情形下还能安然至今，妖妃之名自然不是白叫的。

林擎便很是安慰地笑了笑。

永裕帝将药收好，看向两人。匕首有毒，毒烟更是非同凡响，别看燕绥刚才那一着很狠，但其实已经是强弩之末。他从容地笑了笑，道："听说这药的药性霸道，需要异人长时间护法帮助炼化，看来朕也得花点时间。"

林擎笑道："难怪那么急巴巴地要把老三叫回来，原来是怕他已经把药炼化完了，你就没戏了。不过我提醒你一句，药要对症吃，这是给燕绥专门配的，你抢来算哪门子事？"

永裕帝看定他，不说话，微笑。

林擎盯着他，默然半晌，猛转头去看燕绥，燕绥也终于转头看向永裕帝。

半晌，林擎喃喃道："你也中了毒，你中的是和燕绥一样的毒……所以你多年身体孱弱，可你为什么症状和燕绥不一样？"

永裕帝微笑着道："因为性格不一样啊。"

林擎长长地吸一口气。

因为性格不一样，永裕帝隐忍，燕绥纵情，但今日的永裕帝，哪里不疯狂？

燕绥用他的方式排解了许多，更多是自己默默承担，于他人并没有太多伤害，而永裕帝选择的是伤害别人，成全自己。

“这么多年，朕那些毒也解了几成了，所以朕不需要你的前三颗药，算是给你留一线生机，全了你我父子多年恩义。”永裕帝打开袋子数了数，倒出一颗药丸，二话不说塞进燕绥嘴里，顺手还拿起榻边一杯茶帮他咽了下去，“择日不如撞日，为防夜长梦多，父皇这便喂你吃了吧！”

他明明知道燕绥这药霸道，不能随便吃，上一颗药还没炼化，就吃下第三颗，这是要他立刻死吗！

林擎气得又吐了一口血，这回连骂都不想骂了。

他想他服了。

便纵有万千智慧，无上武力，也抵不过没有下限的狠毒。

他更担心燕绥的状态，不该这么衰弱的，是之前药没炼化的原因吗？

燕绥脸白如纸，微微阖着双目，不仔细看，好像已经没了呼吸。

永裕帝轻轻道：“既然朕需要时间，也需要看看大家伙儿的心田，那么接下来，也就只能委屈二位了……”

他话还没说完，外头忽然响起了激烈的拍门声，伴随不管不顾的大叫声：“父皇！父皇！父皇您怎么样了？”

还有太子气急败坏的劝阻声：“老五！你怎么忽然进京了！你这是要做什么！站住！站住！你不能进去，你不能——”

第九十章

虽亲必诛

燕绥忽然睁开了双眼，永裕帝眼底掠过一丝愕然之色，燕绥轻轻道：“怎么，奇怪老五怎么来了？”他指指自己的鼻子，“是我叫他来的。父皇病重，自然不能厚此薄彼，当儿子的都该来，不是吗？”

外头争吵之声越烈，夹杂着燕绝的大喊：“都是儿子，凭什么我不能进！凭什么我就不能见父皇最后一面！让我进去——”

太子：“老五你冷静些——”

燕绥：“我数一二三，想必我们的太子殿下便要拦不住拼命的老五，要踉跄倒地，被老五闯进景仁宫了，三，二……”

门被撞开，燕绝风一般地撞了进来。

林擎噗笑，在这种时候，还真只有燕绝有可能冲进来。

燕绝冲进来就看见了正在窃笑的林擎和脊背挺直微合双目嘴角一抹笑意讥嘲的燕绥，还有榻上正用奇怪眼神看着他的父皇。

那眼神看得他浑身一冷，一腔热血孤勇过后，才后知后觉反应过来此刻是个什么状况。

两年多前翠湖那一幕忽然浮现眼前，他打个寒战，热血褪去，转身就想走。

眼光忽然掠到地面上的血迹，就在燕绥身侧。

他身形定住，目光缓缓上抬，顺着燕绥的腰一直看到了他的背。然后，他看见了一截匕首柄。

燕绝霎时目光大亮，眼底的不可置信和狂喜一闪而过，他也算聪明的，霍然转头看林擎，发现林擎始终没起身，顿时那喜色更浓。

他再看向永裕帝，永裕帝犹豫了一会儿，对他点点头。

这个儿子相比之下很好掌握，不如给点甜头。

燕绝顿时明白，狂喜之下，差点要放声大笑，随即醒觉此时大笑不妥。

他上前一步，殷切地道："父皇，这两人勾结犯上作乱是不是？可还需要儿子为您做什么？"

林擎又开始微笑了，老燕家还能出这么一个傻儿子真是异类。

"怎么？"他懒懒对燕绝吹声口哨，"云阳公，这么殷勤，是不是想着燕绥死了，这皇位你老子便能给你啦？"

燕绝被一语说中心思，再被那"云阳公"三字刺激得心火上升，转头冷笑道："林帅不愧是手掌大军的林帅，都沦落至此了，还这般牙尖嘴利。"

林擎摊开手，哀怨地叹口气："是呀，这不是虎落平阳被犬欺嘛。"

燕绝又一窒，干脆不和他说了，转头狞笑看着燕绥，又看永裕帝。永裕帝扶额，状似痛苦地摇摇头，他倒是精擅此道，一言不发，燕绝却自以为看懂了其中的意思，想来是林擎和燕绥胆大包天，竟然趁父皇病重联手发难，但显然父皇此处也有准备，竟是将这乱臣贼子两人拿下，只是父皇慈和，挂念父子情分，看那模样，如今想必在为难该如何处置这二人。

他咧嘴一笑，道："父皇，您向来宽容慈悯，看这二人，一人如兄弟，一人是亲子，哪怕他们狼心狗肺呢，您也不舍得下重手。可这江山万里，九鼎之重，可万万容不得乱臣贼子，否则遗祸重矣！有事儿子服其劳，您若是舍不得，这事儿便交给儿子吧！"

永裕帝依旧没抬头，撑着额头，衰弱地抬了抬手。

也不知道他到底算是个什么意思。

隐约还唏嘘一声。

倒把燕绝感动得叹息一声，看向那"不知好歹作乱"的两人的眼神更加不善。

林擎见这般惺惺作态，已经懒得揭穿了，手指弹出一枚铜板，落在榻下，声响清脆。

燕绝一怔，转头看林擎懒懒仰身在椅上，抖着腿，浑身姿态散漫，嘴角笑意玩味，那神情俨然十分熟悉，仿佛自己经常得见，只是万万想不到会套上此刻情境，一时愣住。

永裕帝手掌挡住的脸却掠过一丝怒色——这是打赏戏子的动作！

林擎在羞辱他！

他竟敢！

燕绝也回过味来了，惊愕地瞪大了眼睛，随即怒不可遏，只觉得便如自己也被羞辱了一般，大步上前，巴掌便要冲林擎挥过去：“你竟敢——”

燕绥忽然睁开眼：“老五。”

只这一声，燕绝便停住脚，猛地转头。

他看着燕绥，一直心中忽上忽下，又兴奋想去撩拨，又不安害怕有诈，所以先冲着林擎去了，眼角却一直瞄着燕绥的动静，此刻听见他开口，立时停手，却听这个自己畏惧到骨髓里的兄长，依旧用那种自己最憎恨的语气，问他：“老五，见皇兄不跪，棍子没挨够吗？”

燕绝听燕绥提起的是挑春节的事，以为他刚回来还不知道后头的事，心中一喜，随即看见他脚下那一大摊血，胆气顿壮，笑道：“对啊，还没给三哥见礼呢。”

说着大步上前，装模作样要躬身，忽然装着刚看见他背后刀柄一般，大惊道：“哎呀，这是什么，三哥这是怎么了？背后怎么还有一柄刀？这谁伤了你？弟弟给你拔出来好不好？”说着伸手就要去拔燕绥的刀。

林擎眉头一挑便要站起，燕绥背后的刀一旦拔出，在此情形下得不到及时救治护理，很可能就会丧命，燕绝此举实在狠毒，只是那毒药实在厉害，他刚站起，便双腿一软跌了下去。

燕绝眼角也瞄着他，眼看他确实无力抗拒，燕绥这个平常根本不允许人靠近的人也一动不动，心中大定，一边凑近燕绥去拔刀，一边低声靠近燕绥耳侧，呼吸拂在他颈侧：“我的好皇兄，你这一刀的位置很妙啊，你可知道，两年多以前，在翠湖，你那情妹妹也中过一箭，正好和你这一刀的位置相对，在前胸，你说，我要不要帮你把这刀往前捅一捅，干脆捅穿了，和你情妹妹一个伤口，岂不是双双对对，情深意更重？”

“是啊，”燕绥忽然侧了侧身子，也悄声道，“五弟……这边。”

燕绝听得莫名其妙，下意识顺着燕绥的目光看了过去，正看见榻另一侧的永裕帝，从他的角度，原本永裕帝是被燕绥挡着的，现在燕绥让开了，而永裕帝的手还搭着额头，此刻那枯瘦的手指间正露出一双幽幽的眼眸，好像正盯着他。

这青黑色手指间露出的幽黑色眼瞳令他浑身一冷，随即掌心一凉，下意识低头一看，不知何时掌心已经多了一把小小的匕首，真的非常小，而且大部分都包了木柄，所以塞进来的时候不会割破他的肌肤，不会引起他的抗拒和注意，此刻那匕首正在他手指间露出一点非常晶亮的银光。

他第一反应是怎么塞进来的，第二反应是这一点刃尖能干什么用，却在此时忽然感觉后背被一推，身子往永裕帝方向微微一倾。

利器穿破空气的锐响很短，电光一般从永裕帝袖中飞出，下一瞬没入燕绝的腹中！

燕绝的手已经抓住了燕绥后背的刀柄，正要使力拔出，却忽然觉得腹中一凉，浑身的力气便这样散了开去，他低头，看见腹中袖箭只露出乌黑的一点箭头。

他就这样怔怔地看着，像是不敢相信自己的眼睛，片刻之后，才缓缓抬头看永裕帝。

永裕帝已经放下了手指，手按在榻上，仔细地看着他。然后目光微微一闪，望向燕绥，叹息一声，道："老三，真可惜你不是朕的儿子。"

燕绝脑中一片混乱，剧痛和崩溃的情绪让他连这句话里透露出来的惊天秘密都顾不得了，他只是定定地看着永裕帝："为什么……为……什么……"

身后有人嗤笑一声，是林擎。

"为什么？"他笑道，"自然是因为你那个宽厚慈悯的父皇上了你三哥的当，以为你和燕绥有矛盾是假，其实达成了暗中协议是要刺杀他，所以先下手为强啊！"

他摇头，叹息："天家父子……天家无父子啊！"

燕绝还是一脸不可置信的表情，燕绥根本没有给他解释的意思，还是林擎好心地道："这不怪你蠢，实在是你不知道先前发生了什么。你这个好爹其实谁都不爱，谁都不信，谁都不在乎。刚刚对我和你三哥下了手，凭什么就不能多加你一个？"

"这不……这不可能……"燕绝死死地盯着榻上始终端坐着，避开他目光的永裕帝，眼底的哀痛如那黑血色的潮水般疯狂地涌了上来，却总冲不上亲情的堤岸。

二十二年来他活得莽撞倔强，如一头牛左冲右突，可是除了最后一次，父皇也从来都是包容他，让着他的。

父皇夺他王爵，他并不怪。那段日子全民喊杀，满朝谏言，母妃长跪宫中，自己千里回京宫门立雪，父皇一开始拒绝见他，三日三夜，他心灰意冷，正要离开之时，却见那一直紧闭的宫门开启，父皇披着大氅站在门内，看着双肩承着厚雪的他，一声长叹，道："孽障。"

他的心却在那一刻定了。

后来夺爵，出京，他走得干脆。走之前谁也没理会，只在宫门前认认真真磕了三个头。

他心里明白，在那般情境之下，父皇没有杀他终生软禁他，还保住了一个公爵爵位，是要冒着令重臣寒心的风险的。他能回报的也便是再无怨言，从此在封地安生度日。

得知父皇病重时，他从云阳封地连夜起身，不眠不休，只用两个日夜便赶了回来，至今衣裳未换，连靴子上都满是尘土。

他慢慢地低下头，看着靴上的尘土已被鲜血凝成黑红的硬结，苦笑了一声又一声。

脖领忽然一紧，燕绥一手将他拎了起来，燕绝绝望地抬头，就迎上了燕绥的眼眸。

此刻那眼眸里满是嘲弄和憎恶。

燕绥看着他。

被背叛的滋味，好受吗？

被欺辱的滋味，难忍吗？

被步步紧逼的滋味，新鲜吗？

濒临绝境，无法得救的滋味，好好尝尝吧！

一抬手，一柄匕首扎入燕绝的胸膛，正是他方才提过的，他所以为的文臻胸口中箭的位置。

鲜血飙射，燕绝瞪大了眼睛，燕绥的声音冷淡地响在他耳侧，这是他一生听见的最后一句话。

“我代文臻，向你问好。”

燕绝的尸体坠落尘埃。

他四仰八叉地躺在地毯上，鲜血汩汩流了一地黑红，张开的手掌间，一柄匕首滚落在地，匕首几乎全是木柄，只露出一点小小的刃尖，那点刀锋连肌肤都划不破。

永裕帝看见那匕首，心中的猜测得到证实，眼神不禁一缩，忽然剧烈地咳嗽起来。

燕绥转头冷冷看向他：“滋味如何？”

滋味如何？

我有一万种方法可以杀他，为文臻报仇，可我要他死在你手上。

我要你亲手杀死亲生子，亲手杀也许是唯一一个，也是最后一个，对你满满真心，对你充满孺慕之情，而你亦有几分喜欢的孩子。

我要你终有一日众叛亲离时，想起今日这一幕，日日月月年年都万蚁噬心，追悔莫及。

我也要燕绝被他唯一在乎的亲生父亲杀死，要他在死前明白被背叛的滋味，明白从天堂堕入地狱的滋味，明白人世间一切苦痛的极致滋味。

永裕帝端坐在榻上，神情似乎毫无变化，但熟悉他的人都能看出，他此刻很麻木。

亲手杀死亲生子，还是因为误会，那般滋味，便是疯子也不好受。

林擎讥讽地笑了笑，这是燕绥的报复。

可惜，这殿内的空气都充满了血腥气息，每条缝隙都填满了地狱深处哭号不休的冤魂。

远处隐隐传来杂沓的脚步声。

天色已经暗了，永裕帝慢慢拿出火折子点燃了殿内的油灯，一点幽幽烛光下，他看起来更像尊贵的鬼魅。

他听着那动静，忽然冲着燕绥笑了笑，道："好儿子，你说，朕驾崩以后，谁会继位呢？"

燕绥又闭上眼睛，不理他了，仿佛杀掉燕绝已经完成了他的心愿，这世间事，此刻他不想理了。

他颊上沾染了一点燕绝的血迹，他也不去擦，显得肌肤越发惨白。

林擎有点忧虑地看了他一眼，主动接话道："当然是太子。不过你猜，谁会扶立他呢？"

永裕帝："皇后？今天她表现不错，特别沉得住气。"

林擎："沉得住气，想必是因为有所仗恃或者有内部消息，不是吗？"

永裕帝："那就是还有人给她提供消息，要她静下心来等着事态变化，你说那个人是谁？"

林擎："我猜，当年谁给你下毒就是谁。"

两人竟然就这么讨论上了，如同当年林擎还没成为神将，永裕帝也还没继位时，一杯小酒，你来我往，月下同酌，共克时艰。

只是时光悄悄换了所有人的模样，终究是回不去了。

说到这个话题，永裕帝也沉默了，林擎却又咳嗽一声，接着道："所谓子承母业，你燕家还真是有意思。人家给你下毒，你就给侧侧和燕绥下毒。怎么，是要将之发扬光大吗？"

永裕帝下意识看了燕绥一眼，燕绥眼睛都没睁。

永裕帝摇摇头，却没继续说下毒的事。话到了这里，也就没有再讨论的必要了，永裕帝笑道："你说，朕身边有这么些毒蛇盘桓，如何能不步步为营？"

"她这么多年万事不问，其实是躲着你吧，也忌惮着你。只是我不明白你为什么不报仇？"

"谈何容易。"永裕帝淡淡道，"再说她既然还在宫中，唐家便还有一份仗恃和野心，也就容易有不同的声音，生出不同的想法，总能多拖延一些日子。"

林擎点头，知道他这方面的思路和燕绥一样，国力不足，世家势大，朝廷一直想着的是休养生息，存粮备军，做好准备，这需要时间。而唐家发展越庞大，人越多，势力越容易分化，牵扯越多，想法越多，越不容易成事。

而当唐家真的成为一艘无与伦比的巨舟时，因为势力的分化和利益的牵扯，不可避免地导致出现了无数诉求。有人想着划地自立，有人想要一统天下，有人建议直取天京，有人更倾向于和宫中内外联盟，再适当煽风点火，制造矛盾，便会成散沙。

除非出了铁腕人物，强力整合，真正意义上统一唐家的所有声音，否则唐家迟早会被各个击破，外耗内耗，慢慢耗干。

深宫那位因为身份的不同代表着不同的利益，看似和唐家并无联系，但实则千丝万缕，只要她在，唐家就不容易真正统一。

永裕帝心思之深，从来不低于燕绥。

烛光幽幽，耀亮他微微凸起的脸颊，腮骨分明，这两年确实瘦了很多，烛光里的侧影，此刻终于显露了一代帝王深沉的轮廓。

一道人影忽然于烛影中浮现，如烟如雾，是那个小太监晴明。

永裕帝的声音也幽幽淡淡：“接下来，朕便要驾崩了，死于反叛的神将林擎和宜王燕绥之手，而朕在死之前也为自己报了仇，将你两人顺利拿下，给你俩暂留一口气，免得阿信有时间来琢磨朕。至于最后谁继位，谁能谁就上啊。”

他笑了笑，林擎也笑了笑，燕绥唇角一抹讥嘲。

好，好算计。

诈死之前一举解决两个“心腹大患”，想必边军他已经派人去接管。

消化药力需要时间，在这段时间内，他可借此机会看清每个人的行动和立场。

永裕帝驾崩，各州刺史依律必须赴京送葬，只要世家忍不住来了，自然免不了和新君一场博弈，而无论谁胜谁败，他都可黄雀在后。

到那时，所有人都元气大伤，他恢复健康，再登帝位。

哪有什么属意于谁？

从来都是他自己想要坐那皇位百年！

永裕帝微笑着，把从燕绥怀里搜的药放在怀里，叮嘱晴明：“进入密室后，务必按要求给朕服药。请大师做好准备……”

林擎神色微微一动。

大师？什么大师？

永裕帝起身，走入了经常起居的那个暖阁，隐约有一点细微声音响起，随即便无动静。

片刻后，有两个黑衣人抬着一具尸体进来放在榻上。那人面容枯槁，眼眶青黑，赫然便是永裕帝的模样，只是比永裕帝看起来还要干枯难看一些。

林擎朦胧的视野里，他最后看见晴明一指点在燕绥膻中穴，而燕绥没有反抗。

他看见晴明向自己走来。

隐约听见晴明一边走，一边口中发出很多杂乱的声音。

纷乱的、争执的、冲突的，有自己的逼迫之声，有燕绥的狂妄逼宫之语，有永裕帝的质问和痛苦，有永裕帝的惨叫，有自己和燕绥奸计得逞的大笑，有机关轧轧声响，然后两个篡位弑君的逆贼的大笑声变成了惨叫声——好一出惊心动魄的逼宫篡位大剧。

都由晴明一张嘴，一个人完成。

绝，真的绝。

林擎想笑，想打赏，怀里还有钱来着，这一回值得赏一个银角儿。

可惜，连一根手指都抬不动了。

最后动荡的视野里，是晴明向自己抬起的手指。

最后听见的是晴明一边对他下手，一边发出惊恐的尖叫声：“陛下驾崩啦——”

然后是撞门声、狂奔声、太子的大喊声、更远处齐整的踏地声。

他恍惚的目光缓缓上移，上方是景仁宫雕龙绘凤的藻井，镶嵌着少量的七彩琉璃，看不见任何的景物，更看不见德胜宫一角的飞檐。

他最后一个念头是，如果没死，关在天牢里，不知道能不能看见德胜宫后院檐角的铜铃？

第九十一章

抉择

半个月前的尘埃与鲜血，飘不出黑暗的宫墙，飘不出乱后平静的天京，也飘不到陛下驾崩后便有快骑迅速出京第一时间被警惕着的湖州。

半个月后的湖州，初雪城门前万民相送的场面，让礼部官员心生恐惧，想着这一路回京，能否安生？

这个念头还没转完，就看见文大人自己开了囚车的门，从车上下来了。

礼部官员目瞪口呆地看着，虽然知道这车是人家自己关上的，如今自己给自己开也天经地义，可依旧被这样的操作给刺激到了。

如今都是自己的人，怎么还能让刺史如此威风，那后头怎么管束？

当下咳嗽一声，正在思量该怎样用又严肃又不失礼貌的方式来提醒文刺史认清自己当前的处境，却见先一步爬下车的采桑已经打开了那辆张夫人送的马车的车门。

礼部官员的教训立时便在了咽喉里。

那是马车吗？

那确定不是一座小型的宫殿？

马车外表朴素，但足足分了三进，最外间显然是个客厅，有固定好的茶几，包了锦褥的太师椅，价值千金的全套飞雪云瓷茶具，壁上包锦软缎，是寸锦寸金的湖锦。

四壁还都打了架子，放着茶叶和点心。全东堂最上等的茶叶，平州名点香醇坊提前半个月才能订到的点心。至于各种时令干果、冷熏烧腊、海味山珍，以及麻将、花牌、围棋、双陆……但凡吃喝玩乐，诸般齐全，且样样精致，连麻将都是翡翠全套。

这还只是客厅，通往里头的门半关着，但可以想象也必定是华丽精致，诸物齐全。

而此时走近，那礼部官员才发现马车本身用的是昂贵无伦的紫檀，轻且极其坚硬，大户人家做个桌子都可以吹嘘一阵的那种木料，拿来做了整座巨大的木马车，更不要说马车的车轮以及所有机关设置之处的用料，都兼具价值和安全，万金难买。

连文臻都有些意外，笑道："哟，豪华房车啊。"

礼部官员的脸已经黑了。

他自己的马车比起来才像囚车！

这成何体统！

"大人！"他忍不住吭声，"此般奢华，于理不合……"

他话还没说完，就看见文臻转头看了他一眼，只带笑一眼，他心中一突，话头哽在了咽喉里。

他心中恼怒，对身边旗手卫使了个眼色，一队旗手卫齐齐向文臻靠近，其中一人已经拿好了重达数十斤的枷锁。

文臻看都没看一眼，只顾打量她的新房车。

而她身边那个看起来很伶俐的丫头，忽然对众人竖指于唇，说："听。"

礼部官员愕然看着她，四面忽然安静下来，旁边休息的旗手卫纷纷起身。

每个人都听见了远处草木"哗哗"作响，地面隐隐震动之声，再仔细听还有金属相撞的清脆低音。

众人相顾失色。

虽然没打过仗，但也能听出这是大量携带武器的人马经过时的声音，在这种时候，这种地方，总不能说是商队。

礼部官员骇然道："刺史大人，你不要告诉我这是州军！州军不能擅离大营，更不能无令无故出湖州！"

文臻笑盈盈地看着他："你哪只眼睛看见州军啦？"

礼部官员语塞，环目四顾，遍地风吹草动，隐约还有反光，也不知是雪还是武器——他心跳得急，却不敢前去查看究竟，再看一眼刺史大人，心中明白，这位从来就没打算真的孤身上京！

她所谓的弃械投降，自锁囚车，不过是做戏，骗得他信任，骗得湖州百姓同情愤怒，骗得那千万民心！

事实上，她备豪车快马，令大军暗随，所谓州军不能出大营对她便如空话，那州军就像是她私军一般，是要打算一路跟随上京吗？

永王殿下果然说得没错，这位和宜王殿下一样，从未将那无上皇权放在心中，野心勃勃，胆可捅天！

但永王殿下也说了，只要留着宜王殿下的性命，这位也只能乖乖俯首回京，一旦她真进了京城，也便翻不起浪了。

所以陛下继位时第一时间便想处死宜王殿下，却被永王殿下拦了，说如果真的杀了燕绥，只怕湖州首先要反了，湖州位置紧要，如果文臻一怒之下和唐羡之联手，只怕天下便要易主。

那两人只要留着一方，另一方便会如飞蛾扑火，便纵前方刀山火海也敢去闯一闯。

礼部官员心里发紧的同时也微微喟叹，未曾想到皇家也有如此深情。

文臻依旧没有看他和旗手卫，从容上车，站在车上，对下方“押解”她的人们道：“给你们十天时间。十天之内，我要抵达天京。这位礼部同僚，请你两天之后再发给天京的回复，至于写什么，我会教你。十天之内，一切作息按我的号令，所有人不许拖延，不许离队，不许互通消息，不许擅自向任何人传递消息。所有人必须遵守我提出的任何要求，不得有任何违背。”

礼部官员听了第一句话时便勃然色变，听到第二句话时上前一步，第三句话时忍无可忍，大声道：“刺史大人，你以为你还是……”

“如果不遵从以上要求，”文臻就好像没听见他的抗议，继续笑眯眯地道，“那么，我保证最多不超过一夜，押送囚车的队伍就会遭受山匪袭击，全军覆没，而湖州刺史在此期间失踪。至于失踪后刺史会发生什么，州军会发生什么，周边几州乃至附近城池会不会联动发生什么，本人不做保证，本人唯一能保证的就是各位一定是再也看不见后续了。”她说完，才对猛然又安静下来的礼部官员偏了偏头，道，“嗯，我以为我还是什么？我以为我还是刺史，难道不是吗？”

礼部官员僵硬半晌，退后一步，躬身，道：“是。”

文臻这才点点头，转身进入车内，并没有坐在客厅里，而是直接到了最里间，那是一个很小的空间里面装满的各种武器，从大到小，从劲弩到飞针，非常齐全。

而这里的车壁也加了夹层，劲弩射不穿，火药弹也未必能炸开。

这车虽然是张夫人送给她的，但其实张夫人做的只是锦上添花的那一部分，比如锦缎包壁、茶叶点心、翡翠麻将等，但真正的核心设计来自于她。

尤其这武器间是能折叠的，能套入第二间卧室，真要查看时，根本发现不了。

这样的马车还有一辆，是给随便儿的，没这么大，也是外观低调，内部没这么华丽，因为她不许张夫人培养孩子奢靡之风，但是该有的都有。

坐在这里，满满安全感，一直披着的盔甲才可以暂时卸下。

到了此时，她才把先前采桑交给她，她一直藏在袖子里的小盒子取出，拿出那件内衣来。

燕绥离开天京已经三年多了，这想必是三年多前做的。这三年多来，她一直用着燕绥给做的内衣，亲自手洗，十分仔细，但还是坏了，前不久不得不换了自己做的，却还没燕绥做的精美好看。一方面是她没那个时间和心思讲究；另一方面，想必她对自己，和燕绥对她，本就不是一样的用心。

这些年每次看见这内衣她就想笑，一个大男人做这个，别说这古代皇子，便是现代男人也很是不可思议，可这样不可思议的事情便发生在燕绥身上，他大抵是没想那么多的，这世俗的礼教规矩于他，她需要他便做了，便如那一颗心，她还没伸出手，他便不声不响抛过来了。

她便接着了，妥善收藏，小心安放，手指轻轻抚过内衣柔软的纹理，像抚着久别的爱人的脸。

燕绥，近三年不见。

你还好吗？

天京下雪了吗？

你冷吗？

但愿此刻那冬日的风不要掠过你头顶的窗，而若早梅开了三两枝，也请一定携浮动的暗香，入你梦端。

若那雪已来，而花不及开，也莫怪西风烈，等我，我就来。

冬风掠过高的窗，时而呼啸若哭，时而低吟如泣。

早梅却还没开，开了也无法将那幽远香气递送到这地底深狱，哪怕就在这座牢狱上方本就是一片梅园。

皇宫之西，冷宫之侧，原本专门住着废黜的皇族的西六所，在很多宫中老人看来已经是这东堂皇宫里最凄凉阴暗且令人畏惧的所在，但很少有人知道，西六所的地下才是真正关押重罪皇族的黑暗之所。

之所以没有人知道，只不过是因为被关进去的人最终会死在那里，从没有人活着出来过。

那座阴暗潮湿的地底牢狱已经四十余年没有客来，却在今日送进了新囚。

虽然是冷落许久的大狱却并没有废置，厚铁狱门，重重关卡，御林卫中足足千人的精锐，围住了这铁狱。

只为看守一人。

至于囚犯的身份，除了掌管这座大狱的司空郡王和他有限的亲信，其余人都不知道，只知道必然身份紧要，不然司空郡王不会亲自坐镇于这铁狱之中，连铺盖都搬了来。而那位于整座铁狱正中的囚室更是围了个里三层外三层，连只苍蝇都飞不出去。

很多护卫因此心中更是骇然，不知道到底是什么样的人值得如此大动干戈。

因为囚犯送进来的时候便如传说中一样，虽然蒙了脸，一看便知是将死之人，但依旧铁链重重锁在担架上，覆盖全身的白布上血迹殷殷，随着担架的晃动，还有鲜血滴落。

而囚犯送进囚牢之后，便有沉重的锁链，从囚牢的四个角落，锁住他的四肢，而那枷锁用的是铁狱传说中最恐怖的刑具，锁环扣入人体时会弹出无数铁刺，和肌骨血肉紧密相连，时间越长越深入，直至长在一起，再也无法以蛮力或者缩骨挣脱，便是想砍断四肢挣脱都别想。

白布下的人仿佛铁铸成一般，锁环入体时轻轻一颤，在藤编担架的缝隙里，隐约还可以看见长长的刀柄。

老狱吏看见那只手微微一弹，他心中一惊，扣歪了右手边的锁扣。这锁扣有个讲究，稍微歪一点便不够严丝合缝，但总之也挣脱不了的。

他便退了下去。

铁门一重重关闭，铁狱里的光线也渐渐消失，只留下头顶一线天窗。

地面上的人缓缓睁开了双眼。

燕绥看见那天的那一刻，立即又闭上了眼睛，右手却在慢慢地动。

没有扣好的锁环微微歪了一条缝隙，他的手指向内折起，顶入那个缝隙，他手指修长，能做到这个常人做不到的动作。

微微用力，不消片刻，那一处的锁环有些变形，一根铁刺沾着点细微的血肉穿刺而出。

燕绥又多了一根手指的缝隙，这回他用两根手指将那铁刺捏扁，捏成一把薄薄的匕首。

铁狱没有任何植物，浑铁打制，他在被送进来之前已经被搜走了身上所有的东西。

但是没关系，只要他还活着就行。

匕首捏在指尖，慢慢转为赤红，像被火烤过一般。

他将这简易匕首慢慢插入锁环的缝隙，并没有试图去撬掉锁环，以己之矛攻己之盾是行不通的。

他只是将匕首压紧了自己的肌肤。血肉烧焦之声响起，于这夜的寂静中听来惊心动魄。

肌肤一旦被烧焦，凸凹不平，就会和锁环之间产生更多缝隙，和深入肌骨的铁刺之间也就多了些缝隙，同时也止住了不断流的血。

铁刺控制人体的根本诀窍在于和肌肤血肉的无缝贴合，一旦出现缝隙，也就失去了大多的作用。

燕绥的额头起了一层薄薄的汗，他因为体质和毒病，暑热无汗，冬不畏寒，但此刻那额间一片晶亮在暗室中微微闪光。

右手烙过一圈，所有的铁刺都已经松动，他慢慢地将尚未来得及深入刺进的铁刺都拔了出来。

右手已经能动，他微微动了动，还好，还没来得及伤及经脉。

然后他伸手将后背的刀口也烙了一遍止血。

做完这些，他的手脱力地垂了下去，正准备休息一下再继续，忽然隐隐听见有动静。

他轻巧地将右手伸进锁扣，做好还被扣着的模样，重新闭上双眼。

景仁宫父子相残那一刻，德胜宫里德妃正在梳妆。

菊牙站在她背后，没替她梳头，走来走去，她也不想管娘娘为什么半下个午都在梳妆，反正总不会是为了接驾。

听说陛下病重了。

太子出了东宫，皇后也莫名其妙好了，出了凤藻宫。

宜王殿下已经进宫。

神将林擎被宣回京述职，据说也要进宫了。连带云阳公也在往回赶，宫中大小皇子公主都在景仁宫外等消息。

这一连串的消息也太惊悚了，眼看着这皇宫便要天翻地覆，娘娘还要在这时候梳妆……菊牙叹气，就算是神将回来，也是去见陛下，难不成还能来德胜宫？

她心中忽然掠过一个更惊悚的念头。

神将不能来德胜宫，娘娘不会想自己去景仁宫吧？

以这位的性子……很有可能！

要不然她这么盛装打扮做啥？

菊牙越想越恐惧，忍不住号叫：“娘娘啊，您可千万不能啊！”

正在专心描眉毛的德妃被惊得手一颤，婉约长眉画成了鼻涕虫。

德妃将眉笔一搁，转身，阴森森地看着菊牙。

菊牙完全不惧，往德妃凳子前一扑，颤抖地道：“我的娘娘啊，您可急不得啊，这二十余年都等了，不在乎多这几天，再等几天，咱们再等几天，啊，总有见到神将的一天，是不是？”

德妃低头盯着她，忽然笑了，手指一点她的额头，道：“你脑子里都是些什么东西？想到哪儿去了，我是那么着急的人吗！”

菊牙：“是啊！”

德妃：“我可谢谢您的夸奖。行了，去把那夹墙里的那个小盒子拿来。”

菊牙这才起身去了，一边走一边顺手拿了块手帕捂住鼻子，走到马桶间，她掀开马桶，伸手进去，咬牙摸索半天，“咔嚓”一声，马桶下方的地面缓缓开启。

菊牙一边开机关一边哭着道：“我的娘娘啊，你为什么要把机关放在这么一个地方。”

德妃给鬓上插上一朵珠花，比对半晌，才漫不经心地道：“我这宫里眼线多如狗，杀之不绝。但是这么多年，哪怕本宫一盒胭脂都被狗嗅过了，可这马桶底下的猫腻有人察觉没有？”

想了想，她又得意地道：“都说燕绥是东堂第一机关大师，改日该叫他来瞧瞧，他就能明白，他这机关的天赋是从谁那里继承来的！”

菊牙：“我的娘娘，我怕宜王殿下会和您断绝关系！”

她在隔板下摸索半晌，再泪流满面伸手进马桶，把机关给关了，这才出来，眉头皱得能夹死蚊子。手中的小盒子虽用几层厚锦缎包着，但依旧散出难以言喻的怪味来。

德妃正在往身上洒香水，打开小盒子，菊牙闭着眼睛不敢看，屏住呼吸，那可怕的气味更浓了，幸亏德妃的香水也浓，竟然生生盖住了。

“我的娘娘，你搞这么些恶心东西做甚！”

盒子里是一种青色的虫子，在盒子里乱转，虫子的身下是一堆一堆的黑色粉末，仔细一看却是铁屑。

盒子是玉质的，有好几层，这是最上面一层。

德妃看了一眼，笑道：“哎呀，食量真好，又大了。”

菊牙嫌恶地看了一眼。

“你可别瞧不起这小东西。”德妃笑道，“也别觉得咱们花了上千两金子，从那个老嬷嬷手里买来这么个恶心东西就是亏了。”

菊牙后知后觉地问：“娘娘，您好端端地忽然让我把这些东西都拿出来做甚？”

德妃望一眼景仁宫的方向，半晌，她道：“我这不是怕忽然有什么事，来不及嘛……”

菊牙没有懂，正想问，忽然人影一闪，面前已经多了一个人。

菊牙愕然道：“德高望重……啊不中文！”

德妃正在往头上簪花，听见这句，脊背一僵，缓缓转头。

中文浑身汗湿，二话不说就对德妃行了一个大礼：“娘娘，请您救救殿下！”

德妃搁下了手中的箸子。

忽然头顶瓦声响起，一人翻身而下，脸色金黄，个子奇高，菊牙又惊道：“师兰杰！”

箸子被站起身来的德妃卷落，掉在地上。

德妃素来自如的神情，此刻被一片淡淡的霜白之色所笼罩，她叹息道：“没想到，还是……”

师兰杰急迫的恳求声传来：“娘娘，求您救救神将！”

第九十二章

向左走，向右走

夜色忽降，西风愈急。

两道人影匆匆出了德胜宫。

此刻正是永裕帝驾崩，永王带御林卫和旗手卫入宫控制宫禁，太子召集所有重臣紧急入宫准备继位的时刻。

此时永王和太子联合的人还未完全控制宫禁，德妃当机立断，带着菊牙从德胜宫很久以前开的一个后门出来。

中文和师兰杰在报信之后各自离宫，去继续组织力量营救主子，也将需要在宫中办的事务请托给了德妃。

往前走不多远就是一条岔道，一条通往关押燕绥的皇家铁狱，一条通往关押林擎的天牢。

两人被特意关在不同的地方。

德妃在岔路口站定。

向左走，是关系淡漠的儿子。

向右走，是多年不见，亦等待多年，再不见也许永远没机会再见的唯一的爱人。

她站在冷月空风中，黑色的绸缎大氅表面泛出流水般的波纹，仿若此刻的心情周折，翻腾不休。

她虽盛装打扮，最后的发髻却没有来得及梳拢，以至于一缕乱发散在风中，遮住双眸。

菊牙望定她，想着方才那一刻，中文和师兰杰同时来恳求，想着方才那一刻，娘娘同时接到了儿子和爱人落难的消息。

这是怎样艰难的取舍，焚心的为难。

菊牙的泪落了下来。

她已经听见急切的脚步声传来。

没有时间犹豫，再过不久，这整个后宫就会被封锁，娘娘想救谁都不可能了。

换句话说，这么短的时间，娘娘只来得及救一个人。

更鼓声急，擂在人心上。

犹豫说起来漫长，其实也不过一霎，随即德妃脚步动了。

她向右走。

菊牙吐出了一口气。

她不知道自己是什么心情，娘娘忠于自己的感情是对的，只是殿下太可怜了。

她低头，一滴泪落在冻土之上，化不开积年的霜。

德妃像是举了步便不再犹豫，动作很快，菊牙匆匆跟上，往前走不多久，便看见一座烟气缭绕的宫殿。

是香宫。

这是后宫妃子们都不愿意来的地方，太后以清修为名，也拒见妃子。此刻宫中巨变，只有香宫烟火依旧如故。

德妃直接向香宫的大门走去。

敲门。

来应门的是一个修行的宫女，麻木的脸和目光，伤痕斑驳的赤脚。

德妃就像没看见那些伤痕，急促地道："信女秦侧侧，求见太后娘娘。"

对方麻木地道"不见"就要关门。

德妃伸手挡住门，道："你回去禀报一声，就说如果太后心中有大不安，或大疑惑，最好还是见见我。"

对方看她一眼，关上门，也不知道有没有去禀报。

德妃就在门口等着。

菊牙担心地看她一眼，不知道她在这紧迫时刻非要来太后的香宫做什么。她心中焦灼，却不敢催，只是帮德妃拢紧大氅，心想这个天气，娘娘出来时随手拿的却是最薄的一件，娘娘一向珍爱自己，这是……心终于乱了吗？

再抬头看看阴沉，飞雪欲降的夜空，娘娘这辈子又什么时候这般等过人家的空门？

正觉得心酸，忽然又听见门响，那个麻木的宫女再次出现，这次开了半扇门。德妃闪身进去，菊牙正要跟，门砰地关上，险些撞扁了她的鼻子。

菊牙无奈，只得在香宫侧门转来转去，焦灼地等待。

殿内，德妃跟着宫女向内走，对那些巨大的金缸，表情僵木的宫女，冷天顶香跪拜的人们视而不见，直到进了内殿才见太后正在烧纸，一边烧纸，一边头也不回地招呼她道：“来了？那就顺便也烧一沓吧。”

说得好像吃个便饭似的。

德妃也便在她身边跪下，对着火盆。身边的妇人年纪并不算很大，已经一头银发，皮肤却细嫩的如处子幼女，瞧着有种诡异的和谐感，眉目细长神情优雅，永王和她有点像。

宫中并不作兴烧这个，但是太后不理，德妃也不问。

太后顺手递给她三沓纸钱。德妃笑一声，道：“如何这许多，怕陛下下去没得花吗？”

这话毫无敬意，太后也毫无波澜，道：“一人一份。”

德妃只接过一沓，将另外两沓放在一边，道：“我觉得用不着。”

太后淡淡道：“贪心。”

德妃又将手中一沓也放在一边，道：“说不定这一沓也用不着。”

太后霍然转头盯着她。

德妃对她笑了笑，笑容当真是婉转风流，道：“您不就是因为这个让我进门的嘛。”

太后转回头，道：“那又如何？你既然要来，想必是想救人了。但是就凭你胡乱猜测一句，哀家就要帮你救人？”

“那又如何？我是不会如何，但是太后会如何啊。某人既然已经出了手，想必胜券在握，等到他解了毒，治好了身体，看清并扫清所有他以为的敌人，再登帝位，威加海内，隐患全无，那时候您还能活几天啊？”

“怎么？”太后转头，冷漠地盯着她，“哀家便活不了几天，你难道还能比哀家多活一天？”

“咱俩别再绕弯子了行吗？”德妃不耐烦地将一沓纸钱都扔进火盆，“我赶时间！永裕帝十有八九没死！他如果真死了，燕绥和林擎不会倒霉！你也是因为燕绥和林擎双双出事，在猜他诈死是不是？但你还不愿相信你之前都被他骗了，你以为他会传位给燕绥，让唐家和永王把精力都用在了对付燕绥和文臻身上……”

太后手中一直不紧不慢放纸钱的动作，停了停。

德妃唇角一撇，她就知道这老不死根本不是要烧纸钱，只不过她喜欢躲在腾腾烟雾里窥视人，在这种污浊的环境中，她仿佛才能安心似的。不过借着这动作理清思绪罢了。

她悠悠道："我就奇怪一件事，太后娘娘，您说永王殿下素来不问世事，怎么这次忽然就愿意自山野走出，来亲自辅佐太子殿下登基呢？"

太后又扔一张纸钱："的兄弟就剩了他一人，可不就得他主持大局？"

"现在想来，永王殿下可真不简单，的兄弟，连旁支都快死绝了，永王殿下却一直安然无恙，也不知道是自己运气好，还是一直有人暗中照应呢？"

太后停了手，转头看她："秦侧侧，你想说什么？"

德妃的护甲点在火盆上，声响清脆："我就在想，太后娘娘当初贵为皇后，两子一女都没能存活。永王殿下身为一个早死的无名嫔御之子却安稳至今，可真是奇迹啊。"

太后不说话了，半晌后冷笑一声："你在这宫中二十余年，可没白待。"

德妃嫣然："那是。"她凑近太后，悄声道，"永王的身世，天知地知你知我知，我看陛下也未必一点不知。你让永王先别急着跳出来扶太子继位，打的到底是什么主意，我可管不着。可是你想过没有，如果陛下真没死，第一个不会放过的就是你！"

"德妃娘娘想得真多。"太后跪坐在蒲团上，"哀家是太后。是我的亲生子，这宫里从开始到现在，我都是最尊贵的女人。任他是谁，总不能杀亲弑母不是吗？"

"得了吧，儿子都下得了手，在乎一个养母？真是奇哉怪也。"德妃冷笑。

太后显然已经懒得和她辩驳。

世人都以为永裕帝是太后的亲生子，实则不过是因当年她接连丧子，心灰意冷，当时的皇帝大抵心中有愧，为了安慰她，便让她将一个难产而亡的嫔妃的孩子抱来，后来就记在她名下，倒也没特意掩饰。永裕帝登基，自然以嫡出身份为贵，也不会特意去说明这一段旧事，如今知道的人便更少了。

"谁也没看见景仁宫发生了什么，都在操持着大行皇帝的丧仪，你倒一口咬定永裕帝没死。"太后眼都没睁，淡淡道，"本来哀家是有几分怀疑的，但是如今你这般一口咬定，哀家反倒不疑了。你走吧，就当你儿或者你情人没福分没运气，遇上你这个无用的。"

德妃站起身来："行啊，我走。"她曼妙地转身，忽然又回眸笑道，"太后之所以半信半疑，以我看倒不是因为我一口咬定，而是皇帝诈尸这事太过骇人听闻，毕竟这么一来他就没了后路，将来要怎么重掌帝位呢？对啊，我的太后娘娘，您可好好想想，他如果真的没死，用什么方法重掌帝位最好呢？"

太后一直肖然不动的身子忽然微微一颤。

德妃说完便走，她向来喜欢穿拖鞋或者木屐，此刻却是一双毫无声息的软底绣花鞋。

太后忽然道："且慢。"

德妃背对她，嘴角微微一撇。

"想救人也行，但只能救一个。"太后缓缓道，"并且哀家要你以性命发誓，如果日后有事，你得护哀家一次。你救出来的人永不许对哀家及永王出手。"

德妃唇角笑意不散："这是应该的。"

"哀家老了，最近总是夜梦频频，也常觉孤独。你从今晚开始便来陪着哀家吧。"

这就是条件了，要德妃自愿为她的人质。无论是永裕帝未死，还是林擎和燕绥能活，终究都有德妃先挡上一挡。

"这也是应该的。"

"说吧，你要救谁，要哀家做什么？"

德妃缓缓转过身来说了一个名字，太后脸上微微露出憎恶的神色，最终没有说什么，点了点头。

德妃还没走出香宫，就听见前方一阵喧哗，她一抬头，就看见一群宫女追着一个女子狂奔而来。那最前面的女子看见德妃，尖呼一声："还我儿命来！"

是容妃。

德妃眉梢一挑，这一刻这宠妃才散发出久违的戾气和杀气，盯着容妃的脚步，一步不退。

容妃冲到近前，手中已经多了一把刀，狠狠捅向德妃胸口。

德妃一侧身让开，身形竟然流畅迅捷，再一抬脚便将容妃踹倒在地。

容妃的宫女们惊呼着要围上来，德妃冷笑道："怎么，想犯上吗？那就快点！"

宫女们对望一眼，反而不敢了，谁都知道宜王殿下反了，弑君了，连云阳公都杀了，容妃娘娘听说后便疯了，容妃娘娘能对德妃动手，但她们若是动手，以德妃的性子，哪怕她下一刻就被褫夺了封号，这一刻她也能把她们先活埋了。

宫女们退下，德妃一脚踩在容妃的背上，将她的怒骂和呜咽踩在了泥土里。

容妃此刻满身泥土，在冰冷的青砖地上哭到心碎。

德妃还是一脸微带嘲弄地笑道："没力气也没脑子，也敢来寻仇。"她弯下腰，靠近容妃的耳边，低声道，"燕绝的尸体你看见没？我很好奇啊，他脸上的神情是愤怒，还是震惊呢？你说，以他和燕绥的梁子，如果真的是燕绥杀了他，他会那么震惊吗？你说，他不可置信的事是什么呢？"

容妃的脊背猛然一僵，哭声一低。

德妃放开脚，意味深长地笑道："冤有头，债有主啊。"说完转身走了。

只留下容妃还趴在地上，泪水将那一片青砖地面慢慢濡湿。

铁狱今日很忙。

先是几十年来首次来了囚徒，再是几十年来首次来了探望者。

来的这个时间段，正是司空郡王去前头宫殿吃夜宵的时间，走之前再三叮嘱御林卫副统领董立务必严加看守，不许放任何人进入，除非陛下或者永王本人。

现在董立对着慈仁宫的令牌犯了难，永王可以，永王的娘可不可以？

再看一眼对面的老妇人，披着大氅，风帽掩住了容颜。太后深居简出，董立只隐约听说太后白发童颜，如今倒是对得上，再加上慈仁宫的令牌做不得假，他倒是没有疑心，只是犹豫着这命令能不能接。

菊牙木着脸走上前，她脸上已经易了容，再摆出一副香宫宫女的麻木表情，倒也逼真。

“如何还在拖延？”她声调平板地道，“太后娘娘来见罪徒一面，是永王殿下的意思，你是要娘娘再回头请永王的令旨来是吗？”

董立心想，自然没这个道理，急忙掏出钥匙，开了门，又亲自擎着灯，送人下去探监。

从上头的大门到底下的牢狱，一共经过了七层铁门，每一层铁门那里都有人看守并持不同的钥匙开门，董立斜着身子，在开门的时候挡着钥匙，奈何那两位目不斜视，根本没有窥视的打算，不由心中暗笑自己枉做小人。

越往下走空气越是潮湿阴冷，那种难闻的气味越浓，德妃原本身上带着那个盒子，味道难闻，特意以大量香水掩饰，如今倒不用费心掩盖了，这里头的味道比那盒子销魂多了。

菊牙有点担心她家养尊处优又娇气的娘娘，想去提她的裙摆，却被德妃拂开。

菊牙站定，看着德妃的绣花鞋和裙摆在地面自然渗出的水泊中渐渐湿去，忽然悲从中来。

此刻才隐约明白德妃的心情，也不过是这牢狱里一汪深水，倒映不着青天，年年岁岁，只有一张含泪的脸。

前方便是那间囚牢，又是一层一层地开锁，好半天才开完锁，看守的人无声地退开。

菊牙跟着德妃走向囚牢，隔着手臂粗的铁栅栏看向里头的人的时候，她心中巨震，险些在湿滑的地面滑倒。

那真是那位金尊玉贵，散漫自在，身处皇家却从来都纵情自如的宜王殿下吗？

牢狱中的人被四根手臂粗的锁链，死死地钉在地上，身子却是半悬空的，隐约可见背后的刀柄，抵着地面。

在铁黑的牢狱内一时辨不清颜色和轮廓，好半晌才能看清地面那一块一块的深迹，斑驳着，散发着令人窒息的气息。

那是血。

菊牙扶住了铁栅栏，心和手如铁一般冰冷。

陛下好狠的心，好狠的心！

德妃也在牢狱门口站住了，她静静地立着，目光从那锁链一直看到燕绥背后至今未拔的刀柄。

看着自己那强大且骄傲的儿子，看着自己那从来心不在人间，只在青天遨游的儿子，只因为那唯一一点红尘牵念，那唯一一点虚伪温情，便伤身、伤心、伤情，最终长久静默于那一地血泊之中。

燕时行……你狠，你够狠。

这么多年，我疏离着他，甘心放弃作为一个母亲的权力，甘心做一个为他所弃的人，甘心将所有属于母亲的爱和温情给另一个和谁也无关的孩子，只为让你明白，燕绥不是林擎的儿子！

只为让你明白，我对林擎的养子都如此爱屋及乌，如果燕绥真是林擎的儿子，我怎会冷漠如此？

只为让你明白，只因燕绥是你的亲生儿子，我才会因为当年那段旧事心怀怨恨，如此冷淡！

然而二十六年了，你仍不明白，或者说，你不愿明白。

因为如果明白了，你怕你最后下不了手了，是吗？

你原可以不必这般决绝，你依旧下了狠手，就是为了安你自己的心，告诉你自己他不是你的儿子，所以给他下毒，夺他药，要他命，天经地义。

德妃忽然低低地笑了起来，越笑越大声，越笑越激烈，笑得那满地的锁链在这幽寂的牢狱里不断共振，一时整座牢狱都是德妃那如银铃般的笑声。

菊牙抬起眼，惊恐地看着德妃，担心她家主子疯了。

德妃却忽然便收了笑声，一步跨了进去，避开了地面的锁链，在燕绥身侧跪坐了下来。

菊牙凝视着她的背影，绷紧僵硬的背脊，衣袖下不断攥紧从而戳破掌心的护甲。

当时只觉她为难，此刻却忽然觉得，那不是为难……那是心碎啊。

殿下被害若此，神将又焉能有好结果？

那么无论救谁不救谁，要面对的都是另一个受尽折磨而死的结局。

留下一个，必然要放弃另一个，这对娘娘又是何等苦痛的抉择。

德妃低头看着燕绥，燕绥闭着眼一动不动，德妃半晌道："你如今连我也不愿看一眼吗？"

燕绥还是不理她。

德妃便也不说话了，伸手到他背后摸了摸那刀柄，对着菊牙招了招手，菊牙会意，伸手摸索包裹，道："娘娘您小心……"

德妃一只手忽然捏了一颗药丸塞到燕绥嘴里，另一只手猛然一拔！

第九十三章

长宁

鲜血喷溅。

燕绥的身子猛然一挺，眼睛霍然张开！

德妃面色如雪，一手按住燕绥的嘴唇，避免喷涌的血将药给冲出来，另一只手按住燕绥的伤口，避免鲜血再次喷射，同时低喝：“药！针线！绷带！”

菊牙手忙脚乱地把准备好的东西拿过来。

燕绥终于看了她一眼，自己慢慢翻了身。

德妃一边给他上药，一边笑道：“看，你这不是看我了？”

菊牙在旁边只觉得要哭了，这个时候娘娘能不能不要再赌气?

明明是为殿下好，给殿下最后一点温暖，很难吗!

她赌气地将针线扔过去，伤口太大，德妃怕不能好好愈合，特地带了针线来，果然是用得着，血流总将药冲开，敷不住，必须得缝合。

德妃瞪她一眼，喝道：“女工我不行，你来！”

菊牙：“胆量我不行，娘娘来！”

德妃瞪她，她便与德妃互瞪，半晌，德妃先软下来，叹了一声，呢喃骂了一句，拿起了针线。

那个小盒子第二层有这些东西，还有少量的麻痹肌肤的药物，只是毕竟量少，德妃在袖子里摸索了一下，摸出一个骨头状的手指长的物事来，展颜笑道：“还好，在呢。”

菊牙：“……”

这不是绣球儿最喜欢啃的骨头玩具吗?

绣球儿是德妃的狗，一只雪白的长毛小狗，洋外来的。

德妃就把那根狗骨头往儿子嘴里一塞，道："乖乖，你且咬着，省得太痛，咬到了舌头。"

燕绥头一侧，把那见鬼的狗玩具给吐了出来。

德妃嘴一撇："怎么，还指望我伸手给你咬？我不是文臻，不伺候。"

燕绥后背微微一颤，但想来不是因为疼痛。

菊牙："娘娘您少说两句成不成？"

德妃哼一声，便上手干活，一边干活，一边道："说起来这针线缝补伤口的事还是听文臻在宫里时说起的呢，好像还说要注意消毒什么来着，菊牙快把那药拿来。"

菊牙给她打下手，不断擦去渗出的血迹，将以前殿下给娘娘的那些好药往上敷，她不敢看殿下的后背，转头去看德妃，却隐约见德妃侧面脸颊微光一闪，她怔住。

燕绥此刻却于火烧火燎的剧烈苦痛中，听着她的名字也觉得心情温软，仿佛那般的从内至外的极致痛苦，也在刹那间得春风拂过，大有减轻，随即一股凉意慢慢渗入发间。

他一怔。

这感觉不过一瞬，随即听见背后，德妃又叨叨地笑道："你往日自负聪明，如今可算栽跟头了，所以总叫你尊敬我些，三十年河东三十年河西，保不准哪一日便得求我，你瞧，现在你不是欠我情了？"

德妃又道："太子在永王的支持下已经柩前继位。你不争气，马上就要牵累你娘倒霉了，不过我刚才去和太后结了个盟。想来暂时也不会有事儿，你看，做人就要做我这种，任尔东西南北风，我自岿然不动……"

菊牙："娘娘，好了！"菊牙面不改色心不跳地道，"娘娘，我是说，缝好了，再缝就要缝到好肉了！"

德妃："哦。"

燕绥背对着主仆二人，唇角微微一牵。

娘娘以前可没这么多话，对着他恨不得一句话分成三次说。

也不知怎的，给她这么叨叨着，听着听着，也就忘记了许多。

这就是蛋糕儿说过的家长里短，父母唠叨，人间烟火吗？

未曾想到竟然是在这样的时刻，这样的情境下感受到了。

可惜……

他唇角的弧度微微收敛，继而消失不见。

德妃将他扶起，解开他的领口，拉开袍子，给他将绷带紧紧捆扎，以助于伤口愈合。

她跪坐在他身前，手臂穿过他颈项和腰间，给他拉紧布条，他忽然感觉德妃的手在他腰间停留的时间好像长了一点，他低头，发现这似乎像一个拥抱的姿势，而她一动不动，像忽然走神。

他这一动，德妃也便醒觉了，立即收手，退了开去。再抬头对他一笑，还是那个几分冷淡几分嘲弄的皇朝宠妃。

“时辰不早了。”她道，“我让中文想办法接应，但得赶紧把你这锁链给去了。”

他的回答是自己将右手从锁环中脱了开来。

德妃眼睛一亮，赞道：“难得见你聪明一回。”抓起他的手腕看时，却又皱了眉头，道，“你这法子太狠了，真要按你这法子都来一遍，你便是能出去，以后怕也要废了。”

这是强硬地改变肌肤形状从而脱出锁环，然后强力拔刺的方法，且不说会如何痛苦，一不小心筋脉也就废了。

燕绥淡淡道：“能走路能烧火就行。”

能在蛋糕儿做饭时帮忙烧一把火，平日里能走路不必拖累她也便成了。

德妃哼笑一声，取出那个盒子，犹豫了一下，想说一句你忍一忍，再看看右手那个狰狞的伤口，又自嘲地笑了一下。

一个对自己都能狠成这样的人，有什么忍不下的。

“这食铁虫能吃掉那些铁刺，且已经给我养得不喜欢吃人肉，就是长相丑了点……你要不要试试？”

燕绥配合地伸出手，也没问他娘从哪找来这么个东西，皇宫才是这世上最阴私最离奇，所藏最丰富的地方，人们为了自保，什么做不出来。

用这个可以避免那些弯曲铁刺硬拔出来时扯断筋脉，将伤损降至最低。

哪怕那些虫子最后将右手烙平的伤疤咬开再次深入体肤，带来了更为深重的痛苦，她们也没听见燕绥发出一点声响。

也不知到底过了多久，德妃终于发出一声悠长的叹息，道：“好了。”

菊牙匆匆过来，帮着德妃给燕绥再次裹伤，和先前那个狰狞的刀口不同，这回的伤口深且小，细细碎碎，血肉模糊，有的地方可以看见泛白的骨，可以想见，将来就算恢复了，肌肤也很难长平。

难平的又何止是体肤的伤。

屋顶那一线天窗忽然有声响，随即垂下一条丝带，德妃将那些食铁虫放在丝带上，那些虫子便顺着丝带往上爬。

燕绥看着黑暗中蜿蜒向上的虫子，问：“你如何会有这种东西？”

德妃眯着眼睛，道：“自从我听说咱们这皇宫有这么一处秘密铁狱后，我就想办法准备了这东西，原本想着……没想到……”

她笑一笑，没说下去。燕绥却立即明白了，转头看她一眼。

“你到底还有多少事瞒着我？”

德妃愣了一下，笑道：“没有啊，其实没有秘密，真的没有秘密。只是某些人自作聪明，自己秘密太多，就看别人也满腹狐疑罢了。”

“为什么他会觉得我非亲子？”

“因为我们成亲那晚，他不知怎的醉了，或者不是醉？总之神志有些奇怪……后来晨间我先起来去洗漱时，忽然听见屋内有人惊叫，我过去看时，却看见我的贴身婢女春晓衣衫不整从屋内匆匆出来，而他神情古怪，事后我问他发生了什么，他说春晓有意攀龙附凤，故意勾引，被他逐出，我却觉得蹊跷，春晓便是想勾引他，也不会趁那点时间，只是他素来形容诚恳，我也无法多问，便想着去问春晓，谁知春晓回去后便吊死了。”

德妃冷笑一声。

然后没多久她便怀孕了，得知怀孕的那一刻，她心绪复杂，因此也就忽略了他当时略有些古怪的眼神。

原来怀疑那时便种下了，那个多疑的人以为她不愿侍寝，派了贴身侍女来李代桃僵。然后和林擎有私，再把野种栽赃给他。

可笑那时她却懵然未觉。

直到日久见人心，她渐渐于蛛丝马迹中察觉了他的想法，察觉了一些隐藏于暗处的险恶用心，不得不选择了亲手割裂那些年的母子情分。

却最终于事无补。

也许这就是报应。

报应她为爱不诚，对那腹中生命最初亦心存利用。

可是，燕绥何辜？

燕绥忽然道：“那时候，林帅不是应该在边关吗？”

德妃轻喟一声：“这便要去问林擎了，其间一定有一些我们都不知道的事情……以后你有机会去问他吧。”

燕绥凝视着她：“为什么没有去救林擎？”

一直垂头的菊牙猛然抬头，激动地盯住了娘娘的背影。

说啊！

说你心中的为难，说你下决定的痛苦，说你最终选择儿子的一腔慈母之心！

德妃盯着燕绥，忽然一笑，道："我听说林擎只是中毒，而你比较惨。我想瞧瞧我那一向骄傲得恨不得用鼻孔看人的儿子，惨起来是个什么模样儿？"

菊牙："……"

德妃这还没完，颇有些怅然地道："想瞧瞧和绣球儿蔫不拉答的时候比起来像不像。"

燕绥望定她，忽然一笑，慢慢道："觉得如何？"

德妃诚恳地道："有点失望。"

她随即又笑道："儿子，你便一直这么让为娘失望下去吧。无论挨了多少刀，无论挨了谁的刀，都还一直能用鼻孔看人，所有人都只能跪在你脚下。"

燕绥难得没有生气，缓缓道："好。"

德妃笑眯了眼，拍拍他的手。

燕绥忽然又道："也不完全能做到。挨了蛋糕儿的刀，怕是撑不住。"

德妃怒气填胸，冷笑道："不用挨她的刀，她飞你一个眼刀，你便先跪了。"

燕绥居然还想了想，道："倒也不至于。"

跪不至于，可能会有点软。

德妃气笑了，把拍他手背的手收回："说什么英雄盖世，谈到女人还是气短！"

燕绥十分不以为然："林帅和我于此道可谓知音。"

德妃眼眸一闪，神情略有些复杂，半晌道："你那个媳妇……"她似乎想伸手从怀里掏什么东西，随即又缩回，想了想，展颜笑道，"应该还是有缘再见的。"

上头丝带动了动，外头也隐约有些动静，时间不多了。

德妃道："你出去后，先找处地方好生养伤吧，别的不用管了，总不能先把自己的命折腾掉了。"

燕绥皱眉道："林帅……"

德妃道："他那里我会想办法，你不用管。倒是文臻那里，我猜太子继位后会先对她下手，你便一边养伤，一边慢慢往她那里去吧，如果来得及，早些通知她也是要紧的。你俩会合一处，也更有力量些。"

燕绥显然也是这个想法，他一旦出事，文臻那里便十分危险，他必然是要赶去的。

只是他还要挑德妃的刺："方才你对蛋糕儿的称呼我听着不错……怎么不叫了？"

德妃柳眉一竖："叫什么？儿媳妇？我喝过她敬的媳妇茶？"

丝带飘荡，上方很小的天窗被食铁虫啃出了容人出入的缺口，中文轻飘飘地荡了下来。

他一看见燕绥便红了眼圈，一言不发给德妃磕头。

德妃便不耐烦地挥手："去吧去吧。"

中文从背囊里取出个精致的皮囊，先吹了稍微鼓起来，再塞入牢狱里的一些稻草，很快就做了一个惟妙惟肖的假人，居然还和燕绥身形差不多。

然后套入锁链中，维持原先的姿势。

德妃看着那个假人，忽然笑一声，从袖子里摸出一个小小的田黄石印章，在那假人的胸口上印了一下，俏皮地道："盖章落定。"

那是两个字"长宁"。

燕绥目光在那两个字上停留了一会儿。

德妃没什么亲眷，身边也没什么叫长宁的熟人子弟。

他的名字叫绥，字一直没有取，也不知道是故意还是有意，父皇一直没有提起过，他对这些事没有兴趣，也没取过。

绥，安顺、安宁、安康、平顺。

字一般和名配套。

于那个婴儿呱呱落地之时，那年轻的妇人也曾悄悄手刻私章，为爱子取字，愿他永顺遂，长安宁，一生不受风浪磨折之苦。

然而这个私章一直藏在体肤深处，一直未曾送出指尖。

燕绥的目光转了开去，并没有说什么。

中文将他负在背上，抓起丝带。

菊牙过来帮忙，燕绥感觉到腰带处微微一动，他垂眼看了一眼，菊牙有点紧张地对他笑，燕绥温和地看向她，道："好好陪娘娘。"

菊牙受宠若惊，这是宜王殿下第一次主动和她说话，她激动得连回话都忘了，只频频拼命点头。

中文的身形缓缓向上，行到一半，燕绥忽然回头，对底下正仰头看着他的德妃道："娘，且好好等着，蛋糕儿会给你敬茶的。"

德妃微微抬着脸，铁狱的昏黄微光里，她那依旧洁白娇嫩的脸颊仿若自然生光，盈盈一笑间天色都似乎亮了亮。

她道："好。"

第九十四章

父子

半个时辰后，德妃进入了香宫。

又半个时辰，一辆马车匆匆冲破天京的夜色，在天京彻底戒严封城之前出了城。

再半个时辰，去查看铁狱中宜王的情形的董立骇然发现那被锁在地上的竟然只是个假人！

董立大惊，急报司空群，司空群急报永王。随后全宫戒严，大批军士冲入了德胜宫，却没能找到德妃，之后永王匆匆前往慈仁宫，不知他和太后说了些什么，没多久，永王退出了慈仁宫，军士也退出了德胜宫。

之后太子继位，第一次朝议，便下令查抄宜王府和大帅府，勒令还在边境的林飞白立即回京，令湖州刺史文臻原地待查，并派出礼部官员带领旗手卫，日夜兼程前往湖州宣旨。

十余日之后，燕绥奔往湖州的马车在临近湖州的平州停留打尖。

而此时，文臻前往天京的马车也在平州官道的茶亭处歇脚。

两个茶亭，相隔一里。

采桑上车，放下车帘的那一刻，英文赶着的车和文臻的车擦身而过，英文还看一眼文臻正要启动的马车，说了一声："哟，这车够大。"

刚和他换着赶车下来休息的日语躺在车辕上，没有睁眼。

如果他睁开眼看一下，以他精通机关的眼力就能看出这车的内里乾坤，和宜王府机关术的格局。

可惜，错过便是错过了。

两辆有点相似的马车，掠起的车帘在风中略略交缠，再分开，背道而驰。

又一个时辰后，天色将晚，燕绥的马车到了平州下属的一个县城福宁县。因为燕绥伤重且中毒，旅途不能太过辛苦，所以中文一直都不管殿下怎么想，该投宿就得投宿。

中文赶了一路马车，也听了一路文大人的丰功伟绩，实在是觉得，相比之下，殿下才是需要救赎的那一个，委实不用太过操心文大人。

没听说整个湖州都在她的脚下瑟瑟发抖吗？

就算太子继位，一个刚刚拿到皇位，掌权未稳的皇帝，想要动政绩卓著的封疆大吏也不是那么容易的，除非他不想好好做皇帝了。

马车入城时，夜色初降，灯火渐次燃起，平州的夜市刚刚开市，正是最热闹的时候，这些年在湖州的带动之下，定平二州的经济也有所发展，一眼看去，颇为繁华。

燕绥隔着车帘看着外头灯火流光，忽然想起那年文臻被唐羡之带走要成婚，他也曾千里追索，在那海边小城吃过夜市，一晃经年，身边依旧没有她，他看着窗外笑了笑，道："下去逛逛。"

中文便取了折叠轮椅，给他披了大氅，又抱了他下来。

燕绥背后一刀颇深，手腕脚腕也受伤颇重，更兼中了毒，虽说他本就是毒病之体，什么毒都能压下去，可谓不幸中的幸运，但这毒病也令他伤口向来难愈，当年手指受点伤都缠绵了一年才好，更不要说现在。

中文询问了殿下当日发生的事，听说了被喂了第三颗药，便忧心忡忡，身体上的伤总有一日能愈合，但是毒病便如永久潜伏的利刃，天知道什么时候便会要了命，如今这第二颗药还没炼化就服了第三颗，第三颗也无法寻到无尽天的人立即护法炼化，会对他身体产生什么影响？剩下的几颗药被夺走了又怎么办？中文为此夜不能寐，十分害怕那些年辛苦寻药的结果都化为泡影，但燕绥还是不在意的模样，他也只能将那担忧压在心底，却还是瞒着殿下给无尽天送去了信，希望能得到帮助。

燕绥缓缓前行，并不去吃那些路边摊，只慢慢感受那人间烟火，这些烟火都是那个女子赐予的，如今他于其间体味，也便如见了她一般。

将近三年未见了啊。

如今离她越近，这心反而越有些不安，这于他还真是难得的感受，所以也难得地想要于这尘世烟火中静静心绪。

前方忽然有叫好笑闹之声，一大群人围着，似乎有人在卖艺，他向来不好热闹，正打算转过轮椅，忽然一只球穿过叫好的人群，猛地向他的脸砸来。

燕绥没动。

中文一抬手接住了球，喝道："谁乱扔东西！"

人群一下散开，露出里头的人来。

燕绥和中文都怔了怔。

没想到竟然是几个孩子，都穿着怪模怪样的衣裳，戴着老虎、兔子、猴子的玩偶脑袋，看模样是在表演节目。

现在剧情好像正演到高潮处，打成一团，老虎甩起了金刚鞭，毒蛇嘴里吐出伸缩长剑，正将一只憨态可掬的大熊猫“乱刃分尸”，而一只兔子正梨花带雨地在一只猫咪的护持下逃生，至于为什么能从那巨大的玩偶脑袋上看出梨花带雨的表情，都是猫咪衬托得好——一边奔跑一边帮兔子撒花瓣来着。

中文瞧得目瞪口呆，这啥玩意?

他不经意地把话问出来了，旁边便有人接道：“杀人放火金腰带，修桥补路无尸骸。”

中文：“什么？”

话音未落，就看见老虎和毒蛇成功地砍死了大熊猫，一个笑着套上黄马褂，一个扭着腰顶着金腰带。大熊猫躺尸地上，巨大的肚皮如山，眼睛绝对看不到脚尖。

众人大笑叫好，那些兔子、猫咪、猴子、老虎、大熊猫都爬起来，手牵手谢幕，从身高来看，最大的不超过八岁，最小的大概就两三岁，中文瞠目结舌看了半天，愣是没找到班主，不禁问：“班主呢？”

没有成年人出来，那个最小的大熊猫拿了个托盘摇摇摆摆出来要钱，看卖艺的人就这么回事，看得热火朝天，轮到掏钱便十分谦虚，人群纷纷散开，中文身边的人倒还算大方，抠出一个铜板，道：“班主有啊，就那个大熊猫。这几个娃娃，戏演得不错，不仅会演这一出，还会演三只小猪，石猴记。性子也灵活，一开始没有耍花枪这一出，大家伙儿说打架不够精彩，第二日便重新编排，加了武行戏，老虎会耍鞭，毒蛇会地堂腿，大熊猫会顶球……喏，你还不把球还给人家？”说着正好大熊猫到了近前，送上托盘，那人将铜板高高一扔，清脆一声，“快，谢大爷。”

中文一低头，正从大熊猫的眼孔中露出来的一双乌溜溜的眸子里，看见了一抹似乎是讥嘲的笑意，他一怔，总觉得这神情出现在这么一个娃娃眸子里很是违和，但随即那神情便消失了，依旧是晶透水润宛如生琉璃光彩的眸子，带着笑，清脆软糯的童音，大声道：“谢大爷一文钱厚赏！”

中文：“噗。”

这小子，促狭啊。

那人脸一红，赶忙又从口袋里摸出几个铜板，这回也不敢高高扔下了，小心地放下去，那童音因此更高了：“谢大爷又十文钱厚赏！”

旁边便有人笑：“十文钱算什么厚赏，看我的！”扔下一个银角子。

“谢大爷慷慨赐银！”

中文：“……”

得，你小子这回干脆不说多少银子了，你这是要激起恶性竞争了是吧？

托盘忽然移动到了他面前，那双漂亮的眸子似笑吟吟盯着他，没来由地令他有种熟悉感，中文正想掏钱，托盘忽然收了回去，中文一怔。

童音又奶又亮，说不出的好听：“这位大爷，您方才面露怜悯之色，显然是个好人。小子这就很感动啦，不敢再要您的钱。”

中文又一怔，顿时心中一热，手中捏着的银角子收回，回手去寻摸金叶子，忽然听见一直没说话的殿下懒懒地道：“你不要我们的钱是对的，因为你需要赔我们钱才是。我方才险些被你的球砸了脸，忘了？”

中文霍然回身，怒瞪殿下，您的底线呢！

那娃娃也是一怔，转眼看燕绥。

两人目光交汇。

随便儿眼睛一眯，眼前这个漂亮叔叔坐在轮椅里，披着雪白的狐裘，脸色却比那狐裘还白，衣袖里露出的指甲都毫无血色。

随便儿觉得浑身的汗毛都在瞬间一根根竖了起来，那是他生来便有的对强大和危险的直觉。

老娘和他说过，如果遇上给他强大感觉的人，一定不要得罪。

但不知为何，于这般强大和危险的气场笼罩下，他竟然没有警惕和恐惧，嗅见这人散发出清凉的香气，便不由自主想靠近一些。

只是这个漂亮叔叔也太难缠了些。

他只是一怔，随即便笑道：“大爷说的是。大爷伤到了哪里？小子这便拿出今天挣的所有铜板，给您买药去。”说着便取出一个小袋子，将托盘里的几只铜板给装进袋子里。

他坦然接过那袋子，也不看那娃娃眼底打转的泪水，掂掂袋子，交给中文，中文怒而不接，燕绥便自己收了，道：“这点钱不够。”

中文：“……”

众人：“……”

喂，过分了啊！

“请开始你的表演——把熊掌里、熊耳朵里、熊屁股里、熊尾巴里藏着的钱袋都拿出来。对，就是方才人群里有小偷偷钱，你趁着翻滚顶球再从小偷怀里摸过来的钱袋。”

大熊猫：“……”

人群中有人开始摸钱袋，有人开始偷溜。

大熊猫忽然飞快地从屁股里、尾巴下、耳朵下，抠出一个个钱袋，摆放在地上，招呼道：“各位父老乡亲，方才有人趁着人多偷钱，小子见义勇为，帮你们都拿回来了，大家快来认认！”

话音未落，众人一哄而上，认领回了自己的钱袋，等到他们都认领完，才发现娃娃们都不见了，连方才那个和娃娃索要医药费的漂亮公子哥儿也不见了。

巷子拐角。

几个小偷被大熊猫逮着人狠揍，揍完人之后再要钱，愣是把今儿被逼吐出来的钱又勒索了一点回去。

大熊猫打痛快了，赶走几个小偷，脱掉头套，露出随便儿又美又憨的脸。

他盯着人群中燕绥消失的方向，泪汪汪地道：“今儿亏了，老大，没钱住店了。”

对财务一窍不通的老大摸着脑袋，问他的万能军师：“随便儿你说怎么办？”

“刚才那个漂亮叔叔旁边的老实叔叔看起来很同情我们呢，我们去找他借钱好不好？”随便儿眼珠转一转。

甩掉几位阿姨姨，他原准备自己浪迹江湖，悄悄跟着娘上京的。不跟着娘走，自己走去天京就是了。谁知道那群拖油瓶非要跟着他，大家一起久了，他也有点舍不得，尤其扛不住妞妞的哭。

那就带着呗，人多好办事。

他有钱，但是他不用，一路走一路卖艺，娘说过，要体察民情。

这一路都很顺遂，但今日却栽了个跟头，随便儿从出生至今，还真不知道跟头的滋味。

吃进去的东西居然被逼着吐了出来。

随便儿露出一脸纯稚的微笑。

那个漂亮叔叔是很难搞，但是他身边那个老实叔叔一看就很好对付啦。

得到“老实叔叔”称号并被光荣选为殿下的突破口的中文忽然打个寒战。

中文包了城中最大的客栈，一边将去平州好相逢打包来的饭菜给燕绥安排上，一边和燕绥说湖州这几日发生的事。

之前燕绥去普甘带去了语言护卫四大头领，其余护卫已经秘密派往各地潜伏经营，宜王府就是一个空壳。暗卫全部派来了湖州保护文臻和随便儿，为了保证安全，是截断联系的。直到燕绥从无尽天回到天京，发了一系列事件，匆匆回京又出京，虽然中文已经召唤了散于各处的护卫，也试图联系暗卫，但不知为何，一直没有联系上在湖州的暗卫。

这是因为，此刻暗卫们还在湖州寻找随便儿呢，还有一部分则追着文臻去了，猜想随便儿可能跟着母亲走了，谁也没想到，他是跟了，但是走了另外的路跟着，还稍稍绕了弯，并不想跟太紧，被他娘发现。

但这并不妨碍中文打听到了湖州发生的事，关于新帝继位后兔死狗烹做法，关于湖州刺史自请卸职自入囚车的情形，关于刺史出城时的满城父老相送的场面。

中文一听就急了，回来便和燕绥说了，燕绥当即道："算着时辰，蛋糕儿出发没几日，便是错过也不会太久，我们这便掉转头去追。"说着便要起身。

中文急忙拦了，道："殿下您今儿要药浴的！您这身子，何必急在一时？若是赶路过于憔悴被文大人瞧见，可想过她有多难受？再说按时辰计算，可能文大人还没到，说不定还要咱们等等她呢。"

燕绥便道："让英文再去打听。"

英文便去了。中文在这里给燕绥安排药浴的物事，又去嘱咐店家准备水，忽然便看见掌柜的将几个衣衫褴褛的娃娃向外赶，喝道："去去，哪来的小叫花子！快走，莫站脏了我的地儿！"

当先一个最小的娃娃有着一双散发着琉璃光彩的眸子，瞧着几分眼熟。

中文不由自主地走过去。

那娃娃看见他眼睛一亮，唤道："叔叔！"一双小手捧着什么东西，高高踮起脚，"叔叔，我们可算找到你了，你看这些钱够吗？够给那位叔叔买药看脸吗？"

中文一怔，低头一看，满是灰尘泥垢的小手里捧着几个铜板。

随便儿炯炯有神地看向他："叔叔，先前那些钱还给人家了。这是我们又卖了一场艺挣来的钱，这回一定够了！你看这里还有一支药膏，一个大夫叔叔给我的，说是治跌打损伤，很好的呢！"

不是讹诈说被球砸伤了脸吗？那就送药呗！

用吧，用吧，用了烂脸哟。

中文热泪盈眶。

这么可爱的、懂事的、天真的、贴心的孩子！

这还找上门赔钱来了！

殿下你亏不亏心哪！

替殿下感到万分亏心的中文不仅没收那几枚铜钱，还将几个"衣食无着落，今晚还不知道在哪睡觉"的孩子带进了客栈。

中文给几个孩子安排了屋子，又让日语去买衣服，让德语去安排吃食，看随便儿一身的泥，又把刚刚烧好的水给随便儿送去让他洗澡，忙得团团转。等到他去燕绥那里伺候的时候，燕绥盯着他半晌，手指敲敲桌子：“我的洗澡水呢？”

中文这才恍然——殿下的洗澡水给那娃娃了！

燕绥上下打量他一眼，在他袍子上看见一个小手印，笑了一声，道：“院子里进了老鼠吧？”

中文倒是听懂了，大声道：“主子，别这么冷漠。那孩子也就和小殿下差不多年纪。”

燕绥忽然沉默了。

中文叹息一声，又道：“方才属下打听了，刺史府收养了几个孤儿。我怀疑小殿下便是以孤儿的身份养在府中，只是并不清楚是哪位。现在应该还在湖州，您要不要……”

他心中感叹，想着文大人真是深谋远虑，以收养孤儿的名义将亲生子养在一群孤儿中，既全了亲手抚养的恩义，又避免了为人察觉，只是这位当真也是忍心，寻常女子谁舍得亲生子将作孤儿？孩子不知道自己身世时，又要多煎熬？

燕绥垂下长长的眼睫，半晌道：“是我的错。”

中文怔然看他，忽然心间一酸，忙道：“主子您说的是什么话，这岂能怪到您……”

“那孩子现在应该不在湖州了。”燕绥道，“文臻既然选择为我丢下湖州赴京，就一定会先安排他离开那里……随缘吧。”

中文只得无语，等了一会儿，却见殿下没有再谈起那群孩子，便知道这番对话触动了他的为父心肠，这是允许人留下来的意思了。中文默默退出，想着殿下也是可怜，至今爱人不见，亲生子不得见，甚至还不知道男女，一睁开眼睛，不等解毒完毕便回东堂，结果却遭遇那般大变，亲人相残，所爱离别，内心又是怎样的煎熬？

他红着眼圈退了出去，一转头就看见随便儿一身光鲜地站在走廊拐角对他笑。

中文只觉得一看见这小祖宗，心花都开了，忙迎上去。

随便儿在他胳膊上蹭：“叔叔啊，我的药膏给漂亮叔叔用了没啊？”

中文再次为小祖宗的善良感动得热泪盈眶，又十分惭愧：“哎呀，忘了！”

倒不是忘了，只是殿下身份特殊，从来不用外物的。

随便儿也不生气，笑眯眯地道：“叔叔我今晚想和你睡。”

中文：“好好好！”

完全忘记他晚上经常是睡主子房间打地铺的，尤其在最近燕绥养伤期间。

他抱着随便儿经过燕绥房间，随便儿目不斜视，燕绥却从虚掩的门缝里看见了他的侧脸，不知怎的，心中一动，道：“进来。”

第九十五章

令尊是谁

中文便抱着随便儿进去，心想，这孩子收拾干净了，如此白净可爱，殿下见了一定也是喜欢的。

随便儿见人说人话见鬼说鬼话，见了燕绥规规矩矩，毫无对他先前无理取闹的记恨，从中文怀里挣脱下地，摇摇摆摆给燕绥行了个礼，道：“漂亮叔叔，我来给您送钱和药来。这位好心的叔叔收留我们住一夜，您不要责怪他啦。”说着还关切地看燕绥的脸，仿佛那里真有什么要紧的伤痕一般，“叔叔您的脸没事吧？”

中文在替自己的主子脸红，奈何他主子不知道脸红为何物，燕绥放下手中药茶，看一眼随便儿，忽然道：“莫欺老实人。”

随便儿心中一跳，脸上笑嘻嘻。

中文一脸爱怜地看着他，主子一向说一出是一出，难为这小子应对不出错。

燕绥看一眼中文，再开口时，随便儿便小心多了。燕绥问他：“何方人氏？”

随便儿：“小子是湖州人啦。”

他的湖州口音瞒不了人的。

“如何流落至此？”

“母亲改嫁，和兄弟姐妹们一起上京找爹。”

中文诧异地看一眼殿下，实在不明白殿下怎么忽然对一个小流浪儿的身世感兴趣了。

燕绥也笑自己的无稽猜想，为什么心血来潮，忽然要问这个孩子不相干的问题，仅仅是因为那惊鸿一瞥恍惚间有些熟悉的侧脸轮廓？

一个长得像文臻的娃娃，不很正常吗？

但他最终还是继续问了：“令尊姓甚名谁？”

中文又开始诧异殿下对这孩子的态度，仿若平等一般的尊重。不似他对那孩子是对娃娃一般哄着。

随便儿态度此刻也是正经的：“家父姓黄，名三子。”

燕绥顿了顿，慢慢放下了茶盏。

他侧首看向窗外的精致侧影，却忽然令人觉得寂寥而凄清。

他似乎失去了说话的兴致，半晌，挥了挥手。

中文会意，赶紧小心地将随便儿带了出去。

随便儿出去时，回头看了燕绥一眼，只觉得这一霎，这个对着窗外发呆的，一直看起来都很骄傲很神气的漂亮叔叔，此刻却好像有点可怜。

他想了想，在怀里掏了掏，摸出一块自己最喜欢的奶糕悄悄放在窗台上。

燕绥随即就躺下了，并没有去窗前。

没多久，起了风，窗台上的奶糕没放稳，掉在了窗外。

当晚，中文便和德语换班，自己在燕绥隔壁开了房间。随便儿早早穿了一个红肚兜，越发衬得肌肤粉嫩雪白，像个瓷娃娃似的，乖乖地坐在床上对着中文叔叔道：“叔叔，我睡觉很乖的。”

中文：“不乖也没关系，你尽管蹬，生气算我输！”

“叔叔你真好！”

在随便儿的安眠药的照顾下，好叔叔半夜睡得像猪一样。

过了一会儿，燕绥的房门无声无息地开了。

房门刚开一条缝，一把药粉已经洒了进来。

片刻后，小小的影子闪入房中。

冷月的光影照得房间半明半暗，随便儿看了看床上的燕绥，皱了皱鼻子。

他只穿着软袜，行路无声，走了几步，看见燕绥放在被子外面的手，苍白的手腕，雪白的布条下隐约还可以看见狰狞的伤痕。

果然是个有伤的。

看他比较倒霉，下手轻一点好了。

随便儿知道君子报仇，十年不晚，且大丈夫恩怨分明。

被他讹诈都没计较，还给了一块奶糕，他居然敢把奶糕给扔了！

不给你点教训，真当小爷好欺负的？

随便儿没有靠近，站在离床半丈远的地方，看了一眼旁边桌几上的花瓶。

瓶中插着一枝老梅。

他目光掠过，那梅枝忽然向着床的方向延伸，枝上梅花一朵一朵次第开放，最后那梅花一直长到了燕绥的床上，长度已经超过了寻常梅树的高度。

随便儿看了一眼，其中一根细细的枝干便向着燕绥的鼻子而去。

那尖端对准了燕绥的鼻子，燕绥呼吸时会微微触及，有些痒，如果他霍然起身……尖端便会捅入他鼻子。

随便儿多看了几眼，一直将梅枝调整到满意的角度才移开眼。

又将一枝最粗的梅枝安排长在了燕绥的对面，这样他霍然坐起，先是被梅枝戳了鼻子，鼻血长流的时候再一头撞上梅树，满头梅花纷落。

多么风雅的唤醒方式。

不用谢。

随便儿心满意足，转身，蹑手蹑脚回去睡觉。

走到门边的时候，他低头，正看见月光铺满地面如雪白长卷，而那长卷之上疏影横斜，点点斑斑，宛如一枝梅正遒劲盛开。

随便儿脑中忽然如电光闪过！

不对！

哪来的梅枝影子！

随便儿也顾不上暴露了，拔脚就跑！

但是已经迟了。

身后，宛如一根细长的手臂猛地伸了过来，抽了一下他的屁股！

随便儿捂着屁股便蹿了起来。

忽然一根梅枝闪电般而至，极其精准地穿过他的裤管，再穿过门头，将他吊在门头上！

随便儿下意识去拔藏在头发里的刀，又一根梅枝穿过他的小小发髻，打落他的刀，将他的大脑袋也固定在门头上。

随便儿极其小心而艰难地扭头一看，就见梅枝正凌空对着自己。

随便儿："……"

等到中文和德语听见动静都起身来看时，便看见燕绥房门上，梅枝疏影横斜，横吊着一个胖娃娃，头上落梅花。

而他家殿下指尖拈一枝梅花，半靠在床边，看着那半空中不敢挣扎哭兮兮的娃娃，眼神似笑又似微光闪烁。

随便儿看见中文便哭了："叔叔救我！"

中文皱眉看他："你怎么忽然跑到隔壁来了？"

随便儿："我……我不知道呀……"

老大从隔壁的隔壁探出头，大声道："随便儿有游魂症！"

这是早就对好的台词，以防意外发生。

燕绥听见这个名字，手里的梅枝微微一颤。

中文便看燕绥，燕绥一挥手，梅枝瞬间枯萎，中文急忙抢先一步抱住随便儿，正要抱回自己房内，忽听殿下道："放我床上来。"

第九十六章

小妖精 vs 大妖精

中文茫然转头，和随便儿对上眼神，两人都宛如被雷劈。

随便儿猛地抱紧了中文的脖子，惊恐的眼神看得中文一阵心疼，正想劝说殿下打消这个奇怪的想法——这万一小崽子睡得不对称，被一脚踹下床怎么办。

但不知为何，在随便儿抱紧他脖子的那一霎，中文忽然觉得后背一凉。

有杀气！

敏锐的中文大管家立即抱紧随便儿警惕地四面张望，这下他感觉到杀气越发浓烈了。

随即他听见殿下语气更淡地道："嗯？"

一般殿下用语气词了，就代表他心情不太妙，中文不敢再拖延，只得抱着随便儿往床边蹭，嘱咐他："你且睡安稳一点，不能乱翻，不能侧睡，不能碰到他，不能睡皱床褥……"

中文说着自己都觉得要哭了，再一看随便儿那泪汪汪的大眼睛，想想他刚才遭受的非人待遇，再感觉到他紧紧勾住自己腰的小肥腿，顿时撕心裂肺，觉得不能放开这个可怜的小可爱。

下一秒随便儿被人从他身上拽了下来，燕绥一只手拎着，往床里一扔。

随便儿刚才的哭包样儿立即不见了，软绵绵滚到床里，翘起小屁股，托着下巴，眨着长睫毛，发出绵软奶音："叔叔，我睡觉很乖的……"

中文感觉受到了一万点伤害。

中文捂着胸口退出去了，德语也在殿下目光的示意下退了出去，一边走一边挥袖扇风，心想刚才那小子用的药怎么感觉有点熟悉？

屋子里只剩一大一小。

随便儿趴在被窝上，目光警惕。

随便儿看看再次直挺挺躺下的燕绥，不动声色地往床里缩。

燕绥侧头看了他一眼。

这是他第一次认真地看这个孩子。

夜市上的第一眼他其实没仔细看，只觉得是个漂亮孩子，此刻终于认真瞧了，在那婴儿肥的轮廓里，细细描摹出一些令人惊心的熟悉细节来。

他的目光在那双小小的微厚的粉色唇瓣上落了落，眼神柔和了一点，看随便儿浑身看似放松，后背却绷得紧紧，宛如一只假装慵懒实则随时等待搏杀的小豹子，不由唇角一弯。

毕竟还是太小啊。

不过已经很惊喜了。

他伸手。

随便儿立即向后一弹，撞在墙壁上，温暖而柔软的被褥当头罩下。

燕绥的声音传来："睡觉。"

随便儿："……"

随便儿把被子抓了下来，赌气地躺了下来，也不管老实叔叔的嘱咐，躺在被子上，枕头歪着，屁股左扭右扭，眼看燕绥似乎并没有发飙的意思，顿时胆儿肥了许多，如同以前很多次和娘睡觉一样，悄悄伸出肥肥的小脚丫往燕绥大腿上一搭。

下一秒他"哎哟"一声，脚丫子被燕绥的手指弹飞了。

随便儿揉着脚，摸到了燕绥的底线，也就不再试探了，刚躺好，忽然听见燕绥问："你在家和你娘睡觉也是这德行？"

随便儿嘿嘿一笑，双手抱枕头，洋洋得意地道："在家啊，我睡觉的时候……"

燕绥："嗯？"

随便儿："娘抱着我睡觉的时候最多……"

燕绥："嗯？"

浑然未曾感应到杀气和危机的随便儿还在吹嘘他的盛宠："和我娘睡才不像和你睡这么难受呢，我娘随便我横着睡竖着睡，一夜醒很多次给我盖被子，我就算把脚搁她脸上，她也只会怕我脚凉了……哎呀你干吗？"

他再次被拎了起来，搁到床尾，随即枕头飞了来。

燕绥："你睡我脚那头。"

随便儿："不要，你会踹到我。"

燕绥："正好，也该轮到你替我焐脚。"

随便儿：这个逻辑我理不清。

"不要，你脚臭。"

"闻多了就习惯了。"

随便儿很快屈服于强权之下。

这对他不难，反正君子报仇，十年不晚。

毕竟年纪小，卖艺一天也很累，他很快就睡着了。

月光穿窗入户，温柔地覆一层雪色被褥，燕绥坐起身，看着那娃娃蜷缩着身子裹着被子靠着墙睡得香甜，小腮帮鼓鼓的，透着朝霞一般的嫩粉色。

忽然想起他说他娘一夜醒很多次给他盖被子。

岂有此理！

燕绥手指一拉，把这小子的被子给全部拖走。

随便儿十分随便，没了被子，抄起枕头，抱进怀里，继续睡。

燕绥看看那个硬邦邦的瓷枕，躺下了，过了一会儿又起来将瓷枕扯走，被子往随便儿面前一递。

随便儿果然顺手就裹身上去了。

他凝视了一会儿，发现这孩子似乎没什么安全感，睡觉喜欢贴墙。

他沉默了一会儿，将被褥扯了扯，垫在冰冷的墙上。

然后他也躺下睡了。

担心了一夜的中文一大早端着洗脸水进来的时候看见床榻，险些把洗脸水给打翻了。

床榻上一片凌乱，燕绥在睡梦中都皱着眉，随便儿抱着燕绥的腿，口水湿了燕绥一大片雪白的裤子。

中文："……"

站在他身后的德语一脸崩溃，他的关注点更多地在殿下身上——床乱成这样，腿还被抱着，殿下居然没醒！

日语探头探脑，愕然道："那小子流口水！"

燕绥睁开眼，难得的眼神略有些蒙眬，自从出了天京，已经好些天没有过像样的睡眠了，昨晚竟然睡着了。他恍惚间想起当年，文臻第一次睡在他身边时也是这般的感受。

一霎心潮微微一涌，随即感觉到裤子湿了。

燕绥脸一黑，盯着那片不断扩散的“口水版图”。

中文一脚前一脚后，已经做好了救娃娃的准备。

却见燕绥手指一挥。

中文弹出。

燕绥的半截裤子脱离裤管，他抽出腿，随便儿的大脑袋落在床上，他终于醒了，嘴角还挂着一线晶亮的涎水。

中文的膝盖也猛一下撞在床角上。

随便儿低头一瞧，十分不好意思地摸头，嘿嘿笑：“叔叔，对不住啦，我睡觉就爱流口水……”

燕绥：“薄荷糖好吃吗？”

随便儿：“……”

流不出口水，嘴里就含了一小块没有特殊味道的薄荷糖，怎么也能被发现！

燕绥冷笑。

睡了我的人，抢了我的位，还吃了我的糖，迟早叫你都给我吐出来。

中文泪流满面，默默退下。

老实叔叔此刻终于明白了，在智商的鄙视链上，自己是最低端的。

殿下指名要求新晋小厮随便儿伺候。

随便儿既以随便命名，自然随便得很，看上去十分荣幸地应了，表示漂亮叔叔都陪睡了，自己自然要有所报答，很利索地穿了衣裳，又捧了燕绥的衣裳来帮他穿，然后把衣纽系错，腰带弄反。

燕绥不耐烦：“在家没学过？”

随便儿立即道歉：“对不起！学了，但是学的是穿女装，我平常都帮我娘穿的！我还会穿官……”

他立即住嘴，可不能说漏嘴。

燕绥就当没听见，他的注意力都在前面几句。

帮他娘穿衣裳？

燕绥立即拂开随便儿的手：“去，给我端早餐。”

衣裳也不穿了，反正他要养伤，半躺在榻上看书，中文端了药膏来：“主子，该换药了。”

燕绥：“等随便儿来。”

中文：拜托，那不是您新买的小厮。

中文提醒殿下：“主子，随便儿还要给您端早餐。”

燕绥："还要负责喂，喂完还要负责换药，换完药还要推我去逛逛，逛完了还要做什么我再想。"

中文："主子，区区正当壮年，未曾退休。"

日语："主子，您要为一个三岁的小妖精抛弃我们了吗？"

燕绥："滚。"

随便儿端着早餐进来了，失宠的四大护卫的泪顿作倾盆雨而下，无可奈何地出去了。

随便儿向来有一颗审时度势的心，自从经过昨晚，便知道谁是老大，蹲在燕绥榻下，端着一碗燕窝莲子粥，专心地喂燕绥。

这店家熬的粥，燕绥平常是不吃的，今日一边看着书，一边都吃了。

中文偶然路过，透过开着的门，正看见那娃娃坐在榻边，捧着碗，仰着脸，喂得认真，时不时还吹上一吹，每一勺喂过去的时候，嘴角都会不自觉地绽放一丝甜蜜的笑意。

而燕绥微微俯下脸，就着勺慢慢喝粥，虽然没有笑意，细看来眼神却柔和隽永。

这一幕说不出的美好，直叫中文看愣了。

他不知站了多久，直到那里头随便儿收了碗，还不忘替燕绥擦了嘴，中文才恍然醒觉，摸一摸脸，竟然隐约有泪痕。

他又发一阵呆，摇摇头，悄然走开。

走开时看见随便儿出来，手中的碗竟然全空了。

中文忍不住又唏嘘，顿时没良心地决定，以后喂饭这事就归随便儿了！

第九十七章

炫耀吧

燕绥换药倒是没真让随便儿动手，他并不想让孩子看到那些狰狞的伤痕，放随便儿去玩了，又让中文去准备车马好赶路。但是还不必急，他还在等一个人。

到了下午的时候，一个戴着斗篷的男子进了客栈，随即被中文请入了燕绥的房间。

男子掀开斗篷，现出张钺那清俊的脸容。

两人对望一眼，都有些惊讶。

张钺惊的是殿下眼底又出现了那种空无的冷意，燕绥则是看他很不顺眼，想着这家伙几年不见待在蛋糕儿身边倒被调教得人模狗样的。

张钺看见燕绥就叹息，一边庆幸一边苦涩地跌足道："殿下！您若能早来几日，刺史也不用弃官自囚，千里奔天京了！"

燕绥轻描淡写地道："文臻心急，我也没办法。"

张钺瞪着他。

您是在炫耀吗？

半晌，他坐下，想问燕绥当日到底发生了什么，又想提起随便儿的事，但燕绥已道："闲话少说，只想问湖州如今可还在你手里？"

张钺脸色顿时黑了，半晌，咬牙道："我竟是没想到，朝廷竟会学刺史的招数，将定州刺史派来做湖州刺史！"

当初文臻和他在事变时演戏割裂，就是为了保住他能继续掌控湖州，朝廷派来新刺史需要时间，新刺史适应湖州需要时间，这来去之间就足够他转圜了。

结果朝廷忽然厉害了，转手来个调岗！定州离湖州不过一日路程，定州刺史常往来湖州也熟悉得很，定州刺史还因为这些年一直被湖州压着，向来和他不合！

文臻走后第二日，定州刺史便带着圣旨和自己的一脉官员来了湖州，虽然他不能随意撤换，却将下头可撤换的官员换了个干净，又以清查及视察州军为名去查毛万仞，州军这几年是超编的，带走的人不在名单上，虽然没查出什么来，但是一个偌大军营想要查点东西实在不难，很快就查出军需不足等问题，要将毛万仞和潘航去职，他心知一旦潘航等人去职，接下来整个湖州官场便是文臻一脉倒霉，为此已经和刺史硬顶了好几日，双方争执不下，正在焦头烂额时，接到了燕绥的飞鸽传书。

张钺连夜便奔了来。

文臻奔往天京，暂时无法联系，他如果不能为她守好湖州，让湖州成为她的后盾，那么死也羞见文臻。如果说现在还有一个人能扭转湖州情势，那就只有殿下了。

他将情形简单地和燕绥说了说，又说起湖州军被迫立即开拔建州，定州刺史带了定州军来，牢牢看守住了湖州，所有官员吏役进出都受限，陷入不断的清查盘点之中。而百姓却得到了很多的安抚，江湖捞、好相逢等也未被为难，显然定州刺史背后另有高手在指点，诸般行事很有章法。

张钺一边说一边愤怒，又庆幸地道："那些人比我想象中更阴险，定州军竟然在文大人离开湖州之前就已经开拔，原来是打算先围困湖州军趁夜冲入湖州军大营，再去通知软禁甚至拿下大人的。但也是咱们运气好，定州军欲待夜袭之时，有人示警，毛都尉及时发觉，定州军不得不撤走，后来朝廷来人才不得不退一步，允许大人自行上京，也不知那位示警人是谁……"

燕绥只淡淡听着，等他说完便道："让毛万仞和潘航放弃一切抵抗，敞开军营，对刺史罗织的任何罪名，不认罪但也不必硬顶，换防调动也口头完全配合，但以军心浮动为名，暂且拖延，那么定州军便会就近进入湖州军大营。"

张钺愕然看他，还没明白殿下的脑回路。

燕绥只得耐着性子又道："湖州军心一旦不稳，新任刺史怎敢安枕，必调定州军就近监督换防，而世事就怕比较……"

张钺恍然大悟。

世事就怕比较，湖州军这几年作为文臻嫡系军队，可以说享受了最好的装备和最高的军饷。定州军一旦亲眼看见湖州军的军备、待遇种种，如何能不怒火中烧？

到那时，军心浮动的就会是定州军。

再稍稍挑拨，一旦哗变，定州刺史已经调任，定然会推卸责任给定州都尉，但定州都尉怎么会坐以待毙？轻则撤回定州军，使新任刺史失去依仗，重则拉新任刺史一起下水。

张钺越想越兴奋，心中感叹，再难的事，在文臻和燕绥这一对面前似乎都不是事儿。

“只是终究要换防去建州的……”张钺心想着湖州军现在已经全部是文臻的人，兵精马壮炮强，可谓难得的强军，这调到建州，便宜了别人，实在可惜。

燕绥面无表情地道：“换防的路上山高水长，谁知道会发生什么事。”

张钺瞠目结舌地看他。

什么意思？是要将这一支军队直接黑吃黑了吗？

可堂堂朝廷在编军队愿意就此沦落吗？

他却不清楚，如今的湖州军本就大多是盗匪出身，在湖州绕了一圈，得了钱粮和目前最强的装备，本身已经是赚了。

等于朝廷帮文臻和燕绥养兵强兵三年。

更何况未必就是沦落，燕绥本就另有打算。

张钺知道自己不能再问下去，当即打住。只是他心中还有些顾虑，皱眉道：“毛万仞其人是半路收服，刺史离开后便有些态度暧昧，我怕他不肯担这个干系……”

燕绥低头喝茶道：“当初文臻怎么收服毛万仞，如今照样施为便是。都不用费文臻当初的工夫，毕竟毛之仪很崇敬文臻不是吗？”

张钺没听出这话里的醋味，再次茅塞顿开，诚恳长揖，道：“钺受教，钺这便去办理！”说完便要走。

燕绥道：“回来，这就结了？欺负了我的人，这点教训就成了？你答应，我可不答应。”

张钺目瞪口呆。

燕绥：“新刺史带了许多亲信来？已经空出了许多职位还没来得及一一安排吧？你是湖州别驾，有职权支配统管之权，二桃杀三士，没听过？”

张钺再次醍醐灌顶。

但凡官职总有肥缺，也有清水衙门冷板凳，这里头可做的文章太多了。以他的身份在其中做点鬼，将一些肥缺给不同的人做一些暗示性许诺，到最后一旦新刺史分配下来，有些人希望落空，立时便会生事。

休要小看小吏，掌握机密关节最多的往往就是他们，最容易做鬼的也是他们。

燕绥：“当然，这也需要你不可做强项令，不妨先虚与委蛇。”

张钺：“钺明白。殿下智慧天纵，钺心服口服，钺这就去……”

燕绥：“回来。”

张钺：“……”

还没完？你是要剥掉新刺史官服还不够，连皮也剥了？

燕绥却没有立即说话，转动着茶杯似乎在沉吟，张钺有些心急，半晌道：“殿下，但有妙计，尽说无妨。无论何等艰难险阻，钺都愿为文大人万死不辞。”

燕绥这才看他一眼：“当真？”

“殿下可以生死试之。”

“那正好。”燕绥没有笑意地一笑，“那便劳你献上性命一用。”

片刻后，张钺面色肃然，终于告别。

迈出门槛前，他忽然回身，道：“殿下，还有件事，您和文大人的……”

燕绥道：“张大人，犬子这几年多承你的照拂，在此谢过。”

张钺顿时明白，喜道：“您遇见随便儿了？他在哪里？一切可好？”

燕绥：“大抵在替我端饭、泡茶，或者准备衣裳？”

张钺：“……”

你这又是在炫耀吧！

张钺黑着脸走了，随便儿带着他的子弟团来了。

燕绥正在闭目养神，他耳力出众，老远就听见随便儿在廊上和那群孩子嘀嘀咕咕。

“老大，你去试试，我觉得那个叔叔也该有妻有子了，看我的眼神却像个缺儿子的，特别饥渴，而且有护卫有马车，老讲究了，一定特有钱，地主啊，不能放过。老大你老实憨厚，勤劳讨喜，你去试试。”

燕绥：“……”

老大：“那随便儿你怎么不去试试啊，我觉得你更讨人喜欢啊。”

随便儿：“嘿！我能成功我肯定自己上啊，我这不是昨晚试了没成功嘛！你看今天我都被当小厮用了，老大你试试，你当了少爷，我们也沾光。”又嘱咐妞妞，“妞妞你也可以试试，你长得可爱，怪叔叔一般都喜欢小女孩，但是你不要总哭。”

妞妞：“随便儿我怕……”

随便儿：“别哭，你不去行了吧，也是，老娘说怪叔叔喜欢小女孩可不是什么好事，会吃掉她的。就这么决定了，你不要去了！”

燕绥：“……”

随便儿：“要么瓜娃子你吧？你话少，怪叔叔话也少。你从小到大猜人心思都很准，也搞不好他毛病多，不喜欢人猜他呢……”

燕绥：“……”

随便儿的主意又打到甜甜身上：“甜甜，你去，你不爱哭。娘都很喜欢你，不过你不要太矫情，哎，我娘说叫甜甜的都矫情……”

燕绥：“……”

走廊上关于“哄个有钱爹”的面授机宜完毕，门被推开，伸进来从大到小一溜七个脑袋。

燕绥将书一搁，面无表情地看着他们：“谁先来？”

七个娃娃：“……”

燕绥：“是老实憨厚，勤劳讨喜的老大？”

老大：“……”

燕绥：“是长得可爱，一向得怪叔叔喜欢，就是有点爱哭的妞妞？”

妞妞：“呜呜呜。”

燕绥：“是和我一样话少，但猜人心思精准的李瓜？”

李瓜：“……”

燕绥：“是不爱哭但是有点矫情，也叫甜甜的甜甜？”

甜甜：“……”

等等，什么叫“也”？

燕绥：“商量好了吗？哪位来骗我这个老有钱的地主做便宜爹，一跃成为少爷小姐，好让随便儿跟着沾光？”

屋外，听墙根的日语一头撞在墙上，捂着肚子狂奔去院子里释放狂笑了。

七个娃娃站在当地面面相觑，显然无法应对这样可怕的突发事件，最后还是随便儿跳起来将老大他们一起推了出去，很有义气地独自留下来，扑在燕绥膝前，仰起天使般的脸，谄媚地道：“漂亮叔叔，这不是随便儿自己想当您的儿子，又不小心失去了机会，才想着推哥哥姐姐们试试的嘛。您就看在随便儿对您如此爱戴的分上，原谅随便儿一次好不好……”

燕绥：“帮我穿衣。”

随便儿这回啥也没穿错。

燕绥：“推我去逛逛。”

然后众人就看见高大的男子坐轮椅，短腿的三岁小儿低头推，满街的人指指点点，同情的泪水快要把那可怜的小儿淹没。

燕绥冷笑，他的轮椅是特制的，蚂蚁都能推得动。

随便儿小屁股撅那么高，是故作辛苦呢，还是故意博同情呢？

这小崽子像谁？

逛完回来，也该吃午饭了，不用燕绥吩咐，有眼力见儿的随便儿已经主动去洗手准备喂饭。

四大护卫今日闲得蹲在门口捉虱子，唏嘘着光阴如箭。

燕绥慢条斯理吃完饭，才忽然道："可以考虑。"

他没头没脑说这一句，然后就准备出发了，随便儿莫名其妙，想了好久，一直到蒙着头脑被掳上马车才忽然反应过来。

怪叔叔说的是，他既然想当他的儿子，那他可以考虑？

所以就把他和小伙伴们都带着了？

随便儿瞪大眼睛，表情惊恐。

不！要！啊！

就在燕绥单方面碾压随便儿的过程中，文臻一路向天京疾驰。

说是十天，但在她的强力压迫下，七天便到了天京。

隐行的州军精锐便硬生生一直护送到了天京，这令礼部官员和旗手卫心惊胆战的同时，也惊骇于文臻的胆大包天，原以为州军顶多送出湖州境，后来又以为顶多送出南部，然后到最后，在天京城外依旧能听见州军的马蹄声。

这是要反了不成？

但他们不知道的是，过了湖州境，大部分州军确实回去了，文臻不可能带着大军招摇过市，各地关卡是过不去的。

就算想办法带着三万大军进京，也不够对付天京内外的重兵。

但是她也选了精锐中的精锐，骑着千里快马一路跟随。三百骑，可以保证她安全出入天京，却又不至于引起太多注意。

在天京城外，她首次歇了一夜，而那一夜三百骑赶到，先是困住了那三百旗手卫，再拿下礼部官员，将这些人扒去衣裳，扔到了天京城外的深山里。

等他们跋涉而出，寻到人烟，找到衣裳，再赶回天京禀报，最起码也要三天。

而他们发回的文臻回京的消息，最快也要五天才能到天京。

也就是说，天京短则三天，多则五天，才能得到她已经出发往回京的消息。

她要的就是这个时间差。

永王他们对她不会没有防备，就算没有消息回去，她估计再过两三天城门就会加紧盘查，所以她最多也就这个时间可以利用。

次日一早，她进城。

老远就看见人群聚集，对着城门上方指指点点，隐约看见城门上旗杆高高，绑着一个血迹斑斑的人。

旁边排队等待进城的百姓在低声议论。

"听说是弑君的皇子被擒下后绑上了城门，就是传说中那位很是厉害，也很得宠爱的三皇子。"

“真是丧心病狂，宠爱他，连我们都听说过，怎么能犯下那等弑父弑君的恶行！”

“是啊，如今也算恶有恶报，据说当时就被景仁宫的机关射中，陛下下令要将这乱臣贼子悬挂城门曝晒，三日后当众凌迟。”

“皇族子弟，怎么也如对待那江洋大盗一般羞辱？”

“那你也不看看这犯的是何等人神共愤的恶逆之罪！”

采桑看那高杆上的人影，奈何太远，看不清楚，隐约觉得身形很像，她担心地看一眼文臻。

文臻只看了一眼，然后道：“进城。”

顺利地进了城，采桑欢喜地道：“啊，那不是殿下！”

文臻沉默了一下，道：“我不知道。”

采桑：“什么？”

“我只知道这个高悬城门的人是等着我的陷阱，而我如果此刻动手，不仅救不出他，还会把我自己陷进去。”文臻淡淡道，“所以不管是不是他，我都不会在此刻出手。”

采桑抿紧了唇，此刻才发现文臻脸色惊人的白，捏着马缰的手，指甲都是青白色的。

采桑才恍然惊觉，小姐看见那高悬城门的人时是怎样的心情。

无限的恐惧、担忧、焦灼、煎熬……比她更甚。

然而她不为所动，如山岿然不动。

虽然跟随小姐已久，采桑还是常常为她的决断和心志而心惊。

以为她确定了不是殿下才决然而去，却原来根本不是。

所以她才只看了一眼吗？怕自己多看一眼，便再也忍不住了？

寻常人千里来奔，为救久别的爱人，于此情境之下，如何忍得？

可她忍得。

马车一路疾驰，每经过一处街市便剥去一层外皮，去掉一些装饰。

直到经过了第五个街口，已经变成了一辆普通的灰色半旧马车。

天京东贵西富，南贫北贱，这里是南城的一处普通民居聚集地。

马车在驶入一条三岔巷子后分成三辆，各自驶入一个院子。

文臻没有进入任何一个院子，在那三岔巷子之前便悄悄下了车。

她进入那里的一间土地庙，从那土地庙的暗门下去，经过一个长长的地道，再出来的时候是另外一间香火颇盛的尼姑庵。

尼姑庵前院人来人往，都是眼线，后院清静，有人在等着她。

从天京出事起，所有江湖捞、好相逢、三问书屋都已经关闭，但是人并没有走。

文臻进入，人们站起，未及说话，已经有流水般的信息递上来。

文臻匆匆看过，分析出城门上的应该是个陷阱。

这令她舒了一口气。

有人递上一张纸条，道："这是最近江湖捞墙根总能看见的标记，我们不认得，但猜可能是有人想要联系大人，您瞧瞧。"

文臻展开纸条，上面画着一朵菊花，每瓣花瓣像牙齿一样尖锐。

菊牙，德胜宫。

"现在有办法进宫吗？"

"很难，我们认识的渠道现在几乎都联系不上了。就算进去，最多也只能一个人，每个进去的人都要经历最起码五次搜身。"

文臻默然，她现在不清楚具体的情况，她得先进宫一趟，将当日发生的事弄清楚，才能决定下一步到底该怎么做。

"那就只能冒险了。"

第九十八章

婆媳

入夜，两道人影匆匆走在长廊，前方一个老太监一手提灯，一手拎着一个看起来很重的篮子，里头都是上好的香烛。后方一个少女抱着一个包袱，有点麻木地跟着。

侍卫巡夜的灯火远远逶迤而来，当先一人喝道：“站住，例行巡查！”

两人立即顺从地站住，验过腰牌。老太监是司库，专司给香宫送香烛等物。宫女却是司膳房的女官，这让侍卫诧异地看了那宫女一眼，却见她双颊红肿，泪痕犹在，头发也乱蓬蓬的。显然是遭了处罚，再看她行去的方向便若有所悟。

果然那老太监嗫嚅道：“秀华宫发落的，让顺便送到香宫去……”

侍卫们对望一眼，神情了然。云阳公被杀，陛下为表安抚，恢复了他的爵位，但总归人是没了，容妃娘娘痛失爱子，最近性情大改，秀华宫动不动便发落宫女，显然这个司膳房的女官也是触了容妃娘娘的霉头，直接被扔到香宫了。

宫中人的规矩，对这等人都是避之唯恐不及。尤其香宫，谁也不愿意去，觉得晦气。这老太监想必不得志，被人抓了差来送人。

侍卫看腰牌无误，又见那少女虽然神情呆滞，但一举一动俨然是熟练的宫人，身上还带着司膳房女官特有的烟火气息，但还是让跟着的嬷嬷上来搜身，没搜出什么来，才挥挥手，示意赶紧走。

如此一路过去，果然搜身盘查五次才到了香宫。香宫出来接的人却是菊牙。

菊牙接过那老太监的篮子，看了一眼那少女，便道：“跟我来吧。”

德妃立在香宫三进殿西侧一间屋内，看着进来的少女哂笑一声，道：“哟，文大人今日回归老本行了。”

文臻自如地理了理袖子，司膳女官本就是她的宫中身份，当初的腰牌也没收回，如今正好用上。她看一眼德妃，掩下心底的诧异。

德妃娘娘和她儿子一般，是个讲究人，平素里虽然白的黑的乱穿，但衣裳质料向来讲究，文臻还真没见过她穿这灰扑扑的衣裳，无肩无领的，肌肤倒是遮得严实。

文臻知道她入了香宫时心里便有些不安，她怎么会入香宫？莫非有所交换？想着以她的身份和性子，进了香宫应该也不至于受那些宫女的苦楚吧？但如今瞧着她这素衣，气色晦暗，文臻心底的不安便又起来了。

只是知道德妃的性子，也不会去问，菊牙自去门口守着，两人便面对面坐了。德妃知道时间紧急，便痛快地道："当日情形是这样的……"

文臻听着听着，脸色便渐渐白了。

她数年封疆大吏，居移气养移体，已经修炼得不动声色，然而此刻，脸上是那肉眼可见的白，连带手指都微微颤抖起来。

竟然是这样……竟然是这样！

一时心绪纷乱，隐约听得德妃道："我去牢中见过燕绥，帮他处理了伤口，拔了刀，那一刀可真狠，直没至柄，差一点便刺了心。用的刑具更是传说中最酷厉的那一种，锁环内带铁刺，刺入肌肤血脉筋骨，一旦长实，砍断手脚也无法挣脱……这便是天家父子，天家兄弟！"说着抿紧嘴唇，盯着文臻。

文臻也看着她，半晌，当着她的面掏出手绢来。

德妃有点意外地看看手绢。

文臻轻声道："你故意说这些，不就是想看我哭吗？你以为我不会哭？"说着手绢往脸上一盖，顿时手绢便湿了。

德妃立时便有些手足无措。

菊牙转过头瞪她一眼。

这时候还恶趣味！

还要当恶婆婆！

想看人家装铁娘子人家偏不如你愿！

文臻仰着脸，在手绢底下抽噎几声，忽然往她身上一靠，软声道："娘娘，我心里难受，借肩膀给我靠靠……"

德妃手足无措地扶着文臻的肩，想要将她拉起来，却不知怎的手就没了力气，喊道："文刺史！文大人！文臻！文小臻……"

德妃："文小臻！文蛋糕儿！你这像什么话！你还像个封疆大吏吗！"

文臻软软地靠在她身上，哽咽道："什么封疆大吏，我不就是你儿子的妻，你的儿媳妇吗？”

德妃忽然便哑了口。

文臻拿下手绢，顺手一抹脸，双臂一伸，抱住了德妃的腰。

德妃顿时又僵硬了。

文臻轻声在她耳边道：“娘娘，你也很想哭吧？那就和我一样，想哭便哭呗。咱俩不就是一对爱人受害的倒霉婆媳吗？咱俩再不抱头痛哭一场，还能和谁发泄这一腔愤懑呢？忍着又没人给发铁娘子奖章。发泄完了再该干啥干啥，不是吗？”

德妃肩膀一阵抽搐，文臻把自己哭湿的手绢递过去，德妃一把拍开，抽出自己的手绢，背过身去。

文臻起身走到一边，凝视窗外那些巨大的，挡住所有光线的金缸。

菊牙悄悄地对她行了个礼，这是感谢她用这样的方式开解娘娘。

文臻等了一会儿，算着德妃已经发泄完才转过身，果然德妃已经收拾齐整，依旧一张风流婉转美人面。

文臻仔细看她气色，哭过一场，心气抒发，果然好了些。

她便笑着踱回去，很自然地伸手提壶，给德妃斟了一杯茶，躬身双手递给她。

德妃也便很自然地接了，她一口喝了，才恍然惊觉什么，手一顿，抬头看文臻。

文臻对她笑得温柔，站在她面前没动。

菊牙站在一边，想着那日去救殿下，殿下被中文背走之前说的那句话。

瞬间湿了眼眶，百感交集。

文姑娘并没有遇见殿下，然而她竟然一见娘娘就这么做了，立即呼应了殿下的承诺。

或许这便是深爱，虽隔时间空间，却依旧心有灵犀。

德妃怔了一瞬，自失地笑了一下，伸手入怀，掏出一个锦囊，道：“也不能白被你伺候一回。”

文臻也便收了，笑道：“谢娘娘。”想了一想，她又道，“还差一个。”

德妃：“什么？难道你这几年给燕绥又娶了个小？”

文臻：“做梦呢他，我是说……”她弯了弯眼睛，“给孙儿的见面礼。”

德妃睁大了眼睛，半晌道：“哟，这小子……”想了想又道，“没听他说啊……”

文臻笑道：“他自己都不清楚是男是女呢。”

德妃顿时得意起来，又从手上褪下一个玉环递了过去，道：“临时过来，都是些女子物什，以后再给孩子备点他喜欢的。”

文臻接了，又道：“孩子大名还没起呢。”

德妃怔了怔。

文臻此时提起这个，便是要她给孩子起名的意思了，这令她十分意外。多年来她和燕绥之间的关系恶劣，更是一直不曾承认文臻，她未曾想到，文臻竟然不计前嫌，愿意把这起名的机会给她。

文臻凝望着德妃，她没想那么多，只是觉得，燕绥应该不在意这种事，而此事发生后，德妃出现在香宫，又曾去救护过燕绥，却一字没提林擎，显然是以儿子为先了。这令她十分意外，想着以德妃现今的身份和处境，能做到这一点实在难能，显然这女子并非毫无慈母之心，如此，若能为这对母子稍微弥缝一下，多少也安慰一下燕绥的凄凉之心。

父已不成父，难道母亲还要那般做最亲近的陌生人吗？

她心疼。

为此她愿意把爱子的起名权，让给这个一直不曾表示过喜爱她的女子。

德妃最终呵呵笑了一声，道：“燕绥可能会生气。”

文臻笑道：“儿子我生的，我养的，他生什么气？”

德妃一拍手：“然也，不用理他。燕家这一辈是水字辈，可我觉得燕绥并不想按着燕家的族谱排。”

文臻道：“我本来有个挺好的字，如今，我也不想了。”

德妃道：“我也不想！既如此，土能克水，山也可以视作土。大名就叫燕峥。你原先选定的是哪个字？”

“渊，他生于水中。”

“那便，字灵渊。”

“好极。”

两个女人相视一笑。

从名到字，处处压燕氏皇族一头。

这才是属于燕绥子孙的意气。

定下了名字，德妃便道：“我如今没有自由，救不出燕绥，你自己去想办法吧。他便关在皇宫南侧的天牢里，我打听过，在最里面一层。”

菊牙按娘娘事先嘱咐，死死低着头，不敢抬头泄露什么表情，恐被鬼精的文大人发现问题。

文臻看看德妃，垂下眼“哦”了一声，又问：“神将关押在何处？”

德妃道：“西侧地下铁狱，那里我熟悉，我有办法，你便不用操心了。”

文臻点点头，出门去吹了声口哨，便有人悄然走近，文臻低声说了几句，道：“放出消息。”

德妃惊诧，道：“没想到你在香宫也有人！”

文臻笑而不语。香宫的人，是当年燕绥和她来过香宫之后，见香宫情形特殊，燕绥后来暗中派人收买的。这样的暗桩并不很多，只是未雨绸缪罢了。燕绥安排的这些人都没瞒过她。

至于燕绥为什么没有告诉德妃，说到底，是他还无法完全信任德妃罢了。

文臻理解他，无论谁，在经历那二十余年的冷待，再经历父亲那一着杀招之后，想要立即信任别人都很难。

所以需要她亲自来，不仅要亲眼判断德妃的立场，还要判断这些暗桩还能不能用。

等那个面目麻木的宫女离开，她才对德妃道：“娘娘记住这人，她叫离虹。以后若有需要，便联系她。”

德妃点头，又问：“想好办法了吗？劫狱是不成的。现在已经完全不许探视，不许任何人进入天牢。无法接近，连里头到底什么情形都不清楚，想要营救也无从说起。”

“那可有说什么时候处刑？”

“没有，虽放出会凌迟的风声，但迟迟不说会在何地何时处置，显然是要放饵等大鱼的。”

文臻笑了笑，她就是那条大鱼呗。

不公开处刑，就无法浑水摸鱼劫法场，此路不通。

“天牢一般关押什么样的罪犯？”

“三品以上在朝触犯国法的重犯，一般多关押手掌军权或者政权的人物，或者事涉国朝机密者，谋逆或者行刺皇族者亦在此列。”

和文臻知道的一样，文臻若有所思地点点头，德妃看着她的神情，莫名地有点心惊，总觉得这丫头似乎马上又要干一票大的。

文刺史如果要干一票大的，基本上就是惊动天下的大事了。德妃的心怦怦跳起来，忽然对于自己的想法有点后悔，张了张口，正要说什么，忽听外头道：“纯妃娘娘安：”

德妃一惊，猛然站起，菊牙已经冲了过来，下意识要将文臻藏起，但这厢房可不比德胜宫华丽，不过一些普通家具，一时又能往哪藏？

德妃脸色也变了，这纯妃来得也太巧了吧！

这位可是文臻的死敌！

而且据她打听的消息，燕绥重伤下狱，原本太子看他伤重，没打算用重刑具，怕把人太快弄死了，是这个闻近纯在太子面前说了话。

只是现在情势比人强，德妃自己还困在香宫，不打算多这个事，真要报这个仇，以后让燕绥和文臻自己报去，没想到这边没动静，她倒自己找上门来了。

文臻已经飞快低头闪身站到了德妃身后。

德妃匆匆将一样东西塞到了她的掌心，道：“来不及和你细说了。你且收着，将来就在你老家附近，找一个姓谢的……”

帘子一掀，德妃住口，吸一口气，往前一站。

一身盛装的闻近纯袅袅婷婷地走了进来，看见德妃，笑道：“德妃娘娘，您万安呀。”

说着便要行礼，她身边一个宫女急忙扶住了她，道：“娘娘您是万金之体，怎可对这待罪宫人行礼？”

又一个宫人看着德妃，喝道：“秦氏，还不速速向纯妃娘娘见礼！”

德妃看也未曾看她一眼，菊牙上前一步，一个巴掌便挥了过去：“秦氏是你叫得的！”

她出手迅猛，显然经常操练技巧熟稔，那宫女猝不及防，脸上眨眼间便浮上一个深红的巴掌印子，她还没醒过神来，菊牙已经连珠炮般地道：“我家娘娘为四妃之首，又在香宫敬神，为祈福，还是这宫中的主子，你敢犯上！”

另一个宫女大怒道：“诸宫嫔妃都封了太妃，唯有德妃未封，还算什么主子！”

菊牙冷笑：“只要德妃封号未去，就永远是主子，就永远轮不到你们这些贱人喊一声秦氏！”

那宫女还要反击，闻近纯忽然一抬手，阴恻恻笑道：“何必为这些细枝末节纠缠，这封号不封号，以为躲在香宫就可以留住吗？”她看向菊牙，眼神一转，才转向一直低头不语的文臻，“不过说到主子奴才，本宫可就有话说了。便是德妃娘娘还是主子，可你们两个无论如何也还是奴才吧？这奴才见了主子，怎么都不见礼吗？”

菊牙心中暗暗叫苦，她故意撒泼打人，目的就是为了把注意力牵到自己身上，好叫这些人转移目标，但这个纯妃太阴险，竟然不上当。

文大人何等身份，和闻近纯又是新仇旧恨，这怎么屈膝？

她还在犹豫，文臻却已经上前，对着闻近纯屈膝：“见过纯妃娘娘。”

菊牙无奈，也只得行礼。闻近纯看也不看她一眼，只盯着文臻，笑道：“你这个丫头我倒面生，抬起头来。”

文臻没动。

德妃忽然道：“纯妃娘娘，德胜宫可没招惹你，你为难我儿便算了，又和一个宫女过不去做甚？”

文臻目光一闪。

闻近纯笑道："德妃娘娘这话奇了。我为一宫主位，要看看一个宫女的脸，怎么也不配吗？"

她说到"不配"二字时，颇有些咬牙切齿，那是想起了当初金殿作证时所受到的羞辱。

每次被打入泥泞，都要花费无数的心力挣扎而起，谁又明白她于其间血与泪的付出？

而那些欺辱她，打压她的人，又凭什么不付出代价？

她心中闪过这个念头的时候，忽然觉得周边气氛一冷。

她愕然抬头，就见那个一直低头的宫女忽然笑道："纯妃娘娘，您真的想要看清楚我吗？"

穿着山民衣裳且满身泥泞的礼部官员和旗手卫们踉跄走出深山，终于回到了天京城外的官道之上，正为弄丢了湖州刺史而感到绝望之时，忽然看见了文臻的那辆马车，马车边赫然正站着文臻的贴身侍女采桑。

而在马车边多了一辆囚车，正是当初文臻从湖州离开时临时乘坐的那一辆，里头湖州百姓的临别赠礼还塞了半车。

礼部官员和旗手卫们十分震惊地站在路上，不明白这是搞的哪一出。随即便听见马车内文臻的声音，笑道："诸位，这几日深山之旅感受如何啊？"

众人一听怒气填胸，正要斥责，忽又听文臻道："本官既愿束手就缚，自入囚车进京，如何又会在这天京城门前反悔作乱？只是这马车当然不能这样驶入天京，稍后本官依旧以囚车进城。"

礼部官员冷笑一声，原来是又想享受，又要博名声，在陛下面前扮可怜，正要嘲讽，又听文臻道："送诸位进山游玩一趟，是要诸位明白，在我面前最好老实一些。进京之后，我要做什么，说什么，请诸位听着便是。如果诸位表现欲太强……那本官现在就送你们回去再旅游一次。"

礼部官员立即闭嘴。

能押人进京就算任务完成，总比自己孤身狼狈回去领罪强。

在这位女刺史面前，受点气算什么。

"文臻"这才下车，戴着幂篱，遮住脸容，和礼部官员客气地解释："坐囚车进京，怪没面子的，遮个脸。"

"文臻"由采桑扶着上了囚车，那辆马车依旧跟在车队后面。礼部官员几日旅游下来，也不敢管她的事，心想这马车如此豪奢，回头便让天京百姓和陛下看看，这位刺史是如何当众作假的。

囚车辘辘进城，自然不会受到任何阻拦，甚至在城门处便引起了轰动。

因为一到城门，采桑就展出一个白底红字的横幅，上头写着“湖州刺史自入囚车，卸职归京”。

近几年文臻的大名在天京也是如雷贯耳，湖州工商业发达，天京商人也多有前去经商的，对湖州全境的治理和各项扶持政策都是赞不绝口，此刻看见这横幅，等待进城的人群便热闹起来了。

采桑站在车辕上，面对七嘴八舌的询问，做了湖州刺史的临时发言人。

“对，这是我们刺史大人。

“并无罪责，否则你们应该也能听见消息了……只是传言皇三子弑君谋逆，而只是传言皇三子待我们大人稍好些，便有朝廷官员前去要将我家大人停职待查，湖州百姓为大人冤屈鸣不平，州军愤怒，大人为免百姓暴动，不得不自请卸职，入京面圣，面呈心迹，为表诚意，自入囚车……

“这些都是湖州父老临别时所赠，当时事出突然，大人是夜半被忽然闯入的旗手卫惊起的，但是湖州百姓也不知怎的得了消息，许是刺史府内当时喧嚣太过。全城百姓都起身了，六十孝子背着八十老娘，年轻夫妻带着三岁幼儿，卖卤菜的寡妇带着独自养活的七个儿女送上了家里的全部卤菜，有人把家里全部的鸡蛋都拿来了……湖州父老真是一腔赤诚对我们大人。

“是啊，这油布是湖州百姓给钉上的，怕大人受了风寒，这书卷是州学名士们联名送上的，请大人路上代为批阅继续指教……嗯嗯，全城官员，乡绅富户，学子教授，上至耄老，下至幼童……皆长跪雪地免冠相送……”采桑抹一把声情并茂的眼泪，“我这至今想起，都禁不住想流泪啊……”

礼部官员和旗手卫们的脸色不好看了。

百姓们的脸色也不好看了。

敢情这位政绩卓著的女刺史并无罪责？

敢情就因为那点捕风捉影的事，就要将人家一个为国兢兢业业的刺史的功劳一笔勾销，这要过河拆桥？

夜半闯府，捉拿锁拿，是对一个封疆大吏该有的态度吗？

看看人家，那遮风挡雨的囚车，那半车的鸡蛋食物，那些书卷，这不是礼物，这是一城百姓的拳拳之心，是一城百姓深受照拂之后的最真切的感恩和肯定啊！

这才是真正的官员的光辉冠冕，无须言语和笔墨，无须青史铁笔描摹，注定口口相传流芳百世！

然而这样为国为民尽忠职守的官员，现在却在囚车里，受风吹雨打，奇耻大辱！

百姓哗然且愤怒了。

礼部官员隐隐感觉不好。

在囚车里一言不发的“文臻”忽然一抬头，看见城门上高悬的人影。

百姓们瞬间也安静了下来，人们对于一些坊间流传免不了几分好奇。也想看看这位传奇女刺史面对这传言中的犯了大罪的爱人，到底会是什么样的反应。

会痛哭，还是冲冠一怒为蓝颜？

两人之间到底是否如传闻一般，关系暧昧？

而女刺史千里自囚入京到底有几分私心？

第九十九章

对峙

“你真的想看清楚我吗？”

这话一出，闻近纯眼睛一眯，随即便笑了起来，然后她下巴一抬，道：“对，过来，跪下！”

颐指气使，身子却在猛然后退，喝道：“拿下！”

她身后忽然鬼魅般闪现出一道人影，她的后背正撞入那人怀中。

闻近纯大惊，正要尖叫，却已经被那人勒住咽喉，闻近纯手肘向后一捣，手肘下弹出一截利刃！

这一着迅捷且阴险，但此时文臻已经到了，一手捏住了她的手肘，往下一刺，闻近纯一声惨叫，利刃刺入了她的大腿。

文臻接手闻近纯那一霎，那道人影一闪不见，完美交接。

那是冷莺。

下一瞬文臻已经换了身位，到了闻近纯背后挟持住了她。

她和冷莺的配合经过几年的打磨已经非常默契，不过眨眼间，闻近纯已经落入她手，而闻近纯布置的人才刚刚闪现身形。

很多人，确实足够留下她，但已经毫无用处。

文臻紧紧掐着闻近纯，一手抓着她的手肘，手指用力，卸下那截利刃，笑道：“这回看清楚了吗？”

闻近纯尖声道：“放开我！挟持皇妃是死罪！文臻你找死——”

寒光一闪，一声惨呼。

闻近纯浑身发抖，手腕上血如泉涌。

文臻讶然道："哎呀，你挣扎什么呀，你看，这一不小心抹断你的手筋了呀！"

德妃笔直地站着，看着地上的血，想着那日铁狱里燕绥手腕上汩汩不断流的血。

忽然格格一笑。

燕绥。

高兴吗？

你媳妇果然给你报仇了。

刺史报仇，一刻嫌晚。

她心情畅快，一边笑，一边回去稳稳坐下了。

后头的事用不着她了。

燕绥有妻如此是他的福气。

她眯起眼，眼神里透出淡淡的羡慕。一边羡慕着，一边惊讶地道："哎呀，这位是谁！怎么忽然出现在这里？"

闻近纯哭着气得吐了一口血。

而此时香宫之外已经有无数急促脚步声响起。

囚车里，"文臻"挺直了身躯，一眨不眨地凝视着那个高悬的身影。

忽然朗声道："殿下，自当初天京一别，已经数载。彼此音信不通。文臻并不知殿下所行所想。但文臻知道殿下心田高洁，向来孺慕，绝非弑君杀父之人。"

百姓哗然。

这是什么意思？

是要劫囚吗？

礼部官员和旗手卫紧张起来，靠拢了囚车。

"文臻"却又道："只是白云苍狗，世事多变。文臻也不敢对这世间事一言论之。如今自请成囚，千里上京，为的正是陛下驾前面陈心迹，也为辨明这弑君一事到底真假何如。"

她声音忽然转厉："若此事为真，则你我割袍断义，文臻必亲自手刃殿下，全我忠君之义！"

百姓随即猛然赞好。

"若此事为假，君为人所构陷污蔑，文臻也必手刃罪魁，全我与君之情义！

又是一静，随即又是轰然赞好。

寥寥数语，自见风骨铁血。

传奇女刺史，不负传奇。

“文臻”说完，微微一躬，道：“殿下且等我！”决然而起，道，“走！”

百姓让开一条道路，眼神中充满钦敬。

礼部官员被这气势所逼，不得不跟在后面，掌心里满满是汗。

女刺史够狠。

城门见罪人，不仅没入套，反而又借势做了一番完美的表演。

不仅立足道德高地，占尽道理，不动声色为燕绥喊冤，不着痕迹自我辩白，也将最易为人诟病的所谓情事纠缠而导致的立场不正，转化为了光明磊落的知己情义。

简直可歌可颂，可为酒楼茶楼再添十年话本。

城门这一幕，片刻便如风一般传向天京城，无数人纷纷涌来，也想想看看刚刚又写了一折传奇的女刺史是否还有惊人之语？

而采桑就一直站在车辕上，向越来越多的人群一遍遍传播着先前的那些话，引得唏嘘跟随的人群越来越多。

礼部官员越发觉得不好。

这囚车并没有直接向皇宫去，反而绕着天京转圈子，几乎将天京的百姓吸引了大半，这几番招摇过市下来，现在整个天京百姓都知道湖州刺史“蒙冤受屈，被押上京”，而新帝和朝廷“过河拆桥，兔死狗烹”。

礼部官员再次被文臻气得眼睛发蓝。

然后他忽然发觉囚车带着轰轰烈烈的人群停在了皇宫南侧的安定门侧。

天京皇城之内风雨欲来。

燕绥带着熊猫军团重新赶回京的路程却气氛颇有些古怪。

燕绥伤重难愈，不能急促赶路，且各地的布置和护卫也需要时间重新归拢来，所以中文并不管他催促，坚决不肯拼命赶车回天京，自然追不上风驰电掣奔向天京的文臻。

燕绥也奈何不得，他大部分时间都在昏睡中，和中文说是第三颗药力在发散，但无尽天的人还没赶来，中文也没什么好办法。

他昏睡时，中文为了促进随便儿和他的关系，便带着随便儿伺候他起居，也包括换药这样的事。让中文意外的是，随便儿小小年纪却对狰狞的伤口并不十分畏惧，且动作还算熟练。中文问起，随便儿便说娘亲略懂医术，也曾在医馆帮忙，他自小跟着，诸如简单治疗，伤口包扎，也学过一些。

中文感叹这孩子的娘亲教得好，这点大孩子不仅自己的事什么都会，上至四书五经，下至杂务江湖经，竟然多少都知道一点。

也不知道这孩子的娘是打算把他往哪个方向培养，竟隐然有点诸事皆通百业皆熟的味道，能做到这一点，想必自小便是各行各业都见识过，十分广博，只是学这么杂，难免分心，这是不想专心走仕途？到底是怎样人家的孩子需要所学如此驳杂？小小年纪如此自立？还是仅仅是因为经历导致？

他这么想的时候，只觉得心中一动，隐约有什么想法掠过，却又捕捉不住。

随便儿第一次帮忙给燕绥换药的时候，凝视那伤口很久，中文看他大眼睛晶亮，以为他哭了，然而他没哭，只是伸手去轻轻摸那凸凹不平的肌肤，轻声道："漂亮叔叔那时候一定很痛吧？有人给他吹吹吗？"

中文默然，半晌道："有的吧。"

随便儿便道："叔叔你撒谎了。"

中文觉得自己说不下去了，勉强笑着转移话题："随便儿你是不是害怕了？你不是说你不害怕伤口吗？"

随便儿"嗯"了一声，过了一会儿道："是不怕的，可是不知道为什么就忽然有点想哭……"

他的大眼睛里满是困惑，显然对自己忽然出现这种情绪也很不解。

他确实见过更可怕的伤口，见过濒死的人，甚至当初天花疫情的时候还远远见过浑身溃烂的人。可是都没有此刻忽然酸软的感受。

中文轻声道："别哭，他不喜欢的。挨了刀没什么，还活着就好。"

随便儿忽然俯下身对着燕绥那个还没愈合的刀口轻轻呼了呼，回头对中文笑道："我小时候摔跤了，老娘也是这么给我呼呼的，她说呼呼就不痛了，怎么会不痛？拿我当三岁小孩子哄呢！"

中文转过头去，好半晌，鼻音浓重地道："你还没到三岁！"

随便儿耸耸肩："所以虽然这话很傻但我还是信了，也给漂亮叔叔吹吹，你记得回头告诉他，吹一次一两银子。"

中文："我觉得更有可能的是你吹一次他要你赔一两银子。"

随便儿："那还是算了吧，随便随便啦。"

话是这么说，不过中文发现随便儿每次帮燕绥换药之后还是会帮他吹一吹，用随便儿的话来讲，这叫'惠而不费'。"

"惠而不费"的行为进行了没几次，某次燕绥提前醒来，就看见了趴在他手腕前吹气的随便儿。

那小子鼓着腮帮子吹，唾沫星子都溅在了伤痕上。

燕绥盯着随便儿头顶的一个发旋看了一会儿，唇角微微一勾。

随便儿再抬起头来时，燕绥已经又闭上了眼睛，随便儿高高兴兴端着托盘出去了。

之后中文被扣了钱，因为主子说他消极怠工，做事塞责。

中文委屈地表示马上就都自己来，但是主子又表示既然你都消极怠工了，可见心不诚，反正随便儿白吃白喝也该以抵食宿费，以后就他好了。

但也不知怎的，殿下由随便儿伺候的时候并不折腾，给吃啥就吃啥，有次随便儿拿错了饭，拿了燕绥并不爱吃的内脏，燕绥也没说什么，但是喂了同样不喜欢吃内脏的随便儿半碗。有时候他看书，随便儿在一边写大字，字自然丑如龟爬，燕绥抽过来看了也不说，还多看了几眼，随便儿看他看得认真，笑嘻嘻问写得如何？如有好的还请圈出来夸赞小子。燕绥也便真圈出来了——除了一个“一”字，其余全部圈了出来。

随便儿正在心中暗笑，这人长了一张好脸，品鉴能力实在不行，老大那种狗爬一样的字也能选出这许多入眼的字来？随即便听燕绥道：“除了这个一字还算能看外，其余的都不能算字。我都给你圈出来了。把这些不能算字的字练习一千遍，直到像个字为止。”

随便儿扁着嘴去练字了，其实不用练，只需要拿出真本领就行，便自己磨了墨再写，果然写字长进飞速，燕绥看他一眼，嘴角一撇，心想就说怎么可能字那么丑？

却见随便儿写了几个字，眼里忽然就含了泪，燕绥眉头一皱，心想这孩子平日里并不娇气，怎么忽然这么矫情了？本想不问，想想还是道：“怎么，几个字把手写断了？”

随便儿也不和他斗嘴，垂泪道：“我想娘了。”

这话一出，燕绥便默了。半晌，他有点气虚地道：“好端端的，怎么会想你娘？”

随便儿扁着嘴：“我在家一直是写这样的字，娘从来就没说过！”

他终究是年纪小，便是天生善于隐匿情绪，毕竟也是第一次离开家，被羁縻于陌生人身侧，难免有几分惶恐，此刻便借着发泄出来。

燕绥脱口而出：“你娘那是惯着你……”说到一半，心知不是，他自觉负文臻良多，再也无法理直气壮吐槽她，最终道，“她并非不明白你的小狡猾，只是因为世事多艰，也就望你狡猾一些，灵活一些，如此也可以活得长些……”

随便儿立即接话：“比如现在，除了我，还有谁能委曲求全！”

燕绥：什么玩意？

随便儿却又立即不哭了，眼珠子转了转，兴致勃勃问他：“漂亮叔叔，你那语气好像很熟悉我娘，你认识我娘吗？”

燕绥斜眼看他一眼：“你觉得呢？你觉得你娘和我该是什么关系？”

随便儿：“能有什么关系！你是我娘的仰慕者呗！听着我娘的传奇长大，爱上了不可得的她。这种人多的是，我们府内有一半都是这种！”

燕绥端起茶，觉得有点心梗，想了一阵，忍不住问：“你娘的仰慕者很多？都是谁？”

随便儿便掰指头：“干爹啦。当初为了救我和娘死掉的王叔叔啦，潘航叔叔啦，毛之仪叔叔啦，毛万仞叔叔啦，白林叔叔啦，纪典叔叔啦……”

他也搞不大明白仰慕和崇敬的区别，只将所有经常出入刺史府的男性都算上，如此一来真是车载斗量，十根手指不够，又脱下鞋去掰脚指头数，燕绥的脸越听越黑，喝道：“不许脱！脚臭！”

随便儿“哦”一声，也就不脱了，皱皱鼻子，心想真小气，之前骂过他一句，到现在都记得。

燕绥端起已经冷掉的茶要喝，随便儿斜睨着他，他知道这位叔叔讲究得要命也敏锐得要命，这茶只要有一点温度不对都不会进口，因此也不打算提醒他，谁知随便儿很快就目瞪口呆——因为燕绥真的毫无反应地就灌了一口。

随便儿立时想起这位现在的身体状况，可不能喝冷茶，跳下床，抢过杯子，道：“茶冷了，我去换。”

也不知怎的，漂亮叔叔心绪好像忽然便又好了一点，摆摆手放下了茶杯。

随便儿也不敢撩拨他了，总觉得今天这人奇奇怪怪的。

燕绥盯着他看似憨嫩的表情一阵，终于还是没忍住，自虐般地问：“那你自己最喜欢哪位你娘的仰慕者？”

随便儿不假思索地道：“当然是干爹啦！”

燕绥一听到“干爹”两字就又想喝冷茶了。

这里头每一个字都碍眼！

“你娘最喜欢哪位？”

“我娘要我尊敬干爹，敬重每位叔叔，每年记得给王叔叔烧纸。干爹对我说的话也差不多啦，他总说娘是亲娘，是世上对我最好的人，说娘生我时很难很难，王叔叔便是那时候为了救我和我娘死的。”

燕绥忽然便转过了头。

文臻挟持着闻近纯走出香宫的时候，迎面便看见星星点点的灯火，无数护卫流水般向这个方向汇聚。

这阵势用来对付大军都够了。

她跨出门槛之前，回头对德妃看了一眼，德妃坐在椅子上，嘴形似乎在说：对不起。

对不起什么？文臻并没时间多想。

她也不理会那些会聚的人群，匆匆赶来的永王，司空郡王，以及他们的手下。新君也来了，远远站着，看着面目模糊。

文臻在心中哂笑，果然还和以前一个德行。

对面在喊话，在劝降、在怒责、在不解。永王惊诧她何时回京，为何不入宫正式觐见，司空群大骂她不臣之心，竟敢挟持皇妃，新君远远地让她顾念姐妹之情，放开纯妃，有何陈情尽管说便是，何必如此决绝，要知道挟持皇族是大逆之罪，是要进天牢的。

文臻便笑，也不理会，拖着闻近纯一路疾走，向皇宫西侧而去，鲜血逶迤一路。

众人只得跟着，直到看见铁狱那铁黑色的檐角，永王目光一闪，忽然道："文大人，你可是想用纯妃的性命换燕绥的性命？"

文臻笑道："还是殿下聪慧，如何？"

永王低声一笑，摇了摇头，司空群已经暴戾地道："做梦！一个女人凭什么来换弑君大逆的罪人！"

闻近纯脸色惨然。

文臻似笑非笑地看她一眼。

每次小纯子遭遇这样的打击，她都很喜欢看呢。

闻近纯又看向新帝，奈何新帝好像看不到，依旧远远地站着，远远地喊着话："纯妃你放心。"也不知道是要她放心他会去救她，还是要她放心去死。

倒是永王还有几分怜香惜玉地多看了她几眼，和文臻道："文刺史，何苦如此？你向来行事圆滑豁达，此番作为却令本王很是诧异。"

文臻失望地道："不肯换吗？"

这下连永王都惊讶了，忽然开始怀疑这些年这位女刺史的偌大名声是不是有人代为？

脚步声急响，连带弩弓之声轧轧不绝，无数宫中护卫弯弓架箭，如黑潮一般将两人团团包围。

永王在人群之外，叹息一声，道："文刺史，莫要再负隅顽抗。换人是不可能的，本王数十声，十声之后，你再不放纯妃娘娘，也不过此地多一具美人尸罢了……你且三思。"

弓弦已满，冷光闪耀，密密麻麻，向着文臻。

执弓之人手臂如铁，一动不动，无一丝放松可能。

永王等人都已经再次退后，以示绝不妥协的决心。

万众无声。

永王缓缓抬起手。

文臻忽然道："行，我放人。"

永王目光一闪，立即和煦地道："文大人聪慧。"

文臻撇撇嘴，道："也没指望能换到人。毕竟闻近纯算个什么东西？其实我只是想再见他一面，便不能见，近一些也算同甘共苦。如此，把我和他关在一起也便罢了。"

永王更加感佩地道："文大人对宜王殿下之情义，令我动容。你既然抛却一切，行此下策，只求相见，我岂有不成全之理！"

司空群正要说什么，永王已经道："那便请文大人暂且在天牢委屈几日，待有司审议后再决。"

司空群闭上了嘴。

永王打量着文臻的神色。

文臻从德妃那里出来，德妃出手放走了燕绥，他为此很是恼怒，特地去寻太后说话，太后却道这宫中鬼魅甚多，暂且留着燕绥这种人的性命，一来钳制德妃，二来说不定鬼来了还可以挡上一挡。毕竟无论什么鬼，最先要解决的都是燕绥。

永王心存疑虑，但是对太后也颇无可奈何，只得暗中下令追捕燕绥。

可是为什么文臻好像竟然不知道燕绥已经被救走？

永王看一眼铁狱的方向便明白了。

德妃这是心有不甘，还想文臻想法子救林擎呢！所以不告诉文臻燕绥已经得救，想把文臻哄到天牢去救林擎，她一定和文臻说燕绥在天牢。

那么文臻的目标就应该是去天牢，但她心机深沉，故意往铁狱走，是算准自己看见她想靠近铁狱就一定不会成全她。

永王还真不敢成全文臻去铁狱。

天知道文臻有没有那个能吃铁的虫子？她本就善毒，稀奇的手段极多。

一旦有了食铁虫，铁狱在文臻那里就像自家的后院，如何能关住她？

倒是位于皇宫南侧的天牢不仅有灌了米浆的厚实土墙，还有机关密布，高墙深院的，旁边就是皇城旗手卫的大营，数千旗手卫拱卫，便是闯出天牢都插翅难飞。

他对着御林卫的头领点点头。

文臻冷笑一声，扔下匕首，伸手在闻近纯后颈摸了一把，再将闻近纯狠狠一推。

闻近纯惨呼一声，跌出老远，被新帝抢前扶住。

一条铁网已经罩住了文臻，将她困得动弹不得。

第一百章

插刀教教主

客栈里随便儿的“亲娘生产史”已经科普到了尾声。

燕绥手中的茶盏早已冰凉，却一直忘记放下。

指尖不知何时也冰凉，寒意直渗入心底。

远去他国，盘桓海外，其间和东堂音信断绝，他竟然直到今日才详细得知随便儿是早产，才知文臻当日遭遇如此。

随便儿说得虽简单，但其间的惊心动魄又如何感受不到？随便儿自己说着，也不禁吐吐舌头，道：“老娘真是厉害啊，竟然在水中生下了我！”

猛一抬头却看见漂亮叔叔脸色雪白，不禁吓了一跳，还以为他不好了，跳起来要叫人，忽然被按住，随便儿只觉得按住自己肩膀的手掌冰凉，眨巴着大眼睛看他，却见漂亮叔叔唇角微微一扯，似乎是笑，却又不像是笑，难得地盯住了他的眼睛，道：“你且记得，永远待你娘好。”

随便儿嘿嘿一笑，拨开他的手，道：“那自然，我不待她好谁待她好呀？难道还指望我那从不露面的爹吗？”

燕绥手一颤。

这小子是插刀教教主吧？

随便儿的刀还没插完：“我娘倒是为我那破爹说好话来着，叫我不要记恨他。我不记恨他，我也不要他。我这么好的娘，不要分给他。”

半晌，燕绥道：“去给我打水。”

随便儿：“漂亮叔叔你今晚不是已经洗过澡了吗？”

燕绥："被不肖子孙的浊气污染了，需要再洗一遍。"

随便儿："啥？"

燕绥："打水，顺便去买新的香料。我的外袍都穿过两次了，今晚全部换了，你去采买。还有这茶壶用了三次染了茶垢了，市面上买不着，去清洗，还有……"

随便儿："你这是虐待童工！"

燕绥："你每多说一句便会多一件活计。"

随便儿飞快地去干活了。

片刻之后，中文跟着出去了。

屋内只剩下燕绥坐在榻前，对着荧荧烛火，烛光将他的身影拉长，在冷白的墙壁上，茕茕孑立。

天牢的门开启，缓缓出现一道扇形的光弧，那是属于月光的冷白色。

有锵然的金属撞击声响起，在幽深空旷的大牢内听来迴彻。

深牢之内，林擎睁开双眼，眼底光芒一闪而过，哂笑道："哟，来客了！"

他慢慢支起身子，转头对栅栏外看，很好奇地想知道这是谁被押来与自己为伴了。

锁链"哗哗"作响，行走的人步子却轻，林擎听着听着，眉头却皱了一皱。

重量不对。

女人？

他心忽然一跳，猛然坐起，随即想起了什么，自失地一笑，又懒懒躺了下去。

不可能是她的。

那被押着的人已经走到近前，被带着进了对面一间牢房，正好和林擎的牢房面对面，却足足隔着三丈的距离。

押送此人来的人很多，林擎估算了一下，不比押自己的人少。

这皇朝上下还有哪个女子能得和自己差不多的"待遇"？

他心中忽然闪过一个名字，再次觉得不可思议地坐直了身子。

然后他就看见对面的大牢门关上，押送的人一言不发退了出去，牢中人仿佛刚刚打量完大牢装潢一般，闲闲转身，抬手和他打了个招呼："嗨，林帅，晚上好啊。"

林擎一看她便笑了，一边笑一边摇头："嘿，儿媳妇，你好啊。"

文臻在他对面也笑了，于是重新打招呼："便宜老爹，你好。"

两人相视哈哈一笑。

文臻坐下来，四面打量，好奇地问："怎么，这牢中只有我两人？"

还以为天牢该人满为患呢。

林擎叼着根草，跷着二郎腿，懒懒道："原本应该是有的。为了保证我的清静和舒适，都迁走了。你瞧，两代皇帝对我都这么贴心，感动不？”

“感动。”文臻点头，“少不得出去后要敬他们三炷香。”

林擎大笑，指着文臻道：“又要忍不住骂我那傻儿子了，怎么就娶不到你当媳妇！”

文臻嫣然道：“周小姐比我强多了，真的。”

林擎便笑，道：“随缘吧。”又道，“其实燕绥那混蛋又哪里配得上你，真是便宜他。”

文臻笑道：“德妃娘娘刚给燕绥那混蛋的混蛋小子起了名，单名峥，字灵渊。”

这是给林擎报平安了，林擎眼睛一亮，道：“好名字！”又赞叹摇头，“我什么时候才能抱孙子。”

文臻不语，唇角笑意微敛。

她看见了他双腕肌肤一线黑紫，这说明毒气快要攻心了。而他的手腕脚腕戴的并不是德妃说的燕绥用的那种重刑具，文臻却发现锁链下的手腕血肉模糊，隐约有一个个洞，很显然一开始也是用的那种刑具，因为燕绥被救走，宫中怕林擎这里也有食铁虫，便又把那刑具拔了出来，换上了别的材质的重枷。但是给林擎拔铁刺一定是硬生生拔出来的，也没有处理伤口。

这爷俩，真说不清谁比谁更惨。

林擎看她一停顿，也便知道她发现了，不过不在意地笑笑，道：“你本该是为了燕绥才想法子进天牢的吧？结果却发现是我就不惊讶吗？”

文臻一笑：“早在进天牢之前，我就知道燕绥不在天牢了。”

林擎挑眉看她。

“德妃娘娘和我说对不住。”文臻笑道，“她可不像是个会轻易道歉的人，除非这件事让她不好意思了。”

林擎笑着摇摇头，道：“侧侧啊……”

侧侧啊，何必如此用心良苦。

“德妃娘娘和我说燕绥情形时，还有心观察我的反应，神情中还有些小得意，当时我便想，燕绥应该已经被她救出去了。但她后来和我说燕绥还在天牢，我便猜她是心有不甘，放弃了救林帅的机会救出了燕绥，见我为燕绥来了，便想诓我来救林帅。”

“你既都知道，为何还愿意被诓？”

“投桃报李。娘娘既然能救燕绥，我自然也能救林帅。”文臻笑，“总不能白担了虚名儿。”

她是指为救燕绥弃官自囚奔天京，也是指林擎无辜担上的那个燕绥亲爹的名义。

林擎便也不再说了，他是个洒脱的人，不愿在这些恩义上纠缠。

倒是文臻凝视着他，轻轻道："林帅……失望吗？"

林擎一怔，随即明白了她的意思，道："我只为侧侧欢喜。"

文臻抿了抿嘴，再次觉得自己的决定是对的。

德妃义无反顾选择了燕绥，放弃了爱人，林擎毫无怨尤，只庆幸侧侧终于有机会弥补二十五年母子裂痕。

她又怎么不能为林擎闯一次天京，进一次大牢。

"只是这大牢在深处，你既然被送进来，自然也经过无数次搜身，你孤身一人怎么救我？"

文臻笑："凭我一人自然是救不了林帅的。"

之前德妃能救燕绥，是她消息灵通，出手极快，且早有准备。但有了前车之鉴，此刻林擎所处的天牢和整个皇宫看守只有更严密，司空群没有守住燕绥，目前要戴罪立功，又搬到了天牢之侧，眼睛都不敢眨一下。看守天牢的人多到绕着走都要走半天，文臻现在要想救林擎几乎是不可能的。

文臻等了一会儿，没有动静，她皱了皱眉，果然冷莺进不来。

林擎十分敏锐，问："你好像在等人？"

"我有一个能够瞬移的下属……"

林擎立即明白了，摇头道："东堂既然有专门培养天授者的天机府，自然会考虑到对其进行限制的方式。我听说铁狱和天牢都有针对天授者的设置，能够阻挡大部分天授者施展能力。"

文臻点点头，这也是题中应有之义。天机府成立的一部分原因是凝聚天授者能量，另一部分原因何尝不是怕这些人散落于民间难以控制，造成各类不安定因素？想必在培养的过程中用一些方式改变了天授者的体质，使他们在某种情形下不能发挥能力，而铁狱和天牢这种地方自然做了相关的防备。

不过没关系，条条大路通罗马。

文臻弹了弹手指，一颗琉璃珠儿滚了进来。

她早就发现文蛋蛋被随便儿还回来了。

文蛋蛋这种存在，便是搜一万次身也别想搜出来，随便往哪个押送的人身上一藏，那些人总不可能搜自己的身。

文蛋蛋滚到林擎身侧，趴在他手腕那条黑线上大口吸，最后满意地打个饱嗝。

片刻之后，林擎恢复了点力气，从文蛋蛋身上取下一个小袋子，按文臻的指示，该吞的吞，该敷的敷，把身上的伤都处理一下。

文蛋蛋又滚了回去，它身躯小，每次只能团身抱住一个袋子或者瓶子。

林擎惊讶地看见文臻撕开颈部的喉结？

等等，搜身的人为什么没有看见文臻有个喉结！

女人有个喉结，不觉得奇怪吗？

文臻慢条斯理撕开咽喉上的假皮肤，从“喉结”的位置取出一个小瓶子。

她的恶名在外，那些给她搜身的嬷嬷都全副武装，小心翼翼，谁还会在意到一个女人微微有些凸起的喉结？

她们得了嘱咐，很小心，连文臻的手腕、背心、头发里，那些传说中会藏着暗器背弩的地方都摸了一遍。

文臻早有预料，这些地方都没藏东西。

但是谁会想到喉结这处呢。

她从那小瓶子里倒出几滴黑色的液体，倒在牢狱一侧的水碗里，水总是会给喝的。

这是她近几年配出来的具有强腐蚀性的药物，只需要少量，稀释开来，就可以腐蚀很多东西。

还没来得及给燕绥也备上一份。不过她擅毒，燕绥擅机关，她猜就算当日德妃不去救燕绥，燕绥一定也有办法自救，只是想必伤害会更大一些。

她将瓷碗里的毒水泼在自己牢门的锁链上。有细微的“嗞嗞”声响起，白烟腾起，她示意林擎捂住口鼻。

剩下的半瓶让文蛋蛋带去给了林擎，林擎笑了笑，却将瓶子收起，道：“这么个好东西可别浪费了。”说着拖过水碗，手指伸进水面，片刻之后，水面凝冰，再片刻之后，他拈出一根闪闪发亮的冰针。

文臻就知道林帅一定有办法。

林擎拈着那根冰针，眯着眼，对着锁孔一顿操作，过了一会儿，锁开了。

林擎鞠躬：“见笑。”

文臻赞道：“林帅真是无所不通。”

林擎笑看她一眼，他就喜欢这女子的开阔，他展示的这般技巧，分明是下九流偷鸡摸狗之技，寻常女子见着多半都会不齿，为此扼腕心中偶像崩塌也是难免。大概也只有侧侧和她的儿媳妇，这两个奇女子会在此刻两眼发光，真心赞誉。

他笑道：“当年穷困潦倒，和侧侧流落街头，靠这些雕虫小技险些当上浪子班头，如今想来，那倒是最好的岁月。”

是最好的岁月啊。

撬锁偷了地主家的金银，大部分散给了乞丐流民，留下一点两人吃喝，再留下一点给侧侧买花戴。

他眯着眼感叹："二十多年了，技巧倒还没生疏。"

怎么会生疏呢，之后二十多年，边关苦寒，长夜难眠时，便常常披衣起身，走入内间，那是一间挂满各种锁的房间，他慢慢地，一把一把地开过去，从月上中天，开到云淡星沉，日出霞生。

只是那开锁的人，掌心再没有那只滑腻腻的小手。

便也那样一夜夜地过了。

"林帅既然能开锁，为何不……"

文臻的疑问是真实的，能走为什么不走，为何要在这大牢里苦挨，更要紧的是，如果不是对于林擎的处置有争议，朝中很多大臣坚持此事还有隐情坚决不同意处决林擎，很可能在她赶来之前，林擎就被处死了。

林擎笑笑。

是啊，为何不走呢？

他怎会不知那么多人想要他死，之前数个日夜如果不是他一直警醒，不吃不喝，时刻防备，早就死了。

可是他想等侧侧。

他猜到侧侧会去救燕绥。这种情形只可能救一人，那么侧侧可能想着和他一起死，会不顾一切来看他。

到时候如果侧侧遇险，他就还有机会救。

如果侧侧愿意抛下一切和他走，他就还有机会和她一起走。

如果他自己先走，侧侧不顾一切来了，见不到他，可怎么办呢？

只是他没想到侧侧会去香宫，失去了自由。也没想到此事还有转机，文臻以最快速度奔来，侧侧诓文臻来救他。

能彼此都平安，不用冒险，自然是很好的。

只是这次终究是见不着了啊。

他懒散随意地笑道："我啊，好久没回了，想多待一会儿。"

多待一会儿，和她呼吸着同一处皇宫的空气，哪怕那是腐朽难闻的，也是好的。

文臻没有说话。

她想着燕绥，想着此刻他应在何处奔波，是否伤势在发作，是否在默默忍受疼痛，是否也会在夜里想着她。

林擎已经转了话题："劫狱并不是这么简单的事。就算冲出天牢，天京城必定全城戒严，不许进出，想要出天京也不是那么容易的。"

文臻笑而不语，往下一躺，对面林擎端坐着看着她。

文臻便也看着他。

两人大眼瞪小眼，半晌，林擎问："然后呢？"

文臻一笑，悠悠道："然后等着。"

绕了京城一圈的那辆囚车和那辆马车最后停在了皇宫南门附近。

看热闹的百姓犹自未散。

"文臻"在囚车内向众人行礼，道："多谢诸位天京父老一路相送，日后江湖捞、好相逢如果再开业，天京本地人氏一律八折。"

众人都欢喜响应。

"文臻"却又忧伤地道："只是怕今夜过后，江湖捞和好相逢再难有开业之日……"她唏嘘一声，挺直背脊，道，"罪臣算是无诏入京，不敢直入宫城，以免瓜田李下，有所嫌疑。还请礼部大人安排人速速进宫禀报，罪臣便在这皇城南门相候。"

她一言一行都又委屈又规矩，众人看着不忍，有人便大着胆子叫道："文刺史，你治理湖州，功绩斐然，别说朝野，便是这天下百姓也都看在眼里，总不能让你没了下梢。"

一言出众人应，礼部官员忍无可忍，冷声道："文大人，莫要句句挑拨。你若真心敬陛下和这朝廷，为何不在正阳门外跪等，而要驱车至这南门？"

"文臻"苦笑一声道："我是罪臣，双膝不配跪这宫城正门。皇城之南，多是冷宫、下所、囚所等地，我等在此处，便是要向陛下和朝廷昭示我认罪愧悔之心，随时听候发落。"

这话姿态低到了极致，礼部官员却想着她一路上那种无言的压迫，只觉得一口血堵在咽喉，咽不下，吐不出。

再看看周围百姓频频点头，一脸同情，还有人在不住宽慰她，表示要保护她，被她一脸惺惺作态地谢绝，越发觉得堵心，只觉得生平所见能做戏者，非此女莫属，一气之下怒道："莫再做戏了，你敢将你那马车给大家都瞧瞧吗？"

"文臻"愕然看他。

礼部官员越说越激愤："你敢将你一路上享受的那天下无双华美绝伦的马车给这里所有被你蒙蔽，对朝廷非议的百姓瞧瞧吗？"

"文臻"似乎还愣着，还没回答，采桑忽然冷笑一声，大声道："怎么不敢！"跳下囚车，大步走到那辆马车前，将帘子一掀。

百姓探头去瞧。

礼部官员凝结在嘴角的冷笑僵住。

马车里头怎么换了！

外表是普通马车，里头还是普通马车。

甚至比普通马车还要寒酸几分，只有几块木板，四面漏风，无被无褥，无几无案，这马车还不如囚车。

采桑盯着他，道："大人这一脸意外的表情真是活灵活现。可不就是您下令撤掉这湖州百姓送的马车内的所有垫子被褥的吗？"

礼部官员瞠目结舌："你……你……"

采桑："我虽是个丫鬟，也容不得恶人欺主！你可别说马车不是这个马车，真要不是你方才怎么认不出来！"

礼部官员捂住心口，这回真的要吐血了。

他连退几步，决定放弃挣扎。

四面百姓射来的目光，让他担心自己下一刻就要被撕碎了。

他还要在天京为官，还得讲究一个官声民意，可不能把半辈子仕途被人砸在这里。

他最终只能默默咽下一口血，狼狈地道："下官亲自去宫中禀报……"

此时已经有负责天京守卫的天京府士卒，连同负责皇宫外城守卫的金吾卫首领都已经赶到。原本担心文臻会裹挟百姓闹事，却听见文臻劝说周边百姓："请各位父老速速归家吧，我在这跪等一夜，想来最迟不过明日，陛下就该见我了。"

有人便忍不住问："我们走了，不会有人直接为难大人吧……"

"文臻"犹豫了一下，露出了一抹淡淡的笑容，道："不会的。再说，雷霆雨露，皆是君恩。我只有恭敬领受的心。"

这话一说，众人更加不放心了，有人便轻声嘀咕道："说起来，宜王殿下这些年都没出现在天京，好端端怎么会谋逆？神将更是多年守卫边疆，从无反意，怎么会突然弑君？这人真说不清，大人，我们也有些担心你遇见意外的事……"

"文臻"面纱微微一动，便沉默了。采桑叹息道："大人于国有功，陛下和朝廷总不会无缘无故地为难她的，请各位父老放心……"

便有人道："就怕有人捏造罪名构陷，就像那……"随即被周围人扯了一扯，止住话头。

天京府的人便来驱赶，众人各自忧心忡忡地散开，有人大喊："文大人，明早我们还来瞧您！"

"文臻"便拱手相谢。

看守她的人虎视眈眈盯着，"文臻"弹弹手指，士兵们便后退一大截。

谁不知道这位擅毒，且下毒手段千奇百怪，防不胜防。

因为这层顾忌，在宫中还没传出对文臻的处理圣旨之时，谁也不敢靠近，都远远地围成一个大圈看守着。

而那位礼部官员在前去皇宫禀报文臻已经上京事宜的时候，却在宫门关闭之前，忽然栽倒在宫门之前。

他栽倒的时机很是巧妙，正是宫门将闭的时辰，宫门关闭的时间有讲究，决不能拖延，因此关宫门的军士明明看见他栽倒，也只当他年纪大了犯病，稍后自有他府里下人拖回去，也没看清他是谁，便按例缓缓关上了宫门。

宫门一闭，除了紧急军情，一律不得开启。

而在皇城南门看守文臻的天京府少尹和金吾卫首领按照规矩，一事归一人，既然礼部官员押送，自然是礼部官员回禀。他不回来传旨，那就是陛下现在还不想见文刺史，要将人晾着，自然没有再去禀报的道理，何况入夜宫门已关，文刺史等在南门这事儿，还真不在破例惊动宫禁的范畴里。

诸般发展，都在精通朝廷规矩和流程的文臻的算计里。

天牢里，文臻和林擎目光炯炯。

皇城南门外，民居掩藏里，几条巷陌中，有人彻夜不眠，有轻微的金铁相撞之声响起。

黑暗中各色人影不断闪现，再消失在城池的各个方向。

更加黑暗的地下，有人沉默前行，向着皇城南门囚车方向外围靠拢。

沉默的囚车里，戴着面纱的“文臻”默默计算着时辰，抬头看了一眼皇城上方沉积的黑云。

黑云之下，便是天牢。

随便儿这几天颇有些不好过。

只因漂亮叔叔实在是个“作精”。

但凡衣食住行诸般细务，他能做的他要做，他不能做的也要他做。哪怕马车坏了也要他去修，就是蹲一边递个钳子吧，也得他来递，弄得他经常恍惚以为那钳子必须得他开个光。

可怜他小小的、稚嫩的肩膀就这么挑起了家庭的重担。

挑起家庭重担的随便儿，好性子渐渐也给磨出了火气，某日便在给漂亮叔叔的粥里加了料，之前一直没有加，一来没摸清底细不愿轻举妄动；二来看那家伙伤重有点不落忍，然而他慈悲心肠抵不过人家铁石心肠，随便儿精挑细选出最无色无味的一种药，给漂亮叔叔撒了一点。

也没什么太严重的后果，大抵就是浑身瘙痒抓上三天，想着漂亮叔叔像猴子一样浑身抓挠，随便儿陶醉得笑出声。

然而那笑容刚刚绽放便夭折了。

粥端过去，平时喂了便吃的漂亮叔叔头也不抬，道：“烫了。”

随便儿自然要否认，漂亮叔叔便道：“不信？那你尝一口。”

随便儿心中大呼“呜呼哀哉”。

正准备找借口逃脱，漂亮叔叔搁下书：“无色无味的痒药搁在燕窝粥里会起沉渣，药发热有苦味适合放在苦菜里，溃烂药有轻微的涩味不能放在嫩滑的食材中……学得还不到位就想卖弄，丢你娘的脸，回去再学三百年。”

随便儿唉声叹气。

日语目不斜视走过，鼻子里发出一声悠长的“哼”。

四大护卫中，日语是对随便儿接受度最低的一位，用他的话来说，就是“巧言令色鲜矣仁”。

中文望着日语的背影，心想，日语这神情态度恍惚熟悉，想了半天恍然大悟，这不是殿下当年初初和文大人暗通款曲时，日语的态度和表情嘛！

日语好像一直就不大喜欢这种性格随和情商高的类型。

那时的日语就干了一件自以为很聪明其实非常缺心眼的事情，然后他们三个都被连累，从此他们的名字便往“有病”的深渊滑去一发不可收，工于心计成了日语，德高望重成了中文。

中文想了一下，觉得对自己来说，也算因祸得福了，总比逢人就羞愤欲死地自我介绍“在下德高望重”来得好。

随便儿盯着日语一摆一摆的屁股，皱了皱鼻子。

他感觉到了世界深深的恶意。

小爷还不想伺候呢。

不想伺候的小爷面带笑容伺候着修完了车，在日语的刁难下洗车，再端饭、再换药、再买饭、再洗衣服……之后，终于有了自己的空余时间，便和中文说要出去逛逛。

这次是停留在一个颇为繁华的小镇，将长途赶路的车子修整一下。燕绥最近不怎么昏睡了，中文也没办法再拖慢行程，好歹拿着随便儿太小不能奔波做借口，才没让燕绥日夜赶路。

随便儿这些日子任劳任怨，勤勤恳恳，并且适度地表现出对漂亮叔叔的关切和同情，以及对老实叔叔的依恋。中文便觉得，这孩子之前流浪，如今好容易被收留，是一心一意要留在主子身边了。

他也乐意主子身边有这么可爱的孩子相伴，只是免不了替随便儿不平，又怕他不开心，有心哄着，便塞了一把钱给他，道："去吧去吧，和你的伙伴们一起去。"

随便儿也便带着熊猫军团一起去了。

大家都什么都没带，随随便便出了门。

日语探头看见，哼一声道："瞧，又去偷懒了！"

英文打了他一下，道："有脸这么说啊你，今天的活儿都谁干的！"

日语："巧言令色鲜矣仁！"

德语："我说你怎么总看不顺眼随便儿呢，多好一孩子啊。就你爱折腾他，小心得罪了人，以后有你后悔的。"

日语："我后悔？"抬腿就走，"我猜那小子一定偷了钱去乱买东西了，等我去抓个现行！"

说着就悄悄跟上了熊猫军团。

等中文回来，听德语说了这事，立时一拍大腿："糟了！随便儿是有钱，但是是我给他的，让他随便买，可不要被日语误会，惹出事端来！"说着也奔了出去。

那边随便儿去了集市，带着熊猫军团直奔最大的当铺，老大问他："随便儿，你今早叫我们都将自己最紧要的东西带着做甚？"

随便儿："当然是跑路呀！"

老大："什么！"

李瓜："随便儿，其实漂亮叔叔很喜欢你的……只喜欢你……"

妞妞："啊？为什么要跑路呀，叔叔们对我们很好呀，咱们乱跑，他们找不着我们怎么办呜呜呜……"

随便儿："妞妞你再哭一声，我就把你在这当铺顺便给当了。"

妞妞："呜呜呜……呃。"

甜甜："走就走啦，卖艺也挺好玩的，就是没有钱了，以后也没那么多好吃好玩的了。"

随便儿拍胸脯："有我在，哪能叫女人们吃苦呢！"

一边拍胸口一边在心里大骂："漂亮叔叔生儿子没屁眼！"

昨晚他发现，他精心藏起来的看家宝贝。各种瓶瓶罐罐，以及碎银、银票、金叶子，统统都不见了！

不用问，小偷都偷不走他的东西，一定是漂亮叔叔让人干的。

他就是要困住他、软禁他、奴役他，让他一辈子在他的淫威之下瑟瑟发抖！让他永远逃不脱他变态的桎梏！

做梦！

随便儿在心口掏来掏去，身上还有一样东西贴身藏着的，没被搜走。

他踮起脚，将那块东西递上高高的柜台。

掌柜的接过来，目光一亮，反反复复看了几遍，赶紧问一句：“活当死当？”

随便儿知道活当是可以赎回的，价格会低一点；死当是不赎回的，价格高一些。

正在犹豫，忽然身后蹿出一道人影，一把抓住那老掌柜手中的玉玦，怪笑道：“哈哈哈可让我抓住你这小贼了……嗯！”

日语忽然盯住了手里的玉玦，表情惊恐。

匆匆赶来刚刚踏上门槛的中文也看清了那个东西，恍如被雷当头劈下，也僵在了门槛上。

更远一点，听说这事由德语快速推来的燕绥，目光落在那块当年自己亲手所制，鱼骨为底，双雕福寿，内嵌宝珠的玉玦上……

然后他就看见随便儿笑眯眯看他一眼，再用倍儿清脆倍儿响亮的语调道：“死当！”

第一百零一章

碾压

天色欲亮未亮，守候了一夜的金吾卫和天京府卫兵们昏昏欲睡，附近民居很多勤劳的百姓已经起床。

不知何时起了雾，将天地笼罩在一片迷蒙之中。

一个金吾卫士兵困倦地睁开眼，无意中看见了靠在墙侧的囚车，他的眼光掠过，随即忽然觉得哪里不对劲，又转过目光。

然后他揉眼，再揉眼。

惊骇地跳起来。

囚车里的文刺史不见了！

他正想大喊，却见文刺史的那个丫鬟也蹦了起来，发出了一声尖叫。

那声音十分尖利骇人，极具穿透力，几乎瞬间就刺破这浓雾，惊醒周边数里的人家。

“大人冤枉啊——”

这一声生生将那个发现囚车没人的士兵的喊声给压了下去，却将这四面本就挂心文刺史情况的百姓都招了来，顿时各条街巷脚步声杂沓响起。

此刻，围困人群之外，一块空地上，地面忽然翻起，几道人影蹿出。

而那片空地周围的四处巷陌，冲出几辆小车。

那几个从地下蹿起的人，双手令人眼花缭乱地一阵组装，转眼空地之上便多了一辆巨大的马车！

仔细看更像超脱于这个时代的重型武器，后半部分用的就是文臻一路坐上天京的那一截车厢，完整的一个武器厢，前头尖锤状，顶端锋锐，可以想见破坏力惊人，那几道黑影一阵调试，马车两侧轧轧不断伸出无数铁棍如翼，铁棍上是不断转动的铁刺和刀，且铁棍出现的位置毫无规律，只能看见一片片寒光荡起，地面尘土被绞起飞扬。

这只是一霎景象，马车组装完毕，几道黑影进入车厢，升起了几面篷子，收回了铁棍，挡住了可怕的车头，马车看起来又是马车了，只不过稍稍庞大了一些。

地面翻板再次翻开，这回冲出来的居然是几匹巨大的马！

几匹马比寻常骏马高出近一个头，浑身都披着银光闪烁的甲衣，连腿上都有，甲衣上还有突起的尖刺。

几个黑衣人用锁链将这车套在那几匹马身上，然后这辆马车便冲了出去。

人群中央，采桑已经捕捉到了那动静，开始了她的表演。

“大人！大人！你回来啊！”她扑向南门紧闭的大门，拼命地擂那门，“你们趁我睡着带走大人！你们要做什么？你们是不是要滥用私刑屈打成招？你们是不是要捏造罪名将她下狱？你们放我大人出来！放我大人出来！”

围住她们的金吾卫和天京府士兵面面相觑——大家都睡熟了吗？不可能啊，明明没看见南门开启有人带刺史进去啊，可这人去了哪里？

脚步声杂沓，挂心此事的百姓们冲了过来，一听采桑的哭喊，再看那明显被暴力弄开锁的囚车，轰然一声便炸开了。

文臻这几年名声极好，江湖捞和好相逢名气甚大，三问书屋帮扶无数贫苦学子，更不要说开店所得年年赈灾济贫，之前的土豆玉米已经试种成功开始推广，今年百姓得她之惠刚刚吃饱了肚子，再加上听说她要开技校，都翘首期盼着，指望着这位恩惠了湖州百姓的女刺史也继续恩惠天京乃至整个东堂。昨晚看那个情形，很多人便担忧得半夜没睡，今早一看这情形，顿时那火便蹿上来了。

金吾卫首领一看不好，大喊道：“休要听她胡言乱语，我等彻夜守候在此，何曾有人来为难刺史——”

忽然隆隆声响，宛如闷雷接连劈在大地上，一部分体重轻的人竟然被震得弹起，那方向正在金吾卫和天京府卫兵身后，众人骇然后望，就看见一辆马车轰然而来，拉车的马鬃毛飞扬双眸闪亮，每一次扬蹄都能越过人的头顶，像是腾云的巨豹，而马拉着的车则像一座铁黑色的大山，猛然倾倒——

金吾卫首领最先反应过来，大叫：“拦住，拦住！！”

便有卫士冲了过去欲待组成人墙，但是一个眨眼，那人墙便如纸片般被撞开，碾碎，一堆黑压压的人转眼不见，只留下一片扁扁的肌骨，而铁黑色的山影轰然而过，转眼就连冲三道人墙！

于更远处的百姓眼里，只看见一辆巨大的黑色马车撞了过来，然后兵甲鲜明的皇宫卫士便一层层地倒了下去，人群被生生冲开一个更巨大的缺口，带起冰冷呼啸的风，风卷过，一色鲜红染尽浓雾。

马车最前头，一个瘦弱的士子模样的男子双袖飞卷，悲愤大叫："文刺史尽忠为国，却遭奸佞迫害，我等虽手无缚鸡之力，亦不惧这七尺残躯化碧血，愿为文刺史求问陛下，何以赏功臣，何以待黎民，何以报忠心？"

在他大喊时，马车已经冲入金吾卫和天京府士兵群，但只一个照面，那些软甲士兵便如被巨力撕碎，瞬间被冲散。而那地形本就有点下坡，马车又重，这般轰隆隆碾压过来，那士子喊话未尽，便已经到了南门高墙边，那士子忽然一个伸手，采桑抓住他的手，翻飞而起，落入车厢，车厢内的几人同时动作，按动机关放开链扣，几匹马蓦然向两边驰开，那士子手掌对着身边一个机关一拍。

马车前头的伪装掉落，露出那如獠牙一般的尖端，下一瞬，两人闭着眼睛，头一低。

砖石飞溅，烟尘四起，所有人被震得站立不住，滚成一团。

烟尘里，几匹刚才撞墙时驰开的马再次狂奔而回，几道黑影蹿出，各自抓着一条锁链，再次扣回了马身上，那马继续拉车向内狂奔。

所有配合一气呵成，分秒不差。

为了这辆马车，这几匹马的配合，文臻在湖州组织高手，日夜训练了近三年。

等人们蒙头蒙脑爬起，烟尘散开，抬眼一看，呆若木鸡。

皇城城墙，那高达两丈五，厚及三块砖，黄墙红瓦，代表着至高无上皇权和不可亵渎尊严的，千百年别说撼动，连抚摸都不允许的高墙，竟生生被撞破了。

破了一个巨大的，足可通过几十人的洞。

黄砖红瓦堆了一地。

每个人都张大嘴，嘴里吃进这冬日冰凉的风，像看见千百年牢固不可摧的皇权瞬间坍塌般。

就那个书生驾一辆马车，喊一声冤，就把皇城的城墙生生撞破了？

这可能吗？

众人愣了半天，悄悄互看一眼。

这是文大人冤情感天动地，老天爷也看不过眼，施法将这皇城城墙劈毁的吧？

马车来得太快，大多数人根本就没看清它的模样，而最后暴露獠牙的时候已经冲过人群，到了城墙边，人们都在它身后，根本看不见那个可怕的尖端。

无法解释就归于神迹，归于神迹就说明有冤情。

百姓的逻辑就是这么朴素。

透过那个大洞便可以看见皇城，百姓们可不肯放过这个机会，都留着不走，眼见那马车一路滚滚而过，卷起丈高烟尘，皇城里头顿时哨声、鼓声、惊呼声、奔走声响成一片，烟尘里隐约还有不断的惨呼声。

与此同时，天牢之内。

那一声撞破皇城围墙的巨响如此恐怖，林擎霍然睁开眼睛。

他已经明白要等的时机到了。

对面，文臻已经站起，对他一笑。

林擎也笑，一边笑，一边摇头。

这女子……

两人身上都是重镣重锁，加粗加厚双层那种，腐蚀药也只能腐蚀一部分，所以都集中浇在了脚部。林擎的冰针只开了一层锁，外头还有一层钥匙孔太小针进不去的，后来还是用了文臻的腐蚀药水。

林擎先起身，双足飞起，腿上的锁链和门上的锁链撞击，轰然巨响，顿时门上锁链和脚上锁链都断开。

林擎手腕脚腕上的伤口也同时全部崩裂，鲜血洒了一地。

他一边痛呼一边大笑痛快。

文臻看了一眼，心底一抽——她忽然想起，燕绥只怕也有同样的伤痕。

轰然巨响，林擎再次用自己手上的锁链砸在了她的门锁上。

文臻醒过神来，不愿他伤口裂得太狠，也如林擎一般飞身而起，撞断了自己的脚镣和门锁。

林擎眼睛一亮，万万没想到文臻不仅聪慧，竟然连武功也颇有功底。

两人撞断脚镣门锁，冲出门去，此时牢中看守已经听见动静，大批的兵士冲了下来。

司空群奔在最前头，浑身披甲，神情狞恶："这回再给你们逃了，我立即自戕！"

文臻嘿嘿一笑："那你一定要记得兑现哦。"

两人迎着人群冲过去，都知道这一段路必须要遇神杀神，拖延一刻便没了机会。两人高举沉重镣铐，司空群深知那镣铐的重量，脚跟一转，冲在最前面转眼就到了旁边："拿下！拿下！"

转过去时，他隐约听见文臻在嗤笑。

然后他便看见士兵们一个个地倒下去。

毫无征兆，宛如遇鬼一般。

而文臻和林擎高举的锁链都没砸下去过。

司空群大惊，随即反应过来，这是文臻又使毒了！

而自己听见动静带人来得匆忙，忘记了戴护罩！

司空群立即倒了下去，然后他身边的护卫见状大惊失色，高呼着上前来救郡王，立时又是一阵混乱，眼看着文臻林擎趁着这阵混乱又前进了一段路，已经冲到了台阶的下方，司空群忽然又想起自己刚弄丢了燕绥，再弄丢了林擎和文臻，估计这个郡王也就做到头了，在性命和前途之间飞快盘算了三秒，终于在自觉已经和那两人保持足够安全的距离之后，一翻身爬起，大喊："拦住他们！"

他话音未落，忽然觉得脚下一滑，低头便看见一颗琉璃珠子滚了过去，正想着这珠子怪好看的，但这大牢里怎么会有这东西，随即便觉得脑袋一晕眼前一黑。

"砰"的一声，这回他真的倒了。

而文臻和林擎在冲过大半人群后，此时也终于遇见了麻烦。一层层铁网从半空降下，正拦在向上的台阶之前，铁网上头还挂着无数铁刺薄刃，闪烁寒光一片。

林擎举起手上锁链甩过去，寒光乱闪，铁网猛地向内一收，又反弹了回来。

此时先前冲进来的士兵也冲了上来，文臻召唤文蛋蛋近前，就在她脚下盘桓。文蛋蛋虽然厉害，但是身躯小，开不了地图炮，只能一个个对付。在人群中作用有限，但是当人们单独前冲一个，文蛋蛋就放倒一个，倒下一个，文臻的拳头便递了过来，配合着林擎砸网的拳头，硬生生将那些士兵偌大的身躯带飞而起，轰然也砸在了网上。

如此力量加成，三次之后，一声尖锐裂响，第一层网破了。

而那些士兵也不敢再上前。

毕竟活活被当成人肉锤子这滋味实在不敢想。

但对于文臻来说，文蛋蛋出手，那人就已经死了，她出手便没有顾忌。

第一层网破，冲上几阶，便是第二层网，此时上头震动声更大，连带那铁网都在晃动不休。

底下士兵们硬着头皮往上冲，头顶有弩箭射下来。

此时地面上头，一片狼奔豕突，巨大的马车横冲直撞，不走寻常路，直接撞破了军营的墙壁，撕开军营而过，两翼的铁狼牙棒伸伸缩缩，一路如同绞肉机般绞杀而去，很多时候根本看不见那车的影子，这马车压路机一般一路压过去，瞬间便将旗手卫大营搅了个人仰马翻。

旗手卫的人追出去，烟尘里那马车已经轰然一声，又撞破了一层围墙。

巨响声里有人面色煞白地狂呼："不好！那里是天牢！有人要劫狱！"

此时天牢台阶上一声巨响，林擎再次破了二层网，随即一口血吐在台阶上。

他毕竟是中毒受伤之身，这般大动真气十分伤身。

文臻去扶他，却不防一支迟发的弩箭直射她的后心！

林擎一眼看见，只来得及伸臂一挡！

铿然一声，火星四溅，弩箭射入锁链缝隙，有鲜血流下来。

文臻转头看他，林擎摇头示意无事，拉着文臻便走。

文臻随他蹿过那个破洞，还不忘记回身捡了几根弩箭。

再往上几个台阶，又是一层网，林擎还要出手，文臻忽然蹲下来，将那几根弩箭扎在一起，对着地面努努嘴。

林擎看一眼青石地面，目光一闪便明白了她的意思，赞赏地点点头，俯身一锁链砸在了台阶上。

为了方便铁网下落时扎根，这里的地面没有铺铁板，是石头的。而石头比特殊材料的铁网脆多了，这一砸下去便是一条大裂缝，文臻蹲下身，用那捆同样质地的弩箭将石头撬了起来。

连撬几块，台阶便不存在了，出现了一个洞，文臻轻巧地钻了过去，笑道："大将军可钻洞乎？"

林擎笑道："大将军还会打洞呢！"一边钻一边对后头不敢上来的士兵道，"此刻英姿足以流芳百世，请诸君为我铭记。"

破网已经不成问题，但是上头还有军营数千人，又要怎么过？

但其实破网已经很成问题，林擎钻过第三道网的时候，悄然抹去了唇边一缕鲜血。

他动作慢了下来，文臻一边要闪避弩箭和旁边墙壁里神出鬼没的钩锁，一边还要照顾着他。

现在只剩两张网，一张在自己面前，一张在最上面入口。

地面剧烈震动，马车已经很近了。

林擎忽然道："你别管我，你负责砸地面就成！马车不能下来，这一层网必须自己破，时间快不够了。"

马车一旦停留就会陷入包围，所以两人必须在马车到达的瞬间就上车。

文臻抬手为他劈掉一根墙壁里穿出来的长矛，顺手用长矛将弩箭拨飞，笑道："咱们就不要玩'这种你快走别管我'的老套戏码了好吗！"

林擎忍不住笑，又道："你别……"

他话音未落，就听见上头惊叫声起，原本堵在门口的士兵纷纷走避，随即轰然一声，眼前一黑。

马车到了。马车到的第一瞬间便将那层拦门铁网给撞裂了！

随即文臻道："各自闪开！"

林擎立即就地一滚，滚到了台阶边缘。

就听上方轧轧连响，马车里的机关启动，呼啸声起，旋转着砸出无数重锤，令人牙酸的撞击声不断在黑暗中响起，强大的旋转拉扯之力生生将铁网拉得一次次变形，又一声戛然裂响，最后一张铁网在疯狂的攻击下终于破裂！

文臻和林擎越过铁网，三两步奔上台阶，马车两边各伸出一只手将两人拽入车厢。

砰然一声，马车门关上，后头脚步声急响，有人大呼："那马车笨重，转身定慢，等马车转身，飞蝗箭火石伺候——"

他话音未落，那马车已经再次奔腾而起，竟然没有转身。

前头的锁链再次解开，几匹训练有素的马被放开后并没有离开马车，伴着马车狂驰回马车后部，其间不断有人试图射马，但这马的甲衣银光闪闪，不仅能够防箭，还有视觉干扰作用，再加上马速惊人，那马几个起落便顺着惯性后退的车身到最后的车厢，然后几条链锁抛出，再次将马套在了车上，车尾换车头，居然就这么转过头了！

而在回奔的过程中，原本的后车厢外壳剥落，居然也露出了巨大的螺旋状的尖端！

这马车一前一后，两个车头！

根本不需要掉头！

这设计简直令人惊叹，设计者竟然连马车太重不易转身都考虑到了！

林擎在车厢里都无法站稳，东倒西歪地抓住扶手，犹自兴奋大喊："这车霸道，谁做的！"

文臻也大喊："燕绥的设计，我也有加构想！燕绥工字队的技术传授！我麾下招揽的秘密工匠！燕绥暗卫弄来的腾云豹和训练方法，在湖州三年的配合打造！"

林擎："贵不贵，我倾尽家产来一辆！"

文臻："免费送你高配版，就是要等货！"

林擎："兄弟，义气！"他扑到一排机关面前，"都是些什么小可爱！"

文臻就差没趴在他耳边喊："你面前这个，蛊毒喷射口！旁边那个，连弩！右边那个，毒液！下面那个……小心别碰歪了！那里头是一罐子马蜂！"

林擎："姑娘你真是条汉子！"

文臻："林帅别手舞足蹈！千万别碰到你上头那个，那里面是天花病人穿过的衣裳碎片！"

林擎："文臻，我错了！"

"啊？"

"犬子焉可配虎媳！"林擎大喊，"我要晚生二十年，我要没遇见侧侧，我也会倾慕你！”

话是半玩笑，眼神却真。

今日从见文臻时起，便被她一番番操作震撼到难言，但直到此刻登上这车，才真正明白这女子何等有气魄见识，又是何等诡谲阴险，然而却又心田良善，风骨铮铮。

很难想象一个人能将这许多几乎完全相反的特质融于一身。

林擎站立不稳，心潮也翻涌得似要冲卷全身，只觉得多年来掩藏于潇洒表象下的郁结苦痛都在今日这越狱中散了开去。

胸臆全舒，笑得畅快!

文臻也在大笑：“承蒙林帅抬爱！我要早生二十年，我要没遇见燕绥，我也少不得和秦小姐争一争！”

两人都大笑，并无暧昧，也非调笑，却都明白，这一刻便是知己。

香宫里，正在跪香的德妃忽然感受到了那微微的震动。

她一怔，随即明白了什么，有点惊喜地笑起来。

“儿媳妇就是厉害啊……”

她起身走到门边，香宫这看不见那震撼动静，也看不见滚滚烟尘，更看不见和自己擦身而过，正逐渐远去的爱人。

她忽然仰头，看向香宫那高大的檐角，道：“找个梯子来！”

能干的菊牙很快就找了梯子来。德妃不让她跟随，自己拿了个手绢，便往屋顶上爬。

菊牙看得心惊胆战，却不敢阻拦，只得死死扶住梯子，听德妃在上头小心地爬着，不时踢落碎瓦。

太后在慈仁宫，香宫里麻木的宫女无人理会，反正这宫里发疯的人天天都有。

德妃一直爬到西侧檐角看了看方位，将那檐角垂着的铜铃擦得雪亮，又从怀里取出一块硕大的水晶挂了上去。

初升的日光照射在金黄的铜铃和水晶上，光芒四射。

德妃坐在檐角上，双手抱膝，看着远方滚滚的烟尘。

马车里，林擎忽然回首。

文臻看向他，林擎笑道：“之前想着，天牢里能不能看见德胜宫檐角的金铃，当然是看不见的，现在自然也看不见……”

文臻也透过瞭望去看。

远处，隐约正在反射着七彩灿亮的光芒，光芒旁边隐约有个小小的黑点……不，不是黑点，是人影。

文臻看着那个方向，若有所悟，轻轻地道：“那是香宫……德妃娘娘这几日正住在香宫。”

她之前没和林擎说起德妃在香宫的事是怕他担心，如今却不得不说了。

这番用心，怎能错过。

林擎目光一亮，抬手对着那一闪一闪的光芒，招了招手，温柔地道：“恻恻，我走了。”

文臻猛地闭了闭眼。

香宫屋顶上，林擎招手那一刻，德妃心有灵犀般地忽然也抬了抬手，道：“去吧。一路平安。”

屋顶上寒风呼啸，她坐在冰冷的琉璃瓦屋脊上，长发飘起，唇角带笑。

菊牙站在屋顶下，仰望着她，泪流满面。

第一百零二章

人心

马车微微一折，香宫顶上一闪一闪的光芒便已经看不见了。

一直看着外头的文臻却忽然一怔。

前头宫墙之上忽然多了一个衣袖紧束的身影，是永王。

他往日悠游天下，礼佛拜禅，衣着向来素简风流，如今却有些换了风格，扎束得利落华贵。

手中一柄紫檀硬弓搭五支箭，已满弦。

林擎也善射，一看那架势和那弓，便眼眸一缩。

下一瞬五箭如巨扇，带动这天地间咆哮浮沉的冷风枯叶，狂卷而来！

马车上一阵轧轧连响，负责操纵马车的采桑已经冷静地根据飞箭来的方向按动机关，几块铁板猛地弹出，护住马车车身。

但那箭明明飞出的时候分散成扇，却在临近马车的那一霎忽然聚拢，直向着马车中段！

林擎低喝一声："不好！"

那五支箭的方向竟然是冲着那五个最重要的机关口来的！

永王眼力惊人，竟然看出了这五个分别施展蛊毒连弩毒液、马蜂、病毒的要命机关口，竟然要一举击溃！

这五支箭一旦射中，机关爆裂的一大后果很可能是毒液回流，马蜂在车厢内乱撞，那倒霉的就是困在马车内的人！

这出手可谓精准狠辣至极！

采桑也看了出来，一声惊叫，但机关口是要随时使用的，再调遮挡已经来不及。何况机关口一旦遮挡，就会立即被周围赶上的士兵所攻击。

采桑这几年一直在练习驾驭这马车，所以文臻也放心交给她驾驭，此刻这情形，她便出手也来不及了。

她目光一闪，冲上去，准备一拳一个，自己先把机关毁了！

好歹把可能逆流的攻击给堵死！

她的拳风已将击出，忽然透过马车上透明的琉璃瞭望口，看见外头人影一闪，随后也是一模一样的一拳挥了出去。

那一拳所至，五支呼啸凶猛的利箭竟忽然一顿，然后在那一拳的弹动下，再次弹开！

随后五支箭击打在那几块铁板上。

不过须臾之间，马车已经离开了永王的射程范围。

宫墙之上永王在那人影出现的瞬间便微微皱眉，再次搭弓，这回箭尖对准了那个搅局的家伙。

而那人方才出手惊艳，行事却不怎么有章法，人影如乱柳犹自在原地摇摆，伴随着一阵疯狂的大笑之声。

文臻：“想办法把这人拉上来！”

马车稍稍一拐，一条绳索抛出，缠住那人的腰，将她拉起。

下一瞬三支箭厉啸着钉在那人刚刚站立过的地面上，火星四溅，青石裂出巴掌宽的缝。

那人撞入车厢，一个踉跄，文臻扶住，惊讶道：“齐云深？”

疯婆子满脸灰尘，眼泪冲出两道深深的沟渠，抓住文臻的双臂，呜咽道：“出事了，出事了……”

文臻还以为她说的是今日之事，心想她那冷宫重华殿确实离这里近，大概受到了惊吓，正想安抚她几句，却听她喃喃道：“阿巧出事了……”

文臻心中一颤，正待细问，忽听采桑道：“小姐抓紧了！”

然后马车奔行更快了。

几根巨大的铁条从马车的车壁里伸出来，将马车捆扎个结结实实！

文臻一抬头，就看见前方黑压压的一片，那是旗手卫大营。

先前马车撞破大营而去，此刻带着她和林擎回去，要再次马踏军营。

重甲士兵已经集齐，手中长矛刃尖雪亮向天，看着那一线烟尘滚滚而来，所有人都眼瞳紧缩。

旗手卫首领一声长喝："起——"

长矛齐齐竖起，再斜斜向前，如一片茂密的矛林，绵延挡住了整条通往宫外的路。

雪光如潮迭浪而来。

马车速度不减反增。

士兵们的手死死握住长矛，心却伴随着地面的震动而不断颤抖。

旗手卫首领策马绕阵狂驰，大喊："后退一步者，斩！"

腾云豹齐齐长嘶，震耳欲聋，穿云裂石。

锁链再次断开，腾云豹跃起，长腿一抬，银色光甲在半空中炫出华丽如彗星的弧线，所有人的眼光都不由自主顺着那轨迹转过一个半圆。

腾云豹已经越过长矛之林，长蹄连踢，好几道人影惨呼着被踹了出去，下一瞬马车轰然撞上了矛林！

雪亮矛林成片成片挤压倒下，血肉成泥肌骨铺地再次重演！

此时离最外层那个被撞了一个大洞的宫墙已经不远。

但此时大队人马奔驰而来，领先的姚太尉老远便大喝："驱散百姓！速速将这宫墙修补阻拦！"

便有人搬了拦马架绊马索等物来布置。

又有人去驱散百姓。

百姓却不肯走，有人大声问："敢问这位官爷为何要驱散我等，我等聚集此地，只想看看湖州刺史文大人如何忽然失踪了！"

姚太尉怔了怔，怒道："什么忽然失踪！文臻明明是天牢囚犯，如今竟然劫狱杀人，撞坏宫墙，你等难道还要包庇那等罪大恶极之人不成？"

他心烦意乱，只想快些赶走这些碍事的人，无心细说。此时里头呼喊追杀声也传来，隐隐有人喊："文刺史！莫再如此丧心病狂！你昨日挟持伤害皇妃，打入天牢，如今竟敢公然逃狱，杀伤皇宫护卫无数，你这是要造反吗！"

百姓们看看急速修补的宫墙，拉开的绊马索，再看看里头黑压压的大军追着孤零零一辆车。

愤怒在这一霎便如浇了油的火焰，轰地燃着。

人群中不知谁喊了声："昨儿大人明明才进城！"

"什么挟持皇妃，你们对大人那样戒备，大人能那么容易进入深宫挟持皇妃？编造理由也不编个像样点的！"

"这绊马索绊倒我了！"

"咔嚓"一声，绊马索断了。

“你们堵墙的这个砖头好像偷的是我家的吧！”

一堆人扑过去，随即砖头乱飞，刚刚补了一些的墙转眼被拆得更大了。

士兵们自然要来阻拦，连带金吾卫和天京府的士兵都冲了过来，奈何百姓人也多，且越来越多，不知何时便扭打在一起，姚太尉目瞪口呆，不明白事态何以忽然发展成这样，却又不敢让人对百姓下狠手！

朝中已经得了急报，定州军哗变，揭露出定州军多年克扣军饷苛待将士之事，定州新任刺史还没就任，原定州刺史，现任湖州刺史上表称此事系定州都尉胡作非为暗中吃空饷导致。定州都尉同时上折提交证据指出多年来定州刺史亦曾于此中捞取好处……两人撕咬尚未休，又爆出湖州属官因争夺肥差而买凶杀人一事，此案性质恶劣，新任刺史难辞其咎，朝廷不得不急派御史前往湖州查办。御史还没到达湖州，湖州又出了大事，新任刺史及其亲信官员要将自己的亲属大量塞入随云书院，抢占随云书院入学和察举名额，还要允许售卖随云书院学籍，随云书院学子游行抗议，书院教授集体表示要辞职，刺史勒令必须重新开课，湖州别驾张钺据理力争，被刺史当众推落高台血溅尘埃……湖州百姓当时便民变了，无数人冲上高台，哪怕新任刺史高呼上当表示其间有误会，但利益被侵犯的百姓已经被怒火冲昏了头脑，乱拳之下，上任不过十日的湖州新刺史，亡。

消息快马送往天京，昨夜方到天京，几位重臣得知时，只觉如冰水灌顶，浑身冰凉。

这是文臻的报复，还是燕绥的反击？

这回扇的耳光如此沉重凶猛，让人久久震撼，回不过神。

永王对收回湖州的经略已经可称缜密强悍，原以为可以趁文臻急奔天京无暇顾及之时，朝廷便能稳妥收回湖州，却不想在半月之内便一败涂地。

这是第一位在任期死亡的封疆大吏。

但死的绝不仅仅是封疆大吏，还是整个朝廷从此想要拿回湖州的心！

从今往后，谁还敢接手湖州？便是去了也必成傀儡！

也正是因此，昨夜文臻入大牢，朝廷开紧急会议，不敢对她立即施刑或者审问，怕再次激发湖州民怨引起大乱。朝廷甚至不得不将受伤的张钺就地提升为湖州刺史，以安百姓之心。

陛下初登帝位，根基不稳，十分倚重永王殿下，而且姚太尉隐隐听见传言，说是驾崩后，玉玺失踪，陛下继位时无玺。

无玺便得位不正，这换谁都是心病，若非永王、皇后、太后当时一力扶持，陛下这皇位也未必能坦然坐上，也因此，陛下行事颇有顾忌。

姚太尉心想，是谁暗中以湖州博弈天京，令朝廷不敢对文臻下手？这几人的手段真是圆熟，湖州民变未平，天京百姓竟也被煽动了！

他只能命令士兵不得下狠手，将人驱赶算完。但随即他便发现不对劲了，这百姓群中明显有人组织，也有高手混杂，每次人群纷乱，就会有人将人们重新组织起来冲击军队，每次军队要将百姓赶开了，发号施令者就会莫名倒下，眼看着几千人的军队竟然被越来越多的百姓冲散，而全城的百姓似乎都被惊动，在源源不断地赶来，他心知不好，头顶冒汗。

因为他还发现了，军队被百姓压着，渐渐离开了那个大洞，而大洞周围所有的拒马、绊马索、碎砖乱石，所有可能引起马车颠簸或者行动不利的物事都被清理了。

姚太尉再一看那边，马车已到近前！

他心中一紧，策马便要往前冲，大喝："人墙上！拦住这条道！别让他们冲出来！"

但随即他的马一声惨叫，身子前倾，他滚下马，好几双手伸了过来，狠狠把他向外拖。

姚太尉挣扎不得，嘴里被塞了臭袜子，一抬眼看见好几位大臣已经赶过来，其中竟然有刚刚被暗示告老的李相和好久不上朝的单一令，他挥舞着手臂挣扎，想要请这几位德高望重的老臣出面指挥，毕竟这几位向来很得民心，李相是文臻任刺史的举荐人，大司空更是文臻的老师，他的话百姓应该会听。

却见李相好像没看见他一样走了过去。

几双手臂把他拖到墙角，狠狠一扔，姚太尉昏头昏脑睁开眼，人已经不见了，而单一令正笑眯眯一脸好奇地看着他，一根手指拎着那臭袜子。

他急忙抓住老头的袖子："大司空快出来主持大局啊，文臻是您的学生，您好歹劝她悬崖勒马，这是杀头的大罪啊……"

单一令："啊？你说什么？啊？哎，我聋了，听不见啊！"

姚太尉："大司空，昨儿在议事房还说你有听他们说话……"

单一令："啊？什么？荸荠？荸荠好吃啊！"

姚太尉："大司空，我不是要和文臻作对。只是护卫宫禁职责所在，而且你瞧她这举动，这是要为难陛下啊，您真要看着您唯一且最优秀的学生，最后没个好收梢吗！"

单一令忽然不掏耳朵了。

姚太尉却忽然被老者那幽邃的眼神看得心中一紧。

随即便听那自称聋了的老家伙，幽幽地道："老姚，其实我觉得你才是聋了。林擎和燕绥到底是怎么回事，你心里真的一点都不明白？"

姚太尉忽然哑了口。

“他们为做过什么，别人不知道，咱们可清楚得很，然后呢，收梢呢？”

姚太尉吸一口气，道：“那是！再说雷霆雨露皆是君恩！难道就因为这样，文臻便可以撞宫墙劫林擎！林擎和燕绥便是没反，她这么一来，也是反了！大司空您一生忠义，是要为这个学生晚节不保吗！”

单一令沉默了一会儿，看向那边挤挤挨挨的人群，就在姚太尉以为他哑口无言的时候，他忽然道：“老夫一生忠义，临到头来，忽然便不知道到底什么叫忠义了。”

姚太尉默然。

“但老夫一直知道一点，便是得民心者方可得天下。老夫还知道，有燕绥才能灭门阀，有文臻才能安民心，有林擎才能定边疆。西番未靖，皇室操戈，世家谋国，东堂四面楚歌，有人犹自为那权位名利擅起刀兵……谁又来为这百姓为这东堂，想一想未来的收梢？”

姚太尉握紧了手指，只觉得心跳愈烈，头晕目眩。

单一令从他身边走了过去。

他的最后一句话声音很轻：“老夫永远忠于朝廷，忠于百姓，忠于东堂江山，忠于这自幼浸淫忠孝节义的内心。”

姚太尉麻木地爬了起来。

他没有再往人群中去，也没有再发令调兵指挥，以及下达对百姓暴力阻拦的命令。

而此时，狂奔的马车里，文臻和林擎已经看见那一片变得更大的洞，那是自由的出口，出口外白云蓝天。

林擎也看见了，震惊的同时也很是疑惑，道：“居然没有堵上或者放置拒马……”

随即他便住了口。

因为他已经看见了狂涌的人群，顶着那些刀枪剑戟把大军往两边推，生生空出一条车道，看见有人在飞快地捡地上的砖头，看见百姓们在马车即将来临时，发出巨大的欢呼。

文臻在他身边轻轻道：“林帅，你的血和汗从未白流。”

这是你为之流血流泪流汗的百姓。

这是你二十余年不曾踏入却用半生来捍卫的天京。

这才是你一生征战一生奋勇一生抛弃一切的真义。

我知那一把毒烟寒尽英雄的心。

可我不愿那二十余年流尽的英雄血在你心中从此成为上位者脚底的碧血。

我不仅要救你的命，我还要救你的心。我要你看见破损的宫墙，毁去的天牢，看见今日的天京，看见用血肉之躯为你阻拦大军的百姓，看见你为之鞠躬尽瘁所奉献的一切。

并不是皇权无上，并不是冷酷帝心，而是这繁华美丽的东堂，这鳞次栉比的天京，这千千万万的百姓，从婴儿的第一声啼哭，到老去的最后一声叹息，都沐浴在你长枪红缨的照拂之下，因你而一生安定，得享天年。

这才配得上你这半生。

轰然一声，马车冲出大洞。

蓝天和白云以及百姓的欢呼声扑面而来。

文臻唇角微微勾起。

林擎凝视着那一切，一动不动，眼神柔和，微微闪烁着晶亮的光。

第一百零三章

父子斗

“死当！”

小镇上，随便儿一声呼喝，日语当场两腿一软。

小祖宗，我给你跪下了成不成！

当初这鱼骨是四大护卫潜水一个日夜才捞到的，珍珠是殿下亲自下水捞的，雕刻是四人亲眼看着殿下数日不眠不休亲手雕的，如今就被这小子往当铺柜台上一扔，一脸“小爷不要这玩意，别问问就是真的”。

中文反应迅速，在掌柜满脸笑容抄起玉玦就要抛出银子的那刹那，扑过来一把抓回了玉玦：“不当了！”并在掌柜大喊之前，把一锭金子拍在了那坚硬的柜台上。

随便儿在看见日语和中文的那一刻，便知道今日逃跑计划失败，两个字喊出后，头一缩，袖子一拢，慢悠悠回头笑道：“哎呀，叔叔们，你们怎么来了？我这不是零花钱不够，当点垃圾玩意使使吗？”

中文抓着那“垃圾玩意”，不敢回头看主子脸色，顺脚对日语膝弯一踢。

日语“扑通”一跪，一把从袖子里掏出给主子专用的雪白手绢：“少爷，小少爷，这点子事您吩咐我来就好，怎么好劳动您自己呢？这靴子走脏了没？我给您擦擦？”

随便儿看一眼那玉玦，再看看日语羞愤欲绝的脸，再看看后头脸色五彩纷呈的漂亮叔叔，大惊失色也往下膝盖一弯：“吐槽叔叔，您怎么忽然这么客气了？小子好害怕，小子这就给您跪回来！”

日语向前一扑，拼命想要架住小主子的膝盖，奈何小主子根本就没打算下跪，只弯了弯就站直了，日语扑了个狗啃地。

然后小靴子“哒哒哒”从他身边走过去。

日语趴在门槛上，含泪望天。

这日子没法过了。

被主子折腾二十几年，然后文大人来了，现在小主子来了……

恶人自古都扎堆……

德语笑眯眯看着日语，心想这脸打的啊，啪啪的。

看见随便儿过来，他下意识脸皮一紧，赶紧摆出一脸笑来，随便儿已经笑眯眯道：“肚腩叔叔辛苦了，这推轮椅的活儿还是我来吧。”

德语脸色一黑，悄悄用力吸了吸肚皮。

随便儿推着轮椅，燕绥不去看中文拿着的鱼骨块，问他：“这是想去哪？”

随便儿笑眯眯道：“不想去哪。”

“嗯？”

“哪都不去。”随便儿正色道，“还没孝敬够您呢。”

燕绥脸色已经恢复了正常，居然还很欣慰地笑了笑：“很好，果然还是你最孝顺。”

随便儿斜眼瞄他，浑身每一根汗毛都处在三级戒备中。

随即便听见燕绥道：“那几个可就不怎么孝顺了。这不行，得追上你的进度才成。从今日起，除你之外，每个孩子卯初便要起来练功，不许坐马车，跟着跑一个时辰才许上车。每日写大字三百个，背书五篇，晚上睡觉前练拳十遍，练剑三招，打坐练气两个时辰……”

随便儿尖叫：“不要虐待我的兄弟姐妹，虐待我就成！”

燕绥：“你要舍不得，觉得对不住他们，一起陪着也成。”

随便儿：“你就是在报复！”

“聪明，对。”燕绥说，“我这不是护卫不够，不养垃圾玩意吗？”

随便儿：“……”

湖州和定州交界处有一座无名山峰，并不高，十分翠绿，山上一条水源从上至下，如丝带游移于青黑山石间，时隐时现。

于那水源的起头处，山巅之上有一座新坟。

新坟前有人在烧纸，对着毕毕剥剥的焰头，絮絮叨叨。

“你说你怎么那么傻呢？好好的军队开拔，队列行进，为什么忽然就冲了出来呢？

“冲出来就冲出来了，为什么还要射出一支响箭，直接射到了湖州军的大营辕门哨灯上呢！

“你这叫什么……哦对，你经常说的那什么，作死？

“真不明白你当时在想什么，咱们食君之禄忠君之事，上头永王殿下亲自下的命令，都尉叫咱们开拔就开拔，袭营就袭营，管他袭击的是西番营还是湖州营，总不如自己性命重要是不是？

“你也不是湖州人，也就是在湖州待了一年，何至于为了湖州军丢了性命呢？你射出那一箭提醒了湖州军，自己却中了多少背后箭，你下去了也数不清吧？

“我也没数清。

“你别怪我，隔这么久才找到你的尸体，给你收了尸立了坟，咱们都是军身，身不由己。若不是定州军哗变了，乱了，我还没机会出来找你呢。

“想不到啊，你竟然是个女人……

“好好的姑娘家，嫁人相夫教子不好？非要女扮男装，来做这刀口舔血的活计，现在好了，命都没了，死了好几天，连个知道的人都没有，想来也是个孤寡的命儿，可怜呐，我给你多烧几张纸。”

黄纸抛入火焰，打成卷儿，一些没燃透的边缘，闪着深红的光，像含泪的笑眼。

烧纸的人看一眼黝黑的山林，想着那夜也是这般的夜色浓重，天阴欲雪，想着那女子出发时还兴致勃勃地说想必是去剿匪，这回一定要挣个功勋回来好叫人刮目相看。离湖州军营只有一里许的时候，都尉才宣布今夜此行任务，想到那女子就此沉默，直到最后束马衔枚欲待冲锋的时刻，那女子却忽然单骑狂奔，冲出了大军。

他永远记得那一刻，忽然天降飞雪，那女子的披风高高扬起，那一霎她对着湖州军大营辕门弯弓搭箭的姿势是他心中永恒不灭的剪影。

那一箭呼啸着穿越飞雪，穿越长空，穿越两军，穿越生与死的距离，以她此生从未有过的最远射程，射灭了湖州军大营辕门上飘荡的哨灯，射灭了自己的生命之火，却射亮了另一支军队，另一群人的生机。

他也永远记得那一箭灯灭湖州军被惊起之后，她一动不动，背对着定州军，面对着湖州的方向举起了手，两指分开，比了个奇怪的手势。

她曾和他说过，那个手势是和她的好友学的，是胜利的意思。

下一瞬来自背后的箭云，覆盖了她飞雪中最后比着胜利的身影。

那一霎他再看不清那雪与血。

他吸吸鼻子，声音微哑轻哼。

“岂曰无衣？与子同袍。王于兴师，修我戈矛。与子同仇。岂曰无衣？与子同泽。王于兴师，修我矛戟。与子偕作。岂曰无衣？与子同裳。王于兴师，修我甲兵。与子偕行。”

他忽然停住，转身就看见几个黑衣人静静站在他身后。

马车冲出大洞，越过人群，然后蜂拥的百姓在早已安排好的人的指挥下再次合拢，将军队的视线阻隔。

马车冲到了当初的组装之地，地面开启，锁链解开，腾云豹和人们都下了地道，马车各部分分解，由四周巷子里等候的人们分别驾驶着离开。

腾云豹身躯高大，在地下解去护甲，经过短暂伪装，运入笼子，经过一段较短的通道，最后出来的地方是南城的一处车马行。

而其余人则从另一处通道潜入了南城无数民居之中。

半个时辰后，文臻、林擎、采桑等人出现在一间普通的民间小院里。

一安定下来，文臻就着手给林擎治伤，却见林擎哂笑着从胸口掏出一片薄铁片，上头还蒙着一片软皮，此刻那软皮已经裂开，铁片也裂了。

林擎啧啧笑道："晴明那一指厉害啊，如果没这玩意，现在你救的也是个死人了。"随后又道，"说起来是燕绥救我一命。这玩意儿还是燕绥当年在军营，和我斗气，设计了这么个玩意儿，平日贴在胸口膻中穴上。用他的话说，便当个不离身的护心镜。正面对敌，膻中是必选的死穴。这回可派上用场了。你也别担心，燕绥既然撺掇我用了，他自己十有八九也有，晴明那一指同样要不了他的命。"

文臻这才放心。原本就有些担心，就算永裕帝想要钳制林擎燕绥逼迫自己，应该也不会给两人留下任何生机，晴明那一指点的肯定是迟早会发作的死穴，却没想到燕绥未雨绸缪，多年前便有了准备。

她心中一酸，想着燕绥这般步步小心，到底是因为自来环境凶险，还是因为他心中亦早有预感，只是依旧残存了一线希望，毕竟那是血缘和一生最后的亲情所系。

到如今一刀断情，虽痛彻心扉，但也不失为幸事吧。

她给林擎初步处理了毒和伤，让他先休息。出城也不是易事，必须保持状态。

如果没猜错的话，此刻九门应该都关了。

安顿好林擎，文臻自己在另一个房间看着齐云深，那女人头发蓬乱，像受了什么刺激，现在看起来更疯了，问她什么也回答不出来，只不住喃喃道："阿巧出事了……"

文臻无奈，只得弄昏她让她休息，顺便等各方消息，安排出城事宜。

各方消息源源不断送来，果然不大妙。九门全闭，不许进出，全城大索。三卫和天京府所有人员全部在岗取消轮班，姚太尉及羽林卫首领被派出城，坐镇临近天京的戍卫营，将天京围得水泄不通，而天京防务已经从司空群手中移交到永王手中亲自统管。据说司空群因为接连让燕绥、林擎、文臻逃走，已经被削爵了。

现在外头三步一岗五步一哨。

林擎的毒很是麻烦，并不是中土品种，倒有点异域风格。文臻也不熟悉，因此并没能完全拔出毒，他手腕脚腕的伤也已经伤及筋脉，如果再擅自动武，就会彻底瘫痪，他不能走动，马车现在却出不了城，文臻好不容易救出他，不愿意毁了他，总要想个万全之策才是。

因此她也就不急，先睡了一觉养精蓄锐。这一觉足足睡了一个日夜，再醒来时，外头有人敲门，送进一封信来，文臻一看见那上面的黑漆，心便一跳。

她麾下的信息传递规矩，黑漆代表噩耗。

她一时不敢拆信，好一会儿，才慢慢拆开信笺。

采桑担心地看着她越来越苍白的脸。

半晌，文臻手指一松，信纸飘落在地。

她愣了很久，缓缓蹲下，捂住了脸。

采桑震惊地看着她。

小姐向来沉稳，这几年尤其修炼得不动声色，便是殿下受难，她也没见过小姐失态。

她捡起信纸，下一刻，手一颤，信纸再次飘落。

文臻抱着头，脑中一片混乱。

一忽儿是当年初见，那个长腿女子大步进来，盯着她道："我不喜欢你。"

一忽儿是五峰山下开包子店，君莫晓用手指顶着鼻子，面对厉笑劝说要她别和殿下作对，傲娇地说不就不，嫁给皇家有什么好？快要累死了！阿臻你就别理他！

一忽儿是江湖捞里君莫晓挥汗如雨，暴徒包围时不忘驱散宾客，一一关紧门窗。

一忽儿是随便儿说莫晓姨姨来信说，关于他爹的一切正面评价都是狗屁。

一忽儿是自己大病初愈时，她抱着随便儿笑得开怀，说："娃娃这几日养得好呢，你不用管他只管养好自己身子，我保证给你养得白白胖胖的。"

一忽儿是那夜飞雪，自己和随便儿相拥而眠时，君莫晓的披风在冷夜高空下卷起，一箭如流光。一箭惊州军，一箭救万命，一箭予自己抽身自救的宝贵时机。

用命。

文臻蹲着，大颗大颗的泪滴砸在青砖地上，没入缝隙中不见。

莫晓……

相识至今，相伴一路，得你良多，哪怕江湖捞的一砖一瓦都凝着你的心血和汗水。

到头来你万箭穿心，我坦然高卧，懵然不知。

便是将来地下再见，或者来生相逢，我又要如何见你，如何见你？

门忽然被撞开，冬风猛烈地卷了来，文臻回头，便看见齐云深发色苍苍，立在门口，痴痴地看那黑漆的信封。

她的眼眸不知何时一片清明，却是幽深苦痛如渊，葬了这半生华年。

文臻凝视着她，忽然轻轻问："齐妃娘娘，莫晓是不是你和永王的孩子？"

第一百零四章

空投天京

慈仁宫内永远烟气淡淡，淡淡的烟气后面，半掩着太后肌肤幼嫩的脸。

她对面坐着永王，两人默默相对已经很久了。

半晌，永王道：“继燕绥之后，林擎和文臻已经逃出了天牢。”

这是怨怪当初太后答应德妃放出燕绥的举动了。太后笑了一声，慢慢捻动着佛珠：“逃便逃了。你想过没有，真要杀了林擎和文臻，只怕边关和湖州都要出事。”

“如今焉知不是放虎归山？”

“潜龙未出，留着虎也未必是坏事。”

永王默然，半晌道：“您说诈死，藏匿于地下。我借着香宫改建之名，将这宫中地下已经掘了好大一处地方，依旧还是没有找到地道，到底藏在哪里？您真的确定他没死？”

“他自然如老鼠一般藏着，一日挖不出便再挖，可惜景仁宫附近无法动土，否则早就该有了端倪。”太后道，“他诈死，打的主意必然就是鹬蚌相争渔翁得利，他如今和燕绥林擎仇恨更重，留着那两人一命，对咱们未必是坏事。否则你杀了燕绥和林擎，就是咱们直面的杀机了。”

“而燕绥和林擎也很明白这个道理，是以在未曾露面之前也不会轻易对我和陛下下手，以免被人黄雀在后。如果利用得好，这三方角力之势对我们反倒有利。”永王点头，“只是要想利用这两人谈何容易？若一不小心被他们坐大，将来麻烦的还是我们自己。”

“所以你且不要心急，让和他们自相残杀去。”太后招招手，一个男子走了过来，步履沉稳，太后笑道，“如今你身份不同，安全也要上心些。且带着他在身边吧。”

永王看一眼那男子腰间的软阔剑腰带，便知是唐家小楼中人，他并不喜欢唐家人，面上却丝毫不露，点了点头。太后又道：“皇后前几日来慈仁宫，说要为你选几个知疼热的人伺候着，不然永王府空落落的也不似个模样，可惜你……”说着一叹。

永王眼底闪过一丝黯然之色，面上却从容地道：“这也是笼络重臣的常用手段，且由着他。”他似乎瞬间便失去了谈兴，起身告辞，太后也没留，凝视着他的背影，眼神复杂。

永王走出慈仁宫，却又让那男子且在宫外等着，自己又折了回去，不许外头那些宫女通报，悄悄走到窗下，正听见太后和身边嬷嬷道：“那边又派了人来是吗？就说哀家会慢慢把人放到殿下身边，总要殿下自己喜欢并接受才成……让他们放心，殿下和唐家一荣俱荣一损俱损，谋殿下的未来便是谋唐家的未来，大家总要在一条船上才是。”

那嬷嬷便应了。永王面无表情地听着，悄然转身下阶，回头看见那个年轻英俊的唐家子弟恭谨地等待着他，无声地笑了笑。

燕绥和随便儿一路鸡飞狗跳地前行，直到燕绥再次凝视着天京高伟的城门。

不久前刚刚离开，没想到没多久便回来了。

远远地看见紧闭的城门，城门上密布的枪林，城上城下比往日多了几倍的攒动的人影，以及不停转动的连弩，连飞过的鸽子都要一一射下的阵仗，便知道，天京出大事了。

这大事肯定是蛋糕儿搞出来的。

从时间和这阵势来看，蛋糕儿可能还没出来，也很难出来。

他当初的护卫分为明暗两支，明支分赴各地另有任务，目前正在集结；暗支便是侏儒，本该一部分在天京一部分在湖州。当年蛋糕儿临产全部调去了湖州，现在其中一部分也已经联系上了正在赶来，还有一部分直接就是失踪了，想必已经折于朝廷或者世家之手，也正是因此导致了他初初回国时信息不畅。

按说他对现在的天京毫无掌控。

但是很少有人知道他在天京还有一条线。

天京再怎么不开城门，这么多人的吃喝拉撒还是要解决的。天京寸土寸金，人口密集，田地在城外的多，每日会有专门工种的人收集城中百姓粪肥，运去城外肥田，如果不及时收集，没几日天京便会臭不可闻，更会病菌滋生，所以不管怎么封城，都封不了这一行。

中文打扮成外地行商在城门口转了一圈，被悻悻赶走后，回来便大致和燕绥汇报了天京发生的事，又道："主子，我看文大人和神将还没出来，恐怕要想出来很难。"

燕绥"嗯"了一声。

日语没心没肺地犹自在开玩笑："我看现在大概只有皇帝才能出来。"

燕绥又"嗯"了一声。

熟悉他性格的四大护卫都顿了顿，然后齐齐转头看他——不是吧？

主子你在想什么？

中文想到一个可能，浑身一抖，轻声道："主子，德妃娘娘好不容易才救您出来，为此还身陷于香宫，您可千万别轻易再抛掷了这条性命。"

燕绥就好像没听见他的话，忽然转头，身后一排小萝卜头都仰头，有点迷醉地看着天京高峻的城门。

他听见随便儿喃喃地道："我娘就在天京城里……"

燕绥："嗯，你娘可能现在正缩在天京哪个老鼠洞里不敢出来。"

随便儿皮笑肉不笑："是啊，所以叔叔你也缩在这个老鼠洞里不敢伸头哟。"

现在众人正在天京城外一个小山的山洞里朝外看。

燕绥不生气："你行你去啊。"

随便儿呵呵笑："行啊，谁拦谁小狗哦。"说着抬腿就走。

中文冲出来当和事老："小少爷啊，我的小祖宗啊，别这么冲动成不成？主子这是和你开玩笑呢。"

燕绥："没开玩笑。"

随便儿："一把年纪了开什么玩笑。"

被怼成筛子的中文："……"

不过跟在燕绥身边久了，他也看出燕绥有些心不在焉，不免有些心惊肉跳，随即他便听见燕绥对随便儿道："确实不开玩笑，送你进城帮你娘，敢不敢？"

随便儿："敢！"

"进宫，敢不敢？"

"更敢！"

"那就准备一下。"燕绥道，"今夜无月，冬季水位下降，护城河下泄水渠应该能容你这么大的孩子通过，你背熟了我给你的地形图和资料之后，从那里进去……就让李瓜陪你去。"

李瓜是七个孩子中最不起眼的一个，平日里不声不响，今年六岁，却生得瘦小，与天生个子高的随便儿相比看起来也大不了多少。

随便儿有点奇怪漂亮叔叔怎么看中了他，但是没有问。

中文在燕绥说话的时候几次想要插嘴都没敢，急出了一头汗。

主子怎么能让一个孩子这样潜进危机重重的天京！

随便儿是主子和文大人唯一的孩子啊！

直到随便儿去做准备，他才一脸焦灼地拦住想要假寐一下的燕绥：“主子，您不能——”

“你信不信，就算我不让他去，他也一定会想办法自己偷偷溜进天京？”

中文忽然哑口，确实像随便儿会做的事。

“与其让他自己偷溜去这天京门口闹出动静被发现，还不如做好准备让他进去，好歹我们还能护法。”燕绥凝视着巨兽一般的天京城门，“这一路上我试过随便儿好些次，文臻把他教得很好。他很机警，身体底子出众，应变强，轻功尤其好，打不过也溜得掉。更不要说也学了不少文臻的本领。不要以为天京危险，所谓灯下黑，越危险处越安全，他只要能进城，我会让文臻知道他来了，文臻自然会派人保护他，而我之后在城外会有动作，留在我身边反而不保险。”

他还有句话没说，他留在城外是要接走文臻并狠狠地给某些人一个教训的，之后必然会一路远走，随便儿并不适合跟着他们，倒不如隐瞒身份留在皇宫，又是一个大隐隐于市，谁也想不到他和文臻会把唯一爱子留在了宫中。

“你到底需要随便儿进宫做什么？”

“我需要他帮我取一样东西。天京现在没有了暗卫，那东西就只有他适合去拿了。”

“您为什么会选李瓜？甜甜有异能，老大对随便儿很卫护……”

“李瓜也有天授之能。”

“啊？”

“没看出来是吗？这正说明这孩子擅长隐藏，我猜他的能力是读心一类。”

“也许是比较聪明？随便儿不也很擅长猜人心思？”

“寻常百姓之子，焉能与吾儿相比？”殿下淡淡答。

中文：“……”感觉好像一瞬间看见您翘起的尾巴了呢！

一个时辰后，天色最深浓时，随便儿身上揣满了他爹娘给他的各种杀人放火下毒下蛊居家旅行必备法宝，带着同样打扮的李瓜做好了准备。

天京城墙上，气死风灯悬挂了一溜，将城墙下五丈之地照耀得灯火通明，别说一个大活人，便是一只老鼠蹿过去，城墙上也能看得见。

但随便儿并不担心，果然，下半夜城门上的人困意最浓的时候，忽然起了一阵风，城门西侧的灯火齐刷刷地灭了，那一片顿时陷入了一片黑暗。

燕绥的手轻轻放在了随便儿背上，但并没有推出去，刹那停留。

他一生里少有的犹豫。

倒是随便儿立即蹿了出去，像一支短而疾的箭，瞬间奔向黑暗中。

李瓜竟也不慢，紧跟其后。

燕绥下意识轻声道：“小心……”

却见狂奔的随便儿忽然扭头咧嘴一笑，做了一个口型，随即小小的身影在黑暗中不见。

燕绥的语声顿住。

伴在他身边的中文浑身僵硬，连呼吸也放轻。

方才，小主子是在……

城门上有抱怨声、斥骂声、嘟囔声，随即火头燃起，守兵们动作很快地将灯再次点燃。

十分警醒，效率比以前高很多，可见戒备之心。

中文绷紧了呼吸，就着渐渐恢复的光亮看见城下空荡荡的，只有护城河隐约荡出一丝波纹。

他无声地吐出一口长气，心道，佩服。

谁能想到，这点大孩子从两岁就开始冬天在雪湖里游泳呢！

要不然今晚也不敢让他下护城河。

文大人深谋远虑，也够狠心！

城上的人犹不放心，有人攀绳梯而下，绕着刚才熄灯的地方转了一圈，又算算那点时间实在不够爬城墙，才又回去了。

中文凛然，心想如今的天京城可不比从前了，竟真有点固若金汤的感觉，这无论进出，确实太难。

他胡思乱想了一阵，侧头看燕绥，却见燕绥也侧着头看向远处起伏的月下山峦。山川静默，他也静默，新月如钩，他唇角亦微微弯起如钩。

随便儿不怕水。

许是水中出生，他对水还有一种奇特的归属感，他从小就能在水中睁眼，能长时间待在水下，心情烦闷时喜欢置身于水底，透明水波和彩色鱼儿拂过身体时心情便好许多。

他游泳比别人快很多，而这水靠也分外溜滑，几乎一条水线笔直拉过，很快就摸到了排水渠。一刻钟后，城墙根下的草丛里钻出两个小脑袋。

再过了一阵子，随便儿已经在临近城墙根下的掏夜香的普通人家里喝粥，换了一身平常百姓的衣裳。

又过了一夜，天亮的时候，随便儿和李瓜已经坐在这个掏夜香的人家的板车上去了另一户人家。这户人家是个中等富户，平日里给东城里几家国公府专门送菜。

半个时辰后，随便儿和李瓜又换了买菜小厮的衣裳，跟着送菜的车去给国公府一家家送菜。

那条巷子里最里面的是鼎国公府，送菜车到了那里，再拉回去便空了。

押车的还是两个小子，但没人注意到人已经换了。

半刻钟后，鼎国公厉响连带他家七个葫芦娃狂奔而来，从国公夫人怀里拖出那个正在卖萌的小家伙，八座铁塔一般把随便儿一围，八双铜铃般的大眼睛目光灼灼，爱克斯光一般将随便儿从上扫到下。

天京第一大稀奇啊，今儿可叫老厉家第一遭给看着了。

那个文臻和燕绥不动声色就搞出一个娃娃来，全天京上至，下至百姓，有人知道吗？

没有！

这对贼夫妻了得，生个娃都生得贼兮兮。

随便儿给了厉家老少爷们儿充分满足好奇心的时间。

燕绥送他来时，和他暗示过要不要说明身份，他自己决定。

随便儿便自己决定了，他记得娘提过厉家都是直肠子，与直肠子打交道最好也是直肠子，大家都直才一路通畅，搞得太含蓄万一那群傻大个儿领会不了坏了事怎么办？

所以上来就自报家门，宛如丢了一枚火药弹，厉家爷们儿瞬间便从天京的各个衙门里溜了回来。目光灼灼，他们那眼神就仿佛看见恐龙和独角兽勾搭成奸偷生了一只貔貅一样。

李瓜站在一边，腿肚子已经要转筋了。

随便儿面不改色，抬手和八个葫芦娃打招呼："厉爷爷，厉叔叔们，早上好啊。"

娘说过这群葫芦娃，随便儿印象深刻，娘说块头大的一般心大脑子小，不用在乎，随便哄哄就成。

随便儿把这个"哄哄"两字贯彻得淋漓尽致："早就听我娘说爷爷和叔叔们英明神武，今日一见，小子觉得我娘还是说错了。"又正色曰，"何止英明神武，还英俊威武！"

葫芦娃们："哈哈这小子要得！"

厉老大："果然是文臻的崽！"

厉老二："但不像是燕绥的崽！"

厉老三："脸也不是太像燕绥，难道文臻琵琶别抱？"

厉老四："也不是这么说，你瞧他笑嘻嘻夸咱们时，那一瞥的眼神咋那么眼熟呢，咋就那么像一个人呢？"

厉老五："像燕绥！"

厉老六："你这么一说我忽然怀疑起他方才那句话的可信度。"

厉老七："嘿，说什么呢，这点子大的娃娃难道还会骗人？"

厉响："都闪开！围这么紧做甚！闷着我干孙子了！"

七个葫芦娃："爹！你脸真忒大，看人家漂亮乖巧就萌动了是不是？有这么上赶着认孙子的吗？人家爹娘有同意吗？"

随便儿："不需要他们同意，我同意就成！干爷爷！从今儿起你就是我亲爷爷！"

七个葫芦娃："……"

李瓜："……"

厉响："哈哈乖孙子，从今天起你就是我亲孙子！"

且为厉家大大小小几十个孙子同声一哭。

上一次这老家伙说这话好像是在去年，厉笑和易人离生了一个大胖小子，这老家伙抱着侄外孙笑着说亲孙子，把一屋子的亲孙子说得眼泪汪汪。

那好歹还是侄外孙，这位连血缘都没有，三句话就把老家伙给哄住了。

其实葫芦娃们不明白，鼎国公认孙子这般痛快，倒有很大部分原因是因为多年来和那对爹娘关系虽然好，却总是处于智商降维被打击状态，免不了想要找回点场子，那么做一回正经长辈也是好的。

对于随便儿来说，认个爷爷让爹娘做了便宜儿女毫无愧疚心，谁叫他们一个为老公抛弃亲子，一个为老婆驱策亲儿？

他是垃圾桶里捡来的不成？

亲爷爷乐颠颠地捧着亲孙子去询问他进京的缘由了。七个葫芦娃一起跟着，这一条联络的线本是他们和燕绥之间埋藏了多年的线之一，是一条闲线，多年未动用，所以今日人送进府竟然是毫无准备。厉家人刚知道文臻撞宫墙越狱事件，还以为随便儿是文臻带进天京的，这是文臻干下大事怕孩子受累命他来寻托庇，结果一听随便儿居然是自己上京，夜渡护城河，被他老子空投至天京城，三岁娃娃准备独力进宫办事，厉响当即就捂着心口，觉得气都喘不上来了。

这一对胆比天大的贼夫妻！

厉响号称朝堂混不吝，此刻他觉得这称号应该跪地恭恭敬敬送给那两人。

等他气喘匀了，抬脚便给七个葫芦娃一人一脚："越看你们越不顺眼，一群大老爷们还不如一个娃娃得用！”

他们七个都有官职在身，老三还是有功名的汉子，面面相觑，难得没和老爹打架。

没办法，不能比，燕家盛产奇葩。

厉响转而又苦口婆心劝随便儿：“我说乖孙儿，虽然呢，你很聪明很能干，进宫必能帮你爹娘一把，但是你瞧你这七位叔叔和你亲爷，这么些昂藏七尺英俊威武的大汉八条不用，要你一个三岁娃娃在宫中那种地方奔走，那咱们面子往哪搁？你就在府里先待着，你看这花儿不好看吗？你看这球儿不好玩吗？再不然你叔叔们的一群小妹妹都陪着你玩？”

随便儿：并不在意，谢谢。

脸上却笑成一朵花：“爷爷你真好，爷爷你说得对。可是爷爷啊，随便儿觉得待在你家并不很安全哦。毕竟厉家和娘的关系一直都很好呢。”

李瓜也在旁边道：“那位叔叔说了，大隐隐于市，现在谁也想不到的地方才是最安全的地方，而且……”他看了一眼随便儿，“那位叔叔说，随便儿该去见见一个人。”

厉响便默然了，他知道燕绥指的是谁。随便儿又拿出燕绥写给他的密信给他看，老头子看完，差点没把胡子都根根拔了，此时才知“驾崩”那日到底发生了什么事儿，性烈如火的老家伙这一次却并没有骂人，拿着那信默默坐了半晌，最后抹了一把脸，轻声道：“难怪那天回去，老李和老单脸色都很奇怪，后来老李闭门不出，接到朝廷暗示便立即自请告老，老单以前不管事的，这回正好相反，倒出了山，也不肯告老，天天去议事……我就说这事透着诡异，想来他俩也猜着了一些，这是心寒了，心寒了啊！”

七个葫芦娃面面相觑，震惊无伦，只觉得整个天地都像在面前被打碎了重组一般，简直不敢相信自己的眼睛。

更不敢想象当时林擎和燕绥的心情。

一直以来，所有人对的印象都是宽仁慈和，温厚悲悯，且勤政爱民，对大臣也礼敬慈爱，算得上一位明君，此刻这冲击太大，以至于众人好半晌无言，如在梦中。

半晌之后，厉响猛然一甩头：“成！新君继位，最近不是正在选宫人吗？咱们这就想法把你俩塞进宫！”

第一百零五章

请你还我

新君继位，虽说还要守孝，民间禁嫁娶，但总是喜事比较多的。

除了选宫人之外，还对太后的香宫进行了改建，同时放出了一批宫人，其中一批已经无家可归的宫人，直接便放入各重臣府邸，永王多年未娶，府中空寂，新君直接命皇后选了几位最貌美又成熟的送进了永王府。

永王好像也忽然对这人伦大事产生了兴趣，竟未如以前一般推辞，笑着应了。

多了几个妾侍，自然用不着大办喜事，不过几乘小轿，抬进了府中，当晚就开了脸，进永王内室伺候。

红烛艳艳地映着那桃花屏障。

人影飘荡在夜色里连绵的屋脊上，绕着那围墙兜圈子。

半晌，人影终于跳了下去，在草丛中摸出了几块砖，那里便现出了一个不大的洞口。

这人黑白分明的眼眸露出一丝笑意。

耳中仿佛响起齐云深微带讥嘲的语调。

“大户人家婢仆众多，难免有鸡鸣狗盗之徒，有些人为了方便，在某些角落自己偷偷开个门户也是有的，何况永王为了能在皇帝手下活命，以礼佛为名常年在外游荡，府中管理松散是必然的。”

文臻钻过洞，猫着腰走了一阵，这是一处比较荒废的园子，其中有一处枯井，便十分利落地爬下去。

枯井里有很多落叶，气味不算好闻，但是还算干燥，到了此时，她才坐下来，靠着井壁静静听着外头的动静。

嘴里嚼着自己做的棉花糖。

满天京都在搜捕她，永王亲自督办，搜不着，也不知道是在哪件事上得了灵感，竟然搞出了这个纳女人的把戏，这是想要诱惑她上钩吗？

她倒是来了，不过并不在洞房里。

这里依旧是齐云深告诉她的。

“这枯井曾经是永王府固定的抛尸地。人死了，往里头一扔，省事。

“参禅礼佛，常年不在府中，也没什么姬妾的人，如何还会有人横死？

“这世上哪有真正清心寡欲的人，也没有伪装永远不被发现的人，伪装得越久长越心虚，越会疑神疑鬼。总担心自己的秘密被人发现……以前我不明白，现在我大抵明白了。死在这里的大抵都是那些知道太多的亲信，或者不该知道却知道了什么的人吧。”

文臻背靠井壁，想着那一刻女子的眼眸熠熠闪光，依稀几分熟悉，她心中一痛。

这眸子有几分像君莫晓。

她早该想到的。

君莫晓和她有点相似的武功，齐云深第一次见她喊她阿巧，那是因为她身上佩带着君莫晓送她的香囊，当时头脑混乱的齐云深是凭着记忆中的香气认女儿的。

也不知道这疯女子如何便感应到了她的阿巧出事了，或许冥冥中自有天意，当牵挂的那个人随风而去，她被封锁的混沌记忆也忽然开启，再现清明。

她忆起了当年和燕时信的相遇，忆起了在永王府居住的短暂岁月，忆起了怀孕后被逼而走，忆起了之后被追杀的艰辛，忆起了被娘家所救生下孩子，生完孩子之后想去找永王，却莫名中毒，之后记忆混乱，面容改变……一直浑浑噩噩到如今。

她一生牵记，梦魂所系，都是那个男人。一朝梦醒，却发现天地已换，辗转半生，孑然一身。

齐云深当时脸上并没有太多哀伤的神情，反而有种大梦初醒的兴奋：“每天三更他都要练功的，他要在水底练功，谁都不能打扰，也谁都不会带，那是唯一动手的好时机。”

“他练的是什么功？你的功法是不是和他学的？”

“你怎么知道？”

文臻笑了笑。

怎么不知道？那个阴魂不散，不断作祟的宽袍人不就是永王吗？

难怪她总觉得永王的身形特别的风流自然，现在想来，不就是自己这种功法更高一级的化用吗？

当年她在无名山上初遇唐羡之，之后莫名被几次暗杀，很明显就是撞破了唐羡之和重要人物的山上会晤。其实她没发觉，但是对方不肯放过。后来回想，当时在那镇上能配和唐羡之会晤的重要人物，只有燕绥、林飞白，还有永王。

永王那几日出现在闻家附近，说是去观摩石刻。

之后驿站，永王也出现过，然后就出现了驿站刺客。

再之后她初次进宫，就遇上唐羡之用箫声刺激齐云深出手，唐羡之怎么知道齐云深会受刺激出手？那自然是永王告诉的。

后来那次她请唐羡之和永王吃饭，永王唱歌被唐羡之打断，唐羡之因此受伤，她当时懵然不知，事后却反应过来，以唐羡之的本事，打断一首普通的歌怎么可能会受伤？

除非那歌不普通，除非那歌里暗含杀机，要对她下手。

那么之后，乌海之上那个刺客，湖州里处处作祟的宽袍人，一直若隐若现总在对她下手的那位自然是永王无疑。

她虽然早就心里有数，但一直没明白的是，永王一个无子无嗣，闲云野鹤的闲散王爷，为何一定要和燕绥和她作对，他想要的是什么？他如果想要帝位，又凭什么？无名低等嫔妃之子，没有外家依靠，没有军队，没有交联大臣，还免不了被永裕帝防备猜忌，他凭什么来掺和？

直到那日在德妃宫里，德妃低声和她说了一个秘密。

永裕帝不是太后亲生子，是低等嫔妃之子抱养在太后膝下，以慰太后连丧两子一女之悲。

可谁想到，唐家的皇后在连丧子女后，虽然明白了身为唐家女便无缘怀子女，却并不甘心。

因此，当她再次怀孕后，便假装卧病，偷偷生养，把自己的亲生子抱给了一个失宠的低等嫔妃。

那便是永王。

为了在严厉苛刻的皇祖考手下活得性命，永裕帝和永王等于对调了命运。

德妃得知这个秘密也是巧合，一个太后宫里的老嬷嬷在得罪她后，被处死前为了活命道出了这个秘密。

低等嫔妃之子成为天下之主，皇后嫡子却不得不成为闲散王爷，为避祸常年远离中枢，连自己的王府都不敢多待。

永王又怎么甘心？

而他有唐家的血脉，天生便能得到唐家的支持和信任，第一大族便是他的底气和后盾。

但他并不敢直接和永裕帝对上，皇帝的手腕和心计令太后也退避三舍，她为了亲生子的未来，在皇帝幼年时便给他下了毒，可是那么多年过去，他没死，不仅没死，还得了林擎，得了皇位。

太后为此避处香宫，并告诫永王忍耐。

他们想要的是等快点病死，拿走他的江山。

那就要除掉最看重且最优秀的皇子，除掉所有和唐家作对的人。

比如，一直和唐家作对，并深受宠爱的燕绥，以及一直支持燕绥的文臻。

事情至此，已经明朗。

文臻猜永裕帝未必没有怀疑，否则他何必诈死？

而太后也同样怀疑永裕帝诈死，所以不敢让永王直接继位。

听说香宫在改建，这是在掘地三尺，想要挖出永裕帝吧？

只有坐在皇位上的太子，顾盼自雄，以为自己成了赢家。却不知这舆图逐鹿，人人操弓搭箭，他早已出局，不过是个摇旗人。谁一个不高兴，一箭射出，便纵高坐龙椅，也不过血溅三尺。

文臻拢拢领口，觉得可真冷。

燕氏皇族啊……真让人长见识。

“燕时信那功法据说也不是中原的，也不知道从哪个国度传来的古怪法儿，咱们用的那种药冻，其实只是初阶段，后来是应该在水中练的，一拳打出，水底都能辟出一个无水的空间。”

文臻：“你怎么没告诉我应该在水中练！我还一直用果冻！”

齐云深：“疯了，忘了！”

文臻竟无言以对。

“他什么都要藏，身份要藏，心思要藏，妻子要藏，孩子要藏，武功也要藏……所以他的卧房会有条密道直通他练功的湖底，但那密道别人进不了，进去就淹死了。”

“那他会在哪座湖练功呢？”

“这我就不知道了，我离开永王府很多年了。永王府必然扩建过，他这人狡兔三窟，肯定不会只在一处水域练功，要想不动声色控制他，只有在他练功时最好，所以……”

所以今晚她来了。

三更天快到了。

僻静的后院，巡逻的护卫也不见了，更加僻静。

文臻想着，永王府果然扩建过，并不华丽，却很大，尤其水多，一处一处的小池子，连温泉池子都有，如果没内应，还真不知道他今晚会在哪处水域练功。

所以她在等。

红烛高烧，永王缓缓走入房中。

这气质疏朗，潇潇洒洒的男子，此刻并没有任何即将“洞房花烛夜”的期待喜悦之色，眼神里有淡淡疲倦，隐约藏着一分警惕和审慎。

今晚要伺候他的宫人正在屋内忙碌着，永王一看她修长窈窕的背影，眉头便微微一皱。

不是文臻。

文臻娇小玲珑，这女子却身量修长，从身体比例也可以看出来，这是伪装不来的。

永王有些失望。

搜捕文臻数日而不得，他一直在下令加大搜捕力度，想来文臻东躲西藏并不好过，应该急于出城。这种情形下，他悄然纳妾，将永王府打开一道口子，是想请君入瓮的。

但看来文臻好像没有上当？

那女子狡猾凶狠，也确实没那么容易上当。

他悄然做了个手势，示意守在屋外的大批护卫高手悄悄后退一些。

自己则将一直屏住的呼吸放松了些。

文臻善毒，他不得不小心，但既然文臻没来，总憋气也不是事。

红烛光晕如虹，映着那正在弯身沏茶的女子背影，他此刻才有心情仔细看一眼，却发现那女子双肩平直瘦削，散着一头水汽氤氲的乌黑湿发，越发显得身姿成熟美妙，宛如一尊名窑烧制的美人觚。而她执壶的手指雪白修长，指节分明，肌理均匀，于精致中隐约透出几分力量感，和她整个人的身形给他的感觉一般，是他最喜欢的那一种。

他有些恍惚，仿佛很多年前也曾有人于记忆中这般精致而又有力量，美人如玉剑如虹……

他看见那女子小心斟茶之后，又用茶针小心地通了通壶嘴，动作熟练轻巧，显然是做习惯的。

他立即释然了。

记忆里那人已经疯了那许多年，便是没疯之前也从来不会并不屑于做这种精细活计。

不知怎的，原本沉寂多年，不好女色的心，今晚只见着这个背影便忽然微微一荡，于这烛影摇红之间旖旎迷离。

或许是压在头顶的大山终于移去，仰头见无垠苍天，心胸舒畅间，隐藏在心底多年的斯人便自旧梦中踏来，敲开这久封的心门。

他抬起手，这回是命令所有人彻底退下的手势。门外映出唐家剑手的影子，依旧被他坚决地挥退了下去。

院中响起一阵细微动静，随即恢复彻底安静。

永王走过重重帘幕。

那红袖添茶后却好像没听见他的动静，斟好茶，将茶盖微微支起，一闪身进了后头，过了一会儿，细微水声响起，热气弥漫，竟然是去洗澡了。

永王站住，没有继续进去，一时竟觉得喉咙有些干哑。

远处梆子声遥遥传来，他忽然惊觉快要到自己的每晚水底练功时间了。

他又看了帘幕里头一眼，水声继续，还在洗澡。

他便走到墙边的博古架边看似随手拿起一本书，整个架子便移开，露出后头的门户，足足有一排七个。

他选了最靠近自己的一个进入。在进入之前，他看了一眼内间，朦胧纱幕里映出女子修长光裸的双臂。

他闪身进入，片刻后，水声一响，地面上逶迤一串湿淋淋的赤脚印。

女子拢着纱衣一边走一边擦干身体，走到那博古架前，一把将所有书都掀落。

博古架移开，她看了一眼，最靠近她的一扇门上，此刻慢慢显现了一个手印。

是永王的。

洗澡水弥漫的热气里加了文臻给的药，无毒，只附着在房间的器具之上，有人去拿便会留下印子。

她悄然进门，走了半截，嗅见一股硫磺气息，顿时心中明白是哪个池子，便退了出来，然后站在书堆上，伸出那精致又有力量的手，一拳一拳，一共七拳。

砸坏了所有的机关门。

无论永王去了哪个水域，今晚都无法从这个暗道回到房间了。

然后她再次进入那个暗道，果然走不了几步，再往上走便是长长的一段水域，对于她却不是难事，她游到尽头看见前方一个洞口，她游了出去，忽然就看见水底大袖飘飘的身影。

那人立在水底，如履平地，一拳出而水波涌，一拳收而飞鱼游。

他身周果然是一个滴水全无的透明空间，那些碧绿的水草、湛蓝的水波、各色的小鱼，都在空间外悠游摆荡。

齐云深一转身便将一个盒子抛到了刚才出来的洞口。

轰然一声闷响，地面一阵震动，水波激越翻涌，正在打拳的永王被那水中震动冲击得站立不住，营造出来的空间顿时瘪了一半。

而震动方起，等在岸上的文臻狂奔而来，一边奔一边甩掉外衣，纵身一跃便入了水！

随即一拳击出，水波被一阵疯狂挤压碰撞，永王打拳所营造的空间剩下的一半也瞬间消失。

闭目打拳的永王在水波震动急涌时睁开眼，眼神惊骇。

他在水底练功已有多年，从未有人知道这个秘密！

而此时，文臻和齐云深一前一后，两只拳头逆水而来，恶狠狠打在他前心后背。

永王的身子在水中猛然一弯，喷出一口血，瞬间那方透明的水域就变成了暗红色。

文臻游过去，一把抓向永王的脖子，齐云深却比她还快一步，已经揪住了永王的胸前衣襟往上游去。

她出了水，却没让永王出来，将他死死按在水下。

永王的胸口被她的拳头顶着，无法运力，也就无法避水，被压在水下很快就窒息，拼命挣扎，眼看涨得脸色通红青筋暴起，齐云深才猛然一提，永王出水。

他眼睛还没睁开，就听见齐云深嘶哑地道：“这一下是请你还我当初我冒死救你的恩！”

永王霍然抬头，此时他才看清面前的人是谁，他张了张嘴想说话，可齐云深已经再次把他给压进了水底。

又是一阵窒息挣扎，文臻没了用武之地，虽然她也很想亲自上手，但是总归眼前才是莫晓的亲生母亲。

看着那在水底挣扎的人，她忽然想起当年在翠湖水中挣扎的自己。

不是不报，时候未到。

永王再次被拎了上来，齐云深面容狞厉：“这一下是请你还我怀孕还被追杀的仇！”

永王还没回答，又被砸到了水下。

过一会儿又被提上来：“这一下是请你还我被你恩将仇报，下毒逼疯的债！”

永王喉间发出一声长长的喘息，唇角溢出血来。

齐云深眼圈深红，手一按，水面再次被砸破。

直到那水下的人窒息将死，才狠狠将人提起。

“这一下是请你还我母女被迫分离二十余载的怨！”

水面撞破之声一次比一次沉重。

永王再次被湿淋淋拎起。

齐云深此刻像再次变回了疯子，每一寸眸光都是血红色，声音凄厉若号哭。

“这一下是请你报我女儿被亲生父亲害死的仇！”

神志已经半昏迷的永王有点迟缓地抬起头来，迷茫地盯着齐云深，显然前头的事他都明白，唯独最后一句听得懵然。

文臻惨笑了起来。

齐云深眼泪滚滚而下，吐一口在永王脸上：“君莫晓是我的女儿！”

永王好半晌才慢慢反应过来，君莫晓他当然知道，当初湖州他两次亲自对她弯弓，前些日子他下令定州军夜袭湖州军，正是被君莫晓坏了事，他当时得知，还很是恼怒了一阵。

此刻他脑中一片嗡嗡乱响，嘴唇开合了两次，才哑声道：“什么？这不可能！”

“我只和你在一起过！”齐云深手指用力，文臻眼看永王快被掐死，便上前在他腰间寻摸令牌。

“不是……我不能……”永王勉强逼出几个字，“有后啊……”

齐云深手指一松：“什么？”

文臻也愕然抬头，随即她冷笑道：“如此甚好。你若不是莫晓亲爹，我杀你便可更凶狠些。”

永王咳嗽一阵，冷笑一声，道：“杀便是了……何须牵扯这些不相干的事儿……齐云深，我自认待你不薄。你虽对我有救命之恩，可我也曾真心相待。之后你失踪，再回来时也已经疯了，将太子错认成我，说那些胡话。我明知出头会引起怀疑，依旧出来安置了你，给了你侧妃的名号，明知留着你不妥当，还是保住了你的性命……我看你还是个疯的，不知道哪儿来的私生女，竟然也这么算在了我头上！”

第一百零六章

傀儡戏

如果不是心情太坏，文臻险些都要大笑了，怎么这东堂皇室一个个的都流行不认亲生儿女吗？

齐云深却有些蒙了，看永王说得理直气壮，越发心中悲愤，抬手就要揍，文臻忽然上前，把了把永王的脉，随即一声冷笑："谁告诉你你不能有后的？"

永王道："太……"随即便住了口，淡淡道，"自然是本王信任的人。"

"太后是吧？你亲娘是吧？你觉得亲娘不会骗你是吧？尤其事关子嗣的这种大事，怎么会有亲娘不希望抱孙子呢？让我猜猜她怎么和你说的？你那个好哥哥早年给你下了毒，所以你终生都不会有自己的孩子，是不是？"

文臻一边说一边忍不住冷笑。

燕氏皇族真叫人没话说。

永王目光一闪，随即道："文臻，你素来狡猾，你以为我会信你？"

文臻悠悠道："你娘不容易啊。为了你委曲求全，为了你僻处香宫，为了你殚精竭虑，为了你谋划周全。你爱她、敬她、怜她，当然不会不信她反来信我。而且你也想不通，为什么你娘会骗你不能生育呢？如果她是骗你的，为什么你府中姬妾这么多年也没有一个能生育呢？"

永王冷笑，一脸不信，目光却微微一敛。

"你怎么不问问当年你得齐妃救命之恩，将她秘密接入府中，后来她是怎么失踪的呢？"

永王将目光转向齐云深。

“那时候你又去云游了，而我发现我怀了孕，”齐云深冷冷道，“我当时也无人可说，正巧府中有位待我不错的老嬷嬷，我便和她说了，然后当晚我便遭到了暗杀，我连夜逃出……”

“我不是留了几个忠心的护卫给你了吗？”

“是那几个人护着我一路逃出，有的死了，活下来的两个一直将我护送到了我娘家，后来做了莫晓的师父，我不知道为什么他们没有传信给你，想来是被追杀的路上发现了某些端倪，不敢再联系你了。但在被追杀的路上我中了毒，生下孩子后发作，渐渐便忘记了很多事，连孩子都记不清楚了，只隐约记得你，还记得有件重要的事要告诉你，我便不告而别走了，却又忘记了你的形貌，将太子当成了你……”齐云深闭上眼，吸一口气，轻轻道，“现在我想起来了，燕时信，我找到你了，我要告诉你我们有孩子了，她小名叫阿巧，大名叫君莫晓，很美丽、很可爱、很飒爽，是你喜欢的那种性格，你开心吗？”

你开心吗？

我们有个女儿。

然而你知道的那一天她便已死去。

死于你的命令之下，死于那夜飞雪之中。

永王忽然晃了晃，吐出一口血，再次染红池水：“君……莫……晓……”

这唯一的子嗣，这半生的牵挂，这近在咫尺却不得相认的父女之缘。

文臻冷淡的声音在他身后响起：“那位嬷嬷是苗嬷嬷，她是谁给你的，她后来是不是不见了，想来你应该还记得。你便是不信我，明儿去找个府外的大夫给你把脉，看他们怎么说。至于这宫中和你自己府中能给你把脉的，那都是你娘的人，你要信他们我也没办法。”

永王坐在温泉池中默然，散乱的衣袖浮萍一般浮在水面上。

“知道你娘为什么会这么做吗？”

永王没有说话。

文臻也没继续说，说多了只会有反效果。

以永王的智慧，以燕家祖传的多疑，必然能得出四个字“为了唐家”。

他是最清楚太后和唐家暗中联系的人，也是最清楚太后野心的人。以前，他会以为太后一心想要他登上帝位，所以不遗余力要他和唐家联盟，除掉燕绥和文臻。而他注定没有子嗣，心内又亲近唐家，将来百年之后，从唐家过继子嗣几乎是必然的。

这个提议天经地义，唐家若助他登上帝位，他不给唐家继承给谁？

他想要这帝位，也不过是不甘心罢了。区区数十年光阴过，之后江山姓唐，正好报复自己那鸠占鹊巢的好哥哥。

却没想到，以为唐家是太后手中为自己冲锋陷阵的棋子，却原来自己才是那颗棋？

他脑海中一闪而过那天偷听到的太后和嬷嬷的对话。

难怪和唐家多年往来，那些人时不时便将年轻子弟带给他看，露出些过于亲近的意思来，原来是打的这个主意？

太后把唐家子弟推荐给他，向唐家许诺一荣俱荣，她在为唐家铺路？

让他为唐家冲锋陷阵，帮唐家夺了帝位，代坐区区几十载，然后传给唐家万万年？

说不定都没有几十载，说不定给他坐上几天过过瘾，顺利过继了唐家子弟，便可以宣布短命驾崩。

至于为什么不能过继燕家子弟，他相信那时候唐家必然势力惊人，相信燕氏那时候必然子弟凋零。

多好的算盘，不费一兵一卒呢。

唐氏和皇族的博弈，原来早就开始了这许多年。

太后恨燕氏，她要燕氏灭族，唐姓大旗飘扬在这片国土上。

为此不惜葬送亲生子一系的血脉。

他只觉得心绪烦乱，一时间连身在何处，所为何事都有些恍惚，竟忽然推开齐云深，绕过文臻，从水中出来，自己湿淋淋地拖着衣裳便上了岸。

齐云深猝不及防被他推开，眼底闪过一丝恨意，抬手就要劈向他后脑，永王忽然语气散淡地道："莫晓今年多大了？"

齐云深的手停在他后颈处，眼泪无声无息流过湿淋淋的脸。

文臻淡淡道："二十二。"

"可曾婚配？"

"未曾。"

"她可知身世……"

文臻吸一口气："不知。"

不知是幸，却让生者永负苦痛。

永王背对她们的双肩松了松，忽然拔脚就走。

文臻抬手。

永王厉声道："文臻！见好就收，休要猖狂！你以为你真的能在本王府中杀了本王！"

话音未落，四面脚步声杂沓，花木摇动，隐约轧轧声响，在墙头连成一片。

文臻冷笑，就知道这位没那么简单，越是看似空寂森凉，越是戒备森严，瞧这护卫来得多快。

她识时务地退后三步以示收敛。毕竟今晚她的部分目的已经达到了，报仇这事，齐云深更有决定权。

报仇这事也不必急，总归账都是要还的。

现在诸方牵制，她若杀了永王，便宜的是永裕帝，杀了永裕帝，便宜的是永王，无论对谁下手，最后都是为他人做衣裳。

这种局势下，大家都想做一件事——让另外几方，自相残杀，然后自己坐收渔利。

就看谁手段更高。

文臻退后，永王继续往前走，齐云深却不肯放弃，也不管那些风吹草动，人影幢幢，直接跟了上去。

她心里乱糟糟的，也不知道自己想做什么，只觉得不甘心，不甘心。

不甘心这半生虚掷，清醒的那一刻已家破人亡。

永王知道她跟着，也不说话，直到走了几步，确定文臻听不见了，才缓缓转身看着齐云深。

远处的灯光晃荡着，斜斜掠过一片昏黄的光影，他于光影里看着对面的女子，面貌大改，额前鬓发已花白。

忽然便想起当年初见，他于绝崖之上看石刻却遇刺客，被一剑逼落山崖，原以为必死无疑，却在下一瞬落在一张藤网之上。

她在两崖之间结藤网，在云海之上荡秋千，山崖之间晒太阳，然后接了他这么个天外来客。

他呼啸而落在她身边，险些把她结实的藤网砸穿，她一把揪住他，笑着说第一句话："哎，看石刻迷得坠崖，书呆子！"

声音并不清脆，微微沙哑，却和那一刻荡漾半山的云相配。

他仰头看她，那一刻逆光的她看不清颜容，但红唇齿白在日光下一闪，从此难忘。

从此他是隐瞒身份的朝廷亲王，她是离家出走的江湖儿女。却不曾想缘分从天而降，多年以后噩耗也从天而降，都砸得一个措手不及。

当年于他，是将心爱的人带入府中，却又见心爱的人忽然失踪，再见却已疯疯癫癫。他托太子照顾，她却误认太子是他，记忆混乱，一忽儿说太子恩将仇报，一忽儿说太子杀她全家，问什么都说不清楚，他只得自己出来，原想安置她在府中，但太后和永裕帝都不同意，都说他不常在府，一个疯妇在府里怕是不妥当，他想着也是，便送进了皇宫，想着既然疯了，疯得尽人皆知，又得了他的侧妃封号，别人反而不方便对她下手，如此也算能安稳一生。

这些年他偶尔进宫多半是探望太后，但也会去重华殿远远地看她一眼，却从未让她发现过。

既已无缘，何必再牵扯苦痛。

如今想来，那两人要他将人送进宫，不过是一个怀疑他和齐云深的关系，想要监视人质；一个则不放心齐云深是否真疯，想要就近控制罢了。

也幸亏那些年她是真的疯了。

母后未必没有过斩草除根的想法，是他再三坚持，不可杀她引起永裕帝怀疑。

然而今日见她忽然清醒，一双眸子却再不见当年熠熠明光，他忽然想那年藤网上初见，原来只是孽缘，只是孽缘。

齐云深盯着他，眼前人只这短短几个时辰竟忽然苍老了许多，仿佛光阴刹那流转，二十余年迅速走过。

想起那年，她在云海之上双手枕头惬意地晒太阳，看见山壁上一个人影，站在石棱上，趴在崖壁上看那风雨侵蚀得已经模糊不清的石刻。

她一边笑骂书呆子，一边眯着眼在想，身形真不错。

下一刻他便落到了她身边。

她永远记得那一刻自己伸出手去，心中想，这就叫天作之合啊！

却原来只是孽缘，只是孽缘。

凝视只是一瞬间，忽然都转过头去。

不愿再见，再见亦不忍言。

永王看着微微冒着泡的泉水，忽然轻声道："云深，你便是现在要杀我也成。终究我这半生汲汲营营，到头来却不知都做了些什么。有母不能认，有兄如寇仇，有女却不知，想来便是这般活下去，有这么一位好娘亲在，迟早也不过是死无葬身之地的孤家寡人……但你若愿意容我多活几日，我便给你一个彻底的交代。"

齐云深没有转头，眼底泛着晶亮的光，半晌，她道："送我回宫，我要亲手去杀了那个老虔婆。"

"你不要回去了，那个吃人的地方……我说了我会给你交代……云深，走吧，远远地走吧，离开天京，甚至离开东堂也行，下半辈子就为自己活吧。"永王递出一个锦囊，齐云深不接，永王便放在地上，转身走开。

齐云深没有动，听着他步子缓缓而去，走出好远，才迸出一声压抑已久的咳嗽。

文臻走上来，拿起那个锦囊，道："令牌已经拿到，走吧。"

四面花木掠动，护卫们在撤走，文臻仰头看天际，天际黝黯，唯有极西远处一颗星光微微一闪。

文臻在永王府使攻心计的时候，燕绥在看着护卫们搭戏台。

散落在各地的护卫们已经到了许多，也带来了这些年研制的各种新鲜玩意，燕绥准备给整个天京人都演一出好戏。

字面意义上的好戏。

护卫们在连夜搭戏台，大车运过来的精钢骨架一节一节拼起来，都有做好的卡扣，好拆好拼，非常方便。

一个大箱子里头装的都是各种皮制人物，有点像皮影戏的傀儡人，但是很大，比正常人还要大一倍，且身上细细地缀一些闪光的各色晶石。

傀儡人身上还连着筋线和一些细细的棍子。

傀儡人很大却并不特别重，因为用了大荒泽里的异兽的皮，以轻薄耐用，箭射不穿，火烧不烂闻名。

虽然有名，但是那异兽只在大荒泽深处出没，寻常人可捕不到那许多。

戏台很快搭了起来，很简易，但是前端有很多翻板。

戏台很高，高到已经越过了城墙，细细几根杆子撑着薄薄的戏台。

戏台选择的地方是在几株高树中间，斜对着城墙，遥遥对着天京城中离城墙最近的几座酒楼茶楼。

距离自然是有点远，但是没关系，城墙上的人肯定能看见，城内的人站在高处也能看个大概，看的人多了总会传出去的。

戏台搭好，然后开始敲锣，敲的是天京火警锣。

此时已经入夜，天京的宵禁时间却还没到。

那火警锣声音响亮尖锐，穿透力极强，而且是近十面锣齐齐敲响，一时城上城下齐齐惊动，靠近城门的百姓人家，酒楼茶楼，顿时一阵喧嚣，人们齐齐跑出来看。

城墙上的守卫士兵，最先看见了就在对面三十丈左右，忽然竖起了一座极高的台子，大抵有三丈许，比城墙还高些。台子上有些巨大的人在走动，只是姿势怪异，仔细看却是皮制的傀儡人。

那些巨人身上光芒闪闪，老远也能看见清晰的轮廓，四面有灯照着，越发五彩闪烁，十分夺目。

负责守卫天京外城的天京卫属于天京九门巡守衙门，九门巡领登上城楼，看见那戏台，眼神动荡。

上头有令，不得命令，一律不得开启城门，按说这种怪异情况是要去拆掉戏台的，但是不能出城给人钻空子，巡领当即下令：“射掉那个戏台！”

“回巡领，咱们的弩弓射不到那么远！”

“用角楼连弩！”

“回巡领，那戏台的位置，角楼连弩只能射到戏台的角落，射不倒戏台！”

“上车弩！”

“回巡领，车弩那位置，大概只能射到戏台上的幕布。”

巡领瞠目结舌，这戏台谁安排的？

如果不是对天京城门防卫无比了解，根本不可能设置这么刁钻的角度。

“巡领，咱们就不要想着破坏那戏台了，属下瞧那戏台，只怕箭也射不穿。”经验丰富的老兵眯着眼定论。

“火箭呢？”巡领开得五石弓，不甘心，当即命人抬上自己的黑檀金丝大弓，吐气开声，火箭飙出，一团烈光直射那灯泡似的巨人傀儡。

下一瞬果然射中，但却很快滑落了，火明明在那巨人傀儡身上燃起，瞬间又灭了。

箭不能伤，火不能燃！

巡领倒吸一口凉气，大叫：“速速去报皇宫，报永王府！”

有人狂奔而去，其余人严阵以待，盯着对面那个古怪的戏台。

戏台却是不管你箭来刀往，我自开始我的表演。

此时临近城门的百姓也已经被惊动，在最初的火警敲锣声引起的惊慌过去后，有人在楼上也隐约发现了远处那个闪光移动的东西，都指着惊叫，渐渐便有更多人登楼远望。

这时候能在酒楼吃喝的多是有钱人，还有人拿了舶来品中能够望远的筒来看，这样便更清楚了。

戏台上，先出来一个食铁兽，也就是大熊猫，黑白分明，浑身七彩发光，在戏台上滚了滚，举了个旗帜，上面画了样式古怪的一幅图。

城门上的人却稍稍松一口气。

酒楼上有人看了，悄悄地下楼，潜入了人群中。

半个时辰后，刚刚从永王府回来的文臻便听说了天京城门外搭戏台的事儿，以及大熊猫登场的第一出戏。

她的人潜伏在城门附近，将那同样镶嵌了彩石用灯光照耀得非常鲜明的图案画了出来。

文臻看一眼，便知道了那是天京地图。

这个时代别说普通百姓，便是一般官员也轻易拿不到舆图这种东西，弄不好是会被作为谋反证据的，本身这个时代画一幅舆图也相当不容易。

但燕绥和文臻手里是肯定有的，所以她认得。

林擎也认得，听探子回报了那个戏台的奇葩，也忍不住笑道：“他从小就古怪玩意特别多。”

文臻也笑，心想燕绥真绝，一个古人能想到用灯光照射打磨过的宝石来制造灯带效果，确实不愧是机关大师。

能有心思搞这个，看来伤得不算太重。而且既然这么画了，显然是和随便儿会合了，真好。

在那幅天京舆图上还有一颗最大的宝石，那是皇宫的位置。

文臻看了半晌，脱口而出："夭寿！"

喝药的林擎吓了一跳。

文臻横眉竖眼："燕绥那坑货把随便儿送进皇宫了！"

林擎手一抖，险些把勺子扔了："他想干吗？"想了想他又道，"随便儿能干吗？做太监吗？"

文臻瞪了他一眼。

林擎素来见她笑容甜蜜，倒是很少见她这般怒气冲天状，顿时又开始摇头。觉得她果然对那小子才是真爱，一时又恨鲜花插在了牛粪上。

"随便儿便是做太监也是最厉害的太监。"她并不很担心的模样，"他能自保。"

林擎并无质疑，表情羡慕。

燕绥和文臻的孩子一定是新一代的妖精。

文臻却皱起了眉。

燕绥为什么要在这时候告诉她随便儿进宫了？

燕绥应该知道她已经劫狱成功，那还要随便儿进宫做什么？救德妃？感觉还不止这一个想法。

燕绥通知她随便儿进宫，她便得让自己的人去保护随便儿，但现在是她拿到令牌正准备和林擎冲出天京的重要时期，燕绥就不怕她人手分散影响了她的出城计划吗？

虽然心里不愿意承认，但文臻很明白，在燕绥心里，随便儿的分量肯定重不过她。

燕绥为什么现在要告诉她这个？

是要她不要现在出天京吗？

不，他已经等在了天京城门外，来接她了。

林擎低头不语，显然也已经想到这一点了，忽然道："永王的令牌很可能出不了城！"

文臻回头看他，心中念头一闪。

原来燕绥要提醒她的是这个！

是的，永裕帝诈死，就绝不会把天京的掌控权真的完全留给太子和永王！

永王的令牌可能在天京城内畅通无阻，但是城门呢？

天京九门巡守到底是谁的人？

天京城内的武装力量又到底有多少真的是永王和太子的人？

如果她拿着永王令牌一路安全到了城门，再在那关键时候被埋伏……

她出了一身冷汗。

和燕氏皇族斗，那真是一步也忽略不得。

只有燕绥多年操持千丝万缕的斗争，虽细微之处亦不会忘记。

“既然燕绥来了，就是让你出城。”林擎道，“令牌在城内一定有用，我们先等等，看燕绥接下来的戏，看他真正想做什么，再出发。”

文臻点头。男人都来了，等着便是了。

她第一次往后一躺，以一个放松的姿势，唇边露出一丝自己都未察觉的笑容。

林擎看她一眼，勾起唇角，悠悠道：“你们分别三年，犹自默契如此。可喜可贺。不过我和侧侧分别二十余年，也一样心有灵犀哦……”

文臻笑看他一眼，道：“放心，随便儿会照顾好他奶奶。”

林擎眼底便闪出喜悦的光，道：“随便儿长得像谁？”

文臻想了想，不太谦虚地道：“从容貌到智商到性格，貌似都结合了我俩的优点。”

林擎懒懒道：“哎呀，无儿无女的可怜老头真是羡慕秦姑娘，马上就有孙子抱了。”

文臻笑容一敛，她心中一直有个疑惑，此刻便明白了，林擎这话并不是感慨，而是告诉她答案了。

果然，以林擎对秦侧侧之深情，又怎么会另娶他人并生下孩子？

“我夫人是我和侧侧的救命恩人，在我们微时曾豁命以助。”林擎道，“后来无意中再遇见她，她腹中已经有了遗腹子。为了令燕时行安心，也为了侧侧死心，我便娶了她，认了飞白为子，在我心里，飞白也就是我亲子，侧侧心里也是明白的。”

“燕时行知道吗？”

“一开始应该不知道，后来就说不准了。但是这不影响他以飞白为人质。毕竟对我和侧侧来说是一样的。”

文臻点头。

对于林擎和秦侧侧这样的人来说，对恩人之子，可能比对亲生子更加拼命维护。

林飞白终究是幸福的。

脚步声响，传递第二出戏的人回来了。

第一百零七章

燕绥的耳光

第二出戏，沙场将军，百战余生。深宫皇子，智斗世家。

燕绥那些护卫在高树上以线操纵傀儡，他们臂力非凡，傀儡用料特殊，也比想象中轻，操纵得易如反掌。

剧情简单，能看懂就行，毕竟受众群体文化层次不高。

燕绥的心思也不在诉说这些。

但是城门上，酒楼上，该看懂的人都看懂了，结合前几天接连发生的大事，大家都开始紧张起来。

这是在城门诉冤啊！

在这幕戏的最后，皇帝榻前传位，将这两位有功人士召来，左手递出一块石头，右手递出一张纸。

将军磕头接下辅佐重任，皇子去接那两样东西。

满城哗然。

戛然而止。

秘密小院里，文臻和林擎久久无语。

两人此刻终于明白燕绥要做什么。

他在诱导，他在暗示新帝，玉玺和遗诏都在他那儿呢！

他竟然猜出了一定将玉玺收起来了，而遗诏，当初为了骗过他，确实亲手做了个真的递给了他。

所以太子继位，一无遗诏，二无玉玺！

他心中怎么可能不虚？

他怎么可能不怕燕绥拿出遗诏玉玺，登高一呼，从此燕绥才是皇朝正统，他却是那个矫诏篡位的乱臣贼子！

但是问题来了，当时燕绥重伤中毒被下狱，身上一定被搜过了，那么遗诏他放在了哪里？

最大的可能是还在景仁宫那间暖阁里！

在一个寻常人拿不到的地方！

所以，随便儿是去拿遗诏的！

但太子不知道，现在看了这戏，太子一定会以为燕绥用什么办法带出了遗诏，还以为玉玺也给燕绥带走了！

他本就看重正统，一定会入燕绥的套。

林擎拊掌大赞，文臻却心中一酸。

当时晴天霹雳，身世成谜，亲恩决绝，尖刀入心，那种换谁都撑不下去都难以面对的混乱濒死绝境，燕绥还在一边和永裕帝周旋，一边趁他得意，悄悄藏起了遗诏，以作未来算计的筹码。

他不是神，也是血肉之躯，能做到这些，之前又曾经历过怎样的风霜磨折，人心算计，才练成这金刚之躯，不败之心？

为了接出她，此刻要将那最痛苦的一幕城门重演，将血淋淋的伤口再次撕开于天下之前，又该是何般感受？

而她此刻，只想他从此能不必提防无须算计不用再自裂旧伤，只想拥他在怀，问他一声，还痛吗？

第三幕戏。

皇子接过了遗诏玉玺，却在此时，皇帝榻下射出机关，将军和皇子倒地。

看清这一幕的城上城下，齐齐哗然。

隐约知道一点的九门巡守脸色铁青，但是能用的办法都试过了，只得大呼：“回宫禀报，请求出城，或者调京畿大营，将这群妖言惑众，装神弄鬼的家伙都杀了！”

但不管打算做什么都需要时间，现在也只能眼睁睁看着，酒楼上人群越聚越多，有人甚至爬上了屋顶。

酒楼虽然没有城墙高，奈何人家台子搭得高，又高又窄，在风中摇摇晃晃却不倒。

那些傀儡远看虽然很小，奈何人家闪，就和远远看一出皮影默戏似的。

戏台上，有人带兵冲进殿内，然后黄袍加身，然后宣布罪状，然后将军和皇子下狱。

城上士兵看得最清楚，鸦雀无声。

皇朝最惊人的秘密，皇室操戈兔死狗烹的惨烈一幕，就当众在这天京城门前，万众军民眼底上演。

像一个又重又响的耳光猛地扇了过来。

小院里，文臻和林擎听了最新汇报，林擎笑了笑，道：“他就是这样，看似隐忍，实则小心眼得很。”

文臻斜眼睨他：“爽吗？”

林擎正色：“不爽！换我非得站在城门上对着皇城脱掉衣裳，给他们瞧瞧，老子这些年身上到底添了多少疤！”

文臻慢慢道：“那也容易，夺回军权，再打回来，让他们瞧着便是。”

林擎哈哈一笑：“也不是不可以。”

然而文臻知道他的话并没说完。

林擎不愿刀枪向东堂，东堂神将，不该是内战的掀起者。

怨愤虽在，百姓何辜！

脚步声响，又一波传话的人来了。

第四幕戏很简单，一辆马车撞破围墙冲出来，马车后面飘扬着一面大旗，旗帜上写着“想要吗？亲自来！”。

四幕戏演完，整个天京城都陷入了短暂的静默。

长街上马蹄声响起，那是天京卫的人来驱散百姓了，动作算是快，奈何那戏内容简单却表达精准，以最少的剧情演示出了最深的含义。前后半个时辰，就将近期众人隐约听闻猜测的隐秘皇家大事捅了个透，配合前日那刚刚风波涌起还没平息的“湖州刺史文臻落兔死狗烹下场”事件食用，着实美味酸爽，回味不绝。

马蹄声一响，百姓们便纷纷下楼，一哄而散，法不责众，天京卫也无法逮人，只能眼睁睁地看着人们汇入人流，可以想象得到，稍后在各家府邸、大街小巷、茶肆青楼……天京的每一个角落都将悄然流传今夜城门外那四幕戏。

但很少有人知道导演这出戏的人主要并不是为了向百姓诉冤，揭穿皇家冷血，不过是为了向爱人传递信息，向皇宫发出挑衅。

也因此在那四幕戏之后，幕布上居然贴出了一个巨大的火锅招牌和一个红黄色契合得圆润如意有点像八卦的招牌，那是好相逢的招牌。

文臻听说之后，险些喷饭。

这不是广告吗！

某人竟然连打广告都无师自通了，居然趁此机会宣传了一番江湖捞和好相逢！

林擎也笑了半天，笑完一摇头，想着难怪飞白没机会呢。和燕绥比起来，飞白哪有这种讨女人欢心的小聪明。

文臻便吩咐手下："全数收拢，都聚集到皇城附近。选出最善于隐匿行迹者十人潜入皇城，联络皇宫里所有能联络的人。"

两人坐下，等待天光渐亮。

燕绥的用意两人已经明白了。

御驾出城，仪仗浩荡，便于隐藏，且无论如何不会被检查阻拦。无论城门是谁的人，总不能拦着皇帝的车驾。

两人只要潜入御驾随行队伍就行。

城门死死关闭，不让我的人出城？

那就让皇帝亲自来送！

今夜有很多人无眠。

比如，新帝。

城门外发生的事自然第一时间传报到他那里，他急令去找永王，却没有找到人，四幕戏除了第一幕戏他不明白是什么意思外，其余每一幕都令他心惊肉跳。

连夜召臣子议事，不是没有人提议天京卫出城或者干脆调动京畿大营，但他反而越发不敢开城门，怕中了对方的陷阱。

等到最后两幕戏当众提到了玉玺和遗诏后，新帝几乎要从宝座上跳起来，之后便一直坐立不安，打量着底下群臣的神色。

当初他继位，玉玺是端着空盒子，遗诏因为他是太子，又有皇后太后和永王支持，无可争议，皇后宣布了的口谕，他便顺理成章做了皇帝。

可此刻这事情被揭开，四幕戏里没有提玉玺和遗诏的下落，百姓不一定能想到这里头的猫腻，但是他心虚，这些人精大臣又如何想不到？

"想要吗？亲自来！"

燕绥要他自己去拿，想必要以此换取他日后的安全和退路。

在新帝看来，这并不是不可以，只是他也明白，自己此刻出城，大臣们必然反对。

大臣们果然是反对的。新帝用的理由是初登基要视察京畿大营，倒也合适，但是大臣们却觉得，既然城外就有不安定分子，自然要等京畿大营将人处理了，御驾才适宜出城。

新帝怎么肯现在就让大营把人给解决了？那遗诏和玉玺如果流落在外，那他以后每一日都别想安枕。

匆匆散了朝会，又回宫和皇后商量，正巧遇上内侍省总管太监来问新一批宦官宫人入宫事宜，定在明日入宫，问陛下可还需要再审阅一遍名单。新帝烦乱，哪里愿意理会这些小事，只挥挥手，让尽快安顿下来，紧着慈仁宫和凤藻宫先挑，便匆匆走了。

皇后听闻此事，道玉玺遍寻不着，十有八九便是被燕绥弄走，没想到还真有道遗诏。皇后便想去问问太后意思，她倒觉得当时情形，燕绥不一定能弄走这些东西，莫不是那些东西还在秦侧侧处？

然而两人在慈仁宫吃了闭门羹，太后又礼佛不见人了。两人无奈，皇后看着香宫，面色阴沉，和儿子道："如今你也登基了。那老婆子却还将秦侧侧护着，往日也没见她待那女人如何，这是打的什么算盘？"

新帝却完全没心思理会后宫那些女人的争斗，不耐烦地道："待得守过二十七日，朕举办了登基大典。封您为太后，封太后为太皇太后，就得迁宫。到时候秦侧侧废为庶人，您想怎么整便怎么整。"

皇后也无奈，想了一会儿道："出城便出城吧，多带些人，同时下令京畿大营包抄，干脆就将燕绥解决了，也干净利落。"

新帝"嗯"了一声。

城外，四幕戏一直演到夜深，强制性地将剧情刻入那些城上士兵的脑海里，看得他们脸色变换，心潮起伏，兔死狐悲。

城内，小院里，文臻和林擎都睡不着，一个想着城外的男人和城内的儿子心潮起伏，又想立刻奔到城外又想回头冲回皇宫；一个想着那日香宫顶上的小黑点，想着侧侧这么多年不见果然更美了。

而等待被送进宫的随便儿还待在国公府里。厉家为了他的安全，几乎谢绝了所有的访客，但是随便儿还是在这夜的厉家的花园里，看见了一位非常端庄美丽的姨姨。

姨姨一看就是十足的大家闺秀，披着件孔雀羽的大氅，笑盈盈地站在花丛里看他，见他跑过来额头有汗，顺手就抽出袖筒里的手绢给他擦汗，手绢并无刺绣，也无香气，颜色藏蓝，很硬的颜色，和她本人气质并不符合。

随便儿就想起采桑姨姨，采桑姨姨也会给他擦汗，也会有各种手绢，但她的手绢都很香，都绣着各种精美刺绣。

而他娘从来不替他擦汗，却会指示采桑姨姨给他背后塞汗巾，等他到了面前，再一把把满是汗水的汗巾抽掉，捂着鼻子叫丫鬟去洗，转手又给他塞一条新的，他的后背总是干爽的，因此很少伤风。

随便儿一边想着娘和采桑姨姨，一边笑眯眯抱住了新美人姨姨的大腿："让随便儿猜猜，您是厉笑姨姨呢，还是沅芷姨姨？"

女子便笑了，对他眨眼："猜，猜对了有奖。"

随便儿也笑："奖林叔叔的弓箭吗？"

周沅芷又笑，笑得感慨："哎呀，真是和文臻一模一样，还和你爹一样聪明。"

随便儿立即反驳："才不，我的聪明随我娘！"

周沅芷笑得更开心了，转而又叹气："虽然你猜对了，可是我没法奖你林叔叔的弓箭哦。"

随便儿便也叹气："还没搞定吗？"

周沅芷幽怨地白一眼不知在何处的文臻，这种事也和这点大的孩子讲吗？他的睡前故事难道就是咱们这些人的八卦绯闻吗？

第二天随便儿和李瓜坐车顺着浩荡的人流进宫，一路很是平顺，拜他爹娘所赐，本该非常严谨的进宫流程，现在因为人心浮动，少了很多关卡。

实在也是这批进宫的大多是孩子，对十五岁以上的宫人盘查还是严格的。

随便儿顶替的是一个叫李菊的六岁孩子的名额，他身量高，三岁便如四岁多孩子，又穿了隐形高靴，和真正六岁的李瓜一般的高。

没有易容，湖州离天京那么远，厉响查过了，近期没有什么见过随便儿的官员。

因为最近频频有大事发生，一切流程从简，下午的时候，随便儿和李瓜，如愿进入了慈仁宫。

两个娃娃抱着包袱一脸懵懂地跟着老太监去慈仁宫的时候，还收获了很多同情的眼神。

毕竟马上要成为太皇太后的这位，在宫人心目中是个隐在烟雾后的神秘老妇人，神秘的人总是可怕的。

随便儿也就摆出一脸怯懦相，大眼睛里满满畏惧，跟着迈过了慈仁宫高高的门槛。

太后当然不会见这批新进的太监宫人，自有老嬷嬷出来安排，说太后让新人们去香宫好生学一段日子再来慈仁宫伺候。

这下这批宫人接收的同情的眼神更多了。

随便儿一脸快要哭出来的表情，跟着去了香宫。

迈进香宫门槛的时候，一眼就看见巨大的金缸，来来往往的都是冬天穿着单衣打着赤脚的人，用铁笔蘸血写经卷的人，顶着香跪长头的人，挑着巨大的桶担水的人，人人脸色麻木，如游魂一般从他们身边飘过。

随便儿的目光在人群中扫过，找了一圈，看谁都不像他的便宜奶奶。

便宜爹说过，便宜奶奶很神气的。

怎么个神气法?

随便儿觉得参考便宜爹就行了。

没见便宜爹伤得都快死了，还是那副老子天下第一的拽样吗?

正往二进殿里打量，想着是不是还在后头，忽然旁边一间屋子门打开，一个红衣女子慢吞吞地晃了出来，穿的是布衣，拖的是木屐，衣裳并不比这满殿宫女质料好，木屐在这香宫也是常见装备，然而她一出来，满宫麻木的人都下意识头一抬。

大行，满宫举哀，满目素色，唯有她衣着火红，艳得像朵盛放的大丽花。随便儿目光一亮。

果然神气!

红衣女子站在门口，看也不看新来的人，懒懒地道："今日轮到抄经还是顶香?"

一个管事嬷嬷便低头道："恭请娘娘顶香。"

红衣女子手一伸，身后侍女递上一个长长的筒子，顶头火光一冒一冒，便如香头一般，她就势在冰冷的青石地上一坐，对着烟嘴深吸一口，吐出一口烟雾，笑道："顶上了。"

红唇潋滟，烟气袅袅，执着烟杆的手指修长晶莹。

满庭新进的宫人，包括几岁的孩子都忽然看红了脸，低下了头。

一股奇特的香气飘散开来，随便儿眉头微微一皱。

这不是正经的顶香，那嬷嬷却好像没看见一般，冷笑一声，道："便请娘娘顶完再回去吧。"说着示意新进的宫人跟着自己走。

随便儿经过德妃身边时，忽然一个趔趄，栽倒在德妃脚下，将她的烟杆撞歪了。

德妃一怔，低头，正迎上随便儿看过来的眼眸。

刹那间她觉得炫目，随即她看见那眸子里的急切、怜惜、孺慕、欢喜……种种复杂到连她都无法解读的情绪。

德妃又怔住，有点恍惚，想不明白自己何以从一个陌生的小太监眼里看见了这许多。再一看面前的还是个娃娃，不过四五岁模样，雪白的小脸乌黑的眼睛，嘴唇粉润，抱着个小小的包袱，窝在自己膝前，忽然便想伸手去掐一掐，想看看那饱满的小脸颊能不能掐出水来。

于是她便伸手掐了。

"哟，好滑。"

掐完了又有点发怔，她其实并不算喜欢孩子，这皇宫里孩子那许多，她看着便烦。以往做出那喜欢孩子的模样还是做给某人看的，好让他明白，自己既然那么喜欢孩子，为什么不喜欢燕绥？

她眼底闪过一丝憎恶，随即便惊觉可不要吓着面前的娃娃，随便儿却忽然咧嘴笑了。

随便儿将自己的小包袱摊开，往德妃的身子底下塞："娘娘，地上冷，你垫着点啊。"

德妃盯着随便儿，半晌，推开他的手，淡淡道："顶香心要诚，垫着垫子算什么？拿走拿走。"

一直旁观着的菊牙叹口气。

这小太监要被赶走了。

只要对娘娘好一点，她浑身戒备的刺便要竖起来了。

随便儿便笑了，凑过去悄声在她耳边道："娘娘拿福寿膏来顶香，确实特别诚呢。"

德妃诧异地转头看他，随便儿对她展开无辜的笑脸。

德妃看了他一会儿，忽然扬声对那走开的老嬷嬷道："张嬷嬷，这个小太监叫什么名字？我要了！"

张嬷嬷："李菊，你以后跟着德妃娘娘。"

随便儿忍辱负重地应了。

德妃："李菊花，以后你就是娘娘的人了！"

随便儿："娘娘，奴婢名叫李菊。"

德妃："李菊，你这名字不好听，以后就叫李渊。"

随便儿："……"

答应的腔调却响亮中带笑："谢娘娘赐名！"

第一百零八章

祖孙

幽邃的地底，灯火荧荧，有人低声吟诵，有人赤身趺坐，有人绕圈疾走，有人长久昏睡。

比较正常的大概只有晴明一人，皱眉看着榻上的人，轻声问那个坐着的男子：“陛下为何至今还未醒来？”

男子睁开眼睛，他高鼻深目，肤色淡金，且周身上下，肤色浑然，整个人看起来不像真人，倒像一座纯金的神像，一开口语调也生硬：“此药霸道，需要时间炼化。”

“陛下不是服药多年，已经打好基础了吗？”

“以宜王殿下之能，尚且需要沉睡以化药，何况陛下呢？”

晴明翻了个白眼，走到殿中一个角落，那里有一根金管，有一封信刚从管子中掉落，他打开看了一眼，微微叹了一口气，看了一眼榻上沉睡的永裕帝，道：“陛下如果能醒，一定扼腕得很。”

大师半晌才问：“怎么了，晴明太监？”

“大师，请不要叫我晴明太监！算了和你说不通……神将和宜王都逃了，看来我点的死穴并没有发挥作用。”晴明将信在烛火上烧掉，“这一定不是陛下愿意看见的，可惜现在没人能主持大局，将那两个祸患置于死地。”

大师便也叹息。

两人对望一眼，各自转开目光。

榻上的人气息匀长，犹自沉睡。

随便儿安顿下来不久，香宫就开饭了。

已经伺候他老子习惯的随便儿十分熟练地去洗了手，就要去厨房捧饭，却已经有宫女拎了食盒，往窗台上一搁，便头也不回地走了。

随便儿便踮脚去够，菊牙伸手拿了，顺手摸了摸他的脑袋，笑道："过来一起吃吧，娘娘很喜欢你呢。"

随便儿一边说："奴婢怎么能僭越呢。"一边颠颠地跟了进去。

想看他奶奶的伙食怎样。

伙食很不怎么样，都是素的，白菜豆腐还都是冷的，结了一层冷油，看着都腻。

德妃看一眼桌上菜式，若无其事地道："还想让你吃像样一点，结果一顿比一顿糟。你还是回去吃吧。"

随便儿便走了。

德妃也不在意，没好吃的自然留不住孩子。

过了会儿他回来了，没动筷子的德妃正让菊牙把饭菜收了，就听见门响，一个小脑袋探了进来。

德妃似笑非笑瞧着他，见这小子笑眯眯进来，胸前鼓鼓，见德妃望过来，左边掏一把，右边掏一把，各自掏出油纸包着的两包包子来，犹自热气腾腾，纸包透着油斑。

"娘娘吃。"小子踮脚将包子高高托起，奶声奶气，脸颊也像包子。

"哪来的？"德妃嗅见了羊肉茴香的香气。

"奴婢和管事嬷嬷说娘娘脸色不好，得吃点好的，管事嬷嬷便把包子给奴婢啦。"

德妃斜睇他一眼。

小子骗鬼呢。

管事张嬷嬷最刻薄，也是执行太后懿旨最得力的一条狗，会给一个刚进宫的娃娃太监面子？

随便儿笑眯眯，我随便扯，你随便听，大家你好我好，吃包子就完了，何必那么认真呢。

德妃拈起一个包子，被娃娃一直焐在怀里，还烫手呢。

她不爱吃羊肉，嫌味儿大，这一次却没说。

菊牙拿了银针过来要试，随便儿一脸懵懂，德妃摆手拦了。

试什么试，她就不信那一群狼狗中有谁会派这么小的孩子来毒她。

嗯，羊肉包子其实还挺香的。

随便儿在她吃的时候，就蹲在她面前，大眼睛水汪汪地看着她，一脸小狗求宠爱的表情，看得铁石心肠的德妃不得不吃下一个包子又一个包子，然后发现吃撑了。

打了一个羊肉味儿的饱嗝后，她有点恍惚，菊牙却在欢喜地笑，这也是娘娘这么多天吃的第一顿饱饭啊。

德妃吃完后，随便儿才将剩下的吃了两个，他吃东西很仔细很珍惜，德妃瞧着，一时又觉得不确定了。

第一眼看这孩子觉得天生贵气，相貌极好，实在不该是个太监，举止言行也颇有教养，不是寻常人家能养出来的。所以她心中忽然冒出个隐秘的想法，起名的时候一个恍惚，便说了那个“渊”字。只是回头一想，又笑自己想法荒唐，无论是身份，年纪，还是当前局势，那孩子怎么可能来皇宫？

如今看他，受得风寒经得劳作珍惜食物做事麻利，又像是过过苦日子的。

那就更不可能了。

真是个奇怪的孩子。

吃完包子随便儿还表示要伺候她洗漱，德妃可没燕绥那么没人情味儿，才不要娃娃伺候，让他回去自己歇着，随便儿也便回去自己的小屋。德妃歇下了，却又翻来覆去睡不着，往日里睡不着是想着林擎，今日却总是想到这个奇怪的孩子，好不容易后半夜迷迷糊糊快要睡着了，忽然听见响声，她被惊醒坐起，命菊牙推窗一看，果然看见随便儿从下房里冲了出来，衣裳不整，满脸惊惶，像是做了噩梦，赤脚站在庭院正中，咧嘴要哭。

这一哭难免就要挨罚，德妃偏头皱眉看着，想起晚餐的羊肉骚味儿，终于叹口气，披了衣裳，探身出去对随便儿招手，她那纤纤玉指刚刚伸出一个指尖儿，随便儿光速从庭院中蹿进了她的屋。

德妃：“……”敢情您在那等着我呢是吧？

下一瞬看见随便儿站在屋中，就穿着单衣，小屁股左扭右扭，再次摆出了满脸的孺慕之色，奶声奶气地喊：“娘娘，我怕……”

德妃斜眼打量他，这才发觉他没穿小靴子，比白天看着还小，六岁？骗鬼呢，有四岁没有？

德妃打个呵欠，回到了床上，指了指睡地铺的菊牙，道：“和你菊牙姐姐睡。”

随便儿失望地：“哦……”

菊牙立即正色道：“娘娘您忘了，奴婢不能和人合睡，奴婢脚臭，放屁，还会抢被子！”

德妃：“……”

菊牙便推随便儿，对床上努嘴。

随便儿搂住菊牙的腰，笑嘻嘻地悄声道：“菊牙姐姐，长大后我一定要娶你。”

菊牙："成，记得封我一个贵妃。"

随便儿："没问题！"

他爬上床，德妃没动，随便儿小心翼翼在她外侧睡了。

过了阵子，随便儿摊开手脚；过了阵子，随便儿卷走了被子；再过了阵子，随便儿一个翻身，把脚丫子搁在了德妃的屁股上。

德妃："……"

忍无可忍，无须再忍。

一个翻身，忽觉哪里不对，顺手裆下一摸。

好你个小鸟！

随便儿瞬间清醒，一声尖叫，大呼："奶奶啊！"

德妃呆滞地转头，和梦中惊坐起的菊牙大眼瞪小眼，茫然地道："怎么，本宫现在已经这么老了吗？"

菊牙睡得迷迷糊糊："不能呀，您也就比我大十岁。"

德妃脸一黑，半晌，她忽然反应过来，猛地转头盯着随便儿。

随便儿对她露出八颗牙齿的标准微笑，再次用软绵绵的绵羊音："奶奶啊！"

菊牙也猛地明白了，抬手捂住了嘴，眼睛瞪得溜圆。

德妃忽然跳下床，将窗子和门打开，看了无人，再关上。

随便儿在床上无辜地笑："奶奶啊，没人，别怕，来睡觉。"

德妃反身压在门上，冷冷道："菊牙，去把我最新做的小人拿来。"

菊牙："娘娘，这回打算写谁的生辰八字？"

德妃："写燕绥的，不用说，一定是他！"

菊牙腹诽，那可不一定，咱们的文臻文大人也号称心如铁石文魔王呢，尤其在将皇城城墙撞了一个大洞之后。

随便儿在床上拍手："好啊好啊，写啊写啊。"

城外燕绥打了个喷嚏。

全家嫌弃，宜王燕绥。

德妃靠在门上，看了随便儿一阵，半晌道："不回？"

随便儿斩钉截铁："不回。"

"来做什么？"

"来看奶奶……"

"说人话。"

“他叫我来拿遗诏，顺便看看奶奶。”

一刻钟后，德妃把随便儿捧在膝头，左右端详着他的脸，满意地道：“比你爹小时候好看多了。”

随便儿：“那是！”

菊牙：娘娘你真记得殿下小时候长啥样吗？

德妃：“也比你爹小时候聪明多了。”

随便儿：“必须的！”

菊牙：娘娘前几天你还说世上找不到比燕绥小时候更精怪的孩子了。

德妃：“你爹他没死吧？”

随便儿：“还能再虐您孙儿一百年！”

菊牙：小殿下我只听见您句句在虐您爹。

德妃：“办完这事就早点出去吧，省得你娘挂记。”

随便儿：“不，我要留在奶奶身边照顾奶奶！我娘知道了也一定乐意的！”

菊牙心想，是文大人生的没错了，反正殿下死也不会说这种话，娘娘也算圆满了。

德妃只笑一声，捏一捏随便儿包子脸，道：“得了吧，和你娘一样，哄死人不偿命。”

随便儿嘿嘿一笑，穿好衣裳，窗外传来轻轻的敲击声。

窗户打开，李瓜跳进来。

“怎么说？”

“张嬷嬷心里说今晚太冷了，打算早点睡。”

“慈仁宫那个掌事姑姑心里说等太后睡下，要去给在景仁宫的她的对食太监老孙送鞋垫儿。”

随便儿点点头：“那就现在去。”转头对德妃眨眨眼，“奶奶，我去也。”

德妃：“等等，我告诉你一个秘密。”说着在他耳边说了几句，却又嘱咐道，“底下未知如何，不要节外生枝，万不得已才可以一试，明白？”

随便儿大力点头。

德妃也没说什么，拍拍他的大脑袋，眼看着随便儿轻巧地翻出了窗外。

菊牙趴在窗边，看见黑暗中屋顶上有几道黑影轻烟般掠过去了，便知道随便儿还有人手帮衬，稍稍放心了些。

她回头看德妃，心想娘娘为啥不说自己也跟去帮忙，毕竟那么小的孩子……却见德妃仿佛猜到她在想什么般地道：“咱们去做甚？三脚猫把戏还拖累人。倒不如守在这儿，万一有什么不妥，咱们也好接应一下。”说着手一伸，菊牙便去给她烧烟，太后这里这玩意多的是。

德妃便在黑暗中抽烟，火光明明灭灭，菊牙看着一片黑浓中她熠熠闪光的眼睛，忽然明白了她刚才话中的意思，瞬间出了一身冷汗。

娘娘是说，如果随便儿失手遭到追捕，她就会在慈仁宫和香宫生事，比如，放火烧宫这类事她是一定敢的。

菊牙不敢说话了，只在心中默默祈祷。

这一家子胆大包天，但愿老天也多包容包容他们吧！

随便儿换了一身黑衣，从香宫西面墙下一个刚刚弄出来的小洞里，和依旧穿着小太监服饰的李瓜钻了出去。

两人身形瘦小，一路借着夜色直奔景仁宫。皇宫虽然没有大树，但是低矮花木就足够他们隐藏身形。

新帝目前还住在仁泰殿，景仁宫处于封宫状态，但是看守的护卫并不少。

四更时分，两队护卫交班，殿前护卫只留两人的时刻。

李瓜捧着一个盒子，从小路匆匆转了过来。

护卫立即上前拦住：“站住，来做什么？”

李瓜低头躬身：“慈仁宫洒扫太监李瓜，奉掌事姑姑巧玲之命，来给今晚值夜的孙管事送东西。”说着将盒子送上。

这宫中待久了的人都知道巧玲和老孙的关系，两个侍卫对视一眼，都撇嘴一笑，但还是打开盒子翻了一下，看见果然是鞋垫，绣工很是精致，便又扬声道：“孙总管，出来一下！”

景仁宫外殿掌事太监孙仁今晚值夜，闻言从殿内匆匆而出，心中想着巧玲上午在越星阁遇见的时候不是暗示说晚上会亲自来，怎么派了个外人来？

他还没问出口，李瓜已经上前一步，笑道：“孙总管，巧玲姑姑让奴婢和您说，越星阁之约本想应了，只是晚上不知怎的着了点凉，闹肚子呢，还请孙总管也注意保暖。”

孙仁立即释然，毕竟越星阁相遇时只有他和巧玲两人，便笑道：“回去给你姑姑带个好，让她好生歇着。”

李瓜便笑道：“姑姑若是听着孙总管这般关切，想必也便好了。”

孙仁笑道：“你这猴子伶俐，既如此，给我带点玩意回去。”说着便去掏袖子。

两人对话时，两个侍卫便在一边看八卦。

因此谁也没注意到，一道小小黑影借着花坛和石阶的遮蔽，无声无息进了殿。

李瓜在外头绊住人，随便儿便进了当初发生父子相残事件的暖阁，地形图燕绥都画给他看过，绝不会在找路这些事上浪费时间。

随便儿便上了榻，龙榻左侧，当初燕绥曾经中刀坐过的那一侧，看起来完整无缺。但随便儿一用力，床榻和侧面背板便微微分离，露出一条小小的缝隙来。

随便儿把手伸了进去，少顷，先摸出一块极薄的防水的黑色鲛皮，再摸出一张薄薄的黄绢来。

黄绢上斑斑血点已经凝成暗红色，而他的小手上也蹭满了一片暗红。

他看了一会儿，知道那是便宜爹之前流在这里的血。

那么多，将整个龙榻的缝隙几乎都填满，也因此，当鲜血凝固之后，就变成了和龙榻所用的紫檀一般的深紫黑色，将龙榻边缘那一点缝隙完全遮掩，再难发现。

就算有人无意中撞开了这点缝隙，也会因为全部染黑的木质而难以发现底下的遗诏，只会以为是震动撞裂了。

随便儿咧嘴笑了笑。

他的便宜爹是个连自己流血都要利用的人。

当时情境还能一边和永裕帝周旋，一边趁永裕帝得意疏失，考虑谋划了这许多，心思细密至这般地步，实在可怕。

随便儿虽然想不到这许多，但依旧感觉便宜爹很厉害，点点头，表示对他的便宜爹有了第一步的认可。

拿到遗诏，往怀里一揣，快步出来，经过外间，他忽然脚步一停。

德妃的话响在耳边："你那便宜爷爷经常议事的景仁宫外间榻上案几是个机关，我就怀疑那是个集藏杀手和逃生为一体的密道。我曾去试探过，可以确定有杀手，不能确定有无密道，如果有的话，你那便宜爷爷很可能躲在那下面……但是我觉得没那么简单。"

外面，李瓜和孙总管的对话声还在隐约传来，好像已经说到了巧玲姑姑对孙总管的思念之情，听得孙总管眉开眼笑，站在冷风中长吁短叹不住抱怨巧玲就是太缠人。

李瓜那小子平日里不显山不露水，其实一张嘴巧得很。

随便儿蹿进了便宜爷爷常去的外间。

他倒没有不自量力地想下去看看，只想破坏一下那个机关，如果真是什么出口，让那谁闷死在地下岂不很好？

他蹿进屋子的时候，忽然隐约有点异样的感觉，一转头只看见身后层层叠叠的书架。

随便儿再回头看那个床榻，那个案几，转了一圈便发现，案几上的茶盏、茶托、茶叶罐子，乃至书卷都可能是机关。

到底哪个机关是杀手哪个机关是密道入口，一时之间无法辨别。

德妃说茶叶罐可能是杀手，随便儿想试试别的，正要动手，忽听外头隐约是李瓜大声道：“见过司空统领！”

不好！司空群怎么忽然来了！

随便儿既然来了皇宫，朝中大佬自然都有了解，这位司空家主向来和自己家不对付，还因为爹娘吃了亏，现在听说已经不是郡王了，在羽林卫中戴罪立功，殿外司空群大步走着，步子却有些歪。

自从那日天牢里被文臻弄倒，他被抬回家，之后请了无数大夫也没看出个端倪，都说他没问题，因此他便成了装病失职致使重犯逃脱的罪人，连同之前燕绥逃脱之罪两罪并罚，王爵被直接降到了子爵，还险些被下狱，托了各方关系苦苦求情，才被下放到羽林卫中做个小小的副统领。

就在他被降了爵位之后，他忽然开始发病了！

每夜必定浑身发痛发痒，从脚底开始，像无数蚂蚁在啃食肌肉血脉筋骨，痛痒难当，又无处抓挠，令他彻夜难眠。

但是一次次请大夫，依旧说他没病，因此他被众人背后嘲笑，说都这样了还在例行装病。

司空群有苦说不出，那怪病发作起来真恨不得一头撞死，每夜只有不停走动才能稍稍缓解，因此今夜又发作了，借巡逻之名到景仁宫来。

他大步冲来，随便儿闻声立即收手，转身就走。

却在此时，脑后忽然扑来一阵风！

第一百零九章

隔代亲

随便儿猛地一让，身体撞在了案几上，他一回头，就看见身后有一张狰狞的美人脸。

这个时候，这书房里竟然还藏了一个人！

这女人是谁？为什么也在这里？刚才她藏起来了？这么鬼鬼祟祟，难道也是来找东西的？

这些念头一闪而过，随即他听见身后轧轧声响，而殿外，脚步声响，一个中年人的声音气冲冲地道："太怠慢了，若不是本王……本统领来查看，还真发现不了你们如此塞责！半夜换班如何只有两人看守？老孙你为什么不守着正殿？在外头和一个小太监说什么……"最后一句声音已到近前。

随便儿面对那狰狞美人，一回头看见身后案几被撞开了，露出了一个洞口。

那美人听见司空群的声音也露出了惊惶之色，一转头看见洞口，本来掌间寒芒一闪，要杀随便儿，此时也顾不得了，猛地越过随便儿身侧，撞得他一个趔趄，一头抢入了洞口！

随便儿本来也想钻洞口，被这女人的大屁股一堵再也来不及，大怒之下狠狠踢了一脚。

他踢的角度极其刁钻，微微上顶，算着如果这洞口还有后续机关一定会被触动，随即那女人被一脚踢了下去。

案几迅速合拢。

合拢之前随便儿隐约听见"咻咻"之声。

应该是机关被引动了，但并没有听见任何惊呼之声。

随便儿也有些佩服，看得出来这女人也够狠。

但他此刻没地方藏了。

门将被司空群推开，殿外忽然一阵喧哗。

有人大呼："娘娘，娘娘！您不能进去！不能进去！"杂沓的脚步声响起，还伴随着那个小太监的惊叫声。

司空群在殿门前霍然回身，就看见不知何时德妃冲了过来，几个侍卫和孙总管连带那个小太监都在拦她，德妃一把就掀开了那个小太监，道："滚开！别妨碍本宫悼念！"

那小太监连滚带爬地跑走，其余人被德妃气势所惊，都愣在原地，司空群心火直往头上冲，转身大步走过去，怒道："德妃娘娘，您这是玩哪一出？"

德妃忽然用袖子捂脸，哭道："本宫做噩梦了！本宫梦见陛下被那牛鬼蛇神架着，拖入了十八层地狱，日日受那扒皮抽筋、火烤刀穿之苦……"

司空群脸抽搐。

德妃："本宫还梦见陛下向本宫求救，说有小人作祟，夜半惊扰他徘徊之所。要本宫救他，去他寝宫驱逐小人，给他上三炷香，啊——"

司空群还没想好如何骂这妖妃，就见德妃一声长哭，忽然便冲过了他身侧，撞开殿门冲进去，飞快地将门一拴。

司空群："开门！开门！德妃！"

门板砰砰震动，德妃不理不睬，身子压在殿门上，目光飞快打量四周，却没看见随便儿，本以为他藏在书架后，心想这如何能遮掩住？却见榻上一个大团枕里忽然露出一只毛茸茸的脑袋来，冲她眨了眨眼睛。

德妃吐了口长气，这孩子够机灵。

那团枕长长的，够大，是日常倚靠用的，随便儿身上带着小剪刀，竟然飞快地拆了团枕，拿出棉花抛在榻下，自己钻了进去。

想必方才就是司空群进来，一时也发现不了，但是如果他坐下来就难说了。

随便儿见她来了，便钻出团枕，拿出那个用鲛皮包好的遗诏，此时头顶天窗银光一闪，一只巨犬无声落地，随便儿将那遗诏小心地粘在那犬的肚腹长毛下，骑上巨犬，冲德妃挥挥手，那巨犬带着他冲墙上一跃，就再次上了天窗。

德妃见过那犬，那是三两二钱。只是从未想过，这养在燕绥府里平日里不起眼的狗竟有如此惊人的速度，像一束银蓝色的电光，最快的箭都追不上。

随便儿一走，德妃就浑身松快了，袅袅婷婷地走到榻前，也不管外头暴怒拼命撞门的司空群，将那个团枕的棉花塞回去，一边塞一边大声哭道："陛下啊，我就知道你好惨啊，你一生宽容慈爱，勤政爱民，如何驾崩后会为那恶鬼所缠，不得安宁啊，莫非你死得别有隐情……"

司空群正要叫人暴力开门，门开了，德妃抱着个大团枕走了出来，哽咽地道："陛下向本宫托梦，说他魂寄这个枕头，让我好生保管着，我带着这个枕头也就相当于抱着陛下睡了……"

司空群一把夺过那个枕头，看了一眼，怒道："娘娘您别闹了！大半夜奔来景仁宫拆枕头你是失心疯了吗？"

德妃看着他："本宫想起陛下对本宫的宠爱，长夜难眠啊……"

司空群噎了一下，想起这女子多年盛宠不衰，想起她的妖妃之名，想起她素来的性情怪诞，也觉头痛。这大半夜的也不能为这种事去禀报新帝太后，只得道："娘娘莫名出现在景仁宫，触犯了规矩，按例还得检查一番才是。"

德妃也便不哭了，笑一声，自等着司空群唤了嬷嬷来搜了身后，才在司空群一无所获又暗藏疑惑的悻悻目光中走了。

德妃回到香宫，随便儿还没回来，菊牙小心地看她，德妃笑一声，摆摆手道："还真信孩子的话？拿到遗诏就走了呗。也好，这宫里是个吃人的地方。早点走了我也安心，不过还是提防着些。"

说着她便上了床，但菊牙知道她没睡，不知道随便儿是否安全出宫之前，她是不会睡的。

菊牙躺在地铺上，心里酸酸的，想着快乐的时光真是太短暂了。若是能长一些该多好啊。

德妃翻了个身，忽然道："还是把火油准备起来吧。"

菊牙便起身，心知毫无动静，娘娘这是更不放心了。

窗户忽然被掀开，随便儿轻轻巧巧地跃了进来。

菊牙看见娘娘一瞬间转身笑颜如花。

她有些恍惚，感觉好像多年来从未见娘娘这般笑过。

德妃下意识张开手，却在瞬间咳嗽一声，又要缩手，随便儿却早已冲了过去，一把抱住了她的腰，哭兮兮地撒娇道："奶奶啊，好险啊，吓死随便儿啦！差一点随便儿就回不来了啊！"

德妃收回去的手立刻便搂回了随便儿的肥腰上，顺手把他放在膝盖上，又悄悄使个眼色示意菊牙把火油给收起来，皱眉怒视他："拿到遗诏不赶紧走，还冒险回来做甚！"

“说好了回来陪奶奶啊！”

“我才不用你陪，小屁孩黏人的。”

“可是我想陪奶奶啊，奶奶又美又香又可爱！”

德妃阴恻恻地看着她，觉得这小蹄子甚是碍眼。

随便儿抱住德妃的脖子：“奶奶啊，明明你喜欢我，我也喜欢你，我们两个凑一起打怪不好吗？”

德妃忍不住一笑，忽然看见随便儿指甲缝里来不及洗去的血迹。

她知道那是属于燕绥的血迹，心间忽然一痛。

曾几何时，那个她十月怀胎养育的孩儿曾孺慕她，她也一直将他放在心上，可是因为命运，因为无奈，她放了手，他也冷了心，从此母子近在咫尺，却又似远在天涯。

便是到了最后明了彼此心意，那些被风穿透被雪冷透的岁月终究是回不去了。

人生又有多少个二十五年，让人再一次弥补和挽留呢？

她最终缓缓伸手，有点僵硬的手臂揽住了随便儿的肩，随便儿立即将脑袋搁在她的颊旁。

她侧头嗅见孩子的奶香，仿佛还是很多很多年前燕绥还是个婴儿，因毒病日夜啼哭，而她也日夜抱着他在榻下绕圈，微微一偏头，就能看见孩子软软靠在她肩头，散发着醇香的奶味儿，长长的睫毛扫着她的脸颊，簌簌的痒。

她当时侧头想吻吻他发白的脸颊，忽然听见脚步声，便将他赶紧抛在了榻上。

德妃闭了闭眼，微微凑过嘴唇，吻在了随便儿温软的颊侧。

随便儿张开眼睛，笑了笑，将脸紧紧贴在了德妃脸上。

深红色的宫门缓缓开启，皇帝的仪仗迤逦而出。

新帝比想象中更加心急，以最简单的仪仗便出了宫，不顾大臣们的劝谏，要去京畿大营巡察。

臣子们都知道了昨夜的事，心里隐约明白新帝急什么，也就不再触霉头了。

仪仗虽然简单，护卫却人山人海，金吾卫羽林卫前呼后拥，数千人将御辇包围得密不透风，有些臣子看在心里便摇摇头。

数千名护卫固然将御驾保护得水泄不通，但也将街道阻塞，每次转弯时，队伍都要纷乱一阵。每次转弯时，趁着那阵变换阵型的纷乱，都会有披甲的卫士被拖入旁边的巷子或者半开门的民居。

御驾经过，街道清理，百姓也是不敢在街上停留的。

在某一个街口，甚至一辆金辂车忽然掉了一个轮子，被拖到一边紧急修理，等到再次起行时，轮子压痕便重了许多。

用这种方式，文臻将她带入天京的精锐护卫和一些重要武器，除了必须要留下的，其余的又带了出来。

至于她自己有永王的令牌，早就提前和林擎、齐云深穿城而过，到了城门附近的民居等候。

她带着永王令牌到了城门附近后，就把永王令牌给了一个小乞丐，又给了他一点钱，让他去叫开城门。果然那乞丐在城门口被拦下，令牌被拿走，城门上下士兵调动愈急，根本没有开城门的意思。

幸亏没有贸然出城!

但文臻也没浪费永王令牌，她让人拿着永王令牌去调了他名下的铺子和田庄里的大量银钱，都换成银票给了齐云深。

齐云深不肯要，最后在文臻再三劝说下收了一半，却将另一半给了文臻，道："这世道我算看透了，要想活下去就要养兵，有权，你拿着去养你的势力，将来替我把那该杀的人都杀了。"

文臻也没和她争执，将银票收了，终究是要照拂好她一生的。

齐云深昨夜又将自己回忆起来的拳法的后续练法教给了她，说起来她这门功法还是和永王学的，她疯癫之后，自己原本的武功大多忘了，却居然记得情人教的这门拳法，因此传给了文臻，而她传给文臻时也不免带几分自己的武学，因此文臻和君莫晓的武功有几分相似，却又并不相同。

文臻有时想起自己的武功竟然来自永王也觉得颇为奇妙。

文臻等人混入御驾护卫队伍时更简单，她那处民居本就是燕绥的暗桩之一的居所，里头已经备好了各式军服。

四人无声无息混入队伍。

轰然一声，城门开启。

文臻抬起头，仰望着那两扇缓缓开启的黑色城门间透出的一线日光。

脚踏出城门的那一刻，她的心怦怦跳起来。

燕绥，你在哪里?

你来接我了吗?

而在另一侧，林擎微微侧头最后看了一眼天京。

侧侧，这回我真的离开天京了。

你要好好的。

山河盛宴 叁

下

天下归元 著

CNS PUBLISHING & MEDIA 中南出版传媒
湖南文艺出版社
HUNAN LITERATURE AND ART PUBLISHING HOUSE

目录

下

第一百一十章

重逢

新帝在御辇上微微抬起头，他看见了前方还没拆散的戏台，但是没有看见一个道影。

他微微犹豫，道：“休息一会儿。”

他身侧的御林卫首领做了个手势，便有无数护卫无声散入四周，进行地毯式搜索。

这其中便有文臻和林擎等人。

金吾卫首领暗中示意，几个金吾卫无声离开队伍，悄然上了小路。

为了防止前一晚出城传令为人所察觉，新帝决定今日出城之后再调京畿大营的精兵，这样对方便无法事先有所准备，而京畿大营离城不过五里，抄小路不过三里。几千护卫，不信留不住燕绥的人。

日头渐高，戏台却无动静，新帝有些焦躁地转了几圈，忽然听见一声咆哮。

那声音并不如何高亢，却如滚滚闷雷一般卷过山林，骑兵队的马匹齐齐腿软，连新帝都禁不住颤了颤。

在小路上驰骋传令的骑兵胯下的马身子一歪，骑兵们滚了一地，被人迅速地拖进了草丛中。

而此刻在新帝眼前，则是一道银蓝色光芒劈入眼帘，下一瞬面前已经多了一只狗，说狗似乎又不太像，狮鼻阔口，样子狰狞，浑身长毛银白。

那狗油光光的嘴里叼着一个绸卷，它舌头一舔，绸卷泻落，上头写着：“来了啊？进帐篷单独谈。”

新帝：“……”

帐篷在哪儿呢？

那狗转身走了几步，新帝见它竟似要带他去什么地方一样，冷笑道：“朕焉能被一个畜生摆布！”抬手便要下令射箭，射死这只畜生，看燕绥还怎么装神弄鬼！

结果弓还没抬起，那只狗“咻”的一声便不见了，随即低沉咆哮声再起，护卫们又栽了一大半。

银蓝色光芒一闪，过了一会儿，狗又来了，这回嘴里叼着的是：“射得着它算我输，再给你一次机会，不来就算了。”

金吾卫首领凑在新帝耳边悄声道：“陛下，既然这狗每次叼的布条都不一样，显然有人给他换布条。”

新帝颔首，金吾卫首领会意，悄悄示意属下下马潜行，远远跟着那狗。

过了一阵子，跟踪的斥候回来了，一脸沮丧地汇报：“没有人，只看见那狗不断地去刨坑，每次从坑里叼出一根香肠和一个布卷，从离它最近的坑刨起。我们想靠近，那狗以为我们要抢香肠，险些咬死我们一个人，它速度太快了。”

新帝再看那狗，这回狗的嘴油光更盛，叼着的布条上写着：“前行二十丈右拐右拐再右拐。”

新帝沉默了一下。

虽说狗可以训练，但是狗就是狗，能按布条顺序叼来，前提是对方算准了己方的所有行动和心理。

必须每一步都按照燕绥设想的发生，布条顺序才不会出错。

怎么就有种被当成狗一样耍的感觉呢？

半晌，新帝黑着脸咬牙抬步，早有护卫赶到那个位置去查看了，发现那里是有一个小小的帐篷，里头没有人，只有一张书案，笔墨痕迹犹新。

既然没有人，几位首领也去查了确认没有毒物机关等物，新帝也就放了心，进入帐中等待。

片刻后，帐篷一动，那只狗钻了进来。

新帝怒目。

现在你也进来什么意思？要朕和狗共处一帐篷？

这是侮辱！

正要唤人将狗驱离，却见狗在书案另一边，在他的对面端端正正坐下来了。

燕绥你欺人太甚！

新帝霍然站起。

三两二钱头一低，从书案底下衔出了一个黄绢卷。

那明黄的颜色和隐约透出的深红朱泥，让暴怒的准备拂袖而去的皇帝呼吸和动作顿时都停了。

片刻后他失态地伸手去抢，三两二钱爪子一按，五根匕首一样的尖爪弹出来，亮晶晶，油光光。

新帝不怕它撕裂遗旨，却在看见这利爪的一刻惊觉面前的不是普通的狗，是猛兽！

他的冷汗瞬间流下来了。

自己是昏头了，怎么敢和这样一只猛兽单独待在一个帐篷里！

这回他转身要走，三两二钱却又从书案下衔出一卷，摊开。

“遗旨可以先给你，你拿圣旨交换，诸事满意，玉玺我便奉上。”

下头写着对圣旨的要求：

弑君之罪不背，自己想个理由给林擎和燕绥平反。

撞墙之罪不认，自己想个理由给文臻解释。

丢掉的爵位职衔权力统统还回来，所有与林擎、燕绥、文臻有关人等一律不得牵连，德妃封太妃，出宫养老。文臻以功入中枢。

收回之前永裕帝所下的边军换将的调令，依旧由林擎挂帅。

收回对林飞白的调令，不必回天京。

为永王选正妃。

新帝：“……”

朕刚登基，你就要朕自己打脸？顺便狠狠打永裕帝的脸？

还有，为永王选妃是什么意思？

但转而一想，终究不能把玉玺和遗旨这种要紧东西留在燕绥这里。

他本来对燕绥手中是否有玉玺和遗旨心存疑惑，然而此刻亲眼看见遗旨，心中只有庆幸，庆幸自己还是来了，不然这皇朝正统就是燕绥了。

推翻之前的定论倒也不是难事，随便找个替罪羊便罢了。

暂时不动几人的亲信也不是难事，反正现在也不是动的时候。等自己根基稳当，还不想怎么样就怎么样？

边军依旧给林擎……这个自然不行，但是边军换将是父皇驾崩之前就安排好的，人早就到了，这段时间也够收拢人心了。自己到时候再给对方下道密旨，就算林擎能赶回边关，谁还能把到嘴的肥肉吐出来不成？

更不要说回边关这一路可以做的事太多了。

至于林飞白，林擎都夺不回边军，他一个毛头小子能怎样？

至于为永王选妃，虽然想不明白燕绥这么要求的用意，但这件事本身并不犯忌讳，皇叔之前多年未立正妃，想来是因为怕被父皇猜忌，自己性情也散淡，干脆不成家了，如今自己为他选妃，正是显示新帝恩重的举措，对自己是好事。

左右思量，都觉得只要宝座坐稳，皇权在握，这门生意便做得。

想到得意处，忍不住要放声大笑。

燕绥想和一个皇帝谈判？真是异想天开！

想好了，便传了身边的笔墨近臣来，当即按照燕绥的要求写了圣旨，落了自己的印章。

圣旨上说经过查明，当日陛下驾崩一事存在误会，系云阳公燕绝妄图争夺帝位所为，着令将燕绝封号褫夺，降为庶人。燕绥恢复王爵，赐封地乐怡县。林擎着令返回边军，恢复原职。但多年征战，念其劳苦功高，两年后便应回京荣养，着令立即重建元帅府以示恩惠。湖州刺史文臻虽有过失，但因皇城城墙系百姓冲动毁坏，罪不在文臻，着令罚俸一年，既已回京，便不必再回湖州，稍后廷议调职天京。边军副将林飞白不必再回京，但按例父子不可同一军，着令改任平州都尉。德妃封德太妃，可出宫养老，按例应随宜王燕绥居住，但乐怡路远，奉养想必也不如皇宫，为免伤宜王孝子之情，着令德妃自择。

圣旨的最后则莫名其妙表示永王殿下劳苦功高，着令加亲王仪仗，由礼部择日在天京四品以上官员闺秀中擢选人选，为殿下安排选妃事由。

笔墨侍臣一边写额头一边冒汗。

新帝此刻却只想大笑，伸手对三两二钱示意，三两二钱斜睨他一眼，没动。皇帝若有所悟，对侍臣道：“带着圣旨回宫，着令立即诏告天下！”

那臣子急忙拿了圣旨，在太监的陪伴下匆匆骑马回宫传旨去了。

新帝又伸手，眼看三两二钱从桌子底下叼出一根香肠嚼了，随即便松开了一直按住遗旨的爪子，新帝一把抓过展开看一眼，看见那点滴血迹便确定遗旨果然是真的。

燕绥这人就算作假，也绝不屑用这种方式，顿时心中大定。

他急命拿火折子来，亲自点燃了火堆，将遗旨立即投入火堆，眼看那东西成了一团灰烬，彻底心安，不禁哈哈大笑。

随即又冲三两二钱伸手：“玉玺呢？”

三两二钱嚼完嘴里的香肠，不动。

新帝耐着性子等，果然没多久，快马驰出天京，马上骑士肩上小黄旗迎风猎猎，那是向天下各州传递圣旨的驿使。

远处隐隐传来一声尖锐的呼哨声。

新帝再次急不可耐伸手：“圣旨已经下达，昭告天下，玉玺给我！”

三两二钱这才一低头，慢吞吞叼出最后一个布卷。

布卷展开，上面写着“骗你的，玉玺没有”。

片刻后，人人都听见帐篷里传出一声咆哮，是新帝的声音。震惊的人们正要冲上去，就听见一声更沉更猛更凶狠的咆哮，随即新帝惊叫声起，他好像被按在了帐篷上，脸紧紧地贴在帐篷上以至于帐篷上凸出一个鲜明的人脸轮廓。护卫们慌忙冲进去，然后齐齐僵住，不知道是该继续冲还是退出去的好。

帐篷里，新帝被压趴在帐篷上，身后压着那只狮子般的巨犬，新帝的袍子下半截已经没了，裤子也被那巨犬拽掉了，那巨犬趴在皇帝身上。

金吾卫首领急中生智，装作去救新帝，砍裂帐篷罩在头上，蒙头蒙脸冲进去，大叫：“陛下我来救你！”

其余人纷纷效仿，只是这么一来救援速度便慢了一些，三两二钱也不恋战，见人群涌上，化为一道闪电，从新帝头上越过，新帝只感觉身后一轻，而头顶落了一头雪白的狗毛……

众人蒙头蒙脸冲过去将新帝扶起，发现他的肩膀乃至侧颊被狗的利爪划出了血痕，左脸一道痕迹尤其深，很可能要留下伤疤了。

新帝捂着脸，厉声喝：“杀了那狗！杀了这附近所有人！搜索这周围十里，一只苍蝇都不许放过！京畿大营呢？京畿大营的人怎么还没来！”

众人急忙领命散开，急急而去。

而此时，文臻和林擎所混的那批金吾卫士兵正分散在四周搜索，忽然看见一道黑衣人影闪过，领先的队长精神一振，喝令去追，便和众人策马追逐。其余几个散开的小队听说这里发现了敌踪，便都渐渐汇拢了来。

这一支都是骑兵，且配备弓弩刀剑和轻甲，装备精良，人数越来越多，渐渐上千，上千人策马狂奔之下，一路烟尘滚滚，颇有气势。

那人身影忽隐忽现，金吾卫追着追着，当先的队长忽然道：“咦，前面就是京畿大营了！正好，发鸣镝让他们配合抓捕！”

当先的骑士便摘箭，军中有种摘去箭头的响箭，带红缨，是专门用来通知军队配合行动的，那骑士一箭射向辕门，眼看那响箭便要炸出响声，侧方却忽然射来一支小箭击中那箭尾端的竹哨，声音顿时便没了，接着又是一箭，那用来表示提醒的红缨也被射落。

下一瞬，那支鸣镝钉入了京畿大营的辕门！

拉弓的人和发令的人都僵住了！

鸣镝以外的任何箭射上辕门都是挑衅，是作战信号！

带队的队长大叫：“速速下马……”

他话音未落，里头马蹄急响，辕门开启，烟尘滚滚，里头奔出一大群披挂比他们还要齐整的骑兵！

当先一人大叫一声："好啊，原来还真的来偷袭咱们了！"

金吾卫一听这话不对，急忙解释："对面京畿大营的兄弟们，误会！误会！我们是金吾卫……"

话音未落，京畿大营领头的将军已经狞笑道："杀的就是你们这些投靠新主就敢动咱们的金吾卫！"

金吾卫听得莫名其妙，但根本来不及再说什么，对面刀剑一扬，马腹一夹，竟然不由分说便撞入己方队伍！

金吾卫毫无准备，几乎瞬间就被冲散！

混乱的队伍中，文臻和林擎的马忽然被人牵住，两人低头就看见熟悉的脸——中文和英文。

文臻一瞬间便热泪盈眶了。

中文对她微笑，扭头便牵着她的马出了混战的人群。越过山坡，跨过小河，远远地看见一人素衣如雪，坐于清溪之侧，怀抱凤首箜篌，长指连拨，乐音清越。

不诉那离愁的伤，不诉世事的癫狂，不诉宫阙层层里血色殷殷，不诉别离三载我膝下的尘灰和你眉间的霜。

只诉当年屋顶的相遇，小河边的美食之飨，深宫里蹭饭的来往，乌海之上，扬起一面追逐的帆，从来只向着你的方向。

诉那长川的雪，五峰的月，留山七彩的四季树叶，湖州成为传说的挑春节。

和你相遇的每一瞬间，都是幸运；和你遭逢的每一刹那，只愿永远。

《幸逢》曲声清越又缠绵，琳琅又高旷，距离上一次聆听已经过了四年。

文臻站定，眼底的泪在看见他的刹那汇聚，却在这曲声之中盈盈不坠。

我见你便有无涯欢喜，必不能哭，往后的每一刻时光，我都想要你再不用悲伤。

她立在风中，向着他的方向扬起脸，衣袂每一次飞荡，都是思念和爱的模样。

燕绥缓缓起身，再缓缓前行，脊背挺直，衣衫在风中猎猎。

日语担心地看着他的背影，几次想要迈步，都被德语拉住。

文臻始终没动，站在山坡下看着他一步一步，跨越三年时光，跨越那些血和泪，那些深藏于心的苦痛和隐忍，再次向她走来。

直到燕绥站定在她面前，含笑向她伸手。

他道："夫人，我来接你。"

她仰起脸，眼泪早已漫过脸颊，却满溢着笑扑入他的怀中。

第一百一十一章

重色轻子

文臻头埋在燕绥怀中，眼泪无声无息湿了薄薄衣裳，她只恨不能将自己揉进他的身体，化为那些血肉骨骼，将他受过的伤都一一补上。

隐约感觉到他将下巴搁在她头顶，细细嗅她的发，手势轻柔，像嗅着最珍重的花。

她的手便很快地顺着他的胸膛一路摸了下去，摸到微微凸起的骨骼，心中便一恸，摸到更细的腰，喉间又一哽，摸到后背微微突出的伤痕……燕绥忽然拉下了她的手，轻笑道："光天化日，你便要白日宣淫吗？"

文臻目光便自然落在他手腕，他今日穿的却是宽衣大袖，袖口层层叠叠，什么也看不见，她吸一口气，并没有去翻他的衣袖，只不着痕迹地扶住了他，笑道："怎么，不成吗？三年不见，不赶紧'交公粮'怎么行？"

燕绥听她说过"交公粮"这个说法，当下便笑，道："攒了三年的'公粮'，保证仓满粮肥，急着上交刺史大人呢。"

文臻嘿嘿一笑，心想已经不是刺史大人了，但现在才不会说这个呢。正要问随便儿的事，燕绥却忽然扶着她的肩将她转了个方向，随即轰然巨响，连绵不断，一抬头就见前方黑烟滚滚，红焰冲天。正是金吾卫和京畿大营交战之处。

文臻深感不可思议："这是连火药弹都用上了？动真格的了？"

燕绥便搂着她一起观看那高上云天的黑烟红火，道："蛋糕儿，这是我赠你的接风烟花，可喜欢？"

文臻："不能更喜欢！"

林擎喃喃道："这阵仗也太大了吧？"

中文在一边接话："何止，大抵还有陛下的'菊花'不保与毁容两份大礼，以及恭喜神将和文大人官复原职，沉冤得雪，也恭喜殿下王爵得复。"

文臻听得眼睛发直，道："怎么？我以为你将新帝诱出来是为了送我出城，怎么还做了这许多？"

关键是怎么做到的？这么快就平反了？

"送你出城自然是最主要的。这藏遗旨、搭戏台、扇耳光、打广告、投儿子、偷遗旨、诱新帝、狗谈判、挑事端、夺权柄、设陷阱……其实都是为了接回我家夫人，只不过是顺带有了其他成果。"燕绥凝视着她，"老燕家欠了我那许多，多少总得索回一点来。"

这索回的可不止一点。

燕绥的笑意微带几分鄙薄："我那二哥向来便只想着自己。死了的爹和兄弟那就是尸首一具，身后事，身后名，关他何事？"

文臻深以为然。

新帝性情薄凉自私，目光短浅，却又十分好名，注重所谓正统，那便注定要因此为燕绥所制。

新帝打的一定是暂且糊弄虚与委蛇的主意，但焉知燕绥又是不是只要这一段时日的和平？

而燕绥的狠辣还不在于此。

新帝为了拿回遗旨和玉玺，不惜冤枉燕绝践踏永裕帝，永裕帝一旦得知，焉能不怒？父子再次相残，为时不远。

为永王选妃更绝。

永王会不会接受？

永王接受选妃，太后对永王的谎言就要被拆穿，永王和太后母子再无法维持虚假的面具，决裂就在顷刻之间。

如果太后阻拦，永王不接受选妃，也会引得永王和太后越发离心，母子决裂，依旧就在顷刻之间。

虽然两人之间存在旧事的龃龉，但终究是亲母子，谁也不能确定永王会不会因为各种原因而心软，所以那些裂痕必须时时捶打，不断扩大，不停地向永王逼近，才能让他更加坚决。

而选正妃不比送几个宫女暖床，正妃必须身家煊赫。圣旨一下，动心的谋划的人家一定不少，太后和永王无论是拒绝，还是接受后再出问题，都会得罪那些豪门大族。

这是燕绥的攻心计，无解。

因为此事对太后和对新帝的影响都将绵延不绝。

毕竟燕绥已经把反叛理由都给永王找好了一条——新帝容貌都毁了，扯起什么得位不正、德薄不修上天降怒什么的太容易了。

而燕绥还帮林擎夺回了职位和军权，哪怕是暂时的，都能让燕绥在这段时间顺利出手，拨弄天下棋局了。

至于后面还有没有针对新帝的布置，燕绥没说，文臻也就没问。

她只相信，燕绥一出手，东堂便要乱了。

他挨那一刀，便迟早会一刀刀插在所有敌人心上。

东堂终究要乱的，长痛不如短痛，永裕帝固然想着一次性痛快收拾，焉知别人不也是这般想？

还是那话，单看谁手腕高罢了。

有那么一瞬间，文臻想问燕绥，你是不是什么都明白？你是不是早已算好了？

然而最终她什么都没问，他要做什么，她陪着便是。

天之涯，海之角，他在便是天堂。

德语笑嘻嘻地和文臻说京畿大营和皇帝护卫打起来的缘由，依旧是燕绥钻了永裕帝疑心病和谁都不信任的空子。京畿大营果然依旧直接听命于永裕帝，新帝派人去传令时，传令的人半路被燕绥的人打了闷棍，然后燕绥的人扮成九门巡守的天京卫去和京畿大营的人传信，说新帝怀疑京畿大营事君不忠，想要借巡察之名拿下将官，替换亲信。

京畿大营的人既然忠于永裕帝，自然算得上事新君不忠，一听这个便上了套，然后燕绥的人再引金吾卫去京畿大营，又将鸣镝截去哨子和红缨。在京畿大营的人看来，便是全副武装的金吾卫一路冲向京畿大营，射箭挑衅，如此便坐实了新帝要夺军权的消息，怎么能不拼命？

当然，不会让新帝冤枉死在这场混战里的，毕竟还要留着他下达圣旨，以及消耗永王势力呢。

中文将藏好的马车赶了出来，下意识伸手要来扶燕绥，却在燕绥眼光下缩回手，文臻一眼看见马车车厢里折叠的轮椅，心中一酸，不愿他一直这样在自己面前勉力撑着，当先钻上了车，笑道：“女士优先，我先上了。你们谁来帮忙扶一下林帅，别让伤病之人骑马。”

林擎瞟一眼燕绥，张开手，道：“工于心计，过来背你林叔，我被那死鬼折腾得老惨。”

日语也便过来，中文顺势扶了燕绥，马车里林擎很自觉地一人占了一长排座呼呼大睡，燕绥便只能和文臻挤坐在一起。

中文扬鞭，马车驶入一条隐蔽的小路。

“接下来我们怎么做？”

“林帅伤重，送他回边关吧。边军的军权已经被他人接手，想要拿回来也需要费点工夫。”

“好，但是随便儿呢？”

“他让三两二钱告诉我他不出宫了，要陪着奶奶奶，省得总嫌他当大灯泡……什么是灯泡？”

“花前月下，暗室暧昧，一盏灯闪闪亮亮，是所谓灯泡也。”

“很有道理，那便把这灯灭了吧。”

“你重色轻子啊你。”

“放心，三两二钱我让它回去了。天京城乃至皇宫都有人，你也留了人，足可保他无虞甚至搞事，实在不行三两二钱背着他逃命想必也没人追得上。”

“总要想法子把娘娘也接出来。”

“这个任务我交给随便儿了。天京城内所有力量都交于他指挥，之后暗卫也会回天京。孩子大了也该担点事儿了。”

“友情提醒，令郎大前年六月十一生，如今尚不满三岁整。”

“我三岁已经出宫去无尽天揍遍德容言工了。”

隔帘偷听的四大护卫：“……”

“我怎么忽然有种天涯私奔的感觉？”

“并没有，一大堆的灯泡在，私什么奔，再说你还是朝廷的官呢。”

“哎呀，我很期待这回我该升什么官了，或者明升暗降？”

“怎么，你现在还想回去做官？可我已经替你告长假了。”

“哦？什么告假理由啊？”

“回府造人。”

“怎么，看到随便儿不抗拒娃了？还想再造一个？说好了，再造一个你全权负责。”

“行，我喂食我哄睡我换尿布我给洗澡……前提是得是女儿。”

“你重女轻男啊！”

语声渐渐远去，身后黑烟红火喊杀未休。

时间回到前夜，随便儿潜入景仁宫，和那狰狞美人抢洞口，然后一脚将人踢了进去。

被踢进去的女子十分警醒，瞬间便身子团成一团，从怀中抽出一张似乎是特制的盾顶在头上，一阵响声后，盾牌上密密麻麻钉满了小箭。

女子抛掉盾牌滚了下去，运气很好，没有再触发机关。

片刻之后女子滚到了底，她咬牙趴在地上，忍住了那一阵疼痛才慢慢爬起身来，她起来的时候用左手撑着，右手有点不得劲地垂着。

闻近纯久居深宫，心思活络八面玲珑，也一直都在探听各种秘密，所以最近她就隐约听说了一件事：陛下登基其实没有玉玺。

她因此稍稍试探了下。和陛下多年夫妻，一试心中便确定了，陛下很心虚。

那么玉玺在哪里呢？

寻常人听见这样的消息多半也就咋舌而已，闻近纯却没有。

她自从进宫便用尽心思，时刻记得为自己谋取更多资本以巩固和提升地位。没有资本，便是谋骗也要筹来。正如剽窃文臻的菜式，正如故意把太子骗进湖中，最后自己冲出去做了那救命恩人，那位受她蛊惑设计令太子滑入湖中的宫女本想做太子恩人，却不想成了给她垫脚的魂。比如金殿申冤之后太子被软禁，东宫宫女亦被禁足软禁，那是太子最灰暗的时期，东宫宫女，包括太子妃等人都失了心气，唯有她在那时依旧温言软语，殷殷伺候抚慰，更不惜自降身份交好宫女，为太子探听消息。皇帝病重的消息便是她最早传递给太子的。她还托人去自家寻解毒良方，献给皇后……如此种种，才保证她哪怕几经起落，依旧屹立不倒，所以陛下一登基就封了她为纯妃，太子妃的皇后却还没封，这不能不令她暗暗窃喜，只是刚刚有了起色，文臻进京了。

想到文臻她便恨得牙痒，文臻一来，她就残废了！

这几日明显能感觉到陛下的嫌恶，那只废了的手无论用多好的药，伤疤都不能长平，不能用力，也不能再好好地按摩揉捏，温柔地伺候陛下了！

如果她能拿到玉玺，她就有了和陛下谈判的筹码，可保自己永不失宠。

陛下素来最注重这些，届时她便是要做皇后，陛下也会答应！

闻近纯被那皇后两字刺激得眼眶充血，连手腕上的伤口都再次疼痛起来。

在她的猜想里，玉玺怎么说都应该还在景仁宫内，为此多次在景仁宫周围梭巡，奈何那宫殿一直看守严密，直到今晚换班时刻眼看一个小太监缠住了孙总管，她才趁机溜了进去。

进去后在书架上还没翻两下，就有个孩子进来了。

她急忙躲在书架后，却看见那孩子冲那榻去了，她以为这是个来偷东西的小太监，正准备杀人灭口，忽然听见司空群过来的声音，而那孩子竟然无比机敏，若不是她反应快，现在被司空群发现的就是她了。

但那可恶的小贼也把她给踢到了这里。

闻近纯有些恼怒，但也有隐隐的欢喜，她有预感，玉玺如果不在书房的话，就一定在这底下。

这底下定然藏着极大的秘密，虽然危险，但是不入虎穴，焉得虎子？

她脱掉鞋子塞进怀中，防止发出声音。面前是好几条四通八达的道路，给人的感觉像是整个皇宫的地下都被挖空了一样。

闻近纯越走心下越寒，她觉得这个秘密之大，应该已经超越了她的想象。

岔道很多，她不知该如何选择，低头看到有一条道路灰尘少而印痕杂，便选择了那一条。

刚要走入，忽然听见人声，她躲在一处拐角后。

几个人从密道里匆匆过去，边走边低声交谈。

"上头机关被启动了……"

"先暂停所有机关，得去查看，不行的话得全部重新设置。"

"怎么到现在才出来？这事儿不能耽搁。"

"还不是大师和晴明又意见相左了。大师要说陛下在紧要关头不能打扰要转移入深室，晴明说情况不明看看再说，这两人不对盘也不是一次了。"

"以前两人不是相处得挺好？"

"那不是因为陛下在嘛！现在陛下一日清醒也没一个时辰，如何管束得这两人？"

几人咕哝着过去，片刻后，人影一闪，闻近纯出来，一脸惊骇。

她听见了什么？

陛下？哪个陛下？

永裕帝竟然没死？

闻近纯只觉得晴天霹雳，眼前发黑。如果永裕帝没死，他为什么要诈死？如果永裕帝没死，便必有所图，那么新帝这帝位能坐几天？

她的皇后梦！

那个美梦眼看就要化为泡影从指尖飞走，闻近纯反而迅速冷静下来了。

天意让她落入此处听见这巨大的秘密，那么就说明她命中自有无上富贵，这是老天给她的机会！

此刻机关都没开，要抓紧这天赐良机！

闻近纯快步小跑起来，越过长长的甬道，直到看见一扇黑色门户，门半掩着，里头有脚步声传来，却无人说话，只有一种古怪的声音断续不绝。

过了一会儿，有一个男子生硬地道："修行人今日护法已毕，到了入定听天的时辰了，告辞。”

闻近纯躲在暗处，看见一个金色长袍金色脸容的光头男子出来，那人赤着半边臂膀，一步步走得甚是稳重。

他去了右边房间，过了一会儿，小太监晴明走了出来，盯着那男子背影，轻飘飘地“哼”了一声，打了个呵欠，走到外厅的角落里喝浓茶，拼命搓脸，又伸展双臂，发出一连串的声音。

趁着他背对房门，闻近纯闪身而入。

晴明一个懒腰伸到一半，忽有所觉，霍然便要回身，隔壁屋子的金脸人忽然探出头来，道：“还请晴明太监好生护法，切不可离开一步。”

晴明听见“晴明太监”四个字就火冒三丈，奈何也无法和这个番邦和尚讲清楚中华文化里称呼的各种讲究和禁忌，半晌只生硬地道：“这个要你说！”

和尚一本正经地道：“好的，修行人会说的，每日都会嘱咐晴明太监。”

晴明：“……”

总有一天他要把这秃驴剥皮吃肉！

大师关上了门，但晴明给气得起了逆反心理，偏不肯回屋，坐下来慢慢喝茶。

屋子里，闻近纯一眼就看见了华丽龙榻上的永裕帝。

亲眼看见永裕帝还活着的冲击更大，她却很快冷静下来，二话不说拔刀在手，便向榻前逼近。

榻上的人却忽然微微一动，闻近纯吓得猛地往旁边一蹿，撞到了榻角。

闻近纯余悸犹存，忽然想起那几个人说过永裕帝偶尔还是会醒的，心想可不要正好将他惊醒，当下也不敢再动手，转眼看见榻角处褥垫被撞歪，心中一动，想起当初燕绥就是在龙榻上被刺了一刀，燕绥那样的人都会被刺，可见永裕帝喜欢在榻上设置机关，既然已经获得了莫大成功，那么必然会继续。她想了想，见榻边有掸尘用的硬柄长拂尘，便取了来，伸长手臂，隐在榻边帐幔后，一边不时地向外看，一边不停地用拂尘点点戳戳。

戳了好一会儿没动静，闻近纯心生焦灼，想着晴明随时可能进来，顿时眼前发黑。忽然看见床上一动不动的永裕帝，想着这样多疑又狡猾的人，他要藏一样东西，最好的办法是什么？

永裕帝看上去像在养伤或者在养病，缠绵床榻，重要的东西一定放在自己触手可及的地方，不如此不能放心……闻近纯目光忽然落在雕龙画凤的榻上。

这里是地下密室，所有陈设都相对简单，这龙榻华美绝伦，显得格格不入。

闻近纯的目光又落在永裕帝垂在榻上的手上，继而落在那一处床榻上。

那里是榻上处的一处浮雕，巴掌方圆，九龙盘旋游舞，雕工精美之极。

其余四处也有这样的雕饰，但是材质似乎却有些不同，闻近纯久在皇宫，自然看出其余部分这样的雕饰都是木质浮雕再饰以金粉，乃常规操作。

唯独这一处感觉熠熠生辉。

拂尘的柄轻轻一敲，果然金声玉振。

传说中玉玺正是九龙浮雕！

玉玺竟然嵌在这木榻床围的正中，看上去就像普通雕刻一样！

闻近纯一阵狂喜，立即蹲下身，指甲插入玉玺缝隙，向外一拔。

她保养很久三根长指甲全断，玉玺也落入手中。

闻近纯也顾不得疼痛和喜悦，她已经听见晴明回来的脚步声！

而榻上取出玉玺的地方露出一个黑黑的洞，一眼就能看见，闻近纯急得团团转，目光忽然落在永裕帝放在脚踏上的便鞋上，灵机一动，便将便鞋一只歪着一只竖起，正好挡住那洞。

随即她闪身躲入帐幔。

刚刚藏好，晴明进来了。

晴明进来后依旧也没靠近龙榻，就坐在一边发呆。

晴明坐了一会儿，咕哝道："这日子真不是人过的，什么时候来……"话止住，打个呵欠。

闻近纯无心偷听，等了好一阵，渐渐没了动静，闻近纯冒险探头一看，晴明竟然在打盹。

闻近纯又欢喜又不安，想要趁此机会出去，又怕有诈，想了一会儿终究咬牙悄悄出了帐幔，屏住呼吸，蹑手蹑脚走到门口，刚要出去，忽听晴明"咦——"一声，要抬起头来。

闻近纯心跳几乎都停了。

此刻她正在门口，四周毫无遮掩！

此时床上永裕帝一声咳嗽，晴明抬起的头瞬间转向了永裕帝，闻近纯再不迟疑，闪身出了门。

晴明往榻前走，忽然狐疑回头，门口哪还有人影。

闻近纯蹑足狂奔，经过右侧房门，就是那个和尚入定的房间，那门紧闭着，她转过那房间，看见房间侧面有一根管子，此刻那管子正簌簌微响，似乎有什么东西在通过管子落下来。

而那房间有透风的小窗口，她从窗下过时，嗅见一股熟悉的淡淡香气。她时常伺候太子，在书房为其红袖添香，闻得出这是一种很珍贵的墨的香气，量少昂贵且形制风雅别致，在天京只有很少懂得欣赏且有财力的人才会用。

闻近纯心中掠过一个念头。

番邦和尚对中华文化的了解居然如此深厚?

这念头一闪而过，她以生平从未有过的速度狂奔而去。

她狂奔而过，衣袂带起风声，那番邦和尚忽然打开房门，嗅了嗅空气中的味道，眉头微微一皱，似乎想要呼喊，忽然想到了什么，将门又关上了。

闻近纯回去时遇上先前去查看机关的人，闻近纯等他们走过，回到最初的密道之下，手脚并用爬了上去。她到了顶头，凭着对先前进来时的残存印象，摸索了半天，竟然顺利开了机关，再次从那案几下钻了出来。

然后看见了一张惊骇的大脸，是折腾了半夜还没睡的景仁宫管事太监孙仁!

孙仁今夜可谓过得跌宕起伏，先是有人送对食的鞋垫来，然后司空统领巡察，然后德妃来闹事，总算人都走了，好不容易回来例行转一圈，就忽然看见了纯妃娘娘!

孙仁惊叫未及出口，就看见对面的狼狈美人眼神忽然一冷，手一抬。

一道寒光闪过，下一秒没入他腹中。

闻近纯冲了上来，一手捂住他的嘴，一手抓起案几上的汗巾往他肚腹上一塞!

然后她再次开启机关，案几移动，洞口露出，她用尽全力一掀孙仁，随即洞口关闭。

闻近纯脱力般地靠在榻边大口喘气，随即又勉力站起，将地面和榻上溅上的血一点点擦干净。

做完这些她便潜伏在景仁宫内，等着凌晨护卫第二次换班，由她早就安排好的侍女前来吸引护卫的注意力，自己借着隐蔽的地形熟门熟路地出了景仁宫。

凌晨的风刮骨般地寒。

闻近纯抚摸着怀中的玉玺，却觉得那一处越来越热，热得她满身血液如同沸腾，恨不得仰天狂笑。

她就要做皇后了!

到那时，所有人都要跪在她的脚下，喊她皇后娘娘!

第一百一十二章

闻声识美人

窗户外响起刺耳的锣声，张嬷嬷比锣声还难听的嗓子也在窗外呼喝：“请娘娘起驾，该念经了！”

随便儿大脑袋动了动，拼命往德妃怀里拱，奈何这边不回应，那边锣声就响个不停，德妃用手捂住他的耳朵也无济于事。

锣声响了十声之后，便是暴风骤雨一般的敲门声，德妃抓起拖鞋扔过去砸在门上。

门外安静了一瞬。

大抵有点意外，毕竟之前也是这般唤起，德妃都懒得计较的。人质要有人质的自觉。

像今日这般发飙却还是第一次。

但随即敲门声和锣声再次同时响起，几乎要把人耳朵炸聋。

德妃柳眉倒竖，有她这样的娘娘吗！

正要起身发飙，换菊牙来给随便儿捂耳朵。随便儿却已经抬起头来了，他昨夜奔波，眼睛里都是血丝，但眼神已经十分明亮，笑嘻嘻地按住了德妃的手，奶奶声奶奶气地道：“娘娘起驾，奴婢伺候您穿衣。”

德妃眼神中怜惜一闪而过，想着这孩子如此自律能吃苦。随便儿三两下穿好自己的小太监服饰，随手接过菊牙手中她的衣裳，乖巧地道：“菊牙姐姐歇着，我来我来。”又跑到窗口，推开窗，笑眯眯地和张嬷嬷道，“嬷嬷，娘娘心诚，早就命奴婢来服侍了！”

张嬷嬷便哼了一声，收了那锣。随便儿往她脸上一瞧，瞪大眼睛诧然道：“嬷嬷您昨夜是用了什么好珍珠膏吗？怎么这一夜过来，皮肤这般水嫩好看？”

张嬷嬷摸了摸脸，不确定地道：“许是昨夜睡得早？”又轻轻打随便儿一下，笑道，“你这猴儿会哄人，嬷嬷一把年纪了，说什么皮肤水嫩，没得惹人笑话！”

“嬷嬷一把年纪了吗？”随便儿惊讶地上下打量，“您有我娘年纪大吗？我娘生我迟，今年二十五了！”

城外文臻打了个喷嚏，摸摸鼻子和燕绥道：“一定是随便儿又顺嘴坑娘了！”

张嬷嬷越发眉开眼笑，拧随便儿一把，瞟一眼里头，道：“你这孩子实诚，对这位也老实伺候着，这是你的好儿。只是嬷嬷劝你一句，莫要太用心了，有些人做不长主子的。”

随便儿一脸懵懂，却也不问，乖巧地道：“嬷嬷总是为我好的，菊花儿记得了。”

张嬷嬷满意点头，觉得这孩子伶俐又老实，是个好苗子，正要再提点他几句，忽听他肚子咕噜一响，随便儿便红着脸低下了头。

张嬷嬷看他一眼，想着和家中侄孙也就差不多大，这香宫的伙食一言难尽，也怪可怜见的，便道：“以后你便去慈仁宫的厨房领三餐吧，别和这边混在一起了。”

随便儿一脸欢欣：“嬷嬷，您真是善心人，日后一定平安富贵到老的！”

宫中这个年纪的嬷嬷其实已经不指望什么飞黄腾达，期盼的也就是安稳收梢，这祝福正搔到痒处，张嬷嬷越发喜欢，也不去和德妃为难了，点点头便走了。

随便儿便回去，伺候德妃穿衣，却将那件妖红色薄袍子拿到一边，道：“奶奶奶啊，您穿这件衣服实在是太好看了，随便儿您不愿意被那么多不相干的人瞧，您能不能以后再穿，就穿给随便儿看好不好？”

德妃看着随便儿，刚才的对话她都听见了，此刻懒洋洋笑道：“好看？比你娘好看吗？”

随便儿：“比她好看多了！”

城外文臻又打了个喷嚏。

德妃便笑，任由随便儿把那红衣塞到角落里，找出那难看的布衣棉袄给她裹上。

随便儿絮絮叨叨：“奶奶啊，您瞧，天生丽质就是这样，穿件灰棉袄都美不胜收。您就该这样穿，好叫香宫那群灰鹌鹑瞧仔细了，美人就是美人，穿得一样的衣衫，也能美出新高度！”

随便儿跪在榻上给他奶奶系腰带，他人小个矮，肥短的小手臂圈过去，却也将德妃的腰给整整围了一圈，随便儿便低了头，想着奶奶奶的腰比娘还细。

德妃低头，眉眼含笑，看着随便儿的头顶，一个发旋儿，和她一样。

忽听随便儿笑道：“好了。”

德妃穿好衣裳，笑问他："在家给你娘梳头吗？"

随便儿便扁嘴："想给娘梳，娘不要。说给她画眉梳妆是爹的专利，这么美好的场景不能给一只小肥猪破坏，除非我长到和爹一般赏心悦目。"

德妃便笑："哟，文大人这铁石心肠，你像个捡来的啊。"

随便儿："我本来就是捡来的！"

德妃笑得更开心："对，你爹娘没良心，别理他们！"

随便儿频频点头："我就要奶奶就够了！"

德妃忍不住弹他的脑门："伺候得不错，奶奶也要你。不过你怎么这么熟练？"

随便儿立即抱住他奶奶的腿："奶奶啊！以前随便儿也是衣来伸手饭来张口的少爷啊，这不是遇上怪叔叔了吗！他受了一点点小伤，就拿随便儿当童工，什么买菜、洗衣服、喂饭、换药、推车、修车……奶奶你看我这娇嫩的小手都变成什么样儿了！"说着便给德妃看他手上的茧子。

德妃一看那茧子便是有时日的，明显长期练武的痕迹，却也不拆穿他，深有同感般地点头，道："是啊，他素来是这么无情无义，狼心狗肺。可惜你奶奶也驾驭不了他，也没给他什么恩惠，他不买你奶奶的账，你只能靠自己报仇啦。"

随便儿却正色道："奶奶你这话便不对了。娘说过，你生了那谁，让他平平安安到这么大就是最大的恩惠，那谁自己心里也明白，才不会对你不敬。"

德妃愣了一下，不说话了。

是这样吗？

她最终明白了她的苦衷了吗？燕绥也明白吗？

半晌，她却摇了摇头。

明白又如何？她从未在意过，她一生从心而行，却终究所要皆不可得，到后来都不过是过眼烟云。

她只做她自己，无所谓他人怎么看她。

再说，就算燕绥和文臻不觉得被亏欠，她自己却始终觉得那些年的疏远，那些年的冷漠，固然有不得已的原因，但也未尝没有几分怨恨迁怒的意思，她终究是对不住燕绥的。

那也便对不住了。

无恩，可有怨，一切随缘，不求原谅。

她最终只是笑了笑，捏了捏随便儿的脸："那谁是谁？"

随便儿理直气壮："就是那谁！"

"哟，看来得罪得很深？"

“我那是为我娘抱不平！”

德妃便快意地笑，看着随便儿出门去端早餐了。

早餐端回来，竟然是鸡丝粥、水晶包、象眼馒头，还有小菜。十分精致，就是量少。

随便儿一抹嘴，笑嘻嘻地道：“奶奶啊，吃吧，我吃过了。”

菊牙眼尖地看见他抹掉了嘴边一点咸菜碎末。

正是前几天她们两人的例行早餐。

德妃沉默了一会儿，拿起了筷子，在随便儿灼灼的目光中吃了一个馒头，半碗粥，便推开了，也不等随便儿再劝她，便道：“我是美人，美人要保持身材不能多吃，谁劝我吃谁就是和我有仇。”

随便儿便叹气，又道：“菊牙姐姐吃。”

不等菊牙推辞，他便笑嘻嘻摆手：“我在慈仁宫大厨房能混到吃的，真的。姐姐你要照顾好奶奶，可不能饿着。”

德妃便道：“都咽了几口口水了，还不赶紧去吃。”

菊牙笑骂：“呸，谁咽口水了！娘娘又编派我！”赶紧坐下吃了，全程没抬头。

外头却又开始敲锣。

“请娘娘抄经！”

随便儿开门，就看见落了一层薄雪的院子里已经放了两个薄薄的蒲团。蒲团前是案几，案几上的笔尖如针。

一个长脸嬷嬷冷冷道：“太后懿旨，请娘娘今日抄释罗经。”

随便儿没听过这个经名，悄声问菊牙：“多少字啊？”

菊牙咬牙：“三千六百余字。”

随便儿：“笔墨在哪儿呀？”

菊牙不说话了，半晌，勉强笑道：“抄经没有你的事，你且回去补眠吧。”

德妃踢踢踏踏走出来，靠着门框，垂下眼皮，道：“昨晚没睡好，累，还是顶香吧。”

那嬷嬷嘴角掠过一丝冷笑，道：“释罗经三千六百字，是大日轮神谕示接引亡者的……”

德妃不耐烦地打断她的话：“我顶一整天香，成了吧？”

那嬷嬷便不说话了，一挥手，有人送上两个罐子来，那嬷嬷道：“娘娘这里香膏怕是不足了，奴婢给您补齐。”

德妃笑一声，道：“太后真是体贴，代我谢谢她老人家。”

便有人上前来，要盯着菊牙烧烟。

随便儿站在一边，小脸早已变得煞白。

李瓜不知何时已经到了他身边，低声道：“她们就是想逼娘娘抽烟，要她尊严全无，人不人鬼不鬼地死……”

他打了个寒战，他并不知道这罐子里是什么，只是觉得这宫里的人的心思怎么都这么恶毒。

随便儿却是知道的，他娘和他分享过当年帮林飞白叔叔戒烟的八卦。

昨天他装跌倒打断了德妃抽烟，今天这些人就要用双倍的量来加码！

他没说话，也没动，为了掩饰愤怒，只低头盯着地面，看到菊牙很熟练地烧好了烟，只觉得心都凉了。

这是抽了多久了？

再一看德妃眼底的神情，憎恶夹杂着欢喜，竟是有些迫不及待地接过了菊牙烧好的烟杆，他就知道更不好了。

慈仁宫的嬷嬷眼看着德妃抽上了烟，并没有继续盯着，监视的人走了，德妃靠在床上抽着。

这东西好啊，让人做神仙，转眼上青天，什么痴怒嗔怨都是云烟。

她抽烟的时候一向不让任何人打扰，也不听任何人说话，菊牙虽然担心，终究不敢说什么，只默默在一边伺候。

忽然随便儿爬上了床，笑嘻嘻扒上了德妃的肩膀。

“奶奶啊，福寿膏什么味儿啊，我也尝尝。”

德妃一把拍开了他的手。

随便儿抓着烟杆不肯放，扭股糖一样缠着德妃。

德妃一开始劝阻着，然后避让着，后来便柳眉倒竖要骂他，想着这孩子乖巧得要命，什么时候这么不会看眼色了？

然而触及随便儿的眼神，德妃忽然便怔住了。

大大的眸子看似嬉笑，满满却是焦灼。

这孩子知道福寿膏是什么东西！

趁她愣神，随便儿一把抢过了烟杆，想也不想，用尽力气往榻边一砸，烟杆断了。

这一霎，随便儿的眼底透着冷漠。

德妃看得怔住，恍惚想起幼年出宫的燕绥也是这个年纪，迈出宫门前回首那一眼又空又冷。

这孩子那一瞬的眼神很像燕绥。

随便儿砸了烟杆，也不像以前那样瞎扯糊弄，偏头抱住德妃，道：“奶奶奶，烟杆我砸了，您要是再弄一个来呢，我……”

德妃：“嗯？你还砸？”

“我就也弄一个来，咱祖孙俩对着吹。”

德妃：“……”好，够狠。

她出神半晌，叹息一声，摸摸随便儿的脑袋：“不顶香，那就要刺经，娘娘我怕痛。”

更不愿跪在香宫里，用自己的血为那假神抄那劳什子的经。

“随便儿会想法子不要奶奶受罪的。”

“呵呵，要你这小娃娃出头来保护本宫……”德妃笑一声，“本宫还没死呢！”

住进香宫，她没有太过激烈地反抗，只不过是心灰意冷，懒怠用心罢了。

哪里能真要这点年纪的随便儿顶在她面前呢，木秀于林风必摧之，这宫里能活得久的从来都不是最伶俐的人。

“行了，不让抽便不抽吧，那老妖婆要作妖，便兵来将挡水来土掩吧。”

“奶奶啊，这样太累了啊。”随便儿抱着德妃的脖子，在她耳边甜甜地道，“下次她要是还欺负咱们，咱们干脆把那老妖婆干掉好不好呀？”

文臻和燕绥的马车离天京渐远，在一处分岔道齐云深向他们告别：“我不随你们走了，我想回娘家一趟，再走遍这山川河海，替莫晓把不能再看见的景致都看一遍。”

中文手中的马鞭突然落地。

文臻掀开车帘看了看中文，看他毫无表情的脸。

她心中忽有所悟，静静流下泪来。

是她生来不祥吗，身边两个至交竟无一人得美满收梢。

半晌，中文默默捡起了马鞭，看了一眼齐云深，又看了一眼燕绥，神情犹豫。

燕绥看着他，心中了然，道：“去吧，去护送齐妃一程。”

中文默然。

齐云深莫名其妙地看着，中文低声道：“伯母，这一路未必平安，我且护送您回去……”

他迎上齐云深困惑的目光，张了张口，缓缓地道：“晚辈……晚辈是君姑娘的朋友……”

齐云深看着他深藏眼底却不能言说的忧伤，终于明白了什么。她爽朗一笑，拍了拍中文的肩，道：“莫晓虽去，却生莫大功德，来世定有无边福祉。你也莫要为她忧伤太久，耽搁了自己。”

中文垂下眼睛，哪有什么耽搁呢，他都没来得及和她说那些心意。

齐云深又道：“我有手有脚，武功不弱，无须护送。做一事便忠一事，这是莫晓一生的圭臬。你是护卫，便当护卫好你的主子，莫要再为我操心。”

她拎着个小包袱，和众人告别，高挑的身影消失在小路上，文臻示意几名暗卫悄悄跟上。

她担心地看一眼中文，却见他似乎为齐云深最后一句话所动，已经神情如常地去赶车了。

文臻心中叹一声。

世事多变，谁又能敌得过命运的翻覆？

当晚出了天京，在天京下属的一个小县投宿客栈。文臻一到，便去找了店家，借用厨房，准备亲自下厨。

房间里，铺开一张大大的地图，林擎和燕绥坐在地图前凝视着那些标示着道路的各色线条，低声地讨论着。

长廊外传来脚步声，正要说什么的燕绥忽然回首，林擎怔了怔，随即闻见香气，接着便见文臻带着采桑端着大大的托盘进来。

林擎一笑，心想闻声识美人，仅凭脚步声离得老远就知道文臻来了，这得是多深的心思多重的牵挂？

真是看不出来啊，这小子也有今天。

林擎摩拳擦掌，准备好好尝一顿美食，倒也不必着急赶路，新帝必然是要派人暗中追捕他们的，所以他们也不急，走得比新帝派出去的杀手要慢多了。

每人面前一碗面条，面条无汤，细爽光洁，根根油亮，色泽酱红，面码是深红色的长条状牛肉和翠绿厚实的青椒，文臻笑道：“铁板牛柳炒面。”

林擎从没听说过炒面，早已忍不住卷了一大卷面条伴着牛柳青椒往嘴里塞，面条爽滑，牛柳嫩得销魂，仿佛舌头一卷便要化了，青椒处于刚刚断生的阶段，肥厚油润，一口下去似乎还会爆浆，入口清甜，回味却是微辣开胃。

配菜是热腾腾的冬菇炉肉丸子白菜汤，汤汁醇厚清爽，中和了炒面略微的油腻感，一道香菇菜心菜心碧绿如翡翠，香菇肥厚能爆汁。一道腌嫩莴苣干炖鸭，另外还有一道金色的菜，一颗一颗便如黄金粒子一般，那香气透着蛋类的鲜和一种特殊的清香，文臻介绍说是金沙玉米，笑着说：“这是天京种植园暖棚出产，去年才刚刚开始对外少量售卖，这客栈老板好不容易买了一些，当作宝贝一样藏着掖着，我花了好多钱才买来，给林帅尝个鲜。”又道，“如今这玉米奇贵，那就是还没真正发挥作用，什么时候玉米不值钱了，这天下老百姓日子就好过了。”

她在那儿介绍，林擎早已舀了一勺又一勺，他之前自然听过玉米和红薯的事儿，知道文臻于其事功莫大焉，这是真正关乎天下关乎国计民生的事儿，今日终于尝着，原以为这般高产，必然是粗粮，口味不敢恭维，没想到这玉米制品入口清香醇美，软糯甘甜，竟是难得的美味。

金沙玉米的主料是咸鸭蛋的熟蛋黄和玉米，咸鸭蛋黄细腻绵鲜，入口即化。

林擎忍不住闭上眼，细细体味，听得文臻最后一句，才睁开眼，叹息道：“为天地立心，为生民立命。诚哉斯言！文姑娘这番见地，不知该羞煞多少朝中老蠹！”

文臻笑道：“不厚脸皮做不得官，他们才不会羞呢。”

燕绥却不满，道：“林帅，其行必也正名乎。请称呼燕夫人，不然王妃也成。”

文臻和林擎同时道：“呸，三媒六聘了吗？媒妁之言有了吗？”

燕绥立即抬手唤中文：“中文，速速去……”

第一百一十三章

开心吗

文臻塞过一勺金沙玉米堵住了他那迫不及待说着话的嘴。她怕燕绥一开口她就忍不住应了，可她一点也不想现在就便宜了他。

心中想着如果是三年前，他一定会说："这是我俩的事，要不相干的人掺和做甚？"如今却也学乖了，晓得赶紧打蛇随棍上了。

林擎没工夫斗嘴，左右开弓，只恨只得一个胃一张嘴，却见燕绥稳坐钓鱼台，文臻则将另一碗面推给燕绥，道："炒面需要油葱提香，我知道你不爱饭食里出现这些零零碎碎的东西，油葱都给你挑出来了。"

又舀一勺金沙玉米放在他旁边的碟子里，道："趁热吃，冷了就腥了。"她顺手给他舀一碗汤，去葱，去姜，不放炉肉和丸子，冬菇双数。

燕绥便笑着由她安排。林擎看着面前菜式，和文臻的自然姿态，忍不住摇摇头，心想这丫头做了几年封疆大吏，前呼后拥独霸一方，竟然心意不改，依旧能为爱人下厨，还这般熟练，想来这几年也没将厨艺搁下，更不要说几年不见，再见毫无生疏滞涩之感，也难怪燕绥这样一个性子疏懒的人也把她当性命似的守着。

他越想便越是又羡又妒，将饼子碟子往自己面前拖了又拖。文臻向来是个照顾所有人情绪的人，便笑道："林帅少吃些，伤病之人不宜吃得太过油腻，我这些菜都没用猪油，炒面用牛骨髓油炒的，铁板牛柳用的也是低温少油的做法。"一回头看见燕绥没动，"咦，怎么不吃？不喜欢吗？"

"你下厨我什么时候不喜欢过？"燕绥往椅子上一靠，"只是手伤了，抬不起来，便是你没来时，也都是随便儿喂我。"

文臻看一眼林擎的手腕，再看一眼燕绥的手笑道："随便儿素来灵巧，想必喂饭喂得甚好？"

燕绥道："尚可。"

"那是，随便儿喜欢养小猫小狗，我和他说，你要养可以，但是一切吃喝拉撒你自己负责，所以他从小喂猫喂狗习惯了的。我还帮他专门制作了猫粮狗粮，猫粮做成小鱼颗粒状，狗粮做成骨头颗粒状。"文臻笑眯眯舀一勺金沙玉米，递到燕绥嘴边，"就像这形状，就像这样，来，乖，吃吧。"

林擎："哈哈哈。"

燕绥："忽然觉得这盘子玉米都该归林帅。"

林擎："嗯？"

燕绥："单身狗就该被狗粮塞饱，看那狂雨冷冷地在脸上拍。"

文臻："哈哈哈。"

林擎虽然不懂这话的意思，但依然能感觉到其中深深的恶意，仿佛已经被全世界伤害。

林擎也不说话，闷头猛吃，直到撑到了喉咙口，他才搁下筷子，打个饱嗝，道："现在才知道军营伙食果然是猪食！"

燕绥却道："这一餐吃饱些，以后也没你的份儿了。"

文臻哪能天天下厨带他的伙食，做梦。

林擎哼笑一声，也不和他辩驳，忽然道："这是我吃过的两顿最美味的饭菜之一。"

"上一次是谁做的啊？"

文臻以为是哪次国宴赐宴什么的，结果却听林擎悠悠道："上一次还是二十七年前，吃的侧侧做的一餐，炒鸡蛋、熬小鱼、青菜汤。"

文臻这回真意外了，连燕绥都抬起头来。

德妃向来十指不沾阳春水，会做菜？

"菜式简单，却令林帅念念不忘，想不到娘娘厨艺竟然如此精湛。"文臻并不想多夸，怕燕绥因此心中不快，转眼看燕绥，却见他神色平静，只专注看着林擎。

她便明白燕绥这是放下了，心中一喜，又微微一酸。

林擎道："是啊，鸡蛋黑如焦炭，小鱼却还没熟，青菜汤看着一切正常，里头还加了料，一条肥肥白白看着便十分美味的虫。"

燕绥不出所料地笑一声。

林擎笑道："侧侧很懊恼，要一起扔了，我给拦了，不过确实也没能吃完，吃到一半我就闹肚子了。但是这后来的几十年我一直在后悔……"他顿了顿，才道，"如果知道以后再吃不着，当初我无论如何都该吃完的。”

文臻静了静，笑道：“林帅莫说丧气话，新帝已经答应放娘娘出宫荣养，届时燕绥将娘娘接出来，林帅自然还有无数机会尝着娘娘的美食。”

燕绥却道：“想陪她多活几年，还是莫要再拿命邀宠的好。”

林擎并不是那种沉溺忧伤的人，说了几句也便放开。文臻便起身，去给中文他们也送点吃的。

她端着托盘却没找到中文，一抬头却看见他和德语坐在屋顶，举着个酒葫芦往嘴里倒，倒了个满脸。

满脸的液体横流，便当都是那浇愁的酒。

文臻听见他对德语道：“我别的不恨，就恨我是个拙嘴葫芦，好几次当说的时候都没说，等到想要说，已经再没有机会了。”

德语默默拍拍他的肩。

中文举起葫芦，对着月亮举了举，轻声道：“君姑娘，愿你来生永乐长安。”

文臻站在屋檐下，低头捂住了脸。

半晌，她将酒菜轻轻放在檐边，转身离开。

回到燕绥的屋，文臻一脸平静，谁也看不出任何痕迹。

今晚没人伺候，燕绥一句没问。林擎这方面是粗疏的，也不在意，笑着拖过舆图，和文臻道：“我和燕绥商量了，要想尽快赶回边军，走官道太远了。山间小路虽然安全，但是也绕道，倒是有一条道，虽然冒险一些，却最快，十日之内就能赶回边军。”

文臻目光落在地图上，一挑眉：“过西川，穿川北？”

地图上一条鲜明的指甲印子，看起来是最短的路程。

只是走这条路看起来很是不切实际，不仅要擦过西川，还要从川北中心过，前者也罢了，后者便是穿过唐家地盘，危险不言而喻。

常规的去边军的道路是文臻走过的去长川的路，但那其实是绕路的。

文臻从怀里摸出一个袋子递给林擎，道：“只怕我们最后走的路比这个还要危险一些，这是德妃娘娘给我的，但我觉得她真正要给的是林帅。”

林擎打开袋子，倒出一枚鸡血石的印章，那鸡血石色泽鲜红浓艳，正所谓“鲜、凝、厚、润”，其上血印若梅花状，印章底部纯红，雕刻着“情册”二字。

乍一看莫名其妙，燕绥和文臻却一看便知，果然是德妃给林擎的。

“娘娘嘱咐我去德安一趟，届时见集市招展红梅灯笼便进店，自有所得。”文臻道，“若是要绕道德安，只怕路线还要改一改，若想不被耽误行程，只怕过西川也要穿主府而过了。”

燕绥听见“德安”二字，眉头微微一蹙。

当年正是在那小县发现了德妃的猫腻，事后他并没有深入调查，只口头警告了她，如今想来，她并没有收手吗？

林擎凝视那鸡血石，忽然道：“当年和侧侧分别，雪地里梅花开得正艳……”他握紧了鸡血石印章，“既是她留给我的，自然要去看一看。”

这事也便这么定了。

文臻收拾好准备上楼回房间时，忽然被掌柜的拦住，苦着脸和她道：“对不住姑娘，你那间房不知怎的屋顶瓦片坏了，今夜是来不及修了，这怕万一夜里下雨，小店也没法交代。要不，您看您和谁挤挤？”

文臻：“你这客栈就没别的房间了？”

不等掌柜的回答，文臻一摆手：“好的，知道了，没房间了，必然没房间了，别说上房，下房连带杂物间都没了。行吧，赶紧去招呼住客吧，明儿早上我要发现你房间有空着的，可别怪我把某人塞给你的银子都罚回来。”

掌柜无奈地走了，嘟囔着一对小夫妻不好好睡觉玩什么花招，连累得他一把年纪撒谎。有钱人毛病就是多。

文臻靠在燕绥门边，抱着臂对采桑眨眼：“要么，采桑，我和你挤一挤？”

采桑惊讶：“小姐，婢子是下人，怎么能单独开房？婢子肯定是在您房里打地铺伺候啊，您没房，婢子也就没房，这可怎么办……”转身就敲燕绥的门，“少爷，您给出个主意啊！”

门立刻就开了，一只手伸出来，二话不说把文臻往里拖，文臻拍开他的手，笑道：“我还有点事，你且洗干净了等我。”

文臻提着热气腾腾一个大铁壶进了燕绥房间，一进门却也看见腾腾热气，燕绥坐在一个小凳子上，笑着招呼她：“天冷，来泡个脚吧。”

文臻怔了怔，啼笑皆非举了举手中的壶。

她拎了水壶来，也打算帮燕绥泡脚的，顺便看看他脚腕伤口恢复得怎样了。这人换药总是避着她，何必呢。

燕绥眼底便漾开笑意。

分离三年，还能如此心有灵犀，不能不叫人心生愉悦。

最后两人一人一个盆，对坐泡脚，谁也不用伺候谁了。

目光相对，彼此的眼波都是一片海，那里风和日丽，浪静波平，岛屿如珍珠明光闪烁，那里富有全世界，却又只容得下一人。

第一百一十四章

共侍一夫

呢喃与微微喘息如这夜的细微风声于窗棂间盘旋不绝。

直至夜深时。

忽然外头一阵衣袂飘动声，随即有个隐约有几分熟悉的声音唤道："三郎！三郎！"

文臻一开始还没注意，却感觉到燕绥一僵，顿时明白，这声三郎竟然是唤他的！

这世上有谁能唤他三郎？

便是德妃也没有唤过的。

文臻忽然想到一个人，一时觉得又喜又尴尬，喜的是终于有人解围了，尴尬的是这解围的人选太不合适。

这个念头还没转完，那人已经到了门前，随即敲门声便响起，伴随着分外字正腔圆反而显得别扭的东堂官话："三郎，身子要紧，不可纵欲。"

文臻笑出声来，悄声道："殿下，训导嬷嬷来了，'驸马'我是不是该告退了？"

燕绥一抬手，瓷枕飞了出去，砸在门上。

文臻忽然想起了当年德妃砸拖鞋。

门外敲门声静了一刻，但是明显人还没走，随即那声音道："三郎，你在做什么？"

外头又响起干干的咳嗽声，是中文的声音，低声下气地道："兰门主，感谢您千里驱驰前来为殿下炼药护法，只是这半夜三更的，倒也不必急在一时。"

门外兰旖好像在深呼吸，再开口时又是那冷冰冰的语气，也不唤燕绥三郎了："燕绥，莫要不识好人心。你如今这情形，时刻有经脉爆裂之忧，如此还要不知节制，你当真是要找死吗？"又点名文臻，语气鄙薄，"文……文什么来着，啊，那谁，你但凡懂事一些，也不该此刻缠着燕绥，年纪轻轻想做寡妇吗？”

文臻笑眯眯扬声道：“兰门主，区区文臻，不叫那谁。”

兰旖不理，扬声道：“给你俩一刻钟整束衣冠，一刻钟之后我要进来，瞧瞧燕绥情形。”不等两人说话又道，“无尽天掌门及几位长老之前帮燕绥炼药护法，真元未复，还有几位采药时不慎受伤，其余小辈力有未逮，因此求了我来帮你炼药护法。莫要以为我自愿巴巴地来为谁护法。”

文臻：“好好好，请稍等。”

燕绥：“别理她，睡吧。”伸手拉文臻躺下，文臻顺从地躺了，燕绥却又道，“不许对我使迷药，不许对我下蛊，不许屈从于兰旖用任何手段让我睡着……”

文臻：“好好好，你放心。”

燕绥手指一拂，道：“不许……”眼皮已经不由自主合起，最后三个字呢喃而出，“你这骗……”

文臻：“谢谢殿下夸奖。”

她毫无愧疚地看了看燕绥的睡颜，伸手替他把了把脉，眉头一皱。

奇怪。

兰旖说燕绥随时有经脉爆裂之忧，文臻看脉象却并不像是如此，之前她就看过燕绥脉象，自然是虚弱有毒，诸般毒性缠绵，但总体有向好之势，因此今晚才许了他胡天胡地，如今听兰旖说得这般严重，她知道兰旖并不是危言耸听之辈，倒禁不住担心起来，但此刻把脉，依旧没发觉经脉爆裂的可能。

许是她医术不够？

她穿好衣裳，给燕绥也整理好，又打开窗户将气味散尽，整理了床铺，才打开门。门外那个冰雪女妖一脸冰霜，微微偏过脸，一脸“我并不想进来辣眼睛都是为燕绥好”的神情，待到见屋内一切如常，顿时兰旖脸色又不大好看了。

兰旖也不和文臻寒暄，进门便去给燕绥把脉，半晌，也是眉头一皱。

文臻便向她请教，她却翻个白眼，道：“说了你也不懂。”随即起身，脱了大氅顺手递给文臻。

中文：“……”

他赶紧快步进来去接大氅，兰旖手一让，挑眉道：“臭男人的手怎可接我衣裳？”

文臻便笑，唤采桑：“采桑进来，给兰门主收了衣裳。”

采桑进来拿了大氅，顺手抽出一张十分讲究的兰草纹檀香纸包衣裳，兰旖目光一闪，忍不住看了一眼那纸。

采桑一边包一边似乎不经意地笑道：“您这大氅在路边铺子随便买的吧？这毛尖暗

淡，毛也稀疏，想必那黑心店家骗了您，拿了次货来。婢子那里还有一件小姐赐下的全新的貂裘，比这个要好些，要么给您拿来试试？”

兰旖脸一红，她这种世外仙门，于钱财世故上并不通晓，出门匆匆，没带多少银钱，又住惯温暖海岛，一时好奇，倾尽银两才买了这么一件大氅，听那掌柜吹嘘是北方好货，却原来被骗了，还让人家丫鬟同情了一把。她顿了顿，满不在乎一般一挥手道：“自然知道是不好的。只是见那店家做生意也不容易，且我冰雪内功，不惧寒冷，大氅也不过披着好玩罢了。”

采桑看她确实不通世务，也便一笑歇了声，但兰旖忽然站起来，一边解衣领扣子一边道：“都出去吧，我给他护法化药力。”

文臻：“……”您护法就护法，脱衣裳干吗？

兰旖见文臻还不走，便一手解扣子一手将她往外推：“你这人还在这做甚？走吧！走！”

文臻扒住门框不肯走：“炼药为什么要脱衣裳！”

兰旖：“他赤阳体，我凝冰体，我们相克也相生。固然真气互通能事半功倍，却也极易走火入魔，穿着衣服会看不清经脉变化导致的体肤变化，影响判断乃至出岔子耽误挽救……”她忽然眼睛一眯盯着文臻，“怎么？你不愿意？你竟是如此狭隘的女子？在你眼里，这些事比你夫君的性命重要？”

文臻笑道：“先不提这个。那我很想知道，心胸宽广的兰门主又是如何看待这件事的？单纯行医救人？大夫眼里无男女？此事后对此毫无打算？如果真是这样，那我便承认我狭隘好了。”

兰旖肃然道：“我不会与你共侍一夫……”

文臻眼睛一眯，正准备肃然起敬。

兰旖又道：“但我清白女儿身自然也不能这般随意对待，不和你共侍一夫是因为免不了要分大小，你先进门，我却是门主之尊，谁都不愿委屈。我也不是不讲理的人，如此，也便不必理会这东堂规矩，让燕绥和我成亲，不分大小，婚后他半年在东堂，半年去镜花洞便是。”

文臻悠悠笑道：“我现在怀疑无尽天的长老们采药受伤保不准不是意外了。”

兰旖愤然道：“你说的什么话！我来为他护法何尝不是冒了极大风险，你知道护法不单只是护法，还需要耗费多年功力吗？再说你又凭什么拦阻？生死是他自己的事，要问也是问他自己要不要……”

文臻：“别问，问就是肯定不要……”

她话还没说完，忽然床上燕绥睁开眼睛，道：“要……”

夜，巨大的山脉在大地上盘亘起伏，映衬得其下奔驰的骑士们渺小如蝼蚁。

季家家主季节回头看了看身后的随从，又看了看更远的地方，像是想从黑暗中，看出那些暗中跟随自己的铁骑来。

永裕帝驾崩，天下各州刺史按例进京奔丧，唐季易三家只要还没造反，那就也在此列。因此当诏令传到苍南、西川和川北。可以想见，当时在这三地引发了怎样的动静，之后更是经过了无数的争执和犹豫。不去，便是违抗朝廷；去了，更怕是自投罗网。

而于其间还有一重考虑便是永裕帝驾崩，朝中定然混乱，此时亦是浑水摸鱼的好时机，亦有一些胆大的谋士表示不入虎穴焉得虎子，不如便应召而去，身边携带最精锐的护卫，再派大军悄悄潜行于其后，趁对方麻痹之时，联合朝中亲近臣子一举夺下皇城，再里应外合拿下天京，之后便可改朝换代矣。

唐季易三家都有谋士提出此等大胆建议，毕竟从龙之功诱人非常。但三家刺史最后的抉择却都颇有意思。

西川刺史易铭最早积极应召，却声称在西川边境遇刺，然后久久盘桓不进，上表朝廷时措辞语气谦恭，却以伤重为名，行进慢如龟爬。

季家季节原本犹豫，却因为近年来子弟凋零，留山事件后当地土著越发不服管束，各地各种事件不绝，季节觉得季家僻处苍南，背靠大海，无处扩张，当地民风彪悍，难以管束，渐渐有心想要换一方天地，因此在季怀远的积极主张之下，季节表面上称病，由季怀远代替前往天京吊唁，实则自己改装混入队伍，一路悄然上京，同时命十五万季家大军穿留山出，自乌海行，穿建州域，一路往天京内地潜行。

而唐家……唐孝成规规矩矩，亲自出马，带了符合规定的不多不少的人，亮明旗帜，一路自川北而来，虽然走得不快，但如今也快要到天京了。

三位家主中，最年轻，本该最有冲劲的西川刺史行事如暮年老者般狡诈怯懦；年纪最大本该最稳重的季节，像个热血上头的毛头小子一样亲自潜行上了天京准备起事；只有向来城府最深的唐家这次依旧行事看不出任何端倪。

季节看着不远处的天京城门，想着自山海而出，潜行逼向天京大地的自己的大军，心中不知为何，隐约有些不安。

他身边，季怀远适时道："家主，要不然，天京城您就别进了，太危险。反正诸般关节我也知晓，此事就由我全权张罗吧。"

季节转头看季怀远，眼神满意。这个孙子原先不显山露水，并不是他看好的继承人，不想后来怀庆出了事，他倒渐渐显出峥嵘来，行事大方不计私利。这次赴天京，是他最早提出愿意代自己去天京。谁都知道去天京十分危险，一去不回很有可能，也正是因为他的表态，自己才最终下了这个决心。

此刻见他再次提出代自己出面，季节眼神更加柔和，破天荒地抬手拍拍他的肩，笑道：“无妨。虽说诸般关节你都知晓，但应对天京的一些老人儿，还是我出面更合适一些。再说……”他语气微喟，“我也想见见你姑母。她中年丧子，想必难熬。”

季怀远便不说话了。祖父想见容妃娘娘也是自然的。

季家多年来因为僻处苍南，其实倒并无太大野心，扶持皇子的心思倒是有的，却并没有选中定王燕绝，觉得他性情暴戾必定继位无望，倒是对从小养在容妃宫中，和容妃关系不错的安王青眼有加，为此容妃一度和娘家关系不和。如今燕绝已死，季家却也没生出多少欢喜，毕竟安王也不是那个胜利者，之前莫名被永裕帝申饬，新帝继位之前又被逐出天京，回南疆继续主持对南齐的海战，但权柄已经被削减了许多。

也正是因此，季家才感觉到生存的窘迫，急于闯出一片天地来。

季节想着这些事，只觉得心烦气躁，又想起如今季家这境地，竟然都和燕绥有关，而燕绥如此殚精竭虑对付世家，到头来竟也落得个兔死狗烹，一时颇有些快意，忍不住笑道：“一路赶路，也不知道那燕绥死了没有。死了也算替我那外孙报仇了。”

季怀远目光微微一闪，笑道：“听说下了铁狱，那地方从无人活着出来过。想必早已骨化飞灰了吧。”

季节快意地道：“该！你说他谋算十年，困唐家，灭长川易，拆西川易，又乱我季家，盘算毁我根基，如此汲汲营营，眼看要大功告成，却在此时被那燕时行鸟尽弓藏，这十余年心血值不值！也不知这对父子下了地府会不会撕咬起来。”

季怀远微笑道：“祖父如何就确定他是被永裕帝鸟尽弓藏？圣旨上说的可是他谋反。”

“燕绥那人哪里会将皇位看在眼里！明明是燕时行自己不行了，怕新帝镇不住他，干脆亲自下了手。要不然，以燕绥之能，有谁能算计到他！”

季怀远便和季节一起唏嘘摇头，相对而笑。

他也在凝视着黑暗，像是从那片混沌里看见了许多季节看不见的东西。

季节所看不见的是十五万大军出苍南，因为要潜行出境，不得不选择从留山山脉中穿出，为此，季家谋士特地选择了一条隐蔽的道路，山民也很少经过的那种。

但是山民很少经过，却瞒不过那满山的猴子，也就瞒不过那只已经靠杰出的语言天赋，统一了整个留山猴子群成为新任老大的八哥，这边大军刚开拔，那边满花寨子便知道了。

虽然千秋盟的绝大部分精英都已经去了湖州军，但是留山这里还是留了一小部分，和满花寨子守望相助，护佑着整个留山的安宁和发展。而这几年下来，留山山民得千秋盟江湖捞相助甚多，关系一直很好。

也因此，大军刚刚进山就遭到了一系列事故。

在狭窄的山谷通道被猴子扔下的石头砸到损伤惨重，好不容易驱赶走猴子之后却又被引入错误的道路，在大山里多转了好几日，每夜还有人莫名失踪，后来学了乖，不允许任何人私下行动，但是山林密布，道路崎岖，大军队伍被拉得很长，头尾难以顾及，还是不断有人失踪，行路过程中堕入溪流的、掉崖的、被毒蜂蛰死的、半夜发疯和同伴一起滚下山的……等到好不容易出了留山，且不说伤损惨重，军心已经散了大半。

指挥的季家将领只得再次整束队伍，这次走水路悄然从一个小港口秘密上船，大批船只过海动静太大，因此只能用商船渡海，指望着绕过乌海海域，从建州港下船，建州港的官员全部私下打点好再潜入建州。

山林之中，建州离天京已经不算远了。

船只在夜间启行，于雾气之中如幽灵一般向建州港进发。

只是这些季家将领们不知道，与此同时，从湖州换防至建州的湖州军在乔郡遇见了“山匪”拦道，虽然山匪敢拦正规军的行为匪夷所思，但是既然遇上了自然是要剿匪的，湖州军忽然就出现在了夜间的建州港，然后于雾霭之中守在港口。趁夜而来的季家运兵船，来一艘被扣一艘，来两艘被扣一双。

论兵力，这支文臻嫡系队伍当然无法和季家比，但问题是季家为了悄悄运兵，人为分散了，等于一只肚子里全是鱼的鸬鹚，被人卡住了喉咙，捏一下，挤一条。

船只靠向岸边，正准备下船的季家军忽然发现船被凿穿，船上士兵自然跳水逃生，等在冬夜河水里游得浑身僵硬后好不容易上岸，迎面就是无数雪亮的长枪。

还有无数小舟和飞来的钩索，一些湖州军士兵飞快地顺着钩索跃上船，一阵砍瓜切菜，把人杀到胆寒，自动投降。

还有的就是一船人安然上岸，然后在岸上陷入了包围圈，又一阵砍瓜切菜，只能乖乖投降。

文臻旗下湖州军分为七营，各自都有千秋盟高层统带，平时一起演练，对抗训练也不少，还定排名，无时无地不竞争激烈，是以在对季家时，七营也是各自出手，自定战术，各有风格，运气好的遇上凤翩翩那一营，就是给他们机会自己游上来直接俘虏，几乎没有损伤。

等到季家将领们也全部被俘虏，才知道竟然被人一口袋俘虏了。

建州港平日也是有驻军的，但因为被季家买通，当晚港口的少量兵力都被撤出。

建州港周边都是山林，这也是季家选择从这里上岸的原因，上来之后分散往山林中一扎就行。此刻这群俘虏被剥了衣裳，收了武器，浩浩荡荡押入山林，然后在一个山谷里参观了湖州军的临时营地。

用事后季家军的话来说，叹为观止，大开眼界。

军饷丰足，待遇优厚本就是相当诱惑人的一个点，雇佣军般的制度也让人心痒，毕竟没人愿意一辈子刀头舔血没个下梢。更重要的是，湖州军的军备非常了得，武器所用的钢铁明显比现今军中制式武器要高一个档次，火药弹都经过了改良，更不要说很多非常离奇先进的小型个人装备，季家军亲眼看见湖州军中有一支特别行动队，那一个行动队号称“斩首”，专门负责大战之前或者之中对敌方首脑人物的斩首行动，可于黹夜暗杀，也于千军万马之中合作取人首级。

季家军亲眼看见那些家伙从头到脚弹出各种奇怪的玩意，连头发丝都能杀人！

再问清楚每月的军饷待遇之后，当即便有人嚷着要穿湖州军军服。

给谁家卖命不是卖！别的不说，湖州军好歹能多攒几个钱，装备精良之下，一旦上战场，活下来可能也大啊！

十五万季家军，一路上损失万余，最后剩下的全部投了湖州军。

而在建州港，第二日众人起身去看时却发现一地狼藉，处处鲜血，破损的长枪、碎裂染血的盔甲、丢弃的刀剑、受伤的战马，一派大战后的荒凉景象。而有人仔细查看了之后，发现那些盔甲中有季家制式的军服也有湖州军的。

当地官员面面相觑，一些不知内情的实在想不明白，远在苍南的季家军是怎么能和本该在乔郡剿匪的湖州军碰上并打起来的？但谁都知道季家多年积攒，兵力肯定在湖州军之上，如今季家军和湖州军都不见，莫不是季家潜行入境意图不轨，湖州军在追剿匪徒的过程中撞上了季家军，因此被季家军连夜灭口？

众人遥望那风吹草动的山林，心中惊惧，当下便急报建州刺史，建州刺史怎敢担如此干系，急忙也将此事急报朝廷。

至于朝廷如何想如何处理，这都是后话，最起码现在湖州军就这么顺理成章地暂时从东堂军备名册上被抹去了。

湖州军在建州附近的大山里待了数日，随即接到了文臻燕绥的指令就地进行整编。季家军虽然全部投了湖州军，湖州军却并不要这么多人。最起码现在不要这么多。按照燕绥和季怀远的协议，所有将官以及在苍南牵扯深有家小的士兵分了出来，依旧留给季怀远，发还武器兵甲，依旧回季家。

而那些出身下层的、勇武的、年轻的，在苍南牵绊不多的，经过观察确实对湖州军心向往之的士兵才被留下，打散后编入后营，有突出才能者直接提拔。

如此忙碌了半个月，整编完毕，湖州军扩充至十万人。

第一百一十五章

随便儿vs永裕帝

这十万人再按照指令抽出三千精锐中的精锐分散驱驰，追踪燕绥和文臻的行踪而去。

另三万人回湖州一带，准备卡在唐家出定阳的关口之地。

其余人则分成七营，行走于山野之间，往燕绥往日里炼铁所在地的青州方向而去。

湖州军的大型辎重，文臻在湖州三年就通过燕绥的工字队进行了改良，全部都是可以拆卸的，也拆卸分开由军队运输。

诸般安排都出自燕绥之手，连带当初和季怀远的协议也是三年前便已经定下的。当日在留山，两人约定日后东堂若有变，季怀远负责煽动季节野心，诱出季节和季家军，并将季家军分一半给燕绥。事后燕绥保证他任何时候都安全，保证季节会就此丧命，他能顺利坐上季家家主之位，并拥有足够镇住季家的实力。但他也必须保证季家不和诸门阀联合。

季怀远觉得这门生意做得，季家的兵力并不足以逐鹿中原，顶多偏安一隅做个南疆王，那和现在也差不离。要想和唐易两家联合，地域相隔很远，前期必定是季家孤军作战，很容易平白损失实力，便是事成后，损失惨重的季家到那时候也绝对坐不上那龙椅，到头来不顶多还是个南疆王？弄不好直接兔死狗烹，从唐易两家继承人的心性来看这可能性很大，那比现在还惨。

所以季家一直是不想和那两家掺和的，但实力又不足以直接争天下，又不足以在开战后完全保住自己的地位，不上不下，之前和大皇子的努力又被燕绥和文臻破坏，实力再次被消耗，眼看着再式微下去，家族前途渺茫。

这种情形下，季家没少开家族会议，一半人激进想要搏一把，一半人持重表示要另寻出路，季怀远是后一种，因为他明白燕绥是何等地算计精准，在燕绥面前最好老实一些。季节却很是不甘心，而燕绥要的正是他不甘心，因此授意季怀远不必明着撺掇以免惹人怀疑，却可以自告奋勇表明愿意代季节上京，如此一来没有嫌疑；二来表了忠心；三来这其实是一种更有力的鼓动，果然如燕绥猜测的那般，季节亲自上京了。

季怀远眼看着季家从当初唐羡之成婚开始，便一步步踏入燕绥的设计中。

他和季怀庆不同，季怀庆是内定了多年的继承人，没受过挫折，无所顾忌。他却是多年屈居人下，好不容易出头，自然分外珍惜，不求有功，但求保住这一世荣华也就行了。

燕绥看他的心理看得很准，现在自然是不担心他的，因为季怀远只要亲自上京了，就必须依赖着他一步步走下去。

苍南刺史代表抵达天京是个大消息，来的是季怀远，目前的内定继承人，因此天京也十分重视，在确定季家很规矩没有携带大军之后，城门大开，迎接远道而来的首位门阀代表。

京畿大营也拔营向天京城靠近，停留在城门之外。

上次京畿大营和金吾卫的一场乌龙斗以误会草草收场，新帝也没有办法，难道还能不要那守卫天京的大军不成？就算想要换防，也不是这一时半刻的事。

倒是永王听说了京畿大营的事之后，曾经夜出天京，和京畿大营的统领私下会晤过，但具体说了些什么也就没人知道了。

季怀远连夜入城，礼部连夜拟流程，大抵再过几日，唐孝成据说也要到了，至于易铭，朝中都明白估计是等不到这位了，因此打算等唐孝成到了之后，安排两家门阀的代表一起去景仁宫拜大行皇帝梓宫，之后便要移梓宫去殡宫了。

当夜，景仁宫地底密室里，永裕帝睁开了眼睛。

他比预期迟了很多天醒来，眼睛一睁开便猛地坐起，把晴明和大师吓了一跳。

但看永裕帝，目光灼灼，面色微红，气色好得不行，两人也很惊讶，随即晴明便笑道：“陛下果然大好了！”

永裕帝闻声转头看向他，晴明被那灼灼目光看得心中一惊不敢说话，但随即永裕帝便笑了，恢复了往日慈和的神情，道：“辛苦你们了。”

那个往日宽容慈悯的永裕帝又回来了，晴明和大师的神情这才自然一点，都赶紧行礼逊谢，大师给永裕帝看舌头把脉，细细看过后展颜道：“多亏陛下多年去毒有方，炼化药力比老僧想的更顺利一些。”

永裕帝笑道：“朕也觉得宛如浑身绳索得解许多一般，松快不少。”

晴明便问："陛下是紧接着吃下一颗，还是……"

永裕帝道："上头如何了？"

晴明便将这几日发生的事情都一一说了。永裕帝渐渐敛去笑容，晴明眼看不好，急忙跪下请罪："陛下，都是奴才不好，奴才功力未足……"

永裕帝摆了摆手："你不可能功力不足，朕看着你点那两个死穴的，本该必死无疑……这只能说明他们有了防备……没想到万无一失的计划却有这许多人心怀叵测，太后插了一脚，德妃竟然有食铁虫，文臻竟敢撞皇宫！燕缜那个蠢材竟然不早早布置大军看守住文臻！更蠢的是竟然能被那什么都不是的遗旨给……"

他住了口，脸色铁青，显然出乎意料的事太多，老好人的面具再也戴不住。然而这般的震惊之后再次升起的便是隐隐的忌惮和畏惧。太后为什么会放走燕绥？香宫为什么在改建？她和德妃是不是猜到了什么？还有他死也没想到，燕绥竟然能用那个骗他的遗旨去骗了燕缜，让燕缜打了他的脸！

他仔细回忆，却根本想不起来当时的情形。当时对燕绥下手的时候，完全没有注意到遗旨的下落，燕绥在那样的时刻竟然还记得藏遗旨！

他藏在哪里？事后又是怎么拿到的？

越想越不安，越想越担心，永裕帝忽然便下了床："朕要出去一会儿。"

晴明大惊："陛下，外头危险。"

"朕就在景仁宫看看。"永裕帝怕燕绥在景仁宫也做了手脚，不亲自看看不放心。

"陛下，景仁宫也不安全，前几天管事老孙莫名死了，尸首还被掀入了密道，我们不得不紧急封了那一处入口……"

永裕帝脸色微变。

原以为全盘掌握的计划，眼下却好像在各方推动和意外下一点一点向不可控的方向滑去。

他心中更加不安了，看了晴明和大师一眼，心想这两人虽然被自己的药物控制，不敢背叛，但焉知有没有尽全力？

他当下笑道："朕化药力太快，现在浑身鼓胀，也想出去疏散疏散，放心，朕戴面具。"说着便看着两人。

晴明会意，立即道："奴才去给您斟茶。"

大师却眨巴着眼睛看着永裕帝，道："怎么，陛下不好拿面具吗？要不要老僧帮忙？"

晴明咬牙笑道："大师帮我看看那茶叶成色如何！"硬生生把人拽走了。

永裕帝这才伸手到榻边去摸，一摸，脸色一变。

他手指用力，抽出一块东西，仔细一看，脸色发紫。

玉玺被换掉了！

屋外，晴明隔着门缝看，然后悄悄地后退几步。

之前他无意中发现永裕帝榻下忽然出现了一个洞口，他当时就觉得不好，有人进来过了，还偷走了永裕帝藏在这里的一个重要东西！

再回想那一块地方的尺寸和原先的花纹，晴明当即出了一身冷汗。

这干系他担不起！

晴明事后悄悄雕刻了一块一样尺寸的木头刷上金漆，塞在了洞里。

此刻看见永裕帝这么快就发现，他的心微微跳起来。

永裕帝坐在榻上，脸色变了变，又恢复如常，从洞里摸出一张面具戴了，又将那木头塞回。

晴明端着茶和大师走了进来，一边走一边对永裕帝笑道："陛下，您方才说辛苦，奴才是不敢当的。要说辛苦，还是大师辛苦，不仅要为您运功护法，夜里也常把奴才赶走，让奴才去休息，他日夜守着您，这份心啊，奴才都觉得惭愧！"

大师立即道："并没有，都是晴明太监辛苦。"

晴明这次对"晴明太监"毫无意见，笑得温和。

越否认陛下越不信。

永裕帝看了大师一眼，笑道："都辛苦，如此，朕去去就来。"

戴上面具，赫然是景仁宫一位副总管太监的脸，晴明算了一下，今夜那位不当值，心中不禁暗暗纳罕，难道这位陛下连自己宫中太监的排班都记得？

眼看永裕帝出了门，晴明赶紧下令关闭机关开启密道，却见永裕帝自己很顺畅地一路关闭机关走出去了。

晴明凝望着永裕帝的背影，心想这位心机深沉的老皇帝到底还有多少暗藏着的本事。

他没来由地又出了一背心的汗。

今夜不算很冷，也没有下霜，张嬷嬷没有很早睡，从德妃窗下经过时，特意张望一眼，看见德妃懒懒躺在榻上抽烟，那个机灵的小太监在和菊牙学着烧烟。

空气中弥漫着一股烟膏特有的气味。

张嬷嬷便冷笑一声，走开了。

她一走，菊牙便过来关了窗子，随便儿从榻上爬起来，对德妃伸手，德妃恋恋不舍地将烟杆交到他掌心，却又叹气道："又不是真烟膏，越嗅越想抽。"

随便儿便嘿嘿笑。

烟杆里烧的是一种药草，是随便儿差使人找了很久，终于寻到一味气味和烟膏接近且对人体无害的药草，唯一的影响就是用了困倦，倒使人和瘾君子更像了。

德妃也情愿睡觉，烟瘾发作时生不如死，能睡也是福气。有时候人清醒着，难受劲儿上来了，她就把菊牙和随便儿都赶出去，自己在屋子里扔东西，喃喃骂随便儿多事。

菊牙担心地在门口转，随便儿不转，听奶奶奶骂人也不生气，大冷天地坐在墙根下，和菊牙说八卦，说干爹如何由憨傻变精明，说潘航叔叔和林飞白叔叔，说自己如何给宜沅芷姨姨面授机宜，说厉家七个葫芦娃都怎么恶搞。德妃在里头听着听着，渐渐也就忘了那些难受劲儿，随便儿本事甚大，给她源源不断地从慈仁宫厨房里弄来零食，满嘴里不停地嚼着，随便儿又和她说张奶奶奶，说当初张奶奶奶烟膏子是娘帮忙戒断的，又说张奶奶奶爱美，抽烟人显得黄瘦憔悴，她就每日一个猪蹄。随便儿鼓动自己最美的奶奶等戒断了，也去巨有钱的张奶奶奶面前转一转，叫她瞧瞧，什么叫比你美，比你有钱，比你皮肤好，还比你戒得快。

德妃忍不住喃喃骂一声："小兔崽子。"

骂完了又对着墙发呆，倒也不扔东西了，坐了半晌，摸了摸脸，悠悠叹一声："没想到人到老了，还有这等福气。"

如此过了几日，就这么忽悠着慈仁宫，私下里戒断，随便儿瞧着德妃对戒断的抵触情绪渐渐淡了，开始真心不想抽了，也便放了心。这一日夜间睡得好好的，他忽然爬起来，想起奶奶的零食好像要没了，趁夜去慈仁宫再偷一些。

却没想慈仁宫的厨房因为连连失窃，今夜灯火通明有人看守，随便儿眼看不成，便又转身出了慈仁宫。

他准备去景仁宫。

这是目前人最少，但也有人看守，还要给护卫开夜宵的宫殿，而且因为暂时没有主子，也没人管厨房东西多了少了，好钻空子。

景仁宫的厨房在景仁宫外殿，离正殿有些远，平常也少人来，随便儿很容易便混了进去，偌大的院子空荡荡的，已经供应过夜宵的厨房熄了火，厨子打着呵欠锁了院门。

随便儿等人走远了溜进厨房去，挑挑拣拣裹了一大包点心，揣在怀里便走。

他低头一路疾走，准备等会儿翻墙，忽然看见了前方多了一双黑靴。

这双黑靴出现得突然，随便儿记得自己明明刚才还看了四周，视野里没有异常。

那双黑靴就那么静静立在前方，一件青色镶蓝边的太监袍子垂在靴筒上方，衣角被夜风轻轻地吹拂着。

风中有种淡淡的古怪气味，几分像药香，几分像泥土腐烂的气息。

随便儿嗅了嗅，他浑身汗毛都竖了起来。

午夜，有尸首的宫殿偏殿，穿着太监衣裳却不是太监的人在前方静静地等着自己。

但他步子没停，头也没抬，向着那个方向冲去。

袖子里的左手已经扣住了匕首，右手选好了药粉。

他准备就在撞上的那一刻立即出手！

下一刻他撞上了那双靴子，身子向前一倒！

随便儿袖子一动。

左刀右药！

却在那一霎一只手扶住了他，随即听见头顶上一把柔和的嗓音，轻声道："哎，小心。"

随便儿一顿，抬头便看见了一双微带笑意的眼眸。

那双眼眸的主人已经不年轻，眸光却极柔和慈悯，眼角漾着细纹。他唇角微微弯着，凝视着眼前粉妆玉琢的小太监，眼神里掠过一丝喜欢，将他扶住，蹲下身平视着他道："半夜三更，冒冒失失的，去哪儿啊？"

随便儿瞬间便收回了袖子里的所有把戏。

他看着面前的老太监，隐约觉得轮廓熟悉而亲切。

他心底觉得有点柔软，但不知为何，却又觉得，这句"小心"，依然有哪里不一样。

他眨了眨眼，大眼睛里顿时满是慌乱和恐惧，忙往后退着让开了老太监的手，颤抖便去掏怀里的东西。

老太监盯着他的手，眼神一凛。

随便儿再掏出来时，手中一个小包裹，他打开包裹，刚才故意捏碎的点心簌簌地落了下来。

老太监眼神立刻就松了。

随便儿抖着手把包裹往上递："不是……不是偷东西，我只是太饿了……您您您饶了奴婢吧……"

老太监便扶住他的肩，笑道："别怕，你是哪个宫里的？"

"香……香宫……"

老太监一怔，道："香宫什么时候进你这么小的宫女了？"

"奴……奴婢是刚选进来的……"

老太监便笑一笑，亲手帮他将点心包裹又裹好了，塞回他怀中，随便儿感觉到他冰冷的手指触及自己颈间肌肤，打了个寒战。

老太监温和地道："孩子，别怕，我不管这些。香宫苦寒，你想必是饿得狠了……不过这大厨房没什么好吃的，要不要去那里头小厨房里拿点热的？"说着指了指景仁宫里头的小厨房。

随便儿看了一眼，眼底闪过贪婪的光，轻声道："那是皇帝的宫殿，听说里头好多金子银子呢。"

老太监眼底就掠过笑意。

宫里的太监们就是爱财，哪怕这么小也不例外。

随便儿馋了一会儿，还是摇摇头，将一个又贪婪又怯懦的小太监扮演得很到位。

老太监也便不说了，看了他一会儿，莫名就觉得这孩子可亲。

他也是子孙无数的，多到有时候连名字都记不住，他面上也都很喜欢，但心里还真没多少想法，毕竟要操心的事太多了。

然而此刻，看着面前这个玉雪可爱，眼眸纯澈的孩子，没来由地便多了一分欢喜，长久的睡眠之后，听了无数令人心头憋闷的消息，忽然能遇见这样一个孩子，他的心情略好了些，伸手牵起了随便儿的手，道："我送你回去吧。"

随便儿注意到他声音正常，并不细声细气，注意到他有胡茬，注意到他的自称是"我"，而不是大太监惯用的自称"杂家"。

注意到他迈步时，青色的太监袍和黑色靴子之间，明黄的裤子一闪。

注意到他袍袖间隐约露出的金丝光芒，寻常孩子不认得，出身刺史府经常出入湖州大营的他却知道，那是防刀箭的金丝软甲。

注意到四周隐约有黑影闪过，无声无息地跟着这个人。

注意到这人过长的指甲，指甲尖端微微发红。

他的眼神落在那指甲上，想着某一晚中文叔叔为了挽回自己和便宜爹那岌岌可危的关系，和自己说起的景仁宫弑君真相。

想起自己那位皇爷爷就是在这座宫殿里，用一双有着长长指甲的手试图挖出为他千里奔波回京的亲生儿子的心。

想起出事那天晚上和娘亲夜话，娘亲说起他那皇爷爷时的评价。

现在，那个和传说中一般亲切慈和的人果然挽起了自己的手，长长的指甲，手指冰冷。

随便儿手指也有点冷，好在天也冷。

他便将自己冰冷的小手往那双长指甲的大手里塞了塞，仰起向他笑："多谢。"

永裕帝凝视着他，越看越喜欢，温柔地道："我的年纪都可以做你爷爷了。"

随便儿从善如流："谢谢爷爷。"

永裕帝只觉得这一声爷爷听来很是舒畅。

一老一幼，一高一矮，便这么大手牵着小手，在月下冷寂的宫廷里，在那僻道缓缓前行。

随便儿发现这位便宜爷爷对宫中的道路、护卫戍守习惯、换班时辰等都非常熟悉，他甚至能利用月夜的光影躲过交错的护卫的视线，走的很多路都很隐蔽。

他被那双手牵着，看着月色下两人拖出的长长的影子，心中却越来越焦灼。

他不知道这老家伙要送他回去是心血来潮还是别有目的。

他害怕这老家伙跟到了香宫会对奶奶奶不利。

他还后悔自己出来，没有带那种能置人于死地的药，因为怕万一出事弄出尸首反而惊动宫禁，而是带一些短期迷药，以及令人一时失明疼痛，或是瘙痒之类的短效药。

蛊也带的是惑人心神的那种。

更重要的是这老家伙有暗卫跟随，一旦出了任何岔子，自己逃得过那些暗卫的杀手吗？

这么想的时候，随便儿眼前忽然掠过便宜爹身上那些狰狞的伤痕。

甚至那个深得看见骨头的刀口都是这个老家伙弄的。

随便儿的小手指微微一勾，一颗小珠子从袖筒里滚出来，再无声无息落在永裕帝靴尖。

黑色芝麻大的珠子落在黑色靴尖，实在很难看见。

但那珠子一直在慢慢移动，从靴子尖一直移动到靴筒上，然后进了靴子。

随便儿准备控制着母蛊，暂时不发作。

等这蛊慢慢移动，一直移动到这老家伙心口再说。

他小手指再次一勾，这回一个小袋子进入掌心，指甲轻轻一戳，袋子破了，里头粉末散出来，随便儿不敢随便乱动，他知道自己被戒备着。

他在等。

永裕帝毫无所觉，他此刻真正的满心慈祥，满心温柔，牵着那孩子的手，月下宫中漫步，恍惚里，仿佛牵着当年还是幼儿的燕绥。

第一百一十六章

一群妖怪

恍惚当年也有过这般的场景，恍惚那也是一个月色皎洁的夜，燕绥忽然奔来找他，露着微微惊惶和屈辱的眼神，一言不发拽着他的袍角，仰头看着他，他便推开奏章，散了议事的大臣带着他出门散步去。走出长廊的那一刻，还隐约听见背后大臣的嘀咕：“陛下也太宠爱三皇子了些……”

他不过笑一笑。

那一夜仿佛是个春夜，他记得那晚那小小孩子的小手也这般牵在他掌中。父子的脚步声在长廊中空荡地回响，那晚燕绥第一次开口说要离宫去学艺。

他当时犹豫，却在那一刻听见了德妃的脚步声，他诧异地回首，就看见德妃已经恢复了平静，隔着一丛芙蓉花对他行礼。

他看着那比芙蓉花还娇艳几分的容颜，便问她：“燕绥说要去学艺呢，离尘大师也看中了他，说是根骨奇佳，只是他还这般小，要么再等几年？”

德妃眼角微微一瞥燕绥，嘴角也下意识地一撇，但很快又恢复笑意，道：“我那宫中有虫子吗，这般地待不住。我可不管他，陛下您做主好了。”

德妃向来待燕绥都是那态度，他看着也惯了，苦笑一声，低头看一动不动的燕绥，忽然注意到他是两个发旋，性子倔，也便同意他离宫了。

永裕帝从回忆中挣脱出来，一边暗笑今晚怎么总想起燕绥，一边低头想看看这小太监的发顶，却只看见太监的小帽子严严实实扣在小脑袋上。

他觉得这孩子手有点冷，仿佛身边的是那年的燕绥般，将这小手包裹得紧了点，给他暖了暖，道：“你哪里人氏？爹娘如何舍得把这么小的孩子送进宫来？”

随便儿大眼睛里立即满是泪水："爹爹被爷爷以不孝之名送进官府后砍头了，娘便改嫁了，我一个孤儿……族里没有谁肯好好养我……"

趁着这句对话的机会，他手微微松开，手心里薄薄的纸袋在此刻彻底被揉破，满手的粉末，手指一弹，一簇粉末无声无息落入了永裕帝中指的长指甲内。

永裕帝听着不得劲儿，下意识道："哪有这样的爷爷！"说完之后觉得更不得劲儿了。

随便儿抽噎着道："继爷爷啦，我奶奶改嫁了……"

回答第二句话时，他又一弹，这回把粉末弹到了永裕帝食指的指甲内。

永裕帝立刻释然了："难怪。"

随便儿也悄声道："是啊是啊，亲爷爷才不会害自己的亲生儿子呢！那不是……那不是……"他偏头想了半天，"禽兽吗！"

永裕帝沉默一会儿，便问他："你可恨你爷爷？"

随便儿晃着两人交握的手，嘻嘻笑道："不知道啊。乡亲们说做这种事天打雷劈，会有报应的！"

一晃之间，再次一弹，这回弹到永裕帝小指的指甲内。

此时粉末也漏得差不多了，掌心也没什么痕迹了，纸袋子被随便儿灵巧的小手指轻松推回了袖子里。

永裕帝咳嗽一声，松开随便儿的手，道："到了。"

香宫在不远处静静地矗立着，永裕帝停住脚步，他此刻并不想遇见德妃。

随便儿在此时忽然放了一个长长的臭屁。

永裕帝下意识便伸手捂住了鼻子——正是牵过随便儿的那只手。

随便儿红着脸嘿嘿笑，低声道："晚上黄豆吃多啦……"

永裕帝眼底掠过笑意，拍拍他的脑袋，道："去吧。以后晚上不要随便出来了，被护卫撞见很危险。"

随便儿频频点头，他不敢多停留，匆匆给永裕帝行了礼，便撒开腿奔往香宫。即将进入宫门前他回首，看见永裕帝还站在一丛灌木丛边目送他，身影和那黑色的灌木影子融为一体，唯有一双眼睛微微闪着亮光，眼神柔和而亲切。

随便儿便咧嘴一笑，进了门，将门一关，那笑意便干巴巴地凝固在了唇边。

他背靠着木门，只觉得心跳得像在打鼓。

他觉得他不明白，这便宜爷爷的眼神这一刻怎么如此之真，真到他小小的心灵也不能自控地生出了孺慕之情。

忽然就明白了何以自己那个强大的便宜爹会待他真心，被他算计。

这人天生一双眼温柔诚挚，柔和多情，一切慈悯，都像发自内心。可拥有这样一双眼，这般自然温柔态度的人，骨子里却又疯狂恶毒，自私可怕。一个人怎么会如此矛盾？哪一面才是真正的他？

小小的孩子还不能够理解如此深沉复杂的人性，他只是在微微颤抖，冷静周旋后难免陷入后怕，好一会儿才安静下来，搓搓脸，搓出一脸自然的笑，迎上忽然醒来找不着他，焦灼找出来找人的德妃。

德妃一把搂住他，拧他的耳朵："小兔崽子，这半夜三更的跑哪去了？不怕遇上妖怪吗！"

她忽然探头往门缝外看了看，隐约看到一道瘦削的影子，随即又不看见了，忍不住疑惑地喃喃道："谁在那里？"

随便儿反手关紧了门，一手搂住了她的腰，笑嘻嘻往里走，笑着道："是啊，奶奶，遇见妖怪了呀。"

"要……"

客栈里燕绥这声一出，文臻吓了一跳，兰旖眉毛一抬，意外有惊喜。

随即他一摆手，对文臻威严地做了个出去的手势。

但这个手势还没做完，燕绥咳嗽一声，下半句话来了："她滚出去。"

文臻："噗。"

兰旖："什么！"

燕绥已经坐起身，指了指文臻道："过来。"

文臻从善如流，坐过去立即喂了他一颗糖，甜甜嘴儿，以免他秋后算账。

一颗糖怎么能搞定难搞的宜王殿下，燕绥瞥了文臻一眼："嗯？"

文臻双手奉上第二颗糖，高举过头，沉痛忏悔："殿下，我有罪！"

燕绥这才从她掌心捡了那颗糖吃了，在文臻诚挚而损失惨重的赔罪之后，表示了对她的原谅。

兰旖被晾在一边，看着两人打情骂俏。她想起燕绥十二岁的时候，初见他时送上的冰晶雪莲、紫玉心石、千年血参……一大堆奇珍异宝堆在他面前，他看也不看抬脚迈过。

对比眼前这两颗包装简陋的糖，她有点想吐血。

冰雪女妖厉声道："燕绥，你要谁滚？"

燕绥才不会重复自己的话，文臻刚想说话，采桑已经一本正经地道："兰门主，我家老爷是要您移驾。"

这回燕绥没对“老爷”两字发表意见。

他只道：“你我真气相冲过大，你我也并不是同门。”

兰旖：“你不要觉得我恩情过重……”

燕绥：“情分不够，我怕你借帮我护法之机害我。”

兰旖：“……”

采桑：毒舌戳心，殿下第一。

燕绥：不，过奖，随便儿第二，无人敢称第一。

兰旖对燕绥无可奈何，也只能捏那看起来软的软柿子：“文姑娘，燕绥为了你才拒绝我护法，你若待他真心，便该留下我。”

文臻笑眯眯地道：“兰门主啊，燕绥很懒的，你要他半年天南地北地奔波来去，他是绝对不干的。你看这样好不好，你把这护法的法子传给我，我给他护法不就成了？”

兰旖：“文臻你好无耻！”

文臻：“怎么能这么说，难道还能无耻得过挟恩图报？”

兰旖：“我是为了救他！可你争风吃醋，连他性命都不顾！”

文臻：“所以兰门主大人大量，别再计较这些小事啦，毕竟你比我高风亮节，肯定认为救人更要紧对不对？”

兰旖在那里憋了半晌，实在没有办法从文臻的语言陷阱里绕出来，半晌之后恨恨一甩手，夺门而出。

文臻叹了口气。

燕绥不甚在意地捏捏她的手：“睡觉。”

文臻抱膝坐在床边，愁道：“怎么办？让出你我肯定不乐意，没人护法也不行啊。这死女妖尽给我出难题。”

燕绥忽然道：“兰旖看似永远穿得洁白无尘，那是门中规矩，其实她喜欢五彩有异族风的服饰，喜欢各种颜色艳丽的宝石。另外，门中武功，讲究餐风饮露，少食人间烟火，但其实她喜欢味道浓重的食物。”

文臻：“这叫互补心理。那她怕什么？或者说，讨厌什么？”

燕绥：“怕脏，怕有硬壳的虫。”

文臻：“极好。”

兰旖在自己房内气了半夜，好几次收拾东西要走，门都打开了，却最终还是停住。

中文带着德语、日语、英文就等在长廊里，看她要走，按文臻吩咐的，也不拦，殷勤地上前道：“兰门主可是要走？这来去匆匆太辛苦，要么歇一夜再走？如果您急着走也成，”说着便招呼店家，“开火，烧水，灌一壶热水，把晚上我们夫人亲手做的饼也热了给带着。”

兰旖没想到人家不留，倒赌上了气，又有些好奇，扶着门框道：“不怕我走了，你们主子就死了？”

中文便擦泪：“我们自然是想兰门主留下来的，任什么也大不过主子性命，只是夫人威重，主子更不能违背……兰门主，水和饼来了，您慢走。”

兰旖倒不想接了，自己走那叫硬气，这般被人礼送走反觉得没面子，便道：“我的要求并不过分，都不争大小了，你们夫人也忒小气。”

中文便道：“这事我们做属下的不敢置喙，但也万万不敢委屈兰门主。”

说着便将饼递上来，兰旖一看那饼，外头一层黄绿色的酱，散发着浓香辛辣的气息，顿时来了兴趣，中文还在那儿说：“这饼重新热过味道稍变，我们夫人现做的才叫美味，可惜兰门主吃不着了……”

兰旖便接过饼，想着那新鲜的美味的饼有点不舍，却又下不了台，人家干粮都送来了，只好道了谢，慢吞吞拿出自己的小包袱，走了。

中文看着她的背影，呵呵一声。

兰旖走了一阵，半夜三更的，还是换了家客栈投宿，身上银钱已经不多，她原本就是带着算好的银钱赶来的，想着只要遇见燕绥自然不用再花钱，来的路费够了就行，没想到转眼就要走，而燕绥属下虽礼节周全，但是却没给银子，小客栈难免各种不讲究，兰旖便只准备和衣躺躺，她躺在那脏兮兮的木板床榻上，越想越委屈，越想越不甘。拿出那饼慢慢啃，入口的辛辣美味让她几乎想哭出来。

她把饼吃完，也觉得困倦了，便合眼睡了。不知道睡了多久，忽然听见簌簌动静，睁眼一看，便见床榻下密密麻麻，硬壳的虫子正蜿蜒着顺着床腿往上爬。

兰旖尖叫一声跳起，连自己的一身武功都忘记了，拿起枕头被子往地上一盖，甚至都不敢跳上去将虫子压死，直接夺门而出。

她匆匆又去了一家客栈投宿，依旧脏，刚合眼没多久，忽然睁眼，然后就看见头顶横梁上的蜘蛛网上挂满了黑色的甲虫。

兰旖再次狂奔而出，浑身乱抓一阵，再次投宿，自然也逃不掉虫子入梦的命运。

一夜折腾下来，接连换客栈，最后一点钱也耗光了。

身无分文的兰旖想回去，想那高级干净的客栈，美味香脆的饼，和传说中新鲜出炉更加美味的饼子，但是又拉不下这脸面。她在街上游荡，特殊的发色和眼睛以及容貌引起了很多人的注意。忽然就有一个面目慈善的婆子和她搭讪，请她吃酒楼的饭，邀她去家里住，说一见她便觉得有缘，想要收她做干女儿。

兰门主自然是不屑做一个普通婆子的干女儿的，但却不愿意离开燕绥附近，一夜没睡，没洗澡，衣裳也脏了，急于找个地方换衣裳歇脚，看那婆子插戴齐全，衣裳讲究，显然家境不错，也便含糊应了，想着大不了回头教她一两手功夫也算报答了。

如此一想，便跟着那婆子上了马车，然后在一处宅院门口停下，宅院红门红灯，装饰讲究，里头曲径通幽，小桥流水，无数美人笑声婉转，穿梭其间，仿佛便是传说中的大户人家。兰旖十分满意，便听那婆子的安排去洗漱换衣裳。

当她把身子泡进热腾腾的水里时，满足地舒了口长气，心中微微得意，想着没有钱又如何，凭自己这冰雪神容，自然到哪里都会引人膜拜供奉的。

正这么想的时候，她忽然觉得很热，很痒，人因此也懒洋洋的。她躺在浴桶里，伸出发红的光裸的手臂，忍不住发出低低的鼻音。

随即她便觉得不对劲了。

仿佛被下了药？

什么药？

虽然不明白是什么药，但她还是立即起身，但是两腿发软根本站不起来。她大骇，忽然听见脚步声，然后就看见一个大汉闯了进来。

她只来得及拿起浴巾遮住胸口，正要怒喝让人滚出去，那人却已经往浴桶走来，一边走一边奸笑道："今儿这个果然是个新鲜货色……"

兰旖心中响起轰然一声，隐约明白自己到了什么地方，羞怒之下拼命运气，丹田内却空荡荡的，眼看那一脸奸笑的男子已经快要到近前了，心一狠眼一闭，牙齿便要狠狠对舌尖咬去。

忽然眼前人影一闪，什么东西被飞快地塞到了她嘴里，正好被她咬着，顿时满嘴香甜。随即头顶一黑，一件大氅已经覆盖了下来，隔着大氅，隐约听见女子的冷笑声、男子的惨叫声、器物的碰撞声以及那婆子的惊呼和尖叫，她又羞又气又惭愧，只觉得热血一涌眼前一黑。

等她再次醒来，已经穿着整齐地躺在干净的床上，屋内淡淡香气隐然熟悉，屋外传来采桑和文臻说话的声音，她不想承认，听见她们话语声的那一刻她竟然觉得安心。

文臻站在兰旖房间外，颇有些啼笑皆非，她没想到这女子竟然"小白"到这地步。原本她只想逼得她弹尽粮绝不得不回来，或者待她吃点小亏自己再出手，兰旖性情骄傲，欠了情就会手软，到时候好徐徐图之。

谁想到她竟然会给牙婆骗到窑子！

幸亏英文一直跟着，见情况不对急忙回报，她带着采桑疾奔而去才将人救了回来。

这让她有些后怕，为达目的耍些小手段也罢了，真要害人家姑娘失了清白她这辈子也不会心安了。

所以她把那牙婆狠揍了一顿，那大汉也没饶过。好在她去得及时，那人连兰旖的脸都没看清。

听得里面的动静，她才让采桑去给兰旖送新的换洗衣裳，兰旖见采桑神色如常，又听见文臻在门外和路过的中文等人道："我怕兰门主在外头住不习惯，想想还是出去将人请了回来，总归是咱们的客人，可不能怠慢了。"

中文等人便恭敬应是。兰旖听出他们并不知道之前发生了什么，见文臻这样周全她的面子，也不免生出几分感激，表情虽然冷漠，却将衣服收了。

采桑出去，门一关，便窃窃笑几声。

第二天早上，一群人吃早饭的时候，兰旖准时下来了，文臻揉着腰，看见她就诧然道："怎么兰门主还没……"话没说完赶紧热情招呼，"来来来，坐坐坐，尝尝我的咖喱饼。"

兰旖便觉得这女人虽然面目可憎，性情倒还知情识趣，准备坐在燕绥和文臻中间，屁股还没来得及坐下，燕绥将文臻一拉，抱坐在自己腿上，从容地道："板凳小，怕盛不下你尊臀，文臻让出来，你请宽坐。"

兰旖虽然生气，但又觉得坦然了，看来文臻嘴紧，连燕绥都没告诉，不然他也不至于还这么毒舌。这么一来，对文臻又生出几分感激。

文臻笑嘻嘻帮燕绥卷饼，抹酱："随便儿最喜欢抹番茄酱。"

燕绥立即拿走了番茄酱，道："太甜，对孩子不好，以后不要给他吃了。"

文臻察言观色，微笑："随便儿和你相处得如何？"

燕绥："我慈爱，他孝顺，极好。"

中文在旁边欲言又止，被德语拉了好几次衣襟，日语晃来晃去，闻言发出一声冷笑，英文无声用口型道："作死。"

也不知道在骂谁。

果然燕绥立即道："和日语相处得不甚好，你看他现在还禁不住冷笑。"

文臻不上当，转头看中文："中文，我不要听他说，我要听你说。"

中文："夫人，主子说得自然都是对的。主子待小主子确实是极慈爱的。主子十分倚重小主子，一开始吃饭换药端菜洗手推轮椅乃至修车都交付给小主子，主子也十分喜欢小主子，第一次见面就把他吊在了门头上。主子还给小主子安排了五更早起三更入睡的并不繁重的功课，并爱屋及乌地为小主子的伙伴们也安排了同样的功课，两人经常发生友好、充满智慧和人身攻击的对话，令闻者伤心，让见者落泪。您放心，这都是感动所致。当然，小主子对主子也具有孺慕之情，小主子总计给主子下过三次毒，五次蛊，设过两次机关，都以失败告终。小主子充分继承主子和夫人的勇者精神，屡战屡败，屡败屡战，令人感佩。最终小主子十分睿智地选择了正确的孝敬方式，每日照三餐对主子进行言语‘插刀’，为此荣膺我等衷心评选出的‘插刀教教主’称号。小主子在此基础上更进一步，为了表示自由独立的精神，打算当掉鱼骨玦。万幸未果，但成功将‘插刀’最高成就点亮。综上所述，因为彼此建立的无比美好的父子关系，最后主子询问小主子是否要去天京的时候，小主子跑得比兔子还快。”

文臻：“……”

林擎大笑。

兰旖：他在说什么？为什么每个字我都明白，但结合在一起就不懂了？

半晌，文臻叹口气，哀伤地道：“你这辈子就别指望那小子叫你一声爹了。”

燕绥平静却又微带得意地立即道：“他进天京时喊我了。”

文臻摇头，笑着给燕绥舀汤。燕绥把蛋糕儿舀过来的汤吃了，却发现里头是内脏，如肝肠等物，但此刻正处于对蛋糕儿的无限喜欢和感动之中，自然不愿意煞风景，也便咬牙吃了。

文臻温柔地又舀过来一勺汤，燕绥刚要也温柔地拒绝，就听文臻更加柔情款款地道：“放心，随便儿自幼，我便教他你有难处，他不会记恨你的，他素来也是个大度的孩子，那口型喊的一定是爹。”

燕绥眼底的笑意漫了上来，这一碗汤也便拒绝不了了。

然后他就咬着了他最痛恨的肺脏。

燕绥脸色忒不好看。

被不对称支配的恐惧……

忽然想起当初随便儿给他吃内脏然后被他强迫也吃了半碗的事儿。

蛋糕儿这仇报的……

他痛苦地把肺脏咽下去，如同当初随便儿也不敢吐出来一般。

语言护卫们到一边笑去了。

现世报，来得快！

兰旖看着这几人互动，忽然觉得眼前好像隔着一堵透明的墙，自己和那群人是另一个世界的人。

想起当年燕绥十来岁的时候，比现在远、比现在冷、比现在空，像山崖连接着的那一片青天，仰头去看被炫花了眼，心里明白难以企及，可还是有机会去够一够的。

如今他比当年近、比当年暖、比当年真，但那片青天已经亮着了独属于他的星月之光，再容不下另一个人伸手来摘。

她并不能准确描述这种感觉，却明白那失落感受，不甘心地起身走开，却还顺手抓走了一块咖喱饼。

她回到自己房间，不一会儿便有敲门声响起，却是文臻带了成衣店的婆子来，让她选些衣裳，昨晚的衣裳她都收了，现在也就没兴趣再矫情，指了一件白色的，文臻却和她大力推荐时下流行的花田彩衣。

花花绿绿的衣裳也便收了一堆，兰旖啃着饼，心情慢慢好起来，却还是不说话。

过了一阵子，又有首饰店的人来，文臻说要买首饰，找她参考。她指着那些白珠水晶之类的说女人便当用这些，冰清玉洁，气质出尘。文臻却拿着琉璃璎珞镶嵌硕大红蓝宝石的金项圈，说这个色彩绚丽，灿烂明媚，瞧着便心情好，只是自己一张娃娃脸，压不住这贵气，不如你来试试，说着便往兰旖脖子上挂，兰旖阻止不及，低头一看只觉得华丽得令人心跳，不习惯地便要取下，文臻却已经一脸惊艳地拍手道："这项圈和兰门主真是相映生辉，再没有比你更压得住这首饰的了！"

首饰店的掌柜也连连称赞，感叹再无人如这位姑娘这般契合这首饰。兰旖自己对镜中一看，那七彩色泽衬上她那银白长发、冰雪肌肤和湛蓝眼眸，将她本有些寡淡的脸色瞬间提亮许多，项圈上的蓝宝石与她湛蓝的眼眸交相辉映，她几乎要为自己迷醉。

兰旖几乎立即便喜欢上了，只是也知道这项圈定然贵重，自己却是没有钱的，也不说话，默默要取下，文臻却按住了她的手，诚恳地道："好马配宝鞍，鲜花赠美人。这璎珞项圈和门主如此相配，不拿实在可惜，我便狂妄一回，为门主要了它了。"

兰旖生硬地道："我不想再接受你的恩惠，你也莫指望我拿了你的东西，得了你的救助，就肯那般护法。女儿身何等精贵？我几十年苦修的功力何等精贵？"

文臻笑："这怎么能叫恩惠呢？这是还你之前的恩情。当初在小岛火山上你便护持过燕绥，这次又为他千里奔波，这些欠的情还没还呢。"

兰旖也不说话，起身出去了，文臻对采桑努努嘴，采桑会意一笑，将那装项圈的盒子塞在了兰旖枕头下。

采桑一边笑，一边叹小姐用心良苦。觊觎自己夫君的女人也肯这般笼络着。

文臻却笑道："都是可怜人。"

求而不得，不可怜吗？

自己都占尽上风了，燕绥又是那种绝不会出轨的人，何不大方一点呢？

她回头想想自己那些情敌，很有趣地发现，喜欢并敢于追逐燕绥的女子大部分竟都是性情冷漠独特的那一款，想来清冷特别的人也容易被同样特别的人吸引？毕竟燕绥虽然美貌，但是高远矜贵，平常女子对他还多半是可远观不可亵玩的感受。

谁又能想到，他自己喜欢的竟然是如她这种的最普通的，娇小甜美的、温暖随和的女子。

缘分啊，就这么妙不可言。

兰旖出去了一阵子，便准点回来吃文臻亲手做的午餐，燕绥对此很是不满，觉得文臻贵为刺史，又是他夫人，还要亲手操持这一大堆人的饭食，很是不该。文臻却恨不得把他这三年来缺失的伙食都给补上，哪里会理会他的抗议。

吃完午餐便上路，兰旖带着自己的小包袱默默跟上了。其余人也都不以为意，没一个人问她怎么不走了，态度都自然得很。

车队一路往西北，文臻怕颠簸不利于燕绥伤口愈合，时不时便要检查一番，却发现燕绥的伤势虽然愈合得慢，却比当年情况要好，心下也不禁觉得安慰。

晚间没能赶到住宿处，便在山野间的一处旧祠堂休息。

兰旖正想展示一下自己并不娇惯的品质，就见燕绥手下的护卫根本不用人吩咐，不仅打扫干净祠堂，还早早烧好一壶热水送给文臻。燕绥以热水沾湿了布巾细细给她抹脸和手，完了还取出一个精致的小瓶子，说是普甘那里的鱼油制作的护肤霜，给文臻涂在手上，而文臻不知何时也烧了水给燕绥洗衣服，洗衣服的水里滴几滴绿色的液体，文臻说这是一种药草的汁，洗出来的衣物更干净且微带清香。兰旖诧异地说："燕绥穿衣很少穿第二次，没想到和你在一起后如此俭省。"

燕绥却道："这衣服只要是她洗的，她洗一次我穿一次，洗破了我也照样穿。"

兰旖被塞了一嘴"狗粮"，气得出去找吃的了，感觉到冷冷的寒风在脸上胡乱地拍，自己也想不通为什么就这么自虐般地跟着，撒手就走不忍心，放弃成亲只救人不甘心，人家没留她，没逼她，护法的事一句不提还救了她，她这又算哪样？

一转眼看见那对居然也出来了，大抵是捡柴外加弄些新鲜猎物，或者就是久别情侣总要腻在一起。兰旖目光却被燕绥穿的衣服吸引住，那是一件有点古怪的一口钟一样的白色衣服，短短的，只到腰部，看起来毛茸茸的十分暖和；戴着一个精致的貂皮围脖，纯黑色，扣子是一粒珍珠，微微垂下点毛尖油亮的尾巴，俏皮又精致，衬得那张脸越发精美如玉雕；下身是一件的长裤，藏蓝色比较硬挺厚实的布料裁剪得十分贴身，包裹着燕绥的细腰长腿，身形漂亮得让人眼睛不知道往哪儿看好。忽然文臻遥遥对她挥手，笑脸可人，兰旖立即心虚地将目光收回去，咳嗽一声，转身走开。

那边文臻吸吸鼻子，心想，逼着燕绥换上了这套衣裳，裤子还是在湖州做的，这么个细腰长腿翘臀天使脸蛋的帅哥，女妖你舍得他香消玉殒吗？

燕绥瞟她一眼，对她的心思心知肚明，然而男色这种事，对谁不是迷？没瞧见这女人自己先直了眼吗？

兰旖回到祠堂不久，那两人也回来了，采了好些山菇野果，还打了两只松鸡。其中一只松鸡做了三杯鸡，所谓三杯，便是一杯麻油，一杯酱油，一杯米酒，不加一滴水，成菜酱红油亮，鸡肉柔嫩；另一只鸡选最嫩的三叉胸脯肉做鸡片炒酱瓜，成菜白绿相间，清鲜好看。鸡皮串成小串炸脆了，鸡杂伴小米椒青椒快炒，其余鸡肉一半做宫保鸡丁，一半拌佐料做手撕鸡。并将手撕鸡拌宫保鸡丁里的花生米、酱瓜和腊肉小粒炒饭，而鸡骨也不浪费，油炸得干脆酥香，令人食指大动

而燕绥和林擎两个伤员面前各有一盅白鱼汤，那鱼冬季肥美无鳞，油脂极厚，便配上雪菇野菜吸油，汤香得整座山的野猫都在号叫。

兰旖看见一只鸡能做出那许多花样，不禁目瞪口呆，却又不以为然，道："烤着吃也便罢了。怎么吃不是吃？这般耗费工夫，有这时间还不如多练一会儿功，难怪你武功平平。"

她话一说完，就能明显感觉到四周的气氛一冷。

兰旖有些难堪，也有些心惊，却并不打算道歉。实在是因为眼看着文臻连鸡皮也要做菜，燕绥那么个讲究的人，竟然也慢慢地帮她。他串出来的鸡皮串形状完整大小讲究如一，像朵花似的，她却瞧着刺眼，心里决定这么恶心的东西炸出来绝对不吃。

但等到鸡皮串一炸出来，兰旖立即忘记了先前的决定，那东西金黄油亮，脆香酥美，尤其燕绥串的那几串更是舒展精致，她瞅准了那几串忍不住伸手过去，冷不防燕绥手一抬，早已将那几串都收拢在掌心，塞给文臻，道："我串的自然只有你能吃。"

文臻便笑着微微侧头，她正忙着给燕绥碗里的鱼剔刺，燕绥便慢慢喂她吃，还不忘记把竹签的签头给折了。

兰旖看得嘴角抽搐，"咯嘣"一声，嘴里的竹签被咬断了。

她吐出嘴里的竹渣，看看那个连竹签尖端都有人给先折了的女人，忽然悲从中来。

然后众人就目瞪口呆地看见兰旖吃着吃着，抽抽搭搭地哭了起来。

一边哭一边还不忘优雅地咬着鸡皮，并将一只鸡腿夹到自己碗里。

燕绥似乎又想讽刺她了，文臻掐了一下燕绥。林擎微笑不语。日语傻乎乎地想问，被中文用鸡翅堵住了嘴。只有采桑给兰旖递过手绢，只道："哎，兰门主啊，嘴角有油，擦擦。"

采桑挤在她身边，悄悄地道："兰门主，奴婢理解您，说真的，奴婢也很想哭。"

兰旖便愕然看她，采桑声音更低："不瞒您说，奴婢本来也对殿下有几分想法……本来嘛，奴婢这样的身份在小姐身边……您也懂的……我们小姐也不是不大度的人……奈何咱们殿下直接把奴婢给拒了。唉……奴婢攀不上高枝儿，后来也就想通了，强扭的瓜不甜，便是强留了他，他对你不假辞色，和别人卿卿我我，咱们这种有情的人瞧着，岂不是自己找虐？就这么远远瞧着他也挺好……这女人就该多爱自己，找个爱自己的人

未来的日子才叫享受啊……”说着便假惺惺用手绢抹她那不存在的泪水。

她声音虽低，但在座的大多都耳聪目明，林擎夹了好多菜端着碗说出去吃更畅快，其实是找地方去笑了。

日语埋头吃，什么都没听见，中文脸色一阵青一阵白。英文和德语两个面面相觑，又瞅采桑。

文臻忍住笑，正色低声问燕绥：“我还不知道采桑丫头对你有意，人家都夸我大方了，我也不好意思小气，怎么样，这就给她开脸给你收房？”

燕绥抬眼淡淡看了采桑一眼：“把我给你的赏赐退回来，莫要强扭了我这瓜。”

采桑立即收手绢，离开兰旖身边，理直气壮：“少爷，长者赐不可辞，长者赐不可还。”

燕绥又瞟她一眼。

长者都出来了，这是急着撇清了。

文臻笑着看采桑，心想这丫头跟在她身边历练，如今真是个人才。这么好的姑娘可万万不能耽搁了她，也该开始慢慢为她物色一门好亲了。

身边人就这几个亲近的，总得有人幸福一生。

这么一想她心中一痛，敛了笑容。

燕绥明明没有看她，却抬手抚了抚她的发。

她便仰首一笑，让他安心。

兰旖看着，食欲更旺盛了。

当晚吃撑着了，兰旖躺下好久都没睡着，祠堂有个隔间，她和采桑睡在里头。

朦胧间隐约听见隔间外头燕绥和文臻那里有动静，兰旖起来一看，便见外头灯火未点，那两人睡的也是一个隔开的空间，此刻文臻的手掌正按在燕绥的后心，看样子竟是要替他护法。

兰旖算算时日，该到第二颗药炼化最关键的末期，然后如果如中文所说第三颗药也吃了的话，现在就会处于两颗药的对冲期，燕绥很可能承受不住药力经脉爆裂，这也是她这般匆匆赶来的原因。

然而这炼药导气之法，却不是寻常真气游走一个大周天便可以的。

那两人都只穿着薄薄的内衣，竟是要自己尝试，想必燕绥药性发作，不能拖延？

兰旖本不想出去，然而眼看着文臻手掌贴的是常规的后心而不是炼药导气的丹田位置，就有点急了。

待再看到文臻掌下那一处衣裳上忽然起了星火，然后文臻脸色煞白地往后一倒，燕绥不顾一切转身抱她——

兰旖便冲了过去，一掌拍在燕绥丹田阻止了他的动作，另一掌按在文臻心口，掌心凝霜，化了文臻吐息间的热气，然后顺势便坐了下来，再伸腿将文臻往外推。

文臻爬起来，眼看兰旖脸上红白相间，看来甚是可怖，立即拖了个草匾挡在两人之间，一边脱了燕绥衣裳，一边脱了兰旖外衣，伸头看看左边，汇报："左肩上凝霜了，是不是手少阳心经有什么不妥？"过会儿看看右边，提醒，"兰旖你掌心发红了！"

好半晌，兰旖收功，脸色发白，也不理会文臻的殷勤，披上衣裳将草匾一踢，转身就走。文臻也不生气，天亮了，给兰旖送去了热乎乎的酸辣汤和驴肉火烧。

自此一路前行，护法一就自然转到了兰旖这里，衣裳是脱的，但是总有屏风之类的间隔物，文臻每次都在，实时播报，难题完美解决。兰旖对这样的解决方式持默认态度，文刺史脑子灵活，她不是对手。

她得到的报酬是每日文臻换着花样的美食、源源不断的花衣裳和大宝石，兰旖现在随便卖个宝石就足够她回去锦衣玉食了，她却不提走的事了。

也不知道不提是终于放弃了，还是舍不得这厨神亲自做的美食。

这一路上，除了赶路实在不方便，只要有机会，文臻必定亲自下厨。尤其住宿客栈时的早餐，她一向看重早餐，说是一天的精气神之源。无论晚上睡多晚，她都起最早，无论燕绥怎么抗议，她都必定要弄出一顿色香味俱全的早餐，燕绥先是抗议她起太早，后来见她坚持，只好随她一起，指望着她心疼自己也就跟着赖床了，结果文臻趁他困倦，回回把他弄睡着再去做早饭。后来他又抗议美食为什么要带那些"阿猫阿狗"们一起分吃。可恶的文臻便笑着安抚他"下次一定不分给他们了，就做你一个人的"，然后转头就捧一大锅去了林擎那里。燕绥默默气了几回，最终看她微带疲惫的笑脸禁不住心软，哪里能生她的气呢？说到底，他如何不明白她是为了他呢，只是为了他更好地补养身体而已，只是为了他留住更多知己而已，从头到尾都只是为了他。

因此燕绥也就坚持白日赶路，中午晚上两顿绝不要文臻再下厨，每次她下完厨，必定有热水等着她，燕绥亲自替她洗手按摩，只不过经常按着按着便按到了床上，耽误了出发。

因此大家都养成了早起的好习惯，就连以前爱睡懒觉的兰旖也每日清晨便早早坐在桌边。

这一日到了一处山野，明明离天黑还早，还可以往前到市镇投宿，燕绥却吩咐停车，同时护卫们也少了许多，文臻凝视着远处的官道，神情凝重。

再往前三十里就要进入唐家势力中心，川北主城了。

川北比想象中戒备更加严密，负责探路的护卫发现前方三步一卡五步一哨，严密盘查来往行人，所以燕绥下令暂不前进。

当晚，兰旖却没有去给燕绥护法炼药，文臻去问，兰旖冷笑道："你以为你弄个屏风，自己在那左右传声便可以把问题解决了？你却不知这药炼化到后头是非得体肤接触不可的。否则我又何必枉做恶人，自己给自己做媒？"

文臻皱皱眉，道："所以兰门主你就不肯将那心法传于我？"

兰旖眼神有点古怪地看着她，忽然道："也不是不能。你这些日子没少讨好我，也算摸着我的喜好。如今即将进入川北是不是？我以往听说，川北唐家小楼里有块宝石，硕大如盘，色如冰雪，却在日光下可发出七色光彩。我第一次听说这宝石，便觉得此物当属于我，你若能为我取来，我便将心法传你。"

文臻毫不犹豫："好。"

第一百一十七章

唐城

川北主城，第一门阀唐家的权力中心所在。

川北在世人的眼里相对神秘，一向关卡重重，戒备森严，能和川北通商往来的也多半是多年合作交情深厚的富商大贾，寻常人是拿不到川北路引的。

换句话说，平常人要进川北就很难，更不要说去那传说中的川北唐家核心之地的小楼里偷东西了。

兰旖远远地看着那一道一道的盘查岗也不禁咂舌。文臻却并不奇怪，这完全就是战时防卫的标准，唐家起事就在顷刻间了。

所有进出城的百姓在川北城十里外就要接受盘查，本地的看户证，外地的看路引还要当地人作保。进出城变得非常缓慢，百姓们也并无怨言，由此可见唐家对川北三州的管束威慑力十足。

长长的队伍尾端忽然起了一阵骚动，马蹄声疾响而来，百姓们纷纷回首，想看是什么人还能在这时候策马狂奔。

烟尘滚滚到了近前，出乎众人意料，那些人丝毫没有停下来的意思，那一队骑士当先者手中擎一面黑旗，旗帜上画一柄钢刀，长声喝道："横水铁，三寸谷有喜讯报——"

盘查岗士兵们本来已经要上前拦了，听见这一句纷纷撤开，放那十几骑长驱直入。

百姓们议论纷纷。

"怎么这些人不用排队盘查的？不是说便是唐家人也要一一搜身吗？"

"是啊真奇怪。明明最近门禁严格得很……"

“唐三十七你不是号称万事通吗？你知道怎么回事吗？”

“当然知道！这是去横水挖矿的队伍，之前挖了好久了却一直没挖到，看如今这模样是挖着了？这可是大喜讯啊，当然要第一时间放进城！”

“那也不能问都不问啊！”

“这你就不知事了，你没听人家喊什么？横水挖矿的事你知不知道？不知道对不对？这是唐家绝密，只有唐家直系子弟才知道的，更不要说挖矿的具体地址，能知道这个代号的必然只有直接参与者啊，所以还要盘问什么？”

众人这才释然，但并无喜色，有人咕哝着说挖出铁矿又怎么的？这么劳心劳力挖矿炼铁，总不会是为了给百姓多打几口铁锅，那必然是要造武器的，造武器便意味着战争快要开始了，宁为太平犬，不做乱世人啊。

虽然百姓厌战，但终究，川北的话语权只掌握在唐家手里，只能继续老实排队，却忽然又听见一阵马蹄声起，这回大家下意识地让出一条道路，果然那马队也并不停留，马上骑士擎青色旗帜，高声道：“天京近郊，刺史急报！”

盘查的士兵都露出震惊的神色，连忙再次撤走路障，百姓看着那一队人再次激起烟尘滚滚奔驰而去，诧异地回头想找那个消息灵通的唐家远房子弟唐三十七，却见他也已经白着脸走出人群，竟然不敢再给众人解惑了。

众人看着那些骑士的背影，隐隐觉得似乎要有什么要紧的事发生了。

一刻钟之后。

那第一队骑士驰入城中，汇入人群，他们对道路十分熟悉的模样，渐渐隐入小巷中不见。

第二队骑士也是如此，再一刻钟，在川北城南的一个酒楼内，两个被包下的雅间开了席。

那酒楼的位置离唐家主院已经不远，但是酒楼无论建得多高，也看不见唐家的任何建筑。

整个唐家占了川北将近一小半的面积，外围先是一圈湖水，边缘都种了一种很少见的极高的树木，如一片巨大的天然屏障，将唐家紧紧包裹。这样的设计按说应该很不安全，刺客可借树遮挡。但这树的树冠十分奇特，非常齐整，唐家还会派专人定期修剪，每棵树都有自己独特的树冠形状，每个唐家护卫都对这些形状烂熟于心，这种情形就会导致一旦有人藏匿，树冠形状就会发生变化，一眼就会被发现。另外据说这树林本身就是一个阵法，一旦潜进去想要再出来很难，所以里头人没有，白骨想来埋了不少。

被包裹在湖水和树林中间的唐家被称为唐城。无人能够勾画唐城的轮廓和格局，至于小楼的位置和形状更没人知道。

此刻酒楼里，兰旖有点难以置信地转过头来看着吃饭的众人，有点想不通怎么就这么容易就进来了？

文臻笑眯眯对她举了举茶杯。

容易吗？

容易，但也不容易。

所有人连同选出来的精锐护卫分成两队，一队冒充横水挖矿报信人，钻的是唐家秘密挖矿的空子；一队冒充唐孝成回京队伍报信人，钻的是唐家关注远赴天京的唐孝成的安危的空子。

唐家秘密挖矿是没有人知道具体地址和情形，但是挖矿这事本身就是燕绥操作出来的啊，谎称有矿的找矿高手还是他用了三年工夫派过去的呢。

唐孝成去天京虽然不是秘密，但唐孝成的身体状况是秘密，青色旗帜代表唐孝成的哮喘发作，唐孝成的哮喘还是拜燕绥所赐呢！

别人不知道，他能不知道吗？

所以说容易。

但这些都是燕绥花费十余年光阴慢慢渗入铺就的信息渠道和战果，是对铜墙铁壁般的唐家的艰苦卓绝而又持之以恒的攻击，又岂能说是容易？

所以也不容易。

最起码除了燕绥谁也做不到。

身后燕绥道：“早些休息吧，明日还要启程去横水。”

文臻便应了一声，她没有和燕绥说起要去小楼拿宝石的事情，燕绥是一定不会同意的。

进入川北主城，是因为川北有直接的码头通往横水，且因为是主城水路，一路也无人盘查，是越过唐家三州的最短最快的路途，林擎必须尽快回边关，越迟越易生变故。

酒楼自然是燕绥在川北的据点之一，据中文说，他们的人十来年间在川北前后开设过不下三十处据点，涉及各行各业，这些年被唐家剿的剿拔的拔，如今只剩下了三处，这酒楼便是其中之一，酒楼主人和唐家有些姻亲关系，因此留存至今。

晚间便在酒楼后头的院子里歇宿，自有人去安排明日乘船事宜。文臻本来还在想要想个法子把燕绥弄睡着了，结果燕绥自己说要会见客人，让她早些睡。这正中文臻下怀，便说这几日燕绥太过虎狼，想要休息，另外要了个房间，让采桑守着，自己和兰旖悄然从酒楼后头出了门。

川北大街上已经实行了宵禁，空荡荡无人，只有一队队走过的护卫整齐的脚步声，在落了寒霜的地面上“嚓嚓”作响。

川北是个很奇怪的城池，很大，人却不多，建筑一部分古朴苍老，散发着百年城池的沧桑和厚重之风，一部分则相对较新，建筑风格或精巧或华美或大气或庄重，又隐约彰显着属于年轻人勇于尝试喜欢变革的风格。文臻想，这或许就是唐家新旧势力交融而旧势力正在由年青一代新的统治者取代的一种象征，体现在这个城池里，便是既古老又年轻，既沧桑又新鲜。

兰旖眼神有点古怪地瞧着文臻——文臻穿着一身破破烂烂的棉袄，脸上脏兮兮的，活脱脱一个女叫花子。

她感到有点不可思议，也不明白文臻为什么要这么做，确实叫花子游荡不引人注意，一般也容易引起同情不太会被为难，可她这般身份，何必如此？

兰旖可不肯扮成叫花子，不过她白衣外头罩了一件花花绿绿的水田衣，又戴了风帽，遮住了头发和眼睛。

文臻并没有试图往那湖边去，而是绕着湖向西边走，她白天已经和这边的暗桩打听过了，那边是唐家的家庙所在地。

她想去找找王雩的母亲。

这是她一直挂在心里的事情，也是她要来川北一趟的原因之一，王雩临终前说自己的母亲被唐家所软禁，求她有机会出手相救，现在她来了。

她之前已经传书这边让调查王雩母亲的所在，反馈说虽然无法确定人在哪里，但是外人被关在唐城的可能性并不大。倒是唐家家庙这个地方很是奇特，据说里头住了不少唐家犯事的嫡系旁支子弟和一些不能曝光的秘密人物，王雩母亲在那里的可能性很大。

家庙不是什么要紧地方，文臻一路悄悄过去，凭她的身手躲过那些巡逻士兵不是难事，最终越过一片荒僻的树林，就看见唐家家庙的飞檐。

前方是一段毫无遮挡的路，好在月色暗淡，她正准备掠过，忽然听见脚步声，一大片灯光照了过来。

她此时已经出了树林，在那一段毫无遮掩的路上，兰旖在她身后，她眼角瞄到兰旖迅速躲回了树林，而她自己无所遮掩。

她已经能看见最前面的人，此时往哪里退都反而引人注目。

文臻就势往路边阴影里一蹲，大棉袄一裹，在地上抹一把黑泥往脸上一抹，身子一团。

脚步声接近，她数着脚步声——护卫如云，大人物出巡。

会是谁？

唐家长老会的那些贤者吗？

这半夜三更，唐家的重要人物为什么会到这荒僻的家庙来？

隐约听得远远的家庙门口有人似乎在送拜访者出门，语气谦恭："您请放心，都有好好照应着……您日理万机，实在不必这般常来……"

文臻微微放心。

这人是经常来家庙探看的，那今日撞上便是巧合。

静了一瞬，那人声音有点诧异，道："全部接走？就现在？啊……是，是。"

脚步声又起，远处大轿金顶光芒微微一闪，风灯悠悠晃出一大片光晕，隐约看见一个披着大氅的人影上了轿。

一大队护卫拥着一顶大轿行了来，轿子两侧还各有一大队的侍女，手中一长排的灯笼将四面照得通亮，有人往前方树林去布防。文臻有点担心兰旖被发现，此刻却不敢抬头，她连头发丝都暴露在灯光中。

有人走了过来，大声喝道："哪来的叫花子！此处不可逗留，走开！"

做戏要做全套，文臻赶紧起身，低头弯腰便往暗处走，怀里一个梆硬的馒头掉了下来，她赶紧伸手要捡，那来驱赶她的人抬脚一踩，馒头便在脚底粉碎。

文臻十分入戏地抽噎一声，粗着嗓子，却不敢骂人，低头匆匆后退。

轿子却忽然停了。

文臻心一跳，下意识抬眼。

此刻轿子正停在她面前，大雪白丝缎轿帘上便隐约映着轿中人的侧影。

文臻只看了一眼，便立即低头。

冬日川北寒风如刀割，在寂静的夜来街道中游荡，灯笼相撞发出空旷的声响，这一刻隔着纱窗，谁也看不清谁的模样。

轿中人微微一动，有人赶紧上前，掀开轿帘，听他低声吩咐。

文臻缩在一边，看似冻得瑟瑟发抖，其实已经做好了一切准备。

片刻后，那人放下轿帘，手中拿着一个纸包，想必是那轿中人给他的，走了过来，弯下身递给文臻，道："我家主人说，夜寒风冷，别在外游荡了，吃点热食暖暖身子吧。"

文臻连忙道谢，声音含混，接过纸包，果然还是热的。

那人也不多说，起身回到队伍里，挥手示意起轿，灯光伴随沙沙的脚步声远去。

自始至终，那轿帘没有掀起。

风中只余一阵淡淡蘅芜香气，恍惚熟悉。

文臻握着纸包，百感交集。

兰旖悄悄走了过来，有点庆幸地道："刚才什么人经过？好大阵仗，如果不是我靠着山石运气凝了冰雕，险些被发现……咦，你在发什么呆？这是什么？"

文臻回神，打开纸包，里头是两个还散发着热气的包子，雪白的包子褶上隐约透出青菜的一抹碧绿，喷散着麻油的清香，在这冬夜的寒风中，温软地热着。

她笑了笑，将包子递给兰旖，“天冷，吃点热食暖暖吧，放心，没毒。”

兰旖也便接过了，一边吃一边道：“我不喜欢素馅，好端端说什么有毒没毒，你就是疑心病重……”

文臻又笑，道：“是啊，我疑心病重。”

那边家庙有动静，一辆辆的马车赶了来，文臻拉着兰旖避入树林中等着，片刻后，一些老老少少，男男女女，都拿着小包袱上了车。

忽然又有喧嚣之声，有人从门中冲出来，挨次把马车看了一遍，在人群中不断梭巡，急声道：“大公子又不见了！”

便有人道：“这可如何是好？主子刚刚嘱咐将人一起送回去……要不要赶紧追上去禀报？”

先前那人便道：“要么再等等？大公子时常也会出去散散心，没多久就回的。现在去禀报，万一……”

其余人都不作声，便有人道：“那留下一辆车几个人等大公子。”

一辆接一辆的马车都往唐城方向去了。

等马车全部走远，兰旖道：“现在还去家庙吗？”

文臻摇摇头，眼神中有一丝深思：“不用去了。”

家庙的人已经连夜被全部转移回了唐城，今夜她不去唐城也不行了。

“帮我易容吧。”

过了一会儿，她已经换了一身装扮和一张脸，十分简单的黑衣，一张暗含戾气又寒意流动的脸——唐慕之的脸。

兰旖会易容，文臻之前便已经画出唐慕之的画像，请她帮忙。

唐孝成上京，唐羡之主持川北大局，唐慕之好久没回来了。想来也是，她几乎已经背叛家族，哪敢轻易回唐家。

文臻便要钻这个空子。

一刻钟后，唐城护城湖前的平静被惊破。

有两人冲破夜色，踏霜而来。

当先一人一身黑衣，眉目秀气又透着戾气，一边向前狂冲，一边大骂：“兰旖你个疯子！竟敢到我川北撒野！”

后头恢复了白衣装扮的兰旖本色出演冰雪女妖，一头银发在黑夜中非常显眼，悠悠在半空中飘荡，冷笑道：“本门主看中的人，你也敢觊觎！唐家又怎样？我照样敢在唐城之前剐了你！”

唐城之上的守城士兵已经被惊动，远远瞧着竟然是失踪已久的六小姐都大惊，急忙向上头回报，又点亮城头风灯，对底下仔细地照，却并没有立即开城门下吊桥。

那边文臻却根本不打算要谁来开城门，冷笑一声，道：“来啊，来剐啊！”撮唇一吹口哨，片刻后一声尖唳，夜空里忽然俯冲下来一只老鹰！

那鹰展翅而来，文臻一跃而起，乘着那鹰，低空掠湖面而过，长翅掠波，衣袂翻飞。

这一手露出来，唐城之上人们惊呼，都道：“六小姐！”

随即湖中和湖后的树林大阵之上有灯光亮起，那些灯光转折往复，隐约在每棵树上停留一霎，仿佛每次都只照亮某个笔画。文臻心知这便是破阵机关了，但此刻根本来不及去慢慢记录，她还必须表现得对机关密码非常熟悉才行，因此她招了一只老鹰下来载着自己，全神贯注跟着那灯光的指示前进后退转折左拐右拐……隐约觉得好像是每棵树一个笔画，连起来是几个字，一直转到快头昏想吐，忽然眼前一亮，一片巨大的广场撞入视野，她便知道自己终于闯入在世人心中最为神秘的唐城了。

她当着广场上护卫的面，转回头对着身后的方向比了个川北人常用的表示鄙弃的手势，嘲笑道：“来啊，有种来剐我啊！”

广场上灯光晦暗，高高低低都是人群，有人沉声道：“唐慕之，你既然回来了就得遵守规矩，戒堂一百戒鞭一月长跪，先自己去领！”

文臻的回答便是双臂一张，霎时一片嘈嘈切切之声，无数老鼠、蛇虫、蚂蚁、毒物从广场的四面八方如黑潮一般滚滚而来，爬向人群脚下，整齐的人群顿时乱了套，一片纷乱里，文臻学着唐慕之的声音，哑着嗓子冷笑：“凭你们也配处罚我？爹不在，我哥呢？我哥在小楼？那便寻我哥说话吧！”

说完转身就走，左拐遇见一排照壁，伸手在第三个照壁上一拍，照壁移开，现出一条道路，她闪身走进，有人追上来大呼：“六小姐你又肆意妄为……”话音未落，那人被照壁后探头出来的一条赤链蛇吻了一嘴。

而文臻早已人影不见了。

她就像真正的唐家六小姐一样，对唐城内居住的普通唐家子弟都不能全部知道的唐家内部路径都了如指掌，过假山，渡河流，越亭台，解机关。

她第一次来到唐家。

而以往的燕绥的细作便是再能渗透，也很难进入到唐家腹地。

但是当年，唐羡之曾经在宜王府第一进院子的暂居地里给她留下过一件礼物，一张纸。

礼物是一块玉佩，纸平平无奇，上有鲜红钤印。

后来在长川她和唐羡之相遇，唐羡之曾经试探过她是否会利用那钤印假造他的印章来作祟。

但这么明显的提示，那就不是提示。

所以她的注意力一直都在那玉佩的雕刻上。

那玉佩上雕刻细致，一幅幅连环画一样，亭台楼阁，屋舍道路，山峰山谷，城墙湖水。

她当时便把那雕刻都记了下来。今日仰首一看，果然。

城墙是唐城的墙，湖水是护城的湖，山峰是唐城背后的山，道路是唐城内的路。

那玉佩上刻的是唐城的布局图。

她仰头，脑海中闪过那玉佩的种种图样，记忆停留在最后一幅图，在一片粼粼的池水中，四面空旷，而水中有高楼的倒影。

现在，那一片已经快要封冻，面积比进门时的广场还大的池子，就在她眼前。

第一百一十八章

小楼一夜观花海

唐城门外，兰旖准备功成身退。

其实先前在来唐城之前，她已经隐晦地表示那宝石也是可以不要的。

何必呢，真要为这宝石让文臻送了性命，燕绥能和她拼命。

文臻却笑着摇头不肯。

兰旖总觉得她神情有些古怪，仿佛并不仅仅是为了那宝石去唐家的。

她想不明白，冷哼一声，一转身，忽然吓了一跳。

迎面一个黑衣女子掠来，姿态轻盈，一张微带戾气又寒意纵横的脸。

这张脸太熟悉，半个时辰之前她还亲手给人装扮成这样。

兰旖脑子嗡嗡直响，随即明白，真正的唐家六小姐竟然在这个节骨眼回来了！

她立即迎了上去。

唐慕之低着头，心事重重地前行，一抬头忽然看见面前多了一个女人，吓了一跳。

再一看女子形貌特殊，忽然想起一个人，眉头便是一皱。

随即便听见那女子冷冷道："你便是唐慕之？"

唐慕之也冷冷道："你是谁？为何在此拦路？"

兰旖："听说有人不知廉耻纠缠燕绥多年，特来瞻仰。"

唐慕之："你就是那个追逐燕绥多年的女门主吧？怎么？成功给燕绥做了小？有资格来嘲讽我了？"

兰旖："胡扯什么？这天下谁配以我为妾！"

唐慕之："连妾都不是，也不过是一个追逐燕绥多年的怪模怪样老妖婆，哪来的面皮说别人不知廉耻？”

兰旖：“难怪燕绥瞧不上你，你就是个泼皮，你连给文臻提鞋都不配。”

唐慕之：“同感，你连给文臻牵马都嫌老。”

唐城内，文臻连打两个喷嚏。

论斗嘴，兰旖可不是走惯江湖的唐慕之的对手，她也不是来斗嘴的，三句话说完就拔刀：“跟你说话没得脏了嘴，手底下见真章吧！”

唐慕之冷笑一声，正要吹口哨，忽然眯起眼睛，阴恻恻道：“你怎么会出现在这里？”

兰旖已经听说过唐慕之的事，也冷冷道：“你如何又还敢回唐家？”

唐慕之不语。她原本四处流浪，后来听说燕绥出事便奔往天京，她是唐家人，也没被正式逐出家门，探听消息并不难，得知文臻劫狱林擎，燕绥早已离京，便又返身去追，但燕绥接文臻出天京后一路潜行，谁也想不到他们竟然会选择冒险穿越门阀地盘，唐慕之猜想着也许他们去往青州边境去，走了一段路后接到了一封密信，便又折转回川北，今日刚刚回来。

她心中灵光一闪，惊道：“你不会无缘无故出海岛，你只会为燕绥而来……燕绥在川北！”

兰旖面色一变，随即道：“你以为我是你，整日脑子里只有男人？”

唐慕之嗤笑一声：“你为什么拦我？你这么无聊？你为了谁拦我？”

兰旖脸色又一变。唐慕之忽然凑近她，嗅了嗅，道：“你袖子里什么东西？”

兰旖低头一看，袖子里还有文臻给她做的辣条……

唐慕之嗅了几下，疑惑地道：“文臻？”

兰旖没想到这个情敌居然也对文臻如此了解，只闻味道居然就能认出来是她做的食物。

这是一种怎样的情感？

无意中征服了全部情敌？

唐慕之狐疑地看兰旖：“辣椒在东堂用得少，只有文臻最擅长，你身上带着文臻做的食物，你难道是为了文臻拦我？”

兰旖只能不说话，心想燕绥嘴里天下人都蠢，可其实一个个都聪明得很。

唐慕之哂笑：“哟，这是哪里来的观音菩萨，居然为了情敌拦劲敌！”

兰旖：“我想拦你便拦了，你可莫往自己脸上贴金。”

唐慕之指自己鼻子：“你为她拦我？你们搞什么把戏去了？你可知她是我徒弟？”

兰旖：“什么？”

唐慕之："她的哨技我教的！"

兰旖："吹什么大气，文臻也是我徒弟！"

唐慕之："什么？"

兰旖："她的心法，我要教！"

两人大眼瞪小眼，半晌，城头上似乎有人发现这边的动静，有灯光远远地要照过来，唐慕之二话不说，转头就走。

兰旖倒没想到她会走人，愣了一下急忙跟上，一边跟上一边还道："你才是观音菩萨，居然教情敌拿手绝技！"

唐慕之头也不回："过奖过奖，彼此彼此！"

两人互瞪："哼！"

唐城内，文臻又连打两个喷嚏。

文臻此刻站在湖边，对着那湖中小楼倒影。湖边无楼，却有倒影，蔚为奇观。

但她总不能做一回猴子，跳到湖水中去摸那倒影。

在湖水左侧有一座孤零零的亭子，亭子中有一组青铜编钟，雕饰浑然，古朴典雅。

这东西多半出现于宫廷，用于征战、祭祀、朝见等雅乐，民间不可用，然而唐家便同王侯，出现编钟也不奇怪。

文臻猜想，这编钟也许就是唤出小楼的关键。但是她一来不会编钟；二来她也不能在这唐家中心击打编钟唤人来围剿自己吧?

她一边这么想着一边走过去，坐在了编钟中间，手指敲着编钟，敲出了一首乐曲，嘴里还哼着调子——《幸逢》。

一曲还没哼完，身后忽然有人道："此曲平平，莫亵渎了我的编钟。"

背对着他的文臻，无可奈何地笑了。

随即她转过身去，弯了弯眼，道："怎敢在唐先生面前献丑?只是不如此，想必唐先生也不会出来。"

夜风携霜染月色，有人自一地雪白中走出。

唐羡之温柔地注视着她，道："包子好吃吗？"

文臻笑道："这得问别人。"

唐羡之眼色微微一黯，却也只是一笑，文臻自动让出位置，唐羡之也不坐下，立在亭中，解了大氅。

下一瞬，他宽大的衣袖飞出，击在最大的一口编钟上。

声响浑厚悠长，整个湖面都似起了共振，微波粼粼，一圈圈涟漪如月晕散开，而那湖中小楼倒影却神奇地不散。

这一声前奏后，唐羡之手中已经多了两个玉杵，玉杵敲击青铜编钟，音色更加清亮悦耳，编钟三层六十五钟，大小不一，上下悬挂，正常需要五到七人共同演奏，但唐羡之只一人立在亭中，时而玉杵击落铜钟声如雨，时而飞袖似云起洪钟，时而飞跃若舞起韶音，一曲浑厚圆润乐曲响彻于天地间。

文臻不由便想起那首著名的《观公孙大娘弟子舞剑器行》：耀如羿射九日落，矫如群帝骖龙翔。来如雷霆收震怒，罢如江海凝清光。

而那姿态却如《洛神赋》：翩若惊鸿，婉若游龙，荣曜秋菊，华茂春松。仿佛兮若轻云之蔽月，飘飖兮若流风之回雪。

所谓不可方物，当如是也。

但她的注意力更多是在湖面。

从唐羡之演奏开始，前期低音浑厚低沉，湖水震荡，水面隐隐在下降；中期音调逐渐升高，整个地面都在一颤一颤，湖底有隆隆之声；后期逐渐高亢清脆明快，水面忽然交错奔腾，水面出现无数吸水口，奔涌声里，水位在急速下降。

最后是将低中高三个音调同时合奏。

然而唐羡之立在亭中，潇潇洒洒，翩然起势，手挥目送，三音俱起，上遏行云，高树静立，冷月高挂，星空无声，无数檐角下金铃齐声共振，整座唐城如一只远古巨兽，在此刻被同样来自远古的清音唤醒，无数夜鸟轰然而起，于半空中振翅遮蔽繁星。

一座高楼，便于此刻自湖底缓缓升起，恍若神迹，因神音而起。

莅临世间。

文臻抬头，平生第一次震撼难言。

也在此刻，她听出这是当初唐羡之说的，为她作的曲子——《绊心》。

他竟然把这首曲子作为了小楼的开楼曲。

小楼升起，水位渐渐恢复，高大的楼体雪白，高高翘起雪色的飞檐，在黑色的湖面上静默，恍若神仙之境，又如地狱之门。

而在小楼的侧面，一道门户缓缓搭下一座玉桥，显然是上楼唯一的通道。

唐羡之不知何时已经立在桥边，于袅袅余韵间，向她微笑伸手发出邀请。

整个湖面依旧被那编钟的余韵笼罩，而四面的平地亦有沙沙之声。

文臻走上玉桥，并没有握唐羡之的手，很自然地伸手一指那湖面，道：“谁知道名动天下的唐家小楼竟在湖底，还需要凭极高曲艺才能开启机关。这等巧思，唐家小楼便是百年也不得破。”

唐羡之从容收回手，笑道：“自古无千年传承之世家，也无百年不倾之高楼。”

文臻怔了一怔，道："没想到唐先生如此悲观。"

唐羡之不接这话，只道："说起来，能以编钟奏此曲，还是得小臻提醒。"

文臻想起在五峰山自己曾经和他说的一人可多奏之事，默默无言，心想以后在聪明人面前万不可多嘴。

两人此时已经走到小楼前的长廊上，那是一片开阔的平台，正对着湖面，平台上有一座扇形的形制奇异的琴。

唐羡之伸手拨琴，道："小臻，难得来到川北，不如多待几日？"

他如对客人般挽留，文臻笑道："那可不行，我是恶客，我不仅闯入你唐家，还要带走你唐家的好东西，你再留我多住几日，不怕你唐家长老会反了天？"

唐羡之便道："是要这个东西吗？"他拍拍手，便有人悄然送上来一个盒子。唐羡之转手递给文臻，文臻手上已经戴了手套，接过打开，便立即盖上盒盖。

差点被闪瞎了眼睛。

唐羡之笑着指了指小楼顶，道："如果平日过来，你会看见这楼顶镶嵌着这宝石，否则这通体雪白的楼也太单调了些。"

文臻端着那沉甸甸的盒子，皱眉道："这么个宝物就这么给我了？不过五关斩六将，我这心里不踏实啊。"

唐羡之失笑道："不过是区区死物。小臻想要，是我的荣幸，自然早就给你准备好了。"

文臻心中叹息，果然什么都瞒不过他啊。

他猜到了自己等人会赶时间走川北。

他猜到了自己会去救王雩的母亲。

他在那时候去家庙"路遇"自己，其实是暗示自己去唐城。

他甚至早在几年前，就借玉佩给她留下了唐城内部的地图。

而她不能不来。

今晚燕绥可能也有一些计划，唐羡之既然注意到了她，她就要牵制住唐羡之的注意力，为燕绥争取机会和时间，总不能让唐羡之抽出手去对付燕绥。

他得知她和燕绥和林擎在天京城外闹出那动静后便失踪时，展开地图，画出线路，便猜他们可能会取道川北。

长老会并不同意他的判断，觉得那几个丧家之犬如何敢横穿唐家地盘。

可他知道他们敢，不仅敢，可能还敢做更多。

所以他一直在等她。

当初长川雪中一会，言语试探，他就知道，文臻明白了那玉佩的奥秘所在。

以文臻的心性，来到川北一定会去救王雩的母亲。

今日他们进城，以矿藏和父亲的病为由敲开城门，消息传过来，别人尚懵懂，他便明白燕绥和文臻到了。

也是在此刻确定，果然矿藏是燕绥的拖延计，父亲的身体也是燕绥下的手。

但这个时候便是明白也迟了，所以燕绥想必也是不介意被他察觉，才以此入城的。

他去家庙拦截文臻，将王雩母亲转移，然后等文臻到来，并没有安排大开城门，是因为一来会引起长老会的注意；二来怕文臻反而会因此多疑打道回府，那就难找了；三来，他有点期待和文臻心有灵犀的那种感觉。

哪怕她自己不觉得。

至于宝石是他本就准备好要送给文臻的，只是看文臻的神情，这似乎本就是她的目标之一，这令他颇有几分惊喜。他自遇见文臻，总做些不合她心意的事，以至于两人不得不分道扬镳，如今总算有件事投了她的心意，于他也是宽慰的。

还有件事想为她做。

长指轻拨，起铮铮之音。

他道："小臻，你看。"

文臻转头，便见不知何时湖四周灯火通明，照耀得湖前那一大片空地一片雪亮。唐羡之在身后拨琴，声音清越。

遍地花苞齐齐开放，先探出嫩黄雪白花蕊，再舒展深紫浅紫花瓣，层层叠叠，卷卷迭迭，一层层地打开，怒放都在刹那间。

刹那间彼处烂漫成紫色花海，涂满视野。

文臻屏住了呼吸。

有一瞬间，她有点茫然地看看天上，又看看四周，依旧是冷月孤星，霜白叶寒，除了寒梅别的花并不会盛放的冬季。

然后她忽然发现那些花有些异常。

枝干特别挺立，花朵特别硬实，颜色特别一致，形状毫无差别。

身后的唐羡之轻轻道："紫英葵是川北三州最常见也最美的花朵，一年盛放三季，漫山遍野，美不胜收，香气浓烈，经久不散。这么多年，我总想你来川北，总想带你亲自看看紫英葵花海……今日你终于来了，却是紫英葵唯一不开花的冬季……所以我做了这个机关，毕竟花开不逢时，相遇总是缘，下一次你来川北也不知道是什么时候，让你瞧上这一眼，便当我的心愿也完成一半了……"

文臻听到他声音微微颤抖，转头看一眼却见他额头微微出汗，随即明白了这是怎么回事。

并不是唐羡之有了燕绥那令万物生长的本事，而是这遍野的紫英葵竟然全部都是埋在土里的机关，而唐羡之以内力拨琴发动机关，一声发芽，两声抽节，三声顶苞，四声开花，才造就了这足可惊绝天下的冬季紫英葵花海。

只为了让可能只会来川北这一次的她亲眼看一看紫英葵盛放的模样。

而要催动这样的大型机关，所花费的内力不可估量，所以即便是唐羡之，此刻也露出了虚弱之态。

她垂下眼，不知该如何回应。于她的三观，世间一切美好心意都不该辜负，然而眼前这个人的心意却是无论如何都不能接受的。

身后唐羡之在问："美吗？"

文臻吸一口气，一边想着这密密麻麻的紫英葵机关到底只是用来观赏还是能困住人，一边道："很美。"

"喜欢吗？"

"所有女人都喜欢花。"

"喜欢的话，那就一直留下来，一年四季都能看到它，好不好？"

第一百一十九章

鼎炉、杀器、毒药

就在文臻和兰旖出门后不久，燕绥也出了门。

他在出门前去了文臻房间看了看，怕惊动她，没有进门，眼看帐子放下一半，被窝高高隆起，采桑在床前打瞌睡，便退了出去。

然后他披上大氅，带着护卫们无声出了门。

在暗桩的指引下，避过巡夜的士兵，他竟然也是往家庙的方向去的，却走的是家庙后方的一处坟地，在一处旧坟之前停下，中文捡起一根散落的白骨往那残碑上敲了几声。

里头也回应地敲了几声，然后坟头忽然被掀开，探出一个黑黝黝的脑袋，咧嘴一笑。

午夜坟地看见这么一幕场景挺瘆人的，中文没好气地翻个白眼。

那人坐在坟头招了招手，便飘了下去，燕绥也便跟着，底下却并不是想象中的肮脏污浊，相反十分洁净，陈设讲究，像一个正常房屋一样修出了里间外间书房，书房里还有琴棋书画。一个青衫人正坐在书案前作画，隐约可见画的是个美人。

那人瘦骨嶙峋，面色苍白，看不出年纪。燕绥进来，头也不抬，直到画完最后一笔才搁笔，将那画仔细吹干，小心搁在旁边条案上，那条案上都是画，都画的是那美人，坐的、站的、打秋千的、绣花的、起舞的，不一而足。

燕绥也不说话，坐在一边看他画完，那带他们进来的男子道："殿下啊，怎么？看着这一幕良心不安了？"

燕绥奇怪地看他一眼，男子手一合，恍然道："啊，我错了，殿下怎么会不安？殿下本就没有良心这种东西啊。可笑我还以为殿下有了女人，再见这些事多少便能触动一些柔肠一些呢。”

中文皱眉道：“曾不凡你少阴阳怪气。你爹的事岂能怪殿下，怨了这么多年也该闭上你这臭嘴了。”

曾不凡哼了一声，不说话了，中文却又向燕绥道：“殿下莫理他，其实他也是个性情中人。”

燕绥却踱过去看那些人物画，曾不凡也凑过去，指指点点地道：“殿下，你瞧，大公子的画是不是越来越精进了？这人物栩栩如生的，一看便知道是时刻挂在心头的那种，又像是每日亲眼看着一般鲜明呢。”

中文在一旁看着，先是深以为然，又觉得哪里不对劲，忍不住去看燕绥。

这位大公子自然是唐家的大公子，唐家早先名正言顺的继承人，曾经和长川易家的一位小姐情投意合，后来联姻却出了问题，两边交恶，一对有情人自然也被拆散。唐大公子却是个情痴，受此打击，后来行事便多有悖逆，渐渐便失去了继承人的地位，被唐羡之取代。

这事儿当年有燕绥的手笔，中文是知道的，后来这位唐大公子渐渐便有些神志昏乱，被移送到家庙休养，实际就等于被放逐了，但这些年在燕绥的指示下，他在川北的线并没有放弃这位唐家曾经的继承人，在家庙清修的生活多半清苦，燕绥的人对这位唐大公子私下照顾多年，甚至为他在家庙后面开辟了这处密室，供他休养并作思念那位易小姐之用，唐大公子渐渐也习惯了众人的照顾，似乎并不知道这些人其实是他沦落至此的始作俑者。

他在家庙被软禁多年，日常排遣便是作画，画那再也无缘的心上人。中文方才一见，只觉得这画比当年从川北传过来的画更加精妙逼真了，一开始以为是画技越发高超，此刻却不禁多想了一想。

毕竟曾不凡看似不靠谱，却很少说废话。

曾不凡和燕绥的渊源与唐大公子性质不同。曾不凡之父曾怀曾经是燕绥派出的最高等级的间谍，在唐家一直混到了戍守定阳的要职，却在当年唐羡之乌海之行后，就被唐家以玩忽职守的罪名下狱斩首。事后燕绥推测应该是曾怀细作身份暴露被寻借口杀害，后来就要不要接回曾怀子女之事还曾和文臻有过一场辩论。

之后燕绥依了文臻所请，给了曾家子女自行决定的权力。曾家有两子回了东堂，另有一子一女留了下来愿意继续为朝廷细作，为父亲报仇。

中文是佩服曾不凡的，哪怕他毒舌，邋遢，尊卑不分。

燕绥看着那画却没说什么，唐大公子忽然将画一收，木讷地道：“去，别看脏了我的画。”

谁也不会和一个半疯的人计较，燕绥却道：“人都未必干净到哪儿去，怕什么画脏。”

唐大公子一听就急了，霍然站起，怒声道：“休得胡言。云婉素爱洁净，每日必定盥洗数次，一日衣裳数次更换……”

他忽然不说话了，燕绥静静地看着他，道：“你怎么知道的啊？”

唐大公子唏嘘道：“我当然都记得。”

燕绥再不理他，问曾不凡：“都准备好了？”

曾不凡咧嘴笑道：“差不离吧，地点摸清楚了，路线摸清楚了，就等你们的高手和趁手的工具了，川北最近管制太严了，带只铁勺在身上都会被没收！”

燕绥点点头。曾不凡拍拍手，便走出高高矮矮几个人，曾不凡道：“都是我们费尽心力找来的当年旧人，得过大公子大恩的。一人在军械库做仓兵，一人在马场喂马，一人的亲戚在粮草库。还有一个和唐城巡城司的司官有姻亲，都用得着。”又凑近燕绥，低声道，“这些年给足了银子，又有家小在我们手上，放心。”

燕绥嗯了一声，便有一人上前带路，几人从坟头里出来，中文回身，看见唐大公子又铺开了他的画纸。

燕绥这边一出来，夜色中人影闪动，他带来的精锐也显出身形，一行人跟着那带路人，默默翻越山岭，专门走那偏僻小路，一直到了一处山冈上，站在山冈上向下看，曾不凡指着左边道：“那边是马场。”又指右边，“那边是粮草库。”接着指两者中间更远处一座铁黑的堡垒，“军械军备多半在那里。但是大多是铁家伙，拖不走烧不掉，防守之严密更是空前绝后，大军来都奈何不得。咱们人手少，时间紧，我建议就对马场下手，马场兵力较少，畜生又容易乱。”

中文也点头，虽说肥肉有三块，但最多也只能啃下一口，自然要捡最容易得手的。

他凝视着燕绥的侧脸，心想殿下冒险穿越川北还要搞事，寻常人定然以为他是傻了，被朝廷如此兔死狗烹，还在兢兢业业帮助对付门阀？又有几人能猜到他是为了文大人呢。

从川北的粮草军械库设置来看，临近川北重要河域川江，而川江往南而下，支流通往湖州境内。

如果唐家真要起兵，必定先从平、湖、定三州燃起战火！

而湖州对于文大人意义不同，而且湖州大军已经暂时被抽走，一旦遭遇铁蹄，文大人必定伤心而千里驱驰，可殿下怎愿意文大人置身险地？

既如此，便亲身冒险，先为她掐灭这危险的火苗罢了。

殿下每一份心意都是以铁血山海为证，却又不曾说出口的誓言，但愿文大人能明白。

他看向燕绥，燕绥凝视黑暗的前方，道：“那便马场。”

中文舒一口气，马场简单。

曾不凡眼底露出兴奋。

那个马场的喂马人便悄然回去，不多时，底下有细微的灯光闪了闪，这是无事可动手的信号。

中文挥了挥手，几个黑衣人无声掠下了山。

燕绥忽然对中文招了招手，中文过去，燕绥伸手，中文立即会意地掏帕子，曾不凡看见，不屑地哼一声，转头走开。

中文把帕子递到燕绥掌中时，却听见燕绥以极低的声音吩咐了几句。

他霍然抬头，眼神惊讶，但随即掩去，低下了头。

兰旖发现自己甩不掉唐慕之这个跟屁虫，因为她有全天下的动物做她的侦察兵。

一直到了客栈，她才无奈地停了脚，发现自己把情敌给带到了燕绥身边。

这让她很不甘心，正要换个方向继续走，忽然看见楼上窗口人影一闪，一人掠出，看身形好像是林擎。

这半夜三更的，林擎去哪里？

她看见了，唐慕之自然也看见了，她比兰旖反应快，立即冲进林擎所在的那一层楼转了一圈，没看见一个人。

她脸色煞白。这半夜三更的，这几个人出现在川北，这是要对唐家下手吗？

他们胆子也太大了吧？

原以为他们敢从川北横穿胆子已经包天了，没想到这几个人的胆量就不是正常人可以想象的。

唐慕之毫不犹豫一掌拍在了还在发愣的兰旖背后。

不管你是来干什么的，先解决一个！

兰旖倒了下去。唐慕之扛着她往林擎房间里一扔，转身跟着林擎的身影追了上去。

她也不知道自己是要做什么，心里乱糟糟的，既不愿意唐家遭了这几个人毒手，也不愿意这几个人死在唐家围剿之下，只好走一步看一步。

她一直跟着林擎往城西而去，眼看林擎身后渐渐汇聚了好几大道黑衣人影，她越走越心惊，因为那个方向渐渐荒僻且管制增多，那是唐家军械库所在地。

而林擎十分警觉，似乎察觉了什么，她一个晃神，他的身影就消失了。

唐慕之停了脚，也没继续追，她猜林擎就是去军械库。

林擎既然去了那里，那么燕绥呢？燕绥也是在那里吗？

听兰旖的口气，文臻却好像去了唐城，这两人为什么没在一起？

今晚的唐家到底有没有准备？

自己那位万事在心的哥哥最近一直留在唐城，到底是什么盘算？

她正彷徨着，忽然听见身后沙沙的脚步声，似有大队人马接近，她警觉地回身，就看见黑暗中一顶黑色的轿子，轿子里一人掀开轿帘，对她微微一笑。

她却惊住了："父亲！"

唐城里，文臻听见那句问话，便深吸了一口气。

半晌，她嫣然道："唐先生是个聪明人，为何总问明知不会有答案的问题呢？"

唐羡之平和地道："以前是不会有答案，今日之后却未必了。"

文臻心中"咯噔"一声，唐羡之却又伸手邀请道："既然来了川北，怎可不尝尝本地特色美食？"

他话音一落，廊上便洒下柔和灯光，仔细看却是颗颗夜明珠嵌在天花板上，平日里被宝盖遮掩，需要时宝盖移开，便现珠光柔和莹润，似无数温柔晚月悬于头顶。

扇形琴之前的台案上几支梅花幽然吐芬。不知何时，一张雪白云石桌出现在台案前，两张云台绣墩相对而放，一行青衣侍女流水般上菜。她们衣裳颜色素朴，质料高贵，灯光下的隐隐珠光，和乌发间明珠交相辉映，容颜亦如美玉生辉。

文臻此时才发现，虽然冬季严寒，但这小楼内却温暖如春，地面的温热透过脚心暖洋洋的，显然整座楼都有地龙。

远处隐隐有丝竹之声，紫英葵随风摇曳，身前白衣男子长身玉立，如云如仙，他含笑的眼眸里星光也醉湖水也清，气氛祥和，如梦如诗。

文臻心里却乱糟糟的。

她要走，可是面前人似天上人，天上人行的却是天魔事，唐羡之让她走才怪。

他亲自出面搞这许多花样，不就是为了留住她？

文臻面上笑吟吟的，心中则在飞快盘算，目光无意识地在眼前的菜式和婢女之间梭巡，人美菜香，她目露欣赏，但其实都不入眼，忽然她一怔。

一个端上汤盏的侍女忽然对她悄悄眨了眨眼睛。

唐慕之在黑暗疏落的林中惊讶地看着轿中人。

轿中男子不急不忙地走了出来，统治川北三州近三十年的唐家家主唐孝成，面容颇为英俊，一双眼眸颜色浅淡，眸光却深沉，眉心川纹清晰，显然思虑颇重，看人时眼眸习惯性弯起，却又显得柔和。

唐慕之却下意识眉心一揪，忽然明白了自己为什么第一眼看见文臻就不喜欢。

这弯弯眼眸笑意却不及眼底的感觉太眼熟。

她退后一步，诧道：“父亲，您不是已经上京了吗？”

唐孝成笑道：“京中是龙潭虎穴，如何能去？”

唐慕之默然，便知道去的想必是傀儡了，这在世家大族里也不算新鲜。只是父亲为何深夜出现在这里？

唐孝成似乎猜到她心中所想，道：“今夜有贵客来，少不得你父兄亲自招待。”

唐慕之沉默了一会儿，道：“父亲是要拿下燕绥和文臻吗？”

唐孝成道：“那几人胆大包天，想从我川北过境也就罢了，居然还想在川北作祟，我唐家百年门阀，如何能给人这般作践？”

唐慕之默然。

唐孝成看了她一眼，屏退左右，道：“你可知你为什么还能安然回来？”

“自然是我那好哥哥没有将我的事通报长老堂。”唐慕之语气平淡。

唐孝成皱起眉：“慕之，你何来这般怨气？父亲和家族何曾亏待过你，你心里在想什么我竟完全不懂！先不说那些年你为了追逐燕绥干了多少傻事和蠢事，坏了家族名声。你喜欢燕绥，我便想法子和朝廷提亲，结果你自己破坏了。你既破坏此事，便收心也就罢了，却又在留山和燕绥勾结起来，对你亲哥哥下手，坏了他在留山的计划，桩桩件件都是大错，你哥哥不和你计较，代你隐瞒下此事，才有你如今的安然自在，你不仅不感激，还要怨恨在心吗！”

唐慕之转向他，静夜孤灯下她看起来面目平静：“亲哥哥吗？”

唐孝成猛然一怔。

唐慕之笑一声，讥诮道：“一胎双胞，龙凤呈祥。唐五唐六，唐族双璧。听起来真好听啊。可为什么在我的记忆里，我很小很小的时候并没有哥哥呢？”

唐孝成脸色忽然变得僵硬，似戴了巧手雕刻的面具：“那自然是你年纪太过幼小的缘故。”他顿了顿，“你母亲当年生下双胞龙凤是全族都知道的喜事。”

“是啊，我们唐家一向都把双胎龙凤看成祥瑞之兆的，如果这双胎龙凤安然长大且资质出众，那简直就是最好的兆头。也因此，我们兄妹在族内同辈中地位很高，那么问题来了，既然地位都很高，为什么哥哥在六岁后被当作继承人一般培养，接受的都是严苛的训练，而我，书可以不读，武可以不学，性情可以不贞静，唯独内功和哨技却日日严厉督促，特别是内功，明明学得并不出色，使用起来并不高强，明明可以弃学，却总是还要我继续学下去，这又是为何呢？”

“那是因为你是女子，女子总不能作为唐家继承人那般培养，一门武艺学了便学了，何须高强？让你半途而废，对你又何尝公平？那时候你大哥已经出事，为父刚继承家主之位，你哥哥在家族中刚刚崭露头角，自然要将未来全族的责任担起来。那又算什么好事了？你哥哥两岁启蒙学音律，三岁习字，七岁遍读四书五经，十岁可辩大儒，从六岁起他的人生便被那诗书礼仪塞得满满，成年后又要日日为家族筹谋，应对朝廷和燕绥的明枪暗箭，稍有不慎便万劫不复，又何曾有过一日轻松？照为父看来，那千般重担都有你哥哥替你担了，你该感到庆幸才是！”

“若真是我哥哥替我担了，担上一辈子，我自然该庆幸，甚至是感激。”唐慕之没有感情地苦笑，“就怕担了一时，终要我用一世来还！”

唐孝成缓缓转头看着她，温和地道：“阿六，何以突然说这话？谁在你面前嚼舌根了？”

唐慕之不理他，自顾自道：“说起来，女儿也很久没见到您了。难得父女闲话，不如就说个故事给您听？话说很久以前，有对夫妻生下龙凤双胞，咱们东堂龙凤胎一向是难得的祥瑞，那对夫妻因此在家族中地位大大提高，十分喜悦，那对夫妻中的丈夫因为自身才能突出，长子优秀，又有这么一对龙凤双胎，便顺利接了家主位，可惜那双胞胎中的女儿身体荏弱，便纵是那对夫妻精心呵护，养在深闺，很少见人，还是在六岁的时候死去了，恰在此时，这位刚刚接任家主的丈夫的长子忽然又因为婚事出了事。”

唐孝成面无表情地听着，身影在灯光的阴影里岿然如石雕。

“大家族嘛，您知道的，劲敌很多。刚当上家主不久，引以为傲的优势忽然接二连三没了，难免就会被人拿来作为话柄，有祥瑞就有不祥是不是？不然何以别人当上家主平安无事，他刚当上家主就出这么多差错呢？自己家儿子都管不好，凭什么管理这么大的家族呢？龙凤未长成便折一凤，另一龙还算龙吗？这位新家主立足未稳，眼看长子已经无力挽回，双胞胎绝不能再出事，想着小女儿反正身体弱，藏在深闺，见过的人很少，因此，干脆也就悄悄埋了，另外从妻子娘家选了一个和小女儿有些相像的小女孩带进了唐城，还是装作身体荏弱，养上一年半载再出来见人，到时候也没几个人记得她的模样了，如此，双胞还是双胞，龙凤还是龙凤。新家主运气真好啊，那一龙年纪小小，一番高压苦学之下及时崭露头角，唐家长老会重新建立了对这位家主的信心，自此，这丈夫便将这家主之位长长久久坐了下来。”

唐孝成淡淡道：“这故事很不错，曲折动人。依我看来，故事里人人都有无奈之处，唯一幸运的就是那被抱来的女孩。本是普通人家之女，却因此机缘进入这钟鸣鼎食的川北第一世家，得了这泼天富贵，金尊玉贵宛如王女一般长大，怎么？还要狼心狗肺地不满不成？”

唐慕之点点头，道：“是啊，是这道理，确实是金尊玉贵如王女一般长大。她原先知道这故事时倒也没多少怨恨，顶多就是多年疑惑得解——为什么这么多年，父母待她和哥哥看似一样实则处处不同；为什么无论哥哥待她怎样她都始终无法起亲近之心；她六岁之前的记忆被抹去，为了扮成一个荏弱的小女孩，她是真的荏弱地生了一年病，一年后，她六岁之前的记忆只有一星半点，她真以为这是她的亲人，可亲人为何不亲？想不明白，之后的许多年，她被这个问题折磨着，像被小刀天长日久地削磨着，先是鲜血淋漓，后来就结了疤，再后来就变得坚硬而有棱角，处处硬处处棱，不再让自己受伤，只会让人受伤。”

“那也只是那女子天性不良，所以越来越偏狭。世家大族嫡支子弟，谁会长成这样？所谓朽木不可雕也。”唐孝成一笑，“或者可以说，非我族类，其心必异？”

唐慕之转头看他，她眼神晶亮：“是啊，当真不是因为看中她的坚韧心性和特殊体质吗？否则你唐家无人肯练也无人能练的碎玉内功，为何只有她练成了呢？”

唐孝成眼神微微一闪，不说话了。

“哨技是唐家偏门，唐家视为下等武技，男子都无人肯练，更不要说是女子。她去练了，只因为好爹爹说练好了这个可为兄长辅助，为此她磨破了舌头，嘴里一次次鲜血淋漓，打断过骨头，裂过嘴唇。她不知道碎玉内功是什么东西，只知道进展很慢，练了那么多年，她的武功内力都始终平平，这使她无法翻出太大的浪来，永远不得不被她那好哥哥掌控着。她以为是自己资质有限，直到她刚刚知道了，碎玉内功，顾名思义，宁为玉碎不为瓦全，可全部倒灌赠与他人，也可在关键时刻和人同归于尽，还可以在外力作用下，在与人交合时……令对方全身经脉碎裂而死。”

她盯着唐孝成的眼眸：“家主，您说，这好爹爹让他这便宜女儿练这丧阴德的内功，想要做什么呢？想未来需要时为她那好哥哥牺牲？想在和生平大敌对战时让她自爆？还是想她最终追逐那皇子成功，最后洞房花烛夜将生平所爱害死？”

“这就是你们抱她养她，朝夕相处二十余年的目的吗？

“这就是你们身为养父母，一日日听着她满含孺慕之情地喊着你们爹娘，所一直抱持着的想法吗？

“你们在听着那呼喊，看着那眼神，那笑容时，在想着什么呢？想着鼎炉今日火候可足否？杀器今日修成否？毒药今日练就否？

“你们的心是什么做成的呢？为什么我觉得你们的心才是那鼎炉、那杀器、那毒药呢？”

第一百二十章

步步惊心

夜风瑟瑟，穿林过道，一弯残月挂在白桦树梢，月色比那惨白的树皮更暗几分。

唐孝成的脸色终于也如此刻的月色般暗下来，片刻之后，吸一口气，道：“唐鉴之！”

林中静悄悄，无人回答。

他又大喝一声：“唐鉴之！”

依旧只有风声游荡呜咽。

唐慕之讥讽地笑起来：“猜到了是我那大哥了？可是他和你一样，都是喜欢在背后作祟的人物，只要能看着别人在台前卖命，自己是绝不愿意出头的。”

唐孝成冷冷道：“一个个装疯卖傻倒是熟稔！”

唐慕之摇头：“大哥是最近才有些清醒的，否则我哪能糊涂到今天。至于大哥是不是也是别人手中的棋子，我也懒得计较。总归他也得到自己想得到的就成。这世上谁还不是个棋子呢？”她忽然笑道，“爹啊，你猜大哥最恨的人是谁呢？”

唐孝成面色一变。

“谁在他最孤立无援的时候不仅不帮他，还落井下石；谁在他最需要帮助的时候不仅不支持他，还急着和他撇清关系；谁最快放弃了他，谁最先解除了他的婚约，谁最早将他送入家庙，谁这么多年没去看过他一眼。”唐慕之笑道，“那是谁啊！”

她还没说完，唐孝成大喝一声，疾退。

但是脚下忽然被绊住。

几道极细的钢索在满地落叶之下纵横飞射，联结成网，将他的双脚困住。

头顶树冠动荡，唐孝成的护卫疾奔而来。

唐慕之却在此时手一扬，从头裹到脚的黑披风猛然被甩开，雪光一闪。

她披风之下，竟然几乎没穿!

唐孝成骇然，下意识闭上眼睛，深入骨髓的礼教让他无法这样面对自己的“女儿”。

护卫们也不得不停住脚步转身。

唐慕之毫不犹豫，大笑着扑了上去，于寒冬深夜冰冷的空气之中，裸身抱住了自己的养父。

她扑过去时，周身爆发一阵灿然的光亮，宛然如玉，然后那玉色光芒如甲龟裂。

唐孝成闭眼刹那便知不妥，立即又睁开眼睛，唐家家主在此刻自然不会顾及任何男女之防，眼看那层玉色一程龟裂之态，心中骇然，知道唐慕之这竟然是准备同归于尽了!

他猛然向后倒去，唐慕之已经扑到他身上，死死一口便咬在他颈侧，唐孝成大喝：“贱人！”拼尽全力将身子一侧，同时膝盖弹起，击中唐慕之丹田。

那正是碎玉内功的流转之地，唐孝成比唐慕之还清楚该如何打断她，但还是慢了一步，一声闷响，唐孝成大声惨叫，唐慕之口角流血滚了出去，滚出去还在大笑，一边笑一边高举起一样血淋淋的东西，那是一截人的手臂。

她被打断而未能收回的内力将唐孝成的手臂炸断了。

唐孝成惨叫着在地上翻滚，断了的肩头边缘露出一截金丝背心，如果不是这玩意，估计他性命不保。

他的护卫此时也冲了下来，砍断钢索，扶起唐孝成，制住唐慕之，人影连闪，源源不绝，本来林子中还有些动静，随着人影不断增多，那些动静便向林子深处簌簌而去。

显然，唐鉴之埋伏的人撤走了。一个废弃继承人的力量是无法和当权多年的家主相比的。所以他很识时务，从头到尾都没露面。

唐慕之趴在地上咳嗽，也不反抗，唇角是一抹讥嘲的笑意。

唐家人都是这样，人人都爱将他人当作棋子，人人也不由自主成为棋子。

唐孝成由属下快速包扎了伤口，脸色灰白，上前来把了把唐慕之的脉，闭目不语，半晌道：“慕之，何苦如此。”

唐慕之吐出一口带血的唾沫。

她似乎想吹哨，但每一口都喷出血来。

远处忽然轰然一声闷响，地面微微震动，唐慕之下意识转头，黑暗中却一无所见。

唐孝成眼光微闪，冷笑道：“鼠窃狗偷之辈！”转头看向唐慕之，挥挥手，便有人上来给她喂了一颗补气的药丸，唐慕之吐血稍停，唐孝成看着她，淡淡道，“慕之，你先前说得对，毕竟养了你这么多年，便是小狗小猫也养出了几分感情。如此，我便再予你一次机会，只要你做好了，我不仅饶了你之前所有罪过，还可以帮你解了你的碎玉内功，给你自由，如何？”

一桌美食，明珠为灯，美婢伺候，地龙温暖，临湖听风。对面主人殷殷劝菜，而客人含笑细品。灯光下彼此相视眼波脉脉，每一段相逢都似温柔。

唐羡之和文臻在的场景，经常都是和谐美好的。

但实际上，一个在推演着未来几个时辰即将升腾起的焰火和即将发生的战斗，一个在盘算着如何推翻这座湖上美轮美奂的楼。

在小楼的角落，一只毛色银白的巨犬无声无息走来，懒洋洋往地上一趴，偶尔掀起眼皮，瞟一眼灯光下。

它看一眼，灯光下文臻的发辫便颤一颤。

文臻忍无可忍，伸手一拍，那辫子才安静一些，文臻对唐羡之抱歉地笑，起身道：“我想更衣。”

唐羡之微笑招手，便有侍女上前。文臻看正是方才那给她使眼色的侍女，不动声色地跟着她绕过屏风，进入了小楼内部，小楼内部是一个回字形，中间天井便是粼粼的水面，有廊桥连接着各个房间，而每个房间都能看见廊桥上的动静，廊桥上的人也能看见每个房间的动静。

但进入之后，小楼的高度感觉比外头看着矮，这显然是最上面几层不是这种设计，被封起来了，那应该才是最重要的地方。

文臻敲了敲板壁，声音清亮，无砖瓦沉闷之声。

小楼果然是木质的，此木防水防腐，质地坚硬却极轻，产量很少，价格昂贵，寻常大户会拿来制作马车，拿来造一整座小楼的也就只有唐家了。

文臻猜想，因为小楼主体坚硬而轻，所以底部应该有螺旋状铁柱支撑，如此便能撑住一整座小楼在湖中自由上下，而编钟所在的亭子连同编钟，则是机关总枢纽，曲调便是机关的开启顺序，比寻常的文字或者数字更加复杂。

也只有回字形的设计会让小楼主体分量更轻，至于中间这一块室内湖水简直就是天然的屏障。

每个回字形的四角便是如厕之地，也是唯一有门的地方，那侍女带着文臻进去，便在外头守候，片刻之后，文臻道：“麻烦递个妆盒，我要补妆。”

妆盒递了进来，深红的脂膏上果然用簪子写了极细的字：“曾怀之女曾有逊，谢当年大人进言之恩。扇琴十二柱，第七柱下有机关。”

花体小篆，精美秀气，乍一看就像胭脂边缘镂刻的花纹。

文臻怔了怔，隐约想起曾怀这个名字，是当年燕绥派到川北的卧底，被唐家发现后杀死，后来燕绥有意让曾家子女继续潜伏，她为此还不满来着。没想到曾家女还是留了下来，这是来还她的这点情分了？

她想了想，抹平胭脂，也拔了簪子写了几个字，递出妆盒，笑道：“这胭脂不错，果然不愧是唐家。”

胭脂上写着：“从家庙接回来的人在何处？”

曾有逊看了，手指一抹将字迹抹掉，顺手将胭脂在自己唇上涂了，眼看文臻出来，笑着柔声道：“姑娘好了？姑娘且随我来。这小楼及唐城道路复杂，姑娘可莫要走错了。”

文臻便明白这是人家不愿意她多事了。

那也便罢了，能透露那一处机关给她便是已经还了情了，毕竟文臻也不觉得那算什么情分。

跟着曾有逊走回楼前平台的时候，曾有逊忽然遥遥一指，笑道：“姑娘您瞧，那是咱们唐城名景，晓月钩沉。”

文臻抬眼去看，正看见远处高楼挂着一轮浅浅弯月，其后便是连绵如远山的唐城起伏的屋脊，看上去沧桑又肃穆。

她便明白了，笑一声，道：“果然气象庄严。”

她走上平台的那一刻，心里已经渐渐静了下来。

不，不走。

唐家已有准备，她现在便是冲出去，不知道燕绥现在在哪里，也来不及给他提供任何帮助，还不如留在唐城搞事。毕竟出去后就再没有这样接近唐家中枢的好机会了。

不管唐羡之留住她是为了她的安全，还是为了拿她做人质，只要人质能把唐城闹翻天，那就不叫人质。

头顶的发辫已经不动了，文蛋蛋早已下山溜达。

唐羡之的那只狗趴在黑暗中，履行着它无形威慑的职责。

结果它忽然一睁眼就看见那只曾经见它如见鬼，老远闻见它味儿便逃之夭夭，就在方才，还在它目光下颤抖的琉璃蛋儿，不知何时竟然滚到了它面前。

那只肥狗诧异地瞪大了眼，文蛋蛋散发着琉璃光彩的身体上倒映着肥狗圆溜溜的眼珠子。

文蛋蛋往前滚了滚，钻入了肥狗颈项下的厚毛里。

肥狗浑身的毛根根竖起！

它为什么忽然不怕狗了！

唐羡之察觉，回头看了它一眼，文臻忽然皱了皱眉，拍了拍自己辫子，仿佛辫子还在颤动一样。

而文蛋蛋在肥狗颈项下的厚毛里扯了扯，肥狗便慢慢再次趴下了。

此刻，回字形的小楼内，天井湖水里，正冒出一个又一道蓝衣人影来，都衣着紧身，踏上廊桥。

他们都佩着阔剑，剑阔度也有区别，最窄的也有女子手掌宽，最宽的简直像个小铲。

忽然水声大作，水画乱溅，一人蹿上廊桥，他身后另一人剑光如电，掠起一大片扇形水波，直撞到前一人的后心——

廊桥上一人随手一拉，将人拉开，对底下喝一声："乙九，够了！"

乙九跃上廊桥，头一甩甩掉满头的水，冷哼一声。

廊桥上看热闹的人便纷纷道："今日试炼已结束，上廊桥便不可再动手，你莫要挑战公子的规矩，便是不服气剑窄一分，明日水下再斗便是。"

那人便不再言语。

谁都知道水下练剑，剑越窄越轻松，越阔越难，因为水的阻力巨大。

因此唐家剑手练剑都以剑阔者为尊。

剑阔而能胜者，意味着速度更快，力量更强。

在水下剑阔而能胜者，一旦上岸使窄剑，又岂是寻常剑手能比？

廊桥上站满了人，人都到齐了，便齐齐拔剑，宽窄不一但都比寻常剑宽的长剑明光闪烁，点在湖水之上，人人凝神，眉心白气缭绕。

白气自剑尖穿刺而出，呼啸着掠过湖面，交叉纵横，寒气呼啸，温度骤降。

片刻之后，湖面封冻。

现在房间的中间是一块淡蓝色的透明光滑的广场，天然的平坦练武场。

最上面一层看似一片雪白的天顶处忽然缓缓震动，现出一个不大的窗口，窗口没看见人影，但所有人神情都肃然起来。

上方有悠扬乐声，自天顶洞口传来。

有人送上一双双鱼皮软靴，靴底亮亮的泛着油光，众剑手各自换上，轻盈一跃，上了冰面，再次双双捉对，厮杀起来。

水下练剑，练的是臂力和身法；冰上练剑，练的是反应和速度，还有对力量的控制。

在这里练出的剑阵也比在平地练出的更严密更流转如意。

乐声悠扬往复，几曲之后，袅袅散去。

有细微铃声响起，大家便都纷纷收剑，知道这是送饭时间到了。

小楼内有严格的作息规定，一分一毫也错不得。

众人回到各自房间，铃声越来越清晰，一楼入口处晃来一座山。

细看来，却不是山。

是唐羡之那只肥狗，背上背着一个巨大的筐子，里头是一格一格的食盒。

肥狗脖子下的金铃随着它不急不慢的步伐有节奏地轻响着，告诉这楼里楼外的所有人，它很好，楼也很好，没有外人，没有任何意外。

这座楼里给剑手送饭的任务都是它承担，唐羡之一直认为，畜生比人可靠。

这只异种的猛兽勇猛强悍，力量大到能将佩最阔剑的剑手一掌扇翻，速度快到能将轻功最好的剑手甩出老远，利爪能将这小楼连阔剑都砍不开的墙壁抓裂，嗅觉更是好到能嗅见十里之外陌生人的气息和动静。

更重要的是，它能令万蛊万毒之王也瑟瑟颤抖，闻风而逃。

还有谁比它更适合今日的送饭任务呢?

文蛋蛋觉得，真是没有更合适的安排了。

它悠悠从肥狗脖子下钻出，钻入放饭的筐子内，食盒都是用封条密封的，任何人碰过都能被发现，封条甚至是丝质的，这代表着会被剑挑断而不是被手撕断。

文蛋蛋顺着食盒滚了一圈，发现还真没下手的地方，只能在封条上先下了毒，这样剑尖挑断封条的时候会沾染毒素，再次和人比试的时候如果对方受伤便会令对方中毒，但这明显达不到文臻的“立即放倒”的要求。

文蛋蛋无奈，只得再次钻回肥狗脖子里，跟着它一起送饭。

文蛋蛋开始思考，要不要采取笨办法，一间间地下毒，毕竟总要打开食盒吃饭的。

只是这个想法还没付诸实施，它听见上头的乐声忽转急促，然后一回头，就看见刚才放过饭的几个房间的把竹木食盒抛在了廊桥上。

等文蛋蛋一间间滚过去，人家早已吃完了!

文蛋蛋急得在肥狗的颈毛里连打三个滚，无意中触及了金铃，引起四周的剑手纷纷警惕地探头出来看，见肥狗无事才又缩回去。

文蛋蛋灵机一动，它忽然想起以前文臻和它说过的话。

一个角度走不通，那就换一个角度。

文蛋蛋盯住了面前肥狗蓬松的长毛，长毛缝隙里金铃一晃一晃，一闪一闪。

片刻之后，文蛋蛋抱着咬下来的金铃，维持着金铃响动的频率，慢慢地向角落里滚去，舒展开身体，将金铃垂挂在廊边。

文蛋蛋滚回肥狗身上，这回痛快地下了蛊。

片刻后，肥狗喉咙里一阵咕噜乱响，忽然撒腿狂奔起来。

房间都没门，众剑手察觉，纷纷冲出门来，对着肥狗一顿狂追。

趁这空当，文蛋蛋迅速往那些房间里滚，从最后放饭的房间开始，往人家汤里吐口水，吐完一个飞快滚向下一个。

它在房间里吐口水，外头廊桥上肥狗在狂奔，一大群剑手还以为这是今天新的考核项目，所以大家都跟着肥狗跑，有人开始组剑阵，有人两头堵截，有人跳上冰面横冲而来要将肥狗撞翻……一时整个廊桥和冰场都热闹非凡，四面的房间全部空了。

小楼外头平台上原本是隔音的，但是正在劝菜的唐羡之忽然低头看了一眼面前的汤碗。

汤水在极其细微地颤动。

与此同时，文臻的腿碰了一下桌子也引起一阵颤动，她急忙致歉。

唐羡之看她一眼，笑道无妨，拿起筷子继续吃饭，和她款款谈这唐城的景致，虽然现在一片漆黑实在也没什么景致。

文臻也捧场地连连点头，表示这唐城果然景致非凡，拿起桌上的酒壶给唐羡之斟酒。

唐羡之拿起面前的酒杯去接，文臻顺手给自己也倒了一杯，唐羡之便敬酒，文臻自然要迎上，不知怎的，平台忽然微微一震，两酒杯相撞，酒液都溅起，在空中交融，再落回彼此杯中。

两只手都在半空中微微一顿，酒杯之上，两双云遮雾罩的眼眸，一瞬凝视。

两人碰完杯，各自收了酒杯放在一边，依旧十分自然，仿佛方才的碰杯从未发生过。

第一百二十一章

小楼一夜惊风雨

小楼里开始结剑阵，阻拦始终停不下来的肥狗。

文蛋蛋滚进滚出，像一只小型琉璃风火轮。

唐羡之仿佛要起身给文臻夹菜，文臻忽然先起身，顺手从旁边侍女身上抽出条汗巾去擦唐羡之面前的桌面："这酒液溢出来了，莫弄脏了你的衣裳。"

唐羡之立即坐下，之后他没再接触过文臻擦过的桌面。

唐家散开的剑手拦不住肥狗，主要是都知道这是公子爱犬，谁敢伤它一根毫毛?

上头乐声急促，剑手身形变动，瞬间变换数十阵形状，将肥狗团团围住，肥狗左冲右突，包围圈却在不断缩小，最终被拦下。

文蛋蛋滚入最后几间房间，完成任务的剑手也纷纷回来吃饭，每日的例行规矩不可破，小楼里的饭食是唐城里最高一档的。要保证大量消耗体力的剑手们的身体素质，添加各种珍贵药材，还根据各人的表现和实绩来决定药材的质量和种类，实绩越好能力越强药膳越好，药膳越好实绩也会越强等级地位也就会越高，实现良性互补。因此每个剑手都对每顿饭十分重视，绝不会浪费一粒米。事实上，小楼也有规定，食物不可浪费，留下一粒米就要经受禁食一日的惩罚。眼看时间快到，众人都无暇多想，匆匆吃完。

侍女送上来一盆热腾腾的汤羹，唐羡之站起身，亲自拿了碗要帮文臻舀汤，笑道："这是这黑湖之中特有的银鱼，比市面上的银鱼要大许多，通体无鳞，只有一根大骨最是细嫩鲜美，三十斤熬出这一碗汤，最是香浓……"

文臻急忙起身表示要自己来，唐羡之忽然把那滚烫的汤往她手上一送。

文臻不敢不接，一旦洒了自己必定遭殃，谁知道那汤里有什么。

她只得接住，唐羡之忽然转身就走，口中还不忘将最后一句话说完：“味美，小臻你一定要尝尝。”

最后一个字说完，人已经消失在小楼向内入口处。

她苦笑，但是也只能将碗慢慢放下来，一点汤都不敢洒出来。

等到碗终于碰到桌面，她忽然又发现，自己的手指竟然被碗给粘住了。

她只得再慢慢将碗上那层黏胶剥离，毕竟那东西粘上皮肤就显出淡绿色，看上去怪诡异的。

但是东西剥下来之后，她便确定那东西就是鱼胶，只是特别黏而已。

等她满手鱼腥解决完那只碗，里头估计也结束了，她叹口气，根本就没跟进去，顺手拿起那块汗巾，要还给先前那侍女。

那侍女急忙后退，勉强笑道：“奴婢的东西也都是唐家的，拿来擦桌子天经地义，无须大人归还。”

看来是得了嘱咐的，知道文臻手里递出去的东西不能碰。

倒是她旁边的曾有逊接过了汗巾，淡淡道：“尊者赐，不可辞。既然是文大人要还给你，你便该收着。”

那侍女还是不敢，文臻笑道：“是啊，你怕中毒是吗？可惜你们都已经中毒了啊，本来我想着借了你的汗巾擦桌子，为表歉意，要把这解药给你的，可你为什么不要呢？”

话音未落，那侍女眼睛一翻倒地，而四周的侍女都软软倒下，只有曾有逊还站着。

她看看手里的汗巾，心悦诚服地感叹：“文大人毒王之称，名不虚传。

曾有逊扬了扬那汗巾：“可是最不该清醒的就是我，我要这解药何用？文大人，还是麻烦您再次把我毒倒吧，记得是和她们一样的毒。”

“那有何难。”文臻笑道，“如果站在我这边，那么毒在桌面上这个位置。”

她指了指自己身侧，侍女们一般上菜给她布菜的地方：“你们上菜要微微弯腰，你们布菜也是一样，你们衣袖宽大，弯腰时衣袖会碰触桌面，之后再有任何动作，自然毒粉就吸进去了。”

“那公子那边呢？伺候他的侍女如何会中毒？如果也是下在桌面，她们中毒了，公子为何没中毒？”

“唐羡之那边的桌面没有毒，毒对他是没用的。我只是在那批侍女从我面前走过去时，在最前面一人的绣带尾端下了毒而已。湖面风大，绣带当风，意境自然是很美的，但当绣带扬起，那一排的侍女自然便都遭殃了。而我的毒都不会当时发作，都需要那块汗巾作为药引，汗巾擦桌，药引慢慢散发，所以此刻她们才倒。然后汗巾最后还给那姑娘时，我才放了解药。”

曾有逊想了想，点头：“叹为观止。”然后她走到桌边，袖子蹭蹭，倒下。

唐羡之进入小楼内，正有人要将好不容易困住的肥狗装进笼子。

唐羡之看也没看肥狗一眼，直接道：“所有人立即放下筷子，出房间。”

所有的剑手都丢下食盒出了门。

唐羡之：“来人，毁去所有食盒，立即请解毒师来，将所有房间全部彻底清理，所有人移居黑楼。”

便有黑衣人自楼顶而下，其余剑手上廊桥，唐羡之道：“解冻。”

剑手们出剑，抵上冰面，白气纵横，湖水解冻。

唐羡之目光流转，已经将每人的剑气情况看完，迅速道：“丁十六、丁十五、丁十四、丁十二……”他一个个地叫下去，叫一个一个便出列，出列了大概有三四十人左右，大概占了全部人数的一半，然后唐羡之道，“解毒师！”

解毒师狂奔而来，此时最弱的，当时房间也在最后，也是最先被文蛋蛋下毒的丁十六。

不得不说文蛋蛋这次很聪明，完全理解了时间利用之法的精髓，小楼剑手等次严格，等级越低的放饭越迟，文蛋蛋从最后一名开始往前倒推，既避免走回头路浪费时间，又保证了对方中招的概率，毕竟越是高手越难中招，何必在他们身上花时间。

所以丁字队除了几个磨蹭的，几乎全军覆没；丙字队倒了一半，乙字队留存三分之二；甲字队两个中招。

解毒师忙得满头是汗，最后和唐羡之禀报：“毒不致死，但会导致神志昏乱，肢体僵硬，短期内无法恢复，即使肢体恢复，也不能保证以后不会忽然发疯，更像是难以解决的蛊。我们可以想办法解决，但是半年之内是肯定不成的。”

唐羡之沉默。

实在是太狠了，一旦肢体和神志受损，剑手就毁了。

而小楼剑阵最强，现在每个队都有剑手出问题，就意味着剑阵无法成形，哪怕看着没问题了也不能结阵，毕竟如果忽然发疯了倒戈呢？谁承担得起这种后果？

这就导致虽然人数损失不是特别多，也不致死，但是小楼整个就毁了。

正是最关键的时期，文臻毁掉了小楼。

她一向不喜欢杀人，但总能用最不决绝的手段做最决绝的事。

今日留下她，并非奢望她能伴他长久看那三季不败的紫英葵，只是和父亲一明一暗，不惜以唐家最重要的战备为饵，对着燕绥这一行人撒下巨网。他困住文臻，父亲对付燕绥，之所以他选择自己亲自来困文臻，也不过是因为怕父亲不顾文臻性命，或者拿文臻去威胁燕绥罢了。

他倒不怕燕绥被威胁，但怕文臻宁为玉碎不为瓦全。

唐羡之凝视着色泽越来越深的水面，长长叹了口气。

平台上，看着曾有逊倒下，文臻打开那扇形琴第七柱的机关，平台忽然缓缓移动，离开了小楼主体。

文臻已经看出扇琴机关只能紧急时期和小楼分离，可以当作渡船使用，带人离开黑湖。

文臻皱皱眉，她觉得这平台移动的速度太慢，按说这平台上应该还有防御性武器，但是她找了一圈没找着，忽然对面人影一闪，她看见唐羡之已经出了小楼门。

此时平台已经离小楼三丈许，却还在弓箭暗器的射程内，文臻正警惕着唐羡之出手，忽然身子一倾，身下的平台竟然翻了！

平台一抖的瞬间，她就察觉到了，毫不犹豫地翻身入水。

入水的那一霎，她眼角隐约看见小楼天顶有人影一闪。

唐羡之立在小楼边缘，对着漆黑的湖水，夜风掠动他的衣袂，他整个人却给人的感觉似铁铸成般。

上头忽然传来一阵悠长的乐声，与此同时，小楼最上面三层连响，楼体四面都开了洞口，洞口里探出无数的劲弩，淡金色的箭尖对准着整个湖面，也对准着入水的文臻。

乐声开始变得急促，似在请示，是否立即将来犯者射杀。

唐羡之始终没有动。

远处忽然“铮”的一声，余韵悠长。

小楼机关被触动，直接引发了整个唐城的防御警戒，无须家主指示，自动进入以一切强力手段驱除外敌准备状态。

文臻忽然感觉到水底有隆隆声响，四面水波忽然激烈翻涌，游泳不仅变得困难，甚至四周生出一股吸力，将她拖着向湖底拽去。

文臻知道这是小楼机关启动了！

水流开始翻腾，她会被卷到小楼底，小楼底的螺旋铁柱会旋转着带着整个楼体下沉，她要么被疯狂乱绞的水流带到铁柱上撞死，要么被下沉的小楼压死！

都不需要唐家剑手出手，她就能死无葬身之地！

这就是小楼的强大之处。

纠缠冲突的水流令游动变得极其困难，眼看着无可抗拒被拖拽向水底，文臻深吸一口气，忽然想起那日在永王府温泉底，看见永王打拳练功时的姿态。

她闭上了眼睛，再不管周身的水流汹涌，吸力狂卷。

出拳、转折、摆动，顺水而去，随水而游，一双本就因为练习这种功法而分外有力的双臂，此刻卸去了全部的真力，如一支柳条在狂流中摇摆。

拳头尖起了细微的震颤，这震颤从拳头渐渐传至全身，让全身看似静态，实则在随着那水的流动，顺着那水的姿态不断地进行着无数细微的调整，直至和水的趋势保持一致。

文臻凭着当日水下对永王打拳的惊鸿一瞥的印象，于这危急之时，忽然便摸到了她所缺失的那部分功法的真谛，她一拳击出，两股纠缠在一起迸发出巨大吸力的水流竟然分开，出现一条透明的渠道，她侧身便从那透明缝隙中滑了出去。

靠着这瞬间感悟来的身法，她竟然扛住了整个湖中机关启动所带来的巨大的吸力，甚至还在一点点地向小楼外游。

小楼在慢慢下沉，巨大的阴影如一只毫无感情的巨兽，笼罩住了文臻。

文臻看见了那一片覆盖在头顶的黑影，而颜色稍浅一些的水域就在前方，那就是生机和光明……但就在她伸出的指尖即将碰触那一片浅色的那一刻，她心中警铃大作！

她立即一个猛子扎入水中，放弃了即将获得的生机。

事实证明她是正确的。

就在那一瞬间，轧轧一响，连绵的弩箭如一阵淡金色的暴雨，笼罩了整片湖面！

小楼前，唐羡之一动不动，紧紧凝视着湖水，一只脚微微向前。

湖水里，文臻忽然开始旋转。

她转得轻松自如，水流渐渐也被她那契合自然之道的旋转所利用，离心力便越转越大，生生将她身侧的所有箭都转飞了开去。

平台上，唐羡之眼底再次闪过惊艳之色，绷紧的后背也微微一松。

然而随即他眼神一闪。

此时文臻也发现不对了。

这一转虽然成功躲过了箭，却因为要顺着水流的缘故，生生将自己再次转回了小楼底下，而此刻庞大的小楼正在缓缓下降，水压越发恐怖，她一进入那个区域，鼻子便喷出血来，她转头要向外冲，却发现小楼外侧墙面同时降下无数的铁板来，生生将她往外湖去的路堵住了！

文臻立即回头！

小楼回字形中间一块中空，此刻是湖水，没有压力，虽然会再次被逼回小楼内部，但总比被活活压成人肉蛋糕来得好！

但她一回头，原来还因为进入小楼区域有点微光的视野，忽然又是黑暗降临。

小楼呈回字形，内侧的铁板也开始降下来了！

她即将被困在这个回字形的外圈内，被小楼主体活活压死！

平台上，唐羡之微微闭着眼睛，听着底下的动静。

整座小楼，从设计到人员到格局，所有的一切都出于他的设计，他对小楼熟悉到听声音便知道小楼现在在什么位置。

便知道，文臻已经被压在了楼下。

知道他一生的宿敌之一，也是一生的唯一所喜，此刻真的已经被他压在了这黑湖之下，再也没有任何逃出生天的机会。

头顶上的乐声悠扬，充满喜悦，似在向他道喜。

这绝情的人生，这一路算计的人生，这命中注定没有惊喜的人生。

他忽然抬手。

顶上乐声似有感应，竟也忽转急促，似劝解、告诫、警告、哀求……

片刻之后，似乎发现他没收手的意图，顶上天顶一震，竟然射下一道黑光，向着他的指尖。

他冷笑一声，指尖一弹，将那黑光弹出，正击在那扇形怪琴的第十二柱上。

文臻已经感到绝望了。

那些铁板浑然一体，自楼梯中降下，根本击不动，彼此之间也毫无缝隙。

她开始为自己的运气哀叹，在唐家的地盘上，唐羡之想要留下她那就一定能成功。小楼的强大，确实不是她一个人可以轻易挑战的。

好在小楼真正的实力已经被她毁掉，总不能再去为难燕绥。

想到燕绥，她心中一叹。

努力这许久，挣扎这许久，风浪里搏斗这许久，眼看什么都经过了，却在最后折戟于此，这情何以堪？

有什么办法能让燕绥以为她逃出生天，只是失踪了……

正在胡思乱想，她忽然觉得那一片稳定的轧轧之声中有细微异常，她立即捕捉到了那点异常，飞快朝着那个方向蹿过去，随即发现那一处没那么黑暗……有一些亮光，是因为那一处的铁板降得比别处慢一些！

这些念头都不过一霎，铁板总体都降得飞快，那一块就算降得慢一些也只剩下了半人高的距离，她什么都来不及想，用尽全身力气狂冲过去。

此时水已经泻尽，水底一片淤泥，倒还不如先前水中那般方便她施展身法。

但哪怕冲过去最后结果是身子被斩为两截，她也一定要试！

冲过去的时候双臂在前，刹那之间，双臂已经碰着了冰冷的铁壁。

这时候铁壁已降到齐膝高，只够人爬过，可她还没到，等她再往前冲一点，正好……一切两半。

但想撤的时候也来不及了。

她眼一闭，踩着黏腻的淤泥，冲前、弯腰、低头。

隐约听见“咻”的一响，风声凌厉，随即金铁交鸣响彻耳侧，震得耳膜剧痛。

一偏头，正擦着冰冷微硬的铁壁边缘，那是一柄长剑的剑柄，其上一颗白色云石在这黑暗中依旧光芒流转。

但一柄剑是撑不住这铁壁的，眼看着那剑将要弯折，忽然一道人影掠来，跪在淤泥里，肩膀一顶。

飞快躬身低头钻缝的文臻清晰地听见一声骨裂的微响。

下一瞬她钻出了缝隙，与此同时剑断。

文臻心头一震。

铁板顿时下沉。

这应该是那种一旦开启就不能立即停止的机关，她咬牙，回身，左手将那断剑再次一撑，右手拽住唐羡之猛地一拉。

轰然巨响，伴随剑身碎片飞溅，铁板擦着唐羡之的衣角深深插入湖底，文臻和唐羡之同时被震到了回字形中央的淤泥上。

文臻起身，正看见唐羡之手指一划，截断了被压住的衣角。忽然他转头看她，似乎说了什么，然而余震犹在，她一时没有听清，随即便见唐羡之抬手，轻轻在她脸颊上一拭。

待文臻要躲时，他已经收回手。文臻这才感觉到脸颊刺痛，伸手一摸，微带殷红，想来是方才断剑碎片飞溅擦伤了。

再转头看唐羡之手指上一丝鲜红，神情温柔又怜惜，她觉得不自在，转过脸去。

机簧轧轧连响，不知从哪里引进来的水流汩汩涌入。文臻顺水游动而出，上了廊桥，此刻小楼应该已经在湖底，却并无窒息黑暗之感，天顶上明珠亮起，光芒柔和，四角仿佛有无数星光密布，仔细一看却是通气孔，想必直通湖面。

文臻不大明白这个建筑设计的原理，却也知道这设计宏大离奇，瑰丽非凡，其间所运用的技术和智慧已到巅峰，所谓古人智慧不可小觑尽在于此。这附近应该还有一个连通湖，如此才能够将水自由排灌。

这么想的时候她心中隐约闪过一个念头，却又捕捉不住。

此时她已经游到了廊桥之下，上了廊桥，随着她的身形移动，一直能听见顶头机关轧轧连响，显然并未放弃将她置于死地的目的。

唐羡之也上了廊桥，他坐在廊桥边，抬了抬手，片刻，一阵有些急促有些愤怒的乐声响起，像是催促又像是质问，连文臻这个不通音律者都听出了其中的抗议。

唐羡之救了她，想必要承受来自唐家长老的压力吧？

唐羡之就好像没听见上头的乐声，招招手，有小童悄然走上廊桥送上膏药。乐声还在响，听来刺耳，唐羡之忽然又一抬手，乐声戛然而止。

片刻之后，天顶开启，一道人影坠落，落入湖水之中，溅起丈高水柱。

然后直挺挺沉底。

一个在小楼上层掌控机关的高层就这么死于唐羡之一抬手，他只淡淡道：“太难听。”

侮辱音乐的人，不配活着。

第一百二十二章

枫红

他示意小童将药膏送一份给文臻，文臻微笑谢绝，表示自己这点小伤用不着。唐羡之坐在廊桥栏杆上，解开衣裳，小童上前替他敷药，文臻转开头以示避嫌，余光一瞥间，已经看见他一边肩头光洁似玉，而受伤的那一边已经肿起，瘀紫一片，看着惊心。

她心中叹息，素来果断清醒的人此刻再次心绪微乱。

欠不下，还不得，要不成，断不彻。

对面很安静，唐羡之没有发出呼痛之声，连一点急促的呼吸都没有。文臻听着他绵长的呼吸，忽然想起这段日子，燕绥换药都是自己亲自操持，他的伤口愈合情况比以前要好，但终究是慢的，燕绥大部分时候闲闲和她说话，偶尔便会呼痛，然而文臻知道他多半是装的，听菊牙说，德妃去狱里救他的时候那般惨烈，他愣是一声没吭。

这么想着的时候，她心底又酸又软，忍不住唇角绽开一丝微笑。

唐羡之一直在静静看着她，看她坐在那里，于这龙潭虎穴之中，神魂不知道飞到了哪里，飞到最后，唇角笑意微露如榴花初绽，显然不是为了他的伤口。

唐羡之心底又酸又苦，忍不住微微叹息一声，却又笑道："仿佛每次见你都要受伤。"

这句话终于把文臻给拉了回来，立即也笑道："仿佛每次见你都要被算计。"

唐羡之笑而不语。

如果可以，他愿意给她这小楼，这唐城，这川北三州，乃至这天下。

"我早就说过，既已分道扬镳，说恩怨都无必要。"文臻决定再厚脸皮冷酷一次，一句话便把方才相救的恩情抹掉，"所以咱们撕掉那些面具吧，咱们现在就是谈判桌上的双方，坐下来好好谈谈，嗯？”

唐羡之安安静静地道：“愿闻其详。”

“我的筹码便是小楼剑手，你们唐家花费多年心力培养出的精锐中的精锐，单兵战力且不提，剑阵的多年配合才是最要紧的。我帮他们解了蛊，你放我们走，另外，我还要从你这里带走两个人。”

唐羡之笑起来：“小臻，你要得真多。”

“你要的何尝不多？你要的是这天下呢，你要的这天下容不下我和燕绥呢。”

文臻耸肩：“既有筹码，为命开价，谈何贪心。”

“我却不信你愿意立即帮剑手们解蛊。”唐羡之闭目摇头，“小臻，你在我绊住你的同时也绊住我，对我下毒三次，就为了让你那蛊王下手，你甚至为了迷惑我，在三年内逼着你那蛊王不再害怕獒犬，就为了今日。你如此处心积虑，心思缜密，我怎么能信你愿意放弃这三年来的努力？”

“果然瞒不过唐家的实际家主。为了表示诚意，我可以对你承认，我确实不会立即解蛊。我不能放弃好不容易得来的战果，我不能任你唐家小楼剑手这样的大杀器将来反过头来杀我们。但是我可以让你的剑手暂时恢复正常，这样你将不会面对唐家长老们的责难和抗议，虽然你方才已经让我看见了你对唐家的掌控和绝对权威，可我相信，在这风雨欲来需要勠力同心的时刻，你绝不希望唐家再多更多的波折和声音。”

“小臻，你确实善于理清局势，看透人心。这门交易我可以和你做。”唐羡之轻轻叹息，“谁让我舍不得杀死你呢。”

文臻就当没听见最后一句话，眉开眼笑地道：“放心，不亏的。蛊只有文蛋蛋能解，你杀了我，文蛋蛋溜了，从此你的剑手就全部毁了，这个责任谁也担不起。现在好歹暂时的责任你不用承担了，而且唐家不会因此慌乱，人心不会因此涣散，这就是值得的。”

唐羡之不语。事已至此，确实能杀了她，可是，一来舍不得，二来于事无补。小臻向来善于拿捏人心，而更重要的是，谁让他是更在意的那一方呢。

“你的意思是暂时解蛊，但余患不去？小臻，这就有点过分了。”

“他们的蛊十日内会看起来完全解去。未来一年内却一定会复发，不过每发作一次就减轻一次，最终会慢慢消散。说到底无冤无仇，我也不想害人性命，但什么时候复发，什么时候彻底消散，我不知道，或者你可以问文蛋蛋。”

唐羡之最终无奈一笑，抬手道：“去请王夫人。”

便有人去了。

他又道：“唤有巽来。”

片刻后，曾有逊匆匆而来，看见文臻的那一霎，脸色便白了。

文臻凝视着她的眼眸，半晌，对她一笑。

刹那间文臻明白了，就在方才，唐羡之又不动声色地对她使用了一出离间计。

他早就发现了曾有逊，却一直冷眼旁观，今晚曾有逊对她示警，给她提供逃生通道，给出的其实是错误的方法，以小楼的机关，那时候无论谁入水都无法逃生。

但是那是因为她得到的就是错误的情报。

然而方才唐羡之不等她说，一口就指出了曾有逊，这是要引起她的怀疑，让她以为曾有逊是双面间谍。

而她提出要带走两个人，一个自然是王雩的母亲，另一个则是试探，试探唐羡之知不知道他身边有内奸，唐羡之立即反应过来，不仅表示自己知道，还干脆把曾有逊给坑了。

这种情况下她带走曾有逊，却无法信任她，再加上之前曾怀卧底被杀的心结，和以前自己和燕绥为如何对待曾家后人引发的矛盾，就很容易出问题。

唐羡之，哪怕他救她，放过她，也不代表他会放弃任何可以给她挖坑的机会。

和他相对，她时时刻刻绷紧全部神经，不敢有丝毫放松。

幸亏她有一双利眼，看清曾有逊方才那一刻眼底的惊讶并不是心虚，而是疑惑和担心。

她笑起来，温柔地道："曾有逊，别待在唐家了。我们的事情自己解决，不需要曾家一代代地牺牲。现在，我来带你走。"

曾有逊的眼眶立即红了。

王夫人也被带来了，是个身着素衣的妇人，年纪并不是很大，双鬓却已白了。

文臻见她就迎上去，深深施了一礼，道："夫人，辛苦了。"

王夫人的泪也落了下来。

三个女人相对唏嘘的时候，文臻忽然听见唐羡之静静地道："小臻，该给你的人已经给你了，但是有一点我也要告诉你，你说要我放你们走，对于你自然无妨，但是其余人……"

文臻回头看他。

"不是我不愿放，而是现在，想必已经来不及了。"

唐城之西的马场之上，半夜被人悄悄地开了门。

随即几道黑影潜入了马场之中，那些黑影在夜色中此起彼伏，闪入一间间马厩，手中削铁如泥的短剑将所有上锁的马厩门锁都削断。

又过了片刻，忽然马厩中众马长嘶，随即蹄声急起，马群奔出，尾巴已经被点燃，在黑暗中拖出长长的红色星火。

马厩中的火星立即引起了群马的躁动，顿时嘶鸣之声四起，无数的马匹被惊动，闯出锁头已断的马厩，在那十几匹尾巴有火的头马带领下冲出了马场的大门。

无数在马场看守的士兵听见声音，赤脚拎着裤子狂奔而出，看见的只是马蹄后滚滚的烟尘和一路飞扬的闪烁着星火的马尾巴。

轰然一声，马群撞破了马场的大门，跟着十几匹马向西北方向狂奔。

附近有巡游骑士狂奔而来，老远拉弓射箭，却找不到目标，马群明明有方向，被管束得很好，并没有分开，马背上却没有人。

那十几个黑衣人此刻都手脚并用，藏在马腹之下，都是骑术精绝之辈，能够以这种姿势在马腹下待很久。

他们管束着马群，一路狂飙，唐家的士兵反应不可谓不快，在后头狂追，但是哪里追得上疯马惊马，而且也不敢对马群射箭，战马是贵重军备，耗损不起。

哨声尖锐，一声接一声，向唐城报急，隐约远处有骑兵踏动大地引起的震动，唐家军队的反应比朝廷快多了。

因为唐羡之掌权之后对军务进行了整顿，停了很多劳民伤财的开发活动，收缩归拢商业资产，提高军饷的同时对军务进行了一连串严厉的检阅和规定，连出兵上马的时辰都有规定，且法令严格，士兵有罪先斩队长，队长有罪先斩百夫，百夫有罪先斩校尉，校尉有罪则斩将，一个月内光唐家校尉级的军官便斩了三个。

马群一路狂奔，直奔斜对面三里外的粮仓。

粮仓已经得到了紧急传令，粮仓的兵力配置更多，但巡夜那一哨刚刚上了堡垒，就看见了前方滚滚的烟尘，粮仓守库官大声喝令："关紧大门，防止火攻！"

但随即他就看见马群根本不减速，还是狂冲而来，然后，一匹匹撞死在厚实的生铁大门上！

城上人持弓拿枪，却没有敌人，低头看着底下马群如滚滚黑色水潮狂卷而来，以一往无前之势往城门上撞，瞬间骨折筋断。

守库管眼皮直抽搐——这都是战马啊！是寻了好的马种，用精粮一年又一年喂养出来的，每一匹都是骑兵的重要战备，每一匹都耗费大量精力喂养，从马驹到健马，花费都抵得上普通民户十年的吃用！

这损失真的承担不起，眼看那些马身上已经没有火星，他大叫："开门！开门！"

生铁大门打开，马群狂冲而入。

马群冲向广场时，马腹下那十几人抽出了火折子，从怀中取出早已备好的袋子，袋子里都是一团一团浸透了液体被捻得很结实的小棉絮团，散发着一股猛火油的味道。

马群冲上粮仓中间的广场，唐家的粮仓也十分讲究，有专门的防火设计，粮仓仓房大部分都以土壁隔开，这样即使燃起大火，也能将损失控制在有限范围内。

马群从各个粮仓仓房前驰过。

马腹下的人俯身，贴地，伸臂，拈出一个棉团，火折子一晃点燃，伸指一弹，那小棉团便从仓房门板之下的小缝隙里滚了进去。

门板和地面的缝隙已经很小，但是棉球更小。

棉球捻很紧，这样不易熄灭且能燃烧很长时间。

棉球一个接着一个地滚入了仓房。

粮仓的士兵都赶来合作着围追堵截，制服马匹，一片混乱。

十几个黑衣人趁乱跃出马腹之下，跳上屋檐，对着底下马群乱扔火折子，引得士兵们又一阵乱，分出一部分人来追击，那些黑衣人早已功成身退，潜入黑暗之中。

一间间的粮仓之中，那些棉球在静静燃烧，点燃谷仓，再点燃那些干燥的粮食，还有布匹。

不远处一座小山上。

燕绥拢着大氅，静静看着底下一片混乱的粮仓。

他眼底闪着微冷的光。

在这座小山稍远的另一个方向也有一个山坡，因为隔着一条小河显得行路不便，但如果河上架起浮桥，那就能瞬间直冲入粮仓之内。

现在山坡之上都是着黑衣黑甲的士兵。他们的黑甲泛着沉厚的哑光，仔细看会发现肩部都镂刻着“胜将”二字，只有川北高层才知道，这意味着这支军队是唐家精锐中的精锐，嫡系中的嫡系，和小楼剑阵一样，是只有家主和少数高层才能驭使的最强军队，“胜将”二字代表这一支军队，人人骁勇非常，可胜大将。

这支强军最前面，是断了一臂脸色苍白的唐孝成，他重伤依旧没有回唐城，却等在了这里。

他不断地轻声咳嗽，慢慢地吃了一颗药丸，他身边的谋士一脸焦灼，欲言又止，唐孝成转头看他，笑道：“又想劝我了？”

那谋士便低头道：“您既已知道这药不妥，便不能再吃了……”

唐孝成摆摆手，出了一会儿神，道：“这便是燕绥的阳谋啊，先让我有病，再给我治病，治病的药极有效果，也无毒，却成瘾，好了这个，伤了那个，想要不吃，却欲罢不能……想想他定计的时候才十四岁，想想他筹谋多年任我们如何周密防备都没能抵住他的慢慢渗透，想想四大刺史中，易燕然易勒石都先后死于他手，季节心思最粗疏，想必也迟早被他算计……此人不除，何以安枕？此人不除，我又如何能安心地走？”

他指着底下粮仓，眼底也闪烁着冷光：“等了这许久，宁愿拿这整整一粮仓的陈粮做赔，今日也一定要他燕绥把命留在这里！”

他又笑道：“羡之还说燕绥狡猾，很可能目标不是粮仓。现在看来，此人果然胆大，竟然想一次性毁了我的马场和粮仓！”

谋士小心地道：“公子的意思是燕绥可能会对军备库……”

唐孝成不以为然地摇头：“羡之就是太谨慎了些。军备库以生铁铸于地下，高墙垒于四野，禁水禁火，大军驻扎，日夜还有人监测地下，无论放火还是箭攻还是挖地道都别想得逞，便是朝廷大军来都束手无策，他燕绥才几个人，如何动得了我的军备？能以马场冲击粮仓，已经算是他绝顶聪明了！”

谋士有点担心地道：“只是看如今的情势，他竟然用马场的马冲击粮仓，几乎没派什么人手，自己更不会亲自下场，这又如何能套住他……”

唐孝成缓缓道：“他比我想象中要狡猾，但是无妨，我们运气比较好。本来还需要想别的法子诱他过来，现在我们有更好的诱饵了……宜王燕绥无心无情，便是父皇母妃也未必放在心上，却唯有一处软肋不可触及，你知道是谁吗？”

那谋士便低头道：“天下皆知，宜王燕绥钟情厨神文臻。”

唐孝成快意地笑起来：“所以他今晚一定会下来的。”

唐城里，唐羡之看着文臻带着两个女子远走，目光微闪。

忽然有人匆匆而来，和他低声说了几句，唐羡之长身霍然而起，一边急促地吩咐几句，一边飞快掠了出去。

粮仓最大的一间仓房里，唐慕之静静地坐着，垂头看着好几个小小的火球，从门缝的缝隙里滚了进来。

她全身都已经被制住，连话也说不出，如果不是唐孝成令人给她喂了药，她连哨都吹不出来。

但是现在一枚全新的哨子塞在她嘴里。

小火球滚到了谷仓的边缘，立即便燃着了谷仓。

唐慕之静静看着那红蓝色的火焰越来越大，映在她黝黑的眼眸里。

唐孝成的话响在耳侧。

“今晚燕绥一定会对粮仓下手，所用伎俩不过便是放火罢了，所以请你去镇守粮仓，放心，爹说要给你生机，自然不会食言。如果他不来，明日我便放了你；如果他真的来放火，你尽管自救便是。粮仓有狗，有马，都可以将你救出来不是吗？如果他搞得动静太大，你驭兽帮咱们家解决麻烦，那么你的罪一笔勾销，爹会把解碎玉内功的心法给你。”

唐慕之盯着火焰，听着外头鼎沸的人声，群马奔腾之声，慢慢地咧嘴笑了笑。

都这个时候了，还不肯说真话。

想放就放，想杀就杀，来这么一出，哪里是指望她出力呢？不就是因为她的驭兽哨传给了文臻吗？

文臻被困在唐城，今晚和燕绥并没有通气，分头行事。而燕绥并不知道自己此刻已经回了川北，如果她为了自救催动驭兽哨，指挥这群马掉头冲击仓房大门，救出自己，那么此刻在远处旁观的燕绥一定会以为文臻被唐家掳来，正在自救。

哪怕心中疑惑，他也一定会忍不住亲自进入粮仓接应。

自己那个爹就等着这一刻了吧。

唯一可以置燕绥于死地的机会啊。

唐慕之嘴角讥讽地撇了撇。

唐慕之怔怔注视着那火焰越来越大，越过了谷仓的中段，虽然离她还有点远，但已经感觉到了灼热，她额头渗出汗来，在浓烟和火光中晶亮地闪着光。

仿佛还是十四岁初见他，正是深秋时节，德胜宫内红枫如火，他立在树梢上。

而当年那个穿梭于枫树之间，走遍德胜宫的少女，终究便如那命运预示的一般，便纵风景走遍，也寻不着想要的那一生。

小山上，燕绥注视着底下的动静，一切都在照常发展，然而这个“照常”在他看来，似乎显得有些不寻常，身边中文低声催促，要不要现在离开，他没有理会。

唐孝成皱起眉，胯下的马似乎也感受到他的焦灼，在不安地弹着蹄子。

关押唐慕之的那间仓房，火已经蹿出了屋梁，唐慕之无法动弹呼喊，外头却遍地是马，她为什么不驭兽来救自己？

再不吹哨，燕绥可能就会走了！

身边的谋士小心翼翼地道：“家主，会不会……”

唐孝成吸一口气，断然道：“不会，再等等！”

不会！绝不会！

这世上，绝不会有人宁肯被活活烧死，也不放弃她的爱人！

谷仓已经整个着火，外头的惊呼声和奔马声愈加急促，显然别处的火势已起。

唐慕之额头的汗瞬间便湿透了衣裳，她依旧没动。

几乎密闭的谷仓内，火焰凶猛燃烧，令喉间气息越发不畅，像被勒住了脖子。

燕绥依旧立在黑暗的山冈上，身旁的曾不凡神情有些焦灼。

唐孝成死死盯着那间谷仓，群马都快被控制住了，那丫头为什么还不驭兽？

火势越来越大了，整个空间都似被灼烤得扭曲，唐慕之忽然感觉肌肤一阵剧烈的疼痛，像生生裂开了一般，火舌已经顺着地面洒落的谷粮，舔到了她的身上。

唐慕之躺在滚烫的地面上，于漫长的痛苦中，努力地去想这一生的种种，然而无论是亲情还是友情还是爱情，都寻不着一丝亮色。

神志已渐渐模糊。

在最后的清醒时刻，她舌尖微动，最后一次吹起了口中的哨子。

无声的旋律飞出谷仓，飞出粮仓，飞过漫漫黑夜，飞向沉默的山冈。

许是弥留时刻，许是用尽了全身最后的力气，她每吹一次，都有细微的血沫溅出来，再在炙热的空气中瞬间汽化。

外头的马群却没有任何动静。

一道清脆的声响，哨子从口中坠落。

唐慕之仰望着浓烟红火间隐约的深黑的屋顶，想着，这一霎的火真红啊。

像当年初见他时那枫叶一般红呢。

火焰慢慢将那女子的躯体吞噬。

自始至终，她没有发出任何声音。

第一百二十三章

为你报仇

山冈上，燕绥眼底掠过一丝困惑，转头缓缓看了一眼周边地形，附近的矮小山坡树林非常多，几乎很难看出附近是否有埋伏。

但底下却确实没有任何异常动静，事态在向着他希望的方向发展。

他最终缓缓转身。

曾不凡目光从底下粮仓收回，欣喜地道：“可好了，这回粮仓一烧，马场一乱，唐家损失惨重啊。”

他忽然目光一凝，然后揉了揉眼睛。

前方，黑夜里覆满薄霜的山林灌木间，忽然歪歪倒倒，飞来一只……蝴蝶？

这种天气哪来的蝴蝶？

在场的人都以为自己眼花，燕绥回身，正看见那只蝴蝶慢悠悠停在他掌心。

那蝴蝶薄薄的翅膀在寒风中颤颤，仿佛马上就会因霜冻死去。

冬季有的蝴蝶会成虫越冬，但是也只会藏在温暖避风处，绝不会在这寒冷的夜里飞行。燕绥目光一闪，转头看向粮仓，那只蝴蝶忽然挣扎着飞起，歪歪倒倒向西边去了。

燕绥稍稍沉默，然后跟了上去。

一行人自然都跟着，曾不凡不解地看着燕绥背影，终于忍不住走上一步，道：“这蝴蝶来得诡异，这种季节怎么会有蝴蝶出来，莫非……”

中文心中一跳：“驭兽！”

他想到了某种可能，顿时看向燕绥背影，曾不凡已经絮絮道：“驭兽？那不是唐家六小姐的绝技吗？可是她好久没回川北了……”

中文顿时更紧张，莫非是文大人？毕竟唐慕之的哨技就传了文大人一人！

燕绥并不回头，没多久，又有几只颤抖的蝴蝶加入了队伍，后来又来了一只瑟瑟发抖的小鸟。这只寒酸的引导队伍就这样带着燕绥和他的属下们穿越一条小河、几里平原，最后在一座小小山丘的背面停下，燕绥抬着头，看着那几只蝴蝶在冰冷的空气中最后颤了几回翅膀，便直挺挺地跌落在地面的薄霜之上。

短暂的引路之途耗尽了这些美丽的生灵最后的生命。

他再抬头，就看见山冈上漆黑的树木间隐约闪亮的刀尖，听见已经裹了棉布的马蹄不安地踏在冻土上的细微的声响。

看清了那掩藏在山体之上的幢幢黑影，黑影最前方是唐孝成，他在那一个俯冲就能冲下去直达粮仓的巧妙位置。

那位置对着粮仓最后方的一间最大的仓房。

燕绥立在暗影里，注视着唐孝成的背影，一伸手。

日语会意，从袍子下取出各种小零件，飞快地组装，片刻之后便送上一架非常小巧的弓弩，通体漆黑，箭尖银白。

燕绥弯弓搭箭，对准了坡上的唐孝成的后心。

刹那间唐孝成似有所觉，霍然回首，目光散漫地搜寻一阵，并没有看见人，却隐约看见山下一片幢幢暗影里，隐约一点银光一闪。

他已经十分警觉，下意识便把身边谋士往身后一拽！

“咻”的一声。

银光似月色刹那飞越山冈，穿越这夜的霜甲衣的寒光，穿越精锐头盔上的红缨，穿透谋士的前胸和谋士的马脖，最后穿透唐孝成刚刚扭转过来的胸膛。

银白的箭尖变得鲜红的那一霎，他脸上的警惕和震惊之色犹自未去。

或许他本该有机会逃脱，然而断臂的重伤和一夜的苦等，终究消耗了他最后的精力。

唐孝成艰难地最后扭转了身体，看向那一片浓重的黑影，他的手慢慢抬起，似乎想要做一个手势。

黑幕之下，他看见那片黑影里缓缓走出的人影，看见那人手中黑弓白箭幽然闪光，看见他目光穿透自己的胸膛，再往下，延伸向那片一个俯冲即可到达的火场。

远处忽然传来隆隆震动之声，声响剧烈，连这山冈上的骏马都惊跳而起。

唐孝成渐渐混沌的思绪猛然一醒，转头看向那个方向——那是唐家的军备库所在！

那震动……

他不敢置信地再次转头，却见那人影指了指那军备库的方向，冷酷地做了个斩首的手势。

唐孝成心中轰然一声。

中计了！

正如他以粮仓为饵想要诱燕绥入套一般，燕绥也是以粮仓和他自己为饵诱了他入套！他根本就不是要烧粮仓，他的根本目的是军备库！

他假作全力对马场粮仓出手，亲身督战，绊住自己和唐家精锐，实际上却派了高手去炸掉了固若金汤的军备库！

今夜尔虞我诈，诸方算计，算人者人恒算之，到最后，唐家依旧败了！

而唐孝成更是惨败得连重来一次的机会也没有了。

他急促地喘息一声，手指在空中痉挛几下，似乎想要抓挠住那些散去的生机。

他心中涌起浓重的悔意，后悔之前没有听唐羡之的建议守在军备库之前，妄图以马场少量马和一粮仓陈粮诱杀燕绥，到头来却赔上了唐家最重要的军备。

后悔不该……

最后一个念头未及转完。

“砰”的一声，唐家第三任家主，四大刺史之首，统治川北三州近二十年的唐孝成坠落马下。

那坠落声响沉闷，仿佛在昭告一个时代的终结。

他至死眼眸睁得很大，那里永久停留了一个他始终想不通的问题。

燕绥为什么会突然出现在他背后？

他是怎么在这片布满大小山坡的地方准确地找到他的？

山坡下，燕绥缓缓收弩。

他身后，曾不凡神情激动，一步跨上前，惊叹道：“好箭法！竟然真的一箭射死了唐孝成……”

他的声音戛然而止。

燕绥持弩转身，箭尖不知何时已经对着他的胸口。

曾不凡眼神震惊，退后一步，皱起眉头：“殿下，你在做什么！”

站在他背后的中文忽然上前一步，一扭他的胳膊，“当啷”一声，藏于肘下的一柄匕首落地。

犹自蒙在鼓中的德语等人神色震惊。

中文冷冷道：“不凡，你在做什么！”

曾不凡瞪着那刀，怒道：“怎么，我是武人，带把刀防身也有罪？我们曾家两代为殿下赴汤蹈火，到头来就被这样对待吗？”

他神情坦然，态度激愤，毫不心虚，四大护卫神色不禁都有些松动。曾不凡越说越愤怒，竟然顶着燕绥的箭尖上前一步，燕绥却并没有退，也毫无愧疚不安之色，手臂稳定宛如铁铸，甚至还将原本对着他胸口的箭尖往上移了移，移到咽喉的位置，好让曾不凡能死得更快一点。

曾不凡不敢再气势汹汹了，放软了声音道：“殿下，您是不是误会了什么？”

“方才唐孝成最后是在和你做手势。”燕绥一句话，便让曾不凡哑了口。

半晌，他勉强道：“不……”

“不愧是唐孝成，临死都还想着算计我一把。”燕绥道，“可惜你城府太浅，一眼见底。”

曾不凡哑口无言。

他以为理直气壮便是不心虚，却不知道在这位面前什么矫饰都是白费力气。

半晌，他哑声笑道：“我父已经为你而死，我兄妹凭什么还要为你卖命？”

燕绥淡淡道：“我并未要求你们卖命。”

曾不凡咬牙低头，燕绥是给过他们选择的机会，他当时选择留了下来，是想为父报仇，但后来被唐羡之发现，他以为必死无疑，不想唐羡之一席话却让他当时动了心。

唐羡之道：“你想过没有，你父亲真正的仇人真的是我们唐家吗？”

“你父亲本是厉家血脉，认祖归宗是他的权利。为何非要他来唐家做这细作卖命，厉老将军才肯认回他？厉老将军和你父亲乃是亲生父子，又怎会如此狠心？说到底，只不过是上位者要他这样做，他便不得不逼迫你父亲罢了。”

人的潜意识总是更倾向于血亲一些，曾不凡想来想去，确实只有燕绥逼迫才会导致祖父不肯认回自己父亲这个私生子，逼得他不得不和亲生父亲假作反目，冒险潜伏于唐家，以求回归家族的荣光，最后身首异处。

唐羡之是个十分善于把握人心理的上位者，并不要求他做什么，只要求他在唐家需要的时候出手一次。

比如今晚。

他为了父亲，为了和他持有不同看法，坚持以婢女身份潜伏唐家的妹妹的安危，最终点了头。

在看见唐孝成那个手势时，他的匕首已经贴在了手肘上。

终究功亏一篑。

“殿下如何发现……”

“从你总在暗示唐大公子有问题开始。”燕绥看也不看他一眼，“你以往脱略行迹，虽百无禁忌，却并非搬弄是非的小人。”

曾不凡叹息。

燕绥却已经不理他了，示意中文等人将人押起，趁着上头因为唐孝成之死还在一团乱赶紧离开，自己从另一个方向去了粮仓。

粮仓的火还没灭，到处都是腾腾的黑烟，燕绥仿佛并无所觉，踏着滚热的焦木步入火场。

他在一个支起的断梁下看见了一具蜷缩的尸骸。

他盯着那尸骸看了很久，从没想过那个身量高挑的姑娘居然会缩成这么小小的一团，宛如婴儿，回归焦土。

燕绥蹲下身，脱下大氅，将那小小一团包起，随即看见金光一闪，却是一块金牌被压在唐慕之身下，所以没有烧毁。

金牌上用指甲刻着小小一行字：文臻，我要葬在德胜宫的枫树下。

燕绥看了一会儿那金牌，和尸骸裹在了一起。

遗言选择和文臻说，是不信他能做到吗？

德胜宫的枫树……是因为喜欢那枫红胜火吗？

他将大氅裹起，他将那团抱在怀中，轻轻拍了拍。

便回归本源，重回人生的初始吧，唐慕之。

来生不要再来唐家，不要再遇见我。

时间回到巨响发生之前。

林擎带着几个人去了军备库后头的一座小山。

因为那个山头一览无余，就在军备库瞭望塔的视野下，因此也不必派人驻守。

林擎在半路上就换了衣裳，一身斑驳的灰绿色劲装，用文臻的话说，叫迷彩服。

穿那衣服一进入那山，人简直就变成了山的一部分。

林擎军中也有类似的军服，只是色彩配置还没这个到位，心中又暗赞一回便宜儿媳妇。

他身前一个矮小的人轻车熟路地在山中穿行，终于在一块巨大的岩石前停下，然后掀开了岩石，那里赫然是个地道。

林擎一群人下了地道，地道底下就是个简单的密室，里头一个一个的黑铁桶，还有一根一根笔直的东西，还有一些造型怪异的工具。隔壁还有一间密室，却完全是一个宿舍的模样，有床有被，堆着大量的干粮和水。

密室上方有分出的地道，却只是一个小小的洞口，正常汉子根本进不去。

林擎站在洞口等了会儿，过了一会儿，便有一个满身泥土的侏儒倒退着出来，身后还拽着一根极细极长的螺旋状杆子。

那侏儒脸色极白，像是很久没有见过阳光，退出后便慢慢道："还差三丈，但是方向已经改变，我怀疑那边地下生铁得有三寸厚。"

他说话也很慢很艰难，仿佛很久没有和人对话过。

林擎接过那杆子，按照侏儒教的按动机关，那杆子竟然是中空的，弹出一截杆子，又弹出一截，最后整个杆子竟然横贯了整个密室，林擎试了试杆子的硬度，便是最前端如筷子般细的部分，依旧坚硬无比。

身边有人道："我们试过了很多办法，唐家的这个军备库防备非常严密，周围十里之内坚壁清野，没有任何植物和建筑物。整个军备库由生铁制成，各种设置防水防火。岗哨十里之外便开始安排，瞭望塔四个方向足有八个。重军把守，便是来一队重骑兵也冲不开这钢铁堡垒。

"从唐羡之开始实际接下唐家家主之位后，军备库再次进行改造，之前军备库有专门的设备用来监听地下，以免被人挖地道，所以殿下下令暗卫来此，暗卫身躯矮小，挖仅能供暗卫爬行的地道，不易被人发现。我们通过几年的探听，终于确定了火药弹库的具体位置，且经过精准测量，也一直按照那个路线前行，但是唐羡之来了之后，下令在军备库地下浇筑生铁，尤其是我们需要下手的火药弹库。

"而且他的地下监测机关也升级，现在几乎不可能再挖能供人通过的地道了，再小也不行。如果一旦被发现，几年的计划便毁了。

"我们的计划到此便不得不停滞，直到殿下从普甘带回来了这个。"

有人抱过一只浑身长满鳞片的动物，尖头长尾，小小的眼珠子甚是灵活。

林擎未曾见过这种动物，却看着它满身的鳞片眼睛一亮，已经明白了这东西的作用。

"这是穿山力士，当地百姓叫它穿山甲。"暗卫将那根杆子绑在穿山甲身上，"这只已经驯养了一年，接下来，就要靠它走最后三丈了。只是如何让它按照我们所想的路径往前直走，这是一个问题。"

"它吃什么？"林擎问。

"最爱白蚁。"有人拎出一个囊袋。

林擎接过囊袋，弄出一点白蚁卵抹在穿山甲嘴上，那穿山甲便伸出细长的舌舔了，林擎又将囊袋绑在杆子的前端。

暗卫点头大赞，将穿山甲放了进去，尾部系上长长的绳子。杆子机关打开，会在撞击下不断自行以螺旋状往前钻。

过了一阵，当穿山甲不再前进，再将穿山甲拖出，这回还换了一个钻头，是一个前端带有喷壶状物体的东西。

再把穿山甲放进去，这回有人跟着到了能供人爬行的地道最前端，用长棍顶住穿山甲，不让它很快回来，穿山甲在地洞里有些烦躁，总是吃不到白蚁，便不住用长长的鼻子去顶那个杆子，每顶一下，那前头的小壶便喷出一些液体来，喷洒在火药弹库底部的生铁上。

林擎已经对这种手段叹为观止，不住摇头赞叹。

再之后便是等，小壶里的液体能腐蚀生铁，但这需要时间。

更漏滴滴答答，众人都有些焦虑，如果不能在天亮之前完成腐蚀，被发现的概率会更高，以后便再也没有机会了。

忽然里头的人猛然向后退，却没有带出穿山甲，众人一惊。

果然，穿山甲被发现了！

地面上。

一个负责监听地面的士兵，抬手对着地面狠狠一戳，再一拔，瞠目结舌看着长矛尖上挣扎着的长头扁尾满身鳞甲的怪物。

"这是什么东西？"

另一个负责监听的小队长走过，不以为意地道："想必是什么在地下生活的鼠类，放了吧。公子忽然下了急令，要调走全部火药弹，那东西调起来麻烦，快点干活吧。不然等会儿公子到了，看咱们还没干完，只怕就要受责罚。"

底下人屏息凝神等了半晌，上头并没有异常的动静，便放下心来。

只是穿山甲没了，也不知道到底喷出去多少腐蚀液，能不能成功就看运气了。

林擎看着时辰，当机立断，道："干吧！"

人们便迅速将墙角的细铁管一节一节组装起来，最末端的有把手，最前端的有锯齿。从侏儒挖出来的地道开始，再引入穿山甲挖出来的通道，几个侏儒钻进去，按住各关节固定，众人在地道那头抓住把手用力旋转。

管子很长，很难使力，林擎亲自上阵，他内力雄厚，顶住管子，忽然管子微微向前一顶。

虽然只是极其微小的一点，但众人还是忍不住发出一阵低低的欢呼。

因为那意味着腐蚀液确实喷上了生铁层且很有效果，生铁层已经被腐蚀，再被铁管前头的百炼精钢的锯齿旋转切割，已经破了！

众人欢呼后继续使力，管子一点点向前推进，直到忽然毫无助力，向前猛地一冲，众人也向前冲。林擎在最前头，一头扎入地道的泥土中，满脸泥土，却畅快低笑。

和燕绥和文臻在一起，确实日日有惊喜。

有人拖出根硬挺的绳子，很长很硬，像是野兽的鬃毛，油光发亮，暗卫道：“这是用殿下亲自去大荒，在大荒黑水泽捕获的异兽的毛皮捻成的绳索，一旦点燃，风吹不灭，水浇不灭，能燃烧很久。”

绳索被送进了管道，因为硬挺，所以很好输送，会从管子里一路直接伸入到火药弹库内。

千般防备万般小心，唐孝成不可摧毁的武备库便在今日被燕绥一根绳子送入了最为可怕的火种。

点燃的又何止一个军备库？

林擎眼看着那点星火慢慢进入管道，不禁唏嘘。

燕绥的谋算和心智真是难以想象。

他能为了唐家的一个火药弹库从几年前便开始谋划，早早地养人于地下，用上千日夜慢慢挖地道，有时候每天只挖几寸；他能为最后那三丈，从遥远的普甘抱回一只穿山甲；也能为了最关键的灯芯亲身远赴大荒。

这样的人物……燕时行那日在景仁宫所做的一切，会是他一生最后悔的决定。

火花在黑暗的管道中向着既定的方向缓缓前行，最后在漆黑一片的火药弹库里猛地爆燃出一片灿然的火花。

火花将最近的一颗火药弹点燃。

正在火药弹库中急急搬运的士兵们被掀上半空，还未及反应，接二连三的爆炸声响起。

唐家的火药弹经过改良威力非凡，为了避免碰撞都是单颗固定存放。此刻炸一颗便是炸百颗，几乎就在爆炸声响起的那一刻，整个火药弹库便炸翻了。

连带旁边的弓箭刀枪库也被炸毁，地面陷下一个大洞，墙壁倒塌屋顶塌落，将刀枪砸坏，木质弓箭被星点火焰点燃，腾腾火焰燃起。

蹄声急响，几骑破风般冲入，当先的正是唐羡之，一眼看见黑烟狂火中的军备库，眼瞳一缩。

燕绥真的动了军备库！

他是怎么做到的？

父亲为什么没听他的话守在那里？

“水龙！先冲断西北方向的火星，一丝也不许有！”

仓库门被打开，直接连接水源的水龙从坡道上冲了下来，速度极快，这也是唐羡之接管唐家之后改良的成果，将所有梯道改成坡道。此刻水龙车飞速驰至，白亮水柱冲天而起，向西北方向狂浇。

另一架水龙则对着火药弹库猛冲。

有将领大叫，声音带着哭腔：“公子，南库军械伤损更重啊，墙要塌啦——”

“西北方向是猛火油库！”唐羡之理也不理他，冷然道，“备沙！军械损失多少我今夜也不会追究你们任何责任，但是猛火油库如果燃起一丝火星，火药弹库再起一声爆炸，你们全部提头来见！”

将领们噤若寒蝉，狂奔而去。

唐羡之飞快下令：“出兵！周边三里之内，给我一寸寸地搜索，着重搜人迹稀少的矮山河流！附近肯定有地道，牵我们的獒犬来，一寸一寸地闻！”

“是！”

“全城戒严，关闭九门。只留静安门每天一个时辰出入。封锁中江，从现在起，中江所有船只全部停航！”

“是！”

“搜查唐城周边三里内所有酒楼客栈店铺，能够观察到唐城动静的建筑着重搜查！”

“是！”

第一百二十四章

爱的模样

唐羡之一边发令一边拨转马头向外，他的属下紧紧跟随，忽然前方驰来一大群人马，速度极快，有人惊道：“胜将营！他们怎么此刻出现在这里！他们不是跟着老家主的吗！”

唐羡之脸色微白，他有不太好的预感。

那军队狂驰而来，领先的将领老远就滚下马来：“公子，家主遇刺！”

唐羡之端坐马上的身躯微微晃了晃。

随即他便迎上前去，那将领还要详细禀报情形，却听公子冷冷地道：“既然家主遇刺，那么，刺客何人？可曾拿下？”

那将领张口结舌。

唐孝成遇刺，胜将营当即乱了，自然有去寻找刺客，却毫无踪迹，随即便发现军备库被炸，自然要驱驰来救，不想遇见公子，噩耗一报，一句话便被问得无法回答。

“刺客出手，离你们一定不远，你们胜将营上千精锐，全副武装，不仅没能保护家主，甚至连一个刺客都抓不着？”

“公子，我等立即便去搜寻，但对方忽然失踪……”

“于何处搜寻？”

“方圆五里都搜索过，对方逃得极快……”

“于何处遇刺？”

“粮仓西侧上方一山坡。”

“粮仓可有搜寻？”

“这……”将领再次瞠目结舌，搜寻刺客自然在荒野，谁能想到对方会进入己方地盘？

“属下这就派人搜寻！”

“不必了。”唐羡之已经策马掠过半跪的人身侧，衣袖间划过的玉箫微光淡淡闪闪。

血液猛烈地溅出，一颗头颅在他经过时瞬间落地。

滚出老远，千军无声。

唐羡之已经远去，下半句话犹自远远传来：“唐家门下，无须废物。”

没有任何犹豫，唐羡之直奔粮仓。

既然父亲的埋伏冲着粮仓，那粮仓里一定有他认为可以钳制燕绥的后手，而燕绥一箭射死父亲也一定会到粮仓里去看看。

粮仓里不可能是文臻，这也是他今日留住文臻的原因，他怕文臻被父亲掳去做饵，怕最后文臻舍身。

然而此刻他却隐隐后悔，不知自己这个选择是否大错特错。

或许如父亲所说，这真的是唯一能够拿下燕绥的办法。

文臻和燕绥分则各自为王，合则俯瞰天下，只有彼此才是彼此的软肋。

他放弃了以文臻作饵，然后便失去了父亲。

午夜川北的风如此寒酷，似一把把利刃穿透胸膛。

片刻之后，他驰入粮仓最里面那间，也就是父亲驻马直对着的那间仓房。

断壁残垣，焦灰零落，还有零星的火焰在将夜细微地舔舐。

一截断梁之下立着一块焦黑了半边的木板，上头的字铁画银钩，写着：“唐慕之为其养父所制焚烧至死之地。”

唐羡之盯着那寥寥几个字，良久不动。

他的属下瞧着心惊，小心地道：“公子……”

这声一出，唐羡之便如从梦中惊醒般一震，随即开始咳嗽，唇角溢出一丝血丝。

这世间事苦痛矛盾交杂，他立于其间，面对这一地焦土，无颜亦无言。

良久，他摆摆手，止住了属下关切的询问，抽出玉箫，想了想，闭目。

一曲。

一曲写自幼相伴情谊；一曲写内心如斯怜惜；一曲写二十余载兄妹缘分短短，多少遗憾与心思再也难言。

难言我从未将你视作鼎炉；难言我虽未视你如亲妹，却也愿你向正道而行享平凡女子幸福，为此父母随你任性我却严厉冷淡；难言这最终一曲，早已谱就，曾想于你婚礼上相赠，却不知命运注定无缘享这一生。

慕之，三年前你写信给我，说起燕绥为文臻谱曲《幸逢》，说起我当初也为文臻写过曲子，说起你参加留山百姓的婚礼，听那新郎们为新娘唱着自己自编的山歌载歌载舞，说不出的快活。

你只说了那几句，那是你唯一一次给我写信。

你真正想说的是想要一首属于自己的曲子吧，一首他人真心只为你所写的曲子。只是你如此骄傲，对于兄长亦不愿言明。

后来我写了，却一直没有机会交给你。你一直未归，却没想忽然归来便是永别。

如今，也不知你去向何方，归葬何处，便在此地吹与你听。

川北，真正的唐孝成死去的那日，他的替身也终于磨磨蹭蹭进了天京城。

礼部立即安排“唐孝成”和季怀远前往景仁宫拜大行皇帝梓宫，但不知为何，拜祭时辰定在了下午，经过一系列烦琐的拜祭礼之后，两人便滞留到了关闭宫门的时刻，当即便被留在景仁宫过夜。

按照规矩，重臣为大行皇帝守夜也是常事，永裕帝驾崩第一夜便是李相留在了宫中，是以两人对这样的安排也只好遵从。

季怀远当晚住在偏殿，遥望外头沉静的宫殿，心神不宁。

季节也乔装打扮，跟着他进了宫，现在是护卫身份，方才假托他的命令去给容妃送礼品，其实是去见女儿去了。

季怀远心里有点不安，他知道燕绝是怎么死的，也知道永裕帝还没死，也许现在正藏在不知道哪个角落里阴冷地窥视着他们，这感觉让他如鲠在喉坐立不安，还害怕季节和容妃见面闹出些不妥当来。

对面东配殿住着唐孝成，这位老老实实进京，一进殿规规矩矩哭灵，接受一切安排，他也觉得诡异。

忽听外头脚步声响，正是季节和几个护卫回来了，他心头一松，迎上去，季节脱了大氅，屏退下人，只沉默不语。季怀远待要问，季节忽然长吁一口气，道：“她没认出我。”

季怀远一怔，万万没想到结果是这样的。

季节在宫中不得不改装，可多年不见的女儿真的就认不出父亲了吗？

是认不出，还是故意不认？

容妃知道燕绝死亡真相吗？知道永裕帝未死吗？

如果她知道却不认季节，也不提醒他永裕帝未死……

季怀远忽然打个寒噤，掩饰性地端起茶杯，道：“不见也好，省得再生枝节。”

季节取出一颗解毒丸吃了，道：“这殿中烟气缭绕，谁知道有毒没毒，小心些才是。”

季怀远早就吃了解毒丸，还是燕绥给的药效更好的那种，却也忙做受教状，取药来吃了。

季节便准备去睡，季怀远忙道：“爷爷，外头护卫们住的屋子火盆不足，被褥也薄，哪能让您吃这个苦，您便和我一处睡吧，若有人来，再下榻来也来得及。”

季节好武，多年来练武不辍，可不知为何越练越是衰弱，大夫说是练武太勤，反而伤了根骨。祖孙俩一处卧着，絮絮说些之后的打算，季怀远从未和祖父这般亲近过，却根本无心去感受这般天伦之乐，全身肌肉都紧绷着，留心听着几进殿中院落里的声音，一只手紧紧抓着藏在被褥下的匕首。

燕绥说过会负责在他遇险后将他接出皇宫，但如果遇险第一时间他熬不过去呢?

季节在上床之前，已经用刀背敲过所有的地面墙壁和床下，确定没有夹层。

他也并不认为新帝会对季怀远下手，毕竟一个还没正名的继承人，杀了也拿不回苍南，还给了苍南借口决裂于朝廷。

床头两只铜鹤一左一右顶着牛油蜡烛，季节睡下时还摸了一把，赞了一声雕刻精美。

毕竟年纪大了，季节说了一阵便沉沉睡去。季怀远听着外头更鼓敲了三更，悄悄地退出了被窝，怕被窝里太舒适便睡着了。

他先坐在榻边，依旧觉得不安，又换到椅子中，还是不放心，最后干脆站在屋子正中，警惕地看着外头。

午夜的深宫，不知何时飘起了雪，细碎的雪花点染墨色的皇城，远处风灯晕黄的光挣扎出巴掌大的光圈，罩不住长久浸淫帝王之威的景仁宫。

季怀远忽然听见细微的声响。

他霍然回首，便看见了他一生都不会忘记的一幕。

不知何时，床榻之上竟然探出好几根钢条，将季节牢牢地绑在了床上。床头左右两侧的两只装饰铜鹤转了方向，长喙尖尖，向着季节的脸喷射出浅白色的气体。

午夜，深宫，暗室，捆人的床榻，喷毒的铜鹤。

季节在挣扎，脸上肌肉痉挛，瞧来可怖。

他毕竟先吃了解毒丸，那般凶猛地对着脸喷毒烟，他依旧没死，全力挣扎之下，一根钢条竟然给他挣断了。

倒把季怀远惊了一跳。

然后他就看见一只铜鹤忽然再次移动转身，缓缓向着季节胸前低头。

它的喙尖长如细针。

季节也察觉它要做什么了，满头大汗滚滚而下，挣扎许久才发出一声嘶喊：“怀远！救我！快——”

这一声喊惊住了季怀远，他连退三步，季节目眦欲裂，那铜鹤猛地脖子一折，尖喙闪电般一啄。

直入心脏。

季节挣扎的动作骤然停止。

季怀远还在退，一步步退向门槛，床榻上季节半支着身子，眼眸溜圆地瞪着他，仿佛还要责骂他。

而右边那只铜鹤还保持着原先的姿势，静静地立着，这只铜鹤就是为他安排的吧，如果方才他也在床榻上，后果不堪设想。

季节终究没有把那句话骂出来，叱咤半生，雄踞天南的苍南刺史，季家家主，终于因为一次自己的轻率死在这个飘雪的午夜宫廷之中。

季怀远想过很多次他的死法，毕竟被燕绥盯上的人迟早都是这个下场，毕竟永裕帝诈死的目的之一就是诱出三大刺史而杀之，他甚至想过会自己下手，但是最后季节这般死在他面前。

夜风中传来隐约一声呼哨，他恍然而醒，霍然转身便奔，奔了几步又狂冲而回，从季节脱下的衣服里翻出了代表苍南刺史和季家家主的玉佩。他不敢看床上大睁眼睛的季节，仓皇逃出时被门槛绊了一下。

冲过东配殿的时候，发现殿门半开，他鬼使神差地探头看了一眼，正看见那铜鹤转身，钢条撤走，床上“唐孝成”直挺挺躺着。

到了明天会传出什么消息呢？川北刺史夜宿景仁宫，伤痛过度，心疾发作而亡？

季怀远脑中一片混沌，他已经看见无数黑影从景仁宫的角落里掠出，向自己包抄而来。

却忽然一道银蓝色光芒闪过，季怀远大惊要拔刀，却看见那狗屁股一撅，尾巴下吊着两个字的纸上写着：上来。

季怀远未及细想，赶紧抱住了狗脖子。

季怀远鼻端戳着那狗腥气哄哄的长毛，只觉得风声凌厉飞雪扑脸，眼前景物急速后退连成一线。

他知道自己惊动了宫禁，也引起了永裕帝隐藏在宫中的秘密力量的追杀，然而此刻他只能选择紧紧抱住身下这条狗。

然后他发现不仅仅是狗，每条路线，每次转折，每个墙角，每个即将被人攻击的关键时刻，有时会有太监状似无意地伸手一指替他解围，有时会有黑影闪出引走追兵，有时明明感觉到背后的杀机，一回头却看见那远处弯弓的人忽然跌落。

这条狗对宫中地形路线也很熟悉，竟然这么驮着他一路驱驰到了宫墙下，却并没有从大门处走，肩背一耸将他抖下，自己钻入灌木丛，挖起洞来。

那兽的爪子足可开金裂石，一爪子下去坚硬的宫墙砖石纷飞，不多时便掏出一个洞，那狗便自己钻了过去，身体完全没入之后，尾巴还翘出洞来晃了晃，似在召唤。

季怀远并没有犹豫，也立即跟着钻入了狗洞。

出了洞那狗再次把他驮上，在身后追兵赶来之前冲上宫门广场，再在纷飞箭雨之中冲出广场。

好不容易冲出广场，进入纵横交错的小巷，季怀远指示着方向，一直冲回了驿馆。他的护卫主要都在驿馆里，此时纷纷惊起，季怀远来不及解释，立即下令收拾东西回苍南，却忽然在自己的护卫群里看见一个面生的人，不等他发问，那人便举起一块玉质令牌，笑道："奉我家主子之命，前来护送将军出城，请将军回苍南后，牢记当初承诺。"

季怀远心中凛然，连声应下，也不和驿官打招呼，直接上马出城。其时天色未亮，宵禁未过，但有那块令牌果然畅通无阻。季怀远不知道那就是永王令牌，是文臻命人带回来将来准备接应随便儿的，只觉得燕绥果然深谋远虑，宫内宫外，接应得行云流水。到得城门处时，刚刚天亮，正是城门初开的时辰，宫里的消息还没出来，那人拿着令牌说是永王朋友出城打猎，当即被放行。

那人送季怀远出了城，便收回令牌，飘然远走。

季怀远一路狂奔，一日夜便驰出三百里，之后回到苍南，果然季家军已经被燕绥拿下，并依诺归还了他一半，他靠着这一半季家军和季节的玉佩宣布了季节的死讯，顺利接下了家主位，并对天下发文说明季节死因，收束军队，安守天南。

而此时季节唐孝成之死已经传遍天下，所有人心中都掠过一个念头：属于三门阀四大刺史的时代终于过去，之后的东堂将走向一个未可知的方向。

一夜之间，战争谣言四起，天京物价飞涨，富户开始出京。

而此时的川北，燕绥和林擎已经和文臻会合。

几人见面，来不及交代今夜各自的成绩，对彼此互相隐瞒导致的后果也来不及算账，急奔城中川水渡口，要赶在唐家封锁全城和水上之前渡船过境。

几人甚至根本没有回到任何据点，就在出门之前直接便令所有据点收束停业，有渠道就走，没渠道就潜伏，从此断却一切联系。

对唐家的多年布置，至此结束，再无可能将今夜的博弈再来一次。

之前众人就有约好万一失散后的重聚地点，此刻众人都在川江渡口附近一个隐蔽处，看着对面喧闹的人影和大批进驻的唐家士兵。

唐羡之的动作比想象中更快。

文臻正在思考办法，忽见燕绥招了招手，再回首，就看见黑暗中来了一队车马。

当中一座轿子晃动不休，里头似乎有人在呜呜大骂什么。经过他们时，轿帘忽然一掀，现出里头唐大公子的脸。

文臻不认得他，但却觉得和唐羡之有几分相像，燕绥将她一拉，进入了唐大公子的随行队伍。

其余人都穿着黑衣劲装，也混进了队伍，拉下面罩，只露出一点眉眼。

王夫人不善伪装，燕绥看见她就眉头一皱，直接将她塞进了唐鉴之的轿子。

文臻悄声问燕绥："你的后手是唐鉴之？可靠吗？"

燕绥嘴角一勾："如果他还不蠢，就该可靠。"

文臻看见已经到渡口，便不再问，那边立即有人迎上来，喝道："川江封江，片板不得下江！速回！"

在他们前面还有一些商人想要过江，神情焦灼，有人在偷偷塞银子，却意外地被军士退回，大声道："公子麾下，不得收受任何贿赂，违者斩！"

唐鉴之的队伍并不理会，继续前行，那军士一声呼哨，顿时一大队军士开来，气氛紧张。

队伍当先一人却冷笑，取出一块私章晃了晃，道："奉家主命，护送唐大公子前去横水。"

那军士接过私章，不能确定，又交给上官，那人却是认得这是唐孝成的私章，狐疑的目光刚扫过来，先前说话那人就上前一步，悄声道："城中出大事了，我们之前就得了老爷嘱咐，一旦城中出变故，必须立即将大公子送出川北，以免影响公子接位……这也是公子的意思。"说着指了指城内。

那将领目光一闪。

城中出大事他自然知道，但具体是什么事情，如唐孝成被杀这种事，在安定军心民心，确定局势稳定之前，自然不可能通报到这一级将官，所以他此刻想到的便是篡位、传位之类家族大事，而这种情况下，防备着原本是继承人的唐大公子，将他立即送出川北，无论是老家主还是新家主，都是必须要做的事。

再加上这私章有特殊的钤记，货真价实，他几乎立刻就信了。

他上去掀开轿帘，果然看见唐大公子正被五花大绑，犹自挣扎，眼底溢满着愤怒。

将官倒吸一口气，立即放下轿帘，退后三步，转身默不作声一挥手，示意放行。

一行人上了船，进了船舱，文臻才长吐出一口气，和燕绥简单交换了彼此今夜的所为，互瞪一眼，最终两人都选择了一笔勾销，文臻心中也暗叹燕绥多年经营，准备充足，当真算无遗策。燕绥却道："唐五可真会抓紧机会卖好。"

文臻心中一动，道："莫非你在小楼也有人？"

燕绥淡淡道："有备无患罢了，便纵帮不了你，助你一臂之力还是能的。你向来行事大胆，我怎敢不做筹谋？"

文臻心中感动，笑道："如此甚好，终究唐五的情欠了也就欠了，还是还不了的。"

燕绥道："你从未欠他情。他要对你好是他的事，他待你坏处也不少，你有时便是太过厚道。"

文臻默然，转了话题道："曾不凡你又是如何处理的？"

燕绥："我没杀他。"

"嗯？"

"我放了他，连一指都未加于其身。"

曾不凡这么完好无损地回去，叫唐羡之怎么想？相信他没有背叛，只是失手？既然失手，以燕绥睚眦必报的性子怎么会不处置你？

曾不凡这下才真是左右不是人，他若聪明，定然不能再回唐家，天下之大，却也无他可去之处，下半辈子也就东躲西藏罢了。

这比杀了他还让他难受。

这就是叛徒的下场。

燕绥却道："曾家的女儿以及王雩的母亲早些另外安排了，不可一直跟着我们，你也要防备些。"

文臻点点头，却也没在意，想着过了江进入横水，还没出三州之境，依旧步步凶险。唐家的地盘实在太大了。

脚步声传来，一转头正看见那个脸色苍白的唐大公子站在门口，静静注视着两人，眼神微带憎恶。

文臻就当没看见这憎恶，笑着和他打招呼，唐鉴之冷冷看她一眼，并不理会，却和燕绥道："我带的人有限，之后还要潜伏，顶多只能送你过江。"

燕绥却也不理他，只和文臻道："江上风大，披上大氅。"

唐鉴之怔了怔，这才认识到文臻在燕绥心中的地位，对文臻一揖，文臻还礼，燕绥这才正眼看他，道："我已命人将易小姐接到横水，你可想见她一面？"

唐鉴之出了一回神，才淡淡道："不了。"

燕绥并不意外地点头，文臻倒有些诧异，她已经听燕绥提起这位大公子日日为那易小姐作画之事，想来情深，如今近在咫尺，为何不见？

唐鉴之道："我怕见了她便心肠骤软，只想和她归隐山林。那我这许多年的怨恨和不甘，便再也没机会弥补了。"

唐鉴之冷冷看了燕绥一眼，道："我送你一程不代表你我恩怨一笔勾销。你虽治好了我的痴病，却也是害我沦落至此的罪魁祸首。只是这天下之大，能杀了唐羡之的人大概也就是你了。既然你杀了唐孝成，我且不和你计较那旧仇，给你三年时间，三年内，你若杀不了唐羡之，我便投诚唐羡之，帮他来杀你。"

燕绥就像没听见，文臻笑看着他。

没多久，船只靠岸，一行人下船，以同样的理由通过了码头的盘查，然后燕绥、文臻、林擎一行便和唐鉴之分道扬镳，转头隐入横水连绵的山脉之中。

在横水山脉中行走时，文臻发现山上植被破坏得严重，好些地方被圈起来，隐约可见山体被挖得一个一个大坑，问燕绥，燕绥道："他们在找他们这辈子也找不到的铁矿。"

"如今瞧来仿佛停工了？"

"那是因为唐五还算有点脑子。"

燕绥将一个红布的小包袱拎给文臻，文臻还以为是什么礼物，燕绥这才道："这是唐慕之。"

文臻险些把包袱掉地上："什么？"

此刻燕绥才细说了粮仓发生的事，兰旖听着听着垂下了眼睛。

她不熟悉唐慕之，没有太多感触，却也有些恍惚，昨夜还跟自己斗嘴的人，怎么一忽儿便化成这一捧灰了？

人生无常，竟至于斯。

她默默走开，文臻也没在意，她被这消息震惊，抓着那红布包袱，想着那倔傲冷戾的女子忍受烈火焚身之人间苦痛，放弃唾手可得的生机，最终默默死去的那一刻她在想什么。

她可是望着远处山冈燕绥所在的方向？

金牌搁在掌心，仿佛还在发烫，文臻握紧了那牌子，听燕绥道："她要葬在德胜宫，她一向挺喜欢娘娘。"

文臻忽然落下泪来，喃喃道："不……那不是因为娘娘……那一定是因为你啊……"

掌心里的金牌仿佛忽然又热起来，灼着了她的心。

她怔怔捧着包袱坐了半晌，直到兰旖再次悄悄走来，坐在了她身边。

她才恍惚想起那宝石还没给兰旖，刚掏出来，兰旖便摇摇头，道："我当时只是说着玩的，我只想看看你为他的心……"

文臻默然。

"我现在看见了那颗心，我还看见了这一捧灰。忽然便明白了，人生执念，回首百年，何必为了不属于自己的东西较劲追逐呢。"

她忽然一掌拍上文臻后心，喝道："心法予你，只教一次，会与不会，看你缘分。听着！"

文臻不敢再分神，甚至都没来得及将唐慕之的骨灰放下。

后心忽冷忽热，耳边喃喃低语，仿佛传自云天之外，又仿佛响在心底，她亦在心底和怀中那个女子说："你放心，我一定会学会这心法，永远护持热爱你用生命爱过的那个人，把属于你的那一份爱意也赠予他，直到将冷却焐热，将空旷填满，这一生以及以后的每一生，都不会忘记爱的模样。"

第一百二十五章

林鸨儿和燕头牌

文臻用了一天的时间消化心法，等她再次睁开眼睛，兰旖已经飘然远去。

她只带走了一件彩衣，和最初文臻送给她的那个璎珞彩宝项圈。

她留书给文臻说一路上有所感悟，要回镜花洞闭关了。

文臻甚至都没来得及和她说声谢谢，又怕她遭遇盘查，只得分出人手追上去，好歹将她送出川北三州，不过好在兰旖并没有在唐家人面前露面，安全应该没有大问题。

文臻发现自己的内力已然上了一层，同时借助那一股兰旖送来的内力将一枚针直接冻裂炼化了。

她这些年已经能驾驭当初从方神医那里学来的炼化之法，三年前生产时碎针过快陷入险境后，所谓不破不立，后来炼化的速度终于超过了针发作的速度，如今针再碎，体内只剩下了三根针，都在不要紧之处，性命已无虞。

只是她心中隐隐有忧虑，兰旖当初坚决不肯随便传心法，总觉得并不仅仅是门户之见或者心法珍贵，如今自己内力也增，难道兰旖的功法传了会对她自己有伤损?

但此时也无法追着人去问，只好想着以后去问了。

这一日都是燕绥亲自守着她，等她醒来这人立即躺倒成“公举”，文臻也就兢兢业业一边给他烤肉，一边看地图。

原本燕绥有个走横水的计划，是要利用横水遍地的福寿膏烟馆来钻空子的，为此连上好的福寿膏都提前准备好了。结果到了横水之后却发现，唐羡之在这三年间对横水进行整顿，取缔了所有的福寿膏烟馆，杀了好几个豪强，其中包括唐家人，已经刹住了这股风气，现在横水人只要私藏这东西就会下狱，福寿膏这东西已经从人人见之心喜变成人人畏之如虎，所以这一招是再用不起来了。

更要命的是，唐羡之似乎猜到了燕绥的打算，还专门训练了一批灵犬，经常上街巡逻，专门嗅身上有福寿膏气味的人。中文一开始尝试带了福寿膏做敲门砖出门，就被灵犬老远嗅见味道，一大群狗狂追不舍，中文险些丢了老命。

是以众人不得不隐入山林，中文泡了一整天温泉才去了那味儿。

文臻对唐羡之的手段和心思向来是佩服的，他的地方难进难出才正常。隐入山林之后，她对着地图研究好久，最终选定了一条路线，穿山涉岭而过，直到一抬头看见前方一座庙宇。

横水很有名的一处庙宇，以求子以及护持平安生产出名。

在那里等候了大半日，文臻选定了一户人家的马车偷偷跟上，果然在半路便遇上那家大腹便便的夫人提前发作，当时前不着村后不着店，大夫都没处找，文臻及时出现，一针下去，惨叫的女子便安静了许多。

然后顺理成章地，一行人进入了这女子的队伍。女子是横水戍卫统领的爱妾，身份特殊，再加上情况紧急，因此虽然城门盘查紧密，但是却无人敢仔细盘查她，担不起统领家人一尸两命的罪责，草草查过便将人放进了城。

之后文臻护持着这女子生下了双胞胎，对方大喜。

次日，文臻一行人拿着各色礼品，打着统领府去定阳给亲家报喜的旗号再次去了渡口，登船去定阳。

在船上，采桑问文臻是怎么想到这么做的。文臻道："我既然会这一手千金方，自然要派上用场，哪里孕妇最多？当然是求平安的庙宇啊。"

那些来往的人当中首选扈从如云者，其次选随从规制严整明显是士兵的，这时候最有实权的就是掌兵者，然后看那些孕妇谁肚子最大。当时这位夫人年轻妖娆，显然不是正室却随从无数，且随从中有士兵，显然是高级将领的深受宠爱的如夫人，但如夫人一般容易被正室所忌，这时候还往外跑只怕这庙里有花招，她那肚子又大得异常，像是双胞，双胞多半容易早产。文臻看她气色不佳，经过她身侧时还闻见一股韭菜味道，显然这位不知轻重，吃了韭菜馅的东西，这东西有催产功效，大抵那位正室就是想这如夫人在路上生产，然后叫天天不应叫地地不灵。

却叫来了早有盘算的文臻。

文臻这么掰开揉碎了一说，采桑恍然大悟，一旁曾有逊也一脸佩服，至于王夫人则有点心神不属模样，一脸茫然。

燕绥和林擎吃着文臻做的糟鸭蛋片，这做法比较别致，挑选上好的青皮鸭蛋，文臻随身有研制好的陈槽包加水泡上一夜，鸭蛋取出时蛋黄蛋白都已经软化，切开小口，挖出蛋黄，灌入拌好的香菇肉馅，然后以各种形状的箍子箍住，放入加了卤料的锅里煮熟，再切片。十分对称，齐齐整整，极大地满足了强迫症“晚期患者”燕绥的需求，他以往一直觉得鸭蛋大小不一，蛋黄有时居然还不在正中，十分难受，一度拒吃，文臻为此研制了这酒糟灌馅蛋，果然深得他心。

殿下一边用银签吃蛋片一边和林擎道：“我素来不爱鸭蛋，因为不齐整，蛋糕儿特地为我想出了这个法子。”尤其加重了“特地”两个字。

林擎道：“文臻啊，你说你又要想法带着一群大老爷们逃亡，还要为一只蛋如此操持，某些人实在太不体贴，如何配得你这般兰心蕙质？我还是建议你考虑一下老林家，我家飞白吃蛋从来不计较大小是否齐整，蛋黄是否在正中，还可以帮你把壳都剥了送到你嘴上，而不是你帮人家剥壳。”

燕绥：“中文，她剥下来的蛋壳都在哪儿？一起找来。吃着人家的还挖人墙脚的老不修，只配吃蛋壳。”

林擎头也不抬：“压榨夫人还理直气壮的‘渣男’，抛弃亲子的恶父，你还是操心一下到老了儿子喂你吃蛋壳吧。”

香宫里，睡得迷迷糊糊的随便儿揉着眼睛和他奶奶说：“奶奶啊，我刚做了个梦，梦见我爹和我要三个鸭蛋吃。”

德妃：“梦是反的，你爹最不爱吃鸭蛋，嫌蛋黄不正中，三个这个数字对他来说绝对不可能。那你给了没？”

随便儿：“我喂了他三斤鸭屎！”

回边关的路还在继续。横水顾名思义，川江在它境内是横着的，将唐家的地盘一分为二，顺着这水走，两边或有群山或有市镇。过了横水境后，那位将领的名头渐渐不好用了，在发现水上对船只盘查拦截的增多后，燕绥和林擎果断决定下船，也是在这个时候他们发现附近市镇到处挂白，唐家已经公布了唐孝成逝世的消息，唐羡之继任家主。

唐家新任家主公然在各处张贴燕绥和林擎画像，悬赏捉拿，却没有文臻的画像，只是有无画像对众人影响都不大。众人抵达的这个小镇叫马鞍镇，因为小镇地形如马鞍，两头有山中间市镇，这个小镇过去便是衡州，再往北便是便是西川南平府的辖区。因为已经快要出唐家地盘，关卡都设重兵，从荒野过境反而显眼，这回众人都戴上了面具，准备从马鞍镇出川北。

小镇岗哨虽多，但生活秩序显然并没有受到影响，因为小镇不大，居民显然都是熟识的，和岗哨士兵也相熟，一边被检查一边大声地用本地方言互相打着招呼，虽是熟人，但士兵都一丝不苟地检查，盘查严谨程度可见一斑。

因为正当紧急时刻，人越多越容易引起注意，所以其余护卫都在出川北主城之后便散开各自潜行。目前这个队伍里只有文臻、燕绥、林擎、采桑，曾有逊和王夫人以及四大护卫，他们扮成回乡奉养老母的普通富户，老母自然是王夫人，曾有逊做回老本行侍女，文臻和燕绥是老母的儿子和儿媳妇，林擎是总揽事务的老管家，四大护卫便是那聘请的镖局护卫。

这回出马的换成了林擎，林帅在离哨卡还有几里的时候便自来熟地拉扯上了一个本地人组成的商队，还用手上那硕大的“来自大荒的异兽头骨的丹珠”成功吸引了对方的注意，并表示“江湖相逢便是有缘，看老哥第一眼就觉得亲切，打‘骨折’半卖半送，就当交个朋友”获得了商队头目的喜爱，走出一里地，他就已经成了商队头目的远房表弟了。

文臻眯着眼睛笑，心想，这真是各人有各人的功用，咱们的林大帅上得厅堂下得厨房，就没有他搞不定的男人和女人。

这个商队头目果然上了钩，看在那个难得的丹珠戒指的分上对林擎等人很是热络，并在林擎保证进镇后还有别的货色请他欣赏后，主动为他们出具了保书，遇见盘查，不等询问，便打招呼说是远房表弟，带出来一起走生意，表弟的家眷也一并带着，打算在横水定居。

盘查的人虽然熟悉他，却还是打了招呼，说陌生脸孔必须要过三关，当下先是对照画像，之后挨次捏脸皮，查看耳后，这是要检查是否戴了面具，幸亏燕绥这边的面具够狠，居然是一直做到肩膀以下，又很薄，虽然戴着很不舒服，但是想要捏起来或者看出耳后接缝那是不可能的。文臻正想着第三关是什么，忽然觉得燕绥扶着自己的手指一紧，与此同时林擎也在看燕绥，她眼光一扫，就发现了那些官兵靴子两边和衣袖的装饰图案还有颜色居然是不对称的！

她立即抬手，装作给燕绥擦脸上的灰，挡住他的目光。

同时手臂微微用力，将燕绥拖了便走。

燕绥垂下眼睫看着地面。

所有经过盘查的外地人要在此处登记籍贯姓名等内容，要每个人自己写，文臻一眼就看见桌子上砚台形状不规则，一边大一边小，两支笔一长一短，笔尖乱糟糟，纸张缺角等，邋遢样子不一而足。

大队士兵站在桌前虎视眈眈，不能代写。

文臻感觉到燕绥的手臂微微颤抖，心生怜惜。

强迫症这东西不讲道理，哪怕力能搏虎才可通天，不对称难受就是难受，这就不是生理性的，而是心理和生理的双重折磨，燕绥再强都无法解决这个问题。

唐羡之也早就看出了燕绥的这个软肋，这一招可真狠。

文臻眼一瞥，竟然看见燕绥露出的一点指尖都冒出了一点疹子。

她灵机一动，手指探入燕绥衣袖，摸了一阵，又悄悄伸手入了燕绥的怀中一阵摸索。

燕绥任她揩油，神情还舒适了些。

文臻却不是为了揩油，此时两人已经走到长桌边，文臻已经写完，燕绥慢吞吞伸出手，长桌边的士兵都齐齐向后一退。

那一双手上斑斑点点，都是疙瘩，有的已经溃烂即将流脓，一看便是有恶疾。

四周百姓也惊呼退开，那商队头领已经得了嘱咐，急忙赶上来道："我这远亲有点皮肤上的毛病，不妨事，不妨事的……"

他越说不妨事众人越往后退，一个士兵走来，布条裹手，伸手掀开燕绥衣领，看见他胸膛上果然也有疙瘩，显然是全身性的皮肤病，看那模样像是会传染，急忙松开手。燕绥拿起笔，手指微微颤抖，有透明液体滴下来，他脸上神情更难看了，倒更像疾病引起的不适，那士兵眼看那液体横流，急忙道："走走，不用你写了，来个人代写！"

文臻急忙代写了，扶着燕绥走开，确定无人注意了，才嘻嘻笑道："那是糖液啊，要不要舔一舔？甜的。"

燕绥把手递到她唇边："那你舔。"

文臻便捉住他的手指，轻轻一吻，行了个绅士礼，彬彬有礼地道："殿下，我可以请你跳舞吗？"

进了小镇，再送上一件礼物，说自己要去寻房子，林擎和他刚认的好兄弟便分道扬镳了。

随便找了家小客栈住进去，例行登记很严格，连安排的房间都直对大街，方便抓捕那种。

一进房间，英文就掏出了易容工具，大家开始脱面具准备下一轮伪装，狡兔还有三窟，英文相当了得的易容术终于派上用场。

只是剧本需要重新编写，因为先前过卡时候的身份已经被登记，还会被传送到各个哨卡，一旦还以原来的身份再过关卡，刚刚进镇就要出川北境，必定立马就会被识破。

但是不能不立即走，因为唐羡之很可能会亲自追过来。

林擎道："我怀疑出川北境要脱衣检查。因为燕绥和我身上都有伤，伤口还很特殊，手腕能勉强掩饰，燕绥后背那一大块着实难掩盖。出川北境的关卡必然置重兵，也是最后一关，唐羡之如果有杀手锏，必然在最后一关。”

英文便建议：“你们可以打扮成蛮人，就是赤着上身满身刺青的那种，我可以保证会将刺青画得惟妙惟肖，摸上去都发现不了是假的。”

文臻一想林擎和燕绥这个打扮，顿时目光灼灼。

燕绥看她一眼，立即拒绝：“不成。”

看他可以，看林擎不行。

林擎咳嗽一声，道：“虽然我体魄很有看头，但我也觉得这法子并不妥当，因为你家殿下那个德行……英文你确定你能把刺青画得完全对称吗？就算你能画对称，等于也告诉关卡，刺青也如此对称，不是燕绥是谁呢？而且还要脱衣检查，除非……”

英文心想除非什么？

文臻忽然不怀好意地笑看林擎。

林擎回视，然后扬眉笑了：“不用看我，我百无禁忌，倒是你家那位……哈哈。”

燕绥：“不。”

文臻：“提拉米苏……”

燕绥：“你每次哄我都用这个，可到现在五六年了我也没吃上。”

文臻：“这回绝不哄你！你答应的话还给你做果冻！”

燕绥：“只给我一个人。”

文臻：“别人都只能干看着。”

英文拿起工具，一脸奸笑，意气风发。

生平夙愿要实现了啊！

当年饱受殿下磋磨时，无数次暗暗诅咒他终有一日要落在自己手上任他搓圆捏扁，不敢反抗。

日语总笑他做梦。

梦想还是要有的，不然和一条咸鱼有什么区别？

什么样的人不会被脱衣检查？

自然是女人啊。

英文精神大振，发挥极好，没多久，林擎便成了一位头簪大红花，身穿洒金裙的风韵犹存的中年老鸨儿。

林老鸨挥着小手绢，靠在门边搔首弄姿：“客人，我美吗？我妖吗？”

文臻：“妈妈，别太入戏，你是老鸨，不是头牌。”

林擎：“哦。”

燕绥面无表情地坐在镜子前，所有人都屏住呼吸，想笑不敢笑，想叹不敢叹。

文臻看看他，摸摸自己的脸，很不甘地想，原来老娘还真是高攀了。

上妆的殿下，姿容鲜妍，玉貌绮年，瑰姿艳逸，百般难描。

英文却皱眉：“气质太高贵。”

采桑：“像王女不像头牌。”

文臻想了想，上前，取了胭脂眉心一点，白牡丹便忽然多三分艳色风流。

英文双手一合：“知殿下者，文大人也。”

文臻含笑领受。

第一百二十六章

头牌撩人

午后，排队出境的人群里多了一行招眼又普通的队伍。

一顶香风隐隐，垂挂流苏的小轿，一个随轿行走的老鸨，几个容貌清秀的侍女，一个老成稳重的嬷嬷，还有抬轿的四个轿夫。

说普通，是因为一看便知这是出行的青楼红牌，良家妇女不用这种粉色的轿子，也不垂挂这种带着挑逗香气的香囊。

还因为那老鸨一看就非常“老鸨”，虽不故意撩拨，但看人带笑。

倒是那轿帘深垂，看不见头牌一根头发，让人心怪痒的。

文臻看一眼，觉得大家演技都甚好，尤其英文和日语十分入戏，停下轿子接受检查时，一边擦汗一边撞肩膀挤眼睛，对着轿子低声调笑，一看就是有色心没色胆，口头垂涎头牌。

当然文臻觉得那只是他们“怀恨已久”，趁机泄恨。

只有曾经身份高贵的王夫人演一个妓院嬷嬷似乎有点不适应，一直垂头不语，好在只是个下人，也没多少人在意。

林老鸨站没站相，靠着关卡的栏杆，身体直往那看守的将官身上靠，见人家询问事由，低声笑道：“送人去衡州，那边的刺史老爷唱堂会，让姑娘去陪……我们新来的头牌……我们是翠香院的……官爷您说没见过姐姐我？这就奇怪了，兵爷们不是不许逛窑子吗？您这是到哪识得各家楼子的妈妈的啊？啊，您说您本来就不识得，看错了？是啊是啊，就说呢，我在翠香楼都十年了，只是往日里是内管事，不常出来招呼的呢……对对对，您是兵爷，从不逛窑子，什么外管事内管事，您是不识得……脱衣检查？来来来，阿文你们四个过来检查……女人要不要脱衣检查？来来来，姐姐给你瞧瞧，姐姐虽有点年纪，可身上还挺白呢……”说着便要解衣。

一行快马从官道驰来，当先一人远远展开一面小旗，关卡哨兵们便赶紧撤开关卡，齐齐躬身立在两边放行。

十几骑如风般驰过，当中一人白衣如云，黑发在风中扬起。

士兵们并不敢抬头，一声长哨，百姓们纷纷跪地。

这是家主出巡旗，所经之处，百姓军队，如见君主。

百姓们跪着，用余光悄悄看这位年轻的新任家主，想着日后的川北即将归于此人统治，也不知未来将行向何方。

只是听说这位已经实际掌握家族大权数年，那么这几年的诸般仁政和大家渐渐好起来的日子，足以证明年轻家主的能力。

往年的苛捐杂税无穷无尽，征兵一年三次，更有奇重的徭役劳役，往往将人拉了便不知往哪里去，有的五年六年才能归家，有的从此就没了，若不是川北三州一向管理严格，去不了别处，去了别处也不易被接纳，百姓早就想逃离了。

如今日子倒是安宁了不少，只是粮赋依旧不低，且征兵愈加急了，只是现在当兵，全家都有相应奖励，军饷也发得足，大家倒没有以往那般抗拒。

只是这端倪让人瞧着心中不安，莫不是要打仗了？

十几骑一掠而过，看来是有急事，什么样的急事会让新家主抛下老家主的丧事，亲自前来这边境小镇？

忽然这十几骑又在人们疑惑的目光中转回，当先的唐羡之一边摆手示意父老们起身不必跪拜，一边命人拿过登记簿册，又问这一两日内所有经过人等的言行形貌。

听完一遍后，他便看着那个关卡的头领。

那头领被他看得冷汗直流，都知道新任家主看似温和，实则一向手段霹雳，心知可能犯了大错，不敢说话。

唐羡之却叹道：“关卡撤了吧。所有人整束队伍，即刻增兵马鞍镇边境哨卡。”

人已经溜过去了，还留着关卡做甚。

眼看队伍重新整兵，他也往那方向驰去，速度却并不是很快。

他身边护卫有些不解，转头看他，新任家主微笑着道：“奇怪，我既然发现了他们的踪迹，为什么不急着赶去？”

“家主自然智珠在握。”

“只不过是因为去早了就没好戏了啊。”

那看上去还不过十八岁的兵被林老鸨撩得脸红耳赤，拼命向后躲，旁边那个先前提出质疑的老成些的士兵啼笑皆非地喝一声：“且住！脱什么脱！谁要看你一身臭肉！”

林老鸨毫不脸红地停了手，袖子滑落，从雪白丰腴的手腕上摘下一个水头透亮的翡翠镯子，往那士兵手里悄悄一塞：“兵爷，何必这么绝情呢。奴奴这一身肉当年可是号称一捧云来着……赶明儿去翠香楼您亲眼瞧瞧？”

那士兵看了一眼四周，不动声色将镯子往袖子里一塞，目光掠过林擎手腕，顺手一捏他脸颊：“那是，倒挺滑的，到时候洗干净等爷啊。”

林老鸨腻在他身上：“就怕你不敢来！”

那士兵哈哈大笑，正要放行，忽然一个小队长模样的人走过来，那士兵脸色一正，喝道：“轿子里头的人下来检查！女子不用脱衣，捋袖子脱鞋！”

文臻心中一紧，心想，那一双大脚！

轿帘忽然一掀，现出一张神颜，那士兵顿住，瞠目结舌。

头牌冷淡地靠着窗边，眉心一点红殷殷如血，纤白晶莹的手指微微挽着轿帘，水红色绣鸳鸯的绣帕衬得手背和脸颊肌肤胜雪，四面有惊叹之声。

文臻色迷迷地盯着高冷又娇艳的头牌。

头牌靠着窗，对众人惊艳的眼神习以为常，手中绣帕一扬，也不知是有意还是无心，撩过那士兵脸庞。

一股香风掠过。

林老鸨又凑上去：“那个，兵爷，我们还要赶路，怕误了堂会……”说着嘴一努。

士兵回头就看见前方衡州地界，官道之上隐约有骑士和马车在等候，那骑士顶盔贯甲明显是州军装扮。

那就真是衡州要紧人物派人来接了。

川北和接壤的衡州关系不好不坏，维持着表面的平静，自然不会在此刻生事端。那小队长便挥手。

轿子缓缓越过关卡。

文臻和王夫人走在一边，王夫人忽然一个踉跄，伸手扶住额头，似乎晕眩。

文臻急忙伸手去扶她。

不料王夫人忽然大叫：“他们是——”

文臻立即捂住她的嘴。

王夫人竟然张嘴狠狠咬住了她的手掌。

文臻惨叫一声，鲜血横流，一低头看见王夫人眼神狞恶，满满仇恨。她心中一震，忽然明白，却觉得难过又震惊，这感觉只是一霎，随即破空声响，一块水红色的绣帕闪电般飞来，直击王夫人咽喉！

燕绥出手了！

文臻脑中一片空白，只忽然掠过王雩最后湿淋淋的脸，和那句：“若你有机会去川北……救我母亲一救……”

她下意识伸手一抄，绣帕裂成两片，落在王夫人膝前。

红影一闪，燕绥出轿。

而身后已经乱成一团，随即风声猎猎，万箭齐发！

此时四大护卫抬轿，林擎和曾有逊在轿子另一侧，采桑在轿后，而那飞箭大部分都冲着文臻。

文臻在这一霎完全可以拖过王夫人做挡箭牌，她却将王夫人狠狠向前一推，王夫人踉跄跌出，犹自不忘伸手拽着她的衣襟，一手还对扑过来的燕绥撒了一把毒粉，大呼：“今日为我夫君和我儿报仇！”

林擎大骂着一掌击在轿身，轿子飞过来挡箭。

文臻向前猛扑，忽然身后一紧，已经被人抱住，两人就地一滚，地面烟尘四起，钉入无数弩箭。

更多的弩箭射在轿子上，将轿子瞬间射成刺猬。

一道人影忽然暴起，瞬间劈开轿子，一刀劈向还未起身的两人！

那一刀如闪电，烟尘和碎裂的轿帘被凛冽的刀风瞬间带上半空！

燕绥一手揽着文臻，也不起身，单手一撑，贴地掠出三丈。

地面被劈出长达三尺宽的裂缝，裂缝追着两人身形不断扩大，最后停住的时候，离燕绥的鞋子只有寸许。

文臻什么也来不及想，拼命翻身要将燕绥压下。然而她没能翻过来，燕绥一边死死揽住她，一边借着她翻身的势全力向侧前方一纵，那杆子轰然炸响。

文臻只觉得天地和脑袋都在不停翻滚，耳边一阵嗡嗡乱响，什么东西落下来，砸了一身，她却感觉不到痛，全身都似乎被震麻了，饶是如此她还是舒展身体想为燕绥多挡一些攻击，又慌乱地反手去摸他，却摸到一手黏腻的液体，顿时心中轰然一声。

忽然腰上一紧，被什么东西缠住，然后她整个人飞起，她还死死抱住燕绥，一低头便看见底下破破烂烂一堆东西，而林擎、采桑、曾有逊、四大护卫腰上都多了牛皮索，也飞在空中，远处那些接应的铁骑正在策马狂奔，竟然是将几人都当风筝放了起来。

还有一些骑士则拍马上前，那些马速度极快，风驰电掣，马上的人也操弩箭，顿时箭如飞雨，比唐家军的飞箭更快三分，生生将对方的箭雨压制下去，那些马停也不停，狂驰而至，唐家军一拥而上，马上骑士忽然齐齐一个漂亮地翻身，钻入马腹之下，随即马腹下锐响，射出无数牛毛细针，唐家军士的马大多惨嘶着跪倒，唐家士兵还没坠地，就被那些从马腹下掠出的骑士一刀一个，头颅满地乱滚，那些骑士和马并不停留，砍完人一个流畅之极的转身，再次卷起烟尘而过。

此时文臻和燕绥落在一匹高骏的马上，马上骑士已经让出马和别人共乘，文臻一坐下就转头看燕绥，这脂粉芙蓉面实在看不出气色，她给他把脉，心知性命无虞，这才微微放心，随即怒火腾起，一个翻身上了另一匹马，喝道："中文照顾好殿下！"手中马鞭一指，"斩首队，斩首！"

那群刚刚掩护他们归来对唐家军大开杀戒的骑士一个流畅的转弯，又驰了出去，一边奔驰，一边摘下马身上垂挂的各种物事，迅速装备在身上，又接过同伴抛来的包袱，给马也全身披挂上。

这些都在冲刺期间完成，这边文臻燕绥所有人刚刚被接回己方阵营，那边斩首队已经再次冲到了唐家阵营之前，哨卡之前已经飞快换了拒马，尸首在这短暂时间内已经被搬走，队伍迅速整束，阵营之中，拥卫着一人，黑氅白衣，遥遥凝视着相隔里许的文臻的方向。

文臻面无表情。

她知道唐羡之来了，唐羡之甚至可能来得比想象中还早，之所以没有立刻就来，是因为他果然还藏了后手。

原以为挑拨曾有逊便是他的计谋，却未曾想真正的后手是那看来寡言老实的王夫人那里。

她自接了王夫人来，便看出王夫人确实是个不善言辞逆来顺受的人，诸事温和顺从，也就没多想。却没想到这种人内心往往坚执，一旦钻了牛角尖，八匹马也拉不回来。

在文臻看来自己是冒险闯虎穴，救出恩人的母亲，不似曾家兄妹彼此还有心结在，她以为唐家单纯算是王夫人的仇人，却未想到，唐羡之接来王夫人，供奉周全，连住处都富丽堂皇，从未让她有阶下囚的感觉，甚至还隐隐觉得是唐家庇护了她，而夫君因文臻下狱被斩，儿子也因文臻而死，唐家不是仇人，文臻才是。

这算计你来我往，此消彼长。

王夫人也被顺带揪了回来，采桑早已令人绑了等候发落，文臻并不理会，只看着对面。

伤了燕绥，怎能善罢甘休。

斩首队狂奔而去，对方阵营一道人影轻烟般掠出，轻功超卓，正是先前追杀文臻和燕绥的剑客，应当是小楼的精英。

那人立在当中，阔剑一展，正想问一句谁来应战，唐羡之长眉一挑，喝道："甲七！小心——"

他话音未落，斩首队已经先发制人，将那剑手包围，根本无人下马应战，只见白刃横飞，上头罩网，下头飞刺，中间从马头到肩头，从鞍鞯到腰间，从蹄底到脚底，各种毒网、飞索、铁链、三棱刺、铁蒺藜、牛毛针、毒液……将那剑手从头罩到脚，一时眼花缭乱，连人影都看不清了。

片刻之后，那剑手轰然倒地，浑身上下足足上千个伤口。

那群杀人机器般的骑士如蝗虫一般袭来。

有警醒的人反应过来，大叫："保护家主！"

唐羡之抬头，文臻正站在马上，手中倒提长弓，指着他的方向。

他心中泛起微微的苦涩。

宛如被触及逆鳞的她，散发着难得一见的怒气和煞气，却终究是为了另一个男人。

下一瞬他一抬手，掌间已经多了一柄玉箫，箫声响起。

那些扑来护主的身着软甲的骑士却忽然有一部分人后撤，各自取出小锣小钹一阵乱敲，声音刺耳。

虽然没能将箫声打断，却压下了一部分箫声，然后人人拿出一副耳塞往耳朵里一塞。

一人跃起，背后射出长枪，唐羡之的护卫抢上前去拨枪，那枪却不是射向任何人的，一个骑士高跃而起，脚尖一点，借着那长枪之力蹿出老远，头一低，背后弩箭连发三轮，逼得唐家护卫们纷纷退后，而另一个骑士已经贴地滑了过来，他的靴底竟然弹出了轮子，滑得飞快，人在滑行，腰部两侧弹出长长软剑，所经之处，人人皆被割了脚筋，这个骑士手上也不闲着，衣袖里射出许多柔韧的筋线，绊住了好几个人的腿，而此时其余骑士也冲了上来，开始捉对厮杀，说是捉对厮杀，唐家护卫却感受到了前所未有的压力。

唐羡之已经放下了箫，取出了琴，只这一停顿，面前已经倒了一地唐家军士和护卫。

而就在他停手的这一瞬间，一个骑士越过了阻拦线，闪身到了他面前。

那人好不容易在同伴合作掩护下冲到这里，毫不犹豫，瞬间身上到处都在响，所有机关都在启动，自己毫无掩护地向前直冲。

唐羡之低头长指一划，古琴无音，琴弦却忽然齐齐飞起，在空中散开，排列，依旧整齐排列，却成了一面无琴身的透明巨琴阻挡在两人之间，唐羡之手指轻点，琴弦震动，音波如水层层漾开，那骑士身形一顿，所有飞出的暗器机关骤然静止。

远处一声呼哨，令行禁止，所有斩首队员立即狂奔回撤，毫不恋战。

他们骑的马明显训练有素，脚力非凡，唐家士兵大喊一声要追上去，唐羡之摆了摆手。

追出去便是过境，如果不能很快解决对方，一旦引起衡州州军的注意，稍有差池就会引发大战，仓促起战事，非智者所为。

唐羡之凝视着远去的队伍，滚滚烟尘里已经看不见她的身影。

数年不见，封疆一地的经历，果然成就了本就不凡的她，如今她练得强军，使得好计，聪慧决断，且心性冷酷。

身边的谋士低声问："家主……"

"派人去追。"

谋士愕然，实在不明白何以家主方才不追，现在马屁股都看不见了，却又要人追？

"出动胜将营，全员追击，但是不要携带武器，不要追得太紧，行动上松散一些，追出十里，在衡州军发现并拦截之前就立即回来。"

谋士想了一想，终于有些懂了："您这是挑拨之计？"

出动人追，还用最好的骑兵，却又不好好追，根本没发挥骑兵的作用。那么在衡州方面看来不像追击，倒像护送。

转而会不会想着，宜王怎么能安然从川北过境？莫非所谓的敌对都是障眼法？瞧这铁骑礼送的架势，莫不是暗中有了什么勾结？

朝廷和燕绥之间，哪怕现在已经为他雪冤恢复王爵之位，但关系绝不是看上去那么好，朝廷对他的忌惮只会更甚，衡州刺史如果有了这种想法，燕绥是否能安然过衡州便成了一个问题。

唐羡之含笑看了他一眼。

谋士说："臣和衡州刺史府的兵曹有些私交，或许臣也可以暗中吹一些风……"

唐羡之无所谓地道："也成，不过你这自称还是免了吧。"

"公子，这面南背北，问鼎天下，本就该是我们唐家千军所向……"

"一日未坐上那九龙宝座，便一日不可不凛凛戒惧。和那九鼎之重比起来，我更望唐家永享安稳太平。"

"公子，如今局势，只有高踞天京至尊位，唐家才有这永久的安稳太平啊。"

唐羡之垂下眼睫，没有再说话。

冬日无风，日光淡淡的，他凝视着那条向远处延伸的道路，像看着一个永远不能实现的梦。

第一百二十七章

哭诉

事实证明，衡州刺史果然中计了。

声势浩大的骑兵出动，自然惊动了衡州州军，然而全神戒备地过来，看见的却是护送一般的“追击”。新任的衡州刺史皱眉半晌，果断下令州军暂不回营，直接追蹑宜王殿下一行而去。

但是两方却没能打起来，因为率军追击的衡州军都尉遇见了曾有逊。

衡州原刺史是厉响的堂房兄弟，也就是曾有逊的祖父。因为厉家多年掌军权，目的就是为了就近钳制唐家。

在景仁宫弑君一事发生后，原刺史便被调回京述职，新换的刺史自然不可能这么快掌握州军，所以现在的衡州州军头领几乎都是老刺史部下。

老部下见了原刺史一直挂记着的孙女，怎么肯为难她，听了曾有逊的解释后，便自动停止了追击。任衡州刺史如何暴跳如雷，衡州军都尉都以宜王殿下为尊贵皇族，并非江洋大盗，且州军也未曾接到朝廷明令拦截宜王为由，拒绝继续追踪。

曾有逊当即就留在衡州，有她祖父那一群老部下护持，以后过平安生活。

曾不凡的情形，燕绥也告诉了她，曾有逊并无怨尤，道这是哥哥的选择和他自己应该吞下的苦果，并谢过殿下不杀之恩，只是毕竟是亲兄长，她愿意留下，以此求殿下恕兄长之罪，容她留在衡州寻机会解救兄长。

燕绥也应了。

他们并没有在衡州停留，一日夜间快马便过了衡州，直接进入西川南平府。

在进入南平府之前，文臻强硬地要求停马休息，她要仔细检查一下燕绥的伤，还要好好抚慰一下他。

因为从冲进衡州那一刻开始，殿下就不理她了。

不理她倒不是因为救她而受的伤，文臻心里明白是因为王夫人。

是因为燕绥早就提醒过她要对王夫人早做安排，也是因为出事时她没有对王夫人下狠手导致自己陷入险境，甚至在燕绥要杀王夫人的时候还做阻拦。

虽然文臻她本不是心软的人，但是一想到王雩临死前那张脸，她又如何下得了手？

王家，就剩下王夫人了啊。

王夫人要杀她，回头想来她是能理解的，可燕绥因此受伤，她也怨愤难平。

恩仇俱在，实在难解。

在客栈里停歇，她不怕麻烦，命人上街去搜寻了所需的材料，亲手做了果冻和蛋糕，提拉米苏还是做不成，因为没有可可粉。

她亲自端着柑橘、山楂、果冻和奶奶油提花蛋糕进门时，燕绥正由中文伺候着换药，文臻一眼看见那半边肩膀鲜血淋漓，心底便是一紧，却又不敢直接进门，便小心翼翼地敲门，里头中文抬手遮了燕绥的伤口，问：“谁？”

文臻捏着鼻子细声细气地道：“客官，请问需要特殊服务吗？”

中文：“……”

燕绥顺手拿过布巾盖住伤口，示意中文出去，翻个身，淡淡地道：“不要。”

文臻：“客人呀，妹妹我是林菊花老鸨儿亲手调教出来的，做得一手好马杀鸡，你试试看？不好不要钱！”

林菊花正好经过，一个踉跄，扶着墙哀怨地道：“客人，这位春花姑娘是我们翠香楼三十年前的头牌，最是国色天香，脸上每一颗麻点都风情万种，外号‘满天星’，您一定要好好享受。”

文臻：“菊花妈妈，明天的满天星烧饼肯定是没你最爱的芝麻了。”

菊花妈妈以袖掩面奔走而去。

文臻靠着墙，哭道：“我的果冻啊，我的蛋糕儿啊，你们便和我这多愁多病身一般，年老色衰，被始乱终弃。想当初花前月下，说好要做彼此永远的小天使呢……”

屋内，燕绥又翻了个身，看见刚才还在门外哭诉的文臻已经悄咪咪站在榻前。

文臻笑眯眯地看着自己男人的身影，真是……“横看成岭侧成峰”啊。

她在榻边坐下，一边顺手拈一块果冻喂进燕绥嘴里，一边将中文撂下的活计接起来，亲手给燕绥包扎，然后开始了非常诚恳的道歉：“王夫人我已经命人送走了。送回她老家，离唐家远远的，回头安排几个人照顾连带监视，保证她以后再也不能折腾。”

燕绥不理她，半晌，冷笑道：“这么快将人送走，这是怕我继续对她下杀手？”

文臻正色道：“不，我是怕我自己看了你的伤口后，会忍不住对她下杀手。”

燕绥呵呵冷笑一声。

文臻用手指绕着他的头发，几年不见，他的光头终于长满了毛发，比以前更顺滑光亮，以至于滑得在手指上都缠不住，她慢慢捋下自己的发，和他的这缕长发缠在一起打个结。

燕绥背对着她，也不知道她在干什么，还以为她是玩他的头发，也懒得理会她。

文臻一边打结一边道：“这事儿是我错，我单从自身立场出发考虑，觉得王夫人是恩人之母，觉得自己是去解救她，为了救她差点自己的命都没了，从心理上我对她太亲近了，却忘记了从她的角度看来我可不是什么好东西。”

燕绥还是不理她，却将她喂过去的果冻慢慢吃了。

“我知道你在气什么。你并不是气我当时不让你杀她，你知道我的性子，做不到让王雩临死还挂记的最后的亲人就这样死去。你只是气我还是太心慈手软了，于上位者这是大忌。你当时受到了惊吓，你害怕我再次因此受到伤害而你来不及救援。对不住了，燕绥，这事是我错。可是燕绥，女人的心是不能太狠的，情感本身是互通的，如果我真是个狠心至此的女人，那么现在我就不会坐在榻前哄你，甚至你可能根本不会爱上我。”

燕绥不说话，手往后一伸，文臻十分乖巧地挖上一勺千层蛋糕：“这里附近只买得到柑橘，所幸品种不错，我将柑橘单独剔出瓤，做了水果夹心，蛋糕心里加了莓果酱，保证口感细嫩无渣哦。”

燕绥吃了，才道：“你哄我什么了？少做几个蛋糕，有时间多想想事，行事更妥帖些我便烧了高香了。”

文臻狗腿地笑：“是是是，对对对，殿下睿智。”

燕绥：“迷魂汤少灌，我不吃这一套。这样的事儿没有下次，但凡有下次，你便是拼命去拦，我也必定要杀了的。”

文臻道：“死也不能有下次！”

燕绥立即抬手去捂她嘴，“说什么呢！”

文臻顺势握住了他的手：“不说了。殿下，这回可以原谅我了吗？”

“不行。”燕绥拿下文臻的手，“还有一件事没清算。”

文臻：“嗯？”

燕绥：“兰旖说要宝石你就去了？你知道小楼是什么地方？还瞒着我？你知不知道我就算在小楼有点安排，时隔多年也未必能派上用场，说不定早就被唐羡之发现铲除了，那么你遇险时怎么办？你说得轻描淡写，说没遇险，又撒谎是不是？”

文臻把蛋糕碟子往案几上一放，声响清脆，殿下身子一抖。

“好啊，翻旧账？那我也要问问你，打算在川北干这么一票大的，为什么一点风声都没透给我？你看看你要做的是什么？假作烧粮仓惊马场，其实盯上的竟然是军备库！你想没想过万一遇险怎么办？你想过我会做寡妇吗？你说得轻描淡写，可你想过如果唐慕之不是选择为你牺牲，而是驭兽自救，你因此误会，为了救我去了粮仓，会是什么后果吗？你想过你如果有事，剩下我们孤儿寡母日子该怎么过……呜呜呜……”

文臻一哭，殿下就输。

燕绥立马起身，哄人角色自动转换。

与此同时，文臻也“哎哟”一声。

燕绥这才发现两人的头发已经打成结连在一起，顿时目光就柔软了，什么旧账什么恼怒都不存在了，那湿漉漉的目光在看似嚎啕实则眼睛里一点泪水都没有的文臻身上一扫，还注意到里头那件心机深重的低领内衣，顿时觉得这一日的怒气果然很值得。

看，蛋糕儿主动结发，这是终于松口许婚的意思吗？

燕绥心花怒放，面上还淡定如斯，文臻一边假哭着一边往他身上爬，哭哭啼啼地道：“既然你这么不把自己的性命当回事，敢情我这几年的谆谆教导和无边爱意都喂了狗，你要破罐破摔我也没办法，那就只好让你多‘耕耘耕耘’，好歹多生几个，给我们孤儿寡母做伴……”

屋外，偷听的林擎目瞪口呆，忍不住靠墙喃喃道：“这脸皮也忒厚了……”

林擎正想听到这里可以了，再听下去就是人品问题了，忽听里头燕绥道：“住手！”

屋内，燕绥把文臻拨了下去，喘吁吁地道：“便是这事打平，之前你也说了是你的错，这错极大，可不是一块果冻一方蛋糕就能过去的……”

文臻横刀立马，端坐不动，就快翻白眼：“那你说要怎样？”

今天殿下矫情得过火，文臻狐疑地上下打量他，却听他道：“也不怎样，我能对你怎样……这样吧，以后若我也犯了什么错得罪了你，你也要饶过我一遭，万不可和我计较。”

文臻不答，斜睨他，好半晌才道：“为什么我觉得此刻你内心很慌张？”

燕绥：“夫人，结发为夫妻，恩爱两不疑。你我之间问这样的问题就伤感情了。”

屋内的动静渐渐转为柔腻。

次日，重整旗鼓，所有骑士收拢，宜王三千骑精锐，再不掩藏。

反正燕绥还是亲王，亲王护卫三千骑符合规定。

因为三千骑里有熟悉西川的原共济盟高手，所以他们最终没有穿西川主道而过，而是特意选择了一条既隐蔽又不难走还方便埋伏的道路。其疾如风，他们不仅绕过了大部分市镇，还将西川军远远地甩下，偶尔杀一个回马枪，以其精良独特的武器将追逐的西川军打散，更多时候还会遇上西川军的埋伏，但是英文最精锐的手下早已作为斥候散了开去，这样燕绥他们不仅能避开，心情好还可以来个反杀。

和在川北时潜行截然不同的风格，这回燕绥和文臻在西川，选择的风格是大开大合，不遮不掩，以速度取胜。

靠的是终于来援的三千精锐和将士们对西川地形的熟悉。

虽然他们的路线看似毫无规律，但其实他们一直向着既定方向前进，有些时候他们神出鬼没，西川军被吊在后面跟着跑，处处被动，不仅没占到便宜，还消耗了不少兵力。

到后来，赶过来的西川刺史易铭好像受够了这种追逐战，收回了追军，看那模样是不想空耗军力，竟然打算放行了。

燕绥和文臻感觉到她没尽全力，但也不管她到底是什么打算，走西川要的就是一个快，抢时间最重要，让对方来不及反应，一路冲到了西川西南边境，离众人要去的德安已经不远。

在路上，文臻也接到了闻近檀和妙银的信，之前随便儿失踪，两人差点没将湖州给翻过来，后来燕绥接到随便儿，也命张钺给两人带个信，两女便又匆匆奔往天京，之后因为燕绥他们潜行入川北，暂时断了消息，如今重新联系上，却是说妙银留在了天京，准备随时接应随便儿，闻近檀则带人绕路追文臻而来。

文臻很想叫闻近檀不必追来，她实在是再经不起任何损失好友的事了，奈何都在赶路，信息往来也没那么方便。

眼下这一处是西川人也很少经过的地方，因为要翻过一座高山，高山之下便是一条大江，跋山涉水，对行路人来说十分不好走。

但这里是去德安最省时间的路途。

但是到了那座山下，目光犀利的文臻老远看着那被白雪覆盖的山体觉得不对劲，当即命令军队就地驻扎，差人上去探察，过了半晌下山，人还没到，就听见一阵轰隆的声音，巨大的雪球追逐着那几道小小的黑影自高坡上滚滚而下，声势如浪如潮，震天动地。

雪崩了。

如果骑兵过山，非得被活埋了不可。

雪崩之后再去探路，发现雪崩形成的地势很是巧妙，一场雪崩后，将唯一一条还算平坦的道路掩埋，马匹是肯定过不去了。三千骑虽然都是精锐，但负重不低，强行过可能会有不小伤亡。

燕绥当即下令骑兵不必过河，折转绕路出西川境。

最终过雪山的只有燕绥、文臻、林擎和四大护卫。

那座山上天气比文臻想象的还严寒，多亏文臻一直带着酒和辣椒给众人暖身，下了雪山之后果然是一条已经结了冰的大河，但是大河周边没有船，，连一条舢板都看不到。

然后文臻就看见燕绥变戏法一般，令日语组合出了两个简易的雪橇。燕绥抱起她，把自己的大氅往她身上一裹，便亲自拉起了绳子。

这让准备吹哨驭兽来拉雪橇的文臻瞠目结舌。

她正要拒绝，却听燕绥道："当初在长川，你曾经也这样拉着我走过雪地，现在轮到我拉你了。"

文臻也就不动了，笑着看燕绥一手拽住绳子，她深呼吸，提气，好让自己更轻一点。

她裹在大氅里，大氅的绒毛簇着她巴掌大的脸，仿佛还是当年空降屋顶的那个小姑娘，眼眸很圆。

燕绥看着她，微微一笑。

在他心里，她永远是他的小姑娘。

日语很机灵地给燕绥靴子装上冰刃，他便拉着车在冰上溜了起来，文臻万万没想到他连滑冰都学会了。

林擎坐了另一只雪橇，文臻还是唤了两只狼来拉雪橇。四大护卫则下一拨过河，雪橇不大，冰的厚度也说不准，不敢载太多人。

林擎在拼命催那两只狼："哥们，哥们，快一点，莫让他们超过俺们，总跟在后面看他们卿卿我我，你们不酸吗？"

文臻："林帅，那两只狼一公一母，是一对儿。"

林擎："……"

第一百二十八章

绑票

雪橇滑得飞快，如利箭直射而出，林擎在后头跟着，一低头看见冰上忽然多了一条裂缝，裂缝还在向前方延伸，立即大叫："小心冰窟窿！"

他话音未落，燕绥前方忽然出现了一个冰窟窿。

这冰窟窿出现得非常突然，像一只潜伏的兽忽然便张开了口，而结冰的面有些倾斜，燕绥滑得又快，衣袂一闪，他很自然地越过了那个窟窿，但后头的雪橇便径直向窟窿里栽了下去。

万幸，那雪橇尺寸超过了冰窟窿的直径，刚好架在了窟窿口。

但文臻还没来得及跳起，破空声响，两道金光从远处飞来，重重砸在了冰窟窿口上，轰隆一声，整个冰面都裂了，雪橇再次往下坠去。

不过此时燕绥已经折回，一手拉着文臻纵身跳起，另一只手一抬，两道白光闪过，那两道金光是一对金锤，中间有着长长的锁链，砸裂了冰面之后原本要飞回的，忽然撞上两根三棱刺，三棱刺穿过锁链，锁链被拦住，锤头弹回，那力道计算得极其精准，两个锤头正好撞在一起，轰然一声，都扁了一半，掉落水中。

文臻低头一看这眼熟的武器，脱口而出："又来一个情敌！"

燕绥脸黑了。

此时冰面已经全裂，林擎已经起身，要踏着碎冰掠过河面，河里却不知被放了什么东西，水流一阵奇怪的涌动，一阵急响，随即那些冰便都被搅碎，如果不是林擎蹿得快，连他的脚都要被绞了。

林擎便在残余的冰块上蹿来蹿去，踢踏不绝，宛如在跳踢踏舞，虽然身法轻捷，但是眼看冰块在那不知什么东西的搅拌下，越来越小越来越少，显然坚持不了多久。

燕绥和文臻都没有选择冰块，而是一人站上了一个金锤，文臻跳上燕绥的金锤，将自己的那个踢向林擎，林擎掠过去，踩着翻滚的金锤不断跳跃苦笑道：“我怎么觉得我像一只笼子里翻滚的松鼠？”

燕绥抱起文臻，他踏着金锤，使这东西在水中滚滚向前，水下的机关只能碎冰伤人，却无法对付那圆溜坚硬的金锤，只听见细微的金属碰撞之声，却伤不到两人分毫。

林擎绝望地长叹道：“打架都不忘记秀恩爱……”

文臻却皱眉道：“易铭怎么会和西番王女凑一起？”

水下机关巧妙，一看就是同为机关高手的易铭的手笔，此处也依旧在易铭的势力范围内；那金锤却霸道凶悍，文臻见那位娇怯怯的西番王女使过。

她记得这位王女和闻近纯交好，后来还跑到闻家老家去玩了，之后隐约听闻给她议了几次亲，莫名其妙都没成，西番又拒绝接她回去，她自己一脸悠游状整日吃喝玩乐，也不去天京，时间久了，东堂皇室也便将这个人忘记了。

这是还没走？

文臻心中有种不好的预感。

易铭追击无果便果断放弃，现在等在这里，利用地形将三千精锐和她分开，然后她们想做什么？

说话间，燕绥已经踩着金锤一路渡到了河边，还没上岸就淡淡道：“多谢王女赐锤。”

岸上，从树林暗影中缓缓走出来的一个女子转头看着她身后一个清逸男子，细声细气地道：“铭哥，你别误会……”

坦然坐在椅子上的人正是易铭，娇怯怯解释的自然是西番王女。西川刺史蛰居几年，美貌如初，而气度更盛，对燕绥落地后的挑拨毫无所动，他十分从容地一笑，道：“王女，你我相交莫逆，我自然知你为人，何必说这些呢。”

燕绥不知想到了什么，眉头忽然一皱。

对面易铭站起身，向几人浅笑点头，道：“几位一路闯我西川境，未及迎迓怎么过意得去？今日特来送行，顺便也让文大人见见亲朋故旧。”

这话一说，文臻心中便是一跳。

树影摇动，一群人被押了出来，嘴里都塞了布条。

当先的是闻家的老祖宗，然后还有闻家家主闻试勺，文臻自己都没认清楚闻家的各房老爷少爷，闻四太爷、闻少宇、闻近香等都在内。

闻家一大家子表情各异，被捆在她的对面。

文臻深吸一口气，脸色有点难看了。

真是没想到易铭竟然会来这一手，她竟然出了西川境，和住在闻家的西番王女内外勾结，绑来了闻家老少来威胁她！

对闻家老少，说实在的她没多少感情，但是闻至味不同，老祖宗庇护过她，传过她艺，她能从闻家走出直到今天，老祖宗对她有知遇之恩。

文臻打量了一眼闻至味，见他一双眯缝老眼都快给皱纹淹没，心中一酸。

几年不见，老祖宗已经不复当年健旺了。

她深吸一口气，道："方袖客，我还记得第一次见你，你我携手救绣娘，我当时见你英姿飒爽，很是欢喜。却未想到几年不见，你浸淫权欲，竟变成这般面目可憎，连这样的事也做得出来。"

易铭笑着摇摇头："文大人，我这还没提条件呢，你又何必激我？说不定我请来你的家小是为你好呢？"说着便命人将众人塞口布去了，歉然笑道，"贸然相请，失礼了。实在是有要事要和文大人你们几位相商，事成之后，易铭必定备重礼亲自上门赔罪。"

闻至味吐了一口口水，怒道："塞嘴也不寻块好点心，这布一股怪味！"

闻试匀拉他衣裳，道："父亲你少说几句……文大人，许久不见，还未贺你步步高升，老祖宗近些年脑子不甚灵光，你莫怪。"

闻四太爷在大喊："文臻！文大人！当初是我把你从三水镇接出来的，这份恩德你可不能不报！"

闻近香哭骂："都是你！都是你！都是你惹出的事，才害得一大家子遭殃！"

每个人都在说话，乱糟糟吵成一片。

燕绥忽然道："易刺史，这些人如此聒噪，都杀了吧。"

吵闹戛然而止。

半晌，闻试匀铁青着脸道："宜王殿下，听说你和文臻已经是一对爱侣，那么闻家也算是你妻子的娘家，你便是这样待你丈人家的？"

燕绥："传闻说，本王杀了永裕帝，也不理会德妃娘娘。"

闻家人："……"

这回真的安静了。

易铭这才叹了口气，咕哝道："真是一群蠢货……奇怪，歹竹林怎么种出了好笋来？"挥挥手示意护卫带着众人退后，才又道，"但是不管这是怎样一片歹竹林，都确实是文大人娘家，宜王殿下丈人家，两位无论如何总不能置之不理，亲眼看着闻家灭门是不是？"

燕绥："只会拖后腿的丈人家，灭一灭也未尝不可。"

易铭不理他，只含笑看文臻，文臻耸肩："我知道我便是如燕绥这般说，你也会认为我是色厉内荏，我便什么都不说，请开始你的表演。"

易铭盯着她，总觉得她最后一句哪里不对，但此时也无法和她斗嘴，只得缓缓道："确实没有恶意，也不是我要和诸位谈判。对于诸位，我自认为十分忍让，诸位虽未炸我军备库，但之前共济盟熊军挖墙脚，也让我西川损失不轻。且诸位此次要过西川，我便让过了，我并不想和诸位提前生死开战。何苦你们现在还为朝廷卖命？我们又何苦非要为自己树强敌？你我本不该是敌人，现在就更不该了，不是吗？"

文臻笑道："易刺史，一边绑人全家老小威胁，一边说着和平宣言，你不觉得自己太虚伪了吗？"

"和平是要彼此都给出诚意的。在给出诚意之前，我自然要先为莫逆之交争取一些谈判的筹码，如此而已。"易铭一伸手，引向西番王女，"真正想说话的是王女殿下。"

西番王女羞怯地一笑，说话却开门见山："请了文大人亲眷来并不是为了威胁什么，只想请三位帮我一个忙。"

"哦？"

"请借三万兵给我，包括那三千精锐。等林帅拿回边关军权之后，随我带军边境，助我拿下西番。事成之后，几位如果想在边境一线自立为王，西番可割火云藩一地助各位立国，作为借兵给我的回报。如果几位对东堂心灰意冷，那么本王女非常欢迎几位前往西番，必定以藩王尊位相赠，可与诸位共享西番。"

文臻："……"

想了一大堆条件，万万没想到这一种。

现在她可明白西番皇帝为什么那么积极地把这位姐姐送出来和亲了。

这位王女殿下无一兵一卒，却有极其大胆的想法和极其疯狂的大脑，居然能想出这种空手套白狼的计策来。

三万正是湖州军原本的人数，她们这是算准了自己能把湖州军作为亲兵带出来啊。

这想法看似荒唐，却有很大的诱惑力和站得住脚的立场。毕竟自己三人都是被东堂兔死狗烹的倒霉蛋，内心深处对东堂的认同和忠诚正是最弱的时候，从人性角度出发，也是最想报复的时候。以亲属相要挟，再提出极其具有诱惑力的条件，无论是立国还是去西番做那人上人，好像都比现在在东堂各种挤压之下苦苦挣扎要好过许多。

而对于易铭来说，如果自己等人答应条件，便等于借助西番王女之手去掉了东堂支柱，未来劲敌，夺取天下的把握更大，自己还不费一兵一卒，何乐不为？

所以她在西川境内放任燕绥他们狂飙，自己却越境和西番王女勾结拿了闻家，将全部力量放在这山河之畔，以雪崩冰河来割裂三千精锐和燕绥等人的联系，使他们失去兵力的仗恃，无法全力解救人质，不得不谈判。

这两个女人着实厉害。

易铭一挥手，易家的军士押着闻家一大群人往后退，退出文臻的视野，根本不给文臻看见他们在哪里的机会。而这附近地形颇为复杂，左边树林，右边山冈，随便往哪一躲，确实很难找。

文臻的目光远远投向某处，片刻后，道：“兹事体大，容我等商量。”

易铭坐得远远的，一副云淡风轻的样子，表示此处此事就是西番王女主场，西番王女看了她一眼，那眼神竟然充满敬慕崇拜，娇声道：“铭哥，我才疏识浅，你教教我啦。”

文臻笑眯眯捏着嗓子道：“是啊，铭哥你就教教王女啊，好歹你是主人啊。”

易铭咳嗽一声，文臻又笑道：“铭哥，我等方才从川北过来你是知道的，唐五公子很是挂记你，托我向你问好呢。”转而又向西番王女认真解释道，“王女你莫误会，东堂虽也有些人有什么断袖的嗜好，但唐五公子和易刺史之间绝对没有，他们就是纯洁的兄弟情，真的，我以人格担保。”

西番王女眨眨眼，娇笑道：“你说什么，我有些听不懂呢。”

但终究笑得有些勉强了。

易铭在苦笑。

文臻又开始无孔不入地蛊惑人了。

一个女人和一个“男人”联盟，往往都会掺杂一点男女感情或者关系，这样彼此都会觉得放心些。这件事是否真心且不论，是谁主动也不论，但西番王女和易铭之间一定有一方有着暧昧的意思，且十有八九是易铭挑逗西番王女，以此给她吃定心丸，而西番王女也未必就是看上了易铭，说到底也不过是逢场作戏，安易铭的心罢了。

但既然有这么一层猫腻，就容不得建立在欺骗的基础上。西番王女可不是单纯千金历笑，文臻不信时间长了她对易铭的性别毫无疑惑，上面这一番话，如果她有疑惑，她就能得到佐证；如果她一时还没怀疑易铭的性别，她也会怀疑易铭和唐羡之关系特别，继而想到别的许多……总之，只要能给敌人添堵添麻烦，文臻是不怕麻烦的。

之后易铭和西番王女之间虽然看起来没什么，但两人之间不着痕迹拉开了些距离，西番王女也不再装模作样地依赖易铭了，手一抬，笑道：“诸位慢慢商量。”

林擎却道：“倒也不必商量，我看可行。”

西番王女脸上刚露出喜色，燕绥却道：“可行什么？便是去你西番可以做王，难道我现在不是亲王？”

林擎：“你现在这个亲王有什么意思？新帝忌惮，群臣排斥，百姓虽渐渐知你心田但总不能为你造反，又不能掌兵权，又不可握朝政，等新帝羽翼渐丰，还不是一个迟早被磋磨死的下场？”

燕绥默然，却又道：“身为燕氏皇族，自裂国土，岂不要为千夫所指，背负千古骂名？”

“你怕什么千古骂名？在你还没有千古骂名的时候，你爹主动就帮你盖上了。你为朝廷为燕氏皇族这些年都做了什么，没有人比你爹更清楚，最后那一刀还不够你心冷吗？还记着燕氏皇族？我倒没发现你燕绥是个君子。”

燕绥冷笑一声，道：“燕氏欠我的账，我自然会讨回来。但这和分裂国土是两回事。”

“又不是你割燕氏国土给西番，是西番割国土给你啊，说到底你这是开疆辟土，是为东堂争光啊！”林擎笑，“你爹汲汲营营一辈子，可没给老燕家挣回来一寸泥巴！”

西番王女微微张着嘴，看着两人你来我往，竟然这么辩论上了，有点反应不及——怎么把她准备好的劝说词都抢了？

她完全插不上话，那两人自说自话就把她想说的说完了。

燕绥不说话了，但并未让步，林擎道：“我知道你看不上一个亲王爵位。你做你父皇底下的亲王那是血缘所系，你做西番王女底下的亲王那叫屈尊，我说王女殿下，你说呢？”

西番王女看看燕绥，有点心痒，想说那么跟燕绥做夫妻平起平坐成不成？一转眼看见文臻笑眯眯地看着她，她可不是唐慕之、兰旖那般的一味蛮干之辈，情爱男人不及大业一分，文臻此人她当然充分了解，绝不愿意大业未成，就给自己招惹如此强敌，想着对方既然开始提条件那就可能是好事，心下愉悦，便道：“一字并肩王如何？神将可为大将军王，世袭罔替。”

西番并没有一字并肩王的说法，但西番王女并不介意增设一个尊贵头衔，眼下西番刚在南齐太史阑手下大败，她弟弟皇位不稳，东堂又开始内乱，她不趁这个机会浑水摸鱼夺了皇位，以后再难有这么好的机会。

林擎不置可否，却又道：“方才王女说愿意割让哪个藩来着？”

“火云藩。”

“那个不好。”林擎大摇其头，“和最近的东堂青州之间还隔着一道深谷，地形不利，难道将来立国，还要我们先把深谷填了？要我说，豚藩那位置不错……”

“林帅这话说笑了，豚藩那位置何等重要，那还有我西番三大矿藏之一……”

“要么上利藩？有一部分和东堂接壤……”

“上利藩地形细长，横贯半个西番，若给了你东堂，等于我半个西番敞开在你东堂面前，林帅这也未必太强人所难了……”

“或者三足藩，有一条水域相连……”

两人竟然说着说着，展开地图点点画画，对着西番舆图商讨起日后势力划分起来。易铭咳嗽，西番王女回头，易铭悠悠问道：“怎么，文大人对此事竟也毫无意见吗？”

文臻笑道：“夫唱妇随呀。”

燕绥立即看似神情平淡，实则觉得眉目舒朗。

“这般大事也随波逐流？”易铭笑，“听来听去都是那两位的藩王封地，毫无文大人的位置，您不为自己争取一下？好歹在东堂也一地封疆呢。”

“嫁鸡随鸡嫁狗随狗呀。”文臻抱住燕绥手臂，“反正他若是一字并肩王，我也是王妃呀。在西番也是一人之下万人之上，也不比现在差啊！”

西番王女立即道：“那是自然！”

易铭微笑：“想不到文大人号称女辈枭雄，如今却忽然收心养性，甘心退居幕后，相夫教子，可喜可贺。”

文臻笑得毫无心机：“是啊，我就是没你有上进心啊，以后这个称号就送给你啦。”

易铭：“……”

文臻目光对远处一掠，转回来，笑得更亲切了：“哦，有件事忘记和易刺史说，厉笑生了个大胖小子。”

易铭的表情忽然僵住。

西番王女正好转身看见。

“刚接到信，真为她高兴。和易人离是去年成亲的，成亲不过一月便有了孕，年底便顺顺利利生了儿子，七斤半，白白胖胖，长得像她。真是弹指一挥间！”文臻感叹，“她成亲生产这么顺利，我真是欢喜，想来也是之前那么多年情路坎坷，老天爷补偿她，易刺史，你说是不是啊？”

易铭神色已经恢复了正常，出神了一阵，也笑了：“是啊。”

“是啊，终于修成正果了。易人离去长川，厉笑回京的时候，我还担心两人成不了，毕竟相隔两地，笑笑又受过伤害，我怕她走不出来，耽误了青春，就是造孽了。也是咱们的易人离争气，长川天京两地跑，两年间腿都跑细了，长川天京之间的官道地皮都被他跑掉了一层，跑到最后老厉家七个葫芦娃都帮他传信，厉老将军原本不乐意也最终松了口，原本天天骂女儿追男人不着家，这回亲自把侍奉榻前的女儿赶出去和易人离逛街……啧啧，看，这才叫心诚，叫真心啊！”

易铭忽然打断了她的话，向西番王女道：“王女，在下觉得你们现在就商讨藩地似乎为时过早。”

林擎立即不干了：“说什么呢？不现在把条件谈好，谁敢跟你做这杀头买卖？”

就在林擎和燕绥讨价还价，文臻不断刺激易铭转移易铭的注意力的时刻，关押闻家一家人的祠堂里也掀起一场风波。

为了不走漏风声，绑了闻家人，为此易铭特意寻了一个大祠堂，男女分开关押，祠堂内外重兵看守，祠堂四周视野良好一览无余，还布置了机关，让人无法援救。

此刻祠堂内间，一片哭泣之声，也有人唉声叹气大骂文臻的，比如闻近香。一个坐在门边的女子忽然抬头看了看门口的守卫，她背在身后的手动了动，一道寒光一闪。

闻近香此时骂累了，目光灼灼扫视众人，忽然一怔，又看了一遍，睁大了眼睛。

藏在角落里的那个人本不该出现在这里啊！

那不是闻近檀吗！

她这个以前的闻家人不是早就离开闻家，一直在为文臻做事吗！

闻近檀脸上沾染了泥巴，离开闻家几年样貌也有了些变化，所以闻近香一时有点不敢确定，撞了撞身边一个姑娘的肩膀，悄声道：“哎，近美，你看。”

她身边是二房的一个庶女闻近美，看了一眼也一怔，闻近香又道：“是不是闻近檀？是不是闻近檀？她为什么会出现在这里？她是不是来捣乱的？”

闻近美道：“听说近檀姐姐是帮真真姐姐做事，她既然出现在这里，说不定是潜进来救我们的！”

“闻真真有这么好心！”闻近香听了吐口唾沫，“我倒觉得这事儿蹊跷，西番王女怎么就赖咱们家不走了呢？咱们怎么就被一起绑了呢？是不是有人里应外合作祟？”

“别乱想了，里应外合不就是那个西番王女，咱们家好吃好喝招待，她倒联合西川刺史绑了咱们去要挟真真！”

闻近香不说话，忽然眼睛一亮。

“你说，拿闻近檀换咱们的自由，好不好？”

那边闻近檀并不知道这姐妹俩已经发现了她，手中小刀已经割破了绳索，同时放出一串黑色的小珠子，那是妙银给她的好东西。袖子里还钻出一只火红的蚂蚁，蚂蚁的腰上系着一根火红的丝带，蚂蚁顺着柱子飞速地往屋顶上爬，屋顶挨着棵挺高的秃树。蚂蚁爬到树上，丝带挂在树梢，眼神厉害的文臻应该能看见。

这边闻近香想到就做，张嘴就要喊。

闻近美忽然一肩膀将她撞倒，顺势往她嘴上一坐。

这边的动静惊动了守卫也惊动了闻近檀，她抬头看过来，闻近美对她使眼色，做口型：“快走！”

闻近檀手指一弹，弹出一柄极薄的匕首到她脚边，闻近美立即偷偷伸脚踩住。

闻近香在她屁股底下挣扎，发出呜呜声响，守卫奔过来：“做什么？”

闻近檀手指又一弹，一点烟气冒出，闻近香身子立即软了。闻近美移开身子，抬头笑道：“没什么，我这姐姐犯病了。”

守卫用刀拨了拨闻近香，见她口吐白沫，只得命人把她抬到一边的角落里。

趁着守卫不注意，闻近檀已经几个动作滚到外间，躲在了角落里。

当初燕绥通知她随便儿安全，并告知了她之后的计划，这计划里包括随便儿进京，包括接出文臻和之后一路北上回边关，所以闻近檀和妙银各自领了任务，妙银进天京配合随便儿，她提前往边关走，她当然不会走川北西川那条路，却算着可能文臻会经过闻家，加上她也思乡了，便回了闻家一趟，也好等着文臻。

也是运气使然，她刚到闻家就发现了西番王女还在，还发现了大批不明身份的军队，她干脆潜回自己原来的房间，然后当夜就遇上了绑票。

第一百二十九章

下聘

闻近檀对此乐见其成。

她也知道这绑票定然是针对文臻，好在她在千秋盟多年，各种手段也没少学，和妙银在一起几年也粗通蛊术。姑娘们能够自救。外头的男人们救一个老祖宗就行了，其余全救反而可能惹事，但是外头的守卫太多，且分散在各处不断梭巡，便是都用蛊弄倒，祠堂外间的门都开着，还可以看见不断巡逻的守卫，略一张望，外头守卫便能发现，便是救出老祖宗也带不走，这可怎么办?

但是老祖宗年事已高，这天寒地冻的，已折腾到这半夜，不能再耽搁，闻近檀想了想，牙一咬，还是决定走一步看一步。

渐暗的天色之下，忽然有人风驰电掣而来，在地面之上飞快地滑行，外头的守卫几乎都包抄过去。闻近檀立即出手，手指连弹，小丸子连滚，蛊珠往还在祠堂里的守卫的裤管里钻，不多时，守卫们纷纷倒下。

闻近檀奔到人堆正中，对着那个背对着她裹着厚厚黑熊皮戴着一朵硕大红梅花的老人低声道："老祖宗，我是近檀！"然后蹲下身便要背他，却听身后传来笑声。

闻近檀听声音便知不好，立即向前一扑。

这些闻家人却是紧紧聚在一起，她前头也是人，把人撞了也扑不出多远，听得身后风声猛烈，却是闻四太爷的声音，笑道："拿你立功！"

闻近檀猛地闭上眼睛。

但是那风声并没有扑下来，她一回头，就看见闻四太爷扑倒在地上，头旁边是一块油腻腻的猪油，不远处慢慢坐起一个人，舔着手指上的猪油，皱着眉不满地道："现在的猪越来越瘦！”

闻近檀：“老祖宗！”

闻至味眯眼看了她半晌，招招手道：“近檀啊，过来。”

闻近檀快步过去：“老祖宗，我背您走。”

闻至味咳嗽两声道：“不急。”他从怀里取出一封信递给闻近檀，“收好了，回头给真真。”

闻近檀收了，又想来背他，这回闻至味没拒绝，眯着眼道：“回蒙田吧。”

闻近檀有点吃力地背起他，闻至味身后其余闻家子弟欲言又止，闻至味趴在闻近檀背上，背对他们摇摇手道：“不要急，总有生路的，老头子最后为你们筹谋一回。”

闻近檀想问什么，闻至味已经一熊掌拍在她肩头，道：“丫头，走吧，不用管这些叔叔伯伯，反正文臻也不喜欢他们。”

闻近檀心想，我也不喜欢他们，我也救不了这么多，顺手抛下割开绳索的匕首，转身就走，将那些呼喊和责骂抛在身后。

她一出去，就有黑衣人迎上来，闻近檀知道这是刚才帮她引开守卫的湖州精锐中的斩首队员，人数不多，装备惊人。此刻这些人穿着溜冰鞋，在易家军队中游走，硬生生拖住了上千军队，见闻近檀出来，便有人上前接过了闻至味。

易家军队一见闻至味被救走，再也顾不得那些牵制他们的斩首队员，急忙追来，闻至味道：“往蒙田镇上走，多绕几圈，声势越大越好。”又对闻近檀道，“丫头，身上可带着鸡血啊什么的？”

闻近檀二话不说便要割胳膊取血，被一个斩首队员拦住，他滑出去没多远便挂了射死的野兔回来，取了血，按闻至味要求的给他脸上身上涂抹了，又将熊皮大氅撕烂，整出一副狼狈相。

闻近檀顿时明白，也将自己弄得更狼狈一些，看上去一副被追杀的模样儿。

闻至味一边装扮一边道：“丫头啊，就在你来的前几天，我把咱们家的大部分家财都给散了，耕种五年以上的田都已经承诺折价要分给佃户了。”

闻近檀惊讶得瞪大眼睛。

“闻家这些日子不安宁，迟早要生事儿。”闻至味悠悠道，“如果这西川刺史不跑过来找事，咱们家迟早也会被朝廷勒着脖子送到小臻面前。四房这段时间没少暗中折腾。在此之前，那么多年，文臻被朝廷怀疑非议时，闻家跟着质疑非议她；文臻主持大局时，闻家子弟闻风而动想去投靠……都被我压下来了。你六爷爷就不是个有主见的人，也幸亏闻家离得远，也幸亏璎珞在京，始终把着儿子媳妇，照应孙女，不让闻家人钻空子，不然我哪有老脸见小臻呢！”

闻近檀下意识放慢脚步，她还真不知道曾发生过这么多事。文臻这些年纵横东堂步步高升，闻家始终安静本分，从未拖过后腿，本来还以为是距离远关系疏的缘故，却原来不过是赖一个老祖宗在蒙田，一个老太太在天京，两边都帮忙钳制住了的缘故。

“如今我老啦，璎珞也是一把老骨头了，我俩都照应不了多久了。文臻却越走越高，日后无论往哪里走都要不得一个拖在她身后的累赘家族。闻家不能再这样下去了……”闻至味轻声道，“世家大族，庞然大物，多半腐朽臭不可闻，既然各房都有各房的心思，各房都有各房的打算，那么与其让某些人带累整个家族乃至小臻，那还不如干脆散了，各房就专心为自己各自经营去吧！”

闻近檀未曾想到能听见老祖宗这一番见地，此时才明白闻老太太的风骨从何而来，又感叹果然龙生九子俱不同，却又轻声道：“老祖宗无须忧烦，小臻总能照应好您的。”

闻至味笑道：“闻家呢？”

闻近檀不说话了。

闻至味便呵呵笑道：“小臻对闻家可没有半点情分。若是将来闻家真有人做了任何对不住她的事，而我又不在了，她这丫头心硬，可未见得会手下留情吧？”他顿了顿，怅然道，“可那都是我的子孙哪……”

闻近檀心中怅然，心想于你于她，都没有错。

就好比这次全家被绑，真靠西番王女一个外人就成了吗？闻家四房在里头扮演了什么角色呢？一旦被文臻发现闻家四房又会是什么下场呢？于老祖宗来说又是怎样的心情呢？

她叹息一声。

身后追兵声势越来越浩大，闻至味始终没回头，依旧不紧不慢和闻近檀谈心，说话间已经到了蒙田镇。天色还没很晚，闻家是这镇上的地主，发生全家被绑的大事，镇上依附闻家生活的百姓自然都围聚在一起打探。

闻至味让背他的斩首队员在一里外便去掉那溜冰鞋，也装扮得狼狈一点，然后狂冲入镇中，闻近檀老远便凄惨地喊起来：“救命啊，救命啊，朝廷大军要杀老祖宗啊！”

这话一出，那些百姓纷纷看过来，果然看见闻家的老祖宗正十分狼狈地被人背着逃命，身边的姑娘依稀看着也是闻家人的模样，而后头烟尘滚滚，大队追兵，又听闻近檀大喊什么文大人回乡探亲，遭朝廷迫害，要掳闻家人逼文大人自杀，闻家老祖宗拼死逃出云云。百姓骇然听着，不敢信又不得不信，再看追兵兵甲鲜明，百姓也搞不清各地军队的制式衣甲，自然认为这是朝廷军队，人群中轰然一声，百姓怒了。

文臻之名早已遍天下，蒙田此处作为她的娘家，一样有江湖捞、好相逢、三间书屋，并且因为她娘家在此，当地百姓还多一份荣耀和自豪感。文臻湖州政绩斐然，无罪上京，之后无辜下狱，皇宫撞墙一系列事件也传到了蒙田这里，百姓难免背后非议几句新帝兔死狗烹，之后赦免圣旨一下，百姓可不会认为这是新帝宽容，只会更加肯定之前确实是兔死狗烹冤枉文大人了。

如今一听朝廷竟然表面赦免背后作祟，干出掳人家人逼人自尽的缺德事，这被掳的闻家，往日虽然不怎么样，最近却善举频频，尤其闻家老祖宗最近接连开了好几家善堂，布施了不少银子，还口头承诺了要折价发放佃田，现正是即将签订契书的关键时期，怎么能出事？

性命固然要紧，但田地和银子关系祖祖辈辈的生计，有时候是比性命更要紧的。

也不知是谁先喊了一声“上啊，救老祖宗去！”随即轰然一声，全镇男丁都上了。

大妈婶子也冲出来，将老祖宗和闻近檀接进去团团围住，其余人冲向了易家军，而易家军已经蒙了，他们是打算追回人质，却没打算面对一个镇的愤怒百姓，而是否能对非西川境内的百姓动手也不是他们能做决定的事，一旦失去了主动权，就立刻陷入了被动的境地，更何况文臻和燕绥的斩首队员也赶上来了，他们向来擅长浑水摸鱼，在人群中搞暗杀，以至于很多百姓莫名其妙发现自己手下横尸无数，还以为自己武功忽然精进了。

直到易家军一个头领渐渐发现不对劲，实在不敢面对这样的汪洋百姓，也不敢贸然挑起战火，更不能在镇上大肆搜索，只好呼哨一声退走。等到赶回那个祠堂，发现其余的闻家人也都不见了。

此时斩首队员放出信号，看见信号的林擎和燕绥立即结束了讨价还价，林擎忽然伸个懒腰，道：“算了，这些地盘我都不满意，谈判失败。”

西番王女：“……”

易铭忽然起身，笑道：“既然谈不拢，也就罢了。算是我等无缘，既如此，下次再会。”

她转身便要走，文臻道：“刺史，厉笑家大胖小子的红蛋你还没拿呢！”

她语气一改先前的甜蜜，易铭脸色一变，一低头，看见自己衣角不知何时已经结了一个圆圆的粉红的东西，看上去还真像个红蛋。

她脸色微变，心想，坐得离文臻那么远，千防万防，怎么还着了道儿？

随即她便笑了，道：“文刺史，你确实是个人物，不过我还是奉劝你，早日去瞧瞧你家老祖宗吧！”

文臻道：“你还是坐下，好好听我教你该怎么做人才是。”

易铭眼波流转，道：“好，坐就坐。”

说着她便真的在她那宽敞大椅子上坐下，刚坐下，那椅子底下竟然多出两道滑轨和四个轮子，同时飞快地向后滑去。

她椅子出现变化的同时，燕绥的手已经抬了起来，一指点向她身后，一块石头翻起，正挡在她椅子的后退路径上。

但易铭的椅子后背弹出一柄铁铲，老远便将那石头铲飞。

林擎在燕绥出手之后出手，抛出一块石头，将椅子即将经过的地面砸出一个深坑。

易铭的椅子忽然将她弹了起来，高高地射出了椅子，这一射她竟然倒射出了好几丈远！

机关椅子已经让人很出乎意料，却不料这椅子也不过是障眼法，最后这一射才是关键，但燕绥和林擎好像还是料到了，两人出手后都立即飞身跃起，齐齐扑向易铭。易铭却在半空中一笑，将外袍一甩，露出里头的紧身内衣，不得不说，她身材极好。

燕绥立即转身拂袖，擦身而过，一袖子甩向她心口。

一道黑影蹿出，扑向这致死的袖风，然后喷着漫天血雨重重落地。

隔着一个人被袖风扫到一点的易铭也闷哼一声。

林擎却不管，还吹了一声口哨，只是手一沉，也改为抓向她腰侧。林擎手腕当初受伤颇重，终究是受了影响，一抓之下竟然滑了过去，溅出一抹血花，和易铭错身而过。

两道人影从林中蹿出，一左一右接住易铭，又有骏马狂奔而来，那两人四手齐掷，全力将易铭掷上马，那马全力狂驰而去，而两人转身拦住燕绥和林擎，不顾性命地扑上去，虽然眨眼就躺在地上，却生生绊住了燕绥和林擎的脚步。

燕绥和林擎亲自对付易铭，四大护卫就对付易铭的护卫，而拦在西番王女和她的护卫面前，时刻关注战况的文臻叹了口气。

易铭此人也确实算得上周全缜密。

对阵燕绥、林擎和她，易铭这是备了多少死士啊。

也幸亏如此，不然谁还能在这三人的夹击之下逃生？

文臻对着对面脸色铁青的西番王女笑了笑，慢吞吞地道：“王女，你也算不错了，但和我们东堂人比起来脑子实在是有点不够用啊……”

胆量可嘉，勇气可嘉，但实力太差。

三千精锐虽然被迫割裂，但是斩首队员还是有装备可以渡雪山的，文臻等人假装谈判拖延时间，另一边闻近檀和斩首队员也来了一出里应外合救人。

也不知道现在怎样了。

燕绥和林擎已经回来了，文臻等他们一回来，也顾不上别的，就往祠堂奔，众人只好把西番王女等人押着，跟在她后面。迎面看见祠堂内外都是自己的斩首队员，文臻便知道闻家人已经无妨，稍稍放心，快步迈过祠堂门槛，忽然燕绥抢上前一步，道：“小心！”便将她拎过了门槛。

文臻莫名其妙，燕绥等她过了门槛，回手弹出石子击在门槛上，门槛射出一道黑光，文臻瞠目结舌。

这不合理！

门槛来来去去很多人经过了，为什么别人没有触动机关？

“机关大师会根据每个人的习惯特点制作只针对某个人的机关。”燕绥道，“你个子不高，平常走路比较小心，提脚低。这门槛的机关应该是在关押闻家人之后易铭命人装上的，所以闻家人还没机会过这门槛，她的士兵自然不会触及，而我们的斩首队员一般会抬脚跨过，因为他们的个子足够高。唯独你，因为个子，习惯和心急，是唯一一个会蹭到门槛引发机关的人。”

文臻搓搓胳膊，觉得易铭也太可怕了。

人都跑了，还能留下机关害她！

关键是她们也没见过几面，易铭居然就注意到了她的习惯和走路方式，专门设计了针对她的机关！

走进祠堂，闻试勺等人见了文臻，一脸惭愧，她却无心和他们啰唣，此时才知道老祖宗竟然先逃回了镇上。又赶回镇上，她才知道老祖宗竟然煽动了蒙田的老百姓，把易家的士兵给赶跑了。

这一手俨然是她在天京煽动民心的翻版，文臻听着倒是欢喜，听说老祖宗已经回了大宅，便赶紧进了大宅。

林擎不肯去，亲自看守西番王女。燕绥跟在文臻后面，又低声吩咐了中文几句，中文转身去了。过了一会儿中文匆匆回来，背了个包袱。

老祖宗在默园，文臻一路过去的时候，灰头土脸刚回来的闻家人见了她，有人面露尴尬，有人殷勤攀谈，有人悄然走避，有人遥遥偷窥，文臻想起当年初进闻家时的情形，百感交集。

走过祠堂时，她和燕绥道：“当初小檀和离回家，就被关在这里……”

走过一间小院时，她放慢了脚步，道：“莫晓原先住在这里……”

走到默园里最外面那个院子，她道：“我的院子。”

那院子一直没人住，也没人打扫，露出破败之相，引路的人颇为尴尬，陪着的闻试勺也颇为尴尬。

燕绥道：“无妨，又不是你真正的娘家，改日陪你回三水镇。”

闻试勺脸色更难看了。

文臻却道："改日去大燕南齐大荒！"

燕绥："……"能不能忘了这一茬？

进了闻至味的院子，文臻还在叨叨："当年老祖宗是爬墙过我院子来的……"

忽听有人喝道："不孝丫头，什么光彩事儿到处说！"

文臻便笑了："老祖宗，燕绥不是外人。"

闻至味由闻近檀扶出来，颤巍巍要给燕绥见礼，燕绥连忙上前一步扶了："老祖宗，万万不可，燕绥给您见礼了。"

"这不成，礼不可废。"闻至味躬着腰，坚持。

燕绥端着他胳膊，不肯。

两个男人头顶头，大眼瞪小眼。

文臻转了转眼珠，反应过来。

燕绥想叙家礼，老祖宗不认！

果然下一刻，老头子就开始埋怨文臻了："丫头，殿下何等尊贵，你怎么能带他来见我呢？该让至正厅唤我前去参见啊。"

文臻笑着频频点头。

燕绥端着这死倔老头子的胳膊，看一眼他眯缝的眼睛，心想这老头是被闻璎珞老太太迷魂汤灌多了？

他手一抬，老头子熊似的壮硕身躯就被架起，燕绥一直把他端到了榻上，手一按，老头身不由已地坐下来，听得殿下温声道："今日不叙国礼，只叙家礼。论家礼，我该是您的曾孙婿。"说着手一挥，中文便恭恭敬敬奉上包袱。

"路途匆忙，聊备薄礼，老祖宗请笑纳。"燕绥想了想，觉得虽然仓促无法备办聘礼，但机会难得不可放过，况且这几样东西也颇珍贵，未必就拿不出手，便又道，"也算是聘……"

闻至味头也不抬，手一挡，截断他的话："这叫什么话，哪有殿下给草民送礼的道理？折煞草民了！"

文臻忍俊不禁，才不要看老狐狸斗恶龙，起身道："老祖宗，我给您做小笼汤包去。"

闻至味道："做一笼尝尝便行，多了吃不了。"

文臻想起他数年前风吃东西卷残云的样子，心中一酸，急忙应了出去。屋子里只剩下燕绥和闻至味，两人对望一眼，闻至味便不再装模作样，拍拍榻边，道："小子，坐。"

燕绥一笑，也便坐了。

闻至味上下打量他："小子，我瞧你龙章凤姿，有问鼎天下之相，敢问我那曾孙女有母仪天下之命否？"

燕绥挑眉："您这眼神不怎么样，这皇帝位谁爱坐谁坐，我不坐。所以小臻不会母仪天下，也不用操心三宫六院，她只会是我一个人的妻，母仪随便儿，宠冠燕绥家。"

这话倒把闻至味想继续问的话全部堵回去了，闻至味浑浊的老眼仔细瞅了燕绥半晌，终于摇摇头，叹道："小臻算是有福。"

燕绥毫不谦虚："自然。"顿了顿又接着道，"我更有福。"

闻至味这才喜笑颜开，点了点头道："闻家很快就要分家了。"

燕绥一怔，随即明白了老家伙的意思。闻至味是打算无论文臻以后怎样，他都不会让闻家成为她的拖累，也是让她在遇上闻家的事情时，可以就事论事，不必再顾忌谁了。

这是情分。

他方才过来时，已经听英文说了，闻家四房被西番王女收买，参与了这起绑架事件，而无独有偶，还在天京的闻家四房另外几人，也就是闻近纯的父母兄长弟弟那几人则在最近回了蒙田，刚进县衙不久，看那样子似乎也是想来一场堵路要挟，只是被自己房里人和西川抢先了一步。

结果蒙田镇上这一场百姓暴动，直接惊吓动了当地县衙和驻军。他们生怕自己也步了西川军的后尘，当即拒绝了四房，无形中消弭了闻家另一场祸事和文臻的第二场麻烦。

这一回估计是闻近纯在做打算，想为难文臻在新帝那里卖个好儿，她如果绑架闻家人拦截文臻，那就不会像西番王女一样想借兵联合夺权，估计得逼文臻自杀了。

老祖宗活不久了，试想他去世后，闻试勺耳根子软能力又薄弱，四房的闻近纯迟早抢权，闻家乌烟瘴气，迟早会被裹挟成给文臻捣乱的力量。

但闻家人又绝不是文臻的对手，到那时闻家会面临什么？而那时，文臻又何尝不为难？

所以闻至味这一手可谓睿智，也足见其心田，事关文臻，燕绥不能不承情。

因此他也难得承诺道："只要不试图伤及我等性命，日后总有闻家子孙一份安宁。"

闻至味垂下眼，微微呼出一口气，似乎将那满心的积郁和忧伤都呼了出去。

燕绥凝视着他，想着这老御厨，家族靠着他的荣光赫赫多年，却在多年前便夺权将他软禁，但上位人又无能力支撑起这家族的未来，最后还是要靠他以垂老之身筹谋——如此子孙，还理会做甚？但想起另一个父亲的筹谋，燕绥却又觉得，虽然闻至味亏待了他自己，但身为闻家子孙还是幸运的。

闻至味去了心事，很快便松了下来，自己伸手拿了那几个包袱一一打开，眉开眼笑地看了，命人赶紧收起。燕绥满意地微笑道："如此，您老人家算是应了婚事了？"

闻至味掏耳朵："啊？什么？我只是收了你的见面礼啊。小臻的事儿得瓔珞同意，璎珞同意了，也得小臻自己点头，你不会真以为我们闻家能做她的主吧？"

燕绥："……"

厨房里，文臻一边蒸包子，一边看了闻近檀递给她的老祖宗的信。

当时老祖宗怕后头遇不上，就留了信，如今倒还有见一面的好运。文臻打开信却只看见一幅画。

画里是一个厨房，厨房里热气袅袅，一派热火朝天忙碌状，看那厨房的设置安排，俨然是宫中小厨房。

宫中小厨房的格局都差不多，这该是哪间厨房？

文臻想到当年闻至味年纪未到便自请出宫，难道是在宫中小厨房里发现了什么，自己觉得不安心，怕引来杀身之祸，所以匆匆一走了之？也因此他觉得宫中复杂，一直不愿意闻家送人入宫？

文臻想了想，觉得这事说简单应该也简单，差不多和那个现在藏身地下谁也挖不出来的"老鼹鼠"有关系。

她将图牢牢记在脑海里，然后烧了。

她还是多做了几笼汤包，命人给闻至味送过去，自己和闻近檀去了君莫晓当初作的小院，将莫晓留下的东西收拾了，命人送回莫晓老家给齐云深。

闻近檀趴在君莫晓的床上哭了一场，文臻看见中文默默地在莫晓窗下折了一支梅花装进了荷包里。

文臻立在窗前，透过半开的小院门，看见不断有人来来往往，偷偷窥视，在遇上她投过来的目光时，露出谄媚又尴尬的笑容。

她只在心中深深叹息。

讨厌的已忘却，憎恨的随风去，在乎的没留住，喜欢的终不久。

这时光太长，终将所有人都变换了模样。

第一百三十章

想当你爹

离开蒙田，去往德安府临海县。

三千骑时隔两日后再次聚齐，却没进入那一个小县城，以免引起骚乱。

临海县令谢折枝就是当年燕绥在德安揪错时，唯一一个敢和他正面对抗的猛人。

时隔多年，他竟然还在原地，没升没降，做着他的县令。

这是一件有点奇怪的事，文臻等人对此抱持了十分的警惕，身边跟了最精挑细选的斩首队员，另外还有一个小队潜入县城中，其余骑兵就驻扎在县城外一个山坡上，随时一个俯冲可以进入县城。

而临海县全县的武装保卫力量应该不会超过一千人，不到三千精锐一半。

所以文臻觉得，如果有埋伏，那也一定不会是硬仗，只会是阴谋，像易铭搞的那种玩意。

因此她对那个“蝎子蛰”戒心十足——听名字就不是好玩意。

燕绥表示十分赞同，他对那位英俊县令的印象也极其不好。

林擎十分迫不及待，想看看侧侧神神秘秘给他留了什么。

集市上找红梅灯笼，原本以为会很难找，结果一打听，便知道最著名的集市是南市，一进南市就看见一盏白底红梅的大灯笼高高挂着。

如此明朗，文臻反而梭巡再三不敢进了。

倒是林擎哈哈一笑，燕绥唇角一勾，两个性格迥异，骨子里什么都不在乎的男人，直接向那灯笼走去，进了店面，里头的人齐齐抬头，却原来是一家当铺。

燕绥看见当铺就想起一些不大美妙的回忆，脸一黑。

林擎却趴在柜台上，愣住了。

高高的柜台是黑紫色的，上头却挂着格格不入的蓝花布，柜台上一个黑陶花瓶，里头插一支鸭屎绿的干花。

高高的门槛里迈进来一双小脚，是一个穿着破烂鞋子，步子却轻快的小姑娘，她怀着抱一匹一看就保存很久折痕很深的蓝花布，那双小脚有点吃力地踮起，将那匹蓝花布递上黑紫色的高高柜台，清脆地喊："当当！"

高高的柜台上伸出一只有点粗糙的手，粗暴地抓起那被精心保护的蓝花布，一阵翻腾，随手就扔了出去："什么烂粗布，不当！"

那小姑娘扑上去抢那布："那是新的！新的！"

"新的也不值钱！"

当铺伙计忽然探下大脸，油里油气看了低头捡布的小姑娘一眼，笑了起来："要么当你自己，你这一张脸可比这破布值钱多啦！"

话音未落，小姑娘手里叠整齐的蓝花布重重地甩在伙计的脸上。

很飒，很狠，可林擎想起当时看着小姑娘个子太矮，为了够着高柜台后面的伙计蹦起来打人的样子，险些没笑出来。

当时笑声还是被她听见了，她百忙中还回头狠狠瞪了林擎一眼。

这一眼，便是一生。

一生里眸光流转，无数白日和黑夜，无数星光和日头，无数雪中跋涉和热血飞溅的瞬间，无数生死相搏的厮杀时刻和尘埃落定之后的寂寥时节，都反反复复回溯着这一眼。

黑白分明，含嗔带怨，一眼千年。

那一天那伙计冲出柜台要打人，被林擎绊倒，他还没出手，那小姑娘已经冲上去，操起柜台边的黑陶花瓶打了那伙计一个头破血流，然后拉起他的手便跑。那双小手握在掌心，软得林擎忘记告诉她，其实他可以打到这伙计告饶，根本不需要逃跑……后来他想还是跑吧，可以这么跟着她，一直跑下去，跑一辈子，跑到天涯海角。

后来分离了一辈子，你在天涯，我在海角。

林擎低低地笑起来，眼里闪着光，手指扣着柜台："不对啊，这蓝花布怎么钉了红边；这黑陶瓶怎么是方的，应该是圆的；这花也应该是单支，而不是双支……"

"是我换的。"一个声音接话，随即一人掀帘走出。

文臻有一瞬险些以为神将的兄弟来了。

来者身量和林擎差不多，脸型和林擎差不多，甚至五官都有几分相像。但仔细一看却又不太像，只能说是有一个总体相像的感觉。而气质也有差别，林擎潇洒旷达，此人却潇洒里掺杂三分邪气，眼皮半睁不睁，从哪个角度看都像在鄙视谁，脸色也分外苍白。

文臻有点理解为什么燕绥上次提起这人时神情不大好看，这人就像个林擎“黑化版”，很容易让燕绥想起他老娘的艳史。

林擎神情却很愉悦，上下打量，谢折枝自己却好像很讨厌这种“相像”，不冷不热地道：“见过神将、殿下、文大人。”

林擎便晃了晃那块鸡血石。

谢折枝盯着那“情册”二字看了半晌，才道：“跟我来。”

没有下地道，直接进了当铺的后院，非常大，大到包含了整条街的那种规模，但从外头看，这里是红灯区，聚集了三家青楼四家酒楼，从酒楼出来进青楼，从青楼出来进当铺，再从当铺出来进青楼，非常方便。

这是全县城上至达官贵人下至升斗小民都会来的地方，也是所有人来了又有些忌惮的地方，更是除了全城上下寻欢作乐以外在其余时候都会尽量避开的地方。哪怕朝廷御史来了，为了避嫌也不会往这个地域钻，文臻觉得这个地点选择真的很妙。

这个巨大的院子有很多房间，谢折枝随便开了一间房，房间里布置正常，谢折枝对着燕绥做出邀请的手势，燕绥对着日语摆摆手，日语便上前捣鼓，不一会儿，机关打开，现出巨大的房间隔层，文臻吸一口气。

一房间的银锭。

满室银光映得谢折枝脸色越发诡异惨白，他神情却微带得意，站在门口道：“此乃银室，娘娘十年积蓄。”

再走向下一间，机关开门，这一回，是满室的银光闪闪的上好甲衣。

“此乃甲室。”

下一间，满室百炼精钢的刀枪剑戟。

下一间，满室各种药材。

下一间，满室棉衣、被褥、军用水壶、帐篷等物。

下一间，笔墨纸砚诸般用具。

下一间，各种耐存储的粮食。

除了实在不方便准备的战马，几乎所有军备物资这里都储存了很多，林擎一开始还惊叹，到后来便沉默不语。

燕绥则想起当年他在德安府查卷宗，查出来的那一系列问题。

那不该花的钱、不该报的灾、不该减的税、不该修的路，那出产盐碱的临海县，那当时已经呼之欲出却被谢折枝当面顶回去的真相。

原来答案在这里。

他那深谋远虑胆子比天大的老娘，竟然从很多年前开始就在临海县做了布置，像一只勤勤恳恳的蛀虫，在这一片不引人注意的临海小县上左挖一个洞，右挖一个洞，筑就了今日的军备库。

“二十年前娘娘救了我与我兄长，先是我兄长任职临海县令，寻了能人，用他家独门的锅炉提取海盐法，提取海盐再私下贩卖，海盐虽然不如井盐洁白细腻，但是我们价格会相对便宜，慢慢积攒……兄长做了两任之后便调离了，之后我又过来……总之，十年间，攒下了这些。”

文臻：“……”

德妃娘娘真是心黑手狠百无禁忌……

“娘娘如何会信任你兄弟二人？”

“我们全家性命都是娘娘所救，原本就在天京为娘娘所用，在天京历练数年后才找到机会来了临海，临海炼盐的主意还是我给娘娘出的。”谢折枝傲然道，“殿下虽没见过我，但其实我们一家才是守护在娘娘身边最久的人。”

他说话时并不看林擎，燕绥凝视着他，心想当年便觉得他的言语神情有些奇怪，原来是这原委。

谢折枝摩挲着那块鸡血石：“为了一直待在这里，娘娘和我没少费心思，可算等到了这一天，我守着这越来越庞大的财产，这些年没有一天睡过一个好觉，赶紧拉走吧，可累死我了……”

燕绥还有问题：“你从哪里买来这些？如何能不被人发现？”

“药材被褥衣物什么的都好办，派人从各处慢慢搜集便是，有时候直接就以物品置换。甲胄犯禁，我们自己秘密寻了工匠制作，也是摸索了很久。至于武器……”

日语忽然拿了一件武器过来，低声道：“主子你看！”

燕绥看见武器上有一道看上去有点复杂的花纹，很少有人能认出那是变体的“臻”字。

他怔了怔，忍不住一笑。

谢折枝道：“武器是后来和一处神秘所在接上了头，好不容易买到的，对方不知身份，但是所制作武器十分精良，也十分可靠。就是要价太贵，有时候还要一些粮食药材什么的，但是他们那儿出的铁都比别人的强许多……”

日语哈哈一笑。

燕绥垂下眼，微微感叹。

他在青州的秘密炼铁武器制作基地，一直也有一个大主顾，给钱爽快，需求巨大。

未承想最后做生意居然做到了自家身上，还回到了自己手里。

“都在这里了，拿走吧拿走吧。”谢折枝打开最后一扇门，那里是一个马厩，里头车马齐全，是青楼用来运送客人的马车，当然也是为了此刻专门备着的。

等天黑了，车马驶入院中，开始搬送。林擎对着谢折枝手一伸，道：“可以还我了吗？”

鸡血石还紧紧攥在谢折枝手中。

谢折枝没动。

林擎眼底微带笑意：“写的是情册。”

谢折枝慢慢将鸡血石递给他。他的脸在灯笼的光影下半明半暗，露出的半边苍白英俊的脸，雪一般的淡。

他问：“娘娘好吗？”

林擎：“好极了，我出皇宫的时候，她还对我招手来着。啊，多年不见，她越发美貌。”

谢折枝：“神将大抵有二十余年没见娘娘了吧？我上次见娘娘还是七年前，我离京去临海的时候，娘娘和我说了好半日话。”

林擎：“我们此时无声胜有声。”

谢折枝：“娘娘还给我包了点心带走。”

林擎：“她亲手做的？那你可千万别吃，侧侧那手艺啊，我吃过她的炒青菜熬小鱼，实在是……惊为天人！”

谢折枝：“娘娘亲手给我做过一个护腕，我一直留着。每年她生日我戴一次，便当为娘娘贺寿了。”

林擎：“那我没你这福气，侧侧只亲手揍过我。”

谢折枝：“娘娘……”

燕绥：“娘娘是我母妃，从没和我说过你谢折枝，也二十余年没见你林擎。她针线如狗屎，林飞白都不肯戴她做的抹额。她炒的菜似毒药，林帅你上次说了吃了拉肚子三天，而且也只吃了那一次；她宫里点心成堆，来只小狗都给挂一包在脖子上。两位，你们无聊且无趣的争风只会让我对你们产生更深的同情。”

半晌，林擎嘬着牙花子道：“难道不是连崽都有了却还‘妾身未明’的男人更值得同情？”

林帅完胜！

众人检查完马车，没有发现问题，车队出了城门。

谢折枝是县令，半夜开城门十分方便。

目送车队出了城门，看着四面山坡上流水般驰下的无数骑士汇入其中，站在城头的谢折枝笑了笑。

月光洒在他脸上，他快步下了城头，上了马车，回了府。府里冷冷清清，这么多年为了保证行事隐秘，他身边只有一个老苍头，连个婢女都没有。他走进书房，慢慢磨着那冰冷的墨，磨着磨着，便有滚热鲜红的液体滴下来。

那液体滴入砚台，砚台的墨便显得有些浑浊。

他也不理会，提笔写字。

字呈宜王殿下：

今日与殿下再见，即永别矣。

殿下定然疑惑，为何今日诸般行事如此顺利？为何娘娘与臣筹谋十年之久，以永裕帝之能竟毫无察觉？然也，永裕帝自然是知晓的，早在半月之前，臣为一黑衣神秘人夜半唤醒，许臣将相之位，也许臣毒药匕首，任臣自择。

臣最终所择为何？殿下不妨一猜。

匆匆一晤，再会无期，臣临别再赠殿下薄礼一份。愿殿下与文大人百年好合，愿娘娘青春永驻，福寿长安。

落款：想当你爹的谢折枝。

谢折枝一手捂着脸，一手将信封起，命老苍头去送信，转回身，低下头。

鲜血再次簌簌而下洒满信笺，溅出砚台，他看着那一片殷红，有点遗憾地叹口气。

太汹涌了，本来可以画幅梅花的，现在已经山河一片红没了那意境了。

那就画幅烟花吧。

仿佛还是那年初见，正是元宵佳节，永裕帝携妃嫔登皇城与民同乐，整个天京都在烟火流光之中欢呼喜悦，只有他和兄长却因为得罪豪强，一个要被拖去顶罪，一个要被送去入宫做宦官。

最绝望的时刻他忽然看见一方金红色的裙裾，抬起头那一刻天空不见星光，只看见那女子剪影如一幅最美的画，声音微哑，笑意懒散。

她说："这脸我喜欢。"

下一瞬又一束牡丹烟花在她身后绽放，点亮了整个夜空，他却觉得她的脸灼灼发光。

那一年的元宵便是他此后唯一的佳节。

一声微响，狼毫笔落地，溅开一片黑红色的墨点。

桌面上，一幅未完成的烟花图被风微微掀起。

官道上，燕绥忽然下令停了车队。

他在众人诧异的目光中来到一辆车前，仔细听了听，脚蹬在车辕上又听了听，然后取过一把匕首撬开了车的侧面和底部。

此时文臻才看见车的侧面和底部都有一处是空心的，里面各自埋了一根管子。侧面的管子一半是密封的，只在管子底部凿了几个小孔，正滴下油来。底部的管子塞着一团团的棉球，棉球中间是一个个黑色的球。

文臻一看见那熟悉的黑球便变了脸色。

是火药弹！

原来等在这里！

这可怕而精巧的机关设置！

算准了要运走这些东西必须要用谢折枝提供的车，所以手脚就做在车上，侧面管道输送燃油，底部管道棉花塞紧火药弹，这样慢慢滴落的油会将棉花泡松泡散，挤得紧紧的火药弹之间就有了缝隙，然后产生碰撞爆炸，带着燃油的棉花又是最好的助燃物……这满满一车底的火药弹不仅能将德妃十年的心血摧毁，还能将押此车的所有人直接炸成碎片！

她满眼崇拜地看燕绥，燕绥却皱眉看着那车身，道：“方才我看见车身上一点油痕，而且……”

而且从已经泡开的棉花来看，火药弹本该在燕绥发现之前就已经爆炸了。

前方忽然不知什么兽从草丛中蹿过，惊着了拉车的马，马猛地打了个转，撞在了车身上，车身剧烈一晃。

文臻在那一瞬间猛地扑在了燕绥身上。

燕绥不知在想什么，怔了怔才接住她，随即唇角一弯。

一声轻响，火花从车底部喷射出来，朝着天空烂漫铺展，宛如一片华丽的扇面。

竟然是烟花。

文臻还抱着燕绥，怔住了。

燕绥搂着文臻，又放倒了几辆有油痕的车子，撬开了车底，让车底向天。

霎时七彩流光，五色纵横，夜空中写就烂漫烟花。

文臻倚在他怀中，想起当初在留山他也曾放烟花来通知自己，那次自己却因为伤病发作半失明，也没看清楚，今日却拜谢折枝所赐，看了这一场大车放的烟花。

便在这时，他们收到了谢折枝家老苍头送来的信。

燕绥的目光在“想当你爹”四个字上停留了很久。

谁都想当我爹，最后却是最不配的那个当了。

文臻此时也失去了看烟花的兴致，忽然也明白了，永裕帝果然还是摸清楚了德妃这里的布置，一如他的风格，不动声色，最后派人来钳制住谢折枝，想要一网打尽。

谢折枝没有选择硬碰硬，他虚与委蛇，甚至还献计表示埋伏暗杀未必有用，不如一直配合，在燕绥他们出城之后来这么一手杀招。

他的计策被采用，但是永裕帝怎么会轻信他，想必给他下了毒，一定要看见燕绥等人死了，才给他解药。

谢折枝将火药弹换成了烟花弹。

在换火药弹的时候，他在想什么？

想过换去的将是自己的性命吗？

想过当年元宵夜的烟花吗？

这一夜，临海县城外的车队没有再前行。

燕绥搂着文臻，看完了谢折枝送给他的最后的礼物。

林擎喝了一夜的酒，天明时，对着临海县城门方向举了举酒杯。

敬兄弟。

敬所有在命运裹挟拨弄中不曾遗失自己的人。

第一百三十一章

回归

三日后，青州。

新任边军统帅司空怀自从接管边军之后，就将大营中原本忠于林擎的将领都寻各种理由黜落，换上自己带来的亲信，又极力拉拢一批中下层军官，急于在短期之内牢牢抓住边军军权。

原本拱卫大营，戍守徽州的统领邱同也被调任，由朝中一位老将接任。司空怀则是司空家族的人，算起来是司空群的堂弟。

司空怀是在林擎刚刚离开青州时便出发了，司空怀这边军心还未稳定，朝廷的监军到了，这回的人是新帝派来的。

司空怀是永裕帝派出的人，新帝不能随意撤换，但是在永王的建议下，立即派了监军来。

监军一来，免不了搞些小动作，试图争夺权柄，而人心本就不安，林擎的消息虽然司空怀严令封锁，仍然是免不了在军中悄悄流传，将士们难免忧愤不平，军中气氛一日比一日怪异，司空怀日日不能安枕。

边军担负着在青州、徽州一线驻守防线，监视西番的任务。西番前不久在南齐手下大败，耶律家族几乎全军覆没，大将耶律靖南战死，皇族元气大伤，国内动荡不安，眼看就要有亡国之兆。林擎在时，认为西番人本性桀骜残忍，遭此大变，国内冲突愈演愈烈，在此情形下，皇族想要维持统治，很可能会试图将国内矛盾向外转移，也就是继续发动大战，他们不敢再对上南齐，十有八九会来劫掠东堂。因此林擎整兵备战，日日操练，但他的看法却不被东堂朝堂所接纳，官员们都觉得西番惨败如此，如何还敢再次生事？林擎这是穷兵黩武，无事生非，想要夸大战功，提高武人地位和延续神将荣光而已。也是因此，永裕帝才会在这时召林擎回京，也不过是觉得，此后想必无大战，到时间鸟尽弓藏罢了。

司空怀也是如此看法，因此在监军夺权，又听闻林擎等人劫狱出京，很可能回边关之后，他便几乎将所有散布在边境线上的游骑布防都收了回来，又命徽州大营拔营，防线收缩，掉转大部分兵力向内，全力提防林擎回来夺权。

他如此谨慎，却遭到了那个监军的嘲笑，林擎便是回来也不过是区区数人，恐怕只敢悄然潜入，私下联络旧部，如此，关闭大营，严守进出，所有人不得私相授受，不得外出城镇，封死林擎所有可能钻营的渠道不就成了？

司空怀虽然和这位监军不对付，内心也觉得是这个道理，便是那位宜王殿下也在，宜王府亲兵都带着，也不过区区三千人，能和边军三十万大军相抗？

因此，最近边军大营处于完全封闭状态，封闭的程度令人发指——附近市镇所有和军营的来往一概停止，采买停止，送菜也停止，由当地百姓送菜至军营一里外，再由大帅派亲信去接。取消所有休假，不允许任何人出营一步。所有人都从营房里出来睡帐篷，十人间的帐篷挤了二十人，每晚巡夜之人由一百人增加为一千人，几乎每时每刻地面上都走动着人，每隔一刻钟就会有人掀开帐帘看一看，以防有人混入军营。灯笼彻夜晃来晃去，几乎没人能睡好觉。夜里这样了，白日操练继续，而但凡解手、吃饭、洗漱，一律不允许落单，一律都要报告获得批准后才能进行。

压抑、紧张、失眠、疲倦……没过几日，整个大营就笼罩在低沉萧瑟的气氛中，士兵们脸色枯槁，两眼无神，眼底却时不时掠过愤怒的光。

有些老成的将领瞧着不行，都聚集在一起议论，担心这样下去会出事，最后还是邱同捅破了窗户纸——他被调职后不肯离开，自愿回大营做一个小兵。司空怀以前和他有点矛盾，心想，你既然自取其辱那也随你，还方便我磋磨，留在眼皮底下还好管束，也便应了。邱同独闯帅帐，在那座占地半亩宽敞豪华无比的帅帐内痛陈此事利弊，并指出万一西番再偷袭的话，边境一线就会立即失守。

司空怀一听这林擎风格的论调便无名火起，当即摔了文书，呵斥道一个小兵也敢闯帅帐以下犯上，不管说了什么都先打一百军棍，打完又拖进来，让他邱同把话说完之后，嗤笑一声，说一声无稽，以煽动军心之名，再打一百军棍。

这两百军棍分两次就是羞辱，还特地喊了全军将士观刑。

当时很多被黜落的将领就要冲上去，被大帅的亲兵队用刀死死押住，军法队就在他们身后，大刀举着，随时准备砍落人头，司空怀坐在上位喝茶，喝一口便笑："冲啊，怎么不冲？展示你们对林帅的耿耿忠心的时刻到了啊！"

邱同于棍棒声里，对同僚大喝一声：“别动！留住这有用之身，等大帅回来！”

司空怀大笑一声：“大帅？你家大帅在这里呢！”

他蓦然起身，摔了茶杯：“这种时候了还做梦呢！等你家大帅是吗？行啊！来人，把他拖下去，关到军牢。不许任何人探望，谁敢接近军牢三丈之内，一律射杀！”最后他指着邱同说，“明日午时斩首！我倒要看看，明日午时这辕门旗杆上悬挂着的是他邱同的脑袋，还是他林擎的大旗！”

血淋淋的邱同被拖了下去，沉默的人群站在冷风里，一双双发红的眼，一个个紧握的拳。

当夜，营地却无法安静，远处山脉上的草木也无法安静，一片片簌簌而动，也不知是因为风还是别的什么。

“李小二！七营甲队，需要尿尿！”汇报的声音一路过来，听着有气无力，巡逻的人也有气无力地挥挥手，那个士兵进了帐篷，因脚下无力，无意中踩到了一个好不容易睡熟的同伴。

那人霍然睁眼，眼底一片恐惧的漆黑。

然后他嘴一张，忽然毫无预兆地尖叫起来！

那一声尖叫尖利高亢，声响超越了正常人类的音量，在静夜里传出老远，瞬间炸裂了整个军营。

几乎瞬间，所有人都蹦了起来！

被人从噩梦中惊醒，再瞬间堕入另一个噩梦之中！

无数人浑身冷汗，两眼翻白，不断发抖，不约而同仰天长啸。

啸声像是能传染，更多人开始尖叫，翻身而起乱跑，衣衫不整狂冲，那些能刺破人耳膜的声响汇聚在一起，越来越激烈，然后轰然一声，爆了。

营啸。

只存在于传说中，在各国历史上都很少发生，但一旦发生就必然血流成河彻底毁灭的，军营中最可怕的一幕发生了。

突如其来的变故，统帅的蒙冤下狱，对未来的不确定和恐惧，突然面临的变化、高压、压抑，内心深藏的愤怒和不满……再加上今日邱同所受的屈辱和生死威胁，最终在一个小兵的无心一脚之后终于集体爆发了。

当司空怀被惊醒，匆匆起身，在亲兵拥卫下冲出大帐，一眼看见前方无数营帐里冲出来的发疯的人，看见那些潮水般涌来的明晃晃的刀枪剑戟时，他脑中轰然一声：“完了！”

自古以来，就未有过能在营啸之下完尸之主将者！

他脑中一片空白，下意识披上甲胄，翻身上马，却不是向着士兵群，也不是去还在努力收束士兵的将领那里，而是在亲兵的拥卫之下向大营外冲去。

他逃了。

监军也冲了出来，他是永王的人，一开始也是震惊骇然，但随即却感觉到这是一个机会。营啸已经爆发，司空怀不敢面对营啸，他这个永裕帝委派的主帅也一定会被新帝去职查办。但监军是新帝首肯，永王看重的人，他只要抓住了这个机会安抚了将士，三十万边军就是他的！

但是他刚刚冲出去意图收束镇压，就有飞骑快马而来，告诉他一个更糟糕的消息。

西番竟然重整旗鼓，倾举国之力，发动大军五十万，夜渡山阴关，趁徽州空虚，夺下了徽州！

监军脑中轰然一声。

再一抬头，看见漫山遍野都是举刀擎枪，陷入疯狂，自相残杀的东堂士兵。

而就在百里之隔的徽州，那里竟然已经飘扬着西番的飞熊旗！

此刻他心中滚滚而过的感叹，不仅是完了，还是“东堂完了！”

三十万边军营啸自残，徽州防线收缩被攻破，西番大军转瞬就能下青州。

西番下青州长驱直入，世家必定会趁此时起事，整个东堂就会陷入战火。

到那时四野流星，山河倾覆，覆巢之下无完卵！

监军浑身发抖，他尖叫着跳上马拼命向营外冲。

混乱中，邱同被人救出了军牢，他喊叫无果，自己的亲兵已经被打散，眼看着火光乱影里，那些他视若子侄的年轻人们陷入疯狂，自相残杀，邱同跪倒在冰冷的土地上，手死死抠着膝下的泥土，撕心裂肺：“天啊，大帅啊——”

有人在他耳边急促地说：“将军，走吧！走吧！帝王无道，天意如此，你我都已尽忠，是东堂气数已尽！我们都走吧！”

“那这些儿郎怎么办！三十万，三十万人命啊！”

“将军！我们救不了——我们救不了他们啊——”

邱同忽然推开搀扶他的人，挣扎着爬起来，拔起栏杆上一根火把，就往辕门上爬。

几个旧将仰头看着他。

邱同受伤甚重，此刻却爬得飞快，一直爬到旗杆高处，大喊一声：“儿郎们——”便将那火把往自己身上一扔。

阻止营啸的唯一可能便是将所有人的注意力都吸引过来。

但已经陷入疯狂的人们哪那么容易被吸引了，除非那件事足够醒目，足够震撼。

比如，高处自焚。

火头燃起。

将领们撕心裂肺大喊："不——"

邱同张开双臂，在高高旗杆之上宛如一面骤燃的火旗。

有士兵抬头看，将领们疯了一般往上爬，有人大叫："砍断旗杆！"

忽然一支飞箭若流光般穿透黑暗，携这夜的寒气冷风，猛地撞掉了邱同手中的火把，星火四射。

还有几箭都射在旗杆上，几道黑影顺着箭尾拉出的丝弦而来，人人手拎一只桶，二话不说泼在邱同身上，将他身上的火焰浇灭。

随即便有人将邱同背着，顺着那线再次没入黑夜之中，来去如鬼魅。

这一幕发生得又快又神奇，有人平静下来，但依旧有很多人在乱砍乱杀。

便在这时，又是一声箭响。

在夜空中极速划出一笔深红的"一"，众人只觉得眼前红光一亮，下一瞬旗杆上头原本的"司空"大旗就被点燃。

燃烧的大旗十分显眼，将半个天空照亮，随即更多火火焰箭跨越长空，落在司空怀的大帐上。

那大帐占地面积大，被火箭烧着后，便如一个巨大的火球，将四野都照亮。

然后所有人都看清了四面的场景。

看见不知何时，一队身形矫健的黑衣人正在救治邱同。

看见黑衣人身后是一支银甲军队，大约三千人左右的骑兵，呈尖刀阵形，如一柄雪亮的刀，沉默静持，蓄势待发。

看见银亮尖刀之后，是更多的黑压压的军队，足有数万之众，漫山遍野，一色黑甲红盔，黑甲铮亮，红盔如火，夜风吹动红缨，一双双眼眸黑而静。

看见那些军队之间，整齐地排列着一排排作战武器，巢车、撞车、云梯、飞桥、投石车……乃至现今很少见的炮车。

看见奔逃的司空怀惊惶回首看那燃烧的大帐和自己的帅旗，再被团团围住一脚踹倒。

看见监军下马，在那大军之前神色骇异地跪倒。

看见黑衣人之前，一个黄衣女子正蹲在地上给邱同看伤。

看见尖刀骑兵之前，一个矜贵的锦衣男子微微俯下脸，专注地看着那女子。

看见数万大军之前，一人单手持弓，指尖扣箭，微微仰着下颌，目光如流水般扫过全军，叹一声气，道："爹爹不过走了一遭，孩儿们如何就折腾成这模样了？"

死一般的沉默。

大营里的人们脸上狂乱愤怒之色还未消，眼底已渐渐涌上晶莹目光。

马上的人，轻轻地吸着气，目光也微微发亮。

不知道过了多久。

蓦然一声大喊，如浪如潮，如风如雪，再次卷过并淹没了整个大营。

“大帅！”

就在林擎终于在燕绥和文臻的护送下回到边关，于营啸崩溃时刻赶回边军，终于夺回属于自己的那一切的时候，幽寂的深宫内对坐着太后和新帝母子。

营啸的浪潮和激动的呐喊飞不过关山，这一刻的深宫分外的幽寂。

永裕帝的丧礼已经结束，新帝的登基大典也即将举行，新帝已经先下诏册封了太皇太后和太后。太后依旧还住在皇后住的凤坤宫内，主持着这后宫的宫务，比如即将册封谁为皇后和后妃这样的事。

新帝微微倾了身子，他连夜赶来，有要事要和母后相商。

“她是这么说的？”太后微微有些诧异。

“是，虽未明说，语多暗示。”新帝眼下深深青黑，有点疲倦地道，“意思是朕册封了她为皇后，她便告诉朕玉玺的下落。”

“她一个深宫妇人如何能知这些？又如何能得玉玺？”

“正是因为她本不该知道玉玺这事，如今却知道了，朕才不得不和母后商量……要么，您看这后位？”

太后思量半晌，眉心皱起深深的“川”字。

“不成。太子妃虽然平庸，但出身大族、世代清贵之家，立她为后对你日后笼络文臣士子颇有好处。再说她早早为你生子，平日也无大过，万不可轻言废黜。而这闻氏，厨役后代，家族式微，不能为你助力，亦不堪母仪天下，且至今无子，之前还曾多次于金殿上出丑，群臣多有非议，你若立了她做皇后，群臣怎肯依从？我皇家尊贵，怎可立此女为后？”

新帝默然，他也没多喜欢闻近纯，不过爱她几分小意温存，和寡淡的太子妃比起来，颇有些闺房之乐。玉玺对他太重要，对闻近纯的提议难免有几分动心。但也十分赞同母后的看法，便皱眉道：“此女奸狡，不见兔子不撒鹰，朕难道还能硬抢不成？”

他最近心情十分烦躁，声音便大了些，正巧一阵冷风吹开了殿门，他皱眉回头看，原本被赶出殿外的宫女听出陛下心绪不佳，都急忙赶上来关闭殿门。

太后定定地他，微微皱眉，随即笑道：“何必硬抢，她想要什么，予她便是。只是她是否能拿得长久，也要看命数是不是？”

新帝眉梢一抬。

殿门被小心地关上，守在门外的宫女用石头将殿门小心地压紧。

过了一会儿，宫女换班，一群宫女下了值，其中一人便悄然离开了凤坤宫。避开人群，在御花园隐蔽处和西玉阁的一个小丫头匆匆交谈了几句便离开。

一刻钟后，住在西玉阁的纯妃闻近纯，便得知了方才那场交谈的最后两句对话的内容。

她今日原本心情很好，一直低低哼着歌儿，听见那话后，发怔半晌，折断了新养起来的指甲。

当晚她一夜未眠，紧闭殿门，和衣而卧，也不许所有宫女睡觉，所有人提着灯笼绕着她的宫殿不断巡走，殿内亦是灯火通明。但饶是如此，外头每一声脚步声，每一声梆子响，都会将她惊起，瞬间冷汗满身。

她抱着双膝坐在床上，想起前日侍寝时，自己暗示无意中得知了玉玺的下落时，新帝那惊喜的表情。

想起新帝急不可耐地询问，自己娇笑搪塞，并暗示那皇后尊位时，新帝脸上一闪而过的不豫之色；想起那景仁宫下的密道，沉睡诈死的永裕帝，所谓的弑君的真相，风雨飘摇的天京；想起两位刺史在宫中暴毙，陛下以为是永王做的，对永王大加赞誉时，永王那古怪的神情；想起这波谲云诡帝王家。

她越想越恐惧，越想越觉得自己愚蠢而轻率，怎么会想到拿玉玺来和新帝做交易？这逐鹿之局，遍地高明猎手，他算个什么东西？便是做了他的皇后，能活几天？

如今更可怕的是，她在这个愚蠢而又恶毒的男人面前露了底，很可能皇后还没做成，就要先坐进那对恶毒母子的死亡囚笼了。

不，这不行，她得了那惊天大运，冒了那生死之险才拿到这至尊的玉玺，这便是老天眷顾，如何能折戟中途？

天明的时候，一夜没睡的闻近纯起身，用冷水洗脸，重新梳妆，然后命人出宫请她娘进宫。

她娘自从她封妃之后，就再没机会进宫，正着急上火，如今见她居然主动召唤，大喜过望，一大早就进了宫。

闻近纯宫内已经摆开早饭，她笑容满面，和闻夫人边吃边谈，两人看似毫无芥蒂。闻夫人便和她大谈自己在天京居大不易，以及被开除出金吾卫的弟弟如今也到了成婚的年纪，房舍聘礼，都该给他准备着了。

闻近纯便忽然搁了筷子。

闻夫人怔了怔，问：“怎么啦？”

闻近纯坐着，密密的眼睫垂着。闻夫人看不清她的神情，只觉得那眼帘子底乌黑的眼珠子偶尔那么一转，透着一股阴森的冷意和杀气，让人没来由地有些心惊。

但随即闻近纯便抬起头，依旧笑吟吟的，道："娘，你说要为弟弟买宅子，我之前倒有托人在外头买了处宅子，只是还没去看过，要么今日你想办法带我出宫，我带你去瞧瞧？"

闻夫人吓了一跳，但又对这个提议心动，心想这个死丫头越来越榨不出油水，以后她地位高了只怕更难掏出钱来，如果真能一次性给儿子弄所宅子倒是好事，想了想便咬牙应了，闻近纯便和闻夫人身边的侍女换了衣裳，悄悄跟着闻夫人出了宫。

等到闻夫人回了府，急寻后头小轿里的闻近纯时，却发现人不见了，这一惊非同小可，无旨私自携带宫妃出宫已经是大罪，这人再丢了自己一家脑袋便不保了。闻夫人急得发昏，急忙令人四处寻找。

那边永王府却来了客人，是个女客，垂着长长的面纱，花了重金求得在门厅等候，一直等到永王下朝。

永王最近虽然上朝，却很少去后宫，尤其前些日子，陛下忽然下旨要替永王选妃，太后急召永王入宫，母子俩也不知说了什么，之后永王便神色不佳，随即便请旨求陛下收回成命，道自己闲云野鹤惯了，无心世俗之事，莫要耽误好人家女子云云，倒让京中那些有心攀附的官宦之家好生失望，也大大驳了新帝的面子。众人心中都不免有些嘀咕，以前说闲云野鹤，醉心石刻，无意成家也就罢了，如今人都走上前台，手掌大权，再说无心世俗，未免显得虚伪。

因为这件事，便是原本十分倚重永王的新帝渐渐也生出了许多疑惑，又有许多急于出人头地的新贵在他耳边吹风，新帝便也生出了几分警惕，现在也不轻易召永王入宫了。

为官者最怕被人质疑心田，永王不会没想到推辞婚事会引来新帝和百官质疑的后果，却依旧推了。因此，最近他都没往后宫去，连朝政都懒怠了不少，不过表面上还是云淡风轻，似乎真的不重世俗一般。

今日下朝回来，听说有客拜访，本不想见，路过门厅时眼眸一掠，却一眼看见那盈盈立起的女客腰间的一枚凤纹玉牌。

那是宫中女官的标志，他神情一滞，随即轻声命人请进来，自己在偏花厅坐了，半晌人带进来，永王屏退左右，屋子刚清空，一转身就看见那女子对他跪下。

永王愣了一下。

女子抬手掀了面纱，仰望着永王，永王又怔了怔。

闻近纯扑上前，双手一把抱住他的腿，哀声道："我愿献上国玺和陛下性命，求殿下救我！”

星夜之下，蜿蜒群山和沉厚大地之间，隐约似乎有一片乌云缓慢卷过大地，又似乎是月光投射的阴影，将那一片山脉都沉沉覆盖。

若有人能从高处举千里眼查看，才能看出那移动的黑色是纯黑的甲胄，时而闪过的微光则是举起的枪尖——大军过境，趁夜潜行。

那钢铁洪流自川北之腹地起，如大风掠过三州，而在另一个方向的西川则同样有一队乌衣赤甲的洪流悄然绕过衡州，最终于那两地交界的莽莽丛林中，两支军队无声汇聚在一起。

是年为安成元年，腊月二十一，离年节不远，离春日却还有长久时日。

第一百三十二章

但为君故，无所不抛

夜风吹不来大军的铁甲寒气，正如夜风也吹不散凝聚在林飞白心头的寒意。

他从平州军大营的瞭望塔上下来，从亲兵手上接过大氅，然后提着灯笼，走过一间间营房。

营房数量很少，少到有点寒碜，林飞白眉头微微锁着。

他原本在徽州邱同那里，父亲被召回京便出了事，他随即也被召回，谁知他紧赶慢赶即将抵达天京时，却又被新帝一道圣旨打发到这平州，随即得到父亲出京被赦免的消息，当此情形之下，他自然不能抗旨与父会合，也便转道来了平州。

原本还有些疑惑，既然父亲被鸟尽弓藏，如何新帝还会让自己掌管一州兵力？然而到了平州才发现，虽然临近湖州，平州的武备却连湖州的三分之一都不及。

这和当初文臻初到湖州时类似，但是湖州军的废弛和唐家有关，而湖州军的废弛有身为封疆大吏的文臻用三年的时间来治理，但现在林飞白仓促就职，光杆司令，连征兵权都没有，又要如何周全?

林飞白已经上折弹劾平州刺史以及原平州都尉了，但是平州刺史狡辩称平州军多年为原都尉把持，他未曾沾手。虽然原平州都尉已经调任，但因其在朝中投了永王一派，所以比起父亲已经隐隐被朝廷忌惮排挤的林飞白来说，自然多了许多话语权。总之就是弹劾奏章上了，朝廷迟迟没有回复，平州刺史还是刺史，平州原都尉照样就任新官职，平州军的情形，朝廷看样子也不太放在心上。

其时新帝正为了玉玺遗旨和永王的怪异之处操心，还要忙着培植亲信排除异己重新分割朝堂势力，李相说告老却没有真告老，单一令更是老当益壮，忽然带着一群文臣天天给他添堵，这个不行那个不能，新帝心里天天烧着一把火，哪里还顾得上遥远一州地方军的问题。说句实话，地方军有问题的又不止这一州，发现了慢慢治理便是，文臻不是治好了吗？再不济，湖州定州的军备都很不错，还在乎什么平洲呢？

林飞白接到朝廷指令，苦笑一声，将那圣旨一搁，起身，当即吹哨点兵。

第一次集合，全营八千九百一十二人里来了三千四百人，在校场上稀稀拉拉地站着。

林飞白对此没有任何反应，只二话不说，斩了三个队长。

不管那三个人如何呼喊自己冤枉，一声令下，人头落地。

林飞白这次将麾下全部带了来，不是为了壮胆气，就是为了整好这批兵油子。

三颗人头在地上滚，所有的调笑嬉闹瞌睡都骤然消失。

之后林飞白整军，操练，并去了一趟平州刺史衙门，表示要将军权交于刺史之手，条件是刺史府给州军拨款充实军备，最起码要把冬服迅速准备齐全，不能让士兵还穿着夹袄，以及下令在平州城征兵，补上缺失的兵员。

平州刺史既想拿兵权，又不想出钱，磨磨蹭蹭好些日子，终于在林飞白昨日交上都尉印信之后，今日回话说已经派人去采备冬服了，也会送一批武器过来，征兵令却不能随便出。

林飞白明白这里头的猫腻，征兵要朝廷批准，一旦征兵就等于承认兵员缺额有人吃了空饷，无论是平州刺史还是原都尉，于此事都脱不了干系，谁肯自己搬石头砸自己脚？

但归根结底，林飞白也不过是为了诱惑与威胁齐下，好歹把现有的军备补齐，如此也算暂时达到目的。因此此刻虽然面上依旧不豫，心中倒松了几分，一边盘算着冬服到的时间，以及武器如果分批过来该怎么搭配装备，一边默默往自己的营帐走。

他身后，小亲兵默不作声跟着，两道长长的身影交错在覆了寒霜的地面上。

进了帐，林飞白原以为要面对一室寒冷，谁知道火盆已经生了起来，帐篷里热气融融，他巡视半夜冻得僵冷的身子一瞬间便感觉活了，刚觉得有点渴，小亲兵已经上前一步，从专门的棉花套子里拿出茶壶，给他倒了一杯不冷不热温度正好的茶，茶水清冽，细细一尝滋味清甜，里头兑了枸杞汁。

林飞白顿了顿，此时才抬眼，小亲兵就站在他对面，纤细的影子被烛光拉长，温柔地覆在他膝盖上。

他有点不自然地动了动，小亲兵也动了动，他感觉自己躲不开那影子，也躲不开那般温柔，只好停住。他要将茶杯放下时，小亲兵上前接住茶杯，葱白般的指尖顺手在他手背上轻轻一撩。

似有意，似无意，似蝴蝶掠起了翅尖，荡心间涟漪一片。林飞白一颤，急忙要抽手时，那雪白淡粉指尖却又快速地缩了回去，倒显得他小题大做一般。

小亲兵转身出去，林飞白刚松了口气，小亲兵又回来了，端了盆热水，低声笑道：“烫个脚。”蹲下身便要去撩他袍子，林飞白吓得赶紧把脚缩起。

小亲兵也不强求，笑着将手搁在他膝盖上，温声道：“那便自己泡，里头添了药草，最能去乏。你日日带着他们操练，比他们起得还早睡得还迟，万不能先累倒了。”

林飞白忍不住盯着那双手，却忽然发现原本纤秀柔美精致雪白的手，不知何时已经磨出点薄薄的茧子，顿时便有些不安。

他看起来是个冷峻且不苟言笑的人，但骨子里其实是软的。这整个帐篷都似乎漾着淡淡的芍药香气，空气似乎变成了一股染满花香的绸绳，要将他柔柔地捆住，他挣扎半晌，终于忍不住道：“周小姐，何必如此！”

周沅芷没抬头，蹲在他膝前，看着自己的手忽然笑了。

她悄悄跟来，想法子入营，跟着伺候了这几日，终于等到他捅破这层纸。

她不说，她亦步亦趋，她体贴入微，她似退还进，她看着他坐立不安……她就是要他自己说了，就别想再逃了。

她微微抬头，调整出最合适自己的角度，于幽幽灯光下，她知道此刻的自己风鬟雾鬓，眼波如水，而语声也如水：“但为君故，无所不抛。”

林飞白又不知道怎么说话了。

他没见过这样的女子，他遇上她，总觉得心如乱麻，不敢想，不敢看，想了看了，就仿佛是逾越和背叛，但于那般的随风潜入夜的追逐里，自己也不敢承认，仿佛总是漾着淡淡的喜悦。

有时候他觉得自己可耻，是不是在享受着被大家闺秀追逐的感觉，有时候扪心自问，却又觉得并不仅仅是出于虚荣的享受，但是再往深里一点，他又拒绝去想。

家国未靖，父帅蒙冤，这不是该痴迷于儿女情长的时节。

只是他也没想到，这娇小姐竟然有勇气追他追出了天京，追到这苦寒的军营里来。

不过想起当年在长川，那样危险的任务她也接了，便知道她从来都是和那些大家闺秀不同的。

这些年在边关也好，在天京也好，总也不乏有人试图和他联姻，父帅虽然常常大骂他没用，讨不到满意的媳妇，但总不能燕绥都快生儿育女了，你还光棍一个。

他只是垂头不语，想着父帅虽然娶了母亲，可从未见他们在一起过，这一生父帅不肯将就。而他只想着这东堂的百姓安宁，疆域平静，心中所想既不能得，便学父帅一直守着也便罢了。

再说，看如今这局势，东堂战火必不能免，他是注定要上战场的，马革裹尸须臾之间，又何必拖累了好姑娘。

父帅没少骂他，说这不一样，说他钻牛角尖，他拒绝去想，后来去了边军，又来了平州，心想僵持了这么久，又相距甚远，那位大家闺秀总该放弃了。

然而她竟还没有。

此刻灯下这柔和而又坚定的表白，听得他心头一颤，膝盖也一颤。周沅芷却并不得寸进尺，只一笑，道："早些歇息吧。"便退了出去，退出去前，一转头，正看见林飞白抬头看她的背影，发现她回头便有点狼狈地躲开目光，周沅芷扶着帐篷的门，含笑对他眨了眨眼睛。

然后她手一松，帐篷帘子落下，她像只蝴蝶一般翩然飞了出去，留林飞白在帐篷里对着一盆热水久久低头不语。

却没想到刚才还风情万种余韵悠长的大小姐转过一个弯，抬手便懊恼地扇了自己一耳光。

"多好的气氛，多好的感觉，他眼神明明都松动了的！怎么就没勇气继续下一步呢！"周沅芷想了想又道，"莫急，莫急，还没到时辰，你是对的。"

她叹息半晌，从怀里取出一个香囊，香囊很简单，颜色是林飞白喜欢的藏蓝色，上头用几乎同色的丝线绣了几个不仔细看绝对看不清楚的字。

她每晚都会看看这个香囊，给自己打气。香囊上一排绣字剑拔弩张，宛如口号——

"睡他！睡他！睡他！"

次日，青州边军的大旗"林"字重新飘扬。

在那重新扬起的大旗之下，林擎斩了司空怀和朝廷监军。

没有请旨，也没有理会那两人的痛哭流涕或者威胁告饶。一声炮响，人头落地，万军欢呼。

昨夜营啸，就算林擎来得及时，还是死伤上百，这不是死于敌手，而是死于同袍，叫人难以接受。

因此，将士们对朝廷的愤怒抵达巅峰，就在那两人人头落地那一霎，便有人大声叫："大帅，我们反了吧！"

有人喊："殿下，我们愿拥您为帝！您才该是皇朝正统！"

林擎的脸色却不太好看，他刚刚得了徽州沦陷的消息，西番临死反扑，已经陷入疯狂。

这是一个桀骜狂野的国度，便是被打残了也可能跳起来咬人一口；这是一个游牧民族建立的国家，全民皆兵。别的国家征兵很难，一次大战大败后数年不能恢复元气，这个国家却可以迅速征兵，组建五十万大军。在这关键时期，他们想把自己损失的从东堂身上找补回来。

国内活不下去的西番百姓为了养活一家老小，会很愿意成为士兵，去别国掳掠，他们善于以战养战，可以想见，徽州现在一定已经成了人间地狱。

林擎摆了摆手，他只说了一句话：“徽州沦陷了。”

那呼声戛然而止。

被裹成粽子的邱同猛然起身，然后发出了一声号叫。

叫声凄厉，令人不忍卒闻。

他在徽州镇守多年，固若金汤，西番多年觊觎不敢一进，如今就因为有些人争权夺利，满腹算计，生生将他调离，将徽州大营收缩，只留下数千军士守城，几乎是将他守护了多年的徽州拱手让人！

邱同悲愤得眼眸血红。

燕绥终于也说话了，他缓缓道：“谁做皇帝，想打谁，这都是以后的事。现在徽州沦陷，下一步西番必定自徽州直下中原，世家必定趁机四处起事，东堂将四面战火，八方无措，灭国须臾之间。你我皆将为亡国之奴，现在争谁做皇帝，难道是抢着将来谁献俘投降行牵羊礼吗？”

万军哑然。

牵羊礼是西番礼，用来对战败国进行侮辱，战败国国君携皇亲贵族，赤身披羊皮以铁链圈住跪爬行走，以示臣服，为奴为畜。

这是人所不能忍之奇耻大辱。

想一想都让人浑身战栗。

文臻正在看一封信报，此时慢慢将信报揉碎在掌心，平息了一下情绪，才道：“西番占领徽州后，下令屠城三日。三日内，无数民居被抢掠，无数房屋被烧毁，无数老幼死于铁蹄长刀之下，无数妇女被奸淫。那都是我们的长辈、兄弟、亲友、姐妹。”

兴，百姓苦；亡，百姓苦。

边军沉默了一阵后，忽然爆发出一阵更响亮的呼喊。

“揍西番！”

“不管怎样，东堂是我们的！”

林擎微笑，一边微笑一边摇头。

燕绥面无表情，显然这在他意料之中。

文臻眼底晶莹一片，想着这终究是一群最可爱的人，虽然他们蒙冤、受屈、愤懑、压抑，但是百姓受苦，便如烈火燃烧于心中。

永不熄灭。

她轻轻叹一口气。

只是这些年轻的、热血的、可爱的人并不清楚，他们所要面临的将是一场注定的硬仗。徽州本就是军城，储存着大量的物资，如今已落入西番之手，西番在此轻松一战中没有损失，还获得了充足的补给。反观己方，人数居于弱势不是问题，但是物资损失近半，朝廷内在进行争权夺利，今冬补给还没到。自己和燕绥虽然带来了七万精兵，但是个人养兵何其难，备足这七万精兵的装备已经穷尽所有人力，后续想要继续战斗，粮草等物资也是捉襟见肘，实在无法再顾及那三十万边军。巧妇难为无米之炊，便是再兵强力壮的队伍，没有粮草，武器不够，每一步的行动都将步履维艰。

她还隐隐担心湖州，湖州军被调走换防，但是换防的军队不知道有没有到，派去的三万军因为不能明目张胆地赶路，需要在山野间绕路潜行，还带着一些辎重，就注定行路速度不会太快，也不知道有没有赶到湖州。如果两方都没到，湖州现在就是空城，万一世家知道西番攻陷徽州，立即起事，唐家很快就能下湖州，直插东堂心脏……那后果太可怕了。

想到这里，她不禁回头看燕绥，正好燕绥看过来，两个聪明人的目光一碰，便明白了彼此的心思，片刻后，燕绥缓缓抚了抚她的发："去吧，一路小心。"

文臻抱住了他的腰，靠在他胸膛上，静静听他的心跳。

她要回去了。

燕绥帮她留住了朝中职位，大司空还不肯致仕留在朝中，她得回去。如果能解决永裕帝和新帝、永王那一批人最好；如果不能，也得请大司空和李相斡旋，谋一个中枢职位，监督着朝政，监督着那些居心叵测的人，监督着朝廷在这关键时期，把该拨的兵马，该调的粮草，该筹集的资源都做到位，并尽可能遏制世家。

而燕绥必须留下，七万士兵毕竟不是林擎的人，文臻的兵除了文臻也只认同他，只有他在，才能更好地调配资源，融合两军，和林擎一起拦住西番。

分离迫在眉睫。

"兰旖教我的心法，我已经教给了中文他们，虽然他们的内功不如我的适合你，但毕竟和你源自一门，也有加成的好处，你就答应我一件事，只用你聪明的脑袋，不亲自冲锋陷阵，好不好？"

燕绥懒洋洋地捏了捏她的耳骨，道："我只对一种冲锋陷阵感兴趣。"

文臻抬头看他，他下颌到脖颈线条精致优美，颈侧靠近肩膀处，皮肤上有一点殷红小痣，此刻看着觉得销魂又招眼。她忍不住亲亲那小痣，燕绥却像是被触及了什么开关，手隐蔽地便往她腰摸了过去，文臻打下了他的手，这还是万军之前呢！

“回吧，也好照看着随便儿。”燕绥在她耳边笑，“你放心，我必拦住西番，不让胡马过关山。”

“我只要你好好的。我也定会守住那朝堂。”文臻捻着他的衣角，“记住，我和随便儿在天京等你回来。”

香宫里，随便儿打了个喷嚏。

“谁在念叨我呢？”这小子喃喃自语，“我那腻腻歪歪的爹娘吗？”

德妃坐在榻上，吹出一口烟云，哈哈一笑。

门忽然又被敲响，随便儿开门出去，和外头张嬷嬷谈了半晌，过了一阵回来，小脸阴沉沉的。

德妃慢慢坐起身。

“奶奶啊，好像有点不对劲。”随便儿轻声道，“张嬷嬷说太皇太后看上了我，要调我去慈仁宫近身伺候呢！”

西玉阁今晚灯火辉煌。

陛下又来探望纯妃了。

纯妃娘娘近期得盛宠，连宫内宫女都喜气洋洋，穿梭不休。而正殿之内，新帝倚着榻，对正张开双臂让尚衣局女官量体的闻近纯道：“瞧你最近瘦了些，还是再补补吧，皇后冠冕，讲究一个体态端严。太瘦了风一吹就倒，气度未免不足。”

闻近纯便满眼喜悦地笑道：“陛下说得是，臣妾明日开始就加餐。”

新帝便笑笑，挥手示意女官们都下去，等殿中无人，闻近纯爱娇地靠在他怀中，新帝揽着她，一边揉搓着，一边低笑道：“你想要的都许你了，朕想要的也该拿出来了吧？”

闻近纯笑道：“陛下，莫急嘛——”

新帝蓦然脸一冷，将她一推，站起身道：“休要得寸进尺！朕连皇后之位都许了你，你还不放心什么？你再这般搪塞下去，朕倒要怀疑你的心田了！说实在的……”他微微睨着闻近纯，“你一个妃子久居深宫，如何能知那般大事？莫不是骗朕吧！”

闻近纯惶然站起，要说什么，新帝却已拂袖而去，闻近纯顿时慌了，抢上前去，一把拉住新帝的袖子：“陛下——”

新帝对还未走远的尚衣局宫女道：“礼服倒也不必急着做，等朕的圣旨再说。”

女官领旨退下，闻近纯脸色大变，声音已经带了哭腔：“陛下！”

新帝径直往前走，闻近纯提着裙子跌跌撞撞跟着，忽然咬牙道："陛下——陛下——景仁宫您好久没去了，愿意带臣妾前去瞧瞧吗？"

新帝霍然停住脚步，回头看闻近纯。闻近纯泪盈盈仰望着他，缓慢点了点头。

新帝转怒为喜，伸手捏了一把她的脸颊，笑道："朕的皇后想去哪儿，朕都陪着。"

闻近纯抹一把眼泪，也笑了，新帝亲自携了她上了御辇。到了景仁宫，他又示意跟随的太监宫女都等在宫外，两人进了殿门。

大行皇帝葬礼结束之后，新帝并不愿意迁入景仁宫，因此暂时封宫。护卫也撤了出去，此刻推开微微蒙尘的大门，新帝心中一紧，但随即看了一眼头顶，便安下心来。

他身边如今也安排了暗卫，是母后这些年积攒下来的人，个个忠心能干，有他们护卫便安全无虞。

闻近纯却一脸烂漫，牵着新帝的手往内走，悄声问："陛下不带几个人在外面守卫吗？我每次进这宫殿都心里发毛，好像永裕帝的阴魂还未远走，还在哪个角落瞧着我们……"

新帝给她说得心中一凛，但因为她主动提出带护卫，倒更加安心，笑道："朕是真龙天子，百邪不侵，你怕什么？"

闻近纯便拉了他往皇帝书房走，道："臣妾上次瞧见景仁宫管事太监老孙鬼鬼祟祟藏东西……"

新帝心中一动，想起孙太监莫名其妙地失踪，更信三分。

"你为何不去拿走？"

"那东西何等尊贵重要，臣妾什么身份哪儿敢去染指？也不过想着将来为陛下尽一份忠心罢了。"

新帝心中冷笑。

进了书房，闻近纯却不急着找东西，从袖子中抽出一张明黄笺，笑道："讨个陛下喜话儿……"

新帝双眉一挑，知道她是要字据，心中有些恼怒，想起母后的嘱咐，终究是忍了，似笑非笑接了笺，正要写，闻近纯却道："不敢要陛下亲笔，陛下只留个印鉴给臣妾便成了。"

新帝想着她要空白纸上加印鉴，想必是贪心不足，还想在皇后位上再为家人谋官？真是可笑，也不想想，若他不乐意，印鉴有什么用？

反正这女人也做不了真皇后，不过是与她虚与委蛇罢了，他取出随身印鉴，痛快地按了。

抬头却看见昏暗光线里，女子一张脸雪白，双眸幽幽闪光，深邃如黑洞，瞧得他心中又一惊。

随即便见女子笑得温柔婉转，去拿那榻上案几上的茶盏，道：“陛下，那玉玺就在这里呀——”

茶盏一掀，新帝身下褥垫忽然一空。

新帝翻身下坠！

刹那间新帝大叫：“护驾！”

屋顶上有人影连闪，一人扑向闻近纯，一人扑向榻上，闻近纯惊惶抬头。

却在此时轰然一声，书架倒塌，从书架后冲出数道人影，手中长剑连闪，刺入新帝暗卫背脊。

闻近纯呼一口气——永王果然没有食言。

她一回头，却发现新帝还没掉下去，他竟然死死抓住了床榻边缘，整个人吊在地道口，此时满头大汗滚滚而下，紧盯着她，眼底憎恨和哀怜交织，嘶声道：“救朕，朕可以发重誓，一定立你为皇后，终身为后……”

闻近纯定定地看他，忽然笑了笑，这一笑依旧温柔婉丽，看得新帝心中一喜。

随即闻近纯手一伸，手中已经多了一把明光闪闪的刀，她抬手刀落。

新帝惨呼，鲜血喷溅。

一双手整整齐齐留在地道边缘。

穿着明黄龙袍的身影颓然落下。

于落入死亡陷阱的那一刻，剧痛和狂乱翻覆之中，燕缜听见那女子娇笑着道：“我想过了，还是做永王的皇后吧……皇帝轮流做，皇后只有我一个。”

新帝向永恒的黑暗急速坠落。

有密集的机关启动和利刃入体声再次在黑暗中响起。

地道口缓缓关闭，闻近纯雪白的脸一闪就看不见了。

片刻后，一声闷响。

永裕帝立在地底的黑暗中，就着一盏残灯，看着面前残缺不全的尸首，半晌，叹息着摇摇头：“你坐这皇位的时间，比朕想象的还短。”

第一百三十三章

随便儿vs太奶奶

永王行走在午夜的深宫中，衣袂间掠起带霜的冷风。

他在慈仁宫前求见，已经睡下的太皇太后诧异地起身，心却不安地跳了起来。

这半夜三更，他是怎么忽然进宫的?

这时辰进宫，他就不怕陛下忌讳吗?

太皇太后竖起耳朵听，并没有听见令她心惊肉跳的兵甲声响，皇宫里如常地安静，但这样的安静在永王这异常到来的情形下，依旧是令人心惊肉跳的。

张嬷嬷赶进来为她披上外衣，门外一道小小的影子一闪而过。太皇太后怔了怔，随即想起这是香宫新进的小太监，听说是被德妃要去的，很是伶俐。明明照应着那个不得志的女人，却还得到慈仁宫的关照，连张嬷嬷都似乎很喜欢他，她听说了，心中一动，便要来了，想亲自瞧瞧，只是人到了晚间才来，她今晚又特别疲倦，也就没理会，先睡下了。

此刻自然也不会特意去看那孩子，只等永王进来。

随便儿躬身低头，守在门侧，永王正要进门，忽然停住，偏头看了看随便儿。

他倒没多想，只是觉得这孩子年纪这么小，竟然能进慈仁宫伺候，他知道自己的母后骨子里是个挑剔的人，因此这孩子定然有不凡之处。

就这一瞬，他忽然便想起了文臻的孩子，他知道文臻一定生下了孩子，想必几年前就藏在刺史府，但是之前文臻保护得严密，也无从下手。如今不知道那孩子在哪里，想必已经远远送了出去。

想到孩子，他心中便是一痛，垂下眼，抬腿跨过了门槛。

母子对坐，屏退众人，太皇太后诧然问："为何深夜入宫？怎么护卫也不带着？"

永王缓缓揭开茶盖，顿了一顿，道："夤夜前来，是要通知母后，陛下已经驾崩，请母后心里且准备着。"

太皇太后先是一喜，以为是说永裕帝，再看永王神情，霍然醒悟，大惊站起："信儿！你说什么！"

"哦，当然，对外不能说驾崩，只能说，陛下因为毁容伤身，无心朝政，已经将皇位禅让于儿臣，自己云游四海去了。"永王扬了扬手中一张明黄笺，"陛下亲笔留书在此。"

太皇太后瞪着他，永王面不改色，把纸往她手里一塞。

纸上有新帝印鉴，有玉玺，有闻近纯模仿新帝口气和笔迹写的禅位诏书。

她曾红袖添香，伺候新帝笔墨数年，早就学会了他的笔迹和口气。

一张薄薄的纸，太皇太后却似乎抓不住，半晌，抖着手道："信儿，你疯了！"

永王沉默一瞬，幽幽道："母后这话奇怪，让儿臣做皇帝，不正是您多年的夙愿吗？怎么，如今夙愿得成，您却不乐意了？"

太皇太后吸一口气，缓缓坐下，道："陛下现在怎样了？驾崩或者云游的消息还没公布是吗？如果还有机会挽回……"

"没有机会了，死了。"永王漠然地道。

"你何必这么着急，我们还没找到永裕帝！你现在冲出来，永裕帝就会全力对付你，所有人都会全力对付你！"

永王讥诮地一笑："那又如何？就继续让我忍？让我等？让我看着鹊巢鸠占，让我有家不能回有妻不敢认……他一日不冒头，我就一日龟缩着不能做皇帝，他活着我不敢，他死了我还是不敢！"

太皇太后扑过来，抓住了他的手："信儿！那么多年都忍过来了，不该急这一刻！他藏不了多久，他一定会冒头的，我在永裕帝身边有人！"

永王瞳孔一缩。

"谁？"

"一个普甘大能者，身具大神通，能生死人肉白骨。原先是我殿中的护法……后来被永裕帝笼络了去，但永裕帝其实不知道是我故意让那护法被笼络的……"

"既然有母后的人，为什么母后至今还找不到永裕帝？"

"我也不知道，许是他们藏身之处太过严密，他也找不到机会和我通信……但是你且再等等，一定会有消息过来的！"

"是啊，"永王木然地道，"皇宫这么大，慢慢等，等不来就慢慢挖，哪怕他狡兔十窟呢，挖上个十年八年，也总能挖到的是不是？”

太皇太后凝视着他的眼睛，忽然放开手，退后几步，颓然坐下，道：“信儿，你变了，你让我太失望了！”

“母后失望什么呢？我这不是如你所愿坐上皇位了吗？坐上那么一阵子，传位给你唐家的子弟，唐羡之啊，唐镜之啊，唐怀啊……那些年轻优秀的子弟谁都可以，反正我不能生，我没子嗣，我夺来这皇位，千秋万载，不都是你唐家的山河吗？”

太皇太后霍然抬头，似乎好半晌都没能理解他的话：“信儿，你……你在说些什么？”

“我在说母后藏在心底多年的野望和夙愿，我在说我身为一个棋子和傀儡还沾沾自喜的无味的争夺。”永王凑近太皇太后，轻声道，“怎么，母后，不对吗？”

太皇太后怔怔地看着他，半晌，倒抽了一口冷气，连声音都变了：“信儿……谁对你这么说的？谁蛊惑你的？谁！”

说到后来她声音尖利，几乎控制不住地在嘶喊。

永王冷笑一声，往后退去，淡淡道：“今晚天京已经被我控制，明日朝会就会宣布陛下云游禅位。母后你放心，你想要的，不想要的，我都会给你，总要让你心心念念的唐家，和你一般福寿万万年才好。”

太皇太后无力地向后倒去，永王并不看她，转身向殿外行去，边走边道：“来人，将慈仁宫保护起来，从今日起，不许任何人打扰太皇太后修行。”

殿外有杂沓的脚步声响起，又听得轰然应声，太皇太后怔怔抬起头，知道自己已经被儿子软禁了。

隐约听见外头永王的声音：“从现在开始，太皇太后说什么，做什么，也都不必报与我了。”

太皇太后猛地捂住了心口。

信儿……他这是要软禁她一辈子，到老，到死，都不打算和她相见了。

可是为什么……他会那么想！

为什么她苦心经营，忍辱负重，为了他和唐家周旋这许多年，好不容易看见希望曙光的那一刻，他却把自己那些笼络蛊惑唐家的话当了真，因而负气决裂，不顾一切毁了这局！

为什么！

忍了等了那许多年，却毁在最接近成功的那一刻，到头来她却连怎么毁的都不明白。太皇太后怔怔坐在地上，半晌，呕出一口黑血。

殿外杂沓脚步声起，张嬷嬷一脸惶急地冲进来，后头跟着那个小太监，太皇太后心头烦恶，不想见人，猛地抓起身侧的香盒便扔了出去："出去，都出去！"

太皇太后素来慢声细语，体态端严，从未这般疯狂失态过，张嬷嬷吓得往后便退，一脚踩在随便儿脚上，随便儿一声尖叫。与此同时，香盒砸在隔扇门上，一声巨响，整个慈仁宫和隔壁香宫都似乎震了震。

张嬷嬷急忙拖着随便儿往外走，随便儿也不敢再呼痛，忽然脚步声急响，一人冲了过来，一把揽住了随便儿，道："随……李渊！"

却是德妃。

她本来在香宫和慈仁宫相连的月洞门附近散步，却忽然听见随便儿尖叫，大惊之下不顾一切奔来，此刻见随便儿无恙，刚刚松一口气，看见太皇太后心中便"咯噔"一声。

德妃慢慢抬头，隔着半掩的门缝看见太皇太后坐在地上，半抬着头，正死死地盯着她。那双黑中带青的瞳仁里漂浮着憎恨、绝望、痛苦和疑惑。

憎恨苦痛是她自己的，疑惑则是对德妃的，万事不着心的德妃什么时候对一个小太监这么上心？

筹谋了半生的人，遇事多想是本能，几乎立刻她便放下自己的苦痛，麻木的眼珠子转了转，看了一眼德妃，眼底疑惑更浓，又去看随便儿。

德妃看得心中一紧，下意识想揽紧怀中的孩子，但知道自己先前已经做错了，此刻不能再错，将怀中随便儿一推，还在想用什么理由，随便儿却忽然往她怀里一扎，德妃一边心中一痛，心想孩子受到惊吓了，一边又为难这时候扎入她怀中实为不智，却听随便儿尖声道："娘娘！娘娘莫打我！我下次不敢偷了！"

德妃一怔，立即反应过来，原本她就是抓住随便儿肩头的，此刻十指尖尖，将随便儿衣裳一拎，喝道："还想抵赖！本宫寻了好久的那个镶红宝石盘金丝香囊，那香气本宫都闻见了！以为跑到慈仁宫来就能躲过吗？走，本宫倒要搜搜你，看你这个老鼠到底藏了本宫多少东西！"说着拎着随便儿便走。

并没有人阻拦，她稍稍安心，却没看见张嬷嬷已经回了殿内，并在太皇太后示意下，忽然端起了一盆水，道："德妃娘娘！"

德妃回头，张嬷嬷猛地一抬手，一盆水当头对她浇下！

德妃从头到脚湿透，连带随便儿也湿了半边身子，这一下实在太突然，德妃和随便儿都没反应过来，张嬷嬷已经拿了张帕子冲了上来，抬手对德妃脸上一抹。

这段时间用黄油膏子故意涂出的发黄脸色被水冲又被帕子抹，露出底下雪白莹润的肌肤来。

太皇太后目光一凝。

她先前看德妃冲过来的时候，衣袖翻飞露出的手腕晶莹如雪，心中便是一动。

抽了那许久福寿膏，量又特别大，应该枯瘦焦黄，哪里还来的这般丰润？

果然！

这贱人这段日子根本就没抽烟膏！

她的目光再次盯住了随便儿。

叫这个小太监来慈仁宫，原本没有多想，只是听张嬷嬷屡次提及这小子会伺候人，一时随口吩咐罢了。

然而今日德妃的举动，还有此刻德妃的形容，都仿佛在告诉她：这事不简单。

她慢慢坐起身，定神一会儿，又恢复成了那个平静而阴气森森的老妇人。

信儿不会忽然变成那样，一定是有人作祟。

不管是谁作祟，不管那人藏在哪里，她都要一个个揪出来，亲手碾死。

对面，德妃挽了一把湿发，怒道："你个老货，你做什么！"

张嬷嬷端着盆，笑道："得太皇太后吩咐，看娘娘急出了汗，给娘娘洗个脸儿。"

德妃也不和她啰唣，此刻心里怦怦地跳，知道事情不好，急于回到香宫，拉了随便儿要走，却听后头太皇太后阴恻恻道："那个小太监叫什么来着？"

"回娘娘，原名李菊，德妃娘娘给改名李渊。"

"让他自己来和哀家说。"

德妃手一紧，随便儿挣了挣，肉肉的小手在她手上悄悄一拍，示意放心，随即便转过身，乖巧地上前几步，给太皇太后行了礼，甜甜地道："见过老佛爷。"

太皇太后怔了怔。

东堂没这个称呼，她乍听意外，随即便觉得这称呼着实不错。再看随便儿时眼神一动，心想都说这小子伶俐，果然非一般的伶俐。

只是这年纪这么小，要说是哪家细作，实在是不像……

眼前的孩子不过四五岁年纪，一张雪白的团团脸，一双天生带笑的眸子，长相是极好的，也天生喜相，果然是很容易入选宫女的那种长相。此刻他微微发着抖，越发显得荏弱可怜。

太皇太后的眼神里却并没有因此生出多少怜惜，也不管他在发抖，细细打量他的眉眼，并无所得，只隐然有种熟悉感，但又寻不出端倪，不禁有些焦躁，面上却笑了一声，道："果然是个伶俐孩子。既然入了慈仁宫，便留在哀家身边听使唤。迎香，带这孩子下去洗漱。"

张嬷嬷便应了。德妃揪紧了衣襟，看见随便儿回头使眼色，她咬咬牙，只好收回目光，在背后那老虔婆阴鸷的盯视中走了。

一回到自己的屋子，来不及换衣裳，她便喊来菊牙：“去找那个离虹！文臻告诉我们的那个香宫的眼线！”

随便儿在张嬷嬷监视下换了衣裳，从里到外，连小靴子都换了，这是怕他身上有夹带。但随便儿身上些东西大多都是贴身藏着的，换到最后，他娇羞地一扭身，说声“嬷嬷不许看”。张嬷嬷啼笑皆非骂一声：“嬷嬷家孙子都比你大，这小鬼精！”但也稍稍转了转头，趁这一转头，随便儿抽出了原来衣裳袖角的一个小包。

等张嬷嬷转过头，他已经把小包转移到了新衣的腰带下。

靴子里的垫高来不及抽出来了，好在那是隐形高跟，现在的问题是换上的靴子是普通靴子，没有增高的身高和之前会有出入。

随便儿之后便一直踮着脚走路，一边走一边想总不能一直这样，看来某些计划得尽快执行了。

他过去的时候，怀里抱着一盆水仙花，说这花清心益神，要献给太皇太后。

张嬷嬷原本不许，但是仔细检查了那花，实在没有看出问题，且开得确实极好，她素来喜欢随便儿，心里有点怜惜，也便不再阻拦了。

随便儿便抱着花去慈仁宫伺候。太皇太后已经歇下了，今夜宫中明显气氛不一样，外头脚步声一阵一阵地过，到处都灯火通明。

实在不是个杀人放火的好时机。

随便儿一边这么想，一边顺手在柜子上放下水仙花，笑眯眯地去端太皇太后的燕窝羹。

他目光落在银盘银盏上，心中呵呵一声。

光知道用银器，却不知道银器只会遇砒霜而变黑，而天下之大，毒物何止千万？更不要说那蛊，什么器也验不出来。

袖子一动，一颗黑珠正要滚出来，却听见身后太皇太后缓缓和张嬷嬷道：“听说陛下出了事……真是人有旦夕祸福……哀家这心里也惴惴的，你说哀家会不会也忽然出什么事？”

张嬷嬷立即道：“太皇太后还年轻着呢，且一向虔诚礼佛，洪福齐天，凤寿还长远着呢！”

太皇太后恍若未闻：“一个人走太孤单，到时候，便带着德妃一起走吧。”

随便儿手一颤，滚出去的黑珠瞬间被收回了袖子。

背上的汗毛刹那间根根竖起。

这老妖婆好端端地说这话是什么意思？

在试探他？警告他？

她如果有事，就要奶奶奶陪葬?

张嬷嬷喏喏不敢应，太皇太后又道："这意思，你且传令慈仁宫，将来就照此办理。"

张嬷嬷只得应了。

随便儿转身，笑嘻嘻地奉上燕窝羹，仿佛什么都没听懂。

一旦把这事传令慈仁宫，除非他把整个慈仁宫的人都杀了，不然只要太皇太后死了，就会有人告诉新帝，太皇太后要德妃陪葬。

随便儿还不知道新帝已死，永王即将继位的事。但他知道，无论谁做皇帝，都不会拒绝这个临终要求。

张嬷嬷从随便儿身边经过，随便儿袖子一动，一颗黑珠滚入张嬷嬷的绣花鞋里。

张嬷嬷走出殿外，正要召集人们宣布这事，忽觉腹中疼痛，只得匆匆奔去茅厕，这一蹲便是好久。太皇太后派人来催，她急忙收拾完赶回来，太皇太后以为她去了这半日，定然早已把那事安排了，也没多问。张嬷嬷哪敢说自己一直在蹲坑根本没办那事，心想，今晚就先当值，明日再召集人说这事也不迟。

当晚香宫和慈仁宫的灯火早早就灭了。

随便儿伺候太皇太后起居，在外殿打着瞌睡。

一群太监无声地穿过慈仁宫的甬道，进入香宫。德妃居住的屋子黑沉沉的，显然已经熄灯歇下了。领头的太监一努嘴，身后的人便一脚踹开了门，猛地扑了进去，三两下扑到床边，手中的绳索往下一套，却套了个空。

床上没人。

太监们大惊，正要寻找，忽听身后门被锁上了。

太监们反应还算快，又扑到窗边，窗纸被戳了一个大洞，洞里伸进来一支烟杆，十分迅速地喷出青灰色的烟雾。太监们嗅见烟气，便都软软地倒在了窗下。

床下，德妃和菊牙爬出来，找了两个身形和她们相近的太监，剥下他们的衣裳。

窗户掀开，一个宫女跳了进来，麻利地将这些太监都拖了出去，轻轻呼哨一声，一道银蓝色光芒闪过，三两二钱很快出现，挨个叼着这些太监的衣领，跳上香宫里头那些巨大的金缸，大嘴一张，就把那些人给扔了进去。

那些金缸都极其巨大，踮脚都看不见里头有什么。

屋子里德妃和菊牙换了太监衣裳，把绳索揣在怀里，急奔向慈仁宫。

慈仁宫的角门开着，透着点暗淡的灯光，掌事姑姑巧玲没精打采地守在旁边小屋里的暖炉旁。自从她的对食太监老孙莫名失踪后，巧玲总是恹恹的，此刻看两个太监过来，便探头问："成了？"

掩藏在暗影里的德妃一点头。

巧玲嘴角一撇，又问："其余人呢？"

德妃尖声尖气地道："清理着呢，我们先来回报。"

巧玲便把头缩了回去。德妃和菊牙匆匆进了慈仁宫，专门捡暗处走，一抬头看见正殿一灯如豆，隐约映出一道小小的影子。

那小小的影子正是随便儿，他正站在矮凳上帮太皇太后卸妆。

一枚九凤绕珠赤金缠丝珍珠钗轻轻搁在妆台上，发出了一声轻响，太皇太后睁开眼睛，目光越过妆镜，落在侧面案台的砚台上，眼底幽光一闪，忽然道："谁派你来的？"

随便儿手一颤，一抬眼，雾蒙蒙的黄铜镜中，老妇人的脸上一双眸子冷漠，闪着幽幽的光。

随便儿眨眨眼："太皇太后，您说什么？"

太皇太后平静地道："哀家方才已经派人去结果了德妃，本想为我那不孝子留着她的性命，也抵得一副盾牌。现在看来我那不孝子也用不着我替他再筹谋了。既如此，便早些去了干净。"

随便儿的手微微有些颤抖，眼神却更恐惧了，声音软软的："太皇太后……"

他知道这老妖婆没有说假话，他一开始有点不明白这老妖婆为什么要和他说这些隐秘之言，随即反应过来，这老妖婆起了怀疑，无论他有没有问题，她都要下杀手了，而一个快要死的人，说什么都没关系！

太后微微偏转了脸看他："如果你真是被派来保护德妃的，那你的任务已经不用继续了。不过，哀家还是无法相信，你这么小的孩子能顶什么用？或者，你也不是被派来保护谁的，你只是来见亲人的？"

随便儿心猛地一跳。

"让哀家想想，你会是谁呢？"太皇太后伸出长长的指甲，端起了随便儿的下巴，左右端详，"你的眉眼总让我有一丝熟悉感和排斥感，哀家想了这许久，直到看见案台上那一方湖州砚，才有了方向……德妃很在意你，能让她在意的只能是那几个人，哀家听说湖州刺史就职期间曾悄悄生了一个孩子，所以你是哀家的重孙？"

随便儿不抖了。

他定定地看着太皇太后，清灵无垢的幼儿眼眸对上老妇人浑浊的眸子，半晌，笑了。

"那还得喊你一声太奶奶……"

太皇太后似笑非笑地看着他，尖尖的甲套缓缓下移，扣住了随便儿幼嫩的咽喉。

只要稍稍一用力，他便再也活不了……燕绥和文臻的孩子……就再也活不了……

她的手指一收！

却听那孩子忽然声音一高：“……个腿儿！”猛地向前一扑。

太皇太后没想到他竟然有这胆量，被扑得向后一倒。与此同时，她的甲套在琉璃桌面上划出刺响的声音，几道人影从梁上扑下，阔剑刺向随便儿后心，随便儿却扑得及时，扑过去就立即一转身，钻到了太皇太后身后，顿时就变成了太皇太后面对那几个她的唐家剑手。

剑手急忙收剑，剑气擦过太皇太后身边，在她身体两侧擦出深而长的痕迹，几个剑手收势不住，都禁不住一个踉跄，头一低，忽然看见几颗黑珠子飞快滚向自己的鼻孔。

唐家剑手都是小楼高手，作战经验不可谓不丰富，都急忙掩鼻，那黑珠子却化为一缕黑烟，钻向鼻孔，剑手们又急忙闭气，随即觉得脚下一紧，再一看，脚下宛然有几条蛇一般的东西，再仔细看并不是蛇，却是不知从哪儿来的藤蔓钻入屋中，那本已枯干的藤蔓不知为何在这室疯狂生长，先死死缠住他们的脚踝再纵横交错，瞬间便织就一张密密麻麻的网。

这一切只发生在瞬息之间，瞬息间杀手如迭浪而来，变化万千，几个剑手死也想不到一个孩童竟然有这许多诡异手段，急忙拔剑要砍藤蔓，却听随便儿嘿嘿一笑，那些藤蔓忽然又闪电般消失，于是剑手们那几剑便砍在了同伴的腿脚上。

惨呼声起，鲜血流了一地。

随便儿转身就冲，他大规模动用异能也是有消耗的，需要专注，因此没发现那个狡猾的老妖婆竟然在剑手出现的第一时间便向殿外奔去，他追过去，却在此时砰一声，殿门开了，两道人影鬼魅般出现在门口，正是德妃和菊牙。两人迎头正撞上太皇太后，刹那间天上忽然一道闪电，白光一闪，双方面对面，都看见对方了铁青的脸色和深黑的眸。

刹那间，太皇太后一边探出尖尖十指一边张嘴欲呼同时还去踩脚下门槛。

刹那间，菊牙扑过去，一把捂住了太皇太后的嘴，任那老妖婆狠狠咬得她鲜血直流也毫未松口。

刹那间，德妃手中绳子一抖，一把套住太皇太后的脖子，收紧、转身、低头、弯腰，脚跟抵住门槛。

她用尽了全身的气力。

满怀憎恨、悲愤和怒火。

她狂奔而来，看见隐约的剑光，方才更嗅见了浓烈的血腥气。

既然这老妖婆安然无恙，那么随便儿一定遭了毒手！

德妃的背深深地弯下来，粗糙的绳索瞬间磨破了手心和肩头，她听见身后那老太婆拉扯绳索的声响和她咽喉发出的格格响声，手却没有一丝颤抖，只用力，更用力。

一起死吧！

人影一闪，张嬷嬷狂奔而来，看见这一幕，惊得张大嘴，赶紧扑上来，拼命去拽那绳子，嘶声大叫："快来人——"

小小人影一闪，随便儿冲了出来，一脚将张嬷嬷踹倒，手中寒光一闪，绳索断，德妃一个踉跄，随便儿踩着倒下的太皇太后的身体冲过去扶住她。

德妃一转头看见他，狂喜之下一把抱住。

随便儿也以为她出了事，才悍然出手，此刻见她无事也大喜，一把搂住她的脖子。

太皇太后在地上挣扎着，这女人也是耐力非凡，竟然爬了起来。

德妃反应过来，推开随便儿，厉声道："为什么不让我杀她！"

太皇太后在地上沙哑地咳嗽，低笑："因为他不敢！因为只要哀家薨了，你就得立即陪葬！你最好祈祷哀家长寿万万年！"

德妃怔了怔，道："你敢要我陪？信不信我敢杀你第一次就敢杀你第二次？信不信到了地府你也要被我一层层踹到十八层去！"

太皇太后脸色微变。

德妃死死盯着她，问随便儿："这老妖婆为什么忽然下杀手？是不是发现你的身份了？"

随便儿立即摇头："没有，这老妖婆就是个变态，看不得我帅！"

德妃冷笑一声，不说话了，死死盯住了太皇太后。

随便儿却忽然悄悄在她耳边道："奶奶，不用担心，不要和这个老妖婆同归于尽，就让她多活几日，随便儿和你保证一定会没事，一定搞死她。"

德妃吸一口气，这孩子和他爹一样，一双眼睛看透世事，这是知道她想和这老太婆同归于尽了。

祖孙对话，没注意到太皇太后向张嬷嬷使了个眼色。张嬷嬷忽然向侧边一滚，也不知道撞到了什么，地面下陷，她消失了。

随便儿扑过去检查那块地板，他毕竟年纪小，机关还没能完全学好，一时找不到开关。

太皇太后沙哑地笑起来，一双微弯的慈和的眼眸此刻像淬了毒，对随便儿伸出手，道："来，扶你太奶奶去床上。"

随便儿咧嘴一笑，真的过去将她扶起，同时示意菊牙扶起德妃。

太皇太后瞥一眼，也不说话，心想迎香已经去报信，留在这里也好。

随便儿扶着她往床边走，太皇太后一边走一边咳嗽，随便儿还帮她拍背，背影看上去真像一对尽享天伦的曾祖孙。

随便儿在她坐上床的那一刻，忽然甜甜地道：“太奶奶，忘记告诉你，张嬷嬷并没有将你关于陪葬的懿旨传遍慈仁宫哦。”

太皇太后正要躺下，闻言霍然抬头！

随便儿声音更甜地道：“所以我只要杀了张嬷嬷就没事了哦。”

太皇太后注视着他天真的笑脸，只觉得浑身发冷，恍惚间这张幼嫩的脸和另一张熟悉的脸重叠，她道：“那你为何……方才为何……”

“那自然是因为娘娘在殿门口勒你，我怕看见的人太多，将来灭口麻烦啊！”随便儿笑眯眯地道，“杀人嘛，我娘说哪怕有一万种方法呢，还是暗室孤身，神不知鬼不觉最好啦。”

太皇太后忽然冷笑一声，想说什么，随便儿已经扯过她的袜子塞住了她的嘴。

无数枯干的藤蔓如蛇般缓缓爬上床榻，将她捆得紧紧的。

床榻对面柜子上的水仙花忽然开始膨胀，球茎越来越大，片刻之后，一声裂响，瓷盆碎裂。水仙花还在长，球茎渐渐大过了柜子，长长的绿色叶片顺着柜子垂到地面，那一团一团雪白巨大的球茎，像白骨骷髅一般慢慢移动过来。

太皇太后注视着这诡异的场景，眼神越来越惊恐。

太皇太后挣扎起来。

不能让她现在死，随便儿还是怕这老太婆留了一手。他在等，等永王失势，等永裕帝冒头，等自己爹娘出手，那时候太皇太后便是下一万道懿旨，有一万种手段也没用了。

在此之前，他要用最隐蔽的手段困住太皇太后，保护自己和德妃。

慈仁宫外，张嬷嬷踉跄着从地道里爬出，正好迎上来一队布防的护卫，急忙扑上去：“快，快进去保护太皇太后！有人要暗杀太皇太后！”

领头的护卫一惊，但是一抬头，宫内安安静静，哪有什么刺客？

领班护卫走了过来，冷声道：“永王殿下有令，不许慈仁宫的宫女出宫一步，回去吧！”

张嬷嬷愕然，想了想掏出一个荷包往护卫手里塞：“麻烦您带我去见殿下，或者麻烦您代我跑一趟，真的有人要刺杀太皇太后！”

那领班冷笑一声，心想，太皇太后身边有高手谁不知道？谁能杀得了她？

但他也接了银子，勉强道：“你不能出去，我且代你跑一趟吧。”

片刻后，仁泰殿书房里，永王得报。

他正在和几个亲信议事，要为新帝驾崩一事收尾，所以连夜召唤重臣。

听见回报，他头也不抬，只淡淡道："慈仁宫可有异常动静？"

"无。"

"那便不用理会……以后再为这种事扰我，你便再也不用进宫了。"

护卫一头冷汗地退下，回去便将银子还了张嬷嬷，不由分说把她赶回了慈仁宫。

慈仁宫大门紧紧关闭。

正殿里，黑压压一片，藤蔓随人呼吸时紧时松，巨大的水仙花幽幽传递着清香。

第一百三十四章

情缠

依旧是夜半，林飞白下了哨塔，往自己的帐篷走。

寒风中他身后永远跟着一道娇小的影子，两道人影长长交叠在一起。

今天林飞白走得有点慢，冬衣不足，他将自己的棉袍让给了一个小兵，今日又下了雨，冬日冻雨温度极低，他在风雨中走了一日，到现在双腿都有些僵硬。

他身边的护卫们这个时候不会凑上前来的，周沅芷几年追逐，追逐到连所有林家护卫都有默契了，看见她便会自动避开，给两人独处的空间，尽管林飞白抗议，但无效。

用师兰杰的话来说，周小姐已经蹉跎过双十年华了，侯爷您这是为难别人还是为难自己呢?

林飞白觉得是所有人都在为难他吧?

这娇小姐，原以为她受不了这数年的逃避和冷漠，结果她受了；以为她吃不了这军营风餐露宿的苦，结果她吃了；她所受所吃得越多，他便越无法自处也无法回应，总觉得这么一退一应，倒像是自己认输一般。

但是他又清楚地明白这不是较量。

他依旧是想不通，默默地回了营帐，不再试图让周沅芷离开。周沅芷照旧端了水来，这回却没立即走，而是打开一个小瓶，一股浓郁的酒香立即在帐篷里弥漫。

林飞白刚想说军营不可饮酒，周沅芷已经蹲在他面前，倒了些烈酒在掌心，二话不说掀起他的裤管，就去按摩他僵硬的小腿。

林飞白惊得险些跳起来，但身躯被冻得有点不灵活，只得缩腿后仰。周沅芷却忽然往前一倾，林飞白只觉得腿面前一片温暖柔软在挤压，他心头狂跳，双手撑住身后床榻不敢动了。

周沅芷麻利地脱了他的靴，扯下都快要结冰的袜子，把他的脚往水里一按。另一边的大铁壶已经装了满满的热水，她双手沾了烈酒，交错揉上他白皙的小腿，那双手细腻莹洁，按摩的手势有力又温柔。

林飞白只觉得原本僵硬麻木的腿像忽然被唤醒，热力蹿上肌肤，从内到外地酥麻。那酒不知是什么酒，又香又烈，只闻着味儿，他便觉得有些头晕目眩，他双膝微微一撞，伸手一隔："我自己来……"

周沅芷预料到他会阻止，一边嘴上应着，一边还是挨次揉捏了一遍他的腿，她的半边身子侧着，紧紧靠向林飞白，林飞白要是想阻止她，就得碰她的身体，要想抽出腿，就得弄她一身湿，林飞白也没办法，煎熬般地等她收手，也不等她帮忙擦干，自己就把湿淋淋的腿往床上一收，急忙道："快回去休息吧……"

周沅芷也不得寸进尺，抿唇一笑，将盆搬了出去。林飞白看她亲自操劳这些伺候人的事儿，只觉得惭愧又心堵，半晌，叹口气，决定明日要和师兰杰好好谈谈，把周小姐护送回去，无论如何，都不能再让人家这样伺候自己了。

他睡下了，但那股酒香盘桓不去，混杂着女子淡淡的体香，嗅久了，竟然有些绵软欲醉的感觉，心头越发燥热。他直起身，想要将帐篷掀开一条缝透个气，却忽然胳膊一软，瞬间浑身出了一身汗，头晕更加剧烈，而刚才的燥热转而又成了冷意，仿佛从骨髓里冷了起来一般，他微微抖了抖，心里知道自己这是生病了。

中午为了督促修理好现有的武器，他没来得及吃饭，后来就匆匆扒了半碗冷饭，之后又一直操练巡逻到深夜。之前他千里奔波辗转，又忧心挂虑父亲，兼之劳心费力操持这平州军事。这般种种，令几乎从不生病的人终于病倒，他心知不好，仿佛竟然是伤寒症状。这简陋军营，天气苦寒，病势汹汹，一病倒怕就不是好事，他挣扎着起来，想要喊人，脑中却忽然如同一根弦断了一般，晕了过去。

恍惚里，天地旋转，冷热交替，一忽儿如被灼烤，一忽儿如卧冰上，正熬煎，忽然有人掀帘而入，带来一阵熟悉的香风，隐约听见女子的询问，似乎还带点哭音，他却无法回答，只觉得那香气淡而高雅，令他安心，隐约见她似乎要出去，便一把抓住了她的手。

他猛地热了起来，额头沁出汗滴，随即额上有丝绸拂过的温软触感，不知谁的指尖拂过他的鼻尖，微凉如玉，香气越发沁人，他喃喃着，自己都不知说了什么，但那灼热竟慢慢平复了下去，只是很快又冷起来，比先前更冷，彻骨之寒。他如同赤身在雪地中行走，血液肌骨都似要慢慢冻起，朦胧的视野里她转来转去，将所有的被褥都盖上来，身上越来越重，寒意却不能纾解，他发着颤，从指尖到嘴唇都一片青白，冻到难以忍受，却能感觉到身边便有热源，他也不知哪来的力气，猛地将人一拉，紧紧抱住。

一阵风过，蜡烛被行动间的风带灭。

那被抱住的人并没有挣扎，反而缓缓地伏在他身上，他舒服地叹了口气。

隐约一双灵巧的小手发着抖却又极其坚定地，在解他的衣扣……片刻后，彼此的衣裳都在纠缠中落地，空气中的芍药香气越发浓烈。

他脑中一片昏乱，并不清楚自己在做什么，只觉得那般香而软且暖，仿佛是这世上唯一值得追逐的热源。

隐约中他觉得自己好像嘟囔了一句："你来做什么？"

然后他听见那女子十分俏皮地笑答："来睡你呀。"

月光涂满了深黑色的帐顶。

山野里黑色的军队在沉默地行走。

山野里黄色的披风在猎猎地飞扬。

太阳升起的时候，仁泰殿前的广场已经站满了文武百官。

广场四周则立着披坚执锐的军队，一眼望不到头。

异于寻常的气氛让所有人议论纷纷，直到看见几位老臣从殿侧转出来议论声才戛然而止。

单一令走在最前头，苍老的脸上每一道皱纹都写着沧桑和叹息。

李相紧锁眉头。

姚太尉作为朝中武将第一，可以带刀上殿，他的手紧紧攥住刀柄，仿佛那样便能压下心底绵绵不绝的恐惧和不安。

就这么一夜睡过去，便换了天！

永裕帝把殿门一关，然后就换了太子继位。

太子睡了一觉，然后就禅位给永王了！

说什么毁容觉得不配为帝？

谁信？短短一两个月，三任帝王！

这是亡国之兆啊！

在殿中，整整一夜，永王威逼利诱，李相磕头不肯领受，单一令一言不发，姚太尉心如乱麻。

要怎么办？

说是乱臣贼子，偏偏有禅位诏书为证，陛下又不知所终，国不可一日无君。

他们想讨伐都师出无名。

就此默认，双膝落地由了永王改元，万一真如他们所猜想的那样，永裕帝还没有……那他们便是逆臣贼子，毁家灭门就在顷刻之间！

姚太尉的手一直在抖，以至于刀鞘上铁链叮叮作响，这一刻他竟然分外希望，林擎和燕绥已经拿到边军军权，他们干脆打回来算了！

直到天明，单一令才在无奈之下提出了一个要求，作为承认皇帝的条件。

群臣列队进入殿中，看见大殿上也全是侍卫，宝座上坐的竟然是永王，已经哗然。

再看到单一令面无表情地上前读禅位诏书，更是人人脸上一片骇异。

禅位诏书读完，众人面面相觑，和昨晚的姚太尉一般感受，都知道这是鬼扯，但是要反对也师出无名。再看前头，单一令领先，李相和姚太尉一起跪下接旨，众人脑中一片茫茫，也只得跟着跪下。

当下这朝便在老臣的首先臣服，大军的虎视眈眈，和永王的直接手段之下，直接改了。

永王高踞上座，身下是他追求了半辈子的龙座，脚下是他以前从不敢接近的群臣，此刻的感受却全无梦想得偿的痛快，只觉得那龙座原来冰冷硌人毫不舒适，那群臣更是只要自身富贵不替谁当皇帝都一样，一个个面目可憎，可笑唐家和自己汲汲营营想了这么多年的高位，从这个角度看下去却只能看见一堆花白的头顶和恶心的头皮屑。

他托着腮想，还有深宫里隐忍周旋了几十年的母亲，现在欢喜吗？

他唇角笑意淡淡，挥了挥手，单一令就展开另一幅卷轴，开始宣读他和这位新帝僵持一夜换来的战果。

大赦天下是必然的，为了倒霉的安成帝——请尊号也是题中应有之义。太皇太后重新变成了太后，原太后却恢复了皇后称号，这尴尬的辈分没法解决，就只能这么尴尬下去了。前阵子被寻了个由头申饬在家的周谦再次被起复，继续担任原职，在京中养老的厉响和厉远达兄弟，一个领了衡州刺史之职，一个前往长川驻军，在圣旨的最后是原湖州刺史文臻调任中枢，为尚书省尚书令。

最后一个任命引起了朝堂新一波的骚动。

这是入阁，三公之下最高职位，几乎可以算是女相！

文臻便是有三年封疆大吏的资历，也不能直接便任了这中枢要职！

永王称帝，怎么会先破格提拔她？

单一令的老脸毫无表情。

僵持一夜，他知道自己这几根老骨头犟不过手握大军的永王，他想要的也不过是为东堂腾挪出一线生机罢了。

那么就给文臻一个好位置，以后的事便交给她了。

这边朝议纷乱之声还没平息，那边急报便已经如星火一般被传递入大殿。

“报——西番进犯，夺我徽州！屠城三日！”

苍南首府。

季怀远展开一张信笺，细细读了三遍，在蜡烛上烧了。

他在府中站了半夜，天明的时候去巡视了季家军营，作为新任的家主，掌握手中的军队是一门必须要做的功课。

注视着检阅台下军容严整，人数却已经比以往少了许多的军队，他陷入深思。回城的路上，他想看看城中的民生，想再次感受一下这偌大土地和无数臣民都归属于自己的美妙感受。

他的队伍很长，护卫很多，仪仗快要赶上皇帝，周围的百姓已经习惯了季家在当地皇帝般的排场，都主动垂头行礼闪避。

季怀远骑着马，扫视四周。

却忽然有一队人牵牛赶羊，从道路的中间慢悠悠地过，丝毫不理会浩荡的仪仗被堵了。

季怀远微微皱起眉，放慢了马速，等着前头的护军将这些不知礼数的百姓驱散。

谁知等了半天，还是被堵着，他探头一瞧，就看见自己的护军和那群留山土著的百姓交涉，那群人不理会，这些皇帝亲兵样的军士便只能等，连带他也只能等着。

片刻后，护军头领赶来，抹一把头上的汗，向他请罪：“家主，前头是一群留山人，化外之民，不知礼数……”

“为何不敢驱散？”季怀远打断了他的话。

那头领怔了怔，半晌，露出一个苦笑：“家主，以前是可以驱散他们的。但是留山现在有千秋盟，留山的百姓从千秋盟学了很多古怪之术，性子越发桀骜，再也招惹不得。从前老家主还在的时候，就已经下令尽量不要和这些人一般见识。”

季怀远沉默了，注视着那群人慢吞吞地走远，再看看自己的护军那副如释重负的神情，先前烧掉的那封信的几句话忽然掠过脑海。

“君意图偏安一隅，却不知虎狼之侧岂可安枕？君坐拥大军，独镇天南，却臣服于竖子之手，焉不知这血性勇气如烈火。”

曾经叱咤南疆的季家，何时也这般畏事怯懦了？

一旦畏缩和退让成了习惯，便再也直不起腰杆了。

季怀远微微闭了闭眼睛。

一忽儿眼前是季节被捆在床上活活喷毒气死前狰狞的模样。

一忽儿是留山漫野繁花里，一身锦绣的燕绥和他用最淡的语气，说着未来五年的计划，提前几年便将季家的未来做了定论，将季家的军力做了瓜分。

一忽儿是深宫夜奔救走自己的那只巨犬，那巨犬尾巴下有些稚嫩的字迹，还有那惊鸿一瞥的孩子笑脸，后来他派人打探过了，燕绥和文臻有一子，目前不确定在何处。

他想应该就是那个孩子。

这样的祖孙三代。

燕氏皇族的可怕，令人战栗。

季家谁人能与之相抗？自己吗？

便如那信中所说，这样的皇族，无论谁上位，真的能容他偏安一隅，为这南面之王吗？

燕绥想的真的不是慢慢消耗季家实力，打压他的勇气和信心，让他和他的军队就像今天一样，连抗争的勇气都兴不起，直到完全丧失战力和血性，最后任他燕绥鱼肉吗？

他该信燕绥的承诺吗？

他有点茫然地下马，走进茶馆，却在听了说书人几个字之后，霍然一醒，浑身冷汗瞬间湿透背脊。

茶馆里说的竟然是一个老将被孙儿所骗，做替死鬼的故事！

当然人名地点背景什么都换了，但是他一听便知道说的是什么，而茶馆里的人在鼓掌叫好，他却如坐针毡，不敢再听，匆匆出门，风一吹浑身透凉。

已经传开了吗？

多少茶馆在说着这暗示意味十足的故事呢？

又是什么时候，人们会最终反应过来这个故事影射着什么，而他扮演了一个什么样的角色呢？

便如信中所说。

“天地有目，烛照洞明，君以为当日景仁宫一夜，世间无人知耶？”

当晚他回了府，谁也不见，他的书房灯火亮了一夜。

天明时，他召唤亲信，秘密嘱咐他几句。片刻后，一队快马驰出季家大宅，向更南处的边境而去。

苍南州再往南，靠近边境线的地方是一大片荒地。荒地里是一片茫茫的沼泽，时常翻起误入其中的野兽的白骨，所以很少有人去。

因此也少有人知道那一片沼泽很大，延伸最远处便是大荒的地域，而在大荒那一片的沼泽更黑更深，里面生活着无数凶猛的异兽。

两片沼泽相连，大荒异兽却不来东堂这边，是因为大荒的沼泽生长着一种叫雾羽的植物，它所散发的气味是异兽们最喜欢的，落下的草籽也是异兽们用以润肠的宝物。

这种东西生长很快，但是需要异兽粪便滋养。东堂这里没这种植物，所以异兽便不来；异兽不来则没有粪便，这种植物便不会生长。

数日后，一队骑士来到这片沼泽种下了一大片雾羽。

没多久，黑色沼泽深处便有微微腥气弥漫，兽声喘息，健壮腿脚搅动泥泞，黑色泥浆被划开，露出异兽铮亮的独角。

没多久，这片死寂的沼泽便会变得很热闹。

东堂和大荒不同，大荒无穷无尽的沼泽足够异兽们寻找食物，东堂却只有这一片沼泽，走得太远的异兽们为了寻找更多的食物，迟早会上岸。

而季怀远已经撤走了这一处的驻军，缺口一打开，穿过一道山脉便是建州。

建州和湖州换防，然而建州的军队已经走了，湖州军又就地失踪，所以建州现在没有州军护佑。

现在，黑暗的沼泽之路被悄然打开，雾羽在一片混沌中疯狂生长。

季怀远在苍南季家大宅中默默思量，想着自己这不动声色的背叛，会不会被燕绥察觉。

他不知道的是，那天他离开街道后，那一群“跛扈”的留山土著，走到街道拐角，便脱下了留山土著的彩裙和包头，和等在那里的季怀远的护军头领接了个头，然后消失于茫茫人海。

而茶馆的说书人走出茶馆回家，在自家的灯下默默数着银子，想着昨夜有人教自己这个故事，明明也不怎么好听，以前也没听过，倒能赚这许多银子。

他也不知道，这一切不过是唐家新任家主对着那东堂舆图定下的诸多计划之一，号称“兽潮”。

唐羡之善于拿捏人心，知道这位生性保守的季家新家主在意什么，害怕什么，能够接受的背叛的程度是什么。

被燕绥恩威并施拿下的季家新任家主，再次被唐家家主挑拨、威胁、暗示、使诈……攻心而反。

天下之争，风云终起。

长川，易家大院里，易人离逗着蹒跚学步的儿子，和厉笑说起不久之后孩子的周岁宴和目前朝廷的局势，末了感叹地说一句：“本来还想周岁宴能不能有机会见见文臻，现在看样子再聚也不知何年何月了。”

厉笑稍稍丰腴了些，为人妻母之后，神情中的活泼未去，又平添几分温柔稳重，显然生活得很是舒心，闻言眉头一蹙，道：“你且上心些，最近这朝堂的局势太奇怪了。伯父也来信说东堂之乱只怕难免，要我们守好长川，万不可被人趁机而入。”

易人离前年参加了第一次武举，夺了榜眼，正式被授了长川别驾一职。

易人离点点头，厉笑又道：“阳南岳又去哪儿了？最近总是见不着他人影。”

易人离漫不经心地道：“许是去和他哪个好兄弟喝酒了吧，你知道他和十八部族这几年关系不错。”

“正是如此我才担心。”厉笑道，“他无官无职，只肯做你的管家，却和易家近亲远属以及十八部族打得火热，他这是在做什么？替你拉拢人心吗？”

易人离瞪大眼睛：“替我拉拢人心做甚？易家都不存在了，长川都归朝廷了，我还能做啥？”

他手一松，蹒跚学步的儿子便摔了一跤，宝宝扑地立刻大哭起来。易人离急忙大骂自己该死同时伸手去扶，厉笑伸脚绊了他一跤，易人离：“你做什么！”

“不许扶，让他自己起来！”

“豆子才一岁不到，他自己怎么能爬得起来！”

“怎么不能？你知道我伯父写信怎么说的？随便儿现在已经就进宫纵横捭阖了，豆子便是不能和他比，也不能稀松啊！”

“你这女人有病啊，这也要比？这是拿我儿子折腾呢！你怎么不去和文臻比也做个刺史啊！”易人离在厉笑捋袖子揍他之前，抱起儿子笑着逃了。

厉笑也没追，看着他把儿子顶在头上，父子俩一路笑着去玩了，她靠着门，唇角露出一丝笑意，随即又忍不住叹口气。

这没心没肺的人哟……她闭上眼，默念。

但望东堂无乱无灾，四海升平，让这没心没肺的人能一辈子快活下去吧。

林飞白走在飘着冷雨的军营里。

他步子有点虚浮，前几天一场风寒来势汹汹，虽然及时治疗了，但是还没好全。他还是爬了起来，例行督促巡营操练。

周沉芷撑着一把伞跟在他身后，看着他肩头甲胄湿漉漉闪着微光，终于忍不住将伞往他头上靠了靠。

林飞白下意识抬手去推，想说一声军中撑伞不成体统，一转眼看见她瘦尖了的下巴，到嘴的话便吞了回去。

他心神有点恍惚，手便无意识地落在她撑伞的手上，刚想要缩回手，周沉芷却大胆地反手一抓，抓住了他冰冷的手。

林飞白颤了颤，没动，已经做不出将她推开的举动了。

那一夜之后，清晨他热度退去，神志清醒才明白发生了什么，当时便如五雷轰顶，自幼端正谨严的教养令他分外不能接受这般的乱性行为，然而就这般起身而去，却也是他不会做的无良之行。他当时僵硬在床上，真恨不得抹了自己脖子。

周沅芷却像什么都没发生一般，既没有趁势黏上他要他负责，也没有哭哭啼啼表示委屈，她便和以往一般起床，梳洗，给他端早饭，命人来给他诊脉。除了借用他的桌子简单梳了一下妆。她其余一切和平时一般，沉静而从容。林飞白当时脑中一片空白，怔怔地看着她的背影。不知怎的，这几日脑中徘徊的便总是她简单梳妆那一刻，雪白的中衣袖子垂落，露出的一截手腕纤细洁白如霜雪。

那天清晨，将早饭和药端来后，对着林飞白垂下的眼睛，她才说了句："是我愿意献身于君，君无须为此自责。但也请君莫要因此便以为我是浮浪女子，周沅芷此身，从遇君那一刻始，至身死魂消，从来都只属于君一人。"

林飞白没有回答，也无法回答。

之后的几日，周沅芷还是那样跟着他，他病着她便端汤递水，他起身她便亦步亦趋跟着，却也并不唯唯诺诺，会督促他及时喝药，会准时端上三餐并看他吃下去，会在他夜深议事时默默守在帐外，直到他担心她受寒不得不尽早结束议事。

一开始林飞白尴尬，想避开，但也知道避不开她，后来也便不说什么了。

此刻天色昏暗，细雨斜飞，林飞白没有抽走自己的手，却将那伞往周沅芷头顶移了移。

周沅芷抬头，一霎间她红唇微张，眼底绽放出喜悦的光芒，灿亮如明珠。

林飞白看得心头一动，转开了目光。想了想正要说什么，忽然辕门开了，一队车马辘辘驶了进来，周沅芷认出这是军营派出去采购的队伍。还有三天就是除夕，因此采买了一些米面菜蔬，军营账上没什么钱，刺史又推三阻四，林飞白是拿自己的钱出来采买的。他们顺便还采购了一批冬衣，为了节省银子多买一些，特意去了物价更便宜的湖州。

林飞白已经下了哨塔去迎那马车，亲自看那些米面菜蔬，拈着冬衣里的棉花，满意地点点头。负责采购的军需官和他道湖州刺史很是大方，命专人安排这事，并给了他们最低价，城中商会还捐了一批冬衣。

林飞白知道这其实是文臻的遗泽，但此刻再想起文臻时，心中虽然依旧会起波澜，却已经是温暖余波了。

他转头看着目光欣喜的周沅芷，想着其中还有两匹花色好看的绢布，也不知道是哪家湖州富商捐的，正好可以给她做身棉裙。

军需官一边卸货，一边又和身边人道："湖州城里临近年关，很多商人回家过年，备货花了不少时间，所以耽搁了日子。我看着时间不多了，回来还有好多活要干，出城就抄了近路，从赤岚山一条便道穿过去。说起来运气真不知道算好还是不好，那条便道有条河，河上本来有桥的，谁知道被山洪冲了，我正后悔这下要耽搁了，谁知道绕着河多走几步，又发现了一座浮桥。还有昨儿不是下雪了吗，还担心山间积雪难走，尤其是三道沟那里，谁知道那片儿雪竟然都化了。"

林飞白忽然又走了回来："那浮桥位置在哪儿？你说的山间便道位置又在哪儿？"

军需官是本地人，便说了，那是一条比较隐蔽的道路。

林飞白听完，一言不发，立即回大帐，击鼓升帐。

片刻后，营中将官们对着地图，议论纷纷。

"这不可能吧？现在这时节起刀兵？"

"打仗还看时辰？都尉说河上有浮桥，积雪乍化应该是撒了盐，必然是有大队军队经过，这话我看有理，但看这方向冲着的是湖州吧？"

"如果冲着的是湖州，那么极有可能是唐家军队，他们顺水而下，出口正对着赤岚山脉北面。"

有人忽然说了一句："湖州现在有兵吗？"

死一般的沉默。过了一会儿，又有人道："建州军听说今天刚到……但是……"

其余的话不用说下去了。

建州军刚到，必定乱纷纷，情况地形环境什么都不熟悉，扎营适应还需要一段时间。另外，建州军换防，对湖州归属感低，建州都尉到来的目的也未必那么纯，能否还像以前的湖州军一样，归于湖州刺史麾下，勠力同心，捍卫湖州呢？

林飞白双手按膝，沉默半晌，忽然道："点兵！"

众将哗然。

"都尉！不可！"

"都尉，那是湖州的事，我们的职责只是守好平州！"

林飞白厉声道："湖州失，平州焉能安！"

"但我们就这点兵，如何能抵挡唐家大军，再说建州军不是已经到湖州了吗！"

"建州军抵挡不了唐家，平州军也抵挡不了，只有两家合力，趁唐家大军立足未稳，前后夹击，才有胜算。再不济也能拦住唐军的偷袭，给朝廷争取时间！"

"都尉，未得朝廷圣旨，不可轻易发兵出平州域！"

"临近城池遇险，周边诸州军有援助之责！"

“都尉！”

林飞白一抬手，桌案上令箭忽然飞起，金光一闪，穿入那反对最激烈的将领的额头，从前额穿入，后脑穿出。

鲜血喷了所有还想说话的将官们一身，将所有反对的言语都生生堵住。

林飞白端坐案前，杀气和煞气幽幽弥漫在帐中。

“平州军校尉黄德，克扣军饷，中饱私囊，欺压士兵，临机畏战。”他一字字道，“依军法第一百三十二条，杀。”

最后一个字掷地有声，鲜血缓缓流到帐外。

林飞白按剑起身，所有将官霍然站起，垂头鱼贯跟随而出。

片刻后擂鼓声如闷雷，林字大旗在风雪里飘扬，平州军连夜拔营，策骑而出。

周沅芷追了出来，脸色苍白。

林飞白在马上看见，远远地一挥手：“师兰杰，送她回天京！”

师兰杰不得不临时勒马，转头向周沅芷驰来。

周沅芷却让过师兰杰的马，以生平未有之速度跟着林飞白的马跑。

她很快便跌了一跤，却停也不停，便要爬起再追。

林飞白一扭头看见，顿了顿，翻身下马，快步走来。

周沅芷一抬头，便看见眼前递出的手。

林飞白的手，干净，修长，指节分明。

她停在原地，忽然心潮起伏，想起这是自当年乌海初遇至今，他第一次对她主动伸出手。穿越呼啸时光，往事纷至沓来，最后都凝聚在这一刻的温暖指尖。

她微微笑着，伸手抓住他的手，林飞白将她拉起，替她拢紧衣领，轻声道：“等我回来，我有话对你说。”

周沅芷睁大眼睛看他，瞬间眼中雾气朦胧，但她觉得此刻落泪未免不吉，便将眼睛睁得更大，雾气散去，她的眸光明澈如秋水，倒映着这一刻铁甲生光的他。

她说：“好，我等你。”

林飞白微微一笑，手臂用力，将她抛到了师兰杰马上，再一转身，衣袂飞起，落于马上。

蹄声急响。

周沅芷忽然跳下师兰杰的马，快步冲上哨塔，远远地看见冬夜里，那人身着铁甲，身后潮水一般的军队，踏雪顶风而去。

第一百三十五章

欢迎回家

此刻，湖州，带领百姓和富商去劳军，顺便准备接收州军军权却被拒绝的湖州刺史张钺，刚刚冒着风雪，叹着气回到府衙。

而建州军都尉，也就是新任湖州军都尉祖一鸣，在送走张钺之后，冷笑一声，忽然听见亲兵回报，却是派出去巡察的斥候有消息过来。

祖一鸣一看那传书，不由一惊。

一个当地斥候无意中发现了有军队从赤岚山一个隐蔽的山口出来，斥候说，人数非常之多，请都尉早做准备。

祖一鸣奔上哨塔，一看那山口，离自己的大营并不远，一旦大军冲出，军营首当其冲。

他想了想，下了哨塔，召集将官，道："方才本将查看了一下这周围，觉得此处对着山口，地势不佳，将大营尽早迁移才是。正好刚刚抵达湖州，对此地地形还不熟悉，便将全体将士都拉出去野训一番，寻到了合适的营地，便就地驻扎。"

这话一出，众人愕然，但是都尉的话不好违拗，也不知道都尉急什么，说什么辎重、粮草、被服之类都可以缓缓再拿，士兵们先全部拔营去野训。

新湖州军难免有怨言，临近年节，按说该准备年货全军同乐，而且听说湖州刺史也来过几次，邀请军队进城过年，结果都尉不仅不接受邀请，还要这时候野训！

众人满腹怨言地被赶出大营，只带了部分干粮和武器，往离湖州更远的地方而去。

就在湖州军离开大营，放弃守山口之后，赤岚山一处隐蔽的草丛一动，现出一条山缝，缝隙越来越大，涌出无数铁甲士兵。

夜色黝黯，这一片东堂大地上，两支军队背道而行，还有一支军队顶风冒雪，横插而来。

而在此时，东堂的西北角，将徽州打劫一空，获得了补给的西番军在摩拳擦掌准备继续向内陆进发打向隋州的时候，却遭到了林擎的拦截。

这一次西番军倾巢而出，皇帝亲征，大军前锋刚出城，就忽然被呼啸而下的骑兵队给刺了个对穿。

乍一接触，毫无准备的西番军瞬间被逼回城内，这才发觉，这一次的东堂军队好像有点不一样了。

单兵战力自然还是优秀，不一样在武器上。西番骑兵甲于天下，本就是马上立国，人人骑术精绝，以往西番只要出骑兵，便是林擎的兵也要陷入苦战，这次败得这么快，主要是对方的武器忽然都换了。

常规武器比以前更结实，更精良，杀伤力更大，还有许多奇怪的小武器，偶尔使用令人防不胜防，比如长刀能弹出带锯齿的刀刃，对砍的时候会飞出去砍马腿，而马腿一旦被砍出那种锯齿形的伤口，就会血流不止，失去战力，而骑士失去战马便宛如断了腿。

这次西番骑士很多是栽在这些阴险的小玩意上，以至于以生平未有之速度败退收兵，立即挥师南下的计划受阻。

西番方面安静了一夜，第二天押着无数徽州百姓上城，对围城的大军喊话，讥笑林擎号称神将，被百姓膜拜如神，却上不能守护疆土，下不能佑黎民百姓，既然如此，要这一条贱命何用？莫如早些自尽以谢徽州父老，限一炷香内自戕，每过十数，便推一百姓下城，到时间了，便将这些人全部扔下城头。

这一手着实狠毒，林擎大军中还有不少徽州人，眼看城头上百姓哭喊，女子裸露，血痕处处，凄声哀号，无数士兵被刺激得眼眸通红。

林擎立在大旗下，马鞭晃了晃，吹声口哨，笑道：“儿子们忒不要脸！”

燕绥在他身侧，往城上看了一眼，手一招。

人群分开，出现一辆巨大的囚车，囚车里是一个穿着西番贵人锦衣的女子——西番王女。

燕绥的声音虽淡，却响彻战场：“西番王女那慕珠，不齿其弟暴政暴行，愿以身飨我东堂军士以代为赎罪。从现在开始，每推一百姓下城，王女便代西番王室赎罪一次。一炷香内，西番不退，则王女每十数便奉送西番王室秘辛一则，以供西番及东堂诸军民茶余饭后佐餐。”

那慕珠合作地抬起头，好让城头上的弟弟看清楚自己的脸。

失败了，就认，哪怕今日要面对这巨大屈辱。

燕绥答应过她，合作得好，就还有机会送她回西番，还会借适当的力量给她。

为了将来，为了活命，她什么都可以忍。

城头上一阵骚动，西番年轻的皇帝脸色铁青。

十数已过，没有百姓被推下城。

西番人已经知道底下林擎身边的人是谁，东堂宜王是个连西番人都久闻大名的人物。

西番和林擎作战多年，知道他做不出这种当众侮辱西番王女的事，但是这位亲王可未必，毕竟皇家多变态啊。

西番男女之防并不如东堂讲究，但这种事毕竟也是难堪，尤其王女还是皇帝的姐姐，她若是被侮辱，西番皇族的脸面从此永远被人踩在脚底摩擦，好不容易振作的军心也会散了。那些骄兵悍将一旦开始从心底轻视皇族，会发生什么事实在难以预料，更不要说哪家皇室没秘辛，传出去，皇家的统治也必风雨飘摇。

底下囚车前已经排起了长长的队伍。

燕绥绝不介意把场面做得更真实一些。

他甚至命人在囚车前挡了一层薄纱，声称："要给西番皇家留点脸面。"

但这脸面还不如不留的好。

这种种架势摆出来，僵持一阵后，城头上的百姓被无声无息赶了下去。

燕绥还没完，淡淡道："还赶回去做甚？从现在开始，每数十个呼吸便放一个人下来，不放，那慕珠殿下便开始茶话会时间。"

西番皇帝："……"

半晌，城上传来愤怒的喊话："你们不要太过分！"

燕绥就像没听见："本王这是替你们解忧。留着这些人做甚？分你们的粮食？还是留着帮我们开门？"

城上西番贵族们皆面色一紧，被这话击中。

城中数十万大军，烧杀抢掠，暂时享受着，可是如今看东堂大军漫山遍野，兵力也不少，如果他们一直这样围着，很快城中就要开始缺粮。

到时候这城中百姓还要分一份粮食去。

若是不给粮食，饿急了的人闹起来也是麻烦。

半晌，城上有人冷声道："这些贱民还想分得粮食？留着，说不定也能做咱们的粮食呢！"

城上人都笑起来，大赞人肉其实美味，留着也是储备粮。

城下东堂士兵目眦欲裂，大骂畜生。

燕绥还是那副不在意的模样儿，道：“是吗？那下场是有点惨。”说着便挥挥手，有人搬上一个大桶，里头黑漆漆的水散发着腥气，燕绥一抬手，那桶水便蹿上城头，城上一阵大乱，人们纷纷走避，有几个士兵躲闪不及被水溅着，便爆发出一阵惨叫，转眼脸上的肉便块块掉落，惊得被人群团团围住的西番皇帝再次后退。

燕绥的声音远远传来：“好教诸位知晓，我那王妃精通各类奇毒，特地给大军调配了毒水无数，诸位都想尝尝吗？”

城头上又是一片安静。

大家都是百战之人，亲眼看见这毒水后都明白如果这东西真的有很多，也不用去染箭矢，只要投放于城中水源，全城就完了。

护城河无法堵上，大家总不能不喝水。

没有投放是因为顾及城中残余百姓。

有人立即道：“如此更不能放百姓，都放走了，他们便真的可以下毒了！”

燕绥一挥手，有人运来数十缸这样的毒水。

“一炷香，不送人下城，我便命人把这些水都倒入护城河，护城河和城中水源相通，既然你们要吃掉徽州百姓，那还不如一起毒死来得干净。”燕绥亲手点起一炷香，袅袅香烟里他眼眸无波，“哀哉尚飨。”

囚车里，被刀剑逼着的那慕珠在燕绥数到十之后，开口道：“话说天岁帝耶律茛，有一个妃子……”

城头上西番皇帝眉头一耸，忽然道：“放人，先放老弱妇孺！”

城头上放下篮筐，开始运送徽州百姓。

燕绥微微皱着眉头，如果是以前的他才不会在这里和西番皇帝浪费时间谈判，一起毒死算完，反正现在徽州百姓估计也十不存一了。

但是想到小蛋糕儿，便知道不能这么做，就当为她积德吧。

放了几个百姓后，城头西番人喊话：“放了王女！你们也不要虚张声势，你们没有时间围城，你们马上就要后院起火了！”

林擎的笑意有点冷，燕绥没说话。

确实没时间围城，甚至这里也不是全部军队，两人都是在为绊住西番，尽量救一点百姓而努力，而且燕绥还有别的计划。

为了麻痹对方，此刻也没有全军围城，所以西番方才得了信报，便有一支军队开了西北城门，从那个缺口悄悄出城去了。

而在更早之前，在林擎和燕绥还没回来之时，西番也有十万大军消失在东堂土地上。

因此，东堂军看似围住徽州，林擎和燕绥都在，其实重伤未愈的邱同也在林擎收回军权之后，带着十万大军离开了青州。

林擎善于推断敌方动态，用兵出神入化。他推算西番可能会在下徽州后，兵分三路，一路牵制青州大营，一路向衡州进发，一路则有可能取池州，夹在其间的西川如果响应的话，东堂西北一角便会瞬间沦陷。

所以邱同向池州而去，他的大军中有文臻那三千精锐，轻装简从，从池州中段山脉中对西番大军进行冲击拦截，制造声势，引得西番大军以为前方有大军埋伏，调头绕行，然后进入林擎埋伏好的一个山谷，那里易进难出，像个布口袋，把人赶进去后，少量的人就能守住山口，剩下的就是蒙头狠揍了。

而中文和闻近檀等人也带着七万军，等在徽州西北方向的群山之中，要偷袭偷偷出城的那一支西番军。

兵力分散很危险，要建立在主帅判断力强大的基础上，这方面燕绥自认为不如林擎经验丰富，并不干涉。

城头上忽然又推出了一个人，有人喊话要求换俘。

那人宽袍大袖，容颜俊美，立在城头上，神情有点空洞，有点茫然。

林擎和燕绥都很意外，那竟然是司空昱。

留山一会后，他便失踪，燕绥听文臻说过他的事，结合自己以前得到的一些消息，可以确定这位身世比较复杂，不是司空家的人。

燕绥甚至因为某些疑惑，调查了司空昱这几年的行踪，然后发现了一件很有意思的事。

这位司空家的世子，天机府的第一能人，竟然是西番耶律家的人，自小被培养了送到司空家，李代桃僵。

如果不出意外的话，他本该能掌握天机府，获得皇帝宠信，最后成为司空家家主，成为朝堂大佬。

那到时候，东堂便等于在西番面前敞开了大门。

他真正的大哥，西番那位耶律家族的耶律靖南，用十余年的时间铺设这细作之计，盘算不可谓不宏大，然而他运气却不够好，后来司空昱遇上了南齐女帅太史阑，情根深种，不可自拔。

夹在家族和深爱的女子之间的痛苦可想而知，而耶律靖南最后为了掌控他，将他唤回家族，不惜营造数十年假象，控制了他的神志。

留山便是他再一次控制弟弟想要从东堂分一杯羹的手段，然后再次被文臻和燕绥撞破。

耶律靖南是个人物，可惜运气太差，前不久已经死在南齐女帅手下，整个耶律家族都被太史阑沉了河。

西番皇帝也在凝视着司空昱的背影。

这个人是耶律家族的人。耶律靖南在与南齐进行最后一战时，曾将这人送至皇宫，说明了他的身份，并表明此人有大用，愿以此人换陛下恩典。

但这人常日浑浑噩噩，并不像个有大用的，且西番皇帝私下打听，得知这人身份，在耶律家也有几年，却并不怎么好驾驭，时常逃脱，也不愿为耶律靖南所用，几次反噬。

这样的人他自然也不敢用，只是想着留着或有用途，便日常供养着。

这次出征因为他的身份，也带着了，此刻推上城头，却是不得已而为之，无法拿百姓作要挟，还要拖延时间拖住林擎好让军队悄然出城偷袭池州，能拿出来交换的也只有他了。

城下，燕绥目光一闪，随即笑了："怎么，拿你们一个细作来换你们的王女？天下有这样的交易？"

西番皇帝一怔，没想到这事儿他也知道了，但他随即道："司空家的世子是我西番的细作，这样的大事，这样的人证，你拿到手了，扳倒司空家族，于你们皇帝面前不也是大功一件？"

燕绥的眼底尽是不屑，"你这建议就好像和一只狮子说，我送你一只老鼠，可以帮你找到兔子窝。"

谈判进行不下去了。

燕绥忽然又道："司空昱，还记得留山遇见的那个大眼睛姑娘吗？"

城头上司空昱眼睛眨了眨，困惑地抬起头来。

"还记得她和你说过的话吗？"

司空昱又眨眼，眼底光芒一闪。

当初文臻发现他神志被控，盯着他的眼睛和他说："谁试图控制你，你就杀他；谁想伤害你，你就杀他；谁要你去杀你不想杀的人，你就杀他。"

简单干脆的三句话，司空昱记得很清楚，所以后来的几年，耶律靖南发现再也无法顺利控制他，只要试图操纵他去杀人就会被反噬。

所以最后一战前，他不敢带着司空昱，却将这颗隐形的炸弹放到了皇帝的身边。

城下燕绥继续道："那个大眼睛小姑娘啊，她和她那个女子来自同一个地方，在同一间屋里长大，一个叫对方男人婆，一个叫对方小蛋糕儿。"

司空昱背对着西番人，身影一动不动，西番人看不出他的变化，燕绥却看清楚他眼底霎时迷雾乍破。

“小蛋糕儿的挚友最近好像在找人呢。”燕绥道。

司空昱轻微地颤了颤。

“她为她的知己，把那个坑害她知己的家族都宰了，二十万大军沉河，不惜背上屠夫之名，”燕绥毫无惋惜只有赞叹地摇头，“够狠。”

“人生能得这一知己，倒也不枉。”燕绥纯粹像在感叹，“只是难啊，难！”

他最后一句声音忽然提高，音调也微微变化，如猛兽咆哮一般猛然灌入城上所有人的耳中，而于司空昱则听见了一声“阑”！

如一个巨杵狠狠撞破最后一层迷障。

司空昱霍然抬头，下一瞬不见。

西番城头一片惊呼，再下一瞬，他出现在西番皇帝身后，一脚狠狠踹向一个金瓜力士。那力士猝不及防，大叫一声，往前一扑，手中沉重的金瓜正捶在西番皇帝后背。

西番皇帝往前一扑，吐出一口血。

司空昱又一闪，消失于城头，他鬼魅般出现在燕绥马前。

林擎早已抓住城头大乱的时机，大喊一声：“西番皇帝被刺身亡，攻城！”

大军如潮水般前冲，司空昱一动不动，他微微仰头，盯着燕绥，问：“她还好吗？”

燕绥也盯着他，半晌，轻轻一笑，伸手：“欢迎回家。”

午夜的深宫，一重重的飞檐仿佛无数在黑色云海中静默的船。

永王披着大氅，明黄缎靴在薄雪上印下淡淡痕迹。

他仰望着香宫的方向，深红的宫门关闭着，有淡淡的檀香氤氲。

这几天心绪烦乱时，他总会不自觉来香宫和慈仁宫之前转一转，有时候都已经令他走到门前了，最终还是没有推开那门。

不想见，不愿见，便如和云深，也终是相忘于江湖。

永王垂下眼眸，答应过要给云深交代，然而这终究是他的母亲。

能做的也只有永生疏离。

明日他便要登基，做这一生想要做、努力要做、临到头来终于可以做却已经完全失去了快乐的事。

想过很多次这一天，也想过很多次这时候要有很多话和母后说，然而真到这一天却已经没有了说的心情和机会。

青砖地上薄雪被踏碎，香宫里檀香太重连梅花都不开。

永王最终转身离去。

他身后，慈仁宫正殿，水仙花开得疯狂，幽幽香气无孔不入，太后躺在榻上，闭着眼睛，陷身于永久的昏乱和混沌之中。

无人救赎。

永王的身影越来越远。

太后依旧闭着眼，两颊却不知何时，缓缓流下两行眼泪。

有人夜半踟蹰；有人沉睡落泪；也有人，夙愿得偿，喜笑颜开。

闻近纯凌晨即起身，沐浴香汤，深青配深红的皇后礼服和宝光闪耀的凤冠就供在条案之上。

天亮后永王举行登基大典，而她会陪他一起走上万丈玉阶，以皇后之尊接受群臣的礼拜。

闻近纯看着铜镜中颜如舜华的自己，恍惚如在梦中。

原以为谈判会很艰难，毕竟她是前朝妃子，嫁过他人，永王未必愿意要一个残花败柳，更不要说立为皇后。可当初她试探着提出想当皇后时，永王一口便答应了。

后来她又问他，自己的身份如何处理？毕竟叔立侄媳为后，这事太骇人听闻，朝中那些迂腐老臣不会同意的。她想了许久，觉得要么以娘家姐妹的身份替代，只是终究不是自己的名字和身份，未免有些不甘。

永王却道，立谁为后是他的自由，谁若不同意，自己在金殿上撞死便是。

这话说出口，闻近纯大喜，想着帝王之威，终究非自己这种常人能揣度，如此，便欢欢喜喜等着母仪天下了。

热腾腾的澡桶里洒了以冰块储存的花瓣和从海外运来的香油，洒一滴便香气不散，一小瓶便价值千金。有宫女卷起袖子，不断地给闻近纯添加热水，又有宫女跪在一边，用海外的磨石和精致的小金剪刀细心地给闻近纯修整指甲。

一桶热水用完了，宫女出门去换水，似乎有点慢，好一会儿才端着一大盆水进来。

袅袅热气遮没每个人的脸。

闻近纯浑身放松地泡在水中，想着明日的盛典，忽然想起文臻已经被调任为尚书令，现在也是朝中重臣了，可那又如何？还不是马上要跪伏在她脚下？

闻近纯忍不住笑出声，身边能近身伺候的都是亲信，也没什么顾忌，便悠悠道：“可惜啊，文臻还没回京，否则明日群臣于天阶之上山呼礼拜，她跪在头前，一抬头看见本宫的脸，那该是何等有趣的场景？可惜本宫是看不见了。”

剪指甲的宫女低笑一声，添水的宫女也笑道：“是啊，可惜你再也看不见了。”

顺手将一瓢水添入澡桶。

第一百三十六章

三嫁

闻近纯柳眉一竖，正想骂她这是什么语气，忽然尖叫一声，惊声道：“你这是什么水！”

此刻热气稍散，她才发现水竟然是淡黄色的，水中似乎有不少细白絮，一开始她还以为是尘垢，仔细一看才发现那些竟然都是非常小的白虫！

那些小白虫在水中一弹一弹，密密麻麻，她瞬间浑身起了无数鸡皮疙瘩，尖叫一声便要弹起，但却发现浑身软绵绵的，根本站不起来！

而那些细小虫子还在源源不断地往她身体里钻……闻近纯快疯了，嘶声尖叫，发现自己浑身越来越痒，她猛地抓住了那个给她剪指甲的宫女的手：“救我——救我——”

那宫女也骇住了，被她这狠狠一抓，剪到了自己的手，痛得叫了一声，闻近纯也不顾，还在死死用力，而对面添水的宫女缓缓抬起头来，笑道：“瞧，这么个货色，真的值得你为了救她丢了性命吗？”

剪指甲的宫女痛得眼泪直流，听见这一句，想起平日里被闻近纯各种揉圆搓扁的经历，忽然一咬牙，将闻近纯手的一推，飞快退到角落低头。

闻近纯愣了愣，她一向是个狠人，此刻也不浪费时间破口大骂，忽然一伸手，手里不知何时竟然多了一柄寒光闪耀的匕首，狠狠刺向添水宫女。

她竟然连洗澡都藏了刀！

添水宫女却只一笑，弹了弹手指，刀就断了。

藏在澡桶里的刀被那水泡过，虫子咬过，竟然便如瓷片一般脆！

闻近纯眼里掠过一丝绝望，此刻她已经看清了对面的脸，就是她刚才还在惦记，遗憾不能及时回来的人。

“文臻！”她一声低呼还没出口，倒在了澡桶里。

文臻也不理会，扔下水瓢起身，款款地走到妆台前，对那角落里颤抖的宫女招招手，示意她来为自己梳妆。

那宫女低头快步过来，十分伶俐地将妆台上的珍珠面帘递给了她。文臻接过戴上，端详一下，笑了。

闻真真是闻家人，和闻近纯本就有几分相像。主要区别在于眼睛和脸型，文臻是大而圆的眼睛和小圆脸，闻近纯眼角却细长，那宫女上前来，抖着手，帮她把眼尾拉长，文臻自己在眼皮上用胭脂涂了涂弄出眼影的效果，将眼睛在视觉上拉长，下半边脸一遮，现在看来就有七八分相似了。

文臻满意地点点头，脱去宫装，换上皇后礼服，她端平双臂，那宫女殷勤上前，替她着衣。

翟衣宽大的裙摆流泻于地，金红色翟鸟于七彩花朵祥云间飞舞盘旋，熠熠生辉。

闻近纯泡在虫子越来越多的洗澡水里，隐约看见背对自己的女子云鬓半挽，彩绣辉煌……那是她的衣裳，那是她的皇后之位，那是她付出一切染鲜血苦苦挣扎得来的至高之位，就在此刻，就在她即将走上梦想的云端的前一刻忽然飘走，而她重重跌下。

看着那女子的背影，她终于明白，原来文臻不是放过了她，而是在等这一刻。

文臻披上皇后礼服，似笑非笑地看着闻近纯，闻近纯被她看得浑身一冷，下意识地想求饶，咽喉里却只发出模模糊糊的呻吟。

文臻示意那宫女上前，将自己脱下的宫女服给闻近纯穿上。

随即她忽然张嘴尖叫一声，然后左右手一拍，听起来像个清脆的巴掌打在脸上，尖声道：“蠢货！穿个衣裳都穿不好！”

这宛然便是闻近纯平时的语气！

然后文臻又厉声道：“本宫马上要正位中宫，身边如何能留你这笨手笨脚的丫头！拖出去，扔到重华殿去！”一边斥责一边踢倒了澡桶，闻近纯顺水滑出，趴伏在地上动弹不得，她于一地洗澡水中睁大眼睛，忽然发现那些小白虫都不见了。

是都到她自己身体里去了吗？

这个认知让她险些晕过去。

里头一闹，外头伺候的人都冲进来，看见皇后娘娘已经穿上礼服，戴上面罩。此时娘娘正在发怒，谁也不敢抬头表示诧异，而水中的闻近纯满头乌发都被冲到了脸上，动弹不得，脸上也密密麻麻冒出泡来，看上去像被烫伤一样，众人也不敢看，急急抬了她出去，往冷宫里一扔，便又赶回来伺候。重华殿作为犯错宫女常待的地方，每天都有新人进门，管事嬷嬷看这来的女子满脸水泡，身上渐渐散发出一股恶臭，怕她有什么恶病，更是不愿多理，当即命人挪出一间空房，冷床无被，扔进去等死罢了。

闻近纯在那冷宫破房之中，无医无药，无饭无茶，时时刻刻经受着万虫噬心的苦痛，没多久就神志错乱，日夜大喊夫君饶命，老孙饶命，这话不知怎的便传到了太后宫中的巧玲姑姑耳中，不禁想起她那莫名失踪的老相好，此刻也便明白了老孙是葬送在这个疯女人手中，因此也不管她是谁，日日过来，火烧水烫，针扎手掐，将宫中女人阴险恶毒的私刑一一摆弄了个遍。闻近纯求生不得求死不能，于无涯的痛苦里倒也无所谓折磨再多一些，只求速死，某一日在巧玲又来折磨她的时候，便用尽全身最后的力气抠挖巧玲的脸，引得巧玲勃然大怒，当即下令小宫女乱棍打死了她，事后报一声恶病而亡，草席裹了往乱葬岗一扔。

一条人命便这么如草湮灭不闻声，谁也未曾想到乱葬岗上零落的白骨便是那曾受盛宠，一生盘算，并险些踏足那人间女子至尊位的野心家。

文臻坐在凤舆之上，心想这算自己第三次嫁人吗?

第一次嫁唐羡之，燕绥撞船。

第二次代嫁和易铭拜堂，燕绥及时醒来闯喜堂。

第三次杀了闻近纯取而代之做永王皇后，这回燕绥远在边关，是无论如何都不能赶来阻止了。

她笑了笑。

今日赶回京城，没有直接前往朝堂报到，联络宫中潜伏的人，而是潜入宫中，目的就是先下手为强。

她想解决了永王，引出永裕帝!

燕绥和林擎在边关抗击西番，决不能允许这些满脑子尔虞我诈的人坐在皇位上拖后腿。

至于解决了永裕帝之后安定朝政的问题，单一令和李相最近一直在联络正直朝臣，姚太尉也还算心志清明，应该不至于大乱。

至于后头皇帝谁做，燕绥说谁爱做谁做，就一条，得清明且老实，东堂皇室再经不起折腾了。

文臻回京路上已经联系过单一令，暗示了自己和燕绥等人的意思，单一令表示默许并配合。

只是天京军力多半掌握在永王手中，而附近的大军则在永裕帝手中，燕绥和林擎虽有兵，却远水救不得近火，只能走一步看一步了。

总得把那只老鼹鼠给引出来啊!

皇后凤驾浩浩荡荡自宫中出，全宫都早早起床去观礼。

经过香宫时，文臻看了一眼香宫紧闭的大门。

她确认儿子和德妃安好，回来后并没有第一时间去探望，怕留下痕迹被发现，大事未成，不可安享天伦之乐。

此刻却禁不住多看了一眼。

隔壁慈仁宫大门开了。

德妃穿着礼服走了出来，随便儿跟在她身后，再后面是张嬷嬷。

张嬷嬷糊里糊涂的，太后莫名奇妙重病，她求救无门，亲眼看见德妃要杀太后，以为德妃一定会把自己灭口，德妃却也没有，只逼她吞了一颗珠子，让她乖乖听话，配合行事。

张嬷嬷也只好配合。这几日，白日里德妃、菊牙和那两个小太监都在慈仁宫正殿里“伺候”，张嬷嬷对外说是太后指定他们几人伺候，不许人去打扰，自己守在殿外，也不敢看，也不敢说，也不敢探究那几人在里头到底在干什么。

到了夜间，那几人去偏殿休息，并不许张嬷嬷去正殿，张嬷嬷也不敢去，偶尔路过那紧闭的殿门，只觉得里头香气幽微，是十分熟悉的水仙花香，却又显得十分浓烈，透着股诡异。

她依旧不敢看不敢说不敢问，慈仁宫便这样笼罩在水仙花香气里，一直安静着。

今日永王登基并立后，德妃说要观礼，此刻也没人拦。

文臻一眼就看见了规规矩矩低头走路的随便儿，一边走，一边从袖子里掏出什么零食，往自己嘴里塞一颗，给前头德妃手里塞一颗。

德妃也就接了，慢悠悠往嘴里一扔。

文臻看着便笑了，随便儿把奶奶照顾得不错，得赏。

不知怎的也有点饿，她顺手从礼服口袋里摸出怪味豆给自己来一颗。

她到哪儿都带着零食的，她自己并不十分爱吃零食，这是为燕绥养成的小习惯。

随便儿忽然抬头，文臻立即转开眼，不想现在被他发现。

虽然可能性很小，但万一儿子很想她，控制不住扑过来呢？

随便儿一转眼，看见了远处凤辇上的皇后。

他知道这是闻近纯，知道这是那晚被他踢下密道的女人，居然最后混成了皇后，可见也是一个不简单的角色。他正想拉着奶奶离那女人远一点，忽然看见那涂着蔻丹的手指一弹，一颗什么豆子飞起，那凤辇上的女子一偏头，用嘴接住。

随便儿双眼霍然大亮。

老娘！

老娘偶尔化妆，怕零食弄脏口脂，就会这样吃，自诩潇洒又优雅。

老娘怎么来了？怎么还当上了皇后？便宜老爹呢？

随便儿忽然扯扯德妃的袖子，低声道："奶奶啊。"

德妃："嗯？"

"我娘如果改嫁，你有没有想法啊？"

德妃居然还认真地想了一下，道："第一感觉幸灾乐祸，第二感觉略有遗憾，第三感觉，算了吧，这不可能的。"

随便儿："奶奶啊，你觉得爹会有想法吗？"

"他不会有想法，他会有做法，比如杀人放火血流成河之类的。"

随便儿："那奶奶你说，我如果成功阻止了我娘改嫁，我那便宜爹会不会欠我一个很大的情？"

德妃："道理上是这样的，但你爹这人讲过道理？"

随便儿："……"

"所以这情会不会还你，以及以何种方式还你，非常难说。他很可能不会还你，还会揍你，因为你没有及时打消你娘脑中的神经病计划。"

随便儿手一摊："那还是算了。"

德妃："不过奶奶奶我可以奖赏你，毕竟你娘那个人，虽然我看她做我儿媳妇不怎么顺眼，但是她做别人媳妇我更不顺眼啊。"

随便儿精神一振："好！奶奶你奖赏我啥啊！"

德妃："菊牙贵妃。"

菊牙："不是老牛，不爱吃嫩草，谢谢。"

随便儿："奶奶啊，您真不愧是我爹的娘！"

文臻可不知道那对祖孙已经发现了她并进行着不可告人的交易。

凤辇到了仁泰殿前的广场，左黑右红的文武官员雁翅排列，一条长长的红毯延伸向大殿高高的云阶之上。钟鼓齐鸣，雅乐韶音奏响。

永王立在仁泰殿前，龙袍皇冠，他天生气度洒脱，肃穆庄重的朝服也不能掩去自在风流，平天冠垂下的珠串遮没了他的神情，依稀能见一双天生深邃的眼眸。

只是谁又知道，这天生一派魏晋风度的男子，一生却受牵扯羁绊，身不由己，泥潭深陷，不能自拔呢？

文臻吸一口气。

她要走过这上千台阶，享受母仪天下的无上"荣光"。

所经之处，百官俯首，直到台阶最上方，得圣旨不必下跪的单一令忽然斜斜递过来一个眼神。

文臻对他微微颔首，她走了过去，永王微笑着伸手，文臻垂下脸状似娇羞，晃动的珠光相对，谁也看不清谁的脸和眼。

帝后立于大殿之巅，接受群臣的山呼礼拜，黑压压的人群偃伏如草，日头从洁白的广场延伸开去。那一片开阔广场像雪色的海，而在高高矗立的汉白玉牌楼的另一端是宽广的长街，长街两侧的麒麟和飞龙石雕在霞光中飞腾，更远一点则是道路纵横格局对称的无数坊市和民居，民居的尽头延伸开青灰色的高大城墙，城墙上深黄色燕字旗猎猎飞舞，笼罩着更广袤的大地上的田野、山川、河流、城池和熙熙攘攘的芸芸众生。

这是清晨的东堂，巨大而遥远，此处从天光中醒来，彼处却还可能沉于酣梦，但升斗小民日出而作日落而息，并不明白这一日王朝又换了新主人。

奏乐、祭告、祝祷、宣金册、授宝印、焚香、行拜礼……流程过后，宝座及宝座之侧，坐下了东堂皇朝的新帝后。

百官鱼贯而入，文官位于殿东，武官位于殿西，金吾卫甩鞭，羽林卫卷帘，再次行三跪九叩礼。

新年号昨日在太庙已经定了，是为永嗣。群臣当时听着这两个字，想着年已四旬还无子的永王都觉得很是讽刺。

文臻却隐约明白这年号代表的意思，可她还是觉得讽刺，永远记得你的后代有什么用呢？她已经因你而死了。

御座上，永嗣帝忽然微微倾身，向她凑过来。

文臻半侧着脸，用珠帘挡住脸颊，微微警惕地看过去。

听见永嗣帝在她耳边轻声道："文大人，别来无恙？"

时间回到两日之前，湖州。还是那个飘雪的冬夜，张钺忽然醒来，只觉得心跳如鼓。

仿佛做了一场噩梦，噩梦里旌旗歪倒，白雪染血，尸首遍地，城墙残缺。

他抹去冷汗，却再也睡不着了，发呆半晌，起来骑马去了城门。

湖州城内有两千守军，自从文臻来了之后就是满员的，并且还经过了淘汰筛选，十分精锐。

这些年文臻一直担心唐家如果起事，会从平湖定三州开始，后来湖州兵强马壮，这种可能性就不断降低，但是现在却是湖州最虚弱的时候。

张钺想着，换防的军队已经到了，没有明显缺额，唐家真要打过来，也还是能抵挡一阵，到时候朝廷自然要调拨最近的戍卫大营，再加上平州和定州军，未必怕什么。

但他还是禁不住重重叹口气。

永裕帝打得一手好算盘，诈死铲除心腹大患，将所有世家大族家主都诱骗至天京一网打尽，那就不怕他兔死狗烹神将之后，世家作乱了，毕竟家主一死，世家还要乱上一阵，必然一时无法起事。等到世家安定下来，他那时想必又已经夺回权柄，可以凭借健康的体魄和未来的数十载应付世家了。

只是，算盘打得好，可世事真会如他所愿吗？

张钺披着大氅上了城门，看士兵们顶风冒雪来回巡夜并未松懈，不由十分宽慰。和城门头领嘱咐了几句，正准备下城，忽然听见哨兵极其凄厉地嘶喊了一声。

张钺回头，但头还没转过来，眼角余光就看见一道黑光霹雳般射来。

他僵住，看着那箭头不断在眼前放大，心道：我命休矣！

又一声箭矢破空声响，后发而先至。箭头精准击中前箭的箭身，那红漆重箭深红的箭杆在张钺眼前一断两截，其中一截擦过了他的额角，带起一抹鲜红。

士兵们奔上来，将张钺遮挡在盾牌后，张钺一抬头，心中轰然一声。

不知何时，城外仿佛多了一座座矮山，仔细看并不是山，是身着黑色铁甲的密密麻麻的军队，漫山遍野，无声无息，包围了湖州。

“唐家军！”

有人在惊讶地大喊，张钺心中绝望地想，不，还有西川易家军。

算盘还是没打响，世家还是以最快的速度起事了！

让张钺更绝望的是，湖州军呢？原本应该横在湖州城之前的湖州军去哪儿了？

他忽然想到了什么，扑到城墙下看，正看见一队军队贴着城墙过来，张钺一看那灰甲白羽，便一迭声道：“快开城门！”

城头上的士兵几乎倾巢而出，以最快速度开了城门，将那支军队接了进来。

张钺下令开动弩车，一轮箭雨，压制住那些蠢蠢欲动的唐家军，直到那支援军全部被接进来，他匆匆下城，原以为是湖州军，结果发现人数比想象中少，再一抬头，最后压阵的一骑越城门而入，披风卷起，黑弓如铁，一张脸白如霜雪，是林飞白。

湖州城门在他身后轰然关闭。

张钺急忙迎上前，要感谢救命之恩。

林飞白咳嗽几声，脸上浮现一丝红晕，他的伤寒还没好，夜半驱驰，方才那一箭距离太远，竭尽全力，此刻内腑一阵闷痛空虚，他忍了喉间一口腥甜，摆了摆手，直上城楼。

张钺犹自抱着希望，跟在他身后急声问：“林都尉，湖州军是否也已经开拔？你们是否是约定好的要对唐易联军前后夹击……”

林飞白忽然回过身，目光清凌凌地注视着他，道：“我在来的路上看见湖州大营空了。”

张钺的脸上有瞬间空白，随即便雪一般惨白。

“唐易联军没有受到任何阻拦，他们的军力可能比我们想象的还要多，他们地势更偏北，也比我们耐得住寒冷。”林飞白缓缓道，“我已经派人去向定州和邻近衡州的戍卫营求援，但是定州军力有限，戍卫营距离远，并且不能确定衡州是否也会受到攻击……张刺史，我们要打一场艰苦卓绝的守城战了。”

张钺手一颤，看一眼底下的巍巍大军，再回头看一眼湖州城。

一方铁甲光寒，一方屋舍安然。

张钺凝视着黑沉沉的湖州，想着这是文刺史和自己一路过关斩将，用尽心力，才缔造的东堂腹部繁华之城，决不能她走了还没几个月，便一朝倾覆于战火之中。

他忽然厉声道：“敲响全城警锣！”

“昭告全城，从现在开始，湖州进入战时管理！

“所有物资集中管理，统一调配。物资首先供应军需。实行宵禁，停止夜市。各里正按坊管理百姓，禁止任何聚集行为，禁止任何传谣行为，禁止任何囤积居奇哄抬物价行为，违反者一律严惩。

“即日开始征兵，青壮报名者免一年徭役。

“年满十五岁者可报名民壮队，日夜轮班维持城内治安，战后亦可免徭役。

“抽调城中富户护卫上城守卫。

“停止民间一切铁器生产售卖，停止一切建造修筑行为，所有铁器砖石由官府统一以市价征收，全城所有铁器铺不得歇工，停止所有民间锻造，由官府统一安排武器制造事宜。”

命令如流水般传下城头。

很快，全城都被惊动，随即又在官府早已安排好的民壮皂隶的安抚管理下，渐渐又恢复了秩序，各处的灯火开始点燃，运送物资的大车辘辘压响青石板路，天快亮的时候城中十余处粥棚已经搭起，百姓们开始端碗打粥，整座城池被唤醒后又迅速进入了状态。

林飞白骑马在城中巡视，眼神惊异，一个城池战时的管理和表现才最能体现官府的能力和城池的实力，湖州官民表现出的镇定和反应力是他前所未见的，而这一切很显然都建立在文臻在湖州三年经营的基础上。

他有些感喟，但转瞬便想到了周沅芷。

她也是个很聪明的姑娘呢。

他的马被一个老者拉住，林飞白低头就看见那老者神色微微焦灼，盯着他的脸，道："这位小将军，老夫观你的气色怕是有寒疾未愈，天时苦寒，外感入邪，你万不可继续在外流连，更不可劳心动力，速速去老夫的医馆开几服药好生调养，否则怕有……"

他还没说完，远处一阵轰然声响，地面震动，林飞白立即奔驰而去，老者一个踉跄，险些摔倒，将最后几个字说完："性命之忧……"

城头上并没有太多的对话，劝降攻心都没有，简单粗暴，就是打。

从第一声炮响开始，唐易联军就对湖州展开了毫不犹豫的最猛烈的攻击。

张钺在城头粗略估计，唐易联军不下十万之数。而林飞白带来的平州军只有一万一千余人，自己城内守军两千人。所幸临近年节，粮食储备丰厚，是不怕围城的，但是很明显，唐易联军要在最短时间内拔掉湖州直取天京，绝不会围城，只会以一波波的攻击将湖州彻底摧毁。

张钺低头看了看城墙，湖州城墙在文臻在此任职的第二年就开始加固，年年加高加固，现在比周边诸城城墙都高半丈，厚出三尺，且青石齐整，缝隙都以米浆填实，是比天京都差不了多少的坚实城墙，唐家虽然一上来就用了巨炮，但是城墙不过伤了外皮。

张钺其实有些不明白，从唐家地域出兵可以选择的进攻方向很多，为什么唐家选择了明显最难啃的湖州？

这也是唐易联军高层将领共同的疑惑，但是唐家新任家主力排众议，要求第一时间下湖州。

因为只有他能猜到，季家那忽然消失的军队很有可能去了哪里，而文臻一旦得了季家军队，必然又会驰援湖州。那些精兵一旦抵达，就会让湖州成为一根硬骨头，卡在唐易联军南下天京的道路上，令联军寸步难行。

只有努力拦截那支军队，并赶在其到达之前拿下湖州，之后才能打通南下的道路。

巨炮一轮打击后，令旗一变，投石车辘辘上前来。

巨大的石块夹杂着无数尖刺呼啸着投向城墙，击中便是一个深坑，厚实的城墙渐渐斑驳。

城头上张钺很快喊哑了嗓子，被林飞白拉了下来。林飞白的平州军和城内守军联合在一起打散，分派至各个城门，但是人数明显不够，武器也不够，毕竟湖州本该有湖州军拦在最前方，所有武器优先供应湖州军，城内只能算后方，如今后方成了前线，湖州军却不见踪影。林飞白的平州军更惨，武器装备不足，才打退了一轮攻击，剩下的武器已经不多了。

湖州有粮，有高墙，却缺了最关键的武器和兵。

张钺红着眼睛，一拳头砸在城墙上。

都怪那些该死的争权夺利的上位者！

如果刺史没走，湖州军没被换防，那么现在的湖州定然风雨不侵，欢喜过年。

湖州军虽然人数少，但精锐程度之高天下少有，刺史苦心打熬三年，就这么给夺走了！

林飞白顾不上愤恨，他拨了一批士兵，在靠近城楼的地方砌了一个一丈方圆的池子，引了附近的池水来，然后倒入大袋食盐，此时附近的居民都将烧好的滚水送过来，按吩咐用尽量薄的容器装着，放入池子中，池子里很快满满当当都是各种装满滚水的容器，容器里的水很快降温并开始结冰。此时两轮进攻已过，天色将暗，大军休整。林飞白下令士兵们站在城楼台阶上，一个接一个接力将水罐送上城楼，如此节省人力，再从城头上泼下去，不过半夜，便在并不是特别严寒的湖州冻出了冰墙，再将冷油泼在冰上，苍蝇都站不住脚。

之后林飞白下令轮流守夜，务必保证每个人的休息，敌众我寡，之后还有不断的坚守战要打，体力必须及时补充。

他自己没有休息，下城楼去看征兵情况如何，刚下城楼就看见百姓排成了长长的队伍，送寒衣、送鸡汤、送吃食……一辆辆大车赶来，连带很多精壮护卫一同到来，是湖州商会在最短时间内募集了大量物资，并将各家的护卫整合，直接编了两千多人送了过来。

湖州商会的女会长张夫人叼着个烟杆玩具，斜眼看了林飞白一眼，她和文臻关系好，自然也隐约知道一些这位神将之子、青年侯爷和文臻那点隐秘的牵绊。她却对林飞白道："都尉你气色不佳，赶紧休息一会儿，这里的护卫我们已经编好队，按照能力和专长分了组，黑队善射，蓝队善搏击，红队善轻功，黄队善内功……您按需使用便是。这些大车里有被服，有各家储备的少量武器，有干粮、火油……"林飞白听她滔滔不绝地说下去，都插不上话，张夫人说着说着，还抢起权，道，"这些护卫和物资我都最熟，也最方便指派，还请都尉给我一个头衔，让我管着这些人，上城楼也给大家伙儿助份力……"

林飞白凝视着张夫人，回头吩咐亲兵："护送张夫人上城，请张刺史给夫人安排实职。"

张夫人眉开眼笑地去了。林飞白继续往城内走，看见征兵处每处都是一眼看不到头的队伍，征兵处、各处茶馆、街道之上，还有随云书院和州学的无数学子教授，有的在慷慨激昂鼓动百姓保家卫国；有的在奋笔疾书卖字画求捐军资；有的直接在征兵处桌子后面排队。

旁边店铺忽然有人被赶了出来，是个粮店，店主的声音传出来："不卖！粮食不卖！你们是什么人！劝我涨价？什么居心！"

"劝你挣钱还得罪你了！"

"没看见上头的告示？没看见外头的大军？这时候联合哄抬物价你端的什么心思！告诉你了老子不卖！老子这些粮要捐！滚！"

林飞白一个眼色，有士兵冲过去，将那个唆使他人联合哄抬物价的人押了下去。

一群半大小子冲进了排队队伍，被征兵的人赶出去，骂道："小孩子捣什么乱，回家去！"

便有孩子不服气地尖声嚷道："我十二岁了！可以上战场了！"

"打仗不是儿戏！"

"我要守卫湖州，也不是儿戏！"

林飞白久久伫立，于午夜飞雪之中，心中热潮翻滚。

文臻在湖州三年，不仅造福桑梓，还培养了大批人才，更重要的是，她为这个城池注入了最新鲜有活力的血液，为湖州赢得了于万军之前也不改心志的勇气和生机。

在最要紧的年节，在突如其来的大军之前，湖州没有骚乱，没有打劫，没有囤积居奇，没有哄抬物价，没有富户逃城，没有民心慌乱，有的只是全民动员，不计私利，万众一心。

这样的城池，谁忍令其被践踏于马蹄之下于战火之中！

他又去了临时训练营，发现那些接受临时战时培训的很多百姓们居然都对队列和基本作战武器有所了解，一问才知道，文臻在湖州时，每年会举行免费的团练，邀请湖州青壮参加。团练的内容就是日常训练，骑射之类，湖州百姓很踊跃，一来免费吃住有补贴，骑射还很有意思；二来还会举行毕业竞赛，成绩出众可以直接选拔入湖州军，所以湖州很多青年都参加过这样的团练。

林飞白至此已经无法感叹了，心中涌现浓重的感激和更多的决心。

决心要守住湖州，守住这个耗尽文臻心血的城池。文臻一定猜得到湖州可能面临的局面，她和燕绥一定有后手，他只要帮她守住就好！

他转身又上了城头。

富户家丁已经替换白日作战的士兵，在城头守卫。

有无数的百姓连自家新建的房子都拆了，送来砖石，还有很多人把自己家的铁锅都送进了铁器作坊，铁器坊炉火日夜不熄，紧急赶制武器。

还有很多人自愿编成民队，在城中巡逻，发现有任何不法事件或者可疑之处，便上报官府拿下。

城外，唐羡之披着大氅，凝视着黑暗中的雄城。

发现城头在浇冰之后，联军没有休息，立即进行了第二轮的攻城。

唐羡之微微蹙着眉头，安排在城中的细作，传不出消息。

下达的尽量让城中骚乱的指令没有得到履行。

没有火光，粮仓无恙；没有骚乱，城中安静；也没有富户逃城给他们钻空子，虽然不知道煽动哄抬物价令人心恐慌有没有成功，但看这有条不紊模样，显然也是没成功的。

湖州，她在之时是坚城，她走之后，依旧雄踞腹心。

第一百三十七章

守城

天京皇宫之下的地道里，原本精神奕奕看着情报的永裕帝忽然皱眉抬手，按住了心口。

内腑忽然生出无数乱窜的气流，冲撞得体内如有无数小刀在绞一般，非常难受。

看他这动作，大师冲上来，手掌在他后心轻轻一拍，永裕帝脸色顿时好了许多。

大师轻声道："陛下刚刚恢复，还是要多休养，不要思虑太甚。"

永裕帝觉得果然舒服许多，欣慰地点点头，摸出一颗浑圆的丸子，递给大师，道："你辛苦了，这百补丸便提前给了你吧。"

大师凝望着那散发香气的金灿灿的丸子，露出向往又无奈的神情，好一会儿才接过，在永裕帝含笑的眼光下吃了，低声谢恩。

永裕帝十分公平，立即也给了晴明一颗，晴明一脸欢天喜地地谢了。

永裕帝又去看情报了，他身后吃完药的两人对视一眼，再看一眼永裕帝微微枯黄的发丝，各自转头。

在临近湖州三百里的定州横水交界处的起凤山，文臻和燕绥的三万精兵遇到了一块难啃的骨头。

在一处狭窄的山道口，他们遇上了一支奇怪的军队。

那支军队无一活人，周身金黄，行动迟缓。

都是铜人，能动的铜人。

会使简单的招式，会前进后退，会互相配合，形成阵法，但都比活人慢。

在寻常的战场上，这样的军队自然不堪一击，但问题是这是一个狭窄的山口，这么一支铜人军一堵，不怕水火，百毒不侵……成了一块根本啃不下的骨头。

而这个山口偏偏是赶回湖州的必经之道，再想绕路就得七八天了。

带领这三万精兵的是潘航，他从未见识过这样的军队，竟然完全摸不到头脑。

山口背后，易铭站在大帐内，面前一个巨大的铜盘，铜盘上无数密密麻麻的枢纽，连着无数细细的柔韧的丝线，一直连到那些铜人身上。

这些线也不怕火烧刀砍，是控制铜人阵的枢纽。

易铭紧紧盯着那些纵横交错繁杂无比的丝线，纤长的手指时不时拨弄一下，看似闲适，但那远处山口上的铜人便会按着她的拨弄作战，进退皆错不得一分。

她全神贯注，因为精力耗损过大，额头微微渗出汗。

唐易联军，唐羡之亲自领兵攻湖州，她则秘密带兵潜入山林之间，拦截这三万精兵。

这是一支无人知晓的军队，可唐羡之猜到了，当她在山林中苦等不耐，开始怀疑的时候，看见那一支兵强马壮的军队忽然出现在视野里，心中充满了对唐羡之的惊叹。

这样一个可怕的男人，如果他不是遇见了文臻，如果不是燕绥遇见了文臻，现在的东堂到底鹿死谁手？

燕绥也强大，但他有致命缺陷，他太不在意，却又在意了不该在意的人，而唐羡之不同，他便如那铜人一般，看似光华灿烂，其实没有人间情绪，只有精密的计算和完美的执行。

直到文臻成为他的罅隙。

易铭微微一叹。

燕绥运气真好啊。

他们这些高位者的感情都是牵绊和拖累，唯有燕绥遇见的是救赎。

易铭低着头，手指拨动得更快，对面似乎已经找到了对付铜人的诀窍，可她不在乎，她带的兵不算多，但是她一人可抵万军，还有无数稀奇玩意等着他们消受，也该让这些骄兵悍将见识见识，这天下机关大师可不止燕绥一个。

山谷那一头，潘航皱眉看着天色。

三万军虽然早就出发，但是大军行路和个人赶路截然不同，一路上掩藏行迹，行走山林，路途艰难，还没少绕路，好不容易即将赶到，却来了拦路虎。

对面的是易铭，西川刺史亲自出手，潘航知道这位是机关大师，不下于殿下那种。

铜人已经耗费了很多时间，但铜人绝不会是易铭唯一的一招。

最关键的是，易铭既然亲自来堵他，说明唐羡之已经对湖州出手，不能再耽搁了。

潘航忽然转头看向另一个方向，那是一条河，丝带般逶迤向远方。

这条河连接着横水。

虽然眼前山谷成了天堑，绕路会很长，但是顺着这河一转身，便是唐家横水！

潘航想起接到的信报，关于唐家情形的通报，和燕绥的一个无比大胆的建议。

他瞬间便下定了决心，转横水，打到唐家老巢去！

唐家造反，大本营定然空虚，小楼已经毁了，没有人可以拦住他们。从唐家地盘走，既可以解救湖州之困，又是最近的一条路！

面前的铜人忽然阵形一改，举刀杀来。

潘航却在此时鸣锣，退兵！

片刻后，易铭冲出大帐，远远地看见苍青色的军队逶迤隐入山林。

她冲到高处，看一眼对方行军方向，思考片刻，脸色发白。

“糟了！”

城门在炮火的洗礼下不断震动，偌大的湖州城渐渐弥漫开令人鼻腔发呛的火药气味。

这一场战争持续了三日夜，三个日夜里，张钺亲守城头，被投石砸伤，林飞白打昏他命人架走。小脚张夫人冲上城头死战不退，林飞白如法炮制。

人换了一拨又一拨，只有他自己一直站在城头，其间被流矢所伤，他依旧没挪一步，站在城墙边，一边接受军医拔箭裹伤，一边面无表情将一个爬上城头的士兵一枪捅死。

唐羡之站在对面军营大帐里也三个日夜未睡。一直盯着城头指挥着士兵轮番攻击，身边将领在低声劝说他放弃湖州，转攻平州。平州现在成了空城，拿下会很容易，而林飞白弃平州救援湖州，平州失陷，林飞白必然要被追责，如此也便轻松解决了他。虽然攻打平州相对绕路，但总比耗在湖州这里好。

唐羡之并不理会。

如果此刻半途而废，去了平州，将来才有可能腹背受敌。

因为那三万精兵只能拖延，无法全歼，迟早会在背后出现。

他现在打残湖州，才能避免未来被几州夹击，令南下之梦半途折戟。

但这三万精兵的存在太过匪夷所思，几乎所有将领都想不明白燕绥和文臻哪来的这么多兵。

有亲兵匆匆进帐，传递了一个消息，帐内将领惊得霍然起身。

“什么！有一支军队进入横水了？这是哪来的军队！”

“怎么办，家主，我们要不要回军救援？”

“必须回啊，我们的家小都在那里！”

唐羡之缓缓直起身。

来了。

燕绥和文臻麾下果然非同凡响。

他修长的手指抚过舆图，眼底掠过一丝淡淡笑意。

“不回，小楼会拦截他们。”

“小楼不是……”

“黑湖起白楼，白湖生黑楼。谁说白楼毁了，唐城便没了力量？”唐羡之淡淡道，“传令下去，启动黑楼。”

在潘航领着那三万军越过横水，准备呼啸于唐家地盘上时——

唐城内，黑湖湖水流走，而在重重楼阁之后，一处汉白玉广场忽然凹陷，随即渐渐灌满湖水，托出一座平台。

平台之上，黑色高楼，飞檐斗角，巍巍挺立。

白水中黑色倒影微微晃动，行出无数红衣人影，步伐轻巧，面目冷淡，腰间阔剑如薄铲。

又一日，又一轮进攻被打退。

在城头已经五天五夜的林飞白忽然晃了晃，被他身后的亲兵及时接住，亲兵一看林飞白脸色，便惊了一跳，正要呼喊军医，却被林飞白捂住嘴，随即林飞白便晕了过去。

亲兵知道他的意思，不敢声张，悄悄将人背下楼，休息过一轮的张钺和白林继续守城。张钺命军医给林都尉好好瞧瞧，军医把脉后道旧病未愈，新伤又生，顶风冒雪，长期作战，耗损过大，实在不能再劳累受寒了。张钺立即将林飞白安置在刺史府，并不许任何人和事去打扰他休养。

林飞白再睁开眼睛时，觉得眼前昏乱，心跳如狂，胸腹之间火烧火燎又空空荡荡，而浑身毫无热气，像被寒冰冻了一万年。

他一动，便忍不住咳嗽，捂在唇间的手掌移开，指缝间一片鲜红。

他盯着那鲜红看了许久，便在被褥上抹去。

亲兵端了药来，他接过便喝，总要快点好起来才能继续。

外头却忽然响起惊惶的大叫。

“林都尉战死了！”

“他带来的平州军也几乎全军覆没了！”

“不信你去看城头！林都尉一直都在的，但现在他不在了！”

惊叫声似乎响在城中各处，夹杂着渐渐惊惶起来的吵嚷和脚步声。

亲兵脸白了。

林飞白这几日苦守城头，打退了唐易联军一次又一次进攻，已经是百姓们心中的主心骨，忽然听说这谣言，再看城头他果然不在，已经渐渐紧张不安的民心，立时便会崩坏!

林飞白已经起身，下床，站直的一刻他微微晃了晃，随即便站稳了。

夕阳穿窗入户，勾勒他微微扬起的下颌线，精致又漂亮。

“换衣，着甲，上城。”

“都尉！”

“这是命令！”

新的衣甲拿了来，林飞白选了轻便的，他已经撑不住重甲了。

换衣的时候他想起了什么，从血迹斑斑的旧衣里掏出一个指环放进了袖袋。

那是卷草。

三年前文臻便命人还给了他，林飞白也就默默收着。

等战事完毕，他想，卷草可以送出去了。

这一回，这个人一定不会退还卷草了。

林飞白走过回廊，忽然看见池水里自己的倒影，无法掩饰的憔悴和苍白。

他想了想，问：“当初文刺史的房间在哪里？”

这是刺史府，文臻住过。张钺搬进来后，为表尊重，并没有住进文臻住过的后院。

林飞白进了文臻闺房，她的妆台还在，里头还有胭脂口脂。

林飞白打开妆奁盒，凝视了一阵那些胭脂水粉，并没有动文臻用过的那些，而是开了一盒全新的，稍稍抹了点粉，让自己看起来精神些。

忽然想起当年在留山被逼扮成女子的往事。

他唇角绽开一抹浅浅笑意。

片刻后，刚刚陷入慌乱的湖州百姓，在大街上看到了衣甲鲜明，气色良好的林都尉。

谣言破灭，骚乱立止。

林飞白对众人关心的询问回以微笑。

“无妨，只是刺史大人逼我下城休息一阵。

“这就去和刺史大人换岗。

“大家放心，我在城在，我不在，城也在。”

林飞白再上城头，这一次一立就又是一日夜。

川北，一路狂飙的潘航军队忽然遇上了一道红色的墙，那些红衣的阔剑剑手，剑如高山，拦在了他们与湖州之间最后百里路途上。

在离湖州不远的官道上，周沅芷不顾一切在奔驰，师兰杰一脸无奈追在她身后：“周小姐！你不愿回京就不回京，你别逃啊——”

一发炮击中了城墙，那一处已经经过了精准打击，终于被这一发炮弹摧毁大半。

站在那里的林飞白本可以躲开，不知为何慢了一步。

亲兵不顾生死地扑过来，压在他身上，好半晌，烟尘渐渐散去，士兵们涌上来，七手八脚搀扶起林飞白。

“都尉你怎样了！”

“都尉你没事吧！”

林飞白睁开眼，这一霎他眼眸里是无尽的黑，像乌云在天际聚拢，等待下一刻永恒的黑暗。

半晌，他摇摇头，轻声道：“没事。”

士兵们看他确实还好的模样，也便散开，城墙塌了一块，必须立即堵住。

林飞白挣扎着站起来，将一直捂住下腹的手微微挪开。

轻甲已经破碎，手上一片殷红，他顺手在墙上擦，墙上的血却更多，手上的红也更多了。

半晌，他苦笑一声，抬眼望向前方。

现在应该是又一日的黎明，可是他眼底却只是一片黑，一片浓重的，似乎永远无法破开的黑。

他看不见了。

看不见这城下万军；看不见这浩浩青天；看不见这沧桑城墙；看不见那已经再触摸不着的最美的未来和最可爱的人。

他依旧面如霜雪，步伐稳定，在所有带着仰慕和爱戴的眼神注视下，走到城上角楼一侧，有亲兵过来要伺候，他摆摆手，轻声道：“我休息一会儿。”

这是他说的最后一句话。

人群散开，他靠墙坐了下来，一腿微微支起，手搁在腿上，另一只手无力地垂下来。

看起来便是一个非常闲适淡定的姿势，看起来真的只是休憩一会儿。

他一生谨严端正，处处要和散漫的燕绥作对，从未做过这样的姿势，然而现在他必得做出这模样，他忽然发觉，原来这样真的很舒服。

全身和脏腑的火烧般的疼痛都已经渐渐淡去，身体忽然变得很轻，声响在远去，世间的一切都在离他而去。

唯有脑海里的一切前所未有地清晰，如潮水般涌来。

一忽儿是绑在床上戒毒，于蚀骨的苦痛里听铁链铮铮作响，熬过世间最长的夜，忽然有人拖了板凳来，声音甜美：“哎，我说个故事给你听。”

一忽儿是三人共坐，一点灯火，半盘零食，听那小板凳上的少女说那《水浒传》《三国演义》《西游记》《红楼梦》。

一忽儿是溪流水上，那大家闺秀和他手搀手，两人都只有一只脚完好，便各自蹦着，像一对狼狈的青蛙。她说：“瞧，我们连蹦都这么心有灵犀。”

一忽儿却又幻化出了雪白花墙，墙上覆盖青瓦，每次晨起练剑经过那道墙，便忽然会有一朵花撩上他鼻尖，却总是只见花不见人，他若不理，那花就轻轻一撩，他若拨开，那花便倏忽消失，伴随墙那边一声轻笑。

笑渐不闻声渐悄。

多情总被无情恼。

那些画面都渐渐远去，最后化为军旅帐篷里那厮缠的一夜，泛着芍药香气的被褥里探出的雪白双臂颤颤地搂住了他的脖子，那个声音在他耳侧一遍遍说：“但为君故，无所不抛。”

无所不抛啊……

沅芷，你想必在回京的路上了吧？但望以后天京的霜雪季节，有人记得为你加衣。

有些话终究没来得及说，有些礼物终究再来不及赠出，但是此刻我却是庆幸的，若我说了，赠了，你还怎么抛呢？

忘了我吧。

他缓缓垂下眼睫，一直抓着剑的手，微微一松。

长剑锵然落地。

城外的风携着雪扑过高高的城墙，扑向他的脸庞，再静静停留。

炮火在升腾，巨石在飞翔，城墙不断颤抖，周围的人在又一轮攻击中奔走，高呼喊叫，每个人经过闲闲坐着的林都尉身侧都会看一眼，怜惜着他的疲倦，庆幸着他一直在，再满腔勇气地投入到激烈的战斗中去。

那一处静坐的人影，渐渐覆满了霜雪，长长的眼睫都一片簌簌银白。

城墙上忽然人影一闪，有人高喊着“我是林都尉亲兵！”举着林飞白的令牌，爬上城来，身后还背着一个人。

城头守卫认得他是林都尉的亲兵便都让开，他背上那女子一落地，便向守军人群中冲去。

周沅芷心急地拨开一个又一个铁甲覆盖全身的疲倦的士兵。

不是，不是，都不是。

她在人群中穿梭，疯狂寻找，不管那追在身后的箭雨和炮火。

林飞白为什么不在城上！

身后有人呼喊，她听不见，也不想听。

她忽然停住了脚步。

前方，角楼之旁，风雪之中，有人静静坐着，一腿支起，手闲闲地搭在膝上，微微垂着头，似乎只是睡着了。

如此静谧，以至于来往经过的人无人打扰。

周沅芷却在一霎之间心肝俱裂。

她看见他睫上的积雪，半边脸都被碎雪覆盖，不化也不落。

看见有人经过他身侧，一个踉跄险些栽他身上，而他一动不动。

炮火远去，雄城在这一刻静默，而穹顶之上旋转的飞雪无声无息地压下来。

天旋地转里，她几乎忘记身在何处，此乃何时，而自己是谁。

骗子，你说要我等你回来的呢？

你说有话要和我说的呢？

你怎么能食言呢？

她慢慢地挪动脚步，一步一步到了他身侧，仿佛过了一生那么漫长。

她跪在满是积雪和泥泞的冰冷的石地上，伸开双臂缓缓搂住了他的腰，轻轻将头搁在他肩上。

触及的是仿佛亘古不能焐热的冰冷。

她静静地抱着，靠在他肩上，生平第一次没有再遭遇他的避让和推拒，她想自己应该是开心的，可为什么热泪那样无休无止地流，簌簌地落在他肩，最后凝成冰雪。

就这么冻在一起吧，不要起来了，冻成一对雕塑，在这湖州的城墙上生生世世，也算在一起了。

无意中碰到了他另一只垂下的手，有什么东西滚落下来，一声细微的脆响。

是卷草。

周沅芷久久地盯着那个小小的指环。

她听说过这个东西，也见过，羡慕过，觊觎过，后来也便不想了。

然而在此刻它忽然出现在她眼前。

她凝视良久，拿起那个小小指环慢慢套在了自己的手指上。

飞白，你是要把它留给我，是吗？

不管你是不是要留给我，总之此刻我戴上了。

反正你再也拒绝不了了。

周沅芷又捡起那落地的剑，握紧，起身，一步一步走向城头。

满脸黑灰的张钺有点诧异地看向她，正要问什么，却见她横剑于城墙上，对着城下万军平静地道：“周沅芷，林飞白未亡人，特来守城。”

第一百三十八章

宫前变换大王旗

大殿上，文臻听见那一声招呼，眉心微微一颤。

此时再掩饰毫无意义，她微微一笑，道：“陛下圣明，想不到陛下消息如此灵通。”

“巧合而已。”永嗣帝语气有些庆幸。

文臻瞬间便明白了，敢情这位在闻近纯宫里有人。

“朕岂会要那女子为后？”永嗣帝语气冷漠而不屑。

文臻想笑，又想叹息。

原来没有她出手，永嗣帝也不会立闻近纯为皇后，从头到尾，只是那女子的一场幻梦而已。

难怪永嗣帝答应得那么爽快，本来她还有些奇怪来着。

“那陛下打算如何呢？”

“不如何。”

“嗯？”

永嗣帝微笑：“朕觉得你做这皇后比闻近纯合适多了。妹妹既然死了，姐姐代替自然天经地义。”

文臻瞠目看他。

你什么意思？

“你回京来，不先回朝做你的尚书令，却潜入宫中李代桃僵，你打的是朕的主意吧？”永嗣帝轻声道，“可是你想过没有，朕如果也驾崩，东堂皇位更迭太过频繁，带来的后果是什么？你想过你无论扶持谁上位，朝政、军事都必定要经过一番动荡，那么谁来调动军队，谁来组织粮草，谁来供应军需，谁来照应你那在抗击西番一线的燕绥？”

“陛下这是皇族立场皇族思维，总以为这天下没有姓燕的坐镇便运转不开，却不知道天下事其实个人力量终究单薄，为将为帝都一样，不过是一个高踞宝座的吉祥物而已。”文臻一笑，“少了你，地球便不转了吗？”

永嗣帝没听懂她最后一句话，但不妨碍他理解前一句。他眉头一皱，淡淡道：“西番已经私下给朕递了国书。”

文臻看着他。

“西番愿意与朕议和，或许你不知道，但朕刚刚得到消息。”永嗣帝冷冷道，“唐家易家已经起事，联军分三路，一路取湖州，一路阻在衡州之前拦住戍卫营，还有一路潜入山林不知去向。而苍南州附近据说出现了兽潮，将建州军冲垮。东堂大地，战火已处处燃起。”

文臻霍然变了脸色。

湖州此刻正空虚！

自己派出的三万精兵按说该到了湖州，可是永嗣帝说还有一路唐易联军不知去向，唐羡之很有可能猜出了自己和燕绥的后手，那一路不知去向的大军就是去拦三万精兵的！

如果那三万精兵被拦，湖州危矣！

永嗣帝缓缓道：“当此危急之时，东堂内外交困，西番愿意议和，那自然再好不过。所以你说，如果西番议和的条件是将林擎和燕绥交给他们，群臣会不会同意呢？”

文臻的心沉了下去。

满朝文武，包括自己的老师单一令，一向的宗旨都是以大局为重。世家一旦起事，战火处处燃起，东堂兵力被迫分散，捉襟见肘。这种情形下那群老臣的心里必然愿意与西番议和，便是为国牺牲也是理所当然。

“西番现今占据徽州，被林擎和燕绥围困，但西番同时兵分两路，向隋州和池州而去，东堂绝无力量支撑这样的多线作战。”永嗣帝道，“你应该明白最后的选择会是什么。”

会是选择再次对不起林擎和燕绥。

文臻闭了闭眼，忽然道：“不，不对，不是西番要议和，是你私下递了国书要议和！”

西番国内矛盾剧烈，需要战争来转移矛盾，如今战果刚显，刀锋噬血，绝不甘心就此主动收手！

是永嗣帝自己要拿林擎和燕绥来求和，甚至可能还会割地！

“你不怕千秋史笔，永担骂名吗！”

“朕含悲忍辱这一生，孤家寡人，孑然一身。到如今也只剩下‘不甘心’三字。”永嗣帝轻轻道，“挣扎这半生，失去了一切，好不容易坐上这帝位，却叫我转眼大梦成空，情何以堪？所以，朕这皇位要长长久久坐下去，为此牺牲什么也是值得的。你想要救你那夫君也成，你便留在我身边，全力保住我的性命，我便不拿燕绥去交换。”

文臻呵呵一笑。

燕家的男人个个城府比海深。

这是拿燕绥要挟，要自己为他保命，应对永裕帝了。

“你若不应，朕今日上朝便要将那议和国书拿出来和群臣商讨了，到那时候一旦形成决议，便是朕想转圜也很难了。”

文臻微笑看着他，心想，我杀了你不就好了？

永嗣帝却又微笑：“你在想要不要杀了我？你知不知道朕已经安排好了人，只要朕出事，议和国书立即递给西番，青州粮草立即扣下，并且衡州戍卫营会不战而退……不要和我说这样会葬送青州湖州，朕死后，管它洪水滔天。”

文臻闭了闭眼，叹息一声，痛快地道：“好。”

永嗣帝微微一笑：“那便辛苦你了，我的皇后。”

文臻接受朝贺已毕，她本该转回后宫，奈何永嗣帝只想留住她这个大盾牌，竟然握着她的手，留她在御座之旁。文臻看着那手，笑道：“陛下，我和莫晓是闺中密友，我称呼齐姑姑为师父。”

永嗣帝触电一般放开手。

手是放开了，却也没许她走，要留她在这朝中听政。文臻一直在疑惑，永嗣帝是如何对朝臣交代这位皇后身份的，听了几句听出来了，敢情他竟然对朝臣道：“这位是蒋中丞远房侄女，刚刚进京，贤良淑德，选为皇后。”

蒋鑫年纪大了，这两年告病养老基本不在朝，他家世代清贵，家风清正，他家出来的姑娘，朝臣们自然没有什么异议，顶多嘀咕几句这皇后选得有些突兀，当此朝局纷乱之时，也无心多想。

文臻听了几句，都在商讨如何抗击西番，并且世家起事的消息也传开了，一时群情激愤。文臻冷眼看着底下脸红脖子粗的群臣，心想看似一个个义愤填膺，其实真说不准里头有多少世家派系的人。

典礼已毕，直接就开始朝会，观礼的人也纷纷退去，文臻看见随便儿跟在德妃身后转身时，对她使了个眼色。

这小子竟然认出来了，还好没有扑过来。

文臻深感安慰，又略有怨念——这兔崽子早就认出了自己，竟然没有扑过来！

果然，过不多久，便有宫女惶急来报，称太后病危。

宫女是悄声来报的，但文臻隐约听见，便花容失色，霍然站起，惊道："太后病危，这如何了得！"

这一声顿时将正在讨论国事的群臣惊着，都去看永嗣帝。永嗣帝脸色微微一变，他并不愿去见太后，但当着群臣的面，本朝又以孝治天下，一句"不去"无论如何不能说，只得下令暂时休朝，自己携了皇后去见太后。

而此时，地下某处，默然静坐良久的永裕帝忽然身子一倾，喷出了一口血。

晴明惊呼着去扶他，永裕帝按住心口，只觉得心绪烦乱，连指尖都似有火在烧，他低头看看自己发红的指尖，想着当初放毒药的时候明明说过阵子就好，怎么到现在都没消退，疼痛颤抖还越来越频繁，失眠多梦，连带整个人的精气神都差了许多。

也不仅仅是精气神，炼完药后确实有一阵子精神百倍，他以为从此便恢复健康，正想要大干几十年，没想到没几天各种不适便又来了，这种不适和以前的毒病沉疴感觉又不同，说不清哪里不舒服，但就是哪里都不舒服。他询问大师，大师还是说药力化得太急，须得慢慢调养。他虽然半信半疑，但除此之外，自己的武功和真气确实也没受影响，也只得等症状过去。

而此刻他吐血却是因为刚刚接到的军报。

西番竟然出兵了！

世家也趁此机会起事了！

他竟然真的把局势都料错了，当初原以为西番无力再战，而世家家主可一网打尽，自此心腹大患都去，他可安坐皇位百年，可现在这个局面！

永裕帝捂着心口，生平第一次心中升起淡淡的悔意。

他是不是出手太早了……

半晌，等那一阵烦恶过去，永裕帝直起身。

过去不可重回，后悔也已无用，局势如此糟糕，那自然更需要他力挽狂澜。

他起身，理一理平天冠，整一整明黄袍，正要往外走，忽然想起什么，凑到黄铜镜前看了看自己的脸。

镜子里，朦胧地映出一张他陌生却又熟悉的脸。

此刻，景仁宫殿内，一道闪电般的银白光影掠入暖阁，没有惊动任何人。

那是三两二钱。

三两二钱潜入殿内，跳上榻，对着那个案几一巴掌下去，顿时整个案几连同上面的茶盏茶叶罐子书卷杂物都变得稀巴烂。

隐约案几之下一阵轧轧乱响，三两二钱也不管，一屁股蹲下来，对着那案几上的茶杯撒了一泡尿。

神奇的是，尿没有从茶盏里涌出来，不知道流哪里去了。

三两二钱奉文臻之命，毁掉景仁宫地道出入口。

文臻自己抽不开身，不是没想过办法派人从地道口进去逮“老鼹鼠”，但这一处地道口因为总是掉尸首，已经被改掉了，再也无法从外头打开，文蛋蛋也没找到缝隙进去，文臻猜想永裕帝应该还有别的出入口，但皇宫这么大，一时也无法找。

既然打不开了，那就毁掉，他也别想再从这里出来。

此时底下一阵警铃急响，有无数黑衣人往通道口方向奔去，晴明带着人去修理被拍坏又被不明液体弄坏精密轴承的机关，头一抬，臭气冲天的液体滴落在嘴里，吐了一地。

等他狼狈地退下再到了皇帝身边，永裕帝捂着鼻子退后一步，挥手道：“你不用跟着我了，回去洗漱吧。”

晴明又道：“上头的机关好像难以修复了，也不知道是谁猜到那机关不怕拆解怕水……”

永裕帝微一皱眉，出口自然是景仁宫最好，毕竟景仁宫里到处是他的人和机关，但是此刻他有急事要办，也无暇去处理那机关，想了想道：“无妨，那处便废弃了吧。”

晴明便不说话了。

大师跟在永裕帝身后，永裕帝却忽然转身微笑道：“大师近日为朕护法，十分辛苦，也先留下休息吧。等朕处理完上头的事，便来接大师。”

那和尚也便一点头应了。另有一群人无声无息上来，簇拥着礼服严整的永裕帝行入前方黑暗之中。

永嗣帝一脚踏入多日未来的慈仁宫，便嗅见了一股清新的幽香。

这令他有些诧异，太后宫中，一向都只燃厚重的檀香。

他仔细嗅了嗅，确定这香没问题，便也没多想。

文臻落后他一步，心里想着事，感觉一个小太监从自己身边走了过去。

李瓜擦过文臻身侧，走到随便儿身边，悄声道：“娘娘心里在想，如何才能看一眼慈仁宫的厨房。”

随便儿认真地想了想，慈仁宫的厨房在配殿，帝后探望太后是没可能去厨房的。

随便儿想着，他娘肯定不是要用厨房，是想看厨房的格局？

片刻后，他去了后头，打开厨房的窗户和门。

太后寝殿的一长排隔扇窗可以看见厨房这个角度，但是却被一丛丛梅花所遮掩。

随便儿站在厨房门口，一边和厨子们聊着，一边看着那些梅花树。

然后那些梅花便无声无息落了，只剩下光秃秃的枝干。

那边文臻进了殿，便皱眉道："气味不佳，病人住处宜通风。"将窗户都开了，她本想站在窗前看一看能不能看到厨房，第一眼看见梅树那么多，再一眼看这季节怎么一朵梅花都没有，越过枝影再一看，有人正推开厨房的窗，探出一个大脑袋来。

催花狂魔随便儿对着他老娘"风情万种"地一笑，然后又幽幽翻了个大白眼儿。

身后永嗣帝一边走过来一边问："你在看什么？"

文臻做个手势，转身，随手关上窗："看野猫。"

她已经走了回来，永嗣帝也便无法再往那里去，但方才他已经隔窗看过一眼，斜对面是厨房，没有人。

他只好随文臻再走回去。

那边随便儿已经缩到窗下，想着老娘方才那个手势。

"赶紧走。"

为什么要他赶紧走？这厨房有问题？

文臻走到太后榻前，心中想着果然是这里。

闻至味临别赠给她一幅画，画里是个厨房，文臻看完之后便烧了，当时猜测这厨房应该是宫中的厨房，必有猫腻。她做过司膳女官，还经常去各宫伺候饮食，接触过这宫中绝大部分的小厨房，但是她没见过那样布局的厨房。

而这宫中她唯一没进来过的厨房就是慈仁宫的。

今日一验证，果然是太后的厨房。

那么，老祖宗画下太后的厨房是要告诉她什么？当年他在慈仁宫厨房伺候饮食发现了什么？

狡兔三窟，那些窟口都在哪里？

太后改建香宫，后来又偷偷查景仁宫，宫中恨不得能挖地三尺，为什么一直找不到永裕帝？

都以为永裕帝应该在景仁宫地下，可如果不是呢？

毕竟太后无论怎么挖，总不能挖自己的住处。

文臻心中滑过这许多事，面上却笑盈盈看着太后。

她还是第一次见床上那个老妇人，传言里说太后一头银丝却面容幼嫩，但现在，银丝是真的，幼嫩是没有的，床上就是一个枯槁得如秋叶，干瘦如僵尸的老女人。

她一眼就看出这是长期慢性中毒的表征。

随便儿干的？棒棒的。

太后挣扎着睁开眼睛。

这老妇人虽然中毒已深，却因为多年使用异族药物，身体里有些抗体，竟然在弥留之际清醒过来。

此刻看见永嗣帝，她目光一亮，还没说什么，永嗣帝已经淡淡道：“好教太后得知，儿臣今日登基了。”

太后的目光立即暗淡下去。

文臻瞧着她，心想，她知不知道厨房的问题？

想来是不知道的。

燕家的人一个比一个心机深沉，以至于谁也做不了幕后大黑手，谁都以他人为棋，谁都不能避免成为他人的棋。

这一局，不走到最后谁也看不清输赢。

“太后好生将养身子，后头还有几十年的福要享呢。”

太后一阵猛烈的咳嗽，似乎被这话刺激着了，却又无法对儿子发作，一偏头盯住了文臻，她眼神浑浊，看不清这珠光宝气的女子，以为是儿子新立的皇后，便气喘吁吁地道：“外人出去。”

文臻一抬手，掀掉珍珠面罩，笑吟吟道：“我怎么是外人呢，我是你儿子的内人。”

永嗣帝：“……”

太后却不识得她，只道：“让她滚，我有话对你说……”

永嗣帝看着她的焦灼之态，心中一动，正要说什么，文臻忽然道：“陛下，莫晓死的时候，亲朋好友一个都不在身边，也不知道她牺牲。直到三天后定州军乱，她的同袍才找到机会帮她收尸。”

永嗣帝手一抖，闭上眼睛。

文臻又冷冷道：“齐姑姑当年之所以教我学艺，是因为我身上莫晓给的香囊，而将我误认为莫晓。她时时疯病发作，唤我做阿巧，每次把我当成阿巧时，她便分外温柔些。有时候她还会唤‘永郎’，陛下，永郎是谁？”

永嗣帝眼皮抖动，手紧紧攥成拳，霍然起身，道：“太后还是好生休养吧，有什么话，好了再说也不迟。”

太后怔怔地看着他，摸索着要去拉他的手，永嗣帝立即让开，太后蓦然转头，盯住了文臻，嘶声道："你是谁！你……是谁！"

文臻把那累赘的大礼服脱了扔开，慢条斯理地道："我是你和你的唐家，这许多年一直不肯放过的文臻啊！"

随便儿没有离开厨房，他开始给厨房的人帮忙烧火。

厨房里的人在熬药做点心，热气腾腾，阻挡了很多人的视线。

随便儿选择烧火，是他觉得这满厨房的大蒸锅、大蒸笼，哪个看着都很可疑，又不能一一掀开来看，只有灶膛最安全，一方面燃毒烟方便，另一方面总不能有人从生火的灶膛里钻出来。

他想得非常有道理，然而世事经常不按道理来。

随便儿正想着心事，机械地往灶膛里扔柴火，因此也就没注意到那袅袅烟气里隐约一股不明显的淡香。

随便儿扔着扔着，木炭落地。

随便儿立即反应过来——他的手麻了！

再一看灶膛，不知何时火灭了，冒出一股焦烟。

随便儿眼珠一转，发现厨房里已经倒了一地的人，而厨房外有轻轻的脚步声传来。

随便儿从小学武学毒，抗毒性强，立即醒悟自己倒得太慢，顿时往后一倒，脖子一歪。

厨房外头走进人来，烟气中只能看见绣花的宫裙，是个女子。步伐却很轻，一柄雪亮的长刀垂在手边，经过一个人，便利落地砍下，那长刀渐渐滴血，她一路走一路杀，慢慢向最里边的随便儿走来。

随便儿倒在一边，一只眼睛看着她，一只眼睛看着灶膛。

灶膛里发出一阵轻微的移动之声，随即钻出一个人头来。仔细一看那人戴着铁面罩，想必是要阻隔灶膛里的热气和焦灰。

那人出来后不知碰触了灶膛哪里的机关，整个灶膛一分为二，又出来几个人后，一人从从容容地走了出来。

平天冠，黑底明黄纹饰的皇帝大礼服，眼眸深邃，姿态风流。

永嗣帝！

可永嗣帝不是在太后寝殿吗？他刚才还看见他往窗边走来着。

随即随便儿便看见了"永嗣帝"的指甲已经剪短了，但是边缘还是微微发红。

他立即明白了，这是便宜爷爷。

便宜爷爷打扮成这样，看样子有人要倒霉了。

眼看人都走过来，随便儿眼一闭，心中懊恼。

便宜爷爷指甲剪了，当初弹入他指甲内的慢性毒也不知道能发挥几成作用。

而自己浑身僵木，也无法驭使母蛊。

好在还有一根手指能动，弄出点动静喊三两二钱来想必没问题。暗中也有护卫，最后一定会出手。

再不然施放一两种毒药也行。

只是可惜这样就暴露身份了，也不知道会不会影响老娘。

但话又说回来，这里闹起来，老娘那里才能得到消息啊。

那女子依旧在一路砍过来，已经走到随便儿身边，随便儿手指正要动弹，走过他身侧的永裕帝忽然看了看随便儿，一摆手。

女子的刀停在随便儿上方，血液滴落在他脸上，随便儿不敢睁眼。

永裕帝低头看了看，认出果然是那晚遇见的那个小太监，他没来由地就是喜欢这个娃娃，看见他便心中微软，淡淡道："这么小的孩子懂得什么，罢了。"

那刀便收了回去。

永裕帝蹲下身，亲手给随便儿擦去了脸上的血液，随便儿感觉到他冰凉的指尖擦过脸颊，强忍住了没起鸡皮疙瘩。

随即永裕帝起身走了过去，身后人都没什么讶异姿态，陛下就是这样的，随时可以心如铁石，但也是真的温柔。

一个小太监饶了也便饶了。

随便儿悄悄放开了手指。

等人都出去，他滚到门槛前，一眼却看见德妃带着菊牙匆匆转过游廊，竟然是往厨房这边来了。

她马上就会撞上狗皇帝!

随便儿大惊，此刻他还不能动，只得一抬头，盯住了游廊侧的梅花树。

德妃发现随便儿忽然不见，有些不安，匆匆往后殿来，忽然膝前一痛，一低头，发现被一支梅花的尖枝给戳了。

她转头看着游廊两侧的梅树，梅花是不可能长到游廊上来挡人的，而其中一根树枝长得奇怪。

前方拐角传来轻轻的脚步声。

德妃眼光一扫，发现此刻游廊四面空荡荡，根本无处躲藏，她立即拉着菊牙翻过游廊，背对游廊，站到梅树前。

站过去本想作态采梅花，结果发现梅树一朵花都没有，花都落了。

那边门槛上随便儿想给自己一巴掌。

都给他先前摧掉了！

脚步声近了，人已经转过回廊，德妃忽然想起前几年在京中流行的一个话本中的一个段子，立即蹲下身，拔下簪子做挖坑状，又用手捧起那些残花，凄凄切切地捏着嗓子道："侬今葬花人笑痴，他年葬侬知是谁……"凄惨了两句，想不起来词儿了，只能掩面做唏嘘状，暗骂不知道那《石头记》作者是谁，当年她听这故事就笑骂矫情做作，如今哪里还记得那些酸词儿！

所幸菊牙配合惯了她家主子，立即将德妃一推，粗声道："你这蹄子，张嬷嬷让你来收拾这花圃，可不是给你闲工夫唱酸词儿的，赶紧做完了还得回去支应呢！"

两人这一搭一唱，一个自伤身世，见花落泪，一个泼辣粗疏，现实直接，倒十分符合慈仁宫内的宫女情状，两人都听见身后有人带着鼻音轻轻哼笑了一声，然后脚步声便过去了。

那一大群人听见的却只有一人的脚步声，两人都不敢回头，听得步声渐远，德妃舒了一口气，扶着菊牙站起来，把那刚才珍重葬下的花踩了一地，不敢再退回去，向着相反方向走，没多久就看见厨房门口还趴着的随便儿，赶紧将他扶起来，再一看那满地尸首，脸色顿时白了。

"那老不死？"

"嗯。"

祖孙互握着手，都觉得对方掌心冰凉，德妃抱起随便儿便走："没事，别怕，奶奶带你去找你娘去。"

但是她刚带着随便儿转了一个弯，就遇上了一个人。

那人平天冠，大礼服，一双眼深邃带笑，温柔地看着她，道："恻恻，花葬完了？"

慈仁宫厨房里，几道黑影跃下屋梁，按照文臻的吩咐，对着那个已经恢复原状的灶膛做了一番手脚。

文臻确定厨房是一个地下出口后，就已经想办法通知这潜伏在宫中的人出手，终究是地下的人出来得太快，没来得及，但是到底还是有文章可做。

寝殿里，太后听见文臻那一句，眼瞳猛然一缩。

随即她竟然猛地坐起了身，一把抓住了永嗣帝胸口衣襟，混乱而快速地道："我没有骗你，我只是虚应着唐家。你且再听我一次，离她远一点，还有那个小太监……那个李……"

文臻忽然在永嗣帝身后冷冷地道："陛下，建议您离太后娘娘远一点，我发现这殿中似乎有人隐藏。"

永嗣帝想起那些唐家剑手，立即掰开太后的手向后退去。

太后落在榻上，那句"渊是文臻的儿子"被掼散在了咽喉间。

她眼底泛出深红的血丝，死死盯着儿子，犹自不甘地挣扎着想说话，然而文蛋蛋已经悄悄地滚了过去。

文臻本想听她临终前会不会和永嗣帝说什么秘密，然而这把火险些烧到她头上，那便再也留不得了。

太后喉间的声音越来越低，盯着儿子的目光却始终不曾挪开，她还有千言万语未及诉说，她还要告诉他，他从来不是唐家的棋子，唐家才是棋子。告诉他那些年轻剑手不过是为了保护他，唐家的提议不过是一厢情愿，而她为了稳住唐家不过是口头承诺，这天下从一开始她就是为了他在谋算，她一个被时刻防备着的深宫妇人，与虎谋皮许些漂亮的诺言那都不过是上位者的常见手段，他自己也会使这样的手段，为什么临到头来却宁愿相信外人的挑拨，而不愿去理解她的苦衷？

然而这些话堵在了咽喉里，永远也没了再出口的机会，她的孩子，她十月怀胎一生为之呕心沥血的爱子，冷漠地立在榻前，避开她的目光，他的身后甚至站着他和她的生平宿敌，那个长一张笑面，却心若深渊的女子。

她的手指颤抖着，用尽全身的力气却只能轻微地痉挛，她还想对儿子说些什么，张了半天嘴却只发出一个模糊的"壁……"字，永嗣帝似乎是听见了，却将头转了过去。

她去摸床边，扯被褥，指节卡在床缝的边缘，却绝望地发现，那些大师们为她安排的机关都毫无动静，也不知道什么时候被毁掉的。

这令她心头冰凉。

这许多年，她以信"大日轮神"为名，建造香宫，日夜供奉，其实不过是为了奉养那来自普甘的神教麾下的大能者。她曾亲眼见过那大能者呼风唤雨，凭空移山，刀砍不伤，水淹不死，甚至多日不食不眠，依旧存活。

这样的神异给了她信心，她要留住这些人，为将来的某一日做准备。因此多年来隐居僻世，避免人来人往发现端倪。她对那大能者言听计从，按他们的要求命宫女以血抄经，日夜以苦修向神表示虔诚，并撙节用度给两位大能供奉了许多珠宝，也有从唐家索要，不过自从唐羡之接管川北事务之后，唐家在人力和财力上对她的支持少了许多，不知道是不是因为这个原因，留在她身边的最后一个大能莫名便失踪了……而另外一个早在几年前就因为被燕绥发现而后被她杀死了……数十年供奉，费尽心血，都只是为了爱子登上那最高位时垫实脚下道路，到得最后，他不听、不问、不信、不要！

她很想问他，连母亲的话都不信，却宁愿去信你的敌人，燕时信，你为什么！

然而她的目光渐渐涣散了，那些不甘的质问、不解的疑惑、喷涌的心火、无尽的郁愤，都在那双浑浊的眼眸里消弭寂灭。

她死了，至死眼眸不闭，紧盯着永嗣帝的方向。

文臻看懂她眼眸里的疑问。

你们唐家人就爱掌控别人的人生，拨弄他人命运，不知道也不在意那一弹指一言语，便是他人永远的悲剧。

你自以为为他好，为他卧薪尝胆伺机夺这皇位，也要他和你一般卧薪尝胆不得享人间悲欢，直到他失妻，丧女，蓦然回首才发现这一生汲汲营营，到头来还是一场空。

你要满足的到底是儿子坐上皇位的愿望，还是你自己的掌控欲？

日夜筹谋者，必将死于谋算。

永嗣帝早就转开了目光，直挺挺地侧脸对着窗外，听得身后侍从低声道："太后娘娘薨了。"

他便抬步向外走去，没有再看太后一眼。

文臻要跟上，他却道："还请皇后在此操持太后娘娘丧葬事宜吧，朕想静静。"

便有一群步伐轻捷的侍卫走上来围住了文臻，却并不是唐家剑手，永嗣帝果然不会再用唐家的人。

永嗣帝又道："还请皇后不要别生枝节，想想青州，想想朕答应你的事。"

文臻笑了笑，也就当真站住不动，唤人进来安排丧事。

她心中微微有些焦灼，心想，随便儿和德妃去了哪里？

永嗣帝心情烦闷，漫无目的地走了几步，不知不觉便走到了慈仁宫侧殿的一处壁画前，那处壁画画着长轮宗的远古故事，是大日轮神的诞生和神迹，画风艳丽而诡异，看得他心神烦躁，自然而然便走开了。

母后死了，他心里乱糟糟的，并无解脱的轻松，也谈不上太深的悲恸，却只觉得这冬日严寒，日光都似乎带着寒意，落在远处的一片金黄琉璃瓦上，泛出金属一般的冷光。

他想着自己那个好哥哥到底藏身在哪里，皇宫这么大，宫阙万间，他往地底一藏，谁知道他会从哪里出来？总不能皇宫的土全部翻一遍，何况宫中向来不可轻易动土。

他又看见香宫那些麻木的宫女缓缓走过，行尸走肉般大白天也看着让人发麻，他身边的亲信太监低声道："陛下，太后薨逝，这些宫女……"

永嗣帝明白他的意思，心中第一个念头是这些都是可怜人，放了算了，但转念一想，却摇了摇头。这些人很麻烦，留在宫中怕成祸患，放出去又会损害皇家和太后名声。

她毕竟是他的母后，予他血肉予他护持，他漠然看着她死去便是完成了报复，总不能令她再名誉受损泉下不安。

亲信太监低声道："太后信长轮神佛，如今莲驾西归，这些人跟随太后修行多年，应该也已经修成正果，为那莲驾之前的接引童子童女，也该一起随着去的。"

两人一边说，一边慢慢踱过了慈仁宫和香宫之间连接的便道。永嗣帝沉思半晌，最终没有说什么，亲信太监明白他的意思，当即躬身退下，准备安排慈仁宫的管事嬷嬷们去办这件事了。

慈仁宫的人动作很快，没多久就有嬷嬷赶上来，端着毒酒。

守在便道旁的是慈仁宫掌事姑姑巧玲十分恭谨地给他行礼，永嗣帝点点头，一眼看见香宫里似乎有人影一闪，不禁心中一动，下意识掠了过去，他的护卫们也紧紧跟着。

永嗣帝掠过去的时候，忽然觉得哪里不对，他回头一看，却看见巧玲冲他一笑，然后将香宫和慈仁宫之间相隔的门关上了。

落在最后的一个护卫立即回身去推那门，冷不防一柄带血的长刀穿门而出，刺入他胸膛，随即又闪电般收回，如果不是那门上多了一个带血的洞，地上多了一具尸首，真像什么都没发生过。

永嗣帝眼眸骤缩，靴跟一转，便要扑上殿顶，伸手摸向腰间。

他的护卫们也冲上来围住他。

正在此时，香宫里有人一声尖叫："太后死了！"

"他要我们给太后陪葬！"

"那老恶妇一辈子折磨我们，死了还要我们继续陪着！"

尖叫声凄厉，那些四处行走，万事都似漠不关心的宫女们忽然齐齐扑了过来。

有人把头上顶着的香戳向护卫的眼睛；有人拿着刺经的长针扎向护卫的咽喉；有人直接就扑过来，手撕头撞口咬……用尽全部的仇恨的力量，像僵尸们集体复活，瞬间香宫成地狱。

护卫们都是高手，却架不住这些人来得突然，杀得疯狂。那些人不畏疼痛不惧死亡，在长久的炼狱般的生活中早已失去了正常的人性和情感，又或者在太后死去以为终于解脱的那一刻得知要殉葬，那压抑在心底的恨便彻底冲破了理智的堤岸。

香宫女数众多，那些护卫很快淹没在疯狂号叫的人群中，黑压压的人头中鲜血飞溅，不时抛出断肢残臂。

忽然有人在殿深处高声道："这一对无道母子，母亲欺压残害了你们一生，她死了，儿子还要你们陪她下地狱继续受她欺压……杀了他们，朕许你们自由！"

永嗣帝如遭雷击。

但他并没有回头，大袖一展，已经使出这一生里最好的轻功，一步便上了墙，下一步便要掠上香宫的殿顶。

却在此时胸间一痛，真气霍然受阻，仿佛有一根潜伏的针在他全力运转内力的同时被调动，生生截得他真气一泄，便慢了一步，随即脚踝一痛，一低头便看见一个枯槁的宫女抱着他的靴子，低头死命啃咬，尖利的牙齿咬入了他的脚踝。

永嗣帝顾不得疼痛，猛地一甩，那宫女牙齿全断，鲜血横流，却依旧没有放开，而此时底下一个接一个宫女扑了上来，一个抱住一个，像一群蝼蚁吊在深秋的蚂蚱身上，拼命把他往底下拖。

扑上来的人太多了，为了生存，人本就可以爆发出平日不能有的力量，饶是永嗣帝一身流转如意的好武功，在此时也生生被一寸寸拖下了墙，他回首，手中寒光一闪，心里明白此时唯一的自救办法便是壮士断腕，然而一个残废如何能做皇帝，又如何能斗得过自己那恶毒的哥哥……只这么一犹豫，他被拽落，下一瞬那些宫女便像叠罗汉一样扑压下来，重重压在了他身上，他吐了一口血。

他的母亲为了他所作的全部罪恶，此刻都反馈到了他的身上。

下一瞬他双臂一振，全身骨节闷响，地面烟尘腾起，那些宫女全部跌了开去，宫殿深处有惊叹之声，似在惊叹他深藏不露，于此情境之下依旧还能有如此威势。

然而那惊叹里，又隐隐带着几分讥诮，似在讥笑在绝对的计谋前怎样的挣扎都是徒劳。

永嗣帝一边吐血一边起身，却在此时只觉得眼前一黑，再抬头，就看见那香宫的标志，那八个巨大而沉重的几乎从未挪动过的金缸，如一片无边无垠的阴影，从四面八方，隆隆地向他挤过来，盖过来……

第一百三十九章

朝臣第一

皇族丧葬事宜，一向由太常司负责，文臻不过将人唤来，随口吩咐便完了。

之后她正在传递暗号寻随便儿，忽然心中有警兆，一回头正看见永嗣帝缓步进门。

他立在门槛上看着她，依旧全套冠冕，平天冠珠帘晃动，遮没深邃眼神。

文臻没来由地背上忽然汗毛直竖，心想，这人走路怎么一点声音都没有？

眼前平天冠微微晃动，连脸都看不清，她又想这皇帝瘾还没过，也不嫌帽子重。

却见永嗣帝远远地坐了，自行取下了平天冠，还不胜重负地扭了扭脖子，似乎终于感觉到了重量。

文臻望着他，心中忽然掠过一丝疑惑。

既然也嫌重，方才出去这半晌为什么不顺便换了衣裳？慈仁宫定然是有他的衣裳的。

这念头一闪而过，却听永嗣帝淡淡道：“朕方才碰见了德妃。”

文臻一凛，顿时没空想别的了，面上却也淡淡的：“哦，娘娘可好？”

这问的态度明显敷衍，永嗣帝嗤笑一声，道：“你之前在宫中劫持闻近纯的时候，不是和德妃娘娘配合得很好？怎么，婆媳关系并未解冻？”

文臻听着这话，总觉得哪里不对劲，但一时也想不明白，便笑道：“哪里哪里，我和娘娘好着呢。陛下你如果拿着娘娘来要挟我，我怕燕绥伤心，一定会投鼠忌器的。”

她这话听来完全是反话，永嗣帝瞟她一眼，反而不提德妃了，忽然道：“德妃身边那个小太监很是可爱。”

文臻心中警铃大作，一脸茫然：“啥？什么小太监？娘娘身边不一直是菊牙吗？”

永嗣帝神情却不像在试探她，随口而发，笑道："朕欢喜那孩子伶俐，已经和德妃娘娘说了调那孩子来朕身边。"

文臻微微松口气。

德妃的身份被永嗣帝盯上，用来钳制她是应有之意。她只是怕随便儿身份泄露，如今听这口气，永嗣帝竟然是单纯喜欢他？

文臻又有点疑惑，上下打量他——随便儿当然很讨人喜欢啦，但是这事总觉得哪里还透着奇怪。或许永嗣帝丧女之后，对孩子分外有柔情了？

永嗣帝忽然起身，道："娘娘被朕安置好了，皇后你便不用操心了，且安分待着吧。"说着手一挥，一群戴着铁面罩的人无声从梁上落下，将文臻团团围住。

文臻笑着摊摊手，以示自己会很安分。

她当然会安分，因为她已经看见随便儿被一个侍卫抱着，跟在了永嗣帝的身后。

随便儿看起来还好，就是小身子有点僵硬，那孩子在侍卫肩头转头，遥遥伸出了三根手指，想了想，换成五根。

他和娘娘都没事，但是中毒了，需要三天……哦不五天自己解毒。

文臻瞧着永嗣帝扭头看了看随便儿，不知道吩咐了什么，便有人上前来，解下大氅给随便儿裹着。

文臻有些安心也有些讶异，瞧来永嗣帝竟然是真心呵护孩子。

眼看永嗣帝头也不回地出去了，那些铁面人上前督请她回凤坤宫，她一边走一边想，永嗣帝怎么好像有点像在避着她？

湖州战事未毕。

数日夜猛攻，众寡悬殊，林飞白战死，张钺受伤，平州军和湖州守军几近全军覆没。

林飞白战死后，原以为湖州须臾可攻下的联军也没有想到，那男子长守城头的姿态便如最后一簇火焰，点燃了湖州百姓全部的血气和决心。湖州坚守八日夜，所有官员全部上城，战死一半，到得最后，守城的已有很多是女子和十一二岁的少年。

周沅芷持剑站上城头，无论众人怎样劝说都一言不发，她撕下林飞白一截沾血的白色里衣绑在臂上。

之后湖州百姓上城头人人戴白。

那一色胜雪的皑皑的白，可染血，染灰，染这炮火焦烟，却不染颓丧畏缩和怯懦卑劣。

纵死侠骨香，不惭世上英。

湖州便以这残兵弱将、手无缚鸡之力的百姓，奇迹般硬生生又撑了两日两夜，打退了联军又三次进攻。城头上伤者死者无数，同袍的血流在一起，爬上城楼的联军不能举步，随时会被躺着的人一刀捅穿。

城头上全是人，却有一处角楼静静空着，步履匆匆满脸血迹的人们经过都会匆匆一躬身。

联军从未想过，迈出川北的第一步便遇上了前所未有的难啃骨头。

两日后。

湖州城头几乎已经没有能够站立的人。

唐易联军准备进行最后一次猛攻。

不管之前如何艰难，这一次湖州终于要在联军的铁蹄之下敞开城门！

城头一片低低的呻吟声里，周沅芷用剑支撑着身子，艰难地半跪起身。

她终于离开了站了两日夜的位置，慢慢地向后头角楼挪去。那是飞白离去的地方，自然也是她最后的选择。

初升的日光泼洒城头亦如剑光，她在日光里眯起眼睛，最后一次看了一眼城外。

然后她忽然顿住。

晨间淡淡的雾气尽头，城外山坡上，忽然出现一片沉沉的乌云。

不，不是乌云，是……军队！

周沅芷慢慢睁大了眼睛。

是唐家的后续军队吗……

唐军阵营里却起了一阵异常的骚动，备战的阵营开始掉转阵头。

城上静默过后，猛然爆发一阵足可冲上云霄的欢呼。

“是我们的援军！”

“我们等到援军了！”

呼声里，人们纷纷挣扎起身，拿起武器再度扑上城头。

周沅芷静静地靠着角楼的墙壁，抚摸着那冰冷的砖石上已经凝固的红痕，良久，笑着落下泪来。

潘航立在山坡上，遥望破损处处却依旧矗立的城墙，痕迹斑驳却依旧紧闭的湖州城门，惊愕而又感叹。

惊愕湖州居然未破，感叹湖州居然未破！

同时心间也升起淡淡的苦涩。

唐羡之太厉害，他来得太迟了。

一路不断被阻，更在横水遇上了真正的唐家小楼，苦战一日夜后还是靠着机关术勉强冲出，但直到现在，他的屁股后头还跟着唐家小楼的剑手，面前是唐家大军，他此刻赶来是将自己陷入夹击之势，无法摆脱的被动之局。

他现在能做的就是尽量救人，能救多少救多少，以及尽量杀人，能杀多少杀多少，想要打赢唐家护住湖州是做不到了。

潘航咬了咬牙，正要趁小楼剑手还没追到，先以骑兵穿插唐家阵形抢入湖州救人，忽见前方有人高举唐家旗帜，飞驰而来。

“唐家来使，有要事与将军相商！”

一刻钟后，潘航在对面湖州军民疑惑的眼神中勒马，下令停止进攻。

半个时辰后，正在进攻湖州的唐易联军开始后撤。

主将大帐里发生好几轮争吵，有人负气而去，但最终主帅唐羡之的命令还是有条不紊地执行了下去。

一个时辰后，唐易联军收缩阵形，退后一里，让开道路。

一个半时辰后，潘航率领剩下的两万七千余人到了湖州城下。

城门紧闭，他抬头看见城上一张又一张警惕又愤怒的脸。

湖州守城的人们已经从一开始看见援军的狂喜欢呼，堕入了绝望的地狱——唐家没可能主动退兵让路，这种情形很明显援军倒戈了。

湖州完了。

唯因如此，人们心中反而升起腾腾怒火，手指紧紧抠住冰凉的城墙。

已经牺牲这么多，抗争这许久，绝不愿最后放下武器乞怜求生。

湖州不低头！

潘航抬头看着那一张张满是敌意的脸，心中苦涩更浓。

方才，联军主帅唐羡之派人来和他谈判。

唐军撤退，放弃攻打，允许他派三千军入城保护百姓，并承诺绝不再伤湖州一人。

条件是湖州打开城门，开放通道，提供军需，允许唐军派兵驻扎，并承诺主力唐军离开后他和湖州所有军力绝不追击。

潘航不能不答应。

想要在夹击之下战胜唐家护住湖州已经绝不可能，一旦开战，三万军填进去，固然能令唐家军损失惨重，但是湖州的损失一定更重，而最终的结果依旧是联军踏平湖州，到时候湖州会面临什么局面？会死多少人？

而唐羡之这个选择令他意外，也更加警醒。

时间对现在的联军来说实在太重要。在湖州意外地被挡住了八天，如今他率兵而来，真要开战，最起码还能绊住联军三天，更不要说还必然会有不小的损失，战局瞬息万变，十余天时间足够朝廷调兵和沿路州县做好准备，到那时这一路原计划直取中枢的联军，由于时间耽搁和战力受损，后果也不可估量。

而如今和平停战，不再浪费时间和军力拿下湖州，还能获得补给，于唐军来说是最好的选择。

是最好选择却未必是能令人接受的选择，联军苦战湖州七八日，早已打出了火气，眼看就要顺利得城，却功亏一篑，谁能甘心？

唐羡之做出的抉择出人意料，承受的压力想必也不小，潘航带兵多年，对唐羡之的决断和眼光由衷佩服。

这位才是殿下和文大人最强有力的对手。

潘航下决心没用多久。

文大人曾经有信给他，要他无论如何以人命为上，万不可学那些腐儒空谈什么家国，没有人哪来的国？

所以潘航哪怕明知弃战谈和，自己放弃抗争会给唐羡之争取时间和便利，为后来的大局带来不可知的变数，也不能不同意。

他仰起头，等城上一轮怒骂过后，才说清楚了谈判的内容。

城上，张钺和白林等人听完久久沉默。

一旦开城门保住了百姓，他们的仕途和名声也就完了。

随云书院的院正，白发苍苍的老头子也上了城门，听完了，手上颤巍巍搬着的石头险些砸了自己的脚，老头子把石头抬起来，就对城下扔了下去。

伴随一声怒吼："丈夫死国可矣，变节万万不能！"

老头子一声怒吼之后，城上百姓齐声狂呼："变节开城，万万不能！"

"辜负牺牲，万万不能！"

士兵伤亡将尽，文人也上了城头，现在城上有很多州学和随云书院的学子。

文人不惧死，最怕千秋骂名。

呼声如潮，远远传出，唐易联军也有听见，一阵骚动。

联军里也有很多人反对这个谈判，立即有人要劝说，唐羡之淡淡摆手。

他愿意再等等，给湖州一个机会。

如果真的执迷不悟，他也不介意血洗湖州。

张钺和白林对视一眼，神色黯然。

如果还是四年前的张钺，他此刻会做和老院正一样的事，别说开城，谁给他这个建议，他就敲谁一个头破血流。

但是在文臻身侧的四年时光，他已经学会了圆融，学会了思考，学会了脱开传统的忠君忠一姓的思维模式，重新去看待关于生命、自由、尊重、自我……那些和这世界格格不入却又永久高悬于星空之上的那些哲理。

气节的背后是万千人命，是一座城。

湖州在这八天的抵抗中已经付出了巨大的代价。

他的名节为轻，可这一城的百姓谁来护?

此刻是最好的机会，若非潘航带兵来援，联军再耽搁不起，唐羡之绝不会留给湖州任何生机。

可此刻群情激愤，巨大希望之后的失望让人激起血勇也失去理智，百姓不肯开城，不肯让出湖州，那么即使他强硬下令开城，唐军入驻之后，也会惹出祸事。

一浪高过一浪的呼声里，张钺转头，轻轻问周沅芷："如果……如果林侯还在，他会怎么做?"

周沅芷一直抓着林飞白的剑，一动不动站着，她的颊上不知何时添了一道血口，口子不浅，十有八九会留下痕迹，这爱美的大家闺秀却连抹都没抹。

听见这一句，她苍白如雪的脸才微微有了一点表情，却并没有回答张钺的话，忽然侧身，竖掌，一掌狠狠敲在老院正的脖子后。

老院正眼白一翻，倒地。

狂呼声戛然而止。

张钺："……"

周沅芷也不理会任何人，靠着城墙，对底下道："潘将军，我是林侯的未亡人。"

潘航忽然便张口结舌。

半晌，他吃吃地道："林……林夫人……"

一句话他说了好久，眼前忽然掠过那一年留山四季树花叶金红时，那个高挑的丫鬟冷冷淡淡地道："想娶我，你不配。"

潘航的视线忽然有些模糊，他死死咬住了牙。

听见那女子在城头上，淡淡道："林侯原本戍守平州，与这湖州并不相干，但是在察觉湖州即将被偷袭后，他星夜奔驰，驰援湖州，其时他已劳累多日，伤寒未愈。"

城上城下，鸦雀无声。

"他撑着重病之身守城六日夜未曾闭眼，最终没能躲过联军一发炮弹。但他不是被炮弹炸死的，他是活活累死的。为了不动摇军心，他死后还坐在城楼上，守着军民，守着湖州。"

人群中渐渐有饮泣之声。

"我在给他收殓时，发现他已经被冻僵，衣裳和肌肤冻在一起，无法换衣，也再也无法躺下来安睡了。他只能维持着这样捍卫和守望的姿势入葬。那一刻我在想，他该多累啊。”

哭声越来越响。

“也许有人认为他是神将之子，他要捍卫林家的荣光，要履行为将者保家卫国的职责。但是我想有件事也许你们不知道。就在前不久，神将被召回天京，永裕帝怕他功高盖主，赐了他毒烟一把，将他下了天牢，也同时宣召飞白进京，如果不是后来陛下下旨令飞白来平州，想必飞白的待遇不会比神将好。”

哭声骤然止住，人们惊愕地瞪大了眼睛。

“然而来平州后，他依旧受到的是监视、排斥和挤对。这和之前二十年是一样的，你们看见的是神将之子少年封侯，我看见的是他作为质子久居天京，看似深受帝宠，其实寸步难行，无法拿起心爱的弓箭驰骋沙场，只能在纸醉金迷的天京消耗时光。明明来平州是要守卫平州，可平州军吃空饷，无兵无粮，官员推搪……他来平州不过半月，不仅要操心训练，还要和那些尸位素餐的官员们周旋筹谋……呕心沥血，不得安宁。”

人群里响起愤怒之声，人人红着眼眶。

“说这么多，只为问大家一句。朝廷待他父子如此，他依旧一腔碧血赤心不改，星夜驰援湖州。湖州军跑了，他却来了，他为谁而来？”

“是为了这冷血皇朝？为了这无良官员？为了自己的千秋令名？还是仅仅是为了这湖州数十万生灵！”

万民沉默。

“只是为了你们，为了湖州啊！”周沅芷长剑横胸，热泪横流，“你们怎么就不明白，抛掷了他拼死保下的性命才是真正辜负了他的牺牲！他付出了一切，守住了你们的性命，不是给你们拿来意气用事的，不是给你们拿来全自己令名的！你们的命都是他用命换来的，你们有什么权利逞这匹夫之勇！

“你们要拼这一身的血，对得起他流的血吗！

“你们真的理解了他拼死守城的真义吗！

“你们的那点所谓千秋声名对得起林家父子的牺牲吗！”

她缓缓横剑，对着自己的脖颈，冷声道：“开城。”

“这千古骂名我来背。将来谁若来斥，你们便道是林侯遗孀以死相逼，要你们开城。如果你们还不肯，如果你们为了那狗屁不如的不甘和气节，不惜背着骂名逼死我……”她将剑锋凑近了些，淡淡道，“那正好，我去陪他。”

城上人人如泥塑。

忽然一阵急促的脚步声响起，众人机械地转头，就看见湖州刺史张钺快步奔下城楼去了。

人下了城，声音远远传来：“我是湖州刺史，我有权决定，开城！”

白林站在城头上，一挥手，道：“降旗。”

湖州城头燕字旗缓缓降下，远处联军的骚动渐渐平息。

唐羡之深思，这些优秀的女子啊……

文臻身边的人也这么出众，如星光耀眼，千秋史书，亦能留惊艳一笔。

城门缓缓开启，无数的百姓站在城门之后。

湖州是最早应战的城池，也是附近最强，众人最引以为傲的城池，最终却以这样的方式迎来了叛军。

虽败犹荣。

潘航和唐军各数千人分两列入城，这种守军和叛军相安无事入城的景象，蔚为奇观。

唐羡之却没有入城。

很久以前，他想过，如果有一日攻下湖州，他要去看看文臻住过的府邸，要在她的城池走一走，感受所有她留下的痕迹。

湖州的风，湖州的景，湖州的每一寸土地每一座楼，都浸润着她甜蜜的气息。

但是此刻他只是深深遥望湖州，看那湖州城头换了大王旗，看那飞檐斗拱，鳞次栉比，阻止了他的脚步，影响了他极其重要的计划，浪漫又强大的城。

然后于午后晴而冷的日光中，他拨转马头，日光打亮他的轮廓，而轻骑如风，掠过东堂大地。

青州大营一处戒备森严的帐篷里，西番王女怔怔地坐着。

她听说弟弟已经不行了，现在正是回去夺取大权的好时机，奈何那燕绥和林擎言而无信，总在拖延着不肯放她，尤其是燕绥，走之前还给她吃了毒药，十分坦然地告诉她，这药需要按时吃解药，否则便会毁容，浑身溃烂而死。

她知道燕绥和林擎不信任她，不打算放虎归山，唯因如此，她更不能束手待毙。

这几日她使尽浑身解数，试图收买或勾引看守自己的人，可是那些兵像木头做的，都离她远远的，她根本没有任何机会。

忽然外头传来脚步声，西番王女知道是有人给她送饭并巡察，她想着那个每日送饭的铁面男人，叹口气，懒洋洋地走过去，不想今日看见的却是一张年轻英俊的脸庞，带着几分对她的好奇仔细打量她，同时也似乎不太清楚这里头的规矩，站得离她很近。

西番王女浑身一紧，心剧烈跳动着。

她知道，机会来了！

她悄悄整理裙裾，学着当初闻近纯教她的款款地走了过去，微微偏转自己最为美丽的右脸，端庄而又清纯地，冲那一看就地位不低的年轻将领一笑。

那年轻将领怔了一怔，脸腾地红了。

西番王女心中狂喜。

文臻盘膝坐在慈仁宫里，身后都是穿丧服进宫哭灵的命妇。

太后薨逝，内外命妇都要进宫哭灵，她每日就带领着这些命妇在慈仁宫守殿，主持着丧葬事宜。永嗣帝有时会来后宫，倒是遵守承诺会和她说一些朝堂事务和紧急军情。

和之前的态度不同，永嗣帝忽然改了口风，表示西番狡猾桀骜还贪婪，不可议和，否则必有割土之忧，而东堂国土一寸也不能让！

文臻听说之后还略有些欣慰，心想之前他似乎无所谓议和也无所谓割让，如今倒有气节起来了。但不议和，主战，终究对燕绥有利，她也安心了几分。

皇帝下旨，务必将西番打残才能一劳永逸，为此严厉督促筹备粮草军械，运往前线，倒免了文臻之前怕朝廷不出力的担心。

随后便有消息传来，西番皇帝在和燕绥和林擎对阵时遇刺，重伤昏迷，大军大乱，西番王女逃回西番大军之中，软禁并杀戮将领，拿下了军权，然后撤出了徽州。

而建州那一路，原本出现莫名其妙的兽潮冲垮了建州军，正在海疆守卫的大皇子趁机出兵，眼看便要穿过建州，却在此时忽然出现一队白衣人，人数不多，人人皆冰雪之姿，却对那些凶猛的异兽十分有手段，寥寥几十人硬生生阻住了兽潮，几十人每人骑一匹兽，赶回了大荒沼泽。说来也妙，回去的时候这一队人还稍微绕了点路，从苍南州经过，顺手将季家的军队践踏了一番，这种举动很像是朝廷的人，但满朝上下，没有人知道这些神秘人的来历。

建州军是临时抽调的，原本也不是完全没战力，纯粹对那些兽不了解，无从下手，如今凶兽一去，建州军加上朝廷紧急调拨的军队，堪堪也就护住了建州一线，没让西南一地彻底陷入战火。

这两个算是好消息，但是另外有些消息却不大好。比如邱同带领的大军确实截着了西番军去池州的军队，也将之套住了，却忽然在背后遭到了长川军的埋伏。

文臻非常震惊，长川军叛变了？易人离是出事了还是变节了？这不可能啊！

另一支拦截去衡州的西番军的七万精兵倒是将西番军打得落花流水，却在那里遭遇了易铭的机关铜人阵和部分联军。潘航带领三万军一个转身进入川北之后，易铭没有追击，却趁机将衡州附近的戍卫营解决掉，使之不能驰援湖州。之后黄雀在后，在中文和闻近檀追击西番军的时候偷袭，她的机关十分强大，又是偷袭，趁七万兵正疲惫的时候一战而胜，西番军趁机逃脱。

两处逃脱的西番军又汇聚在一起，消失在东堂大地上。以至于林擎和燕绥不敢懈怠，日夜巡逻于边境，就怕某一日再出现一个徽州。

单一令等人不顾年纪老迈，一直亲自督促粮草，运往前线，湖州出身的官员基本都依附于大司空和李相麾下，于此事很是积极。

西番接连受挫，这回真的递了议和的国书来了，朝廷这几日正在为此争论。因为不好的消息又来了，唐家和易家已经联合反叛，安王也出兵了，季家显然有些不安分，湖州成为联军攻击的第一站，正在苦撑，朝廷已经紧急调兵，但是也不知道能不能赶到。

东堂现今竟然是处处战火，四面楚歌。

如同之前说的，群臣忧于内患，倒是更倾向于议和。

皇帝的态度并未和文臻明说。他很少来后宫，来了以后也是被人群簇拥着，远远地坐在一边，根本不给文臻接近和出手的机会。

也不知道是不是因为战事频仍，他心绪烦躁，最近身体状况很是不好，脾气也很不好，已经杖毙了好几个宫女，倒是有传言他很宠爱新进的一个小太监。

由于皇帝的疏远和淡漠，那些进宫哭灵的内外命妇渐渐又有流言出来，说新皇后毕竟出身平常，并不受宠，身边总跟着很多人，想必也是皇帝怕她不懂礼仪，于这丧仪大事之上失了皇家体统，因此常用些怜悯的眼神看着这位“乡下新皇后”。

文臻不过一笑而已。

这几天她一直在试图救出随便儿和德妃，但是听风声，随便儿好得很，贸然去救反而可能引起皇帝怀疑带来危险，她对随便儿的能力有信心，只命人遥遥监视着皇帝便罢了。德妃却是遍寻不着，这令她颇有些焦灼，但皇宫太大，管制又紧，自己的人手又不多，也只能慢慢地寻找。

她时常戴着珍珠面罩，稍稍化妆，她在京做官时间并不长，做的是朝官，也不会和后院女子打交道，因此这满天京的贵妇真没什么人认识她。

皇帝总不来她面前，防备得滴水不漏，委实找不到什么机会下手。

她也在犹豫着，当此战事凶险之时，宰了皇帝事小，朝廷大乱风雨飘摇，影响了前线作战就事大了。

她十分忧心湖州，却知道此时自己赶回去也来不及了，听说林飞白赶去守城了，她更加忧心了。

希望他一切都好。

今日依旧是哭灵，忽然人群起了一阵骚动，文臻回头，就看见永裕帝的皇后被人扶着缓缓地进来。

众人神色都有些尴尬。

近些日子朝堂走马灯一样换皇帝，以至于对这宫中人的称呼都一日三变。现在这位皇后，众人都不知该如何称呼迎接，只得含糊避开。

文臻听说自从安成帝“禅位离宫”之后，这位原太后坚决不肯信，为此大闹一场，却被永嗣帝“请去疗养”。就在重华殿隔壁收拾了一间宫室请她住了进去。后来也便不再闹了，原以为她从此安分，如此也能多活些时日，毕竟安成帝是被“禅位”，对前一任的母后必须要尊重。

如今太后薨，她却来了，礼仪上不可阻拦。

皇后也老了许多，脸色平淡，再不复当年假作的温柔贤淑，也没有多少的悲愤之气，倒像是被现实的重拳一次次击打之后终于认了命，脸上是空洞和麻木。

她来了，文臻得让出最前面的位置，皇后耷拉着眼皮，也不看她，往那一坐，疲倦地道：“今夜本宫为太后娘娘守夜。”

文臻含笑应了。

皇后身后跟着的一个小宫女忽然对她眨了眨眼，文臻就明白这位也是暗线之一了。

那宫女服侍皇后跪下后，自己便慢慢退后，经过文臻身边时裙摆一动。

文臻按在地下的手及时盖住了一个蜡丸，然后她剥开了蜡丸。

片刻之后，跪在她后头的鼎国公夫人看见新皇后的后背一阵颤抖。

这位新皇后虽然屡屡被非议，但气度一直很从容，众人从未见过她失态。

此刻看那一阵明显的颤抖，众人都有些愕然。

文臻霍然站起，一把掀掉珍珠面罩。

她眼底通红一片，眼泪无声无息涌出，将那些厚厚脂粉冲开。

有人认出了她的脸，一声惊叫。

文臻却什么都听不清了。

她浑身轻微地颤抖着，整个脑海里都是落雪的城头、围困的大军、染血的城墙、死不下城头的不朽的人，是那短短急报里触目惊心的述说：“联军围城，湖州军畏战，都尉驰援，苦战守城六日夜……阵亡。”

最后两个字如烙铁，烫得她脑海如沸浑身却冰凉，她穿过密密麻麻的白衣人群，一边走一边脱孝衣，每落一件便有一人倒地，她的侍女嬷嬷们慌忙上前救治呼喊，整个灵堂乱成一团。

一片混乱中，也就没有人注意到，原皇后也悄悄起身出了慈仁宫。

文臻急奔向仁泰殿。

一路上有无数的人涌上来拦她。

然而没有人能拦住她，她动用了文蛋蛋，动用了身上所有的毒物储备，吹起了驭兽哨，施展了毒针，甚至在金吾卫垒成人墙阻住道路时跳进了御花园的湖水，一路从湖水中破冰而去。

她用尽了这些年学会的所有技能，也展现了这些年里从未有过的决心和酷厉，再无任何顾忌地向外闯，十步杀一人，千里不留行。

所经之处，一地殷红。

直到仁泰殿下，却在仁泰殿长阶之下停住。

她的毒药已经用尽，体力耗费巨大，内腑一片空荡，湿透的衣裳结成了冰，而比先前更多的金吾卫一层层像无垠的海般拦在了她面前。

她再也无法像先前一样势如破竹而去。

大朝会竟然还没散，此刻殿门大开，广场之上，单一令带着无数臣子长跪，有人在挨刑杖，木板一声声击打在体肤之上声响沉闷，那颗微微垂下的头颅白发苍苍，文臻发现那竟是李相。

广场上单一令跪在地下，声音悲愤：“陛下，不可啊——”

文臻心一跳，站定。此时单一令听见喧嚷也回头，看见文臻，眼睛一亮，急声道：“文臻，来得正好！陛下说西番已经臣服，而朝廷支撑几处作战，捉襟见肘，应以国内战事为重，着令从今以后的粮草武器不再运送至青州，顺水路改道运往衡州和建州等地……”

文臻霍然抬头。

之前西番军锋猛烈，需要他们对抗西番，便粮草顺利，全力支持。如今眼看西番有了颓势，便要过河拆桥，抽回粮草和援军！

可西番虽然连连折戟，但主力军队并未损失。当下的臣服和议和都很有可能是缓兵之计，好不容易集结了那许多军队，西番绝不甘心就此打道回府！

而燕绥和林擎带兵在青州一线苦战，几次大战下来，粮草军械消耗必大，又值隆冬，作战艰难，正是需要后勤补给的时候。

皇帝这是算准了林擎和燕绥一定会苦撑，是要利用他们到死，而自己毫无负担和良心地专心对付世家反叛吗？

顺便还可以借西番彻底消耗燕绥的力量，使他再也无法报复是吗？

殿上忽然走出一个内侍，手里一卷明黄圣旨，道：“圣旨已下，众臣接旨！”

随着这一声传令，广场上金吾卫奔了来，在广场边缘列队，衣甲和武器交击的声响清脆，有些大臣腿肚子开始发抖。

金吾卫在无声逼近，渐渐有人低头站起，走到一边。走开的人越来越多，最后还跪在那里的，只有单一令、厉响、周谦，还有几个湖州出身的年轻官员。

更多的金吾卫和皇帝亲兵龙翔卫快步过来，拦在文臻和单一令之间。那太监快步下阶，道："大司空，接旨吧。"

单一令跪直了身体，缓缓道："请陛下恕臣无状——乱命不可接。"

殿内忽然传出一个幽幽的声音，似乎还带了几分好奇："为何？"

"陛下，西番桀骜且无信，此刻求和不过是缓兵之计，一旦朝廷撤援兵和粮草，西番很有可能卷土重来，届时边军孤悬一线，死伤必重，请陛下怜惜将士性命！"

"这不过是你惊弓之鸟，胡乱猜测。"

"可陛下，若是西番真的卷土重来，边军缺粮、缺武器、缺补给守不住青州，那东堂就会失半壁江山！"

"现在东堂的半壁江山已经受到了威胁！你知不知道，今早军报，湖州沦陷，唐易联军合兵，连克数城，已经离天京不过百里！攘外必先安内，西番求和不接，非要多线作战？空耗我东堂国力粮草，单一令，你安的是什么心！"

声音到后来已近咆哮。

文臻没有立即出手，在观察着地形，同时看着单一令，只觉得老师气色很差，脸色青灰，双目凹陷，神情虽然稳定，手指却一直在痉挛。

这模样依稀有些眼熟，她皱起眉头。

"老臣安的是为国为民，求东堂万万年的心！"

"说得倒是冠冕堂皇。"皇帝讥诮地笑，"只是你一把枯瘦老柴，一介为药膏所掳获的瘾君子，连自己的瘾欲都无法控制，谈什么朝政，说什么为国为民，配什么文臣第一？朕倒是要问你一句，你今天抽烟了吗？"

这一声轻而悠长，语气却刁毒凶狠，所有人骇然抬头！

众目睽睽里，单一令背影一动不动。

文臻心中一沉。

当初福寿膏事件，所有人都被逼戒断，只有单一令年纪大了，不能自拔，也没有了体力和健康去坚持戒断，自此得了特许，允许继续抽烟。她本就担心这东西戕害老师身体，屡次劝说，却没想到，这膏子果然是没戒，而且听皇帝口气，似乎瘾越来越重了。

一个太监捧着一个小罐站到单一令面前，将那罐盖揭开。

一股奇特的香气散开，十分浓郁精纯，单一令一直岿然不动的背影终于颤了颤。

他死死盯着那罐子，枯瘦的手指下意识伸出。

那太监含笑看着，还把罐子往前递了递。

厉响厉喝：“老单！”

单一令如遭雷击，手指猛地缩回，重重撞击在地面。

他双手拄地，微微喘息。

体内似乎有无数蚂蚁在爬，在啃噬他的理智和五脏六腑，那种绵密空虚而又无尽的痛苦令他看这巍巍金殿也生了黑色的重影，像一座地狱之山般悍然压下来。

他知道他坚持不了多久了。

从前几天开始，他的福寿膏就断了，而满天京也寻不出一罐来，他已经煎熬了好几日，今早撑着上朝时，衣服瞬间汗湿都穿不上身。

眼前那飘着异香的罐子是这世上最巨大的诱惑，也是最可怕的陷阱。

接过去，他从此就是被皇权控制的行尸走肉。

拒绝掉，他会很快失态、失禁、翻滚、撕扯、狂叫，在群臣之前丢尽颜面，再也没有任何资格和立场带领群臣，去抗拒那乱命。

无论走哪条路，都是他的绝路。

金吾卫龙翔卫隔在文臻身前，都戴着面罩，死死地盯着她。

文臻紧紧盯着人海那头的单一令，忽然道：“老师，接旨吧。”

众臣更加震惊地转头看她。

“接吧。这朝政掌握在暴君手中，不是你一个手无缚鸡之力的文臣可以抗衡的。你今日便是拼了这命，他的圣旨也能从你们的身体上踩过去，自有无数人为了前途和未来抢着去执行。”文臻道，“老师，不要逞无谓之勇，接吧。”

单一令抬头，看着巍巍大殿。

半晌，他缓缓笑了一下，伸出双手去拿那个放在他面前的瓷罐。

文臻舒了一口气。

她知道短时间内自己很难闯过这重重大军去救老师，但是她安排了三两二钱在附近，以三两二钱的速度应该能救下老师。

但是老师自己接了也好。

单一令弯身去拿瓷罐。

文臻忽然心中一跳，立即召唤了三两二钱，银蓝色光芒如闪电般射来，然而终究是慢了一步。

单一令忽然头重重向瓷罐一撞！

瓷罐在他头骨之下碎裂，福寿膏流淌一地，而他的头砸碎了罐子之后，重重砸在青石地上，亦发出碎裂的声响，深红的血与深黑色的福寿膏交融在一起，在地面上铺开。

广场上瞬间寂静如死地。

文臻撕心裂肺："老师！"

三两二钱行动如电，然而终究快不过大司空那一霎的决心。

单一令依旧跪在自己的血泊里，双手紧紧抠住地面，用最后的力气嘶声道："陛下，老臣以死戒断！"

"老臣依旧是这朝臣第一！

"老臣为官三十载，门生无数。这天下百姓，都知司空姓单！

"开国皇帝有训，为君者不可逼臣死谏，若有死谏事发生，若有重臣横死，一切圣旨当搁置再议！

"请陛下收回成命！"

他撕心裂肺的喊声回荡在空旷又拥挤的广场之上。

群臣盯着那一地碎片，只觉得浑身发冷，颤抖剧烈不能止，而苍天如穹顶，重压于头颅之上。

文臻忽然跪了下来。

"尚书令文臻，上禀于永裕帝驾前。"她的声音十分清晰，传遍广场，"陛下乱命，臣不敢接，请陛下收回成命！"

众人骇然看她——她是气疯了吗？

永裕帝？

厉响忽然冷笑，也磕了一个头："鼎国公厉响，上禀于永裕帝驾前！请陛下收回成命！"

李相推开执行廷杖的太监，老泪纵横地翻下了刑凳，爬到汉白玉石阶前："丞相李绝非，愿为死谏第二人，请永裕陛下收回成命！"

周谦以首顿地："请陛下收回成命！"

那几个年轻官员砰砰磕头，额头带血："请陛下收回成命！"

刚才走开的一个官员又走了回来，捂住脸，肩头耸动，半晌一个头磕下来："请陛下收回成命！"

越来越多的人走回来，跪在单一令身后，于冰冷的广场上，低头看着老臣的血液缓缓流过自己膝前，想着方才文臻那声称呼，心头如被雷霆劈过，裂出无可弥补的缝隙和终于洞明的真相来。

原来一切都是骗局。

原来所有人都被那金殿之上的人翻覆于掌心玩弄。

"请陛下收回成命！"

人群越聚越多，呼声越来越响，金殿似乎在朝臣越来越愤懑的呼声中微颤，传旨的太监白着脸，一步步向后倒退。

文臻的声音再次响起。

“陛下，林擎和燕绥已经被你兔死狗烹了一次。他们不计前嫌，还在前线捍卫东堂，你就要兔死狗烹第二次吗？

“你凉薄如此，恶毒如此，对得住这些曾经为你的江山殚精竭虑，为你的皇朝耗尽心血，甚至为你的所谓死亡痛哭流涕的臣子们吗？

“你的白骨皇座垫着燕绥和林家父子的血，垫着大司空的血，垫着安成帝忽然永嗣帝的血，还需要这广场上的无辜臣子们多少的血浇灌，来维持你那虚假的光辉呢？”

她的声音引起回音无数，群臣们仰着含泪的脸，像看一场忽降却不肯停的大雪一般看着沉默的仁泰殿。

只有单一令软软地垂着头，他在血泊里照见自己枯槁的颜容，最后一刻却绽放安慰的笑容。

“回陛下的话……老臣再也不用抽烟了……”

第一百四十章

你后不后悔

天京城外，长长的载满粮食和武器的车马等候在渡口，而在渡口侧方也有一条官道。

从渡口顺流而下，可前往衡州等地，而转身往官道走，则能北上青州。

押运粮草的军队已经集齐，盔上青缨迎风飘扬，所有人的眼睛都齐刷刷地看着马上的运粮官。

由姚太尉亲自兼任运粮官，此刻他端坐于马上，紧锁眉头，不住回望天京方向。

一个将领策马过来，轻声道："太尉，时辰已经过了……"

这一批粮草原本要押送去青州，却临时接到通知要求上船去衡州，最前头的已经装船了，被姚太尉拦了下来。

他说还有重要的事，迟迟不肯走，众人都莫名其妙地看着他。

姚太尉神情染上一丝焦灼，吸一口气，道："再等等……"

这一批粮草军械一旦运上船顺水走，就再没有可能运往青州了！

虽然不清楚宫内发生了什么事，但姚太尉多年主管军事，立刻嗅见了这件事里包含的危机和杀机，下意识地便要拖延。

眼看官道上安安静静，姚太尉不禁焦灼地握紧手——老单他们在做什么！难道不知道青州粮草断绝的后果吗！难道不晓得进谏陛下吗！

忽然有马蹄声响，远远一个内侍带人驰来。姚太尉精神一振，急忙迎上，却听那内侍尖声道："太尉，陛下命小的前来验看粮草装船，如何至今尚未装完？"

姚太尉脸色微变。

陛下竟没有改变主意吗！

那内侍见他不动作，也不说话，竟绕过他，直接指挥将士们将粮草装船。姚太尉瞧着，心里乱糟糟的，眼看那些粮草军械一车车地往船上去，那内侍急急吩咐开船，他抬头看看天色，忽然一咬牙，大步上前去。

内侍回头，姚太尉忽然脚一滑，高大的身躯直撞过去，竟然将内侍撞进了河里！

与此同时，他自己好像也收势不住，也滑入了水中。

两个老头都泡在水里，内侍扑腾挣扎叫救命，姚太尉自己默默地把脑袋往水里一扎。

之后自然是一阵乱糟糟的救援，内侍被救上来的时候已经冻昏了，也没有力气指挥开船了，姚太尉不停地打着喷嚏，湿淋淋地裹着毯子，一边要求烤火，一边不住抬头看着前方官道。

这么一拖延，半个时辰后，他终于等到了另外一队驰来的内侍队伍。

姚太尉立即掀开了毯子。

片刻后，接完圣旨的他，一边咳嗽着一边上马，下令："把装船的粮草军械再卸下来，最快速度！"

有将领问："太尉，卸下来？那我们不去衡州了？"

姚太尉"阿嚏"一声，惊天动地的喷嚏声后，他高声道："去青州！"

仁泰殿前，尚书令三问，问得广场无声。

连金吾卫都露出了震惊的神色。

金属交击之声响起，又一拨青甲士兵快速冲进广场，竟然是京畿戍卫大营的精兵——他们不知何时已经进京。

现在广场上精兵上万，将里头的人团团围住。

片刻后，大殿里那声音冷笑一声，道："收回成命也行。但帝王金口玉言，岂可轻易毁旨？既如此，尚书令孤身进殿，亲自拟旨，朕便应了你们。"

文臻想也不想便道："多谢陛下相邀。臣也十分思念陛下，也不知道数年不见，陛下在地下待了这许久，是不是更灵便了些。"

反正也已经撕破脸皮，她嘲笑这"老鼹鼠"毫不客气，里头又是幽幽一声冷笑，随即拦在文臻面前的金吾卫和龙翔卫让开一条道路。

文臻坦然而过，经过单一令身边时蹲下身，手一伸，立即便有一个湖州出身的年轻官员脱下外袍递过来。

文臻将外袍垫在地上，抱起大司空，触手心中一动——老人这么轻！

她将大司空平放在袍子上，拿出手帕为他细细整理遗容。

林飞白死时，因为没有及时放平遗体，以至于不得不维持往生时的姿势下葬。

她不要她的老师以弯身叩首的姿势下葬。

这天下没人当得起他一跪。

单一令的眼和嘴都还微微张着，仿佛随时还准备着一场永不服输的激辩。

文臻手掌轻轻抚过他的脸："老师，您安心去吧。我向您发誓，东堂会太平，百姓会安然，善良的人们会得到保护，所有的野心家都会消失。"

单一令的眼慢慢闭上了，嘴角微微向上，似乎是一个安心的微笑。

文臻眼底的泪花在这冬日的寒风中凝成冰花，在眼角闪烁晶光。

这一日她收到了知己的死讯，亲眼看着尊敬的老师自尽。

便是东堂会太平，百姓会安然，但善良的人们已经死去，野心家还没灭亡。

她吸一口气，起身，走过李相身边时，微微一躬身，便不停步地向大殿而去。

仁泰殿的大门缓缓开启。

文臻走过的地方，金吾卫和龙翔卫再度聚拢，举起高高的盾牌，将整个大殿门户都挡住，连殿顶上都站满了人。

这是要防三两二钱了。

文臻迈过那高高的门槛，脚抬起的那一刻，忽然觉得头顶什么东西猛然一吸，刹那间她发髻散开，满头乌发披了一肩。而体内仅存的三根针竟然在这一刻忽然齐齐逆行，穿透肌骨血液向上逆冲！

文臻大惊。

永裕帝竟然知道她体内的针，并采取了手段！

她本来已经心中恨极，之前不惜受伤也要留下杀手对付永裕帝，此刻却什么都顾不得，只能全力运功，阻止那针的逆行之势，以免那针逆行时刺破内脏，或者直接穿体而出。

要在以往，三根针同时被催动，她直接便丧失了所有力量，要么爆出来，要么必须进入炼化过程。无论哪一种，在此时此刻都很要命。如今却幸亏领悟了永王拳法的流动自然之意，又获得了兰旖心法的加持，竟然堪堪在那针即将伤及内脏之前将其缓缓压了下来，没有爆也没炼化，而是一寸寸地将针压回了肌骨深处。

只是这个过程难免内部血肉筋膜受伤严重，她瞬间白了脸。

而在殿中诸人眼里就只能看见原本从容进入的文臻忽然僵在了门槛上，脸色很难看。

永裕帝身侧不远处捧着巾帕，一直垂着头的随便儿抬起头来，眼神惊骇。

他毕竟年纪小，看见母亲这样，顿时便有些遮掩不住。

文臻一边压着那针，一边还在注意着殿内动静，第一眼就看见了随便儿，见他霍然抬头，立即冷笑一声，吸引了御座上永裕帝的注意力。

“就这招？”她咧嘴一笑。

永裕帝微笑地摇了摇头。

此刻梁上殿前，文臻的前后左右，无声无息落下好几道人影，都浑身上下包裹得密不透风，手中剑齐齐刺向文臻各大要穴。

银光闪动，一张网兜头落下。

文臻向来善于用毒，不擅武器。

随便儿瞪大眼，正要不顾一切出手，却看见老娘忽然对他眨了眨眼。

似乎还动了一下口型，但这紧急时刻，随便儿心跳如鼓，哪里注意到她在说什么。

他只在刹那间止住动作，手指下意识地攥紧了巾帕。

巨网当头。

文臻忽然向后一伸手。

与此同时，围攻她的卫士忽然将自己的剑向前一递！

这一下正好把剑递到她手中！

殿中所有人脸色骤变。

递剑人递出剑之后便疾退，瞬间混入了冲上来的龙翔卫中。

为了防备文臻，所有人都戴着面罩，衣服制式也一样，混进去之后，一时完全无法辨别。

永裕帝脸色暗沉，没想到这安排居然也能给文臻钻了空子！

文臻长剑在手，倒挂长河，铿铿几响，寒光所经之处，那些长剑剑尖全断！

迸溅开的剑尖四散，再划破巨网。

下一瞬，文臻如旋涡一般将那巨网连带碎剑裹挟在一起，再呼啸着甩开去。

无数银光如月光碎片飞向八方，再笼罩在那些围攻她的剑手身上。

鲜血飞溅，剑手倒下，文臻滑步，已经踩着剑手的身子，一剑如飞仙，直刺永裕帝！

厉喝声响彻半空：“今日便为飞白，为老师，为神将，为燕绥报仇！”

剑光照亮了永裕帝血红的眼，照亮霍然抬头脸色大变的德妃的脸，照亮随便儿先兴奋后担忧的眼神。忽然“铿”的一声，御座玉阶之前忽然出现一张黑色的铁网！

长剑被铁网卡住，竟然没有能瞬间将网撕裂，文臻立即松手，弃剑倒翻，伸腿狠狠蹬在剑柄上。

铁网终于破裂，长剑再次飙射而出，依旧奔向永裕帝咽喉！

文臻决不放弃！

若非这老贼丧尽天良，自毁长城，飞白何至于死！

剑光如闪电。

御座第二层左右两只铜鹤忽然齐齐脖子一伸，宛如一个交叉的盾牌。

铜鹤断头，长剑也终于落地。

这三招便如行云流水，似月光忽然滑过了高檐，眼角尚未捕捉到那光华，便知道夜色已临。

而其间的变化也似月光流水，瞬息万变，灵活无迹。

文臻立在铁网前，闭了闭眼。

她发挥出了自己至今最高的水准，终究还是弑君未成。

但毁掉了三道布置也算成就。

递剑的那个人是耿光，她曾经的护卫。因为是永裕帝派到她身边的人，她表面一直不敢放肆使用，甚至在就任湖州刺史之后，便找理由退回了这批人。

这批人自然还是回龙翔卫，其中耿光为人憨厚，不争不抢，且出手大方，这三年混得不错，还当了个小头目。

没有人知道，被退回的护卫一直和曾经的主人保持着联系。

那些毫不吝啬使出的钱财也来自文臻的馈赠。

刺史布局，三年不晚，就好比文蛋蛋的脱敏治疗和那辆马车。

至于这些布局到底能发挥几分作用，文臻不在乎。

机会总是留给有准备的人的，不是吗？

她隔着黑网抬头看御座上的人，永嗣帝的脸对上那双温柔带笑的眸子时，她便知道那是谁。

心内泛起森森的寒意，还有无尽的恶心感。

坐在上面的这个人和他那个恶名在外的儿子相比，温柔、慈悯、宽和、仁厚，美名传东堂。

可她只觉得最巧的笔也无法描述这人的心机、恶毒、无耻和筹算。

御座之侧坐着身躯和脸色都有点僵硬的德妃，文臻心中叹口气。

她还是来迟了一步，太后的厨房发现得太晚了。

德妃没有看文臻，怔怔地看着空处，半晌，一行泪缓缓滑落。

她也不去擦。

随便儿低着头，用眼角悄悄看着德妃。

飞白叔叔死了……

虽然没见过面，但他很喜欢这位叔叔的，因为他喜欢沅芷姨姨，喜欢奶奶奶，而飞白叔叔是她们最重要的人。

然而，就这么永远见不着了吗？

随便儿小脸皱起来，只觉得心口闷，他悄悄看看娘，又看看奶奶。

娘和奶奶，一定都很难过吧。

他又看那雕龙镶玉的御座。

皇位真是这么恐怖的东西吗？

坐在上面的人衣冠辉煌，可谁也不知道那慈善面孔下是人是鬼，还是山魈魔王。

他们就是遇上了一只人面魔啊……

殿外忽然有轻轻的脚步声，文臻眼角一掠，发现殿门口竟然站着皇后。

她痴痴地站在门口，盯着“永嗣帝”，半晌道：“陛下……”

她这声一喊，这殿中的所有人便都明白，她也认出来了。

毕竟数十载夫妻，真正的枕边人。

永裕帝微一皱眉，随即微笑道：“皇后，你来做什么？”

皇后忽然直挺挺跪了下来，凄声道：“臣妾求陛下为缜儿报仇！”

永裕帝盯着她，半晌道：“朕既然坐在这里，自然已经为他报了仇了。”

文臻嗤笑一声，道：“娘娘啊，要不是看你神情真挚，我真以为你是在反讽。你到底有没有想清楚，燕缜之所以短命，归根结底，还是拜他这个老爹所赐啊！”

若非他诈死，要冷眼看所有人上套，燕缜没那个胆量篡位，只会等他百年之后规规矩矩继位，哪来的杀身之祸？

皇后就好像没听见她的话，只盯着永裕帝哀声道：“臣妾还想求陛下看在臣妾膝下空虚，允许臣妾择一幼年皇子养于凤坤宫，臣妾定会好生教养，永为陛下所驱策。臣妾为此愿献上我长川易家独家返老还童秘方。”

永裕帝眉头一挑，明显来了兴趣。他多年身体荏弱，因此对于长寿健体之术特别热衷，为此偷偷监视慈仁宫，并策反了太后多年供奉的普甘长轮宗僧人，为的就是帝业百年。当初长川易家的易勒石以孩童练药，返老还童，爷爷假扮成孙子，他当时就听得颇为心动，只是此事引起朝野骇异声讨，他不便表现出来罢了。

皇后是易勒石的女儿，拥有易家秘方也是常事。永裕帝眯了眯眼，他原本忌讳着燕缜的事，怕皇后怀恨在心，想着过些日子让她莫名薨逝也就罢了，没想到她居然来了，不仅毫无怨尤，还提出了这个不能拒绝的条件。

文臻瞧着这夫妻俩当殿谈判，心中也不禁感叹。永裕帝的这位皇后可和他真是绝配，隐忍而善于筹谋。燕缜活着，她为他殚精竭虑；燕缜死了，她伤心几天，转眼就能抓住机会为自己争取活路还有未来。

她要幼子养于膝下，为的自然也是将来的皇位，特意提出幼子，是为了避免皇子太快长成再次引起永裕帝的不安和猜忌，表明自己无意弄权篡位。说到底，为了这个太后之位，她可以不怒不恨，继续安安分分地等下去。

相比之下，太后还比她像个母亲。

永裕帝很快便笑了笑，道："那你便过来吧，朕的身边本就该有你的位置。"

皇后眼底掠过一丝喜悦，却又道："陛下，您身边从来就只该有臣妾的位置。"

永裕帝转头看德妃。

皇后要想回归荣耀，自然决不允许这多年死敌活下去，这是她的第二个条件。

德妃懒洋洋地笑了笑，对皇后眨眨眼睛，道："想坐？那来吧。"

她那神情分明写着：来啊，弄死你。

皇后哪里敢上来，却也不甘这么居于下风，小心地跨过门槛，顺着墙边走到了帘幕边。

大殿里人不多，毕竟关上门说的事大多隐秘，做皇帝的总是不愿意自己家的隐私被太多人听见，因此只有殿角站着两个黑衣人，文臻认得是金吾卫和龙翔卫的头领，但黑暗里到底还藏着多少人和机关就不得而知了。

永裕帝忽然对文臻笑道："朕身边也该有你的位置呢。"

这是指文臻现在的假皇后头衔了，文臻笑道："陛下，你身份已经被我叫破，再演不了永嗣帝，还想让我做这假皇后，就不怕千秋史书给你送一个父夺子妻的千古美名？"

永裕帝很轻地笑了一声，一切尽在不言中。

文臻明白他的意思——燕绥算什么儿子？

她怒从心底起，正要说话，德妃忽然道："皇后，都这种时候了，你也算是个胜利者了，获得了这种算计到对手的愉悦，还不敢夸耀一回吗？"

皇后眼眸一动，看了皇帝一眼，淡淡道："本宫不明白你在说什么。"

永裕帝脸色微变，看了看两人，却最终没有说什么。

文臻便明白了，有些事他不愿去探究。

天色渐渐暗沉，所有人的脸都沉在昏黄的暗影里，表情模糊，可不知为何，文臻却觉得永裕帝似乎有点心神不宁。

他似乎在等待着什么，眼光下垂，手指轻轻地敲击着御座的扶手。

文臻禁不住想：他在等谁？

暮色如羽落在秀华宫垂着水晶铃的檐角，风过却无铃声，仔细看是水晶铃的铃铛都被棉球塞住了。

时不时有宫女走过来，查看铃铛是否塞紧，生怕棉球掉了铃铛会响——自从定王殿下死后，容妃娘娘便失眠多日，难得能有一次完整的睡眠，长期失眠会让人脾气暴躁，原本吃斋念佛的娘娘，现在因为吵嚷已经打杀了两个宫女，因此秀华宫上下战战兢兢，一到晚间便寂静如虚空。

容妃静静坐在地席上，盯着面前一套染血的衣裳出神。

那是燕绝临死前穿的衣裳，这是燕绝小时候住过的房间。

容妃看了半晌，将衣裳小心折起，顺手拿起衣裳的腰带抛在了房梁上。

然后她搬了凳子爬上去，把腰带套入脖子，又一脚踢翻了凳子。

下一瞬，那看起来坚实的房梁忽然断裂，她猛地栽落，却并没有落在地席上——地面忽然裂开，现出一个大洞，她跌了进去。

容妃万万没想到，寻死居然寻出这么个结果，好在这洞不深，下面是个斜坡，她一路滚下去，只来得及双手捂住脸。

片刻之后，她滚到了平地上，地面很硬，她嗅见地底微带腐朽和泥腥的气息。

她忍着浑身疼痛，挣扎着爬起来，举目四顾，发现自己在一个地道里，地道很是幽深，还分出岔道，每隔十丈左右会有一盏油灯，闪烁着昏黄的光芒。

她忽然想起那日找德妃报仇，德妃和她说的话。

德妃说燕绝死时表情惊讶，德妃问她，如果是燕绥杀他，燕绝惊讶什么呢？

只有意料之外的人出手他才会如此惊讶啊。

当时景仁宫暖阁里，只有燕绥、林擎和永裕帝。

无论是燕绥还是林擎，对燕绝出手，他都不会惊讶。

只有永裕帝。

容妃捂住脸，哽咽一声，忽然听见脚步声。

她急忙躲入暗处，看见一人身着金冠黄袍自暗处走来。

容妃大惊，这不是永嗣帝吗？为什么会出现在地道里？

她正迷惑不解，却听那黄袍人身后跟着的人不耐烦地道："别磨蹭了，快一些，陛下已经在召唤你了。"

那黄袍人便加快了脚步。

容妃看得一头雾水，但她毕竟在深宫多年，心中忽然便闪过两个字——替身。

永嗣帝在地下安排了替身？

容妃又想不通了，如果按照德妃暗示，永裕帝没有死，那么他就是躲藏在地下，现在是被永嗣帝发现了吗？

忽然又听那催促的人和另一人嘀咕道："说来陛下也是太小心了。现在太后死了，安成帝死了，永嗣帝也死了，陛下便是恢复本来面目也没什么，何必非要用别人的脸呢？"

另一人便道："那自然是因为还有几个人没死，陛下要迷惑他们。可我瞧着，怕是也骗不了多久。"

容妃站在暗处，手指微微发抖。

她已经听懂了。

陛下果然是诈死！

那么，燕绝……燕绝……

她咬紧牙关，听着那些人从岔道走了过去，一人道："三处出口，景仁宫的毁了，慈仁宫厨房的也毁了，只剩下容妃宫中这一处，可得守好了，再出问题，这地底通道就毁了。"

另一人道："容妃向来不招眼，陛下这几年对她也没多少宠爱，谁能想到还有一个出口，是她宫里燕绝住过的房间？要说陛下还真会选，皇子成年出宫，就不会再在宫里留宿，满宫有儿子的妃嫔，都不会再留儿子的房间，唯独容妃留了，这一间房却又永远不会有人住，也就没人进去，不会被发觉……真是绝妙。"

"陛下向来心思细密，无人能及。"

对话声渐渐远去，容妃蹲下身，脱下鞋子，只着袜子，悄悄跟了上去。

所幸她不用跟太紧，因为那几人选择的是唯一一条有灯光的通道，带着那替身一直走到尽头。

容妃站在一个拐角处，拿下一盏油灯，脱下衣裳，点燃，然后全力向另一条通道扔去。

火头在那一条黑暗通道中燃起，那两人大惊，果然奔那起火处去了。

容妃一个闪身冲进了通道，那穿着龙袍的替身正神情暗淡地要走上一个平台，听见动静回身，还没来得及呼喝，容妃藏在袖子里的刀已经插入他的后心。

鲜血汩汩而出，那人喉间发出模糊的碎音，抽搐了几下，慢慢不动了。

容妃抬头看上方，隐约能听见敲击声，像是催促的信号。

她恶意地笑了笑。

你的替身永远不会来替你挡灾了，之后明枪暗箭你就自己迎着吧。

祝你早日驾崩。

她悄悄地转身退了出去，趁那些人忙着救火，自黑暗中穿过，回到了自己先前下来的地方。

容妃慢慢地退后，双手抱膝，将脸慢慢埋在膝盖上。

闭上眼睛，好像听见儿子的声音，奶奶声奶奶气的，那还是在他两岁的时候，便知道拿着自己最喜欢的葡萄一颗一颗剥了皮喂她吃。

容妃低着头，有液体自双膝间无声滴落，一滴一滴，濡湿了地道青石间深黑的土缝。

半晌，她吸一口气，抬头，抹了抹脸，低声笑："你这猴子。"

然后她站起身，又脱了裙子，去拐角处取了火种，往上爬。

点燃的裙子很快烧着了她的手，远处似乎有人发现了这里的火星，赶了过来，她忍着痛，娇贵了一辈子，此刻却发挥出生平从不能有的速度，三两下就爬了上去，将火种往上头一扔，着火的布条也不知挂在了什么地方烧了起来，她继续撕衣裳，点火，往所有能找到的缝隙里扔，缝隙里扔了会掉，她就用自己的手顶着，任那火在烧着机关的同时也烧着她的血肉体肤。

她听燕绝提过，精密的机关怕水怕火，需要好好保养，稍有变形，便很难打开了。

现在这样烧，这个机关应该废了吧。

她唇角勾出一抹笑意。

忽然身后传来尖锐呼啸，随即她后心一痛，粉身碎骨般的剧痛闪电般传遍全身。

一支弩箭，射中了她。

身后有人大喝："速速放手，否则你自己首先出不去了！"

容妃没有回头，惨淡一笑。

那簇簇火焰也燃烧在她眸底。

我本来就没打算出去了。

但你想逃生的时候，也再出不去了不是吗？

地底守卫快速地赶来，仰起头来，却为眼底那一幕而震撼无言。

机关口处处冒着火星，照亮那一方黑暗，最大的一处火头被一个半跪着的女子伸直手臂死死抵着，她的手臂已经烧得焦黑，而后心是一个透骨的血洞。

她已经死了。

然而那伸直手臂的姿势不变，然而那直立的背脊不倒。

那是一个母亲最后的报复，永不放弃。

大殿上，永裕帝在手指几轮敲击之后，脸色渐渐沉下来。

天色渐渐暗下来，龙翔卫的首领走过来，将巨大的牛油蜡烛一一点燃。

永裕帝终于不再敲击，也不再云遮雾罩地说话，看着文臻，直接道：“文臻，你若想保德妃，想活命，从今天开始就留在我身边，并给燕绥去一封信。”

“哦？写什么？”

“让他杀了林擎。”永裕帝神态平和地道，“朕允许他接收边军，改封他为衡王，永镇青州一线。只要他永远不离开青州一步，你不离开天京一步，朕便永远不会伤及他和你的性命，并给予你们应得的尊荣。”

杀了林擎，永裕帝可以安睡。

杀了林擎的燕绥接收林擎留下的边军，也永远得不到边军的拥戴，无法再翻起浪来。

而自己和燕绥则会同时成为人质，被永裕帝用来钳制对方。

如果不想燕绥被攻击被夺爵，自己就得留在天京替永裕帝卖命。

燕绥不想她被害被处理，就得留在青州替永裕帝永镇边关。

燕绥为了她不敢回京，她为了燕绥不敢出京。

如参商双星，永不能聚。

而燕时行去了大敌，稳定了边关，还得了能臣和重将一辈子卖命。

论算计之精，燕时行真是天下少有。

她久久沉默，永裕帝也不着急，伸手握住德妃的手，一边放在掌心摩挲一边款款道：“朕和德妃在这里等着你。”

德妃身躯僵直，忽然一偏头吐了出来。

永裕帝想过她会抗拒会痛骂，万万没想到会是这种反应，顿时脸色青白。

德妃吸一口气，道：“小行子，你再这么恶心，下次娘娘就吐你身上了。”

燕时行仿佛被这对待太监的语气恶心得脸禁不住抽搐，勉强笑道：“总归你舍不得和朕同归于尽。”但也终究放开了她的手。

文臻垂下眼，叹息一声，随即她道：“好，我写。”

她往殿侧走，道：“龙翔卫首领磨墨，金吾卫首领铺纸。再来个人给我点灯！”

永裕帝使一个眼色，那两人只好上前伺候，却没有人来点灯。

永裕帝幽幽道：“文臻你行了，这满殿的蜡烛不够你看？莫要耍太多花招，不然朕给你看的可不止这些。”

文臻也便算了，等那两人铺纸磨墨，暗暗调息。

她体内的针虽然勉强压下去了，但终究造成了伤口，此刻脏腑疼痛，不能再频繁动用武功了。

信纸铺开，文臻提笔，手臂一抬，忽然一道黑光闪电般射向铺纸磨墨那两人！

那两人急忙避开，那黑光便射上了旁边的烛台，烛台翻倒，点着那些幔帐，顿时熊熊火起！

皇后正站在那个方向，尖叫一声，便要逃开，文臻对她一扬手，皇后以为她要攻击，吓得站住，结果文臻道："看，我手里没有东西！"

皇后气得险些吐血。

文臻这一出手，德妃趁永裕帝忙着自卫，忽然站起，冲下了玉阶。

文臻有些意外，她以为德妃定然被限制行动，不想却没有？

德妃三两步冲到皇后身边，一抬脚踩住了她的裙裾，皇后正要逃开，却跑不动，回头一看，脸色便青了。

殿侧烈火熊熊，殿中却无人喊救火，也无人敢动，生怕一乱起来就给了狡猾多变的文臻可乘之机。

龙翔卫和金吾卫首领退开，拔剑，将附近帘幕幔帐统统砍落，避免火势蔓延。

皇后那一边的幔帐没人管，此刻已经烧成一个大火团，皇后额头汗珠滚落，想要推开德妃，一转头却看见文臻站在一边，冷冷地盯着她。

皇后便不敢出手，拼命地抽裙子，往火堆外爬，刚爬出一步，德妃抬脚，踢在她肩膀上，把她踢得一个倒仰，皇后发髻散落，长发泻下，瞬间被燎去了一半，皇后发出一声尖叫："陛下救我！"

永裕帝脸色明明暗暗，没有说话。

皇后一个翻滚，躲过德妃的下一脚，又叫："陛下！我的方子还没献给您！"

永裕帝正要说话，文臻忽然阴恻恻道："易勒石的返老还童药方里头有一味药是来自黑牢地底的一种毒菌，那毒菌天下只在那一处有生长，而黑牢在长川事变的那一日就已经被彻底炸毁。"

皇后愕然看她，想说哪里需要毒菌？可永裕帝已脸色一沉。

德妃一脚又踹在了她胸口，生生将皇后踹进了火堆！

皇后狂叫着向外爬，火堆外一左一右站着文臻和德妃，四面有她的夫君和护卫，却无人来救。

她冲出火堆，德妃也不拦，等她在地上翻滚想要扑灭火焰，德妃又抬脚，皇后惨叫："饶了我！饶了我！你要什么我都给！我以后永远不和你争……我发誓！"

"不。"德妃冷冷道，"我不要你那破后位，我只要你把该说的话都说了，说了，我就饶过你。"

皇后蓦然一顿，抬起一张满是焦灰的惊骇的脸。

德妃缓缓抬脚，而身后火焰灼热烤人，皇后浑身一颤，尖声道："我说！二十六年前，我收买了你的宫女春晓，让她在你侍寝离开后爬上了陛下的床！”

御座上永裕帝蓦然一震。

刹那间他脸色青白变幻，不似人色。

德妃幽幽道：“还有呢？”

“我还……我还在你侍寝当晚，给陛下下了点迷情香，那东西能助兴，但也能致幻，让人清醒后神志迷乱，不知身在何处，不确定之前发生了什么。”

德妃斜眼看永裕帝，永裕帝蓦然将脸藏进了暗影里。

他那暗红的手指在不断颤抖，他吃力地将手指缩进袖中，就这么一个小动作都很艰难，而他的气息也微微急促起来。

皇后颤抖哭泣，满头大汗：“我都说了……饶了我吧，饶了我吧……”

德妃的脚还是没有放下，淡淡道：“不，你没有。”

皇后惊愕地抬头，却在触及她目光那一刻面如死灰，蓦然捧住脸，呜咽道：“原来你知道……原来你都知道……”

德妃在这一刻竟然也面如死灰。

半晌，她苍凉地道：“是啊，我知道，所以我是天下最无情的母亲。”

文臻的心怦怦地跳起来，后头的话她忽然有些不敢听了。

皇后却已经被身后火焰烫得无处可逃，蓦然惨声大喊道：“对！是我干的！是我在太后唆使下，从燕绥两岁起便给他下艳情香，命宫女衣着暴露藏身于他经过的任何地方挑逗他戏弄他，还让人……还让人……”

文臻蓦然抬脚。

但德妃比她更快一步，一直抬起的脚落了下来，狠狠踹中皇后胸口，将她踹入了火堆里！

皇后惨叫扑出：“你答应我说了就放了我的！”

德妃扑上前，一把揪住她头发，把她又推了回去：“我只和人讲道理！”

皇后被烧得理智全无，大恨之下一把抱住德妃：“一起死吧！”

德妃给她抱得一个踉跄，眼看也要一起栽入火堆。

忽然一双手伸出扯开皇后，揪着她衣裳一搡，皇后便又跌了回去。

文臻用尽了残余的全部力气，眼角的泪水都飞了出去，被火焰瞬间吞没，她的眼眸也一片火红。

曾经做过的噩梦，曾经猜测过的真相，曾经不能理解的他的空漠疏离和对世间发自内心的厌倦，在这一刻终于得到了答案。

不能面对，心痛难言。

那时候燕绥还是一个幼儿啊！

一个柔弱的，身中奇毒的，无人护持的幼儿！

他是如何在这肮脏恶心的深宫里默默存活，如何抵抗住那些无处不在的红粉骷髅和猥亵戏弄。

她此刻心中无限感激燕绥依旧光华辉煌，坦然强大，完完整整地走到她面前。

可有多感激燕绥，便有多恨这些人。

生平从未这般恨过。

她沉默着，心间绞痛剧烈，蓦然吐了一口血。

皇后在火堆中挣扎，翻滚，还在拼命向外爬。

德妃似乎已经丧失了所有力气，软软地靠着殿柱，不知何时已经泪流满面。

文臻一抬手，长剑如虹越入火堆，将皇后死死钉住。

皇后一声惨叫，却并没有看文臻，蓦然回首，死死盯着御座的方向。

御座之上，永裕帝浑身僵硬，躲在暗影里的脸被火光照耀着，泛着一阵诡异的赤红。

“你不救我……你不救我……你这无心无情的僵尸！但你也遭报应了，你遭报应了！燕绥是你的儿子，是你的亲生子！他无心皇位，本来只想助你江山万年，助你恢复健康……哈哈哈哈燕时行，你后不后悔！后不后悔！”

第一百四十一章

虽君必诛

所有人眼睁睁看着这殿上起烈火，烈火灼活人，活人诉旧事，旧事瘆人心。

整座大殿明明火堆灼热，人人心中却凝冰起霜，飘起永不停息的雪。

这寒冷渗骨的帝王家。

永裕帝凝视着那火光，虽然面容平静，袖子却一直微微颤抖，这大殿里的空气，连同他自己的呼吸，似乎都已经被那火抽走。

皇后的话像无数巨钟在他耳边敲，敲得他头晕目眩，脑海里都是那日的血、那日燕绥冰雪般寒冷的眼神和林擎眼底不屑的讥笑，那神情如刀，刀刀刺得他鲜血喷溅，而他无力疗伤。

幔帐快要烧完了，火堆渐渐熄灭，皇后的笑声也渐渐止歇。

火堆里只剩了一团焦炭，双肘弯曲，仿佛是一个还要为自己的太后之位挣扎战斗的姿势。

文臻慢慢举袖，抹一把脸，轻声道："娘娘，你开心了吗？"

这一刻，她是连德妃也恨着的。

德妃仰着脸，痴痴地看着殿顶，半晌，苍凉地道："是啊，我开心了啊。"

然后她缓缓向殿上走去。

文臻动了动嘴唇，没有说话。

德妃向前走着，长长的裙裾拖曳在玉阶金陛之上，渐染焦灰和鲜血。

她的语气空茫如梦："燕时行，你知不知道，当年我放弃了林擎，心里觉得对不住他，但也觉得你待我们如此恩厚，救了我们两人的命。我既应了你，便应该好好地和你过日子，否则我便是负了两个人。我是想好好陪着你的，我也曾为你的细腻温柔动过心，为你的病痛熬煎担过心，为你的大事小事上过心，为你的天不假年伤过心。我也曾在得知怀孕的那一刻微微欣喜，曾经期待那个小生命的到来。燕时行，曾有一个女子真心待你，为你决绝于旧爱，为你生子，生下的那个孩子天资出众，对你孺慕非常，且无心权欲，只愿你皇位永固，东堂万年……这是多么好多么好的事，你为什么就不听不信不要呢？”

御座之上。

永裕帝只觉得如果刚才是被砍杀，现在就是在被凌迟。

千刀万剐，寸摞成泥，再被这寒凄凄冷恻恻的问话一寸寸真的冻成了僵尸。

他茫然地坐着，只觉得那颗好不容易努力跳动的心脏，被一双巨手攥紧，死死挤压，挤出些深红的血液来。

其实，当年看着那抱在手臂上，牵在掌心里的小小孩子时，他的心间也涌动着无限温柔的情绪。

他知道那叫父爱。

原来情和亲，他本都拥有过。

可是他把它丢了，丢在这深宫永不停息的绵绵大雪里。

一错便是一生。

他蓦然也心间绞痛，再也无法忍耐，喘息着捂住心口，只觉得内腑深处仿佛有什么冲破了桎梏，一股烈焰腾腾地燃烧了上来，烧得他呼吸困难，眼冒金星。

殿下，文臻霍然抬头，她终于看见了永裕帝连受打击情绪崩溃，内息走岔！

她抬头的那一刻，一直咬牙偏着脸，扣住了手中母蛊，等着母亲暗示的随便儿猛然指尖一捏！

之前他不敢随便动手，因为永裕帝身边总跟着无数明卫暗卫，他动了蛊，他自己也逃不出追捕。

而且他当时下的蛊只是会使人暂时昏迷，这效用是不够的。

但现在可以了！

指尖一动！

忽然永裕帝抬手在头发上捏出一个黑色的小小珠子，对着底下眼神转动，道：“是这个吗？”

下一瞬他便把那黑珠子弹向了德妃！

德妃正迎着他走来，黑珠子弹入她领口。

随便儿猝不及防，大惊之下只得手一撒，母蛊在被捏爆之前，滚了出去。

母蛊被一双明黄靴子踩住，永裕帝低头看了一眼，又看了一眼随便儿，幽幽地道：“果然是你……竟然是你！”

德妃大惊，一个转身挡在了随便儿身前。

文臻下意识上前一步，龙翔卫和金吾卫首领立即也上前一步，梁上隐约有腾跃之声。

文臻只得站住。

永裕帝没管文臻，按住胸口，同时扣住了御座把手，盯住随便儿：“你是谁？”

随便儿还没回答，忽然御座后屏风轰然一响，朝两边分开，一个高鼻深目的僧人走了出来。

他走到永裕帝身后，没等他说话，永裕帝喘息一声，对他急迫地点点头。

就在方才，他内息忽然走岔，此刻心头烦闷欲呕，眼前一片昏花，这症状之前就有，时时发作，只是没今日发作厉害。但此刻想他死的人太多，总不能任那症状发作下去，他没奈何，只得把大师召唤了出来。

那僧人会意走到他身后，抬手划了一个半圆，轻轻按在他后心。

永裕帝忽然想起一件事。

晴明去了哪里？

他身边两大高手，大师和晴明，一人主要负责炼药护法，一人则负责调理他的经脉以及随身保护。两人一向都是同时出现的，这也是永裕帝的牵制之意。

然而今日晴明却没有一起来。

永裕帝心中警兆一生，立即侧身一让，同时猛地一按御座龙睛宝石！

大师的手滑到了他的侧肋，永裕帝蓦然觉得后背一震，刚才只是翻涌的小浪便成了咆哮的大潮，轰然一声自体内迸发，所经之处血脉贲张，瞬间连眼珠都凸了出来！

永裕帝口一张，一口鲜血如箭喷出！

御座扶手那条雕刻的龙忽然弹起，龙首如刀，血光四溅，削掉了大师半个手掌！

那僧人惨叫一声踉跄后退，永裕帝霍然转头：“杀了他！”

梁上有剑光闪现，那僧人却已打开机关，纵身再次跃下地道，落下时犹自狂吼：“告诉他我尽力了，不要——”

下一瞬地道合拢，最后一句莫名其妙，文臻却瞬间明白，这话是对她说的。

却也不是对她，是要她转告燕绥。

这僧人是燕绥的人。

而他最后那句话明显说明了他有把柄或者有被人钳制在燕绥手中。

他是普甘长轮宗的大能，当初燕绥在普甘时，就有听说长轮宗的大能多年没有现身，是被东堂皇宫供奉起来了，先是在慈仁宫，然后被永裕帝撬了墙脚，两人的福寿膏便来自于此，但最后又被燕绥撬了墙脚。

文臻听燕绥说过，他当年在普甘搞事弄死王女后，发现王宫的布局装饰很有东堂的风格，想必和东堂皇室有所勾连，因此在普甘王宫多待了几日，找到了长轮宗的圣器。

长轮宗的圣器关系着宗派的传承，是长轮宗不可遗失的宝物。

燕绥以此拿住了那僧人，而燕绥被抢走的药是毒药。

当初倒不是为了防备永裕帝，只是他既然突然进宫，自然会有准备。

燕绥经过景仁宫刺杀那一遭难免受了影响，一度心绪低落，连中文等人都没告诉真相。

而且他换了毒药，却没想到永裕帝喂了他一颗，所以他也中了毒。

这才有了那段时间的虚弱，毒伤交迫，伤势难愈，中文不得不向无尽天求助。

这事儿还是文臻给燕绥把脉发现他脉象不好，询问他才得知了真相。

在庆幸燕绥心思细密算无遗策的同时，文臻也为这皇家父不父，子不子而心生寒意。

只是她和燕绥都有件事疑惑难解。

永裕帝既然用的是毒药，又有大师假护法实则催动毒药，为何到现在还活蹦乱跳？

是永裕帝还防了一手？可他既然有了防备，又怎么还会用大师？

殿上，永裕帝捂胸喘息，半晌，喷出一口紫黑的血。

他已经明白自己中计了。

千防万防，还是中了算计，他愤恨，也想不明白。

大师早已被他下了禁制，对他动手便意味着自己也难活，怎么还会反水？

但此刻他也顾不得这么多了，他去御座另一边的暗屉里拿药，想着晴明去了哪里。

就在仁泰殿里一日三惊的时刻，披着黑披风的晴明已经叫开了城门。

他身上带着皇帝行玺和圣旨，出城毫无阻拦。

出城后他急驰京畿大营，对着京畿大营统领宣读了一份圣旨，并对上了虎符。

原本整兵备战的京畿大营统领听着这要求转援建州的圣旨，颇感觉有些莫名其妙。

但是玉玺盖着，圣旨写着，虎符合着，不能不接。京畿大营的统领接了旨，圣旨要求立即拔营，当下也不敢耽搁，两个时辰后，大军撤营出发。

等到大营人去屋空，横在天京之前的利刃撤锋，天京四周的巍巍群山之下，忽然有大批黑云卷来，而黑云之上飞扬的红缨则如火一般在幽暗天色之下燃着。

那是一支大军是黑甲红缨——唐易联军。

晴明快马迎了上去，对着最前面一身雪甲的男子躬身。

“家主。”

唐羡之淡淡颔首，他的马背后挂着琴，腰间别着箫笛，只是靴边隐约有血迹，琴身留着战斗砍杀的刀痕和烟火焦痕。

从湖州城门前转身，他便带着胜将营和黑楼剑手，在易铭的大军牵制配合下狂飙猛进，以最快的速度连下定州中州，在今日终于抵达天京城下。

在所有人都以为他将因为唐家军备库被炸的大事儿放缓起事脚步的时候，他选择了立即出兵；在所有人都以为他在好不容易拿下湖州后会将湖州周边几州和川北连成一线，占据东堂北方和半边腹地，割据江山的时候，他选择狂飙突进，以最快的速度直逼天京。

因为他的目光从来都不只盯着眼前这三分地。如果唐家选择稳扎稳打，割据北地，那么朝廷便不会撤回对青州的援助，林擎和燕绥便能以最快速度打垮西番，转而回头灭了唐家。

只有挟威而来，一路攻城略地，给永裕帝造成最大的压力和危机，那个自私恶毒的永裕帝才会选择抽回对青州的支援，全力应对世家，而此举必将遭到那一批老臣的抵抗，拉锯的过程便是为他节省时间。他趁着这机会迅速拿下天京，而青州也会失去援助，林擎和燕绥自顾不暇，那时唐家才有机会坐拥这天下。

众将反对直袭天京的重要原因是天京之前有东堂腹地最大的一支军队京畿大营，一旦不能一战而下，准备不足的联军就会腹背受敌。

但是此刻，忐忑的将领们看见天京郊外那空荡荡的大营时终于放下了心，也震撼难言。

家主手腕谋算何人能及！

唐羡之却微微皱着眉头，还是在湖州耽搁太久了。

文臻已经回来，青州三次连败西番，永嗣帝没能撑住几天，真正掌控天京城内外所有力量的永裕帝重登帝位，没能赶上最好的时机。

他看向对面的晴明：“永裕帝如何竟会提前清醒？”

在他的计划里，永裕帝应该暂时死不了，也轻易醒不来才对。

晴明苦笑：“属下不知。属下每次下手都没能得到预期的效果，但是又不是转好，倒像是要死的模样，您吩咐过暂时不能让他死，要让他的存在牵制所有人，属下只好再救他，一来二去的便成了这样……那个和尚不是个好人。”

唐羡之听完，垂下长长眼睫，叹息一声：“那个和尚是燕绥的人。”

晴明一脸恍然，恨恨骂了一声。

唐羡之无声地笑了一下。

南燕北唐，一生的对手，在这件事上竟然同时留了最深的伏笔。

大师是燕绥的人，晴明是他的人。

大师要弄死永裕帝，晴明也要弄死永裕帝。两人同时出手，正所谓以毒攻毒。但晴明虽然要弄死永裕帝，却碍于任务不能让永裕帝死得太快而导致平衡被破坏，所以大师害一次，他救一次，永裕帝体内的毒性因此形成了微妙的平衡，反而提前转醒。

这就是文臻和燕绥想不通的，永裕帝还活着的原因。

但是也没关系。

他来了，而天京敞开了城门。

晴明披着披风再次提前驰回天京城门前，依旧拿出圣旨和行玺，不久之后，天京城门缓缓开启，迎接“京畿大营”入驻天京。

黑压压的唐易联军点尘不惊地进入天京城的那一刻，有风将唐羡之黑色的大氅吹起，翻飞如墨旗。

他长眉下压的是一双明澈又幽深的眼眸，轻轻地道：“快要下雨了。”

仁泰殿上，永裕帝抖索着手胡乱往嘴里塞了一把药，才堪堪止住一阵撕心裂肺的咳嗽。

只这半刻，他仿佛忽然苍老了许多，浑浊而带血丝的眸子扫过文臻，扫过德妃，最后缓缓落在正在和文臻做鬼脸的随便儿身上。

一霎间眸光复杂。

原来啊……难怪。

难怪初见便喜欢，看见他心中总荡漾着淡淡柔情，兴不起杀机，只想将他团在怀中慢慢摇。

这是没有缘由的，来自血脉的喜爱。

为此他破了例，用了一个认识没几天的孩子做自己的近侍。

但依旧是防备的，命人去查来历，也没让他太靠近自己。

就在方才，在文臻进大殿之后，他得到一个消息。

这孩子是厉家辗转托人送进宫来的。

直到此刻细看，才惊觉这孩子天生看着亲切的眉眼里隐约有着燕氏皇族的痕迹。

可那浑身流淌着燕氏皇族血液的，令他一见便喜的孩子，看向他的眼神令他心惊。

忽然便想起了景仁宫那一日，榻前满身血迹的燕绥。

他心中一颤，正要转开眼。

随便儿忽然从德妃身后探出苹果脸，笑嘻嘻道：“自我介绍一下，在下不才，乃是陛下您那倒霉的号称绿帽子衍生物第三子的更倒霉的独生子。”

永裕帝：“……”

插刀教教主这还没完，又道：“初次见面，按说该给您一个见面礼。在下名峥，姓林。”

半晌，永裕帝哑道：“你说什么……你该姓燕！”

随便儿耸耸肩：“说这话您不觉得不好意思吗？这燕姓啊，谁爱姓谁姓，反正我不姓。我已经决定了，马上就改姓，姓林。”

他笑着眨眼：“这不就是您一直想要的吗？要死要活哭着喊着说我爹不是你儿子。”

文臻忽然笑起来：“随便儿啊，你奶奶和你娘我给你起了个名叫峥，没打算跟着他老燕家高贵的族谱排，你比你奶奶你娘还酷，连姓都不要了……给你点个赞！”

随便儿弯弯腰表示谢赞：“在下林峥，有件事想和您老打个招呼。您说我爹不姓燕，姓林，那就姓林，他不肯姓我姓，以后这一脉世世代代都姓林；您说我爹不是真忠心，那就不忠。他忠我也不忠，之前我不忠地给了你蛊，之后我还要不忠地给你插刀；您觉得我爹心怀不轨意图夺取皇位，那就意图夺取皇位，他不图我图。不管你燕氏皇族还会有谁上位，还会承袭几代。我林峥，”他指着自己鼻子，“迟早会抢过来，给我老林家坐，世世代代地坐，皇图永固地坐！千百年后宁可灭亡也绝不会再让一个姓燕的坐！”

他彬彬有礼地脱帽，弯弯腰，顺手把太监小帽子一甩：“不必感谢，如您所愿。”

永裕帝猛地喷出一口血。

与此同时，随便儿的小帽子里忽然飞出一个琉璃球直扑永裕帝。

那球还没飞到，就放了一串五颜六色眼花缭乱的彩虹屁，向着永裕帝笼罩下去。

永裕帝手下“咔哒”一声，头顶“呼啦”罩下一个琉璃罩，琉璃球撞上琉璃罩，“啪”地弹出了千里之外。

但同时文臻和随便儿的袖底各自射出一条线，文臻的是彩色的，随便儿的是黑色的，在那琉璃罩关合前一霎，各自刺中了永裕帝的脚踝。

永裕帝发出了一声惨叫。

整个御座一阵震动，无数刀剑暗器伴随着潜藏着的人影闪出，向着文臻德妃随便儿射去，趁着几人闪避，地道口再次打开，永裕帝踉跄翻身下了地道。

虽然发病、受伤，浑身上下像是都破了洞爆了血肉，可他并不认为自己需要落荒而逃，毕竟这皇宫，这天下还是掌握在他手里，他万金之体又何必亲身冒险呢？还是早些下去疗伤来得要紧。

文臻一抬手，一点烟花穿出殿门，这是召唤所有潜伏手下的信号。

银光如电，人影纵横，燕绥和她所有潜伏在宫中以及盘桓在皇宫附近的人手都投入了这场战斗，文臻上前拉起随便儿，看他无事舒了口气。

有文蛋蛋护身，这殿里的人并不敢靠近她出手，只远远地拉弓射箭，文臻拉过屏风挡住几人，叹了口气。心想今日这般撕破脸皮，很快皇宫和天京都待不得了，又要进入天涯逃亡模式，所幸大家合力争得了一批粮草，希望青州能在弹尽粮绝之前彻底击退西番，又遗憾未必还有机会去寻永裕帝的地道出口，这时忽然看见殿顶上一道矮矮的影子掠过，对她做了两个手势。

文臻认出那是燕绥的暗卫，那两个手势令她眼神一缩。

然后她止住了脚步，也回了一个手势，暗卫落下来，她道："带娘娘和随便儿先走。"

德妃诧道："你为何不走？留在这里等着被人围剿吗？"

文臻不答，只示意他们快走，德妃却忽然道："难道那老不死的还会回来？"

她立即让开暗卫，道："那我也不走。"

"娘娘，大局为重！"

"对我来说，亲眼看见他的下场才叫大局。"德妃慢悠悠道，"之前安成帝有说让我出宫，我都没肯，你现在让我走？"

随便儿立即道："我也不走，我要和娘和奶奶在一起！"

文臻头痛地揉揉眉心，燕绥费尽心思从安成帝那里拿到了圣旨，给了德妃自由的机会，德妃一直没出宫，她以为是安成帝找借口留人，没想到德妃自己也不乐意。

她是怕自己出宫反而给燕绥带来麻烦，希望留在宫里多少发挥点作用吧？

她还没说话，那两人忽然一人一手拉住她衣襟。

一个问："燕绥还没死吧？"

一个问："便宜爹还是那么讨厌吗？"

文臻淡淡道："劳娘娘动问，燕绥当年死不了，现在就一定死不了。随便儿，你歧视你爹的嘴脸也很讨厌。"

那两人都怏怏闭嘴。

德妃："护夫狂魔。"

随便儿："色令智昏！"

身后忽然传来响动，三人回头果然看见地道口再次开启，永裕帝竟然真的回来了！

回转的永裕帝一脸青灰嘴角有血，温和神情不复见，几近狰狞。

另外三处出口竟然全部被毁了！

尤其容妃那处，原本算准了无人能寻到，却被容妃那个贱人，不惜身死地堵住。永裕帝看见那具残尸时，恨得一脚踢出了老远，却碰着了容妃发鬓上的钗子，把脚趾给弄伤了，之后地道起了风，幽幽呜咽，宛如鬼哭。永裕帝忽然就觉得浑身发冷，眼看从别处出去再无望，又想起那个可恶的和尚也下了地道，说不定还没死，也不知藏在哪个角落伺机出手，越想越不安，再不敢待在地下，算着文臻等人看他进了地道，应该也在众人围攻之下向外突围，大殿内应当已经安全了，何况他还有杀手锏对付文臻，怕她做甚，便又开了地道口爬了出来。

结果一出来就看见那老少幼三代齐齐回头。

永裕帝倒抽一口气，僵在地道口，几乎想掉头再下去。脚底的风掠过，他打个寒战，最终还是出了地道口。

文臻反应最快，他刚冒出地道口，文臻就一手拗断了身边铜鹤尖尖的长嘴，飞身往永裕帝的方向扑了过去。

她用尽全力，疾如闪电。

永裕帝僵在地道口，浑身僵硬，浑身突然袭来的剧痛让他动弹不得。

他手指猛地攥紧。

德妃忽然惊呼一声，一个踉跄，正好挡在了文臻面前，文臻怕误伤她，紧急扭身落地，内息反冲，气血翻涌，又是一口血，眼前一黑。

她拼命咽下喉间那一口腥甜，定了定神，转头看德妃："娘娘你怎么了？"

德妃睁大眸子，眼底氤氲开一片惊愕和茫然："我有点头晕……"

文臻一皱眉。德妃气色看起来正常得很，连说话都中气十足，实在不像有急病的模样。

趁着这一打岔，永裕帝已经翻出了密道，密道里无数黑衣人涌出来，将他密不透风地护住。

永裕帝的声音从人墙里透出来："文臻，叫你的人停手吧，你人手不足，杀不了朕，也闯不出这皇宫。"随即他又道，"侧侧，过来。"

德妃唇一抿。

文臻转头，震惊地盯着她。

永裕帝的冷笑声传来："怎么，文大人聪颖灵慧，真的看不出方才侧侧是故意的吗？"

文臻默然，她看出来了，却怎么都不敢信。

她缓缓转头看德妃，德妃却不接她的目光，随便儿还拉着德妃的衣襟，此刻也困惑地仰头看奶奶，他隐约明白发生了什么，可他小小的心灵也无法接受这样的变故。

德妃盯着他，她眼底渐渐涌上一层雾气，那层雾气却并没有化成雨落下来，她只是坚定地捋开了随便儿的手。

德妃却不再看他了，轻轻走过了文臻身侧，走向永裕帝。文臻伸手要拉她，她身子一侧，文臻看一眼随便儿，微微犹豫，德妃已经走了过去。

人群分开，永裕帝微笑伸手，德妃冷漠地绕开他的手，站在他身侧。

永裕帝微微倾身，如情人一般，附在她耳侧轻笑道："这就对了。"

德妃不语。

"你该明白了吧，你不能留在他们身边。方才你是阻了文臻脚步，令她受伤，下一次，你可能会出手杀了她，再下一次，你可能会杀了那孩子……"

德妃忽然打断了他的话："我只想听人说话。"

永裕帝唇角抽动一下，依旧笑道："耐心点，听朕说完。这是一种无解奇蛊，来自异国，已经失传百年了。不要以为杀了朕你就解脱了，朕若死，你的蛊会彻底发作，到那时你会毫无预兆地失去理智，对身边的每一个人随时下杀手，也许是文臻，也许是菊牙，也许是林擎，也许是……"

德妃再次打断了他的话："你要什么？"

"朕如果说想要你杀了文臻，想来你是宁死也不肯的。何况现在文臻已经不相信你，你也杀不了她了。"永裕帝微带遗憾地道，"那就留在朕身边吧，不用你做什么。只要朕好好的，你自然也好好的。"

德妃笑一声，微哂道："本宫真是一面人人能用的好盾牌。"

太后要软禁她做盾牌，现在这老不死的也要。

她看着永裕帝的手，指尖发红，时不时抖一下。

永裕帝也低眼看了下，这症状之前便有了，一直以为是用药后遗症，现在他却在想怕是中了谁的算计，和尚？晴明？还是那个孩子？

和尚是谁的人？晴明又是谁的人？他们明显不是一路，那么他竟是一直被不同敌人的细作控制着？

这么想的时候，他心中也一寒。

举目天下，人人皆敌。

胸中闷痛，他脸色一寸寸灰下去。

以为自己才绝天下，智通天人，却没想到从一开始就被那些他从未看在眼里的女人们玩弄于股掌，直至犯下不可挽回的大错。

以为自己掌控一切，玩弄人心，螳螂捕蝉黄雀在后，却没想到从一开始，他就不是黄雀而是蝉，连螳螂都不配做，还自以为是叫得欢。

心血激荡，头晕目眩，一生的尊严和骄傲于此刻轰然坍塌，若不是大敌当前，一直死命忍着，他觉得浑身的血都会在刹那间喷个干净。

德妃还没放过他，淡淡道："要我心甘情愿留在你身边，做那人质也好，盾牌也成，但你得把文臻和林峥给放了。"

永裕帝听见林峥两字，脸皮禁不住一阵抽搐，忍下一口马上要喷出来的血，好一会儿才勉强道："让朕放虎归山？"

"你信不信你今日围困了文臻，明日燕绥就能带着大军丢下边关直接回来轰炸你的天京？"

"朕如果放了她，燕绥毫无顾忌会带大军回来攻打天京。"永裕帝冷冷道，"哪有你讨价还价的余地？老实看着吧！"

德妃眼看文臻带着随便儿在一队护卫的护卫下向外闯，被拦截到殿东侧，道："那便让我送送我那孙子吧。"

永裕帝正要拒绝，忽听外头雷声轰鸣，伴随马蹄急响，有数骑泼风般穿越广场，当先一人老远便大喊："陛下！急报——唐易联军已经进城，往皇宫来了！"

这一声便如那惊雷一般，劈得广场上的群臣和殿内的永裕帝都霍然变了脸色，永裕帝再顾不得和德妃谈判，急奔上前，喝道："怎么可能！京畿大营呢！"

"京畿大营接陛下圣旨调防，已经撤出大营！"

"城门又是怎么开的！"

"是有人持陛下行玺，称京畿大营入城护驾打开的！"

一道闪电忽然穿出，劈在殿前，长廊上垂挂的灯笼被劈着，落地燃烧起来，火光和电光，同时照亮永裕帝刹那间铁青的脸。

他立在门槛前，摇摇晃晃，咬牙切齿地怒喝："晴明！"

就在他发出这一声怒喝的同时，德妃忽然一弯身，从仁泰殿的门槛下，伸手一抽！

明光耀眼，匹练如虹！

她抽出了一柄长剑，抬手就对永裕帝后心刺去！

永裕帝刹那间似有所觉，大袖猛甩，想要回手夺剑，手却猛然颤抖，他只得拼命一扭身。

长剑刺入他背脊，入肉五分，便停滞不前。

永裕帝穿了护身甲！

但那剑却也非凡，竟依旧穿透了护身甲，鲜血汩汩而出，永裕帝再次喷出一口血。

这不过是一霎间的事，其时殿上殿下，所有人还没从天京沦陷那个惊天消息中回神，就看见德妃一剑弑君！

只有一个人在所有人都被这一幕惊住的刹那，在永裕帝终于因为这惊天消息忘却一切，离开保护他的人墙的那一刻越过人群，狂扑上前。

文臻扑出的同时，一个暗卫抛过一把刀，文臻一抬手接住、旋身、转臂、抡出，砍——

又是一道横贯天地的白电，大雨倾盆而下。

巨力砍断头颅的声音不过轻轻一声，刀光如长虹扬起，再落下，带起血色匹练于高殿穹顶之下。

雨势如鞭，抽打得全广场上的人如泥塑木雕，眼睁睁看着中剑的永裕帝头颅忽然飞起，然后滚落。

殿门前，文臻盯着永裕帝此刻才轰然倒下的无头尸首，缓慢而森然地道："伤我燕绥者……虽君必诛。"

第一百四十二章

有孕

文臻忽然一抬手，闪电般抓住了德妃的手。

那柄一直握在德妃手中的长剑，不知何时再次抬起，并且离她的腰侧只有寸许距离。

文臻缓缓看了一眼剑尖，再看一眼德妃，对面那女子脸色青灰，眼神竟然有点直愣愣的。

文臻心中颇有些不解，实在有点不明白她那忽友忽敌的奇怪立场，按说娘娘现在应该很欢喜，终于杀了永裕帝，光明前景就在眼前，何以脸色如此难看？

此刻见她这模样，文臻不禁皱眉道："娘娘，您到底——"

她话音未落，德妃忽然再次手一抬。

剑锋倒转，寒光一抹，刺入心口。

溅开的血瞬间喷了文臻一脸。

文臻眼前一黑，混沌中听见随便儿的尖叫，她于巨大的震惊和苦痛茫然里，恍恍惚惚地想：不能给随便儿看见……不能……

她一抬手捂住了扑过来的随便儿的眼睛，一掌拍昏他，抛给一个冲上来的护卫。

站在台阶边缘的德妃已经跌落下去，顺着那刚刚流满永裕帝血液的汉白玉台阶，一路滚落广场，广场上的朝臣刚刚才见永裕帝的头颅滚落长阶，一转眼便见那名动天下的妖妃也凄然滚落，广袖在暴雨中散飞而起。

群臣在雨中僵硬着身体，张着嘴，眼看那美人坠落尘埃，面朝地趴伏在一地冷雨中，身下渐渐洇开无数蜿蜒的红。

而在不远处，永裕帝的头颅宛如在静静凝望。

狂风骤雨里，文臻跌跌撞撞从台阶上奔下来，半途腿一软，竟然摔了一跤，一路滚下去。

她心间似有火烧灼，又被这冰雨泡透，眼前雨丝纵横，铁蹄逼近，群臣哭号，广场无声，整个天地都在翻覆飘摇，而她不知身在何处。

直到她双膝触着那冰冷的青石地和横流的泛红雨水。

她踉跄爬起，冲到德妃身前，伸手一摸，整个人便堕入了冰窟中。

那个女子竟如此决然，毫无解释，一剑入心，连半分生机也没给自己留！

文臻跪在雨水里，跪在那尸首之前，努力地将她翻过来，嘶声道："为什么……为什么！"

为什么明明已经杀了狗皇帝。

为什么明明大仇已报。

为什么明明已经看见希望的曙光。

你却要这般决然地结束你自己？

连一个解释都没给我，你要我如何面对你，如何面对燕绥！

忽然又一声惨叫，菊牙不知从什么地方冲了出来，看见底下一幕，发出了一声瘆人的呼喊："娘娘啊——"然后她也狂奔而下，扑到德妃身旁，手还没伸出去，眼泪便流了满脸。

文臻僵硬地转过头，问她："娘娘为什么要自尽？"

菊牙浑身颤抖，好半晌才挤出支离破碎的几个字："那天我们被截住……我看见陛下对娘娘耳朵…吹气……"

文臻脸色茫然。

是毒？是蛊？如果娘娘被永裕帝控制，如何还那般决绝地要杀他？以至于她也没有多想，下意识便抓住机会出了手。

忽然有人惊呼。

文臻转头，就看见永裕帝的头颅里忽然钻出一条黑黄色的虫子来，那虫子在雨中一扭一扭，然后爆了，散出一股在大雨中依旧凝集的黄色烟雾。

宿主都已死亡，母蛊便不能存活。

文臻盯着那东西，忽然想起当初在妙银的竹楼上看蛊术大全，曾看过一种"控心"蛊，据说传自异域，已经失传很久。中蛊者本身并无伤损，只是意志受宿主所控，而且一旦中蛊，无药可解，只要被控过一次，哪怕宿主死亡，依旧会完美地将宿主的意志执行下去。

文蛋蛋也没见过这种蛊，因此没能察觉异常，而且这种蛊控制的是意志，想要解难度更大。

当时那书上有图解，她看着那恶心的虫子和施蛊方法，还想这玩意难怪会失传，要做这个宿主，得先把这虫子活吃掉，这谁能干得出来？

永裕帝干得出来，为大业他本就毫无底线。

难怪他不禁制德妃，难怪他敢回大殿。

只是他以为德妃是他的杀手锏，却没想到那女子一生苦难，早已练成不屈烈火之心。

当知道永裕帝若死她也无药可解，她依旧选择一剑弑君。

当确定自己将会成为害人的傀儡的那一刻，她毫不犹豫赴死，不给自己半分留恋世间的机会。

暴雨劈头盖脸打在脸上身上。

不知道多久之后，文臻才扶着地面起身，缓缓抱起德妃。

没有人来帮忙，文臻此刻脑中一片混沌，只想着要带娘娘回宫，不能这样曝尸雨中。

没人帮忙也正常，当时大殿黑暗，她在背后砍头，在群臣的眼里是德妃弑君，然后畏罪自尽。

可是怎么认为都无所谓了，人都没了。

她什么都不想管，将德妃负在背上，站起身来，却忽然一个踉跄，便要栽倒。

一只手轻轻扶住了她的臂膀。

文臻麻木地抬起头，透过密集的雨帘看见一身轻甲的唐羡之站在她的身前。

而广场四周不知何时已经满是黑甲红缨的唐易联军。

雨丝将万物模糊，自苍天向大地倾泻，她只看得见唐羡之一双眸子里目光坚定又悲悯，嘴唇一张一合不知道在说什么，她听不清也不想听，拨开他的手，将德妃的身子往上背了背，转身离开。

有将领快步过来，伸手要拦截她。

唐羡之抬了抬手，那些蠢蠢欲动的唐易联军都停住了动作。

唐羡之没有再动，也没有再说话，他就那么立在仁泰殿下，立在满地淡红的血水中，推开了身边将领打起的伞，只凝望着那女子的背影。

他的大氅本想给她披上，此刻却落于冷雨之中，他也就那么单衣薄甲，在寒雨中静默看她离开。

广场寂静，万军无声，唯有雨击大地，风啸若狂。

所有人沉默地看着那女子于这凄风苦雨的长夜里独自背着尸首，踩着那永裕帝的血水，脚步微微踉跄却依旧十分稳定地，一步步离开。

暴雨下的德胜宫，雕檐斗拱，依旧维持着全盛时期的浮华。

文臻直接将德妃背回了她的寝殿，她的浑身已经湿透，靴子每走一步都会流出淡粉色的血水，寝殿里雪白的地毯便跟着留下一路浅红的足印。

将德妃安放在那张象牙拔步床上，菊牙已经不哭了，近乎冷静地唤进宫女梳洗、换衣、整理遗容。

文臻默默坐在一边，看着渐渐洗去泥迹的那张脸，依旧明媚鲜妍，如玉润洁。

恍惚想起当年初见，那何等光辉又别致的美人。

耳边似乎听见她懒洋洋的声音，天生三分轻蔑，尾音仿佛带着钩："美貌和做吃的有什么关联？听说你厨艺不错，可我瞧你长得也不怎么样啊。"

自古美人如名将，不许人间见白头。

菊牙将德妃收拾完了，便坐在一边，痴痴地看了一阵，忽然轻声道："前几天娘娘和我说，如果有一日她去了，林擎又不在身边，那就把她一把火烧了，骨灰给林帅。"

文臻缓缓转头看她。

菊牙却没看她，痴痴地注视虚空，想起那日和娘娘的对话。

那是在两人和随便儿都被永裕帝制住之后，她和娘娘被送进地道，住在永裕帝曾经住过的地室，地室有瞭望孔，娘娘经常凑过去看一看，听一听，有一次她便忍不住问娘娘能看到听到什么。

娘娘便道："我被关在这地底下，才知道上头的气息有多新鲜，上头的自由有多宝贵。"

她便道："娘娘倒也不必太过操心，总是能出去的。将来，林帅还要接您出宫，一起云游四海呢。"

娘娘出了一会儿神，悠悠道："是啊，那样真是很好很好的。"

她想着那场景，刚露出微笑，娘娘忽然转头看她："可若最终不能在一起呢？"

她心猛地一跳，未及回答，娘娘已经道："老天向来待我不厚，可是那也没关系，那你就把我烧了，骨灰给林擎，随他处置。我就是想他了，想他再抱我一次……距离上次他抱我已经二十七年了。"

她眯着眼，似乎想到那场景，竟然露出微笑，轻轻道："那样也是很好很好的。"

菊牙哽咽一声。

文臻低头，捂住脸，半晌，声音闷闷地传来："如果娘娘早有预感……那么燕绥呢，她有没有话给他？"

菊牙没有立即回答。

她取出娘娘最爱的一支簪子缓缓插在她鬓上。那簪子和德妃日常的华贵首饰有点格格不入，前端只有一朵贝母雕饰的牡丹花。

这是殿下十四岁回宫那年给娘娘的礼物，也是他正式赠给娘娘的唯一一件礼物。

娘娘从来没当着他的面戴过，却总在夜间插戴着这簪子睡觉，哪怕经常被戳了头皮。

“娘娘为什么不对殿下说啊。”

“我不想说。”

“娘娘！”

“有些人太颖慧，有些人太狡猾，我怕说了就会给人看出端倪，最终害了他……或者我还是不够信任他，或者我还是心中有怨……总之，我不想说。”

“您不说，难道就打算这样被误会一辈子吗？”

“以前我介意过，现在我不介意了……因为，这世上已经有人替我爱他了。”

“娘娘……”

“那就够了。”

“娘娘说现在这样就很好了，就够了，她不求原谅。”

文臻捂住脸的指缝里漏出一声哽咽。

菊牙起身，过了一阵，殿中天井里燃起了一堆火。

文臻坐在火边，看着那美人渐渐化为虚无，德胜宫的天井上有穹顶，饰有琉璃罩，雨丝已经小了，淅淅沥沥不断滴落在琉璃罩上，再流出道道透明沟渠，似天也落泪不绝。

而琉璃罩下的火光并不热烈，平静却决绝，似那传奇女子最后的抉择。

在火光渐渐熄灭之前，文臻隐约看见火星升腾之间，有晶莹的光芒晕开一片光带，再迤逦往青天去了。

芳魂去矣，此生无归。

菊牙缓缓起身，她并没有像其余宫女一样跪拜哀哭送别，一直怆然却平静。

文臻以为她要去取骨灰盒，不想片刻之后，便听见一声闷响。

整个寝殿都似乎颤了三颤。

文臻霍然回身，就看见菊牙倒在玉阶之上，额头的血自殿柱淋漓而下，缓缓流过她脚下，再流入火堆。

一直望着火堆的菊牙，唇边也绽开一抹笑意。

没有告别，是因为我不会和你分开。

娘娘，别怕。

菊牙来陪你了。

火堆又燃起，这回文臻把菊牙也火化了。

她取了两个盒子来，一人一个，亲自装填。

那灰白色的细微骨碎刺在掌心，她却麻木得不知疼痛。

一颗鲜红如心的东西滚落至掌心，文臻看清楚那是一块鸡血石，按照材质色彩形状，应该和给林擎的那块正好是一对，却无字。

另还有一个黄铜指环，文臻没在她手指上看见过，此刻却出现在骨灰里，想必是原先戴在心口。

文臻把这两样东西都埋在了骨灰里。

身后忽然有轻轻的脚步声，随即宫女们潮水一般退下去。

文臻没有回头。

那人站在她身后，看着她掌心不断被戳破，她便随意地在湿淋淋的衣襟上擦擦，不愿那骨灰沾染了血，却也并不理会伤口。

他几次手指颤动，却都没有伸出手。

直到文臻将骨灰都归拢，装入盒子，抱在怀中，起身。

两人相对，圆而大的微红的眸子，对上目光明澈的眸。

彼此都觉得面前隔着一片波涛汹涌名叫痛苦的海。

半晌，唐羡之轻轻道："怪我吗？"

文臻木然道："怪你什么？怪你为唐家为自己挣命吗？"

唐羡之怔了怔，没想到她会这么说，然而随即便释然，是了，只有她会这么说，也因此只有她能永远牵动他的心。

"原来你都明白。"

"是的，我都明白。我明白皇权并不天定；我明白世家没有道理束手待毙；我明白燕绥和你的一切行动都不过是出自彼此不同的立场，大家都不过是在捍卫自己不能舍弃的东西而已；我甚至明白燕绥在对付世家时的手段也未必比你光明多少，没有谁就是正义的斗士，正如没有谁天生该死。而你和燕绥，世家和皇族注定不能共存。"

唐羡之眼底微微湿润，他轻轻地抬起头。

无论如何，能听见这一番话，便不枉之前那许多的退让和救赎。

"可是唐羡之，我明白不代表我能接受，不代表我能原谅。"文臻轻声道，"现在，我看见你就会想起林飞白苦守湖州六日夜，最后在城头长坐的身影；就会想起当年在湖州所遭受的一切逼迫和煎熬；就会想起慕之的身躯；想起幼年的燕绥在宫里遭受的非人的一切……虽然这些不能都算是你做的，我怨恨你似乎毫无理由，但唐羡之，你选择了唐家，你攻入了天京，你要做这东堂的帝王，你成功了，那么你现在还这样一脸温情地站在我面前，是要做什么呢？”

她讥诮地笑了笑：“是来展示你作为成功者的仁慈和怜悯，还是来试图劝降或者和我继续又一轮的谈判以便拿下燕绥呢？”

她拍拍怀里的骨灰盒：“我建议你立即杀了我。因为下一次你便是放过我一万次，我也要杀你了。”

唐羡之忽然咳嗽了起来，急促得说不上话。

随即他便猛然伸手。

因为文臻忽然直挺挺地倒了下去，倒下的时候犹自紧紧地抱着那两个骨灰盒。

唐羡之扶住了她，看着怀中的女子连碎三针，伤势未愈，急痛攻心，强撑多时，终于在此刻虚弱地躺在他怀中。

他揽着她单薄的肩，手指微颤，想要拢一拢她的乱发，最终却在触及她肌肤的最后一刻停住。

琉璃罩上的雨丝一道一道滑落，绵绵不绝。

天地在这一刻选择安静地哭泣。

良久，黝黯的天空下，才传来那男子的声音：“我已不奢望获得一切。我只想……再看看你而已。”

这一年东堂连年号都乱了。

皇位一月四替，皇帝连死三个，连宫中最尊贵的那几个女子，太后、皇后、德妃、容妃都死了个干净。

这一年的正月十三本该是东堂的灯节起灯之日，最后灯是起了，皇城挂白，满城丧灯，死去的皇族太多，以至于太常寺累倒了一堆官吏。

正月十四，更多的唐易联军进入天京，迅速控制了整个天京城。

正月十五，唐羡之在众将拥立之下继皇帝位，改国号为唐，年号太始。

太始帝颁布的第一条命令便是将那一堆皇帝的尸骸都统统葬入永裕帝为他自己准备的建陵，几座大棺往皇陵里一塞，让他们在地狱里狗咬狗去。

太始帝的第二条命令是大赦天下，轻徭薄赋，减轻战乱频仍给百姓带来的负担。

此举赢得了天京百姓的拥护，唐易联军进入天京时，直奔天京各要害部门和驻军地，以最快速度偷袭控制，掌控中枢，除了在皇宫遭遇了一阵散乱的抵抗外，其余地方点尘不惊，约束严谨，绝不骚扰伤害百姓，因此明明是倾国之乱，却相当平稳地过渡，而各处的抵抗也因为东堂皇族的残杀和大量死亡显得毫无组织，很快就被缴械。

当日仁泰殿广场上百官都在，皇朝忽然倾覆，有近一半的朝臣叩拜新帝——此时李相等人才发觉，满朝文武竟然有这么多人实际是唐家门下！

剩下的一多半在李相的带领下拒为两朝贰臣，唐羡之也不着急，吩咐人将东堂皇族剩余的皇子王女都提出来，臣子们反抗一声，便杀一个——你不是说你要忠于东堂皇室的吗？那你害死了东堂皇族后裔又怎么说？

在场的文臣们一日夜已经见了太多鲜血，早就抵受不住，哪里还经得起这样逼迫，当场晕了一大半，有人触柱而死，随大司空而去，有人痛哭流涕，高呼苍天不公，永裕帝误国。之后唐军又直接拿湖州系官员逼迫李相，反抗一声，也杀一个……最终李相老泪纵横。

唐羡之其时立于大殿之上，注视广场血流成河，哭号震天，面无表情。

一将功成万骨枯，心肠慈软做不得那孤家寡人。

帝王之路，不过是比谁垒的白骨京观更雄伟一些罢了。

天京和朝堂便在这样柔和又酷烈的手段搓揉之下，迅速被揉捏成了唐羡之想要的模样。

但目前唐家占下的只是大半壁江山——川北、定阳、横水、西川，和湖定平中四州以及天京，之后半个月又打下了衡州、建州，地盘连成了一块靴子形状的长条形。上头的青州、徽州、池州在林擎辖区，宣州、隋州、长川暂未拿下，这些地方和下头的苍南滇州都还不在唐国的版图内。

因此大朝会上，迅速占领朝堂的唐家新贵们，分成了两派，吵嚷不休。

一派守成持重，表示莫如就和燕绥、林擎谈判，大家割地而治，互不干扰，青州、池州、隋州那一片就归了那两人，苍南、滇州实力较弱，可待稳定后慢慢收服。

这个观点遭到了鹰派的激烈驳斥，鹰派指出绥靖政策绝不可取，林擎之子死于唐军围困，林擎迟早要报仇，神将善战天下皆闻，卧榻之旁他不肯安睡，我等也别想安睡。

另外还有一个理由是众人不好说出口但极其忧心的——原尚书令，燕绥之妻文臻现今据说还留在宫中，以宜王燕绥的性子如何能受此奇耻大辱？一旦平定西番，也必定会挥师南下夺回爱妻。

这两人是谁？是横穿唐家地盘而过还能将唐家军备库都炸了的人！

如果不是家主另有一手准备，军备库有两处，唐家会连起事的力量都没了！

更不要说这么多年来燕绥对唐家的制衡和暗手不断。

饶是如此，唐家这次出兵也因为湖州阻碍和军备缺失、小楼剑手损失一半等原因少了一支力量，不仅一路上损失加倍，进天京慢了一点，还无法直接将长川拿下，也无法将苍南一手联合，扩大地盘，拥有更多的实力对付林擎和燕绥，显得处处被动。

在唐家人看来便是牺牲一半朝堂一半军，也决不能养虎为患，必须先把这两人解决了。

争吵到了最后，渐渐意见统一，大家提出必须趁着林擎和燕绥还在和西番作战，无暇顾及背后的时候立即出兵，和西番联合夹击边军，最好之前先和西番议和，达成默契，免除后顾之忧。

这个提议得到所有臣子的赞成，在好不容易夺取政权的唐家人看来，安内比攘外重要得多，西番人哪里有燕绥和林擎可怕？

因此群臣齐刷刷上奏，请求出兵，踊跃争先，求为先锋。

大殿之上，新帝却久久沉默着。

人们的兴奋渐渐退去，疑惑不解地对望。

所有人都不明白，这明明是当前局势下对唐家最有利的决策，陛下却又是因何犹豫？

难道真的是为了那个女人？

但杀了燕绥，灭了边军，才能长久地拥有这女人和这皇位、这唐家天下啊，陛下连这个都不明白？

朝堂渐渐安静下来，在一片死寂的困惑中，新帝终于开了口：“不可。”

“陛下！”

“出兵青州背后，和西番议和，你们该知道一旦边军大败，一直相助边军抵抗西番的青州、池州、隋州的百姓会面临什么，青州、池州、隋州就会是下一个徽州。你们也该知道西番人是什么性子，和西番联合，西番必定会要走青州……到那时，国土裂，金瓯缺。”

“可是陛下，放弃和西番谈和让地联军，未来就是我们坐不稳这江山了！”

“朕刚刚拿下这江山，便要将国土和百姓拱手让人……朕的尊严，我唐家的尊严不是这么挣的。”

“陛下，成大事者不拘小节！”

“朕宁愿于沙场之上亲手斩林擎和燕绥，也不愿在背后将他们送于异族。”唐羡之淡淡道，“此事无须再议。”

“陛下，您请想想唐家！”

“放心，唐家不会消失，唐家的后代会永享安宁，唐家不会在朕的决策之下灭亡……朕保证。”

“陛下！坐稳这天下，哪怕是半边天下，才能保唐家永享安宁！”

“半边天下不是天下，和异族分享的天下不是天下……无须再议，退朝。”

人群如海水落潮怏怏而去，带着无尽的困惑和不甘。

大殿上只留下唐羡之高坐于御座之上，夕阳穿入殿门，将他孤凉的影子长长地镂刻在金砖地上。

他一动不动，端坐如雕像，良久，才轻声道：“家国大义在上。”

文臻睁开眼睛时，看见德胜宫殿顶雕满飞翔的鸟。

她眨了眨眼，此刻才发现德胜宫的藻井雕刻不是寻常的龙凤，而是形态各异的鸟，但都高昂着头，展翅飞翔。

这是因为那个女子一生都在向往自由。

如今她终于自由了。

忽然感觉手被一只微微粗糙的手握住，她有点艰难地侧头，便看见了闻老太太的脸。

文臻的眼神终于亮了亮。

两次回天京都因为要做危险的事，没有去看祖母，但她早早就将冷莺派去保护祖母。祖母也十分谨慎，早在传出宜王弑君的消息时，便带着闻大爷夫妇躲入茫茫人海中，不给任何人可乘之机，因此也算放心。

没想到能在这里见到祖母，看样子是唐羡之把她接来的。

文臻忽然紧张起来，上下打量闻老太太，直到确定她精神健旺，无毒无蛊，才松了一口气。

没能看出德妃的蛊，以致她绝望自尽，文臻深深悔恨于心，再也不敢有任何疏忽了。

闻老太太没有说话，只轻轻摩挲着她的手，文臻躺在枕头上，此刻才能放开心怀，痴痴地望着殿顶，半晌，缓缓流下一行泪。

“祖母……”她轻声道，“我要如何向燕绥交代……我没有保护好他最后的亲人……”

“他最后的亲人是你和随便儿，”闻老太太平静地道，“还有你肚子里那个。”

文臻霍然睁大眼睛。

闻老太太粗糙的手指轻轻拭去她眼角的泪：“从今天开始可不要随便哭了，不能自暴自弃，不冲别的，就冲肚子里这个，你就得还是你文臻。”

文臻愣了半晌。

当初中了针，大夫说她不能生，结果她的针不知不觉间移动，她意外怀孕了。

后来生产受损太厉害，她给自己把了脉，觉得以后想必也难生，谁知道又怀了。

也许是三年调养的结果，也许是那一路上……她的脸忽然红了红。

闻老太太何等精明，立即道："久别重逢干柴烈火，罢了，以后悠着点，也一把年纪了，折腾不起。"

文臻想笑却笑不出来，低头看自己平平的肚子，闻老太太平静地道："不用担心，上次你怀孕的时机也不好，随便儿不也生下来了。既然来了，就是你的缘分。"

文臻看着她强大的祖母，纷乱的心绪渐渐安定下来，闻老太太这才和她说起之后的情况，她最后三根针被引动，后来因为情绪起伏太大内息走岔直接碎了，已经躺了有小半个月了。其间被诊出怀孕，唐羡之见她迟迟不醒，便下令接来了老太太。

而随便儿便在闻家老宅内，暗卫当晚趁着混乱，让三两二钱把他送出了宫。醒来后发了半天呆，丫鬟们怕他小小年纪吓坏了，凑过去看，他一抬头，眼泪已经湿透了衣领。

后来就不肯吃不肯喝，看到这个说奶奶喜欢，收着；看到那个说奶奶喜欢，留着，说着说着又哭，半夜还会惊醒，嚷着奶奶死了、娘死了、爹死了，这下随便儿真是孤儿了。

后来闻老太太半夜过来搂着孩子，和他说了一夜闲话，关于他娘刚来时的风波，他爹当初的德行，还有他奶奶在德胜宫的嚣张，随便儿靠在老太太怀里，静静听了一夜，天亮的时候他说："老祖宗，随便儿再哭一次，这回随便儿替爹哭，他一定不会掉一滴眼泪的，可他一定很想哭的。"

闻老太太抚着他乌黑的发顶，道："孩子，哭吧，就再哭这一次。你一直哭，你奶奶会走得不安心。她最后一段时间有你陪着一定是很开心的，你不要让她难受了。"

随便儿之后果真不再哭了，这次闻老太太进宫，他还让老太太捎来了他的作业。

文臻看了看他的作业，忽然掌心一动，闻老太太轻声道："你一个朋友飞鸽寄来了一个药丸，说她姓兰，你如今怀孕了，我也不知你能不能用，你且自己看着，她还给你留了张纸条。"

纸条和药丸藏在随便儿的作业里，那是随便儿手工制作的一只母狮子，脑门上写着"我娘"，旁边还画了条河，母狮子在河的东边，文臻一看便知道儿子在逗她。

这种时候这孩子还能来逗她，她只觉得又欢喜又酸楚。

母狮子的卷毛是用一根根彩色纸条粘出来的，其中一张上面有比蚂蚁还小的字，而母狮子的黑泥眼珠，正好是一个药丸一剖两半。

进宫的人都要搜身，闻老太太带的吃食都被拿去重新制作。但这母狮子护卫翻来覆去看了也没发现什么，便还给了老太太。

文臻嗅了嗅那眼珠，看完那纸条，便将药丸收起。听闻老太太轻声说最后一批粮草运去了青州，但是之后就没有了，唐氏朝廷不会再给边军提供粮草。唐羡之已经下令林擎交出兵权，但很显然林擎也不会理。西番连败三次，退出徽州，但是还集结在边境，唐家朝廷现在据说想要和西番议和割地，联合西番对边军前后夹击。

文臻静静听着，良久才道："祖母，我以前有些杂物放在大宅，其中有一个卷轴，你下次进宫带给我吧。"

闻老太太应了，忽然住口，脸上露出狐疑的神情，她长久眼盲，听力比文臻这个伤病员还强些。文臻疑惑地看她，闻老太太却并没有说什么，只是和她说起冷莺，说不知为何，她的瞬移能力越来越弱，现在已经无法带人瞬移，而且每次瞬移距离也越来越短。文臻本以为是中了人家手脚，但随即又觉得说不通，想起之前寒鸦也曾传递消息给她说，感觉自己的透视能力渐渐在消退。文臻不由想起当初天机府为安王所驱使之事，怀疑当初安王是用了药物，激发了天机府中人的潜能，但凡过度激发，带来的后果往往是透支。一旦长期离开安王的控制，一些靠药物激发出的异能便可能会渐渐消退，如此说来，东堂真正的异能者并没有想象中多，这也是后来安王无法再频繁使用天机府的原因。

这个机构，文臻觉得还是早点消失的好。她是个异能者，她知道拥有一样超能力有时候也未必就是幸事，上天的一切攫取和赐予都迟早会加减于命运。

又坐了会儿，便有太医来请脉，老太太盯着熬了药，亲自喂文臻喝了，便回去了。

文臻原以为老太太会被留在宫中做人质，却没有。

她精神困倦，喝完药也就睡了。那边闻老太太出门去，走过游廊时，忽然停住，转身，听了听侧面的角落的动静。

半晌，那里无声无息转出了唐羡之，他发间微微凝霜，也不知道在那里站了多久。

闻老太太知道他站了多久，从她进门，等文臻转醒，到低声说话，到最后文臻喝药，他一直遥遥站在窗外，静静地看着她，在太医出来后轻声询问她的病况……却一步也没有进殿。

虽然外头传言甚嚣尘上，但只有这深宫的人才知道太始帝从未进入过德胜宫内殿一步。

他永远立在窗外，披着晨曦、月光和雨雪，默默凝望那永远不会属于他的女子。

等待着她醒来，哪怕醒来面对的也不过是冷漠和拒绝。

闻老太太脸色虽然冷，却终究还是开了口。

她没有问唐羡之为何不进去，只道："陛下，你这一生真的为自己活过吗？你得到过自己想要的东西吗？你想要做的事，想要拥有的人生真的是这样的吗？"

“公子，你真的想过你想要的是什么吗？真的仅仅就是这娇妻爱子，屋舍三进吗？你有没有想过你本该是这大宅的主人，是长川的主人，甚至可以尝试去做天下的主人！可现在为了所谓友情、道义，你便甘于屈居人下，将这一切拱手让人吗！”

长川和五年前一样又下了一场很大的雪，雪地里，阳南岳被人按住跪着，嘶喊着问正站在他面前擦刀的易人离。

易人离慢慢擦刀，心里想着得快点办完这事儿回家去看儿子。

听见阳南岳的质问，他简直不想回答，但想了想还是笑道：“是啊，甘心啊。”

阳南岳噎住。

“这世上总有人自以为是，打着‘我为你好’的旗号行绑架逼迫之事。”易人离眯着眼睛看自己这个忠心属下，“你一个旁观者总觉得我很惨，明明是易家继承人却只能给朝廷卖命，拼死拼活这几年才做个别驾，在自己的地盘上仰人鼻息。很惨是吧？可是你别忘了，我一生里最惨的日子到底是谁给的。

“是易家。这个你念念不忘的豪门巨族没有给过我任何温情友爱，有的只有折磨苦痛，我凭什么要恢复它的荣光？

“长川的主人又怎样？长川的上一任主人易勒石一生过的是什么日子？算计、阴暗、变态、疯狂……每一日不能安睡，每一夜都在失眠，每一刻都在筹谋，汲汲营营数十载，众叛亲离，最后死于所爱之手。他快活吗？

“西川的上一任主人是易燕然又怎样？一堆儿子野心勃勃而无能，唯一有能力的却是个女儿，为了隐瞒她的身份殚精竭虑，到死还在拿命为她铺路。易铭一个女孩不能爱人，不能被爱，背着沉重的家族负担，整日周旋于男人和阴谋之间。这个主人她当得快活吗？

“川北的上一任主人唐孝成被女儿炸了，被燕绥杀了，临死还要看着自己的心血毁于一旦。这一任主人唐羡之倒是当上皇帝了，但是他老爹死了，妹妹死了，与心爱的人决裂了，皇城之上，孤家寡人，他快活吗？

“还有死在景仁宫床上的季节，做了多年继承人却最终失去一切的唐鉴之、季怀庆，再说大一点，这天下的主人永裕帝、安成帝、永嗣帝，他们都是什么结局？他们快活吗？

“阳南岳，这么多鲜血和白骨，这么多不快活活生生摆在你眼前，你是瞎了还是以为我瞎了，竟然叫我去做这样无聊的事？竟然为此偷兵符，暗策动，带着十八部族和你聚拢的所谓易家忠良去伏击邱同的军队！

“谁同意你这样做的？

“还是你觉得把黄袍往我身上一披我就肯做皇帝了？

“你是不是心中还涌动着为知已而死的豪情，觉得自己忠义而悲壮？觉得千百年之后，长川史书上应该有你忠心为主不计私利的大名？

“我告诉你，就两字，我呸！”

易人离已经擦好了刀，倒提着缓缓走过来：“抱歉了，我要给邱将军一个交代，他身负重伤还在驰骋作战，不是为了给同袍在背后捅刀子的！阳南岳，你对我心有愧疚，才自作主张做了这恶心的事，你却不晓得问问我这个债主到底需要你怎样赔偿……现在，就请你把命赔给我吧！”

阳南岳霍然抬头，对上易人离平日里总有几分戏谑之意，此刻却冷光四射的眸子，才恍然惊觉公子是真的要杀他的！

他震惊得放大的瞳孔倒映着易人离举刀的身影。

阳南岳忽然撕心裂肺地大叫起来：“晚了！晚了！”

易人离眼眸一缩。

什么意思！

“你即使真的无心，你即使现在想收手，也已经晚了……公子，你不能杀我，你要留着我，向唐氏朝廷投诚！”

“我用你的脑袋向唐氏朝廷宣战！”

厉风劈下，却在阳南岳叫出一句话的时候，戛然而止。

“你连夫人和小公子的性命都不要了吗！”

四面空气忽然凝结，高举的长刀映出易人离瞬间青白的脸。

“你说什么！”

“公子！咱们的人里头一直都有唐家安排的人，现在他们的人已经带走了夫人和小公子……公子，唐氏已经夺国，长川又连接内陆和青州池州，唐羡之绝不会允许公子独立或者投靠燕绥的，你还是降了吧！”

厉笑紧紧抱着儿子静坐在黑暗的角落。

她不知道这里是哪里，甚至不知道现在是白天还是黑夜，所有的窗户都用黑纸糊了，外头脚步声众多，显然看守很多，但没人进来，食物和水都通过墙上一个巴掌大的小洞递进来。

昨天她和易人离正在逗孩子，忽然易人离接到一个消息便怒气冲冲出去了，而她心神不宁，带着孩子早早睡觉，中途迷迷糊糊感觉到有丫鬟进来添火盆，她心中不安，却发现自己已经无法起身，再醒来时便到了这里。

她便知道长川出事了。

对此她早有预感，只是没想到这么快。

豆子在她怀里发出声音，厉笑粗通医理，给孩子把了脉，发现没有什么不良反应，松了一口气，随即便皱起了眉头。

她一个人怎样都不怕的，可是豆子这么小……

她在怀里摸了摸，衣服都已经被换过了，她毕竟是文臻的好友，唐家这是怕她身上也有文臻给的东西。

厉笑撇撇嘴，片刻后，在孩子的虎头鞋里摸出了一个小银丸。

自从听说天京出事以来，她便将一些文臻给她的手段藏在了孩子身上，毕竟谁也不会想到去搜一岁的孩子。

洞口有响动，一壶水递了进来，她接过。展开那银丸，外头却是一层极薄的银亮的金属，卷起来的时候是软的，厉笑在蜡烛上烤了烤，那一片薄铁皮便渐渐硬了，成了一柄锋锐无伦的匕首。

厉笑有点发怔。

这东西还是多年前易铭送给她的。

随即她便恢复了平静，薄铁皮里有一些黑色的细小的颗粒，这是文臻的馈赠。厉笑将那些小颗粒倒在水壶里，然后从洞口里将水壶扔了出去。

“大冷天的，也不给口热水！”她怒骂一声，水壶越洞而出，在院子里砸开，水溅了一地，她听见有纷乱的前去查看的脚步声，洞口被匆匆堵上。

她抱着孩子等在门侧。

过了一会儿，院子里的声音就越发杂乱起来，似乎有人在胡乱奔走，但很快又归于安静，厉笑大喜，立即用那匕首划开门板。她割出一个洞，抱着孩子钻出洞，便看见院子里果然已经倒了一地的人，忍不住心中暗赞。

她抱着孩子匆匆出去，前头就是大门，厉笑欢喜地打开大门。

然后她愣住。

大门外，竟然又是一个一模一样的院子，现在院子里满满的人正回过头来盯着她。

厉笑顿时如堕冰窟。

从欢喜的巅峰堕入地狱，她绝望地闭上了眼。

却在此时忽然听见厉喝声、马蹄声、刀砍声，她睁眼就看见一匹黑马闯门而入，银灰色的长发一掠而过，马上骑士瞬间闯过人群冲到她身边，手一伸，喝道：“上来！”

厉笑急忙握住了她的手，欢喜地道：“秀鼎！”

易秀鼎将她拽上马背，没有回头，直接冲回先前关押厉笑的二进院中。冲进院子的时候，外头传来女子齐声呼喝之声，随即轰然一声，院墙倒塌，烟尘四起，院墙外一大群女子远远避开那倒塌的墙。

易秀鼎自长川收归东堂之后，便自己训练了一批女兵，因为人数不多，她又是易家的人，长川刺史看在易人离的面子上也没多管，她这次是带着她麾下的女兵一起来救人了。

院墙一塌，易秀鼎纵马而起，跃过院墙，带着厉笑一阵奔驰，这里是个破落的村庄，已经到了主城郊外，女兵们纷纷跟上。

厉笑舒了一口气，问她："你怎么知道我出事了？"

"我之前接到一封密信要我注意你的安危，这几日我每日都会悄悄来你院子瞧瞧，正看见你被人弄走，我一路跟了上来，对方实在狡猾，好几次我都险些跟丢了，确定你没事后我又回去召集了我的人，还好赶上了。"

"谁给你的密信？"

"不知道，是飞鸽传书。不管是谁，总归没恶意。"

两人已经越过了很多民房，眼看就要冲出村庄，易秀鼎忽然猛力勒马。

下一瞬骏马长嘶被生生勒停，厉笑一低头霍然变了脸色。

一根透明细线拉在两座民居之间，如果不是易秀鼎及时勒马，现在他们三人都会掉马摔断脖子。

怀里的孩子被惊醒，尖利地大哭起来。

这哭声宛如信号，顿时屋前屋后冒出无数人影来，而最前面两座民居更有手持弩箭的人影翻越而出，很快就在易秀鼎马前拦成了一道屏障。

易秀鼎回头，看见后头也已经拦上了一圈人。

对方竟然远远不止那院子中的人手，整个村落都是！

厉笑将孩子往易秀鼎手中一塞，道："带孩子先走，我从另一个方向走！"

易秀鼎猛地拉住了她："你干什么！"

厉笑甩脱她的手："他们的目标是我，而我要保护我的孩子！我不能和他在一起！秀鼎，我就求你这一次！"

她转头看了一眼豆子，伸手摸了摸他的脸，孩子本已经止住了哭泣，被母亲这一摸，忽然大哭起来。

厉笑哪里能听这哭声，泪流满面，捂着耳朵跳下了马，向另一个方向冲去。

果然大量的黑衣人向她追去。

易秀鼎咬牙，看一眼怀中哇哇大哭的孩子，把孩子往怀里又揣了揣，一声呼哨，那些姑娘都围拢来，在她面前聚拢成人墙，砍断绊索，护着她往前冲出了小村。

还是有一批人追了上来，易秀鼎策马往前方树林里冲，大道宽阔，追兵马力也强劲，还在放箭，迟早会被追上。

她冲进那树林，正要将孩子藏起，忽然身后利箭如狂雨扑至，随即她身子一倾。

马腿和她的手臂同时被射中。

易秀鼎栽倒，孩子飞出，易秀鼎心胆俱裂，拼命跃起伸手去够，受伤的手臂却抬不起来，眼看那小小的身躯往碎石嶙峋的地面砸去——

“不——”

忽然锦衣一闪，华彩斑斓的光影划过，空气中氤氲开淡淡冷香。

一只雪白的手仿佛从云天之外出现，将孩子接在掌心。

易秀鼎抬头，就看见原以为一生都不能再见的人。

易秀鼎怔怔地盯着他，忘记了言语，忘记了危险，甚至连他身后次第出现的黑压压的铁甲军群都没发现。

她只看见他微微皱着眉头，托着手心里那个哇哇大哭的孩子，看那神情大抵很想手一甩扔了算了，但不知为何，最终他没扔，反而收回手，将那孩子有点笨拙地抱在怀里，还伸手拍了拍。

拍得委实有点重。

但易秀鼎已经目瞪口呆。

如果不是那张脸，那“人类都是愚蠢的”的睥睨气质，她简直以为这人换灵魂了。

然而豆子竟然真的不哭了，盯着眼前的脸看了半天，竟奶奶声奶奶气唤：“爹爹！”

燕绥的脸黑了。

易秀鼎笑出声来。

小离一直盼着豆子叫爹，这第一声爹却给了燕绥，小离知道得气死。

笑着笑着，她的眼泪忽然掉了下来。

看见他这样，真好。

默默落泪一刻，易秀鼎才惊觉，道：“笑笑有危险！”

燕绥答：“无事。”

果然下一刻，马蹄声响，大批银甲士兵穿过树林，迎向了那些追兵。

在更加密集的金铁交鸣和惨呼声响里，易秀鼎隐约明白了什么，惊道：“你和小离商量好了？”

“是我提前做了准备并提醒了他。”燕绥淡淡道，“唐羡之擅长离间，阳南岳这样的人他怎么可能不用。如今倒也正好，他聚集起来的这一批人正好送给我。”

“你这是……”易秀鼎发现他看来虽然依旧矜贵，但是衣上有尘，靴边有土，显然风尘仆仆，长期赶路。

“我回京接夫人，顺便赶走鹊巢鸠占的人。”

雪地上，听了阳南岳的话，易人离神情大变。

半晌，他愤恨地扔了手中刀。

阳南岳眼中闪过一丝得意。

他们说得没错。公子就是这样，未必在意家族权位，但老婆孩子绝对不可放弃。

易人离愣了半天，挥挥手，命人放了阳南岳，疲惫地道：“说吧，你要我怎样？”

阳南岳站起身，拍拍衣裳上的雪，恳切地道：“公子，良禽择木而栖，当此之际，及早向唐氏朝廷投诚才是正道。长川刺史统领州军五万，冥顽不灵，公子在长川民间和军中都颇有威信，咱们的人也都聚齐了，就请公子登高一呼，拿下长川刺史和长川州军，向朝廷效忠，之后的长川刺史之位必定便是公子的，便是封侯拜相也不是不能。”

易人离懒洋洋地道：“行吧，行吧，但是登高一呼我可懒得做。反正人是你聚集的，事情是你主持的，你想必也打好了腹稿，该怎么做，你来吧。”

阳南岳欣然道：“公子这就对了，属下一心为公子好，自然愿为公子马前卒。”

“那我老婆孩子呢？”

“公子放心，此事毕，夫人和小公子一定安然归来。”

易人离挥挥手，阳南岳便乐颠颠地发出烟花，片刻后，他所聚拢的易家护卫和十八部族等残余便已经聚集了来，加起来也有万余人，当即便在阳南岳的带领下趁夜冲击刺史衙门，俘虏刺史，又奔袭州军大营，拿下长川州军都尉，一切都非常顺利且快捷，顺利得仿佛有人暗中帮助一样。

天明的时候，阳南岳意气风发地陪着易人离去接收军队，刚进军营，就看见一队银甲卫士驰骋而过，甲胄招摇，马骏人飒，阳南岳便不禁问：“这是何方军队，仿佛州军并不是这般衣甲？”

易人离：“哦，几个朋友。”

进了军营，州军正在重新整编接受检阅，阳南岳直着眼看着那一队队的比州军人数还多的“朋友”几乎要口吃了：“公子，这这这……”

易人离：“哦，朋友路过。”

阳南岳：“……”

然后他忽然站住了。

前方，厉笑从校场台上站起身，气冲冲走过来，一脚踢在易人离胫骨上：“你个小混混，老流氓，这么大的事你居然敢瞒着我！”

易人离完全不敢躲，站得直挺挺领了：“夫人！不能怪我，是燕绥要我保密的！他说你们女人嘴大，演技差，容易泄露军情！”

厉笑冷笑：“别想推给殿下，我就找你算账！”

易人离悲愤：“为什么！凭什么！”

厉笑：“凭他比你狠，凭我不敢找他算账！”

易人离：“夫人您这理由非常有道理，我也不敢，来，冲这儿再踢一脚！”

阳南岳转头看见银甲军队一队队涌入军营，将州军、十八部族、易家护卫……一起进行整编，而在辕门处，一个男子锦衣华彩，神情冷淡，永远高远矜贵，腰上却挂着个死命搂住他腰的“无尾熊”，那“熊”还一口一个“爹爹”。

易人离一脸的悲愤几乎要化为大刀，狠狠劈向可恶的殿下。

凭什么，路过一次就抢走了豆子的第一声爹！

心情极度悲愤的易人离对上阳南岳难以置信的目光，便将满腔的恨意都砸给了这个倒霉蛋，阴恻恻地道：“哦，忘记告诉你，我早就和殿下约好了，就等你们帮忙，把该聚齐的人聚齐，把该拿的人拿下，之后我的军力会和殿下的兵力合并，一起打回天京。”

他讥诮地一笑：“你不是说了吗，良禽择木而栖。我看来看去，殿下这树也不比唐羡之细，何况还有一个挺粗的文小臻，所以就择了殿下这棵大树，跟着他一路打回去，到时候说不定还能封侯拜相呢！”

阳南岳吐了一口血。

太始元年正月二十，长川别驾易人离起事，拿下州军连同昔日部族属下共七万余人。

其时，燕绥领七万精兵自青州日夜奔驰，穿过池州，入长川境，与长川军合军，兵力十五万，直奔天京。

兵锋所指之处，各州凛然，燕绥用兵奇诡，手段百出，宣州被突袭拿下，隋州刺史不愿为唐臣主动归顺，至衡州时，燕绥兵力已至二十万。

之后在最早归入唐家版图的衡州遇上了第一次凶悍的抵抗，易铭一直就没有上京，驻守衡州一线，时刻看守着自己新扩大的地盘。

所以机关军便遇上了机关军。

那一战打了三天，其间两边大军都第一次见识了东堂两位机关高手那层出不穷的机关阵，最终易铭没有败在机关上，却败在了拖后腿的亲人手里——她那堂哥易铮和傻子亲哥勾结，在骑兵鹿军的马料里做了手脚，致使骑兵在冲锋的时候纷纷栽倒，栽倒的马匹和士兵又阻碍了步兵的冲锋，混乱中被踩踏而死的骑兵、步兵、马匹不计其数，易铭险些阵亡，最后是方人和拼了一条老命才将其救回。

而在易家的家谱里，易铮和易铭那个傻子哥都是已经死亡的人。骑兵鹿军也早就在三年前被易铭收回并重新打散整编，但谁也没想到，以为死去的人都没死，反而隐姓埋名，在鹿军里做一个马夫。昔日鹿军大统领甘愿去做鹿军的马夫，要的自然不仅仅是报仇而已。

安排这一切的是文臻，当年她离开西川时算计了易铮一把，但也考虑到如此会把鹿军送给易铭，给敌人增加战力这种事怎么能做？因此便让共济盟潜伏在西川的人在最后关头救了易铮。那时候易铮已经在追杀中毁了容，后来便潜伏了下来，而易铭那个傻子哥一度被人当成傀儡和易铭争位，易铭上位后便下令杀了，却被燕绥安排的人救了下来，最后和易铮一拍即合。

易铭对军队管控很严格，每处都有自己的绝对亲信管理，并设有严密的制度，不容一分错漏，每日战马的草料也有专人负责，经过三关检验，不可能混入任何对马有害的东西。

在好几年前，易铭的傻子哥，一个看起来很普通的地主在马场不远处种苜蓿，这是很常见的事，当地百姓都以此为生。

而马夫自然用得到苜蓿，但没有人知道，那些苜蓿中夹有一种草，看起来和苜蓿差不多，味道却略有差别，且长期食用会使马匹成瘾，但对马匹本身不会有任何伤害。

用三年的时光安分做事，获得信任，用三年的时光在严密的戒备下慢慢让马习惯这草料，最后在需要的时候，只要撤掉那种草料便可。

几年的成瘾的习惯一旦被截断，比下毒还厉害。

世上再严密的防备在漫长的时光里都会慢慢懈怠，被寻到罅隙，只需要对手更有耐力更能潜伏而已。

而燕绥向来都有这般的耐心和未雨绸缪的眼光。

易铭败得不冤。

而燕绥也在她绵密多变的机关攻击下伤了胳膊，却也只是草草包扎，便穿城而过，奔向下一城。

他要以最快速度穿透东堂大地，夺下天京。

因为文臻怀孕了！

这一次他不能不在她身边！

第一百四十三章

城门一吻

就在燕绥领兵下建州的那一日，刚刚打退西番不久、驻守青州的林擎收到了一个包裹。

包裹方方正正，包扎严实，于深夜之中被人投至军营，等到士兵去追时，对方已经鸿飞冥冥。

一刻钟后，包裹放到了主帅的案前。

邱同害怕包裹是敌军投至，里头有火药弹，坚持要林擎出去，又唤人去拿长杆来，准备远远地挑开。

原本在偷偷喝酒的林擎放下酒壶，注视着那包裹的形状，忽然觉得口干舌燥，心跳如鼓。

不好的预感令他抬手止住了邱同的动作，直接打开了包袱。

每解开一层，林擎的心便跳得更急一些，手指却越来越软，当包裹只剩最后一层，能看出那方方盒子的轮廓时，他忽然住了手。

不明所以的邱同便上来，一把揭开了最后一层绸布，又眼疾手快地开了盒，开盒的时候身体还挡在了林擎面前。

林擎阻止不及，盒子打开，邱同茫然了一瞬。

有那么瞬间，他没反应过来这一盒子灰白色的粉末是什么，他还以为是毒药，下意识挥手，被林擎猛地拉住。

林擎拉住他的手如此用力，以至于邱同这样武功高强的人都觉得手腕将要断裂，但他没有呼叫，只低头盯住了林擎不断颤抖的手指。

林擎却只死死盯住那盒子。

盒子里灰白的粉末间露出一点鲜红和金黄，灼痛人目。

邱同缓缓转头。

那有点熟悉的气味提醒了他这是什么。

这是谁的？

大老远送这么个盒子来……邱同不敢想其间的意思。

林擎已经松开了他，手却越来越抖，身体也微微颤抖起来，盯着那盒子，哑声道：“你出去。”

邱同隐约明白了什么，心中一凉，颤声道：“大帅……”

林擎忽然暴吼：“出去！”

邱同咬牙，踉跄而去。

帐帘掀开，邱同在那一霎回首，只看见黑暗里林擎那一双微微发红，如受伤孤狼一般的眸子。

相交数十载，无论怎般的艰难困苦，林擎都洒然自如，坦然受之，邱同竟从未见过他这般的眼神。

帐帘放下的那一刻，邱同听见了一声也如同受伤孤狼般的大喊。

那喊声撕心裂肺，亦是他这一生不曾听闻过的惨痛。

“侧侧啊！”

邱同禁不住打了个寒战。

他恍惚着，抬头看天，只觉得这一刻原本已要见晴的天再次黝黯地倒扣下来。

文臻休养了好一段日子，才能起身。

唐羡之既不杀她，也不见她，却又将她的住处和整个皇宫管得水泼不透，也将她身上所有能藏的东西都进行了清理，又对宫内进行人员清洗，大力整顿。文臻发现自己的消息传不出去也递不进来的时候，便知道他已经把她和燕绥在宫里的钉子几乎都拔了。

当初安成帝、永嗣帝在时，宫中还能留住一些人手，还能有地方掩藏，到了唐羡之这里，说是坚壁清野也不为过。文臻并不奇怪，以唐羡之之能，天下都能谋算来，守住一个皇宫算什么。

但是无论怎样坚壁清野，有一样东西唐羡之赶不走。

那便是文蛋蛋。

谁也无法揪出一个会滚、会溜、会自己躲藏的珠子或者虫儿。

文蛋蛋甚至每天都去仁泰殿溜达一圈，回来把听到的内容简要写给她看。

经过几年熏陶，文蛋蛋会写了很多字，用身体蘸着蜜糖水写，写完了就把糖吃掉。

所以文臻知道了燕绥领兵回京，知道了他连下数州，知道他打败了易铭，兵力在不断扩充。

还知道了在燕绥起兵后，被迫退出湖州的潘航带着剩余的军队辗转数百里，在燕绥打下衡州后和他会合。此时西川易家军横亘在前，阻拦住燕绥狂飙突进的南下之路，与此同时唐军二十万也急驰而来，要在天京腹心圈外设置一条防线，将燕绥拦回。

唐易联军合兵四十万，兵力是燕绥的两倍有余。原本战局要陷入僵持，却在此时，安王联同季怀远起事了。

安王在当年留山事件中失宠，被宣回京申饬并软禁了一段时间，后来经过容妃再三斡旋，安王还是被放了回去，但永裕帝没让他继续独掌大权，另派了海军主将来，架空了安王，安王那几年也颇为老实，一直在和南齐断断续续打海仗。

东堂皇室一日三惊，一月四帝，风云变幻的时刻，安王自然也蠢蠢欲动，却因局势不明，季家的态度也不明，暂时按下野心。结果东堂皇室乱着乱着，竟然把江山乱到了别人手中，而季怀远却因为那一场背叛被出乎意料地解决，还受到了反噬，心中不安，生怕将来燕绥找他算账，急于重新找帮手。因此在安王再次派人试探他的意思时便松动了。

安王当即下定决心杀了海军主将，重新夺回兵权，并和季家联军，号称百万大军，趁着唐家全力应对燕绥的时刻，以光复燕室为名，准备浩浩荡荡出苍南。

这消息传来时，朝野震动，唐家新贵们眼看转眼就变成了自己两线作战，十分忧虑，难免有些责怪太始帝不早早出兵拿下燕绥这个祸害。如今要落得左支右绌，这刚刚拿下的江山弄不好又要易主。

也有人想博战功，主动请战，太始帝却既不在乎群臣怨怪，也不理会请战折子，只专心应对燕绥，将那兵力更盛来势汹汹的安王军队当成空气一般，挥挥手便散了。

众臣实在摸不透这位年轻又深沉的皇帝心中所想，却也不敢违拗，因为过往的很多事实都证明，唐家内部和这位作对的很难有好下场，前有湖州作祟的卯老，后有试图在唐家起兵之际里应外合夺权的唐鉴之，谁也不想成为第三个人。

安王这边战船刚刚驶出海湾，那边本来已经因为冬季海水结冰暂时休战的南齐军队忽然借大雾穿越海峡，在滇州港口登岸了！

消息一出天下皆惊。

以往南齐那位女帅虽然打仗风格悍厉，但明显对扩张版图没有兴趣，从未主动挑衅越过海峡，这次却挑选了这么准的时机潜入东堂海境，是想趁东堂正乱分一杯羹？

对于安王来说，这消息简直是雷霆霹雳，斜月海峡一带是他的大本营，他还指望着如果不能打下这天下，以苍南滇州这一片划地为王。这块地如果丢给了南齐，那他便连退路也没了，当即百万大军仓皇回师，再次迎战太史阑。

但他一回师就发现，太史阑似乎对他的地盘也没多大兴趣，竟然就在他回撤的前一天再次撤走，走之前将他的帅府参观了一遍，吃掉了府里所有东堂美食，拿走了所有的金银珠宝，牵走了马厩里所有好马，打开了所有的暗室地道……宛如蝗虫过境，野人打劫。

但不管王府怎么狼狈，滇州和苍南的百姓，南齐军队却秋毫无犯，据说那几天南齐女帅还在街上低调出行，领略东堂风情。因为长相气质突出，还曾被几个人示爱来着，那位传说中性情冷酷的女帅竟也没将人家大卸八块，只是态度非常鲜明地告诉人家，她不喜欢东堂人，一切免谈。

总之，这位女帅莫名其妙地来了，又莫名其妙地走了，像是特地来东堂旅游一样。谁也不知道她这一遭是为什么，但不可否认的是，新朝廷为此大大松了口气。

因为安王军队劳师动众出来这一趟，又不得不半途折回，短期内要想再次整兵出发也不可能了，倒也像出来旅游了一趟，只是这旅游的代价有些大。

唐氏朝廷众臣此刻便不免更加佩服他们的皇帝，之前如此淡定，倒像已预见会有此变化一般，有人便试探此事是否是皇帝暗中筹谋，太始帝却只笑而不语。众人又想着这位便是有通天之能，也不可能把手伸到南齐，更不可能驭使那位据说南齐第一难缠，宛如太后一般的南齐女帅，因此便想着那是唐氏朝廷应运而生，自有上天护佑，免不了高呼万岁，颂圣不休。

彼时唐羡之于御座之上微笑，笑意淡淡，微带苦涩。

他确实无法驭使南齐女帅。

他只是给太史阑去了一封信而已。

在信中，他告诉她，当初她生产时，追杀她的那位东堂三皇子是个作恶多端的人物，其所行的最大的恶便是将东堂厨神文臻困在身边为禁脔，对她纠缠不休，令她屡受伤害。

太史阑接了信，果然来了。

但也只能这样了。

以太史阑之能，来到东堂稍微打听，便知道文臻的现状以及她和燕绥的真正关系，再想骗她是不可能的了。

为了让太史阑给安王造成威胁，他在信中说文臻被困在安王府。他可不敢说在皇宫，不然就怕那个胆大包天的南齐女帅真的打到天京来就完了。

知道太史阑和文臻的关系，还要从大庆皇帝沈梦沉说起，他在和大燕羯胡谈判试图购买腾云豹的时候，去过大燕，和沈梦沉碰过一面。从沈梦沉口中知道了文臻和君珂关系不简单，而当年君珂曾派人于大燕四处寻找舍友，以沈梦沉之能，再加上之后数年四女都崭露头角，不难猜出君珂的密友都有谁。

唐羡之以唐家一副珍藏百年的灵药换来了这个消息，那灵药说是灵药，其实鸡肋，只能使真气瞬间流贯全身，提升行动速度至极致，但这效能须臾便消失，一般情形下委实派不上用场。沈梦沉指名要那个，唐羡之也便拿来换了。

这个消息最终帮新朝廷解了一次围。

唐羡之垂下眼眸，这消息其实对他不是好消息。太史阑竟然如此重情，真的为多年不见的好友出兵奔往异国，可是她来了就会知道真相，知道了真相便不会再以燕绥为敌，甚至燕绥可以借文臻的关系得到太史阑的帮助——太史阑的存在只能帮他一次，却能帮燕绥一辈子。

事实上当初得知文臻的好友都是谁的时候，他便觉得，如果有一日要和燕绥争江山，只要文臻还在燕绥那边，他便无论如何也赢不了了。

尧国皇后、大荒女帝、南齐女帅。

终有一日，文臻会和她们重逢。三国只需陈兵边境，东堂便会掀起风暴。

这世上谁还能有这般强大的人脉？

谁又能敌？

但也只能走下去。

唐家箭在弦上不得不发，不发便是坐以待毙。

双方各自向对方出了无数次手，仇恨太深，谁也不要指望退一步海阔天空。

他只能极尽筹谋，夺取资源，为唐家博取栖息之地和喘息之机。

“不甘心”三字是这世上最毒的毒药，不亲自解去，便会时时作祟，风波不休。

文臻那边，文蛋蛋歪歪扭扭给文臻画了个“南齐出兵，安王退”。

文臻以为南齐只是海战，也没想到太史阑来过东堂，但也不免扼腕，只觉得便宜了唐羡之，又恨万事缠身无法去见太史阑。

文蛋蛋又画“衡州首战，唐胜”。

文臻不免皱起眉头，想了想，起身，去供奉德妃骨灰的神龛那里点燃了一炷香。

德妃的骨灰供奉在那里，文臻不想现在送去给林擎，他在前线，战局凶险，真要送过去，能要了他的命。

她上了香，默默祷告了一阵，转身时碰着了桌角，眼看骨灰盒要掉，她急忙伸手重新拿起。

这一拿，她手一顿，又掂了掂，随即她打开盒子，抖了抖，里头没有鸡血石和黄铜戒指。

她猛地放下了骨灰盒，抬脚就向外走，却在看见门外影影绰绰的人影时停住，回到了房里。

她坐在房里默默想了一阵，之前因为身体原因，唐羡之又对她防备得很严，看守她的人都是铁甲面罩，所有人不在德胜宫饮水吃饭，不给她和文蛋蛋可乘之机，她也就没急着想法子，默默静养，一切以养好身体为上。

如今唐羡之拿走了德妃骨灰，还塞了个假骨灰给她，现在德妃的骨灰送到谁那里不言而喻，她必须得为之后可能发生的变故提前做准备了。

她忽然想到了永裕帝的地下暗道网，这只“老鼹鼠”可能一辈子都在偷偷挖地洞，他的地洞有好几个出入口，景仁宫、仁泰殿、慈仁宫厨房，文臻猜测应该还有一个出口，所以那晚永裕帝才会下地道，试图从那里出去，但显然没成功。文臻猜测应该在秀华宫，因为之后就传出了容妃失踪的消息，据说没有人找到她的尸首。容妃自从燕绝死后便闭门不出，那她的尸首只可能在地道里。

这四处宫殿位置不同，连起来几乎占据了皇宫的大半面积，换句话说，整个东堂皇宫的地下可能已经挖空了。

而也正因为这个设置，所以哪怕知道了其中一个入口，依旧不能保证找到永裕帝。因为他完全可以随时截断一处入口，躲到别的宫殿底下的暗室里，这也就是当初德妃被他掳走，她便没办法在短期之内找到德妃的原因，那个地宫太大了。

那么，这只内心恋慕德妃的“老鼹鼠”有没有可能还挖了一个地道通往德妃这里呢？

这个推断应该不成立，如果德妃这里有出入口，永裕帝那天不会被逼再回到仁泰殿，而且以他对德妃的忌惮，他才不敢在德妃这里出入。

但是文臻想，那“老鼹鼠”一生压抑隐藏着真实的自我，每日对着真心喜欢的女人却又不敢接近，天长日久，他真的不会生出一些变态的欲望吗？

比如，在某些阴暗的角落偷偷地看她？

文臻忽然起身，走入了德妃的寝殿。她一直住在偏殿，寝殿已经关闭多日。

有人遥遥地跟着她盯着她，文臻也不理。

文臻一进殿，就看见德妃妆台上的巨大的黄铜镜，那妆台斜斜对着德妃的床榻，文臻走过去装作照镜子，悄悄推了推，没推动。

镜子是嵌在墙壁里的，不是机关。

文臻想了想，忽然对外扬手，外头监视她的人还以为她要出手，惊得连连后退，四处张望，文臻趁机爬上妆台，拿起用来敲核桃的小金锤一敲。

那一方的铜镜忽然掉了下来，文臻捡起一看，那竟然是一小块海外来的玻璃，金黄色，里头粘了一层铜色纸，和底下黄铜镜也浑然一体。

那一小块大抵就一双眼睛的面积。

文臻闪身而下，估量了一下地面到铜镜上方的高度，发现和永裕帝身高相仿。

她怔在那里，浑身渐渐泛起寒意。

这不是出口，这只是一处窥镜。

在过去的二十余年里，那个人有多少次趁夜顺地道而来，站在这面窥镜后悄悄探看那沉睡的女子？

文臻一想到午夜，幽深地道，悄然而来的帝王凑近玻璃，一双幽深的眸子，在黑暗中沉默注视着沉睡的懵然不知的女子……

她浑身起了一层鸡皮疙瘩。

有人在殿外呼喊，请她回殿用膳，文臻将那片玻璃又装了回去，若无其事回去吃饭。

之后她每天以凭吊德妃娘娘为名，进寝殿待上一刻钟。

这是一个不至于引起怀疑探看的时间长度。

一刻钟里，她用弄来的匕首慢慢地撬墙。

墙壁坚硬，她不能发出太大声响。

其余时间她休养身体，偶尔在一本册子上写几笔，册子是闻老太太第二次进宫给她捎来的，之后燕绥出兵，她便让老太太带着随便儿继续躲藏起来，不要再进宫了。

妙银也已经跟去保护他们，文臻让老太太转告她，想办法带人出天京。

在撬墙的间歇，她得到了新的消息，燕绥和唐易联军的首战失利原来只是诈败。唐易联军如果真的联合，四十万大军一布阵，堵得滴水不漏，燕绥确实无法很快闯过去，如此就会给唐羡之更多筹措的时间，直到将他赶回去或者困死，让他永远到不了天京。

所以燕绥以轻骑去辎重急速奔驰，在唐军还没和易军联合之时主动迎上唐军。唐军主将唐怀为了争功，没有听唐羡之的再三嘱咐，没选择第一时间和易军合军，而是追着那些轻骑跑了一大圈。其实没有太多接触，却自认为已经将燕绥军队打得落荒而逃，为此报大胜于朝廷，但却因此失去了和易军联合全歼燕绥军队的机会。

而就在易军以为燕绥会和之前一样趁机快速穿州过县的时候，燕绥带领精兵忽然杀了个回马枪，夜渡横水，借麾下军队对西川地利之熟，突然出现在易军侧翼和背后，以火牛阵冲散易军阵形，再以偃月阵削弱侧翼，逼易家军大量抢渡横水，又借江上风向火烧横江……各种战术结合运用，组合拳打得眼花缭乱。当时易铭受伤在养伤，易家将领如何能是燕绥对手，一夜之后，损失惨重，易铭不得不支撑起身，收缩战线并后撤入西川腹地，唐易联军没能在衡州之前形成对燕绥的合围之势，燕绥各个击破的目的达成。

此时燕绥再回过头来，让那支轻骑把唐军诱往一处满是腐烂物沉积的山谷。唐军为了能够实现对燕绥的包抄冒险穿山谷，燕绥派人在山谷中点火，火是很快灭了，但是燃烧积年腐烂物产生大量有毒气体，而那山谷地形凹陷，连风都进不去，仅仅那一次就闷死了一万多唐军。

但最关键的是，燕绥出乎意料的手段，不合常规又冷血凌厉的打法，很容易让敌人胆寒，至此唐军士气大跌，看见燕绥军队影子梭巡不敢轻进。燕绥接连几次派小支军队做突围状，唐军接连几次堵截都徒劳无功，渐渐便以为燕绥不敢冒进，而且燕绥用兵神出鬼没，让他们不得不一直绷紧了弦全军备战，时间长一点便十分疲惫。燕绥却是一直只以小股军队轮番骚扰，大家都得到了充足的休息，此消彼长，终于在一个唐军疲惫而己方精神奕奕的夜里，燕绥的大军以尖刀阵营猛然突围，这回没有采取任何的诡谲手段，完全就是硬碰硬，直接撕开了仓促应战的唐军阵营，直穿衡州而过。

之后又派人提前联络湖州，湖州响应燕绥起事，反杀驻城的唐军，燕绥收复湖州。

燕绥还找到了当初躲起来的湖州军，直接将那只军队拎着衣领抛到了湖州城下，并且在之后的好几场战役里都以他们为先锋，到得后来，湖州军都尉战死，湖州军损失殆尽，而燕绥也抵达中州。

文臻得到这个消息时是半个月后，其时天京城空一半，当初刺史身死，世家起事时天京富户就已经纷纷出城，如今听得燕绥来了又跑了许多。

她的洞也终于挖通了。

这得感谢唐羡之虽然对她看守严密，但是自己从未踏入过德胜宫。

文臻发现骨灰盒换过之后，命人带话给他，只说了一句：“东堂诸帝王多半都不大像人，祝贺陛下，和他们越来越像了。”

也不知道唐羡之听见这句话是什么感触，总之后来他就真的一步不入德胜宫了。

文臻要的就是这样，她没有把握在唐羡之的眼皮底下作祟成功。

然后又用了三天的夹缝时间确定了四处出口都分别在哪里，最终选定了容妃宫里的那个出口。

景仁宫和仁泰殿的出口一定被唐羡之封死，唐羡之只要事后打听，也能猜出慈仁宫小厨房的位置。唯有容妃宫里那个出入口最为隐秘，容妃至今被传为失踪，虽然给她办了丧事，但大多数人都以为她逃走了。

虽然不能确保唐羡之百忙之中会不会察觉那里的猫腻，但总是要试一试的。

一刻钟的时间，要从德妃宫里的入口奔到容妃宫里的出口再进行开门尝试，一开始很难成功，往往奔到一半就要跑回去，经过几天训练，在文臻觉得自己轻功大幅度提高之后，她终于在规定时间内到了秀华宫出口，伸手摸到了出口处的铁板，掰下来却发现是焦骨。

她隐约也就明白容妃的结局了。

有一次还发现地道里一具尸首是那个僧人，最终死在地道里，身上却没有伤口，只有一些印痕，文臻记得以前弄死过的那个僧人也是受伤无痕，果然是一家人。

后来又在一处静室内发现好些尸首，有些人浑身干瘪，显然是缺水缺粮而死，有些人肢体残缺，还有些人浑身伤痕，有人倒毙在地——这些应该是永裕帝的地下护卫队，那一夜那些人在底下，后来没有立即上来，永裕帝死亡后唐羡之便带人进了皇宫，估计立即对出口进行了封闭，这些人也就出不去了。

既然这些人都死在这里，说明容妃宫中出口也已经封死，但是文臻有文蛋蛋。

文蛋蛋召唤了周围数里之内所有的有毒的虫子，大量的蚂蚁，连同它自己的毒，提炼了很多具有腐蚀性的液体，文臻用德妃宫里的玉瓶存了满满一瓶。

这又花了两天时间。

这几天里，她开始害喜，时时想呕吐，文臻为了压下呕吐欲，不敢吃东西，水都不敢多喝，大量吃酸梅，吃得牙齿都软了。

这个孩子反应挺大，性子想来没有随便儿好，文臻颇有些犯愁，心想莫不是个燕绥第二？

有时候实在忍不住，便支开了人，吐在德妃宫里那些装饰容器里，颇为罪过，每次她都花一点宝贵时间对着香头给德妃道歉几句。

也就在这个时候，她得到了燕绥已经越过中州，抵达天京城下的消息。

城内唐军还有三十万，本不惧一战，苍南安王作乱已经被扼住，西川易军经过休整后渡水而来，燕绥如果不能很快下天京，就会被前后夹击。

而且此时还有一个要命的消息传来。

西番王女逃走后，带兵回国本想登上王位，不想国内在听闻大军连番战败、皇帝驾崩之后，已经乱了，叛乱者直接夺了西番王都，坐上了王位，西番王女成了流亡贵族，带着军队无家可归。在几次入境都被打回去之后，无奈之下一咬牙，竟然故技重施，向西番下属的一个小国国主借兵，并以王女之尊，不惜献身结盟，借兵十万，联合自己的残余军队共三十五万，趁着燕绥带兵回京，边军实力大减，再次掉转攻打青州和池州。

燕绥离开时只带走了自己的精兵，青州军力还有二十五万余，有林擎在，便是人数少些，也未必就能怎样。但是西番这位堂堂王女是个能屈能伸的人物，她当初被燕绥俘虏，被燕绥下了毒。唯一的解法会导致毁容并短命，然而这女子竟最终选择了最残忍的解法，当真毁了自己的花容月貌，也不管以后还能活多久——哪怕活一天呢，她也要在王女的宝座上死。

能屈能伸的王女亲身出马，顶着一张残破的脸，拿着盖着王女印玺的绝命书，假托自己是王女的奶奶母，有关系西番王室，足可彻底收服西番的秘密，要面呈邱统领。

她不敢见林擎，求见驻扎在池州的邱同，而邱同知道林擎、燕绥和西番王女曾有的默契协议，因此也便见了，对方垂垂老矣，形容可怜，拿出的文书毫无瑕疵，给邱同提供了一份绝对真实的进入西番的秘密道路后，便因为“年老体衰，千里奔波”晕倒帐中，邱同自然心生怜悯，便留她养病，命军医来看。

西番王女“养病”期间，摸清了大营布置和军力配比，某夜火烧主帐，引潜伏在侧的西番杀手夜袭闯营，邱同军队仓促应战，损失惨重。

消息传到青州大营，一直闭门不出的林擎砸了酒壶，披甲而起，带兵夜驰三百里，没去救援池州大营，却如同眼见一般，直捣隐藏在山林间准备偷袭成功后压上的西番大军，穿山而出，枪尖挑着一具女子尸首声称已经杀了王女。在西番军猝不及防慌乱无措之时，从中路直接截断，冲散大军后又杀一个回马枪，将散乱的西番军直接逼进了西番和东堂边境之间，那片覆满积雪的冰湖里。冰湖被冻僵的尸首填满后，林擎直接过了那冰湖，直冲入西番境内。

林擎号称神将，用兵奇正兼具，但很少这般狂烈决绝，所经之处令人胆寒。

西番军和神将作战多年，固然闻风丧胆，但也没见识过这样的神将，积威和压力之下，节节败退。

众人都以为林擎是被出尔反尔，不断挑衅的西番给惹怒了。

懒洋洋的雄狮咆哮着露出了獠牙。

很少有人知道，那一日飞雪中他先是接到了爱人的骨灰，然后得到了独子的死讯。

青州的战事传到新朝廷廷，大家都松了一口气。无论如何，林擎是暂时没法来帮燕绥了，相反，青州重燃战火，燕绥难免挂心，对唐家有利。

唐军固守天京，实行战时管制，等着易铭喘过气来，开拔大军会合，彻底将燕绥解决于天京城下。

文臻得到这个消息时，正在容妃宫下的那个出口处滴腐蚀液，文蛋蛋在她手上画字，文臻看着，心急如焚，眼看最后一点即将化开，干脆伸手上去，用尽全力一掰。

下一刻铁板断开，她的手被锋利的边缘割出好几个血口子，她也顾不得，快速拆除机关后，爬了出去。

她心中一动，心想永裕帝挖空了半个皇城地下就为了自己隐藏。那么以他的性子真的不会挖一条通往宫外的逃生路吗？

如果真有，那么这条通往宫外的路应该在哪里？

她环顾四周，从房间的布置来看，她隐约觉得像是男子的卧室，又在衣柜里找到亲王衣袍，确定是燕绝的衣裳。

她便换上，又简单打扮了一下，披下头发，飘身出去。

她对宫中熟悉，虽然巡夜的人很多，她轻巧地借着光影和拐角，有时候还驭兽掩饰，很快转过了好几个弯。

但巡逻的人实在太密集了，她躲在一个小队里，忽然就被另一个方向赶来的小队的人看见，有人喝道："什么人！"

文臻也不慌，身子一歪，衣袖一展，垂下满头乱发，不仅不逃，还瘸着往那个方向走了两步，嘴里发出低沉冷笑之声。

那卫士一抬头，就看见身着亲王衣袍的男子，乱发披垂，血流满面，一瘸一拐，冷笑逼来。

这时宫中老人顿时想起了一个人，尖叫："定王殿下——"

"闹鬼了！"

宫中多冤魂，闹鬼极多，众人一听便慌了，纷纷后退，却见那"定王鬼魂"格格一笑，衣袖一挥，一股腥臭气息拂过，众人头脑一晕，再一看，眼前哪还有人？

众人面面相觑，心中越发确定这必然是鬼，定王殿下生前暴戾，死后作祟。

这种事自然不能上报，免得被骂一场，众人抹一把汗，便压下此事，继续巡逻。

那边文臻从容脱身且毫无后患，走着走着，忽然觉得眼前景致十分熟悉，愣了一下才想起来这是尚宫局。

她以前做女官的时候待过的地方。

现在夜深，尚宫局里的人应该都睡了，可文臻悄悄从门前经过时，发现门半开着，有间屋子燃着了一星灯火，隐约有人影映在窗纸上。

文臻也没多想，滑了过去，又是一愣。

那屋子的位置……好像是她以前的宿舍？

这半夜三更的，谁待在她以前的宿舍里？

文臻瞬间起了一身鸡皮疙瘩。

忽然里头传来脚步声，来得很快，文臻躲闪不及，滑入暗影里。

有人披着披风走出来，此时天京气候已经有些转暖，那人纯黑色的披风在夜色里光泽流动，其人行路也如行云流水，淡淡月溶溶风，不染尘埃过帘栊。

文臻脸色一沉。

果然是唐羡之。

她屏息，看着唐羡之似乎有些心事，微微垂头走开，正松口气，忽然一股极强烈的恶心泛起，竟是完全控制不住，饶是她拼命压，也发出了一声呕声。

糟糕!

唐羡之果然立即转头，却在此时，忽然有急速脚步声传来，有人老远便喊："陛下——不好了！我们出城迎战的军队被大军从侧翼攻击，死伤惨重，唐怀将军阵亡！那忽然出现的大军人数极众，不下数十万！"

那人身后还跟着一群气喘吁吁的唐家新贵，人人脸色骇异——几十万大军？现在天京附近哪来的几十万大军!

唐羡之似乎想到了什么，脸色一沉，声音依旧平静："拿我的甲衣来。"

这是要亲自上城了。

他带着人便要匆匆离去。暗影里，听见这个消息的文臻一阵狂喜，心中暗赞甜甜果然是她的福星，这么个消息一来，唐羡之把刚才的异声都忘记了。

她等人群转过拐角，呼哨召唤，银光一闪，三两二钱出现。

这家伙潜伏宫中多日，早已轻车熟路，来得很快。

文臻一笑，上了它的背。三两二钱腾空而起，如一道银蓝色闪电劃裂天空。

下一瞬，这道闪电撞上了另一道闪电。

一声闷响，文臻被撞落，但她并没有落在地上，而是落在了一双温暖的臂膀中。

她立刻知道那是谁，心中懊恼的同时猛力一推。

唐羡之倒也自觉，将她轻柔地放下后立即松手退后。

也亏他退得快，不然文臻的各种招数就要源源不绝地跟上了。

文臻一转头看见两只狗打在一起，三两二钱和唐羡之的肥狗，举世无双的猛兽打起架来也不过是如泼妇撕咬，半空飘下无数白毛。

唐羡之在她身后远远地道："燕绥来了。"

文臻冷笑道："怎么，你还打算带我去见见？"

没想到唐羡之微笑道："正有此意。"

文臻笑道："绑票上城头？"

唐羡之平静地道："小臻，不要这么说。我不认为绑你上城头就会得到想要的结果。"

文臻笑："那难不成还是请我欣赏你被围困的英姿吗？"

唐羡之沉默一会儿，才道："只是你难得出来了，我想和你多待一会儿而已。"

"你就是擅长把恶心的事粉饰得冠冕堂皇。"文臻呵呵一笑，"不管这事性质给你打扮成怎样，事实就是燕绥得在城下看着你和我，不得不投鼠忌器，未战先退，军心丧失。"

唐羡之凝视着她，他眼神很深，深得看不清一切想法也看不清此刻悲欢，半晌道：“你可以不去。”

文臻心中一动，忽然觉得唐羡之有了微微的变化，他似乎不再那般执着，也看淡了许多，却又生出淡淡疲倦，她在他这里感觉不到一丝夺取天下的欢欣和终于功成的轻松。

随即她便摇摇头。

帝位到手，江山在握，已做到了这人间巅峰事，还需要振作什么呢。

随即她道：“去啊，我为什么不去？我可想燕绥了呢，多看他一眼也是好的。”

说完她走在前面。唐羡之淡淡一笑，跟在了后面。

为了她，唐羡之改乘了御辇，十八匹马拉着又稳又快，但他在车前方，文臻在车尾端，两人隔得远远的。

文臻注意着街边的暗号。

暗号少了很多，燕绥的人在这段时间内果然被唐羡之拔去了不少。

但是她看见了自己想看的——闻老太太及随便儿一行已经由妙银护送出了城。

文臻心中一松。

原本还担心随便儿不肯走，不过想来这世上就没有闻老太太不能驾驭的人。

还没到城门前，就听见士兵一趟趟来报伤亡，军情紧迫，唐羡之下令出城的唐军回撤，文臻听了一会儿，心中叹息一声。

唐家并非没有英才，但是终究比不上久经战阵经验丰富的老将们，她发现唐家的那些新贵们都有一个同样的毛病——急于证明自己，自信心太足，所以大多轻浮冒进。

新朝廷乍立，一朝得意，想要争功以求代代荣华，这是冒进的心理背景。

久居川北，一地为王，没经历过现实和敌人的打磨，这是轻浮的原因。

朝中如厉响那些人虽然默认了新朝廷，不过是为了保存实力，才不会为了新朝廷做马前卒，一个个告病在家，便是他们愿意唐羡之也不敢用，不然反手就把城门给燕绥开了。

唐氏新朝廷，如果没有太多敌人，如果没有燕绥，以唐羡之之能是能平稳过渡，帝业百年的。

但是现在明显缺少人才。

唐军开始撤入城中，文臻随唐羡之登楼，有人匆匆来迎，大骂：“都是给那阉人害了！”

文臻一转眼，发现晴明被五花大绑捆在一边，犹自喊冤：“陛下，我没有啊！我持了永裕帝令旨去换防，亲眼看着京畿大营拔营离开的啊！”

那唐家将领怒骂："真要离开，何以在这节骨眼的时候出现在天京城下，和燕绥合兵，直接就将京城给围了！"

文臻震惊。

京畿大营竟然没有被假圣旨换防？

他们没有离开？

为什么没有？

文臻不认为这是燕绥干的，京畿大营确实一直忠于永裕帝，不可能理会燕绥。

此刻城下，燕绥看着京畿大营的信使离去，心中也有些微微感叹。

连他也没想到，永嗣帝在登帝位前，察觉了京畿大营的立场，曾出城去和大营统领做了一个谈判。

他没有试图拉拢大营统领，却给统领留下了一个自己的标记，并和对方说，如有一日，有人以他的名义试图调动京畿大营，却没有拿出他的标记，那么就先不要听从那道圣旨。

谁也不知道永嗣帝当时出于什么样的考虑，给京畿大营留下了这一道防护符。或许他对于自己的未来处境亦有预感，怕将来被自己那个阴险的哥哥暗算，所以试图咬上一口，谁知最后却给了唐氏朝廷沉重的一击。

燕绥抬头，忽然就看见了文臻。

他的蛋糕儿，很少见地穿着一身素白，双手拄在城墙之上，静静地看着他。

不过月余未见，她竟然清瘦许多。

燕绥看见她双唇一张一合，远远地做了个口型。

对不起，我没能保护好娘娘。

燕绥闭了闭眼，片刻后他伸出手指，拇指和食指一捏——一个比心的手势送给他心中的姑娘。

文臻唇角微微地弯了起来，伸出双手做了个接住的姿势。

这一刻城上城下数十万军，但天地间仿佛只剩下他两人。

唐羡之站在她背后，看着那两人城上城下，旁若无人地交流，眼神晦暗。

他身旁的唐家将领却忍不住遭受这般轻视，上前一步，对城下喝道："燕绥，认得这是谁吗！如想她回到你身边，便退兵十里，弃械自缚！"

唐羡之喝道："唐情！"

这样的威胁很蠢，很容易被燕绥拿来激励士气，也容易引起天京城内爱戴文臻的百姓的反抗。

文臻笑起来，转头对唐羡之眨眨眼，道："你瞧，你们唐家人个个心热得很呢。要我说这是一个个都没经过社会的鞭打。”

没想到唐羡之竟然赞同地点了点头。

文臻又道：“像我就不同了，我被这世道这皇朝毒打了无数次。从最早期被你暗杀又被你提亲，到后来长川、五峰山、留山、湖州步步凶危，到永裕帝兔死狗烹，到那一夜，我接到林飞白死讯，亲眼看着老师和娘娘死在我面前，然后现在我还要在这城头，看着我的夫君踏着祥云带着大军来接我，而我不能立即投入他的怀中，讲真的，我被鞭打累了。”

唐羡之要说什么，文臻已经轻轻道：“所以现在轮到我鞭打你了。”然后她便倒了下去。

只这刹那之间，她脸色如雪，唇色苍白。

唐羡之伸手一摸她脉搏，如遭雷击，却在此时，呼啸声起！

一支金色巨箭穿越城上城下这一刻窒息的空气，如天神之箭贯天而来，所经之处城头唐旗裂响，刹那间碎成数片，如乱花散在天地间！

下一瞬箭已经到了唐羡之胸口！

心神巨震的唐羡之只来得及猛然错身。

一声微响，巨箭射入唐羡之肩头，血花飞溅，却并没有穿透他的肩骨。

这令众人微微诧异——这一箭如此凶猛，连唐氏大旗都被卷碎，如何穿不透皇帝肩头？

唐羡之脸色却微变，不顾众人惊呼阻止，猛地拔箭，狠狠一掷，又抬手在唐情的长刀上一抹，掌心一片血肉落地，流出黑血。

下一刻那箭在空中爆炸。

城上人人脸色大变。

原来不穿透身体飞出，是为了炸死陛下！

原来陛下就在方才把脉时又中了文臻的毒！

多亏陛下判断力和反应力惊人，不然现在短命皇帝名单又得加新人。

众人看向城下。

不知何时，燕绥已驰出队列，单人单骑于万军之前，手中巨弓金光闪耀，形状比一般长弓更加流畅锋利。

唐情想着这一对男女在自己眼皮底下伤了陛下，日后还不知如何交代，顿时怒从心头起，手中长枪一挑，将文臻身体高高挑起，往城下一砸，喝道：“也让你们看看这贱人的下场！”

唐羡之重伤，阻拦不及，隐约听见物体的掉落之声，而文臻已经飞落城下，他脸色一变，似乎想到了什么，竟微微露出喜色。

随即他推开给自己包扎的人，扑到城墙边，正看见燕绥飞身而起，接住了落下的文臻，抱着她在城墙上一蹬，轻飘飘转了个身，又落回了马上。

下一瞬他低头，于天京城墙之下，万军之前，吻住了文臻。

万军屏息。

文臻忽然展开双臂，搂住了燕绥的脖颈。

万军在一霎静默后，爆发出雷霆般的欢呼。

城墙上，唐羡之眼底的晦暗一闪而过，随即微微露出喜色。

她还是和以前一样，狡诈，阴险，无所不用其极。

那就继续这样狡猾下去吧，世道诡谲，世事多苦，不如此不能活。

城墙上的唐军愤怒无伦，他却神情平静。

倒不是当真便毫无怨尤，只不过便如她当日所说，各为立场，无分对错罢了。

他目光忽然落在地面。

那里，文臻刚才被挑落的地方，落下了一卷小小的卷轴。

第一百四十四章

一人合奏御万军

潘航等人上来接应，文臻搂着燕绥的脖子，轻声道：“想我吗？”

“也没有很想，就是每一天都睡不着。”

“我也没有很想，就是每一天都梦见你。”

两人相视一笑，燕绥问：“药哪来的？”

方才文臻吃药诈死，他也是震惊的，但随即便反应过来——文臻不会当着他的面自杀。

唐羡之会在那一霎间相信，是因为他内心认为文臻和燕绥情谊深厚，文臻会因为不愿成为拖累而自戕，但燕绥却更了解文臻一些，正因为不愿伤害他，所以文臻才会在任何艰难局势下努力挣扎。

这般便想到镜花洞的奇门药，这药正是镜花洞名字的由来，将往事都付于水月镜花，从此人生或可重来。

他的师门和镜花洞关系深厚，自也有相应的解药，就算没有解药也没什么，三日后自醒。

他却等不及。

果然文臻道：“兰旖给的，说是贺我们的结缡之喜——不是，结婚贺礼送这么个药她是什么意思？”

“管她什么意思，反正你不会理会她的意思。这冰雪白痴这回倒做了一件像样的事。”

文臻却没心情和他再斗嘴，将头埋在他怀中，燕绥要把她抠出来，文臻梗着脖子，燕绥又不能真用力，几番失败之下无奈地道："你这又是怎么了？"

文臻声音闷闷地传来："我没照顾好娘娘，我甚至没能留住她的骨灰，现在林帅想必已经收到骨灰了，我真是不敢想……"

燕绥抚了抚她的发，他的眼神远远地越过城墙，越过阡陌纵横的大街和洁白的汉白玉广场，落在那座华美的牢笼上，晨曦的清光洒落万千屋脊，从此却再也照不亮那方宫宇。

那处他期待过、伤心过、离开过，又最终选择忘记的宫阙。

那处虽无快乐予他，却也一生不可忘怀的宫阙。

二十余载母子缘分在那个深夜那座铁牢中才堪堪开始，却也在那个深夜那座铁牢中就草草结束，临终她挥剑决然，她那般骄傲，不屑解释，没有遗言。

他愿他只记得那夜混杂血腥气息的拥抱和那一滴落在他脖颈上的湿润，此生母子缘浅，来生愿彼此放开。

他的手温暖地盖在文臻头上，语声平静："娘娘这一生太累太苦，如今也算解脱。这不是你的错，蛋糕儿，我只愿意你开心快活。"

文臻慢慢抬起头："老天委实欠了她的……"

"她又何尝没有欠别人？不过都是命罢了。她是潇洒人，便让她潇洒地走吧。"燕绥轻声道，"我只想着她在你面前决然自尽，那一刻你该是多痛苦。"

文臻心头一颤，想着这样细腻的话以往便是他放下骄傲，也不太可能说出口，此刻听着只觉得百感交集。燕绥本也该是这长天潇洒的飞龙，却最终为她停留世间，为这他所不喜的一切苦斗。

只有她是有福的。

这么一想便又觉得酸楚，抱紧了他的腰。燕绥又道："至于林帅那里……所以我们必得尽快拿下天京，安定局势，才能赶紧回援青州，我担心西番可能还会起事。"

文臻便点头，此时众人才都围了上来，文臻转头看阵营里，潘航、闻近檀、凤翩翩乃至寒鸦都在，唯独少了一人。

再一转头，一身缟素的周沅芷在人群中含泪看着她。

文臻眼底瞬间涌上泪花，上前将她抱住，两人头碰着头哽咽一阵，但周沅芷随即便挣开她，伸手抚了抚腹部，轻声道："小臻，听说你又有了，恭喜你……也恭喜我。"

文臻骇然盯着她的肚子，良久，含着泪花笑起来。

她道："真好。"

城头上紧急地整军备战，将领们焦灼地劝陛下回去疗伤休息，唐羡之却不理会，只包扎了伤口，用披风遮住了鲜血淋漓的长袍，慢慢在城头上坐下，展开了那一卷卷轴。

那是他当初留给文臻，让她写下心愿的册子。

当年他和她曾说起，自己幼年用小册子写心声以邀宠的手段，后来自己也留了册子给她，原只是心意馈赠，并没有指望她真的去写，毕竟渐行渐远这么多年。

卷轴展开，他原以为会看见一片全新的墨迹，却不想最上头的字迹，明显有了年份。

某月某日，晴

这一行不能算日记，只能算个记录。

虽然现在已经和燕绥暗通款曲，但是人对于某些深刻的印象，那样的美好真是难以忘怀。

那一日隔着溪水看唐美之，曾以为见着了谪落山间的仙子，是何等的清雅美好啊。

我也从没想过自己这辈子还有抱着男人大腿的时候。

但愿在东堂的人生能一直美好下去。

也但愿我初见便难以忘怀的那个人也一直清雅美好下去。

唐羡之的手指微微颤了颤。

虽已二月，城头却无春意，刺骨的冷风仿佛也像方才那箭，瞬间将人扎得鲜血淋漓。

很多事美好在开头，无奈在过程，决绝在结局。

对不起，渐行渐远的长路里，终究让你看清了那美好背后的真相。

某月某日，多云

唐美之向陛下请求娶我为妻，陛下问我的意思。

我的意思，没有意思，封建王朝，哪有那许多的个人意志。

我想好好地活，想过好这一生，有些事就不必看得太明白太计较了。

可是唐美之，你大抵是不明白，便是再真挚的情感，一旦掺杂利益和权欲的博弈便不纯粹了。

或者你也明白，但是你不肯放下，你左手挽着家族，右手抓着爱情，你想着你如此智慧天纵，能处理好一切事情，定也能将这两样调配美满。

可是，唐美之，便是这世上绝大多数事都能以智慧去调配，唯有情感不可以。

那本就是世间最真、最纯、最不可亵渎的一物，否则不配叫情。

如果要我许一个愿望——

愿你终有一日能明白。

文臻，其实我早已明白。

但是你也要明白，正因为那情感最真最纯，凝聚了一生最执着的向往，所以能轻易放下的，那也不配叫情。

某月某日，晴

海岛上的生活短暂却美好。

喜欢的在意的人都在身边，睁开眼就有粥。

仿佛之前的那些惊涛骇浪尔虞我诈都只是一次海市蜃楼。

唯一遗憾大概就是商醉蝉不在，没人画下我骑着鲨鱼拖着燕绥和唐羡之在大海之上飞驰的英姿。

唐羡之真的是个心思极其细腻的人，他的温暖体贴和接地气真的能让每个向往平静友爱生活的女子心动不已，跟着他就像跟着幸福，你永远不用愁心意无人懂；不用愁家务无人担；不用愁化妆打扮无人欣赏；不用愁付出情意没有回报。他连买菜都能帮你砍价，上厕所都晓得给女士点灯。如果在现代，他是既高贵又有风度还不介意为女士操持一切的绅士。

比燕绥那个狗模狗样的自大狂好多了。

可我还是喜欢燕绥。

前方沙滩上，燕绥、唐羡之、林飞白在盖房子，三个人居然通力合作，力与美展示的最高境界来了。

沙滩很白，海水很蓝，日光暖而不烈，脚下的贝壳色彩绚丽。

那三个男人沐浴在阳光下的身形都很好看。

许个愿望。

我愿时光停留在这一刻。

我愿这一刻的美好永留存。

小臻。

对不起，这个愿望我再也无法帮你实现了。

时至今日，我才发现我当初递出这个卷轴的时候有多自大和可悲。

我要做那个帮人实现愿望的神。

到头来却是我先沉沦。

某月某日，晴

在一号院里，看着唐美之留给我的东西，想着火山吞没他时我那一霎的心如刀割，只觉得恍惚。

我愿这是一场骗局。

我亦不愿这是一场骗局。

如果这都是一场骗局，那么唐羡之，你一生都会活在骗局之中，你将注定一生汲汲营营，为那些虚幻的不可得。你背负的东西会越来越沉重，还想着左手权力右手人生，你遍地捡拾，最后却活活累死你自己。

羡之，我不能确定你到底想要什么，可我总觉得你内心真正想要的绝不会是这些，或者你自己也没想过你想要什么，可是为什么不能试着去想一想呢？

文臻，这段时间我一直在想。那夜带兵冲进皇宫，第一眼看见你跪在雨地里，对着德妃的尸首，那茫然震惊无法接受苦痛无伦的眼神，自那夜开始，始终盘桓在我的梦中。

我还看见永裕帝的头颅在雨水中滚来滚去，眼睛竟然始终盯着德妃的方向，那一生的爱恨纠缠，到死也不愿放弃吗？

永裕帝必然爱着德妃，可他亦不愿放弃权欲和他所要的一切，为此他选择放弃所爱和所有人间情感。

我……是在越来越像他吗？

某月某日，雪

预感终于被证实。

可早已没有了愿望达成的欣喜。

你让我百感交集，心绪复杂，我多么愿你从火山口中逃生，我又多么不愿意那一切真的只是骗局。

我不是为我流过的泪和被戏耍的感情而愤怒，我只是为你惋惜。唐羡之，如果这都可以作假，你要我这一生还能如何相信你？

你说你舍不得。

可我和燕绥落崖被追杀，被伤害，一路都拜唐家所赐。

你不断伤害我，再放过我，再伤害我，像一个令人啼笑皆非的死循环。

其实我能理解你的想法，你要完成你的计划和目标，但你不要我死。

作为一个既受伤害又得益的人，我没有立场对你的行为做客观的评价，我只知道，如果是我，我绝不要做你。

许个愿望吧。

唐羡之，愿你活得单纯些。

小臻。

其实我一生决断，唯独在你的事情上徘徊不休，来回摆荡，总越不过你去行事。

那只不过是因为，我的心一直只落在你身上啊。

某月某日，有星星

五峰山上你输了。

并不输在智慧，只输在信任上。你和易铭终究缺乏信任。

易铭其实很好啊，我觉得你们可以做一对知己。

你奏的那一首曲子很美，很动听，可就在方才那一刻，我和燕绥终究走在了一起。

以后我们也会有一首自己的曲子，他作曲，我填词，无须千百年流传，只需要彼此爱听。

唐羡之，五峰山空气很好，星光很亮，江湖贼人其实也很可爱，不要再让这碧水青山受铁蹄践踏，不要血染群山好不好？

许个愿望。

愿你早日看见身边的一切美好，踏遍青山人未老。

小臻。

有些人虽好，却不是我想要的。

我想要的她，在另一人怀中微笑。

或许，这就是上天给我的惩罚吧。

某月某日，晴

铁柱，你来了吗？

真当我瞎吗？

你演技可真好，可我也不差。

留山的风景比五峰山更美，铁柱，有机会放下一切，去仔细看看吧。

小臻。

我但愿还能有这个机会。

某月某日，晴

唐美之，湖州百姓的血好吸吗？

你们唐家如毒瘤盘踞在湖州这么多年，到这时候还不肯放手吗？

你在粮仓这头挖洞偷粮，我在粮仓那头挖洞偷粮，你是硕鼠，我是维护收成的抢粮人，这仿佛预示我们这一生永远立场相对，背道而驰。

告诉我，你真的不觉得累，不觉得遗憾吗？

那夜我在丰宝仓大火里听见江上有琴声铮铮，那般空灵迴彻，如世外仙音。

你本该是红尘出世人，却总行着波谲云诡入世事。

拖着唐家那一群心思各异、钩心斗角的猪队友前行，你不累吗？

都说世外仙音不当染，红尘浑浊，有污清听，而这些年，我从你的音乐里听出了越来越多的沉重压抑和疲惫。

你听出来了吗？

小臻。

我听出来了。

我是操琴人，可我对不住这世间最为高洁美妙的乐理。

拨弦的手一旦拨弄人心，操琴的指一旦操起暗器，那些音乐也不过是浊世之音。

某月某日，雨

慕之死了。

我到今日才知道她的身世和她那悲剧的一生。

你不可能不知道，那么，你是怎么想的呢？

你纵容保护她，替她收拾烂摊子，也比常人对她严厉，并不宠爱她。以前我觉得你们兄妹关系太淡漠了些，现在我想，你若对她太好，反而令人毛骨悚然，你的心情想必也是复杂的，就算没当她是亲妹，但也是希望她能好好活这一生的吧。

她想必也希望你好好活这一生。

唐家已经牺牲了太多人，这是一艘注定会拖着所有人下水的巨船。

这艘船古老、腐朽、陈旧，很多零件都已经散落，水手们没经过风浪捶打还各怀心思，看似威风凛凛称霸于海上，其实只要一次风暴便能被彻底摧毁。

你这个掌舵人不可能不明白这是一艘怎样的船。

希望你早日下船。

小臻。

风暴已至，而我还在船上。

某月某日，晴

这将是我在这卷轴上写下的最后一条记录。

你当初给我这个卷轴让我许下我所有的愿望，但我心里明白，从很久以前，这些愿望便注定不能完成了。

而在那夜大雨里，当你走到我身前时，这个卷轴就结束了。

之前那些日记，我的愿望大多是与你有关，此刻，就许我自己的最后一个愿望吧。

我愿东堂海晏河清，无人犯我边疆，忠臣良将无恙，百姓和睦安康。

我愿君莫晓还在我身侧，林飞白未曾战死，周沅芷抱得男人归，唐慕之嫁得如意郎，单一令依旧是大司空，谢折枝可以再见他的娘娘。

我愿情册一卷未完结，恩爱情义如水流长。

我愿和燕绥从此摆脱这筹谋算计，山海云游，且放白鹿青崖间。

我愿这浩浩世间，皇族俯脸看众生；我愿这茫茫红尘，再无世家凌人上；我愿争夺权欲者死于权欲；我愿忠心为民者无须丰碑，只要活成最好的模样。

唐羡之。

这是我最后的唯一的愿望。

卷轴轻轻地落在地上，再被一双染血的手捡起，唐羡之将卷轴缓缓卷起，再珍重地放在离心口最近的地方。

小臻，我知道了。

他抬起眼，城下，投石机的飞石在空中划出无数凌厉的弧线，而炮火在黑色的炮筒里吐出无数刺眼的火花。

最后的攻城战开始了。

太始元年二月初一，宜王燕绥率近二十万大军一路穿州过郡，围逼天京。

而本该被调走的京畿大营却根本没走远，一直隐藏在附近的深山之中。燕绥到来之后，趁唐军出城迎战，从背后包抄夹击，致使唐军损伤惨重，不得不紧急收缩回城，自此开始了漫长的攻城战。

历史总是惊人地相似，如同之前唐易联军猛力攻击湖州一样，现在被攻击的换成了天京城里的唐军。

太始帝始终没有下城头。

攻城的第一日，燕绥精兵分外凌厉的炮火便给了唐军一次凶猛的打击，燕绥那些满身机关分外轻捷的斩首队员，单兵战力抵得了上百人，在炮火的掩护下，他们登城墙的成功率比寻常士兵大得多。

但他们也未能第一时间登上城墙。

小楼全部剑手都守在了城墙上，而与之配合的是亲自在城头，摆开了乐器大阵的太始帝。

一人成一阵。

琴、筝、阮、琵琶、月琴、箜篌、箫、笛、陨、笙、鼓、钹、锣、响木、碰铃、板胡、二胡、唢呐、编钟……乃至少见的尺八、筚篥、田螺笛、巴乌、树皮拉管、竹号……从古至今，从汉族到异族，光琴就有扬琴、独弦琴、柳琴、三弦等，箫有排箫凤箫，阮分大阮小阮，鼓分为排鼓板鼓铜鼓大小鼓象脚鼓，钟分为磬、錞于、勾鑃……各种乐器，很多人们一辈子都未曾见识过，大大小小数十件，在城头上摆开了一个浩然大阵。

而唐羡之便盘膝坐于这乐器大阵中间。

编钟离得最远，诸弦拨乐器则围身周一圈，竹类吹奏乐器则以线悬吊在头顶，打击乐器在弦拨乐器外头一圈，也高高低低宛如一面墙。

这世上无人可以一次性演奏这许多乐器，唐羡之一人独坐，衣袖飞出，以编钟一声浑然可惊天地的厚重之音，开启了这一支浩大的一人以乐器群演奏的曲子。

编钟响起第一声，城头已经爬上来的斩首队员便齐齐栽落。

编钟起首，浑厚怆然，如巍巍万军，披坚执锐，戴星月于城头上。

城下万军仰首，便见天边风云涌动，那高墙似乎要倾斜着压下来。

随即琴声起，于编钟之音中，明亮高亢而又和谐流畅，唐羡之城头抚琴，黑底明黄龙纹的披风卷起，击打在青铜编钟之上。城墙上便起大风，似有透明音波流动，所经之处，燕绥的军队好不容易搭上的云梯齐齐断裂，坠落尘埃。

而悍勇的长川军已经在易人离的亲自带领下，踩着特制的登墙靴，拉着钩索，爬到了城墙上方，易人离半空跃起，衣袖一挥，刀光如雪卷向扑上来的唐情。

却在此时，唐羡之推琴起身，手一扬，不知何时他十指都已经戴上了扳指一般的圆环，圆环上有不止一条柔韧的丝线，丝线有的带钩，有的坠着玉珠，有的尖锐如三棱，有的浑圆如小锤。

他十指连挥，那些丝线便齐齐绷直，有条不紊地分别击打在不同乐器上，坠珠的敲亮锣钹，栓锤的擂响铜鼓，带钩的拨动三弦二胡琵琶，三棱的穿过阮瑟筝……而在他手指弹动之间，有些丝线依旧笔直，有些丝线忽然又软下，勾缠回绕，如无数双手携着闪动的光影拨弦，那些棱角玉珠便在那些弦上奏出不同的音来。

而唐羡之一边分心顾着这许多乐器，一边撮唇作啸，啸却无声，只是凝成一股细长的风，依次掠过上头那些悬吊着的箫笛管埙，穿过那些暗含音乐至理的孔洞，便次第发出各种音调来。

于是竟然在这瞬间，钟声、鼓声、琴声、箫声同响，这些音多而不乱，流畅如水，节奏和谐，赫然成一首优美华丽又豪迈壮阔的曲调！

城上城下，再次万众无声，连攻击都暂时停了。

每个人都仰头，望定城头，眼神惊叹。

唐羡之于天京城头上，湛清高天之下，扬袖飞绦，举手投足皆成华音，虽无剑器，亦成倾城杀人舞。

真如掌天下乐器的仙人，自云端谪降，只为让这世人看一场奇迹般的演奏。

而感受最直接的是刚刚抢上城头的易人离。

这一波乐曲数十器联奏，便如曲成高潮，虽浪柔波卷，却生生不绝，响遏行云的韶乐声中，易人离的刀在即将进入唐情胸膛那一刻便感觉到城头上仿佛云沉涛飞，巨大的无形的力量一阵一阵涌来，先将那刀轻轻推开，调声忽转诡异，箫笛管埙尺八在此刻登场，随即易人离便感觉那力量忽然推上他胸膛，他仰身疾退，那曲声又转雄壮，钟鼓浑然，引天地之音，霎时巨力如山，巍巍压下。易人离站立不稳，落下城墙，他甩出钩索，钩索却在琴瑟之声中无声碎裂，那曲声和力量如影随形，轻松化掉他所有自救的手段，一波波地誓要将他推落……如果不是燕绥及时出手，易人离就要牺牲。

等易人离终于在燕绥扶持下站稳，仰望城头，一张脸已经惨白。

而围观这一幕的所有军士将这过程看得更清楚，心中更是震撼。

非人力可成之奇迹。

在场的人中，周沅芷为千金小姐最通音律，因此神情也最恍惚，忽然喃喃道："诗言志，歌永言，声依永，律和声，八音克谐，无相夺伦，神人以合。"

文臻在她身侧也叹道："金石以动之，丝竹以行之，诗以道之，歌以咏之，匏以宣之，瓦以赞之，革木以节之……"

这是音律的最高境界，但世人从未奢望一人能完成。

周沅芷道："他从何处想来！"

文臻苦笑："我想的。"

周沅芷愕然看她，文臻默然。当初五峰山上，不过无心随口一语，谁知唐羡之竟真的做成了呢。

之前黑湖之上开小楼，她以为已经是极致，却没想唐羡之深藏不露。

半晌，她舒了一口长气，喃喃道："幸亏只有他能……"

一人群奏堪称奇思妙想，而将这奇思妙想真的付诸实践，普天之下却只有唐羡之一人。

那许多乐器的同时弹奏固然是一个难题，但在同时弹奏时还能记住每个乐器所应弹奏的曲调且实现完美配合，这几乎是不可能实现的事。

这需要能进行无比精密计算的大脑。

只有他这般才智，再加上作为音律大家精通各种乐器的能力，才能这般美妙和谐，神人以合。

唐家要真的人人有这个本事，那她和燕绥得趁早从这城下转身离去。

长曲绵绵不绝，如流水泻过，文臻听着听着，竟微微湿润了眼眶，多像这一路相逢又离散的人生。然而这么美的曲调也如这人生一般，时刻隐藏着杀机。

眼见他上高城，眼见他落高城。

在唐羡之的乐器大阵之下，连着三批人攻城都被音波所袭，那音波便如唐羡之的曲调一般，层波叠浪，变化万千，无迹可寻。有时如巨浪层层扑打，有时如幽灵神出鬼没，有时如利剑悍然劈落，有时如万箭隐形齐飞……三批人再无一人能上城头一步。

而天京城的护城河又特别宽，唐军进城后这么短的时间还进行了修城墙、加厚城门、封堵漏洞等措施，哪怕是燕绥麾下武器特别精良，也很难远距离攻破。

更绝的是，天京本有九门，但唐羡之在燕绥逼近天京之后就已经下令在天京城门前后垒墙，城墙加厚加高，竟然将其余八门都堵死了。加盖的城墙整个就是一个向内的斜坡，非常难爬，而小楼剑手主城楼一个没留，全部分配在另外八个城门，每门一阵，轻松击败敌军。

那架势赫然是不成功便成仁，不能打退敌人便和天京全城百姓一起死在城内。

负责其余城门攻击的京畿大营在几轮攻城后损失极惨重，干脆退出了一射之地，就等着主城门的燕绥破城。

一人一曲捍全城。

三次攻城后，燕绥下令暂时停止攻城。

大军就地休整。

文臻遥望着城头上的唐羡之。

天京城内，现在实行了最严厉的管制政策。

所有人不许随便走动，不许在酒楼茶馆聚会，百业者暂停执业，连青楼都勒令暂时关闭。每日每户只许一个人出门半个时辰，就近解决日常生活需要事宜。

所有人都被关在家里，杜绝了串联和被人利用煽动闹事的可能。

这使少量潜伏着的燕绥的暗线都没机会出手。

唐羡之下达这样的命令只用了一种手段——推了几个得了天花的病人招摇过市，称说天京某处出现了天花感染，哪怕站在病人对面都可能感染天花且无药可医。

于是，天京百姓自动给自己关禁闭。

现在街上行走的只有军队和唐家的人。

整个唐氏家族非常庞大，嫡系、旁支及所依附的姻亲家族前后加起来有数万人，都已经陆续进京。天京被围困之后，除了担任军职的人守在城头，其余老弱妇孺大多聚居在临近皇城的兰康坊。

城头乐器大阵奏响之后，一队红衣人进了兰康坊，带着无数马车。

随即兰康坊隐约起了一阵骚动，乱过一阵后，渐渐有人出来，带着包袱，扶老携幼，依次上马车。

上了马车后，便有人驾驶马车奔往皇宫，马车直接抵达太子东宫，那些人进入大殿，然后再也没有出来。

这一批批的人出来，一批批的人送出去，前后忙碌了两日两夜才把人送完。

至此已经三日三夜。

唐羡之独力合奏，坚守城头。

三日后的夜里，在燕绥下令退兵休整的那一刻，唐羡之推琴而起，琴在半空旋转，起一阵回旋之音，音色华丽，引得众人凛然，因此也就没人看见，琴身背后，唐羡之一口鲜血喷满了那焦尾琴。

城下只有燕绥凝视那飞旋的琴，似乎要透过琴身看见隐在背后的人。

文臻在他身边轻声问："我们损失不小，是否要……"

燕绥绝不会无计攻城，关键看他是否愿意再投入一部分的牺牲。

燕绥看她一眼，这一霎文臻忽然觉得他眼神微带审视，像是想知晓她此刻心情。半晌，燕绥道："何必枉费人力物力，且吊着他罢了。"

他凝视着城头，看见唐家的军队黑压压站满城头，轻声道："只要他野心终收，我愿意给他机会，因为他亦有值得我尊敬之处……只要该灭绝的一定灭绝，那就行。"

又一轮攻城开始了。

大阵音波绵绵不绝，似乎毫无衰竭之像。

但这次燕绥换了攻击方式。

不再派斩首队员，不再进行勇猛冲锋，甚至连擂车投石之类的攻城器械都没用，只选择轻功最好，动作最迅捷，反应最灵敏的战士，在箭手弩弓手的配合下，以最快速度登城。

登城之后也不强求入城，骑在墙头上砍杀两下，唐军还没扑上来，燕军已经下了墙。

有些更狡猾的，就在城墙上冒个头，持背上长枪闭着眼睛往里头捅几下，转身就下墙。

没人扔火药弹，固然是因为火药弹珍贵，还因为那些弹子根本还没落地就能被音波推出去，弄不好炸到自己身上。

爬上城头的人冒个头就走，唐军狼奔豕突，打了这边打那边，活像在打地鼠。

但于唐羡之来说，他无法因为这些人试探性的攻击便停下。他知道他一旦停下，那么试探性的攻击就会变成真正的攻击，口袋里的火药弹会将城头炸掉。

他依旧手挥目送，姿态如仙，泛白的唇角却微微露出一丝苦笑。

燕绥看出了他的想法，因此明明有余力，却还要用这种方式来对付他。

燕绥看出这大阵极耗心力，他要他在这城头永不能停。

这样也不会对文臻无法交代。

他不愿自己成为他和文臻之间的隔阂。

他渐趋平和，却又更残忍，他连让自己在文臻心中留下愧疚牵念的都要抹去。

但是……他其实是多虑了。

文臻待他比燕绥更残忍。

唐羡之垂下眼，指尖丝弦不休，仙嗡长鸣，再次悄悄咽下喉间逆涌的腥甜。

此刻，家族的人应该已经快到了城门边了吧？

第三天。

燕绥一箭射落了城头高扬的唐字大旗。

这一次，音波没有能抵达那高处拦下这凶悍的一箭。

断落的箭杆砸在城头，计算精准，没有伤人，却将那些悬挂的吹奏乐器砸坏了大半，半截箭杆支在了向内的城墙上。

雍容壮阔的大乐便少了一个声部，出现了短暂的停顿，随即唐羡之便又继续，依旧行云流水，听来毫无不妥。仔细听却能听出那首曲子已经被修改过，但修改得毫无痕迹。

这种临时修改信手拈来的本领令人再次惊叹。

唐羡之闭了闭眼，默默咽下一口腥甜。

射落的大旗引起了城内人们的慌乱。

城内戍守的一些唐家将领面面相觑，心中都浮现不好的预感。

忽然有人狂奔而来，道："不好了，咱们的家小都失踪了！"

众人齐齐色变。

简陋的地道里，唐家族人艰难地行走着。

正如文臻所猜测的，永裕帝挖空了半个皇城作为自己的老巢，但是以他的谨慎不可能没挖一条通往城外的地道。

那条地道在太子东宫，东宫位置离城门最近，离秀华宫也不远。秀华宫出口被堵死，东宫地道自然也没用上，唐羡之占领皇宫后，根据各处宫室位置，选出了几座离各城门相对最近的宫殿，逐一寻找，最后找到了这条地道。

浩浩荡荡的唐家族人在地下穿行。

护送他们的有少量唐家士兵和剑手，唐羡之不能撤走太多的人，甚至唐家高层都被要求上城头——唐羡之相信，燕绥对一切都有数，一旦他发现大量高层和高手被转移，唐家就会遭受最凶狠的打击。

他不会允许唐家的主力逃脱。

所有上城的男人都是为了这批老弱妇孺做靶子。

包括他自己。

城头高楼起一曲，万千丝弦做剑舞，但为争权逐利故，百年世家归虚无。

当夜，京畿大营在攻击又一次徒劳无功且被凶猛反扑后丧失了士气，早早收兵。

夜半，护城河淙淙流水中，无数人出现在水中，再悄然上了准备好的筏子，穿越那一片杂草茂密的水域，小心而又迅速地向京郊而去。

当这长长的队伍终于平安地离开京畿大营的扎营区域时，所有人都长长舒了口气。

没有人知道，就在护城河对面不远处的山坡上，小树林里，四大护卫带着人马悄然而立，一直盯着黑暗中的护城河。他们将所有人都一一看过，数过。其间，日语几次对中文打手势，询问是否要惊动京畿大营。

中文长久伫立，他看见队伍里蹒跚的老人抱着婴儿的妇女，娇弱的少女，一脸惊惶的孩童。

忽然便想起当年那个少女走在路边，看见跌倒的老人会扶，看见孩童会摸摸他们的头，送上一块糖，江湖捞有老弱专座，八十以上老人可以打折。

他轻轻地摆了摆手。

日语有点不甘，放虎归山，日后有隐患怎么办？

中文凝视着前方黑暗，像凝视一个永远不能触及的梦，良久他轻轻道：“殿下说了，就当对唐羡之当初没有和西番勾结对他背后出兵的回报，而且如果我们出手了，文大人……和她都会不高兴的。”

月色下流水淙淙，他眼底有晶莹的痕迹。

中文等人离开后，隐藏在人群中的小楼剑手走了出来。

如果方才真有人出手，他们会拼个鱼死网破，与之同归于尽。

所幸没有。

剑手们对着城头方向磕头，再转身踏上茫茫远途。

第五天。

唐羡之望向城池之外。

家族老幼已出城，会以最快速度赶往西川，现在应该已经到中州了吧。

总得再坚持几天，走得越远越好。

否则一旦城破，就算文臻愿意放过，京畿大营和被压制的旧朝老臣们也不愿意。

忽然轰隆一声，在背后响起。

他指尖弹动，却在此时喉间一甜，动作便慢了一步。

对内的一截城墙忽然倒了下来，正好砸在那一排钟磬上，编钟轰然倒地，又缺一声部。

第一百四十五章

江山

并没有人上城，也没有人出手。

唐羡之眼光一掠，看见倒下的城墙间无数血红的蚂蚁散开。

而那些碎砖有咬啮的痕迹，那掉落砖石的位置，好像是昨日旗杆掉落抵着的位置。

他已经明白了，燕绥那一箭射旗，打击军心是一个方面，更重要的是他那一箭里一定有个引子，是吸引这种蚂蚁在指定地方啃咬的关键。

那引子溅落内城墙，引得蚂蚁去咬啮，一日夜之后，城砖松动倒塌，砸坏了编钟。

编钟作为最重要乐器之一，一直放在城内侧，本来谁也攻击不到。

可是只要燕绥想，他就能。

唐羡之低咳了两声。

又缺一声部，曲子稍稍停顿，再次接上，只是这回威力终究小了许多。

一群换下城墙的唐家将领走在空荡荡的街道上，偶尔有百姓探出头来，看见他们便忙不迭地走避，如同见了鬼一般，这种无形中的排斥令他们更加烦躁。

家小、亲族，还有很多依附于他们的人这几天都不见了，找遍全城都没有踪影，这种情形由不得他们不思索，人会不会出城了？

如果庞大的家族真的被运走，那意味着陛下也对守住天京失去了信心，在安排后路，那他们被留下来守城算什么？

靶子？牺牲品？

这满城的敌意，冷漠的百姓和群臣，城下的大军，都无时无刻不在提醒他们，这江山其实没那么容易坐。

如果真的坐不下去，难道他们都要为这一场梦陪葬吗？

众人走着走着，听着六日来城头不绝的乐声，虽然曲调雍容如常，众人却似从中听见了自己的丧者。

众人面面相觑，忽然有人试探地道：“要么，咱们也走？”

“就是，凭什么就要我们牺牲呢？再说我们才是家族的主力，我们都死在这里，唐家还有机会复兴吗？”

“或许陛下最后会有办法？”

“他的办法不是已经给了那些女人和小孩了吗！”

“我打听过了，前几日有大批马车进入了皇宫。”

众人又对望一眼。

“要么，去皇宫看看？”

“就算没出口，这皇城财宝无数……”

众人都不说话了。

如果真的城破，弄走一批财帛也是好的，说不定还能保命。

还有什么地方比皇宫更富有呢，坐不了老燕家的天下，好歹也该拿点利息。

说到就做，众人聚集亲兵前往皇宫。

第七日。

燕绥一改前几日的散漫打法，再一次下令急攻。

同时他让英文等人悄悄跟随唐家亲族远去的队伍，偷走了唐情幼子的贴身金锁，用这枚金锁诱杀了唐情。

天京城头再换将，唐羡之用了自己的贴身亲兵头领。

然而士气已经不可挽回地颓败下去。

从唐情到其余唐军将领，眼见那些血淋淋的自家亲人贴身衣物都眼前一黑，心中绝望。

难免怨怪唐羡之，觉得陛下一意孤行，留他们在城头御敌，却又让他们的亲族冒险送死。

更有人难免想到当初殿上群谏，求对燕绥背后出兵，陛下却坚持不肯，如今果然遭到了反噬，更是心中愤恨扼腕。

唐羡之主持大阵，乐器缺失，更加艰难，他并无机会解释，也无法解释。

燕绥亦擅攻心且出手毒辣。

缺了两声部的曲子依旧流淌在城头，而伴随着燕军的急攻，是燕绥忽然策马而来。

他一举一动牵动人心，城上城下都目光凝注，只有唐羡之只专心于十指间百弦之音。

燕绥微微仰首，他执缰绳的手指一弹，再一弹。

灰白墙体深红角楼的城头上忽然晕开一片淡淡的绿色，那绿色越来越多，越来越深，在城头的背墙之上无声延展，向城头上的唐军包拥而去。

底下万军忍不住仰首屏息，看着那堪称壮观，似可卷天地般的绿幕袭向城头。

仔细看能看出那巨大绿幕底色是淡绿的青苔，那是城墙上常见的植物，在这初春的季节斑驳了城墙，另外还有一些本已在冬季枯死的藤和常青植物，此刻却再焕新绿，野蛮生长，藤蔓类扭曲膨胀如巨蛇，剑齿类剑拔弩张似刀丛，掌叶类则真如巨掌一般在风中张开又合拢……

唐羡之无暇他顾，忽然指掌之下众音转急弦，如风雨忽至，雷霆乍生，听得人心中起栗，城头上的人恍然若有所觉，一回头便见绿潮如海，当头罩下，都发出一声惊叫。有人狂奔躲避，却踩着那又厚又腻的青苔滑倒；有人挥舞武器，却被藤蔓先缠上武器再缠上身体，越挣扎越窒息；有人大呼冲上，在越来越厚的青苔间挣扎，泥足深陷，无力逃脱。

燕绥一个人便将城头变成了绿潮叶海大阵，唐羡之的群奏对精神攻击有效，植物却没精神这玩意，他指间飞弦，音波如薄刃旋飞，无数藤蔓纷纷断落，但是断落的藤蔓一霎间便能再生，反而又多了无数藤蔓，困住更多的人。

城头之上，一时竟成了燕绥唐羡之的博弈之场，都非常人手段，一人控天下音符，一人掌人间枯荣。浩浩天地，簇簇万物，都成两人指掌间杀机，成败于方寸之间，霸业笼罩山海之上。

燕军已经趁着这一阵城头混乱和绿幕掩护悄然上了城头。唐军在对付绿潮的时候，忽然那些藤蔓枝叶背后，杀出明晃晃的刀枪来……唐家将领大呼奔走，又压上一批唐军，才堪堪守住了城墙，满头大汗的唐家将领盯着底下的燕绥……这位实在太难对付了，一旦出手，满城上下就会被绿雾所遮盖，又成了燕军的掩护。将领们正惶然看着唐羡之，希望陛下拿出绝招，忽听天地起雄浑之声，隆隆震响，连地面都在微微震动，却是唐羡之齐奏钟鼓磬，洪音浩荡，满城都似在共振，共振声里，那些绿雾渐渐稀薄、散开，直至露出朗朗青天来……众人都松了口气。

唐羡之却苦笑。

燕绥这样的能力本就不可能长时间维持，唐羡之指掌之下的拉弦之声却忽然有些暗涩，众人这时才发觉，大量音波粉碎藤蔓时，有些植物茎叶间自带的黏液便会附着于丝弦之上，乐器向来娇贵，丝弦污浊必不能成清音，这等于又毁了所有拉弦乐器。

而这一轮绿幕攻击也消耗了唐家数千士兵。

城上城下众人凛然。

宜王燕绥向来是个懒人，阵前也不着重甲，更不身先士卒，然而他不出手则已，一出手便是城头喋血，乐阵缺失。

众人看向城下那散漫又矜贵的人，一时竟如仰视云端，生出不可撼动之感。

唐羡之眉头微皱。

燕绥作战很有“节奏”。当猛攻时猛攻，当从容时从容，间或攻心，偶尔出手，时有诡招。

他明明可以不惜代价一次性毁去他的乐器阵，他却偏要一次次慢慢消耗，就是为了不断给唐军增加心理压力，削弱他们的信心和决心，直至不堪重负彻底崩溃，而他自己决不冒进。

忽然唐羡之回首。

城内一阵震动，称得上地动山摇，身后巨鼓皮面若水波一般颤抖。有沉闷的响声绵延而来，整个天京城都在惊叫。

唐羡之指下一乱。

几日来从不出错的音符错了一个。

他一瞬间以为燕绥趁方才那一阵视野不清，派人悄然进城炸城了。

随即以为是地动，因为没有听见喊杀声。

再然后辨明了发生震动的方向，他的脸色刷地雪白。

一个时辰前，皇宫，一批换岗的唐军将领进入了皇宫。

他们驱散所有的太监宫女，让这些人去广场待着，自己闯进景仁宫、仁泰殿，大肆搜刮，但凡金银珠玉，古董字画，值钱的统统带走，带不走的就砸了烧了。

有的人连御座上的宝石都抠了下来，又有人满宫寻找地道，要带着这些财宝逃生。

这些人干得热火朝天的时候，没有人注意到秀华宫地道出入口处有蓝色光芒一闪而过，身上背着黑色的袋子。

背袋子的是三两二钱，它背着袋子行到一处宫殿下，便将那袋子里的火药弹放下一堆。每堆火药弹里都有一颗拖着长长的引线。

唐家将领在上头忙碌，三两二钱在下头忙碌。

火药弹都投放完毕后，它再度出去，这回有人递给它一个火折子。

三两二钱再次进入地道，火折子迎风不灭，它根据制定好的路线，从仁泰殿开始，到景仁宫、慈仁宫、秀华宫。

每至一处，它便点燃那引线，然后狂奔。

它在地道里奔驰成一道银蓝色的线，身后传来轰然巨响，地道瞬间坍塌，那坍塌的一节节地面追着它风一般的身影，它身后如同天崩地裂……像一场末世的灾难。

三两二钱跑成了风，听着身后如同魔神紧跟着隆隆的巨声，得意地裂开嘴大笑。

女主人说了，这活计只有它能干！

别人跑不过那爆炸和坍塌的速度，只有它可以！

当它蹿出秀华宫出入口并撒腿奔出秀华宫，一转头就看见秀华宫也塌了。

而最大的仁泰殿塌了半边，景仁宫已成废墟。

文臻费了小半个月工夫重新开启地道，绝不会白费力气。

唐家入城成为新贵，总免不了用人。所以仅存的那些线人细作混不到唐羡之身边，混到这些人身边还是可以的。

虽然新进，发挥不了太大作用，但是关键时候挑唆提醒几句也是不难的。

当城头告急，情势急转直下，这些人选择为自己的利益考虑并不奇怪。

这些都是唐家的重要人物，是世家的支柱，只要他们还在，唐家就不算真正灭亡，最起码以后也会制造麻烦。

文臻不想给他们任何死灰复燃的机会。

皇城崩塌传到天京城头那一刻，唐羡之霍然回首。

燕绥一直紧盯着他，抓紧这一刻再次出箭。

他很少射箭，上上次杀了唐孝成，上次伤了唐羡之。

那箭并不悍厉，也不凶猛，如风掠上城头，掠过唐羡之的鼻尖。

唐羡之刚回头，看见金光一闪，下意识拂袖。

然后他便知道自己犯了一个不可饶恕的错误。

他手上还连着无数丝弦，这一抓便乱了节奏，更糟糕的是那箭如此柔软，是因为整个箭身以奇怪材质制成，软弹而有黏性，被唐羡之抓住的同时便粘上了他的那些丝弦。

然后箭便化了，流得丝弦上到处都是，将那无数根丝毫都不能乱的丝弦黏在了一起，一阵乱响，玉钩撞上小锤……曲声戛然而止。

唐羡之一道血箭喷得满地红！

箭并没有对他造成伤害，只是彻底打断了这惊世一曲，真正戕害他的是这重伤之后七日七夜的苦守。

喷到最后是鲜红的心血。

浪潮般的呼啸声传来。

有人扑上来扶住了他，是他身边留用时间最长的甲四。

唐羡之微微睁开双眼，却已看不清城头景象，那摇荡的镜花水月般的视野里，恍惚有无数黑压压的人影扑上城头。

燕军上城了。

唐羡之目光越过那厮杀的人群，看向更远的地方。

那些远走的人们现在应该已经快到了西川了吧。燕绥便要去追也追不上了。

易铭是个善于审时度势的人，她不会坚持和燕绥作对，以她骨子里的潇洒，一旦看事不可为，应该会带着唐家人和易家人一起远走。

他亦为此已经提前赠她唐家积攒多年的无数财富。

包括小楼剑手，可保她一世平安。

无数士兵和刀枪剑戟向他和身边仅剩的几位护卫刺来。

甲四想要背起他，却被人群挡住。

唐羡之忽然一伸手，他手上还缠着那些乱七八糟的丝弦却在此刻全部脱落，他两指一划，双手一展，指间明明无物，却忽起琴声！

无影之琴，音杀的真正无人抵达的最高境界！

“铮——”一声起，大批大批的士兵倒在城墙下。

以天地为琴，起风雷之音，上引九霄之云，下潜九幽之阴，湖海同振，苍松涛鸣。

最后再奏一曲《绊心》。

城下文臻抬首，便见那城头众生熙攘，血火交接，而那人遍身染血，神容如雪，十指虚空连弹间，依旧在不断咯血。

隔着烟火、黑云、剑光、和数载恩怨纠缠，流殷红鲜血，他于城上最后奏一曲，她于城下含泪侧耳听。

一曲记初遇倾心，一曲记恩仇难解，一曲记乌海茫茫涛，一曲记长川深深雪。

一曲记五峰溶溶月，一曲记留山蒙蒙眸，一曲记湖州博弈，一曲记天京长别。

“铮——”又一声，无弦却已弦断。

天地于这一霎静音。

云天之下，城头之上，唐羡之微睁着眼，向后倒去。

最后一霎，那高天和无数涌来的闪亮银甲淡去，雾霭深处，只有那少女如美人鱼一般游来，忽然抱住了他的腿。

这一刻水波不如当年清亮，朦胧摇曳，但依旧可见她弯起的含笑眼眸，满溢欣喜和甜蜜。

然后如星光一闪，黑暗永恒降临。

小臻。

若有来生，旧地再遇。

你再抱我一次，好吗？

太始元年二月初七，天京城破，燕氏重回皇城，唐氏朝廷成为这三个月东堂风云史中又一个短命皇朝。

当日城头上太始帝一人合奏一曲抗万军，几乎靠一己之力拦住了大军七日七夜。风采无限，曲成惊天下。

末了城破之时，太过纷乱，虽然人们都亲眼看见太始帝气绝，但事后清点时，并未找到太始帝的尸首。

只有数十件乐器大阵之中，那多到令人惊心的殷红血迹，告诉人们这段传奇存在过。

也许是因为太震撼，抑或是因为太传奇，那如仙如魅的人的最后结局在天京也流传了许多种版本。有人说他当日由死士拼死救下城，却也失去了全部武功，自此隐姓埋名，于乡间默默终老。

或许觉得这个结局并不配太始帝其人其行，又有人说曾在某无名山中见过很像他的人，于青崖之间濯足，身边七弦琴无人弹奏却自鸣，曲声美妙，引满山小鹿侧耳听。

后来很久以后，又有人说，曾有人在海外某国见到他和一个美丽女子在一起，一人拉着海外的古怪乐器，另一人翩然起舞，舞完了便携手而去，不知所终。

更多人是对这些传言嗤之以鼻——当日城头焉能留活口？

不过是对于美好却凄凉人物的不舍，使那些无知百姓编这些故事引人追索，将那叛国篡位的枭雄逆贼最后的结局毫无原则地美化罢了。

终究无人知晓。

文臻只知道，她再也没见过他。

那日她将他于城头用过的乐器都收集起来，连同那块唐家小楼里的巨大宝石在城外立了衣冠冢，算作对那一段邂逅传奇的最后纪念。

墓碑上没有名字，只有寥寥一行字。

“愿你来生，不必曲调完美，不必众音和谐，只需明朗、自在、快乐而欣喜。”

二月初八，燕绥进城。

天京百姓夹道欢迎，主动劳军。

二月初九，群臣请燕绥登基。

殿下曰：“滚。”

群臣哭求一日，殿下紧闭殿门，搂着老婆拥被高卧。

无奈之下，李相连同一众老臣连夜入宫，就问殿下，皇子只剩了殿下和十九皇子，您不做谁做？

九皇子燕绪已经在唐军入宫那日被杀，十九皇子当时不在宫中，逃得一命。

燕绥却道："太子不是还有儿子吗？"

他定了太子幼子，时年十岁的燕泓。

这个选择起初并不为群臣所理解。毕竟太子生前和燕绥是死敌，选择他的儿子，不怕将来那孩子报仇吗？

燕绥对此嗤之以鼻。

这世上有人能报得了和他的仇？

远在南齐的太史阑：很不幸，有。

选择燕泓，燕绥给出的理由是：这孩子嘴甜，最早喊文臻婶婶，可见是个机灵的。

其实燕绥这不过是玩笑话，主要是人选几乎没了，太子长子性情轻浮恶毒，十九皇子燕缙年纪小，且出身低微，又在慈仁宫养过，被慈仁宫的妖风养得性情阴郁，这两个都不合适。

燕绥便是不在乎这皇位，也不能不为这江山百姓考虑，相比之下，燕泓行事有度，且十分懂得审时度势。只要好好教导，不起邪心思，未必不能做一个好皇帝。

众臣无奈，只得应了，又请殿下为摄政王。这回燕绥没拒绝，燕泓年纪小，这担子他不想担也得担。

当初随便儿在殿上对永裕帝说的话，文臻和燕绥说过，燕绥却根本不理。

"他要真想当皇帝，便自己抢去。"

文臻内心也不希望随便儿做皇帝，瞧瞧东堂的皇帝一个个都什么样儿！

何况当皇帝得丧失多少平凡的幸福，她舍不得。

也许孩子当时只是想气气永裕帝，倒也不必太当真。

之后便是易铭上降书，西川愿归于朝廷麾下，军队全部解散，献上一半家财，易家族人全数离开东堂，只求免除她的谋逆罪责。

朝局动荡太狠，安定为上，燕绥应了，派易人离前去接收军队。

姚太尉也告老了，易人离封侯，燕绥打算等他再历练几年便接太尉之职。

易人离并没有见到易铭，这个女人倒也潇洒，投降后便换了女装，把刺史印信一挂，家产整理完毕，便带着浩浩荡荡的两家家人包了好几艘大船，出海去了。

后来听说她带着属下在海外打下了一个小岛，有滋有味做起了王女。虽然路途遥远，难以证实，但文臻觉得这回或许是真的。

她不知道易铭是否对唐羡之有情，只觉得或许便是唐羡之最后的放弃和托付，让她也终于下定了决心放弃；也或许唐羡之同样怜惜她，所以以这样的方式让她最终解脱。

他们做不成夫妻，也不是最牢靠的盟友，却因为同样一种被束缚和羁绊的苦难成为知己。

李相完成这大事后便告老，文臻接替了他的位置，成为东堂史上第一位女相。

女相上任的第一件事就是再次筹措粮草，送她那刚团聚没几日的夫君再次回青州。

西番作祟不休，林擎又接到了德妃的骨灰……燕绥相信林擎的战力，却也知道这个消息对林擎打击有多大。

就在他回来之前，林擎还满怀憧憬地和他说，打下天京把德妃接来，后来又说不要她长途跋涉，他自己赶回天京。

现在，接不去，也回不来了。

如同之前疾驰回天京一样，他一路疾驰向青州。

而此刻，在西番火云藩，二月初的边境一线依旧白雪皑皑，衬得漫山遍野旌旗便更鲜明。

林擎悍然闯入西番国土，剑指番旗，连挑三城，打得西番军闻风丧胆，百姓四处奔逃。

直到火云藩的藩主提前得到消息，联合临近的三足藩从侧翼包抄，要将孤军深入的边军留在火云藩的雪地中。

林擎大军被围困了三日，天寒地冻，军中无粮，人们渐渐露出了焦虑之色。西番的探子冒险潜近，远远听见营帐中牢骚之声不绝，都道明明西番也还没打青州，大帅何必如此好战，大家连战数月，都已疲惫不堪，如今深入敌军腹地，可莫要有去无回！

探子又听见主帐里屡屡有争吵之声，回报火云藩主和三足藩主，两人咧嘴大笑，下令加紧围困，同时着人暗中联络林擎大营中对他产生异议的将领。

三日后，天色将明之时，林擎大营忽然发生骚乱。

营中火起，人影晃动，有人大叫“大帅被刺”，又有一年轻将领满身浴血冲营而出，奔向敌营，手中提着血淋淋的人头，道：“青州第三营副统领邱和，携林擎首级求见藩主！”

藩主们闻报大喜，却又害怕有诈，要求该将领入营，邱和却道他也怕被西番暗害，不肯入营，最后双方约定在西番大营外三里外一处冰湖之上交割。

那一处冰湖离林擎大营更远，且周边一览无余，树都没一棵。

两位藩主这才放心带着亲兵队出营，两人都想抢先拿到林擎头颅头功，便双双出营，行至冰湖时，眼看冰湖透明，只有一截断木横于湖边，四面荒芜，十里之内的活物只有一头在饮水的野牛，而那将领孤身一人远远站在冰湖上，两人都大笑着策马迎上。

便在此时——

火云藩的藩主马蹄扬起，跨过断木。

断木之中忽然伸出一只手，手中长剑明光一闪，刺入马腹，再穿马腹而出，鲜血暴起半丈，落了满湖！

而同一时刻，那野牛腹下忽然亮起一片剑光，横腰扫向三足藩藩主！

三足藩藩主惨呼着滚落在冰湖上，断木之中从容跨出一个人来，一伸手，撒出一大把粉末，然后一手拎着三足藩藩主衣领，一手拎着火云藩藩主尸首，往冰湖中心拖，在厚厚的冰面上留下了两道鲜红的痕迹。

等他把一人一尸安顿好位置，再回头，就看见两人的亲兵队都已经倒下。

他咕哝一声："儿媳妇的药就是好用。"

野牛的皮被掀开，一个年轻将领从牛肚子里钻了出来，他面容英俊，姿态健朗。

林擎看着他，神情便温和了些。

这是邱同的独子邱和，原先驻扎在徽州边境的一个小镇。邱同受伤后，林擎命他转入大营，就近照顾父亲，林飞白死讯传来后，林擎又调他至自己身边，让他做了自己的亲兵队长。

大营的人都知道，大帅痛失爱子，这是要将老友之子当成接班人来培养了。

所以这次林擎剑指西番，邱和也跟了来，并配合林擎演了这出诱敌之计。拿着人头去西番大营诈降的是他的亲兵，他自己则和林擎两人，一人藏身于断木中，一人藏身于野牛腹内，完成了这场刺王之计。

林擎拍拍邱和肩膀，道："做得不错。"

为了不被人发现，昨夜两人便藏身于此，天寒地冻的潜伏，需要毅力和耐力，虽然待在野牛腹内温暖些，但林擎觉得，对于一个年轻人来说也很难能可贵了。

这么想的时候他心中一痛，想起当年林飞白待在自己身边时，他曾夸过一句邱和稳重英睿，耐力十足。结果飞白那个性子倔强的，居然就潜伏在雪地里三天三夜，刺杀了西番的一个将领。

三日三夜的雪地潜伏，也许飞白的伤寒之症就是那时候埋下的根。

林擎胸间漫起绵绵密密的疼痛，以至于喉间腥甜。对面，邱和腼腆地一笑，又垂下眼，愧疚不安地道："末将无能，未能杀了三足藩主。"

林擎已经没有心情安慰他，只道："无妨，不过早杀迟杀而已，还是早做布置吧。"

邱和便恭敬应了。

半个时辰后，发现主帅迟迟不归的西番军，终于奔驰往冰湖寻人。

然后就看见冰湖中心，两位藩主被五花大绑跪在冰面上，其中一个还在不断挣扎扭动。

西番军队急于相救主帅，一拥而上，然后冰湖崩塌。

初春的西番依旧滴水成冰，经过一冬封冻的湖水，冰层足有几尺，然而就这么裂了。

数千西番军落入冰湖，盔甲沉重，身体瞬间冻成冰，哪怕没有人继续动手，他们也爬不出来。便在此时边军出动，在雪原上开始了对西番军的剿杀。

用兵如神的神将林擎再一次给了西番军一个无比惨痛的教训。

而此时，一辆马车高举着令牌冲入了西番后方军营，马车帘幕深垂，马车里的人听着远处的动静，深深叹息。

“还是来迟了一步。”随即她又轻声一笑，“不过无妨，你终究还是要死的。”

追击还在继续，林擎和邱和绕过冰湖往回走，回到自己的阵营里。

邱和恭谨地落后林擎一步，微微侧着身子。

林擎道：“今日之战，当记你首功。”

邱和垂下头：“大帅言重，定计的乃是大帅，大帅更是不辞劳苦，亲身执行，斩杀火云藩主，末将有何功劳？”

林擎欣慰地道：“你能谦虚谨慎自然是好的，须知为将者当……”此时正有士兵拖着火云藩主的尸首经过，林擎无意中低头一看，正看见火云藩主脸上凝固的笑容。

他心中一动，忽然停住了脚步。

邱和立即也跟着停住，并没有撞上他：“大帅——”

林擎背对着他，他有一刻没说话，背影瞧来似乎分外孤寂。

好一会儿，他轻轻道：“你说，为什么火云藩主看见你的时候会笑得如此开心呢？”

邱和抬头，满眼迷茫：“大帅，我不明白您的意思。”

林擎缓缓转身，看着他的眼睛，“去见敌国将领却满面笑容，如见老友，你告诉我这合理吗？”

邱和退后一步：“大帅……”

“我一直没想明白一个问题，就是西番王女是怎么逃走的，你能告诉我答案吗？”

邱和猛地后退，然而林擎已经伸出手，邱和只觉得手腕如被铁钳钳住，他额头冷汗滚滚而下。

“这事怪我忽略了一点。当兵三年，母猪也是天仙。我营中儿郎素日这方面被我管得很紧，没人敢犯这种错误，唯有你从徽州小镇调来，往日在那里你也是大将之子，无人敢违拗你，来了我大营，众人也默认你是大帅预备役，更是地位尊贵……年轻气盛，春风得意，青春少艾，也没经过我大营铁律的鞭打，如何能扛得住那红粉骷髅，软玉温香？”

邱和颤声道：“大帅，我……我……”

他软着双腿，便要慢慢跪下，忽然一把抱住林擎双臂，狂吼：“上！”

一支冷箭自边军阵营里直射林擎背脊，疾电流光！

己方阵营背后箭！

林擎一生和战友以后背相托，那是他唯一不设防的方向！

林擎刹那间似有所觉，但双腕猛然一阵剧痛，邱和抱住他的五指弹出利爪，生生卡入他受过重伤的双腕！

利箭入肉不过轻微一声，林擎微微晃了晃，他抬头，转身，正看见邱和那个亲兵持弓落荒而逃。

此刻视线竟然无比清明，隔着大风和雪雾，他还隐隐看见对面阵营，不知何时站了一个红衣斗篷的女子冲他一笑——西番王女。

林擎慢慢地吸了一口气，猛然反手，带出十道细细血泉，邱和仓皇要逃，然而下一瞬林擎染血的手便扼住了他的咽喉。

邱和在他依旧强力的手腕下挣扎，却还怨恨地瞪着他，林擎稍稍松开了手，诧异地端着他的脖子，道：“怎么你还有脸了？这一脸苦大仇深的，我差点以为是我暗害了你！”

邱和喘息一声，道：“你少装蒜，你明明早已知道我放了西番王女，你就是在等机会弄死我！还要因此惩罚我爹！要不然我爹重伤你为什么不去救？要不然你为什么安排我和你一起行刺！你就是想我战死算了，我凭什么要束手待毙？我不过是为我和我爹的命努力一次！”

林擎盯着他，眼神一寸一寸渐渐凝了冰，半晌，他点点头，居然还吹了一声口哨：“我明白了。”

邱和疑惑地盯着他。

“我说你哪来这么大胆子对我下手，原来是有人恐吓你，你以为自己已经露馅，所以先下手为强……嗯，果然玩得一手好离间计。”他对着西番方向点点头，轻蔑地道，“蠢货，你也不想想，除了那个被你放了的人，谁还对你干的破事那么清楚？如果我真想处置你，我用得着那么费事！我还想着扶持你呢，你哪配，比我儿差出一个永裕帝！”

邱和渐渐瞪大双眼，他此刻终于明白自己犯了不可挽回的大错，喘息一声，正要说什么，林擎手一紧，再次扼紧了他的咽喉。

邱和在他掌下拼命扭动身体，嘶声道："大帅，你不能杀我，你不会杀我，我是我爹的独子……"

林擎慢慢道："是啊，独子。"

邱和眼底露出一丝欢喜之意，"你自己遭受了丧子之痛，你不会让你的多年老友也遭受……"

他还没说完，林擎手指一紧。

一声细响，邱和蓦然瞪大了眼睛，满眼的不可置信，他拼命张着嘴，可这回他再也发不出声音来了。

林擎一直漠然地用着力，血流满手，毫不迟疑，直到那头颅垂在他臂上。

邱和死了。

林擎松手。

尸体落地只有沉闷一声，至死眼眸大睁，似是不解，为什么自己全盘想错了。

林擎漠然看着他的尸首，轻声道："是，你是独子，是邱家独苗。但是如果老邱知道你干了什么，他一定会自尽以谢罪。老邱儿子的命和老邱的命比起来，我当然更爱老邱一些。"

邱和眼底最后一点光芒，慢慢散了。

士兵们此时才反应过来，惊呼奔上前。

林擎将邱和尸首踢到一边，轻声一笑。

"其实还该谢谢你帮我下了决心。"他咧咧嘴，"不然自己解决，总觉得有点怪没面子的……就是你下手的时间有点不大好。"

林擎缓缓抬头看向对面阵营，西番王女正举起一个瞭望筒，他可以想象到瞭望筒里那双眼睛正死死盯着他的每一个举动。

只要他露出一点衰弱之态，边军会大乱，王女会立即进攻，不仅这批带出来的儿郎再也回不了东堂，甚至青州也会不保，然后徽州的噩梦会重演。

林擎慢慢地吸口气，挺直了背脊，对赶上来的将领道："传令下去，邱副统领在和西番作战时英勇杀敌，不幸战死。"

他和邱和所站的位置相对较偏，大部分士兵此刻还在追击西番军，并没有注意到这一刻的变故。

那将领却迟疑地道："大帅，您背后……"

一根箭还明晃晃地扎在林擎背后，红羽耀眼。

“哦。”林擎阻止了将领喊军医的举动，伸手到背后轻松将箭拔了出来。

他将箭裹在掌心，对地下一掷，箭射入冻土，只剩一点红羽在外头。

随即他轻松地笑道：“没事，被甲片夹住了，没受伤。”

那将领这才放心，又要唤军医来给他处理手伤，林擎拦了，翻身上马，道：“穷寇莫追，这一次杀了两个藩主，西番边境一线必将有一番变乱，咱们可以回青州了。不过倒也不必急，先杀个痛快再回去。”

“是！”

西番王女疑惑地放下瞭望筒。

先前那一箭她看见了，明明射入了林擎的后心……不过他穿着轻甲……

她盯着那边的举动，却见林擎没有立即退兵，心中更加疑惑。

如果林擎真的重伤，那此刻就极其危险，他该立即整兵回东堂才是。

难道真的没有？

西番王女举棋难定，终究眼看这局势，当下下令先后退，边军军锋如火，不可轻撄其锋。

林擎军队追击了西番军一日，将西番军赶出百里外，解救了一大批之前被西番军掳来做苦奴的东堂百姓后才整兵回青州。

大军撤走之后，西番军松一口气，这才敢从躲藏的地方走出来，遥遥望着那些滚滚而去的雪浪和烟尘。

西番王女却下令全军做了一件事。

在两军交战的战场上寻找一枚钉入地面的红羽箭。

这事儿难比登天，毕竟战场上到处都是箭，西番士兵只能趴在冻土之上，扒开泥泞的血迹，一寸寸地寻找。

两天之后，一枚断箭放在托盘上呈给了西番王女。

西番王女盯着那只有箭杆箭尾却没有箭头的断箭，良久笑了笑。

太好了。

西番等了几十年的机会终于来了！

她会成为西番历史上最为强大，功勋彪炳的王女！

随即她霍然起身，将那染血的断箭一扔：“出兵！”

边军打入西番境内急若星火，奔驰回青州一样快如流星。

林擎端坐马上，马蹄下溅起的雪腾起乳白色的烟尘，他盔甲下的长发凝了一层霜色，远远望去便如一夜白头一般。

他身后，边军狂奔，依旧队列齐整，骑术高超，无人掉队。

所有人只要望见前面那个并不算特别雄壮的背影，便如见长城，心间温暖而充盈力量，不惧任何磨难和风霜。

林擎的披风高高扬起，双眼只望着青州的方向。

侧侧，等我回来。

他的马背上一直紧紧拴着一个方方的盒子，他在策马驱驰时，时不时会将手温柔地放上去，仿佛那样便可以汲取到力量一般。

风从耳侧过，他忽然想起当年，他第一次听见她哭还是在相王府。

她自幼被传命硬，在尼庵长大，性情又倔，没少吃苦头，自幼一个老尼姑待她好些，也不过是在她饿肚子时会给她留一个冷馒头，在她生病时会给她一杯热水。

但也就是这个老尼姑为了攀附相王，把她骗进了相王府。

小姑娘惊人的美貌令相王急不可耐，当晚便要洞房花烛，她假意屈从，却将一杯滚水倒在了相王的身上。

然后她夺门而逃，被相王亲兵抓住，大怒的相王要将她赏给亲兵们享用，她沉默抵抗，咬牙挣扎，别人撕扯她的衣裳，她就撕扯别人的皮肉，打折了一根手指，也要用断了的手指抠别人的眼睛。

那晚他从屋顶上跳下来，从那群亲兵手里抱走她就跑，怕她成为靶子，他将她抱在怀中狂奔，身后箭雨追击，然后也有一支箭那般射入他肋下。

他一声不吭，她也不说话，却忽然伸臂抱住了他的脖子。

当时他没有说话，只是将她抱得更紧了些。

其实那时候，他很想低下头去亲掉她的泪水。

林擎忽然俯下身去，将脸靠在冰冷的骨灰盒上轻轻亲了亲。

急行一日夜，经过西番和青州之间的西府郡。

那是侧侧的家乡，但是侧侧自从离开后便再也没回去过。他驻守青州多年，也没去过，那里是所有噩梦的起源，这故地不回也罢。

此刻为了抄近路，却不得不从此过了。

经过一道山坳，他远远地望了望黑黝黝的山中。

侧侧的父母就葬在这里。

那一对无情父母，世人传言是侧侧所杀，其实是他杀的。

只因为那一对得了怪病的父母竟然听信谣言，认为灾难是早已送出去的女儿带来，且只要吃了她的血做的馒头便可以痊愈，便想着要以思念女儿为名，把她带回家弄死。

她不知内情，还以为父母终于接纳她，欢天喜地收拾行李。

他知道消息，一路狂奔，在她踏进家门的前一刻拦下了她的马车，来不及解释，便将她那马上就要出手的父母杀死。

当那对父母的鲜血流在她脚下时，面对她骇然不敢置信的目光，他的心缓缓沉底。

侧侧毕竟还没遭到毒手，于她心里是终于等到了父母接她回家开始幸福的生活，可这样的美梦就被他不由分说地砸碎了。

她会怎样恨他……

而他连解释都不能……

那小姑娘凝视着他，眼底渐渐发红，他心中绝望，苦笑一声，转身便走，衣角却被拉住。

他回首，便见侧侧凝视着他，鬓边一朵黄绿色的花在风中轻颤。

她轻声问："他们想要害我是吗？你是来救我的是吗？"

他所有的言语顿时哽在喉头："为什么……你会这么信任我？"

"我为什么要信待我冷漠的家人，而怀疑待我好的外人？"她道，"有些情感不是以血缘论的。"

那一刻他想紧紧抱住他的小姑娘。

但当时他没敢，他怕泪水落在她肩头，丢了面子。

侧侧啊。

我一生的所有颜面都不过是你绣履下的微尘。

可惜，无论是美梦还是噩梦，我们都再也回不去了。

马蹄踏过山路，这二月天气，路边竟开出几朵那种鸭屎绿的花。

那本就是极其耐寒的植物，在侧侧家乡遍地都是。

他于疾驰中俯身采了两朵花，一朵插在骨灰盒上，一朵插在自己鬓边。

他端详着骨灰盒，咧嘴一笑："真好看。"

侧侧啊，很多年之后我才知道这种颜色难看的花其实有个非常好听的名字，叫"永春"。

遇见你的那一刻，你鬓边戴一朵永春花。

从此之后，此花是你，彼花也是你，世间万紫千红都失了颜色，唯有情深永驻，繁花永春。

再往前，马蹄卷过一片茫茫的荒地。

这里是多年前的战场，相王起兵并被朝廷镇压之地。

他当时也在这附近被大军捆了当壮丁，为了挣命也为了能回去看恻恻，拼了命地战斗，杀了一个又一个的人，终于被相王发现了他的才能，却没想着好好用他，拿恻恻做要挟，逼他换上了王袍去迎战。

那场兵力悬殊的战斗，最后是他一剑杀了主将，本来能反败为胜，结果对方阵前推出了五花大绑的恻恻。

他立即抛下了武器，他怕慢上一刻，恻恻就会自尽。

他被绑上刑场，大刀之下他不肯跪着，想要站高一点，仿佛那样就可以看见他的小姑娘。

然后他也真的看见他的小姑娘了。

他挣扎着，用肩头把她向刑台下撞，她却忽然松手，将他一抱，颤声说："哥，一起死吧！"

他忽然笑起来，在刑台上，偏头含笑吻了吻她的发。

忽然听见有人道："住手！"

当时以为是命中的救赎，多年后才知道是噩梦的开端。

林擎再次微微笑起来，偏头将脸贴了贴那骨灰盒。

"恻恻，那话我没机会回答。现在我可以说了，那就一起吧。"

晨曦再起的时候，前方青州城外灰黑色的山脉仿佛要和天相接，山阴关关隘的大门次第打开。

身后士兵们爆发出一阵欢呼。

回到东堂了！

无论在异国多么痛快飒爽，终究只有踏在自己的土地上才是最安心的。

林擎端坐马上，脊背挺直，遥望着地平线上渐渐升起的朝阳，那一轮巨大的半圆浑然如火，映照着雪色大地辉光千万里。

辉光之下，便是他几乎守了一生的青州城。

林擎抱起骨灰盒。

恻恻，我终于回到了这里。

巨大的城门缓缓开启，一线日光延展于茫茫雪地，关隘如一条巨龙蜿蜒不知尽头，高天之下，一骑长驱直入，钢铁洪流随后滚滚而入。

青州百姓于城下欢呼迎接英雄凯旋，以最热烈的目光膜拜着他们不败的统帅。

无人知道就在这过去的数日夜，他曾在生死关头走一遭。

轰然一声，城门随即关闭，城头弩机连响，无数士兵持枪上城。

前方雪野尽头，影影绰绰，出现无数黑压压的人头。

守城的士兵瞠目结舌，实在不明白，西番军是牛皮糖吗？皇帝都死了，连败无数场，国内乱成一锅粥，刚还被青州军扫荡过一遭，怎么还敢来！

身后脚步声响，士兵回头，都恭敬俯首。

林擎抱着一个盒子，步伐轻轻地上了城头。

他抱着那盒子走来时的姿态，不似迎战，更似归来。

晨曦映亮他眉梢，反射一片透骨的白。

他站在城头上，遥遥看着底下梭巡不敢进却又不舍离去的西番军，轻蔑一笑。

亲兵捧着他的武器过来，他接了长枪，随手搁在城墙上，却没接那巨弓。

他笑道：“孩儿们，看爹爹给你们变个戏法。”

他长枪微微一抬，指着城下满坑满谷的西番军。

“你们该怎么守城就怎么守城，该干活就干活，该吃饭就吃饭，看爹爹站在这里，只要站着，西番军就绝对不敢前进一步。”

对上众人诧异的目光，他喝道：“信不信！”

众人仰头，看城头上大帅衣袂与长发飞扬，忽然心间便豪情激涌，热血如沸。

是啊，何须大军，不必畏惧。

大帅站在城头，便是这青州，乃至整个东堂的定海神针！

“信！”

喝声如潮，远远传至雪野之外，远处的西番军似有骚动。

西番王女站在车辕上，缓缓放下瞭望筒，皱起眉头。

难道……她弄错了？

银光连绵驱驰而过，越山野，过河流，不顾道路崎岖，只为尽早赶赴青州。

燕绥的衣角渐凝霜色，他抬头辨别着从山阴关外吹来的微带冷意的风。

青州，不远了。

林擎立在城头。

红色披风招展而起，似一面大旗猎猎。

他身后是巍巍关城，高高城墙，万千百姓，偌大东堂。

他面对西番方向，立如标枪。

士兵们安心地在他身后忙碌，如常执行一切按部就班的任务，并因为大帅之前的嘱咐，在他主动转身之前无人前去打扰，便是送饭也只是轻轻搁在大帅脚边，但大帅一直也没有吃。

大帅多年征战，看似潇洒悠游，其实讲究苦修，时时锤炼筋骨，作战训练几日不食也是有的，而他练兵严格，一旦下了命令，无人敢于触犯。

一日过去了。

西番军没有前进一步。

两日过去了。

西番军中似乎发生了争执。依旧没有前进一步。

第二日的下午，林擎的亲兵终究有些不安，端了食物，又拿了大氅要给林擎披上。

他走到大帅身边时，看大帅一动不动，心中刚刚一跳，却见大帅微微转头，对他道："你看，这江山多美。"

亲兵转头看夕阳之下山河壮丽，赞同地点点头。

又听大帅轻声道："知道我为什么现在还站在这里吗？"

这也是亲兵心中一直有的疑惑，他随即答道："是因为忠义，是因为您是东堂的保护神。"

林擎轻轻笑起来："不，并不仅仅是这样……一切的礼教都是枷锁，一切的头衔和责任都抵不过我这近三十年的苦与恨。我，其实并不是个迂腐的君子啊。"

亲兵疑惑地看着他。

"大司空曾经问姚太尉忠义是什么。文臻曾在救我出天牢的时候让我看见无数为我阻拦大军，为我搬走路障，为我高呼不平的百姓。大司空说，他永远忠于朝廷，忠于百姓，忠于这东堂江山，忠于自幼浸淫忠孝节义的内心。文臻说，她不仅要救我的命，还要救我的心，要我看见那繁华美丽的东堂，千千万万的百姓从婴儿的第一声啼哭，到老去的最后一声叹息，都沐浴在我长枪红缨的照拂之下，因我而一生安定，得享天年。"

亲兵发出一声感叹，由衷地道："感谢文大人。"

林擎眼神温软，遥望着山海之外。

他说："所以现在轮到我为他们最后阻拦这一次了。"

他声音很低，亲兵没听清，刚想询问，就见大帅抬了抬手，道："去吧，不要再扰我。"

亲兵领命离开，转身的那一刹，似乎听见大帅说了句："以后，多听听宜王殿下的话。"

入夜的时候，越发风紧，碎雪纷纷扬扬自天幕抛洒。

苦候近三日，始终等不到林擎倒下的西番军中再次爆发了一场争执。

主张夜袭的王女遭到了早已成惊弓之鸟的将领们的集体反对，气得砸坏了皇帐里的所有器物。

城头渐渐一片银白。

林擎铁甲覆雪，依旧站得笔直，他一直双手抱着那盒子，然后平放在城墙上，盒子紧紧贴在心口。

城头上大旗随风而响，雪花在鼻尖停留，周身的疼痛渐渐淡去，他能清晰地感觉到和这个世界的联系也在慢慢模糊，苍黑的天幕被碎雪染得斑驳，前方却忽然亮起微光。

微光里，有女子衣衫如雪，自天幕深处走来，一笑唇边酒窝潋滟，而眼眸里盛着二十七载虚度的华年。她缓缓向他伸出手，指尖上是一枚黄铜指环，那是当年他离开她前去边关时，给她套在手上的礼物。

后来他成了大帅，成了神将，每年她寿辰，他送过无数奇珍异宝。

然而她最终留下的只是这一颗。

女子闪耀微光的指尖轻轻搁在他的掌心。

他笑，解脱而又期待地道："恻恻。"

一夜大雪。

天快亮的时候，西番军绝望地发现林擎依旧标枪一般站在城头。

而让他们更绝望的是，雪白的地平线尽头忽然出现了硕大的旗帜飘展，随即枪尖、矛尖、刀尖挑破那一片白，光辉刺眼，然后便是银甲闪烁的骑兵、黑压压的步兵……

有人在大喊，有人慌忙收束军队。

"燕军来援了！"

雪地上，一骑如泼风，踏碎积冰碎雪，在皑皑雪原上留下一行鲜明的印迹。

马上骑士抬头看着城门上的人微微舒一口气。

城门开启，燕绥快步上城，看见那挺立的背影，放慢了脚步，笑道："听说你站了三天，累不累……"

他忽然停住语声，上前一步。

林擎脊背笔直，侧脸平静，唇角甚至微带笑意，然而他脸色如霜。

燕绥紧紧盯着他，像是忽然不再识得他，又像是忽然失去了所有语言。

良久之后，他目光慢慢下移，看见林擎背后已经冻裂的，隐隐露出乌黑箭头的伤口，看见他手中紧紧抱着的骨灰盒。

他低头看向林擎面前的城墙，那上面有几行字："便宜儿子，把我和你娘以及飞白就合葬在这里吧。"

就在这里，我和飞白留在永远守护的山河之上，我心爱的女人也从此永远远离那污浊的都城。

“对不住，这次还是没带着你，来生再会。”

燕绥缓缓地转头。

这是又一个晴天，大雪落了一夜却在这一刻停歇，日光越过城头，骨灰盒上的永春花被映成了一片灿烂的金色。

林擎的花则别在了披风领口，交相辉映，他的手指温柔地扶着那朵在寒风中瑟瑟的花。

燕绥抱住了他冰冷的肩，肩甲和他的肌肤一般彻骨地寒。

天地在沉默中微颤，连日光都不敢灼热。

当他再次松开林擎时，双手血肉和铁甲粘在一起再撕开，发出细微的撕裂声，有殷红的血滴下。

他没有表情，脱下大氅，将林擎放倒。

他半跪着，垂头轻轻抱了一会儿骨灰盒，然后将骨灰盒放在林擎怀中。

小心地不去碰坏那花。

累了就歇歇吧，来生再见。

无数的士兵涌上前来，骇然不敢相信眼前一幕，片刻后，悲声大作。

铁甲如黑色的波浪，从城头到城内，呜咽之声似最悲凉的羌笛，吹彻山关。

燕绥起身，拿起林擎插在城头的红缨长枪缓缓指向城下正在仓皇后撤的西番军。

他道：“杀。”

是年二月二十二，神将林擎在西番境内火云灞遭己方背后暗算，中箭后不倒，率军驱驰回国，并在西番追随而来之后，立雪城头三日夜，使西番全军梭巡不敢进一步，错失良机，也终保得青州和边军无恙。

消息传来，举国同悲。

虽然林擎苦心想要封锁消息，但纸包不住火，徽州统领邱同随即自尽。

老战友终究相随于地下。

摄政王燕绥千里来援，终究晚了一步。摄政王当日于城头收殓神将，枪指西番，合军五十万齐声同誓，不灭西番誓不还！

西番于青州城下大败，西番王女仓皇逃回国内，燕绥直接追了过去，终在三足灞斩杀王女，是年七月，西番灭国。

也是在这一年的二月，即将被收回爵位的安王拼死一搏，偷袭南齐静海海域外诸岛，想要学易铭为自己博一块海外称王地，却被南齐女帅太史阑抬手就揍了回去，当年六月，安王不得不再次灰溜溜回到东堂。

等燕绥班师回朝已是初秋，小皇帝已经登基，年号承恩。

燕绥回京时，带回了林帅的甲胄和长枪。当载着林帅遗物的马车缓缓驶过长街时，全天京百姓都着素衣，斟素酒，等候在长街两侧。马车经过一地，便有百姓缓缓将酒酹于大地。

是日，天京酒香满城，全民缟素，山河同悲。

摄政王为林擎请封，帝赐以王爵，谥号“忠武”。

原大司空单一令归葬于乡，谥号“文正”。

皆为文臣武将最高美谥。

然于民间都觉得便是赐千百字美谥，也不能及那两人功德之万一。

在此之前，文臻挺着大肚子亲赴湖州，将君莫晓迁葬于天京，并没有入皇家陵园，也没有入皇族玉牒。只在京郊选一处风景秀丽的高地，圈出小小的园林，让喜欢畅朗风物的莫晓可以睡得更舒服些。

中文在那山下买了一处别业，经常上山拔拔草，坐在坟前和莫晓说说话。

半个月之后，文臻再生一子。

燕绥大失所望。不过失望归失望，他倒是准备履行诺言亲自给王妃伺候月子来着，毕竟当初答应的怀孕一定要守在她身边的承诺又没有做到。

然而安王和季家总归都是毒瘤，不趁着他们此次大败出手，日后难免还得麻烦，其时朝中诸将青黄不接，燕绥只得再次出征。

安王裹挟了季怀远，合兵四十万，号称拥兵百万，和燕绥对阵。

承恩二年五月，燕绥于留山大败安王，季怀远战死，季家满门男丁被流放，安王被革除爵位永禁于中州，苍南滇州终回东堂版图。

至此，门阀一词终于正式湮灭于东堂历史，皇权实现了真正的大一统。

这几年间，随便儿一直表示男儿重诺，说要做皇帝就必须做。燕绥被他缠得没办法，道：“你也看见东堂皇室是怎样乱的，皇帝又是怎样一个可怕的活计，你要做可以，我却不想你和那几位走马灯皇帝一样，分分钟就落马丢我脸。我给你的功课什么时候能完成，锻炼得刀枪不入，你什么时候考虑这事。”

承恩三年，时年满六岁的随便儿在提前三年完成燕绥布置的功课之后，跑去重建的仁泰殿找燕泓，开门见山：“咱们东堂有皇帝轮流做的传统，今年我掐指一算，也该轮到我了。”又道，“你放心，我绝不兔死狗烹，天知道我最讨厌这几个字。”

燕泓也非常光棍：“成！”

他一点都不想当这个皇帝，摄政王太可怕了！随便儿也可怕，他说声不肯，还能看到明天的太阳吗？还是小命比较重要。

几年相处，他也算了解随便儿的性子，他主动禅位，随便儿一定不会亏待他，他要是不识好歹，随便儿能叫他后悔一辈子。

承恩三年，东堂又换了皇帝，随便儿轻松登基。他是皇朝嫡系，是燕绥嫡长子，皇位本就该是他的，他继位，群臣毫无异议，乐见其成。

关于为新帝举办登基大典的节略奏章呈上摄政王案头，摄政王看了半晌，最终取出一个小小的印章盖上了。

这是他摄政之后专用的唯一的章，田黄石质料，镂刻篆字：长宁。

随即，随便儿定年号：勤德。

这年号有点奇怪，但是随便儿向来是个不好惹的，群臣抗议无效，也就只好认了。

小皇帝登基上任连做了三件事，一件比一件惊悚。

第一件是在宫门广场前造林擎、德妃、林飞白雕像。林擎双手拄枪，双目前望，德妃懒洋洋靠在他身旁嗑瓜子，林飞白坐在一边，一膝支起，一手搭在膝上，神情却不似他生前冷峻，唇角带着一抹微笑。

很少有人知道，林氏父子的姿态便是他们留给这世间最后的身影。

群臣对于林氏父子塑像并无异议，但对于德妃和林擎如此姿态相伴很有异议。德妃无论如何都是永裕帝的妃子，是皇帝的祖母，这般伴于外姓男身边供世人永久膜拜，皇家脸面何在？

但这声抗议还没来得及出口，随便儿就给他们投下了第二颗炸弹。

他宣布改姓林，自此皇族一脉都姓林，林为皇姓，给林擎上皇帝尊号，建造皇陵，并封林飞白遗腹子为端王，封地湖州。

群臣哭泣哀号，磕头跪谏，皇帝不为所动，群臣又四处寻找陪妻带娃的摄政王——殿下，您儿子帮您改姓了您也不管？

殿下不管。

殿下道：“这个姓我瞧着也不大顺眼，只是懒得去改。如今他要改了也挺好。”

群臣再次哭号翻滚，求摄政王一定劝陛下收回成命。

燕绥道：“好啊，小混账委实倒行逆施，正好我也不想他做这个皇帝，要么干脆我们父子一起辞职算了，你们看谁合适就谁上吧。”

群臣爬起来告辞，还能怎样？

东堂现在已经没有能继位的人了，和一家一姓比起来，当然是天下更重要。

而这天下能安然至今，说到底也和林氏父子拼死守土有关。父子皆战死，若非周家的小姐给承续了一丝血脉，林家便断香火了。

燕家仅剩的几个人自己都不待见这个姓氏，不想传姓氏万年，别人还能说啥。

随便儿第三个炸弹是封妃。

对，六岁的皇帝封妃了。就封了一个，是贵妃，并没有经过采选，也没有别的女人，只有这位李贵妃是随便儿成年之前，宫中唯一一位有名号却从无人见过的贵妃。

这位贵妃成为东堂历史上的一个无解的谜。

有人说她是个小姑娘，是皇帝幼年的初恋，后来早夭；有人说她是皇帝幼年时见过的美人，念念不忘，却无从寻找，因此以贵妃之封相赠，以作纪念；还有人说，她是皇帝幼时的保姆……

这些衣紫腰金的重臣们向来目无下尘，自然不会知道昔年德妃娘娘身边的大宫女菊牙的娘家姓李。

他们也不会明白，年幼的皇帝只是用这样的方式纪念并诉说。

便如林擎，便如林飞白，便如德妃、菊牙，便如那些在岁月洪流中远去的人们。

你虽默默死去，而我永远记得。

随便儿登基了，朝政稳定了，性子磨人的次子又渐渐长大后，忙碌了近十年的文臻终于觉得有些事可以提上日程了。

“燕绥，我们去南齐、大荒、尧国转一圈，看看我的好朋友们好不好？”

“蛋糕儿，我觉得我们的当务之急是赶紧努力生出一个女儿来。”

“努力啥？这几年我除了干活就是怀孕、生产、养儿子，好不容易抽出空，随心儿这个磨人的家伙刚刚能睡整觉，你就要我再生？我是你燕绥的生育机器吗！”

“不是，夫人，王妃，皇帝他娘，我是觉得此事大可不必着急……”

“你也许嫌路远？那没关系啊，我叫她们来便好啦，大家现在都挺有空的，叫她们带老公孩子来，正好聚两桌打麻将。孩子们叫随便儿带着去儿童乐园玩。”

“那我帮你去信可好？”

“既然你如此殷勤，我也不能拂了你美意不是？其实我早在一个月前就已经去信南齐、大荒、尧国了，算算时间，他们也该都到了……”

“夫人我发现我还有许多公务未处理，另外你既然有远客要来这府中也该早日准备迎接了，我且帮你去安排一下……”

“你别走这么快啊……站住！”

门帘忽然一掀，有人堵在了门口。

一个气质清冷的女子平静地道：“不必费心，无须客气。有笔旧账，咱们先算。”

番外

喜福会

南齐和东堂南部交界有一处绵延数百里的沼泽。因为这沼泽连接大陆上最为神秘的国度大荒，又曾在几年前有怪兽越沼泽而来，杀伤多人，所以自从苍南归于朝廷管辖之后，朝廷便拨了军队在沼泽沿线布防，以防怪兽再次渡泽伤人。

沼泽上方常年有雾，乳白色的雾气笼罩着深黑色的沼泽，使这一片成为无人接近的禁地。

这一日，晨雾尚未散去，轮班的守卫抬起困倦的眼皮，忽然便看见了雾气里影影绰绰出现几道影子。

守卫一激灵，正要吹哨示警，忽觉那影子纤长，不似那怪兽形状。

这稍稍一停，人影已经穿破雾气，守卫慢慢瞪大了眼睛。

眼前居然是一艘轻舟。

守卫仰着头，喃喃道："仙人……"

轻舟之上，只有寥寥三人。

一男子雪衣银发，一女子却宛然红尘里最艳、最华美的那朵牡丹。

还有一个六七岁的小姑娘，一看便知是两人的孩子，眼尾微微翘起，是正经少见的凤眸。

沼泽之上，迷离雾气之中，这舟这人，直叫人恍若身入梦境。得见仙人，以至于那些守卫都瞪眼张嘴，忘记示警，直到那舟利箭般穿来，眼瞧着便到了东堂这边阻拦野兽的铁篱笆之前，那铁制的篱笆十分结实，上头还有无数铁刺匕首，众人急忙赶过去，想叫这一家子不要撞上去，结果黑色的篱笆墙忽然变白，起霜，然后冻裂，断开，无声无息沉入沼泽之中，而那轻舟眨眼便过了那个大洞。

众人大急，眼瞧着神仙三人组衣袂飘飘已经绕过了岸边的军队，向着远方岸边驶去，众人大声叫停，却听那舟上女子遥遥笑道："别吵，去告诉文臻，老相好来揍她老公了。"

轻舟速度快，她的语声断续飘来，众人只听了个大概，待要去追，却早已不见踪影。

守军急忙上报，层层报到苍南太守处。东堂现今已经没有刺史。各州主官改称太守，苍南新任太守是当年湖州士子沈全期，文臻为相后便以察举制将其调入天京，先在各部历练，后又入门下省，后又出仕苍南，因才能出众而于今年升为太守。妙银也已经回了苍南，成了朝廷和留山土著之间沟通的桥梁，统管留山事务。沈全期接到消息的时候，妙银正在太守府里和太守商量留山一地的税收事务，听见传报，一拍脑门道："哎呀，莫不是文相的失散好友！"

沈全期急问究竟，妙银一脸惊恐："沼泽方向，男子气质清冷，女子容貌华艳，莫非是大荒女王及王夫亲临？"

她和文臻多年相交，知道一些她的事情，沈全期听着，吓了一跳："女王亲临？还说要揍摄政王殿下？莫非大荒要进攻我东堂？"

妙银却不知道燕绥当年和景横波那些不能不说的事，好端端的邻国女王忽然入境，扬言要来揍摄政王，这明摆着是入侵，但是东堂这几年和周边诸国都交好，时有国书往来，大荒女王这又是要做甚？既要入侵，怎么又没带兵马，孤身入敌国？

两人绞尽脑汁都想不通，却也知道这是大事，不敢怠慢，急报天京。

而在此时，斜月海峡上方，驻扎的海军无意中一仰头，忽然大叫。

前方天际，一片薄云之中忽然飞出了一只巨鸟！

那鸟比传说中最大的巨鹰还要大上许多，双翼展开足有三丈，东堂人从未见过这般大鸟，乍一看简直以为神鸟降世，随即便看见鸟背上影影绰绰还有人，最前面似乎是个女子，稳稳坐着，把一杆制作精良的长枪往肩上一架，偏头闭眼，对着底下东堂海军的海船打出三发。

第一枪打断了船上的桅杆，第二枪撕裂了上头的燕字旗，第三枪把还在空中飘荡的燕字旗穿了个洞。

远远看去，那人不算太高，却因为身姿颀长，笔挺如竹如剑，逆光中便显得顶天立地，看得对面大船上东堂海军目眩神摇。

那人身侧有人宽袍大袖，倚着鸟翅膀，剥着葡萄，垂落的衣袖被海风吹起，露一截皓腕精致如玉。时不时指尖轻弹，剥好的葡萄飞起，持枪人微微偏头，一张嘴，葡萄落入口中。

两人身边还有几个童男童女，一个危险地夹着鸟头，迎风展臂，旁边有个十二三岁小少年闭眼皱眉紧紧抓着她的衣襟，显然有些恐高。另一个站在持枪人身后，虽然小小年纪，不知怎的便站出睥睨的气势来。东堂海军总觉得，虽然看不清脸，自己等人的军姿军容，一定是被那小小身影皱眉审视并且十分不屑着的。

几人身边还有一只猛兽，毛色银白。

鸟身上有一层网状皮甲，因此可以让人站稳。

这奇异组合引起了所有人的警惕，更不要说东堂海军这边战旗被斩，这是挑战，当即鸣号示警备战。那宽袍人却忽然手一抬，一封书简闪电般飞来，水军将领伸手去接，被那薄薄书信上附着的大力推得连退了三步才站稳，一低头却看见那书简明黄封面，赫然是国书专用纸笺，再打开看内容时，却是女相亲笔加盖皇帝私章的邀请书信。

水军将领急忙合上书信，让开道路，又恭恭敬敬派船去接，对方来势汹汹，之后却好说话，当真令那鸟收翅落下。

上了船众人才发现，持枪的竟然是女子，她一路从容而来，四周众人却都悄悄散开了些，没来由地不敢靠近其周围三尺之地，吃葡萄的美人却是男美人，堪称绝色，笑容常有，众人却也不敢多看。那几个童男童女中的女孩子一边走一边散着零食，招呼大家："来来，东堂老乡，尝尝我们南齐的零食。"众人看她高雅清丽，笑容可喜，都十分欢喜地正要去接，一转眼看见一个男孩走了过来，乌黑细长的眼眸一转，所有人的手都下意识缩了回去。

那猛兽走过之地，临近的岸上的马匹都在后退，而巨鸟近看更是令人心荡神摇，人人仰视。

水军将领挤过人群，亲自接待，将人请入上层船舱，众士兵将领都好奇，找借口不断梭巡，却也再没见那一家子出来。不多时战船进港，那一家从容而出，将领们却没送出来，士兵们不敢靠近，眼巴巴看那一家子带着那猛兽再次骑上那只怪鸟飞远，再一窝蜂凑上去询问那几人是谁，如何气度那般不凡，那纸笺上又说了什么。

那几个水军将领闻言，一脸懵然。

那两对夫妻都选择了倏忽而来，悄然登岸。

说来就来，是因为相聚刻不容缓。

悄然登岸，是因为不想给某人准备时间。

数日后。

一家子逛完了集市，身形高挑的女子直奔摄政王府，一枚令牌藏在掌心，看见令牌的人们都无声退下。

一路长驱直入，直到内院深处，听见屋内两人对话，高挑女子接话：“不必费心，无须客气。有笔旧账，咱们先算。”

听见这个清冷而独特的嗓音，文臻扬了扬眉，眯了眯眼，笑了。

正走向门口的燕绥十分流畅地转了个身，好像没听见一般，随意地搭在腰带上，走向碧纱橱后。

王妃殿下张开双臂迎上来，燕绥下意识也张开双臂，无论何时，夫人的拥抱都不可错过。

然而一阵香风越过他耳畔，下一秒文臻投入了门槛上女子的怀中：“男人婆，来抱抱！”

太史阑眉目不动，早有预见，伸长手臂抵在文臻胸前，触及柔软，她挑眉，啧了一声。

近十年不见，“太平王女”也成了“杨贵妃”。

文臻热泪盈眶——阔别十年，太史阑还是这德行！

燕绥背对两人，微微冷着脸，收回落空的双臂，继续往碧纱橱里走。

他去睡觉，某人总不能跟着。

然而转过碧纱橱，那个平常随心儿睡午觉的地方，现在正坐着一个月白长衣的男子，闲闲靠着引枕，一手随意地搁在榻边，手中一卷书，刚翻过一页，看见他过来，微微抬眼，一笑若春水流波，明珠生辉。

“来了啊？”

燕绥吸一口气，前有狼，后有虎，最要命的是，中间还有个胳膊肘向外拐的老婆。

太史阑夫妻入境，他不应该毫无消息，很明显，文臻封口了。

这是要“交夫不杀”。

对面，容楚放下书，冲他笑得温和：“殿下，闻名久矣，今日一会，果然见面更胜闻名。”

他神情颇为正经，语气却轻飘飘的，说着最普通的客气话，每个字却都像藏着迫不及待要出鞘的飞刀。

身后，文臻笑着对太史阑道：“夫妻混合双打喜闻乐见，不过记得不要打脸，免得吓着我儿，毕竟我儿无辜嘛。”

言下之意，燕绥很有辜。

太史阑语气淡淡：“我不参与。”

文臻："大气！"

"彼此敌对，各有立场，他便是当时杀了我也是天经地义。"太史阑八风不动地道，"他给了我一炷香逃逸之机，最后遵守承诺没有放箭，已经算光明磊落。我若为此报复倒显得小气。"

燕绥不易察觉地舒了口气。

倒不是怕被打，而是这关系轻不得重不得，自己被打固然不情愿，打伤了客人，老婆要发飙，左右都不是人。

文臻倒似乎还在不满："话是这么说，但是你那时刚刚生产，他怎可如此对待产妇？"

"产妇又怎么了？产妇不是人吗？两国交战，还管你产妇孕妇？"

标准太史阑式回答。

文臻的谄媚笑容越发发自内心了："我阑威武！"

容楚瞟一眼文臻。

太史说小蛋糕儿最奸诈，果不其然。

口口声声不护短，要帮他们夫妻出气，实际却在暗促促套话讨护身符。

他家太史何尝看不出来，只是她心性如此，若是非要找燕绥报复，她会觉得是对她自己的侮辱。

但他容楚不觉得啊！

容楚懒洋洋抬抬手，书卷一指燕绥："我家大王言之有理。于她不过是两国交战，各逞手段而已。但是她可以不追究，我却是不成的。于我，这是我夫人产后被人追杀，险失性命。身为人夫，此仇焉可不报？"

燕绥倒也不走了，坐下来，伸手一引。

想报就报，不服来战。

容楚满口说着要报仇，行动上却毫不急迫，一边点点头，一边顺手翻过一页，道："这本书怪好看的，待我先看完这书生打钟馗有没有成功。"

燕绥："……"

屋内四人相对，院内两犬相会。

三两二钱虎视眈眈盯着面前的那只不速之犬。

它竟不知道东堂还有第三只像它这样的獒犬？

对面那只身形比它还高大一些，毛色雪白，一双眸子色迷迷眯的，扭腰摆臀走来走去，要做甚？

三两二钱警惕地低头看了看自己面前的香烤牛腿。

一定是垂涎王妃亲手给自己做的营养餐！

幺鸡慢慢地踱来踱去，上上下下瞄着三两二钱。

不错，不错。

没想到东堂居然有像自己这样的獒犬！还是个母的！

毛色不错！腰不错！屁股也不错！看出来，好生养！

大王的皇位眼看就要有人继承了！

面前那盘香烤牛腿也不错，比尧国皇宫御厨和南齐郡王府小厨房里的牛肉都做得好！

这是缘分！

决定了！

美犬美食，它都要！

以后带它去尧国，给它看朕给它打下的江山！

幺鸡大王正在思量到底是以霸道总裁方式还是翩翩公子方式表白，忽见转角处缓缓又踱出一只獒犬来，一样的高大身形，银白毛色，狮鼻阔口……

幺鸡浑身长毛奓起，眯眼瞪成铜铃，警铃大作！

这里居然还有一只情敌！

摄政王府占地广阔，大门却只有一个。

反正大门开多了也没用，没人敢上摄政王的门，这是个连巴结谄媚都无门的地方，谁还敢巴结皇帝的老子？

更何况这天下大小事人人有共识：遇事求皇帝，可能还比求摄政王好办一些。

毕竟这位是斗死四大刺史加一巴掌皇帝的狠人。

所以摄政王向来门庭冷落，门政天天闲得抠脚。

摄政王府也没有正式的门子，四大护卫头领亲自轮班当门政——门口有一个机关总枢纽，他们比较熟悉操作。

今天轮到日语抠脚，正昏昏欲睡，忽然觉得冷，一睁眼就看见一根冰棱越过了鼻尖。

再一抬头，那根冰棱已经闪电般穿过了机关总枢纽，将精巧的机关冻裂，一道白影闪过，日语反应不及，眼睁睁看着王府的门开了。

几道人影不急不慢地过来，身后还跟着急促的马蹄声，负责天京戍守方位的旗手卫统领在后头大喊："来者何人！速速停步！不可擅闯摄政王府——"

日语伸手就要按响手边警铃，却发现浑身都被冻僵了！

他瞪着眼，看着三人从他身边过，一个白色的颀长背影气场冰冷而强大，一个宫装艳丽女子回眸对他一笑，却见那女子数落身边一个女孩：“阿回你能不能不要淘气了，拿令牌骗了江湖捞的股份也罢了，为何戏耍城门统领呢……”

那女孩声音软软：“他想摸我呢。”

“他只是想摸你，想而已。”

“那如果是真摸呢？”

“那就把城门轰炸了呗。”

日语：“……”

一队士兵冲了进来，为首的正是旗手卫首领，看见王府大头领日语动弹不得，而机关门户已经打开，大惊失色。

日语：“调军，对方是谁！”

旗手卫首领：“据报，可能是大荒女王一行！”

“大荒女王怎么会忽然亲身来此？为何没有国书？为什么所有军队、防线、州县乃至我们都没接到消息？她有没有带军队？她的军队在哪里？她的军队是怎么越过国境进入东堂境内的？这不可能！这是大案！速速调军！调全天京军队和京畿大营！”

旗手卫首领：“王府内怎么办！”

日语：“王府内无妨，就三个人进去了！殿下和王妃今日都在，会打得他们满地找牙的！我们现在要做的是通知群臣，戒备天京，挖地三尺，找出大荒潜藏的军队！”

长廊上，随心儿慢吞吞地拖着他的小拖车，一路轰隆隆地碾压过木质地板。

小拖车上有他随身带着的全部小家当。林林总总加起来，饶是收纳细致，也已经高出了他的脑袋，多到让人看一眼就头皮发麻。

对，随心儿名随心，其实一点都不随心，这名字完全是他娘给他折腾疯了之后出于祈愿而起的。他长相如天使，性情似恶魔，是难搞的那种恶魔，但也不是他爹的那种难搞，他不要求对称、整齐，但是是个细节控、分类控、收纳控……

和当年他哥出走时的行囊不同，他的小拖车里什么都有，就是没有毒和蛊，他不爱这些，嫌乱、脏、臭。

现在他拖着他的小拖车默默向前走，身后远远跟着一大串的已然崩溃的护卫——小殿下方才好好地在练字，忽然起身，拖起他随时都收拾得齐全的小拖车，说一句“人太多我走了”，就跨上了长廊。

对，随心儿还讨厌人多。

据说他还在吃奶奶的时候，身边的奶奶娘加亲妈就不能超过三人。

小时候他以哭抗议，一度弄得文臻筋疲力尽，以为这孩子是个夜哭郎，连大街上贴我家有个夜哭郎的蠢事都干过，后来无意识发现人越少他越安静，才发现这小子是嫌人多。

会走路后，只要身处空间内人数超过三人，随心儿就自动默默走开，以至于现在文臻想画个全家福都做不到。

后来发展到只要随心儿的方圆三丈之内人超过三个也不行。

文臻很担心日后会不会发展到院子里人不能超过三个，之后整个王府人不能超过三个，那她和燕绥是不是得和随心儿分家。

随便儿将她的随和发扬光大，随心儿将燕绥的龟毛更一上层楼。

随心儿三岁便独自住了一个院子，院子里的护卫只能远远站墙头，此刻护卫们在墙头看着小殿下第不知多少次打算离家出走，他们的内心是崩溃的。

院子里不就小殿下和他的随身伴当吗？

哪来的人多呢？

护卫们狐疑地四处看，小殿下五感出奇灵敏，能在数里外感应到有人接近，这是有人进入王府，往他的院子来了？

但对于小殿下又要离家出走这事儿总不能没反应，护卫们正要按例上报中文大总管，准备把摄政王府最令人头痛的“如何既不接近小主子又能顺利把他拦住”的送命题给大总管解决，忽听一阵叮叮当当之声传来，声音仿佛就是从随心儿从来不许人进去的房间里传出来的。

随心儿立即便停住了脚步，然后将小拖车往旁边墙上一扣。

他的小拖车上有挂钩，而院子墙上到处都有扣子，方便随时将小拖车扣在墙边而不倒下弄乱了物品位置。

他转身往回走。

他的房间都是他自己亲手收拾，顶多再加上随身小厮帮忙，只要他不在，房门必须锁着，这是谁进去了？

刚走几步，听见后头有人唤他，回头一看，却是自己那个又闲得回家浪的皇帝哥哥。

随便儿是个看似懒散其实工作效率很高的人，也是个看似好说话实则骨子里很霸道的人。他登基后，便以孩子需要充足睡眠养身体为名，改了四更起床五更上朝的规定，同时要求精简文风，谢绝清谈。朝堂之上所有大臣上折只给一刻钟的陈述时间和一刻钟的讨论时间，这个时间内没有讨论出结果的一律压后且后果自负，因此现在上朝办事效率很高，基本下午他就可以休息了。

因此听说了有可疑人员闯入摄政王府后，随便儿第一时间蹿了回来。

也不管弟弟的抗拒，牵了弟弟的手，在随心儿再三不满的提醒中，抬脚甩鞋，上廊，掀开珠帘——

一朵花瓣重重叠叠的粉色的花忽然飞了出来，花枝眼看要戳到随便儿眼睛，随便儿一手拎着给娘的新点心，一手还牵着弟弟，只能头一偏，叼住了那朵花。

一开始还有点担心那花有刺，叼在齿间才发现那花虽然香气淡淡，花型精美，质地却柔软，还带着体温的热度——是一朵簪在头上的绢花。

然后他才看见室内地板上翻腾成旋风的影子。

仿佛是个穿粉衣的少女正在翻跟斗，这项游乐常人做来难免有几分粗俗不雅，但是眼前这少女翻得轻巧迅捷，点尘不惊，显得姿态优雅。她脱了鞋，翻飞而起的时候衣袖裤管垂落，露出美玉一般纤细精致的小臂和小腿，翩飞的粉色衣裙便如因春风而卷桃花雨。

她纤细的脚踝上系着玉质的铃铛，翻飞时叮当作响，桃花雨伴清音，声声琳琅入耳。

随便儿有点发怔，忽然便想起自己翻跟斗卖艺的当年来，一转眼看见几个娃娃们坐在一侧，有男有女，女孩子雪锦衣裙，一张清丽的小脸，五官开阔大气，满头鸦青的发都仔细编成十分繁复精致的辫子垂下来，发型之讲究令人发指，其眼眸不笑也带三分笑意，正大声数数："一百七十一、一百七十二、一百七十三……哇哇，阿回好棒！"

两个男孩，大一些十二三岁，蓝色锦衣上十分别致地绣着青色的花瓷瓶。拿个画板，鼻梁上居然还架个装模作样的眼镜，正在对着翻跟斗的女孩作画，也不知道他是怎么从一团风似的的身影里捕捉出正常的轮廓来的。

小一些的着黑衣紧身束腰，穿得十分利落正经，蜜色肌肤，细长眼眸，坐姿端正，目光清冷，一边也在低声数数，一边对着女孩做了个看起来很坚定的手势。那笑眯眯的女孩立即降低了音调，吐了吐舌头道："啊，我声音太大了，吵到你们啦。"

大一点的男孩立即一挥手："无妨，声音好听的人，大声是给别人的福利！"

而此时那黑衣男孩一抬头，正迎上了随便儿兄弟的目光。

他立即起身，端正行礼。

蓝衣男孩也推开画板站起，却没行礼，拢着袖子老农似的偏头看着两兄弟，目光着重落在随便儿身上。随便儿敏锐地感觉到那眼神里包含着好奇、审视，隐约还有几分戒备。

白衣少女十分灵活地蹦了起来，十分熟练地张开双臂："啊，是随便儿和随心儿吗？来抱抱！”

随便儿随心儿：“……”

现在都流行这样热情的见面礼吗？

黑衣男孩嘴角一抽，随心儿神经质地连退三步，一脸拒绝之色，却又十分精明地用眼角细细看过整间屋子，发现这几人看似在他屋子里闹腾，但什么都没碰，什么都没弄脏弄乱，就连翻跟斗女孩脱下来的小绣鞋都整整齐齐放在廊下，这才将绷紧的小身体慢慢放松，又悄悄松开了门边呼唤侍卫的机关，并且将腰带和袖子里的机关慢慢塞回去。

他这一系列动作十分隐蔽，但是对面蓝衣男孩眼眸一瞥嘴一撇，白衣女孩眼眸眯了眯，黑衣男孩看似目不斜视，却不动声色往前站了站，把女孩挡在身后。

随便儿好像什么都没察觉，笑着鼓掌，也把随心儿给塞在了身后。

这边暗潮汹涌，那边翻跟斗的心无旁骛，没人数数，却有一声软软甜甜的“二百”。粉红色的薄纱衣裙似一层桃花雾一般，缓缓一收，现出小少女玉一般的脸庞。

她看起来和白衣女孩儿差不多大，偏清淡的发色肌肤，却有一双微微上挑的眼，天生桃花相，小小年纪，整体气质矛盾又和谐，是美人胚子。

二百个跟斗翻下来，脸不红气不喘，嘴角叼一朵点金缀玉的桃花绢花，衬一点雪玉般的贝齿，那天生风流又端庄的气质便更显眼，随便儿看着她唇角，才想起自己嘴边也叼着一朵，一个叼在左嘴角，一个叼在右嘴角。随便儿咳嗽一声，急忙将点心放下，取了花捏在掌心，看一眼阿回头上两个包包，光秃秃的，显然原本有两朵桃花，在翻动中落了下来，现在一朵在她唇上，一朵在他掌中。

除了只关心自己屋子的随心儿，其余几个孩子显然都注意到了这花。蓝衣男孩眼神一闪，黑衣男孩眉头一皱，雪衣女孩偏偏头，粉衣女孩笑吟吟看着那花，一脸温柔无害，心中闪过登徒子鉴别法一百零八式。

不过随便儿随即笑了起来。

“小伙伴们来啦。”他欢喜地拍手，看向黑衣男孩，“让我猜猜，容家双胞胎？”

容当当并不奇怪他会知道自己，彬彬有礼递上名片：“容当当，初次见面请多关照。”顺便介绍姐姐，“容叮叮。”一只手还抓着容叮叮的袖子，生怕她热情太过直接抱上去。

容叮叮眼眸一弯，笑着伸手：“你好，容叮叮。听我爹娘说过你，不得了，是个皇帝呢！”

随便儿在容当当虎视眈眈的注视下，十分优雅地碰了碰小美女的指尖：“夸奖夸奖，高级‘社畜’而已。”

一群穿越人子弟顿时笑起来，连容当当眼神都温和了些。

随便儿又向蓝衣男孩伸手："景泰蓝陛下？"

景泰蓝大步而来，热情握住他双手："啊，随便儿陛下！"

双方暗暗用力，各自脸色不变，随便儿："没想到陛下亲自驾临啊。"

景泰蓝："好不容易签了停战协议，来欣赏欣赏东堂美景，顺便尝尝传说中的文姨姨做的美食哈哈哈……"

随便儿："陛下觉得东堂可好？"

景泰蓝："好极了！只是从斜月海峡经过时，眼看那海峡一弯斜月缺一角，便如美人毁容，佳肴缺盐，真是令朕扼腕啊！"

事实上，斜月海峡伸入南齐海域一角，大部分在东堂。

随便儿："想着确实怪难受的，要么陛下扔了那一角？我东堂虽然国小力微，倒也照顾得过来。"

两人对视，微笑，手紧紧一握。

半晌，随便儿："陛下这是不舍得那一角，还是不舍得朕的手啊？"

景泰蓝："假如朕都不舍得，陛下不如以江山作嫁？"

随便儿："我娘和太史大帅情同姐妹，你和太史大帅情同母子，以亲疏论，倒该我来聘你才是。"

两人再次对视，微笑，紧握双手，嘘寒问暖。

旁边容家双胞胎笑吟吟看着，容叮叮小声道："他们两个都好奸猾哦。"

容当当薄唇一撇："皇帝当久了都这德行，再说打了这么多年多少有点火气，好不容易停战了又不能再起干戈，只能嘴皮子上占点便宜……这俩都坏，你不要理他们。"

容叮叮耸耸肩，一脸不感兴趣，看见阿回倒一脸兴致勃勃，禁不住好奇地问："阿回妹妹，你在想什么？"

阿回："我啊，我在想那个小皇帝拿了我的花不舍得还，是不是喜欢我，如果他要立我为皇后，来个十年八载的，他这江山也就到我手里了，东堂大荒合而为一，倒也用不着今日在这里和蓝家哥哥争地盘打嘴仗。"

容叮叮和容当当："……"

景泰蓝和随便儿："……"

两人飞快地松开手，对视微笑，各自在袖子里揉手，随便儿还佯装不经意地将那精美桃花落在了随心儿脚下。

随心儿是一向看不得自己屋子地面出现任何杂物的，立即捡起来送到阿回面前去，阿回接了，捏了捏他的苹果脸，小嘴撇起要哭，笑吟吟道："弟弟真乖，比你哥哥绅士多了。自我介绍一下，我是大荒唯一的王女，未来的女王。如果你以后有什么抢权、篡位之类的业务，或者你哥哥要兄弟阋墙斩草除根，欢迎联系我哟。”

随便儿：“……”

风评被害！

随心儿不似他哥哥自小三教九流，浪荡江湖，他生下来父亲为摄政王母亲为相，没多久哥哥做了皇帝，被呵护长大。文臻又因为一直自觉当初对长子要求太过，小儿子便有心放养，是以远不如随便儿狡猾，这话懵懵懂懂听不大懂，却也敏锐地察觉出了对方不怀好意，倒也不哭了，打掉阿回的手，奶奶声奶奶气地道：“坏女人！黑心皇后！巫婆！你把我的地板弄脏了，擦掉！”

自负美貌生平第一次被人骂作巫婆的小王女阿回愣住了。

随便儿大笑，好弟弟，就冲这句话，皇位尽管篡！

几句话一完，几人面面相觑，太过聪明的孩子也很难打成一片，何况还各自身份紧要国别不同。片刻后，两个女孩聚在一起讨论随便儿两兄弟，随心儿自动靠拢了看起来最整齐严谨的容当当，随便儿则尽东道主之谊命人上茶上点心，一边好客地邀请一边随口道：“以往只是听我娘说起各位姨姨和兄弟姐妹们，说起来都是各国政要，身份贵重，事务繁忙，朕虽想念已久，但想着总得有个三五年才能聚上，这次怎么会都一起来了呢？”

话音未落，姑娘小子们都抬起头来，眼睛亮亮，异口同声地道：“因为都急着来打你爹啊！”